U0087944

水滸傳

木刻大字本

施耐庵／著
金聖嘆／批

三民書局

水滸傳目次

影印貫華堂原本水滸傳敘

水滸傳的本子很多：有一百二十四回本，有一百二十回本，有一百十五回本，有一百回本，最通行的是金聖嘆批改的七十一回本，就文學上的價值說，最好的也是這七十一回本；其餘諸本，只是學者們考究「水滸史」有些用處，爲一般讀者及文學家的閱讀與欣賞計，有了金聖嘆的七十一回本，也就很夠的了。

從金聖嘆到現在，三百年中，這七十一回本水滸不知道翻刻過了多少次，可都是刻得不大好。因爲這是我生平最喜歡的書中之一種，我在近二十年中，各處探訪，很想買到一部精刻本；即使不能買到，若能見到一部，藉此開開眼，也就不失爲有了「屠門大嚼」的幸福了。無如事實上竟不容我有這幸福。求其比較差強人意的，只是民國八年時，在豈明案頭見到一部東洋小板精刻本而已。

前年冬季，聽說北平圖書館藏有金聖嘆貫華堂原刻本一部，我連忙去借看，果然是原刻。可是，這部書已經是「半身不遂」，甚而至於可以說是「全身不遂」的了！因爲全書的紙張，都已酥了，脆了，簡直不能閱看了。要是在閱看的時候咳一聲嗽，或者是窗外來一陣小風，保可把書卷吹作一小片一小片的碎紙，蝴蝶般的隨風飛去！金聖嘆原刻本的面目是看見了，可仍給了我相當的失望。

可是，到了去年三月，琉璃廠松筠閣書店，居然替我找到了一部完整的。廿載尋求，得於一旦。這一樂，真是非同小可！在去年上半年平津大局如此凶險之中，若說我個人還能有什麼賞心快意的事，亦許就只是這一件罷。

傅孟真也是要想找一部精本七十一回水滸而沒有能找到的，我把我買到這一部書的消息告訴了他，他急得直跳起來，一把糾住了我，非要我讓給他不可。當然，我若要讓，也就不必買了。孟真的失望，我是不能負責的！後來他又到松筠閣，找住了掌櫃的大打麻煩，責問他爲什麼有了好書不賣給他而賣給我！

亦許世界上還有同我和孟真一樣的癡人，正在尋找這部書而找不到，所以我趕緊想法把它影印出來。因爲恐怕賣價太貴，影印時不得不酌量縮小。但縮小到幾乎近於一半，印出來仍舊是字大行疏，便於閱讀，這就是這一個本子的第一種好處。

此外，我取坊間通行的翻印本和此本對比，其中顯然不同之處，約有數點：

一，此本分全書爲七十五卷，序佔四卷，楔子佔一卷，正書七十回每回各佔一卷；坊本或分全書爲二十卷，序及楔子并爲第一卷，正書七十回分作十九卷。

二，此本只每回之前有聖嘆外書，每回之末並無別人的評語；坊本或於每回之末，加入王望如評語一二則，同時在全書之首，有『王望如先生評論出像水滸傳總論』一篇；或更有順治丁酉桐菴老人『五才子水滸序』一篇。

三，此本間有眉批，坊本或刪去。

四，此本本文中有謹嚴的圈點，坊本或完全刪去，或胡亂改過。

五，此本於雙行夾批中亦斷句，坊本都把點子刪去。

至於坊本之多錯字，更是必然的事實。除清儒精校的經籍而外，普通書大都是每翻印一次，錯字跟着增加一次。

金聖嘆對於水滸之功，第一在於刪改；他把舊本中要不得的部分削去了，把不大好的部分改好了。第二在於圈點和批語。有許多人以爲圈點和批語很討厭，大可削去。對於已有文學涵養的人，這話原是不錯。對於初學，我却以爲正當的圈點和批語，是很有幫助的。譬如我們向一個十二三歲的小孩子說：水滸的文章很好，你去看。他看了一遍，亦許完全沒有見到文學上的好處，只把宋江武松李逵魯智深的故事記熟了！原因是他看水滸時，心思全被故事的興趣吸收去了，文章的好處，全在眼中滑過去了。你若叮囑他看故事時必須注意圈點，必須兼看批語，而且要看得很用心，到全書看完，他的談論就一定大不相同了。

用我們現在的眼光看金聖嘆的水滸，他的刪改，亦許可以說還沒有達到理想的程度；他的圈點和批語，亦許還有些地方過於酸溜溜。但他畢竟是個才子。就全體而論，他對於水滸只是有功，不是有罪，他的水滸總比其餘一切的水滸都好。

水滸圖我看見的不下十多種，都不十分好。只有清光緒間粵東臧脩堂所刻，相傳是明朝杜堇所畫的一種比較好一點，今亦影印，以廣流傳。原圖得於琉璃廠邃雅齋，有葉德輝跋語，亦附入。

民國廿三年六月十四日半農劉復識於平寓。

序

元羅貫中先生因宋史宣和三年紀有淮南盜宋江等犯淮陽東京入海州知州張叔夜降之之文遂演為水滸傳以寫其胸中磊落之氣雖野史雜言著錄而一百八人之性情行事各不相襲故讀者愛之不謂閱一滄桑又得明杜先生堇為之補圖其鼓和死衛之射視懆懆子如車輪神物出羅傳之外乎蘤之數年愛不釋手因擇名工鉤摹付梓以公同好披覽之下覺英風義槩奕奕如生生人不可逼視洵足與羅書并傳矣中凡四歷裘葛始告成書而予亦心力交瘁云

光緒壬午冬日節卿劉晚榮識

水滸名目

宋江 戴宗 花榮 盧俊義 吳用 董平 公孫勝 樊瑞
關勝 呼延灼 林沖 徐甯 秦明 蔣敬 柴進 穆宏
李應 龔旺 朱仝 鄒天壽 魯智深 武松 張清 施恩
楊志 索超 燕青 李逵 史進 劉唐 石勇 雷橫
王定六 李俊 阮小二 阮小五 朱貴 阮小七 石秀 時遷
解珍 解寶 張橫 張順 楊春 楊雄 朱武 黃信
宣贊 鄧飛 湯隆 郝思文 魏定國 單廷珪 孫立 穆春
彭玘 韓滔 歐鵬 蕭讓 金大堅 裴宣 燕順 杜興
宋萬 楊林 凌振 侯健 郭盛 呂方 安道全 皇甫端
王英 扈三娘 焦挺 鮑旭 孔明 孔亮 項充 李袞
樂和 馬麟 童威 童猛 孟康 宋清 陳達 段景住
陶宗旺 李忠 周通 丁得勝 白勝 曹正 杜遷 薛永
鄒淵 鄒潤 朱富 郁保四 孫新 顧大嫂 李雲 李立
張青 孫二娘 蔡福 蔡慶

宋江
戴宗
花榮
盧俊義
吳用
董平
公孫勝
樊瑞

林冲 徐甯
關勝 呼延灼
柴進 穆弘
秦明 蔣敬

朱仝
鄭天壽
李應
龔旺
魯智深
武松
張清
施恩

楊志 索超
燕青 李逵
史進 劉唐
石勇 雷橫

王定六 李俊
阮小二 阮小五
朱貴 阮小七
石秀 時遷

解珍 解寶
張橫 張順
楊春 楊雄
朱武 黃信

圖

歐鵬 蕭讓
彭玘 韓滔
燕順 杜興
金大堅 裴宣

宋萬 楊林
凌振 侯健
郭盛 呂方
安道全 皇甫端

焦挺
鮑旭
王英
扈三娘
項充
李袞
孔亮
孔明

樂和 馬麐
童威 童猛
孟康 宋清
陳達 段景住

陶宗旺
李忠
周通
丁得孫
白勝
曹正
杜遷
薛永

鄒淵 鄒潤
朱富 郁保四
孫新 顧大嫂
李雲 李立

蔡福
蔡慶

張青
孫二娘

宋無名人宣和遺事載宋江三十六人智多星吳用作吳加諒玉麒麟盧俊義作李進義大刀關勝作關必勝賽關索楊雄作王雄宋周密癸辛雜志續集所載龔聖與宋江三十六人贊智多星吳用作吳學究餘盧俊義關勝楊雄者與今小說水滸傳合又龔開贊三十六人中有兩頭蛇解珍雙尾蠍解寶為宣和遺事所無而宣和遺事之大船工張岑又無為龔開贊所無此三十六天罡之外猶有七十二地煞諸人無疑矣此冊畫像必出劉工尤為精妙雖[illegible]象本是否以自狂墨不可得知要非明人能手莫辦一技之傳豈偶然哉宣統二年歲庚戌嘉平廿五日麗廔主人葉德輝病中題記

第五才子書施耐菴水滸傳卷之一

聖歎外書

序一

原夫書契之作昔者聖人所以同民心而出治道也其端肇於結繩而其盛殺而爲六經其秉簡載筆者則皆在聖人之位而又有其德者也在聖人之位則有其權有聖人之德則知其故有其權而知其故則得作而作亦不得不作而作也是故易者導之使爲善也禮者坊之不爲惡也書者縱以盡天運之變詩者衡以會人情之通也故易之爲書行也禮之爲書止也書之爲書可畏詩之爲書可樂也故曰易圓而禮方書久而詩大又曰易不賞而民勸禮不怒而民避書爲廟外之几筵詩爲未朝之明堂也若有易而可以無書也者則不復爲書也有易有書而可以無詩也者則不復爲詩也有易有書有詩而可以無禮也者則不復爲禮也有聖人之德則知其故知其故則知易與書與詩與禮各有其一故而不可以或廢也有聖人之德而又在聖人之位則有其權有其權而後作易之後又欲作書又欲作詩又欲作禮咸得奮筆而遂爲之而人不得而議其罪也無聖人之位則無其權無其權而不免有作此仲尼是也仲尼無聖人之位而有聖人之德有聖人之德則知其故知其故而不能已於作此春秋是也顧仲尼必曰知我者其惟春秋乎罪我者其惟春秋乎斯其故何哉知我惟春秋者春秋一書以天自處學易以事繫日學書羅列與國學詩揚善禁惡學禮皆所謂有其德而知其故知其故而不能已於作不能已於作而遂兼四經之長以合爲一書則是未嘗

作也夫未嘗作者仲尼之志也罪我惟春秋者古者非天子不考文自仲尼以庶人作春秋而後世巧言之徒無不紛紛以作紛紛以作既久龐言無所不有若讀之而秦皇於上民讀之而惑亂於下勢必至於拉雜熔燒禍連六經夫仲尼非不知者而終不已於作是則仲尼所爲引罪自悲者也或問曰然則仲尼眞有罪乎荅曰仲尼無罪也仲尼心知其故而又自以庶人不敢輒有所作於是因史成經不別立文而但於首大書春王正月若曰其舊則諸侯之書也其新則天子之書也取諸侯之書手治而成天子之書者仲尼不予諸侯以作書之權也仲尼不肯以作書之權予諸侯其又烏肯以作書之權予庶人哉是故作書聖人之事也非聖人而作書其人可誅其書可燒也作書聖人而天子之事也

非天子而作書其人可誅其書可燒也何也非聖人而作書其書破道非天子而作書其書破治破道與治是橫議也橫議則烏得不燒橫議之人則烏得不誅故秦人燒書之舉非直始皇之志亦仲尼之志乃仲尼不燒而始皇燒者仲尼不但無作書之權是亦無燒書之權者也若始皇燒書而并燒聖經則是雖有其權而實無其德實無其德則不知其故不知其故斯盡燒矣故并燒聖經者始皇之罪也燒書始皇之功也無何漢興又大求遺書當時在廷諸臣以獻書進者多有於是四方功名之士無人不言有書一時得書之多反更多於未燒之日今夫自古至今人則知燒書之爲禍至烈又豈知求書之爲禍之尤烈哉燒書而天下無書天下無書聖人之書所以存也求書而天下有書天下有書聖

人之書所以亡也燒書是禁天下之人作書也求書是縱天下之人作書也至於縱天下之人作書矣其又何所不至之與有明聖人之教者其書有之叛聖人之教者其書亦有之申天子之令者其書有之犯天子之令者其書亦有之夫誠以三代之治治之則彼明聖人之教與申天子之令者猶在所不許何則惡其破道與治黔首不得安也如之何而至於叛聖人之教犯天子之令而亦公然自爲其書也原其繇來實惟上有好者下必尤甚父子兄弟聚族撰著經營既久才思溢矣夫應詔固須美言自娛何所不可刻畫魑魅詆訕聖賢筆墨既酣胡可忍也是故亂民必誅而游俠立傳市儈辱人而貨殖名篇意在窮奇極變皇恤刳心嘔血所謂上薄蒼天下徹黃泉不盡不快不快不止也如是者當其

初時猶尚私之於下彼此傳觀而已惟畏其上之禁之者也殆其既久而上亦稍稍見之稍稍見之而不免喜之不惟不之禁也夫叛教犯令之書至於上不復禁而反喜之而天下之人豈其復有忌憚乎哉其作者驚相告也其讀者驚相告也驚告之後轉相祖述而無有一人不作無有一人不讀也於是而聖人之遺經一二篇而已諸家之書壞牛折軸不能載連閣複室不能庋也天子之教詔土苴之而已諸家之書非縹緗不爲其題非金玉不爲其籤也積漸至於今日禍且不可復言民不知偷讀諸家之書則無不偷也民不知淫讀諸家之書則無不淫也民不知詐讀諸家之書則無不詐也民不知亂讀諸家之書則無不亂也夫吾向所謂非聖人而作書其書破道非天子而作書其書破治者不過

憂其附會經義示民以雜測量治術示民以明示民以雜民則難信示民以明民則難治故遂斷之破道與治是爲橫議其人可誅其書可燒耳非真有所大詭於聖經極害於王治也而然且如此若夫今日之書則豈復秦帝造字之時之所得料亦豈復始皇燔燒之時之所得料哉是真一誅不足以蔽其辜一燒不足以滅其跡者而禍首罪魁則漢人詔求遺書實開之釁故曰燒書之禍烈求書之禍尤烈也燒書之禍禍在并燒聖經聖經燒而民不興於善是始皇之罪萬世不得而原之也求書之禍禍在并行私書私書行而民之於惡乃至無所不有此漢人之罪亦萬世不得而原之也然燒聖經而聖經終大顯於後世是則始皇之罪猶可追也若行私書而私書遂至災害蔓延不可復救則是漢人之罪終不活也嗚呼君子之至於斯也聽之則不可禁之則不能其又將以何法治之與哉

日吾聞之聖人之作書也以德古人之作書也以才知聖人之作書以德則知六經皆聖人之糟粕讀者貴乎神而明之而不得櫛比字句以爲從事於經學也知古人之作書以才則知諸家皆鼓舞其菁華覽者急須搴棠去之而不得捃拾齒牙以爲譚言之微中也於聖人之書而能神而明之者吾知其而今而後始不敢於易之下作易傳書之下作書傳詩之下作詩傳禮之下作禮傳春秋之下作春秋傳也何也誠愧其德之不合而懼章句之未安皆當大拂於聖人之心也於諸家之書而誠能搴棠去之者吾知其而今而後始不肯於莊之後作廣莊騷之後作續騷史之後作後史詩之後作擬詩稗官之後作新

稗官也何也誠恥其才之不逮而徒唾沫之相襲是眞不免於古人之奴也夫揚湯而不得冷則不如且莫進薪避影而影愈多則不如教之勿趨也惡人作書而示之以聖人之德與夫古人之才者蓋爲游於聖門者難爲言觀於才子之林者難爲文是亦止薪勿趨之道也然聖人之德實非夫人之能事非夫人之能事則非予小子今日之所敢及也彼古人之才或猶夫人之能事猶夫人之能事則庶幾予小子不揣之所得及也夫古人之才也者世不相延人不相及莊周有莊周之才屈平有屈平之才馬遷有馬遷之才杜甫有杜甫之才降而至於施耐菴有施耐菴之才董解元有董解元之才才之爲言材也凌雲蔽日之姿其初本於破荄分莢於破荄分莢之時具有凌雲蔽日之勢於凌雲蔽日之時不出破核分莢之勢此所謂材之說也又才之爲言裁也有全錦在手無全錦在目無全衣在目有全衣在心見其領知其袖見其襟知其帔也夫領則非袖而襟則非帔然左右相就前後相合離然各異而宛然共成者此所謂裁之說也今天下之人徒知有才者始能構思而不知古人用才乃繞乎構思以後徒知有才者始能立局而不知古人用才乃繞乎立局以後徒知有才者始能琢句而不知古人用才乃繞乎琢句以後徒知有才者始能安字而不知古人用才乃繞乎安字以後此苟且與慎重之辯也言有才始能構思立局琢句而安字者此其人外未嘗矜式於珠玉內未嘗經營於慘淡隤然放筆自以爲是而不知彼之所爲才實非古人之所爲才正是無法於手而又無恥於心之事也言

其才繞乎構思以前構思以後乃至繞乎布局琢句安字以前以後者此其人筆有左右墨有正反用左筆不安換右筆用右筆不安換左筆用正墨不現換反墨用反墨不現換正墨心之所至手亦至焉心之所不至手亦至焉心之所不至手亦不至焉心之所至手亦至焉者文章之聖境也心之所不至手亦至焉者文章之神境也心之所不至手亦不至焉者文章之化境也夫文章至於心手皆不至則是其紙上無字無句無局無思者也而獨能令千萬世下人之讀吾文者其心頭眼底乃窅窅有思乃搖搖有局乃鏗鏗有句而燁燁有字則是其提筆臨紙之時才以繞其前才以繞其後而非徒然卒然之事也故依世人之所謂才則是文成於易者才子也依古人之所謂才則必文成於難者才子也

依文成於易之說則是迅疾揮掃神氣揚揚者才子也依文成於難之說則必心絕氣盡面猶死人者才子也故若莊周屈平馬遷杜甫以及施耐菴董解元之書是皆所謂心絕氣盡面猶死人然後其才前後繚繞得成一書者也莊周屈平馬遷杜甫其妙如彼不復具論若夫施耐菴之書而亦必至於心盡氣絕面猶死人而後其才前後繚繞始得成書夫而後知古人作書真非苟且也者而世之人猶尚不肯審己量力廢然歇筆然則其人真不足誅其書真不足燒也夫身為庶人無力以禁天下之人作書而忽取牧豬奴手中之一編條分而節解之而反能令未作之書不敢復作已作之書一旦盡廢是則聖歎廓清天下之功為更奇於秦人之火故於其首篇敘述古今經書興廢之大畧如此雖不敢

自謂斯文之功臣亦庶幾封關之丸泥也

序二

覩物者審名論人者辨志施耐菴傳宋江而題其書曰水滸惡之至迸之至不與同中國也而後世不知何等好亂之徒乃謬加以忠義之目嗚呼忠義而在水滸乎哉忠者事上之盛節也義者使下之大經也忠以事其上義以使其下斯宰相之材也忠者與人之大道也義者處己之善物也忠以與乎人義以處乎已則聖賢之徒也若夫耐菴所云水滸也者王土之濱則有水又在水外則曰滸遠之也遠之也者天下之凶物天下之所共擊也天下之惡物天下之所共棄也若使忠義而在水滸忠義爲天下之凶物惡物乎哉且水滸有忠義國家無忠義耶夫君則猶是君也臣則猶是臣也夫何至於國而無忠義此雖惡其臣之辭而已難乎爲吾之君解也父則猶是父也子則猶是子也夫何至於家而無忠義此雖惡其子之辭而已難乎爲吾之父解也故夫以忠義予水滸者斯人必有懟其君父之心不可以不察也且亦不思宋江等一百八人則何爲而至於水滸者乎其幼皆豺狼虎豹之姿也其壯皆殺人奪貨之行也其後皆敲朴劓刖之餘也其卒皆揭竿斬木之賊也有王者作比而誅之則千人亦快萬人亦快者也如之何而終亦倖免於宋朝之斧鑕彼一百八人而得倖免於宋朝者惡知不將有若干百千萬人思得復試於後世者乎耐菴有憂之於是奮筆作傳題曰水滸意若以爲之一百八人即得逃於及身之誅僇而必不得逃於身後之放逐者君子之志也而又妄以忠義予之是則將爲戒者而反

將爲勸耶豺狼虎豹而有祥麟威鳳之目殺人奪貨而有伯夷顏淵之譽劓刖之餘而有上流淸節之榮揭竿斬木而有忠順不失之稱旣已名實牴牾是非乖錯至於如此之極然則幾乎其不胥天下後世之人而惟宋江等一百八人以爲高山景行其心嚮往者哉是故繇耐菴之水滸言之則如史氏之有檮杌是也備書其外之權詐備書其內之凶惡所以誅前人旣死之心者所以防後人未然之心也繇今日之忠義水滸言之則直與宋江之賺入夥吳用之說撞籌無以異也無惡不歸朝廷無美不歸綠林已爲盜者讀之而自豪未爲盜者讀之而爲盜也嗚呼名者物之表也志者人之表也名之不辨吾以疑其書也志之不端吾以疑其人也削忠義而仍水滸者所以存耐菴之書其事小所以存耐菴之志其事大雖在稗官有當世之憂焉後世之恭愼君子苟能明吾之志庶幾不易吾言矣哉

序三

施耐菴水滸正傳七十卷又楔子一卷原序一篇亦作一卷共七十二卷今與汝釋弓序曰吾年十歲方入鄉塾隨例讀大學中庸論語孟子等書意惛如也每與同塾兒竊作是語不知習此將何爲者又窺見大人徹夜吟誦其意樂甚殊不知其何所得樂又不知盡天下書當有幾許其中皆何所言不雷同耶如是之事總未能明於心明年十一歲身體時時有小病病作輒得告假出塾吾旣不好弄大人又禁不許弄仍以書爲消息而已吾最初得見者是妙法蓮華經次之則見屈子離騷次之則見太史公史記次之則見俗本

水滸傳是皆十一歲病中之創獲也離騷苦多生字好之而不甚解記其一句兩句吟唱而已法華經史記解處爲多然而膽未堅剛終亦不能嘗讀其無晨無夜不在懷抱者吾於水滸傳可謂無間然矣吾每見今世之父兄類不許其子弟讀一切書亦未嘗引之見於一切大人先生此皆大錯夫兒子十歲神智生矣不縱其讀一切書且有他好又不使之列於大人先生之間是驅之與婢僕爲伍也汝昔五歲時吾即容汝出坐一隅今年始十歲便以此書相授者非過有所寵愛或者教汝之道當如是也吾猶自記十一歲讀水滸後便有於書無所不窺之勢吾實何曾得見一書心知其然則有之耳然就今思之誠不謬矣天下之文章無有出水滸右者天下之格物君子無有出施耐菴先生右者學者誠能澄懷格物發皇文章豈不一代文物之林然但能善讀水滸而已爲其人綽綽有餘也水滸所敘敘一百八人人有其性情人有其氣質人有其形狀人有其聲口夫以一手而畫數面則將有兄弟之形一口而吹數聲斯不免再映也施耐菴以一心所運而一百八人各自入妙者無他十年格物而一朝物格斯以一筆而寫百千萬人固不以爲難也格物亦有法汝應知之格物之法以忠恕爲門何謂忠天下因緣生法故忠不必學而至於忠天下自然無法不忠火亦忠眼亦忠故吾之見忠鐘忠耳忠故聞無不忠吾既忠則人亦忠盜賊亦忠犬鼠亦忠盜賊犬鼠無不忠者所謂恕也夫然後物格夫然後能盡人之性而可以贊化育參天地今世之人吾知之是先不知因緣生法不知因緣生法則

不知忠不知忠烏知恕哉是人生二子而不能自解也謂其妻曰眉猶眉也目猶目也鼻猶鼻口猶口而大兒非小兒小兒非大兒者何故而不自知實與其妻親造作之也夫不知子問之妻夫妻因緣是生其子天下之忠無有過於夫妻之事者天下之忠無有過於其子之面者審知其理而覩天下人之面察天下夫妻之事彼萬面不同豈不甚宜哉忠恕量萬物之斗斛也因緣生法裁世界之刀尺也施耐菴左手握如是斗斛右手持如是刀尺而僅乃敘一百八人之性情氣質形狀聲口者是猶小試其端也若其文章字有字法句有句法章有章法部有部法又何異哉吾既喜讀水滸十二歲便得貫華堂所藏古本吾日夜手鈔謬自評釋歷四五六七八月而其事方竣即今此本是已如此者非吾有

讀水滸之法若水滸固自為讀一切書之法矣吾舊聞有人言莊生之文放浪史記之文雄奇始亦以之為然至是忽咥然其笑古今之人以瞽語瞽眞可謂一無所知徒令小兒腸痛耳夫莊生之文何嘗放浪史記之文何嘗雄奇彼殆不知莊生之所云而徒見其忽言化魚忽言解牛尋之不得其端則以為放浪徒見史記所記皆劉項爭鬬之事其他又不出於殺人報仇捐金重義為多則以為雄奇也若誠以吾讀水滸之法讀之正可謂莊生之文精嚴史記之文亦精嚴不寧惟是而已蓋天下之書誠欲藏之名山傳之後人即無有不精嚴者何謂之精嚴字有字法句有句法章有章法部有部法是也夫以莊生之文雜之史記不似史記以史記之文雜之莊生不似莊生者莊生意思欲言聖人之道史

記攄其怨憤而已其志不同不相為謀有固然者毋足怪也若復置其中之所論而直取其文心則惟莊生能作史記惟子長能作莊子吾惡乎知之吾讀水滸而知之矣夫文章小道必有可觀吾黨斐然尚須裁奪古來至聖大賢無不以其筆墨為身光耀只如論語一書豈非仲尼之微言潔淨之篇節然而善論道者論道善論文者論文吾嘗觀其製作又何其甚妙也學而一章三唱不亦歎觚之篇有四觚字餘者一不兩哉而已質勝文則野文勝質則史其文交互而成知之者不如好之者好之者不如樂之者其法傳接而出山水動靜樂壽譬禁樹之對生子路問聞斯行如晨鼓之頻發其他不可悉數約畧皆佳搆也彼莊子史記各以其書獨步萬年萬年之人莫不歎其何處得來若自吾觀之彼亦

豈能有其多才者乎皆不過以此數章引而伸之觸類而長之者也水滸所敘敘一百八人其人不出綠林其事不出劫殺失教喪心誠不可訓然而吾獨欲略其形跡伸其神理者蓋此書七十回數十萬言可謂多矣而舉其神理正如論語之一節兩節瀏然以清湛然以明軒然以輕濯然以新彼豈非莊子史記之流哉不然何以有此如必欲苛其形跡則夫十五國風淫汚居半春秋所書弒奪十九不聞惡神奸而棄禹鼎憎檮杌而誅倚相此理至明亦易曉矣嗟乎人生十歲耳目漸吐如日在東光明發揮如此書吾即欲禁汝不見亦豈可得今知不可相禁而反出其舊所批釋脫然授之於手也夫固以為水滸之文精嚴讀之即得讀一切書之法也汝真能善得此法而明年經業既畢便以之遍讀天

下之書其易果如破竹也者夫而後歎施耐菴水滸傳眞爲文章之總持不然而猶如嘗兒之洸覽者而已是不惟負施耐菴亦殊負吾汝試思之吾如之何其不鬱鬱乎哉

皇帝崇禎十四年二月十五日

第五才子書施耐菴水滸傳卷之二

聖歎外書

宋史綱

淮南盜宋江掠京東諸郡知海州張叔夜擊降之

史臣斷曰赦罪者天子之大恩定罪者君子之大法宋江掠京東諸郡其罪應死此書降而不書誅則是當時巳赦之也盜盜之初非生而爲盜也父兄失教於前饑寒驅迫於後而其才與其力又不堪以鬱鬱讓人於是無端入草一嘯羣聚始而奪貨既而稱兵皆有之也然其實誰致之失教誰致之饑寒誰致之有才與力而不得自見萬方有罪罪在朕躬成湯所云不其然乎孰非實之亦不竊者而上既陷之上又刑之仁人在位而罔民可爲即豈稱代天牧民之意哉故夫降之而不誅爲天子之大恩處盜之善法也若在君子

則又必不可不大正其罪而書之曰盜者君子非不知盜之初非生而爲盜與夫既赦以後之樂與更始亦不復爲盜也君子以爲天子之職在養萬民養萬民者愛民之命雖蜎飛蝡動動關上帝生物之心君子之職在教萬民教萬民者愛民之心惟一朝一夕必屢履霜爲氷之懼故盜之後誠能不爲盜者天子力能出之湯火而置之袵席所謂九重之上大闢遷善之門也乃盜之後未必遂無盜者君子先能圖其神奸而鎮以禹鼎所謂三尺之筆眞有雷霆之怒也蓋一朝而赦者天子之恩百世不改者君子之法宋江雖降而必書曰盜此春秋謹嚴之志所以昭往戒防未然正人心輔王化也後世之人不察於此而裒然於其外史冠之以忠義之名而又從而節節稱歎之嗚呼彼何人斯毋乃有亂逆之心矣夫

張叔夜之擊宋江而降之也宋史大書之曰知海州者何予之也何予乎張叔夜予其眞能知海州者也何也蓋君子食君之食受君之命分君之地牧君之民則曰知某州知之爲言司其事也老者未安爾知其安少者未育爾知其育饑者未食爾知樹畜寒者未衣爾知蠶桑勞者未息爾知息之病者未愈爾知愈之愚者未教爾知教之賢者未舉爾知舉之夫如是然後謂之不廢厥職三年報政而其君勞之錫之以燕享贈之以歌詩處之以不次延之以黃閣蓋知州眞爲天子股肱心膂之臣非苟且而已也自官箴既墜而肉食者多民廢田業官亦不知民學游手官亦不知民多饑餒官亦不知民漸行劫官亦不知如是即不免至於盜賊蠭起也而問其城

郭官又不知問其兵甲官又不知問其糧草官又不知問其馬匹官又不知嗟乎既已一無所知而又欺其君曰吾知某州夫爾知某州何事者哉宋史於張叔夜擊降宋江而獨大書知海州者重予之也

史臣之為此言也是猶寬厚言之者也若夫官知某州則實何事不知者乎關節則知通也權要則知跪也催科則知加耗也對簿則知罰贖也民戶殷富則知波連以逮之也吏胥狡獪則知心膂以托之也其所不知者誠一無所知乃其所知者且無一而不知也嗟乎嗟乎一無所知僅不可以為官若無一不知不且儼然為盜乎哉誠安得張叔夜其人以擊宋江之餘力而遍擊之也

宋史目

宋江起為盜以三十六人橫行河朔轉掠十郡官軍莫敢嬰其鋒知亳州侯蒙上書言江才必有大過人者不若赦之使討方臘以自贖帝命蒙知東平府未赴而卒又命張叔夜知海州江將至海州叔夜使間者覘所向江徑趨海濱劫鉅舟十餘載鹵獲叔夜募死士得千人設伏近城而出輕兵距海誘之戰先匿壯卒海旁伺兵合舉火焚其舟賊聞之皆無鬬志伏兵乘之擒其副賊江乃降

史臣斷曰觀此而知天下之事無不可為而特無為事之人夫當宋江以三十六人起於河朔轉掠十郡而十郡官軍莫之敢嬰也此時豈復有人謂其饑獸可縛野火可撲者哉一旦以朝廷之靈而有張叔夜者至夫張叔夜則猶之十郡之長官耳非食君父之食獨多非蒙國家之知遇獨厚也者且宋江則亦非獨雄於十郡而獨怯於海州者也然而前則恣其劫殺無敢如何後則一朝成擒如風

迅埽者此無他十郡之長官各有其妻子各有貲重重各有其祿位各有其性命而轉顧旣多大計不決賊驟乘之措手莫及也張叔夜不過無妻子可戀無貲重可憂無祿位可求無性命可惜所謂爲與不爲維臣之責濟與不濟皆君之靈不過如是而彼宋江三十六人者已悉縶其臂而投麾下嗚呼史書叔夜募死士得千人夫豈知叔夜固爲第一死士乎哉傳曰見危致命又曰臨事而懼好謀而成又曰我戰則克又曰可以寄百里之命張叔夜有焉豈不矯矯社稷之臣也乎

侯蒙欲赦宋江使討方臘一語而八失焉以皇皇大宋不能奈何一賊而計出於赦之使贖夫美其辭則曰赦曰贖其實正是溫語求息失朝廷之尊一也殺人者死造反者族法也劫掠至於十郡肆毒實惟不小而輕與議赦壞國家之法二也方臘所到殘破不聞皇師震怒而仰望掃除於綠林之三十六人顯當時之無人三也誘一賊攻一賊以與兩鬬一傷烏知賊中無人不窺此意而大笑乎勢將反歆之合而令猖狂愈甚四也武功者天下豪傑之士捐其頭顱肢體而後得之今忽以爲盜賊出身之地使壯夫削色五也傳言四郊多壘大夫之辱今更無人出手犯難爲君解憂而徒欲以詔書爲弭亂之具有負養士百年之恩六也有罪者可赦無罪者生心從此無治天下之術七也若謂其才有過人者則何不用之未爲盜之先而顧薦之旣爲盜之後當時宰相爲誰顚倒一至於是八也嗚呼君子一言以爲智一言以爲不智如侯蒙其人者亦幸而遂死耳脫眞得知東平惡知其不大敗公事爲世僇笑者哉何羅貫中

不達猶租其說而有續水滸傳之惡札也

第五才子書施耐菴水滸傳卷之三

聖歎外書

讀第五才子書法

大凡讀書先要曉得作書之人是何心胸如史記須是太史公一肚皮宿怨發揮出來所以他於游俠貨殖傳特地着精神乃至其餘諸記傳中凡遇揮金殺人之事他便嘖嘖賞歎不置一部史記只是緩急人所時有六箇字是他一生著書旨意水滸傳却不然施耐菴本無一肚皮宿怨要發揮出來只是飽煖無事又值心閒不免伸紙弄筆尋箇題目寫出自家許多錦心繡口故其是非皆不謬於聖人後來人不知却於水滸上加忠義字遂并比於史公發憤著書一例正是使不得

水滸傳有大段正經處只是把宋江深惡痛絕使人見之真有犬彘不食之恨從來人却

是不曉得

水滸傳獨惡宋江亦是殲厥渠魁之意其餘便饒恕了

或問施耐菴尋題目寫出自家錦心繡口題目儘有何苦定要寫此一事答曰只是貪他三十六箇人便有三十六樣出身三十六樣面孔三十六樣性格中間便結撰得來

題目是作書第一件事只要題目好便書也作得好

或問題目如西遊三國如何答曰這箇都不好三國人物事體說話太多了筆下拖不動趕不轉分明如官府傳話奴才只是把小人聲口替得這句出來其實何曾自敢添減一字西遊又太無脚地了只是逐段捏捏撮撮譬如大年夜放煙火一陣一陣過中間全沒貫串便使人讀之處處可住

水滸傳方法都從史記出來却有許多勝似史記處若史記妙處水滸已是件件有

凡人讀一部書須要把眼光放得長如水滸傳七十回只用一目俱下便知其二千餘紙只是一篇文字中間許多事體便是文字起承轉合之法若是拖長看去却都不見

水滸傳不是輕易下筆只看宋江出名直在第十七回便知他胸中已算過百十來遍若使輕易下筆必要第一回就寫宋江文字便一直帳無擒放

某嘗道水滸勝似史記人都不肯信殊不知某却不是亂說其實史記是以文運事水滸是因文生事以文運事是先有事生成如此如此却要算計出一篇文字來雖是史公高才也畢竟是喫苦事因文生事卽不然只是順着筆性去削高補低都繇我

作水滸傳者眞是識力過人某看他一部書要寫一百單八箇强盜却爲頭推出一箇孝子來做門面一也三十六員天罡七十二座地煞却倒是三座地煞先做强盜顯見逆天而行二也盜魁是宋江了却偏不許他便出頭另又幻一晁蓋蓋住在上三也天罡地煞都置第二不使出現四也臨了收到天下太平四字作結五也

三箇石碣字是一部水滸傳大段落

水滸傳不說鬼神怪異之事是他氣力過人處西遊記每到弄不來時便是南海觀音救了

水滸傳並無之乎者也等字一樣人便還他一樣說話眞是絕奇本事

水滸傳一箇人出來分明便是一篇列傳至於中間事蹟又逐段逐段自成文字亦有兩三卷成一篇者亦有五六句成一篇者

別一部書看過一遍卽休獨有水滸傳只是看不厭無非爲他把一百八箇人性格都寫出來

水滸傳寫一百八箇人性格眞是一百八樣若別一部書任他寫一千箇人也只是一樣便只寫得兩箇人也只是一樣

水滸傳章有章法句有句法字有字法人家子弟稍識字便當教令反覆細看看得水滸傳出時他書便如破竹

江州城劫法場一篇奇絕了後面却又有大名府劫法場一篇一發奇絕潘金蓮偷漢一篇奇絕了後面却又有潘巧雲偷漢一篇一發奇絕景陽岡打虎一篇奇絕了後面却又有沂水縣殺虎一篇一發奇絕眞正其才如海

劫法場偷漢打虎都是極難題目直是沒有下筆處他偏不怕定要寫出兩篇

宣和遺事具載三十六人姓名可見三十六人是實有只是七十回中許多事蹟須知都是作書人憑空造謊出來如今却因讀此七十回反把三十六箇人物都認得了任憑提起一箇都似舊時熟識文字有氣力如此

一百八人中定考武松上上時遷宋江是一流人定考下下

魯達自然是上上人物寫得心地厚實體格闊大論麤鹵處他也有些麤鹵論精細處他亦甚是精細然不知何故看來便有不及武松處想魯達已是人中絕頂若武松直是天神有大段及不得處

水滸傳只是寫人麤鹵處便有許多寫法如魯達麤鹵是性急史進麤鹵是少年任氣李逵麤鹵是蠻武松麤鹵是豪傑不受覊靮阮小七麤鹵是悲憤無說處焦挺麤鹵是氣質不好

李逵是上上人物寫得眞是一片天眞爛熳到底看他意思便是山泊中一百七人無一箇入得他眼孟子富貴不能淫貧賤不能移威武不能屈正是他好批語

看來作文全要胸中先有緣故若有緣故時便隨手所觸都成妙筆若無緣故時直是無動手處便作得來也是嚼蠟

只如寫李逵豈不段段都是妙絕文字却不知正爲段段都在宋江事後故便妙不可言蓋作者只是痛恨宋江奸詐故處處緊接出一段李逵朴誠來做箇形擊其意思自在顯宋江之惡却不料反成李逵之妙也此譬如刺鎗本要殺人反使出一身家數

近世不知何人不曉此意却節出李逵事來另作一冊題曰壽張文集可謂咬人屎撅不是好狗

寫李逵色色絕倒眞是化工肖物之筆他都不必具論只如逵還有兄李達便定然排行第二也他却偏要一生自叫李大直等急切中移名换姓時反稱作李二謂之乖覺試想他肚裏是何等没分曉

任是眞正大豪傑好漢子也還有時將銀子買得他心肯獨有李逵便銀子也買他不得須要等他自肯眞又是一樣人

林冲自然是上上人物寫得只是太狠看他算得到熬得住把得牢做得徹都使人怕這般人在世上定做得事業來然琢削元氣也不少

吳用定然是上上人物他奸猾便與宋江一般只是比宋江却心地端正

宋江是純用術數去籠絡人吳用便明明白白驅策羣力有軍師之體

吳用與宋江差處只是吳用却肯明白說自家是智多星宋江定要說自家志誠質朴

宋江只道自家籠罩吳用吳用却又實實籠罩宋江兩箇人心裏各各自知外面又各各只做不知寫得眞是好看煞人

花榮自然是上上人物寫得恁地文秀

阮小七是上上人物寫得另是一樣氣色一百八人中眞要算做第一箇快人心快口快使人對之齷齪都銷盡

楊志關勝是上上人物楊志寫來是舊家子弟關勝寫來全是雲長變相

秦明索超是上中人物

史進只算上中人物爲他後半寫得不好

呼延灼却是出力寫得來的然只是上中人物

盧俊義柴進只是上中人物盧俊義傳也算極力將英雄員外寫出來了然終不免帶些呆氣譬如畫駱駝雖是龐然大物却到底看來覺道不俊柴進無他長只有好客一節

朱仝與雷横是朱仝寫得好然兩人都是上中人物

楊雄與石秀是石秀寫得好然石秀便是中上人物楊雄竟是中下人物

公孫勝便是中上人物備員而已

李應只是中上人物然也是體面上定得來寫處全不見得

阮小二阮小五張横張順都是中上人物燕青是中上人物劉唐是中上人物徐寧董平是中上人物

戴宗是中下人物除却神行一件不足取

吾最恨人家子弟凡遇讀書都不理會文字只記得若干事跡便算讀過一部書了雖國策史記都作事跡搬過去何況水滸傳

水滸傳有許多文法非他書所曾有畧點幾則於後

有倒插法謂將後邊要緊字驀地先插放前邊如五臺山下鐵匠間壁父子客店又大相國寺嶽廟間壁菜園又武大娘子要同王乾娘去看虎又李逵去買棗糕收得湯隆等是也

有夾叙法謂急切裏兩箇人一齊說話須不是一箇說完了又一箇說必要一筆夾寫出來如瓦官寺崔道成說師兄息怒聽小僧說魯智深說你說你說等是也

有草蛇灰線法如景陽岡勤叙許多哨棒字

紫石街連寫若干簾子字等是也。驟看之有如無物。及至細尋。其中便有一條線索。拽之通體俱動。

有大落墨法。如吳用說三阮。楊志北京鬬武。王婆說風情。武松打虎。還道村捉宋江。二打祝家莊等是也。

有綿針泥刺法。如花榮要宋江開枷。宋江不肯。又晁蓋番番要下山。宋江番番勸住。至最後一次便不勸是也。筆墨外便有利刃直戳進來。

有背面鋪粉法。如要襯宋江奸詐。不覺寫作李逵眞率。要襯石秀尖利。不覺寫作楊雄糊塗是也。

有弄引法。謂有一段大文字不好突然便起。且先作一段小文字在前引之。如索超前先寫周謹。十分光前先說五事等是也。莊子云。始於青萍之末。盛於土囊之口。禮云。魯人有事於泰山。必先有事於配林。

有獺尾法。謂一段大文字後不好寂然便住。更作餘波演漾之。如梁中書東郭演武歸去後。知縣時文彬升堂。武松打虎下岡來遇着兩箇獵戶。血濺鴛鴦樓後。寫城壕邊月色等是也。

有正犯法。如武松打虎後。又寫李逵殺虎。又寫二解爭虎。潘金蓮偷漢後。又寫潘巧雲偷漢。江州城劫法場後。又寫大名府劫法場。何濤捕盜後。又寫黃安捕盜。林冲起解後。又寫盧俊義起解。朱仝雷橫放晁蓋後。又寫朱仝雷橫放宋江等。正是要故意把題目犯了。却有本事出落得無一點一畫相借。以爲快樂是也。眞是渾身都是方法。

有畧犯法。如林冲買刀與楊志賣刀。唐牛兒

與鄆哥鄭屠肉舖與蔣門神快活林瓦官寺試禪杖與蜈蚣嶺試戒刀等是也

有極不省法如要寫宋江犯罪却先寫招文袋金子却又先寫閻婆惜和張三有事却又先寫宋江討閙婆惜却又先寫宋江捨棺材等凡有若干文字都非正文是也

有極省法如武松迎入陽穀縣恰遇武大也搬來正好撞着又如宋江琵琶亭喫魚湯後連日破腹等是也

有欲合故縱法如白龍廟前李俊二張二童二穆等救船已到却寫李逵重要殺入城去還道村玄女廟中趙能趙得都已出去却有樹根絆跌土兵叫喊等令人到臨了又加倍喫嚇是也

有橫雲斷山法如兩打祝家莊後忽插出解珍解寶爭虎越獄事又正打大名城時忽插出截江鬼油裏鰍謀財傾命事等是也只為文字太長了便恐累墜故從半腰閒暫時閃出以間隔之

有鸞膠續絃法如燕青往梁山泊報信路遇楊雄石秀彼此須互不相識且繇梁山泊到大名府彼此既同取小徑又豈有止一小徑之理看他便順手借如意子打鵲求卦先關出巧來然後用一拳打倒石秀逗出姓名來等是也都是刻苦算得出來

舊時水滸傳子弟讀了便曉得許多閒事此本雖是點閱得粗略子弟讀了便曉得許多文法不惟曉得水滸傳中有許多文法他便將國策史記等書中間但有若干文法也都看得出來舊時子弟讀國策史記等書都只看了閒事煞是好笑

水滸傳到底只是小說子弟極要看及至看

了時却憑空使他胸中添了若干文法
人家子弟只是胸中有了這些文法他便國
策史記等書都肯不釋手看水滸傳有功於
子弟不少
舊時水滸傳販夫皁隷都看此本雖不曾增
減一字却是與小人沒分之書必要眞正有
錦繡心腸者方解說道好

第五才子書施耐菴水滸傳卷之四

聖歎外

貫華堂所藏古本水滸傳前自有序一篇今錄之

人生三十而未娶不應更娶四十而未仕不應更仕五十不應爲家六十不應出游何以言之用違其時事易盡也朝日初出蒼蒼凉凉澡頭面裹巾幘進盤飧嚼楊木諸事甫畢起問可中中已久矣中前如此中後可知一日如此三萬六千日何有以此思憂竟何所得樂矣每怪人言某甲於今若干歲夫若干者積而有之之謂今其歲積在何許可取而數之否可見已往之吾悉已變滅不寧如是吾書至此句此句以前已疾變滅是以可痛也快意之事莫若友快友之快莫若談其誰曰不然然亦何曾多得有時風寒有時泥雨有時卧病有時不値如是等時眞住牢獄矣舍下薄田不多多

種秫米身不能飲吾友來需飲也舍下門臨大河嘉樹有蔭爲吾友行立蹲坐處也舍下執炊爨理盤槅者僅老婢四人其餘凡畜童子大小十有餘人便於馳走迎送傳接簡帖也舍下童婢稍閒便課其縛帚織席縛帚所以埽地織席供吾友坐也吾友畢來當得十有六人然而畢來之日爲少非甚風雨而盡不來之日亦少大率日以六七人來爲嘗矣吾友來亦不便飲酒欲飲則飲欲止先止各隨其心不以酒爲樂以談爲樂也吾友談不及朝廷非但安分亦以路遥傳聞爲多傳聞之言無實無實卽唐喪唾津矣亦不及人過失者天下之人本無過失不應吾詆誣之也所發之言不求驚人人亦不驚未嘗不欲人解而人卒亦不能解者事在性情之際世人多忙未曾嘗聞也吾友旣皆纖淡通闊之士其所發明四方可遇然而每日言畢卽休無人記録有時亦思集成一書用贈後人而至今闕如者名心旣盡其心多懶一微言求樂著書心苦二身死之後無能讀人三今年所作明年必悔四也是水滸傳七十一卷則吾友散後燈下戲墨爲多風雨甚無人來之時半之然而經營於心久而成習不必伸紙執筆然後發揮蓋薄莫籬落之下五更臥被之中垂首撚帶睇目觀物之際皆有所遇矣或若問言旣已未嘗集爲一書云何獨有此傳則豈非此傳成之無名不成無損一心閒試弄舒卷自恣二無賢無愚無不能讀三文章得失小不足悔四也嗚呼哀哉吾生有涯吾嗚乎知後人之讀吾書者謂何但取今日以示吾友吾友讀之而樂斯亦足耳且未知吾之後身讀之謂何亦未知吾之後身得讀此書者乎吾又安所用其眷念哉東都施耐菴序

第五才子書施耐菴水滸傳卷之四

第五才子書施耐菴水滸傳卷之五

聖歎外書

試看書林隱處、幾多俊逸儒流、虛名薄利不關愁、裁氷及翦雪、談笑看吳鉤、評議前王并後帝、分眞僞占據中州、七雄擾擾亂春秋、興亡如脆柳、身世類虛舟、見成名無數、圖名無數、更有那逃名無數、霎時新月下長川、滄海變桑田古路、訝求魚緣木、擬窮猿擇木、又恐是傷弓曲木、不如且覆掌中杯、再聽取新聲曲度、

楔子

張天師祈禳瘟疫

洪太尉誤走妖魔

哀哉乎此書旣成而命之曰水滸也是一百八人者爲有其人乎爲無其人乎誠有其人也卽何心而至於水滸也爲無其人也則是爲此書者之胸中吾不知其有何等寃苦而必設言一百八人而又遠託之於水涯吾聞率土之濱莫非王臣普天之下莫非王土也一百八人而無其人猶巳耳一百八人而有其人彼豈眞欲以宛子城蓼兒洼者爲非復趙宋之所覆載乎哉吾讀孟子至伯夷避紂居北海之濱太公避紂居東海之濱二語未嘗不歎紂雖不善不可避也海濱雖遠猶紂地也二老倡衆去故就新雖以聖人非盛節也彼孟子者自言願學孔子實未離於戰國游士之習故猶有此言未能滿於後人之心若孔子其必不出於此今一百八人而有其人殆不止於伯夷太公居海避紂之志矣大義滅絕其何以訓若一百八人而無其人也則是爲此書者之設言也爲此書者吾則不知其胸中有何等寃苦而爲如此設言然以賢如孟子猶未免於大醇小疵之譏其何責

於稗官後之君子亦讀其書哀其心可也

古人著書每每若干年布想若干年儲材又復若干年經營點竄而後得脫於稿哀然成爲一書也今人不會看書往往將書容易混帳過去於是古人書中所有得意處不得意處轉筆處難轉筆處趂水生波處翻空出奇處不得不補處不得不省處順添在後處倒插在前處無數方法無數筋節悉付之於茫然不知而僅僅粗記前後事跡是否成敗以助其酒前茶後雄譚快笑之旗鼓嗚呼史記稱五帝之文尚不雅馴而爲薦紳之所難言奈何乎今忽取綠林豪猾之事而爲士君子之所雅言乎吾特悲讀者之精神不生將作者之意思盡沒不知心苦實負良工故不辭不敏而有此批也

此一回古本題曰楔子楔子者以物出物之謂也以瘟疫爲楔楔出祈禳以祈禳爲楔楔出天師以天師爲楔楔出洪信以洪信爲楔楔出遊山以遊山爲楔楔出開碣以開碣爲楔楔出三十六天罡七十二地煞此所謂正楔也中間又以康節希夷二先生楔出劫運定數以武德皇帝包拯狄青楔出星辰名字以山中一虎一蛇楔出陳達楊春以洪信驕情傲色楔出高俅蔡京以道童猥獕難認直楔出第七十回皇甫相馬作結尾此所謂奇楔也

紛紛五代亂離間一旦雲開復見天草木百年新雨露車書萬里舊江山尋常巷陌陳羅綺幾處樓臺奏管絃天下太平無事日鶯花無限日高眠（好詩）

（一部大書詩起詩結天下太平起天下太平結）話說這八句詩乃是故宋神宗天子朝中一箇名儒姓邵諱堯夫道號康節先生所作（一箇算數先生）爲歎五代殘唐天下干戈不

息那時朝屬梁暮屬晉正謂是朱李石劉郭梁唐晉漢周都來十五帝播亂五十秋十五五十顛倒大衍河圖中宮二數便妙後來感得天道循環向甲馬營中生下太祖武德皇帝來大書武德皇帝見此一朝不用掉文袋子這朝聖人出世紅光滿天聖人出世紅光滿天妖魔出世黑氣一道異香經宿不散乃是上界霹靂大仙下降為天罡地煞先作映襯英雄勇猛智量寬洪自古帝王都不及這朝天子一條桿棒等身齊打四百座軍州都姓趙絕妙好辭可見全部鎗棒悉從一王之制矣那天子掃清寰宇蕩靜中原國號大宋建都汴梁九朝八帝班頭四百年開基帝主因此上邵堯夫先生讚道一旦雲開復見天正如教百姓再見天日之面一般那時西嶽華山有箇陳摶處士又一箇算數先生兩位先生胸中算定有六六三十六員重之七十二座矣是箇道高有德之人能辨風雲氣色一日騎驢下山向那華陰道中正行之間聽得路上客人傳說嶽下一大部評話如今東京柴世宗讓位與趙簡點登基那陳摶先生

聽得心中歡喜以手加額在驢背上大笑攧下驢來人問其故那先生道天下從此定矣正乃上合天心下合地理中合人和自庚申年間受禪開基即位在位一十七年天下太平傳位與御弟太宗立乎元指乎宋傳位御弟傳疑也太宗皇帝在位二十二年傳位與真宗皇帝真宗又傳位與仁宗這仁宗皇帝乃是上界赤腳大仙又為天罡地煞先作映襯降生之時晝夜啼哭不止朝廷出給黃榜召人醫治感動天庭差遣太白金星下界忽然轉出一座星辰為一百單八座星辰作引化作一老叟前來揭了黃榜自言能止太子啼哭看榜官員引至殿下朝見真宗天子聖旨教進內苑看視太子那老叟直至宮中抱着太子耳邊低低說了八箇字太子便不啼哭奇事奇文那老叟不言姓名只見化陣清風而去耳邊道八箇甚字道是文有文曲武有武曲忽然從一座星辰又轉出兩座星辰為一百單八座作引妙妙八箇字只是四箇字奇情奇文端的是玉帝差遣紫微宮中兩座星辰

下來輔佐這朝天子（星辰以座論，奇事。星辰可以下來，奇事。星辰被玉帝差遣下來，奇事。玉帝差遣星辰下來輔佐天子，奇事。）文曲星乃是南衙開封府主龍圖閣大學士包拯，武曲星乃是征西夏國大元帥狄青（申呂嶽降，傳說列星，變用得好。）這兩箇賢臣出來輔佐這朝皇帝。在位四十二年，改了九箇年號。自天聖元年癸亥登基，至天聖九年，那時天下太平，五穀豐登，萬民樂業，路不拾遺，戶不夜閉，這九年謂之一登（一登、二登、三登，有據無據，撰成妙語。）自明道元年至皇祐三年，這九年亦是豐富，謂之二登。自皇祐四年至嘉祐二年，這九年田禾大熟，謂之三登。一連三九二十七年，號爲三登之世（九年一登，又九年二登，又九年三登，一連三九二十七年，號爲三登之世。筆意都從康節、希夷兩先生生來。）那時百姓受了些快樂，誰道樂極悲生。嘉祐三年春間，天下瘟疫盛行，自江南直至兩京，無一處人民不染此症。天下各州各府，雪片也似申奏將來。且說東京城裏城外，軍民死亡大半。開封府主包待制親將惠民和濟局方，自出俸資合藥，救治萬民。那里醫治得（自是正事。不可不先補出。）瘟疫越盛。文武百官商議，都向待漏院中聚會，伺候早朝，奏聞天子。是日嘉祐三年三月三日（合成九數。陽極於九，數之窮也。易窮則變，變出一部水滸傳來。）五更三點，天子駕坐紫宸殿，受百官朝賀已畢，當有殿頭官喝道：「有事出班早奏，無事捲簾退朝。」只見班部叢中，宰相趙哲、參政文彥博出班奏道：「目今京師瘟疫盛行，傷損軍民甚多。伏望陛下釋罪寬恩，省刑薄稅（自是正論，不可不先補出。）祈禳天災，救濟萬民。」天子聽奏，急敕翰林院隨卽草詔：一面降赦天下罪囚，應有民間稅賦悉皆赦免；一面命在京宮觀寺院修設好事禳災。不料其年瘟疫轉盛。仁宗天子聞知，龍體不安，復會百官計議。向那班部中有一大臣，越班啓奏。天子看時，乃是叅知政事范仲淹。拜罷起居，奏道：「今天災盛行，軍民塗炭，日夕不能聊生。以臣愚意，要禳此災，可宜嗣漢天師星夜臨朝，就京禁院修設三千六百分羅天大醮奏聞上帝可以禳保民間瘟疫不必眞出希文只是臨文相借耳○先是藥局又是修省第三段方轉出祈禳來仁宗天子准奏急令翰林學士草詔一道天子御筆親書詔并降御香一炷香欽差內外提點殿前太尉洪信爲天使前往江西信州龍虎山宣請嗣漢天師張眞人星夜來朝祈禳瘟疫就金殿上焚起御香香親將丹詔付與洪太尉詔即便登程前去洪信領了聖敕辭別天子背了詔書詔盛了御香香帶了數十人上了鋪馬一行部從離了東京取路逕投信州貴溪縣來不止一日省來到江西信州大小官員出郭迎接隨即差人報知龍虎山上清宮住持道衆準備接詔是日官員接詔報知道衆次日衆位官同送太尉到於龍虎山下只見上清宮許多道衆鳴鐘擊鼓香花燈燭幢幡寶蓋一派仙樂都下山來迎接丹詔次日官員送太尉道衆接詔直至上清宮前下馬當下上至住持眞人下及道童侍從前迎後

引接至三清殿上請將詔書居中供養着上下前後詔書居中錦心繡口隨筆成妙洪太尉便問監宮眞人道天師今在何處住持眞人向前稟道好教太尉得知這代祖師號曰虛靖天師性好清高倦於迎送自向龍虎山頂結一茅庵修眞養性因此不住本宮太尉道目今天子宣詔如何得見眞人答道容稟詔敕權供在殿上貧道等亦不敢開讀且請太尉到方丈獻茶再煩計議當時將丹詔供養在三清殿上詔與衆官都到方丈太尉居中坐下執事人等獻茶就進齋供水陸俱備齋罷太尉再問眞人道既然天師在山頂庵中何不着人請將下來相見開宣丹詔眞人稟道這代祖師雖在山頂其實道行非常能駕霧興雲踪跡不定貧道等時常亦難得見怎生教人請得下來太尉道似此如何得見目今京師瘟疫盛行今上天子特遣下官齎捧御書丹詔親捧龍香來請天師要做三千六百分羅天大

難以禳天災救濟萬民似此怎生奈何眞人稟道天子要救萬民只除是太尉辦一點志誠心此語不獨指祈禳瘟疫也。夫天子則豈有不要救萬民者。天子要救萬民。則豈有不倚仗太尉者。太尉若無誠心。則豈能救得萬民者。太尉救不得萬民。則豈能御答天子者。語雖不多。而其指甚遠。其斯以為眞人也乎。齋戒沐浴更換布衣休帶從人自背詔書焚燒御香步行上山禮拜叩請天師方許得見如若心不志誠空走一遭亦難得見太尉聽說道俺從京師食素到此如何心不志誠既然恁地依着你說明日絕早上山當晚各自權歇次日五更時分衆道士起來備下香湯請太尉起來沐浴換了一身新鮮布衣脚下穿上麻鞋草履喫了素齋取過丹詔用黃羅包袱背在脊梁上詔。手裏提着銀手爐降降地燒着御香香。許多道衆人等送到後山指與路徑眞人又稟道太尉要救萬民休生退悔之心只顧志誠上去總是致太尉以為天子救萬民之要訣。非為今日請天師叮寧也。太尉別了衆人口誦天尊寶號縱步上山來

獨自一箇行了一回盤坡轉徑攬葛攀藤約莫走過了數箇山頭三二里多路看看脚酸腿軟正走不動口裏不說肚裏躊躇心中想道我是朝廷貴官醜話。朝廷貴官四字。厭却無數英雄入水泊。此語却是此老說起。在京師時重裀而臥列鼎而食尚兀自倦怠妙語絕倒。重裀列鼎尚自倦怠。何不以調元贊化而將息之。何曾穿草鞋走這般山路知他天師在那里却教下官受這般苦又行不到三五十步攧着肩氣喘只見山凹裏起一陣風寫得出色。風過處向那松樹背後奔雷也似吼一聲寫得出撲地跳出一隻吊睛白額錦毛大蟲來先寫風。次寫吼。次寫大蟲。只是一筆。便有多少段落。初開簿第一條好漢。洪太尉喫了一驚叫聲阿呀千載欺君賣國人敗塲最後語撲地望後便倒那大蟲望着洪太尉左盤右旋咆哮了一回托地望後山坡下跳了去洪太尉倒在樹根底下諕得三十六箇牙齒捉對兒廝打奇句。那心頭一似十五箇吊桶七上八落的響奇句。渾身却如重風麻木奇句。兩腿一似鬬敗公雞

(奇句○四句一句一樣皆奇絕之文)口裏連聲叫苦大蟲去了一盞
茶時方纔爬將起來再收拾地上香爐還把龍香
燒着(香○何不寫詔詔在背上定當如故也)再上山來務要尋見天
師又行過三五十步口裏歎了數口氣怨道皇帝
(四字連讀始妙重祠列冊尚自倦怠者其胸中口中每每有此四字也)御限差俺來
這里教我受這場驚恐說猶未了只覺得那里又
一陣風(寫得出色)吹得毒氣直冲將來太尉定睛看時
山邊竹藤裏簌簌地響(寫得出色)搶出一條吊桶大小
雪花也似蛇來(亦先寫風次寫響次寫蛇○開簿第二條好漢)太尉見了
又喫一驚撇了手爐(香○前無此有)叫一聲我今番死也
往後便倒在盤陀石邊但見那條大蛇逕搶到盤
陀石邊朝着洪太尉盤做一堆兩隻眼迸出金光
張開巨口吐出舌頭噴那毒氣在洪太尉臉上驚
得太尉三魂蕩蕩七魄悠悠那蛇看了洪太尉一
回望山下一溜却早不見了太尉方纔爬得起來
說道慚愧驚殺下官看身上時寒粟子比餶飿兒

大小(此非前詳後畧正是從四句外增出一句耳)口裏罵那道士叵耐
無禮戲弄下官教俺受這般驚恐若山上尋不見
天師下去和他別有話說再拿了銀提爐(香)整頓
身上詔敕(詔○前不及詔此并及詔都妙)并衣服巾幘却待再要
上山去正欲移步(法變不然上去到幾時了)只聽得松樹背後
隱隱地笛聲吹響漸漸近來太尉定睛看時只見
一箇道童倒騎着一頭黃牛橫吹着一管鐵笛笑
吟吟地正過山來(一蛇一虎後忽接入此段筆墨變幻不可言)洪太尉
見了便喚那箇道童你從那里來認得我麼(好貨)道
童不倸只顧吹笛(寫得妙極)太尉連問數聲道童呵呵
大笑拿着鐵笛指着洪太尉(寫得妙極)說道你來此間
莫非要見天師麼太尉大驚便道你是牧童如何
得知(只合答云你是太尉如何得見)道童笑道我早間在草庵中
伏侍天師聽得天師說道今上天子差箇洪太尉
齎擎丹詔御香到來山中宣我往東京做三千六
百分羅天大醮祈禳天下瘟疫我如今乘鶴駕雲

去也這早晚想是去了不在庵中你休上去山內毒蟲猛獸極多恐傷害了你性命太尉再問道你不要說謊道童笑了一聲也不回應又吹着鐵笛轉過山坡去了寫得妙極太尉尋思道這小的如何盡知此事想是天師分付他一定是了此四字寫盡從來太尉自以爲是欲待再上山去方纔驚諕得苦爭些兒送了性命不如下山去罷太尉拿着提爐香再尋舊路奔下山來衆道士接着請至方丈坐下眞人便問太尉道曾見天師麼太尉說道我是朝中貴官如何教俺走得山路喫了這般辛苦爭些兒送了性命爲頭上至半山裏跳出一隻弔睛白額大蟲驚得下官魂魄都沒了又行不過一箇山嘴竹藤裏搶出一條雪花大蛇來盤做一堆攔住去路若不是俺福分大如何得性命回京好貨盡是你這道衆戲弄下官眞人覆道貧道等怎敢輕慢大臣這是祖師試探太尉之心本山雖有蛇虎並不傷人一部

水滸傳一百八人總贊太尉又道我正走不動方欲再上山坡只見松樹傍邊轉出一箇道童騎着一頭黃牛吹着管鐵笛正過山來我便問他那裏來識得俺麼他道已都知了說天師分付早晨乘鶴駕雲往東京去了下官因此回來眞人道太尉可惜錯過這箇牧童正是天師只說其一不說其二太尉道他既是天師如何這等猥㑭此一句直兜至第七十回皇甫端相馬之後見一部所列一百八人皆朝廷貴官嫌其猥㑭而失之於牝牡驪黃之外者也何獨不言既是天師如何這等猥㑭耶眞人答道這代天師非同小可雖然年幼其實道行非常他是額外之人一百八員所謂額外之人也四方顯化極是靈驗世人皆稱爲道通祖師洪太尉道我直如此有眼不識眞師當面錯過眞人道太尉且請放心既然祖師法旨道是去了比及太尉回京之日這場醮事祖師已都完了太尉見說方纔放心眞人一面教安排筵宴管待太尉請將丹詔收藏於御書匣內留在上清宮中詔書畢龍香就三清

殿上燒了龍香畢。當日方丈內大排齋供設宴飲酌，至晚席罷止宿。到曉次日早膳已後，真人道眾并提點執事人等請太尉遊山。天下本無事，遊山游出來。太尉大喜。許多人從跟隨着步行出方丈，前面兩箇道童引路，行至宮前宮後，看翫許多景致。三清殿上富貴不可盡言。左廊下九天殿、紫微殿、北極殿；右廊下太乙殿、三官殿、驅邪殿。以九天紫微北極太乙三官等殿引出驅邪一殿。以驅邪一殿引出伏魔一殿。諸宮看遍，行到右廊後一所去處。洪太尉看時，另外一所殿宇，一遭都是搗椒紅泥牆，正面兩扇朱紅槅子，門上使着肐膊大鎖鎖着，交叉上面貼着十數道封皮，封皮上又是重重疊疊使着朱印；簷前一面硃紅漆金字牌額，上書四箇金字，寫道：伏魔之殿。寫得怕人。○筆墨淋漓之至。太尉指着問道：「此殿是甚麼去處？」真人答道：「此乃是前代老祖天師鎖鎮伏魔之殿。」太尉又問道：「如何上面重重疊疊貼着許多封皮？」真人答道：「此是老祖大唐洞玄國師封鎖魔王在此。但是經傳一代天師，親手便添一道封皮，奇想奇文使其子子孫孫不得妄開。走了魔君，非當利害。今經八九代祖師，誓不敢開。鎖用銅汁灌鑄，誰知裏面的事。小道自來任持本宮三十餘年，也只聽聞。」妙。洪太尉聽了，心中驚怪，先驚想道：「我且試看魔王一看。」便對真人說道：「你且開門來，我看魔王甚麼模樣。」真人稟道：「太尉，此殿決不敢開！先祖天師叮嚀告戒：今後諸人不許擅開。」一稟。太尉笑道：一笑「胡說！你等要妄生怪事，煽惑良民，故意安排這等去處，假稱鎖鎮魔王，顯耀你們道術。我讀一鑑之書，好東西好文法何曾見鎖魔之法？神鬼之道，處隔幽冥，我不信有魔王在內。快快與我打開，我看魔王如何。」真人三回五次稟說：「此殿開不得，恐惹利害，有傷於人。」又稟太尉大怒，大怒指着道眾說道：「你等不開與我看，回到朝廷，先奏你們眾道士阻當宣詔，違別聖旨，不令我見天師的罪犯；

（看他隨口撰出人罪案來，前後太尉一轍也。）後奏你等私設此殿，假稱鎖鎮魔王，煽惑軍民百姓，把你都追了度牒，刺配遠惡軍州受苦。（後來許多刺配軍州，只炤前官律斷。）真人等懼怕太尉權勢，（真人猶怕太尉權勢，況其他哉。）只得喚幾箇火工道人來，先把封皮揭了，將鐵鎚打開大鎖，眾人把門推開，一齊都到殿內，黑洞洞不見一物。太尉教從人取十數箇火把點着，將來打一炤時，四邊並無一物，只中央一箇石碣，約高五六尺，下面石龜趺坐，大半陷在泥裏。（一部大書七十回，以石碣起，以石碣止，奇絕。碣字俗本訛作碑字。）炤那石碣上時，前面都是龍章鳳篆，天書符籙，人皆不識。（與第七十回一樣作章法。）炤那背後時，卻有四箇真字大書，鑿着「遇洪而開」。（奇事奇文。）洪太尉看了這四箇字大喜，（次又喜。）便對真人說道：「你等阻當我，卻怎地數百年前已註定我姓字在此？遇洪而開，分明是教我開看，卻何妨！我想這箇魔王都只在石碣底下。汝等從人與我多喚幾箇火工人等，將鋤頭鐵鍬來掘開。」真人慌忙稟道：「太尉不可掘動，恐有利害，傷犯於人，不當穩便。」（又稟。）太尉大怒，（又怒。）喝道：「你等道眾省得甚麼！碣上分明鑿着遇我教開，你如何阻當？快與我喚人來開。」真人又三回五次稟道：「恐有不好。」太尉那里肯聽。（詳書真人一稟再稟又稟又稟者，以深明天罡地煞出世之不容易也。）只得聚集眾人，先把石碣放倒，一齊併力掘那石龜，半日方纔掘得起。又掘下去，只有三四尺深，見一片大青石板，可方丈闊。（石碣之下石龜，石龜之下石板，寫得鄭重之至。）洪太尉叫再掘起來。真人又苦稟道：「不可掘動。」（掘到石板，又復苦稟，寫得鄭重之至。）太尉那里肯聽。眾人只得把石板一齊扛起，看時，石板底下卻是一箇萬丈深淺地穴。只見穴內刮剌剌一聲響亮，那響非同小可。響亮過處，只見一道黑氣從穴裏滾將起來，掀塌了半箇殿角。那道黑氣直沖到半天裏，空中散作百十道金光，望四面八方去了。（駭人之筆。他日有稱我者，有稱俺者，自稱小可者，有稱洒家者，有稱我老爺者，皆是此句化開。）眾人喫了一驚發聲喊撇下鋤頭鐵鍬盡從殿內奔將出來推倒攧翻無數驚得洪太尉目睜口呆罔知所措面色如土奔到廊下只見真人向前叫苦不迭太尉問道走了的却是甚麽妖魔真人道太尉不知此殿中當初是老祖天師洞玄真人傳下法符囑付道此殿內鎮鎖着三十六員天罡星七十二座地煞星共是一百單八個魔君在裏面上立石碣鑿着龍章鳳篆姓名鎮住在此楔者以物出物之謂此篇因請天師誤開石碣所謂楔也俗本不知誤入正書失之遠矣若還放他出世必惱下方生靈如今太尉放他走了怎生是好當時洪太尉聽罷渾身冷汗捉顫不住急急收拾行李引了從人下山回京真人并道衆送官已罷自回宮內修整殿宇竪立石碣不在話下了再說洪太尉在途中分付從人教把走妖魔一節休說與外人知道恐天子知而見責書出太尉於路無話星夜回至京師進得汴梁城聞人所說只聞人說足矣不必細敘醮事也天師在東京禁院做了七晝夜好事普施符籙禳救災病瘟疫盡消軍民安泰天師辭朝乘鶴駕雲且回龍虎山去了省洪太尉次日早朝見了天子奏說天師乘鶴駕雲先到京師臣等驛站而來纔得到此仁宗准奏賞賜洪信復還舊職瘟疫亦楔也醮事亦楔也天師亦楔也太尉亦楔也既已楔出三十六員天罡七十二座地煞矣便隨手收拾不復更用也亦不在話下後來仁宗天子在位共四十二年晏駕無有太子傳位濮安懿王允讓之子太宗皇帝的孫為前傳位御弟太宗句吐氣此傳外別傳之法也立帝號曰英宗在位四年傳位與太子神宗神宗在位一十八年傳位與太子哲宗那時天下太平一部大書數萬言却以以天下太平四字起天下太平四字止妙絕四方無事且住若真箇太平無事今日開書演義又說着些甚麽忽然掉筆一轉轉出一部大書來看官不要心慌此只是箇楔子下文便有

王教頭私走延安府　九紋龍大鬧史家村

史大郎夜走華陰縣　魯提轄拳打鎮關西

趙員外重修文殊院　魯智深大鬧五臺山
小霸王醉入銷金帳　花和尚大鬧桃花村
九紋龍剪徑赤松林　魯智深火燒瓦官寺
花和尚倒拔垂楊柳　豹子頭誤入白虎堂
林教頭刺配滄州道　花和尚大鬧野豬林
柴進門招天下客　林冲棒打洪教頭
林教頭風雪山神廟　陸虞候火燒草料場
朱貴水亭施號箭　林冲雪夜上梁山
梁山泊林冲落草　汴京城楊志賣刀
急先鋒東郭爭功　青面獸北京鬬武
赤髮鬼醉臥靈官殿　晁天王認義東溪村
吳學究說三阮撞籌　公孫勝應七星聚義
楊志押送金銀擔　吳用智取生辰綱
花和尚單打二龍山　青面獸雙奪寶珠寺
美髯公智穩插翅虎　宋公明私放晁天王
林冲水寨大併火　晁蓋梁山小奪泊

梁山泊義士尊晁蓋　鄆城縣月夜走劉唐
虔婆醉打唐牛兒　宋江怒殺閻婆惜
閻婆大鬧鄆城縣　朱仝義釋宋公明
橫海郡柴進留賓　景陽岡武松打虎
王婆貪賄說風情　鄆哥不忿鬧茶肆
王婆計啜西門慶　淫婦藥鴆武大郎
偷骨殖何九送喪　供人頭武二設祭
母夜叉孟州道賣人肉　武都頭十字坡遇張青
武松威鎮安平寨　施恩義奪快活林
施恩重霸孟州道　武松醉打蔣門神
施恩三入死囚牢　武松大鬧飛雲浦
張都監血濺鴛鴦樓　武行者夜走蜈蚣嶺
武行者醉打孔亮　錦毛虎義釋宋江
宋江夜看小鰲山　花榮大鬧清風寨
鎮三山大鬧青州道　霹靂火夜走瓦礫場
石將軍村店寄書　小李廣梁山射鴈

梁山泊吳用舉戴宗　揭陽嶺宋江逢李俊
沒遮攔追趕及時雨　船火兒大鬧潯陽江
及時雨會神行太保　黑旋風鬬浪裏白條
潯陽樓宋江吟反詩　梁山泊戴宗傳假信
梁山泊好漢劫法場　白龍廟英雄小聚義
宋江智取無爲軍　張順活捉黃文炳
還道村受三卷天書　宋公明遇九天玄女
假李逵剪徑劫單身　黑旋風沂嶺殺四虎
錦豹子小逕逢戴宗　病關索長街遇石秀
楊雄醉罵潘巧雲　石秀智殺裴如海
病關索大鬧翠屏山　拚命三火燒祝家莊
撲天鵰雙修生死書　宋公明一打祝家莊
一丈青單捉王矮虎　宋公明兩打祝家莊
解珍解寶雙越獄　孫立孫新大劫牢
吳學究雙掌連環計　宋公明三打祝家莊
插翅虎枷打白秀英　美髯公誤失小衙內
李逵打死殷天錫　柴進失陷高唐州
戴宗雙取公孫勝　李逵獨劈羅眞人
入雲龍鬬法破高廉　黑旋風下井救柴進
高太尉大興三路兵　呼延灼擺布連環馬
吳用使時遷偷甲　湯隆賺徐寧上山
徐寧教使鉤鐮鎗　宋江大破連環馬
三山聚義打青州　衆虎同心歸水泊
吳用賺金鈴弔挂　宋江鬧西嶽華山
公孫勝芒碭山降魔　晁天王曾頭市中箭
吳用智賺玉麒麟　張順夜鬧金沙渡
放冷箭燕青救主　劫法場石秀跳樓
宋江兵打北京城　關勝議取梁山泊
呼延灼月夜賺關勝　宋公明雪天擒索超
托塔天王夢中顯聖　浪裏白條水上報冤
時遷火燒翠雲樓　吳用智取大名府
宋江賞馬步三軍　關勝降水火二將

宋公明夜打曾頭市　盧俊義活捉史文恭
東平府誤陷九紋龍　宋公明義釋雙鎗將
沒羽箭飛石打英雄　宋公明棄糧擒壯士
忠義堂石碣受天文　梁山泊英雄驚惡夢

一部七十回正書、一百四十句題目、有分教宛子城中藏虎豹、蓼兒洼內聚蛟龍。畢竟如何緣故、且聽初回分解。

第五才子書施耐菴水滸傳卷之六

聖歎外書

第一回

王教頭私走延安府　九紋龍大鬧史家村

一部大書七十回將寫一百八人也乃開書未寫一百八人而先寫高俅者蓋不寫高俅便寫一百八人則是亂自下生也不寫一百八人先寫高俅則是亂自上作也亂自下生不可訓也作者之所必避也亂自上作不可長也作者之所深懼也一部大書七十回而開書先寫高俅有以也

高俅來而王進去矣王進者何人也不墜父業善養母志蓋孝子也吾又聞古有求忠臣必於孝子之門之語然則王進亦忠臣也孝子忠臣則國家之祥麟威鳳圓璧方珪者也

橫求之四海而不一得之豎求之百年而不一得之不一得之而忽然有之則當尊之榮之長跽事之必欲罵之打之至於殺之因逼去之是何為也王進去而一百八人來矣則是高俅來而一百八人來矣王進去後更有史進史者史也寓言稗史亦史也夫古者史以記事今稗史所記何事殆記一百八人之事也記一百八人之事而亦居然謂之史也何居從來庶人之議皆史也庶人則何敢議也庶人不敢議也庶人不敢議而又議何也天下有道然後庶人不議也今則庶人議矣何用知其天下無道曰王進去而高俅來矣

史之為言史也固也進之為言何也曰彼固自許雖稗史然已進於史也史進之為言進於史固也王進之為言何也曰必如此人庶幾聖人在上可教而進之於王道也必如王進然後可教而進之於王道然則彼一百八人也者固王道之所必誅也

一百八人則誠王道所必誅矣何用見王進之庶幾為聖人之民曰不墜父業善養母志猶其可見者也更有其不可見者如黜名不到不見其首也一去延安不見其尾也無首無尾者其猶神龍歟誠使彼一百八人者盡出於此吾以知其免耳而終不之及也一百八人終不之及夫而後知王進之難能也

不見其首者示人亂世不應出頭也不見其尾者示人亂世決無收場也

一部書七十回一百八人以天罡第一星宋江為主而先做強盜者乃是地煞第一星朱武雖作者筆力縱橫之妙然亦以見其逆天而行也

次出跳澗虎陳達白花蛇楊春蓋隱括一部書七十回一百八人爲虎爲蛇皆非好相識也何用知其爲是隱括一部書七十回一百八人曰楔子所以楔出一部而天師化現恰有一虎一蛇故知陳達楊春是一百八人之總號也

話說故宋哲宗皇帝在時其時去仁宗天子已遠（只是順手從楔子寫來却將從來國步升降天運循環一筆提盡使讀者便有上失其道民散久矣之痛也）東京開封府汴梁宣武軍便有一箇浮浪破落戶子弟（開書第一樣腳色作書者蓋深著破國亡家結怨連禍之皆繇是輩始也言子弟則有爲之父兄者矣失教之罪誰實任之）姓高排行第二自小不成家業只好刺鎗使棒最是踢得好腳氣毬京師人口順不叫高二却都叫他做高毬後來發跡便將氣毬那字去了毛傍添作立人便改作姓高名俅（毛傍者何物也而居然自以爲立人人亦從而立人之蓋當時諸公袞袞者皆是也奇絕之文）這人吹彈歌舞刺鎗使棒相撲頑耍亦胡亂學詩書詞賦若論仁義禮智信行忠良却是不會（甚矣詩書詞賦之易而仁義禮智信行忠良之難也觀於高俅不其然乎）只在東京城裏城外幫閒因幫了一箇生鐵王員外兒子使錢（生鐵之子未有不使錢者可笑可歎）每日三瓦兩舍風花雪月被他父親開封府裏告了一紙文狀府尹把高俅斷了二十脊杖迭配出界發放東京城裏人民不許容他在家宿食（極寫高俅狠毒以深惡之也不容他在家却容他在朝天實爲之謂之何哉）高俅無計奈何只得來淮西臨淮州投奔一箇開賭坊的閒漢柳大郎名喚柳世權他平生專好惜客養閒人招納四方干隔澇漢子（奇句）高俅投托得柳大郎家一住三年（一路以年計以月計以日計皆史公章法一住三年）後來哲宗天子因拜南郊感得風調雨順放寬恩大赦天下那高俅在臨淮州因得了赦宥罪犯思量要回東京這柳世權却和東京城裏金梁橋下開生藥舖的董將仕是親戚寫了一封書札收拾些人事盤纏齎發高俅回東京投奔董將仕家過活

當時高俅辭了柳大郎背上包裹離了臨淮州迤邐回到東京逕來金梁橋下董生藥家下了這封書董將仕一見高俅看了柳世權來書（如畫）自肚裏尋思道這高俅我家如何安着得他（看他處處安着不得與府尹所斷如出一口）若是箇志誠老實的人可以容他在家出入也教孩兒們學些好他却是箇幫閒的破落戶沒信行的人亦且當初有過犯來被斷配的人舊性必不肯改若畱住在家中倒惹得孩兒們不學好了待不收畱他又撇不過柳大郎面皮當時只得權且歡天喜地相畱在家宿歇每日酒食管待（曲折之筆）住了十數日（住了十數日）董將仕思量出一箇路數將出一套衣服（細甚妙甚不然送配回來人如何可見小蘇學士去）寫了一封書簡對高俅說道小人家下螢火之光照人不亮恐後悞了足下我轉薦足下與小蘇學士處（蘇學士也而又曰小彼何人斯也）久後也得箇出身足下意內如何高俅大喜謝了董將仕董將仕使箇人將着書簡引領高俅逕到學士府內門吏轉報小蘇學士出來見了高俅看了來書知道高俅原是幫閒浮浪的人心下想道我這里如何安着得他（又與將仕如出一口見天下不容也）不如做箇人情薦他去駙馬王晉卿府裏做箇親隨人都喚他做小王都太尉（王太尉也而亦曰小彼何人斯也）他便喜歡這樣的人當時回了董將仕書札畱高俅在府裏住了一夜（住一夜）次日寫了一封書呈使箇幹人送高俅去那小王都太尉處這太尉乃是哲宗皇帝妹夫神宗皇帝的駙馬他喜愛風流人物正用這樣的人一見小蘇學士差人持書送這高俅來拜見了便喜隨卽寫回書收畱高俅在府內做箇親隨自此高俅遭際在王都尉府中出入如同家人一般（忽作一結結住下又自另起文字頓挫有法）古道日遠日疎日親日近忽一日（省而筆勢突兀可喜）小王都太尉慶誕生辰分付府中安排筵宴專請小舅端王（小蘇學士小王太尉小舅端王嗟乎既已羣小相聚矣高俅卽欲不得志亦豈可得哉）

這端王乃是神宗天子第十一子哲宗皇帝御弟，見掌東駕，排號九大王，是箇聰明俊俏人物。這浮浪子弟門風幫閒之事，無一般不曉，無一般不會，更無一般不愛（誠乃巍巍聖德）；即如琴棋書畫無所不通（一樣省文筆法），踢毬打彈，品竹調絲，吹彈歌舞，自不必說（又一樣省文筆法）。當日王都尉府中准備筵宴，水陸俱備。請端王居中坐定，太尉對席相陪。酒進數杯，食供兩套，那端王起身淨手，偶來書院裏少歇，猛見書案上一對兒羊脂玉碾成的鎮紙獅子，極是做得好，細巧玲瓏（憑空忽然生出）。端王拿起獅子，不落手看了一回道：「好！」王都尉見端王心愛，便說道：「再有一箇玉龍筆架，也是這箇匠人一手做的（忽然生出獅子，又忽然陪出筆架。獅子實，筆架虛，極文章之致也），却不在手頭，明日取來，一併相送。」端王大喜道：「深謝厚意。想那筆架必是更妙。」（不讚獅子，却讚筆架，而已讚獅子之極矣。筆法妙不可言）王都尉道：「明日取出來，送至宮中便見。」端王又謝了。兩箇依舊入席飲宴，至暮盡醉方散了。端王相別回宮去了。次日，小王都太尉取出玉龍筆架和兩箇鎮紙玉獅子，着一箇小金盒子盛了（又陪一色），用黃羅包袱包了（又陪一色），寫了一封書呈，却使高俅送去（一路都是串寫，此行却是突然，令讀者出於意外）。高俅領了王都尉鈞旨，將着兩般玉玩器，懷中揣了書呈，逕投端王宮中來。把門官吏轉報與院公。沒多時，院公出來問：「你是那箇府裏來的人？」高俅施禮罷，答道：「小人是王駙馬府中特送玉玩器來進大王。」院公道：「殿下在庭心裏和小黃門踢氣毬（賢士大夫軍國重事），你自過去。」高俅道：「相煩引進。」院公引到庭門，高俅看時，見端王頭戴軟紗唐巾，身穿紫繡龍袍，腰繫文武雙穗絛，把繡龍袍前襟拽扎起，揣在縧兒邊（橫嵌一句在縧下靴上，寫出踢毬身分，奇妙之極），足穿一雙嵌金線飛鳳靴，三五箇小黃門相伴着蹴氣毬（活畫出來）。高俅不敢過去衝撞，立在從人背後伺候。也是高俅合當發跡，時運到來，那箇氣毬騰地起來端王接箇不着向人叢裏直滾到高俅身邊奇想奇文淋漓跳躍那高俅見氣毬來也是一時的膽量使箇鴛鴦拐踢還端王奇想奇文端王見了大喜便問道你是甚人高俅向前跪下道小的是王都尉親隨姓名不作一句出受東人使令齎送兩般玉玩器來進獻大王有書呈在此拜上端王聽罷笑道姐夫直如此掛心高俅取出書呈進上端王開盒子看了玩器都遞與堂候官收了去那端王且不理玉玩器下落却先問高俅道你這來會踢氣毬你喚做甚麼玩器亦楔子也既已楔出氣毬便累而不論矣高俅叉手跪覆道小的叫做高俅始出姓名胡亂踢得幾脚端王道好你便下場來踢一回要進身之易如此皆天爲之也高俅拜道小的是何等樣人敢與恩王下脚端王道這是齊雲社名爲天下圓奇句但踢何傷高俅再拜道怎敢三回五次告辭端王定要他踢高俅只得叩頭謝罪解膝下場纔踢幾脚端王喝采先引一筆下乃極寫之高俅只得把

平生本事都使出來奉承端王那身分模樣那身分是一段道氣毬是一段今下一段便似鰾膠粘住矣上一段却忽然從半句虛歇住蓋不忍言之也這氣毬一似鰾膠粘在身上的端王大喜那里肯放高俅回府去就留在宮中過了一夜過了一夜次日排箇筵會專請王都尉宮中赴宴却說王都尉當日晚不見高俅回來正疑思間固非王都尉之所料也只見次日門子報道九大王差人來傳令旨請太尉到宮中赴宴王都尉出來見了幹人看了令旨隨即上馬來到九大王府前下馬入宮來見了端王端王大喜稱謝兩般玉玩器只略帶入席飲宴間端王說道這高俅特致其辭踢得兩脚好氣毬孤欲索此人做親隨如何王都尉答道殿下既用此人就留在宮中伏侍殿下端王歡喜執杯相謝二人又閒話一回至晚席散王都尉自回駙馬府去不在話下了都尉亦楔子也既已楔出端王便亦累而不論也且說端王自從索得高俅做伴之後留在宮中宿食高俅自此遭際端

王每日跟着寸步不離忽又作一結結住下又另起文字頓挫有法未及兩箇月未及兩箇月哲宗皇帝晏駕無有太子文武百官商議冊立端王為天子立帝號曰徽宗便是玉清教主微妙道君皇帝大書玉清一號以弔動天罡地煞也登基之後一向無事忽一日與高俅道一向無事者無所事於天下也忽一日與高俅道者天下從此有事也作者於道君皇帝每多微辭焉如此類是也朕欲要擡舉你但有邊功方可陞遷先教樞密院與你入名只是做隨駕遷轉的人後來沒半年之間直擡舉高俅做到殿帥府太尉職事沒半年間高俅得做太尉選揀吉日良辰去殿帥府裏到任所有一應合屬公吏衙將都軍監軍馬步人等盡來參拜各呈手本開報花名高殿帥一一點過於內只欠一名八十萬禁軍教頭王進開書第一籌人物却似神龍無首寫得妙絕半月之前已有病狀在官患病未痊不曾入衙門管事高殿帥大怒喝道胡說既有手本呈來却不是那廝抗拒官府搪塞下官此人即係推病在家快

與我拿來隨即差人到王進家來捉拿王進且說這王進却無妻子只有一箇老母二語是一部大書門面家風讀者須要處處着眼年已六旬之上牌頭與教頭王進說道如今高殿帥新來上任點你不着軍正司稟說染患在家見有病患狀在官高殿帥焦躁那里肯信定要拿你只道是教頭詐病在家教頭只得去走一遭若還不去定連累小人了王進聽罷只得捱着病來進得殿帥府前參見太尉拜了四拜躬身唱箇喏起來立在一邊高俅道你那廝便是都軍教頭王昇的兒子輕輕生出王昇以爲報怨之繇讀之但見其出筆之突兀不知其用筆之輕妙也王進稟道小人便是高俅喝道這廝你爺是街市上使花棒賣藥的可駭你省得甚麼武藝前官沒眼參你做箇教頭如何敢小覷我不伏俺點視你托誰的勢要推病在家安閒快樂句句罵王進句句駁高俅妙絕王進告道小人怎敢其實患病未痊高太尉罵道賊配軍你既害病如何來得小人偏有口給王進

又告道太尉呼喚安敢不來高殿帥大怒喝令左右拿下加力與我打這廝衆多牙將都是和王進好的只得與軍正司同告道今日是太尉上任好日頭權免此人這一次（得此一筆便令王進為無瑕之璧不似後文衆人身犯刑法。）高太尉喝道你這賊配軍且看衆將之面饒恕你今日明日却和你理會王進謝罪起來擡頭看了認得是高俅出得衙門歎口氣道俺的性命今番難保了俺道是甚麽高殿帥却原來正是東京幫閑的圓社高二（看他文字。極盡起抑跌頓之妙。）比先時曾學使棒被我父親一棒打翻三四箇月將息不起有此之讐（不惟註明。兼令高俅本事出醜。又見宋時軍功可笑。）他今日發跡得做殿帥府太尉正待要報讐我不想正屬他管自古道不怕官只怕管俺如何與他爭得怎生奈何是好回到家中悶悶不已對娘說知此事母子二人抱頭而哭（寫王進全是孺子之色。不作英雄身分。）（一子母二人。）娘道我兒三十六着走為上着只恐没處走（為一百八人腦後下針。）王進道母親說得是兒子尋思也是這般計較只有延安府老种經畧相公鎮守邊庭他手下軍官多有曾到京師的愛兒子使鎗棒何不逃去投奔他們那里是用人去處足可安身立命（普天下想來只此一處。讀之。令我想。令我哭。）當下子母二人（二子母二人。）商議定了其母又道我兒和你要私走只恐門前兩箇牌軍是殿帥府撥來伏侍你的他若得知須走不脫王進道不妨母親放心兒子自有道理措置他當下日晚未昏王進先叫張牌入來（張牌。）分付道你先喫了些晚飯我使你一處去幹事張牌道教頭使小人那里去王進道我因前日病患許下酸棗門外嶽廟裏香願明日早要去燒炷頭香你可今晚先去分付廟祝教他來日早些開廟門等我來燒炷頭香就要三牲獻劉李王你就廟裏歇了等我張牌答應先喫了晚飯叫了安置望廟中去了（一箇去了。）當夜子母二人（三子母二人。）收拾了行李衣服細軟銀兩做一擔兒打挾了(擔。)又裝兩箇料袋袱駝拴在馬上的(馬。)等到五更天色未明(五更天色未明。)王進叫起李牌(李牌。)分付道你與我將這些銀兩去嶽廟裏和張牌買箇三牲煮熟在那里等候我買些紙燭隨後便來李牌將銀子望廟中去了(又一箇去了。)王進自去備了馬(馬。)牽出後槽將料袋袱駝搭上把索子拴縛牢了牽在後門外扶娘上了馬(孝子如畫。)家中麤重都棄了(照前細軟二字。)鎖上前後門挑了擔兒(擔。)跟在馬後(孝子如畫。)趁五更天色未明乘勢出了西華門(不出酸棗門。)取路望延安府來(也去了。)且說兩箇牌軍買了福物煮熟在廟等到巳牌(巳牌。)也不見來李牌心焦走回到家中尋時(一箇來。)見鎖了門兩頭無路尋了半日(半日。)並無有人看看待晚(晚。)嶽廟裏張牌疑忌一直逕回家來(又一箇來。)又和李牌尋了一黃昏看看黑了(黃昏。)兩箇見他當夜不歸(一夜。)又不見了他老娘次日兩箇牌軍又去他親戚之家訪問(次日。兩箇去。)亦無尋處兩箇恐怕連累只得去殿帥府首告王教頭棄家在逃子母不知去向(兩箇來。)高太尉見告大怒道賊配軍在逃看那廝待走那里去隨即押下文書行開諸州各府捉拏逃軍王進二人首告免其罪責(此自是王進傳耳與彼二人亦復何涉只如是省去好。)不在話下且說王教頭母子二人(四子母二人)自離了東京免不得饑餐渴飲夜住曉行在路一月有餘(省)忽一日天色將晚王進挑着擔兒跟在娘的馬後口裏與母親說道天可憐見慚愧了我子母兩箇(五子母二人。)脫了這天羅地網之厄此去延安府不遠了高太尉便要差人拿我也拿不着了子母二人歡喜(一段爲錯過宿頭作地耳却宛然一幅孝子慈母行樂圖也○六子母二人。)在路上不覺錯過了宿頭走了這一晚不遇着一處村坊那里去投宿是好正沒理會處只見遠遠地林子裏閃出一道燈光來(逼邏生出事情來。)王進看了道好了遮莫去那里陪箇小心借宿一宵明日早行當時轉入林子裏來看時却是一所大莊院一週遭都是土墻墻外却有二三百株大柳樹（先寫柳樹）當時王教頭來到莊前敲門多時只見一箇莊客出來王進放下擔兒（放擔。敲門多時。猶未放擔。寫趕路情景如畫）與他施禮莊客道來俺莊上有甚事王進答道實不相瞞小人母子二人（七子母二人）貪行了些路程錯過了宿店來到這里前不巴村後不巴店欲投貴莊借宿一宵明日早行依例拜納房金萬望週全方便莊客道既是如此且等一等待我去問莊主太公肯時但歇不妨王進又道大哥方便莊客入去多時出來說道莊主太公教你兩箇入來王進請娘下了馬王進挑着擔兒就牽了馬（孝子如畫）隨莊客到裏面打麥場上（先寫打麥場）歇下擔兒把馬拴在柳樹上（一路曲曲寫擔寫馬妙絕）子母二人（八子母二人）直到草堂上來見太公那太公年近六旬之上鬚髮皆白頭戴遮塵煖帽身穿直縫寬衫腰繫皁絲縧足穿熟皮靴王進見了便拜

太公連忙道客人休拜你們是行路的人辛苦風霜且坐一坐王進母子二人（九母子二人）敘禮罷都坐定太公問道你們是那里來的如何昏晚到此王進答道小人姓張（第一箇姓張人）原是京師人今來消折了本錢無可營用要去延安府投奔親眷不想今日路上貪行了程途錯過了宿店欲投貴莊假宿一宵來日早行房金依例拜納太公道不妨如今世上人那箇頂着房屋走哩你母子二位（十母子二人）敢未打火叫莊客安排飯來沒多時就廳上放開條桌子莊客托出一桶盤四樣菜蔬一盤牛肉鋪放桌上先盪酒來篩下（只如此妙）太公道村落中無甚相待休得見怪王進起身謝道小人子母（十一子母二人）無故相擾此恩難報太公道休這般說且請喫酒一面勸了五七杯酒搬出飯來（只如此妙）二人喫了收拾碗碟太公起身引王進子母到客房裏安歇王進告道小人母親騎的頭口相煩寄養草料望乞

應付一併拜酬一路寫馬至此將馬忽作一收太公道這箇不妨我家也有頭口騾馬教莊客牽出後槽一發喂養後文水窮雲起全仗此語作線王進謝了挑那擔兒到客房裏來一路寫擔至此將擔亦忽作一收莊客點上燈火一面提湯來洗了脚太公自回裏面去了王進子母二人十二子母二人謝了莊客掩上房門收拾歇息寫得精細之至次日睡到天曉不見起來莊主太公來到客房前過聽得王進老母在房中聲喚欲便接史進而嫌其突也又作遷延以少遲之真乃文生情情生文極筆墨搖曳之妙也太公問道客官失曉好起了王進聽得慌忙出房來見太公施禮說道小人起多時了夜來多多攪擾甚是不當偏與聽得聲喚不接妙太公問道誰人如此聲喚王進道實不相瞞太公說老母鞍馬勞倦昨夜心疼病發太公道既然如此客人休要煩惱教你老母且在老夫莊上住幾日我有箇醫心疼的方叫莊客去縣裏撮藥來與你老母親喫教他放心慢慢地將息莊主何曾有心疼方只因如此便好遷延轉出史進來耳王進謝了話休絮繁自此王進子母二人十三子母二人在太公莊上服藥住了五七日覺道母親病患痊了王進收拾要行行文至此路絕矣無轉處矣當日因來後槽看馬只見空地上一箇後生脫膊着刺着一身青龍銀盤也似一箇面皮約有十八九歲拿條棒在那里使何意一轉有此炫爛之文令人耳目駭動也王進看了半晌不覺失口道這棒也使得好了高眼慈心有此失口只是有破綻贏不得真好漢那後生聽得大怒喝道你是甚麽人敢來笑話我的本事俺經了七八箇有名的師父我不信倒不如你你敢和我扠一扠麽說猶未了太公到來喝那後生不得無禮那後生道㕶耐這廝笑話我的棒法太公道客人莫不會使鎗棒王進道頗曉得些敢問長上這後生是宅上何人太公道是老漢的兒子王進道既然是宅內小官人若愛學時小人點撥他端正如何全是高眼慈心亦復儒者氣象太公道恁地時十分好便教那後生

來拜師父那後生那里肯拜此處寫史進負氣正令後文納頭便拜出色。心中越怒道阿爹休聽這廝胡說若喫他贏得我這條棒時我便拜他為師王進道小官人若是不當村時較量一棒耍子那後生就空地當中把一條棒使得風車兒似轉向王進道你來你來怕你不算好漢寫史進負氣可笑。王進只是笑不肯動手寫王進全是儒者氣象妙妙。太公道客官既是肯教小頑時使一棒何妨王進笑道恐衝撞了令郎時須不好看太公道這箇不妨若是打折了手腳也是他自作自受王進道恕無禮去鎗架上兩字妙。蓋王進此來不曾帶棒。打麥場上又無第二棒也。拿了一條棒在手裏來到空地上使箇旗鼓名家自有家數。妙絕。那後生看了一看拿條棒滾將入來逕遶王進寫史進負氣好笑。王進托地拖了棒便走不是尋常家數。那後生輪着棒又趕入來史進好笑。王進回身把棒望空地裏劈將下來不是尋常家數。那後生見棒劈來用棒來隔史進好笑。王進卻不打下來將棒一掣卻望後

生懷裏直搠將來只一繳不是尋常家數。妙絕。只一棒法寫得便如生龍活虎。此豈書生筆墨之所及耶那後生的棒丟在一邊撲地望後倒了史進好笑。寫史進便活寫出不經事後生來。王進連忙撇了棒向前扶住又妙。全是儒者氣象。道休怪休怪那後生爬將起來便去傍邊掇條凳子納王進坐便拜道我枉自經了許多師家原來不值半分師父沒奈何只得請教妙絕史進。快絕史進。令人有生子當如九紋龍之歎也。沒奈何只得五字史進負氣語王進道我母子二人十四母子二人。連日在此攪擾宅上無恩可報當以效力太公大喜教那後生穿了衣裳與服衣招一同來後堂坐下叫莊客殺一箇羊安排了酒食菓品之類與前不同。就請王進的母親一同赴席四箇人坐定一面把盞太公起身勸了一杯酒說道與前不同師父如此高強必是箇教頭小兒有眼不識泰山王進笑道奸不厮欺俏不厮瞞小人不姓張俺是東京八十萬禁軍教頭王進的便是這鎗棒終日搏弄為因新任一箇高太尉原被先父

打翻今做殿帥府太尉懷挾舊讐要奈何王進小人不合屬他所管和他爭不得只得子母二人十五子母二人逃上延安府去投托老种經畧相公處勾當不想來到這里得遇長上父子二位如此看待又蒙救了老母病患連日管顧甚是不當既然令郎肯學時小人一力奉教只是令郎學的都是花棒想即高太尉之所學也只好看上陣無用小人從新點撥他純是慈心高厭太公見說了便道我兒可知輸了快來再拜師父那後生又拜了王進前寫負氣不肯拜此寫拜了再又拜可見史進之於王進全不是令世投拜門生也太公道教頭在上老漢祖居在這華陰縣界前面便是少華山行文至此又路絕矣又無轉處矣忽然先伏一奇峰在此這村便喚做史家村村中總有三四百家都姓史可稱史林老漢的兒子從小不負農業只愛刺鎗使棒母親說他不得一氣死了將母而去此其所以爲王進也寫死其母此其所以爲史進也兩兩寫來對搊入妙老漢只得隨他性子不知使了多少錢財投師父教他又請高手匠

人與他刺了這身花繡肩臂胸膛總有九條龍滿縣人口順都叫他做九紋龍史進一部書一百單八人而爲頭先敘史進作者蓋自許其書進於史矣九紋龍之號亦作者自讚其書也教頭今日既到這里一發成全了他亦好老漢自當重重酬謝王進大喜道太公放心既然如此說時小人一發教了令郎方去自當日爲始喫了酒食留住王教頭母子二人十六子母二人在莊上史進每日求王教頭點撥十八般武藝一一從頭指教史太公自去華陰縣中承當里正不在話下不覺荏苒光陰早過半年之上史進十八般武藝矛鎚弓弩銃鞭簡劍鏈撾斧鉞并戈戟牌棒與鎗杈一一學得精熟多得王進盡心指教點撥得件件都有奧妙王進見他學得精熟了自思在此雖好只是不了一日想起來相辭要上延安府去史進那里肯放少不得說道師父只在此間過了小弟奉養你母子二人十七母子二人以終天年多少是好王進道賢弟多蒙你好

心在此十分之好只恐高太尉追捕到來負累了你不當穩便以此兩難我一心要去延安府投着在老种經畧處勾當那里是鎭守邊庭用人之際足可安身立命史進并太公苦留不住只得安排一箇筵席送行托出一盤兩箇段子一百兩花銀謝師父次日王進收拾了擔兒（擔。）備了馬（馬。）子母二人（十八母子二人。）相辭史太公史進請娘乘了馬（孝子如畫。）望延安府路途進發史進叫莊客挑了擔兒（悌弟又如畫。）親送十里之程心中難捨史進當時拜別了師父灑淚分手和莊客自回王教頭依舊自挑了擔兒跟着馬子母二人（十九子母二人。）自取關西路里去了（安身立命去也。）話中不說王進去投軍役（開書第一篇人物從此神龍無尾寫得妙絕。）只說史進回到莊上每日只是打熬氣力亦且壯年又沒老小半夜三更起來演習武藝白日裏只在莊後射弓走馬（數語寫史進精神之極。蓋與春夏讀書。秋冬射獵。一樣手勝。）不到半載之間史進父親太公染病患證數日不起史進使人遠近請醫士看治不能痊可嗚呼哀哉太公殁了（完太公。令文字省手。）史進一面備棺槨盛殮請僧修設好事追齋理七薦拔太公又請道士建立齋醮超度生天整做了十數壇好事功果道場選了吉日良時出喪安葬滿村中三四百史家莊戶都來送喪掛孝埋殯在村西山上祖墳內了史進家自此無人管業史進又不肯務農只要尋人使家生較量鎗棒自史太公死後又早過了三四箇月日時當六月中旬（好筆法。）炎天正熱那一日史進無可消遣捉箇交床坐在打麥場邊柳陰樹下乘涼（史進亦有坐定之日。）對面松林透過風來史進喝采道好涼風（要寫人在松林裏張望。却先寫風在松林裏透過。筆法妙不可言。）正乘涼哩只見一箇人探頭探腦在那里張望（來得興。若直起少華山作書。亦有何難。）史進喝道作怪誰在那里張俺莊上史進跳起身來轉過樹背後打一看時認得是獵戶摽兔李吉（筆勢忽振忽落。）史進喝道李吉張我莊內做一座奇峯忽然跌落，然後卻向李吉口中重複跌起峯頭，行文如在山陰道中也。

甚麼？莫不是來相腳頭？李吉向前聲喏道：大郎，小人要尋莊上矮丘乙郎喫碗酒。（隨手撈出一矮丘乙郎，不知者謂是閑文，卻不知其便已預瞞王四，以見李吉之於史進莊上人無一不熟也。○喫碗酒照王四醉，妙。）因見大郎在此乘涼，不敢過來衝撞。史進道：我且問你，往常時你只是擔些野味來我莊上賣，我又不曾虧了你，如何一向不將來賣與我？敢是欺負我沒錢？（如此遞入少華山。）李吉答道：小人怎敢？一向沒有野味，以此不敢來。（遞入少華山，曲曲折折。）史進道：胡說！偌大一箇少華山，恁地廣闊，不信沒有箇獐兒兔兒。（以獐兒兔兒引出虎兒蛇兒，曲折之筆。）李吉道：大郎原來不知。（陡然轉入。）如今山上添了一夥強人，扎下一箇山寨，聚集着五七百箇小嘍囉，有百十匹好馬。（此六字直與最後照夜玉獅子馬作章法。）為頭那箇大王喚做神機軍師朱武，第二箇喚做跳澗虎陳達，第三箇喚做白花蛇楊春。（一百單八人，先出三地煞，文心縱橫莽莽之甚。）這三箇為頭打家劫舍，華陰縣裏禁他不得，出三千貫賞錢召人拿他，誰敢上去惹他？（井裏三人也。正挑史進也。）因此上小人們不敢上山打捕野味，那討來賣？史進道：我也聽得說有強人，（若無此句，便有何睡裏夢裏之說也。）不想那廝們如此大弄，必然要惱人。李吉，你今後有野味時，尋些來。（仍結歸野味，使文字有篇段。）李吉唱箇喏自去了。（完李吉。）史進歸到廳前，尋思這廝們大弄，必要來薅惱村坊，既然如此，便叫莊客揀兩頭肥水牛來殺了，莊內自有造下的好酒，先燒了一陌順溜紙，便叫莊客去請這當村裏三四百史家莊戶，都到家中草堂上序齒坐下，教莊客一面把盞勸酒。（一路寫史進英雄，寫史進爽快，寫史進潤綽，寫史進殷實，筆筆精神之極。）史進對衆人說道：我聽得少華山上有三箇強人，聚集着五七百小嘍囉打家劫舍。這廝們既然大弄，必然早晚要來俺村中囉唣。我今特請你衆人來商議，倘若那廝們來時，各家准備。我莊上打起梆子，你衆人可各執鎗棒前來救應；你各家有事，亦是如此，遞相救護，共保村坊。如若強人自來，都是我來理會（讀之令人壯氣）衆人道我等村農只靠大郎做主梆子響時誰敢不來當晚衆人謝酒各自分散回家准備器械（詳）自此史進修整門戶墻垣安排莊院設立幾處梆子拴束衣甲整頓刀馬隄防賊寇不在話下且說少華山寨中三箇頭領坐定商議爲頭的神機軍師朱武那人原是定遠人氏（出身處甚奸）能使兩口雙刀雖無十分本事却精通陣法廣有謀畧第二箇好漢姓陳名達原是鄴城人氏使一條出白點鋼鎗第三箇好漢姓楊名春蒲州解良縣人氏使一口大捍刀當日朱武却與陳達楊春說道如今我聽知華陰縣裏出三千貫賞錢召人捉我們誠恐來時要與他厮殺只是山寨錢糧欠少如何不去刼擄些來以供山寨之用聚積些糧食在寨裏防備官軍來時好和他打熬（看他曲曲折折而來）跳澗虎陳達道說得是如今便去華陰縣裏先問他借糧看他如何白花蛇楊春道不

（第六書方遞入正傳行文步驟千古未有）

要華陰縣去只去蒲城縣萬無一失（奇曲之想又有奇曲之筆以副之）陳達道蒲城縣人戶稀少錢糧不多不如只打華陰縣那里人民豐富錢糧廣有楊春道哥哥不知若去打華陰縣時須從史家村過那箇九紋龍史進是箇大蟲不可去撩撥他他如何肯放我們過去（上文從史進說到少華山便有李吉一篇奇曲文字此文從少華山說到史進便有楊春一篇奇曲文字真如雙龍天矯矣）陳達道兄弟好懦弱一箇村坊過去不得怎地敢抵敵官軍楊春道哥哥不可小覷了他那人端的了得朱武道我也曾聞他十分英雄說這人真有本事兄弟休去罷陳達叫將起來說道你兩箇閉了鳥嘴長別人志氣滅自巳威風他只是一箇人須不三頭六臂我不信喝叫小嘍囉快備我的馬來如今便去先打史家莊後取華陰縣（上文刼華陰縣是賓打史家莊是主賓者所以引乎主也此既得主仍不棄賓文章周纖之甚）朱武楊春再三諫勸陳達那里肯聽隨即披掛上馬點了一百四五十小嘍囉鳴鑼擂鼓下

山望史家村去了且說史進正在莊內整製刀馬（好）只見莊客報知此事史進聽得就莊上敲起梆子來那莊前莊後莊東莊西三四百史家莊戶聽得梆子響都拖鎗拽棒聚起三四百人一齊都到史家莊上（好）看了史進頭戴一字巾身披朱紅甲上穿青錦襖下着抹綠靴腰繫皮搭膊前後鐵掩心一張弓一壺箭手裏拿一把三尖兩刃四竅八環刀（從三四百人眼中看出妙妙）莊客牽過那匹火炭赤馬史進上了馬綽了刀前面擺着三四十壯健的莊客後面列着八九十村蠢的鄉夫各史家莊戶都跟在後頭一齊吶喊直到村北路口（好）那少華山陳達引了人馬飛奔到山坡下便將小嘍囉擺開史進看時見陳達頭戴乾紅凹面巾身披裹金生鐵甲上穿一領紅衲襖腳穿一對弔墩靴腰繫七尺攢線搭膊坐騎一匹高頭白馬手中橫着丈八點鋼矛（亦從史進眼中看出）小嘍囉兩勢下吶喊二員將就馬上相見陳達在馬上看着史進欠身施禮史進喝道汝等殺人放火打家劫舍犯着迷天大罪都是該死的人你也須有耳朵好大膽直來太歲頭上動土陳達在馬上答道俺山寨裏欠少些糧食欲往華陰縣借糧經縣貴莊假一條路並不敢動一根草可放我們過去回來自當拜謝史進道胡說俺家見當里正（閒話亦不落空）正要來拿你這夥賊今日倒來經縣我村中過却不拿你倒放你過去本縣知道須連累於我陳達道四海之內皆兄弟也相煩借一條路史進道甚麼閒話我便肯時有一箇不肯你問得他肯便去（好話）陳達道好漢教我問誰史進道你問得我手裏這口刀肯便放你去（好話絕倒）陳達大怒道趕人不要趕上休得要逞精神史進也怒輪手中刀驟坐下馬來戰陳達陳達也拍馬挺鎗來迎史進兩箇交馬鬬了多時史進賣箇破綻讓陳達把鎗望心窩裏搠來史進却把腰一閃

陳達和鎗攧入懷裏來（便學王進家數）史進輕舒猿臂（字法）款紐狼腰（字法）只一挾（字法）把陳達輕輕摘離了嵌花鞍（字法）款款揪住了線搭膊（字法）只一丟丟落地（字法）那匹戰馬撥風也似去了（如畫）史進叫莊客將陳達綁縛了衆人把小嘍囉一趕都走了（史進叫綁陳達衆人趕走嘍囉大將意在大將小卒意在小卒寫得甚好）史進回到莊上將陳達綁在庭心內柱上等待一發拿了那兩箇賊首一併解官請賞（此句極似發很却不知正是遷延一部都用此法）且把酒來賞了衆人教且權散衆人喝采不枉了史大郎如此豪傑（又寫衆人喝采文字精神之極）休說衆人歡喜飲酒却說朱武楊春兩箇正在寨裏猜疑捉摸不定且教小嘍囉再去探聽消息只見回去的人（出嘍囉）牽着空馬（字字不空）奔到山前只叫道苦也陳家哥哥不聽二位哥哥所說送了性命朱武問其緣故小嘍囉備說交鋒一節怎當史進英雄朱武道我的言語不聽果有此禍楊春道我們盡數都去與他死併如何（寫陳達便有陳達寫楊春又有楊春）朱武道亦是不可他尚自輸了你如何併得他過我有一條苦計若救他不得我和你都休（寫朱武又有朱武）楊春問道如何苦計朱武附耳低言說道只除恁地楊春道好計我和你便去事不宜遲再說史進正在莊上忿怒未消（只四字何等精神何等氣色）只見莊客飛報道山寨裏朱武楊春自來了史進道這廝合休我教他兩箇一發解官快牽馬過來一面打起梆子衆人早都到來史進上了馬（寫得如火似錦）正待出莊門只見朱武楊春步行已到莊前兩箇雙雙跪下擎着四眼淚（神機軍師亦復名下無虛）不止是苦計亦實有義氣也）史進下馬來（史進上馬史進下馬一上一下史進如虎也）喝道你兩箇跪下如何說朱武哭道小人等三箇累被官司逼迫不得已上山落草（一邊說解官請賞一邊說被官逼迫令人浩歎）當初發願道不求同日生只願同日死雖不及關張劉備的義氣其心則同今日小弟陳達不聽好言誤犯虎威已被英雄擒捉在貴莊無計懇

求今來一遝就死（其言令人感泣。眞乃神機軍師。）望英雄將我三人一發解官請賞誓不皺眉我等就英雄手內請死並無怨心（解官則死於官也。又曰英雄手內請死其視史進如戲也。眞乃神機軍師。）史進聽了尋思道他們直恁義氣我若拿他去解官請賞時反教天下好漢們恥笑我不英雄自古道大蟲不喫伏肉（出於何典。）史進便道你兩箇且跟我進來（直是下榻留賢。豈是開門揖盜。快哉史進也。）朱武楊春並無懼怯隨了史進直到後廳前跪下又教史進綁縛（此反嫌其詐。朱武之所以爲地煞也哉。）史進三回五次叫起來他兩箇那里肯起來（此反嫌其詐。）惺惺惜惺惺好漢識好漢（橫插二語。奇筆妙筆。）史進道你們既然如此義氣深重我若送了你們不是好漢我放陳達還你如何朱武道休得連累了英雄不當穩便寧可把我們去解官請賞（此反嫌其詐。）史進道如何使得你肯喫我酒食麼（不惟引入後廳。又要酌酒相待。此時三四百史家村人。在外廳打麥場上。大郎視之。眞如蚊蚋耳。○寫史進麤糙可愛。）朱武道一死尚然不懼何況酒肉乎當時史

進大喜解放陳達就後廳上座置酒設席管待三人（忽爲俘虜。忽爲上客。快哉史進。千載無此筵席。）朱武楊春陳達拜謝大恩酒至數杯少添春色酒罷三人謝了史進回山去了史進送出莊門（史進妙人。令人想殺。○眞是成禮而別。笑世上鞠躬之僞也。）自回莊上却說朱武等三人歸到寨中坐下朱武道我們非這條苦計怎得性命在此雖然救了一人却也難得史大郎爲義氣上放了我們過幾日備些禮物送去謝他救命之恩話休絮繁過了十數日（以下是一節。）朱武等三人收拾得三十兩蒜條金使兩箇小嘍囉乘月黑夜送去史家莊上當夜敲門莊客報知史進火急披衣來到莊前問小嘍囉有甚話說小嘍囉道三箇頭領再三拜覆特使進獻些薄禮酬謝大郎不殺之恩不要推却望乞笑留取出金子遞與史進初時推却次後尋思道既然好意送來受之爲當叫莊客置酒管待小較喫了半夜酒把些零碎銀兩賞了小較回山又過

半月有餘（以下又是一節）朱武等三人在寨中商議擄掠得好大珠子又使小嘍囉連夜送來莊上史進受了不在話下又過了半月（以下又是一節）史進尋思道（弄出也）也難得這三箇敬重我我也備些禮物回奉他次日叫莊客尋箇裁縫自去縣裏買了三疋紅錦裁成三領錦襖子又揀肥羊煑了三箇將大盒子盛了委兩箇莊客去送史進莊上有箇為頭的莊客王四此人頗能答應官府口舌利便（為欲寫他巧言誤事却先寫他答應官府是倒插過來之筆○大郎誤矣要見口舌利便頗能答應之人而能誤事有成者乎君子鑒於此而知能文之士不足用也）滿莊人都叫他做賽伯當史進教他同一箇得力莊客挑了盒擔直送到山下小嘍囉問了備細引到山寨裏見了朱武等三箇頭領大喜受了錦襖子并肥羊酒禮把十兩銀子賞了莊客每人喫了十數碗酒（先以山寨送禮引出史進送禮先以送禮喫酒引出下書喫酒筆筆節節次次妙甚）下山同歸莊內見了史進說道山上頭領多多上覆史進自此常常與朱武等三人往來不時間只是王四去山寨裏送物事不止一日（史進總結一句）寨裏頭領也頻頻地使人送金銀來與史進（山寨亦總結一句○已上文散敘三段總結二段皆為下王四失事作引非正文也）荏苒光陰時遇八月中秋到來史進要和三人說話約至十五夜來莊上賞月取酒先使莊客王四齎一封請書直去少華山上請朱武陳達楊春來莊上赴席王四馳書逕到山寨裏見了三位頭領下了來書朱武看了大喜三箇應允隨即寫封回書賞了王四五兩銀子喫了十來碗酒（有前文喫酒便令此處喫酒不突然也）王四下得山來正撞着時常送物事來的小嘍囉一把抱住那里肯放又拖去山路邊村酒店裏喫了十數碗酒（寫王四酒醉不作一沓便倒又轉出時常送物事小嘍囉來筆墨迴環拖貫妙不可言）王四相別了回莊一面走着被山風一吹（好）酒却湧上來踉踉蹌蹌一步一攧走不得十里之路見座林子奔到裏面望着那綠茸茸莎草地上撲地倒了原來摽兔李吉正

在那山坡下張兔兒（王四之醉也，便借送物事小嘍囉；回書之失也，便借摽兔李吉。筆墨遞環兜鎖，妙不可言。若俗筆另添出無數人，便令文字散亂無致也。）認得是史家莊上王四，趕入林子裏來扶他，那里扶得動。（初是好意相扶。）只見王四搭膊裏突出銀子來，李吉尋思（次是見銀起意。）道：這廝醉了，那里討得許多，何不拿他些也。是天罡星合當聚會，自是生出機會來。李吉解那搭膊望地下只一抖，那封回書和銀子都抖出來。（是無心拾得。）李吉拿起，頗識幾字，將書拆開看時，見上面寫着少華山朱武、陳達、楊春，中間多有兼文帶武的言語，却不識得，只認得三箇名字。（只認三箇名字足矣，不必全書也。）李吉道：我做獵戶，幾時能彀發跡！算命道我今年有大財，却在這里！（三是誤信算命。○寫李吉出首，亦復曲曲而來。）華陰縣裏見出三千貫賞錢捕捉他三箇賊人，叵耐史進那廝，前日我去他莊上尋矮丘乙郎，他道我來相腳頭躧盤，你原來倒和賊人來往！（趣。環兜鎖，絕世文情。）銀子并書都拿去了，望華陰縣裏來出首。却說莊客王四一覺直睡到二更方醒，覺來看見月光微微照在身上，喫了一驚，跳將起來，却見四邊都是松樹。（嘗讀坡公赤壁賦「人影在地，仰見明月」二語，歎其妙絕。蓋先見影，後見月，便宛然晚步光景也。此忽然脫化此法，寫作王四醒來，先見月光，後見松樹，便宛然五更酒醒光景，真乃善於用古矣。）便去腰裏摸時，搭膊和書都不見了。四下里尋時，只見空搭膊在莎草地上。王四只管叫苦，尋思道：銀子不打緊，這封回書却怎生好？正不知被甚人拿去了。眉頭一縱，計上心來。（前特讚王四賽百當，正為此眉頭一縱耳。）自道：若回去莊上說脫了回書，大郎必然焦躁，定是趕我出去。不如只說不曾有回書，那里查照。計較定了，飛也似取路歸來莊上，却好五更天氣。史進見王四回來，問道：你緣何方纔歸來？王四道：托主人福蔭，寨中三箇頭領都不肯放，留住王四喫了半夜酒，因此回來遲了。史進又問：曾有回書麼？王四道：三箇頭領要寫回書，却是小人道：三位頭領既然準來赴席，何必回書？小人又有杯酒路上恐有些失支脫節不是要處（上文特讚廣能答應正爲是也）史進聽了大喜說道不枉了諸人叫做賽伯當真箇了得王四應道小人怎敢差遲路上不曾住脚一直奔回莊上（於路只見松樹林裏一隻死狗）史進道既然如此教人去縣裏買些果品案酒伺候不覺中秋節至是日晴明得好史進當日分付家中莊客宰了一腔大羊殺了百十箇雞鵞準備下酒食筵宴看看天色晚來少華山上朱武陳達楊春三箇頭領分付小嘍囉看守寨柵只帶三五箇做伴將了朴刀各跨口腰刀不騎鞍馬步行下山（便令門外無馬以爲下文抵藉地）逕來到史家莊上史進接着各叙禮罷請入後園莊內已安排下筵宴史進請三位頭領上坐史進對席相陪便叫莊客把前後莊門拴了（炤後不要開門等句）一面飲酒莊內莊客輪流把盞一邊割羊勸酒酒至數杯却早東邊推起那輪明月史進和三箇頭領叙說舊話新言只聽得牆外一聲喊起火把亂明史進大驚跳起身來道三位賢友且坐待我去看喝叫莊客不要開門掇條梯子上牆打一看時（寫得好）只見是華陰縣縣尉在馬上引着兩箇都頭帶着三四百土兵圍住莊院史進和三箇頭領只管叫苦外面火把光中炤見鋼义朴刀五股义留客住擺得似麻林一般兩箇都頭口裏叫道不要走了強賊（如火）不是這夥人來捉史進并三箇頭領怎地教史進先殺了一兩箇人結識了十數箇好漢直教蘆花深處屯兵士荷葉陰中治戰船畢竟史進與三箇頭領怎地脫身且聽下回分解

第五才子書施耐菴水滸傳卷之七

聖歎外書

第二回

史大郎夜走華陰縣

魯提轄拳打鎭關西

此回方寫過史進英雄接手便寫魯達英雄方寫過史進麄糙接手便寫魯達麄糙方寫過史進爽利接手便寫魯達爽利方寫過史進剴直接手便寫魯達剴直作者蓋特地走此險路以顯自家筆力讀者亦當處處看他所以定是兩箇人定不是一箇人處毋負良史苦心也

一百八人爲頭先是史進一箇出名領衆作者却於少華山上特地爲之表白一遍云我要討箇出身求半世快活如何肯把父母遺體便點汚了嗟乎此豈獨史進一人之初心實惟一百八人之初心也蓋自一副才調無處擺劃一塊氣力無處出脫而鷙驁之性既不肯以伏死田塍而又有其狡猾之尤者起而乘勢呼聚之而於是討箇出身旣不可望點汚淸白遂所不惜而一百八人乃盡入於水泊矣嗟乎才調皆朝廷之才調也氣力皆疆場之氣力也必不得已而盡入於水泊是誰之過也

史進本題只是要到老种經畧相公處尋師父王進耳忽然一轉却就老种經畧相公外另變出一箇小种經畧相公來就師父王進外另變出一箇師父李忠來讀之眞如絳雲在霄伸卷萬象非復一目之所得定也

寫魯達爲人處一片熱血直噴出來令人讀之深愧虛生世上不曾爲人出力孔子云詩可以興吾於稗官亦云矣

打鄭屠忙極矣卻處處夾敘小二報信然第一段只是小二一箇第二段小二外又陪出買肉主顧第三段又添出過路的人不直文情如綺并事情亦如鏡我欲刳視其心矣

話說當時史進道卻怎生是好朱武等三箇頭領跪下道哥哥你是乾淨的人休爲我等連累了大郎可把索來綁縛我三箇出去請賞免得負累了你不好看（如此疑忌何以謂之神機軍師只因此文獨表史進便不免相借一襯非真朱武出醜也）史進道如何使得恁地時是我賺你們來捉你請賞枉惹天下人笑若是死時我與你們同死活時同活（口齒明快表盡大郎生平）你等起來放心別作圓便且等我問箇來歷情繇史進上梯子問道你兩箇何故半夜三更來劫我莊上（反責之妙絕○寫史進嘔氣憤如畫）兩箇都頭道大郎你兀自賴哩見有原告人李吉在這里史進喝道李吉你如何誣告平人（反責之妙絕）李吉應道我本不知林子裏拾得王四的回書一時問把在縣前看（怕史進語）因此事發史進叫王四問道你說無回書如何卻又有書王四道便是小人一時醉了忘記了回書史進大喝道畜生卻怎生好外面都頭人等懼怕史進了得不敢遶入莊裏來捉人三箇頭領把手指道且答應外面（如畫）史進會意在梯子上叫道你兩箇都頭都不必鬧動權退一步我自綁縛出來解官請賞那兩箇都頭都怕史進只得應道我們都是沒事的等你綁出來同去請賞史進下梯子來到廳前先叫王四帶進後園把來一刀殺了（了王四）喝教許多莊客把莊裏有的沒的細軟等物即便收拾盡教打疊起了一壁點起三四十箇火把莊裏史進和三箇頭領全身披掛鎗架上（顯得三人不曾帶來）各人跨了腰刀拿了朴刀拽扎起把莊後草屋點着莊客各自打拴了包裹外面見裏面火起都奔來後面看史進卻就中堂又放起火來大開莊門吶聲喊殺將出來史進當

頭（四字獨表史進。）朱武楊春在中陳達在後和小嘍囉并莊客一衝一撞指東殺西史進却是箇大蟲那里攔當得住（寫得有聲勢。）後面火光亂起殺開條路衝將出來正迎着兩箇都頭并李吉（筆勢迅疾。）史進見了大怒讐人相見分外眼明兩箇都頭見頭勢不好轉身便走李吉也却待回身史進早到手起一刀把李吉斬做兩段（了李吉）兩箇都頭正待走時陳達楊春趕上一家一朴刀結果了兩箇性命（此處殺李吉。不殺兩都頭可也。只是不殺。便要來趕。便費周旋。不若殺却。令文字乾淨。○首史進者。史進殺之。捉陳達楊春者。陳達楊春殺之。獨不及朱武者。所謂藏機於不用。早為軍師留身分也。）縣尉驚得跑馬走回去了衆土兵那里敢向前各自逃命散了不知去向（縣尉土兵放過。文乾淨。）史進引着一行人且殺且走直到少華山上寨內坐下喘息方定朱武等忙叫小嘍囉一面殺牛宰馬賀喜飲宴不在話下

一連過了幾日史進尋思（四字轉出一部書來。）一時間要救三人放火燒了莊院雖是有些細軟家財粗重什物盡皆沒了心內躊躇在此不了開言對朱武等說道我的師父王教頭（開言便是師父王教頭。表盡史進不忘其本。真可作一部大書領袖也。○我的師父王教頭。開言便是此七箇字。更無他句可以先之。史進胸中有老大學問。一筆遂已寫盡。）在關西經畧府勾當我先要去尋他只因父親死了不曾去得今來家私莊院廢盡我如今要去尋他朱武三人道哥哥休去只在我寨中且過幾時又作商議若哥哥不願落草時待平靜了小弟們與哥哥重整莊院再作良民史進道雖是你們的好情分只是我今去意難留我若尋得師父也要那里討箇出身求半世快樂（可見英雄初念。亦止要討箇出身。求半世快樂耳。必欲驅之盡入水泊。是誰之過歟。○此句是一百八人初心。）朱武道哥哥便在此間做箇寨主却不快活只恐寨小不堪歇馬史進道我是箇清白好漢如何肯把父母遺體來點污了（王進教法。○乃所願則學王進也。○此句為一百八人提出水心。貯之王進。亦不單表史進。）你勸我落草再也休題史進住了幾日定要去朱武等苦留不住史進帶去的莊客

都留在山寨了史莊只自收拾了些散碎銀兩打拴一箇包裹餘者多的盡數寄留在山寨史進頭帶白范陽氊大帽上撒一撮紅纓帽兒下裹一頂渾青抓角軟頭巾項上明黃縷帶身穿一領白紵絲兩上領戰袍腰繫一條搭五指梅紅攢線搭膊青白間道行纏絞腳襯着踏山透土多耳麻鞋跨一口銅鈸磬口鴈翎刀背上包裹提了朴刀辭別朱武等三人衆多小嘍囉都送下山來朱武等洒淚而別真淚與前擎着兩眼淚當有不同自回山寨去了只說史進提了朴刀離了少華山取路投關西五路望延安府路上來免不得饑飡渴飲夜住曉行獨自行了半月之上來到渭州這里也有一箇經畧府莫非師父王教頭在這里出筆有牛鬼蛇神之法令人猜測不出這里二字上省却史進道三字史進便入城來看時依然有六街三市只見一箇小小茶坊正在路口史進便入茶坊裏來揀一副坐位坐了茶博士問道客官喫甚茶史進

凡描寫兩人全身打扮處皆就衣服製度顏色上互相照耀以成奇景

道喫箇泡茶茶博士點箇泡茶放在史進面前史進問道這里經畧府在何處茶博士道只在前面便是史進道借問經畧府內有箇東京來的教頭王進麼茶博士道這府裏教頭極多有三四箇姓王的不知那箇是王進答得胡塗便留住史進腳道猶未了只見一箇大漢大踏步竟入進茶坊裏來史進看他時是箇軍官模樣頭裹芝麻羅萬字頂頭巾腦後兩箇太原府紐絲金環上穿一領鸚哥綠紵絲戰袍腰繫一條文武雙股鴉青縧足穿一雙鷹爪皮四縫乾黃靴生得面圓耳大鼻直口方腮邊一部貉𧳜鬍鬚身長八尺腰濶十圍那人入到茶坊裏面坐下茶博士道客官要尋王教頭只問這位提轄便都認得史進忙起身施禮道官人請坐拜茶那人見史進長大魁偉像條好漢便來與他施禮像條好漢方與施禮甚矣英雄之借施禮也若小人處處施禮亦獨何哉兩箇坐下史進道小人大膽敢問官人高姓大名那人道洒家

是經畧府提轄，姓魯，諱箇達字。敢問阿哥（看得上眼，便叫阿哥。妙絕。）你姓甚麼？史進道：小人是華州華陰縣人氏，姓史名進。請問官人，小人有箇師父，是東京八十萬禁軍教頭，姓王名進，不知在此經畧府中有也無？（魯達緊緊只問史進，史進緊緊只問王進，寫得一箇心頭一箇眼裏各自有事，極其精神。）魯提轄道：阿哥，你莫不是史家村甚麼九紋龍史大郎？（全不答王進，只是問史進。妙絕。○甚麽妙，寫出聞名時不肯便伏心事。）史進拜道：（得一人知我名，便不惜拜之。寫盡史進少年自喜。）小人便是。魯提轄連忙還禮（亦寫出格相待），說道：聞名不如見面，見面勝似聞名。（絕妙好辭。）你要尋王教頭，莫不是在東京惡了高太尉的王進？（直到此處方纔放下史進，還王進。筆法奇崛之極。○惡得高太尉，實是一件事。）史進道：正是那人。魯達道：俺也聞他名字。那箇阿哥（逕望叫阿哥，妙絕。）不在這里。洒家聽得說他在延安府老种經畧相公處勾當。（老种小种，真是奇文。）俺這渭州却是小种經畧相公鎮守。（奇文。○訪老种相公，却到小种相公治下；尋師父王進，却與師父李忠相遇：皆憑空變幻之文。）那人不在這里。你既是史大郎時，（既是史大郎五字，予奪在手。○亦答王進，仍接史進。寫得魯達愛才之極。）多聞你的好名字，你且和我上街去喫杯酒。（豪傑之酒，榮於華袞。）魯提轄挽了史進的手，（看他何等親熱。）便出茶坊來。魯達回頭道：茶錢洒家自還你。（欠一處茶錢。）茶博士應道：提轄但喫不妨，只顧去。兩箇挽了胳膊，出得茶坊來，上街行得三五十步，只見一簇衆人圍住白地上。史進道：兄長，我們看一看。（寫史進少年好事。）分開人衆看時，中間裏一箇人，仗着十來條桿棒，地上攤着十數箇膏藥，一盤子盛着，插把紙標兒在上面，却原來是江湖上使鎗棒賣藥的。史進看了，却認得他，原來是教史進開手的師父。（尋不着一箇師父，却尋着一箇師父。此師父前並不見彼師父，後並不見。真正奇絕妙絕之文。○此文與前小种經畧相公一段對看作章法。）叫做打虎將李忠。史進就人叢中叫道：師父，多時不見。李忠道：賢弟，如何到這里？魯提轄道：既是史大郎的師父，（既是史大郎的師父，予奪在手。）也和俺去喫三杯。（榮哉。）李忠道：待小子賣了膏藥，討了回錢，一同和提轄去。（小閒寫魯達便又有魯達一段性情氣槩令人耳目一換也看他一箇人便有一樣出色處真與史公並驅矣更不標意寫史進者此處專寫魯達史進便是陪客也

魯達道誰奈煩等你去便同去妙李忠道小人的衣飯無計奈何提轄先行小人便尋將來賢弟你和提轄先行一步又照顧史進魯達焦躁把那看的人一推一交罵道這廝們夾着屁眼撒開不去的洒家便打衆人見是魯提轄一鬨都走了如畫李忠見魯達兇猛敢怒而不敢言只得陪笑道好急性的人如畫又小當下收拾了行頭藥囊寄頓了鎗棒三箇人轉灣抹角來到州橋之下一箇潘家有名的酒店門前挑出望竿掛着酒旆漾在空中飄蕩三人來到潘家酒樓上揀箇濟楚閣兒裏坐下提轄坐了主位李忠對席史進下首坐了酒保唱了喏認得是魯提轄便道提轄官人打多少酒魯達道先打四角酒來一面鋪下菜蔬果品按酒又問道官人喫甚下飯魯達道問甚麼句但有句只顧賣來一發算錢還你句這廝句只顧來聒噪妙哉此公令人神往酒保下去隨即燙酒上來但是下口肉食只顧

將來擺一桌子三箇酒至數杯正說些閒話較量些鎗法說得入港只聽得隔壁閣子裏有人哽哽咽咽啼哭奇文魯達焦躁便把碟兒盞兒都丟在樓板上寫魯達酒保聽得慌忙上來看時見魯提轄氣憤憤地如畫酒保抄手道官人要甚東西分付賣來魯達道洒家要甚麼接口如畫你也須認得洒家看他托大語寫來如畫却恁地教甚麼人在間壁吱吱的哭攪俺弟兄們喫酒洒家須不曾少了你酒錢酒保道官人息怒小人怎敢教人啼哭打攪官人喫酒這箇哭的是綽酒座兒唱的父子兩人不知官人們在此喫酒一時間自苦了啼哭魯提轄道可是作怪你與我喚得他來寫魯達酒保去叫不多時只見兩箇到來前面一箇十八九歲的婦人背後一箇五六十歲的老兒手裏拿串拍板都來到面前看那婦人雖無十分的容貌也有些動人的顏色拭着淚眼向前來深深的道了三箇萬福那老兒也都

相見了魯達問道你兩箇是那里人家爲甚啼哭那婦人便道先是婦人說官人不知容奴告稟奴家是東京人氏因同父母來這渭州投奔親眷不想搬移南京去了母親在客店裏染病身故子父二人流落在此生受此間有箇財主叫做鎭關西鄭大官人因見奴家便使强媒硬保要奴作妾誰想寫了三千貫文書虛錢實契要了奴家身體未及三箇月他家大娘子好生利害將奴趕打出來不容完聚着落店主人家追要原典身錢三千貫父親懦弱和他爭執不得他又有錢有勢當初不曾得他一文如今那討錢來還他沒討奈何父親自小教得奴家些小曲兒來這里酒樓上趕座子每日但得些錢來將大半還他留些少子父們盤纏這兩日酒客稀少違了他錢限怕他來討時受他羞恥子父們想起這苦楚來無處告訴因此啼哭不想誤觸犯了官人望乞恕罪高擡貴手魯提轄又

看他有意無意將潘金蓮三字分作三句安放入後武松傳中忽然合攏將來此等文心都從契經中學得

問道你姓甚麼一句在那箇客店裏歇一句那箇鎭關西鄭大官人一句在那里住一句○一連問四句寫出魯達如活老兒答道又是老兒答老漢姓金排行第二孩兒小字翠蓮鄭大官人便是此間狀元橋下賣肉的鄭屠綽號鎭關西老漢父子兩箇只在前面東門裏魯家客店安下魯達聽了道呸只一字可以俳倒天下人俺只道那箇鄭大官人却原來是殺猪的鄭屠一朝發跡便起別號尋根討源總成一笑也這箇腌臢潑才投托着俺小种經畧相公門下做箇肉鋪戶十七字成句上十二字何等驚天動地讀至下五字忽然失笑却原來這等欺負人回頭看着李忠史進道你兩箇且在這里等洒家去打死了那厮便來快人快語覺秋後處決爲煩史進李忠抱住勸道哥哥息怒明日却理會兩箇三回五次勸得他住魯達又道老兒你來洒家與你些盤纏明日便回東京去如何眼中無難事父子兩箇告道若是能殼回鄉去時便是重生父母再長爺娘只是店主人家如何肯放鄭大官人

須着落他要錢魯提轄道這箇不妨事俺自有道理便去身邊摸出五兩來銀子（五兩。五兩來者約畧之辭也。一錠十兩者一定之辭也。二兩來者亦約畧之辭也。）放在桌上看着史進道洒家今日不曾多帶得些出來你有銀子借些與俺洒家明日便送還（借些妙。不知何時還。君子之不以小人待人也類如此矣。）你（前云茶錢洒家自還你此云酒家明日便送還你後云酒錢洒家明日送來還你凡三處許還而一去代州並不提起作者亦更不爲周旋者蓋魯達非硜硜自好必信必果之徒所以不必還而天下之人共諒之然不必還而又非不還故作者不得爲之周旋也）史進道直甚麼要哥哥還（是史進）去包裹裏取出一錠十兩銀子（十兩）放在桌上（史進銀多似魯達一倍非寫史進也寫魯達所以愛史進也）魯達看着李忠道你也借些出來與洒家（一視同仁）李忠去身邊摸出二兩來銀子（二兩。雖與魯達同是一摸字。而一箇摸得快一箇摸得慢須知之）魯提轄看了見少便道也是箇不爽利的人（真是眼中不曾見慣）魯達只把這十五兩銀子與了金老（十五兩。二兩之不顧此數可不爲之大哀乎）分付道你父子兩箇將去做盤纏一面收拾行李俺明日清早來發付你兩箇起身看那箇店主人敢留你。金老并女兒拜謝去了。魯達把這二兩銀子丟還了李忠（勝罵勝打勝殺勝剮真好）三人再喫了兩角酒下樓來叫道主人家酒錢洒家明日送來還你（又欠一處酒錢）主人家連聲應道提轄只顧自去但喫不妨只怕提轄不來賒。三箇人出了潘家酒肆到街上分手史進李忠各自投客店去了。只說魯提轄回到經畧府前下處到房裏晚飯也不喫氣憤憤地睡了（寫魯達寫出性情來妙筆）主人家又不敢問他。再說金老得了這一十五兩銀子回到店中安頓了女兒先去城外遠處覓下一輛車兒（車兒覓了）回來收拾了行李（行李收拾了）還了房宿錢算清了柴米錢（都算當了）只等來日天明（來日便去得快了。此一段與明日魯達坐做攔子正是一合事）當夜無事次早五更起來子父兩箇先打火做飯喫罷收拾了天色微明只見魯提轄大脚步走入店裏來（看他爲人爲徹何處復有此人）高聲叫道店小二那里是金老歇處小二道金公魯提

一路魯達文中皆用只一掌只一拳只一脚寫魯達潑綽打人亦打得潑綽

轄在此尋你金老開了房門道提轄官人裏面請坐、魯達道坐甚麼你去便去等甚麼直截爽快。何處更有此人。金老引了女兒挑了擔兒作謝提轄便待出門店小二攔住道金公那里去魯達問道他少你房錢小二道小人房錢昨夜都算還了須欠鄭大官人典身錢着落在小人身上看管他哩魯提轄道鄭屠的錢洒家自還他你放這老兒還鄉去三箇字捧下人淚。來。那店小二那里肯放魯達大怒揸開五指去那小二臉上只一掌打得那店小二口中吐血再復一拳一掌一拳只算先做箇樣兒也。打落兩箇當門牙齒小二扒將起來一道烟跑向店裏去躲了店主人那里敢出來攔他金老父子兩箇忙忙離了店中出城自去尋昨日覓下的車兒去了寫得妙。且說魯達尋思麁人偏細。妙絕。恐怕店小二趕去攔截他且向店裏掇條櫈子坐了兩箇時辰約莫金公去得遠了方纔起身寫魯達異常。逕到狀元橋來陡然接此一句。如奇鬼肆搏。如怒龍肆攫。令我耳目震駭。且說鄭屠開着兩間門面兩副肉案懸掛着三五片猪肉鄭屠正在門前櫃身內坐定看那十來箇刀手賣肉大官人身分。魯達走到門前叫聲鄭屠叫得快。人人稱大官人。彼亦居然大官人矣。偏要叫他一聲鄭屠。鄭屠看時見是魯提轄慌忙出櫃身來唱喏畫出鄭屠。道提轄恕罪便叫副手掇條櫈子來提轄請坐寫鄭屠屁滾尿流光景。總見魯達平日英雄。看副手賣肉。叫副手掇櫈。又總寫鄭屠平日做大官人也。魯達坐下道奉着經畧相公鈞旨鄭屠是相公舖戶。魯達處處以相公鈞旨壓之。妙絕。要十斤精肉切做臊子不要見半點肥的在上面奇情鄭屠道使頭你們快選好的切十斤去魯提轄道不要那等腌臢厮們動手你自與我切奇情鄭屠道說得是奇語。小人自切便了自去肉案上揀了十斤精肉細細切做臊子那店小二把手帕包了頭正來鄭屠家報說金老之事却見魯提轄坐在肉案門邊不敢攏來只得遠遠的立住在房簷下望此段如何插入。筆力奇矯。非世所能。這鄭屠整整的自切了半箇時辰（金老去遠了。）用荷葉包了道提轄教人送去（極其奉承語。）魯達道送甚麽（鄭屠直是開口不得。寫得妙絶。）且住（忽然一頓。○看他寫出不好生事。曲曲生出事來。妙筆。）再要十斤都是肥的不要見些精的在上面也要切做臊子（奇情。○句法倒轉。）鄭屠道卻纔精的怕府裏要裹餛飩肥的臊子何用（實不可解。）魯達睜着眼道相公鈞旨分付洒家誰敢問他（以人治人。只是相公分付四字。妙絶。）鄭屠道是合用的東西（嚇極生出妙語。）小人切便了又選了十斤實膘的肥肉也細細的切做臊子把荷葉來包了整弄了一早辰卻得飯罷時候（金老一發遠了。○前段此句在荷葉前。此處在荷葉後。法變。）那店小二那里敢過來連那正要買肉的主顧也不敢攏來（又夾叙一句店小二。又增出一句買肉的。奇不可言。）鄭屠道着人與提轄拿了送將府裏去魯達道再要十斤寸金軟骨也要細細地剁做臊子不要見些肉在上面（一發奇情。）鄭屠笑道卻不是特地來消遣我（又嚇又憤。翻出笑來。）魯達聽得跳起身來拿着那兩包臊子在手裏睜眼看着鄭屠說道洒家特地要消遣你把兩包臊子劈面打將去卻似下了一陣的肉雨（只須鄭屠一句。便疾接入。真覺筆墨都跳躍而出。○肉雨二字。千古奇文。）鄭屠大怒兩條忿氣從腳底下直衝到頂門心頭那一把無明業火焰騰騰的按捺不住從肉案上搶了一把剔骨尖刀托地跳將下來魯提轄早拔步在當街上（好筆段。）衆鄰舍并十來箇火家那箇敢向前來勸（百忙中偏又要夾入店小二。卻反先增出鄰舍火家陪之。筆力之奇矯不可言。）兩邊過路的人都立住了腳（又增出一句過路人。）和那店小二也驚得呆了（百忙中處處夾店小二。真是極忙者事。極閒者筆也。）鄭屠右手拿刀左手便來要揪魯達（要揪妙。所謂螳臂當車。）被這魯提轄就勢按住左手趕將入去望小腹上只一腳騰地踢倒在當街上魯達再入一步踏住胸脯提着那醋鉢兒大小拳頭看着這鄭屠道洒家始投老种經畧相公做到關西五路廉訪使也不枉了叫做鎮關西（先叙自己一句。使之有珠玉在前之愧。）你是箇賣肉的操刀屠戶（恐其居之不疑。便連自家亦已忘卻。故明白正告之。）狗一般的人還他等殺。也叫做鎮關西便似爭此三字者。妙絕。不爭此。亦只爭此。你如何強騙了金翠蓮撲的只一拳正打在鼻子上第一拳在鼻子上。打得鮮血迸流鼻子歪在半邊卻便似開了箇油醬舖鹹的酸的辣的一發都滾出來鼻根味塵。真正奇文。鄭屠掙不起來那把尖刀也丟在一邊忽叙尖刀。口裏只叫打得好還硬。魯達罵道直娘賊還敢應口硬再打。提起拳頭來就眼眶際眉梢只一拳第二拳在眼眶上。打得眼稜縫裂烏珠迸出也似開了箇彩帛舖的紅的黑的紫的都綻將出來眼根色塵。真正奇文。兩邊看的人懼怕魯提轄誰敢向前來勸百忙中偏要再夾一句。鄭屠當不過討饒已軟。魯達喝道咄你是箇破落戶若是和俺硬到底洒家倒饒了你你如今對俺討饒洒家偏不饒你又軟又打。又只一拳太陽上正着第三拳在太陽上。卻似做了一箇全堂水陸的道場磬兒鈸兒鐃兒一齊響耳根聲塵。真正奇文。○三段一段奇似一段。魯達看時只見鄭屠挺在地下口裏只有出的氣沒了入

的氣動撣不得魯提轄假意道魯達亦有假意之日。寫來偏妙。你這廝詐死洒家再打只見面皮漸漸的變了魯達尋思道寫麤人偏細。妙絕。俺只指望痛打這廝一頓不想三拳真箇打死了他洒家須喫官司又沒人送飯大丈夫快活事。他日出家。亦虧此句也。不如及早撒開拔步便走回頭指着鄭屠屍道你詐死洒家和你慢慢理會一頭罵一頭大踏步去了魯達亦有權詐之日。寫來偏妙。街坊鄰舍并鄭屠的火家誰敢向前來攔他魯提轄回到下處急急捲了些衣服盤纏細軟銀兩但是舊衣麤重都棄了提了一條齊眉短棒奔出南門一道烟走了且說鄭屠家中衆人和那報信的店小二魯達已去。何不報信。蓋之絕倒。○小二惡知不自幸云。賴是走得快。幾以身先試之。救了半日不活嗚呼死了老小鄰人逕來州衙告狀候得府尹陞廳金老之去。全虧做覺久。賺子細。兩番那延。魯達之去。亦虧候陞廳。禀經畧。兩番擔擱。正是一樣筆法。接了狀子看罷道魯達係是經畧府提轄不敢擅自逕來捕捉兇身府尹隨即上轎來到經

畧府前下了轎子把門軍士入去報知經畧聽得教請到廳上與府尹施禮罷經畧問道何來府尹禀道好教相公得知府中提轄魯達無故用拳打死市上鄭屠不曾禀過相公不敢擅自捉拏兇身（魯達去得遠了。）經畧聽說喫了一驚尋思道這魯達雖好武藝只是性格麄鹵今番做出人命事俺如何護得短須教他推問使得經畧回府尹道魯達這人原是我父親老經畧處的軍官爲因俺這里無人幇護撥他來做箇提轄既然犯了人命罪過你可拏他依法度取問如若供招明白擬罪已定也須教我父親知道方可斷決怕日後父親處邊上要這箇人時（此語本無奇特不知何故讀之淚下。又知普天下人讀之皆淚下也。）却不好看府尹禀道下官問了情繇合行申禀老經畧相公知道方敢斷遣府尹辭了經畧相公出到府前上了轎回到州衙裏陞廳坐下（魯達一發去得遠了。）便喚當日緝捕使臣押下文書捉拏犯人魯達當時王觀察領了公文將帶二十來箇做公的人逕到魯提轄下處只見房主人道却纔拕了些包裹提了短棒出去了小人只道奉着差使又不敢問他王觀察聽了教打開他房門看時只有些舊衣舊裳和些被臥在裏面王觀察就帶了房主人東西四下里去跟尋州南走到州北捉拏不見（魯達一發去得遠了。）王觀察又捉了兩家鄰舍并房主人同到州衙廳上回話道魯提轄懼罪在逃不知去向只拏得房主人并鄰舍在此府尹見說且教監下一面教拘集鄭屠家鄰佑人等點了仵作行人仰着本地方官人并坊廂里正再三簡驗已了鄭屠家自備棺木盛殮寄在寺院一面疊成文案一壁差人杖限緝捕兇身原告人保領回家隣佑杖斷有失救應房主人并下處鄰舍止得箇不應魯達在逃行開箇廣捕急遞的文書（急遞。故魯達初到鴈門。榜文已先張掛也。半日無數那延尚自謂之急遞。可發一笑。）各處追捉出賞錢一千貫寫了魯達的年甲貫址形貌到處張掛一千人等踈放聽候鄭屠家親人自去做孝不在話下且說魯達自離了渭州東逃西奔急急忙忙行過了幾處州府正是饑不擇食寒不擇衣慌不擇路貧不擇妻忽入四句如謡似諺。正是絕妙好辭。第四句寫成諧笑。千古獨絕。魯達心慌搶路正不知投那里去的是一迷地行了半月之上却走到代州鴈門縣入得城來見這市井鬧熱人烟輳集車馬軿馳一百二十行經商買賣行貨都有端的整齊雖然是箇縣治勝如州府魯提轄正行之間却見一簇人圍住了十字街口看榜魯達看見挨滿也鑽在人叢裏聽時魯達却不識字只聽得衆人讀道榜文在耳中聽出來。代州鴈門縣依奉太原府指揮使司該准渭州文字捕捉打死鄭屠犯人魯達即係經畧府提轄如有人停藏在家宿食與犯人同罪若有人捕獲前來或首告到官支給賞錢一千貫文文未畢。妙絕。魯提轄正聽到那里只聽得背後一箇人大叫道張大哥奇文。○王進自家僞姓張。魯達他人僞呼張。甚矣張字之熟也。你如何在這里攔腰抱住扯離了十字路口不是這箇人看見了横拖倒拽將去有分教魯提轄剃除頭髮削去髭鬚倒換過殺人姓名薅惱殺諸佛羅漢直教禪杖打開危險路戒刀殺盡不平人畢竟扯住魯提轄的是甚人且聽下回分解

第五才子書施耐菴水滸傳卷之八

聖歎外書

第三回

趙員外重修文殊院
魯智深大鬧五臺山

看書要有眼力非可隨文發放也如魯達遇着金老却要轉入五臺山寺夫金老則何力致魯達於五臺山乎故不得已却就翠蓮身上生出一箇趙員外來所以有箇趙員外者全是作魯達入五臺山之線索非爲代州鴈門縣有此一箇好員外故必向魯達文中出現也所以文中凡寫員外愛鎗棒有義氣處俱不得失口便讚員外也是一箇人要如都向前段金老所云女兒常常對他孤老說句中生出來便見員外只是愛妾面上着實用情故後文魯達下五臺處便有好生不然一語了結員外一向情分讀者尚不會此便目不辨牛馬牡牝矣

寫金老家寫得小樣寫五臺山寫得大樣真是史遷復生

魯達兩番使酒要兩樣身分又要句句不相像雖難矣然猶人力所及耳最難最難者於兩番使酒接連處如何做箇間架若不做一間架則魯達日日將惟使酒是務耶且令讀者一番方了一番又起其目光心力亦接濟不及矣然要別做間架其將下何等語豈真如長老所云念經誦咒辦道參禪者乎今忽然拓出題外將前文使酒字面掃刷淨盡然後逍遥悠颺走下山去並不思酒何況使酒眞斷鰲煉石之才也

話說當下魯提轄紐過身來看時拖扯的不是別人却是渭州酒樓上救了的金老（文奇）那老兒直拖

魯達到僻靜處說道恩人你好大膽見今明明地張掛榜文出一千貫賞錢捉你你緣何却去看榜若不是老漢遇見時却不被做公的拿了榜上見寫着你年甲貌相貫址魯達道洒家不瞞你說因為你上就那日回到狀元橋下是魯達爽直聲口在別人口中便有許多謙遜此却直直云因為你上正迎着鄭屠那廝被洒家三拳打死了因此上在逃一到處撞了四五十日不想來到這里你緣何不回東京去也來到這里問得緊簇金老道恩人在上自從得恩人救了老漢尋得一輛車子本欲要回東京去又怕這廝趕來極曲之情極便之筆亦無恩人在彼搭救老兒口中贊一句天下無雙因此不上東京去隨路望北來撞見一箇京師古鄰來這里做買賣就帶老漢父子兩口兒到這里虧殺了他就與老漢女兒做媒結交此間一箇大財主趙員外養做外宅衣食豐足皆出於恩人我女兒嘗嘗對他孤老說提轄大恩員外後邊許多好意都在此句生出那箇員外也愛刺鎗使棒不重員外鎗棒只借此使文章入港耳嘗說道怎地得恩人相會一面也好想念如何能彀得見且請恩人到家過幾日却再商議魯提轄便和金老行不得半里到門首敘得徑靜只見老兒揭起簾子叫道我兒大恩人在此畫那女孩兒濃粧艷飾從裏面出來請魯達居中坐了插燭也似拜了六拜說道若非恩人垂救怎能彀有今日拜罷便請魯提轄道恩人上樓去請坐女子開口請上樓去覷魯達猶父也然樓上已算曲室只因此句便生出員外捉奸一番風波來文心真有前掩後映之妙魯達道不須生受洒家便要去不知何處去金老便道恩人既到這里如何肯放教你便去老兒接了桿棒包裹孝順如兒行文又細請到樓上坐定老兒分付道我兒陪侍恩人坐坐我去安排飯來此句有三妙在內不可不悉一是覷魯猶父一是女兒嬌養慣老兒燒火慣一是語中明明露出嫌疑為員外來捉之線魯達道不消多事隨分便好魯達語老兒道提轄恩念殺身難報量些粗食薄味何足掛齒女子陪侍魯達在樓上坐

地金老下來（寫得嫌疑）叫了家中新討的小厮（新討妙是箇外宅）分付那箇婭嬛一面燒着火（那箇妙明明是一箇也○一面燒火放在未買東西之前紙爲要顯出那箇婭嬛耳不然喚婭嬛無別事若買了回來則老兒與小厮可以自燒婭嬛爲添足矣只外宅二字難寫如此胡可易言作文也）老兒和這小厮上街來買了些鮮魚嫩雞釀鵞肥鮓時新果子之類歸來一面開酒（自有酒）收拾菜蔬都早擺了搬上樓來春臺上放下三箇盞子三雙筯（嫌疑之極）鋪下菜蔬果子嗄飯等物婭嬛將銀酒壺燙上酒來（又有銀酒壺○不濫不匙宛然外宅）女父二人輪番把盞金老倒地便拜（方拜妙）魯提轄道老人家如何恁地下禮折殺俺也金老說道恩人聽禀前日老漢初到這里寫箇紅紙牌兒旦夕一炷香父女兩箇兀自拜哩今日恩人親身到此如何不拜魯達道却也難得你這片心（魯達托大聲口如畫）三人慢慢地飲酒（嫌疑之極與調情者何以異哉）將及天晚只聽得樓下打將起來（奇文）魯提轄開窻看時只見樓下三二十人各執白木棍棒口裏都叫拿將下來人叢裏一箇官人騎在馬上口裏大喝道休叫走了這賊（含糊雙關語妙絕）魯達見不是頭拿起凳子（桿棒被金老攔過）從樓上打將下來金老連忙搖手叫道都不要動手那老兒搶下樓去直至那騎馬的官人身邊說了幾句言語那官人笑起來便喝散了那二三十人各自去了（寫得淋漓突兀真正奇文）那官人下馬入到裏面老兒請下魯提轄來（樓上下來）那官人撲翻身便拜（非寫趙員外義氣也寫金老女父數日中贊諭不少爲前文出色加染）道聞名不如見面見面勝似聞名義士提轄受禮魯達便問那金老道這官人是誰素不相識緣何便拜酒家（雖是問辭亦寫魯達托大意思）老兒道這箇便是我兒的官人趙員外却纔只道老漢引甚麽郎君子弟在樓上喫酒因此引莊客來厮打老漢說知方纔喝散了魯提轄上樓坐定（重上樓去）金老重整杯盤再備酒食相待趙員外讓魯達上首坐地魯達道酒家怎敢員外道聊表相敬之禮小子多聞提轄如

此豪傑今日天賜相見實爲萬幸魯達道洒家是箇粗鹵漢子（我與我周旋久方有此四字魯達自知粗鹵李逵不然）又犯了該死的罪過若蒙員外不棄貧賤結爲相識但有用洒家處便與你去（活魯達淚下之言）趙員外大喜動問打死鄭屠一事（無賢無愚無必要問及）說些閒話較量些鎗法（疊此三句令半夜酒廗不寂寞）喫了半夜酒各自歇了次日天明趙員外道此處恐不穩便欲請提轄到敝莊住幾時魯達問道貴莊在何處員外道離此間十里多路地名七寶村（文殊菩薩風俗此書每欲起一篇大文字必於前文先露一箇消息使文情漸漸隱隆而起猶如山川出雲乃始膚寸也如此處將起五臺山却先有七寶村名字林冲將入草料場却先有小二渾家漿洗綿襖六月將刼生辰綱却先有阮氏鬢邊石榴花等是也）便是魯達道最好員外先使人去莊上再牽一疋馬來（俗本作叫牽兩疋馬來）未及晌午馬已到來員外便請魯提轄上馬叫莊客擔了行李魯達相辭了金老父女二人和趙員外上了馬兩箇並馬行程於路說些閒話（省）投七寶村來不多時早到莊前下馬趙員外携住魯達的手直至草堂上分賓而坐一面叫殺羊置酒相待晚間收拾客房安歇次日又備酒食管待魯達道員外錯愛洒家如何報答趙員外便道四海之內皆兄弟也（泛然讀之可笑可憐而今人猶津津言之）如何言報答之事話休絮煩魯達自此之後在這趙員外莊上住了五七日忽一日兩箇正在書院裏閒坐說話（書院裏說閒話何也避王進在史家莊身分也蓋員外愛鎗棒只是借作入巷之法耳非比史進是條好漢定要出色若此處不在書院說閒話則務要較鎗棒矣在員外何苦在魯達亦何以異於王進哉魯達坐在書院裏亦是奇語）只見金老急急奔來莊上逕到書院裏見了趙員外并魯提轄見沒人（三字寫出東顧西盼）便對魯達道恩人不是老漢心多爲是恩人前日老漢請在樓上喫酒員外誤聽人報引領莊客來鬧了街坊後却散了人都有些疑心（便借前文入文情便捷）說開去昨日有三四箇做公的來鄰舍街坊打聽得緊只怕要來村裏緝捕恩人（思路曲折筆能副之）倘或有些疎失如之奈何魯達道恁地時

灑家自去便了〇〇〇〇〇（不知何處去）趙員外道若是留提轄在此誠恐有些山高木低教提轄怨悵若不留提轄來許多面皮都不好看趙某却有箇道理教提轄萬無一失足可安身避難只怕提轄不肯魯達道灑家是箇該死的人但得一處安身便了做甚麼不肯趙員外道若如此最好離此間三十餘里有座山喚做五臺山山上有一箇文殊院原是文殊菩薩道場寺裏有五七百僧人為頭智真長老是我弟兄我祖上曾捨錢在寺裏（醜話〇一路每每於無意中寫出趙員外不足取）是本寺的施主檀越我曾許下剃度一僧在寺裏已買下一道五花度牒在此只不曾有箇心腹之人了這條願心如是提轄肯時一應費用都是趙某備辦委實肯落髮做和尚麼魯達尋思（二字寫盡英雄在困）如今便要去時那里投奔人不如就了這條路罷便道既蒙員外做主洒家情愿做和尚專靠員外做主〇〇〇〇〇當時說定了（說定者難之辭也當時說定者易之辭也）

（極力寫魯達爽直）連夜收拾衣服盤纏段疋禮物（此處漏了一句）（金老回去〇魯達自巳桿棒包裹亦不見）次日早起來叫莊客挑了兩箇取路望五臺山來辰牌巳後早到那山下趙員外與魯提轄兩乘轎子（兩乘轎子上去）擡上山來一面使莊客前去通報到得寺前早有寺中都寺監寺出來迎接兩箇下了轎子（下轎）去山門外亭子上〇〇（好箇亭子）（先坐一坐異日無常到來方悟今日如夢）坐定寺內智真長老得知引着首座侍者出山門外來迎接趙員外和魯達向前施禮真長老打了問訊說道施主遠出不易（施主）（脚懶僧家心熱盡此二字）趙員外答道有些小事特來上剎相浼真長老便道且請員外方丈喫茶趙員外前行魯達跟在背後當時同到方丈長老邀員外向客席而坐魯達便去下首坐禪椅上（寫魯達）員外叫魯達附耳低言你來這裏出家如何便對長老坐地魯達道洒家不省得（爽心直口我慕其人）起身立在員外肩下面前首座維那侍者監寺都寺知客書記依次

排立東西兩班莊客把轎子安頓了（精細）一齊搬將盒子入方丈來擺在面前長老道何故又將禮物來寺中多有相瀆檀越處趙員外道些小薄禮何足稱謝道人行童收拾去了趙員外起身道一事啓堂頭大和尚趙某舊有一條願心許剃一僧在上剎度牒詞簿都已有了到今不曾剃得今有這箇表弟姓魯（三寶位前不敢更名改姓寫盡婪氣員外）是關內軍漢出身因見塵世艱辛（信心人口頭滑語鄭屠一案却在藏露之間）情願棄俗出家萬望長老收錄大慈大悲看趙某薄面披剃為僧一應所用弟子自當准備萬望長老玉成幸甚長老見說荅道這箇因緣是光輝老僧山門容易容易且請拜茶只見行童托出茶來茶罷收了盞托真長老便喚首座維那商議剃度這人分付監寺都寺安排齋食只見首座與衆僧自去商議道這箇人不似出家的模樣一雙眼却恁兇險（以眼取人失之魯達）衆僧道知客你去邀請客人坐地我們與長老計較知客出來請趙員外魯達到客館裏坐地首座衆僧稟長老說道却纔這箇要出家的人形容醜惡相貌兇頑不可剃度他恐久後累及山門長老道他是趙員外檀越的兄弟如何撇得他的面皮你等衆人且休疑心待我看一看焚起一炷信香長老上禪椅盤膝而坐口誦呪語入定去了一炷香過却好回來對衆僧說道只顧剃度他此人上應天星心地剛直（維摩詰經云菩薩直心是道場無諂曲衆生來生其國長老深解此言）雖然時下兇頑命中駁雜久後却得清淨證果非凡汝等皆不及他（一箇文殊叢林其衆何止千人却不及一箇軍漢）可記吾言勿得推阻首座道長老只是護短我等只得從他不諫不是諫他不從便了長老叫備齋食請趙員外等方丈會齋齋罷監寺打了單帳趙員外取出銀兩教人買辦物料一面在寺裏做僧鞋僧衣僧帽袈裟拜具（特詳此語寫得魯達出家可渧可笑要知以極高興語寫極敗興事神妙之筆縫匠攢造新進士大紅袍新嫁娘嫁衣裳極忙攢

造新死人大斂衣衾新出家袈裟拜具亦極忙然一忙中有極熱一忙中有極冷不可不察一兩日都已完備長老選了吉日良時教鳴鐘擊鼓就法堂內會集大衆整整齊齊五六百僧人盡披袈裟都到法座下合掌作禮分作兩班趙員外取出銀錠表裏信香向法座前禮拜了表白宣疏已罷行童引魯達到法座下維那教魯達除下巾幘打得好鄭屠救得好金老寫得如畫把頭髮分做九路綰了綳揲起來淨髮人先把一週遭都剃了却待剃髭鬚奇文魯達道留下這些兒還洒家也好從來名士多愛鬚髯是一習氣魯達亦然見他名士風流也衆僧忍笑不住真長老在法座上道大衆聽偈念道寸草不留六根清淨與汝剃除免得爭競通達佛法謝靈運施與維摩却不知爲鬭草者備得一品然則長老之偈真爲通達佛法矣寸草妙長老念罷偈言喝一聲咄盡皆剃去淨髮人只一刀盡皆剃了首座呈將度牒上法座前請長老賜法名長老拿着空頭度牒而說偈曰靈光一點價值千金佛法廣大賜名智深竟與長老作弟兄行

長老賜名已罷把度牒轉將下來書記僧填寫了度牒付與魯智深收受長老又賜法衣袈裟教智深穿了監寺引上法座前長老與他摩頂受記道一要皈依佛性二要歸奉正法三要歸敬師友三皈皆不甚如法稗史只應如此此是三歸五戒者一不要殺生不能二不要偸盜能三不要邪淫能四不要貪酒不能五不要妄語能智深不曉得戒壇答應能否二字却便道洒家記得錯錯落落鹵鹵莽莽萬善戒壇中從未聞此四字如雷之吼真正奇才衆僧都笑受記已罷趙員外請衆僧到雲堂裏坐下焚香設齋供獻大小職事僧人各有上賀禮物都寺引魯智深參拜了衆師兄師弟又引去僧堂背後選佛場坐地當夜無事只是閒着一筆却便使讀者眉飛肉舞知道明夜必有可觀手法之妙至此次日趙員外要回告辭長老留連不住早齋已罷并衆僧都送出山門趙員外合掌道長老在上衆師父在此疊此二語藏下後段無數文字凡事慈悲小弟智深乃是愚鹵直人早晚禮數不

到言語冒瀆誤犯清規（是必連日書院裏領畧不少故能相知至此）萬望覷趙某薄面恕免恕免長老道員外放心老僧自慢慢地教他念經誦呪辦道參禪（累句）員外道日後自得報答人叢裏與智深到松樹下低低分付道（人叢裏一句到松下一句低低說一句三句描出一位作家員外來）賢弟你從今日難比往常（含無數不好說的話於此八字寫盡匆匆難盡）凡事自宜省戒切不可托大（二字是魯達生平）倘有不然難以相見保重保重早晚衣服（何得止是衣服況衣服甚緩四字風雲入妙）我自使人送來智深道不索哥哥說洒家都依了（二語有深厭趙員外東嚼西嚥之意○爽直自是天性定無食言且今日依是真正依後日喫酒打人是另自喫酒打人亦並非食言也）當時趙員外相辭了長老再別了衆人上轎引了莊客托了一乘空轎取了盒子（細○兩乘轎子下來）下山回家去了當下長老自引了衆僧回寺話說魯智深回到叢林選佛場中禪床上撲倒頭便睡（○闊殺英雄作者胸中血淚十斗○頗有人言倒頭便睡是大修行八大自在法嗟乎菩薩行六度萬行而自莊嚴豈若豘犬食飽即臥形如匏瓠者乎菩薩英雄也游行十方顧盼雄毅若有一剎那塡合眼欲睡即是菩薩行放逸法奈何讚歎睡眠云是善法而令行人入於惡道耶）上下肩兩箇禪和子推他起來說道使不得既要出家如何不學坐禪智深道洒家自睡干你甚事（八字說得有情有理雖百辯才不容更辯）禪和子道善哉智深喝道團魚洒家也喫甚麼鱔哉禪和子道却是苦也智深便道團魚大腹又肥甜了好喫那得苦也（此等世人以爲佳予獨不取）上下肩禪和子都不采他繇他自睡了（元人曲云破題兒第一夜）次日要去對長老說知智深如此無禮首座勸道長老說道他後來證果非凡我等皆不及他只是護短你們且沒奈何休與他一般見識禪和子自去了智深見沒人說他每到晚便放翻身體橫羅十字倒在禪床上睡夜間鼻如雷響（一句○大師子吼）要起來淨手大驚小怪（一句○六種震動）只在佛殿後撒屎撒尿遍地都是（一句○如何是佛乾屎橛）侍者稟長老說智深好生無禮全沒些箇出家人體面叢林中如何安着得此等之人長老喝道胡說（長老通達）且看檀

越之面後來必改自此無人敢說魯智深在五臺山寺中不覺攪了四五箇月省文也。却用一攪字逗出四五箇月中情事。時遇初冬天氣智深久靜思動四字斷得突兀迅疾。當日晴明得好智深穿了皂布直裰繫了鴉青絛換了僧鞋大踏步走出山門來信步行到半山亭子上亭子又一現。坐在鵞項懶凳上尋思道干鳥麼如夢忽醒。驚才捷筆。俺往常好酒好肉每日不離口如今教酒家做了和尚餓得乾癟了寫得可笑可惱趙員外這幾日又不使人送些東西來與酒家喫口中淡出鳥來可見日前曾送來喫。不止衣服而已。隋煬帝從天台智者受菩薩戒。日食止米二掬。而別以衣襯裹肉恣喫。趙員外亦定曾用此法。而雅俗之殊。何啻河漢。這早晚怎地得些酒來喫也好寫盡英雄失路。在此一句。正想酒哩四字略頓一頓。便有東海霞起。遙接赤城之妙。只見遠遠地一箇漢子挑着一付擔桶唱上山來上面蓋着桶蓋特地按下蓋着桶蓋四字。擺出下文好酒二字來。那漢子手裏拿着一箇鏇子二語之妙。正是索解人不得。蓋桶上無蓋。則顯然是酒。有何趣味。桶上有蓋。則竟不見酒。亦未爲奇筆也。惟是桶則蓋着。手裏却拿箇酒鏇。若隱若躍之間。宛然無限驚喜不定。在魯達眼頭心坎。真是筆歌墨舞。唱着上來唱道九里山前作戰場牧童拾得舊刀鎗順風吹動烏江水好似虞姬別霸王不唱酒詩。妙絕。却又偏唱戰場二字。拖逗魯達妙不可當。第一句。風雲變色。第二句。冰消瓦解。聞此二言。真使酒懷如湧。第三句。如何此出第四句來。不通之極。然正妙於如此。蓋如此方恰好也。不然。竟是名士歌詩。如旅亭畫壁一絕句故事矣。天下真正英雄。如魯達李逵之徒。只是不好淫慾耳。至於兒女離別之感。何得無之。故魯達有酒淚之文。李逵有大哭之日也。第四句隱隱直弔動史進。對此茫茫。那得不飲。魯智深觀見那漢子挑擔桶上來坐在亭子上看這漢子也來亭子上歇下擔桶智深道兀那漢子你那桶裏甚麼東西不得不問者。桶蓋之故也。必問者。鏇子之故也。那漢子道好酒只二字作一句。却有兩段驚天動地文字在內。一是酒。一是好。漢子差矣。說是酒。已當不起。況加之以好耶。智深道多少錢一桶流涎極矣。不好便喫。只得問價。其實身邊無錢也。極力描寫英雄失時意思。陶詩云。飢來驅我去。叩門拙言辭。是此一句矣。那漢子道和尚亦只二字作一句。寫得又好氣。又好笑。你真箇也是作耍智深道酒家和你耍甚麼使酒之根。那漢子道我這酒三字賣弄。其文愈奇。挑上去只賣與寺內火工道人直廳轎夫老郎們做生活的喫本寺長老已有法旨但賣與和尚們喫了我們都被長老責罰追了本錢趕出屋去我們見關着本寺的本錢見住着本寺的屋宇如何敢賣與你喫智深道眞箇不賣（硬一句現出魯達原身）那漢子道殺了我也不賣智深道洒家也不殺你只要問你買酒喫（仍放歇一句現出員外叮囑）那漢子見不是頭挑了擔桶便走智深趕下亭子來雙手拿住匾擔只一脚（打鄭屠時連用三句只一拳此處又用一句只一脚總寫魯達爽直過人）交襠踢着那漢子雙手掩着做一堆蹲在地下半日起不得智深把那兩桶酒都提在亭子上（兩桶都提在亭上氣吸西江）地下拾起鏇子（被打故在地下妙妙）開了桶蓋（先是蓋好者妙妙）只顧舀冷酒喫無移時兩桶酒喫了一桶（四字不是贊魯達酒量大正是回映兩桶都提來句以作一笑）智深道漢子明日來寺裏討錢（偏說寺裏回映已有法旨句偏說討錢回映多少一桶句文心如繡）那漢子方纔疼止又怕寺裏長老得知壞了衣飯忍氣吞聲那里敢討錢把酒分做兩半桶挑了（兩頭輕重如何好挑分作兩半

是也然文心何以至是）拿了鏇子（鏇子）飛也似下山去了只說魯智深在亭子上坐了半日酒却上來（寫酒醉有節次）下得亭子松樹根邊又坐了半歇酒越湧上來（有節次）智深把皀直裰褪膊下來把兩隻袖子纏在腰裏露出脊背上花繡來（絢爛奇妙不止偏袒右肩而已）搧着兩箇膀子上山來（師子頻申象王回顧想復爾爾）看看來到山門下兩箇門子遠遠地望見拿着竹篦來到山門下攔住魯智深便喝道你是佛家弟子如何噇得爛醉了上山來你須不瞎也見庫局裏貼着曉示但凡和尚破戒喫酒決打四十竹篦趕出寺去如門子縱容醉的僧人入寺也喫十下（口中念出曉示來）你快下山去饒你幾下竹篦魯智深一者初做和尚二來舊性未改（無此一架便覺下語爲突想見安放之苦）睜起雙眼罵道直娘賊（句句可罵却偏擇此三字不惟惡口兼犯五逆罪中第二大罪故妙故快）你兩箇要打洒家俺便和你廝打（得意語）門子見勢頭不好一箇飛也似入來報監寺一箇虛拖竹篦攔他智深用

手隔過揸開五指去那門子臉上只一掌（快人。其聲清越。從紙上跳。）打得踉踉蹌蹌卻待掙扎智深再復一拳（第四拳。）打倒在山門下只是叫苦魯智深道洒家饒你這廝踉踉蹌蹌攧入寺裏來監寺聽得門子報說叫起老郎火工直廳轎夫三二十人各執白木棍棒從西廊下搶出來卻好迎着智深智深望見大吼了一聲卻似嘴邊起箇霹靂（奇語。）大踏步搶入來眾人初時不知他是軍官出身（好筆。安閒寬轉。具覘史才。）次後見他行得兇了慌忙都退入藏殿裏去便把亮槅關上（寫眾人活是眾人。）智深搶入堦來一拳（痛矣。）一脚（性發不在上二字。正在下二字。蓋此四字。是打藏殿亮槅也。陡然一拳。拳痛矣。接連便是一脚。寫醉人失手。眞乃如畫。）打開亮槅二三十人都趕得沒路奪條棒從藏殿裏打將出來監寺慌忙報知長老長老聽得急引了三五箇侍者直來廊下喝道智深不得無禮智深雖然酒醉卻認得是長老（大蟲偏服慈心人。所以爲大蟲。魯達偏懼柏長老。所以爲魯達。）撇了棒向前來打箇問訊指着廊下（打箇問訊。指着廊下。活是醉人。）對長老道智深喫了兩碗酒又不曾撩撥他們他眾人又引人來打（不妄語戒。不葷不飲。）洒家（此又字。醉語糊塗。活畫。）長老道你看我面快去睡了明日卻說（善知諸根利鈍之相。）魯智深道俺不看長老面（寫盡醉中夾七夾八語。如畫。）洒家直打死你那幾箇禿驢（公有髮耶。長老有髮耶。罵得妙。）長老叫侍者扶智深到禪牀上撲地便倒了齁齁地睡了（好如畫。）眾多職事僧人圍定長老告訴道向日徒弟們曾諫長老來今日如何（語不多。而文勢曲折波磔之極。）本寺那容得這等野猫（奇語。）亂了清規長老道雖是如今眼下有些囉唣後來卻成得正果沒奈何且看趙員外檀越之面容恕他這一番我自明日叫去埋怨他便了眾僧冷笑道好箇沒分曉的長老（沒分曉是大德定評。）各自散去歇息次日早齋罷長老使侍者到僧堂裏坐禪處喚智深時尚兀自未起（乾葛湯民。）待他起來穿了直裰赤着脚一道烟走出僧堂來侍者喫了一驚（奇文出人意外。轉過下句。又入人意中。神化之筆。）趕出外來尋時却走在佛殿後撒屎（佛殿撒屎四字自來不曾一處合成奇景奇語）侍者忍笑不住等他淨了手（也要淨手魯達壞了）說道長老請你說話智深跟着侍者到方丈長老道智深雖是箇武夫出身今來趙員外檀越剃度了你我與你摩頂受記教你一不可殺生二不可偷盜三不可邪淫四不可貪酒五不可妄語此五戒乃僧家常理出家人第一不可貪酒（飲酒本第五戒前移在第四此處又說是第一顛倒錯亂得好只合如此也）你如何夜來喫得大醉打了門子傷壞了藏殿上朱紅槅子又把火工道人都打走了口出喊聲（於三句外另加四字如今昨日震天震地）如何這般所為智深跪下道今番不敢了（真正慚顏硬動不是凡夫僧口頭懺悔語）長老道既然出家如何先破了酒戒又亂了清規我不看你施主趙員外面定趕你出寺再後休犯智深起來合掌道不敢不敢長老留在方丈裏安排早飯與他喫（降龍伏虎盡此數言然後知百丈清規為下輩設也）（一句）又用好言語勸他（一句）取一領細布直裰一雙

僧鞋與了智深（一句不受上罰反加上賞長老之愛之耳我做長老亦必爾矣）教回僧堂去了但凡飲酒不可盡歡（承上文無數英雄忽然接腐語）常言酒能成事酒能敗事便是小膽的喫了也胡亂做了大膽何況性高的人（不文之人見此一段便謂作書者借此勸戒酒徒以魯達為殷鑒吾若聞此言便當以夏楚痛扑之何也夫千巖萬壑崔嵬突兀之後必有平莽連延數十里以舒其磅礴之氣水出三峽倒衝灩澦可謂怒矣必有數十里迤邐東去以殺其奔騰之勢今魯達一番使酒真是提黃鶴踢鸚鵡豈惟作者腕脫兼令讀者頭暈矣此處不少息幾筆以舒其氣而殺其勢則下文第二番使酒必將直接上來不惟文體有兩頭大中間細之病兼寫魯達作何等人也嗚呼作水滸者才子也才子胸中豈村裏小兒所知也）再說這魯智深自從喫酒醉鬧了這一場一連三四箇月不敢出寺門去（此句不寫魯達只為要放緩後文使酒不令兩番接連）忽一日天氣暴煖是二月間時令（上文放緩是特特放緩此處閃入便陡然閃入真正妙筆也）離了僧房信步踱出山門外立地看着五臺山喝采一回（寫英雄人必須如此寫便見他蓋天蓋地胸襟夫魯達豈有山水之鑒哉）猛聽得山下叮叮噹噹的響聲順風吹上山來（引入市井及鐵匠妙筆順風吹上山來是二月風也）智深再回僧堂

裏取了些銀兩揣在懷裏〔其心不良〕一步步走下山來出得那五臺福地的牌樓來〔忽然增出一座牌樓補前文之所無蓋其筆力真乃以文為戲耳〕看時原來却是一箇市井約有五七百人家智深看那市鎮上時也有賣肉的〔為魯達快寫一句〕也有賣菜的〔又同顧山上一句〕也有酒店〔為魯達快寫一句〕也有麵店〔又同顧山上一句〕智深尋思道干呆麼〔睦州有云大事已明如喪考妣〕俺早知有這箇去處不奪他那桶酒喫〔只知其一未知其二莫便如此說好〕也自下來買些喫這幾日熬得清水流〔鳥出樹可水流難當是可忍孰不可忍〕且過去看有甚東西買些喫聽得那響處却是打鐵的在那里打鐵〔此來正文〕〔專為喫酒却顛倒放過喫酒接出鐵店衍成絕奇一篇文字已為奇絕矣乃又於鐵店文前再顛倒放過鐵店反插出客店來其筆勢之奇矯雖乳龍怒走何以喻之〕間壁一家門上寫着父子客店〔老遠先放此一句可謂隔年下種來歲收穫豈小筆所能〕智深走到鐵匠鋪門前看時見三箇人打鐵智深便問道兀那待詔有好鋼鐵麼那打鐵的看見〔從打鐵人眼中現出魯智深做和尚後形狀奇絕之筆〕魯智深腮邊新剃暴長短鬚戧戧地好慘瀨人〔一冬不剃真有此狀〕先有五分怕他那待詔住了手道師父請坐要打甚麼生活智深道洒家要打條禪杖一口戒刀不知有上等好鐵麼待詔道小人這里正有些好鐵不知師父要打多少重的禪杖戒刀但憑分付智深道洒家只要打一條一百斤重的待詔笑道重了師父小人打怕不打了只恐師父如何使得動〔二語曲折之甚正如方吐於口〕便是關王刀也只有八十一斤〔齊東野人相傳之言荒唐俚說偏如親見此在小人固不足怪獨是文人亦當不免何也〕智深焦躁道俺便不及關王俺也只是箇人〔說關王便是關王說八十一斤便是八十一斤寫魯達又直又好笑〕那待詔道小人據常說只可打條四五十斤的也十分重了智深道便依你說比關王刀也打八十一斤的〔古亦真有關王耶古關王亦真有刀耶古關王刀真有八十一斤耶誰見之誰傳之而一入於耳便定要依以為式所謂真正魯達非他人之所能假也〕待詔道師父肥了〔字法奇絕爭得好笑〕不好看又不中使依着小人好生打一條六十二斤的水磨禪杖與師父使不動時

休怪小人。刀已說了不用分付兩件家生也乃半日只講得一件故特找此語完足之妙絕小人自用十分好鐵打造在此智深道兩件家生要幾兩銀子待詔道不討價此語經紀人書口何足標出然寫其偏與魯達性格相合故作者特用之也實要五兩銀子智深道俺便依你五兩銀子爽利你若打得好時再有賞你爽利那待詔接了銀兩道小人便打在此智深道俺有些碎銀子在這裏和你買碗酒喫又爽利此特寫魯達有胸襟有意興分明不是噇酒糟漢一鐵匠要拉之同飲而四五百禪人不聞偶過聞焉嘲罵時師不小待詔道師父穩便小人趕趁些生活不及相陪智深離了鐵匠人家撇開鐵匠妙上只是寫智深耳若鐵匠竟去如何是了行不到三二十步見一箇酒望子耀眼挑出在房簷上此家挂酒望在簷邊是行到始見與下望見別智深掀起簾子入到裏面坐下敲着桌子極力寫叫道將酒來只三字描畫渴喫賣酒的主人家說道師父少罪小人住的房屋也是寺裏的本錢也是寺裏的長老已有法旨但是小人們賣酒與寺裏僧人喫了便要追了小人們本錢又趕出屋因此只得休怪智深道胡亂賣些與酒家喫俺須不說是你家便了不犯妄語戒否那店主人道胡亂不得師父別處去喫休怪休怪智深只得起身羼提波羅可憐可笑便道酒家別處喫得却來和你說話雖極要忍畢竟不是閉口而去寫得魯達可憐可笑出得店門行了幾步又望見一家酒旗兒直挑出在門前又一樣直挑出三字從魯達心坎裏羅出來前云房簷上是到門首方見此云望見直挑出在門前則此之第一家情更急景更妙矣智深一直走進去急情如畫坐下叫道主人家快把酒來賣與俺喫寫得發極定是第二家不是第一家也尤好笑是賣與俺喫四字俺之爲俺苦矣喫之爲喫急矣店主人道師父你好不曉事長老已有法旨你須也知却來壞我們衣飯智深不肯動身可憐可笑三回五次那里肯賣智深情知不肯起身又走連走了三五家都不肯賣急智深尋思一計一生不用巧此處萬分無奈忽然用巧不生箇道理如何能彀酒喫遠遠地杏花深處市稍盡頭一家挑出箇草帚兒來又一樣此前二家酒定粗惡矣不然何故是箇草帚總之要

（極寫魯達久渴思漿光景、胡亂茅柴勝於長行粥飯也）智深走到那里看時、却是箇傍村小酒店、智深走入店裏來、靠窗坐下、便叫道主人家過往僧人（四字錦心繡口）買碗酒喫、莊家看了一看道（一是魯達生得怕人、一是舊奉山上法旨）和尚你那里來、智深道、俺是行脚僧人遊方到此經過、（猶言不是五臺山來麽）要買碗酒喫（重宣此義）（重說、此句必要重說、不重說不見燥吻之急）莊家道和尚若是五臺山寺裏的師父（既喚作和尚又稱云師父一句而兩頭不照、活畫莊家之輕他方而重五臺也）我却不敢賣與你喫、智深道酒家不是（四字情急吻燥之至）你快將酒賣來（三說妙妙）莊家看見魯智深這般模樣聲音各別、便道你要打多少酒、智深道、休問多少、大碗只顧篩來、約莫也喫了十來碗、智深問道、有甚肉、把一盤來喫（喫了十來碗方問到肉者、寫酒懷浩浩落落、妙不可言）莊家道、早來有些牛肉、都賣沒了（偏不是牛肉、偏要曲折到狗肉、極力寫盡魯達絕倒）智深猛聞得一陣肉香、走出空地上看時、只見牆邊沙鍋裏煮着一隻狗在那里（賣酒莊家尚不將狗肉來竈上煮、五臺山禪林僧人、却將狗腿大衆中喫）

（誰是誰不是）智深道、你家見有狗肉、如何不賣與俺喫、莊家道、我怕你是出家人、不喫狗肉、（相傳有此言而實非也）因此不來問你、智深道、酒家的銀子有在這里、便摸銀子、遞與莊家道（不稱不看、蓋難得者酒肉、銀子何足道哉）你且賣半隻與俺、那莊家連忙取半隻熟狗肉、搗些蒜泥、（索性盡興、妙文雲涌、少停吐出臭不可聞）將來放在智深面前、智深大喜（自從請了史進、直至今日）用手扯那狗肉、蘸着蒜泥喫、一連又喫了十來碗酒、喫得口滑、只顧討那里肯住、（樂）莊家到都呆了、叫道、和尚只恁地罷、（四字妙、勸從莊家）（眼中口中、寫出酒興）智深睜起眼道、洒家又不白喫你的、管俺怎地、（妙荅）莊家道再要多少、智深道、再打一桶來、（盡興快活）莊家只得又舀一桶來、智深無移時又喫了這桶酒、剩下一脚狗腿、把來揣在懷裏（不肯便盡、留作奇波）臨出門又道、多的銀子、明日又來喫、（補完不稱銀子）嚇得莊家目瞪口呆、罔知所措、看他卻向那五臺山上去了（過往僧人）智深走到半山亭子上（亭子時辰到了）坐了一回酒却湧上來跳起身口裏道俺好些時不曾拽拳使腳覺道身體都困倦了即髀肉復生之歎酒家且使幾路看下得亭子把兩隻袖子搭在手裏上下左右使了一回使得力發只一膀子搧在亭子柱上只聽得刮剌剌一聲響亮把亭子柱打折了攤了亭子半邊初來時曾坐於此而今已矣門子聽得半山裏響高處看時只見魯智深一步一攧搶上山來兩箇門子叫道苦也這畜生今番又醉得不小可便把山門關上把拴拴了只在門縫裏張時妙筆不張時將使魯達自述耶見智深搶到山門下見關了門把拳頭擂鼓也似敲門兩箇門子那里敢開智深敲了一回扭過身來看了左邊的金剛眼前奇景喝一聲道你這箇鳥大漢不替俺敲門却拿着拳頭嚇酒家俺須不怕你跳上臺基把柵剌子只一扳却似撅葱般扳開了拿起一根折木頭去那金剛腿上便打簌簌的泥和顏色都脫下來門子張見道苦也只得報知

長老智深等了一會調轉身來看着右邊金剛座兩金剛兩樣打法敲了一回等了一回都是前日大創後不敢使酒之辭然已亭子金剛天崩地塌矣喝一聲道你這廝張開大口也來笑酒家便跳過右邊臺基上把那金剛脚上打了兩下只聽得一聲震天價響那尊金剛從臺基上倒撞下來智深提着折木頭大笑大笑妙提了折木頭大笑文妙兩箇門子去報長老長老道休要惹他你們自去只見這首座監寺都事并一應職事僧人都到方丈稟說這野貓今日醉得不好把半山亭子山門下金剛都打壞了如何是好長老道自古天子尚且避醉漢何況老僧乎好長老不枉是五七百人善知識若是打壞了金剛請他的施主趙員外自來塑新的倒了亭子也要他修蓋這箇且繇他衆僧道金剛乃是山門之主如何把來換過長老道休說壞了金剛便是打壞了殿上三世佛也沒奈何只得迴避他真正善知識胸中便有丹霞燒佛眼界你們見前日的行兇麽衆僧出得方丈都

一路拽字鑽字塞字鑿字皆以一字為景

道好箇囫圇竹的長老門子你且休開只在裏面聽（接口將敘事帶說過去何等筆法）智深在外面大叫道直娘的禿驢們不放酒家入寺時山門外討把火來燒了這箇鳥寺（一句勝百句語不因此語如何得開）眾僧聽得只得叫門子拽了大拴（拽字妙）繇那畜生入來若不開時眞箇做出來門子只得捻腳捻手拽了拴飛也似閃入房裏躲了眾僧也各自迴避只說那魯智深雙手把山門盡力一推撲地攧將入來喫了一交（從上拽字生出妙景）扒將起來把頭摸一摸（妙景○悔罵禿驢矣）直奔僧堂來到得選佛場中禪和子正打坐間看見智深揭起簾子鑽將入來（鑽字妙我法中所謂全無威德也）都喫一驚盡低了頭智深到得禪床邊喉嚨裏咯咯地響看着地下便吐（看地下三字妙活是醉人○於吐前先寫一句喉嚨咯咯妙活是醉人）眾僧都聞不得那臭（那者何也酒也狗也蒜也）箇箇道善哉齊掩了口鼻智深吐了一回扒上禪床解下絛把直裰帶子都咇咇剝剝扯斷了（本是魯達況乃酒後）脫下那腳狗

咇咇剝剝四字二見其聲不必相同而說來成片

腿來（取出來便是俗筆今云脫下寫醉人節節忘廢人妙）智深道好好（出於意外之辭）正肚饑哩扯來便喫眾僧看見便把袖子遮了臉上下肩兩箇禪和子遠遠地躲開智深見他躲開便扯一塊狗肉看着上首的道你也到口上首的那和尚把兩隻袖子死掩了臉智深道你不喫（放過一箇）把肉望下首的禪和子嘴邊塞將去（塞字妙）那和尚躲不迭卻待下禪床智深把他劈耳朵揪住將肉便塞（揪住一箇）對床四五箇禪和子跳過來勸時（上文只鬧得一邊故又補出對床相勸來則滿堂鬧遍矣）智深撇了狗肉提起拳頭去那光腦袋上咇咇剝剝只顧鑿（鑿字妙）滿堂僧眾大喊起來都去櫃中取了衣鉢要走此亂喚做捲堂大散（如火如錦）首座那里禁約得住智深一昧地打將出來（智深已打出來）大半禪客都躲出廊下來（躲出廊下來）監寺都寺不與長老說知叫起一班職事僧人點起老郎火工道人直廳轎夫約有一二百人都執杖叉棍棒盡使手巾盤頭（好看）一齊打入僧堂

來衆人又打入去方成大鬧不與長老說知故鬧得快智深見了、大吼一
聲、別無器械四字奇絕補絕搶入僧堂裏搶入二字奇妙如火蓋上文云智深一跌地打將出來衆人都趕在廊下然則智深已在僧堂外矣乃驟寺都寺點起二三百人倒打入僧堂來寫一時無紀之師頭昏眼黑可發一笑然是猶未寫奇絕之文也最奇者二三百人打入僧堂却撲了一箇空方思退出更尋智深也乃今智深反從外邊搶入二三百人陣中來尋軍器大鬧之為題真不虛矣佛面前推翻供卓、攛兩條卓脚、從堂
裏打將出來、再打出來衆多僧行見他來得兇了、都掩
了棒退到廊下、又退到廊下智深兩條卓脚着地捲將
來、衆僧早兩下合攏來、智深大怒、指東打西、指南
打北、八字如錦如火只饒了兩頭的是廊下妙妙如此敘事匆忙中偏有此精細手眼真是奇才當時智深直打到法堂下、只見長老喝
道、方成大鬧打出長老來方是大鬧若請出長老來何是云鬧哉智深不得無禮、衆僧也休動手、兩邊衆人被打傷了數十箇、見
長老來、各自退去、智深見衆人退散、撇了卓脚、叫
道、長老與酒家做主、此時酒已七八分醒了、妙不下此語定要醉到何時又使酒人偏是七八分醒時最為慚愧寫來妙絕長老道智深

讀至此真有興風既息日圓如故之樂每每看書要圖奇肆之篇以為快意今讀至此處不過收拾上文寥寥淺語耳然亦殊以為快者半日看他兩番大鬧亦大費我心寬矣已到此處且圖箇心寬少息嗚呼作書乃令讀者如此難

你連累殺老僧、前番醉了一次、攪擾了一塲、我教
你兄趙員外得知、他寫書來與衆僧陪話、此事前文不見却於此處補出行文有大牙相錯之法今番你又如此大醉無禮、亂
了清規、打壞了亭子、又打壞了金剛、這箇且繇他、
你攪得衆僧捲堂而走、這箇罪業非小、我這裏五
臺山文殊菩薩道場、千百年清淨香火去處、如何
容得你這等穢汚、你且隨我來方丈裏過幾日、我
安排你一箇去處、智深隨長老到方丈去、長老一
面叫職事僧人、留住衆禪客、再回僧堂、自去坐禪、完
打傷了的和尚、自去將息、完長老領智深到方
丈歇了一夜、次日眞長老與首座商議、收拾了些
銀兩賫發他、教他別處去、可先說與趙員外知道、是
長老隨即修書一封、使兩箇直廳道人、逕到趙
員外莊上說知、就裏立等回報、趙員外看了來書、
好生不然、員外出醜矣回書來拜覆長老、說道壞了的
金剛亭子、趙某隨即備價來修、智深任從長老發

欲不謂之才子不可得也

遣。非員外薄情也，若非此句，則員外真像一箇人。後日便不容易安置他日智深下山亦不可不特往別之矣，亦不如只如此丟却何等省手乾淨。長老得了回書便對侍者取領皁布直裰一雙僧鞋往往寫長老愛之十兩白銀房中喚過智深長老道智深你前番一次大醉鬧了僧堂便是誤犯今次又大醉打壞了金剛攤了亭子捲堂鬧了選佛場你這罪業非輕又把衆禪客打傷了我這里出家是箇清淨去處你這等做作甚是不好看你趙檀越面皮與你這封書投一箇去處安身我這里決然安你不得了我夜來看了贈汝四句偈言終身受用智深道師父教弟子那里去安身立命此四字是王進所說世間淡泊收拾不住此語遂爲佛門所有願聽俺師四句偈言真長老指着魯智深說出這幾句言語去這箇去處有分教這人笑揮禪杖戰天下英雄好漢怒掣戒刀砍世上逆子讒臣畢竟真長老與智深說出甚言語來且聽下回分解

第五才子書施耐菴水滸傳卷之八

第五才子書施耐菴水滸傳卷之九

聖歎外書

第四回

小霸王醉入銷金帳

花和尚大鬧桃花村

智深取却真長老書若云於路不則一日早來到東京大相國寺則是二回書接連都在和尚寺裏何處見其龍跳虎臥之才乎此偏於路投宿忽投到新婦房裏夫特特避却和尚寺而不必到新婦房則是作者龍跳虎臥之才猶爲不快也嗟乎耐菴真正才子也真正才子之胸中夫豈可以尋常之情測之也哉

此回遇李忠後回遇史進都用一樣句法以作兩篇章法而讀之却又全然是兩樣事情兩樣局面其筆力之大不可言

為一女子弄出來直弄到五臺山去做了和尚及做了和尚弄下五臺山來又為一女子又幾乎弄出來夫女子不女子魯達不知也弄出不弄出魯達不知也和尚不和尚魯達不知也上山與下山魯達悉不知也亦曰遇酒便喫遇事便做遇弱便扶遇硬便打如是而已矣又烏知我是和尚他是女兒昔日弄出故上山今日下山又弄出哉

魯達武松兩傳作者意中却欲遙遙相對故其叙事亦多彷彿相準如魯達救許多婦女武松殺許多婦女魯達酒醉打金剛武松酒醉打大蟲魯達打死鎮關西武松殺死西門慶魯達瓦官寺前試禪杖武松蜈蚣嶺上試戒刀魯達打周通越醉越有本事武松打蔣門神亦越醉越有本事魯達桃花山上踏匾酒器揣了滾下山去武松鴛鴦樓上踏匾酒器揣了跳下城去皆是相準而立讀者不可不知

要盤纏便偷酒器要私走便滾下山去人曰堂堂丈夫奈何偷了酒器滾下山去公曰堂堂丈夫做甚麼便偷不得酒器滾不得下山耶益見魯達浩浩落落

看此回書須要處處記得魯達是箇和尚如銷金帳中坐亂草坡上滾都是光着頭一箇人故奇妙不可言

寫魯達踏匾酒器偷了去後接連便寫李周二人分贓數語其大其小雖婦人小兒皆洞然見之作者真鼓之舞之以盡神矣哉

大人之為大人也自聽天下萬世之人諒之小人之為小人也必要自己口中戛戛言之或與其標榜之同輩一遞一唱以張揚之如魯達之偷酒器李周之分車仗可不為之痛

悼乎耶。

話說當日智真長老道、智深、你此間決不可住了、我有一箇師弟、見在東京大相國寺住持、喚做智清禪師、我與你這封書去投他、那里討箇職事僧做、我夜來看了、贈汝四句偈子、你可終身受用、記取今日之言、智深跪下道、洒家願聽偈子、長老道、遇林而起、遇山而富、遇州而遷、遇江而止、魯智深聽了四句偈子、拜了長老九拜、是宜三拜也、然而洒家不省得也、拜偈不住、剛是九拜矣、或曰、若此則何不十拜、曰、十拜者數之辭也、九拜者不數之辭也、拜偈不數、則是九拜也、背了包裹腰包肚包藏了書信、辭了長老幷衆僧人、離了五臺山、逕到鐵匠間壁客店裏歇了、前所見間壁一家、寫着父子客店也、等候打了禪杖戒刀完備就行、寺內衆僧得魯智深去了、無一箇不歡喜、完衆僧、長老教火工道人自來收拾打壞了的金剛亭子、完壞金剛壞亭子、過不得數日、趙員外自將若干錢物來五臺山、再塑起金剛、重修起半山亭子、完新金剛、新亭子、不在話下、再說這魯智深就客店裏住了幾日、連日[illegible]酡、不言可知、等得兩件家生都已完備、做了刀鞘、又向戒刀上添出色澤來、把戒刀插放鞘內、禪杖却把漆來裹了、又向禪杖上添出色澤來、將些碎銀子賞了鐵匠、前許不肯食言、亦表兩件生活打得得意、蓋文人筆、美人鏡、亦猶是矣、背了包裹、跨了戒刀、提了禪杖、緻、作別了客店主人幷鐵匠、了、行程上路、過往人看了、果然是箇莽和尚、亦在過往人眼中、看出莽和尚三字來、智深自離了五臺山文殊院、取路投東京來、行了半月之上、於路不投寺院去歇、巳受大創也、隔江望見剎竿便喫一嚇、安肯復入這門來、只是客店內打火安身、此句夜飲、白日間酒肆裏買喫、此句晝飲、一日正行之間、貪看山明水秀、寫得魯達文秀、不覺天色已晚、趕不上宿頭、路中又沒人作伴、那里投宿是好、又趕了三二十里田地、過了一條板橋、遠遠地望見一簇紅霞、樹木叢中閃着一所莊院、莊後重重疊疊都是亂山、伏一筆、魯智深道、只得投莊上去借宿、逕奔到莊前看時、見數十箇莊家忙忙急急搬東搬西魯智深到莊前倚了禪杖與莊客唱箇喏俗本作打箇問訊莊客道和尚日晚來我莊上做甚的智深道酒家趕不上宿頭欲借貴莊投宿一宵明早便行莊客道我莊上今夜有事歇不得智深道胡亂借酒家歇一夜明日便行莊客道和尚快走休在這里討死智深道也是怪哉歇一夜打甚麼不緊怎地便是討死莊家道去便去不去時便捉來縛在這里莊主苦不可言莊客已使新女婿勢頭矣世間如此之事極多寫來爲之一笑魯智深大怒道你這廝村人好沒道理俺又不曾說甚的便要綁縛酒家莊家們也有罵的也有勸的魯智深提起禪杖却待要發作只見莊裏走出一箇老人來魯智深看那老人時年近六旬之上拄一條過頭柱杖走將出來喝問莊客你們鬧甚麼莊客道可奈這箇和尚要打我們智深便道酒家是五臺山來的僧人便不說過往僧人魯達亦有賊智耶要上東京去幹事今晚趕不上宿頭借貴莊投宿一宵莊家那厮無禮要綁縛酒家那老人道既是五臺山來的師父隨我進來智深跟那老人直到正堂上分賓主坐下那老人道師父休要怪莊家們不省得師父是活佛去處來的他作尋嘗一例相看老漢從來敬信佛天三寶佛者何也天者何也三寶者又何也夫三寶者佛法僧三是也然則言三寶不得又言佛也佛者三界大師所謂天中天也然則言佛不得接言天也今混帳云我敬佛天三寶不知彼之所敬爲何等事耶嗟乎滔滔者天下皆是也作者深哀其不達法相故特於劉老口中調侃出之凡以愧之也雖是我莊上今夜有事權且留師父歇一宵了去智深將禪杖倚了起身唱箇喏俗本亦作打箇問訊謝道感承施主酒家不敢動問貴莊高姓老人道老漢姓劉此間喚做桃花村好村名可謂桃之夭夭灼灼其花矣鄉人都叫老漢做桃花莊劉太公阿父桃花著名令愛那不桃花坐命皆作者憑空設色處敢問師父法名喚做甚麼諱字智深道俺的師父是智真長老不惟源流明白兼乃不背師長與俺取了箇諱字因酒家姓魯喚做魯智深太公道師父請喫些晚飯不知肯

喫葷腥也不着（然只問葷腥却偏不問酒妙筆）魯智深道酒家不忌葷酒（太公只問葷腥智深忽然自增出一酒字妙筆）遮莫甚麼渾清白酒都不揀選（又先說酒）牛肉狗肉但有便喫（又補肉）太公道既然師父不忌葷酒先叫莊客取酒肉來沒多時莊客掇張卓子放下一盤牛肉三四樣菜蔬一雙筯（筯先有了却不見盞妙筆）放在魯智深面前智深解下腰包肚包（細）坐定那莊客旋了一壺酒（一壺妙下一隻盞子又妙）拿一隻盞子（盞子方纔來只一雙筯一隻盞亦必摇擺出魯達好酒急情來真正妙筆）篩下酒與智深喫這魯智深也不謙讓也不推辭無一時一壺酒一盤肉都喫了（三四樣菜蔬原物不動寫五臺山師父絕倒）太公對席看見呆了半晌莊客搬飯來又喫了擡過卓子（只如此）太公分付道胡亂教師父在外面耳房中歇一宵夜間如若外面熱鬧不可出來窺望智深道敢問貴莊今夜有甚事太公道非是你出家人閒管的事（先作一跌妙絕蓋閒管尚非出家人本色後文乃至赤條條坐新婦銷金帳中真絕倒之筆也）智深道太公緣何模樣不甚

一路迤不說出大王名姓只用大王二字便生出許多妙語來如引着大王句大王攛進句大王叫救句勸得

喜歡莫不怪酒家來攪擾你麼明日酒家算還你房錢便了太公道師父聽說我家時常齋僧布施那爭師父一箇只是我家今夜小女招夫以此煩惱（人字奇文）魯智深呵呵大笑道男大須婚女大必嫁這是人倫大事五常之禮何故煩惱太公道師父不知這頭親事不是情願與的智深大笑道太公你也是箇癡漢既然不兩相情願如何招贅做箇女壻太公道老漢止有這箇小女今年方得一十九歲（六字奇文寫盡莊漢惜憐）被此間有座山喚做桃花山近來山上有兩箇大王（近來二字妙招定李忠下筆）扎了寨柵聚集着五七百人打家刼舍此間青州官軍捕盜禁他不得因來老漢莊上討進奉見了老漢女兒撇下二十兩金子一疋紅錦爲定禮選着今夜好日晚間來入贅老漢莊上又和他爭執不得只得與他因此煩惱非是爭師父一箇人（又答還一句）智深聽了道原來如此酒家有箇道理教他回心轉意不

大王句，騎翻大王句，撇下大王句，大王扒出句，馬欺大王句，馱去大王句，凡若干大王，猶如大珠小珠滿盤迸落，蕃自有大王二字以來，未有狼狽如斯之甚者也。

要娶你女兒如何。（魯達凡三事，都是婦女身上起。第一為了金老女兒，做了和尚。第二既做和尚，又為劉老女兒。第三為了林沖娘子。和尚都做不得，然又三處都是酒後，特特寫豪傑親酒遠色，感慨世人不少。）太公道：「他是箇殺人不眨眼魔君，你如何能彀得他回心轉意？」智深道：「洒家在五臺山眞長老處學得說因緣，便是鐵石人也勸得他轉（前說有箇道理回心轉意，原欲以鄭屠之法治之，只因老兒如何能彀一句，便隨口嘈出說因緣來，冐冐失失，為下文一笑。）今晚可教你女兒別處藏了，俺就你女兒房內說因緣，勸他便回心轉意。」太公道：「好却甚好，只是不要捋虎鬚。」智深道：「洒家的不是性命（是魯達語，他人說不出。快絕妙絕，一句抵千百句。）你只依着俺行。」太公道：「却是好也！我家有福，得遇這箇活佛下降。」莊客聽得都喫一驚。（照前斷打，妙絕文情。）太公問智深：「再要飯喫麼？」智深道：「飯便不要喫，有酒再將些來喫。」（前一壺酒何足道哉。既要智深幹事，定應再與痛飲。然在智深既不可自討，在太公又不可直問。何則？若智深自討，則太公驚喜奉承之意不見；若太公直問，則又不似敬重三寶之太公所以待活佛去處之師父也。故作者於此反覆推敲，算出問飯來，而智深接口云：飯便不喫，酒再將來。一時賓主酬酢，如火似錦矣。）太公道：「有，有。」（二有字，寫出太公分外驚喜奉承。）隨即叫莊客取一隻熟鵝，大碗斟將酒來，叫智深盡意喫了三二十碗，那隻熟鵝也喫了，叫莊客將了包裹先安放房裏（細），提了禪杖，帶了戒刀（細），問道：「太公，你的女兒躲過了不曾？」太公道：「老漢已把女兒寄送在鄰舍莊裏去了。」智深道：「引小僧新婦房裏去。」（處處自稱洒家，此獨云小僧者，為新婦房裏四字合成妙語，以發一笑也。）太公引至房邊，指道：「這裏面便是。」智深道：「你們自去躲了。」太公與衆莊客自出外面安排筵席。智深把房中卓椅等物都掇過了，將戒刀放在床頭，禪杖把來倚在牀邊（劉老女也，孫郎妹耶，何其房中甚似孫也。）把銷金帳子下了，脫得赤條條地（銷金帳中赤條條一箇和尚，奇文。）跳上床去坐了。太公見天色看看黑了，叫莊客前後點起燈燭熒煌，就打麥場上放下一條卓子，上面擺着香花燈燭，一面叫莊客大盤盛着肉，大壺溫着酒。約莫初更時分，只聽得（只聽得。）山邊鑼鳴鼓響。這劉太公懷着鬼胎（雖寫怕極

（之語。然亦故作奇文。女兒做親。丈人先懷鬼胎耶。）莊家們都捏着兩把汗盡出莊門外看時只見（只見）遠遠地四五十火把照耀如同白日一簇人馬飛奔莊上來劉太公看見便叫莊客大開莊門前來迎接只見前遮後擁明晃晃的都是器械旗鎗盡把紅綠絹帛縛着（高輿）小嘍囉頭上亂插着野花（高輿。〇此處特地寫。非爲新郎裝幌。總爲後文反耿也。）前面擺着四五對紅紗燈籠照着馬上那箇大王（紅紗燈照出大王來。奇筆。）頭戴撮尖乾紅凹面巾鬢傍邊插一枝羅帛像生花上穿一領圍虎體挽絨金繡綠羅袍腰繫一條稱狠身銷金包肚紅搭膊着一雙對掩雲跟牛皮靴騎一匹高頭捲毛大白馬（高輿）那大王來到莊前下了馬只見衆小嘍囉齊聲賀道帽兒光光今夜做箇新郎衣衫窄窄今夜做箇嬌客（高輿）劉太公慌忙親捧臺盞斟下一杯好酒跪在地下衆莊客都跪着那大王把手來扶道你是我的丈人如何倒跪我太公道休說這話老漢只是大王治下管的人戶那大王已有七八分醉了（巳有七八分醉了。）呵呵大笑道我與你家做箇女壻也不虧負了你你的女兒匹配我也好劉太公把了下馬杯（又是下馬杯。）來到打麥場上見了香花燈燭便道泰山何須如此迎接那里又飲了三杯（又飲了三杯。）來到廳上喚小嘍囉教把馬去繫在綠楊樹上（大王親口分付。教把馬繫在綠楊樹上。如何後遂忘之。〇既來入贅。則非少頃便歸者矣。據理定應把這馬寄養在太公家槽裏。今祇爲後文一笑。故有此一筆。）小嘍囉把鼓樂就廳前擂將起來（高輿）大王上廳坐下叫道丈人我的夫人在那里太公道便是怕羞不敢出來大王笑道且將酒來我與丈人回敬那大王把了一杯便道我且和夫人廝見了却來喫酒未遲那劉太公一心只要那和尚勸他便道（趣語）老漢自引大王去拿了燭臺引着大王轉入屏風背後直到新人房前太公指與道此間便是請大王自入去太公拏了燭臺一直去了未知凶吉如何先辦一條走路（妙。）那大王推開房門，見裏面黑洞洞地。（絕倒。）大王道：「你看我那丈人，是箇做家的人，房裏也不點碗燈，繇我那夫人黑地裏坐地。（做家的人，乃至為賊所笑，哀哉。）明日叫小嘍囉山寨裏扛一桶好油來與他點。」（明日同想此語，幾成布施燈油。）魯智深坐在帳子裏，都聽得，忍住笑，不做一聲。（七字無數情景。）那大王摸進房中，（六字奇文。大王字與摸字不連，大王摸字與房中字不連。思之發笑。）叫道：「娘子，你如何不出來接我？你休要怕羞，我明日要你做壓寨夫人。」一頭叫娘子，一面摸來摸去。一摸摸着銷金帳子，便揭起來，探一隻手入去摸時，摸着魯智深的肚皮。（接連六箇摸字，忽然接一箇肚皮字，雖欲不笑，不可得也。○意在肚皮之下，不料乃遇吾師。）被魯智深就勢劈頭巾帶角兒揪住，一按按將下牀來。那大王却待掙扎，（六字奇文。大王字與掙扎字不連。）魯智深把右手揑起拳頭，罵一聲：「直娘賊！」連耳根帶頸子只一拳。（舊時本色。）那大王叫一聲道：「甚麼便打老公！」（此句情理所無，只是扯作趣語，以發一笑耳。）魯智深喝道：「教你認得老婆！」拖倒在牀邊，拳頭脚尖一齊上。（絕倒。老公老婆接口明快。）打得大王叫救人。（七字奇文。大王字與叫字不連，打字與大王字不連，大王叫救人字不連。）劉太公驚得呆了，只道這早晚正說因緣勸那大王，（一句帶妙趣。）却聽得裏面叫救人。（只謂是和尚。）太公慌忙把着燈燭，引了小嘍囉，一齊搶將入來。衆人燈下打一看時，（衆人眼中看出。）只見一箇胖大和尚，赤條條不着一絲，騎翻大王在牀面前打。（如火如錦。騎翻大王四字奇文。錦衣花帽大王背上，駄着一箇赤條條和尚，豈不怪哉。）為頭的小嘍囉叫道：「你衆人都來救大王！」（救字與大王字不連。）衆小嘍囉一齊拖鎗拽棒，打將入來救時，魯智深見了，撇下大王，（撇下字與大王字不連。）牀邊綽了禪杖，着地打將出來。（禪杖小小發箇利市。）小嘍囉見來得兇猛，發聲喊，都走了。劉太公只管叫苦。打鬧裏，（三字絕倒。）那大王爬出房門，（六字奇文。大王字、爬字、房門字，從來不曾連也。）奔到門前，摸着空馬，（是空馬。）樹上折枝柳條，（不必折枝柳條也，恐讀者忘却前文「馬繫綠楊樹」句，故借此提之，以為一笑也。）托地跳在馬背上，把柳條便打那馬，却跑不去。（奇文。）大王道：「苦也！這馬也來欺負我（也來二字妙，隱隱藏一句馬在內。猶言禿驢欺負我可也，何至空馬也來欺負耶。）再看時原來心慌不曾解得轠繩（奇文。）連忙扯斷了騎着㨂馬飛走出得莊門大罵劉太公老驢休慌不怕你飛了去把馬打上兩柳條撥喇喇地馱了大王上山去（馱字妙絕。言非大王尚能騎馬，馬馱大王還山耳。）劉太公扯住魯智深道（是。）師父你苦了老漢一家兒了魯智深說道休怪無禮（言亦條條也。○只四字，亦非魯達說不出。）且取衣服和直裰來洒家穿了說話（如此筆力，真是心閑手敏。）莊家去房裏取來智深穿了太公道我當初只指望你說因緣勸他回心轉意誰想你便下拳打他這一頓定是去報山寨裏大隊強人來殺我家智深道太公休慌俺說與你洒家不是別人俺是延安府老种經略相公帳前提轄官為因打死了人出家做和尚休道這兩箇鳥人便是一二千軍馬來洒家也不怕他你們衆人不信時提俺禪杖看（寫禪杖出色寫一句。）莊客們那里提得動（為禪杖出色寫。）智深接過來

手裏一似撚燈草一般使起來（為禪杖出色寫。非是魯達見氣新禪杖實實得意耳。）太公道師父休要走了去却要救護我們一家兒使得智深道恁麼閒話俺死也不走（魯達語。）太公道且將些酒來師父喫休得要抵死醉了（太公語。○無計留君，只得是酒，然醉了動揮不得，又要公何為哉。二句無數曲折，妙絕。）魯智深道洒家一分酒只有一分本事十分酒便有十分的氣力（魯達與武松作一聯。此等語俱要牢記，與後武松對看。）太公道恁地時最好我這里有的是酒肉只顧教師父喫且說這桃花山大頭領坐在寨裏正欲差人下山來打聽做女婿的二頭領如何（指帶。）只見數箇小嘍囉氣急敗壞（四字奇文，一字不可更易。○頭上野花都不見了，謂之敗壞也。）走到山寨裏叫道苦也苦也大頭領連忙問道有甚麼事慌做一團小嘍囉道二哥哥喫打壞了大頭領大驚正問備細只見報道（入字過得快，便令文字省了多少。）二哥哥來了大頭領看時只見二頭領紅巾也沒了身上綠袍扯得粉碎下得馬倒在廳前口裏說道哥哥

救我一救只得一句（畫出絕倒。只得一句四字。畫出氣急敗壞人。俗本恰失此四字。）大頭領問道怎麼來二頭領道兄弟下得山到他莊上入進房裏去叵耐那老驢把女兒藏過了卻教一箇胖和尚躲在他女兒牀上（和尚女兒逑來一笑）我却不隄防揭起帳子摸一摸喫那廝揪住一頓拳頭脚尖打得一身傷損那廝見衆人入來救應放了手提起禪杖打將出去因此我得脫了身拾得性命哥哥與我做主報讐大頭領道原來恁地你去房中將息我與你去拿那賊秃來喝叫左右快備我的馬來衆小嘍囉都去大頭領上了馬綽鎗在手盡數引了小嘍囉（非寫大哥氣憤。正寫和尚了得。）一齊吶喊下山來再說魯智深正喫酒哩（神筆。此老豈淺斟細酌者哉。一箇大王去。一箇大王來。而猶在喫酒。則酒量爲何如也。俗本便要說是時魯某又喫了二三十碗酒矣。）莊客報道山上大頭領盡數都來了智深道你等休慌酒家但打翻的你們只顧縛了解去官司請賞取俺的戒刀出來（禪杖先前直打出來。戒刀還在房中。細妙無雙。）魯

有得說姓名藏頭露尾此處偏敘得快暢者正爲李忠認得作勢也

智深把直裰脫了拽扎起下面衣服跨了戒刀大踏步提了禪杖出到打麥場上只見大頭領在火把叢中（如畫。讀者至此又忘是夜間矣。忽提四字醒之。）一騎馬搶到莊前馬上挺着長鎗高聲喝道那秃驢在那里早早出來決箇勝負智深大怒罵道腌臢打脊潑才叫你認得酒家（此語炤耀下文有七玲八瓏之妙。與後史進文一樣作章法。）輪起禪杖着地捲起來那大頭領逼住鎗（能）大叫道和尚且休要動手你的聲音好廝熟（與後史進文一樣作章法）你且通箇姓名（奇文）魯智深道酒家不是別人（七玲八瓏語。）老种經略相公帳前提轄魯達的便是（便是二字妙。七玲八瓏語。）如今出了家做和尚喚做魯智深（如今二字妙。七玲八瓏語。）那大頭領呵呵大笑滾下馬撇了鎗撲翻身便拜道（奇文。）哥哥別來無恙可知二哥着了你手魯智深只道賺他托地跳退數步（好）把禪杖收住（好）定睛看時（好）火把下（妙絕）認得不是別人（李忠認得魯達。魯達却不記得。李忠者。所謂卿自難記。非魯達過也。）却是江湖上使鎗棒賣藥的教

頭打虎將李忠原來強人下拜不說此二字為軍中不利只喚做剪拂此乃吉利的字樣何以知之李忠當下剪拂了起來扶住魯智深道哥哥緣何做了和尚要問智深道且和你到裏面說話劉太公見了又只叫苦這和尚原來也是一路百忙中下此一筆妙絕遂令行文曲折之甚魯智深到裏面再把直裰穿了精細之筆和李忠都到廳上敘舊魯智深坐在正面好看喚劉太公出來那老兒不敢向前智深道太公休怕他他是俺的兄弟那老兒見說是兄弟心裏越慌又不敢不出來妙妙曲折之甚李忠坐了第二位太公坐了第三位好看魯智深道你二位在此不倫不類說出四字以地主言之則智深與太公是二位李忠則強盜也以江湖言之則智深與李忠是二位太公則閒人也今偏從智深口中說李忠太公做一路寫得魯達天空海闊豪傑聖賢觸之則菩薩亦須噉刀順之則狠虎抱之同臥真為神化之筆也俺自從渭州三拳打死了鎮關西逃走到代州鴈門縣因見了洒家賫發他的金老那老兒不曾回東京去卻隨箇相識也在鴈門縣住他那箇女兒就與了本處一箇財主趙員外和俺廝見了好生相敬亦復不忘不想官司追捉得洒家要緊那員外陪錢感恩語送俺去五臺山智真長老處落髮為僧洒家因兩番酒後四字儒雅鬧了僧堂本師長老與俺一封書教洒家去東京大相國寺投托智清禪師討箇職事僧做因為天晚到這莊上投宿不想與兄弟相見輕輕二字說來可笑可謂不以玉帛而以兵戎矣卻纔俺打的那漢是誰因親及親有此一問恩深義重你如何又在這里要問李忠道小弟自從那日與哥哥在渭州酒樓上同史進三人分散次日聽得說哥哥打死了鄭屠我去尋史進商議他又不知投那里去了於無意中補出史進卻又不甚明白真有熠燿之妙小弟聽得差人緝捕慌忙也走了卻從這山下經過卻纔被哥哥打的那漢先在這里桃花山扎寨喚做小霸王周通那時引人下山來和小弟廝殺被我贏了他留小弟在山上為寨主讓第一把交椅教小弟坐了以此在這

里落草智深道既然兄弟在此劉太公這頭親事再也休題（魯達語何等爽直）他止有這箇女兒要養終身不爭被你把了去教他老人家失所（真正佛說因緣經是非強盜之所知也）太公見說了大喜（方纔大喜）安排酒食出來（黃昏整備未用故來得快）管待二位小嘍囉們每人兩箇饅頭兩塊肉一大碗酒（皆黃昏所備筵席）都教喫飽了太公將出原定的金子段疋（精細）魯智深道李家兄弟（叫得親切）你與他收了去（爽直）這件事都在你身上（爽直○真是看得天下無難事）李忠道這箇不妨事且請哥哥去小寨住幾時劉太公也走一遭（奇語○為要當面決絕親事故特放此一句不然則亦作別太公矣然讀者以為大奇）太公叫莊客安排轎子擡了魯智深帶了禪杖戒刀行李（細）李忠也上了馬太公也坐了一乘小轎（奇景却不道文人來也）却早天色大明（可見忙了一夜）眾人上山來智深太公到得寨前下了轎子李忠也下了馬邀請智深入到寨中向這聚義廳上三人坐定（周通未出太公不妨權坐及後請出周通來太公只立了不坐都妙）李忠叫請周通出來周通見了和尚心中怒道哥哥却不與我報讐倒請他來寨裏讓他上面坐李忠道兄弟你認得這和尚麼周通道我若認得他時須不喫他打了李忠笑道這和尚便是我日常和你說的三拳打死鎮關西的便是他（不必更出名字已自震雷貫耳）周通把頭摸一摸叫聲阿呀撲翻身便剪拂（寫出平日貫耳）魯智深荅禮道休怪衝撞三箇坐定劉太公立在面前（敘得妙有文有理其此句之謂矣蓋太公此來止為要了當親事耳若亦坐下則將令周通李忠推牛宰馬管待太公耶）魯智深便道周家兄弟（叫得親切）你來聽俺說劉太公這頭親事你却不知（真正因緣強盜何知）他只有這箇女兒養老送終承祀香火都在他身上你若娶了教他老人家失所他心裏怕不情願（此句又帶一曲可謂善說因緣矣）你依着洒家把來棄了（放過太公攬歸自己既壓之以不得不從之勢又善化其不能相忘別之心麤鹵如魯達有此曲折語益見其妙也）選一箇好的原定的金子段疋將在這里你心下如何（要知此句不是軟語正是硬語周通見不是頭所以折箭也）周通道竝聽

大哥言語兄弟再不敢登門智深道大丈夫作事却要休翻悔(再勸一句妙絕爽快是魯達天性此偏多用勾勒乃愈見其爽快妙絕)周通折箭為誓(魯達非此不信非周通性直也)劉太公拜謝了納還金子段疋自下山回莊去了(完劉太公)李忠周通椎牛宰馬安排筵席管待了數日引魯智深山前山後觀看景致果是好座桃花山(强盜豈會游山耶只為亂草一句耳)生得兇怪四圍嶮峻單單只一條路上去四下里漫漫都是亂草(伏一句)智深看了道果然好險隘去處住了幾日魯智深見李忠周通不是箇慷慨之人作事慳吝只要下山兩箇苦留那里肯住只推道俺如今既出了家如何肯落草李忠周通道哥哥既然不肯落草要去時我等明日下山但得多少盡送與哥哥作路費次日山寨裏一面殺羊宰猪且做送路筵席安排整頓許多金銀酒器設放在卓上(好笑)正待入席飲酒只見小嘍羅報來說山下有兩輛車十數箇人來也李忠周通見報了點起衆多小嘍羅只留一兩箇伏侍魯智深飲酒兩箇好漢道哥哥只顧請自在喫幾杯我兩箇下山去取得財來就與哥哥送行分付已罷引領衆人下山去了且說這魯智深尋思道這兩箇人好生慳吝見放着有許多金銀却不送與俺直等要去打劫得別人的送與酒家這箇不是把官路當人情只苦別人(罵盡千載)洒家且教這廝喫俺一驚便喚這幾箇小嘍羅近前來篩酒喫方纔喫得兩盞跳起身來兩拳打翻兩箇小嘍羅便解搭膊做一塊兒綑了口裏都塞了些麻核桃(何處得來)便取出包裹打開沒要緊的都撇了只拿了卓上金銀酒器都踏匾了拴在包裹胸前度牒袋內藏了真長老的書信跨了戒刀提了禪杖頂了衣包(數筆看他摺疊無數)便出寨來到後山打一望時都是嶮峻之處却尋思道洒家從前山去時一定喫那廝們撞見不如就此間亂草處滾將下去先把戒刀和包裹拴了望

下丟落去又把禪杖也攛落去却把身望下只一
滾骨碌碌直滾到山脚邊（爽快自是天性）並無傷損（傷損容亦
有之然說他則甚則不如並無傷損之乾淨也）跳將起來尋了包裹跨了
戒刀拿了禪杖拽開脚步取路便走再說李忠周
通下到山邊正迎着那數十箇人各有器械（妙筆不
因此句則兩條好漢取十數箇客人何須一刻工夫魯達如何做得許多手脚今特地放此一語便
不免挺乃相鬬騰那出工夫來爲魯達偷酒器之地蓋非世人所知也）李忠周通挺
着鎗小嘍囉吶着喊搶向前來喝道兀那客人會
事的畱下買路錢那客人內有一箇便撚着朴刀
來鬬李忠一來一往一去一囘鬬了十餘合不分
勝負（是好一囘工夫矣）周通大怒趕向前來喝一聲衆小
嘍囉一齊都上那夥客人抵當不住轉身便走有
那走得遲的早被搠死七八箇刼了車子財物和
着凱歌慢慢地上山來（慢慢妙又好一囘工夫也）到得寨裏打
一看時只見兩箇小嘍囉綑做一塊在亭柱邊卓
子上金銀酒器都不見了周通解了小嘍囉問其

備細魯智深那里去了小嘍囉說道把我兩箇打
翻細縛了捲了若干器皿都拿了去周通道這賊
禿不是好人倒着了那厮手脚却從那里去了團
團尋踪跡到後山見一帶荒草平平地都滾倒了
周通看了道這禿驢倒是箇老賊這般嶮峻山岡
從這里滾了下去李忠道我們趕上去問他討也
羞那厮一塲周通道罷罷賊去了關門那里去趕
便趕得着時也問他取不成（是）倘有些不然起來
我和你又敵他不過後來到難厮見了不如罷手
後來倒好相見（非真寫周通鬬着後日也蓋爲如此便足矣定要去討如何了結故
也）我們且自把車子上包裹打開將金銀段疋分
作三分我和你各捉一分（於偷酒器者優劣如何）一分賞了
衆小嘍囉李忠道是我不合引他上山折了你許
多東西我的這一分都與了你（於偷酒器如何）周通道哥
哥我和你同死同生休恁地計較（於偷酒器如何）看官牢
記話頭這李忠周通自在桃花山打刼（酒家記得）再說

魯智深離了桃花山放開脚步從早晨直走到午後約莫走下五六十里多路肚裏又饑（四字為後一回眼目牢牢記之）路上又沒箇打火處尋思早起只顧貪走不曾喫得些東西却投那里去好東觀西望猛然聽得遠遠地鈴鐸之聲魯智深聽得道好了不是寺院便是宮觀風吹得簷前鈴鐸之聲洒家且尋去那里投奔不是魯智深投那箇去處有分教半日裏送了十餘條性命生靈一把火燒了有名的靈山古跡直教黃金殿上生紅燄碧玉堂前起黑煙畢竟魯智深投甚麼寺觀來且聽下回分解

第五才子書施耐菴水滸傳卷之九

第五才子書施耐菴水滸傳卷之十

聖歎外書

第五回

九紋龍翦徑赤松林

魯智深火燒瓦官寺

吾前言兩回書不欲接連都在叢林因特幻出新婦房中銷金帳裏以間隔之固也然惟恐兩回書接連都在叢林而必別生一回不在叢林之事以間隔之此雖才子之才而非才子之大才也夫才子之大才則何所不可之有前一回在叢林後一回何妨又在叢林不寧惟是而已前後二回都在叢林何妨中間再生一回復在叢林夫兩回書不欲接連都在叢林者才子教天下後世以避之之法也若兩回書接連都在叢林而中間反又加倍寫一叢林者才子教天下後世以犯之之

法也雖然避可能也犯不可能也夫是以才子之名畢竟獨歸耐菴也

吾讀瓦官一篇不勝浩然而歎嗚呼世界之事亦猶是矣耐菴忽然而寫瓦官千載之人讀之莫不盡見有瓦官也耐菴忽然而寫瓦官被燒千載之人讀之又莫不盡見瓦官被燒也然而一卷之書不盈十紙瓦官何因而起瓦官何因而倒起倒只在須臾三世不成戲事耶又攤書於几上人憑几而讀其間面與書之相去蓋未能以一尺也此未能一尺之間又蕩然其虛空何據而忽然謂有瓦官何據而忽然又謂燒盡顛倒畢竟虛空山河不又如夢耶嗚呼以大雄氏之書而與凡夫讀之則謂香風萎花之句可入詩料以北西廂之語而與聖人讀之則謂臨去秋波之曲可悟重玄夫人之賢與不肖其用意之相去既有如此之別然則如耐菴之書亦顧其讀之之人何如矣夫耐菴則又安辯其是稗官安辯其是菩薩現稗官耶

一部水滸傳悉依此批讀

通篇只是魯達紀程圖也乃忽然飛來史進忽然飛去史進者非此魯達於瓦官寺中真了不得而必借助於大郎也亦爲前者渭州酒樓三人分手直至於今都無下落昨在桃花山上雖曾收到李忠然而李忠之與大郎其重其輕相去則不但丈尺而已也乃今李忠反已討得着實而大郎猶自落在天涯然則茫茫大宋斯人安在者乎況於過此以往一到東京便有豹子頭林冲之一事作者此時即通身筆舌猶恨未及其何暇更以閒心閒筆來炤到大郎也不得已因向瓦官寺前穿插過去嗚呼誰謂作史爲易事耶

眞長老云便打壞三世佛老僧亦只得罷休善哉大德眞可謂通達罪福相徧炤於十方也若清長老則云侵損菜園得他壓伏嗟乎以菜園爲莊産以衆生爲怨家如此人亦復臣徒領衆儼然稱師殊可怪也夫三世佛之與菜園則有間矣三世佛猶罷休則無所不罷休可知也菜園猶不罷休然則如清長老者又可損其毫毛乎哉作者於此三致意焉

以眞入五臺以淸占東京意蓋謂一是清涼法師一是鬧熱光棍也

此篇處處定要寫到急殺處然後生出路來又一奇觀

此回突然撰出不完句法乃從古未有之奇事如智深跟丘小乙進去和尚喫了一驚道道師兄請坐聽小僧說此是一句也却因智深睜着眼在一邊夾道你說你說於是遂將聽小僧三字隔在上文說字隔在下文一也智深再回香積廚來見幾箇老和尚正在那里怎麽此是一句也却因智深來得聲勢於是遂於正在那里四字下忽然收住二也林子中史進聽得聲音要問姓甚名誰此是一句也却因智深鬬到性發不保其問於是姓甚已問名誰未說三也凡三句不完却又是三樣文情而總之只爲描寫智深性急此雖史遷未有此妙矣

話說魯智深走過數箇山坡見一座大松林一條山路隨着那山路行去走不得半里擡頭看時一箇看時却見一所敗落寺院離了一箇叢林要到一箇叢林未到那箇叢林先到這箇叢林又兩頭兩箇叢林極其興旺中間一箇叢林極其敗落寫得筆墨淋漓興亡滿目○前篇吾言出一叢林入一叢林便令兩回書接連都在叢林中故特特幻出一箇新婦房中銷金帳子以間隔之也乃作者忽又自念叢林接連正復何妨亦顧我之才調何如耳我誠出其珠玉錦繡之心迴旋結撰則雖三叢林接連正自横峰側嶺豈有兩叢林接連便成棘手耶是以遂有此篇也○又

（爲新折禪杖未曾出色一寫故有此篇讀者又應留眼）被風吹得鈴鐸響（十字）
（補出檯頭之故謂之倒句）看那山門時（兩箇看時）上有一面舊朱紅
牌額內有四箇金字都昏了（只用三箇字寫廢寺入神抵無數墻塌壁）
（倒語又是他人極力寫不出想不來者）寫着瓦官之寺（魯達本不識字今忽敘出）
（四字乃眼有四字之形非口出四字之文也）又行不得四五十步過座
石橋入得寺來便投知客寮去（是五臺僧人看他節節次次）只
見知客寮門前大門也沒了四圍壁落全無智深
尋思道這箇大寺如何敗落得恁地直入方丈前
看時（三箇看時節節次次）只見滿地都是燕子糞（下五臺是二月
天氣恐讀者忘却特用燕子糞隱隱約約點出之）門上一把鎖鎖着鎖上
盡是蜘蛛網智深把禪杖就地下搠着（禪杖一）叫道
過往僧人來投齋叫了半日沒一箇答應回到香
積廚下看時（四箇看時節節次次）鍋也沒了竈頭都塌了
智深把包裹解下放在監齋使者面前（魯達主意是尋飯喫）
（故特將全副行李坐住在監齋使者身上妙絕）提了禪杖到處尋去（禪杖一）
尋到廚房後面一間小屋見幾箇老和尚坐地一

箇箇面黃肌瘦智深喝一聲道你們這和尚好沒
道理繇洒家叫喚沒一箇應那和尚擺手道不要
高聲（奇文）智深道俺是過往僧人討頓飯喫有甚利
害老和尚道我們三日不曾有飯落肚那里討飯
與你喫智深道俺是五臺山來的僧人粥也胡亂
請洒家喫半碗（逐至於此此一物料定魯達生平未嘗寫英雄失路可歎粥字
漸引而出不欲作突然之筆也）老和尚道你是活佛去處來的我
們合當齋你爭奈我寺中僧衆走散並無一粒齋
糧老僧等端的餓了三日智深道胡說這等一箇
大去處不信沒齋糧老和尚道我這里是箇非細
去處（於文殊相國又何如前映後帶興亡在目誦之心傷）只因是十方常住
被一箇雲遊和尚引着一箇道人來此住持把常
住有的沒的都毀壞了他兩箇無所不爲把衆僧
趕出去了我幾箇老的走不動只得在這里過因
此沒飯喫智深道胡說量他一箇和尚一箇道人
做得甚事却不去官府告他老和尚道師父你不

知這里衙門又遠便是官軍也禁不得的他這和尚道人好生了得都是殺人放火的人如今向方丈後面一箇去處安身智深道這兩箇喚做甚麼老和尚道那和尚姓崔法號道成綽號生鐵佛道人姓丘排行小乙綽號飛天藥叉這兩箇那里似箇出家人只是綠林中強賊一般把這出家影占身體（於老和尚口中述二賊也卻偏似直罵魯達者奇絕妙絕）智深正問間猛聞得一陣香來（瞥然截住轉出奇文）智深提了禪杖（禪杖三）踅過後面打一看時（五箇看時）見一箇土竈蓋着一箇草蓋氣騰騰透將起來智深揭起看時（六箇看時）煮着一鍋粟米粥（土竈上字草蓋草字粟米粥粟米字皆寫荒凉）智深罵道你這幾箇老和尚沒道理只說三日沒飯喫如今見煮一鍋粥出家人何故說謊（是受戒過人語出家人何故飲酒出家人何故喫狗喫蒜出家人何故毀像壞寺出家人何故打人出家人何故入婦女房中坐婦女床上出家人何故破人婚姻出家人何故偷人酒器出家人何故後山逃走）那幾箇老和尚被智深尋出粥來只叫得苦把碗碟鈴頭杓子水

此一回文中看他尋出粥又搶去碗背後脚步響又不敢回頭把杖便走又趕鬪幾合遮卻兩箇又搶看一箇問姓名不肯答又鬪十四五合皆務要逼到極險極仄處自顯筆力讀者不可不知

桶都搶過了（妙絕餓極矣尋出粥來已是絕處逢生卻又搶過碗碟杓子遂令生處又絕行文險仄令我心驚碗碟杓子是喫粥家伙搶過可也至於木桶亦都搶過作者險仄之情何其奇妙乎至於木桶都搶過而人急計生生出春檯來則豈一時所能料哉）智深肚饑（句）沒奈何（句）見了粥（句）要喫（句）沒做道理處（句行文至此絕矣更無路矣）只見竈邊破漆春檯只有些灰塵在上面（奇絕何關喫粥哉）智深見了人急智生便把禪杖倚了（禪杖四）就竈邊拾把草把春檯揩抹了灰塵（奇絕）雙手把鍋掇起來（奇絕）把粥望春檯只一傾（奇絕文情如火如錦）那幾箇老和尚都來搶粥喫（看手）被智深一推一交倒的倒了走的走了智深卻把手來捧那粥喫（如火如錦）纔喫幾口那老和尚道我等端的三日沒飯喫卻纔去那里抄化得這些粟米胡亂熬些粥喫你又喫我們的智深喫五七口聽得了這話便撇了不喫（實是智深不喜喫粥非哀老和尚數言也）只聽得外面有人嘲歌（陡然接過真正奇文）智深洗了手（細）提了禪杖（禪杖五）奔去不及破壁子裏望見一箇道人（從廚房後鬪歌聲方奔出來故奔不及也奔不

友而又要望見則趁勢在廢寺上借一句破壁子張着此行文巧妙之訣頭帶皁巾身穿布衫腰繫雜色絛脚穿麻鞋挑着一擔兒一頭是箇竹籃兒裏面露些魚尾是望見語并荷葉托着些肉一頭擔着一瓶酒也是荷葉蓋着口裏嘲歌着唱道你在東時我在西你無男子我無妻我無妻時猶閒可你無夫時好孤悽並不說擄掠婦女却反說出爲他一片至情如近日有諸語云有人行路見幼婦者抱持而嗚咽之婦怒人則謝曰我復何必識恐卿欲此耳是一樣說話○猶閒可三字說得好笑那幾箇老和尚趕出來搖着手悄悄地指與智深道如畫這箇道人便是飛天藥叉丘小乙智深見指說了便提着禪杖禪杖六隨後跟去那道人不知智深在後面跟去只顧走入方丈後墻裏去智深隨卽跟到裏面入去看時七箇看時見綠槐樹下放着一條桌子鋪着些盤饌三箇盞子三雙筯子八字異樣色澤當中坐着一箇胖和尚生得眉如漆刷臉似墨裝肐膊的一身橫肉胸脯下露出黑肚皮來邊廂坐着一箇年幼婦人那道人把竹籃放下來也坐地智深走到面前那和尚喫了一驚寫突如其來只用二筆兩邊聲勢都有跳起身來便道請師兄坐同喫一盞智深提着禪杖道禪杖七你這兩箇如何把寺來廢了那和尚便道師兄請坐聽小僧其語未畢智深睜着眼道你說你說四字氣忿如見說在先敝寺說字與上聽小僧本是被着成句智深自氣忿忿在十一邊夾着你說你說耳章法奇絕從古未有十分好箇去處田庄又廣僧衆極多只被廊下那幾箇老和尚喫酒撒潑將錢養女三箇盞子一箇婦人偏偏說出此八字來而魯達亦復信之所以爲魯達也長老禁約他們不得又把長老排告了出去因此把寺來都廢了僧衆盡皆走散田土已都賣了小僧却和這箇道人新來住持此間新來住持四字妙前云在先敝寺後云在先檀越此却云新來住持明是情慌無本之辭也正欲要整理山門修葢殿宇智深道這婦人是誰却在這里喫酒只問兩句使前八字齊倒那和尚道師兄容稟這箇娘子他是前村王有金的女兒王有金寺名在先他的父親是本寺檀越如今消乏了家私近日

好生很俱家間人口都沒了丈夫又患病因來敝寺借米小僧看施主檀越之面取酒相待別無他意師兄休聽那幾箇老畜生說智深聽了他這篇話又見他如此小心（此句要。）便道叵耐幾箇老僧戲弄洒家提了禪杖（禪杖八。）再回香積廚來（出來。）這幾箇老僧方纔喫些粥正在那裏（正在那裏下還有如何若何許多光景却被魯達忿忿出來都嚇住了用筆至此豈但文中有畫竟謂此四字虛歇處突然有魯達跳出可也。）看見智深忿忿的出來指着老和尚道原來是你這幾箇壞了常住猶自在俺面前說謊老和尚們一齊都道師兄休聽他說見今養着一箇婦女在那里（只須一句破的。）他恰纔見你有戒刀禪杖他無器械不敢與你相爭你若不信時再去走遭看他和你怎地師兄你自尋思他們喫酒喫肉我們粥也沒的喫（已足。）恰纔還只怕師兄喫了（又補此一句妙。）智深道也說得是倒提了禪杖（禪杖九。）再往方丈後來（又進去。）見那角門却早關了智深大怒只一腳踢開了搶入裏面看時（八箇看時。）只見那生鐵佛崔道成仗着一條朴刀從裏面趕到槐樹下來搶智深智深見了大吼一聲輪起手中禪杖（禪杖十。）來鬬崔道成兩箇鬬了十四五合那崔道成鬬智深不過只有架隔遮攔掣仗躲閃抵當不住却待要走這丘道人見他當不住却從背後拿了條朴刀大踏步搠將來智深正鬬間忽聽得背後腳步響（急殺。奇文。）却又不敢回頭看他（急殺。奇文。）不時見一箇人影來知道有暗算的人（寫得毛寒骨卓真是急殺。真正奇文。）叫一聲着那崔道成心慌只道着他禪杖托地跳出圈子外去（寫魯達應變之才如火如錦。）智深恰纔回身正好三箇摘腳兒廝見（急殺。奇文。）崔道成和丘道人兩箇又併了十合之上智深一來肚裏無食（此回主意。）二來走了許多程途三者當不得他兩箇生力（此句便伏史進。○此三句與後得了史進喫得飽了一段遙對作章法。）只得賣箇破綻拖了禪杖便走（禪杖十一。○寫禪杖不必寫到定是贏却早已十分出色是耐菴方有此筆。）兩箇撚着朴刀直殺出山門外來（又出來。）智深又鬭了幾合，掣了禪杖（禪杖十二。）便走。（凡寫兩句便走，筆力掘拗之極。亦有此日，此後怎了。）兩箇趕到石橋下，坐在欄杆上，再不來趕。（索性趕過橋來，圖箇死併，便完事矣。却不趕來，偏坐在橋上便住。行文奇絕，讀者膽悶不小。）智深走得遠了，喘息方定，尋思道：「洒家的包裹放在監齋使者面前，只顧走來，不曾拿得，路上又沒一分盤纏，又是饑餓，如何是好？」（如此說，定應轉去。）待要回去，又敵他不過，他兩箇併我一箇，枉送了性命。（如此說，定不應轉去也。）信步望前面去，行一步，懶一步，走了幾里，見前面一箇大林，都是赤松樹。（此一段，另是一樣筆法，一路只管丟開去，竟似無後半截文者，令人心驚氣絕。）魯智深看了道：「好座猛惡林子。」觀看之間，只見樹影裏一箇人探頭探腦，望了一望，吐了一口唾，閃入去了。（前文正未得完，反於此處別生出一箇繇頭來，令人心驚氣絕。）智深道：「俺猜這箇撮鳥是箇剪徑的強人，正在此間等買賣，見洒家是箇和尚，他道不利市，吐一口唾，走入去了。那廝却不是鳥晦氣，撞了洒家，洒家又一肚皮鳥氣正沒處發落，且剝這廝衣裳當酒喫。」（筆力左挐右掣。真是絕世奇事。）提了禪杖，（禪杖十三。）徑搶到松林邊，喝一聲：「兀那林子裏的撮鳥，快出來！」那漢子在林子聽得，大笑道：「我晦氣，他倒來惹我！」（絕世奇文。）就從林子裏拿着朴刀，背翻身跳出來，（背翻身三字妙，言非劈面相迎也。）喝一聲：「禿驢，你自當死，不是我來尋你！」智深道：「教你認得洒家！」（認得二字，七玲人礶。前與李忠戰時，亦用此法作熠耀也。）輪起禪杖，（禪杖十四。）搶那漢。那漢撚着朴刀來鬭和尚，恰待向前，（每用此一筆作勢。）肚裏尋思道：「這和尚聲音好熟。」（見是史進心辭之人。此一段與前李忠文同，是極大章法。）便道：「兀那和尚，你的聲音好熟，你姓甚？」（少名諱二字者，那漢正問到此，却被智深性發，搶出下句來，遂不得畢其辭，故止問得姓甚二字也。看他又鬭十四五合後，畢竟又完全問一句姓甚名諱，以表前文之奇妙，真正如花似錦。）智深道：「俺且和你鬭三百合，却說姓名。」（是着惱後語。）那漢大怒，仗手中朴刀來迎禪杖。兩箇鬭到十數合後，那漢暗暗喝采道：「好箇莽和尚！」（十四五合也，却分十合在前，四五合在後，中間用一頓，筆法妙絕。）又鬭了四五合，那漢叫道：「少歇，

（王進到底不見）

我有話說（寫史進眼中出羣）兩箇都跳出圈子外來那漢便問道你端的姓甚名誰聲音好熟（與前姓甚二字映耀出妙筆來。前聲音在姓名前，此聲名在姓名後，此書雖極不經意處，必換轉文法，不肯苟且如此。讀者細細求之，自令不更說也）智深說姓名畢那漢撇了朴刀翻身便翦拂（與前李忠一樣作章法）說道認得史進麼（讀此一句分外眼明）（山門外石橋邊事，令讀者憂得好苦，忽讀此句，將軍從天而降也）智深笑道原來是史大郎兩箇再翦拂了（前是一箇獨拜，今是兩箇同拜，何等手法）同到林子裏坐定智深問道史大郎自渭州別後你一向在何處（先問。好漢口中出此苦語，然千古苦語定出好漢口中也）史進答道自那日酒樓前與哥哥分手次日聽得哥哥打死了鄭屠逃走去了有緝捕的訪知史進和哥哥齎發那唱的金老（亦補前文所無，正與李忠符同）因此小弟亦便離了渭州尋師父王進直到延州又尋不着（八字藏過幾回好書。此八字結煞王進，承遞已畢。回向天下萬世，自此八字已後，王進二字更不見於此書也）回到北京住了幾時盤纏使盡以此來在這里尋些盤纏（名曰尋盤纏）不想得遇哥哥緣何做了和尚（次問。李忠先問次敘，此先敘次問，俱用換轉法）智深把前面過的話從頭說了一遍史進道哥哥既是肚饑小弟有乾肉燒餅在此便取出來教智深喫（並不以五臺為意，所以為史進也）史進又道哥哥既有包裹在寺內我和你討去若還不肯時何不結果了那廝智深道是當下和史進喫得飽了（一回主意。肚中饑時，雖以魯達之勇，亦不能鬭，此豈作者寓言邊事耶）各拿了器械再回瓦官寺來（筆之既去，如龍入海；筆之復來，如虎下山。如龍入海，非網羅之可牽；如虎下山，非藩籬之可隔。讀之真是駭絕嘗情，拓開文膽）到寺前看見那崔道成丘小乙兩箇兀自在橋上坐地（若不還在橋上，則回到寺去，必然先殺那幾箇老和尚矣。一者不武，二者於正傳無謂，故只用一句兀自坐地字，便省卻一段閒文，非是虛虛寫二人喫力光景也）智深大喝一聲道你這廝們來來今番和你鬭箇你死我活那和尚笑道你是我手裏敗將如何再敢廝併智深大怒輪起鐵禪杖（禪杖十五）奔過橋來鐵佛生嗔使着朴刀殺下橋去智深一者得了史進肚裏膽壯二乃喫得飽了那精神氣力越使得出來（與前一者肚中無食，二者走路方乏。三者兩箇生力句遥對。看他章法。兩箇鬬到八九合崔道成漸漸力怯只辦得走路那飛天藥叉丘道人見和尚輸了便仗着朴刀來協助這邊史進見了便從樹林子裏跳將出來大喝一聲都不要走掀起笠兒此句不是寫史進一時性發。蓋爲前文林子中關至十四五合。其在史進。固爲魯達出家。不好斷認。若在魯達。則卽使氣忿性急。亦何至不認史大郎耶。讀者頗有此疑。殊不知作者胸中自隱然有箇氈笠蓋着大郎。而於前文中。偏故意不說出。直到此處。方輕輕放得一句掀起笠子。彼真不顧世眼也。挺着朴刀來戰丘小乙四箇人兩對廝殺智深與崔道成正鬬到間深裏智深得便處喝一聲着只一禪杖禪杖十六。○至此方寫得禪杖飽滿快活。把生鐵佛打下橋去那道人見倒了和尚無心戀戰賣箇破綻便走史進喝道那里去趕上望後心一朴刀撲地一聲響道人倒在一邊史進踏入去掉轉朴刀望下面只顧肐肢肐察的搠智深趕下橋去把崔道成背後一禪杖禪杖十七。○更飽滿。更快活。可憐兩箇強徒化作南柯一夢智深史進把這丘小乙崔道成兩箇屍首都縛了攛在澗裏兩箇再趕入寺裏來再入來。香積廚下拿了包裹俗本此句誤在後。那幾箇老和尚因見智深輸了去怕崔道成丘小乙來殺他已自都弔死了此處若非此句。則將聽其仍舊苟延殘喘。抑將爲之鼎新營住。故知此句之省手也。智深史進直走入方丈後角門內看時九箇看時。那箇擄來的婦人投井而死此處若非此句。則將聽其究轉廢寺。抑將爲之送去前村。故知此句之省手也。直尋到裏面八九間小屋打將入去並無一人只見牀上三四包衣服史進打開都是衣裳包了些金銀揀好的包了一包袱尋到厨房見魚及酒肉兩箇打水燒火煮熟來都喫飽了始得一飽。飽之爲道。不亦難乎。兩箇各背包裹史進增一包裹。竈前縛了兩箇火把撥開火爐火上點着焰騰騰的先燒着後面小屋燒到門前再縛幾箇火把直來佛殿下後簷點着燒起來湊巧風緊刮刮雜雜地火起竟天價火起來可謂淨佛國土。○前後兩箇叢林中間又夾一箇叢林。此行文特地搆造出來。以爲一時奇觀也。至此則一把火燒蕩盡淨。依舊只得前後兩箇叢林。中間並不夾着甚麼叢林。隨手而起者仍隨手而倒，豈非翻江攪海之才乎○耐菴說一座瓦官寺，讀者亦便是一座瓦官寺；耐菴說燒了瓦官寺，讀者亦便是無了瓦官寺。大雄先生之言曰：心如工畫師，造種種五陰，一切世間中，無法而不造。聖歎爲之續曰：心如大火聚，壞種種五陰，一切過去者，無法而不壞。今耐菴此篇之意，則又雙用其意，若曰：文如工畫師，亦如大火聚，隨手而成造，亦復隨手壞。如文心亦爾，見文當觀心，見文不見心，莫讀我此傳○於修整金剛亭子山門亮槅之遊員外，其罪福又何如。智深與史進看着等了一回，四下火都着了。二人道：「梁園雖好，不是久戀之家，俺二人只好撒開。」二人廝趕着行了一夜，七箇字寫出真好弟兄○令人念此一夜，獨不得預也。天色微明，兩箇遠遠地望見一簇人家，看來是箇村鎮。兩箇投那村鎮上來，獨木橋邊，桃花莊一條板橋，瓦官寺一座青石橋，此處又一條獨木橋，亦是閒中點綴聯絡，以爲章法也。一箇小小酒店。智深、史進來到村中酒店內，一面喫酒，一面叫酒保買些肉來，借些米來，打火做飯。兩箇喫酒，訴說路上許多事務。喫了酒飯，智深便問史進道：「你今投那里去？」史進道：「我如今只得再回少華山去投奔朱武等三人入了夥，且過幾時却再理會。」作者安放史進。智深見說了，道：「兄弟，也是。」便打開包裹，取些酒器，與了史進。桃花山上何必不偷，瓦官寺前何必不分，有錢如此用，真使人要錢也○前日若畱與李周非也，今日若不與史進非也○以桃花山上賊與少華山上賊，絕倒。二人拴了包裹，拿了器械，還了酒錢。二人出得店門，離了村鎮，又行不過五七里，到一箇三岔路口。智深道：「兄弟，須要分手。魯達語亦是法師語。酒家投東京去，你休相送。魯達語亦是法師語。你到華州，須從這條路去，他日却得相會。若有箇便人，可通箇信息來往。」千古情種，歷歷落落。史進拜辭了智深，各自分了路，史進去了。通篇皆叙魯達也，史進忽然來，史進忽然去，其文猶如生龍活虎，令人捉察不定。只說智深自往東京，在路又行了八九日，早望見東京。入得城來，但見街坊熱鬧，人物諠譁。來到城中，陪箇小心，問人道：「大相國寺在何處？」街坊人答道：「前面州橋第四橋。便是。」智深提了禪杖便走，早進得寺來，東西廊下看時，徑投知客寮內去。魯達着實會。道人撞見，報與知客。八字中藏下嚇。無移時，知客僧出來，見了智深生得兇猛，提着鐵禪杖跨着戒刀背着箇大包裹先有五分懼他知客問道師兄何方來智深放下包裹禪杖唱箇喏知客回了問訊智深說道酒家五臺山來本師眞長老有書在此着俺來投上刹清大師長老處討箇職事僧做知客道旣是眞大師長老有書劄合當同到方丈裏去知客引了智深直到方丈解開包裹取出書來拏在手裏只如此知客道師兄你如何不知體面卽剌長老出來你可解了戒刀取出那七條坐具信香來禮拜長老使得智深道你如何不早說反責之妙絕隨卽解了戒刀包裹內取出片香一炷坐具七條半晌没做道理處知客又與他披了袈裟與他披絕倒敎他先鋪坐具先鋪絕倒少刻只見智清禪師出來知客向前稟道這僧人從五臺山來有眞禪師書在此清長老道師兄多時不曾有法帖來知客叫智深道師兄快來禮拜長老只見智深却把那炷香没放處没放處絕倒知客忍不住笑與他挿在爐內與他挿絕倒拜到三拜知客叫住不然九拜矣將書呈上清長老接書拆開看時中間備細說着魯智深出家緣繇幷今下山投托上刹之故二句皆極不堪便有前三回書在內清公當亦一嚇萬望慈悲收錄做箇職事人員切不可推故此僧久後必當證果清長老讀罷來書便道遠來僧人且去僧堂中暫歇喫些齋飯好物事智深謝了扯了坐具七條扯了絕倒提了包裹拏禪杖戒刀跟着行童去了清長老喚集兩班許多職事僧人盡到方丈乃云每讀禪宗語錄見一住一來後忽接乃云二字不覺欲嘔耐菴想亦醜之惡之悲之笑之故特用此二字於此汝等衆僧在此你看我師兄智眞禪師好没分曉這箇來的僧人原來是經略府軍官爲因打死了人落髮爲僧二次在彼鬧了僧堂因此難着他你那里安他不得却推來與我待要不收留他師兄如此千萬囑付不可推故待要着他在這里倘或亂了清規如何使得無如此許多算計便住持五臺山有如此許多算計便占坐東

京。作者借此特特寫出牲牲。驢黃。使後世善男信女。要皈依善知識者。自去揀擇也。知客道便是弟子們看那僧人全不似出家人模樣本寺如何安着得他都寺便道弟子尋思起來只有酸棗門外退居廨宇後那片菜園時常被營內軍健們并門外那二十來箇破落戶侵害縱放羊馬好生囉唣一箇老和尚在那里住持那里敢管他何不教此人去那里住持倒敢管得下清長老道都寺說得是教侍者去僧堂內客房裏等他喫罷飯便喚將他來侍者去不多時引着智深到方丈裏清長老道你既是我師兄真大師薦將來我這寺中掛搭做箇職事人員我這敝寺敝寺謙得好笑。我這敝寺占得可笑。寫東京法師。便真是東京法師。四字權道成口中曾有之。令人於佛法中每爭我宗他宗。亦此類也。有箇大菜園在酸棗門外嶽廟間壁此四字如何插放入來。真是絕世妙筆。你可去那里住持管領每日教種地人納十擔菜蔬餘者都屬你用度智深便道本師真長老着洒家投大剎討箇職事僧做却不教俺

一段歷落參差另作一篇小文讀

做箇都寺監寺如何教洒家去管菜園首座便道師兄你不省得你新來掛搭又不曾有功勞如何便做得都寺這管菜園也是箇大職事人員了首座尚然說謊。況其下乎。寫清公門庭如狗。智深道洒家不管菜園殺也要做都寺監寺何至於殺以一殺博都寺監寺。魯達爲東京人現身說法耳。知客又道你聽我說與你僧門中職事人員各有頭項且如小僧章法錯落。做箇知客只理會管待往來客官僧衆至如維那侍者書記首座這都是清職不容易得做都寺監寺提點院主這箇都是掌管常住財物你纔到得方丈怎便得上等職事還有那管藏的喚做藏主管殿的喚做殿主管閣的喚做閣主管化緣的喚做化主管浴堂的喚做浴主這箇都是主事人員中等職事還有那管塔的塔頭管飯的飯頭管茶的茶頭管東廁的淨頭與這管菜園的菜頭首座云。菜頭是大職事。知客却直數至末等之末。寫出清公會下。嘈雜可笑。這箇都是頭事人員末等職事假如師兄且如小僧

假如師兄（章法錯落）你管了一年菜園（句）好（句）便陞你做箇塔頭又管了一年（句）好（句）陞你做箇浴主又一年（句）好（句）纔做監寺智深道既然如此也有出身時（調侃不小）洒家明日便去清長老見智深肯去就留在方丈裏歇了（二老一樣方丈裏一樣留智深而一箇平等慈悲一箇機心周密其賢其不肖相去真不可算嗟乎佛法豈可以門庭冷熱為低昂哉）當日議定了職事隨即寫了榜文先使人去菜園裏退居廨宇內掛起庫司榜文明日交割當夜各自散了次早清長老陞法座押了法帖委智深管菜園智深到座前領了法帖辭了長老背上包裹跨了戒刀提了禪杖和兩箇送入院的和尚直來酸棗門外廨宇裏來住持且說菜園左近有二三十箇賭博不成才破落戶潑皮泛常在園內偷盜菜蔬靠着養身因來偷菜看見廨宇門上新掛一道庫司榜文上說（告示亦在潑皮眼中看出）大相國寺仰委管菜園僧人魯智深前來住持自明日為始掌管並不許閒雜人等入園攪擾那幾箇潑皮看了便去與眾破落戶商議道大相國寺裏差一箇和尚甚麼魯智深（五字奇文為後來一笑）一來管菜園我們趁他新來尋一場鬧一頓打下頭教那廝伏我們數中一箇道我有一箇道理他又不曾認得我我們如何便去尋得鬧等他來時誘他去糞窖邊只做參賀他雙手搶住腳翻筋斗攧那廝下糞窖去只是小耍他（潑皮有潑皮聲口）潑皮道好好商量已定且看他來卻說魯智深來到廨宇退居內房中安頓了包裹行李倚了禪杖掛了戒刀那數箇種地道人都來參拜了但有一應鎖鑰盡行交割那兩箇和尚同舊住持老和尚相別了盡回寺去了（細）且說智深出到菜園地上東觀西望看那園圃只見這二三十箇潑皮拏着些果盒酒禮都嘻嘻的笑道聞知師父新來住持我們鄰舍街坊都來作慶智深不知是計直走到糞窖邊來那夥潑皮一齊向前一箇來搶左腳一

箇便搶石脚揹望來攧智深只教智深脚尖起處山前猛虎心驚拳頭落時海內蛟龍喪膽正是方圓一片閒園圃日下排成小戰場那䶟潑皮怎的來攧智深且聽下回分解

第五才子書施耐菴水滸傳卷之十一

聖歎外書

第六回

花和尚倒拔垂楊柳

豹子頭悞入白虎堂

此文用筆之難獨與前後迥異蓋前後都只一手順寫一事便以閒筆波及他事亦都相時乘便出之今此文林冲新認得一箇魯達出格親熱却接連便有衙內合口一事出格鬭氣今要寫魯達則衙內一事須閣不起要寫衙內則魯達一邊須冷不下誠所謂筆墨之事亦有進退兩難之日也況於衙內文中又要分作兩番敘出一番自在林家一番自在高府今敘高府則要炤林家敘林家則要炤高府如此百忙之中却又有菜園一人躍躍欲來且使此躍躍欲來之入乃是別位猶

之可也今却端端的的便是爲了金翠蓮三拳打死人之魯達嗚呼卽使作者乃具七手八脚胡可得了乎今讀其文不偏不漏不板不犯讀者於此而不服膺知其後世循未能文也

此回多用奇恣筆法如林冲娘子受辱本應林冲氣忿他人勸回今偏倒將魯達寫得聲勢反用林冲來勸一也閱武坊賣刀大漢自說寶刀林冲魯達自說閒話大漢又說可惜寶刀林冲魯達只顧說閒話此時譬如兩峰對插抗不相下後忽突然合笋雖驚蛇脫兎無以爲喻二也還過刀錢便可去矣却爲要寫林冲愛刀之至却去問他祖上是誰此時將答是誰爲是耶故便就林冲問處借作收科云若說時辱沒殺人此句雖極會看書人亦只知其餘墨淋漓豈能知其惜墨如金耶三也白虎節堂是不可進去之處今寫林冲誤入則應出其不意一氣賺入矣偏用廳前立住了脚屏風後堂又立住了脚然後曲曲折折來至節堂四也如此奇文吾謂雖起史遷示之亦復安能出手哉

打陸虞候家時四邊鄰舍都閉了門只八箇字寫林冲面色衙内勢燄都盡蓋爲藏却衙内則立刻虀粉不藏衙内則卽日虀粉旣怕林冲又怕衙内四邊鄰舍都閉門眞絕筆矣

話說那酸棗門外三二十箇潑皮破落戶中間有兩箇爲頭的一箇叫做過街老鼠張三一箇叫做青草蛇李四這兩箇爲頭接將來智深也却好去糞窖邊看見這夥人都不走動只立在窖邊齊道俺特來與和尚作慶智深道你們旣是鄰舍街坊都來廨宇裏坐地張三李四便拜在地上不肯起來只指望和尚來扶他便要動手智深見了心裏

早疑忌道這夥人不三不四（張三李四。不三不四。）又不肯近前來莫不要攧酒家那廝却是倒來捋虎鬚俺且走向前去教那廝看酒家手脚智深大踏步近衆人面前來那張三李四便道小人兄弟們特來參拜師父口裏說便向前去一箇來搶左脚一箇來搶右脚智深不等他上身右脚早起騰的把李四先踢下糞窖裏去張三恰待走智深左脚早起兩箇潑皮都踢在糞窖裏掙扎後頭那二三十箇破落戶驚的目瞪口呆都待要走智深喝道一箇走的一箇下去兩箇走的兩箇下去衆潑皮都不敢動撣只見那張三李四在糞窖裏探起頭來原來那座糞窖沒底似深兩箇一身臭屎頭髮上蛆蟲盤滿立在糞窖裏叫道師父饒恕我們智深喝道你那衆潑皮快扶那鳥上來我便饒你衆人衆人打一救攙到葫蘆架邊（是菜園風景。）臭穢不可近前智深呵呵大笑道兀那蠢物你且去菜園池子裏洗了來和你衆人說話兩箇潑皮洗了一回衆人脫件衣服與他兩箇穿了（若漏此句。便是兩箇赤膊人。如何體面。○凡作史最易漏者。如此等句是也。此書定不肯漏者。如此等句是也。）智深叫道都來廨宇裏坐地說話智深先居中坐了指着衆人道你那夥鳥人休要瞞酒家你等都是甚麼鳥人到這里戲弄酒家那張三李四并衆火伴一齊跪下說道小人祖居在這里都只靠賭博討錢爲生這片菜園是俺們衣飯碗大相國寺裏幾番使錢要奈何我們不得師父却是那里來的長老恁的了得相國寺裏不曾見有師父（雖是實話。然亦罵相國寺不小。）今日我等願情伏侍智深道酒家是關西延安府老种經略相公帳前提轄官只爲殺得人多因此情愿出家（二事不相蒙。合成快語。）五臺山來到這里酒家俗姓魯法名智深休說你這三二十箇人直甚麼便是千軍萬馬隊中俺敢直殺得入去出來衆潑皮喏喏連聲拜謝了去智深自來廨宇裏房內收拾整頓歇臥此句極易漏此偏不漏。次日衆潑皮商量湊些錢物買了十瓶酒牽了一箇猪來請智深都在廨宇安排了請魯智深居中坐了兩邊一帶坐定那三二十潑皮飲酒智深道甚麽道理叫你衆人們壞鈔衆人道我們有福今日得師父在這里與我等衆人做主智深大喜喫到半酣裏也有唱的也有說的也有拍手的也有笑的是箇潑皮酒席正在那里喧閧只聽得門外老鴉哇哇的叫奇文怪想突如其來毫無關筍接縫之跡衆人有扣齒的齊道赤口上天白舌入地叩齒爲禳不知始於何時乃此時已有之然定是潑皮教法非士大夫所宜有乃今此法遍行上下爲之一笑赤口白舌八字成文其中無有而其外燁然凡道家經集皆爾不足覽也智深道你們做甚麽鳥亂衆人道老鴉叫怕有口舌智深道那里取這話那種地道人笑道牆角邊綠楊樹上新添了一箇老鴉巢每日直聒到晚衆人道把梯子去上面拆了那巢便了有幾箇道我們便去智深也乘着酒興都到外面看時果然綠楊樹上一箇老鴉巢衆人道把梯子上去拆了也得耳根清淨李四便道我與你盤上去不要梯子第一層是老鴉叫第二層是叩齒咒之第三層是道人說第四層是尋梯上去第五層是看第六層是要盤上去只一倒拔垂楊凡用六層層折方入相一相句行文如畫智深相了一相四字不是細作正是氣概萬夫處走到樹前把直裰脫了用右手向下把身倒繳着卻把左手拔住上截把腰只一趁寫得有方法將那株綠楊樹帶根拔起衆潑皮見了一齊拜倒在地只叫師父非是凡人正是真羅漢身體無千萬斤氣力如何拔得起智深道打甚鳥緊明日都看洒家演武使器械忽然遊入明日衆潑皮當晚各自散了從明日爲始忽然把明日變做十數日這二三十箇破落戶見智深匾匾的伏每日將酒肉來請智深看他演武使拳許他使器械只看使得拳妙有層節過了數日省智深尋思道每日喫他們酒食多矣洒家今日也安排些還席叫道人去城中買了幾般果子沽了兩三擔酒殺翻一口猪一腔羊那時正是三月盡來此一月有餘矣記之天氣正熱智深道天色熱叫道人綠槐樹下鋪了蘆蓆請那許多潑皮團團坐定大碗斟酒大塊切肉叫衆人喫得飽了再取果子喫酒又喫得正濃衆潑皮道這幾日見師父演力不曾見師父使器械怎得師父教我們看一看也好（前許看使器械今只看得使拳而已好潑皮記得）智深道說的是自去房內取出渾鐵禪杖頭尾長五尺重六十二斤衆人看了盡皆喫驚都道兩臂膊沒水牛大小氣力怎使得動（特地將禪杖在此處喝采一番便覺前後皆精神百倍）智深接過來颼颼的使動渾身上下沒半點兒參差衆人看了一齊喝采智深正使得活泛（二字是作文妙訣使棒亦然耶）只見牆外一箇官人看見喝采道端的使得好智深聽得收住了手看時只見牆缺邊立着一箇官人頭戴一頂青紗抓角兒頭巾腦後兩箇白玉圈連珠鬢環身穿一領單綠羅團花戰袍腰繫一條雙獺尾龜背銀帶穿一對碴爪頭朝樣皂靴手中執一把摺疊紙西川扇子生的豹頭環眼燕頷虎鬚八尺長短身材三十四五年紀口裏道這箇師父端的非凡使得好器械衆潑皮道這位教師喝采必然是好智深問道那軍官是誰衆人道這官人是八十萬禁軍鎗棒教頭林武師名喚林冲智深道何不就請來廝見那林教頭便跳入牆來兩箇就槐樹下相見了一同坐地林教頭便問道師兄何處人氏法諱喚做甚麼（定問）智深道洒家是關西魯達的便是（答得不同）只爲殺得人多情願爲僧年幼時也曾到東京認得令尊林提轄（閒處着神）林冲大喜就當結義智深爲兄（何驟也然稍遲則胡可得也）智深道教頭今日緣何道此林冲答道恰纔與拙荊一同來間壁嶽廟裏還香願（應）林冲聽得使棒看得入眼着女使錦兒自和荊婦去廟裏燒香林冲就只此間相等不想得遇師兄智深道洒家初到這里正沒相識得這幾箇大哥每日相伴如今又得教頭不棄結爲弟兄十分好了

便叫道人再添酒來相待恰纔飲得三盃只見女使錦兒慌慌急急紅了臉在牆缺邊叫道官人休要坐地娘子在廟中和人合口林冲連忙問道在那里錦兒道正在五嶽樓下來撞見個詐見不及的把娘子攔住了不肯放林冲慌忙道却再來望師兄休怪休怪林冲別了智深急跳過牆缺和錦兒逕奔嶽廟裏來搶到五嶽樓看時見了數箇人拏着彈弓吹筒粘竿都立在欄干邊（補一句景）胡梯上一箇年少的後生獨自背立着把林冲的娘子攔着道你且上樓去和你說話林冲娘子紅了臉道清平世界是何道理把良人調戲林冲赶到跟前把那後生肩胛只一扳過來喝道調戲良人妻子當得何罪恰待下拳打時認的是本管高太尉螟蛉之子高衙內（奇峯當面起）原來高俅新發跡不曾有親兒無人幫助因此過房這阿叔高三郎兒子在房內爲子（忽然又補入高俅家中一段筆勢夭矯）本是叔伯弟兄却與他做乾兒子（特地寫小人無倫理無閨門以表惡之至也）因此高太尉愛惜他那廝在東京倚勢豪强專一愛淫垢人家妻女京師人懼怕他權勢誰敢與他爭口叫他做花花太歲當時林冲扳將過來却認得是本管高衙內先自手軟了高衙內說道林冲干你甚事你來多管原來高衙內不曉得他是林冲的娘子若還曉得時也沒這場事見林冲不動手他發這話衆多閒漢見鬧一齊攏來勸道教頭休怪衙內不認得多有衝撞林冲怒氣未消一雙眼睜着瞅那高衙內（寫英雄在人廊廡下欲說不得說光景可憐）衆閒漢勸了林冲和哄高衙內出廟上馬去了林冲將引妻小幷使女錦兒也轉出廊下來只見智深提着鐵禪杖引着那二三十個破落戶大踏步搶入廟來（筆勢拉雜如火）林冲見了叫道師兄那里去（着此一句便寫得魯達搶入得猛宛然萬人辟易林冲亦在半邊也）智深道我來幫你廝打（妙不管青白曲直竟來廝打矣）林冲道原來是本管高太尉的衙內不認得

荊婦時間無禮林冲本待要痛打那厮一頓太尉面上須不好看自古道不怕官只怕管林冲不合喫着他的請受權且讓他這一次（是可讓何不可讓住人廊廡雖）（林武師無可如何矣哀哉）智深道你却怕他本官太尉酒家怕他甚鳥（本官太尉與甚鳥為聯奇語）俺若撞見那撮鳥時且教他喫洒家三百禪杖了去林冲見智深醉了便道師兄說得是林冲一時被衆人勸了權且饒他（本是林冲事却將醉後魯達極力一寫便反做了林冲勸魯達眞令人破涕為笑奇文奇文）智深道但有事時便來喚洒家與你去（魯達語令讀者悲感起立）衆潑皮見智深醉了扶着道師父俺們且去明日和他理會（醉人發怒定用此語治之與前林冲云師兄說得是筆法同妙絕）智深提着禪杖道阿嫂（使叫阿嫂不嫌唐突）休怪莫要笑話（魯達每自嫌粗鹵正是得意語）阿哥明日再得相會（便不捨得一日不會凡四句却一句阿嫂一句阿哥中間二句文無次第義不連屬寫醉人然亦眞魯達也）智深相別自和潑皮去了林冲領了娘子幷錦兒取路回家心中只是鬱鬱不樂（按下一句）且說這高衙內引了一班兒閒漢自見了林冲娘子又被他衝散了心中好生着迷快快不樂回到府中納悶過了三兩日衆多閒漢都來伺候見衙內心焦沒撩沒亂衆人散了數內有一箇幫閒的喚作乾鳥頭富安理會得高衙內意思獨自一箇到府中伺候見衙內在書房中閒坐（每每此等衙內其坐處亦定要學樣喚作書房）那富安走近前去道衙內近日面色清減心中少樂必然有件不悅之事高衙內道你如何省得富安道小子一猜便着衙內道你猜我心中甚事不樂富安道衙內是思想那雙木的這猜如何衙內笑道你猜得是只沒箇道理得他富安道有何難哉衙內怕林冲是箇好漢不敢欺他這箇無傷他見在帳下聽使喚大請大受怎敢惡了太尉輕則便刺配了他重則害了他性命小閒尋思有一計使衙內能彀得他高衙內聽得便道自見了多少好女娘不知怎的只愛他（乘便補入一句為太尉兒子周旋不得此句便似曾不見女娘三家村小兒也）心

中着迷鬱鬱不樂你有甚見識能得他時我自重重的賞你富安道門下如心腹的陸虞候陸謙他和林冲最好明日衙内躱在陸虞候樓上深閣擺下些酒食却叫陸謙去請林冲出來喫酒教他直去樊樓上深閣裏喫酒小閒便去他家對林冲娘子說道你丈夫教頭和陸謙喫酒一時重氣悶倒在樓上叫娘子快去看哩賺得他來到樓上婦人家水性見了衙内這般風流人物再着些甜話兒調和他不繇他不肯小閒這一計如何高衙内喝采道好條計就今晚着人去喚陸虞候來分付了原來陸虞候家只在高太尉家隔壁巷内此句高手次日商量了計策陸虞候一時聽允也沒奈何只要衙内歡喜却顧不得朋友交情調侃世人且說林冲連日悶悶不巳懶上街去四字腕中有鬼何也蓋一路敘衙内設計作者手筆忙極矣不能更折到魯達一邊去夫林冲出門而不尋魯達然則林冲爲何如人哉計無復之而竟公然下一筆云懶上街去便將魯達許多棘手推過一邊乾乾淨淨自非老筆何以有此巳牌時聽得門首有人叫道教頭在家麼林冲出來看時却是陸虞候慌忙道陸兄何來陸謙道特來探望兄數兄字可發一笑何故連日街前不見林冲道心裏悶不曾出去陸謙道我同兄去喫三盃解悶林冲道少坐拜茶兩箇喫了茶起身陸虞候道阿嫂眼我同林兄到家去喫三盃特說家去林冲娘子赶到布簾下叫道大哥少飲早歸又分付一句挽上連日氣悶回合有情引下快來看覷波紋無數林冲與陸謙出得門來街上閒走了一回陸虞候道兄我們休家去只就樊樓内喫兩盃却不家去當時兩箇上到樊樓内占箇閣兒喚酒保分付叫取兩瓶上色好酒希奇果子按酒兩箇敘說閒話林冲歎了一口氣陸虞候道兄何故歎氣林冲道陸兄不知男子漢空有一身本事不遇明主屈沉在小人之下受這般腌臢的氣發憤作書之故其號耐菴不虛也陸虞候道如今禁軍中雖有幾箇教頭誰人及得兄的本事太尉又看承得好却受誰的氣如不

（知者。）林冲把前日高衙內的事告訴陸虞候一遍。陸虞候道。衙內必不認得嫂子。兄且休氣。只顧飲酒。林冲喫了八九盃酒。因要小遺。起身道。我去淨手了來。（此等皆作者筆力所使。非眞有天使之也。）林冲下得樓來。出酒店門。投東小巷內去淨了手。回身轉出巷口。（筆提如風舞。）（寫急事。其筆愈寬。子弟讀之。可救拘縮之病。）只見女使錦兒叫道。官人。尋得我苦。却在這里。林冲慌忙問道。做甚麼。錦兒道。官人和陸虞候出來。沒半箇時辰。只見一箇漢子慌慌急急奔來家裏。對娘子說道。我是陸虞候家鄰舍。你家教頭和陸謙喫酒。只見教頭一口氣不來。便撞倒了。叫娘子且快來看視。娘子聽得。連忙央間壁王婆看了家。和我跟那漢子去。直到太尉府前巷內一家人家。（小兒女何知這家誰家。只是一家人家便了。若說直到陸家。便失却當時情景不少也。並不說陸家。却合十箇字宛然陸家。）上至樓上。只見桌子上擺着些酒食。不見官人。（人報官人氣塞死了。便滿肚一箇官人氣塞死在樓上矣。却不見官人。聲口如畫。）恰待下樓。只見前日在

嶽廟裏囉唣娘子的那後生（嶽廟那後生。妙。只是前日目見爲眞。後來耳中雖聞是高衙內。在此時呼不及矣。）出來道。娘子少坐。你丈夫來也。錦兒慌忙下得樓時。只聽得娘子在樓上叫殺人。（只聽得在下樓後。妙。）因此我一地里尋官人不見。正撞着賣藥的張先生道。我在樊樓前過。見教頭和一箇人入去喫酒。因此特奔到這里。官人快去。林冲見說。喫了一驚。也不顧女使錦兒。（畫絕。）三步做一步跑到陸虞候家。搶到胡梯上。却關着樓門。（有此一句。便有下文。）（兩箇聽字。）只聽得娘子叫道。（只聽得。妙。急殺。此時賴是聽得。若不聽得。便一發急殺矣。）清平世界。如何把我良人妻子關在這里。又聽得高衙內道。（又聽得。妙。妙。急殺。）娘子可憐見救俺。便是鐵石人也告得回轉。（錦兒來。林冲去。已非一刻。故衙內口中下此言。見相求已非一語也。妙絕妙絕。）林冲立在胡梯上叫道。大嫂開門。那婦人聽得是丈夫聲音。只顧來開門。（只顧來三字。神化之筆。中間便夾帶衙內無數囉唣。）高衙內喫了一驚。斡開了樓窗。跳牆走了。林冲上得樓上。尋不見高衙內。問娘子道。不曾

被這廝點污了、(此一句若在神閒氣定之時便必不問今極忙中便必問矣問此一句正寫林冲氣急心亂也不然則將夫妻相見竟不開口于情理爲大失若問別句則亦更無第二句也)娘子道、不曾。林冲把陸虞候家打得粉碎、將娘子下樓、出得門外看時、鄰舍兩邊都閉了門。(用鄰舍閉門備寫上文驚天動地)女使錦兒接着、(此句妙寫出中間迅疾)三箇人一處歸家去了。(歸去迅疾)林冲拏了一把解腕尖刀、逕奔到樊樓前去尋陸虞候、(又出來到樊樓迅疾)也不見了、却回來他門前等了一晚、(又來到陸家迅疾)不見回家、林冲自歸、(又回去了)娘子勸道、(只一勸字寫娘子貞良如見若是淫泯婦人必然要哭要死要丈夫報仇也)我又不曾被他騙了、你休得胡做、林冲道、叵耐這陸謙畜生廝趕着稱兄稱弟、(爲上文幾箇兄字一哭)你也來騙我、只怕不撞見高衙内也、照管着他頭面、娘子苦勸、那里肯放他出門、(好林冲又好娘子真是壯夫良婦)陸虞候只躲在太尉府内、亦不敢回家、林冲一連等了三日、(省文也却寫得駭人)並不見面、(四箇字放出後文一回大書來不然殺却陸謙便了無生色矣)府前人見林冲面色不好、誰敢問他、(寫得精神白日讀之如聞鬼哭)

第四日飯時候、魯智深逕尋到林冲家相探、(突然接入奇文快筆)問道、教頭如何連日不見面、(非魯達醉夢也若知得時豈容更遲一刻不做出來如是便不好收拾也故下文林冲亦不告訴皆作者特地留筆也)林冲答道、小弟少冗、不曾探得師兄、既蒙到我寒舍、本當草酌三盃、爭奈一時不能周備、且和師兄一同上街閒翫一遭、市沽兩盞、如何。智深道、最好、兩箇同上街來、喫了一日酒、又約明日相會、(帶過明日用筆簡便)自此每日與智深上街喫酒、把這件事都放慢了、(用此一句接下林冲便有閒筆去太尉府中敘事此作書之法不然頭頭不了矣)

且說高衙内從那日在陸虞候家樓上喫了那驚、跳牆脫走、不敢對太尉說知、(又寫此一句見人家子弟原好都被小人教壞)因此在府中臥病。陸虞候和富安兩箇來府裏望衙内、見他容顔不好、精神憔悴、陸謙道、衙内何故如此精神少樂、衙内道、實不瞞你們說、我爲林家那人、兩次不能彀得他、又喫他那一驚、這病越添得重了、眼見得半年三箇月性命難保二人道衙內且寬心只在小人兩箇身上好歹要共那人完聚只除他自縊死了便罷突然下此一語爲後日之讖不嫌突然者蓋惟恐後文嫌突然也正說間府裏老都管也來看衙內病證又添出一箇老都管何也寫陸謙富安在太尉前說不得話也作者細心何等那陸虞候和富安見老都管來問病兩箇商量道只除恁的等候老都管看病已了出來兩箇邀老都管僻淨處說道若要衙內病好只除教太尉得知害了林冲性命方能彀得他老婆和衙內在一處這病便得好若不如此一定送了衙內性命老都管道這箇容易老漢今晚便稟太尉得知兩箇道我們已有計了只等你回話老都管至晚來見太尉說道衙內不害別的證却害林冲的老婆高俅道林冲的老婆幾時見他的都管稟道便是前月二十八日在嶽廟裏見來今經一月有餘又把陸虞候設的計備細說了高俅道如此句因爲他渾家怎地害他句我尋思起來若爲惜林冲一

箇人時須送了我孩兒性命句却怎生是好句惡人初念未必便惡却被轉念壞了此處特地寫箇樣子都管道陸虞候和富安有計較高俅道既是如此教喚二人來商議老都管隨即喚陸謙富安入到堂裏唱了喏高俅問道我這小衙內的事你兩箇有甚計較救得我孩兒好了時我自擡舉你二人陸虞候向前稟道恩相在上只除如此如此使得高俅道既如此你明日便與我行不在話下再說林冲每日和智深喫酒把這件事不記心了重擱一筆那一日突然三字直接前文才子不虛也兩箇同行到閱武坊巷口坊名與寶刀映耀光采見一條大漢頭戴一頂抓角兒頭巾穿一領舊戰袍手裏拿着一口寶刀插着箇草標兒立在街上陸謙富生以情理論之一刀豈足惜哉若以才情論之真堪引而與之痛飲只如安排計策却是賣刀何等奇絕偏又是抓角頭巾舊戰袍又插箇草標兒色色刺入林冲心裏眼裏豈不異哉口裏自言自語說道不遇識者屈沉了我這口寶刀驚心刺耳之言林冲也不理會只顧和智深說着話走夾此一句筆墨淋漓

智深見刀偏不開口者非不識寶刀爲讓林冲是本文主人也

（之極）那漢又跟在背後道好口寶刀可惜不遇識者（句法倒轉）林冲只顧和智深走着說得入港（又夾此一句筆墨淋漓之極句法亦倒轉）那漢又在背後說道偌大一箇東京沒一箇識得軍器的（其辭漸緊章法入妙）林冲聽得說回過頭來（寫得淋漓突兀）那漢颼的把那口刀掣將出來明晃晃的奪人眼目（淋漓突兀）林冲合當有事猛可地道將來看（疾）那漢遞將過來（疾）林冲接在手內（疾）同智深看了喫了一驚（四字寫出英雄神氣）失口道好刀（疾）你要賣幾錢那漢道索價三千貫實價二千貫林冲道值是值二千貫（寫林冲）只沒箇識主你若一千貫肯時我買你的那漢道我急要些錢使你若端的要時饒你五百貫實要一千五百貫（敘極忙事偏用極婉筆）林冲道只是一千貫我便買了那漢歎口氣道（疾）金子做生鐵賣了罷罷一文也不要少了我的（極忙中文用一婉筆）林冲道跟我來家中取錢還你回身却與智深道師兄且在茶房裏少待小弟便來智深道洒

此文凡兩段一段五句在林冲口中寫出愛刀一段三句在林冲身上寫出愛刀

家且回去明日再相見（只別魯達一筆亦不肯直書務用一曲）林冲別了智深自引了賣刀的那漢去家中將銀子折算價貫準還與他就問那漢道你這口刀那里得來（到家取了錢便可去矣却不住筆重又間起寶刀來歷一來爲壯士失時發洩血淚一來爲林冲愛刀之至爲下文比試作地步）那漢道小人祖上留下因爲家道消乏沒奈何將出來賣了林冲道你祖上是誰（血淚迸出四字來）那漢道若說時辱沒殺人（只七字妙絕）林冲再也不問（只六字妙絕一句七字一句六字收拾得淋漓無限）那漢得了銀兩自去了（讀者竟不知半日何爲）林冲把這口刀翻來覆去看了一回喝采道端的好把刀（一句）高太尉府中有一口寶刀胡亂不肯教人看（二句却不道任憑翻來覆去的看）我幾番借看也不肯將出來（三句）今日我也買了這口好刀（四句）慢慢和他比試（五句自言自語自誇自惜自驚自詫曲曲折折妙不可言）林冲當晚不落手看了一晚（一句）夜間掛在壁上（二句）未等天明又去看那刀（三句寫得龍跳虎卧）次日已牌時分（可見看了一早晨）只聽得門首有兩箇承局叫

道林教頭太尉鈞旨道你買一口好刀就叫你將去比看太尉在府裏專等（夾）林冲聽得說道又是甚麼多口的報知了（朱子曰其辭若有憾焉其實乃深喜之）兩箇承局催得林冲穿了衣服（忽然點出四月初旬不因四字我幾忘矣○起來看了一早晨刀衣裳都不暇穿寫林冲摩挲愛惜劇于十五女矣）拏了那口刀隨這兩箇承局來一路上林冲道在府中不認得你（只從閒處輕逗一句）兩箇人說道小人新近參隨却早來到府前進得到廳前林冲立住了脚（反寫林冲立住脚筆法奇險）兩箇又道太尉在裏面後堂內坐地轉入屏風至後堂又不見太尉林冲又住了脚（又寫一句立住脚奇險）兩箇又道太尉直在裏面等你叫引教頭進來又過了兩三重門到一箇去處一週遭都是綠欄杆（寫句景○只見欄杆者言未到堂中只在簷也有此句便生出下文四箇青字身分）兩箇又引林冲到堂前說道教頭你只在此少待等我入去稟太尉林冲拏着刀立在簷前（拏着刀三字作者眼光爍爍○要寫得其狀如造逆者故也）兩箇人自入去了一盞茶時不見出來林冲心疑探頭入簾看時只見簷前額上有四箇青字寫道白虎節堂（奇文可駭）林冲猛省道（夾）這節堂是商議軍機大事處如何敢無故輒入不是體急待回身只聽得靴履響脚步鳴一箇人從外面入來（奇文突兀）林冲看時不是別人却是本管高太尉（筆筆突兀）林冲見了執刀向前聲喏（執刀二字作者眼光爍爍）太尉喝道林冲你又無呼喚安敢輒入白虎節堂你知法度否你手裏拿着刀莫非來刺殺下官（此句從刀上入罪）有人對我說你兩三日前拏刀在府前伺候必有歹心（此句又摟前文面色不好入罪）林冲躬身稟道恩相恰纔蒙兩箇承局呼喚林冲將刀來比看太尉喝道承局在那裏林冲道恩相他兩箇已投堂裏去了太尉道胡說甚麼承局敢進我府堂裏去左右與我拏下這廝（却早兩箇入十萬禁軍教頭被害了也）說猶未了傍邊耳房裏走出二十餘人把林冲橫推倒拽下去高太尉大怒道你既是禁軍教頭法度也還不知道

因何手執利刃故入節堂欲殺本官叫左右把林冲推下不知性命如何不因此等有分教大閙中原縱横海內直教農夫背上添心號漁父舟中插認旗畢竟看林冲性命如何且聽下回分解

第五才子書施耐菴水滸傳卷之十二

聖歎外書

第七回

林教頭刺配滄州道
魯智深大閙野豬林

此回凡兩段文字一段是林武師寫休書一段是野豬林喫悶棍一段寫兒女情深一段寫英雄氣短只看他行文歷歷落落處

話說當時太尉喝叫左右排列軍校拿下林冲要斬林冲大叫冤屈太尉道你來節堂有何事務見今手裏拿着利刃如何不是來殺下官林冲告道太尉不喚怎敢入來見有兩箇承局望堂裏去了故賺林冲到此太尉喝道胡說我府中那有承局這厮不服斷遣喝叫左右解去開封府分付滕府尹好生推問勘理明白處決就把這刀封了去左右領了鈞旨監押林冲投開封府來恰好府尹坐

衙未退二字妙似陞堂高太尉幹人把林冲押到府前跪在堦下府幹將太尉言語對滕府尹說了將上太尉封的那把刀放在林冲面前府尹道林冲你是箇禁軍教頭如何不知法度手執利刃故入節堂這是該死的罪犯林冲告道恩相明鏡念林冲負屈銜寃小人雖是麤鹵的軍漢頗識些法度如何敢擅入節堂為是前月二十八日林冲與妻到嶽廟還香願正迎見高太尉的小衙內把妻子調戲被小人喝散了次後又使陸虞候賺小人喫酒却使富安來騙林冲妻子到陸虞候家樓上調戲亦被小人趕去是把陸虞候家打了一場兩次雖不成姦皆有人證次日林冲自買這口刀今日太尉差兩箇承局來家呼喚林冲叫將刀來府裏比看因此林冲同二人到節堂下兩箇承局進堂裏去了不想太尉從外面進來設計陷害林冲望恩相做主府尹聽了林冲口詞府尹不開口且叫與了回文

一面取刑具枷杻來上了推入牢裏監下林冲家裏自來送飯一面使錢林冲的丈人張教頭亦來買上告下使用財帛正值有箇當案孔目姓孫名定為人最鯁直十分好善只要週全人因此人都喚做孫佛兒他明知道這件事轉轉宛在府上說知就裏稟道此事果是屈了林冲只可週全他府尹道他做下這般罪高太尉批仰定罪定要問他手執利刃故入節堂殺害本官怎週全得他孫定道這南衙開封府不是朝廷的是高太尉家的雖無孔目唐突府尹之理然自是快語府尹道胡說孫定道誰不知高太尉當權倚勢豪强更兼他府裏無般不做此一句上不承下不接妙絕快絕言高府中則多犯彌天之罪耳應殺應剮耳但有人小小觸犯便發來開封府要殺便殺要剮便剮却不是他家官府小小字妙觸犯字妙殺剮字妙府尹道據你說時林冲事怎的方便他施行斷遣孫定道看林冲口詞是箇無罪的人快人快語只是沒拿那兩箇承局處此語開不

得林冲死罪。然一有此語，便入不得林冲死罪矣。妙筆。如今着他招認做不合腰懸利刃誤入節堂脊杖二十刺配遠惡軍州。滕府尹也知這件事了，自去高太尉面前再三稟說林冲口詞。高俅情知理短，一句。又礙府尹，一句。只得准了。就此日府尹回來陞廳，叫林冲除了長枷，斷了二十脊杖，喚箇文筆匠刺了面頰，量地方遠近，該配滄州牢城。當廳打一面七斤半團頭鐵葉護身枷釘了，貼上封皮，押了一道牒文，差兩箇防送公人監押前去。兩箇人是董超、薛霸。特特註明二人。二人領了公文，押送林冲出開封府來。只見衆鄰舍，此句。非鄰舍情重，亦非林冲有恩，只為便於後文寫休書耳。并林冲的丈人張教頭都在府前接着，同林冲兩箇公人到州橋下酒店裏坐定。林冲道：「多得孫孔目維持，這棒不毒，因此走動得。」張教頭叫酒保安排按酒菓子，管待兩箇公人。酒至數杯，只見張教頭將出銀兩，齎發他兩箇防送公人已了。林冲執手對丈人說道：「泰山

一路翁壻往復，淒淒惻惻，祭十二郎文與琵琶行兼有之。

在上，年災月厄，撞了高衙內，喫了一場屈官司。今日有句話說，上稟泰山：自蒙泰山錯愛，將令愛嫁事小人，已經三載，不曾有半些兒差池，雖不曾生半箇兒女，為後文省手也。却於林冲口中敘出，曲曲人情。未曾面紅面赤半點相爭。今小人遭這場橫事，配去滄州，生死存亡未保，娘子在家，小人心去不穩，誠恐高衙內威逼這頭親事；況兼青春年少，休為林冲誤了前程。却是林冲自行主張，非他人逼迫。小人今日就高鄰在此，始知前文先敘鄰舍筆法之妙。明白立紙休書，任從改嫁，並無爭執。如此林冲去得心穩，免得高衙內陷害。」張教頭道：「賢壻甚麼言語！你是天年不齊，遭了橫事，又不是你作將出來的。今日權且去滄州躲災避難，蚤晚天可憐見，放你回來時，依舊夫妻完聚。老漢家中也頗有些過活，便取了我女家去，并錦兒，細。不揀怎的，三年五載養贍得他。又不叫他出入，高衙內便要見也不能彀。休要憂心，都在老漢

身上你在滄州牢城我自頻頻寄書并衣服與你休得要胡思亂想只顧放心去林冲道感謝泰山厚意只是林冲放心不下枉自兩相耽悞泰山可憐見林冲依允小人便死也瞑目張教頭那裏肯應承衆鄰舍亦說行不得（又夾一筆妙）林冲道若不依允小人之時林冲便掙扎得回來誓不與娘子相聚（截鐵語）張教頭道既然恁地時權且繇你寫下我只不把女兒嫁人便了（截鐵語一路翁婿往復淒淒惻惻曲曲折折至此各用一句截鐵語收之）當時叫酒保尋箇寫文書的人來買了一張紙來那人寫林冲說（如畫）道是東京八十萬禁軍教頭林冲爲因身犯重罪（重罪妙此書分明寫與高衙內者故竟云重罪不云其他情節也）斷配滄州去後存亡不保有妻張氏年少情願立此休書任從改嫁永無爭執委是目行情願即非相逼（句句出脫衙內此數句本如老生常談耳用來恰字字如錦）恐後無憑立此文約爲炤年月日林冲當下看人寫了借過筆來去年月下押箇花字打箇手模（寫林冲斬頭瀝血見機生智令人淚落）正在閣裏寫了欲付與泰山收時只見林冲的娘子號天哭地叫將來女使錦兒抱着一包衣服一路尋到酒店裏（省却又回去也）林冲見了起身接着道娘子小人有句話說已稟過泰山了（如聞其聲如見其人）爲是林冲年災月厄遭這場屈事今去滄州生死不保誠恐誤了娘子青春今已寫下幾字在此萬望娘子休等小人有好頭腦（高衙內也）（却不直說高衙內蓋恐傷其心也）自行招嫁莫爲林冲悞了賢妻那娘子聽罷哭將起來說道丈夫我不曾有半些兒點汚如何把我休了（林冲娘子只說得此一句下更無語都是張教頭說情景入妙）林冲道娘子我是好意恐怕日後兩下相誤賺了你張教頭便道我兒放心雖是女壻恁的主張我終不成下得將你來再嫁人這事且繇他放心去他便不來時我也安排你一世的終身盤費只教你守志便了（都是娘子心中話却不好在娘子口中說故都借張教頭出之）那娘子聽得說（有筆力）心中哽咽又見了這封書（有筆）

力一時哭倒聲絕在地林冲與泰山張教頭救得起來半晌方纔甦醒兀自哭不住林冲把休書與教頭收了衆鄰舍亦有婦人來勸林冲娘子攙扶回去眞是如何回去忽乘便從鄰舍二字上生出婦人來見景生情文章妙訣張教頭囑付林冲道只顧前程去掙扎回來廝見你的老小我明日便取回去養在家裏待你回來完聚重将此句特特說你但放心去不要挂念如有便人千萬頻頻寄些書信來林冲起身謝了拜辭泰山并衆鄰舍背了包裹隨着公人去了張教頭同鄰舍取路回家了不在話下且說兩箇防送公人把林冲帶來使臣房裏寄了監董超薛霸各自回家收拾行李只說董超正在家裏拴束包裹只見巷口酒店裏酒保來說道董端公一位官人在小人店中請說話董超道是誰酒保道小人不認得只叫請端公便來原來宋時的公人都稱呼端公當時董超便和酒保逕到店中閣兒內看時見坐着一箇人頭戴頂萬字頭巾身穿領皂紗背子下面皂靴淨襪見了董超慌忙作揖道端公請坐董超道小人自來不曾拜識尊顏不知呼喚有何使令那人道請坐少間便知董超坐在對席酒保一面鋪下酒盞菜蔬菓品按酒都搬來擺了一桌那人問道薛端公在何處住董超道只在前邊巷內那人喚酒保問了底脚與我去請將來酒保去了一盞茶時只見請得薛霸到閣兒裏董超道這位官人請俺說話薛霸道不敢動問大人高姓那人又道少刻便知且請飲酒三人坐定一面酒保篩酒酒至數杯那人去袖子裏取出十兩金子放在卓上說道二位端公各收五兩有些小事煩及二人道小人素不認得尊官何故與我金子那人道二位莫不投滄州去董超道小人兩箇奉本府差遣監押林冲直到那里那人道既是如此相煩二位我是高太尉府心腹人陸虞侯便是董超薛霸喏喏連聲

說道、小人何等樣人、敢共對席、陸謙道、你二位也知林冲和太尉是對頭、今奉着太尉鈞旨、教將這十兩金子、送與二位、望你兩箇領諾、不必遠去、只就前面僻靜去處、把林冲結果了、就彼處討紙回狀、回來便了、若開封府但有話說、太尉自行分付、並不妨事、董超道、（一箇不肯。○凡公人必用兩箇、爲一夥、便一箇好、一箇不好、蓋起發人錢財、都用此法、切勿謂董優於薛也。）却怕使不得、開封府公文、只叫解活的去、却不曾教結果了他、亦且本人年紀又不高大、如何作得這緣故、倘有些兜搭、恐不方便、薛霸道、（一箇肯。）老董、你聽我說、高太尉便叫你我死也只得依他、（妙語。○不知圖箇甚麼、死亦依他也。今人以死博名、類如此矣。）莫說使這官人又送金子與俺、你不要多說、和你分了罷、落得做人情、日後也有炤顧俺處、（薛霸賊既得隴又望蜀。寫小人如畫。）前頭有的是大松林猛惡去處、不揀怎的、與他結果了罷、當下薛霸收了金子、說道、官人放心、多是五站路、少便兩程、便有分曉、陸謙大喜道、還是薛端公真是爽利、明日到地了時、是必揭取林冲臉上金印、回來做表證、陸謙再包辦二位十兩金子相謝、（小人語。○作者務要寫出不顧小人看見耶。）專等好音（好音二字用得可笑可惱。）切不可相悞、原來宋時但是犯人徒流遷徙的、都臉上刺字、怕人恨怪、只喚做打金印、三箇人又喫了一會酒、陸虞候算了酒錢、三人出酒肆來、各自分手、只說董超薛霸將金子分受入已、送回家中、取了行李包裹、拿了水火棍、便來使臣房裏、取了林冲、監押上路、當日出得城來、離城三十里多路歇了、宋時途路上客店人家、但是公人監押囚人來歇、不要房錢、當下董薛二人（二人合。）帶林冲到客店裏、歇了一夜、第二日天明起來、打火喫了飲食、投滄州路上來、時遇六月天氣炎暑、正熱、林冲初喫棒時、倒也無事、次後三兩日間、天道盛熱、棒瘡却發、又是箇新喫棒的人、（補出林冲生平如金似玉。）路上一步挨一步、走不動、薛霸道、（一箇不好。）好不曉

一路董薛二人忽然是一箇忽然是兩箇寫得如大珠小珠相似

事此去滄州二千里有餘的路你這般樣走幾時得到林冲道小人在太尉府裏折了些便宜前日方纔喫棒棒瘡舉發這般炎熱上下只得擔待一步董超道（一箇做好）你自慢慢的走休聽咭咕薛霸一路上喃喃吶吶的口裏埋冤叫苦說道却是老爺們晦氣撞着你這箇魔頭看看天色又晚三箇人投村中客店裏來到得房內兩箇公人放了棍棒解下包裹林冲也把包來解了不等公人開口（可憐）去包裹取些碎銀兩央店小二買些酒肉糴些米來安排盤饌請兩箇防送公人坐了喫董超薛霸（二人合）又添酒來把林冲灌的醉了和枷倒在一邊薛霸（一箇）去燒一鍋百沸滾湯提將來傾在脚盆內叫道林教頭你也洗了脚好睡林冲掙的起來被枷礙了曲身不得薛霸便道我替你洗林冲忙道使不得薛霸道出路人那裏計較的許多林冲不知是計只顧伸下脚來被薛霸只一按按在滾湯裏（爲明日地也）林冲叫一聲哎也急縮得起時泡得脚面紅腫了林冲道不消生受薛霸道只見罪人伏侍公人那曾有公人伏侍罪人好意叫他洗脚顛倒嫌冷嫌熱却不是好心不得好報口裏喃喃的罵了半夜林冲那裏敢回話自去倒在一邊他兩箇（二人合）潑了這水自換些水去外邊洗了脚收拾睡到四更同店人都未起（早。又暗藏一人）薛霸起來（一箇）燒了面湯安排打火做飯喫林冲起來暈了喫不得又走不動薛霸拿了水火棍催促動身董超（一箇）去腰裏解下一雙新草鞋耳朵并索兒却是麻編的（惡）叫林冲穿林冲看時脚上滿面都是燎漿泡只得尋覓舊草鞋穿那裏去討沒奈何只得把新草鞋穿上（惡）叫店小二算過酒錢兩箇公人（二人又合）帶了林冲出店却是五更天氣（早）林冲走不到三二里脚上泡被新草鞋打破了（惡）鮮血淋漓正走不動聲喚不止薛霸罵道（一箇）走便快走不走便大棍搠將起來林冲道上下方便小人豈敢怠慢俄延程途其實是脚疼走不動董超道（一箇）我扶着你走便了攙着林冲只得又挨了四五里路看看正走不動了早望見前面烟籠霧鎖一座猛惡林子有名喚做野猪林此是東京去滄州路上第一箇嶮峻去處宋時這座林子內但有些寃讐的使用些錢與公人帶到這裏不知結果了多少好漢今日這兩箇公人帶林冲奔入這林子裏來董超道（反是董超發科，可見同惡共濟。）走了一五更走不得十里路程似此滄州怎的得到薛霸道（薛霸在後）我也走不得了且就林子裏歇一歇三箇人奔到裏面解下行李包裹都搬在樹根頭林冲叫聲呵也靠着一株大樹便倒了（畫）只見董超薛霸道（二人合）行一步等一步倒走得我困倦起來且睡一睡却行（曲曲而來，如畫如話。）放下水火棍便倒在樹邊略略閉得眼（奇文。二人心中有事，如何閉得眼，却偏用閉眼寫出許多做作。）從地下叫將起來（奇文）林冲道上下做甚麼董超薛霸道（二人合）俺兩箇正要睡一睡這裏又無關鎖只怕你走了我們放心不下以此睡不穩（已說到縛，却還不說出，又收住口。）林冲答道小人是箇好漢官司既已喫了一世也不走薛霸道（一箇）那裏信得你說要我們心穩須得縛一縛（方說縛，只一縛。其用筆之曲加此。）林冲道上下要縛便縛小人敢道怎的薛霸腰裏解下索子來把林冲連手帶脚和枷緊緊的綁在樹上（一箇）同董超兩箇（兩箇）跳將起來轉過身來拿起水火棍看着林冲說道不是俺要結果你自是前日來時有那陸虞候（密人也。此處却說出，即所謂陸兄也。）傳着高太尉鈞旨教我兩箇到這裏結果你立等金印回去回話（密語也。此處却說出。）便多走的幾日也是死數只今日就這裏倒作成我兩箇回去快些（此却是善知識語，細思之，當有橄欖回甘之益。）休得要怨我弟兄兩箇只是上司差遣不繇自已你須精細着（惡人殺人，又怕其鬼，每每如此寫來。一笑。）明年今日是你周年（趣話）我等已限定日期亦要早回話林冲見說淚如雨下（四字寫盡英雄盡頭日）便道上下我與你二位往日無讐近日無冤你二位如何救得小人（往日無讐二語非惡其殺之之辭也正望其救之之辭也三句連讀始得之）生死不忘董超道說甚麼閒話（一箇臨死求救謂之閒話爲之絕倒臨死求救是閒話前日所云太尉要你我死也只得依他此是緊話也千古一轍爲之浩歎）救你不得薛霸便提起水火棍來望着林冲腦袋上劈將來（一箇林冲奈何）可憐豪傑束手就死正是萬里黃泉無旅店三魂今夜落誰家畢竟林冲性命如何且聽下回分解

第五才子書施耐菴水滸傳卷之十三

聖歎外書

第八回

柴進門招天下客

林冲棒打洪教頭

今夫文章之爲物也豈不異哉如在天而爲雲霞何其起於膚寸漸舒漸卷倏忽萬變爛然爲章也在地而爲山川何其逶遲而入千轉百合爭流競秀窅冥無際也在草木而爲花蕚何其依枝安葉依葉安蒂依蒂安英依英安蕊依蕊安鬚真有如神鏤鬼簇香團玉削也在鳥獸而爲毫尾何其青漸入碧碧漸入紫紫漸入金金漸入綠綠漸入黑黑又入青內視之而成彩外望之而成耀不可一端指也凡如此者豈其必有不得不然者乎夫使雲霞不必舒卷而慘若烽煙亦何怪於天

山川不必窅冥而止有坑阜亦何怪於地花蕚不必分英布瓣而醜如榾柮暈尾不必金碧間雜而塊然木鳶亦何怪於草木鳥獸然而終亦必然者蓋必有不得不然者也至於文章而何獨不然也乎自世之鄙儒不惜筆墨於是到處塗抹自命作者乃吾視其所為實則曾無異於所謂烽煙坑阜榾柮木鳶也者嗚呼其亦未嘗得見我施耐菴之水滸傳也

吾之為此言者何也即如松林棍起智深來救大師此來從天而降固也乃今觀其敘述之法又何其詭譎變幻一至於是乎第一段先飛出禪杖第二段方跳出胖大和尚第三段再詳其皂布直裰與禪杖戒刀第四段始知其為智深若以公穀大戴體釋之則曰先言禪杖而後言和尚者並未見有和尚突然水火棍被物隔去則一條禪杖早飛到面前也先言胖大而後言皂布直裰者驚心駭目之中但見其為胖大未及詳其腳色也先寫裝束而後出姓名者公人驚駭稍定見其如此打扮却不認為何人而又不敢問也蓋如是手筆實惟史遷有之而水滸傳乃獨與之並驅也

又如前回敘林冲時筆墨忙極不得不將智深一邊暫時閣起此行文之家要圖手法乾淨萬不得已而出於此也今入此回却忽然就智深口中一一追補敘還而又不肯一直敘去又必重將林冲一邊逐段穿插相對而出不惟使智深一邊不曾漏落又反使林冲一邊再加鎔染離離奇奇錯錯落落真似山雨欲來風滿樓也

又如公人心怒智深不得不問幾問却被智

深兒頭一嚇讀者亦謂終亦不復知是其甲矣乃遙遙直至智深掩却禪杖去後林冲無端誇拔楊柳遂答還董超薛霸最先一問疑其必說則忽然不說疑不復說則忽然却說譬如空中之龍東雲見鱗西雲露爪眞極奇極恣之筆也

又如洪教頭要使棒反是柴大官人說且喫酒此一頓已是令人心癢之極乃武師又於四五合時跳出圈子忽然叫住曰除枷也乃柴進又於重提棒時又忽然叫住凡作三番跌頓直使讀者眼光一閃一閃眞極奇極恣之筆也

又如洪教頭入來時一筆要寫洪教頭一筆又要寫林武師一筆又要寫柴大官人可謂極忙極雜矣乃今偏於極忙極雜中間又要時時擠出兩箇公人心閒手敏遂與史遷無二也

又如寫差撥陡然變臉數語後接手便寫陡然翻出笑來數語參差歷落自成諧笑此所謂文章波瀾亦有以近爲貴者也若夫文章又有以遠爲貴也者則如來時飛杖而來去時拖杖而去其波瀾乃在一篇之首與尾林冲來時柴進打獵歸來林冲去時柴進打獵出去則其波瀾乃在一傳之首與尾矣此又不可不知也

凡如此者皆所謂在天爲雲霞在地爲山川在草木爲花蕚在鳥獸爲翬尾而水滸傳必不可以不看者也

此一回中又於正文之外旁作餘文則於銀子三致意焉如陸虞候送公人十兩金子又許幹事回來再包送十兩一可嘆也夫陸虞候何人便包得十兩金子且十兩金子何足

論而必用一人包之也智深之救而護而送到底也公人叫苦不迭曰却不是壞我勾當二可嘆也夫現十兩賺十兩便算一場勾當而林冲性命曾不足顧也又二人之暗自商量也曰捨着還了他十兩金子三可嘆也四人在店而兩人暗商其心頭口頭十兩外無別事也訪柴進而不在也其莊客亦更無別語相惜但云你没福若是在家有酒食錢財與你四可嘆也酒食錢財小人何至便以爲福也洪教頭之忌武師也曰誘些酒食錢來五可嘆也夫小人之汚蔑君子亦更不於此物外也武師要開枷柴進送銀十兩公人忙開不迭六可嘆也銀之所在朝廷法網亦惟所命也洪教頭之敗也大官人賞以二十五兩亂之七可嘆也銀之所在名譽身分都不復惜也柴林之握別也又捧出二十五兩一錠大銀八可嘆也雖聖賢豪傑心事如青天白日亦必以此將其愛敬設若無之便若冷淡之甚也兩箇公人亦賫發五兩則出門時林武師謝兩公人亦謝九可嘆也有是物即陌路皆親豺狠亦顧分外熱鬧也差撥之見也所爭五兩耳而當其未送則滿面皆是餓紋及其旣送則滿面應做大官十可嘆也千古人倫覲別之際或月而易或旦而易大約以此也武師以十兩送管營差撥又落了五兩止送五兩十一可嘆也本官之與長隨可謂親矣而必染指焉諺云搯蝨偷脚比比然也林冲要一發周旋開除鐵枷又取三二兩銀子十二可嘆也但有是物即無事不可周旋無人不願效力也滿營囚徒亦得林冲救濟十三可嘆也只是金多分人而讀者至此遂感林冲恩義口口傳爲美談信乎名以銀

此段突然寫魯智深來却變作四段第一段飛出一條禪杖隔去水火棍第二段水火棍丟了方看見一箇胖大和尚却未及看其打扮第三段方看見其皁布直裰跨戒刀輪禪杖却未知其姓名第四段

成無別法也嗟乎士而貧尚不閉門學道而尚欲游於世間多見其爲不知時務耳豈不大哀也哉

話說當時薛霸雙手舉起棍來望林冲腦袋上便劈下來說時遲那時快薛霸的棍恰舉起來只見松樹背後雷鳴也似一聲那條鐵禪杖飛將來一第一段單飛出禪杖却未見有人把這水火棍一隔丟去九霄雲外跳出一箇胖大和尚來說時遲那時快六字神變之筆行文有雷轟電掣之勢今讀者眼光霍霍看他先飛出禪杖次跳出和尚恣意弄奇妙絕怪絕第二段單跳出和尚却未曾看得仔細喝道洒家在林子裏聽你多時兩箇公人看那和尚時穿一領皁布直裰跨一口戒刀提着禪杖輪起來打兩箇公人第三段方看得仔細却未知和尚是誰林冲方纔閃開眼看時認得是魯智深第四段方出魯智深名字弄奇作怪於斯極矣林冲連忙叫道師兄不可下手我有話說極急時下語不及只此四字妙妙頃刻不至即休矣又有甚話說耶智深聽得收住禪杖兩箇公人呆了半晌動撣不得林冲

直待林冲眼開方出智深名字奇文奇筆遂至於此

看他又敘補前之缺

道非干他兩箇事盡是高太尉使陸虞候分付他兩箇公人要害我性命他兩箇怎不依他你若打殺他兩箇也是冤屈爲高俅殺林冲映襯故特下此句魯智深扯出戒刀把索子都割斷了便扶起林冲叫兄弟俺自從和你買刀那日相別之後重叙林冲第一段洒家憂得你苦補叙自家第一段自從你受官司重叙林冲第二段俺又無處去救你補叙自家第二段打聽得你斷配滄洲重叙林冲第三段洒家在開封府前又尋不見補叙自家第三段却聽得人說監在使臣房內又見酒保來請兩箇公人說道店裏一位官人尋說話重叙林冲第四段以此洒家疑心放你不下恐這厮們路上害你俺特地跟將來補叙自家第四段見這兩箇撮鳥帶你入店裏去重叙林冲第五段洒家也在那店裏歇補叙自家第五段夜間聽得那厮兩箇做神做鬼把滾湯賺了你脚重叙林冲第六段那時俺便要殺這兩箇撮鳥却被客店裏人多恐防救了補叙自家第六段洒家見這厮們不懷好心重叙林冲第七

段）越放你不下（補敘自家第七段）你五更裏出門時（重敘林冲第八段）酒家先投遼這林子裏來等殺這廝兩箇撮鳥（補敘自家第八段）他到來這里害你（方敘到林冲正文）正好殺這廝兩箇（方敘到自巳正文。文勢如兩龍夭矯，陡然合筍，奇筆恣墨，讀之叫絕）林冲勸道既然師兄救了我你休害他兩箇性命魯智深喝道你這兩箇撮鳥洒家不看兄弟面時把你這兩箇都剁做肉醬且看兄弟面皮饒你兩箇性命就那里揷了戒刀（前割索子扯出此，仍揷入，精細之極）喝道你這兩箇撮鳥快攙兄弟都跟洒家來（奇語絕倒）提了禪杖先走（好景。此回寫智深都在禪杖上出色，如前文禪杖飛來，此文提禪杖先走，後文拖禪杖去，皆妙景也）兩箇公人那里敢回話只扯林教頭救俺兩箇依前背上包裹（好）拾了水火棍（好）扶着林冲（好）又替他拕了包裹（好）一同跟出林子來（好景）行得三四里路程見一座小小酒店在村口深冲超霸四人入來坐下喚酒保買五七斤肉打兩角酒來喫回些麪來打餅酒保一面整治把酒來篩兩

此段看他錯錯落落寫成一片

箇公人道不敢拜問師父在那箇寺裏住持（賊）智深笑道你兩箇撮鳥問俺住處做甚麽莫不去教高俅做甚麽奈何洒家別人怕他俺不怕他（又一賊）（卷氣悶書後，忽然作此快語）洒家若撞着那廝教他喫三百禪杖兩箇公人那里敢再開口（陡然起，陡然倒，直至後文方乃陡然而合，筆力奇拗之極）喫了些酒肉收拾了行李還了酒錢出離了村口林冲問道師兄今投那里去（急語可憐，如渴乳之兒見母遠行，寫得令人墮淚）魯智深道殺人須見血救人須救徹洒家放你不下直送兄弟到滄州（天雨血，鬼夜哭，盡此二十一字）兩箇公人聽了暗暗地道苦也却是壞了我們的彀當轉去時怎回話且只得隨順他一處行路自此途中被魯智深要行便行要歇便歇（一路忽作快語）那里敢扭他好便罵不好便打（都作快語）兩箇公人不敢高聲只怕和尚發作（盡是快語）行了兩程討了一輛車子林冲上車將息三箇跟着車子行着（極意寫烏得快絕）兩箇公人懷着鬼胎各自要保性命只得小心隨

順着行魯智深一路買酒買肉將息林冲那兩箇公人也喫（極意寫，寫得快絕。）遇着客店早歇晚行都是那兩箇公人打火做飯（極意寫，寫得快絕。）誰敢不依他二人暗商量（此段要補出。）我們被這和尚監押定了明日回去高太尉必然奈何俺薛霸道我聽得大相國寺菜園廨宇裏新來了箇僧人喚做魯智深想來必是他（猜此一語，弔在此處，並不得明白，直至後文智深回去後，林冲誇他倒拔垂楊，方成一答。文情奇絕。）回去實說俺要在野猪林結果他被這和尚救了一路護送到滄州因此下手不得捨着還了他十兩金子（公人苦語。）着陸謙自去尋這和尚便了我和你只要躲得身上乾淨董超道也說的是兩箇暗商量了不題話休絮繁被智深監押不離行了十七八日（省。）近滄州只有七十來里路程一路去都有人家再無僻靜處了魯智深打聽得實了（寫得何等恩義周匝。）就松林裏少歇（松林二字，故在此處，人後徑說頭硬似松樹，所謂身在畫圖中也。）智深對林冲道兄弟此去滄州不遠了前路都有人家別無僻淨去處酒家已打聽實了俺如今和你分手異日再得相見林冲道師兄回去泰山處可說知（此句反在感恩之前，妙絕。有無限兒女恩情在內，讀者細味之。當爲之嗚咽。）防護之恩不死當以厚報魯智深又取出一二十兩銀子與林冲把三二兩與兩箇公人道你兩箇撮鳥本是路上砍了你兩箇頭兄弟面上饒你兩箇鳥命如今沒多路了休生歹心兩箇道再怎敢皆是太尉差遣接了銀子却待分手魯智深看着兩箇公人道你兩箇撮鳥的頭硬似這松樹麼（奇語。此句上更不添指着松樹四字，妙。）二人答道小人頭是父母皮肉包着些骨頭（不待詞畢，寫得妙。）智深輪起禪杖把松樹只一下打得樹有二寸深痕齊齊折了喝一聲你兩箇撮鳥但有歹心教你頭也與這樹一般擺着手拖了禪杖叫聲兄弟保重自回去了（來得突兀，去得瀟灑，如一座怪峯，劈插而起，及其盡也，迤邐而漸弛矣。）董超薛霸都吐出舌頭來半晌縮不入去（活畫。）林冲道上下俺們自去罷兩箇公人道好箇莽和尚一下打折了一株樹林冲道這箇直得甚麽相國寺一株柳樹連根也拔將出來直至此處方纔遙荅前文真是奇情恣筆不知者反責林冲漏言可為失笑二人只把頭來搖方纔得知是實奇情恣筆三人當下離了松林行到晌午早望見官道上一座酒店三箇人入到裏面來林冲讓兩箇公人上首坐了董薛二人半日方纔得自在又找一句見十七八日着實過不得○松林分手其文已畢却於入酒店後再插一句所謂勁勢猶勁也只見那店裏有幾處座頭三五箇篩酒的酒保都手忙脚亂搬東搬西林冲與兩箇公人坐了半箇時辰酒保並不來問生出文情來林冲等得不耐煩把桌子敲着說道你這店主人好欺客見我是箇犯人便不來睬着我須不白喫你的是甚道理主人說道你這人原來不知我的好意奇生出文情來林冲道不賣酒肉與我有甚好意店主人道你不知俺這村中有箇大財主姓柴名進此間稱為柴大官人江湖上都喚做小旋風他是大周柴世宗子孫自陳橋讓位太祖武德皇帝勅賜與他誓書鐵券在家無人敢欺負他專一招集天下往來的好漢三五十箇養在家中嘗嘗囑付我們酒店裏如有流配來的犯人可叫他投我莊上來我自資助他如此一位豪傑却在店主口中無端敘出有春山出雲之樂○看他各樣出法我如今賣酒肉與你喫得面皮紅了他道你自有盤纏便不助你我是好意林冲聽了對兩箇公人道我在東京教軍時嘗嘗聽得軍中人傳說柴大官人名字襯一句遂令上文愈顯却原來在這裏我們何不同去投奔他董超薛霸尋思道既然如此有甚虧了我們處公人語就便收拾包裹和林冲問道酒店主人柴大官人莊在何處是我等正要尋他店主人道只在前面約過三二里路大石橋邊轉灣抹角那箇大莊院便是林冲等謝了店主人出門走了三二里果然見座大石橋過得橋來一條平坦大路早望見綠柳陰中顯出那座莊

院四下一週遭一條濶河兩岸邊都是垂楊大樹樹陰中一遭粉墻轉灣來到莊前那條濶板橋上坐着四五箇莊客都在那里乘凉（時序隨所敘事漸漸而下）三箇人來到橋邊與莊客施禮罷林冲說道相煩大哥報與大官人知道京師有箇犯人送配牢城姓林的求見（自負不小）莊客齊道你沒福若是大官人在家時有酒食錢財與你今早出獵去了（已自問了住處走到莊前矣卻偏要不在家搖曳出柴大官人身分來又遙遙伏下出獵二字）林冲道不知幾時回來莊客道說不定敢怕投東莊去歇也不見得許你不得（極力搖曳又伏東莊）林冲道如此是我沒福不得相遇我們去罷別了衆莊客和兩箇公人再回舊路肚裏好生愁悶（此處若用我們且等則上文搖曳爲不極矣直要寫到只索去罷險絕幾斷然後生出下文來）行了半里多路只見遠遠的從林子深處一簇人馬飛奔莊上來中間捧着一位官人騎一匹雪白捲毛馬馬上那人生得龍眉鳳目皓齒朱唇三牙掩口髭鬚三十四五年紀頭戴一頂皁紗轉角簇花巾身穿一領紫繡團胸繡花袍腰繫一條玲瓏嵌寶玉環條足穿一雙金線抹綠皁朝靴帶一張弓插一壺箭（好柴大官人林冲來時如此來林冲去時如此去作章法）引領從人都到莊上來林冲看了尋思道敢是柴大官人麼又不敢問他只自肚裏躊躇（本是一色人物只因身在囚服便於貴游之前不復更敢伸眉吐氣寫得英雄失路極其可憐）只見那馬上年少的官人縱馬前來問道這位帶枷的是甚人（極力寫柴大官人）林冲慌忙躬身答道小人是東京禁軍教頭姓林名冲爲因惡了高太尉尋事發下開封府問罪斷遣刺配此滄州聞得前面酒店裏說這里有箇招賢納士好漢柴大官人（令聞廣譽誦之成響）因此特來相投不期緣淺不得相遇那官人滾鞍下馬飛近前來說道柴進有失迎迓就草地上便拜（極力寫柴大官人）林冲連忙答禮那官人攜住林冲的手同行到莊上來（極力寫柴大官人）那莊客們看見大開了莊門柴進直請到廳前兩箇敘禮

罷柴進說道小可久聞教頭大名不期今日來踏賤地足稱平生渴仰之願林冲答道微賤林冲聞大人貴名傳播海宇誰人不敬不想今日因得罪犯流配來此得識尊顏（十二字筆舌曲折絕妙只讀此處却深感高俅）宿生萬幸柴進再三謙讓林冲坐了客席董超薛霸也一帶坐了跟柴進的伴當各自牽了馬去院後歇息（細）不在話下柴進便喚莊客叫將酒來不移時只見數箇莊客托出一盤肉一盤餅溫一壺酒又一箇盤子托出一斗白米米上放着十貫錢都一發將出來（寫柴進待林冲無可着筆故又特地布此一景極力搖曳出來）柴進見了道村夫不知高下教頭到此如何恁地輕意快將進去先把菓盒酒來隨即殺羊相待快去整治（極力寫柴大官人）林冲起身謝道大官人不必多賜只此十分彀了柴進道休如此說難得教頭到此豈可輕慢莊客便如飛先捧出菓盒酒來柴進起身一面手執三杯林冲謝了柴進飲酒罷兩箇

一段看他叙二箇人如雲中鬭龍相似忽伸一爪忽縮一爪

公人一同飲了柴進道教頭請裏面少坐自家隨即解了弓袋箭壺（寫得好又特留此句獨作一番筆墨者深表柴進畋獵是實以為後文林冲出去之地也）就請兩箇公人一同飲酒（好）柴進當下坐了主席林冲坐了客席兩箇公人在林冲肩下（好）叙說些閒話江湖上的勾當不覺紅日西沉安排得酒食菓品海味擺在桌上擡在各人面前柴進親自舉杯把了三巡坐下叫道且將湯來喫喫得一道湯五七杯酒只見莊客來報道教師來也（天外奇峰讀之肉飛眉舞）柴進道就請來一處坐地相會亦好（只此二字快情見乎辭）快擡一張桌來林冲起身看時（寫林冲）（已下一段寫林冲一段寫教師一段寫柴進夾夾襍襍錯錯落落真是八門五花之文）只見那箇教師入來歪戴着一頂頭巾挺着脯子來到後堂（寫教師）林冲尋思道莊客稱他做教師必是大官人的師父急急躬身唱喏道林冲謹參（寫林冲）那人全不倸着也不還禮（寫教師）林冲不敢擡頭（寫林冲）柴進指着林冲對洪教頭道這位便是東京八十

萬禁軍鎗棒教頭林武師林冲的便是就請相見（寫柴進）林冲聽了看着洪教頭便拜（寫林冲）那洪教頭說道休拜起來卻不躬身答禮（寫教師）柴進看了心中好不快意（寫柴進）林冲拜了兩拜起身讓洪教頭坐（寫林冲）洪教頭亦不相讓走去上首便坐（寫教師）柴進看了又不喜歡（寫柴進）林冲只得肩下坐了（寫林冲）兩箇公人亦就坐了（百忙中又夾得好）洪教頭便問道大官人今日何故厚禮管待配軍（寫教師○配軍二字是何言與）柴進道這位非比其他的乃是八十萬禁軍教頭師父如何輕慢（寫柴進○八十萬禁軍教頭正對配軍二字一往一答如畫）洪教頭道大官人只因好習鎗棒往往流配軍人都來倚草附木皆道我是鎗棒教師來投莊上誘些酒食錢米大官人如何忒認真（寫教師）林冲聽了並不做聲（寫林冲）柴進說道凡人不可易相休小覷他（此語寫得柴進惱極）洪教頭怪這柴進說休小覷他便跳起身來道我不信他他敢和我使一棒看我便道他是眞教頭（教師休矣定要弄出耶）柴進大笑道也好也好林武師你心下如何（大笑妙絕惱極之後翻成大笑）林冲道小人卻是不敢（作一搖曳）洪教頭心中忖量道那人必是不會心中先怯了因此越要來惹林冲使棒柴進一來要看林冲本事二者要林冲贏他滅那廝嘴（筆力勁絕）柴進道且把酒來喫着待月上來也罷（說使棒反喫酒極力搖曳使讀者心癢無撓處）當下又喫過了五七杯酒卻早月上來了焰見廳堂裏面如同白日柴進起身道（寫得好待月是柴進一頓月上仍是柴進一接一頓一接便令筆勢踢跳之極）二位教頭較量一棒林冲自肚裏尋思道（寫林冲）這洪教頭必是柴大官人師父若我一棒打翻了他柴大官人面上須不好看柴進見林冲躊躇便道（寫柴進）此位洪教頭也到此不多時此間又無對手林武師休得要推辭小可也正要看二位教頭的本事柴進說這話原來只怕林冲礙柴進的面皮不肯使出本事來（寫柴進）林冲見柴進說開就裏方纔放心（寫林冲）只

見洪教頭先起身道驕極來來來三字一笑和你使一棒看一齊都鬨出堂後空地上莊客拿一束桿棒來放在地下洪教頭先脫了衣裳拽扎起裙子掣條棒使箇旗鼓喝道來來來又此三字可笑可惱柴進道林武師請較量一棒林冲道大官人休要笑話就地也拿了一條棒起來道師父請教儒雅之極洪教頭看了恨不得一口水吞了他林冲拿着棒使出山東大擂四字奇文打將入來洪教頭把棒就地下鞭了一棒來搶林冲兩箇教頭在月明地上交手使了四五合棒只見林冲托地跳出圈子外來叫一聲少歇奇文今讀者出於意外此一回書每每用忽然一閃法閃落讀者眼光真是奇絕柴進道教頭如何不使本事林冲道小人輸了奇文今讀者出於意外柴進道未見二位較量怎便是輸了林冲道小人只多這具枷因此權當輸了絕妙之文柴進道是小可一時失了計較大笑着道這箇容易便叫莊客取十兩銀來當時將出柴進對押解兩箇公人道小可大膽相煩二位下顧權把林教頭枷開了明日牢城營內但有事務都在小可身上白銀十兩相送董超薛霸見了柴進人物軒昂不敢違他落得做人情又得了十兩銀子亦不怕他走了薛霸隨即把林冲護身枷開了柴進大喜道今番兩位教師再試一棒洪教頭見他卻纔棒法怯了肚裏平欺他做提起棒卻待要使柴進叫道且住奇文前林冲叫歇奇絕矣卻只為開枷之故今開得枷了方纔舉手柴進又叫住奇哉真所謂極忙極熱之文偏要一斷一續而寫令我讀之歎絕看他又用一閃叫莊客取出一錠銀來重二十五兩無一時至面前柴進乃言二位教頭比試非比其他這錠銀子權為利物若還贏的便將此銀子去柴進心中只要林冲把出本事來故意將銀子丟在地下洪教頭深怪林冲來一句又要爭這箇大銀子二句又怕輸了銳氣三句心事正與公人一般作者特特如此寫把棒來盡心使箇旗鼓吐箇門戶喚做把火燒天勢棒勢亦驕憤之極林冲想道柴大官人心裏

只要我贏他也横着棒使箇門戶吐箇勢喚做撥草尋蛇勢（棒勢亦敏慎之至）洪教頭喝一聲來來來（只管來來來）便使棒蓋將入來林冲望後一退洪教頭趕入一步提起棒又復一棒下來林冲看他脚步已亂了便把棒從地下一跳洪教頭措手不及就那一跳裏和身一轉那棒直掃着洪教頭臁兒骨上（寫得棒是活棒武師是活武師妙絕之筆）撇了棒撲地倒了柴進大喜叫快將酒來把盞衆人一齊大笑洪教頭那里掙扎起來（來來來）衆莊客一頭笑着扶了洪教頭（來來來）羞慚滿面自投莊外去了（與挺着脯子入來照耀）柴進携住林冲的手再入後堂飲酒叫將利物來送還教師（三句寫柴進樂極）林冲那里肯受推托不過只得收了柴進留林冲在莊上一連住了幾日每日好酒好食相待又住了五七日兩箇公人催促要行柴進又置席面相待送行又寫兩封書（要此物每與銀子一樣行得通者正爲此物即銀子也）分付林冲道滄州大尹也與柴進好牢城

此段看他在營裏使銀子真有通神之術

管營差撥亦與柴進交厚可將這兩封書去下必然看覷教頭即捧出二十五兩一錠大銀送與林冲又將銀五兩齎發兩箇公人（帶）喫了一夜酒（寫柴進林冲淋漓快活）次日天明喫了早飯叫莊客挑了三箇的行李林冲依舊帶上枷（細）辭了柴進便行柴進送出莊門作別分付道待幾日小可自使人送冬衣來與教頭（便爲風雪作引）林冲謝道如何報謝大官人兩箇公人相謝了（亦謝）三人取路投滄州來將及午牌時候已到滄州城裏打發那挑行李的回去（細）逕到州衙裏下了公文當廳引林冲參見了州官大尹當下收了林冲押了回文一面帖下判送牢城營內來兩箇公人自領了回文相辭了回東京去不在話下只說林冲送到牢城營內來牢城營內收管林冲發在單身房裏聽候點視却有那一般的罪人都來看覷他（又出奇文此段又如對春山出雲膚寸而起）林冲說道此間管營差撥十分害人只是要詐人

錢物若有人情錢物（一句）送與他時便覷的你好若是無錢（一句）將你撇在土牢裏求生不生求死不死若得了人情（一句）入門便不打你一百殺威棒只說有病把來寄下若不得人情時（一句。累累切切，委委折折，人生世上，銀子蓋可忽哉。）這一百棒打得七死八活林冲道衆兄長如此指教且如要使錢把多少與他（林冲語。）衆人道若要使得好時管營把五兩銀子與他差撥也得五兩銀子送他十分好了正說之間（省提。）只見差撥過來問道那箇是新來配軍林冲見問向前答應道小人便是那差撥不見他把錢出來變了面皮指着林冲罵道（正說得邈絕世奇文絕世妙文）你這箇賊配軍見我如何不下拜却來唱喏你這廝可知在東京做出事來（是做出事來。誰敢辨。）見我還是大刺刺的（見公自然不應大刺刺。）我看這賊配軍滿臉都是餓文一世也不發跡（是滿臉有餓文。誰敢辨。）打不死拷不殺的頑囚（是頑囚是應拷打。）你這把賊骨頭好歹落在我手裏（是賊骨頭。是落在手裏。）教你粉骨碎身少間叫你便見功効（都是嚇死人語。讀之痛心。）把林冲罵得一佛出世那里敢擡頭應答衆人見罵各自散了（好。）林冲等他發作過了去取五兩銀子陪着笑臉告道（雖是摇出奇文。然亦實是林冲身分。）差撥哥哥些小薄禮休言輕微差撥看了道你教我送與管營和俺的都在裏面（妙問。）林冲道只是送與差撥哥哥的另有十兩銀子就煩差撥哥哥送與管營（妙語。）差撥見了看着林冲笑道（便笑。）林教頭（是教頭。）我也聞你的好名字（是好名字。）端的是箇好男子（是好男子。）想是高太尉陷害你了（是陷害。並非做出事來。）雖然目下暫時受苦久後必然發跡（是必發跡。臉上並無餓紋。）據你的大名（不敢。）這表人物（不敢。）必不是等閒之人久後必做大官（不敢不敢索性盡與語。讀之破涕成笑。）林冲笑道總賴炤顧差撥道你只管放心又取出柴大官人的書禮說道（方取出書來。）相煩老哥將這兩封書下一下差撥道既有柴大官人的書煩惱做甚這一封書直一錠金子我一面與你下書少間管營來點你要打一百殺威棒時你便只說你一路有病未曾痊可我自來與你支吾要瞞生人的眼目（不知瞞誰。）林冲道多謝指教差撥拿了銀子并書離了單身房自去了林冲歎口氣道有錢可以通神此語不差端的有這般的苦處（千古同憤）原來差撥落了五兩銀子只將五兩銀子（寄在武師口中）并書來見管營備說林冲是箇好漢（寫得好。）（一句）柴大官人有書相薦在此呈上（一句）本是高太尉陷害配送到此（一句）又無十分大事（一句）管營道況是（況是妙，上還有一句不須明言，意會之也。）柴大官人有書必須要看顧他便教喚林冲來見且說林冲正在單身房裏悶坐只見牌頭叫道管營在廳上叫喚新到罪人林冲來點名林冲聽得叫喚來到廳前管營道你是新到犯人太祖武德皇帝留下舊制新入配軍須喫一百殺威棒左右與我馱起來（官說一句，如戲。○此段偏要詳寫，以表銀子之功。寫千古一歎。）林冲告道小人於路感冒風寒未曾痊可告寄打（犯人說一句，如戲。）牌頭道這人見今有病乞賜憐恕（牌頭說一句，如戲。）管營道果是這人症候在身權且寄下待病痊可却打（官又說一句，如戲。）差撥道見今天王堂看守的多時滿了可教林冲去替換他就廳上押了帖文差撥領了林冲單身房裏取了行李來天王堂交替差撥道林教頭我十分周全你（銀子教下落）看天王堂時這是營中第一樣省氣力的勾當早晚只燒香掃地便了你看別的囚徒從早起直做到晚尚不饒他還有一等無人情的撥他在土牢裏求生不生求死不死林冲道謝得照顧又取三二兩銀子與差撥道煩望哥哥一發周全開了項上枷更好差撥接了銀子便道都在我身上連忙去稟了管營（連忙妙。銀子之力如此。）就將枷也開了林冲自此在天王堂內安排宿食處每日只是燒香掃地不覺光陰早過了四五十日那管營差撥得了賄賂日久情熟繇他自在亦不來拘管他柴大官人又使人來送冬衣并人事與他那滿營內囚徒亦得林冲救濟（閒中寫林冲一句以爲銀子餘波）話不絮煩時遇隆冬將近忽一日林冲巳牌時分偶出營前閒走正行之間只聽得背後有人叫道林教頭如何却在這里（誰耶）林冲回頭過來看時見了那人有分教林冲火烟堆裏爭些斷送餘生風雪途中幾被傷殘性命畢竟林冲見了的是甚人且聽下回分解

第五才子書施耐菴水滸傳卷之十四

聖歎外書

第九回 林教頭風雪山神廟 陸虞候火燒草料場

夫文章之法豈一端而已乎有先事而起波者有事過而作波者讀者於此則惡可混然以爲一事也夫文自在此而眼光在後則當知此文之起自爲後文非爲此文也文自在後而眼光在前則當知此文未盡自爲前文非爲此文也必如此而後讀者之胸中有針有線始信作者之腕下有經有緯不然者幾何其不見一事即以爲一事又見一事即又以爲一事於是遂取事前先起之波與事後未盡之波纍纍然與正叙之事並列而成三事耶

如酒生兒李小二夫妻非真謂林冲於牢城營有此一箇相識與之往來火熱也意自在閣子背後聽說話一段絕妙奇文則不得不先作此一箇地步所謂先事而起波也

如莊家不肯回與酒喫亦可別樣生發却偏用花鎗挑塊火柴又把花鎗爐裏一攪何至拜揖之後向火多時而花鎗猶在手中耶凡此皆爲前文幾句花鎗挑着葫蘆逼出廟中挺鎗殺出門來一句其勁勢猶尚未盡故又於此處再一點兩點以殺其餘怒故凡篇中如搠兩人後殺陸謙時特地寫一句把鎗插在雪地下醉倒後莊家尋着踪跡趕來時又特地寫一句花鎗亦丟在半邊皆所謂事過而作波者也

陸謙富安管營差撥四箇人坐閣子中議事不知所議何事詳之則不可得詳置之則不可得置今但於小二夫妻眼中耳中寫得高太尉三字句都在我身上句一怕子物事約莫是金銀句換湯進去看見管營手裏拿着一封書句忽斷忽續[illegible]明忽滅如古錦之文不甚可指斷碑之字不甚可讀而深心好古之家自能於意外求而得之真所謂鬼於文聖於文者也

殺出廟門時看他一鎗先搠倒差撥接手便寫陸謙一句寫陸謙不曾寫完接手却再搠富安兩箇倒矣方翻身回來刀剜陸謙剜陸謙未畢回頭却見差撥爬起便又且置陸謙先剜差撥頭挑在鎗上然後回過身來作一頓割陸謙富安頭結做一處以一箇人殺三箇人凡三四箇回身有節次有間架有方法有波折不慌不忙不疎不密不缺不漏不一片不煩瑣真鬼於文聖於文也

舊人傳言昔有畫北風圖者盛暑張之滿座都思挾纊既又有畫雲漢圖者祁寒對之揮汗不止於是千載嘖嘖詫爲奇事殊未知此特寒熱各作一幅未爲神奇之至也耐菴此篇獨能於一幅之中寒熱間作寫雪便其寒徹骨寫火便其熱焰面昔百丈大師患瘧僧衆請問伏惟和上尊候若何丈云寒時便寒殺闍黎熱時便熱殺闍黎今讀此篇亦復寒時寒殺讀者熱時熱殺讀者真是一卷瘧疾文字爲藝林之絕奇也

閣子背後聽四箇人說話聽得不仔細正妙於聽得不仔細山神廟裏聽三箇人說話聽得極仔細又正妙於聽得極仔細雖然以閣子中間山神廟前兩番說話偏都兩番聽得亦可以見冤家路窄矣乃今愚人猶刺刺說人不休則獨何哉

此文通篇以火字發奇乃又於大火之前先寫許多火字於大火之後再寫許多火字我讀之因悟同是火也而前乎陸謙則有老軍借盆恩情朴至後乎陸謙則有莊客借烘又復恩情朴至而中間一火獨成大冤深禍爲可駭嘆也夫火何能作恩火何能作怨一加之以人事而恩怨相去遂至於是然則人行世上觸手礙眼皆屬禍機亦復何樂乎哉

文中寫情寫景處都要細細詳察如兩次照顧火盆則明林冲非失火也止掩一條絮被則明林冲明日原要歸來今止作一夜計也如此等處甚多我亦不能徧指孔子曰舉一隅不以三隅反則不復矣

話說當日林冲正閒走間忽然背後人叫回頭看時却認得是酒生兒李小二當初在東京時多得林冲看顧後來不合偷了店主人家錢財被捉住

為閑子背後說說話只得生出李小二為要李小二閑子背後說說話只得造出先日搭救一段事情作文真是苦事〇凡此等處皆是無可奈何第一要寫得乾淨便好然不曾作文者安能信我語

了要送官司問罪又得林冲主張陪話救了他免送官司又與他陪了些錢財方得脫免京中安不得身又虧林冲齎發他盤纏於路投奔人不想今日却在這里撞見林冲道小二哥你如何地在這里李小二便拜道自從得恩人救濟齎發小人一地里投奔人不着迤邐不想來到滄州投托一箇酒店裏姓王留小人在店中做過賣因見小人勤謹安排的好菜蔬調和的好汁水來喫的人都喝采以此買賣順當主人家有箇女兒就招了小人做女婿如今丈人丈母都死了隨手省去只剩得小人夫妻兩箇權在營前開了箇茶酒店因討錢過來遇見恩人恩人不知為何事在這里林冲指着臉上道好筆我因惡了高太尉生事陷害受了一場官司刺配到這里如今叫我管天王堂未知久後如何不想今日在此見你李小二就請林冲到家裏坐定叫妻子出來拜了恩人兩口兒歡喜道我夫妻二人正沒箇親眷如此等語總為後文地非寫李小二夫妻情分也今日得恩人到來便是從天降下林冲道我是罪囚恐怕玷辱你夫妻兩箇李小二道誰不知恩人大名知已語不是扳高語休恁地說但有衣服便拿來家裏漿洗縫補敘得親熱為後文地當時管待林冲酒食至夜送回天王堂次日又來相請因此林冲得店小二家來往不時間送湯送水來營裏與林冲喫林冲因見他兩口兒恭敬孝順常把些銀兩與他做本錢敘得親熱為後文地且把閑話休題只說正話都是為後文緊作地步却是閑話蓋惟恐讀者誤認為正文也光陰迅速却早冬來林冲的綿衣裙襖都是李小二渾家整治縫補此句又補寫李二渾家以為閑子聽話地綿衣二字漸漸引出風雪忽一日李小二正在門前安排菜蔬下飯只見一箇人閃將進來閃入來妙酒店裏坐下隨後又一人閃入來閃入來妙偏不寫兩箇人偏寫作一箇人又一箇人妙看時二字為句是把上文重寫一番謂之疊文也前面那箇人是軍官打扮後面這箇走卒模樣跟着句也來坐

下看時二字妙是李小二眼中事○一箇小二看來是軍官一箇小二看來是走卒先看他跟着卻又看他一齊坐下寫得狐疑之極妙妙李小二入來問道可要喫酒只見那箇人妙李小二眼中事將出一兩銀子與小二道且收放櫃上取三四瓶好酒來客到時果品酒饌只顧將來不必要問分付得作怪李小二道官人請甚客那人道煩你與我去營裏請管營差撥兩箇來說話問時你只說有箇官人請說話商議些事務是何事務專等專等又何急也李小二應承了來到牢城裏先請了差撥同到管營家裏請了管營敘得是都到酒店裏只見那箇官人李小二眼中事和管營差撥兩箇講了禮管營道素不相識動問官人高姓大名那人道有書在此不答姓名狐疑之極少刻便知且取酒來李小二連忙開了酒一面鋪下菜蔬果品酒饌那人叫討副勸盤來把了盞相讓坐了小二獨自一箇攛梭也似伏侍不暇寫得小二礙眼可厭妙筆○此一句從說機密人眼中寫出不在李小二用心打聽中寫出妙筆那跟來的人討了湯桶自行盪酒不便着小二出去先敘此一句妙筆卻約計喫過十數杯再討了按酒鋪放卓上只見那人說道我自有伴當盪酒不叫你休來我等自要說話有何說話○同坐了又言是伴當狐疑之極李小二應了自來門首叫老婆道大姐二字稱呼得妙是做過賣時叫慣語這兩箇人來得不尷尬寫小二經心弔膽而不嫌突然者全虧前文許多襯熱也老婆道怎麼的不尷尬小二道這兩箇人語言聲音是東京人聲音是東京初時又不認得管營又不認得管營向後我將按酒入去只聽得差撥口裏吶出一句高太尉三箇字來這人莫不與林教頭身上有些干礙只點高太尉三字詳畧正好我自在門前理會你且去閣子背後聽說甚麼妙○離離奇奇造出奇文老婆道你去營中尋林教頭來認他一認妙說得是李小二道你不省得林教頭是箇性急的人摸不着便要殺人放火倘或叫得他來看了正是前日說的甚麼陸虞候他肯便罷做出事來須連累了我和你又妙又說得是○二語只須如此你只去聽一聽再理會妙老

讀至出來說道四字，孰不洗耳願聞，却接出不聽得說甚麼一句，爲之絕倒。

婆道說得是。便入去聽了一箇時辰，出來說道：（妙妙）（下文說不聽得說甚麼，此處却偏要寫作一箇時辰出來說道八字，讀之奇妙不可言。）「他那三四箇交頭接耳說話，正不聽得說甚麼。（狐疑之極。去了一箇時辰，却不聽得，可云不快。然不快者事，快者文也。）只見那一箇軍官模樣的人去伴當懷裏取出一帕子物事，遞與管營和差撥，（聽了一箇時辰，却是看見，耳顛目倒，靈心妙筆。）帕子裏面的莫不是金銀。只聽差撥口裏說道：『都在我身上，好歹要結果他性命。』（只聽得一句。）」正說之時，閣子裏叫將湯來。（上文大概口中所述，亦已完矣，雖不叫湯，行文者亦要收科，但此處不叫湯，便收得緩散無波瀾，故特特不在上文順拖下去，特特反從下文逆搶上來，此行文之一訣也。叫湯又妙，只在自燙酒上生出來，不是另起一事。）李小二急去裏面換湯時，看見管營手裏拿着一封書。（只書帕二件，寫得斷續起忽，妙哉怪哉。）小二換了湯，添些下飯，又喫了半箇時辰，算還了酒錢，管營、差撥先去了，（去得有節次。）次後那兩箇低着頭也去了。（偏又加低着頭三字，筆中真有鬼耶，何其詭譎靈幻，一至於此。）轉背沒多時，只見林冲走將入店裏來，（倏得閃閃爍爍，令人驚絕。）說道：「小二哥，連日好買賣？」李小二慌忙道：「恩人請坐，小二却待正要尋恩人，有些要緊說話。」林冲問道：「甚麼要緊的事？」李小二請林冲到裏面坐下，說道：「却纔有箇東京來的尷尬人，在我這里請管營、差撥喫了半日酒。差撥口裏吶出高太尉三箇字來，小人心下疑惑，又着渾家聽了一箇時辰，他却交頭接耳說話，都不聽得。臨了只見差撥口裏應道：『都在我兩箇身上，好歹要結果了他。』那兩箇把一包金銀遞與管營、差撥，又喫一回酒，各自散了。不知甚麼樣人，小人心疑，只怕在恩人身上有些妨礙。」林冲道：「那人生得甚麼模樣？」（問得切。）李小二道：「五短身材，白淨面皮，沒甚髭鬚，約有三十餘歲。那跟的也不長大，紫棠色面皮。」（寫出兩箇。）林冲聽了大驚道：「這三十歲的正是陸虞候。（只認一箇，又露下一箇不猜出，此書用筆奇譎，每每如此。）那潑賤賊敢來這里害我！休要撞着我，只教他骨肉爲泥！」李小二道：「只要隄防他便了，豈不聞古人言：『喫飯防嗑走路防跌。林冲大怒。離了李小二家。先去街上買把解腕尖刀帶在身上。（刀在此處帶起。看官記着。○遙遙然直於此處暗藏一刀。到後草料塲買酒來往文中。只勤敘花鎗葫蘆。更不以一字及刀也。直至殺陸謙時。忽然掣出刀來。真鬼神於文也。）前街後巷一地裏去尋。（尋了半日。）李小二夫妻兩箇捏着兩把汗。（却顧小二。）當晚無事。（神變鬼譎之筆。）次日天明起來。洗漱罷。帶了刀。又去滄州城裏城外小街夾巷團團尋了一日。（尋了一日。）牢城營裏都沒動靜。（寫得神變詭譎。）林冲又來對李小二道。今日又無事。（寫得神變詭譎。）小二道。恩道只願如此。只是自放仔細便了。（看他用筆何等詭譎。）林冲自回天王堂過了一夜。街上尋了三五日。（尋了三五日。）不見消耗。（詭譎之極。）林冲也自心下慢了。到第六日。（到第六日。）只見管營叫喚林冲到點視廳上說道。你來這里許多時。柴大官人面皮不曾擡舉得你。（撥往草料塲陸謙來歷也。却用柴大官人四字起。便將前文一齊放慢。後却陡然變現出來。妙絕妙絕。）此間東門外十五里有座大軍草料塲。每月但是納草納料的。有些常例錢取覓。原是一箇老軍看管。如今我擡舉你去替那老軍來守天王堂。你在那里閗幾貫盤纏。你可和差撥便去那里交割。林冲應道。小人便去。當時離了營中。徑到李小二家。對他夫妻兩箇說道。今日管營撥我去大軍草料塲管事。却如何。（問得妙。是不知高低人語。却又筆筆詭譎。）李小二道。這箇差使又好似天王堂。（極力放慢。詭譎之極。）那里收草料時有些常例錢鈔。往常不使錢時不能彀這差使。林冲道。却不害我。倒與我好差使。正不知何意。（極力放慢。詭譎之極。）李小二道。恩人休要疑心。只要沒事便好了。（寫得小二反有羞悔前日失言之意。極力放慢。詭譎之極。）只是小人家離得遠了。（襯入一句閒話。不知者以為可刪。殊不知前文特地插入李小二夫妻。止為閣子背後一段奇文耳。今已交過排塲。前去草料塲。更用不着小二矣。則不如善刀而藏之。故以此一語為李小二作收束。奈何謂其閒話也。）過幾時那工夫來望恩人。就在家裏安排幾杯酒請林冲喫了。話不絮煩。兩箇相別了。林冲自來天王堂取了包裹。帶了尖刀。（尖刀。）拿了條花鎗。（花鎗。）與差撥一同辭了管營。（細。）兩

此回大火拉雜，却以星星之火引起

箇取路投草料場來。正是嚴冬天氣，彤雲密布，朔風漸起，却早紛紛揚揚捲下一天大雪來。一路寫雪，妙絕。林冲和差撥兩箇在路上又沒買酒喫處。又令有此句，便使老軍投東一語不謬；又令花鎗葫蘆斷不遇着三人也。早來到草料場外，看時，一週遭有些黃土墻，兩扇大門。推開看裏面時，七八間草屋做着倉廒，四下里都是馬草堆，中間兩座草廳。到那廳裏，只見那老軍在裏面向火。星星之火。差撥說道：「管營差這箇林冲來替你回天王堂看守，你可即便交割。」老軍拿了鑰匙，引着林冲分付道：寫得活現。「倉廒內自有官司封記，這幾堆草一堆堆都有數目。」老軍都點見了堆數，又引林冲到草廳上。老軍收拾行李，臨了說道：「火盆、鍋子、碗碟，都借與你。」寫得好。○意在點逗火盆二字，却用鍋子碗碟陪出之。林冲道：「天王堂內我也有在那里，你要便拿了去。」寫得好。老軍指壁上掛一箇大葫蘆，說道：「你若買酒喫時，只出草場投東大路去三二里，便有市井。」閒閒敘出大葫蘆及投東大路一句，非但寫老軍絮叨故態，叠絕妙奇文，伏線於此。老軍自和差撥回營裏來。

只說林冲就牀上放了包裹被臥，細細寫。就坐下，生些焰火起來。火字漸寫得大了。○題是火燒草料場，讀者讀至老軍向火，猶不以爲意也；及讀至此處生些焰火，未有不動心以爲必是因此失火者，而孰知作者却是故意於前邊布此疑影，却又隨手即用將火盆蓋了一句結之，令後火全不關此，妙絕之文也。屋後有一堆柴炭，拿幾塊來，生在地爐裏。仰面看那草屋時，四下里崩壞了，又被朔風吹撼，搖振得動。如畫，便畫也畫不來。○第一段先寫寒意，第二段寫身上寒，第三段方寫到酒。林冲道：「這屋如何過得一冬？待雪晴了，去城中喚箇泥水匠來修理。」向了一回火，火字奕奕。覺得身上寒冷，第二段寫身上寒。尋思：「却纔老軍所說，語意妙，正不知文生情、情生文也。二里路外有那市井，何不去沽些酒來喫？」第三段方寫到酒，只此一段，何等段落。便去包裹裏取些碎銀子，把花鎗挑了酒葫蘆，花鎗挑葫蘆。○人看至此句，雖極英靈者，只謂手冷故用鎗挑耳，豈知頃間之用之。將火炭蓋子，寫出精細，見非失火。前許多火字，都是假火，此句一齊抹倒，後重放出真正火字來。取氈笠子戴上，拿了鑰匙出來，把草廳門拽上。出到大門首把兩扇草場門反拽上鎖了帶了鑰匙信步投東雪地裏踏着碎瓊亂玉迤邐背着北風而行背着風去那雪正下得緊寫雪妙絕行不上半里多路看見一所古廟林冲頂禮道神明庇祐改日來燒紙錢妙絕奇絕安此一筆又行了一回望見一簇人家林冲住脚看時見籬笆中挑着一箇草箒兒在露天裏林冲逕到店裏主人道客人那里來林冲道你認得這箇葫蘆麼一來省二來趣主人看了道這葫蘆是草料場老軍的林冲道原來如此店主道既是草料場看守大哥且請少坐天氣寒冷且酌三杯權當接風店家切一盤熟牛肉盪一壺熱酒請林冲喫那延到雪重屋塌也又自買了些牛肉又喫了數杯就又買了一葫蘆酒包了那兩塊牛肉留下些碎銀子把花鎗挑着酒葫蘆花鎗挑葫蘆懷內揣了牛肉叫聲相擾便出籬笆門仍舊迎着朔風回來迎着風回看那雪到晚越下得緊了寫雪妙絕再說林冲踏着那瑞雪迎着

北風飛也似奔到草場門口開了鎖入內看時只叫得苦意外驚才怪筆原來天理昭然佑護善人義士因這場大雪救了林冲的性命作書者忽然於事外閒敘四句筆如勁鐵那兩間草廳已被雪壓倒了奇文林冲尋思怎地好放下花鎗葫蘆在雪裏花鎗葫蘆寫得好又帶寫雪妙恐怕火盆內有火炭延燒起來搬開破壁子探半身入去摸時火盆內火種都被雪水浸滅了極力寫出精細見斷斷不是失火一行中凡有四箇火字却無一星火在內奇絕之筆林冲把手牀上摸時只拽得一條絮被寫得好爲一夜計惟此爲急林冲鑽將出來見天色黑了寫得好陸謙差撥打點來了尋思又沒打火處又算出一火字寫得紙上奕奕有光怎生安排想起離了這半里路上有箇古廟可以安身行文如此爲之歎絕我且去那里宿一夜等到天明却作理會把被捲了花鎗挑着酒葫蘆花鎗挑葫蘆依舊把門拽上鎖了望那廟裏來入得廟門但入得門未及看再把門掩上傍邊止有一塊大石頭掇將過來靠了門非爲防失脫亦非爲遮風水全爲少頃陸謙差撥富安一

(段。也)入得裏面看時，(方看。)殿上塑着一尊金甲山神，兩邊一箇判官，一箇小鬼，側邊堆着一堆紙，團團看來，又沒鄰舍，又無廟主。(雪耀裏固當見之。)林冲把鎗和酒葫蘆放在紙堆上，一(寫花鎗葫蘆妙。)將那條絮被放開，二先取下氈笠子，三把身上雪都抖了，四把上蓋白布衫脫將下來，早有五分濕了，五和氈笠放在供桌上，六把被扯來蓋了半截下身，七卻把葫蘆冷酒提來慢慢地喫，八就將懷中牛肉下酒。九(寫得妙絕。)(正所謂與人無患，與物無爭，而不知大禍已在數尺之內矣。人生世上，真可畏哉。)正喫時，只聽得外面必必剝剝地爆響。(奇文。)林冲跳起身來，就壁縫裏看時，(特特大石靠門，自有原故。不捨得便開，故就壁縫裏看也。)只見草料場裏火起，(方是真正本題火字。)刮刮雜雜的燒着。當時林冲便拿了花鎗，(花鎗。)卻待開門來救火，(不得不開，且寫此半句。)只聽得外面有人說將話來。(奇文。)林冲就伏門邊聽時，是三箇人腳步響，直奔廟裏來，用手推門，(寫得險怪。真是奇筆。)卻被石頭靠住了，再也推不開。三人在廟簷下立地看火。數內一箇道：(一連九箇一箇道，如王積薪夜聽姑婦奕棋，着着分明，聲聲不漏。)這條計好麼？(此一句開。)一箇應道：端的虧管營、差撥兩位用心，回到京師稟過太尉，都保你二位做大官。這番張教頭沒得推故了。(此一段敘高太尉，而此句刺耳特甚。)一箇道：林冲今番直喫我們對付了，高衙內這病必然好了。(此一段敘高衙內。)又一箇道：張教頭那廝三回五次托人情去說：你的女壻沒了，張教頭越不肯應承，因此衙內病患看看重了。太尉特使俺兩箇央浼二位幹這件事，不想而今完備了。(此一段補出家裡貞節來。)又一箇道：小人直爬入牆裏去，四下草堆上點了十來箇火把，待走那里去？(此一段補出適纔事來。)那一箇道：這早晚燒箇八分過了。(此一句正說火勢。)又聽得一箇道：便逃得性命時，燒了大軍草料場，也得箇死罪。(此一句正說林冲。)又一箇道：我們回城裏去罷。(此一句收科。)一箇道：再看一看，拾得他一兩塊骨頭回京府裏見太尉和衙內時，也道我們也能會幹事。(此一

（句挑出林冲來）林冲聽那三箇人時，一箇是差撥，一箇是陸虞候，一箇是富安。（妙筆。勾畫明白。前止倩一陸謙，此方補出富安，行文跡密有法。）自思道：「天可憐見林冲！若不是倒了草廳，我准定被這廝們燒死了！」輕輕把石頭撥開，挺着花鎗，（是以曲曲敘花鎗也。）左手拽開廟門，（右手拿鎗可知。）大喝一聲：「潑賊那里去！」（奇情快筆。）三箇人都急要走時，驚得呆了，正走不動。（寫得好。）林冲舉手肐察的一鎗，先搠倒差撥。一箇陸虞候叫聲「饒命！」嚇的慌了手脚，走不動。（差撥富安皆一氣敘去，獨陸謙作兩半敘法，此先頓下半句也。筆力夭矯絕人。）那富安走不到十來步，被林冲趕上，後心只一鎗，又搠倒了。（兩箇）翻身回來，（一箇轉身。）陸虞候却纔行得三四步，林冲喝聲道：「姦賊！你待那里去！」劈胷只一提，丟翻在雪地上，（異樣筆法。）把鎗搠在地裏，（異樣筆法。）用脚踏住胷脯，身邊取出那口刀來，（自閣子喫酒這日買刀，直至此日始用，相去已成萬里，而遙遙相照，世人眼瞎，便謂此刀從何而來。）便去陸謙臉上閣着，（寫得好。）喝道：「潑賊！我自來又和你無甚麽冤讐，你如何這等害我！正是殺人可恕，情理難容！」陸虞候告道：「不干小人事，太尉差遣，不敢不來。」林冲罵道：「姦賊！我與你自幼相交，今日倒來害我，怎不干你事！（非罵陸謙，罵天下也。）且喫我一刀！」把陸謙上身衣服扯開，把尖刀向心窩裏只一剜，七竅迸出血來，將心肝提在手裏。（前甚似先殺二人，次殺陸謙。讀至此始知先殺陸謙，次殺二人。筆刀遂能顛倒人目。）回頭看時，（又一箇轉身。）差撥正爬將起來要走，林冲按住喝道：「你這廝原來也恁的歹！且喫我一刀！」又早把頭割下來，挑在鎗上。（好）回來，（又一箇轉身。）把富安、陸謙頭都割下來。（前把差撥富安一樣敘，陸謙另敘；今又把差撥另敘，陸謙富安一樣敘。筆力變幻奇矯，非世人所知。）把尖刀插了，將三箇人頭髮結做一處，提入廟裏來，都擺在山神面前供桌上。（三箇人頭安放得好，又算示衆，又算祭賽。又算結煞。）再穿了白布衫，（一）繫了胳膊，（二）把氊笠子帶上，（三）將葫蘆裏冷酒都喫盡了。（四）被與葫蘆都丟了不要，（五）提了鎗，（六。上逐件敘一遍，此又逐件敘一遍，一連敘出兩遍，顯出林冲精細也。）便出廟門投東去。（草料場在牢城東門外，故投東去為是，不然反走入

（城中來矣。）走不到三五里，早見近村人家都拿着水桶鈎子來救火。（故作奇景以驚讀者。）林冲道：你們快去救應，我去報官了來。（心慌口急，便成錯語。蓋報官當投西去也。）提着鎗只顧走。那雪越下得猛。（寫雪妙絕。半日通紅，陡接一句，忽然瑩白。）林冲投東去了兩箇更次，身上單寒，當不過那冷，在雪地裏看時，離得草料場遠了。只見前面踈林深處，樹木交雜，遠遠地數間草屋，被雪壓着，（處處不脫雪。）破壁縫裏透火光出來。（火字餘影。）林冲徑投那草屋來，推開門，只見那中間坐着一箇老莊客，周圍坐着四五箇小莊家向火。（火字餘影。一回書放火殺人，驚天驚地，却閒閒叙出四五箇莊客收之，何處覓避秦人，只省事省氣者便是，嗟乎嗟乎，耐菴至文也。向火二字，爲之一歎。之四五人又烏知以火殺人，因火自殺，亦在此一夜雪中哉。）地爐裏面焰焰地燒着柴火。（火字餘影，妙在特用燄燄地三字，亦算張皇之。）林冲走到面前，叫道：衆位拜揖，小人是牢城營差使人，被雪打濕了衣裳，借此火烘一烘。（有時被火燒，火則成寃；有時借火烘，火又成恩。火之爲用，不亦奇乎。）望乞方便。莊客道：你自烘便了，何妨得。林冲烘着身上濕衣服，畧有些乾，只見火炭邊煨着一箇甕兒，裏面透出酒香。林冲便道：小人身邊有些碎銀子，望煩回些酒喫。老莊客道：我每夜輪流看米囤，如今四更天氣正冷，我們這幾箇喫尚且不殼，那得回與你。休要指望。林冲又道：胡亂只回三兩碗與小人擋寒。老莊家道：你那人休纏休纏。林冲聞得酒香，越要喫，說道：沒奈何，回些罷。衆莊客道：好意着你烘衣裳向火，便來要酒，喫去便去，不去時將來弔在這裏。林冲怒道：這廝們好無道理。把手中鎗（花鎗餘影。）看着塊焰焰着的火柴頭，望老莊家臉上只一挑，又把鎗去火爐裏只一攪，那老莊家的髭鬚焰焰的燒着。（前面大火，不曾燒得林冲，此處小火，林冲反燒了人，絕世奇文。）（絕妙奇情。）衆莊客都跳將起來，林冲把鎗桿亂打。（花鎗餘影。）老莊家先走了，莊家們都動撣不得，被林冲趕打一頓，都走了。林冲道：都去了，老爺快活喫酒。土坑上却有兩箇椰瓢，取一箇下來，傾那甕酒來喫了一會剩了一半提了鎗出門便走一步高一步低踉踉蹌蹌提脚不住走不過一里路被朔風一掉隨着那山澗邊倒了那里掙得起來曲曲折折大生出情來凡醉人一倒便起不得當時林冲醉倒在雪地上

却說衆莊客引了二十餘人拖鎗拽棒都奔草屋下看時不見了林冲却尋着踪跡趕將來尋着踪跡四字真是繪雪高手龍眠白描庶幾有此只見倒在雪地裏花鎗丢在一邊異樣筆法衆莊客一齊上就地拿起林冲來將一條索縛了趂五更時分把林冲解投一箇去處來那去處不是別處嚇殺不是別處然則滄州牢城矣武師奈何有分教蓼兒洼內前後擺數千隻戰艦艨艟水滸寨中左右列百十箇英雄好漢正是說時殺氣侵人冷靜處悲風透骨寒畢竟看林冲被莊客解投甚處來且聽下回分解

[illegible]才子書施[illegible]

第五才子書施耐菴水滸傳卷之十五

聖歎外書

第十回

朱貴水亭施號箭
林冲雪夜上梁山

旋風者惡風也其勢盤旋自地而起初則揚灰聚土漸至奔沙走石天地爲昏人獸駭竄故謂之旋旋音去聲言其能旋惡物聚於一處故也水泊之有衆人也則自林冲始也而旋林冲入水泊則柴進之力也名柴進曰旋風者惡之之辭也然而又係之以小何也夫柴進之於水泊其猶青萍之末矣積而至於李逵亦入水泊而上下尚有定位日月尚有光明乎耶故甚惡之而加之以黑焉夫視黑則柴進爲小矣此小旋風之所以名也

此回前半只平平無奇特喜其敘事簡淨耳

至後半寫林武師店中飲酒筆筆如奇鬼森然欲來搏人雖坐閨閣中讀之不能不拍案叫哭也

接手便寫王倫疑忌此亦若輩故態無足爲道獨是渡河三日一日一換有筆如此雖謂比肩腐史豈多讓哉

最奇者如第一日並沒一箇人過第二日却有一夥三百餘人過乃不敢動手第三日有一箇人却被走了必再等一等方等出一箇大漢來都是特特爲此奇拗之文不得忽過也

處處點綴出雪來分外耀艷

我讀第三日文中至打拴了包裹撇在房中句不如趁早天色未晚句眞正心折耐菴之爲才子也後有讀者願留覽焉

話說豹子頭林冲當夜醉倒在雪裏地上掙扎不起被衆莊客向前綁縛了解送來一箇莊院只見一箇莊客從院裏出來說道大官人未起衆人且把這廝高弔起在門樓下看看天色曉來林冲酒醒打一看時果然好箇大莊院（何處）林冲大叫道甚麼人敢弔我在這里那莊客聽得叫手拿柴棍從門房裏走出來喝道你這廝還自好口那箇被燒了髭鬚的老莊客說道休要問他只顧打等大官人起來好生推問衆莊客一齊上林冲被打掙扎不得只叫道不妨事我有分辯處只見一箇莊客來叫道大官人來了林冲朦朧地見箇官人背义着手行將出來（是誰）至廊下問道你等衆人打甚麼人衆莊客荅道昨夜捉得箇偷米賊人（輕輕加一罪名天下大抵如此）那官人向前來看時認得是林冲慌忙喝退莊客親自解下問道敎頭緣何被弔在這里衆莊客看見一齊走了林冲看時不是別人（是誰）却是小旋風柴進連忙叫道大官人救我柴進道敎頭爲

何到此被村夫恥辱林冲道一言難盡兩箇且到裏面坐下把這火燒草料場一事備細告訴柴進聽罷道兄長如此命蹇今日天假其便但請放心這里是小弟的東莊（即初訪時莊客所云之東莊也）且住幾時却再商量叫莊客取一籠衣裳出來叫林冲徹裏至外都換了（通身被雪打濕不言可知）請去煖閣裏坐地安排酒食杯盤管待自此林冲只在柴進東莊上住了五七日不在話下且說滄州牢城營裏管營首告林冲殺死差撥陸虞候富安等三人放火沿燒大軍草料場州尹大驚隨即押了公文帖仰緝捕人員將帶做公的沿鄉歷邑道店村坊畫影圖形出三千貫信賞錢捉拿正犯林冲看看挨捕甚緊各處村坊講動了且說林冲在柴大官人東莊上聽得這話如坐鍼氈俟候柴進回莊林冲便說道非是大官人不留小弟爭奈官司追捕甚緊排家搜捉倘或尋到大官人莊上時須負累大官人不好既

蒙大官人仗義疎財求借林冲些小盤纏投奔他處棲身異日不死當效犬馬之報柴進道既是兄長要行小人有箇去處（一部去處在此處出現）作書一封與兄長去如何林冲道若得大官人如此周濟教小人安身立命只不知投何處去柴進道是山東濟州管下一箇水鄉地名梁山泊方圓八百餘里中間是宛子城蓼兒洼（看官記着山東濟州梁山泊宛子城蓼兒洼是柴進口中提出故號之為小旋風也）如今有三箇好漢在那里札寨為頭的喚做白衣秀士王倫第二箇喚做摸着天杜遷第三箇喚做雲裏金剛宋萬那三箇好漢聚集着七八百小嘍囉打家刼舍多有做下迷天大罪的人都投奔那里躲災避難他都收留在彼三位好漢亦與我交厚嘗寄書緘來我今修一封書與兄長去投那里入夥如何林冲道若得如此顧盼最好柴進道只是滄州道口見今官司張掛榜文又差兩箇軍官在那里提簡把住道口兄長必用從

（來時如此來去時如此去）

那里經過柴進低頭一想道再有箇計策送兄長過去林冲道若蒙周全死而不忘柴進當日先叫莊客背了包裹出關去等（好）柴進卻備了三二十匹馬帶了弓箭旗鎗駕了鷹鵰牽着獵狗一行人馬都打扮了卻把林冲雜在裏面（好）一齊上馬都投關外卻說把關軍官坐在關上看見是柴大官人卻都認得原來這軍官未襲職時曾到柴進莊上因此識熟軍官起身道大官人又去快活柴進下馬問道二位官人緣何在此軍官道滄州大尹行移文書畫影圖形捉拿犯人林冲特差某等在此守把但有過往客商一一盤問纔放出關柴進笑道我這一夥人內中間夾帶着林冲你緣何不認得（好○庚冰故事用得恰妙）軍官也笑道大官人是識法度的不到得肯夾帶了出去請尊便上馬柴進又笑道只恁地相托得過拿得野味回來相送（好）作別了一齊上馬出關去了行得十四五里卻見先去

的莊客在那里等候（好）柴進叫林冲下了馬（好）脫去打獵的衣服卻穿上莊客帶來的自巳衣裳繫了腰刀戴上紅纓氈笠背上包裹提了衮刀（敘得好）相辭柴進拜別了便行只說那柴進一行人上馬自去打獵到晚方回依舊過關送些野味與軍官（好）回莊上去了不在話下且說林冲與柴大官人別後上路行了十數日時遇暮冬天氣彤雲密布朔風緊起又見（又字炤耀）紛紛揚揚下着滿天大雪林冲踏着雪只顧走看看天色冷得緊切漸漸晚了遠遠望見枕溪靠湖（可知）一箇酒店被雪漫漫地壓着（好寫）林冲奔入那酒店裏來揭開蘆簾拂身入去倒側身看時都是座頭揀一處座下倚了衮刀解放包裹擡了氈笠把腰刀也掛了（細）只見一箇酒保來問道客官打多少酒林冲道先取兩角酒來酒保將箇桶兒打兩角酒將來放在桌上林冲又問道有甚麼下酒酒保道有生熟牛肉肥鵞嫩鷄

林冲道先切二斤熟牛肉來酒保去不多時將來鋪下一大盤牛肉數般菜蔬放箇大碗一面篩酒林冲喫了三四碗酒（喫了三四碗酒）只見店裏一箇人背叉着手走出來門前看雪（寫此人又帶寫雪妙筆）那人問酒保道甚麼人喫酒林冲看那人時頭戴深簷暖帽身穿貂鼠皮襖脚着一雙獐皮窄靿靴身材長大相貌魁宏雙拳骨臉三丫黃髯只把頭來摸着看雪林冲叫酒保只顧篩酒（只顧篩酒）林冲說道酒保你也來喫碗酒酒保喫了一碗林冲問道（梁山泊不好便問故先請他喫一碗酒寫出林冲精細）此間去梁山泊還有多少路酒保道此間要去梁山泊雖只數里却是水路全無旱路（一句）若要去時須用船去方纔渡得到那里林冲道你可與我覓隻船兒酒保道這般大雪天色又晚了（二句）那里去尋船隻林冲道我多與你些錢央你覓隻船來渡我過去酒保道却是沒討處（三句○凡三段皆極力寫英雄失路）林冲尋思道這般却怎的好又喫了幾碗酒（又喫幾碗酒○凡三句俱寫納頭悶飲如畫與別處寫豪飲不同）悶上心來驀然想起（此四字猶如驚蛇怒筍跳脫而出令人大哭令人大叫）我先在京師做教頭每日六街三市遊玩喫酒誰想今日被高俅這賊坑陷了我這一場文了面直斷送到這里閃得我有家難奔有國難投受此寂寞（一字一哭一字一哭一字一血至今如聞其聲）因感傷懷抱問酒保借筆硯來乘着一時酒興向那白粉壁上寫（十二字寫千載豪傑失意如畫）下八句（何必是歌何必是詩悲從中來寫下一片既畢數之則八句也豈如村學究擬作詠懷詩耶）

道仗義是林冲為人最朴忠江湖馳譽望京國顯英雄身世悲浮梗功名類轉蓬他年若得志威鎮泰山東撇下筆再取酒來（寫豪傑歷歷落落處只用七字遂使讀者目眥盡裂）正飲之間只見那箇穿皮襖的漢子走向前來把林冲劈腰揪住說道你好大膽你在滄州做下迷天大罪却在這里見今官司出三千貫信賞錢捉你却是要怎地（奇）林冲道你道我是誰（好只得如此）那漢道你不是豹子頭林冲林冲道我自姓

一路表朱貴

張（好只得如此）那漢笑道你莫胡説見今壁上寫下名字你臉上文着金印如何要賴得過林冲道你眞箇要拿我（罷了只得硬去）那漢笑道我却拿你做甚麼（奇）便邀到後面一箇水亭上叫酒保點起燈來和林冲施禮（奇）對面坐下那漢問道却纔見兄長只顧問梁山泊路頭要尋船去那里是強人山寨你待要去做甚麼林冲道實不相瞞如今官司追捕小人緊急無安身處特投這山寨裏好漢入夥因此要去那漢道雖然如此必有箇人薦兄長來入夥林冲道滄州横海郡故友舉薦將來那漢道莫非小旋風柴進麽林冲道足下何以知之那漢道柴大官人與山寨中大王頭領交厚嘗有書信往來原來王倫當初不得第之時與杜遷投奔柴進多得柴進留在莊子上住了幾時臨起身又齎發盤纏銀兩因此有恩林冲聽了便拜道有眼不識泰山願求大名那漢慌忙答禮説道小人是王頭領

手下耳目姓朱名貴原是沂州沂水縣人氏江湖上但叫小弟做旱地忽律山寨裏教小弟在此間開酒店爲名專一探聽往來客商經過但有財帛者便去山寨裏報知但是孤單客人到此無財帛的放他過去有財帛的來到這里輕則蒙汗藥麻翻重則登時結果將精肉片爲羓子肥肉煎油點燈却纔見兄長只顧問梁山泊路頭因此不敢下手次後見寫出大名來曾有東京來的人傳説兄長的豪傑不期今日得會既有柴大官人書緘相薦亦是兄長名震寰海王頭領必當重用隨即安排魚肉盤饌酒肴到來相待兩箇在水亭上喫了半夜酒林冲道如何能彀船來渡過去朱貴道這里自有船隻兄長放心且暫宿一宵五更却請起來同往當時兩箇各自去歇息睡到五更時分朱貴自來叫林冲起來洗漱罷再取三五杯酒相待喫了些肉食之類此時天尚未明朱貴把水亭上

牕子開了取出一張鵲畫弓搭上那一枝響箭覷着對港敗蘆折葦裏面射將去（奇文奇情）林冲道此是何意朱貴道此是山寨裏的號箭少項便有船來没多時只見對過蘆葦泊裏三五箇小嘍囉搖着一隻快船過來徑到水亭下（奇文奇情）朱貴當時引了林冲取了刀仗行李下船小嘍囉把船搖開望泊子裏去奔金沙灘來到得岸邊朱貴同林冲上了岸小嘍囉背了包裹拿了刀仗（細）兩箇好漢上山寨來那幾箇小嘍囉自把船搖到小港裏去了（細）

林冲看岸上時（林冲眼中看出梁山泊來此是梁山泊最初寫圖一句亦不可少）兩邊都是合抱的大樹（一句）半山裏一座斷金亭子（二句）再轉將過來見座大關（三句）關前擺着鎗刀劍戟弓弩戈矛（四句）四邊都是檑木砲石（五句）小嘍囉先去報知二人進得關來兩邊夾道偏擺着隊伍旗號（六句）又過了兩座關隘（七句）方纔到寨門口（八句）林冲看見四面高山三關雄壯團團圍定中間裏鏡面也似一片平地可方三五百丈（九句）靠着山口纔是正門（十句）兩邊都是耳房（十一句）朱貴引着林冲來到聚義廳上中間交椅上坐着一箇好漢正是白衣秀士王倫左邊交椅上坐着摸着天杜遷右邊交椅坐着雲裏金剛宋萬朱貴林冲向前聲喏了（林冲聲喏）（不見王倫荅禮）林冲立在朱貴側邊朱貴便道這位是東京八十萬禁軍教頭姓林名冲綽號豹子頭因被高太尉陷害刺配滄州那里又被火燒了大軍草料場爭奈殺死三人逃走在柴大官人家好生相敬因此特寫書來舉薦入夥林冲懷中取書遞上王倫接來拆開看了便請林冲來坐第四位交椅（便請林冲坐不見王倫立起施禮）朱貴坐了第五位一面叫小嘍囉取酒來把了三巡（初次相待却只如此冷淡之極）動問柴大官人近日無恙（不問東京事只問柴大官人冷淡之極）林冲荅道每日只在郊外獵較樂情王倫動問了一回驀然尋思道我却是箇不及第的秀才因鳥氣合着杜遷來

這里落草、續後宋萬來、聚集這許多人馬伴當、我又沒十分本事、杜遷宋萬武藝也只平常、如今不爭添了這箇人、他是京師禁軍教頭、必然好武藝、倘若被他識破我們手段、他須占強、我們如何迎敵、不若只是一怪推却事故、發付他下山去便了、免致後患、只是柴進面上、却不好看、忘了日前之恩、如今也顧他不得、重叫小嘍囉一面安排酒食整理筵宴、請林冲赴席（驀然一想中來、非敬林冲也。）衆好漢一同喫酒、將次席終、王倫叫小嘍囉把一箇盤子托出五十兩白銀兩匹紵絲來、王倫起身說道、柴大官人舉薦將教頭來敝寨入夥、爭奈小寨糧食缺少、屋宇不整、人力寡薄、恐日後悞了足下、亦不好看、略有些薄禮、望乞笑留、尋箇大寨安身歇馬、切勿見怪、林冲道、三位頭領容覆、小人千里投名、萬里投主、憑托柴大官人面皮、徑投大寨入夥、林冲雖然不才、望賜收錄、當以一死向前、並無諂佞（林冲語、須知此四字、與前爲人最朴忠句、雖非世間齷齪人語、然定非曾達李逵聲口、故寫林冲另是一樣筆墨。）實爲平生之幸、不爲銀兩齎發而來、乞頭領炤察、王倫道、我這里是箇小去處、如何安着得你、（你字難當。）休恠休恠、朱貴見了便諫道（表出朱貴。）哥哥在上、莫恠小弟多言、山寨中糧食雖少、近村遠鎮可以去借、山塲水泊、木植廣有、便要蓋千間房屋、却也無妨、這位是柴大官人力舉薦來的人（山上人重之如此、可見是箇旋風。）如何教他別處去、抑且柴大官人自來與山上有恩、日後得知不納此人、須不好看、這位又是有本事的人、他必然來出氣力、杜遷道（表出杜遷。）山寨中那爭他一箇、哥哥若不收留、柴大官人知道時見恠（亦以柴大官人爲辨、可見是箇旋風。）顯的我們忘恩背義、日前多曾虧了他、今日薦箇人來、便恁推却發付他去、宋萬也勸道（表出宋萬。）柴大官人面上（三箇人一樣說柴大官人面上、可見是箇旋風。）可容他在這里做箇頭領也好、不然見得我們無義氣、使江湖上好漢見笑、王倫道、兄弟

此處若不表出三人、則後日火併如何留得耶

們不知他在滄州雖是犯了迷天大罪今日上山却不知心腹倘或來看虛實如之奈何（白衣秀士經濟每每如此）林冲道小人一身犯了死罪因此來投入夥何故相疑王倫道既然如此你若眞心入夥把一箇投名狀來（惡心）林冲便道小人頗識幾字乞紙筆來便寫朱貴笑道教頭你錯了但凡好漢們入夥須要納投名狀是教你下山去殺得一箇人將頭獻納他便無疑心這箇便謂之投名狀林冲道這事也不難林冲便下山去等只怕沒人過王倫道與你三日限（惡心）若三日內有投名狀來便容你入夥若三日內沒時只得休怪林冲應承了當夜席散朱貴相別下山自去守店林冲到晚取了刀仗行李（細）小嘍囉引去客房內歇了一夜次日早起來喫些茶飯（四字寫得冷淡可憐）帶了腰刀提了衮刀叫一箇小嘍囉領路下山（領路好）把船渡過去（渡過河去）僻靜小路上等候客人過往從朝至暮等了一日竝無一箇孤单客人經過林冲悶悶不已（第一日不說甚麼）和小嘍囉再過渡來（渡過河來）回到山寨中王倫問道投名狀何在林冲荅道今日竝無一箇過往以此不曾取得王倫道你明日若無投名狀時（自限三日此處又思縮去）（一日秀才心數往往如此）也難在這里了林冲再不敢荅應（可歎）心內自已不樂來到房中討些飯喫了（冷淡可憐一討字）（哭殺英雄）又歇了一夜次日清早起來和小嘍囉喫了早飯（早飯便和小嘍囉喫哭殺英雄）拿了衮刀又下山來小嘍囉道俺們今日投南山路去等兩箇過渡（渡過河去）來到林子裏等候竝不見一箇客人過往伏到午牌時候一夥客人約有三百餘人結踪而過林冲又不敢動手看他過去（讀至一夥客人句只謂着手矣却緊接三百餘人句文筆神變非書眞正才子也）又等了一歇看看天色晚來又不見一箇客人過（凡用兩句不見其贅但見其妙）林冲對小嘍囉道我恁地晦氣等了兩日不見一箇孤单客人過往如何是好（第一日不說甚麼悶悶而回第二日便臨回時說此一語第三日便初下山即說一語其

（法各變）小嘍羅道、哥哥且寬心、明日還有一日限、我和哥哥去東山路上等候、（南山是當朝說、東山是隔晚說、）當晚依舊渡回（渡過河來、）王倫說道、今日投名狀如何、林冲不敢荅應、只歎了一口氣、（此昨日增一句歎口氣、如聞其聲、如見其人、）王倫笑道、想是今日又沒了、我說與你三日限、今已兩日了、若明日再無、不必相見了、便請那步下山、投別處去、林冲回到房中、端的是心內好悶、仰天長歎道、不想我今日被高俅那賊陷害、流落到此、天地也不容我、直如此命蹇時乖、（酒店一歎、此處又一歎、如夜潮之一湧一落、讀之乃欲叫哭、）過了一夜、次日天明起來、討些飯食喫了、（一討猶可、至於再討、胡可一朝居耶、）打拴了那包裹撇在房中、（先作行勢、筆墨妙絕、一字千淚矣、）跨了腰刀、提了衮刀、又和小嘍囉下山過渡（渡過河去、）投東山路上來、林冲道、我今日若還取不得投名狀時、只得去別處安身立命、（下山先說一句、與前變換、）兩箇來到山下東路林子裏潛伏等候、看看日頭中了、又沒一箇人來、（有此一句文、筆夭矯之極、）時

［敍過三日、便接出一箇人來、此學究記事也、飲過三日、偏又放走一箇、才子奇文、世寧有兩乎哉］

遲、殘雪初晴、日色明朗、（忽然入雪後景色雜人目晴、）林冲提着衮刀、對小嘍羅道、眼見得又不濟事了、不如趁早天色未晚、取了行李、只得往別處去尋箇所在、（奇文、）小較用手指道、好了、（妙筆、偏到欲合處、偏故意着實一縱、使讀者心路俱斷、）兀的不是一箇人來、（忽然一撥、）林冲看時、叫聲慚愧、只見那箇人遠遠在山坡下望見行來、待他來得較近、林冲把衮刀桿翦了一下、驀地跳將出來、那漢子見了林冲、叫聲阿也、撇了擔子、轉身便走、（真正才子、）（真正奇文、前批詳之矣、）林冲趕將去、那里趕得上、那漢子閃過山坡去了、（真正才子、真正奇文、）林冲道、你看我命苦麼、等了三日、甫能等得一箇人來、又喫他走了、（真正才子、真正奇文、誰能於三日後又結撰出此一段文字耶、）小較道、雖然不殺得人、這一擔財帛可以抵當、林冲道、你先挑了上山去、我再等一等、（走馬番韁之法、）小嘍羅先把擔兒挑出林去、只見山坡下轉出一箇大漢來、（上來許多曲折、然後轉出大漢來、）林冲見了、說道、天賜其便、只見那人挺着朴刀、大

叫如雷喝道潑賊殺不盡的強徒將俺行李那里去洒家正要捉你這厮們倒來拔虎鬚飛也似踴躍將來林冲見他來得勢猛也使步迎他不是這箇人來鬪林冲有分教梁山泊內添幾箇弄風白額大蟲水滸寨中輳幾隻跳澗金睛猛獸畢竟來與林冲鬪的正是甚人且聽下回分解

第五才子書施耐菴水滸傳卷之十六

聖歎外書

第十一回

梁山泊林冲落草
汴京城楊志賣刀

吾觀今之文章之家每云我有避之一訣固也然而吾知其必非才子之文也夫才子之文則豈惟不避而已又必於本不相犯之處特特故自犯之而後從而避之此無他亦以文章家之有避之一訣非以教人避也正以教人犯也犯之而後避之故避有所避也若不能犯之而但欲避之然則避何所避乎哉是故行文非能避之難實能犯之難也譬諸奕棋者非救劫之難實留劫之難也將欲避之必先犯之夫犯之而至於必不可避而後天下之讀吾文者於是乎而觀吾之才之筆

矣犯之而至於必不可避而吾之才之筆爲之躊躇爲之四顧砉然中窾如土委地則雖號於天下之人曰吾才子也吾文才子之文也彼天下之人亦誰復敢爭之乎哉故此書於林冲買刀後緊接楊志賣刀是正所謂才子之文必先犯之者而吾於是始樂得而徐觀其避也

又曰我讀水滸至此不禁浩然而歎也曰嗟乎作水滸者雖欲不謂之才子胡可得乎夫人胷中有非常之才者必有非常之筆有非常之筆者必有非常之力夫非非常之才無以構其思也非非常之筆無以摛其才也又非非常之力亦無以副其筆也今觀水滸之寫林武師也忽以寶刀結成奇彩及寫楊制使也又復以寶刀結成奇彩夫寫豪傑不可盡而忽然置豪傑而寫寶刀此借非非常之才其亦安知寶刀爲即豪傑之替身但寫得寶刀盡致盡興即已令豪傑盡致盡興者耶且以寶刀寫出豪傑固已然以寶刀寫武師者不必其又以寶刀寫制使也今前回初以一口寶刀照耀武師者接手便又以一口寶刀照耀制使兩位豪傑兩口寶刀接連而來對插而起用筆至此奇險極矣即欲不謂之非常而英英之色千人萬人莫不共見其又疇得而不謂之非常乎又一箇買刀一箇賣刀分鑣各騁互不相犯固也然使於讚歎處痛悼處稍稍有一句二句乃至一字二字偶然相同即亦豈見作者之手法乎今兩刀接連一字不犯乃至譬如東泰西華各自爭奇嗚呼特特挺而走險以自表其六轡如組兩驂如舞之能才子之稱豈虛譽哉

天漢橋下寫英雄失路使人如坐冬夜緊接

演武廳前寫英雄得意使人忽上春臺咽處加一倍咽艷處加一倍艷皆作者臆頓非常

趨乘有龍虎之狀處

話說林冲打一看時只見那漢子頭戴一頂范陽氈笠上撒着一把紅纓穿一領白叚子征衫繫一條縱線縧下面青白間道行纏抓着褲子口獐皮襪帶毛牛膀靴跨口腰刀提條朴刀生得七尺五六身材面皮上老大一搭青記腮邊微露些少赤鬚把氈笠子掀在脊梁上坦開胸脯帶着抓角兒軟頭巾挺手中朴刀高聲喝道你那潑賊將俺行李財帛那里去了（不說林冲喝那漢偏說那漢喝一聲顯得是箇勍敵）林冲正沒好氣那里答應（八字寫第三日林冲如見）睜圓怪眼倒竪虎鬚挺着朴刀搶將來鬬那箇大漢此時殘雪初晴薄雲方散溪邊踏一片寒冰岸畔湧兩條殺氣一往一來鬬到三十來合不分勝敗（寫得晶瑩射人）兩箇又鬬了十數合正鬬到分際只見山高處叫道兩位好漢不要鬭了林冲聽得驀地跳出圈子外來（獨寫林冲跳出見其志不在鬭若楊志既失車仗則自不應先住也用筆精細如此）兩箇收住手中朴刀看那山頂上時却是白衣秀士王倫和杜遷宋萬幷許多小嘍囉走下山來（何也）將船渡過了河（細）說道兩位好漢端的好兩口朴刀神出鬼沒這箇是俺的兄弟豹子頭林冲青面漢（奇稱）你却是誰願通姓名那漢道洒家是三代將門之後（定有寶刀）五侯楊令公之孫（定應爭氣）姓楊名志流落在此關西年紀小時曾應過武舉做到殿司制使官道君因蓋萬歲山差一般十箇制使去太湖邊搬運花石綱赴京交納不想洒家時乖運蹇押着那花石綱來到黃河裏遭風打翻了船失陷了花石綱（未失生辰綱先失花石綱有意無意間中一襯）不能回京赴任逃去他處避難如今赦了俺們罪犯洒家今來收的一擔兒錢物待回東京去樞密院使用再理會本身的勾當（文臣壓要錢使猶可也至於武臣出身亦要錢使古今一歎豈止爲楊志痛哉）打從

這里經過顧倩莊家挑那擔兒不想被你們奪了可把來還酒家如何（楊志又有楊志聲口）王倫道你莫是綽號喚做青面獸的楊志道酒家便是王倫道既然是楊制使就請到山寨喫三盃水酒（又何也）納還行李如何楊志道好漢既然認得酒家便還了俺行李更强似請喫酒（楊志又有楊志聲口）王倫道制使小可數年前到東京應舉時（好貨他說）便聞制使大名今日幸得相見如何教你空去且請到山寨少叙片時並無他意楊志聽說了只得跟了王倫一行人等過了河（須知此番過河中間特特爲着一人渡來渡去者得意也然却故意獨藏過使人自看）上山寨來就叫朱貴同上山寨相會都來到寨中聚義廳上左邊一帶四把交椅却是王倫杜遷宋萬朱貴右邊一帶兩把交椅上首楊志下首林冲都坐定了王倫叫殺羊置酒安排筵宴管待楊志（與林冲討飯句掩映）不在話下話休絮煩酒至數盃王倫心裏想道若留林冲實形容得我們不濟不如我做箇人情幷留了楊志與他作敵（寫秀才經濟可笑）因指着林冲對楊志道這箇兄弟他是東京八十萬禁軍教頭喚做豹子頭林冲因這高太尉那厮安不得好人（口頭語豈眞謂林武師哉）把他尋事刺配滄州那里又犯了事如今也新到這里却纔制使要上東京勾當不是王倫糾合制使小可兀自棄文就武（好貨他說秀才自大語每每有之）來此落草制使又是有罪的人雖經赦宥難復前職亦且高俅那厮見掌軍權他如何肯容你不如只就小寨歇馬大秤分金銀大碗喫酒肉同做好漢不知制使心下主意若何楊志答道重蒙衆頭領如此帶携只是酒家有箇親眷見在東京居住前者官事連累了他不曾酧謝得他今日欲要投那里走一遭望衆頭領還了酒家行李如不肯還楊志空手也去了（寫楊志又另是一楊志不是史進不是魯達不是林冲細細認之）王倫笑道既是制使不肯在此如何敢勒逼入夥且請寬心住一宵明日早行楊

志大喜（此却與前二人同，林冲則不爾，細細認之。）當日飲酒到二更方歇，各自去歇息了。次日早起來，又置酒與楊志送行（與林冲討飯句相映。）喫了早飯，衆頭領叫一箇小嘍囉把昨夜擔兒挑了（細），一齊都送下山來，到路口與楊志作別，教小嘍囉渡河（細），送出大路，衆人相別了，自回山寨。王倫自此方纔肯教林冲坐第四位（自此方纔肯教六字，皆難之辭也。）朱貴坐第五位。從此五箇好漢在梁山泊打家刼舍（此四字所謂昔之梁山泊也，若後之梁山泊，亦有四字，所謂替天行道也。）不在話下。只說楊志出了大路，尋箇莊家挑了擔子，發付小嘍囉自回山寨（細）。楊志取路不數日，來到東京，入得城來，尋箇客店（客店）安歇下。莊客交還擔兒，與了些銀兩，自回去了（細）。楊志到店中放下行李，解了腰刀、朴刀，叫店小二將些碎銀子買些酒肉喫了。過數日，央人來樞密院打點，理會本等的勾當，將出那擔兒內金銀財物，買上告下，再要補殿司府制使職役。把許多東西都使盡了，方纔得申文書（以盡爲度，每每如此。）引去見殿帥高太尉。來到廳前，那高俅把從前歷事文書都看了，大怒道：「既是你等十箇制使去運花石綱，九箇回到京師交納了，偏你這廝把花石綱失陷了，又不來首告，倒又在逃，許多時捉拿不着。今日再要勾當，雖經赦宥，所犯罪名，難以委用。」把文書一筆都批倒了，將楊志趕出殿師府來（非寫高俅不受請托也，正寫高俅妬賢嫉能也；非寫高俅惡楊志也，寫當時朝廷無人不如高俅，無人不被惡如楊志也。）楊志悶悶不已，回到客店中，思量：「王倫勸俺，也見得是。只爲洒家清白姓字（楊家語。）不肯將父母遺體來點汚了，指望把一身來事邊庭上一鎗一刀（痛哭語，又寫得壯健，又寫得洒落。）博箇封妻蔭子，也與祖宗爭口氣（楊家語。）不想又喫這一悶。高太尉（叫一聲妙，至今如聞其響。）你忒毒害，恁地刻薄！」心中煩惱了一回。在客店裏又住幾日，盤纏都使盡了。楊志尋思道：「却是怎地好？只有祖上留下這口寶刀，從來跟着洒家，如今事急無措，只得拿去街上貨賣得千百貫錢鈔好做盤纏投往他處安身（林冲一口寶刀楊志一口寶刀接連敘出看他郤結撰成兩樣奇景詳具總批中）當日將了寶刀插了草標兒（寶刀上加草標二字辱沒殺人才德之士而必借客羔雁亦此四字矣）上市去賣走到馬行街內（好街名與前鬧武坊各有其妙刀馬二字襯成奇艷）立了兩箇時辰並無一箇人問將立到晌午時分（特特寫兩句時分為英雄一哭）轉來到天漢州橋熱鬧處去賣楊志立未久（上寫兩句立久都向刀上一哭此忽然寫入一句立未久讀者只謂亦向刀上出色也郤突轉出下文一段奇情令人絕倒）只見兩邊的人都跑入河下巷內去躲（奇文）楊志看時只見都亂攛口裏說道快躲了大蟲來也（奇文）楊志道好作怪這等一片錦城池郤那得大蟲來當下立住腳看時只見遠遠地黑凜凜一條大漢喫得半醉一步一攧撞將來（奇文）楊志看那人時原來是京師有名的破落戶潑皮叫做沒毛大蟲牛二專在街上撒潑行兇撞鬧連為幾頭官司開封府也治他不下以此滿城人見那廝來都躲了郤說牛二搶到

（一路寫楊志狀順並無半點剛忿止為英雄失路一哭）

楊志面前就手裏把那口寶刀扯將出來（是箇潑皮流手扯出非所以待寶刀也然豪傑失路往往遭此矣寶刀不能哭其柰之何哉）問道漢子你這刀要賣幾錢（二字不堪）楊志道祖上留下寶刀要賣三千貫牛二喝道（二字不堪）甚麼鳥刀（二字不堪）要賣許多錢我三十文買一把（極寫不堪）也切得肉切得豆腐（調侃時賢）你的鳥刀有甚好處叫做寶刀（不堪）楊志道洒家的須不是店上賣的白鐵刀這是寶刀牛二道怎地喚做寶刀（活潑皮）楊志道第一件砍銅剁鐵刀口不捲第二件吹毛得過（二字奇文）第三件殺人刀上沒血（四字奇文）牛二道你敢剁銅錢麼（雖是逐件要試郤又極力寫潑皮形狀如第一件砍銅剁鐵他便偏想出銅錢二字調侃世人不小）楊志道你便將來剁與你看牛二便去州橋下香椒鋪裏討了二十文當三錢（討字妙活潑皮平日賴惘街坊無數事只此一箇字寫盡）一垜兒將來放在州橋欄干上叫楊志道漢子你若剁得開時我還你三千貫（活潑皮）那時看的人（極忙時忽然插入一句看的人筆力如蒼鷹擴大其眼光左閃右掣）雖然不敢近前（寫潑皮一句）向

遠遠地圍住了望（寫一句）楊志道這箇直得甚麼把衣袖捲起（好出色一句）拿刀在手看得較準只一刀把銅錢剁做兩半衆人都喝采牛二道喝甚麼鳥采（妙罵不得楊志了只得罵衆人如見潑皮）你且說第二件是甚麼（活潑皮又記得有第二件又不記得是甚麼活潑皮活醉人）楊志道吹毛得過若把幾根頭髮望刀口上只一吹齊齊都斷牛二道我不信自把頭上拔下一把頭髮（是箇潑皮一把二字絕倒）遞與楊志你且吹我看（潑皮）楊志左手接過頭髮（右手提刀也）照着刀口上盡氣力一吹那頭髮都做兩段紛紛飄下地來衆人喝采看的人越多了（又閃出看的人）（又增一句）牛二又問第三件是甚麼（潑皮到底）楊志道殺人刀上沒血牛二道怎地殺人刀上沒血（其辭愈纏）楊志道把人一刀砍了並無血痕只是箇快（自註四字者為此一件不比上二件寔不可試故特下一註也）牛二道我不信你把刀來剁一箇人我看（真是箇潑皮其辭愈纏）楊志道禁城之中如何敢殺人你不信時取一隻狗來殺與你看牛二道

你說殺人不曾說殺狗（絕倒潑皮差矣人之與狗何以異哉）楊志道你不買便罷只管纏人做甚麼（英雄可憐至此方說他一句）牛二道你將來我看（纏得愈無理絕倒）楊志道你只顧沒了當酒家又不是你撩撥的（英雄可憐至此方自表一句）牛二道你敢殺我（纏得愈無理絕倒）楊志道和你往日無冤昔日無讐一物不成兩物見在沒來繇殺你做甚麼（英雄可憐又掙任氣了）牛二緊揪住楊志說道我偏要買你這口刀（前俱長鎗大戟至此以下俱用短兵緊接）楊志道你要買將錢來牛二道我沒錢楊志道你沒錢揪住酒家怎地牛二道我要你這口刀楊志道我不與你牛二道你好男子剁我一刀（此句逗出楊志怒來）楊志大怒把牛二推了一交（第一段只推一交不便殺）牛二爬將起來鑽入楊志懷裏（爬字鑽字寫潑皮）楊志叫道街坊鄰舍都是證見楊志無盤纏自賣這口刀這箇潑皮強奪酒家的刀又把俺打（第二段只叫街坊告訴不便殺）街坊人都怕這牛二誰敢向前來勸（補一句無人勸楊志所以成於殺也）牛二喝道你說我

打你便打殺直甚麼口裏說一面揮起右手一拳打來(是箇潑皮)楊志霍地躲過拿着刀搶入來一時性起(四字徑提)望牛二顙根上搠箇着撲地倒了楊志趕入去把牛二胷脯上又連搠了兩刀(不惟半日積憤連高太尉積憤亦發出來)血流滿地死在地上楊志叫道酒家殺死這箇潑皮怎肯連累你們潑皮既巳死了你們都來同酒家去官府裏出首(寫楊志另是楊志不是史進不是魯達不是林沖)坊隅衆人慌忙攏來隨同楊志徑投開封府出首正值府尹坐衙楊志拿着刀(刀)和地方隣舍衆人都上廳來一齊跪下把刀放在面前(刀)楊志告道小人原是殿司制使為因失陷花石綱削去本身職役無有盤纏將這口刀在街貨賣不期被箇潑皮破落戶牛二强奪小人的刀又用拳打小人因此一時性起將那人殺死衆鄰舍都是證見衆人亦替楊志告說分訴了一回府尹道既是自行前來出首免了這廝入門的款打且叫取一面長枷枷了差兩員相官帶了仵作行人監押楊志并衆鄰舍一干人犯都來天漢州橋邊登塲簡驗了疊成文案衆鄰舍都出了供狀保放隨衙聽候當廳發落將楊志於死囚牢裏監守牢裏衆多押牢禁子節級見說楊志殺死沒毛大蟲牛二都可憐他是箇好男子不來問他取錢又好生看覷他(一段)天漢州橋下衆人為是楊志除了街上害人之物都歛些盤纏湊些銀兩來與他送飯上下又替他使用(一段)推司也覷他是箇首名的好漢又與東京街上除了一害牛二家又沒苦主把款狀都改得輕了三推六問却招做一時鬬毆殺傷誤傷人命待了六十日限滿當廳推司稟過府尹將楊志帶出廳前除了長枷斷了二十脊杖喚箇文墨匠人刺了兩行金印迭配比京大名府留守司充軍(一段)那口寶刀沒官入庫(刀)當廳押了文牒差兩箇防送公人免不得是張龍趙虎把七斤半鐵葉盤頭

護身枷釘了分付兩箇公人便教監押上路大漢州橋那幾箇大戶科歛些銀兩錢物等候楊志到來請他兩箇公人一同到酒店裏喫了些酒食把出銀兩齎發兩位防送公人說道念楊志是箇好漢與民除害今去北京路途中望乞二位上下炤覷好生看他一看（一段）張龍趙虎道我兩箇也知他是好漢亦不必你衆位分付但請放心（一段）楊志謝了衆人其餘多的銀兩盡送與楊志做盤纏（細）衆人各自散了（細此一篇特特與林冲起身不同）話裏只說楊志同兩箇公人來到原下的客店裏（寫英雄無家只八箇字洒下人淚來）（前一路不曾脫客店二字）算還了房錢飯錢取了原寄的衣服行李（細）安排些酒食請了兩箇公人尋醫士贖了幾箇棒瘡的膏藥貼了棒瘡（特特與林冲不同）便同兩箇公人上路三箇望北京進發五里單牌十里雙牌（絕妙紀程如古謠諺）逢州過縣買些酒肉不時間請張龍趙虎喫（只一句便遞過許多路程）三箇在路夜宿旅館曉行驛道不數日來到北京（省）入得城中尋箇客店安下原來北京大名府留守司上馬管軍下馬管民最有權勢那留守喚做梁中書諱世傑他是東京當朝太師蔡京的女壻（大書特書）當日是二月初九日（爲生辰二字遠遠提頭）留守陞廳兩箇公人解楊志到留守司廳前呈上開封府公文梁中書看了原在東京時也曾認得楊志當下一見了備問情繇楊志便把高太尉不容復職使盡錢財將寶刀貨賣因而殺死牛二的實情通前一一告稟了梁中書聽得大喜當廳就開了枷留在廳前聽用押了批迴與兩箇公人自回東京（了）不在話下只說楊志自在梁中書府中早晚殷勤聽候使喚梁中書見他勤謹（伏下一筆）有心要擡舉他欲要遷他做箇軍中副牌月支一分請受只恐衆人不伏因此傳下號令教軍政司告示大小諸將人員來日都要出東郭門教場中去演武試藝當晚梁中書喚楊志到廳前梁

此一段看他會家不忙叙得水平樹匣相似

中書道、我有心要擡舉你做箇軍中副牌、月支一分請受、只不知你武藝如何、楊志稟道、小人應過武舉出身、曾做殿司府制使職役、這十八般武藝、自小習學、今日蒙恩相擡舉、如撥雲見日一般、楊志若得寸進、當效啣環背鞍之報、梁中書大喜、賜與一副衣甲、當夜無事、次日天曉、時當二月中旬、（有意無意所謂草蛇灰線之法也）正值風和日暖、梁中書早飯已罷、（第一段早飯）帶領楊志上馬、（第二段帶楊志上馬）前遮後擁、往東郭門來、到得教場中、（第三段來到教場）大小軍卒并許多官員接見、（第四段官軍迎接）就演武廳前下馬、到廳上正面撒着一把渾銀交椅坐上、（第五段陞廳）左右兩邊齊臻臻地排着兩行官員、指揮使、團練使、正制使、統領使、牙將、校尉、正牌軍、副牌軍、前後周圍惡狠狠地列着百員將校、正將臺上立着兩箇都監、一箇喚做李天王李成、一箇喚做聞大刀聞達、二人皆有萬夫不當之勇、統領着許多軍馬、一齊都來朝着梁中書呼三聲喏、（第六段衆將官聲喏）却早將臺上豎起一面黃旗來、（第七段豎帥字旗）將臺兩邊左右列着三五十對金鼓手、一齊發起擂來、品了三通畫角、發了三通擂鼓、（第八段發擂）教場裏面誰敢高聲、（第九段發擂罷）又見將臺上豎起一面淨平旗來、前後五軍一齊整肅、（第十段淨平旗）將臺上把一面引軍紅旗麾動、（第十一段引軍旗）只見鼓聲響處、（第十二段起鼓）五百軍列成兩陣、軍士各執器械在手、（第十三段列陣）將臺上又把白旗招動、兩陣馬軍齊齊地都立在面前、各把馬勒住、（第十四段衆將聽令）梁中書傳下令來、叫喚副牌軍周謹向前聽令、（第十五段傳下將令來）右陣裏周謹聽得呼喚、躍馬到廳前、跳下馬、插了鎗、暴雷也似聲箇大喏、（第十六段副軍聽令）梁中書道、着副牌軍施逞本身武藝、周謹得了將令、綽鎗上馬、在演武廳前左盤右旋、右盤左旋、將手中鎗使了幾路、衆人喝采、（第十七段副軍演藝）梁中書道、叫東京對撥來的軍健楊志、（第十八段又傳下將令）楊志轉過廳前唱箇大喏第十九段楊志聽令梁中書道楊志我知你原是東京殿司府制使軍官犯罪配來此間卽目盜賊猖狂國家用人之際你敢與周謹比試武藝高低如若贏得便遷你充其職役楊志道若蒙恩相差遣安敢有違鈞旨梁中書叫取一匹戰馬來教甲仗庫隨行官吏應付軍器教楊志披掛上馬與周謹比試楊志去廳後把夜來衣甲穿了拴束罷帶了頭盔弓箭腰刀手拿長鎗上馬從廳後跑將出來梁中書看了道着楊志與周謹先比鎗周謹怒道這箇賊配軍敢來與我交鎗第二十段楊志出馬誰知惱犯了這箇好漢來與周謹鬭武不因這番比試有分教楊志在萬馬叢中聞姓字千軍隊裏奪頭功畢竟楊志與周謹比試引出甚麼人來且聽下回分解

第五才子書施耐菴水滸傳卷之十六

第五才子書施耐菴水滸傳卷之十七

聖歎外書

第十二回

急先鋒東郭爭功
青面獸北京鬭武

古語有之畫咸陽宮殿易畫楚人一炬難畫舳艫千里易畫八月潮勢難今讀水滸至東郭爭功其安得不謂之畫火畫潮第一絕筆也夫梁中書之愛楊志止爲生辰綱伏線也乃愛之而將以重大托之定不得不先加意獨提拔之於是傳令次日大小軍官都至教場比試蓋其意止在周謹一分請受耳今觀其略寫使鎗詳寫弓馬亦可謂於教場中盡態極姸矣而殊不知作者滔滔浩浩莽莽蒼蒼之才殊未肯已也忽然堦下左邊轉出一箇索超一時遂若連彼梁中書亦似出於意

外也者而於是於兩漢未曾交手之前先寫梁中書者楊志好生披掛又借自巳好馬與他騎了於是李成亦便叫索超去加倍分付亦將自巳披掛戰馬全副借與當是時兩人跡未嘗動一步出一色而讀者心頭眼底巳自異樣驚魂動魄閃心搖膽却又放下兩人復寫梁中書走出月臺特特增出一把銀葫蘆頂茶褐羅三簷凉傘重放砲重發擂重是金鼓起重是紅旗黃旗白旗青旗招動然後托出兩員好漢來讀者至此其心頭眼底胡得不又爲之驚魂動魄閃心搖膽然而兩人固跡未嘗交手也至於正文只用一句戰到五十餘合不分勝負就此一句半路按住却重復寫梁中書看呆衆軍官喝采滿教場軍士們沒一箇不說李成聞達不住聲叫好鬪使讀者口中自說滿教場人而眼光自落在兩箇好漢兩匹戰馬兩般兵器上不惟書裏梁中書呆了連書外看書的人也呆了於是鳴金收軍而後重復正寫一句兩箇各要爭功那肯回馬如此行文眞是畫火畫潮天生絕筆自有筆墨未有此文自有此文未有此評嗚呼天下之樂第一莫若讀書讀書之樂第一莫若讀水滸卽又何恐不公諸天下後世之酒邊燈下之快人恨人也

如此一回大書愚夫讀之則以爲東郭爭功定是楊志分中一件驚天動地之事殊不知止爲後文生辰綱要重託楊志故從空結出兩層樓臺以爲梁中書愛楊志地耳故篇中凡寫梁中書加意楊志處文雖少是正筆寫與周謹索超比試處文雖絢爛縱橫是閒筆夫讀書而能識賓主旁正者我將與之徧讀天下之書也

看他齊臻臻地一教場人後來發放了大軍留下梁中書衆軍官索超楊志又發放了衆軍官留下梁中書索超楊志又發放了索超留下梁中書楊志嗟乎意在乎此矣寫大風者曰始於青蘋之末盛於土囊之口吾嘗謂其後當必重收到青蘋之末也今梁中書楊志所謂青蘋之末而教場比試所謂土囊之口讀者其何可以不察也

話說當時周謹楊志兩箇勒馬在於旗下正欲出戰交鋒只見兵馬都監聞達喝道且住自上廳來稟復梁中書道聞達稟復恩相論這兩箇比試武藝雖然未見本事高低鎗刀本是無情之物只宜殺賊勦寇今日軍中自家比試恐有傷損輕則殘疾重則致命此乃於軍不利可將兩根鎗去了鎗頭各用氊片包裹地下蘸了石灰再各上馬都與皁衫穿着但是鎗桿厮搠如白點多者當輸梁中書道言之極當隨即傳令下去兩箇領了言語向這演武廳後去了鎗尖都用氊片包了縛成骨朶身上各換了皁衫各用鎗去石灰桶裏蘸了石灰再各上馬出到陣前那周謹躍馬挺鎗直取楊志這楊志也拍戰馬撚手中鎗來戰周謹兩箇在陣前來來往往番番復復攪做一團紐做一塊鞍上人鬬人坐下馬鬬馬兩箇鬬了四五十合看周謹時恰似打翻了荳腐的斑斑點點約有三五十處看楊志時只有左肩胛上一點白寫周謹點多不足喜喜其寫楊志肩胛上亦有一點也梁中書大喜主句叫喚周謹上廳看了跡道前官衆你做箇軍中副牌量你這般武藝如何南征北討怎生做得正請受的副牌教楊志替此人職役管軍兵馬都監李成上廳稟復梁中書道李成稟周謹鎗法生疎弓馬熟閑豈眞有是事只圖又有一番悅目也不爭把他來逐了職事恐怕慢了軍心再教周謹與楊志比箭如何梁中書道言之極當再傳下將

令來叫楊志與周謹比箭兩箇得了將令都插了鎗各關了弓箭楊志就弓袋內取出那張弓來扣得端正擎了弓跳上馬跑到廳前立在馬上欠身稟復道恩相弓箭發處事不容情恐有傷損乞請鈞旨梁中書道武夫比試何慮傷殘但有本事射死勿論（與前厭鎗變化若更作抽矢去金便同兒戲矣）楊志得令回到陣前李成傳下言語叫兩箇比箭好漢各關與一面遮箭牌防護身體兩箇各領了遮箭防牌綰在臂上楊志道你先射我三箭（興哉此人險哉此文）後却還你三箭周謹聽了恨不得把楊志一箭射箇透明楊志終是箇軍官出身識破了他手段全不把他爲事當時將臺上早把青旗麾動楊志拍馬望南邊去（寫得好眞好看纏）周謹縱馬趕來將韁繩搭在馬鞍鞽上左手拿着弓右手搭上箭拽得滿滿地望楊志後心颼地一箭（寫得好後心二字故意嚇人眞正才子）楊志聽得背後弓弦響霍地一閃去鐙裏藏身那枝箭早射箇空（寫得好第一番）周謹見一箭射不着却早慌了（寫得好）再去壺中急取第二枝箭來搭上弓弦覷的楊志較親（寫得好覷得較親故意換一句嚇人）望後心再射一箭楊志聽得第二枝箭來却不去鐙裏藏身（寫得好）那枝箭風也似來（寫得好此句有掣電之能）楊志那時也取弓在手（出奇語看官少住試猜他欲如何）用弓梢只一撥那枝箭滴溜溜撥下草地裏去了（寫得好第二番）周謹見第二枝箭又射不着心裏越慌（寫得好）楊志的馬（承上心裏越慌則自應緊接第三枝箭矣却不接周謹箭却接出楊志馬怪哉文乎）早跑到教場盡頭霍地把馬一兜那馬便轉身望正廳上走回來（寫得好眞正心經手緯之文）周謹也把馬只一勒那馬也跑回就勢裏趕將來去那綠茸茸芳草地上八箇馬蹄翻盞撒鈸相似勃喇喇地風團兒也似般走（本是比試弓馬二事乃前兩番止敘得弓箭故於此處特地寫出馬來筆力神變之極非小家所能也）周謹再取第三枝箭搭在弓弦上扣得滿滿地儘平生氣力眼睜睜地看着楊志後心窩上只一箭射將來

須知周謹三箭皆是妙手蓋鐙裏藏身則箭過鞍上矣弓稍掠得着手綽得住則相去不能以寸矣

（寫得好務要故意嚇人便向後心上特特地加一句抑得滿滿地又加一句儘平生氣力又加一句）（眼睜睜地又加寫上二字妙絕）楊志聽得弓弦響紐回身就鞍上把那枝箭只一綽綽在手裏（寫得出色好第三番）便縱馬入演武廳前撇下周謹的箭（眞寫得好）梁中書見了大喜（主句）傳下號令卻叫楊志也射周謹三箭將臺上又把青旗麾動周謹撇了弓箭拿了防牌在手拍馬望南而走楊志在馬上把腰只一縱略將腳一拍那馬潑喇喇的便趕（此處卻不敘弓先敘馬法變）楊志先把弓虛扯一扯（寫得好）周謹在馬上聽得腦後弓弦響扭轉身來便把防牌來迎卻早接箇空（寫得好）周謹尋思道那廝只會使鎗不會射箭等他第二枝箭再虛詐時我便喝住了他便算我贏了周謹的馬早到敎場南盡頭（前兩枝箭發後方到盡頭此一枝箭未發已到盡頭蓋前放三箭處只須一箭故也）那馬便轉望演武廳來楊志的馬見周謹馬跑轉來那馬也便回身（前文楊志把馬一兜周謹亦把馬一勒今俱不用而馬便自轉回寫馬性情出神入化○蓋前文雖帶敘馬而意在箭今文帶敘箭而意在馬此作者爐錘之妙也）楊志早去壺中掣出一枝箭來搭在弓弦上心裏想道（寫得好○見楊志神箭綽然有餘）射中他後心窩（綽然有餘）必至傷了他性命他和我又沒冤讐酒家只射他不致命處便了（綽然有餘）左手如托太山右手如抱嬰孩弓開如滿月箭去似流星說時遲那時快（六句寫得好）一箭正中周謹左肩周謹措手不及翻身落馬那匹空馬直跑過演武廳背後去了（寫馬完匝）衆軍卒自去救那周謹去了梁中書見了大喜（主句）叫軍政司便呈文案來敎楊志截替了周謹職役楊志神色不動下了馬（寫馬完匝）便向廳前來拜謝恩相充其職役不想堦下左邊轉上一箇人來叫道休要謝職我和你兩箇比試楊志看那人時（楊志看一看）身材七尺以上長短面圓耳大脣闊口方腮邊一部落腮鬍鬚威風凜凜相貌堂堂（楊志看出相貌來）直到梁中書面前聲了喏稟道周謹患病未痊精神不到因此悞輸與楊志小將不才願與楊志比試

武藝如若小將折半點便宜與楊志你教截替周
謹便教楊志替了小將職役雖死而不怨梁中書
看時梁中書看一看不是別人卻是大名府留守司正牌
軍索超爲是他性急撮鹽入火爲國家面上只要
爭氣當先厮殺以此人都叫他做急先鋒梁中書看出姓
名來李成聽得便下將臺來直到廳前稟復道相公
道楊志既是殿司制使必然好武藝須和周謹不
是對手正好與索正牌比試武藝便見優劣梁中
書聽了心中想道我指望一力要擡舉楊志衆將
不伏一發等他贏了索超他們也死而無怨卻無
話說梁中書隨即喚楊志上廳問道你與索超比
試武藝如何楊志稟道恩相將令安敢有違梁中
書道既然如此你去廳後換了裝束好生披掛此寫
梁中書看意處當知不爲當日演武出色總爲後文生辰綱伏線耳教甲仗庫隨行
官吏取應用軍器給與就叫牽我的戰馬借與楊
志騎小心在意休覷得等閒異樣色澤楊志謝了自去

結束卻說李成分付索超道非愛李成愛索超也只爲如此一襯便令
梁中書之愛楊志加倍出色故特特加意寫來總爲生辰綱線索耳你卻難比別人
周謹是你徒弟先自輸了你若有些疎失喫他把
大名府軍官都看得輕了我有一匹慣曾上陣的
戰馬幷一副披掛都借與你小心在意休教折了
銳氣偏出一匹馬愈驟前文異樣色澤索超謝了也自去結束梁
中書起身走出堦前來從人移轉銀交椅直到月
臺欄干邊放下如此一段蒂索文字偏要寫他兩番又不重複又不蘇手眞是奇才
大筆梁中書坐定第一段左右祗候兩行第二段喚打傘
的撑開那把銀葫蘆頂茶褐羅三檐涼傘來蓋定
在梁中書背後第三段異樣景色前文所無將臺上傳下將令
第四段早把紅旗招動兩邊金鼓齊鳴第五段發一通
擂第六段去那教塲中兩陣內各放了箇砲第七段砲
響處索超跑馬入陣內藏在門旗下楊志也從陣
裏跑馬入軍中直到門旗背後第八段將臺上又把
黃旗招動第九段又發了一通擂第十段兩軍齊吶一

二將披掛五彩間錯處俱要記得分明凡此書有兩人相對處不寫打扮即已若寫打扮皆作

聲喊（第十一段）教場中誰敢做聲靜蕩蕩的（第十二段）再一聲鑼響扯起淨平白旗兩下衆官沒一箇敢走動胡言說話靜靜地立着（第十三段）將臺上又把青旗招動（第十四段）只見第三通戰鼓響處去那左邊陣內門旗下看看分開鸞鈴響處閃出正牌軍索超直到陣前（出索超）兜住馬（出馬）拿軍器在手（出兵器）果是英雄但見（衆人看出）頭戴一頂熟銅獅子盔（黑盔）腦後斗大來一顆紅纓（紅纓）身披一副鐵葉攢成鎧甲（鐵甲）腰繫一條鍍金獸面束帶（金帶）前後兩面青銅護心鏡（前後鏡）上籠着一領緋紅團花袍（紅袍）上面垂兩條綠絨縷頷帶（綠帶）下穿一雙斜皮氣跨靴（斜皮靴）左帶一張弓右懸一壺箭手裏橫着一柄金蘸斧（金蘸斧）坐下李都監那匹慣戰能征雪白馬（白馬好索超）右邊陣內門旗下看看分開鸞鈴響處楊志提手中鎗出馬直至陣前（楊志鎗馬一句出）勒住馬（馬）橫着鎗在手（鎗）果是勇猛但見頭戴一頂鋪霜耀日鑌鐵盔（白盔）上撒着

皆特地將五彩將錯配對而出不可紊過也○令快友相聚贈記水滸熟不成誦然終以略涉之故有負良史苦心實惟不少今願與天下快人約如遇書棚若樓從及水滸之次便當以楔索如何結束爲題以差漏一也爲罰一觴則無手可以與兩對

一把青纓（青纓）身穿一副鉤嵌梅花榆葉甲（銅甲）繫一條紅絨打就勒甲條（紅條）前後獸面掩心（前後獸面）上籠着一領白羅生色花袍（白袍）垂着條紫絨飛帶（紫帶）脚登一雙黃皮襯底靴（黃皮靴）一張皮靶弓數根鑿子箭手中挺着渾鐵點鋼鎗（渾鐵鎗）騎的是梁中書那匹火塊赤千里嘶風馬（紅馬好楊志）兩邊軍將暗暗地喝采雖不知武藝如何先見威風出衆（第十五段）正南上旗牌官拿着銷金令字旗驟馬而來喝道奉相公鈞旨教你兩箇俱各用心如有虧悞處定行責罰若是贏時多有重賞（第十六段）二人得令縱馬出陣都到教場中心兩馬相交（兩匹馬）二般兵器並舉（兩般兵器）索超忿怒輪手中大斧拍馬來戰楊志楊志逞威撚手中神鎗來迎索超兩箇在教場中間將臺前面二將相交各賭平生本事一來一往一去一回四條臂膊縱橫八隻馬蹄撩亂（第十七段）兩箇鬭到五十餘合不分勝敗（第十八段○此處已是五十餘合矣今欲出力寫二人不

菴也

一段寫滿教場眼睛都在兩人身上却不知作者眼睛乃在滿教場人身上也作者眼睛在滿教場人身上遂使讀者眼睛不覺在兩人身上眞是自有筆墨來有此文也○此段須知在史公項羽紀諸侯皆從壁上觀一句化出來

（相下處則即云一千餘合亦只是四箇字讀去全然無有精采也此特特以五十餘合句作一番又徧寫滿教場人好看作一番又以收軍鑼響不肯住句作一番於是讀者方覺爲時最久眞有戰苦陣雲深之數也）月臺上梁中書看得呆了（不寫索楊却去寫梁中書當知非寫梁中書也正深於寫索超楊志也）兩邊衆軍官看了喝采不迭（不寫索楊却去寫兩邊軍官）陣面上軍士們遞相厮覷道我們做了許多年軍也曾出了幾遭征何曾見這等一對好漢厮殺（不寫索楊却去寫陣上軍士）李成聞達在將臺上不住聲叫道好鬬（不寫索楊却去寫李成聞達○要看他凡四段每段還他一箇位置如梁中書則在月臺上衆軍官則在月臺上梁中書兩邊軍士們則在陣面上李成聞達則在將臺上又要看他每一等人有一等人身分如梁中書只是呆了是箇文官身分衆軍官便喝采是箇衆官身分軍士們便說出許多話是衆人身分李成聞達叫好鬬是兩箇大將身分眞是如花似火之文○第十九段）聞達心里只恐兩箇內傷了一箇慌忙招呼旗牌官拿着令字旗與他分了將臺上忽的一聲鑼響（第二十段）楊志和索超鬬到是處各自要爭功那里肯回馬（第二十一段○寫二人又帶寫二馬）旗牌官飛來叫道兩箇好漢歇了相公有令（第二十二段）楊志索超兩箇人方纔收了手中軍器（兩般兵器）勒坐下馬（兩匹馬）各跑回本陣來（第二十三段）立馬在旗下（收到兩陣門旗下妙絕）看那梁中書（收到梁中書）只等將令（收完許多紅旗黃旗白旗青旗）李成聞達下將臺來直到月臺下（精細庠序）稟覆梁中書道相公據這兩箇武藝一般皆可重用梁中書大喜（王卟）傳下將令喚楊志索超旗牌官傳令喚兩箇到廳前（梁中書不自喚精細庠序○第二十四段）都下了馬（兩匹馬）小較接了二人的軍器（兩般兵器）兩箇都上廳來（兩箇上廳來○）躬身聽令（第二十五段）梁中書叫取兩錠白銀兩副表裏來賞賜二人就叫軍政司將兩箇都陞做管軍提轄使便叫貼了文案從今日便叅了他兩箇索超楊志都拜謝了梁中書（謝中書）將着賞賜下廳來（下廳來）解了鎗刀弓箭卸了頭盔衣甲換了衣裳索超也自去了披掛換了錦襖（精細庠序）都上廳來（上廳來）再拜謝了衆軍官（謝衆軍官）梁中書叫索超楊志兩箇也見了禮（兩峰勞捧至此突然併合妙絕）入班做了提轄衆軍卒便打着

得勝鼓把着那金鼓旗先散（發放滿教場人留下梁中書衆軍官索超楊志）梁中書和大小軍官都在演武廳上筵宴看看紅日沉西筵席已罷梁中書上了馬衆官員都送歸府馬頭前擺着這兩箇新叅的提轄上下肩都騎着馬頭上都帶着紅花迎入東郭門來（餘勢猶勁）兩邊街道扶老攜幼都看了歡喜梁中書在馬上問道你那百姓歡喜為何衆老人都跪了稟道老漢等生在北京長在大名從不曾見今日這等兩箇好漢將軍比試今日教場中看了這般敵手如何不歡喜（半日敘滿教場喝采讀者止謂若干軍卒然已極多矣忽然於大軍散去之後梁中書回府之時有意無意補出一大名城百姓來遂令讀者陡然回想適纔交馬時人山人海不是前番讀府氣象也可謂咄咄怪事矣）梁中書在馬上聽了大喜回到府中衆官各自散了（發放衆官留下梁中書索超楊志）索超自有一班弟兄請去作慶飲酒（發放索超留下梁中書楊志）楊志新來未有相識自去梁府宿歇早晚慇懃聽候使喚（滿教場中人山人海却一次一齊先發放衆軍又發放衆官又發放索超單單剩下楊志一箇與梁中書一箇一樣兒往着慇懃親熱異哉如此一回大書乃正為此一句為生辰綱作伏線耳彼細儒惡足以知之）都不在話下且把這閒話丟過只說正話

已上如許一篇大文却只算做閒話須知

自東郭演武之後梁中書十分愛惜楊志早晚與他並不相離（伏線有勁弓怒馬之勢）月中又有一分請受自漸漸地有人來結識他（閒筆）那索超見了楊志手段高強心中也自欽伏（閒筆）不覺光陰迅速又早春盡夏來時逢端午（生辰近矣）蕤賓節至梁中書與蔡夫人（陡然寫出三箇字來如離似合如急似緩妙筆）在後堂家宴慶賀端陽酒至數杯食供兩套（八字寫盡驕妻弱婿之苦）只見蔡夫人道（蔡夫人道寫盡驕妻只見寫盡弱婿蔡夫人道者言梁中書不敢則聲也只見者言梁中書不敢旁視也）相公自從出身今日為一統帥掌握國家重任這功名富貴從何而來梁中書道世傑（妻前夫名勢在則禮然也）自幼讀書頗知經史人非草木豈不知泰山之恩提攜之力感激不盡蔡夫人道相公既知我父親恩德如何忘了他生辰梁中書道下官如何不記得泰山是六月十五日生辰（六月十五日下文都從此五字着筆）

上文紀時。亦遠遠使寫此五字也。已使人將十萬貫收買金珠寶貝送上京師慶壽一月之前幹人都關領去了見今九分齊備數日之間也待打點停當差人起程只是一件在此躊躇上年收買了許多玩器并金珠寶貝使人送去不到半路盡被賊人刼了枉費了這一遭財物至今嚴捕賊人不獲先用一襯。妙絕。○俗筆不知此一襯。則下文為突。若必要寫出一件事在前則又是痴人做夢矣。今年叫誰人去好蔡夫人道帳前見有許多軍較你還擇知心腹的人去便了梁中書道尚有四五十日早晚催併禮物完足那時選擇去人未遲夫人不必掛心世傑自有理會當日家宴午牌至二更方散自此不在話下

却說山東濟州鄆城縣新到任一箇知縣姓時名文彬當日陞廳公座左右兩邊排着公吏人等知縣隨即叫喚尉司捕盜官員并兩箇巡捕都頭本縣尉司管下有兩箇都頭一箇喚做步兵都頭一箇喚做馬兵都頭這馬兵都頭管着二十匹坐馬弓手二十箇土兵那步兵都頭管着二十箇使鎗的頭目二十箇土兵雖是知縣衙門。亦必要敘。然亦特地寫此一番小小景象。與前教場中大鋪排作映耀也。這馬兵都頭姓朱名仝身長八尺四五有一部虎鬚髯長一尺五寸面如重棗目若朗星似關雲長模樣滿縣人都稱他做美髯公原是本處富戶只因他仗義疎財結識江湖上好漢學得一身好武藝那步兵都頭姓雷名横身長七尺五寸紫棠色面皮有一部扇圈鬍鬚為他膂力過人能跳三二丈濶澗滿縣人都稱他做插翅虎原是本縣打鐵匠人出身後來開張碓房殺牛放賭雖然仗義只有些心地匾窄也學得一身好武藝那朱仝雷横兩箇專管擒拿賊盜當日知縣呼喚兩箇上廳來聲了喏取台旨知縣道我自到任以來聞知本府濟州管下所屬水鄉梁山泊賊盜聚衆打刼拒敵官軍提綱。亦恐各鄉村盜賊猖狂小人甚多今喚你等兩箇休辭辛苦與我

將帶本管土兵人等，一箇出西門，一箇出東門，分投巡捕。若有賊人，隨即勦獲申解，不可擾動鄉民。體知東溪村山上有株大紅葉樹，別處皆無，你們衆人採幾片來縣裡呈納，方表你們會巡到那里。若無紅葉，便是汝等虛妄，定行責罰不恕。（輕輕而起）兩箇都頭領了台旨，各自回歸，點了本管土兵，分投自去巡察。不說朱仝引人出西門自去巡捕，只說雷橫當晚引了二十箇土兵出東門，遶村巡察，遍地里走了一遭，回來到東溪村山上，衆人採了那紅葉，就下村來。行不到三二里，早到靈官廟前，見殿門不關。雷橫道：這殿裏又沒有廟祝，殿門不關，莫不有歹人在裏面麼？我們直入去看一看。衆人拿着火一齊焰將入來，只見供卓上赤條條地睡着一箇大漢。（一句寫出好漢顧盼非常來，不然，供卓上赤條條從不曾連作一句也。）天道又熱，那漢子把些破衣裳團做一塊作枕頭，枕在項下，（好看。○枕頭也，乃云項下，寫盡粗人沉睡光景。）齁齁的沉睡着了在供卓上。雷橫看了道：好怪，好怪！知縣相公忒神明，原來這東溪村眞箇有賊。大喝一聲，那漢却待要掙挫，被二十箇土兵一齊向前，把那漢子一條索子綁了，押出廟門，投一箇保正莊上來。不是投那箇去處，有分教：東溪村裏，聚三四籌好漢英雄；鄆城縣中，尋十萬貫金珠寶貝。正是：天上罡星來聚會，人間地煞得相逢。畢竟雷橫拿住那漢投解甚處來，且聽下回分解。

第五才子書施耐菴水滸傳卷之十八

聖歎外書

第十三回

赤髮鬼醉卧靈官殿
晁天王認義東溪村

一部書共計七十回前後凡叙一百八人而晁蓋則其提綱挈領之人也晁蓋提綱挈領之人則應下筆第一回便與先叙先叙晁蓋已得停當然後從而因事造景次第叙出一百八箇人來此必然之事也乃今上文已放去一十二回到得晁蓋出名書已在第十三回我因是而想有有全書在胸而始下筆著書者有無全書在胸而姑涉筆成書者如以晁蓋為一部提綱挈領之人而欲第一回便先叙起此所謂無全書在胸而姑涉筆成書者也若既已以晁蓋為一部提綱挈領之人而又不得不先放去一十二回直至第十三回方與出名此所謂有全書在胸而後下筆著書者也夫欲有全書在胸而後下筆著書此其以一部七十回一百有八人輪廻搁疊於眉間心上夫豈一朝一夕而已哉觀鴛鴦而知金針讀古今之書而能識其經營予日欲得見斯人矣

加亮初出草廬第一句曰人多做不得人少亦做不得至哉言乎雖以治天下豈復有遺論哉然而人少做不得一語人固無賢無愚無不能知之也若夫人多亦做不得一語則無賢無愚未有能知之者也嗚呼君不密則失臣臣不密則失身豈惟民可使繇不可使知周禮建官三百六十實惟使繇不使知之屬也樞機之地惟是二三公孤得與聞之人多做不得豈非王道治天下之要論耶惡可

以其稗官之言也而忽之哉一部書一百八人聲施爛然而爲頭是晁蓋先說做下一夢嗟呼可以悟矣夫羅列此一部書一百八人之事跡豈不有哭有笑有讚有罵有讓有奪有成有敗有俛首受辱有提刀報仇然而爲頭先說是夢則知無一而非夢也大地夢國古今夢影榮辱夢事衆生夢魂豈惟一部書一百八人而已盡大千世界無不同在一局求其先覺者自大雄氏以外無聞矣眞蕉假鹿紛然成訟長夜漫漫胡可勝歎

話說當時雷橫來到靈官殿上見了這條大漢睡在供卓上衆土兵上前把條索子綁了捉離靈官殿來天色却早是五更時分雷橫道我們且押這廝去晁保正莊上討些點心喫了（無端曲折而來）却解去縣裏取問一行衆人却都奔這保正莊上來原來那東溪村保正姓晁名蓋祖是本縣本鄉富戶平生仗義疎財專愛結識天下好漢但有人來投奔他的不論好歹（斷定晁蓋。○活畫出晁蓋有麄無細來）便留在莊上住若要去時又將銀兩齎助他起身最愛刺鎗使棒亦自身强力壯不娶妻室終日只是打熬筋骨鄆城縣管下東門外有兩箇村坊一箇東溪村一箇西溪村只隔着一條大溪當初這西溪村常常有鬼白日迷人下水聚在溪裏無可奈何忽一日有箇僧人經過村中人備細說知此事僧人指箇去處教用青石鑿箇寶塔放於所在鎭住溪邊其時西溪村的鬼都趕過東溪村來（亦暗射石碣鎭魔事）那時晁蓋得知了大怒從溪裏走將過去把青石寶塔獨自奪了過來東溪邊放下（亦暗射開碣走魔事）因此人皆稱他做托塔天王晁蓋獨霸在那村坊江湖都聞他名字那早雷橫并土兵押着那漢來到莊前敲門莊裏莊客聞知報與保正此時晁蓋未起聽得報是雷都頭到來慌忙叫開門莊客開得莊門衆土兵先把那漢子吊在門房裏雷橫自引了十數箇爲頭的人到草堂上坐下晁蓋起來接待動問道都頭有甚公幹到這里雷橫答道奉知縣相公鈞旨着我與朱仝兩箇引了部下土兵分投下鄉村各處巡捕賊盜因走得力乏欲得少歇逕投貴莊暫息有驚保正安寢晁蓋道這箇何妨一面叫莊客安排酒食管待先把湯來喫晁蓋動問道敝村曾拿得箇把小賊麼雷橫道却纔前面靈官殿上有箇大漢睡着在那里我看那廝不是良善君子一定是醉了就便睡着我們把索子縛綁了本待便解去縣裏見官一者忒早些二者也要教保正知道恐日後父母官問時保正也好答應見今吊在貴莊門房裏晁蓋聽了記在心宰相如此便是賢宰相也稱謝道多虧都頭見報少刻莊客捧出盤饌酒食晁蓋喝道此間不好說話不如去後廳軒下少坐

引開雷橫便叫莊客裏面點起燈燭請都頭到裏面酌盃晁蓋坐了主位雷橫坐了客席兩箇坐定莊客鋪下菓品按酒菜蔬盤饌莊客一面篩酒晁蓋又叫置酒與土兵衆人喫引開衆人莊客請衆人都引去廊下客位裏管待大盤酒肉只管叫衆人喫晁蓋一頭相待雷橫喫酒一面自肚裏尋思宰相如此便是賢宰相也村中有甚小賊喫他拿了我且自去看是誰宰相如此便是賢宰相也相陪喫了五七杯酒便叫家裏一箇主管出來陪奉都頭坐一坐我去淨了手便來那主管陪侍着雷橫喫酒晁蓋却去裏面拿了箇燈籠逕來門樓下看時土兵都去喫酒沒一箇在外面明畫之甚晁蓋便問看門的莊客都頭拿的賊吊在那里莊客道在房門裏關着晁蓋去推開門打一看時只見高高吊起那漢子在裏面露出一身黑肉下面抓扎起兩條黑魆魆毛腿赤着一雙脚先作麁看一番晁蓋把燈炤那人臉時紫黑闊臉鬢邊一搭硃

砂記上面生一片黑黃毛（又作細看一番○只一看必分作兩番寫來何等筆法）晁蓋便問道漢子你是那里人我村中不曾見有你那漢道小人是遠鄉客人來這里投奔一箇人（偏不直說出來）却把我來拿做賊我須有分辯處晁蓋道你來我這村中投奔誰那漢道我來這村中投奔一箇好漢（偏還不直說出來）晁蓋道這好漢叫做甚麼那漢道他喚做晁保正（凡作兩番敲拍至第三番忽然劈面迎來何等筆法）晁蓋道你却尋他有甚勾當那漢道他是天下聞名的義士好漢如今我有一套富貴（奇語）要與他說知（奇文忽起有山從人面雲向馬頭之勢）因此而來晁蓋道你且住（上文一套富貴乃出色奇論讀者於此幾有目不及眨之樂乃陡然只用三箇字橫風吹斷看他一起一跌皆極文章之致也）只我便是晁保正却要我救你你只認我做娘舅之親少刻我送雷都頭那人出來時你便叫我做阿舅我便認你做外甥只說四五歲離了這里今番來尋阿舅因此不認得那漢道若得如此救護深感厚恩義士提攜則個當時

晁蓋提了燈籠自出房來仍舊把門拽上（細）急入後廳來見雷橫說道甚是慢客雷橫道多多相擾理甚不當兩箇又喫了數杯酒只見窗子外射入天光來雷橫道東方動了小人告退好去縣中畫卯晁蓋道都頭官身不敢久留若再到敝村公幹千萬來走一遭雷橫道却得再來拜望請保正免送（救作一曲）晁盖道却罷也送到莊門口（文情曲曲折折並無一筆直寫）兩箇同走出來那夥土兵衆人都得了酒食喫得飽了各自拿了鎗棒便去門房裏解了那漢背剪縛着帶出門外晁蓋見了說道好條大漢（如未嘗見者寫得妙絕）雷橫道這廝便是靈官廟裏捉的賊說猶未了只見那漢叫一聲阿舅救我則箇晁蓋假意看他一看（宛然出自意外光景）喝問道兀的這廝不是王小三麼那漢道我便是阿舅救我衆人喫了一驚雷橫便問晁蓋道這人是誰如何却認得保正晁蓋道原來是我外甥王小三這廝如何在廟裏歇（偏作

（疑惑語妙絕）乃是家姐的孩兒從小在這里過活四五歲時隨家姐夫和家姐上南京去住一去了十數年這厮十四五歲又來走了一遭（所以認得阿舅）跟箇本京客人來這里販賣向後再不曾見面（所以不認得莊上去卧靈官廟裏）多聽得人說這厮不成器如何却在這里（偏作疑惑語妙絕）小可本也認他不得爲他鬢邊有這一搭硃砂記因此影影認得（偏作疑惑不肯十分相認語妙絕）晁蓋喝道小三你如何不逕來見我却去村中做賊（偏自陷他是賊妙絕）那漢叫道阿舅我不曾做賊晁蓋喝道你既不做賊如何拿你在這里（罵小三却正是駁雷橫妙絕）奪過士兵手裏棍棒劈頭劈臉便打（偏不勸偏要打妙絕）雷橫幷衆人勸道（晁蓋不勸雷橫雷橫反勸晁蓋妙絕）且不要打聽他說那漢道阿舅息怒且聽我說自從十四五歲時來走了這遭如今不是十年了昨夜路上多喫了一杯酒不敢來見阿舅權去廟裏睡得醒了却來尋阿舅不想被他們不問事繇將我拿了却不曾做賊晁蓋拿起棍來又要打口裏罵道畜生你却不逕來見我且在路上貪噇這口黃湯我家中沒得與你喫辱沒殺人（是阿舅語已去做賊二字矣）雷橫勸道（雷橫勸妙絕）保正息怒你令甥本不曾做賊（晁蓋偏要陷是賊雷橫極辨不是賊妙絕）我們見他偌大一條大漢在廟裏睡得蹺蹊亦且面生又不認得因此設疑捉了他來這里若早知是保正的令甥定不拿他喚士兵快解了綁縛的索子放還保正衆士兵登時解了那漢雷橫道保正休怪早知是令甥不致如此甚是得罪小人們回去晁蓋道都頭且住請入小莊再有話說雷橫放了那漢一齊再入草堂裏來晁蓋取出十兩花銀送與雷橫說道都頭休嫌輕微望賜笑留（寫晁蓋不欲其說廟中之人也）雷橫道不當如此晁蓋道若是不肯收受時便是怪小人雷橫道既是保正厚意權且收受改日却得報答晁蓋叫那漢拜謝了雷橫晁蓋又取些銀兩賞了衆士兵（不欲其說廟中之人也）再

送出莊門外雷橫相別了引着土兵自去晁蓋却同那漢到後軒下取幾件衣裳與他換了取頂頭巾與他帶了（可笑）便問那漢姓甚名誰何處人氏那漢道小人姓劉名唐祖貫東潞州人氏因這鬢邊有這搭硃砂記人都喚小人做赤髮鬼（托塔天王家裏却有赤髮鬼來可發一笑）特地送一套富貴來與保正哥哥昨夜晚了因醉倒廟裏不想被這廝們捉住綁縛了來今日幸得在此哥哥坐定受劉唐四拜拜罷晁蓋道你且說送一套富貴與我見在何處劉唐道小人自幼飄蕩江湖多走途路專好結識好漢往往多聞哥哥大名不期有緣得遇曾見山東河北做私商的多曾來投奔哥哥因此劉唐敢說這話（不惟道破晁蓋亦圖便於着筆）這里別無外人方可傾心吐膽對哥哥說晁蓋道這里都是我心腹人但說不妨劉唐道小弟打聽得北京大名府梁中書收買十萬貫金珠寶貝玩器等物送上東京與他丈人蔡太師慶生辰去年也曾送十萬貫金珠寶貝來到半路裏不知被誰人打劫了至今也無捉處今年又收買十萬貫金珠寶貝早晚安排起程要趕這六月十五日生辰小弟想此一套是不義之財取之何礙（可見是義旗）便可商議箇道理去半路上取了天理知之也不為罪（可見是義旗）聞知哥哥大名是箇眞男子武藝過人小弟不才頗也學得本事休道三五箇漢子便是一二千軍馬隊中拿條鎗也不懼他（特表劉唐却用劉唐口自出之便甚）倘蒙哥哥不棄時情願相助一臂不知哥哥心內如何晁蓋道壯哉且再計較（正說得入港讀者又當眼不及眨矣却陡然又用六箇字橫風吹斷一起一跌再起再跌眞文章之極致也）你既來這里想你喫了些艱辛且去客房裏將息少歇待我從長商議來日說話晁蓋叫莊客引劉唐廊下客房裏歇息莊客引到房中也自去幹事了且說劉唐在房裏尋思道（放過晁蓋再從劉唐身上生出文情有千丈游絲縈花粘草之妙）我着甚來辭苦惱這遭多虧晁蓋

完成解脫了這件事只叵耐雷橫那廝平白地要陷我做賊把我吊這一夜想那廝去未遠我不如拿了條棒趕上去齊打翻了那廝們却奪回那銀子送還晁蓋也出一口惡氣此計大妙此非寫劉唐小忿蓋圖曲曲轉出吳學究來所謂文生情情生文皆極不易之事也○俗本作平白騙了晁蓋十兩銀子我奪來還了他他必然敬我此成何等語劉唐便出房門去鎗架上拿了一條朴刀便出莊門大踏步投南趕來此時天色已明却早望見雷橫引着土兵慢慢地行將去劉唐趕上來大喝一聲兀那都頭不要走雷橫喫了一驚回過頭來見是劉唐撚着朴刀趕來雷橫慌忙去土兵手裏寫出不意奪條朴刀拿着鎗架上拿條朴刀是不曾帶朴刀來者土兵手裏奪條朴刀亦是不曾帶朴刀來者雖極不經意處都寫得精細妙手喝道你那廝趕將來做甚麽劉唐道你曉事的留下那十兩銀子還了我我便饒了你雷橫道是你阿舅送我的干你甚事我若不看你阿舅面上直結果了你這廝性命劃地問我取銀子劉唐道我須不是賊你却把我吊了一夜又騙我阿舅十兩銀子是會的將來還我佛眼相看你若不還我叫你目前流血雷橫大怒指着劉唐大罵道辱門敗戶的謊賊怎敢無禮劉唐道你那詐害百姓的腌臢潑才怎敢罵我雷橫又罵道賊頭賊臉賊骨頭必然要連累晁蓋你這等賊心賊肝我行須使不得劉唐之來止為寃之為賊耳却偏用無數賊字痛罵之雖承前文作波實為後文作引也劉唐大怒道我來和你見箇輸贏撚着朴刀直奔雷橫雷橫見劉唐趕上來呵呵大笑挺手中朴刀來迎兩箇就大路上廝併了五十餘合不分勝敗衆土兵見雷橫贏劉唐不得却待都要一齊上併他只見側首籬門開處一箇人掣兩條銅鍊叫道看他如此寫出來你們兩箇好漢且不要鬬我看了多時權且歇一歇我有話說便把銅鍊就中一隔兩箇都收住了朴刀跳出圈子外來立住了脚看那人時兩箇看出一箇似秀才打扮戴一頂桶子樣抹眉梁頭巾

穿一領皂沿邊麻布寬衫腰繫一條茶褐鑾帶下面絲鞋淨襪生得眉清目秀面白鬚長這人乃是智多星吳用表字學究道號加亮先生祖貫本鄉人氏加亮二字後文要一片精神發付之手提銅鍊指着劉唐叫道那漢且住你因甚和都頭爭執劉唐光着眼看吳用道不干你秀才事寫得妙使秀才羞殺○雖是借題調侃秀才語然實反襯後文無事不干此人以為文章波折也雷橫便道教授不知這厮夜來赤條條地睡在靈官廟裏被我們拏了這厮帶到晁保正莊上原來却是保正的外甥看他母舅面上放了他晁保正請我們喫了酒送些禮物與我這厮瞞了他阿舅直趕到這里問我取你道這厮大膽麼吳用尋思道晁蓋我都是自幼結交但有些事便和我相議計較他的親眷相識我都知道不曾見有這箇外甥亦且年甲也不相登必有些蹺蹊我且勸開了這場鬧却再問他吳用便道一勸大漢休執迷你的母舅與我至交又和這都頭

亦過得好他便送些人情與這都頭你却來討了也須壞了你母舅面皮且看小生面我自與你母舅說劉唐道秀才你不省得寫得妙使秀才羞殺○雖是調侃秀才亦反襯後文此人無件不省得也這箇不是我阿舅甘心與他他詐取了我阿舅的銀兩若是不還我誓不回去雷橫道只除是保正自來取便還他却不還你劉唐道你屈寃人做賊詐了銀子怎的不還雷橫道不是你的銀子不還不還劉唐道你不還只除問得我手裏朴刀肯便罷奇語○勸不住故妙只因勸不住便生出後文晁吳相見機會來若使一勸即住便殊非此一段書之故也吳用又勸你兩箇鬭了半日又沒輸贏只管鬭到幾時是了又勸劉唐道他不還我銀子直和他拚箇你死我活便罷雷橫大怒道我若怕你添箇土兵來併你也不筭好漢我自好歹搠翻你便罷劉唐大怒拍着胸前叫道不怕不怕便趕上來如畫這邊雷橫便指手劃脚也趕攏來如畫兩箇又要厮併這吳用橫身在裏面勸那里

勸得住（三勸如畫）○劉唐撚着朴刀只待鑽將過來雷横口裏千賊萬賊價罵挺朴刀正待要鬬（如畫）只見衆土兵指道保正來了劉唐回身看時只見晁蓋披着衣裳前襟攤開從大路上趕來（如畫○寫得一時拉雜如火）大喝道畜生不得無禮那吳用大笑道須是保正自來方纔勸得這場鬧晁蓋趕得氣喘問道怎的趕來這里鬬朴刀（不知高低語）雷横道你的令甥拏着朴刀趕來問我取銀子小人道不還你我自送還保正非干你事他和小人鬬了五十合教授解勸在此晁蓋道這畜生小人並不知道都頭看小人之面請回自當改日登門陪話雷横道小人也知那廝胡爲不與他一般見識又勞保正遠出作別自去不在話下且說吳用對晁蓋說道不是保正自來幾乎做出一場大事這箇令甥端的非凡（凡一箇好漢出現必有一番出色語今是劉唐出現處故特地寫出八箇字爲他出色雷横此時只算陪客不妨權讓一步也）是好武藝小生在籬笆裏看了這箇

有名慣使朴刀的雷都頭也敵不過（又能帶表雷横）只辦得架隔遮攔若再鬬幾合雷横必然有失性命因此小生慌忙出來間隔了這箇令甥從何而來（令甥如何云從何而來豈不聞甥不出舅耶）往常時莊上不曾見有晁蓋道却待正要來請先生到敝莊商議句話正欲使人來只見不見了他鎗架上朴刀又沒了（聞心妙筆）只見牧童報說一箇大漢（莊主令甥牧童却呼大漢加亮面前露此馬脚寫得妙絕）拏條朴刀望南一直趕去我慌忙隨後追得來早是得教授諫勸住了請尊步同到敝莊有句話計較計較那吳用還至書齋掛了銅鍊在書房裏分付主人家道學生來時說道先生今日有幹（細）權放一日假拽上書齋門將鎖鎖了同晁蓋劉唐到晁家莊上晁蓋徑邀了後堂深處分賓而坐吳用問道保正此人是誰（直問是誰妙蓋大漢之稱已請到九分矣）晁蓋道此人江湖上好漢姓劉名唐是東潞州人氏因此有一套富貴特來投奔我夜來他醉臥在靈官

廟裏却被雷横捉了拏到我莊上我因認他做外甥方得脫身他說有北京大明府梁中書收買十萬貫金珠寶貝送上東京與他丈人蔡太師慶生辰早晚從這里經過此等不義之財取之何礙他來的意正應我一夢又忽然撰出一夢奇情妙筆此處爲一部大書提綱挈領之處晁蓋爲一部大書提綱挈領之人而爲頭先是一夢可見一百八人七十卷書都無實事我昨夜夢見北斗七星直墜在我屋脊上斗柄上另有一顆小星化道白光去了一部大書羅列一百八座星辰此處乃忽然撰出一夢先提出北斗七星夫北斗七星者衆星之所環拱也晁蓋爲此泊之杓於斯驗矣我想星炤本家安得不利今早正要來請教授商議此一件事若何吳用笑道小生見劉兄趕得來蹺蹊也猜箇七八分了此一事却好只有一件人多做不得人少又做不得十字千古名言可謂宅初出茅蘆第一語矣上空有許多莊客一箇也用不得如今只有保正劉兄小生三人這件事如何團弄此二句向保正說下二語向劉唐說看他寫來宛然三箇人議事廻頭轉耳左顧右盼也便是保正與兄十分了得也擔負不下此二語向劉唐說這段事須得七八箇好漢方可多也無用寫得料事如神加亮之號不虛也晁蓋道莫非要應夢中星數吳用便道兄長這一夢也非同小可莫非北地上再有扶助的人來尋思了半晌眉頭一縱計上心來說道有了有了看他反先插公孫又思三阮筆勢夭矯之極晁蓋道先生既有心腹好漢可以便去請來成就這件事吳用不慌不忙疊兩箇指頭說出幾句話來有分教東溪莊上聚義漢翻作强人石碣村中打魚船權爲戰艦正是指揮說地談天口來做翻江攪海人畢竟智多星吳用說出甚麼人來且聽下回分解

第五才子書施耐菴水滸傳卷之十九

聖歎外書

第十四回

吳學究說三阮撞籌
公孫勝應七星聚義

水滸之始也始於石碣水滸之終也終於石碣石碣之爲言一定之數固也然前乎此者之石碣蓋托始之例也若水滸之一百八人則自有其始也一百八人自有其始則又宜何所始其必始於石碣矣故讀阮氏三雄而至石碣村字則知一百八人之入水滸斷自此始也

阮氏之言曰人生一世草生一秋嗟乎意盡乎言矣夫人生世間以七十年爲大凡亦可謂至暫也乃此七十年也者又夜居其半日僅居其半焉抑又不寧惟是而已在十五歲以前蒙無所識知則猶擲之也至於五十歲以後耳目漸廢腰髖不隨則亦不如擲之也中間僅僅三十五年而風雨占之疾病占之憂慮占之饑寒又占之然則如阮氏所謂論秤秤金銀成套穿衣服大碗喫酒大塊喫肉者亦有幾日乎耶而又況乎有終其身曾不得一日也者故作者特於三阮名姓深致歎焉曰立地太歲曰活閻羅中間則曰短命二郎嗟乎生死迅疾人命無常富貴難求從吾所好則不著書其又何以爲活也

加亮說阮其曲折迎送人所能也其漸近即縱之旣縱即又另起一頭復漸漸逼近之眞有如諸葛之於孟獲者此定非人之所能也故讀說阮一篇當玩其筆頭落處不當隨其筆尾去處葢讀稗史亦有法矣

話說當時吳學究道我尋思起來有三箇人義膽

包身武藝出衆敢赴湯蹈火同死同生只除非得這三箇人方纔完得這件事晁蓋道這三箇却是甚麼樣人姓甚名誰何處居住吳用道這三箇人是弟兄三箇在濟州梁山泊邊石碣村住此書始於石碣終於石碣然所以始之終之者必以中間石碣爲提綱此撞籌之旨也日常只打魚爲生亦曾在泊子裏做私商勾當本身姓阮弟兄三人一箇喚做立地太歲阮小二妙合弟兄三人輩名可發一歎蓋太歲生方也閻羅死王也生死相續中間又是短命則安得又不著書自娛以消永日也一箇喚做短命二郎阮小五妙一箇喚做活閻羅阮小七妙小七是七小二小五合成七小五喚做二郎又獨自成七三人離合凡得三箇七焉籌亦三七二十一爲少陽之數也一百八人必自居於陽者明非陰氣所鍾也而必退處於少者所以尊朝廷也這三箇是親弟兄小生舊日在那里住了數年與他相交時他雖是箇不通文墨的人非罵文人也正自表此書在無文墨處結撰停當然後發而爲文墨讀者定不當以文墨求之也應知世間蓋天蓋地奇書皆從不通文墨處來爲見他與人結交真有義氣是箇好男子因此和他來往今已好兩年不曾相見

若得此三人大事必成晁蓋道我也曾聞這阮家三弟兄的名字只不曾相會石碣村離這里只有百十里以下路程何不使人請他們來商議吳用道着人去請他們如何肯來又道是不通之人卻又如許自愛其鼎嗟乎今世之通文墨者又何其營營於人之門戶驅之而猶不欲去也小生必須自去那里憑三寸不爛之舌說他們入夥晁蓋大喜道先生高見二字讀得妙蓋深以禮賢下士爲急務也幾時可行吳用答道事不宜遲只今夜三更便去明日晌午可到那里晁蓋道最好當時叫莊客且安排酒食來喫吳用道北京到東京也曾行過只不知生辰綱從那條路來再煩劉兄休辭生受連夜去北京路上探聽起程的日期端的從那條路上來劉唐道小弟只今夜也便去吳用道且住他生辰是六月十五日如今却是五月初頭尚有四五十日等小生先去說了三阮弟兄回來那時卻教劉兄去此一段非閒文乃特爲公孫勝來作地也○後公孫勝來了劉唐便不復去文中竟不說明有疏密互見之妙晁

蓋道也是劉兄弟只在我莊上等候話休絮煩當日喫了半晌酒食至三更時分吳用起來洗漱罷喫了些蚤飯討了些銀兩藏在身邊穿上草鞋晁蓋劉唐送出莊門吳用連夜投石碣村來行到晌午時分蚤來到那村中吳學究自來認得不用問人來到石碣村中逕投阮小二家來到得門前看時只見枯椿上纜着數隻小漁船疎籬外晒着一張破魚網倚山傍水約有十數間草房寫來入畫吳用叫一聲道二哥在家麼只見阮小二走將出來看他兄弟三人逐箇敘出有山斷雲連水斜橋接之妙頭戴一頂破頭巾身穿一領舊衣服赤着雙腳出來見了是吳用慌忙聲喏道教授何來甚風吹得到此吳用答道有些小事特來相浼二郎阮小二道有何事但說不妨吳用道小生自離了此間又蚤二年如今在一箇大財主家做門館他要辦筵席用着十數尾重十四五斤的金色鯉魚因此特地來相投足下阮小二

笑了一聲說道小人且和教授喫三杯卻說寫小二機却不遠處妙絕吳用道小生的來意也正欲要和二哥喫三杯吳用說三阮只用一箇順他性格順他口語之法一篇皆然蓋深得控御豪傑之術者也阮小二道隔湖有幾處酒店我們就在船裏蕩將過去吳用道最好也要就與五郎說句話不知在家也不在看他如此去並不着意要見五郎下文叫七哥二字亦然只如無心中說閒話過閒人也者此史公敘事之法也阮小二道我們一同去尋他便了兩箇來到泊岸邊枯椿上纜的小船解了一隻如畫便扶着吳用如畫下船去了樹根頭如畫拿了一把樺楸只顧蕩蚤蕩將開去望湖泊裏來正蕩之間只見阮小二把手一招生於斯者習於斯則或從蜜樹中或從沙嘴上或從破屋角頭或從大水中央每每眼明手快見而招之矣若夫初來生客目光不定則人在樹中與樹一色人在沙上與沙一色人在屋角與屋一色人在水中與水一色其鳥乎知此中有人來無人來者乎只見阮小二把手一招者只見阮小二把手一招耳文筆細妙入神視夫直書云只見阮小七撐出一隻船來者眞有金糞之別也來無他法只是逐半句寫耳叫道七哥曾見五郎麼看他如此來上文自說尋五郎此處卻先遇七哥離奇錯落縱橫霍躍眞行文妙

此回看他四箇人問答不接處如問小二卻是吳用答都要算其神理

訣也吳用看時只見蘆葦叢中搖出一隻船來那阮小七頭戴一頂遮日黑箬笠身上穿箇棊子布背心腰繫着一條生布裙把那隻船蕩着問道二哥你尋五哥做甚麼吳用叫一聲七郎不用小二答小生特來相央你們說話阮小七道教授恕罪好幾時不曾相見吳用道一同和二哥去喫杯酒阮小七道小人也欲和教授喫杯酒二句與前倒轉法變只是一向不曾見面只是二字不遏之極非不通文墨也胸中有無數相思相愛而口中不能宣通之也便寫出阮小七鬱勃可愛兩隻船厮跟着在湖泊裏不多時划到箇去處團團都是水高埠上有七八間草房阮小二叫道老娘突然叫聲老娘令人卻憶王進母子也試觀王進母子而後知求忠臣必於孝子之門斯言為不誣也三阮之母獨非母乎如之何而至於有三阮也積漸既成而至於為黑旋風之母益又甚矣其死於虎不亦宜乎凡此等皆作者特特安排處讀者宜細求之五哥在麼那婆婆道說不得魚又不得打此五字乃通篇之綱卻在其母口中提出連日去賭錢輸得沒了分文卻纔討了我頭上釵兒特寫三阮之為三阮非一朝一夕之故其母之縱之者久矣出鎮上賭去了阮小二笑了一聲便把船划開阮小七便在背後船上說道哥哥正不知怎地賭錢只是輸卻不晦氣莫說哥哥不贏我也輸得赤條條地人知此句隨手生發不知此句隨手省去吳用暗想道中了我的計了兩隻船厮並着投石碣村鎮上來划了半箇時辰只見獨木橋邊一箇漢子把着兩串銅錢不必贏所以贏者為請吳用地也下來解船如畫阮小二道五郎來了吳用看時但見阮小五斜戴着一頂破頭巾鬢邊插朶石榴花恐人忘了蔡太師生辰日故閒中記出三箇字來披着一領舊布衫露出胸前刺着的青鬱鬱一箇豹子來史進魯達燕青徧身花繡各有意義今小五只有胸前一搭花繡蓋寓言胸中有一段壘塊故發而為水滸一書也雖然為子不見親過為臣不見君過人而至於胸中有一段壘塊吾甚畏夫難乎為其君父也諺不云乎虎生三子必有一豹豹為虎所生而反食虎五倫於是乎墜地矣作者深惡其人故特書之為豹猶楚史之稱檮杌也嗚呼誰謂稗史無勸懲哉○前文林冲稱豹子頭蓋言惡獸之首也林冲先上山泊而稱為豹子頭則知一百八人者皆惡獸也作者志在春秋於是乎見矣裏面匾扎起袴子上面圍着一條間道棊子布手巾吳

用叫一聲道五郎得采麽（問自問。答自答。各不對。錯錯落落。離離奇奇。）阮小五道原來却是教授好兩年不曾見面我在橋上望你們半日了（倒互一句。妙。便於無字處。隱現出一段情景。）阮小二道我和教授直到你家尋你老娘說道出鎮上賭錢去了因此同來這里尋你且來和教授去水閣上喫三杯阮小五慌忙去橋邊解了小船跳在艙裏捉了樺楫只一划三隻船厮挨着划了一歇三隻船撐到水亭下荷花蕩中（非寫石碣村景。正記太師生辰皆草蛇灰線之法也。）三隻船都纜了扶吳學究上了岸入酒店裏來都到水閣內揀一副紅油桌櫈阮小二便道先生休怪我三箇弟兄粗俗請教授上坐（既推教授上坐。）（又言休怪粗俗。只二句。寫出對人不通文墨情性。）吳用道却使不得阮小七道哥哥只顧坐主位請教授坐客席我兄弟兩箇便先坐了（快人快語固也。然又須看他細針線。是對小二說者。便把弟兄三人分作兩段也。）吳用道七郎只是性快（只是順他性格法。七郎眞是快士。）四箇人坐定了叫酒保打一桶酒來店小二把四隻

讀此文時切記小二小五小七等字樣便如鳩摩羅什與人奕棋其間道處都成龍鳳之形

要十四五斤大魚是第一段

大盞子擺開鋪下四雙筯放了四盤菜蔬打一桶酒放在桌子上阮小七道有甚麽下口小二哥道新宰得一頭黃牛花糕也似好肥肉阮小二道大塊切十斤來阮小五道教授休笑話沒甚孝順吳用道倒來相擾多激惱你們阮小二道休恁地說催促小二哥只顧篩酒早把牛肉切做兩盤將來放在桌上阮家三兄弟讓吳用喫了幾塊便喫不得了那三箇狼飡虎食喫了一回（寫。）阮小五動問道教授到此貴幹阮小二道（問教授。小二荅。寫得錯落。）教授如今在一箇大財主家做門館教學今來要對付十數尾金色鯉魚要重十四五斤的特來尋我們阮小七道若是每嘗要三五十尾也有莫說十數箇再要多些（既說三五十尾。又說再要多些。寫不通文墨人口中雜沓無倫摹神之筆。○又見他老大懊憒處。）我弟兄們也包辦得如今便要重十斤的也難得阮小五道教授遠來我們也對付十來箇重五六斤的相送吳用道小生多有銀兩在此

隨算價錢只是不用小的須得十四五斤重的便好阮小七道教授卻沒討處便是五哥許五六斤的也不能彀漸緊須見等得幾日纔得我的船裏有一桶小活魚就把來喫些文勢突兀有若神龍○本是漁家卻單喫牛肉失本色矣故突然揷入此句雖然此但論花色也若以行文之法論之則吳用故意要十四五斤者小五只許五六斤者吳用又圖要十四五斤者小七便連五六斤者亦道難得文勢至此漸緊矣故忽然尋此一法議開去且圖布局寬轉矣阮小七便去船內取將一桶小魚上來約有五七斤自去竈上安排盛做三盤把來放在桌上阮小七道教授胡亂喫些箇四箇又喫了一回看看天色漸晚吳用尋思道這酒店裏須難說話今夜必是他家權宿到那里卻又理會阮小二道今夜天色晚了請教授權在我家宿一宵明日卻再計較吳用道小生來這里走一遭千難萬難好一句○幸得你們弟兄今日做一處好二句○眼見得這席酒不肯要小生還錢好三句○今晚借二郎家歇一夜小生有些須銀子在此相煩就此店中沽一甕酒買些肉村中尋一對雞夜間同一醉如何阮小二道那里要教授壞錢我們弟兄自去整理不煩惱沒對付處吳用道逕來要請你們三位若還不依小生時只此告退阮小七道既是教授這般說時且順情喫了卻再理會吳用道還是七郎性直爽快順他性格固也然寫七郎亦實實寫得可愛吳用取出一兩銀子付與阮小七就問主人家沽了一甕酒借箇大甕盛了買了二十斤生熟牛肉一對大雞阮小二道我的酒錢一發還你店主人道最好最好細○小二之爲小二與村店之爲村店俱比不得魯達之於潘樓動便記賒帳也四人離了酒店再下了船細把酒肉都放在船艙裏細解了纜索細逕划將開去一直投阮小二家來到得門前上了岸把船仍舊纜在樁上細取了酒肉細四人一齊都到後面坐地便叫點起燈來原來阮家弟兄三箇只有阮小二有老小阮小五阮小七都不曾婚娶四箇人都在阮小二家後面水亭

追問爲何打不得魚是第二段

上坐定、阮小七宰了雞、（小二家自有阿嫂，却偏要寫小七動手宰雞，何也？要寫小七天性粗快，殺人手溜，却在瑣屑處寫出，此見神妙之筆也。）叫阿嫂同討的小猴子在厨下安排、約有一更相次、酒肉都搬來擺在卓上、吳用勸他弟兄們喫了幾杯、又提起買魚事來說道、（九字句。）你這里偌大一箇去處、却怎地沒了這等大魚、（看此句緊入，便信前文一幅小魚句之妙。）阮小二道、實不瞞教授說、這般大魚只除梁山泊裏便有、（忽入梁山泊，有驚蛇脫兎之能。）我這石碣湖中狹小、存不得這等大魚、吳用道、這裏和梁山泊一望不遠、相通一派之水、如何不去打些、（看他逼入去。惡極。）阮小二歎了一口氣道、休說、（只二字。）吳用又問道、二哥如何歎氣、（惡極。又逼入。）阮小五接了說道、（二箇接了說道，非寫後人性急，乃淺寫前人氣憤也。）教授不知、在先這梁山泊是我弟兄們的衣飯碗、如今絕不敢去、（不說完。）吳用道、偌大去處、終不成官司禁打魚鮮、（又用一逼入之法。）阮小五道、甚麼官司敢來禁打魚鮮、便是活閻王也禁治不得、（又不說完。）吳用道、既沒官司禁治、如何絕不敢去、（只管逼入去。）阮小五道、原來教授不知來歷、且和教授說知、（又不說。）吳用道、小生却不理會得、阮小七接着便道、（小五要和教授說知，却提起即惱，故又不說，却用小七接着說也。）這箇梁山泊去處難說難言、（四字，不通文墨之極。蓋難說即難言也，難言即難說也，而必重之，不通極矣。然吾每見今之以文名世者，亦止用疊牀架屋一法，則何也。）如今泊子裏、新有一夥強人占了、不容打魚、吳用道、小生却不知、原來如今有強人、我那里並不曾聞得說、阮小二道、那夥強人、（是一等題目。）爲頭的是箇落第舉子、喚做白衣秀士王倫、第二箇叫做摸着天杜遷、第三箇叫做雲裏金剛宋萬、以下有箇旱地忽律朱貴、見在李家道口開酒店、專一探聽事情、也不打緊、如今新來一箇好漢、（另是一等題目。）是東京禁軍教頭、甚麼豹子頭林冲、十分好武藝、這幾箇賊男女、聚集了五七百人、打家劫舍、搶擄來往客人、我們有一年多不去那里打魚、如今泊子裏把住了、絕了我們的衣飯、因此一言難盡、吳

那廝們倒快活是第三段

用道小生實是不知有這段事如何官司不來捉他們阮小五道如今那官司一處處動撣便害百姓但一聲下鄉村來倒先把好百姓家養的猪羊鷄鵞盡都喫了又要盤纏打發他（千古同悼之言。水滸之所以作也。）如今也好教這夥人奈何那捕盜官司的人那里敢下鄉村來（作者胸中悲憤之極。○一路痛恨強人，乃說到官司便滚滚咸之。筆力飄忽天矯之極。）若是那上司官員差他們緝捕人來都嚇得屎尿齊流怎敢正眼兒看他阮小二道我雖然不打得大魚也省了若干科差（十五字。抵一篇捕蛇者說。）吳用道恁地時那廝們倒快活（快活二字。忽然倒挿而入。筆力矯健驍悍之極。）阮小五道他們不怕天不怕地不怕官司論秤分金銀異樣穿紬錦成瓮喫酒大塊喫肉如何不快活我們弟兄三箇（劈挿成六箇字。並不從吳用口中來。）空有一身本事怎地學得他們（自來了。○怎地二字。有問計之辭。）吳用聽了暗暗地歡喜道正好用計了阮小七說道人生一世艸生一秋（人字。是弟兄三人並號之意。）我們只管打魚營生學

有識你的是第四段

得他們過一日也好（一日之奇者。如做得一日神仙。雖死無憾。爲絕倒也。）吳用道這等人學他做甚麼（他三箇不來。便只管逼上去。他三箇來了。便倒潑開去。行文神變之極。）他做的勾當不是笞杖五七十的罪犯空自把一身虎威都撇下倘或被官司拿住了（又挑出官司二字。以決其心。）也是自做的罪阮小二道如今該管官司沒甚分曉一片糊塗千萬犯了迷天大罪的倒都沒事（千古同歎。只爲確耳。）我弟兄們不能快活（正入前文快活二字玄中。）若是但有肯帶挈我們的也去了罷（四字說得迅疾。）阮小五道我也嘗嘗這般思量（接一句。藏下生平無數心事。不描巴見。）我弟兄三箇的本事又不是不如別人誰是識我們的（另自增出識我二字。又加一倍精采。○前只說得官司糊塗。及快活不快活等語。見豪傑悲憤。此增出識我二字。見豪傑肝腸。必不可少也。）吳用道假如便有識你們的你們便如何肯去阮小七道若是有識我們的（中心藏之之語。）水裏水裏去火裏火裏去若能彀見用得一日便死了開眉展眼吳用暗暗喜道這三箇都有意了我且慢慢地誘他又勸他三箇喫

竟入梁山是第五段

了兩巡酒（不惟焰顧喫酒，有艸蛇灰線之法，且又得一寬也。）吳用又說道、你們三箇、敢上梁山泊捉這夥賊麽（換一頭用反跌法起。）阮小七道、便捉得他們那里去請賞也喫江湖上好漢們笑話（定是小七語，小二小五說不出，爽快奇妙不可言。）吳用道、小生短見（也入梁山撞籌是主句；敢上梁山捉賊是賓句。初亦爲主句不好便說，故先用一賓句也。然既用賓句跌過，則宜直入主句矣。然其言畢竟是口重語，不好便說，故又特用短見二字自責過，然後出下語。作者眞有嘔心嚥血之苦也。）假如你們怨恨打魚不得、也去那里撞籌、却不是好、阮小二道、老先生、（老先生叫得妙。說心話時每有此稱。）你不知我弟兄們幾遍商量要去入夥、（藏下無數生平心事，不啻已見。）聽得那白衣秀士王倫的手下人、（明明焰出杜遷宋萬朱貴三人在外。）都說道他心地窄狹安不得人、前番那箇東京林冲上山嘔盡他的氣（此句前焰限林冲，後焰併王倫，有左顧右盼之妙。）王倫那廝不肯胡亂着人、因此我弟兄們看了這般樣、一齊都心懶了、（一齊都三字妙，活寫出商量時。）阮小七道、他們若似老兄這等慷慨愛我弟兄們便好（小七語天然不從小二小五口中出。老兄老先生皆極親昵之後也。）阮小

出晁蓋是第六段

反劫晁蓋是第七段

五道、那王倫若得似教授這般情分時、我們也去了多時、不到今日、我弟兄三箇便替他死也甘心（此句正寫心肯之極。）吳用道、量小生何足道哉（小生二字一接，何足道哉一頓，奇筆妙筆。）如今山東河北多少英雄豪傑的好漢（說山東帶河北，已伏盧員外矣。）阮小二道、好漢們儘有、我弟兄自不曾遇着（千古同悼之言。）吳用道、只此間（三字說者口快，聽者眼明。）鄆城縣東溪村晁保正、你們曾認得他麽（疾入。）阮小五道、莫不是叫做托塔天王的晁蓋麽（疾入。）吳用道、正是、此人、阮小七道、雖然與我們只隔得百十里路程、緣分淺薄、聞名不曾相會、吳用道、這等一箇仗義疎財的好男子、如何不與他相見（此句不是反跌，只是又圖一寬耳。）阮小二道、我弟兄們無事、也不曾到那里、因此不能彀與他相見、吳用道、小生這幾年也只在晁保正莊上左近教些村學、（此句村學二字，與前大財主家做門館字不相顧應，待三阮之法也。）如今打聽得他有一套富貴待取、特地來和你們商議、我等就那半路里攔住取了如何

奇絕之筆。不圖至此又出一奇也。阮小五道、這箇卻使不得、他既是仗義疎財的好男子、我們卻去壞他的道路、須喫江湖上好漢們知時笑話、水滸一百八人人品心術。盡此一言。然則梁中書之敢劫。豈足惜哉。吳用道、我只道你們弟兄心志不堅、原來真箇惜客好義、或只道三字。原來真箇四字。都是順他口氣語。鎖住一篇奇文。鎖住三位好漢。皆仗此言。我對你們實說、有次序。歷歷落落。果有協助之心、我教你們知此一事、有次序。歷歷落落。我如今見在晁保正莊上住、保正聞知你三箇大名、特地教我來請你們說話、其辭。來要。阮小二道、我弟兄三箇真真實實地並沒半點兒假、晁保正敢有件奢遮的私商買賣、有心要帶挈我們、句。敢有妙。一定是煩老兄來、句。定妙。一若還端的有這事、句。還妙。若我三箇若捨不得性命相幫他時、殘酒為誓、教我們都遭橫事惡病臨身、死於非命、數語淋淋漓漓。日在口之上。心在人之內。阮小五和阮小七把手拍着頸項道、這腔熱血只要賣與識貨的、拍案如火。使讀者增長義氣。吳用道、你們三位

方出正意。是第八段

弟兄在這裏、不是我壞心術來誘你們、又自責一句。真正設身處地而後作也。這件事非同小可的勾當、目今朝內蔡太師是六月十五日生辰、他的女壻是北京大名府梁中書、即日起解十萬貫金珠寶貝與他丈人慶生辰、今有一箇好漢、姓劉名唐、特來報知、如今欲要請你們去商議、聚幾箇好漢、向山凹僻靜去處取此一套不義之財、大家圖箇一世快活、因此特教小生只做買魚來請你們三箇計較、成此一事、不知你們心意如何、阮小五聽了道、罷罷、叫道、七哥、我和你說甚麼來、罷罷只二字。忽插入叫道二字作敘事。然後又說出九箇字來。卻無一字是實。而能令讀者心前眼前若有無數事情無數說話。靈心妙筆。一至於此。阮小七跳起來道、一世的指望、妙語。今日還了願心、妙語。正是搔着我癢處、妙語。我們幾時去、五字天生是小七語。小二小五不說。吳用道、請三位即便去來、明日起箇五更、一齊都到晁天王莊上去、阮家三弟兄大喜、當夜過了一宿、次早起來喫了早飯、阮家三弟兄分付了

家中跟着吳學究四箇人離了石碣村拽開脚步取路投東溪村來行了一日早望見晁家莊只見遠遠地綠槐樹下晁蓋和劉唐在那里等（夏景）望見吳用引着阮家三兄弟直到槐樹前兩下都厮見了晁蓋大喜道阮氏三雄名不虛傳且請到莊裏說話六人却從莊外入來到得後堂分賓主坐定吳用把前話說了晁蓋大喜便叫莊客宰殺猪羊安排燒紙阮家三弟兄見晁蓋人物軒昂語言洒落三箇說道我們最愛結識好漢原來只在此間今日不得吳教授相引如何得會三箇弟兄好生歡喜當晚且喫了些飯說了半夜話（要知半夜所說只是閒話若云商量此一件事則豈有豪傑舉事只管商量者哉）次日天曉去後堂前面列了金錢紙馬香花燈燭擺了夜來煑的猪羊（夜來煑的細妙賴此四字遂不犯次日天曉字也）燒紙衆人見晁蓋如此志誠盡皆歡喜箇箇說誓道梁中書在北京害民詐得錢物却把去東京與蔡太師慶生辰此一等

正是不義之財我等六人中但有私意者天地誅滅神明鑒察六人都說誓了燒化紙錢六籌好漢（提出六籌二字然後接出公孫勝）正在堂後散福飲酒只見一箇莊客報說門前有箇先生要見保正化齋糧晁蓋道你好不曉事見我管待客人在此喫酒你便與他三五升米便了何須直來問我（閒閒寫去）莊客道小人把米與他他又不要只要面見保正晁蓋道一定是嫌少你便再與他三二斗米去你說與他保正今日在莊上請人喫酒沒工夫相見（閒閒寫去）莊客去了多時只見又來說道那先生與了他三斗米又不肯去自稱是一清道人不為錢米而來只要求見保正一面晁蓋道你這厮不會答應便說今日委實沒工夫教他改日却來相見拜茶（只是閒閒寫去）（再不肯合轍）莊客道小人也是這般說那箇先生說道我不為錢米齋糧聞知保正是箇義士特求一見晁蓋道你也這般纏全不替我分憂他若再嫌少

時可與他三四斗去何必又來說我若不和客人們飲時便去廝見一面打甚麽緊你去發付他罷再休要來說（偏不合縫奇筆恣墨）莊客去了沒半箇時只聽得莊門外熱鬧又見一箇莊客飛也似來報道那先生發怒把十來箇莊客都打倒了晁蓋聽得喫了一驚慌忙起身道衆位弟兄少坐晁蓋自去看一看便從後堂出來到莊門前看時只見那箇先生身長八尺道貌堂堂生得古怪正在莊門外綠槐樹下一頭打一頭口裏說道不識好人晁蓋見了叫道先生息怒你來尋晁保正無非是投齋化緣他已與了你米（且不出自己）何故嗔怪如此那先生哈哈大笑道貧道不為酒食錢米而來我覷得十萬貫如同等閑（逗一句）特地來尋保正有句話說叵耐村夫無理毁罵貧道因此性發晁蓋道你可曾認得晁保正麽那先生道只聞其名不曾會面晁蓋道小子便是（出得徑快）先生有甚話說那先生看了道保正休怪貧道稽首晁蓋道先生少請到莊裏拜茶如何那先生道多感兩人入莊裏來吳用見那先生入來自和劉唐三阮一處躲過且說晁蓋請那先生到後堂喫茶已罷那先生道這里不是說話處別有甚麽去處可坐晁蓋見說便邀那先生又到一處小小閣兒內分賓坐定晁蓋道不敢拜問先生高姓貴鄉何處那先生荅道貧道複姓公孫單諱一箇勝字道號一清先生小道是薊州人氏也（北地）自幼鄉中好習鎗棒學成武藝多般人但呼為公孫勝大郎為因學得一家道術善能呼風喚雨駕霧騰雲江湖上都稱貧道做入雲龍貧道久聞鄆城縣東溪村晁保正大名無緣不曾拜識今有十萬貫金珠寶貝專送與保正作進見之禮未知義士肯納受否晁蓋大笑道先生所言莫非北地生辰綱麽那先生大驚道保正何以知之晁蓋道小子胡猜未知合先生意否公孫勝道此

一套富貴不可錯過古人有云當取不取過後莫悔保正心下如何正說之間只見一箇人從閣子外搶將入來劈胸揪住公孫勝說道好呀明有王法暗有神靈你如何商量這等的勾當我聽得多時也嚇得這公孫勝面如土色非眞有此等兒戲之事只爲每回住處皆是絕奇險處此處無奇險可住故特勾出一段以作一回收場耳讀者諒之正是機謀未就爭奈牕外人聽計策纔施又早蕭墻禍起畢竟搶來揪住公孫勝的却是何人且聽下回分解

第五才子書施耐菴水滸傳卷之二十

聖歎外書

第十五回

楊志押送金銀擔　吳用智取生辰綱

蓋我讀此書而不勝三致歎焉曰嗟乎古之君子受命於內涖事於外竭忠盡智以圖報稱而終亦至於身敗名喪爲世僇笑者此其故豈得不爲之深痛哉夫一夫專制可以將千軍兩人牽羊未有不僵於路者也獨心所運不難於造五鳳樓曾無黍米之失聚族而謀未見其能築室有成者也梁中書以道路多故人才復難於是致詳致愼獨簡楊志而畀之以十萬之任謂之知人洵無忝矣即又如之何而必副之以一都管與兩虞候乎觀其所云另有夫人禮物送與府中寶眷亦要

楊志認領多恐不知頭路夫十萬巳領何難一擔若言不知頭路則豈有此人從貴女愛壻邊來現護生辰重寶至於如此之盛而猶慮及府中之人猜疑顧忌不覩之爲機密者也是皆中書視十萬過重視楊志過輕視十萬過重則意必太師也者雖富貴雙極然見此十萬必嚇然心動太師嚇然心動而中書之寵固於磐石夫是故以此爲獻凡以冀其心之得一動也視楊志過輕則意或楊志也者本單寒之士今見此十萬必嚇然心動楊志嚇然心動而生辰十擔險於蕉鹿夫是故以一都管兩虞候爲監凡以防其心之忽一動也然其胸中則又熟有疑人勿用用人勿疑之成訓者於是卽又僞裝夫人一擔以自蓋其相疑之跡嗚呼爲楊志者不其難哉雖當時亦曾有早晚行住悉聽約束戒彼三人不得彆拗之教勅然而官之所以得治萬民與將之所以得制三軍者以其惟此一人故也今也一楊志一都管又二虞候且四人矣以四人而欲押此十一禁軍豈有得乎易大傳曰陽一君二民君子之道也陰二君一民小人之道也今中書徒以重視十萬輕視楊志之故而曲折計畫旣巳出於小人之道而尚望黃泥岡上萬無一失殆必無之理矣故我謂生辰綱之失非晁蓋八人之罪亦非十一禁軍之罪亦幷非一都管兩虞候之罪而實皆梁中書之罪也又奚議焉又奚議焉曰然則楊志卽何爲而不爭之也聖歎答曰楊志不可得而爭也夫十萬金珠重物也不惟大名百姓之髓腦竭幷中書相公之心血竭矣楊志自惟起於單寒驟蒙顯擢夫烏知彼之遇我厚者之非獨爲今日之用我乎故以

十萬之故而授統制易以統制之故而托十萬難此楊志之所深知也楊志於何知之楊志知年年根括十萬以媚於丈人者是其人必不能以國士遇我者也不能以國士遇我而昔者東郭鬪武一日而踰數階者是其心中徒望我今日之出死力以相效耳譬諸飼鷹喂犬非不極其恩愛然彼固斷不信鷹之德爲鳳皇犬之品爲騶虞也故於中書未撥都管虞候之先志反先告相公只須一箇人和小人去夫一箇人和小人去者非請武陽爲副殆請朝恩爲監矣若夫楊志蚤知人之疑之而終亦主於必去則固丈夫感恩知報凡以酬東郭驟遷之遇耳豈得已哉嗚呼楊志其寓言也古之國家以疑立監者比比皆有我何能遍言之

看他寫楊志忽然肯去忽然不肯去忽然又肯去忽然又不肯去筆勢夭矯不可捉搦

看他寫天氣酷熱不費筆墨只一句兩句便已焦熱殺人古稱盛冬掛雲漢圖滿座煩悶今讀此書乃知眞有是事

看他寫一路老都管掣人肘處眞乃描摹入畫嗟乎小人習承平之時忽禍患之事箕踞當路搖舌罵人豈不鑿鑿可聽而卒之變起倉猝不可枝梧爲鼠爲虎與之俱敗豈不痛哉

看他寫棗子客人自一處挑酒人自一處酒自一處瓢自一處雖讀者亦幾忘其爲東溪村中飲酒聚義之人何況當日身在廬山者耶耐菴妙筆眞是獨有千古

看他寫賣酒人鬪口處眞是絕世奇筆蓋他人敘此事至此便欲駸駸相就讀之滿紙皆似惟恐不得賣者矣今偏筆筆撤開如涼弓

怒馬急不可就務欲極扳開去乃至不可收拾一似惟恐爲其買者眞怪事也

看他寫七箇棗子客人饒酒如數鷹拏雀盤旋跳霍讀之欲迷

話說當時公孫勝正在閣兒裏對晁蓋說這北京生辰綱是不義之財取之何礙只見一箇人從外面搶將入來揪住公孫勝道你好大膽却纔商議的事我都知了也那人却是智多星吳學究晁蓋笑道教授休取笑且請相見兩箇叙禮罷吳用道江湖上久聞人說入雲龍公孫勝一清大名不期今日此處得會晁蓋道這位秀士先生便是智多星吳學究公孫勝道吾聞江湖上人多曾說加亮先生大名豈知緣法却在保正莊上得會只是保正疎財仗義以此天下豪傑都投門下晁蓋道再有幾箇相識在裏面一發請進後堂深處相見三箇人入到裏面就與劉唐三阮都相見了衆人道

今日此一會應非偶然須請保正哥哥正面而坐晁蓋道量小子是箇窮主人怎敢占上吳用道保正哥哥年長依着小生且請坐了晁蓋只得坐了第一位吳用坐了第二位公孫勝坐了第三位劉唐坐了第四位阮小二坐了第五位阮小五坐六位阮小七坐第七位可稱晁天王夜夢動天文東溪村英雄小排座纔聚義飲酒重整杯盤再備酒肴衆人飲酌吳用道保正夢見北斗七星墜在屋脊上今日我等人聚義舉事豈不應天垂象此一套富貴唾取前日所說央劉兄去探聽路程從那里來今日天曉來早便請登程公孫勝道這一事不須去了貧道已打聽知他來的路數了只是黃泥岡大路上來妙一者公孫此來不虛二者省却許多閑手晁蓋道黃泥岡東十里路地名安樂村有一箇閑漢叫做白日鼠白勝也曾來投奔我我曾齎助他盤纏吳用道北斗上白光莫不是應在這人佳自有用他處此五字不與上文連

（說乃心計之辭。）劉唐道此處黃泥岡較遠何處可以容身吳用道只這箇白勝家便是我們安身處亦還要用了白勝（此句方明說出來。）晁蓋道吳先生我等還是軟取（奇文。）卻是硬取（奇文。）吳用笑道我已安排定了圈套只看他來的光景（行軍妙訣。加亮之號不虛也。）力則力取智則智取我有一條計策不知中你們意否如此如此晁蓋聽了大喜攧着脚道好妙計不枉了稱你做智多星果然賽過諸葛亮好計策吳用道休得再提嘗言道隔牆須有耳窗外豈無人只可你知我知晁蓋便道阮家三兄且請回歸至期來小莊聚會吳先生依舊自去教學公孫先生并劉唐只在敝莊權住當日飲酒至晚各自去客房裏歇息次日五更起來安排早飯喫了晁蓋取出三十兩花銀送與阮家三兄弟道權表薄意切勿推卻三阮那里肯受吳用道朋友之意不可相阻三阮方纔受了銀兩一齊送出莊外來吳用附耳低言道這般這般至期不可有誤三阮相別了自回石碣村去晁蓋留住公孫勝劉唐在莊上吳學究常來議事話休絮繁卻說北京大名府梁中書收買了十萬貫慶賀生辰禮物完備選日差人起程當下一日在後堂坐下只見蔡夫人問道相公生辰綱幾時起程梁中書道禮物都已完備明後日便用起身只是一件事在此躊躇未決蔡夫人道有甚事躊躇未決梁中書道上年費了十萬貫收買金珠寶貝送上東京去只因用人不着半路被賊人刧將去了至今無獲今年帳前眼見得又沒箇了事的人送去在此躊躇未決（多時相望。臨用忽復疑之。總視十萬重。視楊志輕也。）蔡夫人指着堦下道你嘗說這箇人十分了得何不着他委紙領狀送去走一遭不致失悞梁中書看堦下那人時卻是青面獸楊志梁中書躊躇（妙。）便喚楊志上廳說道我正忘了你你若與我送得生辰綱去我自有擡舉你處楊志叉手向前稟道恩相差遣不敢不依只不知怎地打點幾時起身第一段不敢不去梁中書道着落大名府差十輛太平車子帳前撥十箇廂禁軍監押着車每輛上各插一把黃旗上寫着獻賀太師生辰綱每輛車子再使箇軍健跟着三日内便要起身去楊志道非是小人推托其實去不得乞鈞旨別差英雄精細的人去第二段忽然去不得文勢飄忽梁中書道我有心要擡舉你這獻生辰綱的札子内另修一封書在中間太師跟前重重保你受道勑命回來如何倒生支調推辭不去楊志道恩相在上小人也曾聽得上年已被賊人刼去了至今未獲今歲途中盜賊又多此去東京又無水路都是旱路經過的是紫金山虛二龍山實桃花山實傘蓋山虛黃泥岡實白沙塢虛野雲渡虛赤松林實數出八處險害却是四虛四實然猶就一部書論之也若只就一回書論之則是七虛一實耳這幾處都是強人出沒的去處更兼單身客人亦不敢獨自經過他知道是金

忽然去得忽然去不得凡四段翻騰跳躍看他却是無中生有

銀寶物如何不來搶刼枉結果了性命以此去不得梁中書道恁地時多着軍校防護送去便了楊志道恩相便差一萬人去也不濟事這廝們一聲聽得強人來時都是先走了的借事說出千古官兵可惱可笑言者無罪聞者足戒梁中書道你這般地說時生辰綱不要送去了寫來天生是梁中書口中語又寫得孅忽楊志又稟道若依小人一件事便敢送去第三段依了一件事又便去得孅忽之極梁中書道我既委在你身上如何不依你說楊志道若依小人說時並不要車子把禮物都裝做十餘條擔子只做客人的打扮行貨也點十箇壯健的廂禁軍却裝做脚夫挑着只消一箇人和小人去此語可哀前評詳之矣却打扮做客人悄悄連夜送上東京交付恁地時方好是梁中書道你甚說得是我寫書呈重重保你受道誥命回來楊志道深謝恩相擡舉當日當日便叫楊志一面打拴擔脚一面選揀軍人次日次日叫楊志來廳前伺候梁中書出廳來問道楊

志你幾時起身楊志稟道告覆恩相只在明早准行就委領狀梁中書道夫人也有一擔禮物另送與府中寶眷也要你領怕你不知頭路特地再教妳公謝都管并兩箇虞候和你一同去非真有夫人一擔禮物定少不得也只為閫上失事定少不得老都管則不得已倒裝出一擔梯巳禮物來此皆作者苦心也楊志告道恩相楊志去不得了第四段忽然又去不得了颼忽如此異哉梁中書道禮物都已拴縛完備如何又去不得真是奇事楊志稟道此十擔禮物都在小人身上是和他眾人都繇楊志是要早行便早行要晚行便晚行要住便住要歇便歇亦依楊志提調是如今又叫老都管并虞候和小人去他是夫人行的人閒中捎帶一句千古同笑又是太師府門下妳公又捎帶一句倘或路上與小人彆拗起來楊志如何敢和他爭執得是不惟楊志爭執不得依上二句想相公亦爭執不得若悞了大事時楊志那其間如何分說是一路都是特特寫出楊志英雄精細便把後文許多彆拗爭執因而失事隱隱都算出來深表楊志不墮七箇人計中也梁中書道這箇也

容易我叫他三箇都聽你提調便了楊志答道若是如此稟過小人情願便委領狀倘有疏失甘當重罪梁中書大喜道我也不枉了擡舉你真箇有見識隨即喚老謝都管并兩箇虞候出來當廳分付道楊志提轄情願委了一紙領狀監押生辰綱十一擔金珠寶貝赴京太師府交割這干係都在他身上你三人和他做伴去一路上早起句晚行句住句歇句都要聽他言語不可和他彆拗夫人處分付的勾當你三人自理會調侃一句然却是分外閒筆以洇自家倒裝之跡耳小心在意早去早回休教有失老都管一一都應了當日楊志領了次日早起五更在府裏把擔仗都擺在廳前老都管和兩箇虞候又將一小擔財帛共十一擔揀了十一箇壯健的廂禁軍都做腳夫打扮楊志戴上涼笠兒穿着青紗衫子繫了纏帶行履麻鞋跨口腰刀提條朴刀老都管也打扮做箇客人模樣兩箇虞候假裝做跟的伴

當各人都拿了條朴刀又帶幾根藤條（以備後用○不是此處放此一句後來一時如何生得出）梁中書付與了札付書呈一行人都喫得飽了在廳上拜辭了梁中書看那軍人擔仗起程楊志和謝都管兩箇虞候監押着一行共是十五人離了梁府出得北京城門取大路投東京進發此時正是五月半天氣雖是晴明得好只是酷熱難行楊志一心要取六月十五日生辰只得在路上趲行自離了這北京五七日端的只是起五更趁早涼便行日中熱時便歇（先反襯出一句早行午歇真是閒心妙筆）五七日後人家漸少行路又稀一站站都是山路楊志却要辰牌起身申時便歇（寫得前後明畫）那十一箇廂禁軍（第一段先寫廂禁軍）擔子又重無有一箇稍輕天氣熱了行不得見着林子便要去歇息楊志趕着催促要行如若停住輕則痛罵重則藤條便打逼趕要行（第一段）兩箇虞候（第二段寫兩箇虞候）雖只背些包裹行李也氣喘了行不上楊志也嗔道你兩箇好不曉事這干係須是俺的你們不替洒家打這夫子却在背後也慢慢地挨這路上不是耍處那虞候道不是我兩箇要慢走其實熱了行不動因此落後前日只是趁早涼走如今恁地正熱裏要行正是好歹不均勻楊志道你這般說話却似放屁前日行的須是好地面如今正是尷尬去處若不日裏趕過去誰敢五更半夜走兩箇虞候口裏不道肚中尋思這廝不直得便駡人（第二段）楊志提了朴刀拿着藤條自去趕那擔子兩箇虞候坐在柳陰樹下等得老都管來（第三段寫老都管○看他三段三樣來法）兩箇虞候告訴道（虞候訴都管）楊家那廝強殺只是我相公門下一箇提轄直這般會做大老都管道須是相公當面分付道休要和他彆拗因此我不做聲這兩日也看他不得權且耐他兩箇虞候道相公也只是人情話兒都管自做箇主便了老都管又道且耐他一耐（第三段）當日行到申牌時分尋得

一箇客店裏歇了那十箇廂禁軍雨汗通流都歎氣吹噓對老都管說道禁軍訴都管我們不幸做了軍健情知道被差出來這般火似熱的天氣又挑着重擔這兩日又不揀早涼行動不動老大藤條打來都是一般父母皮肉我們直恁地苦老都管道你們不要怨悵巴到東京時我自賞你衆軍漢道若是似都管看待我們時並不敢怨悵又過了一夜次日天色未明衆人起來都要乘涼起身去寫得妙意中之事意外之文楊志跳起來喝道那里去且睡了寫得妙遂成趣語却理會衆軍漢道趁早不走日裏熱時走不得却打我們楊志大罵道你們省得甚麼拏了藤條要打衆軍忍氣吞聲只得睡了當日直到辰牌時分慢慢地寫得妙打火喫了飯走一路上趕打着不許投涼處歇那十一箇禁廂軍口裏喃喃吶吶地怨悵一句禁軍兩箇虞候在老都管面前絮絮聒聒地搬口一句虞候老都管聽了也不着意心內自惱

第三番

他一句都管話休絮繁似此行了十四五日那十四箇人沒一箇不怨悵楊志如椽之筆當日客店裏辰牌時分慢慢地妙打火喫了早飯行正是六月初四日時節天氣未及晌午先將未午寫來次入正午便令分寸都出一輪紅日當天沒半點雲彩其實十分大熱當日行的路都是山僻崎嶇小徑南山北嶺却監着那十一箇軍漢約行了二十餘里路程那軍人們思量要去柳陰樹下歇涼此一段單寫軍漢都管虞候都落在後被楊志拿着藤條打將來喝道快走教你早歇衆軍人看那天時寫熱却寫不盡寫怨悵亦寫不盡陡然寫出看那天時四字遂已抵過雲漢一篇真是才子有才子之筆也四下里無半點雲彩其實那熱不可當楊志催促一行人在山中僻路裏行看看日色當午先將未午一段盡情寫出炎熱之苦至此處交入正午只用一句便接入衆人睡倒行文詳畧之際分寸不失那石頭上熱了脚疼只得一句七箇字而熱極之苦描畫已盡歎今人千言之無當也走不得衆軍漢道這般天氣熱兀的不曬殺人楊志喝着軍漢道快走趕過前面岡子去

却再理會。正行之間，前面迎着那土岡子。一行十五人奔上岡子來，歇下擔仗。那十四人都去松林樹下睡倒了。奈何。○筆勢從上三番起下來，有天崩地塌之勢。楊志說道：苦也！這里是甚麼去處，你們却在這里歇涼？起來，快走！衆軍漢道：你便剁做我七八段，其實去不得了。真有此語。楊志拿起藤條，劈頭劈腦打去。打得這箇起來，那箇睡倒，真有此事。楊志無可奈何。只見兩箇虞候和老都管氣喘急急，也巴到岡子上。此一段都管虞候方來。松樹下坐了喘氣。巴得他來，却也坐了。真奈何。○寫來真有此事。看這楊志打那軍健，八箇字活寫出心中刺眼中釘來。老都管見了說道：提轄，端的熱了走不得，休見他罪過。楊志道：都管，你不知這里正是強人出沒的去處，地名叫做黃泥岡。閒常太平時節，白日裏兀自出來劫人，休道是這般光景，誰敢在這里停脚？兩箇虞候聽楊志說了，便道：我見你說好幾遍了，只管把這話來驚嚇人。真有此語。○如國家太平既久，邊防漸撤，軍實漸廢，皆此語誤之也。老都管道：權且教他們衆人歇一歇，略過日中行，如何？楊志道：你也沒分曉了。如何使得？這里下岡子去，兀自有七八里沒人家，甚麼去處，敢在此歇涼？老都管道：我自坐一坐了走，你自去趕他衆人先走。其言既不爲楊志出力，亦不替衆人分辨，而意旨已隱隱一句縱容，一句激變。老奸巨猾，何代無賢。楊志拿着藤條喝道：一箇不走的，喫俺二十棍！衆軍漢一齊叫將起來，一齊妙。數內一箇分說道：一箇妙。提轄，我們挑着百十斤擔子，須不比你空手走的，真有此語。你端的不把人當人！便是留守相公自來監押時，也容我們說一句。真有此語。你好不知疼癢，只顧逞辯。楊志罵道：這畜生不歐死，俺只是打便了。拿起藤條劈臉又打去。老都管喝道：從空忽然挿入老都管一喝，借題寫出千載說大話人。句句出神入妙。楊提轄，增出一楊字，其辭甚厲。且住，你聽我說：二句六字，其辭甚厲。你聽我說，四字寫老奴托大，聲色俱有。我在東京太師府裏做妳公時，嚇殺。醜殺。可笑。可惱。○一句十二字，作兩半句。我在東京太師府裏，何等軒昂。做妳公時，何等出醜。然孤輩每每自謂得志，樂道不絕。門下軍官見了無千無萬(四字可笑。說大語人每用之。)都向着我喏喏連聲(太師威嚴衆官諂佞。奴才放肆。一語遂寫盡之。)不是我口棧(老奴真有此語。)量你是箇遭死的軍人(第一句說破楊志不是提轄。惡極。)相公可憐擡舉你做箇提轄(第二句說提轄實是我家所與。惡極。)比得芥菜子大小的官職(第三句說楊志卽使是箇提轄、亦只比之芥子。惡極。)直得恁地逞能(已上罵楊志、已下說自家。妙絕。)休說我是相公家都管(一句自誇貴。)便是村莊一箇老的(一句自誇老。○看他說來便活是老奴聲口。尤妙在反借村莊二字、直顯出太師府來。如云休說相公家都管、便是村莊一老、亦該相讓、何況我今不止是相公家都管也。)也合依我勸一勸、只顧把他們打、是何看待、楊志道、都管、你須是城市裏人、生長在相府裏、那里知道途路上千難萬難、老都管道、四川兩廣、也曾去來、不曾見你這般賣弄、楊志道、如今須不比太平時節、都管道、你說這話該剜口割舌、今日天下怎地不太平(老奴口舌可駭、眞正從太師府來。)楊志却待要回言(不得不回言。然以疾接下文、故其言一時回不及也。)只見對面松林裏影着一箇人在那里舒頭探腦價望(過節甚疾。)楊志道、

俺說甚麼(此四字是折辨上文不太平語。却因疾忙接出松林有人、便將此語反穿過下文來。寫此時楊志心忙眼疾如畫。)兀的不是歹人來了、撇下藤條、拿了朴刀、趕入松林裏來、喝一聲道、你這廝好大膽、怎敢看俺的行貨、趕來看時、只見松林裏一字兒擺着七輛江州車兒、六箇人脫得赤條條的在那里乘涼(好。)一箇鬢邊老大一搭朱砂記、拿着一條朴刀(好。)見楊志趕入來、七箇人齊叫一聲阿也、(二字妙絕。只須此二字、楊志胸中已釋然矣。)都跳起來、楊志喝道、你等是甚麼人、那七人道、你是甚麼人(妙。只如學舌。)楊志又問道、你等莫不是歹人、那七人道、你顛倒問我等是小本經紀、那里有錢與你(又妙。○前句讓楊志一先、此句便自占一先。筆端變換之極。)楊志道、你等小本經紀人、偏俺有大本錢(釋然語。只作諧謔。)那七人問道、你端的是甚麼人(又用一反撲句。妙極。)楊志道、你等且說那里來的人(妙。楊志學舌。)那七人道、我等弟兄七人、是濠州人、販棗子上東京去、路途打從這里經過、聽得多人說、這里黃泥岡上、

時常有賊打刧客商我等一面走一頭自說道我七箇只有些棗子別無甚財貨只顧過岡子來上得岡子當不過這熱權且在這林子裏歇一歇待晚涼了行只聽得有人上岡子來我們只怕是歹人因此使這箇兄弟出來看一看楊志道原來如此也是一般的客人（過幾日便一般矣今日殊未）却纔見你們窺望惟恐是歹人因此趕來看一看那七箇人道客官請幾箇棗子了去（無有一見即請喫棗之理只爲下文過酒用着棗子故於此處先出一句以見另有散棗也）楊志道不必提了朴刀再回擔邊來老都管坐着道既是有賊我們去休（坐着道則明明聽得非賊矣却偏要還話惡極）楊志說道俺只道是歹人原來是幾箇販棗子的客人老都管別了臉對衆軍道似你方纔說時他們都是沒命的（老奴惡極）楊志道不必相鬧俺只要沒事便好你們且歇了等涼些走衆軍漢都笑了（分明老奴所使寫得活畫○凡老奸巨猾之人欲排陷一人自却不笑而偏能激人使笑皆如此奴矣於國於家何處無之）楊志也把朴刀插在地上自去一邊樹下坐了歇涼（上文楊志如此趕打至此亦便坐了歇涼中間有老大用筆不得處須看其逐趟卸來）沒半碗飯時只見遠遠地一箇漢子挑着一付擔桶唱上岡子來唱道赤日炎炎似火燒野田禾稻半枯焦農夫心內如湯煮公子王孫把扇搖（挑酒人唱歌此爲第三首矣然第一首有第一首妙處爲其恰好唱入魯智深心坎也第二首有第二首妙處爲其恰好唱出崔道成事跡也今第三首又有第三首妙處爲其恰好唱入衆軍漢耳朶也作書者雖一歌不欲輕下如此如之何讀書者之多忽之也○上二句盛寫大熱之苦下二句盛寫人之不相體悉猶言農夫當午在田背焦汗滴彼公子王孫深居水殿猶令侍人展扇搖風蓋深喻衆軍身負重擔反受楊志空身走者打罵也）那漢子口裏唱着走上岡子來松林裏頭歇下擔桶坐地乘涼衆軍看見了便問那漢子道你桶裏是甚麼東西那漢子應道是白酒衆軍道挑往那里去那漢子道挑出村裏賣衆軍道多少錢一桶那漢子道五貫足錢衆軍商量道我們又熱又渴何不買些喫也解暑氣正在那里湊錢（如畫）楊志見了喝道你們又做甚麼衆軍道買碗酒喫楊志調過朴

凡此以下皆花攢錦簇龍飛鳳走之文須要逐遍逐句細細看去

刀桿便打罵道你們不得洒家言語胡亂便要買酒喫好大膽衆軍道沒事又來鳥亂我們自湊錢買酒喫干你甚事也來打人楊志道你這村鳥理會得甚麼到來只顧喫嘴全不曉得路途上的勾當艱難多少好漢被蒙汗藥麻翻了那挑酒的漢子看着楊志冷笑道〔寫得好〕你這客官好不曉事〔句〕早是我不賣與你喫〔句〕卻說出這般沒氣力的話來〔句。三句三折，不煩不簡，妙絕。〕正在松樹邊鬧動爭說〔疾〕只見對面松林裏那夥販棗子的客人都提着朴刀走出來問道你們做甚麼鬧〔卻做隄防光景，妙。〕那挑酒的漢子道我自挑這酒過岡子村裏賣熱了在此歇涼〔我自妙，非我自挑酒，乃我自歇涼也。要知此是十七字爲句，不得讀斷。〕他衆人要問我買些喫〔他衆人要問我，妙。〕我又不曾賣與他〔我又不曾，妙。〕這箇客官〔這箇客官妙。深怪之之辭。〕道我酒裏有甚麼蒙汗藥〔甚麼妙。〕你道好笑麼〔你道妙。〕說出這般話來〔這般妙。凡七句，句句入妙。讀之真欲入其玄中。〕那七箇客人說道呸我只道有歹人出來原來是如此〔一接一落，飄忽之極。〕說一聲也不打緊〔只解一句，如不相關者，下便疾入買酒，真是聲情俱有。〕我們正想酒來解渴既是他們疑心且賣一桶與我們喫〔他們我們，妙。〕那挑酒的道不賣不賣〔故作奇波。〕這七箇客人道你這鳥漢子也不曉事我們須不曾說你〔也不曉事妙。上文挑酒者罵楊志不曉事，故此反罵之云也不曉事，接口成文，轉筆如戲。〕你左右將到村裏去賣一般還你錢便賣些與我們打甚麼不緊看你不道得捨施了茶湯便又救了我們熱渴〔此二語之妙，不惟說過賣酒者，亦已罩定楊志矣。〕那挑酒的漢子便道賣一桶與你不爭只是被他們說的不好〔此語雖有餘恨未平，然只是帶說，看他疾入下句。〕又沒碗瓢舀喫〔疾入。此一句妙，又確是村裏去賣的酒。〕那七人道你這漢子忒認真便說了一聲打甚麼不緊〔再爲楊志解一句。不便疾入椰瓢，真乃刀利如風。〕我們自有椰瓢在這里〔疾〕只見兩箇客人去車子前取出兩箇椰瓢來〔明明瓢之與酒，從兩處來。〕一箇捧出一大捧棗子來七箇人立在桶邊〔欲其見之妙絕〕開了桶蓋輪替換着舀那酒喫把棗子過

此一段讀者眼中有七手八脚之勞作者腕下有細針密線之妙真是不慌不忙有條有序之文

口無一時一桶酒都喫盡了七箇客人道正不曾問得你多少價錢（何必不問價只為要得此句作饒酒地也）那漢道我一了不說價（一了二字妙絕確是向村裏主顧分說志其為過路客人入神之筆也）五貫足錢一桶十貫一擔七箇客人道五貫便依你五貫只饒我們一瓢喫（只用一饒字便忽接入第二桶奇計亦復奇文）那漢道饒不得做定的價錢（做定妙）一箇客人把錢還他（一箇還錢）一箇客人便去揭開桶蓋兜了一瓢拿上便喫（一箇便喫以示無他）那漢去奪時這客人手拿半瓢酒望松林裏便走那漢趕將去只見這邊一箇客人從松林裏走將出來手裏拿一箇瓢便來桶裏舀了一瓢酒（一箇然後下藥）那漢看見搶來劈手奪住（妙）望桶裏一傾（妙）便蓋了桶蓋（妙）將瓢望地下一丟（妙）口裏說道（妙）你這客人好不君子相戴頭識臉的也這般囉唣（任一段有山雨欲來風滿樓之勢）那對過衆軍漢見了（疾接過妙筆）心內痒起來都待要喫數中一箇看看老都管道（如畫）老爺爺與我們說一聲那賣棗子的客人買他一桶喫了我們胡亂也買他這桶喫潤一潤喉也好其實熱渴了沒奈何這里岡子上又沒討水喫處老爺方便（單說棗子客人買過一桶不說又饒一瓢寫衆軍是衆軍）老都管見衆軍所說自心裏也要喫得些竟來對楊志說那販棗子客人已買了他一桶喫只有這一桶胡亂教他們買喫了避暑氣岡子上端的沒處討水喫（亦單說棗子客人買過一桶不說又饒一瓢寫老兒是老兒）楊志尋思道俺在遠遠處望這廝們（開處寫出楊志半日英雄精細）都買他的酒喫了那桶裏當面也見喫了半瓢想是好的（獨說那桶當面亦喫過一瓢表出楊志英雄精細超過衆人萬倍）打了他們半日胡亂容他買碗喫罷楊志道既然老都管說了教這廝們買喫了便起身（三字顧後起不來挣不動說不得九字以為一笑）衆軍健聽了這話湊了五貫足錢來買酒喫那賣酒的漢子道不賣了不賣了這酒裏有蒙汗藥在裏頭（故作奇波前七箇人買時作此一波寔是無藥好酒故成奇趣今十五箇人買時作此一波酒中却已有藥故又成奇趣蓋雖一樣波折而有兩樣翻湧也）衆軍陪

着笑說道大哥直得便還言語那漢道不賣了休纏（波頭只是翻湧不肯便落妙）這販棗子的客人勸道（用七箇人勸妙）你這箇鳥漢子他也說得差了（一句是楊志）你也忒認眞（一句是賣酒人）連累我們也喫你說了幾聲（一句是七人）須不關他衆人之事（一句是衆軍）胡亂賣與他衆人喫些那漢道沒事討別人疑心做甚麼（波頭只是不落妙）這販棗子客人把那賣酒的漢子推開一邊只顧將這桶酒提與衆軍去喫（龍跳虎臥之才有此一筆不然則衆軍奪喫旣不好白勝肯賣又不好也）那軍漢開了桶蓋無甚舀喫（八箇字寫出妙景一桶酒一箇桶蓋十四箇人十四雙眼二十八隻手絕倒）陪箇小心問客人借這椰瓢用一用（絕倒）衆客人道就送這幾箇棗子與你們過酒（借瓢送棗蹺蹊有致）衆軍謝道甚麼道理客人道休要相謝都是一般客人何爭在這百十箇棗子上（只爭十一擔金珠耳）衆軍謝了先兜兩瓢（匆匆中寫來有體）叫老都管喫一瓢楊提轄喫一瓢楊志那里肯喫（寫楊志英雄精細固也然楊志即使肯喫亦不得於此處寫他肯喫何也從來叙事之法有賓有主有虎有鼠夫楊志虎也主也彼老都管與兩虞候特賓也鼠也設叙事者於此不分賓主不辨虎鼠襍然寫作老都管一瓢楊志一瓢兩箇虞候一瓢衆軍漢各一瓢將何以表其爲楊志哉故於此處特特勸出一句不喫夫然後下文另自寫來此固史家叙事之體也）老都管自先喫了一瓢兩箇虞候各喫一瓢衆軍漢一發上那桶酒登時喫盡了楊志見衆人喫了無事自本不喫一者天氣甚熱二乃口渴難熬拿起來只喫了一半（另自寫又寫得曲折夭矯）棗子分幾箇喫了那賣酒的漢子說道這桶酒被那客人饒一瓢喫了少了你些酒我今饒了你衆人半貫錢罷（不惟尚有閒力寫此閒文亦借半貫錢映襯出十萬貫金珠只爲一笑也）衆軍漢湊出錢來還他那漢子收了錢挑了空桶依然唱着山歌自下岡子去了（寫出即灑）那七箇販棗子的客人立在松樹傍邊指着這一十五人說道倒也倒也只見這十五箇人頭重脚輕一箇箇面面廝覷都軟倒了那七箇客人從松樹林裏推出這七輛江州車兒把車子上棗子都丟在地上（何爭在這幾箇棗子適已言之矣）將這十一擔金珠寶貝

都裝在車子內遮蓋好了。叫聲聒噪。四字絕倒。一十五人應應之云。厚擾。一直望黃泥岡下推去了。楊志口裏只是叫苦。軟了身體。扎掙不起。十五人眼睜睜地看着那七箇人寫來妙絕。三十隻眼。看十四隻脚去了。都把這金寶裝了去。只是起不來。掙不動。說不得。九字妙文。我且問你這七人端的是誰。奇筆。如杜詩題下亦有公自注也。不是別人。原來正是晁蓋吳用公孫勝劉唐三阮這七箇。明畫。却纔那箇挑酒的漢子便是白日鼠白勝。明畫。却怎地用藥。原來挑上岡子時。兩桶都是好酒。七箇人先喫了一桶。明畫。劉唐揭起桶蓋。又兜了半瓢喫。故意要他們看着。只是叫人死心搭地。明畫。次後吳用去松林裏取出藥來。抖在瓢裏。只做走來饒他酒喫。把瓢去兜時。藥已攪在酒裏。明畫。假意兜半瓢喫。那白勝劈手奪來傾在桶裏。明畫。這箇便是計策。那計較都是吳用主張。這箇喚做智取生辰綱。直解全題。原來楊志喫的酒少。便醒得快。爬將起來。前文楊志也喫酒。只喫得一半。我謂既已喫矣。何爭一半。及讀至此。始知前文喫少之妙。便於十五人中。先提出楊志。不與彼十四人者聚頭作計。須臾不已也。兀自捉脚不住。看那十四箇人時。先着一看。口角流涎。都動不得。楊志憤悶道。不爭你把了生辰綱去。教俺如何回去見得梁中書。這紙領狀須繳不得。就扯破了。領狀。如今閃得俺有家難奔。有國難投。待走那里去。不如就這岡子上尋箇死處。撩衣破步。望着黃泥岡下便跳。豈有楊志如此。只是作者要住得出人耳。正是斷送落花三月雨。摧殘楊柳九秋霜。畢竟楊志在黃泥岡上尋死。性命如何。且聽下回分解。

第五才子書施耐菴水滸傳卷之二十一

聖歎外書

第十六回

花和尚單打二龍山　青面獸雙奪寶珠寺

一部書將網羅一百八人而貯之山泊也將網羅一百八人而貯之山泊而必一人一至朱貴水亭一人一段分例酒食一人一枝號箭一人一次渡船是亦何以異於今之販夫之唱籌量米之法也者而以誇於世曰才子之文豈其信哉故自其天降石碣大排座次之日視之則彼一百八人誠已齊齊臻臻悉在山泊矣然當其一百八人猶未得而齊齊臻臻悉在山泊之初此時譬如大珠小珠不得玉盤迸走散落無可羅拾當是時殆幾非一手二手之所得而施設也作者於此爲之躊躕爲之經營因忽然別構一奇而控扭魯楊二人藏之二龍俟後樞機所發乘勢可動夫然後衝雷破壁疾飛而去嗚呼自古有云良匠心苦洵不誣也

魯達一孽龍也楊志又一孽龍也二孽龍同居一水獨不慮其鬬乎作者亦深知其然故特於前文兩人出身下都預寫作關西人亦以望其有鄉里之情也雖然以魯達楊志二人而望其以鄉里爲投分之故此倍難矣以魯達楊志二人而誠肯以鄉里之故而得成投分然則何不生於關西長於關西老死於關西而又必破關囓櫪而至於斯也破關囓櫪以至於斯而尚思以關西二字羈之使合是猶以藕絲之輕繫二孽龍必不得之數耳作者又深知其然故特提操刀曹正大書爲林冲之徒曹正貫索在手而魯楊孽龍弭首

帖尾不敢復動無他天下怪物自須天下怪寶鎮之則讀此篇者其胡可不知林冲爲禹王之金鎖也

項我言此篇之中雖無林冲然而欲制毒龍必須禹王金鎖所以林冲獨爲一篇綱領之人亦旣論之詳矣乃今我又欲試問天下之讀水滸者亦嘗知此篇之中爲止二龍爲更有龍爲止一鎖爲更有鎖爲止一貫索奴爲更有貫索奴耶孔子曰舉此隅不以彼隅反則不復說然而我終亦請試言之夫魯達楊志雙居珠寺他日固又有武松來也夫魯達一孽龍也武松又一孽龍也魯楊之合也則鎖之以林冲也曹正其貫索者也若魯武之合也其又以何爲鎖以誰爲貫索之人乎哉曰而不見夫魯達自述孟州遇毒之事乎是事也未嘗見之於實事也第一敘之於魯達之口一敘之於張青之口如是焉耳夫魯與武卽曾不相遇而前後各各自到張青店中則其貫索久已各各入於張青之手矣故夫異日之有張青猶如今日之有曹正也曰張青猶如曹正則是貫索之人誠有之也鎖其奈何曰誠有之未細讀耳觀魯達之述張青也曰看了戒刀喫驚至後日張青之贈武松也曰我有兩口戒刀其此物與志也魯達之戒刀也伴之以禪杖武松之戒刀也伴之以人骨念珠此又作者故深間色以眩人目也不信則第觀武松初過十字坡之時張青夫婦與之飲酒至晚無端忽出戒刀互各驚賞此與前文後文悉不連屬其爲何耶嗟乎讀書隨書讀定非讀書人卽又奚怪聖歎之以鍾期自許耶

楊志初入曹正店時不必先有曹正之妻也

自楊志初入店時一寫有曹正之妻而下文遂有折本入贅等語糾纏筆端苦不得了然而不得已也何也作者之胸中夫固斷以魯楊爲一雙鎖之以林冲貫之以曹正又以魯武爲一雙鎖之以戒刀貫之以張青如上所云矣然而其事相去越十餘卷彼天下之人方且眼小如豆卽又烏能凌跨二三百紙而得知其文心熠耀有如是之奇絕橫極者乎故作者萬無如何而先於曹正店中憑空添一婦人使之特與張青店中彷彿相似而後下文飛空架險結撰奇觀蓋才子之才實有化工之能也

魯楊一雙以關西通氣魯武一雙以出家逗機皆惟恐文章不成篇段耳

讀至末幅已成拖尾忽然翻出何清報信一篇有哭有笑文字遂使天下無兄弟人讀之心傷有兄弟人讀之又心傷誰謂稗史無勸懲乎

話說楊志當時在黃泥岡上被取了生辰綱去如何回轉去見得梁中書欲要就岡子上自尋死路却待望黃泥岡下躍身一跳猛可醒悟拽住了脚敗子回頭忠臣惜死皆有此八箇字尋思道爹娘生下酒家堂堂一表凜凜一軀自小學成十八般武藝在身終不成只這般休了楊志評比及今日尋箇死處不如日後他拿得着時却再理會回身再看那十四箇人時再看一看只是眼睜睜地看着楊志妙言奇趣令人絕倒本是楊志看十四箇人也却反看出十四箇人看楊志來兩看字寫得睜睜可笑沒箇掙扎得起楊志指着罵道都是你這廝們不聽我言語因此做將出來連累了酒家樹根頭拿了朴刀掛了腰刀週圍看時別無物件止有滿地棗子寫來絕倒此句先爲賠酒作地楊志歎了口氣一直下岡子去了上文一路寫來都在楊志分中此忽然寫出去了二字却似在十四人分中者當知此句眞有移雲換月之巧蓋楊志一路自

去罔也然岡上十四人一夜畢竟作何情狀不爭只要寫楊志却至後日重又追敘今夜耶輕輕於楊志文尾用去了二字便令楊志自去而讀者眼光自往岡上重復發放此十四人此皆作者着手處偷力處須要一一知其筆蹤墨跡毋為昔人所瞞如是始得謂之善讀書人也○看他午間二十三箇人在岡上何等熱鬧却一箇人去了又七箇人去了又一箇人也去了又十四箇人也都去了寫得可發一笑又想他連日十五箇人於路百般鬪口却一箇人先去了十四箇人也都去了寫得又好笑又好哭也那十四箇人直到二更方纔得醒一箇箇爬將起來不圖一坐直坐到恁地凉快口裏只叫得連珠箭的苦老都管道你們眾人不聽楊提轄的好言語今日送了我也眾人道老爺今日事已做出來了且通箇商量老都管道你們有甚見識眾人道是我們不是了古人有言火燒到身各自去掃蜂蠆入懷隨即解衣若還楊提轄在這里我們都說不過如今他自去得不知去向我們回去見梁中書相公何不都推在他身上只說道他一路上凌辱打罵眾人逼迫得我們都動不得他和强人做一路把蒙汗藥將俺們麻翻了縛了手脚將金寶都擄去了老都管道這話也說得是我們等天明先去本處官司首告留下兩箇虞候隨衙聽候捉拿賊人我等眾人連夜赶回北京報與本官知道教動文書申覆太師得知着落濟州府追獲這夥强人便了次日天曉老都管自和一行人來濟州府該管官吏首告不在話下此時岡上止剩一堆棗子矣

且說楊志提着朴刀悶悶不已離黃泥岡望南行了半夜去林子裏歇了尋思道盤纏又沒了舉眼無箇相識却是怎地好漸漸天色明亮只得趂早凉了行又走了二十餘里楊志走得辛苦到一酒店門前楊志道若不得些酒喫怎地打熬得過便入那酒店去向這桑木卓凳座頭上坐了寫英雄無賴却寫出他沒意思來妙筆身邊倚了朴刀處處寫倚朴刀偏於今日加身邊二字以便喫畢便走寫英雄無賴好笑只見竈邊一箇婦人問道此婦人二字遥遥直與後武松文中十字坡張青渾家母夜叉作對豈不怪哉客官莫不要打火楊志道先取兩角酒來喫借些米來做飯有肉安排些箇

（一句酒一句飯一句肉一直都說出來更不次第寫得無賴又寫得可憐）少停一發筭錢還你只見那婦人先叫一箇後生來面前篩酒一面做飯一邊炒肉（亦用三句一疊法疊成奇勢使下文走得迅疾可笑）都把來楊志喫了楊志起身綽了朴刀便出店門（寫出無賴可笑）那婦人道你的酒肉飯錢都不曾有楊志道待俺回來還你權賒咱一賒說了便走（又無賴又沒意思眞是寫出可憐）那篩酒的後生趕將出來揪住楊志被楊志一拳打翻了那婦人叫起屈來楊志只顧走（又無賴又可憐）只聽得背後一箇人趕來叫道你那厮走那里去楊志回頭看時那人大脫着膊（六月）拖着桿棒搶遶將來楊志道這厮却不是晦氣倒來尋酒家立脚住了不走看後面時那篩酒後生也拿條欖义隨後赶來（襯）又引着三兩箇莊客各拿桿棒飛也似都遶將來（襯）楊志道結果了這厮一箇那厮們都不敢追來便挺了手中朴刀來鬬這漢這漢也輪轉手中桿棒搶來相迎兩箇鬬了三二十合

這漢怎地敵得楊志只辦得架隔遮攔上下躲閃那後來的後生并莊客却待一發上只見這漢托地跳出圈子外來叫道且都不要動手兀那使朴刀的大漢你可通箇姓名那楊志拍着胸（是楊志他人不然）道酒家行不更名坐不改姓青面獸楊志的便是這漢道莫不是東京殿司楊制使麼楊志道你怎地知道酒家是楊制使這漢撇了鎗棒便拜道小人有眼不識泰山楊志便扶這人起來問道足下是誰這漢道小人原是開封府人氏乃是八十萬禁軍都教頭林冲的徒弟（安見曹正之必爲林冲之徒特是楊志曾與林冲水泊交手則此處不問其爲誰人定不得不是林冲之徒此文章家結撰之法也）姓曹名正祖代屠戶出身小人殺的好牲口挑觔剮骨開剝推剥只此被人喚做操刀鬼爲因本處一箇財主將五千貫錢教小人來此山東做客不想折了本回鄉不得在此入贅在這箇莊農人家却纔竈邊婦人便是小人的渾家這箇拿欖义的便是

小人的妻舅却纔小人和制使交手見制使手段和小人師父林教師一般（輕輕將水泊雪中一番交手提出來真有飛針走線之法）因此抵敵不住楊志道原來你却是林教師的徒弟你的師父被高太尉陷害落草去了如今見在梁山泊（反寄一信遂覺親熱）曹正道小人也聽得人道般說將來未知真實且請制使到家少歇楊志便同曹正再回到酒店裏來曹正請楊志裏面坐下叫老婆和妻舅都來拜了楊志（好笑）一面再置酒食相待飲酒中間曹正動問道制使緣何到此楊志把做制使失陷花石綱并如今又失陷了梁中書的生辰綱一事從頭備細告訴了曹正道既然如此制使且在小人家裏住幾時再有商議楊志道如此却是深感你的厚意只恐官司追捕將來不敢久住曹正道制使這般說時要投那里去楊志道洒家欲投梁山泊去尋你師父林教頭（投梁山泊去却是尋林教頭英雄眼裏心裏真有筋力武師方在廡下而海內之士已隱然歸之彼堂上者屍居餘氣何足道哉）俺先前在那里經過時正撞着他下山來與洒家交手王倫見了俺兩箇本事一般因此都留在山寨裏相會以此認得你師父林冲王倫當初苦苦相留俺却不肯落草如今臉上又添了金印却去投奔他時好沒志氣因此躊躇未決進退兩難曹正道制使見得是小人也聽的人傳說王倫那廝心地匾窄安不得人說我師父林教頭上山時受盡他的氣不若小人此間離不遠却是青州地面有座山喚做二龍山山上有座寺喚做寶珠寺那座山生來却好裹着這座寺只有一條路上得去如今寺裏住持還了俗養了頭髮餘者和尚都隨順了（特寫和尚還俗做强盜便襯出英雄削髮做和尚來故知此語非表鄧龍脚色乃作魯達縮染也不然者幾成剩語矣）說道他聚集的四五百人打家劫舍那人喚做金眼虎鄧龍制使若有心落草時到去那里入夥足可安身楊志道既有這箇去處何不去奪來安身立命當下就曹正家裏住

了一宿借了些盤纏拿了朴刀相别曹正拽開脚步投二龍山來行了一日看看漸晚却早望見一座高山楊志道俺去林子裏且歇一夜明日却上山去轉入林子裏來喫了一驚只見一箇胖大和尚楊志實喫一驚讀者却滿面堆下笑來道師兄久别一向何處脱得赤條條的背上刺着花繡坐在松樹根頭乘涼六月那和尚見了楊志就樹根頭綽了禪杖跳將起來大喝道兀那撮鳥你是那里來的楊志聽了道原來也是關西和尚俺和他是鄉中問他一聲兩漢相遇已如兩峯對揷兩獸齊摶矣偏要先通此一線把楊志略一放倒便讓出魯達頭來及至鬭到四五十合却又先是魯達叫住則又放倒魯達仍收回楊志本文此史家相讓之法也楊志叫道你是那里來的僧人那和尚也不回說輪起手中禪杖只顧打來久别師兄便失記威儀矣一句寫來不覺全身都現楊志道怎奈這禿廝無禮且把他來出口氣挺起手中朴刀來逩那和尚兩箇就林子裏一來一往一上一下兩箇放對直鬭到四五十合不分勝敗那和尚賣箇破綻托地跳出圈子外來喝一聲且歇師兄威儀誠乃可愛可惜久别幾至忘之寫魯達仍舊是魯達妙筆兩箇都住了手楊志暗暗地喝采道那里來的這箇和尚眞箇好本事手段高俺却剛剛地只敵得他住魯達本事前林冲歎之矣今楊志又歎之至云自已剛剛敵得他住則是楊志本事林冲歎之魯達歎之楊志亦自歎之也那和尚叫道兀那青面漢子你是甚麼人楊志道洒家是東京制使楊志的便是那和尚道你不是在東京賣刀殺了破落戸牛二的楊志道你不見俺臉上金印那和尚笑道却原來在這裏相見楊志道不敢問師兄却是誰緣何知道洒家賣刀那和尚道洒家不是别人俺是延安府老种經略相公帳前軍官魯提轄的便是爲因三拳打死了鎭關西却去五臺山淨髮爲僧人見洒家背上有花繡都叫俺做花和尚魯智深楊志笑道原來是自家鄉里俺在江湖上多聞師兄大名聽得說道師兄在大相國寺裏掛搭如今何故來在這里魯智深道一

言難盡。洒家在大相國寺管菜園，遇着那豹子頭林冲，陡然又提出林冲來。○林冲實不在此書中，而忽然生出曹正自稱林冲徒弟，於是楊志自述遇見林冲，魯達又述遇見林冲，一時遂令林冲身雖不在，而神采奕奕，兼使楊魯二人遂得加倍親熱，不獨以同鄉爲投分也。此辟如二龍性各不馴，必得禹王金鎖，方得制之一處。今楊志魯達如二孽龍，必不相能，作者憑空以林冲爲之金鎖，而又巧借曹正以爲貫索之蠻奴。嗚呼！二龍之居一山，其鎖乃遥在水泊，試思作者之胸中，其才調爲何如也。被高太尉要陷害他性命，俺却路見不平，直送他到滄州，救了他一命。不想那兩箇防送公人回來，對高俅那廝説道：正要在野豬林裏結果林冲，却被大相國寺魯智深救了，那和尚直送到滄州，因此害他不得。這直娘賊恨殺洒家，分付寺裏長老不許俺掛搭，又差人來捉洒家。却得一夥潑皮通報，不曾着了那廝的手，喫俺一把火燒了那菜園裏廨宇，前文林冲到滄州，公人回來，未有下落；魯達松林中别了林冲，重到不重到菜園，未有下落，却於此處補完，妙絶。逃走在江湖上，東又不着，西又不着，來到孟州十字坡過，險些兒被箇酒店裏婦人害了性命，把洒家

着懞汗藥麻翻了，得他的丈夫歸來得早，見了洒家這般模樣，又看了俺的禪杖戒刀喫驚，此一句，作者直抵上文林冲二字，用其精神氣色，有跌躍擲霍之勢，不望讀者能自知之，但望讀者能牢記之足矣。○牢記此句，俟後武松文中對看也。連忙把解藥救俺醒來，因問起洒家名字，畱住俺過了幾日，結義洒家做了弟兄。那人夫妻兩箇亦是江湖上好漢有名的，都叫他做菜園子張青，出一菜園，遇一菜園，點筆成趣。其妻母藥叉孫二娘，甚是好義氣。一住四五日，如此一段奇文，却不正寫，只用兩番口中敘述而出。此非爲魯達已於此地得遇楊志，苟欲追記，則筆墨遼越；苟不追記，則情事疎漏，於是不得已而勉出於口中敘述，以圖草草塞責也。蓋楊志魯達各自千里怒龍，遥遥奔赴，却被曹正輕輕閃出林冲，鎖住一處，固已。乃今作者胸中已預欲爲武松作地，夫武松之於魯達，亦復千里二龍，遥遥奔赴，今欲鎖之，則仗何人鎖之，復用何法鎖之乎？預藏下張青夫婦，以爲貫索之蠻奴，而反以禪杖戒刀爲金鎖。嗚呼！作者胸中之才調爲何如也。打聽得這里二龍山寶珠寺可以安身，洒家特地來奔那鄧龍入夥，叵耐那廝不肯安着洒家在這山上，和俺廝併，又敵洒家不過，只把這山下三座關牢牢地拴住，又沒別

路上去那撮鳥繇你叫罵只是不下來廝殺氣得洒家正苦在這里沒箇委結（既用林冲作鎖便務要寫得與林冲一般）不想却是大哥來楊志大喜兩箇就林子裏剪拂了就地坐了一夜楊志訴說賣刀殺死了牛二的事幷解生辰綱失陷一節都備細說了又說曹正指點來此一事便道既是閉了關隘俺們住在這里如何得他下來不若且去曹正家商議兩箇廝趕着行離了那林子來到曹正酒店裏楊志引魯智深與他相見了曹正慌忙置酒相待商量要打二龍山一事曹正道若是端的閉了關時休說道你二位便有一萬軍馬也上去不得（非贊鄧龍之二龍山贊楊魯之二龍山也）似此只可智取不可力求魯智深道回耐那撮鳥初投他時只在關外相見因不留俺廝併起來那廝小肚上被俺一脚點翻了却待要結果了他性命被他那里人多救了上山去閉了這鳥關繇你自在下面罵只是不肯下來廝殺楊志道

（一路皆聽曹正處畫明曹正爲二漢之關筍合縫人也）

既然好去處俺和你如何不用心去打魯智深道便是沒做箇道理上去奈何不得他曹正道小人有條計策不知中二位意也不中楊志道願聞良策則箇曹正道制使也休這般打扮只炤依小人這里近村莊家穿着小人把這位師父禪杖戒刀都拿了却叫小人的妻弟帶幾箇火家直送到那山下把一條索子綁了師父小人自會做活結頭却去山下叫道我們近村開酒店莊家這和尚來我店中喫酒喫得大醉了不肯還錢（四字稍帶楊志趣絕）口裏說道去報人來打你山寨因此我們聽得乘他醉了把他綁縛在這里獻與大王那廝必然放我們上山去到得他山寨裏面見鄧龍時把索子拽脫了活結頭小人便遞過禪杖與師父你兩箇好漢一發上那廝走往那里去若結果了他時以下的人不敢不伏此計若何魯智深楊志齊道妙哉妙哉當晚衆人喫了酒食又安排了些路上乾糧

細。次日五更起來，眾人都喫得飽了，魯智深的行李包裹都寄放在曹正家。（細中之細。只因一句魯達寄包裹，便將楊志岡上失事，店中賒酒等事，忽然襯出，令讀者已忘了又提着也。）當日楊志、魯智深、曹正帶了小舅并五七箇莊家，取路投二龍山來。晌午後直到林子裏，脫了衣裳，把魯智深用活結頭使索子綁了。（林子二字細。不然，讀者竟謂從曹正家直綁至二龍山矣，成何說話耶。）教兩箇莊家牢牢地牽着索頭。楊志戴了遮日頭涼笠兒，身穿破布衫，手裏倒提着朴刀。（倒提妙。只如備而不用者。）曹正拿着他的禪杖，眾人都提着棍棒，在前後簇擁着。到得山下，看那關時，都擺着強弩硬弓、灰瓶砲石。小嘍囉在關上看見綁得這箇和尚來，飛也似報上山去。多樣時（三字寫鄧龍也，卻活寫出王倫，然亦活寫出天下人矣。）只見兩箇小頭目上關來問道：「你等何處人，來我這里做甚麼？那里捉得這箇和尚來？」曹正答道：「小人等是這山下近村莊家，開着一箇小酒店。這箇胖和尚不時來我店中喫酒，喫得大醉，不肯還錢，口裏說道要去梁山泊叫千百箇人來打此二龍山，和你這近村坊都洗蕩了。因此小人只得又將好酒請他，灌得醉了，一條索子綁縛這廝來獻與大王，表我等村鄰孝順之心，免得村中後患。」兩箇小頭目聽了這話，歡天喜地說道：「好了！眾人在此少待一時。」兩箇小頭目就上山來報知鄧龍，說拿得那胖和尚來。鄧龍聽了大喜，叫：「解上山來，且取這廝的心肝來做下酒，消我這點寃仇之恨。」小嘍囉得令，來把關隘門開了，便叫送上來。楊志、曹正緊押魯智深解上山來。看那三座關時，（看得是一者，初到不得不看。二乃即刻便是兩位豪傑安身立命之處，脫使屯扎不得，將天下萬世讀至此者無不憂得好苦。故特順着筆勢，一路看進去。所以深慰後人不勞相念，實實魯達、楊志已占下一座好窟穴也。）端的險峻：兩下高山環繞，將來包住這座寺；山峰生得雄壯，中間只一條路上關來；三重關上擺着擂木砲石，硬弩強弓，苦竹鎗密密地攢着。過得三處關閘，來到寶珠寺前看時，三座殿門一段鏡面也似平地週遭都是木柵爲城寺前山門下立着七八箇小嘍囉看見縛得魯智深來都指手罵道你這禿驢傷了大王今日也喫拿了慢慢的碎割了這厮魯智深只不做聲押到佛殿看時殿上都把佛來擡去了中間放着一把虎皮交椅衆多小嘍囉拿着鎗棒立在兩邊少刻只見兩箇小嘍囉扶出鄧龍來（扶出二字顯是踢傷）坐在交椅上曹正楊志緊緊地幇着魯智深到階下鄧龍道你那厮禿驢前日點翻了我傷了小腹至今青腫未消今日也有見我的時節魯智深睜圓怪眼大喝一聲撮鳥休走兩箇莊家把索頭只一拽拽脫了活結頭散開索子魯智深就曹正手裏接過禪杖雲飛輪動楊志撇了凉笠兒倒轉手中朴刀曹正又輪起桿棒衆莊家一齊發作併力向前（極忙文寫得極明畫）鄧龍急待掙扎時早被魯智深一禪杖當頭打着把腦蓋劈作兩半箇和交椅都打碎了手下的小嘍囉早被楊志搠翻了四五箇曹正叫道都來投降若不從者便行掃除處死（如此兩箇大漢却是曹正一人正名定位固知從刀者眞英雄也）寺前寺後五六百小嘍囉并幾箇小頭目驚嚇得呆了只得都來歸降投伏隨即叫把鄧龍等屍首扛擡去後山燒化了（了）一面簡點倉廒整頓房舍再去看那寺後有多少物件（非表魯楊二人經緯乃深表二龍山實是雄鎭足可安身立命耳）且把酒肉安排些來喫魯智深并楊志做了山寨之主置酒設宴慶賞小嘍囉們盡皆投伏了仍設小頭目管領曹正別了二位好漢領了莊家自回家去了不在話下（魯達行李包裹寄曹正家却漏送來）却說那押生辰綱老都管并這幾箇廂禁軍曉行午住（這回得自在○驀地又墟出四字却令前文苦熱兜的一現）赶回北京到得梁中書府直至廳前齊齊都拜翻在地下告罪梁中書道你們路上辛苦多虧了你衆人又問楊提轄何在衆人告道不可說這人是箇大膽（二字收閙上失事）忘恩（二字收東郭爭功）的賊自離了此間五

此段只用四箇大驚字

七日後行得到黃泥岡天氣大熱都在林子裏歇涼不想楊志和七箇賊人通同假裝做販棗子客商楊志約會與他做一路先推七輛江州車兒在這黃泥岡上松林裏等候却叫一箇漢子挑一擔酒來岡子上歇下小的衆人不合買他酒喫被那廝把蒙汗藥都麻翻了又將索子綑縛衆人楊志和那七箇賊人却把生辰綱財寶并行李盡裝載車上將了去見今去本管濟州府呈告了留兩箇虞候在那里隨衙聽候捉拏賊人寫得有處分小人等衆人星夜趕回來告知恩相梁中書聽了大驚聽了大驚罵道這賊配軍你是犯罪的囚徒我一力擡舉你成人怎敢做這等不仁忘恩的事我若拿住他時碎屍萬段隨即便喚書吏寫了文書當時差人星夜來濟州投下濟州下書是下文緊箇東京下書是上文餘波不得做一例讀去○又東京下書報與太師太師星夜差幹辦來濟州捉賊則緊箇反緩緩箇反緊又不可不知也又寫一封家書着人也連夜上東京報與太師知道且不說差人去濟州下公文只說着人上東京來到太師府報知見了太師呈上書札蔡太師看了大驚看了大驚道這班賊人甚是膽大去年將我女壻送來的禮物打劫去了至今未獲今年又來無禮如何干罷隨即押了一紙公文着一箇府幹親自齎了星夜望濟州來着落府尹立等捉拿這夥賊人便要回報北京東京雙逼濟州如何不弄出來且說濟州府尹自從受了北京大名府留守司梁中書札付每日理論不下正憂悶間只見門吏報道東京太師府裏差府幹見到廳前有緊急公文要見相公府尹聽得大驚聽得大驚○梁中書聽得強盜情繇大驚府尹聽得太師府幹大驚蔡太師看見申報強盜大驚府尹看了大師鈞帖太驚四大驚字連珠寫出痛罵不小道多管是生辰綱的事慌忙陞廳來與府幹相見了說道這件事下官已受了梁府虞候的狀子已經差緝捕的人跟捉賊人未見踪跡前日留守司又差人行劄付到來又經着仰尉司并緝捕觀察杖限跟捉

未曾得獲若有些動靜消息下官親到相府回話府幹道小人是太師府裏心腹人今奉太師鈞旨特差來這里要這一干人臨行時太師親自分付敎小人到本府只就州衙裏宿歇（奇語）立等相公要拿這七箇販棗子的并賣酒一人在逃軍官楊志各賊正身限在十日捉拿完備差人解赴東京若十日不獲得這件公事時怕不先來請相公去沙門島走一遭小人也難回太師府裏去性命亦不知如何相公不信請看太師府裏行來的鈞帖府尹看罷大驚（看罷大驚）隨即便喚緝捕人等只見階下一人聲喏立在簾前太守道你是甚人那人禀道小人是三都緝捕使臣何濤太守道前日黃泥岡上打刼了去的生辰綱是你該管麼何濤荅道禀覆相公何濤自從領了這件公事晝夜無眠差下本管眼明手快的公人去黃泥岡上往來緝捕雖是累經杖責到今未見踪跡非是何濤怠慢官府

大師責府尹府尹責觀察觀察責公人看他一路鶩翎卸下

實出於無奈府尹喝道胡說上不緊則下慢我自進士出身歷任到這一郡諸侯非同容易（好貨）今日東京太師府差一幹辦來到這里領太師台旨限十日內須要捕獲各賊正身完備解京若還違了限次我非止罷官必陷我投沙門島走一遭你是箇緝捕使臣倒不用心以致禍及於我先把你這廝迭配遠惡軍州雁飛不到去處便喚過文筆匠來去何濤臉上刺下迭配州字樣空着甚處州名（奇語）發落道何濤你若獲不得賊人重罪決不饒恕何濤領了台旨下廳前來到使臣房裏會集許多做公的都到機密房中商議公事衆做公的都面面相覷如箭穿雁嘴鈎搭魚腮（寫來如畫）盡無言語何濤道你們閒常時都在這房裏撰錢使用如今有此一事難捉都不做聲你衆人也可憐我臉上刺的字樣衆人道上覆觀察小人們人非草木豈不省得只是這一夥做客商的必是他州外府深山

曠野強人遇着，一時刼了他的財寶，自去山寨裏快活，如何拿得着？便是知道，也只看得他一看。」何濤聽了，當初只有五分煩惱，見說了這話，又添了五分煩惱。自離了使臣房裏，上馬回到家中，把馬牽去後槽上拴了，獨自一箇（酒肉兄弟既去，同胞合母未來，讀況也永歎，烝也無戎二語，眞有淚如泉涌之痛。）悶悶不已。只見老婆問道：「丈夫，你如何今日這般嘴臉？」何濤道：「你不知，前日太守委我一紙批文，爲因黃泥岡上一夥賊人打刼了梁中書與丈人蔡太師慶生辰的金珠寶貝，計十一擔，正不知是甚麼樣人打刼了去。我自從領了這道鈞批，到今未曾得獲。今日正去轉限，不想太師府又差幹辦來，立等要拿這一夥賊人解京。太守問我賊人消息，我回覆道：『未見次第，不曾獲得。』府尹將我臉上刺下『迭配□州』字樣（空一字。），只不曾塡甚去處。在後知我性命如何？」老婆道：「似此怎地好？（句。）却是如何得了？（句。○說出兩句，却只是一句。寫婦人着急情意如畫。）」正

何清與阿嫂交口，另作一篇小文讀，蓋棠棣之詩，遜其蜿切矣。

說之間，只見兄弟何清來望哥哥。何濤道：「你（一你字可歎。何不叫他一聲兄弟耶。）來做甚麼？不去賭錢，却來怎地？」（忽然接入何清，忒太急迫矣，故反借悶中惱人意思，特特推開去，却又隨手帶出賭錢二字來，妙絕。）何濤的妻子乖覺，連忙招手（何清若無線索，書中何用他來？來而便說線索，又多見江郎才盡也。此特反用何濤激惱何清開去，而再用妻子收轉之。乖覺二字，蓋作者贈人之辭，不必眞謂此婦乖覺如何也。）說道：「阿叔，你且來廚下，和你說話。」何清當時跟了嫂嫂進到廚下坐了。嫂嫂安排些酒肉菜蔬，盪幾杯酒，請何清喫。何清問嫂嫂道：「哥哥忒殺欺負人！我不中也是你一箇親兄弟（眞說得痛。）！你便奢遮殺，到底是我親哥哥（眞說得痛。）！便叫我一處喫盞酒，有甚麼辱沒了你（眞說得痛。）！」阿嫂道：「阿叔，你不知道，你哥哥心裏自過活不得哩。」何清道：「哥哥每日起了大錢大物，那里去了？做兄弟的又不來有甚麼過活不得處（眞說得痛。）？」阿嫂道：「你不知，爲這黃泥岡上前日一夥販棗子的客人打刼了北京梁中書慶賀蔡太師的生辰綱去，如今濟州府尹奉着太師

鈞旨限十日內定要捉拿各賊解京若還捉不着正身時便要刺配遠惡軍州去你不見你哥哥先喫府尹刺了臉上迭配州字樣只不曾塡甚麼去處早晚捉不着得實是受苦他如何有心和你喫酒我却已安排些酒食與你喫他悶了幾時了你却怪他不得何淸道我也誹誹地聽得人說道有賊打刼了生辰綱去正在那里地面上（好。知而故問者深表哥哥之不交一言也。）阿嫂道只聽得說道黃泥岡上何濤道却是甚麼樣人刼了（好。）阿嫂道叔叔你又不醉我纔方說了是七箇販棗子的客人打刼了去何淸呵呵的大笑道原來恁地旣道是販棗子的客人了却悶怎地何不差精細的人去捉（說得離合跳躍。可喜。）阿嫂道你倒說得好便是沒捉處何淸笑道嫂嫂倒要你憂哥哥放着甞來的一班兒好酒肉弟兄（痛。）閒常不倸的是親兄弟（痛。）今日纔有事便叫沒捉處若是教兄弟閒甞捱得幾杯酒喫（痛。）今日這夥小賊倒有箇商量處（可謂應以哥哥得度者。即現兄弟而爲說法矣。）阿嫂道阿叔你倒敢知得些風路何淸笑道直等親哥臨危之際兄弟或者有箇道理救他（寫得離合跳躍可喜。）說了便起身要去（筆如驚鷹脫兔。其勢駭人。）阿嫂留住再喫兩杯那婦人聽了這話說得蹺蹊慌忙來對丈夫備細說了何濤連忙叫請兄弟到面前（亦有今日。）何濤陪着笑臉說道兄弟（久不聞此二字。寫得痛人。）你旣知此賊去向如何不救我何淸道我不知甚麼來歷我自和嫂子說要兄弟何曾救得哥哥（罵得好。說得透。○兄弟哥哥四字是一篇文字骨子。兄弟何曾救得哥哥。乃通說天下哥哥不要兄弟之故。非何淸自謙救不得何濤也。）何濤道好兄弟（三字可歎。自兄弟二字上增出一好字。而天下哥哥之不以兄弟爲兄弟也久矣。夫兄弟即安有不好者哉。）休得要看冷煖只想我日甞的好處休記我閒時的歹處（二語亦是陪笑急辭耳。夫哥哥兄弟有何好處。有何歹處。只須甞情足矣。固知二語定非何淸之所願聞也。）救我這條性命何淸道哥哥你別有許多眼明手快的公人管下三二百箇何不與哥哥出些氣力（說得透。罵得好。）量一箇兄弟怎救得哥哥（說得透。罵得好。）何濤道兄弟（可歎。只管叫兄弟了。）休說他們你的話眼裏有些門路休要把與別人做好漢（何清不睬聞。）你且說與我些去向我自有補報你處（何清不睬聞。）正教我怎地心寬何清道有甚麼去向兄弟不省的（此篇特為兄弟吐氣，故上文何濤說話不合，何清便更不肯。又非他文愈急愈縱之比也。）何濤道你不要毆我只看同胞共母之面（此句却說入何清本懷，故下文便肯相許。作者真有人倫之責，天下萬世其奈何不讀水滸也。）何清道不要慌且待到至急處兄弟自來出些氣力拿這夥小賊阿嫂便道阿叔胡亂救你哥哥也是弟兄情分（此四字是何清一片心事，是作者如一團隱痛，是一篇文字結穴處。）今被太師府鈞帖立等要這一干人天來大事你却說小賊何清道嫂嫂你須知我只為賭錢上喫哥哥多少打罵我是怕哥哥不敢和哥爭涉閒嘗有酒有食只和別人快活今日兄弟也有用處（說得透。罵得好。言之至再至三者，亦所以喚發業㮂一章也。）何濤見他話眼有些來歷慌忙取一箇十兩銀子放在卓上說道兄弟權將這錠銀收了日後捕得賊人時金銀段疋賞賜我一力包辦何清笑道哥哥正是急來抱佛脚閒時不燒香（痛語。）我若要哥哥銀子時便是兄弟勒掯哥了（痛語。）快把去收了不要將來賺我（痛語。）哥若如此我便不說（痛語。）既是哥兩口兒我行陪話（痛語。）我說與哥不要把銀子出來驚我（痛語。）何濤道銀兩都是官司信賞出的如何沒三五百貫錢兄弟你休推却我且問你這夥賊却在那里有些來歷何清拍着大腿道這夥賊我都捉在便袋裏了（奇文。）何濤大驚道兄弟你如何說這夥賊在你便袋裏何清道哥哥只莫管我自都有在這里便了哥只把銀子收了去不要將來賺我只要嘗情便了（痛語。作者痛殺，讀者亦痛殺。不要痛殺，只要嘗情便好。）何清不慌不忙却說出來有分教鄆城縣裏引出仗義英雄梁山泊中聚起擎天好漢畢竟何清說出甚人來且聽下回分解

第五才子書施耐菴水滸傳卷之二十一

第五才子書施耐菴水滸傳卷之二十二

聖歎外書

第十七回

美髯公智穩插翅虎

宋公明私放晁天王

此回始入宋江傳也宋江盜魁也盜魁則其罪浮于羣盜一等然而從來人之讀水滸者每每過許宋江忠義如欲旦暮遇之此豈其人性喜與賊爲徒殆亦讀其文而不能通其義有之耳自吾觀之宋江之罪之浮於羣盜也吟反詩爲小而放晁蓋爲大何則放晁蓋而倡聚羣醜禍連朝廷自此始矣宋江而誠忠義是必不放晁蓋者也宋江而放晁蓋是必不能忠義者也此入本傳之始而初無一事可書爲首便書私放晁蓋然則宋江通天之罪作者眞不能爲之諱也豈惟不諱而已又特致其辨焉如曰府尹叫進後堂則機密之至也叫了店主做眼則機密之至也三更趕到白家則機密之至也五更趕回城裏則機密之至也包了白勝頭臉則機密之至也老婆監收女牢則機密之至也何濤親領公文則機密之至也就帶虞候做眼則機密之至也衆人都藏店裏則機密之至也何濤不肯輕說則機密之至也凡費若干文字寫出無數機密而皆所以深著宋江私放晁蓋之罪蓋此書之寧恕羣盜而不恕宋江其立法之嚴有如此者世人讀水滸而不能通而遽便以忠義目之眞不知馬之幾足者也

寫朱仝雷橫二人各自要放晁蓋而爲朱仝巧雷橫拙朱仝快雷橫遲便見雷橫處處讓過朱仝一着然殊不知朱仝未入黑影之先

又先有宋江發已做過人情則是朱仝又換過宋江一着也強手之中更有強手眞是寫得妙絕

當時何觀察與兄弟何清道這錠銀子是官司信賞的非是我把來賺你後頭再有重賞兄弟你且說這夥人如何在你便袋裏只見何清去身邊招文袋內摸出一箇經摺兒來指道這夥賊人都在上面（奇絕之文匪夷所思）何濤道你且說怎的寫在上面何清道不瞞哥哥說兄弟前日爲賭博輸了沒一文盤纏有箇一般賭博的引兄弟去北門外十五里地名安樂村有箇王家客店內湊些碎賭（何濤罵兄弟好賭不謂賊人消息卻都在賭博上撈摸出來看他逐段不脫賭字妙絕）爲是官司行下文書來着落本村但凡開客店的須要置立文簿一面上用勘合印信每夜有客商來歇宿須要問他那里來何處去姓甚名誰做甚買賣都要抄寫在簿子上官司察照時每月一次去里正處報名（閑閑說出一件事寫何清戶中一樁說出數事事事如畫可見保甲法之當行也）爲是小二哥不識字央我替他抄了半箇月（又閑閑說出一件事）當日是六月初三日有七箇販棗子的客人推着七輛江州車兒來歇我卻認得一箇爲頭的客人是鄆城縣東溪村晁保正（又閑閑說出一件事）因何認得他我比先曾跟一箇賭漢去投奔他因此我認得（一件事中間又說出一件事亦從賭上認得）我寫着文簿問他道客人高姓只見一箇三髭鬚白淨面皮的（明明是吳用）搶將過來答應道我等姓李從濠州來販棗子去東京賣（以吳用之智而又適以智敗世界之窄不已甚乎）我雖寫了有些疑心第二日他自去了店主帶我去村裏相賭（又閑閑說出一件事又從賭上來）來到一處三叉路口只見一箇漢子挑兩箇桶來我不認得他（一箇我卻認得一箇我不認得妙妙）店主人自與他廝叫道白大郎那里去那人應道有擔醋將去村裏財主家賣店主人和我說道這人叫做白日鼠白勝他是箇賭客（亦從賭上出名）我也只安在心

自此以下都極寫機密之至無處走漏消息以見晁蓋之走實係宋江放之所以大著其罪也

裏後來聽得沸沸揚揚地說道黃泥崗上一夥販棗子的客人把蒙汗藥麻翻了人刼了生辰綱去我猜不是晁保正却是兀誰如今只拿了白勝（只拿了白勝只拿了晁保正只拿了姓阮的三箇文字逐節傳替而下）一問便知端的這箇經摺兒是我抄的副本（一段話說出無數零星拉雜之事却仍收到經摺）何濤聽了大喜隨即引了兄弟何清逕到州衙裏見了太守府尹問道那公事有些下落麽何濤稟道略有些消息了府尹叫進後堂來說（叫進後堂則機密之至也機密之至而晁蓋仍走則非宋江私放而為誰也○一路極寫機密皆表並無別處走漏消息所以正宋江私放之罪）仔細問了來歷何清一一稟說了當下便差八箇做公的一同何濤何清連夜來到安樂村叫了店主人做眼（有店主做眼便一逕奔去不敢聲張機密之至也）逕奔到白勝家裏却是三更時分（三更時分則人都睡着更無走漏消息機密之至也）叫店主人賺開門來打火只聽得白勝在牀上做聲問他老婆時却說道害熱病不曾得汗（寫心虛如畫）從床上拖將起來見白勝面色紅白（面色紅白）就把索子綁了喝道黃泥岡上做得好事白勝那里肯認把那婦人細了也不肯招衆做公的繞屋尋贓尋到床底下見地面不平衆人掘開不到三尺深衆多公人發聲喊白勝面如土色（面色如土）就地下取出一包金銀隨即把白勝頭臉包了（又包其頭臉恐或有人見之機密之至）帶他老婆扛擡贓物都連夜趕回濟州城裏來却好五更天明時分（到白家是三更到州是五更三更則人都睡着五更則人都未起皆機密之至更無走漏消息也）把白勝押到廳前便將索子綑了問他主情造意白勝抵賴死不肯招晁保正等七人（白勝之所以得與於一百八人也）連打三四頓打得皮開肉綻鮮血迸流府尹喝道賊首捕人已知是鄆城縣東溪村晁保正了你這廝如何賴得過你快說那六人是誰便不打你了白勝又捱了一歇（寫白勝）打熬不過只得招道為首的是晁保正他自同六人來糾合白勝與他挑酒其實不認得那六人知府道這箇不難只拿住晁保正

那六人便有下落先取一面二十斤死囚枷枷了白勝他的老婆也鎖了押去女牢裏監收（老婆亦監收在牢。更無走漏消息處也。）隨即押一紙公文就差何濤親自帶領二十箇眼明手快的公人逕去鄆城縣投下公文着落本縣立等要捉晁保正（不另差人。機密之至。更不得消息走漏也。）并不知姓名六箇正賊就帶原解生辰綱的兩個虞候作眼拿人（有作眼人。便可一見就擒。不致打草驚蛇。走漏消息也。）一同何觀察領了一行人去時不要大驚小怪只恐怕走透了消息（又特書機密之至。）星夜來到鄆城縣先把一行公人并兩箇虞候都藏在客店裏（寫得是。衆人都藏過。則更無走漏消息處。見機密之至也。）只帶一兩箇跟着來下公文逕奔鄆城縣衙門前來當下巳牌時分却值知縣退了早衙縣前靜悄悄地何濤走去縣對門一箇茶坊裏坐下喫茶相等喫了一箇泡茶問茶博士道今日如何縣前恁地靜茶博士說道知縣相公早衙方散一應公人和告狀的都去喫飯了未來何濤又問道今日縣裏不知是那箇押司直日茶博士指着道今日直日的押司來也（出得逕疾。紙墨都省。）何濤看時只見縣裏走出一箇押司來那人姓宋名江表字公明排行第三祖居鄆城縣宋家村人氏爲他面黑身矮人都喚他做黑宋江又且馳名大孝爲人仗義疎財人皆稱他做孝義黑三郎上有父親在堂母親蚤喪下有一箇兄弟喚做鐵扇子宋清自和他父親宋太公在村中務農守些田園過活這宋江自在鄆城縣做押司他刀筆精通吏道純熟更兼愛習鎗棒學得武藝多般平生只好結識江湖上好漢但有人來投奔他的若高若低無有不納便留在莊上館穀終日追陪竝無厭倦若要起身盡力資助端的是揮金似土人問他求錢物亦不推托且好做方便每每排難解紛只是周全人性命時常散施棺材藥餌濟人貧苦賙人之急扶人之困以此山東河北聞名都稱他做及時雨却把他比做天上下的及時雨一般能救萬物一百八人中獨於宋江用此大書者蓋一百七人皆依列傳例於宋江特依世家例亦所以成一書之綱紀也當時宋江帶着一箇伴當走將出縣前來只見這何觀察當街迎住叫道押司此間請坐拜茶宋江見他似箇公人打扮慌忙答禮道尊兄何處何濤道且請押司到茶坊裏面喫茶說話不便說話機密之至宋公明道謹領兩箇入到茶坊裏坐定伴當都叫去門前等候伴當都迴避過機密之至並不曾走漏消息也宋江道不敢拜問尊兄高姓何濤答道小人是濟州府緝捕使臣何濤的便是不敢動問押司高姓大名宋江道賤眼不識觀察少罪小吏姓宋名江的便是何濤倒地便拜說道久聞大名無緣不曾拜識宋江道惶恐觀察請上坐何濤道小人安敢占上宋江道觀察是上司衙門的人又是遠來之客兩箇謙讓了一回宋江坐了主位何濤坐了客席宋江便道茶博士將兩杯茶來沒多時茶到兩箇喫了茶宋江道觀察到敝縣不知上司有何公務何濤道實不相瞞來貴縣有幾個要緊的人宋江道莫非賊情公事否何濤道有實封公文在此公文實封見機密之至也敢煩押司作成宋江道觀察是上司差來該管的人小吏怎敢怠慢不知為甚麼賊情緊事何濤道押司是當案的人便說也不妨當案之人猶不容易便說見何濤機密之至無處走漏消息○以上寫出無數機密皆表晁蓋之走實惟宋江放之更無處可以委罪也敝府管下黃泥岡上一夥賊人共是八箇把蒙汗藥麻翻了北京大名府梁中書差遣送蔡太師的生辰綱軍健一十五人三十一字為句刼去了十一擔金珠寶貝計該十萬貫正贓今捕得從賊一名白勝指說七箇正賊都在貴縣這是太師府特差一箇幹辦在本府立等要這件公事望押司早早維持宋江道休說太師處着落便是觀察自齎公文來要敢不捕送看他只是口頭猾語便令天下人奔走效死宋江真權詐之雄哉只不知道白勝供指那七人名字何濤道不瞞押司

說是貴縣東溪村晁保正為首更有六名從賊不識姓名煩乞用心宋江聽罷喫了一驚肚裏尋思道晁蓋是我心腹弟兄他如今犯了迷天大罪我不救他時捕獲將去性命便休了心內自慌却答應道晁蓋這廝姦頑役戶本縣內上下人沒一箇不怪他今番做出來了好教他受（自此以下入宋江傳。皆極寫其權術。所以爲羣賊之魁也。○宋江權術如此。讀之眞乃可愛）何濤道相煩押司便行此事宋江道不妨這事容易甕中捉鱉手到拏來只是一件這實封公文須是觀察自已當廳投下（宋江權術可愛。）本官看了便好施行發落差人去捉小吏如何敢私下擅開這件公事非是小可不當輕泄於人（宋江權術可愛。）何濤道押司高見極明相煩引進宋江道本官發放一早晨事務倦怠了少歇觀察略待一時少刻坐廳時小吏來請何濤道望押司千萬作成宋江道理之當然休這等說話小吏略到寒舍分撥了些家務便到（一則曰家務。再則曰家務。後遂眞成家務也。）觀察少坐一坐何濤道押司尊便小弟只在此專等宋江起身出得閣兒分付茶博士道那官人要再用茶一發我還茶錢（看他精到。）離了茶坊飛也似跳到下處先分付伴當去叫直司在茶坊門前伺候若知縣坐堂時便可去茶坊裏安撫那公人道押司穩便叫他略待一待（看他精到。）却自槽上鞁了馬牽出後門外去（後門妙。）袖了鞭子慌忙的跳上馬慢慢地離了縣治（慌忙上馬。慢慢行馬。妙。）出得東門打上兩鞭那馬撥喇喇的望東溪村攛將去沒半箇時辰早到晁蓋莊上（只一上馬。寫得宋江有老大權術。其爲羣賊之魁。不亦宜乎。）莊客見了入去莊裏報知且說晁蓋正和吳用公孫勝劉唐在後園葡萄樹下喫酒（夏景。）此時三阮已得了錢財自回石碣村去了晁蓋見莊客報說宋押司在門前晁蓋問道有多少人隨後着（寫心虛如畫。）莊客道只獨自一箇飛馬而來說快要見保正晁蓋道必然有事慌忙出來迎接宋江道了一箇喏攜了晁蓋手（宋江攜晁蓋手第一。宋江一生以攜手爲第一要務，思之可歎。）便投側邊小房裏來（權術真正可愛）晁蓋問道押司如何來得慌速宋江道哥哥不知兄弟是心腹弟兄我捨着條性命來救你如今黃泥岡事發了白勝已自拿在濟州大牢裏了供出你等七人濟州府差一箇何緝捕帶領若干人奉着太師府鈞帖并本州文書來着捉你等七人道你爲首天幸撞在我手裏我只推說知縣睡着且教何觀察在縣對門茶坊裏等我以此飛馬而來報你哥哥三十六計走爲上計（大書此語，以表晁蓋之入山泊，正是宋江教之也。）若不快走時更待甚麼我回去引他當廳下了公文知縣不移時便差人連夜下來你們不可擔閣倘有些疏失如之柰何休怨小弟不來救你晁蓋聽罷喫了一驚道賢弟大恩難報宋江道哥哥你休要多話只顧安排走路不要纏障我便回去也晁蓋道七箇人三箇是阮小二阮小五阮小七已得了財自回石碣村去了後面有三箇在這里賢弟且見他一面（七箇人，三箇虛，三個實，作兩段寫出，妙絕文字。）宋江來到後園晁蓋指着道這三位一箇吳學究一箇公孫勝薊州來的一箇劉唐東潞州人（又有此一段文字者，不重晁蓋赤心白意，正表宋江私放，不止晁蓋一人也。）宋江略講一禮回身便走（真乃人中俊傑，寫得矯健可愛。）囑付道哥哥保重作急快走兄弟去也宋江出到莊前上了馬打上兩鞭飛也似望縣裏來了（其人如此，卽欲不出色，胡可得乎。）且說晁蓋與吳用公孫勝劉唐三人道你們認得那來相見的這箇人麼吳用道却怎地慌慌忙忙便去了正是誰人（此句若出俗筆，便問正是誰人矣。此偏先怪其忙，次問爲誰，只一問辭，便活畫出宋江來也。）晁蓋道你三位還不知哩我們不是他來時性命只在咫尺休了三人大驚道莫不走了消息這件事發了晁蓋道虧殺這箇兄弟擔着血海也似干係來報與我們原來白勝已自捉在濟州大牢裏了供出我等七人本州差箇緝捕何觀察將帶若干人奉着太師鈞帖來着落鄆城縣立等要拿我個七箇斷了他穩住那公人在茶坊裏俟候他飛馬先來報知我們如今回去下了公文少刻便差人連夜到來捕獲我們却是怎地好吳用道若非此人來報都打在網裏這大恩人姓甚名誰晁蓋道他便是本縣押司呼保義宋江的便是吳用道只聞宋押司大名小生却不曾得會雖是住居咫尺無緣難得見面（一箇聞名。）公孫勝劉唐都道莫不是江湖上傳說的及時雨宋公明（又是兩箇聞名。○無不聞名如此。宋江之爲宋江何如耶。）晁蓋點頭道正是此人他和我心腹相交結義弟兄吳先生不曾得會（三人皆不相識。而獨指出吳用者。彼固遠來。不足多怪。吳用生在同縣。而亦不一晤。則殊可惜也。）四海之内名不虛傳結義得這箇兄弟也不枉了晁蓋問吳用道我們事在危急却是怎地解救吳學究道兄長不須商議三十六計走爲上計晁蓋道却纔宋押司也教我們走爲上計（大書吳用與宋江同心。爲一書之眼目。）却是走那里去好（逐節抽出。不作一筆直遂。）吳用道我已尋思在肚裏了如今我們收拾五七擔挑了一齊都奔石碣村三阮家裏去（不便說梁山泊。且先說石碣村。文情事情。都漸漸而入。）今急遣一人先與他弟兄說知（寫吳用有調有理。具見其才。）晁蓋道三阮是箇打魚人家如何安得我等許多人（逐節抽出。）吳用道兄長你好不精細石碣村那里一步步近去便是梁山泊如今山寨裏好生興旺官軍捕盜不敢正眼兒看他若是赶得緊我們一發入了夥（宋江曰走爲上着。吳用亦曰走爲上着。如出一口也。然則吳用尋思梁山入夥。宋江獨不尋思梁山入夥。如出一心乎。便極表宋江吳用爲一路。爲全書之眼目也。）晁蓋道這一論極是上策只恐怕他們不肯收留我們吳用道我等有的是金銀送獻些與他便入夥了（調侃世人語。絕倒。○做官須賄賂。做強盜亦須賄賂哉。）晁蓋道既然恁地商量定了事不宜遲吳先生你便和劉唐帶了幾箇莊客挑擔先去阮家安頓了却來旱路上接我們我和公孫先生兩個打併了便來吳用劉唐把這生辰綱打刼得金珠寶貝做五六擔裝了叫五六箇莊客一發喫了酒食與用袖了銅錢劉唐提了朴刀監押着五七擔一行十數人投石碣村來（上文將七箇人分作兩段。此處又將四箇人分作兩段。妙絕文字也。）晁蓋和公孫勝在莊上收拾有些不肯去的莊客齎發他些錢物從他去投別主（不惟情理兼盡，又作勘出阮家之地。）有願去的都在莊上併疊財物打拴行李不在話下再說宋江飛馬去到下處連忙到茶坊裏來只見何觀察正在門前望（畫來急狀。）宋江道觀察久等却被村裏有箇親戚在下處說些家務（口口以爲家務。）因此擔閣了些何濤道有煩押司引進宋江道請觀察到縣裏兩箇入得衙門來正值知縣時文彬在廳上發落事務宋江將着實封公文引着何觀察直至書案邊（權術。妙。）叫左右掛上迴避牌（權術。妙。）低聲稟道（權術。妙。）奉濟州府公文為賊情緊急公務特差緝捕使臣何觀察到此下文書知縣接來拆開就當廳看了大驚對宋江道這是太師府差幹辦來立等要回話的勾當這一干賊便可差人去捉宋江道日間去只怕走了消息只可差人就夜去捉拏得晁保正來那六人便有下落（極似爲知縣爲何濤，而不知其正是緩兵，宋江權術，其妙。）（如此）時知縣道這東溪村晁保正聞名是箇好漢他如何肯做這等勾當（寫知縣護晁蓋，反襯上文宋江罵晁蓋之詐。）隨即叫喚尉司并兩箇都頭一箇姓朱名仝一箇姓雷名橫他兩箇非是等閑人也（又出二人傳。）當下朱仝雷橫兩箇來到後堂領了知縣言語和縣尉上了馬逕到尉司點起馬步弓手并土兵一百餘人就同何觀察并兩箇虞候作眼拿人當晚都帶了繩索軍器縣尉騎着馬兩箇都頭亦各乘馬各帶了腰刀弓箭手拏朴刀前後馬步弓手簇擁着出得東門飛奔東溪村晁家來到得東溪村裏已是一更天氣都到一箇觀音庵取齊朱仝道前面便是晁家莊晁蓋家前後有兩條路（既云晁蓋莊上有前後兩條路矣，後又云有三條路。活描出美髯一時隨口生變來。）若是一齊去打他前門他望後門走了，一齊鬨去打他後門；他逩前門走了。（便見不得不與雷橫分，絕妙。）我須知晁蓋好生了得（一也。已又生出一段話頭，以見不得不分也。），又不知那六箇是甚麼人，必須也不是善良君子（二也。）。那厮們都是死命，倘或一齊殺出來（三也。），又有莊客協助（四也。），却如何抵敵他？只好聲東擊西，等那厮們亂攛，便好下手。（說得確然，應分妙絕。）不若我和雷都頭分做兩路，我與你分一半人，都是步行去，先望他後門埋伏了，等候唿哨響為號，你等向前門只顧打入來，見一箇捉一箇，見兩箇捉一雙。（寫美髯真有過人之才。）」雷橫道：「也說得是。朱都頭，你和縣尉相公從前門打入來，我去截住後門。」（朱仝有朱仝心事，雷橫有雷橫心事。寫兩人爭後門，妙絕。）朱仝道：「賢弟，你不省得。晁蓋莊上有三條活路（忽然增出一條路，絕妙。），我閑常時都看在眼裏了。我去那里須認得他的路數，不用火把便見。（此三句說已之必應後門。不用火把四字，輕輕挿入，便知下文朱仝在黑影裏也。）你還不知他出沒的去處，倘若走漏了事情，不是要處。」（此三句說雷之必不應後門。寫美髯真有過人之才。）縣尉道：「朱都頭說得是，你帶一半人去。」朱仝道：「只消得三十來箇彀了。」（莫如不分更便耳。然而事理有所不可，則姑以三十來箇遮飾之也。）朱仝領了十箇弓手，二十箇土兵，先去了。（下文大驚小怪三句在此內。）縣尉再上了馬，雷橫把馬步弓手都擺在前後，幫護着縣尉。土兵等都在馬前，明晃晃照着三二十箇火把，拏着欓叉、朴刀、留客住、鉤鐮刀，一齊都逩晁家莊來。到得莊前，兀自有半里多路，只見晁蓋莊裏一縷火起，從中堂燒將起來，湧得黑烟遍地，紅焰飛空。（於朱雷未到之前，特寫晁蓋預作走計，以表宋江之罪也。）又走不到十數步，只見前後門四面八方，約有三四十把火，發焰騰騰地一齊都着。（看他寫晁盖預作走計，又分二段。此處正寫朱雷二人爭放晁蓋也，又必先書此二段者，所以正私放晁蓋之罪，獨歸宋江，不得分之朱雷兩人也。）前面雷橫挺着朴刀，背後衆土兵發着喊，一齊把莊門打開，都撲入裏面。（此一段寫雷橫。）看時，火光照得如同白日一般明亮，並不曾見有一箇人；只聽得後面發着喊，叫將起來叫前面捉人此是寫朱仝。看他三箇人各各自放晁蓋。原來朱仝有心要放晁蓋故意賺雷橫去打前門這雷橫亦有心要救晁蓋以此爭先要來打後門却被朱仝說開了只得去打他前門故意這等大驚小怪聲東擊西要催逼晁蓋走了註朱仝意中事。朱仝那時到莊後時兀自晁蓋收拾未了莊客看見來報與晁蓋說道官軍到了事不宜遲晁蓋叫莊客四下里只顧放火註朱仝先來事。他和公孫勝引了十數箇去的莊客納着喊挺起朴刀從後門殺將出來大喝道當吾者死避吾者生自晁蓋出來以下皆詳寫朱仝略寫雷橫。朱仝在黑影裏捉賊不是在黑影里事。寫來絕倒。朱仝在黑影裏。雷橫在大光裏。皆成絕倒。叫道保正快走朱仝在這里等你多時一肚心事。不說又不得。要說又不得。看他匆匆只此一句。晁蓋那里聽得說與同公孫勝捨命只顧殺出來此一段寫晁蓋捨命殺出。不顧朱仝說話。朱仝虛閃一閃放開條路讓晁蓋走晁蓋却叫公孫勝引了莊客先走他獨自押着後此一段寫晁蓋擺布押後。不見朱仝讓路。朱仝使步弓手從後門撲入去叫道前面趕捉賊人讓走了却撲入。所以穩在雷橫。便好趕上說明心事也。雷橫聽得轉身便出莊門外叫馬步弓手分頭去趕朱仝穩在雷橫。便好自去做人情。雷橫却又發脫土兵要來自己做人情。以一筆寫兩人。而兩人皆活靈活現。真奇事也。雷橫自在火光之下東觀西望做尋人捉賊不是火光之下事。寫來絕倒。寄語都頭。觔去久矣。雷橫每讓朱仝一籌。如此。朱仝撇了土兵挺着刀去趕晁蓋晁蓋一面走口裏說道朱都頭你只管追我做甚麼我須沒歹處說又不聽得。讓又不看見。自應有此一番問荅也。朱仝見後面沒人方纔敢說道保正你兀自不見我好處我怕雷橫執迷不會做人情被我賺他打你前門我在後面等你出來放你你見我閃開條路讓你過去你不可投別處去只除梁山泊可以安身亦便算到梁山泊。朱仝之與宋江相厚有以也。朱仝一番好心。凡作三段寫來。方得明之。晁蓋寫盡一時人多火雜手忙腳亂也。朱仝得見人情。雷橫不得見人情。甚矣朱仝之強于雷橫也。然殊不知先有宋江早已做過人情。真乃夜眠清早起。又有早行人也。晁蓋道深感救命之恩異日必報小衙內死于此十字矣。朱仝正趕

間只聽得背後雷橫大叫道休教走了人雷橫之讓朱仝
一籌如此。朱仝分付晁蓋道保正你休慌只顧一面走
我自使轉他去朱仝回頭叫道有三箇賊望東小
路去了雷都頭你可急趕只謂忽寫雷橫，卻是仍寫朱仝，妙絕。雷橫
領了人便投東小路上并土兵衆人趕去雷橫之讓朱仝
一籌如此。朱仝一面和晁蓋說着話一面趕他。却如防
送的相似寫得活現。漸漸黑影裏不見了晁蓋朱仝只
做失脚撲地倒在地下寫美髯真有過人之才。衆土兵隨後
趕來向前扶起朱仝道黑影裏不見路徑失脚走
下野田裏滑倒了閃挫了左腿妙妙。不惟自解趕不着，亦復自委不
復趕也。縣尉道走了正賊怎生奈何朱仝道非是小
人不趕其實月黑了沒做道理處這些土兵全無
幾箇有用的人不敢向前縣尉再叫土兵去趕是縣
尉。上文兩箇都頭已不知費了無數曲折，縣尉睡裏夢裡不知也。衆土兵心裏道
兩箇都頭尚兀自不濟事近他不得我們有何用
都去虛趕了一回轉來道黑地里正不知那條路

去了了。雷橫也趕了一直回來心內尋思道朱仝
和晁蓋最好多敢是放了他去我却不見了人情
朱仝事畢後，雷橫始見其讓一地，如此也。回來說道那里趕得上這
夥賊端的了得了。縣尉和兩箇都頭回到莊前時
已是四更時分何觀察見衆人四分五落趕了一
夜不曾拏得一箇賊人只敘苦道如何回得濟州
去見府尹縣尉只得捉了幾家鄰舍去解將鄆城
縣裏來縣尉好笑，從來如此。○不便拿莊客，且先拿鄰舍，文勢逶迤曲折之極。這時
知縣一夜不曾得睡立等回報聽得道賊都走了
只拏得幾家鄰舍知縣把一干拿到的鄰舍當廳
勘問衆鄰舍告道小人等雖在晁保正鄰近居住
遠者三二里田地近者也隔着些村坊他莊上時
常有搠鎗使棒的人來如何知他做這般的事知
縣逐一問了時務要問他們一箇下落數內一箇
貼鄰告道若要知他端的除非問他莊客行文逶迤曲折
如此。知縣道說他家莊客也都跟着走了鄰舍告道

也有不願去的還在這里（好。真寫得好。）知縣聽了火速差人就帶了這箇貼鄰做眼（店主人做眼一。兩箇虞候做眼二。兩箇虞候同何觀察做眼三。貼鄰做眼四。）來東溪村捉人無兩箇時辰早拿到兩箇莊客當廳勘問時那莊客初時抵賴喫打不過只得招道先是六箇人商議小人只認得一箇是本鄉中教學的先生叫做吳學究一箇叫做公孫勝是全真先生又有一箇黑大漢姓劉更有那三箇小人不認得却是吳學究合將來的聽得說道他姓阮在石碣村住他是打魚的弟兄三箇只此是實（招七人。錯落參差之甚。）知縣取了一紙招狀把兩箇莊客交割與何觀察回了一道備細公文申呈本府宋江自周全那一干鄰舍保放回家聽候（非表宋江仁義。正見宋江權術。然其實則為一路宋江已冷。恐人遂至忘之。故借事提出一句也。）且說這衆人與何濤押解了兩箇莊客連夜回到濟州正值府尹陞廳何濤引了衆人到廳前稟說晁蓋燒莊在逃一事再把莊客口詞說一遍府尹道既是恁地說時拿出白勝來問道那三箇姓阮的端的住在那里白勝抵賴不過只得供說三箇姓阮的一箇叫做立地太歲阮小二一箇叫做短命二郎阮小五一箇是活閻羅阮小七都在石碣湖村裏住（又作逐一半說。）知府道還有那三箇姓甚麼白勝告道一箇[illegible]智多星吳用一箇是入雲龍公孫勝一箇叫做赤髮鬼劉唐（又作一半說。）知府聽了便道既有下落且把白勝依原監了收在牢裏隨即又喚何觀察差去石碣村只拿了姓阮三箇便有頭腦不是此一去有分教天罡地煞來尋聚會風雲水滸山城去聚縱橫人馬畢竟何觀察怎生差去石碣村緝捕且聽下回分解

第五才子書施耐庵水滸傳卷之二十三

聖歎外書

第十八回

林冲水寨大併火
晁蓋梁山小奪泊

此回前半幅借阮氏口痛罵官吏後半幅借林冲口痛罵秀才其言憤激殊傷雅道然怨毒著書史遷不免於稗官又奚責焉

前回朱雷來捉時獨書晁蓋斷後此回何濤來捉時忽分作兩半前半獨書阮氏水戰後半獨書公孫火攻後入山泊見林冲時則獨書吳用舌辯蓋七箇人凡大書六箇人各建奇功也中間止有劉唐未嘗自効則又於後回補書月夜入險以表此七人者悉皆出奇爭先互不冒濫嗟乎强盜猶不可以白做奈何今之在其位食其食者乃曾無所事事而又殊不自怪耶

是稗史也稗史之作其何所昉當亦昉於風刺之旨也今讀何濤捕賊一篇抑何其無罪而多戒至於若是之妙耶夫未捉賊先捉船夫孰不知捉船以捉賊也而殊不知百姓之遇捉船乃更慘於遇賊則是捉船以捉賊者之即賊百姓之胸中久已疑之也及於船既捉矣賊又不捉而又即以所捉之船排却乘涼百姓夫而後又知向之捉船者固非欲捉賊正是賊要乘涼耳嗟乎捉船以捉賊而今百姓疑其以賊捉賊已大不可奈何又捉船以乘涼而令百姓竟指爲賊要乘涼尚忍言哉尚忍言哉世之君子讀是篇者其亦惻然中感而愼戢官軍則不可謂非稗史之一助也

何濤領五百官兵五百公人而寫來恰似淡

秋敗葉聚散無力晁蓋等不過五人再引十數箇打魚人而寫來便如千軍萬馬奔騰馳驟有開有合有誘有劫有伏有應有衝有突凡若此者豈謂當時眞有是事葢是耐菴墨兵筆陣縱橫入變耳

聖歎慼然嘆曰嗟乎怨毒之於人甚矣哉當林冲弭首廡下坐第四志豈能須臾忘王倫耶徒以勢孤援絕懼事不成爲世僇笑故隱忍而止一旦見晁蓋者兄弟七人無因以前彼詎不心動乎此雖王倫降心優禮歡然相接彼猶將私結之以得肆其欲爲況又加之以猜疑耶夫自雪天三限以至今日林冲渴刀已久與王倫頸血相吸雖無吳用之舌又豈遂得不殺哉或林冲之前無高俅相惡之事則其殺王倫猶未至於如是之毒乎顧虎頭針刺畫影而鄰女心痛然則殺王倫之日俅其氣絕神滅矣乎人生世上睚眦之事可自恣也哉

說話當下何觀察領了知府台旨下廳來隨即到機密房裏與衆人商議衆多做公的道若說這箇石碣村湖蕩緊靠着梁山泊都是茫茫蕩蕩蘆葦水港若不得大隊官軍舟船人馬（渼感此一論不然安得下文一回好書看耶）誰敢去那里捕捉賊人何濤聽罷說道這一論也是再到廳上稟覆府尹道原來這石碣村湖泊正傍着梁山水泊週圍盡是深港水汊蘆葦艸蕩閒常時也兀自劫了人莫說如今又添了那一夥強人在裏面若不起得大隊人馬如何敢去那里捕獲得人府尹道既是如此說時再差一員了得事的捕盜巡簡點與五百官兵人馬（五百官兵人馬）和你一處去緝捕何觀察領了台旨再回機密房來喚集這衆多做公的整選了五百餘人（五百餘做公的）人各各自去準備什物器械次日那捕盜巡簡領

了濟州府帖文與同何觀察兩箇點起五百軍兵同衆多做公的一齊奔石碣村來且說晁蓋公孫勝自從把火燒了莊院帶同十數箇莊客來到石碣村半路上（三字。疏密正妙。已藏下吳用調度。三阮義勇在內。）撞見三阮弟兄各執器械却來接應到家七箇人都在阮小五莊上那時阮小二已把老小搬入湖泊裏（好。）七人商議要去投梁山泊一事吳用道見今李家道口有那旱地忽律朱貴在那里開酒店招接四方好漢但要入夥的須是先投奔他我們如今安排了船隻把一應的物件裝在船裏將些人情送與他引進（此語非揶揄朱貴。蓋王倫之惡名。流布久矣。○又於此處着此一語。則知來日火併全出林冲。殊非晁蓋七人預圖之也。）大家正在那里商議投奔梁山泊只見幾箇打魚的（便。）來報道官軍人馬飛奔村裏來也晁蓋便起身叫道這廝們趕來我等休走（寫晁蓋。）阮小二道不妨（寫阮家。）我自對付他叫那廝大半下水裏去死小半都搠殺他公孫勝道休慌（寫公孫勝。）且看貧道的本事晁蓋道劉唐兄弟（不必盡用。妙。殺鼠豈須全力哉。）你和學究先生（不必出自加亮。妙。割雞焉用牛刀哉。）且把財賦老小裝載船裏逕撐去李家道口左側相等我們看些頭勢（四字妙筆。深明虎鼠不敵。不過看他如何耳。）不隨後便到阮小二選兩隻棹船把娘（王進娘自到延安府去。此娘却入水泊裏來。天下無不是的娘。只是其所繇來有漸耳。做娘可不慎哉。○把娘二字。成文可笑。王進扶娘。是孝子身分。阮二把娘。是逆子身分。至後來李逵背娘。則竟是惡獸身分矣。）和老小家中財賦都裝下船裏吳用劉唐各押着一隻叫七八箇伴當搖了船先到李家道口去等又分付阮小五阮小七撐駕小船如此迎敵兩箇各棹船去了（不惟阮二有才。又表兩弟快便。）且說何濤并捕盜巡簡帶領官兵漸近石碣村但見河埠有船盡數奪了（此句調侃官兵。公餘讀此。惻然念之。）便使會水的官兵下船裏進發岸上的騎馬船騎相迎水陸竝進到阮小二家一齊吶喊人兵竝起撲將入去早是一所空房（絕倒。○想見吶喊之聲齊起齊止。）裏面只有些麤重家火何濤道且去拏幾家附近漁戶此文凡有兩番，今第一番。

問時，說道他的兩箇兄弟阮小五、阮小七都在湖泊裏住，非船不能去。何濤與巡簡商議道：「這湖泊裏港汊又多，路逕甚雜，抑且水蕩坡塘，不知深淺。若是四分五落去捉時，又怕中了這賊人奸計。我們把馬匹都教人看守在這村裏，一發都下船裏去。」當時捕盜巡簡并何觀察一同做公的人等都下了船。那時捉的船非止百十隻，也有撑的，亦有搖的，（寫得紛紛可笑。○撑搖二字，寫成一笑，使船如馬，固如是耶。）一齊都望阮小五打魚莊上來。行不到五六里水面，只聽得蘆葦中間有人嘲歌，衆人且住了船聽時，（只聽得三字，紙上如有一人直閃出來；住了船聽時五字，紙上如有一人復閃入去。寫得變詭之極。）那歌道：

打魚一世蓼兒洼，不種青苗不種麻。酷吏贓官都殺盡，忠心報答趙官家。（以殺盡贓酷為報答國家，真能報答國家者也。）

何觀察并衆人聽了，盡喫一驚。只見遠遠地一箇人獨棹一隻小船兒唱將來。有認得的指道：「這箇便是阮小五。」（阮五先聽後見。）何濤把手一招，衆人併力向前，各執器械挺着（好笑，見鬼。）迎將去。只見阮小五大笑，（妙人。）罵道：「你這等虐害百姓的賊，（官是賊，賊是老爺。然則官也，賊也，賊也，老爺也。一而二，二而一者也。○快絕之文。）直如此大膽，敢來引老爺做甚麽！却不是來捋虎鬚！」何濤背後有會射弓箭的搭上箭，拽滿弓，一齊放箭。阮小五見放箭來，拏着撑楸，翻筋斗鑽下水裏去。（來時來得出奇，去時去得出奇。）衆人趕到跟前，拏箇空。又撑不到兩條港汊，只聽得蘆花蕩裏打唿哨。衆人把船擺開，（好笑，見鬼。）又見前面兩箇人棹着一隻船來。船頭上立着一箇人，頭戴青箬笠，身披綠蓑衣，手裏撚着條筆管鎗，（阮七先見後聽。）口裏也唱着道：

老爺生長石碣村，稟性生來要殺人。先斬何濤巡簡首，京師獻與趙王君。（斬贓酷首級以獻其君，真能獻其君矣。○又兩歌辭義相承，如斷若續：前云殺盡，後云先斬；前歌大，後歌緊。妙絕。）

何觀察并衆人聽了，又喫一驚。有認得的說道：「這箇正是阮小七。」何濤喝道：「衆人併力向前，先拿住這箇賊，休教走了！」阮小七聽得，笑道：（也笑。妙人。）「潑賊！（前云虐害百姓的賊，乃明正賊之罪也此却并虐害百姓四字都省去只以二字直呼之云潑賊下亦更不別接一語更為快絕也便把鎗只一點那船便使轉來望小港裏串着走妙衆人捨命喊可笑又見鬼趕將去這阮小七和那搖船的飛也似搖着櫓口裏打着唿哨串着小港汊中只顧走妙衆官兵趕來趕去看見那水港窄狹了何濤道且住把船且泊了都傍岸邊上岸看時只見茫茫蕩蕩都是蘆葦正不見一些旱路何濤心內疑惑却商議不定便問那當村住的人說道小人們雖是在此居住也不知道這里有許多去處何濤便教划着兩隻小船船上各帶三兩箇做公的去前面探路去了兩箇時辰有餘不見回報妙何濤道這廝們好不了事再差五箇做公的又划兩隻船去探路這幾箇做公的划了兩隻船又去了一箇多時辰並不見些回報妙何濤道這幾箇都是久慣做公的四清六活的人却怎地也不曉事如何不着一隻船轉來回報不想這些帶來的官兵人人亦不知顛倒天色又看看晚了夾此一句妙何濤思想在此不着邊際怎生奈何我須用自去走一遭妙揀一隻疾快小船選了幾箇老郎做公的各拿了器械槳起五六把樺楫何濤坐在船頭上望這箇蘆葦港裏蕩將去那時已是日沒沉西夾此一句妙划得船開約行了五六里水面看見側邊岸上一箇人提着把鋤頭走將來千奇百怪橫現側出何濤問道兀那漢子你是甚人這里是甚麼去處那人應道我是這村裏莊家這里喚做斷頭溝好地名沒路了何濤道你曾見兩隻船過來麼那人道不是來捉阮小五的何濤道你怎地知得是來捉阮小五的那人道他們只在前面烏林裏廝打不是廝打之事說得好笑何濤道離這里還有多少路那人道只在前面望得見便是何濤聽得便叫攏船前去接應便差兩箇做公的拿了撓叉上岸來只見那漢提起鋤頭來手到把這兩箇做公的一鋤頭一箇

(快事快文。都閒百姓鋤頭千推不足供公人一飯也。豈意今日一鋤頭已足。)翻筋斗都打下水裏去。何濤見了喫一驚，急跳起身來時，却待淹上岸，只見那隻船忽地搪將開去。水底下鑽起一箇人來，(只是一兩箇人，寫得便如怒龍行雨，其鱗爪有東現西沒之勢。)把何濤兩腿只一扯，撲通地倒撞下水裏去。那幾箇船裏的却待要走，被這提鋤頭的赶將上船來，一鋤頭一箇，(索性快事。)排頭打下去，腦漿也打出來。這何濤被水底下這人倒拖上岸來，就解下他的搭膊來綑了。(覼縷。朱文公見此，必當詫之云，即以其人搭膊還縛其人之身矣。)看水底下這人却是阮小七，岸上提鋤頭的那漢便是阮小二。(帶敘帶記。)弟兄兩箇看着何濤罵道：「老爺弟兄三箇從來只愛殺人放火。(嵇康好鍛，何至於此。)量你這廝直得甚麼！你如何大膽，特地引着官兵來捉我們？」何濤道：「好漢，小人奉上命差遣，葢不繇已。小人怎敢大膽要來捉好漢！望好漢可憐見家中有箇八十歲的老娘無人養贍。」(隨手嚒出一句有娘，以映襯三阮之有娘也。後李鬼文中，亦有此一

句，正與今文遙遙相對。)望乞饒恕性命則箇。」阮家弟兄道：「且把他來綑做箇粽子，撇在船艙裏。」(不完。)把那幾箇屍首都攛去水裏去了。箇箇胡哨一聲，蘆葦叢中鑽出四五箇打魚的人來，都上了船。(不漏。)阮小二、阮小七各駕了一隻船出來。(只消小二小七駕船出來，讀者亦出來矣。若自儕筆，不免老大段落。)且說這捕盜巡簡領着官兵都在那船裏說道：「何觀察他道做公的不了事，自去探路，也去了許多時，不見回來。」那時正是初更左右，星光滿天，(此一句妙。又加星光滿天四字，如畫。)衆人都在船上歇凉。(不是歇凉之事，寫得好笑。○日裏奪船，夜裏歇凉，千載官兵，於今爲烈。)忽然只見起一陣怪風，從背後吹將來，(又是一番。)吹得衆人掩面大驚，只叫得苦，把那纜船索都刮斷了，正沒擺布處，只聽得後面胡哨響。(先聽得。)迎着風看時，(迎着風三字妙，是看背後，精細之至。)只見蘆花側畔射出一派火光來。(次見。)衆人道：「今番却休了！那大船小船約有百十來隻，正被這大風刮得你撞我磕，捉摸不住。那火光却早來到面

前深讚好風也。原來都是一叢小船兩隻價幇住村中苦無大船若用小船又不發火勢設身處地算出此五字來○此書處處設身處地而後成文眞怪事也上面滿滿堆着蘆葦柴草刮刮雜雜燒着乘着順風直衝將來那百十來隻官船屯塞做一塊寫得如畫便畫亦難畫港汊又狹又沒迴避處那頭等大船也有十數隻都被他火船推來鑽在大船隊裏一燒妙水底下原來又有人扶助着船燒將來妙燒得大船上官兵都跳上岸來逃命逩走不想四邊盡是蘆葦野港又沒旱路只見岸上蘆葦又刮刮雜雜也燒將起來寫得如畫便畫亦難畫那捕盜官兵兩頭沒處走風又緊火又猛衆官兵只得都逩爛泥裏立地爛泥裏三字絕倒○此爛泥句算做官軍倉卒應變火光叢中只見此六字冐下三段一隻小快船船尾上一箇搖着船船頭上坐着一箇先生手裏明晃晃地拿着一口寶劍只是船頭一箇先生船尾一箇搖着寫得便如中軍一陣相似口裏喝道休教走了一箇衆兵都在爛泥裏慌做一堆此爛泥句算做官軍運籌帷幄說猶

未了只見蘆葦東岸兩箇人引着四五箇打魚的都手裏明晃晃拿着刀鎗走來只是兩箇人引着四五箇漁人寫得便如左邊一陣相似這邊蘆葦西岸又是兩箇人也引着四五箇打魚的手裏也明晃晃拿着飛魚鈎走來亦只是兩箇人引着四五箇漁人寫得便如右邊一陣相似東西兩岸四箇好漢幷這夥人兩岸合來連中間一人只是公孫勝晁蓋阮小五阮小二阮小七耳寫得便如兩軍合入中軍相似○不惟當時官軍在暗裏疑他有千軍萬馬便是今日讀者在亮裏也疑他有千軍萬馬作者才調如此○每見近代露布大文寫得印板相似便令千軍萬馬反像街漢廝打因歎人之才與不才何啻河漢一齊動手排頭兒搠將來無移時把許多官兵都搠死在爛泥裏此爛泥句算做官軍疆場效命東岸兩箇是晁蓋阮小五西岸兩箇是阮小二阮小七船上那箇先生便是祭風的公孫勝帶敘帶記敘處有奔風激電之能記處有水落石出之致五位好漢引着十數箇打魚的忽然結算一句五箇好漢十箇漁人收拾上文一片八門五花文字才調異常把這莊家第二番完○下忽又轉過第一番夥官兵都搠死在蘆葦蕩裏單只剩得一箇何觀察綑做粽子也似丟在船艙

裹。忽然接轉觀察。筆如驚鷹餓虎。阮小二提將上岸來、指着罵道、你這廝是濟州一箇詐害百姓的蠢蟲。二字奇文。虎稱大蟲。鼠稱老蟲。馬稱驊蟲。官稱蠢蟲。皆奇文。我本待把你碎屍萬段、却要你回去對那濟州府管事的賊說、俺這石碣村阮氏三雄、東溪村天王晁蓋、都不是好撩撥的。我也不來你城裏借糧、他也休要來我這村中討死、竟作酬酢語。妙絕。賊與賊。老爺與老爺。正應酬酢也。倘或正眼兒覷着、休道你是一箇小小州尹、也莫說蔡太師差幹人來要拿我們、便是蔡京親自來時、我也搠他三二十箇透明的窟窿。只算上壽。俺們放你回去、休得再來傳與你的那箇鳥官人、教他休要做夢。這里沒大路、五箇字裏。結果一員巡捕千餘人兵。讀之失笑。我着兄弟送你出路口去、當時阮小七把一隻小快船、載了何濤、直送他到大路口、喝道、這里一直去、便有尋路處。別的衆人都殺了、難道只恁地好好放了你去、也喫你那州尹賊驢笑、一篇如奔風激浪。至此已得收港。却不肯便住。故又另自蹴起一波。其才如許。且、

請下你兩箇耳朵來做表證、七哥趣人。不枉姓阮。阮小七身邊拔起尖刀、把何觀察兩箇耳朵割下來、鮮血淋漓、插了刀、解了膀膊、幽細之極。百忙之後。人必忘之矣。放上岸去、何濤得了性命、自尋路。尋路妙。送出路口。尚要尋路。笑上文深入虎口之易也。自尋又妙。千餘人來。一箇回去。回思奪船時。眞成一夢也。回濟州去了、且說晁蓋、公孫勝、和阮家三弟兄、并十數箇打魚的、一發都駕了五七隻小船、離了石碣湖村泊、逕投李家道口來、到得那里、相尋着吳用、劉唐、船隻合做一處、吳用問起拒敵官兵一事、晁蓋備細說了、吳用衆人大喜、整頓船隻齊了、一同來到旱地忽律朱貴酒店裏、朱貴見許多人來、說投托入夥、慌忙迎接、吳用將來歷實說與朱貴、聽了待朱貴不薄。大喜、逐一都相見了、請入廳上坐定、忙叫酒保安排分例酒來、管待衆人、隨即取出一張皮靶弓來、搭上一枝響箭、望着那對港蘆葦中射去、響箭到處、早見有小嘍囉搖出一隻船來、朱貴急寫了一封書、

呈備細寫衆豪傑入夥姓名人數四字寫出朱貴歡喜先付
與小嘍囉齎了教去寨裏報知一面又殺羊管待
深表朱貴衆好漢過了一夜次日早起朱貴喚一隻大
船請衆多好漢下船就同帶了晁蓋等來的船隻
細一齊望山寨裏來行了多時早來到一處水口
只聽的岸上鼓響鑼鳴晁蓋看時只見七八箇小
嘍囉划出四隻哨船來見了朱貴都聲了喏自依
舊先去了此一段俗筆不及再說一行人來到金沙灘上
岸便留老小船隻并打魚的人在此等候老小并打魚人
留在灘上船裏又見數十箇小嘍囉下山來接引到關上
寫事有層次王倫領着一班頭領出關迎接晁蓋等慌
忙施禮王倫答禮道小可王倫久聞晁天王大名
如雷灌耳今日且喜光臨草寨晁蓋道晁某是箇
不讀書史的人甚是麤鹵今日事在藏拙甘心與
頭領帳下做一小卒不棄幸甚王倫道休如此說
且請到小寨再有計議一行從人都跟着上山來

從人跟上山來到得大寨聚義廳上王倫再三謙讓晁蓋
一行人上堦晁蓋等七人在右邊一字兒立下王
倫與衆頭領在左邊一字兒立下一箇箇都講禮
罷分賓主對席坐下王倫喚堦下衆小頭目聲喏
已畢一壁廂動起山寨中鼓樂先叫小頭目去山
下管待來的從人關下另有客館安歇從人仍發放關下去
單說山寨裏宰了兩頭黃牛十箇羊五箇猪大吹
大擂筵席衆頭領飲酒中間晁蓋把胸中之事從
頭至尾都告訴王倫等衆位王倫聽罷駭然了半
晌外邊寫一句心內躊躇裏邊寫一句做聲不得又於外邊寫一句
自己沉吟又於裏邊寫一句虛作應答又於外邊寫一句五句活寫出秀
才筵宴至晚席散衆頭領送晁蓋等衆人關下客
館內安歇此一句寫王倫異心自有來的人伏侍此一句寫王倫疎漏
一句寫王倫密一句寫王倫踈活寫出秀才晁蓋心中歡喜對吳用等
六人說道我們造下這等迷天大罪那里去安身
不是這王頭領如此錯愛我等皆已失所此恩不

可忘報吳用只是冷笑妙七箇人須要逐箇出色一寫故前朱仝來捉時晁蓋已着吳用劉唐先行了却又着公孫勝先行他便獨自一箇挺刀押後此是出色寫箇晁蓋何濤來捉時阮小二道不妨我自對付他便調度小五小七兩隻船兩箇山歌來此是出色寫箇三阮後來一陣怪風一片大光一隻小船一口寶劍便把一千官軍燒得罄盡此是出色寫箇公孫勝今自冷笑二字已去完人併一篇乃是出色寫箇吳用也七箇人中獨劉唐不曾出色自劾便爲補寫月夜一走以見行文如行兵遣筆如遣將非可草草無紀也晁蓋道先生何故只是冷笑有事可以通知吳用道兄長性直此四字是一部大書中如椽之筆晁蓋只是直宋江只是曲此晁宋之別也你道王倫肯收留我們兄長不看他的心只觀他的顏色動靜規模晁蓋道觀他顏色怎地吳用道兄長不見他早間席上與兄長說話倒有交情次後因兄長說出殺了許多官兵捕盜巡簡放了何濤阮氏三雄如此豪傑他便有些顏色變了雖是口中應答心裏好生不然若是他有心收留我們只就早上便議定了坐位明日排宴已分付山南水亭矣杜遷宋萬這兩箇自是麤鹵的人輕只點一句便放過待客之事如何省得只有林冲那人陡然提出林冲有如叢莽之中怪石砑露原是京師禁軍教頭大郡的人諸事曉得今不得已知已語只四字灑下人淚來坐了第四位早間見林冲看王倫答應兄長模樣十四字一句又如話又如畫王倫應晁蓋林冲看王倫應晁蓋吳用見林冲看王倫應晁蓋一句看他多動他自便有些不平之氣頻頻把眼瞅這王倫心內自己躊躇活畫林冲亦用外一句裏一句我看這人倒有顧盼之心只是不得已數語中凡用兩不得已句寫林冲乎哉寫天下丈夫也小生略放片言此語醜教他本寨自相火併晁蓋道全仗先生妙策當夜七人安歇了次早天明只見人報道林教頭相訪來前寫晁蓋挺刀押後文中却將朱仝雷橫夾雜而寫此寫吳用文中亦將林冲夾雜而寫讀者須分作兩分眼色一半去看吳用一半去看林冲乃雙得之也吳用便對晁蓋道這人來相探中俺計了七箇人慌忙起來迎接邀請林冲入到客館裏面吳用向前稱謝道夜來重蒙恩賜拜擾不當林冲道小可有失恭敬雖有奉承之心奈緣不在其位林冲心事望乞恕罪吳學究道我等雖是不才非爲草木

豈不見頭領錯愛之心，顧盼之意，（就勢便用一迎妙絕）感恩不淺。晁蓋再三謙讓林冲上坐，林冲那里肯，推晁蓋上首坐了，林冲便在下首坐定，吳用等六人一帶坐下。（只客館中片時小坐，亦不草草，深寫林冲在王倫下第四椅，真是不在其位也。）晁蓋道：「久聞教頭大名，不想今日得會。」（晁蓋性直，只說閒話，並不與林冲對針，然卻少不得。）林冲道：「小人舊在東京時，與朋友交禮節不曾有悮，（林冲語。武師自說海話，聖歎卻驀然想着漢公，私謂除此寒山片石，惡武師之在東京，亦未必更有可語。）雖然今日能勾得見尊顏，不得遂平生之願，特地逕來陪話。」（林冲語）晁蓋稱謝道：「深感厚意。」（晁蓋說閒話）吳用便動問道：「小生舊日久聞頭領在東京時，十分豪傑，不知緣何與高俅不睦，致被陷害，後聞在滄州亦被火燒了大軍草料場，又是他的計策。（閒話七句）向後不知誰薦頭領上山？」（正話一句）林冲道：「若說高俅這賊陷害一節，但提起毛髮植立，（句法亦有毛髮植立之勢）又不能報得此讎，（答一）來此容身，皆是柴大官人舉薦到此。」（答一）吳用道：「柴大官人莫非是江湖上人稱為小旋風柴進的麼？」（撇過高俅，單擒柴大官人，手法敏辣，有縱蛟鎖龍之妙。）林冲道：「正是此人。」晁蓋道：「小可多聞人說柴大官人仗義疏財，接納四方豪傑，說是大周皇帝嫡派子孫，如何能彀會他一面也好。」（百忙中晁蓋又說閒話，真是開口開盡，全與林冲不對，然上特註云卻少不得者，正為林吳相對，鍼鍼相拄，括括相擊，反覺斧鑿之痕太是顯然，深賴晁蓋夾在中間，順他直性，自說自話，以泯其跡也。）吳用又對林冲道：「據這柴大官人名聞寰海，聲播天下的人，（妙。擒住柴大官人更不放。）教頭若非武藝超羣，（妙。若非二字反踢，妙。）他如何肯薦上山？（妙。如何肯三字反踢，妙。）非是吳用一稱，（妙。非是二字亦用反踢。）理合王倫讓這第一位與頭領，生此天下公論，（承若非句）也不負了柴大官人的書信。」（承如何肯句）林冲道：「承先生高談，只因小可犯下大罪，投奔柴大官人，非他不留林冲，（此六字令我讀之駭然，蓋寫林冲便活寫出林冲來，寫林冲精細，便活寫出林冲精細來。何以言之？夫上文吳用文中，乃說柴進肯薦林冲上山也，林冲卻忽然想道他說柴進薦我上山，或者疑到柴進不肯留我在家耶，說時遲，那時疾，便急道一句：非他不留林冲，六箇字，千伶百俐，一似草枯鷹疾相似，妙哉妙哉。蓋自非此句，則寫來已幾乎不是林冲也誠恐負累他不便自願上山不想今日去住無門去住二字寫林冲動搖已久也非在位次低微只爲王倫心術不定語言不準難以相聚說得矯健心術不定語言不準犯此八字者賊也做不成痛言哉吳用道王頭領待人接物一團和氣如何心地倒恁窄狹換一頭林冲道今日山寨天幸得衆多豪傑到此相扶相助似錦上添花如旱苗得雨此人只懷妒賢嫉能之心但恐衆豪傑勢力相壓千古同之仲尼之所以致數於臧孫也夜來因見兄長所說衆位殺死官兵一節他便有些不然就懷不肯相留的模樣以此請衆豪傑來關下安歇吳用便道既然王頭領有這般之心我等休要待他發付惡極只八箇字把雪天三限直提出來自投別處去便了林冲道衆豪傑休生見外之心林冲自有分曉林冲已決要知此六箇字全是上文休要受他發付八箇字逼出小可只恐衆豪傑生退去之意特來早早說知是林冲今日看他如何相待若這厮語言有理不似昨日萬事罷論倘若這厮今朝有半句話參差時盡在林冲身上快晁蓋道頭領如此錯愛俺弟兄皆感厚恩又插入晁蓋直性人說直話全不模林冲頭腦全不對林冲箭栝讀之如話吳用便道頭領爲新弟兄面上倒與舊弟兄分顏新弟兄舊弟兄六箇字有鈎鎌拐馬之妙新弟兄以親之舊弟兄以羞之不謂弟兄二字又可作膠漆用又可作刀劍用也若是可容即容不可容時小生等登時告退四字是吳用一篇結煞語蓋欲討一的當相許也惡哉林冲道先生差矣差字來得疾緊拼新弟兄舊弟兄字也古人有言惺惺惜惺惺好漢惜好漢量這一箇潑男女腌臢畜生說甚弟兄豪傑之惜弟兄二字也如此矣衆豪傑且請寬心七字是林冲一篇結煞語緊答登時告退四字林冲起身別了衆人說道少間相會也說一句閑話林冲此來只此一句是閑話衆人相送出來林冲自上山去了沒多時只見小嘍囉到來相請說道今日山寨裏頭領相請衆好漢去山南水寨亭上筵會特特避開聚義堂上晁蓋道上覆頭領少間便到小嘍囉去了晁蓋問吳用道先生此一會如何吳學究笑道兄長放心此一會倒有分做山

寨之主今日林教頭必然有火併王倫之意他若有些心懶小生憑着三寸不爛之舌不繇他不火併兄長身邊各藏了暗器（要）只看小生把手來撚鬚爲號（要）兄長便可協力晁蓋等衆人暗喜辰牌巳後三四次人來邀請晁蓋和衆頭領身邊各各帶了器械暗藏在身上結束得端正却來赴席只見宋萬親自騎馬又來相請（前巳表出朱貴此又表出宋萬筆墨周浹獨不及杜遷者王倫爲杜遷所引且姑留以併之亦文家疏密相間之法也）小嘍囉擡過七乘山轎七箇人都上轎子一逕投南山水寨裏來直到水亭子前下了轎王倫杜遷林冲朱貴都出來相接邀請到那水亭子上分賓主坐定王倫與四箇頭領杜遷宋萬林冲朱貴坐在左邊主位上晁蓋與六箇好漢吳用公孫勝劉唐三阮坐在右邊客席階下小嘍囉輪番把盞酒至數巡食供兩次晁蓋和王倫盤話但提起聚義一事王倫便把閒話支吾開去吳用把眼來看林冲時（只一句急逼入去妙絕筆力）只見林冲側坐交椅上把眼瞅王倫身上（寫得如畫便畫也畫不出寫林冲寫得崒嵂之極鬱勃之極）看看飲酒至午後王倫回頭叫小嘍囉取來三四箇人去不多時只見一人捧箇大盤子裏放着五錠大銀（醜）王倫便起身把盞對晁蓋說道感蒙衆豪傑到此聚義只恨敝山小寨是一洼之水如何安得許多眞龍聊備些小薄禮萬望笑留煩投大寨歇馬小可使人親到麾下納降晁蓋道小子久聞大山招賢納士一逕地特來投托入夥若是不能相容我等衆人自行告退重蒙所賜白金決不敢領非敢自誇豐富小可聊有些盤纏使用速請納回厚禮只此告辭王倫道何故推却非是敝山不納衆位豪傑奈緣只爲糧少房稀恐日後悞了足下衆位面皮不好因此不敢相留說言未了只見林冲（八字疾）雙眉剔起兩眼圓睜坐在交椅上大喝道（此處若便立起却起得沒聲勢若便踢倒卓子立起又踢得沒節次故特地寫箇坐在交椅上罵直等罵到分際性發然

（後一脚踢開卓子。搶起身來。刀亦就勢掣出。有節次。有聲勢。作者實有設身處地之勞也。）你前番我上山來時也推道糧少房稀（胸中主句。眼前賓句。）今日晁兄與衆豪傑到此山寨你又發出這等言語來（眼前主句。胸中賓句。）是何道理吳用便說道頭領息怒自是我等來的不是倒壞了你山寨情分（惡極。不推自說不是。看他下壞字分三字。已直說冲不是矣。）今日王頭領以禮發付我們下山送與盤纏又不曾熱趕將去（惡極。只七箇字。陡然把雪晴三限又提出來。）請頭領息怒我等自去罷休（明明催之。）林冲道這是笑裏藏刀言清行濁的人我其實今日放他不過（快絕妙絕。讀之神旺。拚一朝一夕之心矣。）王倫喝道你看這畜生（看他寫人法。活是箇秀才。）又不醉了倒把言語來傷觸我却不是反失上下林冲大罵道量你是箇落第窮儒（即不落第。又奈何。）胸中又沒文學（即有文學。又奈何。）怎做得山寨之主（可見秀才。雖強盜亦不服也。）吳用便道晁兄（更不向林冲說。妙絕。）只因我等上山相投反壞了頭領面皮只今辦了船隻便當告退（又催之。）晁蓋等七人便起身（句。）要下亭子

（句。俗人不知此句之妙。便作一句讀。不知上半句是真。下半句是假也。）王倫留道且請席終了去（秀才可憐。睡裏夢裏。）林冲把卓子只一脚踢在一邊搶起身來衣襟底下掣出一把明晃晃刀來（有山崩海立。風起雲湧之勢。）掿的火雜雜（五字。不知是寫人。不知是寫刀。但覺人刀俱活。）吳用便把手將髭鬚一摸晁蓋劉唐便上亭子來虛攔住王倫叫道不要火併吳用便假意扯林冲道頭領不可造次公孫勝便兩邊道休為我等壞了大義阮小二便去幫住杜遷阮小五幫住宋萬阮小七幫住朱貴（百忙中寫來。何等明畫。）嚇得小嘍囉們目瞪口呆林冲拿住王倫罵道你是一箇村野窮儒虧了杜遷得到這里柴大官人這等資助你賙給盤纏與你相交舉薦我來尚且許多推却今日衆豪傑特來相聚又要發付他下山去這梁山泊便是你的（天下人聽者。）你這嫉賢妒能的賊（天下人聽者。）不殺了要你何用（却作商量說。絕倒。）你也無大量大才也做不得山寨之主（有大才。又必有大量。強盜頭領。必若是耶。）杜遷宋萬朱

貴本待要向前來勸被這幾箇緊緊幇着那里敢動王倫那時也要尋路走却被晁蓋劉唐兩箇攔住王倫見頭勢不好口裏叫道我的心腹都在那里（活秀才）雖有幾箇身邊知心腹的人本待要來救見了林冲這般兇猛頭勢誰敢向前林冲即時拿住王倫又罵了一頓（再添一句為雪天三限吐氣）去心窩裏只一刀肐察地攧倒在亭上晁蓋見攧王倫各掣刀在手（方掣出瘖器）林冲疾把王倫首級割下來提在手裏（林冲能却是耐菴能）嚇得那杜遷宋萬朱貴都跪下說道願隨哥哥執鞭墜鐙晁蓋等慌忙扶起三人來吳用就血泊裏拽過頭把交椅來（何必聚義堂上只山南水亭有何不可笑秀才之多計也）便納林冲坐地叫道如有不伏者將王倫為例今日扶林教頭為山寨之主（好吳用）林冲大叫道先生差矣（好林冲）我今日只為衆豪傑義氣為重上頭火併了這不仁之賊實無心要謀此位今日吳兄却讓此第一位與林冲坐豈不惹天下英雄耻笑若欲相逼寧死而已弟有片言（願聞）不知衆位肯依我麼衆人道頭領所言誰敢不依願聞其言林冲言無數句話不一席有分教斷金亭上招多少斷金之人聚義廳前開幾番聚義之會正是替天行道人將至仗義疏財漢便來畢竟林冲對吳用說出甚言語來且聽下回分解

第五才子書施耐菴水滸傳卷之二十四

聖歎外書

第十九回

梁山泊義士尊晁蓋
鄆城縣月夜走劉唐

此書筆力大過人處每每在兩篇相接連時偏要寫一樣事而又斷斷不使其間一筆相犯如上文方寫過何濤一番入此回又接寫黃安一番是也看他前一番翻江攪海後一番攪海翻江眞是一樣才情一樣筆勢然而讀者細細尋之乃至曾無一句一字偶爾相似者此無他蓋因其經營圖度先有成竹藏之胷中夫而後隨筆迅掃極妍盡致祇覺幹同是幹節同是節葉同是葉枝同是枝而其間偃仰斜正各自入妙風痕露跡變化無窮也此書寫何濤一番時分作兩番寫寫黃安一番時也分作兩番寫固矣然何濤却分爲前後兩番黃安却分爲左右兩番又何濤前後兩番一番水戰一番火攻黃安左右兩番一番虛描一番實畫此皆作者胷中預定之成竹也夫其胷中預定成竹既已有如是之各各差別則雖湖蕩即此湖蕩蘆葦即此蘆葦好漢即此好漢官兵一樣官兵然而間架既已各別意思不覺都換此雖懸千金以求一筆之犯且不可得而況其有偶同者耶

宋江婆惜一段此作者之紆筆也爲欲宋江有事則不得不生出宋江殺人爲欲宋江殺人則不得不生出宋江置買婆惜爲欲宋江置買婆惜則不得不生出王婆化棺故凡自王婆求施棺木以後遙遙數紙而直至於王公許施棺木之日不過皆爲下文宋江失事出逃之楔子讀者但觀其始於施棺終於施

此一段特特寫林冲

棺始於王婆終於王公夫亦可以悟其灑墨成戲也

話說林冲殺了王倫、手拿尖刀指着衆人（八字讀之不寒而粟）說道、據林冲雖係禁軍遭配到此（開口第一句的是林冲語。他人不肯說。○漢文帝與南粵王書第一句云、朕高皇帝側室之子。與林冲第一句身係禁軍遭配到此二語、正是一樣文法。然漢文推心置腹、林冲提心在口、一是忠恕而行、一是機變立應。其厚其薄、乃如天淵。）今日爲衆豪傑至此相聚、爭奈王倫心胸狹隘、嫉賢妬能、推故不納、因此火併了這廝、非林冲要圖此位。據着我胸襟膽氣、焉敢拒敵官軍、他日剪除君側元凶首惡（水滸一書大題目。林冲一生大胸襟。）今有晁兄、仗義踈財、智勇足備、方今天下人聞其名、無有不伏、我今日以義氣爲重、立他爲山寨之主（不是勢利。不是威脅。不是私恩小惠。寫得豪傑有泰山巖巖之象。）好麽、衆人道、頭領言之極當、晁蓋道、不可、自古強賓不壓主、晁蓋強殺、只是箇遠來新到的人、安敢便來占上、林冲拓手向前、將晁蓋推在交椅上（定大計立大業。林冲之功顧不偉哉。）叫道、今日事已到頭、不必推却、若有不從、即以王倫爲例（妙絕快絕。罵殺秀才。○蓋謙恭多者、即係秀才。以秀才易秀才、而不知其非、豈不辜負尖刀耶。）再三再四扶晁蓋坐了、林冲喝叫衆人就於亭前參拜了（寫得與韓琦捲簾相似。）一面使小嘍囉去大寨裏擺下筵席（林冲才。）一面叫人擡過了王倫屍首（林冲才。）一面又着人去山前山後、喚衆多小頭目、都來大寨裏聚義（林冲才。）林冲等一行人、請晁蓋上了轎馬、都投大寨裏來、到得聚義廳前、下了馬、都上廳來、衆人扶晁天王去正中第一位交椅上坐定（連日讀水滸、已得十九回矣。直至此時、方是開部第一句。看官都要重添眼色。）中間焚起一爐香來（是）林冲向前道（項在亭上已定第一座矣。今第二第三座亦須武師手定、故復驀然而前。）小可林冲、只是箇麤匹夫、不過只會些鎗棒而已、無學無才、無智無術（林冲何嘗不謙、只是謙得光明磊落、可以作自敘、可以作列傳、乃至遂可以作墓表諡議、不須更易一字。而林冲自說如此、人說林冲亦如此、故知永異於秀才之謙也。）今日山寨天幸得衆豪傑相聚、大義既明、非比往日苟且（十字洗出梁山泊來。○埤雅云、狗苟也、以其苟於得食、故謂之）

狗今釋荀字亦應倒借云荀狗也以其與狗無擇故謂之荀嗚呼番如斯言然則不荀且者誰乎學究先生在此便請做軍師執掌兵權調用將校須坐第二位尊師重傳眞定得是吳用答道吳某村中學究胸次未見經綸濟世之才雖曾讀些孫吳兵法未曾有半粒微功豈可占上林冲道事已到頭不必謙讓吳用只得坐了第二位林冲道公孫先生請坐第三位神道設教眞定得是晁蓋道定一箇推一箇便印板可笑矣換晁蓋代之却使不得若是這等推讓之時晁蓋必須退位林冲道晁兄差矣公孫先生名聞江湖善能用兵有鬼神不測之機呼風喚雨之法那箇及得公孫勝道雖有些小之法亦無濟世之才如何敢占上還是頭領坐了林冲道只今番克敵制勝便見得先生妙法此句便過文法正是鼎分三足缺一不可先生不必推却公孫勝只得坐了第三位林冲再要讓時晁蓋吳用公孫勝都不肯三人俱道適蒙頭領所說鼎分三足以此不敢違命我三人占上頭領再要讓人時晁蓋等只得告退三人扶住林冲只得坐了第四位論功行賞眞定得是晁蓋道今番須請宋杜二頭領來坐此句乃是作者惟恐文字直遂故聊借作一曲若眞有此事便當抹之杜遷宋萬却那里肯苦苦地請劉唐坐了第五位阮小二坐了第六位阮小五坐了第七位阮小七坐了第八位劉阮序齒眞定得是杜遷坐了第九位宋萬坐了第十位朱貴坐了第十一位三箇與上四箇序賢坐得是梁山泊自此是十一位好漢坐定總結一句自有山筆力有經緯前山後共有七八百人都來參拜了分立在兩下晁蓋道聽令你等衆人在此今日林教頭扶我做山寨之主嗄吳學究做軍師嗄公孫先生同掌兵權嗄林教頭等共管山寨嗄汝等衆人各依舊職管領山前山後事務守備寨柵灘頭休教有失嗄各人務要竭力同心共聚大義嗄○並不增添一語只依上文林冲所定宣諭一遍眞是又好晁蓋又好林冲昭烈之言曰孤有孔明如魚有水其樂如是也再教收拾兩邊房屋安頓了阮家老小細○收完阮家老小便教取

出打刼得的生辰綱金珠寶貝（收完生辰綱。）并自家莊上過活的金銀財帛（收完家私。）就當廳賞賜衆小頭目并衆多小嘍囉（大賚。）當下椎牛宰馬祭祀天地神明慶賀重新聚義衆頭領飲酒至半夜方散次日又辦筵宴慶會一連喫了數日筵席晁蓋與吳用等衆頭領計議整點倉廒（一。）修理寨柵（二。）打造軍器鎗刀弓箭衣甲頭盔准備迎敵官軍（三。）安排大小船隻教演人兵水手上船厮殺好做提備（四。此只是計議一遍，尚未曾得周備，故下文吳用又重申之。）不在話下一日林冲見晁蓋作事寬洪疏財仗義安頓各家老小在山驀然思念妻子在京師存亡未保遂將心腹備細訴與晁蓋（文情如千丈遊絲。忽然飄落。）道小人自從上山之後欲要搬取妻子上山來因見王倫心術不定難以過活一向蹉跎過了流落東京不知死活晁蓋道賢弟既有寶眷在京如何不去取來完聚你快寫書便教人下山去星夜取上山來多少是好林冲當

寫下了一封書叫兩箇自身邊心腹小嘍囉下山去了不過兩箇月小嘍囉還寨說道直至東京城内殿師府前尋到張教頭家聞說娘子被高太尉威逼親事自縊身死（應前。）已故半載（完林冲娘子。○頗有人讀至此處潸然淚落者，錯也。此只是作書者隨手架出，隨手抹倒之法。當時且實無林冲，又焉得有娘子乎哉？不寧惟是而已，今夫人之生死，亦都是隨業架出，隨業抹倒之事也。豈眞有人昔日曾作此書，亦豈眞有我今日方讀此書乎哉？然則淚落亦不曾淚落，聖歎說錯乃眞錯也。）張教頭亦爲憂疑半月之前染患身故（完張教頭。）止剩得女使錦兒已招贅丈夫在家過活（完錦兒。）訪問鄰里亦是如此說（加一句。）打聽得眞實（又加一句。○加此二句，所以深明不是高府逼去，待林冲不得不如此。活寫出心腹嘍囉。）回來報與頭領林冲見說了潸然淚下自此杜絕了心中掛念（哭得眞，放得快，眞豪傑，眞林冲。）晁蓋等見說悵然嗟歎山寨中自此無話每日只是操練人兵准備抵敵官軍忽一日衆頭領正在聚義廳上商議事務只見小嘍囉報上山來說道濟州府差撥軍官帶領約有二千人馬乘駕大小船

四五百隻見在石碣村湖蕩裏屯住特來報知晁蓋大驚便請軍師吳用商議道官軍將至如何迎敵吳用笑道不須兄長掛心吳某自有措置自古道水來土掩兵到將迎隨即喚阮氏三雄附耳低言道如此如此又喚林冲劉唐受計道你兩箇便這般這般再叫杜遷宋萬也分付了且說濟州府尹點差團練使黃安并本府捕盜官一員帶領一千餘人拘集本處船隻就石碣村湖蕩調撥分開船隻作兩路來取泊子（一句遂令文字分作兩扇）且說團練使黃安帶領人馬上船搖旗吶喊殺奔金沙灘來看看漸近灘頭只聽得水面上嗚嗚咽咽吹將起來黃安道這不是畫角之聲（前何濤文出色寫此黃安文便約略寫疏密濃淡正妙）且把船灣住看時只見水面上遠遠地三隻船來（只是三隻船）看那船時每隻船上只有五箇人（只有五箇人）四箇人搖着雙櫓船頭上立着一箇人（五箇人又只是一箇人然則十五箇人只是三箇人）頭帶絳紅巾都是一樣紅羅繡襖（棊子布背心不知抛向何處貧富之際令人深感）手裏各拿着留客住三隻船上人都一般打扮於內有人認得的便對黃安說道這三隻船上三箇人一箇是阮小二一箇是阮小五一箇是阮小七黃安道你衆人與我一齊併力向前拿這三箇人兩邊有四五十隻船一齊發着喊殺奔前去那三隻船唿哨了一聲一齊便回（四字如戲不知覷黃安如小兒如虫蟻）黃團練把手內鎗撚搭動向前來叫道只顧殺這賊我自有重賞那三隻船前面走（既不來）背後官軍船上把箭射將去那三阮去船艙裏各拿起一片青狐皮來遮那箭矢（又不去）後面船隻只顧趕趕不過二三里水港黃安背後一隻小船飛也似划來報道（於報子口中完却一路文）且不要趕我們那一條殺入去的船隻（情變詭令我不測）都被他殺下水裏去把船都奪去了黃安問道怎的着了那廝的手小船上人答道（盡向口中說出）我們正行船特只見遠遠地兩隻船來每船上各有五箇

人（只是五箇人）我們併力殺去趕他趕不過三四里水面四下裏小港鑽出七八隻小船來（只是七八隻船）船上弩箭似飛蝗一般射來我們急把船回時來到窄狹港口只見岸上約有二三十人（只是二三十人）兩頭牽一條大篾索橫截在水面上（只是一條篾索）卻待向前看索時又被他岸上灰瓶石子如雨點一般打將來（只是灰瓶石子）衆官軍只得棄了船隻下水逃命我衆人逃得出來到旱路邊看時那岸上人馬皆不見了馬也被他牽去了看馬的軍人都殺死在水裏（一路完）我們蘆花蕩邊尋得這隻小船兒逕來報與團練（此船定是吳用留與報信以亂其軍心者也不得疑作者揑湊）黃安聽得說了叫苦不迭便把白旗招動教衆船不要去趕且一發回來那衆船纔撥得轉頭未曾行動只見背後那三隻船又引着十數隻船（十數隻船）都只是這三五箇人（三五箇人）把紅旗搖着口裏吹着胡哨飛也似趕來黃安卻待把船擺開迎敵時只聽得蘆葦叢中砲響黃安看時四下裏都是紅旗擺滿（又似極多者）慌了手腳後面趕來的船上叫道黃安留下了首級回去（趣語絕倒留下首級如何回去且留下首級回去如何喫飯耶）黃安把船儘力搖過蘆葦岸邊卻被兩邊小港裏鑽出四五十隻小船來（四五十隻）船上弩箭如雨點射將來黃安就箭林裏（字法之奇者如肉雨箭林血衖等皆可入諾史）奪路時只剩得三四隻小船了黃安便跳過快船內回頭看時只見後面的人一箇箇都撲通的跳下水裏去了有和船被拖去的大半都被殺死（一路完）黃安駕着小快船正走之間只見蘆花蕩邊一隻船上立着劉唐一撓鉤搭住黃安的船托地跳將過來只一把攔腰提住喝道不要掙扎一時軍人能識水的水裏被箭射死不敢下水的就船裏都活捉了（事曰掃蕩文曰收拾）黃安被劉唐扯到岸邊上了岸遠遠地晁蓋公孫勝山邊騎着馬挺着刀引五六十人三二十匹馬齊來接應（寫晁蓋吳用公孫勝宛然是箇中軍真有不勞而定之體然又特特藏過）

吳用者益深謀於九淵發於九天樞密之地非可以示人也讀水滸有極大學問後世其念之也
哉一行人生擒活捉得一二百人奪的船隻盡數
都收在山南水寨裏安頓了大小頭領一齊都到
山寨晁蓋下了馬來到聚義廳上坐定衆頭領各
去了戎裝軍器團團坐下捉那黃安綁在將軍柱
上取過金銀段疋賞了小嘍囉點簡共奪得六百
餘匹好馬山寨從此有許多馬匹這是林冲的功勞明畫東港
是杜遷宋萬的功勞明畫西港是阮氏三雄的功勞
明畫捉得黃安是劉唐的功勞明畫○山寨中共是十一位英雄今单叙出七箇有功而不言晁蓋者凡衆人之功皆晁蓋之功晁蓋固不得與衆人爭功也吳用公孫勝者運籌於內決勝於外有發縱之能焉亦不必與衆人爭功也止有朱貴例應立功然身在外司勢不得與因為另生下文一段以明無一人尸位素餐也衆頭領大喜殺牛宰馬
山寨裏筵會自醖的好酒水泊裏出的新鮮蓮藕
并鮮魚山南樹上自有時新的桃杏梅李枇杷山
棗柿栗之類自養的雞猪鵝鴨等品物不必細說
寫得山泊無物不備衆頭領只顧慶賞新到山寨得獲全勝

一事是合傳不得分作兩番

非同小可正飲酒間只見小嘍囉報道山下朱頭
領使人到寨上文人各立功此特補出朱貴不重在晁蓋諸人劫掠客商也晁蓋
喚來問有甚事小嘍囉道朱頭領探聽得一起客
商有數十人結聯一處今晚必從旱路經過特來
報知晁蓋道正沒金帛使用特着一句為朱貴地誰領人去
走一遭三阮道我弟兄們去三阮去了晁蓋道好兄弟
小心在意速去早來三阮便下廳去換了衣裳跨
了腰刀拿了朴刀𢭏叉留客住點起一百餘人上
廳來別了頭領便下山就金沙灘把船載過朱貴
酒店裏去了晁蓋恐三阮擔負不下又使劉唐又劉唐去了
點起一百餘人教領了下山去接應又分付
道只可善取金帛財物切不可傷害客商性命又帶表晁蓋
劉唐去了晁蓋到三更不見回報又使杜遷
宋萬○又杜遷宋萬去了○於朱貴文中又特着許多人去者非令衆人與朱貴分功蓋又深表
朱貴乃係耳目探聽之司不重一鎗一刀故是引役雖全賴阮劉杜宋六人而功必歸之朱貴也
五十餘人下山接應晁蓋與吳用公孫勝林冲飲

酒至天明上文特遣阮劉杜宋都去者非必用四人也正獨留林冲也蓋爲前文觝敵黃安時單留晁蓋吳用公孫勝而令林冲與彼六人一例在軍前聽用雖意在顯出武師材勇過人然已幾於絳灌伍之矣此特調盡群公大書四人飲酒嗚呼妙哉只見小嘍囉報道駈得朱頭領得了二十餘輛車子金銀財物并四五十匹驢騾頭口敘朱貴功已定晁蓋又問道不曾殺人麼帶表小嘍囉答道那許多客人見我們來得頭勢猛了都撇下車子頭口行李逃命去了並不曾傷害他一個晁蓋見說大喜我等自今已後不可傷害於人是取一錠白銀賞了小嘍囉便叫將了酒果下山來直接到金沙灘上見衆頭領盡把車輛扛上岸來再叫撐船去載頭口馬匹細衆頭領大喜把盞已畢教人去請朱貴上山來筵宴半日只爲此一句耳作文便不難哉晁蓋等衆頭領都上到山寨聚義廳上簸箕掌栲栳圈坐定叫小嘍囉扛擡過許多財物在廳上一包包打開將綵帛衣服堆在一邊好行貨等物堆在一邊好金銀寶貝堆在正面好便叫

掌庫的小頭目每樣取一半收貯在庫聽候支用好這一半分做兩分廳上十一位頭領均分一分好山上山下衆人均分一分好把這新拿到的軍健臉上刺了字號好選壯浪的分撥去各寨喂馬砍柴好軟弱的各處看車切草好黃安鎖在後寨監房內好結到黃安斷知前文不是二事也晁蓋道聽晁蓋說我等今日初到山寨當初只指望逃災避難投托王倫帳下爲一小頭目多感林教頭賢弟推讓我爲尊不想連得了兩場喜事第一贏得官軍收得許多人馬船隻捉了黃安二乃又得了若干財物金銀此不是皆托衆弟兄的才能衆頭領道皆托得大哥哥的福廕以此得采晁蓋再與吳用道俺們弟兄七人的性命皆出於宋押司朱都頭兩箇古人道知恩不報非爲人也若論大事則下文吳用之言爲得大體今自爲後文波節則此語眞是宋江鈎餌乃今作者反若置此語於第二而以下文串作第一遂使後人讀之而迷也蓋筆墨眞能顛倒人哉今日富貴安樂從何而來早晚將些

金銀可使人親到鄆城縣走一遭此是第一件要緊的事務再有白勝陷在濟州大牢裏（竟以兩事雙舉作者之欲迷人如此讀書可不愼歟）我們必須要去救他出來吳用道兄長不必憂心小生自有擺劃宋押司是箇仁義之人緊地不望我們酬謝然雖如此禮不可缺早晚待山寨粗安必用一箇兄弟自去（主句）白勝的事可教驀生人去那里使錢買上囑下鬆寬他便好脫身（只帶着輕輕說）我等且商量屯糧造船製辦軍器安排寨柵城垣添造房屋整頓衣袍鎧甲打造鎗刀弓箭防備迎敵官軍（此段極似最重却是故設迷人）晁蓋道既然如此全仗軍師妙策指教吳用當下調撥衆頭領分派去辦不在話下且不說梁山泊自從晁蓋上山好生興旺却說濟州府太守見黃安手下逃回的軍人備說梁山泊殺死官軍生擒黃安一事又說梁山泊好漢十分英雄了得無人近傍得他難以收捕抑且水路難認港汊多雜以此不能取勝

府尹聽了只叫得苦向太師府幹辦說道何濤先折了許多人馬獨自一箇逃得性命回來已被割了兩箇耳朵自回家將息至今不痊去的五百人無一箇回來因此又差團練使黃安幷本府捕盜官帶領軍兵前去追捉亦皆失陷黃安已被活捉上山殺死官軍不知其數又不能取勝怎生是好太守肚裏正懷着鬼胎沒箇道理處只見承局來報說東門接官亭上有新官到來飛報到此太守慌忙上馬來到東門外接官亭上望見塵土起處新官已到亭子前下馬府尹接上亭子相見已了那新官取出中書省更替文書來度與府尹太守看罷隨即和新官到州衙裏交割牌印一應府庫錢糧等項當下安排筵席管待新官舊太守備說梁山泊賊盜浩大殺死官軍一節說罷新官面如土色心中思忖道蔡太師將這件勾當擡舉我却是此等地面這般府分又沒强兵猛將如何收捕

得這夥强人倘或這厮們來城裏借糧時却怎生柰何舊官太守次日收拾了衣裝行李自回東京聽罪(完濟州太守)不在話下且說新府尹到任之後請將一員新調來鎮守濟州的軍官來當下商議招軍買馬集草屯糧招募偉勇民夫智謀賢士准備收捕梁山泊好漢一面申呈中書省轉行牌仰附近州郡併力勦捕一面自行下文書所屬州縣知會收勦及仰屬縣着令守禦本境這箇都不在話下且說本州孔目差人齎一紙公文行下所屬鄆城縣教守禦本境防備梁山泊賊人鄆城縣知縣看了公文教宋江疊成文案行下各鄉村一體守備宋江見了公文心內尋思道晁蓋等衆人不想做下這般大事劫了生辰綱殺了做公的傷了何觀察又損害了許多官軍人馬又把黃安活捉上山如此之罪是滅九族的勾當雖是被人逼迫事非得已於法度上却饒不得倘有疎失如之柰何

自家一箇心中納悶分付貼書後司張文遠(無意有意)(安放此人在此處)將此文書立成文案行下各鄉各保自理會文卷宋江却信步走出縣來走不過三二十步只聽得背後有人叫聲押司(春雲漸展)宋江轉回頭來看時却是做媒的王婆(此下一篇自討婆惜直至殺婆惜皆是借作宋江在逃楔子所以始於正婆終於王公始於施棺終於施棺凡以自表其非正文只是隨手點染而已)引着一箇婆子却與他說道你有緣做好事的押司來也宋江轉身來問道有甚麼話說王婆攔住指着閻婆對宋江說道押司不知這一家兒從東京來不是這里人家嫡親三口兒夫主閻公有箇女兒婆惜他那閻公平昔是箇好唱的人自小教得他那女兒婆惜也會唱諸般耍令年方一十八歲頗有些顏色三口兒因來山東投逩一箇官人不着流落在此鄆城縣不想這里的人不喜風流宴樂因此不能過活在這縣後一箇僻淨巷內權任昨日他的家公因害時疫死了這閻婆無錢

津送沒做道理處央及老身做媒我道這般時節那里有這等恰好又沒借換處正在這里走頭沒路的只見押司打從這里過以此老身與這閻婆趕來望押司可憐見他則箇作成一具棺材〇〇〇〇（一具棺材〇從棺材上起）宋江道原來恁地你兩箇跟我來去巷口酒店裏借筆硯寫箇帖子與你去縣東陳三郎家取具棺材宋江又問道你有結果使用麽閻婆答道實不瞞押司說棺材尚無那討使用宋江道我再與你銀子十兩做使用錢閻婆道便是重生的父母再長的爺娘做驢做馬（却不道做鵝做鴨）報答押司宋江道休要如此說隨即取出一錠銀子遞與閻婆自回下處去了且說這婆子將了帖子逕來縣東街陳三郎家取了一具棺材回家發送了當兀自餘剩下五六兩銀子娘兒兩箇把來盤纏不在話下忽一朝那閻婆因來謝宋江見他下處沒有一箇婦人家面回來問間壁王婆道（春雲再展）宋押司下處不見一箇婦人面他曾有娘子也無王婆道只聞宋押司家裏任在宋家村卻不曾見說他有娘子在這縣裏做押司只是客居常常見他散施棺材藥餌極肯濟人貧苦敢怕是未有娘子閻婆道我這女兒長得好模樣又會唱曲兒省得諸般耍笑從小兒在東京時只去行院人家串那一箇行院不愛他（顯得是箇歪貨）有幾箇上行首要問我過房了幾次我不肯只因我兩口兒無人養老因此不過房與他不想今來倒苦了他我前日去謝宋押司見他下處沒娘子因此央你與我對宋押司說他若要討人時我情願把婆惜與他我前日得你作成虧了宋押司救濟無可報答他與他做箇親眷來往王婆聽了這話次日來見宋江備細說了這件事宋江初時不肯怎當這婆子攛合山的嘴攛掇（一路只是要宋江失事便特特生出殺婆惜來殺之無名便特特倒裝出張三勾搭來又恐張三有玷宋江閨門便特特倒裝出討做外宅以明非係正妻來討做外宅卽宋江不免近於

（趙員外西門官人之徒便特特倒裝出鴇兒見他沒有娘子情願把女與他來鴇兒爲何情願把女與他便特特倒裝出施棺木來曲曲折折層層次次當知悉是閒文不得亦比正文例一槩認眞讀也）宋江依允了就在縣西巷內討了一所樓房置辦些家火什物安頓了閻婆惜娘兒兩箇在那里居住沒半月之間打扮得閻婆惜滿頭珠翠遍體綾羅又過幾日連那婆子也有若干頭面衣服（寫婆惜衣飾寫不盡却寫一句婆子妙絕）端的養的婆惜豐衣足食（點染）初時宋江夜夜與婆惜一處歇臥向後漸漸來得慢了却是爲何原來宋江是箇好漢只愛學使鎗棒於女色上不十分要緊這閻婆惜水也似後生（如何譬却譬得妙絕只是講解不得）況兼十八九歲正在妙齡之際因此宋江不中那婆娘意一日宋江不合帶後司貼書張文遠來閻婆惜家喫酒（春雲三展）這張文遠却是宋江的同房押司那廝喚做小張三生得眉清目秀齒白唇紅平昔只愛去三瓦兩舍飄蓬浮蕩學得一身風流俊俏更兼品竹調絲無有不會這婆惜是箇酒色娼妓一見張三心裏便喜倒有意看上他那張三亦是箇酒色之徒這事如何不曉得見這婆娘眉來眼去十分有情便記在心裏向後但是宋江不在這張三便去那里假意兒只說來尋宋江那婆娘留住喫茶言來語去成了此事誰想那婆娘自從和那張三兩箇搭識上了打得火塊一般熱鼓無半點兒情分在這宋江身上宋江但若來時只把言語傷他全不兜攬他些箇這宋江是箇好漢不以這女色爲念因此半月十日去走得一遭那張三和這婆惜如膠似漆夜去明來街坊上人也都知了却有些風聲吹在宋江耳朶裏（春雲四展）宋江半信不信自壯裏尋思道又不是我父母匹配的妻室他若無心戀我我沒來繇惹氣做甚麼我只不上門便了自此有幾箇月不去閻婆累使人來請宋江只推事故不上門去（忽然任妙絕）話分兩頭忽一日將晚宋江從縣裏出來去對過

茶房裏坐定喫茶只見一箇大漢（奇文湧技）頭帶白范陽氊笠兒身穿一領黑綠羅襖（白笠黑襖為月下出色然在蒼然暮色中更怕人）下面腿絣護膝八搭麻鞋腰裏跨着一口腰刀背着一箇大包走得汗雨通流氣急喘促把臉別轉着看那縣裏（寫得作怪妙）宋江見了這箇大漢走得蹺蹊慌忙起身趕出茶房來跟着那漢走（亦寫得作怪）約走了三二十步那漢回過頭來看了宋江却不認得（寫得作怪）宋江見了這人略有些面熟莫不是那里曾厮會來心中一時思量不起（亦寫得作怪）那漢見宋江看了一回也有些認得立住了脚定睛看那宋江又不敢問（真寫得作怪）宋江尋思道這箇人好作怪却怎地只顧看我宋江亦不敢問他（真寫得作怪）只見那漢去路邊一箇篦頭鋪裏問道大哥前面那箇押司是誰（此一段寫得有鬼怪氣深燈讀之要怕起來）篦頭待詔應道這位是宋押司那漢提着朴刀走到面前唱箇大喏（作怪）說道押司認得小弟麼（作怪）宋江

道足下有些面善（作怪）那漢道可借一步說話宋江便和那漢入一條僻淨小巷（細）那漢道這箇酒店裏好說話兩箇上到酒樓揀箇僻淨閣兒裏坐下那漢倚了朴刀解下包裹撇在卓子底下（細）那漢撲翻身便拜宋江慌忙答禮道不敢拜問足下高姓那人道大恩人如何忘了小弟宋江道兄長是誰真箇有些面熟小人失忘了那漢道小弟便是晁保正莊上曾拜識尊顏蒙恩救了性命的赤髮鬼劉唐便是（廿八字句）宋江聽了大驚說道賢弟你好大膽早是沒做公的看見險些兒惹出事來劉唐道感承大恩不懼一死特地來酬謝（特表劉唐也）宋江道晁保正弟兄們近日如何兄弟誰教你來（怪之之辭喫驚如畫）劉唐道晁頭領哥哥再三拜上大恩人得蒙救了性命見今做了梁山泊主都頭領吳學究做了軍師公孫勝同掌兵權林冲一力維持火併了王倫山寨裏原有杜遷宋萬朱貴和俺弟兄七

箇共是十一箇頭領見今山寨裏聚集得七八百人糧食不計其數只想兄長大恩無可報答特使劉唐齎一封書并黃金一百兩相謝押司再去那朱都頭（只帶一句已足。）劉唐便打開包裹取出書來遞與宋江（此乃半句也。夫打開包裹則應取出書與金子矣。今却因宋江開書太疾，便使劉唐取出金子不及。於是宋江一邊自看書，劉唐一邊自去開包取出金子。到得劉唐打開金子了，宋江却已看完了書，模出招文袋來。蓋其時真甚疾也。）宋江看罷便拽起褶子前襟摸出招文袋（此亦半句也。宋江摸出招文袋時，劉唐方乃取出金子，下文宋江便緊接一齊插入。蓋甚疾也。）打開包兒時劉唐取出金子放在卓上宋江把那封書就取了一條金子和這書包了插在招文袋內放下衣襟（飛梁鴛筍，造五鳳樓手也。）便道賢弟將此金子依舊包了隨即便喚量酒的（並不說明，便喚量酒的，寫宋江喫驚如畫。）打酒來叫大塊切一盤肉來鋪下些菜蔬菓子之類叫量酒人篩酒與劉唐喫（宋江不陪喫者，深寫喫驚之後，惟恐有失也。）看看天色晚了劉唐喫了酒量酒人自下去劉唐把卓上金子包打開要取出來（一寫肩匆匆相覷如畫。）宋江慌忙攔住道賢弟你聽我說你們七箇弟兄初到山寨正要金銀使用宋江家中頗有些過活且放在你山寨裏等宋江缺少盤纏時却來取今日非是宋江見外於內已受了一條朱仝那人也有些家私不用送去我自與他說知人情便了（只答一句已足。）賢弟我不敢留你去家中住（活是喫驚語。）倘或有人認得時不是要處今夜月色必然明朗你便可回山寨去莫在此停閣宋江再三申意眾頭領不能前來慶賀切乞恕罪劉唐道哥哥大恩無可報答特令小弟送些人情來與押司微表孝順之心保正哥哥今做頭領學究軍師號令非比舊日小弟怎敢將回去到山寨中必然受責（是）宋江道既是號令嚴明我便寫一封回書與你將去便了劉唐苦苦相央宋江收受宋江那里肯接隨即取一幅紙來借酒家筆硯備細寫了一封回書與劉唐收在包內劉唐是箇直性的人（深表劉唐。）見宋江如此推卻想是不肯受了便將金子依前包了看看天色夜來劉唐道既然兄長有了回書小弟連夜便去宋江道賢弟不及相留以心相照劉唐又下了四拜宋江教量酒人來道有此位官人留下白銀一兩在此我明日卻自來算連帳亦不算不惟押司托熟亦爲喫驚不小劉唐背上包裹拿了朴刀跟着宋江下樓來離了酒樓出到巷口天色昏黃是八月半天氣月輪上來寫還題中月夜二字宋江攜住劉唐的手宋江攜劉唐手第二分付道賢弟保重再不可來此間做公的多不是要處我更不遠送只此相別劉唐見月色明朗撒開腳步望西路便走連夜回梁山泊來卻說宋江與劉唐別了自慢慢走回下處來一頭走一面肚裏尋思道早是沒做公的看見爭些惹出一場大事來一頭想那晁蓋倒去落了草直如此大弄轉不過兩箇灣只聽得背後有人叫一聲押司那里去來好兩日不見面宋江回頭看時倒喫一個不因這番有分教宋江小膽翻爲大膽善心變做惡心畢竟叫宋江的卻是何人且聽下回分解

第五才子書施耐菴水滸傳卷之二十五

聖歎外書

第二十回

虔婆醉打唐牛兒
宋江怒殺閻婆惜

此篇借題描寫婦人黑心無幽不燭無醜不備暮年蕩子讀之咋舌少年蕩子讀之收心眞是一篇絕妙針劄蕩子文字

寫淫婦便寫盡淫婦寫虔婆便寫盡虔婆妙絕

如何是寫淫婦便寫盡淫婦看他一晚拏班做勢本要壓伏丈夫及至壓伏不來便在脚後冷笑此明明是開關接馬送俏迎奸也無奈正接不着則不得已乘他出門恨罵時不難撤嬌撒癡再復將他兜住乃到此又兜不住正覺自家沒趣而陡然見有贓物便早把一接一兜面孔一齊收起竟放出猙獰食人之狀來刁時便刁殺人淫時便淫殺人很時便很殺人大雄世尊號爲花箭眞不誣也

如何是寫虔婆便寫盡虔婆看他先前說得女兒恁地思量及至女兒放出許多張致來便改說女兒氣苦了又嬌慣了一黃昏嘈出無數說話句句都是埋怨宋江憐惜女兒自非金石爲心亦孰不入其玄中也明早驟見女兒被殺又偏不聲張偏用好言反來安放直到縣門前了然後扭結發喊盞虔婆眞有此等辣手也

話說宋江別了劉唐乘着月色滿街（六字不惟找足前題兼乃過入後事蓋良夜如此美人奈何使不須遇着閻婆宋江亦轉入西巷矣○月畢竟是何物乃能令人情思滿巷如此眞奇事也○人每言英雄無兒女子情除是英雄到夜便睡着耳若使坐至月上時節在是楚重瞳亦須倚欄長歎○見夜月便若相思見曉月便若離別然其實生平寡緣無人可思生平在家無人可別也見此茫茫無端忽集世又無聖人我將問誰矣○巳上皆炎趙王斲山先

（生語偶附於此先生妙言奇趣口作風雲自有新山語錄行世想亦天下之所樂得而讀也）信慪了些公事知縣相公不到得便責罰你（又奉承一句虔婆成精語）這回錯過後次難逢押司只得和老身去走一遭到家裏自有告訴（又糊塗一句虔婆成精語）宋江是箇快性的人喫那婆子纏不過便道你放了手我去便了（春雲六展）閻婆道押司不要跑了去老人家趕不上（又打諢一句虔婆成精語）宋江道直恁地這等（直性宋江如畫）兩箇廝跟着來到門前宋江立住了腳（前三段寫不肯去此又云立住腳見宋江之不必殺婆惜也）閻婆把手一攔說道押司來到這里終不成不入去了（虔婆成精如畫）宋江進到裏面櫈子上坐了（前三段不肯去一段立住腳此又云櫈子上坐見宋江之不必殺婆惜也）那婆子是乖的生怕宋江走去便掣在身邊坐了（寫虔婆成精如畫）叫道我兒你心愛的三郎在這里（看他句句包荒女兒兜攬）（宋江費心費口風雲轉換入後乃漸漸搓捏不攏讀之失笑）那閻婆惜倒在牀上對着盞孤燈正在沒可尋思處只等這小張三來聽得娘叫道你的心愛的三郎在這里那婆娘只道是張三郎（錯認陶潛寫來入畫）慌忙起來把手掠一掠

步自回下處來却好的遇着閻婆（春雲五展○前忽然住此忽然接有雲穿月漏之妙）趕上前來叫道押司多日使人相請好貴人難見面便是小賤人有些言語高低傷觸了押司（只說言語傷觸虔婆成精語）也看得老身薄面自教訓他與押司陪話今晚老身有緣得見押司同走一遭去宋江道我今日縣裏事務忙擺撥不開改日却來一閻婆道這箇使不得我女兒在家裏專望押司胡亂溫顧他便了直恁地下得（反責宋江下得虔婆成精語）宋江道端的忙些箇明日準來二閻婆道我今晚要和你去便把宋江衣袖扯住了發話道是誰挑撥你（反責宋江受人挑撥虔婆成精語）我娘兒兩箇下半世過活都靠着押司外人說的閒是閒非都不要聽他押司自做箇張主我女兒但有差錯都在老身身上（又包辦一句虔婆成精語）押司胡亂去走一遭宋江道你不要纏我的事務分撥不開在這里三閻婆道押司便

雲髻（醜）口裏喃喃的罵道這短命等得我苦也（醜）老娘先打兩箇耳刮子着（醜）飛也似跑下樓來就槅子眼裏張時（醜）堂前琉璃燈却明亮炤見是宋江那婆娘復翻身轉又上樓去依前倒在牀上（醜）閻婆聽得女兒脚步下樓來又聽得再上樓去了（兩句不是聽出花娘也邪正是寫出虔婆着急）婆子又叫道我兒你的三郎在這里怎地倒走了去那婆惜在牀上應道這屋裏多遠他不曾來（句）他又不瞎如何自不上來直等我來迎接他（句）沒了當絮絮聒聒地閻婆道這賤人真箇望不見押司來氣苦了恁地說也好教押司受他兩句兒（一場官司反打在宋江屋裏婆舌可畏如此）婆子笑道押司我同你上樓去（春雲七展）宋江聽了那婆娘說這幾句心裏自有五分不自在爲這婆子來扯勉强只得上樓去本是一間六椽樓屋前半間安一副春臺（實）櫈子（虛）後半間鋪着臥房貼裏安一張三面棱花的牀兩邊都是欄干（實）上掛着一頂紅羅幔帳（虛）側首放箇衣架（實）搭着手巾（虛）這邊放着箇洗手盆（實）一箇刷子（虛）一張金漆桌子上（實）放一箇錫燈臺（虛）邊廂兩箇杌子（實）正面壁上掛一幅仕女（虛）對牀排着四把一字交椅（實）（上得樓來無端先把幾件鋪陳數說一遍到後文中或用着或不用着恰好虛實間雜成文眞是閒心妙筆）宋江來到樓上閻婆便拖入房裏去宋江便向杌子上朝着牀邊坐了（如畫杌子）閻婆就牀上拖起女兒來（拖起了然仍在牀上如畫牀）說道押司在這里我兒你只是性氣不好把言語來傷觸他惱得押司不上門（二十一字句）閒時卻在家裏思量我如今不容易請得他來你却不起來陪句話兒顚倒使性（三十一字句俗本不知此兩行半是二句便讀得七零八碎減多少色一句是憑空生出語言傷觸四字便將宋江一向不來緣故輕輕改得好了一句是當面生出顚倒使性四字便將婆惜日當相思氣苦明明顯得眞了靈心妙舌其斯以爲婆哉）婆惜把手拓開說那婆子你做甚麼這般鳥亂我又不曾做了歹事（浪婦偏嘴硬嘴硬所以稱其浪也乃人又反因嘴硬而固其爲浪今古皆然浪婦戒哉）他自不上門教我

怎地陪話宋江聽了也不做聲婆子便擻過一把交椅在宋江肩下便推他女兒過來（此句放下牀來。交椅。）說道你且和三郎坐一坐不陪話便罷（不肯陪話便算到同坐。亦是不得已而思其次也。）不要焦躁那婆娘那里肯過來便去宋江對面坐了宋江低了頭不做聲婆子看女兒時也別轉了臉（一寫。此語凡寫數番。作一篇烟波。）閻婆道沒酒沒藥做甚麼道場（天生妙語與婆用。）老身有一瓶兒好酒在這里（春雲入展。）買些菓品來與押司陪話我兒你相陪押司坐地不要怕羞（前要女兒陪話。既不陪話。便換作女兒同坐。及至又不同坐。便隨口捵出陪坐二字來。却又倒拴一句不要怕羞。攛得女兒金枝玉葉相似。妙哉婆也。）我便來也宋江自尋思道我喫這婆子釘住了脫身不得等他下樓去我隨後也走了（先不肯來。既又立住。既又坐撥土。既又要逃走。見宋江之不必殺婆惜也。）那婆子瞧見宋江要走的意思出得房門去門上却有屈戌便把房門拽上將屈戌搭了（細婉之文。）宋江暗忖道那虔婆倒先算了我且說閻婆下樓來先去竈前點起箇燈竈裏見成燒着一鍋脚湯再𤏲上些柴頭（細婉之文。）拿了些碎銀子出巷口去買得些時新菓品鮮魚嫩雞肥鮓之類歸到家中都把盤子盛了取酒傾在盆裏舀半鏇子在鍋裏盪熱了傾在酒壺裏（細婉之文。）收拾了數盆菜蔬三隻酒盞三雙筯一桶盤托上樓來放在春臺上（春臺。）開了房門（細）搬將入來擺滿金漆桌子（桌子。）看宋江時只低着頭看女兒時也朝着別處（二寫。）閻婆道我兒起來把盞酒婆惜道你們自喫我不耐煩婆子道我兒爺娘手裏從小兒慣了你性兒（說得女兒嬌穉可憐之極。）別人面上須使不得婆惜道不把盞便怎地終不成飛劍來取了我頭（閑中先襯一句。）那婆子倒笑起來（一箇笑字。嚇人語。不得不笑。）說道又是我的不是了（其語太唐突矣。便如飛一笑。引歸自已。）押司是箇風流人物不和你一般見識（一邊又去如飛溫住宋江。）你不把酒便罷且回過臉來喫盞酒兒（一邊又去如飛按下女兒。看他三四轉。如盤珠不定。）婆惜只不回過頭來那婆子自把酒來勸宋江宋江勉意喫了一盞。婆子笑道：（兩箇笑字。不好開口，只得先笑。）押司莫要見責。閒話都打疊起，明日慢慢告訴。（既云打疊起明日告訴矣，下又樓出話來。看他粲花之舌，要看他將張三事在半含半吐間，說不得不說，不得正如飛燕掠水，只是一點兩點。眞是絕世文情。）外人見押司在這里，多少乾熱的不怯氣，（又還他一箇緣故，又撞得女兒珍珠寶貝相似，若在必爭也者。）胡言亂語，放屁辣臊。（八字塗得妙。）押司都不要聽，且只顧喫酒。（又是他自己說，又是他勸喫酒，欲不要聽。寫出許多親熱，活是虔婆出現。）篩了三盞在桌子上，說道：我兒不要使小孩兒的性，胡亂喫一盞酒。（先代作一解，大復勸之飲。）婆惜道：沒得只顧纏我！我飽了，喫不得。閻婆道：我兒，你也陪侍你的三郎喫盞使得。（上只復勸之飲，此復插入三郎。苦心之婆，匠心之文也。）婆惜一頭聽了，一面肚裏尋思：我只心在張三身上，兀誰耐煩相伴這廝！若不把他灌得醉了，他必來纏我。婆惜只得勉意拿起酒來，喫了半盞。（春雲九展。）婆子笑道：（三箇笑字。）（此笑眞是樂。）我兒只是焦躁，且開懷喫兩盞兒睡。（纔見肯喫酒，便輕輕遞過。一遞字妙絕。）押司也滿飲幾杯。（遞過俏來。）宋江被他勸不過，連飲了三五杯。婆子也連連喫了幾杯，（爲明早失救地。）再下樓去燙酒。（春雲十展。）那婆子見女兒不喫酒，心中不悅，纔見女兒回心喫酒，歡喜道：若是今夜兜得他住，那人惱恨都忘了。且又和他纏幾時，卻再商量。婆子一頭尋思，一面自在竈前喫了三大鍾酒，覺道有些痒麻上來，卻又篩了一碗喫，（爲明早失救地，穿插無痕，眞是妙手。）鏇了大半鏇，傾在注子裏，爬上樓來。見那宋江低着頭不做聲，女兒也別轉着臉弄裙子。（三寫。增弄裙字，寫淫婦心動。）這婆子哈哈地笑道：（四箇笑字。此笑字上增出哈哈二字，寫虔婆帶酒如畫。）你兩箇又不是泥塑的，做甚麼都不做聲？（趙松雪戲贈管夫人詞云：我儂兩箇忒煞情多，好一似漆一塊泥，捏一箇你，塑一箇我。卻將來一齊都打破，再團再練，再捏一箇你，再塑一箇我。那時節我泥裏有你也，你泥裏也有了我。據此則目下泥塑亦不妨，只須少塡再團再練也。附作一笑。）押司，你不合是箇男子漢，只得裝些溫柔，說些風話兒耍。（扳女兒不下了，忽然想到扳下宋江來，舌端變換之極。）宋江正沒做道理處，口裏只不做聲，肚裏好生進退不得。（此處本直接下唐二哥，卻不便接去，又將

他母女兩箇再作一頓文筆寬轉閻婆惜自想道你不來係我指
望老娘一似閒常時來陪你話相伴你要笑我如
今却不要那婆子喫了許多酒口裏只管夾七帶
八嘈正在那里張家長李家短說白道綠却有鄆
城縣一箇賣糟醃的唐二哥叫做唐牛兒春雲十一展
如嘗在街上只是搼閒嘗嘗得宋江齎助他但有
些公事去告宋江也落得幾貫錢使宋江要用他
時死命向前只為明日尋放宋江恐有突如其來之嫌故先揷過隔夜這一日
晚正賭錢輸了沒做道理處却去縣前尋宋江遶
到下處尋不見街坊都道唐二哥你尋誰這般忙
唐牛兒道我喉急了要尋孤老一地裏不見他衆
人道你的孤老是誰唐牛兒道便是縣裏宋押司
衆人道我方纔見他和閻婆兩箇過去一路走着
唐牛兒道是這閻婆惜賊賤蟲他自和張三兩
箇打得火塊也似熱只瞞着宋押司一箇他敢也
知些風聲好幾時不去了今晚必然喫那老咬蟲

假意兒纏了去我正沒錢使喉急了胡亂去那里
尋幾貫錢使就搼兩碗酒喫一逕遶到閻婆門前
見裏面燈明門却不關入到胡梯邊細娓之文聽得閻
婆在樓上哈哈地笑第五箇笑字只是第四箇笑字的影子唐牛兒
捏脚捏手上到樓上板壁縫裏張時見宋江和婆
惜兩箇都低着頭四寫那婆子坐在橫頭卓子邊口
裏七十三八十四只顧嘈此行與前夾七帶八行只是一行書分作兩行
寫又一過接之法也唐牛兒閃將入來看着閻婆和宋江婆
惜唱了三箇喏立在邊頭宋江尋思道這廝來得
最好把嘴望下一努又要走見宋江之不欲殺婆惜也唐牛兒是
箇乖的人便瞧科春雲十二展看着宋江便說道小人
何處不尋過原來却在這里喫酒要好喫得安穩
宋江道莫不是縣裏有甚麼要緊事唐牛兒道押
司你怎地忘了便是蚤間那件公事知縣相公在
廳上發作着四五替公人來下處尋押司一地裏
又沒尋處相公焦燥做一片押司便可動身宋江

道恁地要緊只得去便起身要下樓喫那婆子攔住道押司不要使這科分這唐牛兒捻泛過來你這精賊也瞞老娘正是魯般手裏調大斧這早晚知縣自回衙去和夫人喫酒取樂（妙語隨口而成。映襯多少。）有甚麼事務得發作你這般道兒只好瞞魍魎老娘手裏說不過去唐牛兒便道眞箇是知縣相公緊等的勾當我卻不會說謊閻婆道放你娘狗屁老娘一雙眼卻是琉璃葫蘆兒一般卻纔見押司努嘴過來叫你發科你倒不攛掇押司來我屋裏頓倒打抹他去嘗言道殺人可恕情理難容這婆子跳起身來便把那唐牛兒劈頸子只一叉踉踉蹌蹌直從房裏叉下去（春雲十三展。）唐牛兒道你做甚麼便叉我婆子喝道你不曉得破人買賣衣飯如殺父母妻子你高做聲便打你這賊乞丐唐牛兒鑽將過來道你打這婆子乘着酒興叉開五指去那唐牛兒臉上只一掌直攧出簾子外去（總爲明早作地。）

婆子便扯簾子撇放門背後卻把兩扇門關上拏拴拴了口裏只顧罵（細婉之文。）那唐牛兒喫了這一掌立在門前大叫道賊老咬蟲不要慌我不看宋押司面皮教你這屋裏粉碎教你雙日不着單日着我不結果了你不姓唐拍着胸大罵了去（爲明早作地。）婆子再到樓上看着宋江道押司沒事倸那乞丐做甚麼那廝一地裏去搪酒喫只是搬是搬非這等倒街臥巷的橫死賊也來上門上戶欺負人宋江是箇眞實的人喫這婆子一篇道着了眞病倒抽身不得（春雲十四展。）婆子道押司不要心裏見責老身只恁地知重得了我兒和押司只喫這杯（此句已不是勸酒矣。）我猜着你兩口多時不見一定要早睡收拾了罷休（無數風雲一齊收拾。）婆子又勸宋江喫兩杯收拾杯盤下樓來自去竈下去（細婉之文。去竈下卻不收拾。婆心可憐。）宋江在樓上自肚裏尋思說這婆子女兒和張三兩箇有事我心裏半信不信眼裏不曾見眞實況且夜深了我只得權睡一睡且看這婆娘怎地今夜與我情分如何。（醜。○春雲十五展。）只見那婆子又上樓來說道夜深了我叫押司兩口兒早睡。（又作餘波蕩漾，誠恐寂然便住，須不稱上文無數風雲也。）那婆娘應道不干你事你自去睡。婆子笑下樓來（六箇笑字。）口裏道押司安置今夜多歡明日慢慢地起。（再作一餘波。却便順手帶出明日宋江早起來。妙筆趣筆。）婆子下樓來收拾了竈上洗了脚手吹滅燈自去睡了。（細娖之文。）宋江坐在杌子上睃那婆娘時復地歎口氣約莫已是二更天氣（二更。）那婆娘不脫衣裳（又活寫花娘氣憤。又爲來朝拾鸞帶地。）便上牀去自倚了繡枕紐過身朝裏壁自睡了。（紐過身去。如畫。○春雲十六展。）宋江看了尋思道可奈這賤人全不保我些箇他自睡了我今日喫這婆子言來語去央了幾杯酒打熬不得夜深只得睡了罷把頭上巾幘除下放在桌子上（桌子。）脫下上蓋衣裳搭在衣架上（衣架。○以此二行陪下一行。）腰裏解下鸞帶上有一把解衣刀和招文袋却挂在牀邊欄干子上（欄干。）脫去了絲鞋淨襪便上牀去那婆娘脚後睡了。（春雲十七展。）半箇更次（二更半。）聽得婆惜在脚後冷笑（春雲十八展。○寫花娘。直寫出花娘心上萬轉千迴以後事來。乃是神化之筆。○一晚要宋江撑岸就船，至此忽然撑船就岸。古今無氣男子被此笑縱擒多少。）宋江心裏氣悶如何睡得着自古道歡娛嫌夜短寂寞恨更長看看三更（三更。）交四更酒却醒了（四更。）捱到五更（五更。○逐更敘得好。）宋江起來面盆裏冷水洗了臉（面盆。）便穿了上蓋衣裳帶了巾幘（讀者而亦必至王公湯藥擔邊始知失却鸞帶。則斯人者。其亦不必與於讀書之數也已。夫夜來明明作三番脫卸。朝來明明只兩番結束。豈有兩三行間所敘之事。而眼光漏落者哉。）口裏罵道你這賊賤人好生無禮婆惜也不曾睡着聽得宋江罵時紐過身回道你不羞這臉（紐過身來。如畫。○春雲十九展。○上冷笑猶不開口。却爲兜宋江不住。故又作撒嬌勢罵一句。）宋江忿那口氣便下樓來閻婆聽得脚步響便在牀上說道（如畫。○寫此一句。正爲少間失救地也。却甚似爲夜來酒深者。妙絕。）押司且睡歇等天明去沒來繇起五更做甚麼宋江也不應只顧來開門婆子又道押司出去時與我拽上門

（如此妙絕）宋江出得門來就拽上了忿那口氣沒出處一直要逩回下處來却從縣前過見一碗燈明看時却是賣湯藥的王公來到縣前趕早市（春雲二十展）那老兒見是宋江來慌忙道押司如何今日出來得蚤宋江道便是夜來酒醉錯聽更鼓王公道押司必然傷酒且請一盞醒酒二陳湯宋江道最好就凳上坐了那老子濃濃的奉一盞二陳湯遞與宋江喫宋江喫了驀然想起道時常喫他的湯藥不曾要我還錢我舊時曾許他一具棺材（又是一具棺材）不曾與得他想起昨日有那晁蓋送來的金子受了他一條在招文袋裏何不就與那老兒做棺材錢教他歡喜（春雲二十一展）宋江便道王公我日前曾許你一具棺木錢一向不曾把得與你今日我有些金子在這里把與你你便可將去陳三郎家買了一具棺材放在家裏你百年歸壽時我却再與你些送終之資王公道恩主時常覷老漢又蒙與終

身壽具老子今世不能報答後世做驢做馬報答押司（前者閻婆亦有此言）宋江道休如此說便揭起背子前襟去取那招文袋時喫了一驚道苦也（春雲二十二展）昨夜正忘在那賤人的牀頭欄干子上我一時氣起只顧走了不曾繫得在腰裏這幾兩金子直得甚麼須有晁蓋寄來的那一封書包着這金我本欲在酒樓上劉唐前燒毀了他回去說時只道我不把他來爲念（解一）正要將到下處來燒却被這閻婆纏將我去（解二）昨晚要就燈下燒時恐怕露在賤人眼裏（解三）因此不曾燒得今早走得慌不期忘了我常時見這婆娘看些曲本頗識幾字（先補一句）若是被他拏了倒是利害便起身道阿公休怪不是我說謊只道金子在招文袋裏不想出來得忙忘了在家我去取來與你王公道休要去取明日慢慢的與老漢不遲宋江道阿公你不知道我還有一件物事做一處放着以此要去取宋江慌慌急急

逕回閻婆家裏來且說這婆惜聽得宋江出門去了爬將起來口裏自言自語道那廝攪了老娘一夜睡不着那廝舍臉只指望老娘陪氣下情我不信你老娘自和張三過得好誰耐煩睬你你不上門來倒好口裏說着一頭鋪被脫下上截襖兒解了下面裙子袒開胸前脫下截襯衣（細婉之文。與前不脫衣裒焰耀。）牀面前燈却明亮焰見牀頭欄干子上拖下條紫羅鸞帶（春雲二十三展。）婆惜見了笑道黑三那廝喫嚯不盡忘了鸞帶在這里老娘且捉了把來與張三繫（點染。）便用手去一提提起招文袋和刀子來只覺袋裏有些重（春雲二十四展。）便把手抽開望卓子上只一抖（卓子）正抖出那包金子和書來這婆娘拏起來看時燈下焰見是黃黃的一條金子婆惜笑道天教我和張三買物事喫這幾日我見張三瘦了我也正要買些東西和他將息（醜語只是隨手點染。）將金子放下却把那紙書展開來燈下看時上面寫着晁蓋并許多事務（春雲二十五展。）婆惜道好呀我只道吊桶落在井裏原來也有井落在吊桶裏我正要和張三兩箇做夫妻單單只多你這廝今日也撞在我手裏原來你和梁山泊強賊通同往來送一百兩金子與你且不要慌老娘慢慢地消遣你就把這封書依原包了金子還插在招文袋裏（自言自語中間忽插一句叙事。）不怕你教五聖來攝了去（婦人語。）正在樓上自言自語只聽得（三字妙絕。不更從宋江邊走來。却竟從婆娘邊聽去。神妙之筆。）樓下呀地門響牀上問道是誰門前道是我牀上道我說早哩押司却不信要去原來早了又回來且再和姐姐睡一睡到天明去這邊也不回話一逕已上樓來（一片都是聽出來的有影歷漏月之妙。）那婆娘聽得是宋江了慌忙把鸞帶刀子招文袋一發捲做一塊藏在被裏紐過身（又紐過身去。）靠了牀裏壁只做齁齁假睡着（春雲二十六展。）宋江撞到房裏逕去牀頭欄干上取時却不見了宋江心內自慌只得忍了昨夜的氣把手去搖那婦人道你看我日前的面還我招文袋那婆惜假睡着只不應宋江又搖道你不要急躁我自明日與你陪話婆惜道老娘正睡哩是誰攪我宋江道你情知是我假做甚麼婆惜紐過身（又紐過身來）道黑三你說甚麼宋江道你還了我招文袋婆惜道你在那里交付與我手裏卻來問我討宋江道忘了在你腳後小欄干上這里又沒人來只是你收得婆惜道呸你不見鬼來宋江道夜來是我不是了明日與你陪話你只還了我罷休要作耍婆惜道誰和你作耍我不曾收得宋江道你先時不曾脫衣裳睡如今盖着被子睡（情事明畫）一定是起來鋪被時拿了只見那婆惜柳眉踢豎星眼圓睜說道老娘拿是拿了只是不還你你使官府的人便拿我去做賊斷（駭人）宋江道我須不曾冤你做賊婆惜道可知老娘不是賊哩（駭人）宋江見這話心裏越慌便說道我須不曾歹看承你娘兒兩箇還了我罷我要去幹事婆惜道閒常也只嗔老娘和張三有事（至此便竟承當寫得花娘可畏）他有些不如你處也不該一刀的罪犯（駭人）不强似你和打劫賊通同宋江道好姐姐不要叫鄰舍聽得不是耍處婆惜道你怕外人聽得你莫做不得（語語駭人）這封書老娘牢牢地收着若要饒你時只依我三件事便罷（春雲二十七展）宋江道休說三件事便是三十件事也依你婆惜道只怕依不得宋江道當行即行敢問那三件事閻婆惜道第一件你可從今日便將原典我的文書來還我再寫一紙任從我改嫁張三並不敢再來爭執的文書宋江道這箇依得婆惜道第二件我頭上帶的我身上穿的家裏使用的雖都是你辦的也委一紙文書不許你日後來討宋江道這箇也依得閻婆惜又道只怕你第三件依不得（春雲二十八展）宋江道我已兩件都依你緣何這件依不得婆惜道有那梁山泊晁盖送與你的一百兩金子

快把來與我我便饒你這一場天字第一號官司還你這招文袋裏的款狀宋江道那兩件倒都依得這一百兩金子果然送來與我我不肯受他的依前教他把了回去若端的有時雙手便送與你婆惜道可知哩耆言道公人見錢如蠅子見血他使人送金子與你你豈有推了轉去的這話却似放屁做公人的那箇猫兒不喫腥閻羅王面前須沒放回的鬼（一篇中如飛劍句五聖句閻王句確是識字看曲本婦人口中語）你待瞞誰便把這一百兩金子與我直得甚麽你怕是賊贓時快鎔過了與我（駭人）宋江道你也須知我是老實的人不會說謊你若不信限我三日我將家私變賣一百兩金子與你你還了我招文袋婆惜冷笑（此冷笑正與更餘胸後冷笑映襯出花娘鬔中有刺來也）道你這黑三倒乖把我一似小孩兒般捉弄我便先還了你招文袋這封書歇三日却問你討金子正是棺材出了討挽歌郎錢我這里一手交錢一手交貨你快把來兩相交割宋江道果然不曾有這金子婆惜道明朝到公廳上你也說不曾有這金子（駭人）宋江聽了公廳兩字（春雲二十九展）怒氣直起那里按捺得住睜着眼道你還也不還那婦人道你恁地狠我便還你不迭（活是伶俐婦人語又可憐又可愛）宋江道你真箇不還婆惜道不還再饒你一百箇不還（伶俐婦人語）若要還時在鄆城縣還你（駭人）宋江便來扯那婆惜蓋的被婦人身邊却有這件物倒不顧被（四字妙手）兩手只緊緊地抱住胸前宋江扯開被來却見這鸞帶頭正在那婦人胸前拖下來（如畫）宋江道原來却在這里一不做二不休兩手便來奪那婆娘那里肯放宋江在牀邊捨命的奪婆惜死也不放（重沓寫一句見奪之久）宋江恨命只一拽倒拽出那把壓衣刀子在席上（春雲三十展）宋江便搶在手裏那婆娘見宋江搶刀在手叫黑三郎殺人也只這一聲提起宋江這箇念頭來（敘事真有龍跳虎臥之能。宋江之殺從婆惜叫中來。婆惜之叫從鸞刀中來。作者真巳

(深達十二因緣法也。)那一肚皮氣正沒出處婆惜却叫第一
聲時宋江左手早按住那婆娘右手却早刀落去
那婆惜顙子上只一勒鮮血飛出那婦人兀自吼
哩宋江怕他不死再復一刀那顆頭伶伶仃仃落
在枕頭上連忙取過招文袋(招文袋取了。)抽出那封書
來便就殘燈下燒了(書燒了。○癡人讀至此譆歎云何不早燒聖歎闔之不覺一笑。)繫上鸞帶(帶繫了。○只不見鸞刀下落。)走下樓來那婆子在
下面睡聽他兩口兒論口倒也不着在意裏(夢中醉裏寫來如畫。)只聽得女兒叫一聲黑三郎殺人也正不知
怎地(夢中醉裏寫來如畫。)慌忙跳起來穿了衣裳奔上樓來
却好和宋江打箇胸廝撞閻婆問道你兩口兒做
甚麼鬧宋江道你女兒忒無禮被我殺了婆子笑
道(七箇笑字。○以此一笑字結夜來六笑字絕倒。)却是甚話便是押司生
的眼兇(妙。)又酒性不好(妙。)專要殺人押司休取笑
老身宋江道你不信時去房裏看我真箇殺了婆
子道我不信推開房門看時只見血泊裏挺着屍

首婆子道苦也却是怎地好宋江道我是烈漢一
世也不走隨你要怎地婆子道這賊人果是不好
押司不錯殺了(成精虔婆。)只是老身無人養贍宋江道
這箇不妨既是你如此說時你却不用憂心我頗
有家計只教你豐衣足食便了快活過半世閻婆
道恁地時却是好也深謝押司我女兒死在牀上
怎地斷送(成精虔婆。)宋江道這箇容易我去陳三郎家
買一具棺材與你(又一具棺材。)仵作行人入殮時我自
分付他來我再取十兩銀子與你結果婆子謝道
押司只好趁天未明時討具棺材盛了鄰舍街坊
都不要見影宋江道也好你取紙筆來我寫箇票
子與你去取閻婆道票子也不濟事須是押司自
去取便肯早早發來(成精虔婆。)宋江道也說得是兩箇
下樓來婆子去房裏拿了鎖鑰出到門前把門鎖
了帶了鑰匙(細極之文。)宋江與閻婆兩箇投縣前來此
時天色尚早未明縣門却纔開那婆子約莫到縣

前左側把宋江一把結住發喊叫道有殺人賊在這里嚇得宋江慌做一團連忙掩住口道不要叫那里掩得住縣前有幾箇做公的走將攏來看時認得是宋江便勸道婆子閉嘴押司不是這般的人有事只消得好說閻婆道他正是兇首與我捉住同到縣裏原來宋江爲人最好上下愛敬滿縣人沒一箇不讓他因此做公的都不肯下手拿他又不信這婆子說正在那里沒箇解救恰好唐牛兒托一盤子洗淨的糟薑來縣前趕趁（夜來寫牛兒不知費幾許筆墨只爲此時用得着耳○不因夜來先寫一番則牛兒此時便是驀生人今却令讀者皆與牛兒廝熟也）正見這婆子結扭住宋江在那里叫寃屈唐牛兒見是閻婆一把扭結住宋江想起昨夜的一肚子鳥氣來（本是爲了今早奪人倒生出夜來嘔氣却偏寫做爲了夜來嘔氣順生出今早奪人如此用筆眞令人尋覓不出）便把盤子放在賣藥的老王凳子上（王公兩用前用來提着招文袋後用來安放薑盤子妙）鑽將過來喝道老賊蟲你做甚麽結紐住押司婆子道唐二你不要來打奪人去要你償命也唐牛兒大怒那里聽他說把婆子手一拆拆開了不問事繇（四字妙手）又開五指去閻婆臉上只一掌打箇滿天星（夜來亦有一掌）那婆子昏撒了只得放手宋江得脫往鬧裏一直走了婆子便一把却結紐住唐牛兒叫道宋押司殺了我的女兒你却打奪去了唐牛兒慌道我那里得知閻婆叫道上下替我捉一捉殺人賊則箇不時須要帶累你們衆做公的只礙宋江面皮不肯動手拿唐牛兒時須不擔閣衆人向前一箇帶住婆子三四箇拿住唐牛兒把他橫拖倒拽直推進鄆城縣裏來正是禍福無門惟人自召披麻救火惹焰燒身畢竟唐牛兒被閻婆結住怎地脫身且聽下回分解

第五才子書施耐菴水滸傳卷之二十

聖歎外書

第二十一回

閻婆大鬧鄆城縣
朱仝義釋宋公明

昔者伯牙有流水高山之曲子期既死終不復彈後之人述其事悲其心孰不爲之嗟歎爾日自云我獨不得與之同時設復相遇當能知之嗚呼言何容易乎我謂聲音之道通乎至微是事甚難請舉易者而易莫易於文筆乃文筆中有古人之辭章其言雅馴未便通曉是事猶難請更舉其易之易者而易之易莫若近代之稗官今試開爾明月之目運爾珠玉之心展爾粲花之舌爲耐菴先生一解水滸亦復何所見其閒絃賞音便知雅曲者乎即如宋江殺婆惜一案夫耐菴之繫筆累紙千曲百折而必使宋江成於殺婆惜者彼其文心夫固獨欲宋江離鄆城而至滄州也而張三必固欲捉之而知縣必固欲寬之夫誠使當時更無張三主唆虔婆而一憑知縣遷罪唐牛豈其眞將前回無數筆墨悉復付之唐棄乎耶夫張三之力唆虔婆主於必捉宋江者是此回之正文也若知縣乃至滿縣之人其極力周全宋江若惟恐其或至於捉者是皆旁文蹋蹴所謂波瀾者也張三不唆虔婆不稟虔婆不稟知縣不捉知縣不捉宋江不走宋江不走武松不現蓋張三一唆之力其筋節所係至於如此而世之讀其文者巳莫不嘖嘖知縣而呶呶張三而尚謂人我知伯牙嗟乎爾知何等伯牙哉

寫朱雷兩人各有心事各有做法又各不相烙各要熱瞞句句都帶跳脫之勢與放走晁

天王時正是一樣奇筆又卻是兩樣奇筆才子之才吾無以限之也

話說當時衆做公的拿住唐牛兒解進縣裏來知縣聽得有殺人的事慌忙出來陞廳衆做公的把這唐牛兒簇擁在廳前知縣看時只見一箇婆子跪在左邊一箇猴子跪在右邊知縣問道甚麼殺人公事婆子告道老身姓閻有箇女兒喚做婆惜典與宋押司做外宅昨夜晚間我女兒和宋江一處喫酒這箇唐牛兒一逕來尋鬧叫罵出門鄰里盡知今早宋江出去走了一遭回來把我女兒殺了老身結扭到縣前這唐二又把宋江打奪了去告相公做主知縣道你這廝怎敢打奪了兇身唐牛兒告道小人不知前後因依只因昨夜去尋宋江搪碗酒喫被這閻婆叉小人出來今早小人自出來賣糟薑遇見閻婆結扭宋押司在縣前小人見了不合去勸他他便走了卻不知他殺死他女兒的緣繇知縣喝道胡說宋江是箇君子誠實的人如何肯造次殺人這人命之事必然在你身上（不是寫知縣。亦不是寫宋江。都是故作訕跌。）左右在那里便喚當廳公吏當下轉上押司張文遠來（借得便。若非此人則滿縣都和宋江好。誰人肯與虔婆出力。直逼宋江去柴進莊上引出武松來耶。）見說閻婆告宋江殺了他女兒正是他的表子隨即取了各人口詞就替閻婆寫了狀子疊了一宗案便喚當地方仵作行人并坊廂里正鄰佑一干人等來到閻婆家開了門取屍首登場簡驗了身邊放着行兇刀子一把（鸞刀卻在此。）當日再三看驗得係是生前項上被刀勒死衆人登場了當屍首把棺木盛了寄放寺院裏將一干人帶到縣裏知縣卻和宋江最好有心要出脫他只把唐牛兒來再三推問（不是寫知縣。亦非寫宋江。都是故作翻跌。）唐牛兒供道小人並不知前後知縣道你這廝如何隔夜去他家尋鬧一定你有干涉唐牛兒告道小人一時撞去搪碗酒喫知縣道胡說

知縣張三一番結案

知縣張三二番結案

打這厮左右兩邊狼虎一般公人把這唐牛兒一索綑翻了打到三五十前後語言一般知縣明知他不知情一心要救宋江只把他來勘問且叫取一面枷來釘了禁在牢裏知縣張三一番結案那張文遠上廳來稟道雖然如此見有刀子是宋江的壓衣刀必須去拿宋江來對問便有下落不是與婆惜有情正是替武松出力。讀書須心知輕重方名善讀書人不然者不免有懵懂葫蘆之誚也如此書既已了却晁蓋便須接入武松正是別起一番樓臺殿閣乃今知縣只管要寬此時若更不得張三立主文案幾番勾捉則又安得逼走宋公明擲出武都頭乎後人不知遂反謂張三於公明甚薄殊不知於公明甚薄者於讀書之人殊厚也知縣喚他三回五次來稟遮掩不住只得差人去宋江下處捉拿宋江已自在逃去了只拿得幾家鄰人來回話兇身宋江在逃不知去向知縣張三二番結案張文遠又稟道武松全仗犯人宋江逃去他父親宋太公并兄弟宋清見在宋家村居住可以勾追到官責限比捕跟尋宋江到官理問知縣本不肯行移只要朦朧做在唐牛兒身上日後自慢慢地出他都是故作翻跌怎當這張文遠立主文案唆使閻婆上廳只管來告知縣情知阻當不住只得押紙公文差三兩箇做公的去宋家莊勾追宋太公并兄弟宋清公人領了公文來到宋家村宋太公莊上太公出來迎接至草廳上坐定公人將出文書遞與太公看了宋太公道上下請坐容老漢告稟老漢祖代務農守此田園過活不孝之子宋江自小忤逆不肯本分生理要去做吏百般說他不從因此老漢數年前本縣官長處告了他忤逆出了他籍不在老漢戶內人數他自在縣裏住居老漢自和孩兒宋清在此荒村守些田畝過活他與老漢水米無交並無干涉老漢也怕他做出事來連累不便因此在前官手裏告了執憑文帖在此存照老漢取來教上下看眾公人都是和宋江好的明知道這箇是預先開的門路苦死不肯做冤家不是寫眾人亦不是寫宋江都是故作翻跌眾人回說道太公既

知縣張三三番結案

有執憑把將來我們看抄去縣裏回話太公隨即宰殺些雞鵞置酒管待了衆人賫發了十數兩銀子取出執憑公文教他衆人抄了衆公人相辭了宋太公自回縣去回知縣的話說道宋太公三年前出了宋江的籍告了執憑文帖見有抄白在此難以勾捉知縣又是要出脫宋江的便道旣有執憑公文他又別無親族只可出一千貫賞錢行移諸處海捕捉拿便了（知縣張三三番結案）那張三又挑唆閻婆去廳上披頭散髮來告道（武松全仗）宋江實是宋清隱藏在家不令出官相公如何不與老身做主去拿宋江知縣喝道他父親已自三年前告了他忤逆在官出了他籍見有執憑公文存炤如何拿得他父親兄弟來比捕閻婆告道相公誰不知道他叫做孝義黑三郎這執憑是個假的（分明說個分上可發一笑）只是相公做主則個知縣道胡說前官手裏押的印信公文如何是假的閻婆在廳下叫屈叫苦哽哽咽咽地價哭告道相公人命大如天若不肯與老身做主時只得去州裏告狀只是我女兒死得甚苦那張三又上廳來替他稟道（武松全仗）相公不與他行移拿人時這閻婆上司去告狀倒是利害倘或來提問時小吏難去回話知縣情知有理只得押了一紙公文便差朱仝雷橫二都頭當廳發落你等可帶多人去宋家村宋大戶莊上搜捉犯人宋江來朱雷二都頭領了公文便來點起土兵四十餘人逕奔宋家莊上來宋太公得知慌忙出來迎接朱仝雷橫二人說道太公休怪我們上司差遣蓋不繇已你的兒子押司見在何處宋太公道兩位都頭在上我這逆子宋江他和老漢並無干涉前官手裏已告開了他見告的執憑在此已與宋江三年多各戶另籍不同老漢一家過活亦不曾回莊上來朱仝道然雖如此我們憑書請客奉帖勾人難憑你說不在莊上你等我們搜一搜看

好去回話便叫土兵三四十人圍了莊院我自把定前門雷都頭你先入去搜（寫朱仝出色過人若使眞正要搜則應檄令衆人圍定前後門朱雷一同進去搜也只因朱仝自己胸中有事必要獨自進去却恐雷橫兒疑因倒自來把定門外却使雷橫進去獨搜一遍畢然後換轉雷橫把定門外不疑不放他也進去獨搜一遍此皆欲取故予之法也）雷橫便入進裏面莊前莊後搜了一遍出來對朱仝說道端的不在莊裏朱仝道我只是放心不下雷都頭你和衆弟兄把了門我親自細細地搜一遍（視雷如戲）宋太公道老漢是識法度的人如何敢藏在莊裏朱仝道這箇是人命的公事你却嗔怪我們不得太公道都頭尊便自細細地去搜朱仝道雷都頭你監着太公在這里休教他走動（連太公亦遣開寫朱仝出色過人）朱仝自進莊裏把朴刀倚在壁邊（細）把門來拴了（細）走入佛堂內去（細）把供牀拖在一邊（細）揭起那片地板來（細）板底下有條索頭（細）將索子頭只一拽（細）銅鈴一聲響宋江從地窨子裏鑽將出來（分外出奇非心所料）見了朱仝喫

那一驚朱仝道公明哥哥休怪小弟捉你只爲你閒嘗和我最好有的事都不相瞞一日酒中兄長曾說道我家佛堂底下有箇地窨子上面供的三世佛佛座下有片地板蓋着上便壓着供牀你有些緊急之事可來這里躲避小弟那時聽說記在心裏（以叙述爲疏解手筆甚妙）今日本縣知縣差我和雷橫兩箇來時沒奈何要瞞生人眼目相公也有覷兄長之心只是被張三和這婆子在廳上發言發語道本縣不做主時定要在州裏告狀因此上又差我兩箇來搜你莊上我只怕雷橫執着不會周全人（要知此語不是排下雷橫自見殷勤實乃眞正各不相照）倘或見了兄長沒箇做圓活處因此小弟賺他在莊前一逕自來和兄長說話此地雖好也不是安身之處倘或有人知得來這里搜着如之奈何宋江道我也自這般尋思若不是賢兄如此周全宋江定遭縲絏之厄朱仝道休如此說兄長却投何處去好宋江道小可

尋思有三箇安身之處一是滄州橫海郡小旋風柴進莊上二乃是青州清風寨小李廣花榮處三者是白虎山孔太公莊上（先於此處伏得三支入後翻騰顛倒變出無數文字譬諸龍也當其在淵亦與徑寸之蟲何異迨其飛去霖雨萬國天地失色然後乃歎向之可掬而觀者今乃不測其鱗爪之所在也文章有此真奇矣哉）他有兩箇孩兒長男叫做毛頭星孔明次子叫做獨火星孔亮多曾來縣裏相會那三處在這里躊躇未定不知投何處去好朱仝道兄長可以作急尋思當行即行今晚便可動身切勿遲延自悞宋江道上下官司之事全望兄長維持金帛使用只顧來取朱仝道這事放心都在我身上兄長只顧安排去路宋江謝了朱仝再入地窨子去（細）朱仝依舊把地板蓋上（細）還將供牀壓了（細）開門（細）拿朴刀（細）出來說道真箇沒在莊裏叫道雷都頭我們只拿了宋太公去如何（不會看書人只謂此句爲朱仝自解會看書人便知此句爲雷橫出色雷橫之心與朱仝之心一也卻因雷橫粗朱仝細便讓朱仝事事高出一頭去乃今既已表過朱仝便當以次表出雷橫行文亦不別起一頭只就上文脫卸而下真稱好手）雷橫見說要拿宋太公去尋思朱仝那人和宋江最好他怎地顛倒要拿宋太公這話一定是反說他若再提起我落得做人情（特表雷橫用筆卻又曲折之極）朱仝雷橫叫攏土兵都入草堂上來宋太公慌忙置酒管待衆人朱仝道休要安排酒食且請太公和四郎同到本縣裏走一遭雷橫道四郎如何不見（先卸去四郎好手）宋太公道老漢使他去近村打些農器不在莊裏（乾淨）宋江那廝自三年已前把這逆子告出了戶見有一紙執憑公文在此存炤朱仝道如何說得過我兩箇奉着知縣台旨叫拿你父子二人自去縣裏回話雷橫道朱都頭你聽我說（寫朱雷二人句句防賊聲聲搗鬼令我失笑）宋押司他犯罪過其中必有緣故也未便該死罪（反與朱仝說故妙）既然太公已有執憑公文係是印信官文書又不是假的（反與朱仝說故妙）我們須看押司日前交往之面權且擔負他些箇（反勸朱仝故妙讀之句句欲失笑也）只抄了

（知縣張三四番結案只逼走宋江一篇乃得至再至三筆墨淋漓如意）

執憑去回話便了朱仝尋思道我自反說要他不疑朱仝道既然兄弟這般說了我沒來繇做甚麼惡人宋太公謝了道深感二位都頭相覷隨即排下酒食犒賞衆人將出二十兩銀子送與兩位都頭朱仝雷橫堅執不受把來散與衆人（雙表朱雷）四十箇土兵分了抄了一張執憑公文相別了宋太公離了宋家村朱雷二位都頭自引了一行人回縣去了縣裏知縣正值陞廳見朱仝雷橫回來了便問緣繇兩箇稟道莊前莊後四鄰村坊搜遍了二次其實沒這箇人宋太公臥病在牀不能動止早晚臨危宋清已自前月出外未回因此只把執憑抄白在此知縣道既然如此一面申呈本府一面動了一紙海捕文書（知縣張三四番結案）不在話下縣裏有那一等和宋江好的相交之人都替宋江去張三處說開那張三也耐不過衆人面皮（句一）況且婆娘已死了（句二）張三又平常亦受宋江好處（句二）因此也只得罷了（上來豈真寫張三情重哉意只在逼走宋江耳今宋江既已走了張三便可普刀兩截此真得風即轉得采即罷之文不比逼走日阮堆學究所撰無輕無重者也○完張三）朱仝自齎些錢物把與閻婆教不要去州裏告狀（旣已逼走宋江亦便收拾婆子却又因便寫在朱仝名下）這婆子也得了些錢物沒奈何只得依允了（完閻婆）朱仝又將若干銀兩教人上州裏去使用文書不要駁將下來（完申文）又得知縣一力主張出一千貫賞錢行移開了一箇海捕文書只把唐牛兒問做成箇故縱兇身在逃脊杖二十刺配五百里外（完知縣唐牛兒）干連的人盡數保放寧家（完衆人）且說宋江他是箇莊農之家如何有這地窨子原來故宋時爲官容易做吏最難爲甚的爲官容易皆因那時朝廷奸臣當道讒佞專權非親不用非財不取爲甚做吏最難那時做押司的但犯罪責輕則刺配遠惡軍州重則抄扎家產結果了殘生性命以此預先安排下這般去處躲身又恐連累父母教爹娘告了忤逆出了籍冊各

戶另居官給執憑公文存炤不相來往却做家私在屋裏宋時多有這般算的且說宋江從地窖子出來和父親兄弟商議今番不是朱仝相覷須喫官司此恩不可忘報如今我和兄弟兩箇且去逃難天可憐見若遇寬恩大赦那時回來父子相見父親可使人暗暗地送些金銀去與朱仝央他上下使用及資助閻婆些少免得他上司去告擾太公道這事不用你憂心你自和兄弟宋清在路小心若到了彼處那里使箇得托的人寄封信來當晚弟兄兩箇拴束包裹到四更時分起來洗漱罷喫了早飯兩箇打扮動身宋江戴着白范陽氊笠兒上穿白段子衫繫一條梅紅縱線絛下面纏脚絣襯着多耳麻鞋宋清做伴當打扮背了包裹都出草廳前拜辭了父親只見宋太公灑淚不住又分付道你兩箇前程萬里休得煩惱無人處却寫太公灑淚有人處使寫宋江大哭冷眼看破冷筆寫成普天下讀書人慎勿忽水滸無皮裏陽秋也○自家灑淚却分付別人休惱老牛愛犢寫來如畫宋江宋清却分付大小莊客早晚殷懃伏侍太公休教飲食有缺人亦有言養兒防老寫宋江分付莊客伏侍太公亦皮裏陽秋之筆也弟兄兩箇各跨了一口腰刀都拿了一條朴刀打扮做兩段寫逕出離了宋家村兩箇取路登程正遇着秋末冬初是收租米害瘧疾時弟兄兩箇行了數程在路上思量道我們却投奔兀誰的是出門後方算去處寫畫忽忽宋清答道我只聞江湖上人傳說滄州橫海郡柴大官人名字說他是大周皇帝嫡派子孫只不曾拜識此一語表出宋清不是公弟亦復胸中自有一片何不只去投奔他人都說他仗義疏財專一結識天下好漢救助遭配的人是箇見世的孟嘗君我兩箇只投奔他去宋江道我也心裏是這般思想他雖和我常常書信來往無緣分上不曾得會兩箇商量了逕望滄州路上來途中免不得登山涉水過府衝州但凡客商在路早晚安歇有兩件事不好喫瀨碗睡死人牀七字說不盡苦且把閒話提過只

說正話宋江弟兄兩箇不則一日來到滄州界分問人道柴大官人莊在何處問了地名一逕投莊前來便問莊客柴大官人在莊上也不莊客答道大官人在東莊上收租米不在莊上忽作一折折出下文柴進身分來宋江便問此間到東莊有多少路莊客道有四十餘里宋江道從何處落路去莊客道不敢動問二位官人高姓宋江道我是鄆城縣宋江的便是莊客道莫不是及時雨宋押司麽信及童僕真寫得妙可見宋江又可見柴進宋江道便是莊客道大官人時常說大名只怨悵不能相會既是宋押司時小人引去莊客慌忙便領了宋江宋清柴進慌忙何足爲奇妙在莊客慌忙也逕投東莊來沒三箇時辰早來到東莊莊客道二位官人且在此亭上坐一坐待小人去通報大官人出來相接宋江道好自和宋清在山亭上倚了朴刀解下腰刀歇了包裹坐在亭子上那莊客入去不多時只見那座中間莊門大開只一句寫出莊裏嚷做一片柴大官人引着三五箇伴當慌忙跑將出來極畫柴進亭子上與宋江相見柴大官人見了宋江拜在地下極畫柴進口稱道端的想殺柴進六箇字有喜極淚零之致真是絕妙好辭不知耐菴如何算出來天幸今日甚風吹得到此大慰平生渴仰之念多幸多幸宋江也拜在地下答道宋江疎頑小吏今日特來相投柴進扶起宋江來口裏說道昨夜燈花今早鵲噪不想却是貴兄降臨絕妙好辭滿臉堆下笑來出色畫柴進宋江見柴進接得意重心裏甚喜便喚兄弟宋清也相見了柴進喝叫伴當收拾了宋押司行李在後堂西軒下歇處細柴進攜住宋江的手出色畫柴進入到裏面正廳上分賓主坐定柴進道不敢動問聞知兄長在鄆城縣勾當如何得暇來到荒村敝處宋江答道久聞大官人大名如雷貫耳雖然節次收得華翰只恨賤役無閒不能彀相會今日宋江不才做出一件沒出豁的事來弟兄二人尋思無處安身想起大官

人仗義疎財特來投奔柴進聽罷笑道兄長放心遮莫做下十惡大罪既到敝莊但不用憂心不是柴進誇口任他捕盜官軍不敢正眼兒覷着小莊宋江便把殺了閻婆惜的事一一告訴了一遍柴進笑將起來說道兄長放心便殺了朝廷的命官劫了府庫的財物柴進也敢藏在莊裏（此三語却不可若果如是柴進乃真不赦矣旋風之名不虛）說罷便請宋江弟兄兩箇洗浴隨即將出兩套衣服巾幘絲鞋淨襪教宋江弟兄兩箇換了出浴的舊衣裳（寫柴進殷勤累幅不盡故特從閒處着筆作者真正才子）兩箇洗了浴都穿了新衣服莊客自把宋江弟兄的舊衣裳送在歇宿處（細）柴進邀宋江去後堂深處（出色畫柴進）已安排下酒食了便請宋江正面坐地（出色畫柴進）柴進對席宋清有宋江在上側首坐了三人坐定有十數箇近上的莊客并幾箇主管輪替着把盞伏侍勸飲（出色畫柴進）柴進再三勸宋江弟兄寬懷飲幾杯宋江稱謝不已酒至半酣三人各訴胷中朝夕相愛之念看看天色晚了點起燈燭宋江辭道酒止柴進那里肯放直喫到初更左側宋江起身去淨手柴進喚一箇莊客提碗燈籠引領宋江東廊盡頭處去淨手便道我且躲杯酒大寬轉穿出前面廊下來俄延是着（看他蜿蜒而來）却轉到東廊前面宋江已有八分酒脚步趄了只顧踏去（蜿蜒而來）那廊下有一箇大漢因害瘧疾當不住那寒冷把一鍁火在那里向宋江仰着臉只顧踏將去正跐在火鍁柄上把那火鍁裏炭火都掀在那漢臉上（蜿蜒而來）那漢喫了一驚驚出一身汗來（武二何必害瘧聊借作一紐頭耳宋武既得相遇此紐便當不用故順手便寫一句驚出汗來夫以武二之神威何至炭火驚得汗出一驚而遂出汗者隱然害瘧已好也才子之文隨手起倒其妙如此）那漢氣將起來把宋江劈胷揪住（有勢）大喝道你是甚麼鳥人敢來消遣我宋江也喫一驚正分說不得那箇提燈籠的莊客慌忙叫道不得無禮這位是大官人最相待的客官那漢道客官客官我初

來時也是客官也曾最相待過如今却聽莊客撇口便疎慢了我正是人無千日好却待要打宋江（有勢）那莊客撇了燈籠便向前來勸正勸不開只見兩三碗燈籠飛也似來柴大官人親趕到說我接不着押司（有勢。去報便不及矣。來接故恰好也。又帶表出柴進。）如何却在這里鬧那莊客便把跐了火鍁的事說一遍柴進笑道大漢你不認得這位奢遮的押司那漢道奢遮殺問他敢比得我鄆城宋押司他可能（三字正接下有頭有尾有始有終八字。却因柴進大笑便說不完。妙妙。柴進大笑，在鄆城宋押司五字中起，不等到他可能三字方笑也。）柴進大笑道大漢你認得宋押司不那漢道我雖不曾認得江湖上久聞他是箇及時雨宋公明是箇天下聞名的好漢柴進問道如何見得他是天下聞名的好漢那漢道却纔說不了（正接上他可能三字。）他便是真大丈夫有頭有尾有始有終（八箇字不必曠括宋江，正是捎打柴進，妙絕。）我如今只等病好時便去投奔他柴進道你要見他麼那漢道不要見他說甚的（快語。自是武二口中出。）柴進道大漢遠便十萬八千里近便只在面前柴進指着宋江便道此位便是及時雨宋公明那漢道真箇也不是（五字是驚出淚來語。乃至不及歡喜，與前攩的想殺柴進一樣。）宋江道小可便是宋江那漢定睛看了看（好武二。）納頭便拜（真好武二。）說道我不信今日早與兄長相見（古有相見何晚之語，說得口順，已成爛套。耐菴忽翻作不信相見，恁是真是驚出淚來之語。俗本改作我不是夢裏麼，真乃換金得矢也。）宋江道何故如此錯愛那漢道却纔甚是無禮萬望恕罪有眼不識泰山跪在地下那里肯起來（好武二。）宋江慌忙扶住道足下高姓大名（要）柴進指着那漢說出他姓名何處人氏有分教山中猛虎見時魄散魂離林下強人撞着心驚膽裂正是說開星月無光彩道破江山水倒流畢竟柴大官人說出那漢還是何人（聖歎有罪了半日，已挑出是武二。）且聽下回分解

第五才子書施耐菴水滸傳卷之二十六

第五才子書施耐菴水滸傳卷之二十七

聖歎外書

第二十二回

橫海郡柴進留賓
景陽岡武松打虎

天下莫易於說鬼而莫難於說虎無他鬼無倫次虎有性情也說鬼到說不來處可以意爲補接若說虎到說不來時真是大段着力不得所以水滸一書斷不肯以一字犯着鬼怪而寫虎則不惟一篇而已至於再至於三益亦易能之事薄之不爲而難能之事便樂此不疲也

寫虎能寫活虎寫活虎能寫其搏人寫虎搏人又能寫其三搏不中此皆是異樣過人筆力

吾嘗論世人才不才之相去真非十里二十里之可計即如寫虎要寫活虎寫活虎要寫正搏人時此即聚千人運于心伸千手執千筆而無一字是虎則亦終無一字是虎也獨今耐菴乃以一人一心一手一筆而盈尺之幅費墨無多不惟寫一虎兼又寫一人不惟雙寫一虎一人且又夾寫許多風沙樹石而人是神人虎是怒虎風沙樹石是真正虎此雖令我讀之尚猶目炫心亂安望令我作之耶

讀打虎一篇而歎人是神人虎是怒虎固已妙不容說矣乃其尤妙者則又如讀廟門榜文後欲待轉身回來一段風過虎來時叫聲阿呀翻下青石來一段大蟲第一撲從半空裏攛將下來時被那一驚酒都做冷汗出了一段尋思要拖死虎下去原來使盡氣力手脚都蘇軟了正提不動一段青石上又坐半

歇一段天色看看黑了惟恐再跳一隻出來且掙扎下岡子去一段下岡子走不到半路枯草叢中鑽出兩隻大蟲叫聲阿呀今番罷了一段皆是寫極駭人之事却盡用極近人之筆遂與後來沂嶺殺虎一篇更無一筆相犯也

話說宋江因躲一杯酒去淨手了轉出廊下來跐了火鍁柄引得那漢焦躁跳將起來就欲要打宋江柴進趕將出來偶叫起宋押司〔不必與前文甚合正是好手〕因此露出姓名來那大漢聽得是宋江跪在地下那里肯起說道小人有眼不識泰山一時冒瀆兄長望乞恕罪宋江扶起那漢問道足下是誰高姓大名柴進指着道這人是清河縣人氏姓武名松排行第二已在此間一年了宋江道江湖上多聞說武二郎名字不期今日却在這里相會多幸多幸柴進道偶然豪傑相聚實是難得就請同做一席說話宋江大喜携住武松的手〔宋江携武松手第三〕一同到後堂席上便喚宋清與武松相見〔細〕柴進便邀武松坐地宋江連忙讓他一同在上面坐武松那里肯坐謙了半晌武松坐了第三位柴進教再整杯盤來勸三人痛飲宋江在燈下看了武松這表人物心中歡喜〔燈下看美人千秋絕調語此却換作燈下看好漢又是千秋絕調語也燈下看美人加一倍孄孄燈下看好漢加一倍凜凜所以寫劍俠者都在燈下〕便問武松道二郎因何在此武松答道小弟在清河縣因酒後醉了與本處機密相爭一時間怒起只一拳打得那廝昏沉小弟只道他死了因此一逕地逃來投奔大官人處來躲災避難今已一年有餘後來打聽得那廝却不曾死救得活了今欲正要回鄉去尋哥哥不想染患瘧疾不能彀動身回去却纔正發寒冷在那廊下向火被兄長跐了鍁柄喫了那一驚驚出一身冷汗敢怕病倒好了〔好手〕宋江聽了大喜當夜飲至三更酒罷宋江就留武松在

西軒下做一處安歇（真好宋江令人心死）次日起來柴進安排席面殺羊宰猪管待宋江不在話下過了數日宋江將出些銀兩來與武松做衣裳（宋江歡喜武松亦累幅寫不得盡只說替他做衣裳便寫得一似歡喜美人相似妙筆與前出浴新衣相映耀）柴進知道那里肯要他壞錢自取出一箱段疋紬絹門下自有針工便教做三人的稱體衣裳（是宋江兄弟已換過新衣此又三人一樣都做者王孫之所以異於酸子也）說話的柴進因何不喜武松（半日頗不滿於柴進得此一釋）原來武松初來投奔柴進時也一般接納管待次後在莊上但吃醉了酒性氣剛莊客有些管顧不到處他便要下拳打他們因此滿莊裏莊客沒一箇道他好衆人只是嫌他都去柴進面前告訴他許多不是處柴進雖然不趕他只是相待得他慢了（迴護法）却得宋江每日帶挈他一處飲酒相陪武松的前病都不發了（何物小吏使人變化氣質）相伴宋江住了十數日武松思鄉要回清河縣看望哥哥（四字和平之極不想變出驚天動地事來）柴進宋江兩箇都留他再住幾時武松道小弟因哥哥多時不通信息只得要去望他宋江道實是二郎要去不敢苦留如若得閒時再來相會幾時武松相謝了宋江柴進取出些金銀送與武松武松謝道實是多多相擾了大官人武松縛了包裹拴了哨棒要行（哨棒此處起）柴進又治酒食送路武松穿了一領新納紅紬襖戴着箇白范陽氈笠兒（看官着眼須知此處寫箇紅襖白笠正是爲下文打虎絢染也）背上包裹提了桿棒（哨棒二）相辭了便行宋江道賢弟少等一等回到自己房內取了些銀兩趕出到莊門前來說道我送兄弟一程（此一段非寫宋江情重只圖別去柴進便存二宋令武二眼中心上一跳一跳也）宋江和兄弟宋清兩箇（七箇字直刺入武二眼裏心裏耐養真是才子）等武松辭了柴大官人宋江也道大官人暫別了便來三箇離了柴進東莊行了五七里路武松作別道尊兄遠了請回柴大官人必然專望宋江道何妨再送幾步（別）一路上說些閒話不覺又過了三二里武松挽

在宋江手道尊兄不必遠送嘗言道送君千里終須一別宋江指着道容我再行幾步（別二）兀那官道上有箇小酒店我們喫三鍾了作別三箇來到酒店裏宋江上首坐了武松倚了哨棒（哨棒三）下席坐了宋清橫頭坐定（六字直刺入武二眼裏心裏）便叫酒保打酒來且買些盤饌菓品菜蔬之類都搬來擺在桌子上三人飲了幾杯看看紅日半西武松便道天色將晚（四字如何接入下文寫盡武二光明歷落不似今人唧唧不止）哥哥不棄武二時就此受武二四拜拜為義兄（何人不應與宋江結拜而獨寫向武二文中者反襯武二手足情深以與前文兄嫂一段相激射也）宋江大喜武松納頭拜了四拜宋江叫宋清（五字直刺入武二眼裏心裏）身邊取出一錠十兩銀子送與武松武松那里肯受說道哥哥客中自用盤費宋江道賢弟不必多慮你若推却我便不認你做兄弟（可見武二之求為兄弟如此都是與後文激射法非真宋江措語唐突也）武松只得拜受了收放纏袋裏宋江取些碎銀子還了酒錢武松拿了哨棒（哨棒四）三

箇（二宋眼前多却一箇武二心頭尚少一箇只兩箇字便將兄弟譬合之際寫得出神入妙）出酒店前來作別武松墮淚拜辭了自去（墮淚自感宋江固也然多半亦為宋清在旁刺心刺眼蓋武二一心只在哥哥却見他人兄弟雙雙如此自雖金鐵為心正復如何相遣看上三箇字下自去字明明可見讀書固必以神理為主若曹聽曹說無謂也）宋江和宋清立在酒店門前望武松不見了方纔轉身回來（寫宋江寫得好）又行不到五里路頭只見柴大官人騎着馬背後牽着兩匹空馬來接（寫柴進寫得好）又宋江望見了大喜一同上馬回莊上來下了馬請入後堂飲酒宋江弟兄兩箇自此只在柴大官人莊上話分兩頭只說武松自與宋江分別之後當晚投客店歇了次日早起來打火喫了飯還了房錢拴束包裹提了哨棒（哨棒五）便走上路尋思道江湖上只聞說及時雨宋公明果然不虛結識得這般弟兄也不枉了（鏡中花水中月俗筆臨描不出真是憑虛獨撰之文）武松在路上行了幾日來到陽穀縣地面此去離縣治還遠當日晌午時分走得肚中饑渴望見前面有一

自此以後幾卷都寫武松神威此卷飲酒作一段讀打虎作一段讀

箇酒店挑着一面招旗在門前上頭寫着五箇字道三碗不過岡奇文武松入到裏面坐下把哨棒倚了哨棒六叫道主人家快把酒來喫好酒是武二生平只此開場第一句便如聞其聲如見其人只見店主人把三隻碗奇文一雙筯一碟熟菜放在武松面前滿滿篩一碗酒來第一碗第一番逐碗寫第二三四番逐番寫第五六番兩番一頓寫武松拿起碗一飲而盡叫道這酒好生有氣力其酒可知主人家有飽肚的買些喫酒先與酒又及肉其重其輕可知○吾聞食肉者鄙若好酒未有非名士者也酒家道只有熟牛肉武松道好的切二三斤來喫酒店家去裏面切出二斤熟牛肉做一大盤子將來放在武松面前隨即再篩一碗酒第二碗武松喫了道好酒又讚一句其酒可知又篩下一碗第三碗恰好喫了三碗酒再也不來篩奇文武松敲着桌子叫道主人家怎的不來篩酒酒家道客官要肉便添來所對非所問絕倒武松道我也要酒也再切些肉來酒家道肉便切來添與客官喫酒却不添了武松道却又作怪便問主人家道你如何不肯賣酒與我喫酒家道客官你須見我門前招旗上面明明寫道三碗不過岡武松道怎地喚做三碗不過岡酒家道俺家的酒雖是村酒却比老酒的滋味但凡客人來我店中喫了三碗的便醉了過不得前面的山岡去因此喚做三碗不過岡若是過往客人到此只喫三碗更不再問碌碌者何足挂齒武松笑道原來恁地我却喫了三碗如何不醉酒家道我這酒叫做透瓶香好名色又喚做出門倒好名色初入口時醇醲好喫少刻時便倒武松道休要胡說沒地不還你錢再篩三碗來我喫酒家見武松全然不動又篩三碗第四碗第五碗第六碗武松喫道端的好酒又讚不住其酒可知主人家我喫一碗還你一碗錢只顧篩來酒家道客官休只管要飲這酒端的要醉倒人沒藥醫武松道休得胡鳥說便是你使蒙汗藥在裏面我也有鼻子店家被他發話不過一連又篩了三碗第七

碗。第八碗。第九碗。武松道肉便再把二斤來喫寫酒量。兼寫食量。總表武松神威。酒家又切了二斤熟牛肉再篩了三碗酒第十碗。第十一碗。第十二碗。武松喫得口滑只顧要喫去身邊取出些碎銀子叫道主人家你且來看我銀子還你酒肉錢彀麼又換一法讀之絕倒酒家看了道有餘還有些貼錢與你妙心妙筆。見酒是不更責矣。武松道不要你貼錢只將酒來篩酒家道客官你要喫酒時還有五六碗酒哩只怕你喫不得了武松道就有五六碗多時你盡數篩將來酒家道你這條長漢倘或醉倒了時怎扶得你住無端忽從酒家眼中口中。寫出武松氣象來。俗筆如何瞄描得出。武松答道要你扶的不算好漢酒家那里肯將酒來篩武松焦躁道我又不白喫你的休要引老爺性發通教你屋裏粉碎把你這鳥店子倒翻轉來酒家道這厮醉了休惹他再篩了六碗酒與武松喫了第十三碗。第十四碗。第十五碗。第十六碗。第十七碗。第十八碗。前後共喫了十八碗結一句。綽了哨棒立起身來哨棒七。一路又將哨棒

特特處處出色描寫。彼固欲令後之讀者。於陡然遇虎處。渾身倚仗此物。以為無恐也。却偏有出自料外之事。使人驚殺。綽了哨棒。第一箇身分。道我却又不曾醉走出門前來笑道却不說三碗不過岡趣。手提哨棒便走哨棒八。手提哨棒。第二箇身分。酒家趕出來叫道客官那里去奇文。武松立住了問道叫我做甚麼我又不少你酒錢喚我怎地又作搖擺。酒家叫道我是好意你且回來我家看抄白官司榜文奇文。武松道甚麼榜文酒家道如今前面景陽岡上有隻弔睛白額大蟲晚了出來傷人壞了三二十條大漢性命官司如今杖限獵戶擒捉發落岡子路口都有榜文可教往來客人結夥成隊於巳午未三箇時辰過岡其餘寅卯申酉戌亥六箇時辰不許過岡更兼單身客人務要等伴結夥而過這早晚正是未末申初時分我見你走都不問人枉送了自家性命不如就我此間歇了等明日慢慢湊得三二十人一齊好過岡子武松聽了笑道我是清河縣人氏這條景陽

岡上少也走過了一二十遭幾時見說有大蟲你休說這般鳥話來嚇我便有大蟲我也不怕酒家道我是好意救你你不信時進來看官司榜文武松道你鳥做聲便真箇有虎老爺也不怕你留我在家裏歇莫不半夜三更要謀我財害我性命却把鳥大蟲唬嚇我酒家道你看麼我是一片好心反做惡意倒落得你恁地你不信我時請尊便自行一面說一面搖着頭自進店裏去了（寫酒家色變如畫。）

這武松提了哨棒（哨棒九。○提了哨棒，第三箇身分。）大着步自過景陽岡來約行了四五里路來到岡子下見一大樹刮去了皮一片白上寫兩行字武松也頗識幾字擡頭看時上面寫道近因景陽岡大蟲傷人但有過往客商可於巳午未三箇時辰結夥成隊過岡請勿自悞（奇文。）武松看了笑道這是酒家詭詐驚嚇那等客人便去那厮家裏宿歇我却怕甚麼鳥橫拖着哨棒（哨棒十。○橫拖哨棒，第四箇身分。）便上岡子來那時巳有申牌時分這輪紅日厭厭地相傍下山（駭人之景。）武松乘着酒興只管走上岡子來走不到半里多路見一箇敗落的山神廟（奇文。○不因此廟，令榜文無可貼處。）行到廟前見這廟門上貼着一張印信榜文武松住了脚讀時上面寫道陽穀縣示爲景陽岡上新有一隻大蟲傷害人命見今杖限各鄉里正并獵戶人等行捕未獲如有過往客商人等可於巳午未三箇時辰結伴過岡其餘時分及單身客人不許過岡恐被傷害性命各宜知悉政和年月日（奇文。）武松讀了印信榜文方知端的有虎欲待轉身再回酒店裏來（有此一折，反越顯出武松神威。不然，便是卒然不及迴避，僥倖得免虎口者矣。）尋思道我回去時須喫他恥笑不是好漢難以轉去（以性命與名譽對算，不亦異乎。）存想了一回說道怕甚麼鳥且只顧上去看怎地（活寫出武松神威。）武松正走看看酒湧上來（看他寫酒醉，有節有次。）便把氈笠兒掀在脊梁上（冬天也，偏要寫得熱極。後到大蟲撲時，忽然驚出冷來。絕世妙手。）將哨棒綰在肋下（哨棒十一。○哨棒猶在所下。第五箇身分。一步步上那岡子來回頭看這日色時漸漸地墜下去了駭人之景。○我當此時。便沒虎來。也要大哭。此時正是十月間天氣日短夜長容易得晚自註一句武松自言自說道那得甚麼大蟲人自怕了不敢上山又作一縱。武松走了一直酒力發作醉。焦熱起來熱。一隻手提着哨棒哨棒十二。○又提着哨棒。第六箇身分。一隻手把胸膛前袒開畫醉。踉踉蹌蹌直遶過亂樹林來駭人之景。可怖虎林。見一塊光撻撻大青石奔過亂林。便應跳出虎來矣。却偏又寫出一塊青石。幾乎要睡。使讀者急殺了。然後放出虎來。才子可恨如此。把那哨棒倚在一邊哨棒倚在一邊。第七箇身分。○哨棒十三。放翻身體却待要睡驚死讀者只見發起一陣狂風那一陣風過了只聽得亂樹背後撲地一聲響跳出一隻弔睛白額大蟲來出得有聲勢。武松見了叫聲阿呀從青石上翻將下來有此一折。反越顯出武松神威。不然。便是三家村中說子路。不近人情極矣。便拿那條哨棒在手裏哨棒十四。○拿着哨棒。第八箇身分。閃在青石邊一閃○已下人是神人。虎是活虎。讀者須逐段定睛細看。○我書想畫虎有處看。真虎無處看。真虎死有

以看。真虎活無處看。活虎正走。或猶偶得一看。活虎正搏人。是斷斷必無處得看者也。乃今耐菴忽然以筆墨游戲。畫出全副活虎搏人圖來。今而後要看虎者。其盡到水滸傳中景陽岡上。定睛飽看。又不喫驚。真乃此恩不小也。○傳聞趙松雪好畫馬。晚更入妙。每欲構思。便於密室解衣踞地。先學爲馬。然後命筆。一日管夫人來見趙宛然馬也。今耐菴爲此文。想亦復解衣踞地。作一撲。一掀。一翦勢耶。東坡畫雁詩云。野雁見人時。未起意先改。君從何處看。得此無人態。我真不知耐菴何處有此一副虎食人方法在胸中也。聖歎於三千年中。獨以才子許此一人。豈虛譽哉。那大蟲又饑又渴把兩隻爪在地下畧按一按和身望上一撲從半空裏攛將下來虎。武松被那一驚酒都做冷汗出了神妙之筆。燈下讀之。火光如豆。變成綠色。說時遲那時快武松見大蟲撲來只一閃閃在大蟲背後人。○二閃。那大蟲背後看人最難百忙中自註一句。便把前爪搭在地下把腰胯一掀掀將起來虎。武松只一閃閃在一邊人。○三閃。大蟲見掀他不着吼一聲却似半天裏起箇霹靂振得那山岡也動把這鐵棒也似虎尾倒竪起來只一翦虎。武松却又閃在一邊人。○四閃。原來那大蟲拿人只是一撲一掀一翦三般提不着時氣

性先自沒了一半百忙中註一句。才子博物。定非妄言。只是無處印證。此段作一束。已上只用四閃法。已下放出氣力來。那大蟲又剪不着再吼了一聲一兜兜將回來虎。武松見那大蟲復翻身回來雙手輪起哨棒輪起哨棒。第九箇身分。哨棒十五。盡平生氣力只一棒從半空劈將下來人。此一劈。誰不以爲了卻大蟲矣。卻又變出怪事來。只聽得一聲響簌簌地將那樹連枝帶葉劈臉打將下來定睛看時一棒劈不着大蟲盡平生氣力矣。卻偏劈不着大蟲。嚇殺人句。原來打急了正打在枯樹上百忙中又註一句。把那條哨棒折做兩截只拿得一半在手裏哨棒十六。○半日勤寫哨棒。只道使他打虎。到此忽然開除。令人瞠目禁口。不復敢讀下去。○哨棒折了。方顯出徒手打虎異樣神威來。只是讀者心膽墮矣。那大蟲咆哮性發起來翻身又只一撲撲將來虎。武松又只一跳卻退了十步遠人。那大蟲恰好把兩隻前爪搭在武松面前虎。武松將半截棒丟在一邊了卻哨棒。哨棒十七。○兩隻手就勢把大蟲頂花皮肐膊地揪住一按按將下來人。那隻大蟲急要掙扎虎。被武松儘氣力捺定那里肯放半點兒鬆寬人。武松把隻腳望大蟲面門上眼睛裏只顧亂踢腳踢妙絕。雙手放鬆不得也。踢眼睛妙絕。別處須踢不入也。那大蟲咆哮起來把身底下爬起兩堆黃泥做了一箇土坑虎。○耐菴何繇得知踢虎者必踢其眼。又何繇得知虎被人踢便爬起一箇泥坑。皆未必然之文。又必定然之事。奇絕妙絕。武松把那大蟲嘴直按下黃泥坑裏去人。那大蟲喫武松奈何得沒了些氣力虎。武松把左手緊緊地揪住頂花皮偷出右手來提起鐵鎚般大小拳頭儘平生之力只顧打人。打到五七十拳那大蟲眼裏口裏鼻子裏耳朵裏都迸出鮮血來更動撣不得只剩口裏兀自氣喘虎。武松放了手來松樹邊尋那打折的哨棒拿在手裏只怕大蟲不死把棒橛又打了一回哨棒十八。○哨棒餘波。眼見氣都沒了方纔丟了棒哨棒此處畢。尋思道我就地拖得這死大蟲下岡子去第一念要提去。妙。就血泊裏雙手來提時那里提得動原來使盡了氣力手腳都蘇軟了有此一折。便越顯出方纔神威。武松再來青石上坐了半歇（寫出倦極。便越顯出方纔神威。又收到青石。妙絕。）尋思道天色看看黑了倘或又跳出一隻大蟲來時却怎地鬬得他過且挣扎下岡子去明早却來理會（待下此句。使下文來得突兀。）就石頭邊尋了氊笠兒（叫聲阿呀翻下青石來。一時手脚都慌了。不及知氊笠落在何處矣。寫得入神。）轉過亂樹林邊（收到亂樹）一步步捱下岡子來走不到半里多路只見枯草中又鑽出兩隻大蟲來（嚇殺奇文。）武松道阿呀我今番罷了（嚇殺奇文。）只見那兩隻大蟲在黑影裏直立起來（嚇殺奇文。）武松定睛看時却是兩箇人把虎皮縫做衣裳緊緊繃在身上手裏各拿着一條五股叉（奇文。）見了武松喫一驚道你你你喫了忽律心豹子肝獅子腿膽倒包着身軀如何敢獨自一箇昏黑將夜又沒器械走過岡子來你你你你是人是鬼（打虎既畢。却於獵戶口中評之。）武松道你兩箇是甚麼人那箇人道我們是本處獵戶武松道你們上嶺來做甚麼（絕倒語。我上嶺來是打虎。你上嶺來却做甚麼。妙絕。）兩箇獵戶失驚道你兀自不知哩如今景陽岡上有一隻極大的大蟲夜夜出來傷人只我們獵戶也折了七八箇過往客人不記其數都被這畜生喫了本縣知縣着落當鄉里正和我們獵戶人等捕捉那業畜勢大難近（可知一撲一掀一剪。乃是非常之事。）誰敢向前我們爲他正不知喫了多少限棒只捉他不得今夜又該我們兩箇捕獵和十數箇鄉夫在此上上下下放了窩弓藥箭等他正在這里埋伏却見你大剌剌地（四字。無心中從寫出神威。）岡子上走將下來我兩箇喫了一驚你却正是甚人曾見大蟲麽武松道我是清河縣人氏姓武排行第二（百忙中。帶定望哥一案。故處處下此四字。）却纔岡子上亂樹林邊正撞見那大蟲被我一頓拳脚打死了（第一遍自敘。）兩箇獵戶聽得痴呆了說道怕沒這話武松道你不信時只看我身上兀自有血跡（可惜紅襖。）兩箇道怎地打來武松把那打大蟲的本事再說了一遍（第二遍自敘。○實是異常得意之事。不得不說了又說。○我亦要說。可憐無甚說得出的事也。）兩箇獵戶聽了又喜又驚叫攏那十箇鄉夫來只見這十箇鄉夫都拏着鋼叉踏弩刀鎗隨即攏來武松問道他們衆人如何不隨你兩箇上山獵戶道便是那畜生利害他們如何敢上來一夥十數箇人都在面前兩箇獵戶叫武松把打大蟲的事說向衆人第三遍自敘。叫武二說又妙。旁人且得意。何況自家。衆人都不肯信武松道你衆人不信時我和你去看便了衆人身邊都有火刀火石隨即發出火來點起五七箇火把好。如畫。衆人都跟着武松四字如畫。一同再上岡子來看見那大蟲做一堆兒死在那里衆人見了大喜先叫一箇去報知本縣里正并該管上戶這里五七箇鄉夫自把大蟲縛了擡下岡子來到得嶺下早有七八十人都鬨將來先把死大蟲擡在前面將一乘兜轎擡了武松上文一箇神人。一箇活虎儘力放對。到此虎也擡。人也擡。讀之不覺失笑也。投本處一箇上戶家來那上戶里正都在莊前迎接把這大蟲扛到草廳上却有本鄉上戶是一色人。本鄉獵戶又是一色人。三二十人都來相探武松衆人問道壯士高姓大名貴鄉何處武松道小人是此間鄰郡清河縣人氏姓武名松排行第二帶定。因從滄州回鄉來昨晚在岡子那邊酒店喫得大醉了上在車云夜來真大醉耶。上岡子來正撞見這畜生先說一句。下方省去。把那打虎的身分拳脚細說了一遍第四遍自叙。衆上戶道真乃英雄好漢衆獵戶先把野味將來與武松把杯一色人一色管待。武松因打大蟲困乏了要睡有此一折。便越顯出武松真正神威。大戶便叫莊客打併客房且教武松歇息到天明上戶先使人去縣裏報知一面合具虎床安排端正迎送縣裏去天明武松起來洗漱罷衆多上戶牽一羫羊挑一擔酒一色人。一色管待。都在廳前伺候武松穿了衣裳整頓巾幘出到前面與衆人相見衆上戶把盞說道被這箇畜生正不知害了多少人性命連累獵戶喫了幾頓限棒今日幸得壯士來到除了這箇大害第一鄉中人民有福第二客侶通行實出壯士之賜武松謝道非小子之能托賴衆長上福蔭衆人都來作賀喫了一早晨酒食擡出大蟲放在虎床上衆鄉村上戶都把段疋花紅來掛與武松武松有些行李包裹寄在莊上（細）一齊都出莊門前來早有陽穀縣知縣相公使人來接武松都相見了叫四箇莊客將乘涼轎來擡了武松（擡人）把那大蟲扛在前面（擡虎）也掛着花紅段疋（爲之失笑）迎到陽穀縣裏來那陽穀縣人民聽得說一箇壯士打死了景陽岡上大蟲迎喝了來盡皆出來看鬨動了那箇縣治武松在轎上看時（閒筆都好）只見亞肩疊背鬧鬧攘攘屯街塞巷都來看迎大蟲到縣前衙門口知縣已在廳上專等武松下了轎扛着大蟲都到廳前放在甬道上知縣看了武松這般模樣（人）又見了這箇老大錦毛大蟲（虎）心中自忖道不是這箇漢（人）怎地打得這箇虎（虎）便喚武松上廳來武松去廳前聲了喏知縣問道你那打虎的壯士你却說怎生打了這箇大蟲武松就廳前將打虎的本事說了一遍（第五遍自敘）廳上廳下衆多人等都驚得呆了知縣就廳上賜了幾杯酒將出上戶湊的賞賜錢一千貫給與武松武松稟道小人托賴相公的福蔭偶然僥倖打死了這箇大蟲非小人之能如何敢受賞賜小人聞知這衆獵戶因這箇大蟲受了相公責罰何不就把這一千貫給散與衆人去用（極表武松神威○又遠遠先表武松無銀子）知縣道既是如此任從壯士（四字特以殊禮）武松就把這賞錢在廳上散與衆人獵戶知縣見他忠厚仁德（一篇打虎天搖地震文字却以忠厚仁德四字結之）（此恐并非史遷所知也）有心要擡舉他便道雖你原是淸河縣人氏與我這陽穀縣只在咫尺我今日就叅你在本縣做箇都頭如何武松跪謝道若蒙恩相擡舉小人終身受賜知縣隨即喚押司立了文案當日便叅武松做了步兵都頭衆上戶都來與武松

（所寄行李包裹不見送來）

作賀慶喜連連喫了三五日酒武松自心中想道我本要回清河縣去看望哥哥誰想倒來做了陽穀縣都頭自此上官見愛鄉里聞名又過了三二日那一日武松走出縣前來閒翫只聽得背後一箇人叫聲武都頭你今日發跡了如何不看覷我則箇（誰耶）武松回過頭來看了叫聲阿呀（阿呀者驚心動膽之聲篇中武松凡叫三箇阿呀一是青石上陡然見虎一是下岡時誤認獵戶是虎一是縣前撞見此人也入後回說出其姓名方顯武松真有大過人者今且畱之）你如何却在這里不是武松見了這箇人有分教陽穀縣中屍橫血染直教鋼刀響處人頭滾寶劒揮時熱血流畢竟叫喚武都頭的正是甚人且聽下回分解

第五才子書施耐菴水滸傳卷之二十八

聖歎外書

第二十三回

王婆貪賄說風情　鄆哥不忿鬧茶肆

寫武二視兄如父此自是豪傑至性實有大過人者乃吾正不難於武二之視兄如父而獨難於武大之視二如子也曰嗟乎兄弟之際至於今日尚忍言哉一壞於乾餱相爭閱墻莫勸再壞於高談天顯矜飾虛文蓋一壞於小人而再壞於君子也夫壞於小人其失也鄙猶可救也壞於君子其失也詐不可救也壞於小人其失也鄙其內卽甚鄙而其外未至於詐是猶可以聖王之教教之者也壞於君子其失也詐其外既甚詐而其內又不免於甚鄙是終不可以聖王之教教之者也

故夫武二之視兄如父是學問之人之事也若武大之視二如子是天性之人之事也繇學問而得如武二之事兄者以事兄是猶夫人之能事也繇天性而欲如武大之愛弟者以愛弟是非夫人之能事也作者寫武二以救小人之辭寫武大以救君子之詐夫亦曰兄之與弟雖二人也溯厥初生則一本也一本之事天性之事也學問其不必也不得已而不廢學問此自為小人言之若君子其亦勉勉於天性可也

上篇寫武二遇虎真乃山搖地撼使人毛髮倒卓忽然接入此篇寫武二遇嫂真又柳絲花朶使人心魂蕩漾也吾嘗見舞槊之後便欲搦管臨文則殊苦手顫鐃吹之後便欲洞簫清囀則殊苦耳鳴馳騎之後便欲入班拜舞則殊苦喘急罵座之後便欲舉唱梵唄則殊苦喉燥何耐菴偏能接筆而出嚇時便嚇殺人憨時便憨殺人並無上四者之苦也

寫西門慶接連數番踅轉妙於叠妙於換妙於熱妙於冷妙於寬妙於緊妙於瑣碎妙於影借妙於忽迎妙於忽閃妙於有波搩妙於無意思真是一篇花團錦湊文字

寫王婆定計只是數語可了看他偏能一波一搩一吐一吞隨心恣意排出十分光來於十分光前偏又能隨心恣意先排出五件事來真所謂其才如海筆墨之氣潮起潮落者也

通篇寫西門愛奸却又處處插入虔婆愛鈔描畫小人共為一事而各為其私真乃可醜可笑吾嘗晨起開戶窺怪行路之人紛若馳馬意彼萬萬人中乃至必無一人心頭無事者今讀此篇而失笑也

話說當日武都頭回轉身來看見那人撲翻身便拜（奇）那人原來不是別人正是武松的嫡親哥哥武大郎武松拜罷說道一年有餘不見哥哥如何却在這里（此句在後想你文中不答而答）武大道二哥你去了許多時如何不寄封書來與我我又怨你（句）又想你（句○六箇字檃括全部北西廂記武大口中有此妙句○想伊已自不能開又那得工夫怨你可爲武大作一轉句）武松道哥哥如何是怨我想我武大道我怨你時當初你在清河縣裏要便喫酒醉了和人相打時嘗喫官司教我要便隨衙聽候不曾有一箇月淨辦嘗教我受苦這箇便是怨你處（此一段賓）想你時我近來取得一箇老小清河縣人不怯氣都來相欺負沒人做主你在家時誰敢來放箇屁我如今在那里安不得身只得搬來這里賃房居住因此便是想你處（此一段主○憑空結撰出一箇搬來的緣故不意後來變出無數奇觀咄咄怪事也）看官聽說原來武大與武松是一母所生兩箇武松身長八尺一貌堂堂渾身上下有千百斤氣力不恁地如何打得那箇猛虎（筆頭有舌）這武大郎身不滿五尺面目醜陋頭腦可笑（只須四字已活畫出）清河縣人見他生得短矮起他一箇諢名叫做三寸丁穀樹皮那清河縣裏有一箇大戶人家有箇使女（可見來歷不正）娘家姓潘（姓潘妙後又有姓潘人作對）小名喚做金蓮（金蓮二字藏下在此爲武松一篇大文十來卷書鎖鑰）年方二十餘歲頗有些顏色因爲那箇大戶要纏他這女使只是去告主人婆意下不肯依從那箇大戶以此記恨於心（不寫作主母撚酸者便於白與武大也良工心苦誰能知之）却倒賠些房奩不要武大一文錢白地嫁與他（不因此句武大又那討錢來）自從武大娶得那婦人之後清河縣裏有幾箇奸詐的浮浪子弟們却來他家裏薅惱原來這婦人見武大身材短矮人物猥獕不會風流他倒無般不好爲頭的愛偷漢子那武大是箇懦弱本分人被這一班人不時間在門前叫道好一塊羊肉倒落在狗口裏因此武大在清河縣住不牢搬來

這陽穀縣紫石街賃房居住每日仍舊挑賣炊餅（仍舊妙。一似已說過者。）此日正在縣前做買賣當下見了武松武大道兄弟我前日在街上聽得人沸沸地說道景陽岡上一箇打虎的壯士姓武縣裏知縣參他做箇都頭我也八分猜道是你原來今日纔得撞見我且不做買賣一同和你家去武松道哥哥家在那里武大用手指道只在前面紫石街便是武松替武大挑了擔兒（極表武二。）武大引着武松轉灣抹角一逕望紫石街來轉過兩箇灣來到一箇茶坊間壁（倒插而下。即嶽廟間壁菜園一樣文法。）武大叫一聲大嫂開門只見簾子開處（簾子一。〇一路便勤叙簾子。）一箇婦人出到簾子下（簾子二。）應道大哥怎地半早便歸武大道你的叔叔（四字不雅馴。然小家恒有之。却正用在此處。妙絕。）在這里且來廝見武大郎接了擔兒入去（細。）便出來道二哥入屋裏來和你嫂嫂相見武松揭起簾子入進裏面與那婦人相見武大說道大嫂原來景陽岡上打死大蟲新充做都頭的正是我這兄弟（見夫婦兩箇念誦已非一日。）那婦人叉手向前道叔叔萬福（叔叔一。〇凡叫過三十九遍叔叔忽然改作你字。真欲絕倒人也。）武松道嫂嫂請坐武松當下推金山倒玉柱納頭便拜（極表武二。）那婦人向前扶住武松道叔叔（叔叔二。）折殺奴家武松道嫂嫂受禮那婦人道奴家聽得間壁王乾娘說（亦倒插入。）有箇打虎的好漢迎到縣前來要奴家同去看一看不想去得遲了趕不上不曾看見（可見不是不出閨門婦人。）原來却是叔叔（叔叔三。）且請叔叔到樓上去坐（叔叔四。）三箇人同到樓上坐了那婦人看着武大道我陪侍着叔叔坐地你去安排些酒食來管待叔叔（兩句二十字。却字字絕倒。〇叔叔五。叔叔六。）武大應道最好二哥你且坐一坐我便來也武大下樓去了那婦人在樓上看了武松這表人物自心裏尋思道武松與他是嫡親一母兄弟他又生的這般長大我嫁得這等一箇也不枉了為人一世你看我那三寸丁穀樹皮三分像人七分似鬼我直恁地晦氣據着武松大蟲也喫他打倒了他必然好氣力（便想到他好氣力。絕倒。）說他又未曾婚娶何不叫他搬來我家裏住（二語連說。絕倒。）不想這段姻緣却在這里那婦人臉上堆下笑來問武松道叔叔（叔叔七。）來這里幾日了（閒閒而起。）武松答道到此間十數日了婦人道叔叔（叔叔八。）在那里安歇（漸來。）武松道胡亂權在縣衙裏安歇那婦人道叔叔（叔叔九。）恁地時却不便當（漸來。）武松道獨自一身容易料理早晚自有土兵伏侍婦人道那等人伏侍叔叔（叔叔十。）怎地顧管得到何不搬來一家裏住早晚要些湯水喫時奴家親自安排與叔叔喫（叔叔十一。）不強似這般腌臢人叔叔便喫口清湯也放心得下（辭令妙品。○叔叔十二。）武松道深謝嫂嫂（已上作一節。）那婦人道莫不別處有嬸嬸可取來廝會也好（此下三節自作一節。○此承上叔叔搬來急插入一句云若有嬸嬸亦可取來。不重嬸嬸有無。只圖以嬸嬸二字挑逗武二心動也。）武松道武二並不曾婚娶婦人又問道叔叔（叔叔十三。）青春多少（急承上不曾婚娶。即接過云青春多少。意謂豈可許大猶未近婦人耶。兩句極似不相連屬。遂件自問者。而獨能令武二之心油然自動。真妙筆也。）武松道武二二十五歲那婦人道長奴三歲（第一答並未婚娶。第二答已二十五歲矣。料定武二兩語出口處必已心動。便應聲折到自己身上來。將叔嫂二人併作四字。更無絲毫分得開去。靈心妙筆一至於此。此說至此四字。已是深談矣。便只此一頓頓住。下別漾開去再說閒話。妙絕。）叔叔今番從那里來（又閒閒而起。○叔叔十四。）武松道在滄州住了一年有餘只想哥哥在清河縣住不想却搬在這里那婦人道一言難盡自從嫁得你哥哥喫他忒善了被人欺負清河縣裏住不得搬來這里若得叔叔這般雄壯誰敢道個不字（忽然針穿去。表出心中相愛來。○叔叔十五。○用新婦得配參軍故事。）武松道家兄從來本分不似武二撒潑那婦人笑道怎地這般顛倒說常言道人無剛骨安身不牢奴家平生快性看不得這般三答不回頭四答和身轉的人（忽然又表出自己與武二一合相處來。○又作一節。）武松道家兄却不到得惹事要嫂嫂憂心正在樓上說話未了武大買了些酒肉菓品歸來放在

一路叔叔之聲多於漁嫂請之異歎覺倒

廚下走上樓來叫道大嫂你下來安排那婦人應道你看那不曉事的叔叔在這里坐地却教我撇了下來（絕倒。○你看那不曉事叔叔在這里坐地。却不肯撇了下來。○嫂嫂叔叔十六。）武松道嫂嫂請自便那婦人道何不去叫間壁王乾娘安排便了（又倒插出王乾娘來。）只是這般不見便武大自去央了間壁王婆安排端正了都搬上樓來擺在桌子上無非是些魚肉菓菜之類隨即燙酒上來武大叫婦人坐了主位武松對席武大打横（坐得絕倒。○只一坐法。寫武大庸矮。武二直性。婦人心邪。色色都有。）三箇人坐下武大篩酒在各人面前那婦人拿起酒來道叔叔（叔叔十七。）休怪沒甚管待請酒一杯武松道感謝嫂嫂休這般說武大只顧上下篩酒燙酒那里來管別事那婦人笑容可掬滿口兒道叔叔（叔叔十八。）怎地魚和肉也不喫一塊兒揀好的遞將過來武松是箇直性的漢子只把做親嫂嫂相待（斷一句。）誰知那婦人是箇使女出身慣會小意兒（斷一句。）武大又是箇善弱的

人那里會管待人（也斷一句。）那婦人喫了幾杯酒一雙眼只看着武松的身上武松喫他看不過只低了頭不恁麼理會（真好武松。○不恁麼理會五字。傳出聖賢心性來。便覺禪心已作沾泥絮。不逐東風上下狂二語之未能其足受持不淫戒也。）當日喫了十數杯酒武松便起身武大道二哥再喫幾杯了去武松道只好恁地却又來望哥哥都送下樓來那婦人道叔叔（叔叔十九。）是必搬來家裏住（一句。○看他臨出門時。數語急拍。）若是叔叔不搬來時教我兩口兒也喫別人笑話（二句○叔叔二十。）親兄弟難比別人（三句。）大哥你便打點一間房請叔叔來家裏過活（四句。○叔叔二十一。）休教鄰舍街坊道箇不是（五句。○看他一刻上說兩遍絕倒。○鄰舍街坊伏後。）武大道大嫂說得是二哥你便搬來也教我爭口氣武松道既是哥哥嫂嫂恁地說時今晚有些行李便取了來那婦人道叔叔（叔叔二十二。）是必記心奴這里專望（絕倒何勞嫂嫂。）武松別了哥嫂離了紫石街逕投縣裏來正値知縣在廳上坐衙武松上廳來稟道武松有箇

親兄搬在紫石街居住武松欲就家裏宿歇早晚衙門中聽候使喚不敢擅去請恩相鈞旨知縣道這是孝悌的勾當說出此二字不愧進士出身我如何阻你你可每日來縣裏伺候武松謝了收拾行李鋪蓋有那新製的衣服點逗來柴進并前者賞賜的物件點逗打虎叫箇土兵挑了武松引到哥哥家裏那婦人見了却比半夜裏拾金寶的一般歡喜堆下笑來武大叫箇木匠就樓下整了一間房鋪下一張床裏面放一條桌子伏安兩箇杌子伏一箇火爐伏○此非止是應用物件也若止是應用物件則便總寫一句云一應物件齊整自不必說矣今偏要逐項細開便要讀者認得武二房裏如此鋪設後來便好看他行立坐起色色親見也武松先把行李安頓了分付土兵自回去當晚就哥嫂家裏歇卧次日早起那婦人慌忙起來燒洗面湯舀漱口水於纖瑣處寫出叫武松洗漱了口面裹了巾幘出門去縣裏畫卯那婦人道叔叔叔叔二十三畫了卯早些箇歸來喫飯休去別處喫武松道便來也逕去縣裏畫了卯伺候了一早晨回到家裏那婦人洗手剔甲四字纖瑣入妙齊齊整整安排下飯食三口兒共桌兒喫武松喫了飯那婦人雙手捧一盞茶遞與武松喫武松道教嫂嫂生受武松寢食不安縣裏撥一箇土兵來使喚那婦人連聲叫道老大不便故用連聲叔叔叔叔二十四却怎地這般見外自家的骨肉又不伏侍了別人便撥一箇土兵來使用這廝上鍋上竈也不乾淨奴眼裏也看不得這等人絕之武松道恁地時却生受嫂嫂話休絮煩自從武松搬將家裏來取些銀子與武大教買餅饊茶菓請鄰舍喫茶衆鄰舍鬭分子來與武松人情武大又安排了回席又先倒插下鄰舍○他日靈山一會儼然未散只少却武大耳都不在話下過了數日武松取出一匹彩色段子與嫂嫂做衣裳兩耀得妙真是妙筆那婦人笑嘻嘻道叔叔叔叔二十五如何使得何故使不得既然叔叔把與奴家不敢推辭只得接了叔叔二十六○零星拉雜敘事真與史公無二武松自此只在哥哥家裏

婦人勾搭武二作一篇文字讀

宿歇武大依前上街挑賣炊餅武松每日自去縣裏畫卯承應差使不論歸遲歸早那婦人頓羹頓飯歡天喜地伏侍武松武松倒過意不去（省文有筆力）那婦人嘗把些言語來撩撥他武松是箇硬心直漢却不見怪（不見好是丈夫不見怪是聖賢矣極寫武二過人）有話郎長無話郎短不覺過了一月有餘看看是十二月天氣連日朔風緊起四下里彤雲密布又早紛紛揚揚飛下一天大雪來當日那雪直下到一更天氣不止次日武松清早出去縣裏畫卯直到日中未歸武大被這婦人趕出去做買賣（絕倒○先巳清宮除道矣）央及間壁王婆（又倒插出王婆）買下些酒肉之類去武松房裏簇了一盆炭火（火盆此處出現）心裏自想道我今日着實撩鬬他一撩鬬不信他不動情那婦人獨自一箇冷冷清清立在簾兒下等着（簾子三）只見武松踏着那亂瓊碎玉歸來那婦人揭起簾子（簾子四）陪着笑臉迎接道叔叔寒冷（叔叔二十七）武松道感謝嫂嫂憂念入得門來便把氈笠兒除將下來那婦人雙手去接（絕倒）武松道不勞嫂嫂生受自把雪來拂了掛在壁上（如畫）解了腰裏纏袋脫了身上鸚哥綠紵絲衲襖入房裏搭了（如畫○又不一齊脫卸必留油靴在後文者非中間有停歇也武二自一邊忙忙脫換婦人自一邊遲着說話於是遂生出已下三行文來實則搭了綿襖便脫油靴並未嘗有停手處也）那婦人便道奴等一早起叔叔（叔叔二十八）怎地不歸來喫早飯武松道便是縣裏一箇相識請喫早飯却纔又有一箇作杯我不奈煩一直走到家來那婦人道恁地叔叔向火（叔叔二十九）武松道好（句）便脫了油靴換了一雙韈子穿了煖鞋（如畫）掇箇杌子（一箇杌子出現）自近火邊坐地那婦人把前門上了拴（絕倒）後門也關了（絕倒○俗筆便竟搬酒來矣此偏於搬酒先着此兩句寫出淫婦一腔心事○又倒插出後門來妙絕）却搬些按酒菓品菜蔬入武松房裏來擺在桌子上（桌子出現）武松問道哥哥那里去未歸婦人道你哥哥每日自出去做買賣我和叔叔自飲三杯（叔嫂中間用一和字真欲絕倒○叔叔三十）武

松道一發等哥哥家來喫婦人道那里等得他來一句等他不得（二句。只是一句。顛倒寫作二句。寫盡心忙口亂。）說猶未了早煖了一注子酒來武松道嫂嫂坐地等武二去燙酒正當婦人道叔叔（叔叔三十一。）你自便那婦人也撥箇杌子近火邊坐了（第二箇杌子出現。○如畫。）火頭邊桌兒上擺着杯盤那婦人拿盞酒擎在手裏看着武松道叔叔（叔叔三十二。）滿飲此杯（閒閒而起。）武松接過手來一飲而盡（真好武二。○寫武二飲酒處特有神威。）那婦人又篩一杯酒來說道天色寒冷叔叔（叔叔三十三。）飲箇成雙杯兒（真好淫婦。辭令妙品。）武松道嫂嫂自便接來又一飲而盡（真好武二。）武松却篩一杯酒遞與那婦人喫（又兩耀。）婦人接過酒來喫了却拿注子再斟酒來放在武松面前那婦人將酥胸微露雲鬟半軃臉上堆着笑容說道我聽得一箇閒人說道叔叔在縣前東街上養着一箇唱的敢端的有這話麼（閒人者。何人也。叔叔養唱。嫂嫂却知。又是閒人說來。絕倒人也。○叔叔三十四。）武松道嫂嫂休聽外人胡說武二從來不是這等人（寫武二答語處都有神威。）婦人道我不信（三字絕倒。○爾爾嫂嫂也。信卽奈何。不信又奈何哉。）只怕叔叔口頭不似心頭（何勞嫂嫂害怕。絕倒。○叔叔三十五。）武松道嫂嫂不信時只問哥哥（今日之叙。獨不可使哥哥聞耳。一直提出四字。寫盡神威。）那婦人道他曉得甚麼曉得這等事時不賣炊餅了（真好淫婦。字字飛鸞走鳳。○這等事。何事也。叔嫂私商。絕倒人也。）叔叔且請一杯（又頓一頓。叔叔三十六。）連篩了三四杯酒飲了那婦人也有三杯酒落肚鬨動春心那里按納得住只管把閒話來說武松也知了四五分自家只把頭來低了（知了四五分。只把頭低了。○可知已上已有二三分不自在矣。）那婦人起身去燙酒武松自在房裏拿起火筯簇火（寫出不快。）那婦人煖了一注子酒來到房裏一隻手拿着注子一隻手便去武松肩胛上只一捏（寫淫婦便是活淫婦。）說道叔叔（叔叔三十七。）只穿這些衣裳不冷（不審如何便熱。）武松已自有六七分不快意也不應他（六七分不快。只不應他。）那婦人見他不應劈手便來奪火筯口裏道叔叔不會簇火我與叔叔撥火只要似火盆常熱便好叔叔三十八叔叔三十九武松有八九分焦躁只不做聲八九分焦躁只不做聲可知已下是十分震怒也那婦人慾心似火不看武松焦躁便放了火筯却篩一盞酒來自呷了一口剩了大半盞看着武松道你若有心喫我這半盞兒殘酒寫淫婦便是活淫婦已上凡叫過三十九箇叔叔至此忽然換作一你字妙心妙筆武松劈手奪來潑在地下神威說道嫂嫂潘失嫂嫂之道矣又稱嫂嫂者何尊之也何尊乎嫂嫂尊之所以愧之也尊之所以愧之奈何彼固賤之我固尊之彼或怵然於我之尊之當怵然於己之賤之也君子修春秋莫先於正名分亦爲此也休要恁地不識羞恥只一句罵殺千古武二真正神威把手只一推爭些兒把那婦人推一交武松睜起眼來道武二是箇頂天立地噙齒戴髮男子漢字字響不是那等敗壞風俗沒人倫的豬狗字字響嫂嫂一再叫一聲休要這般不識廉恥一再申一句倘有些風吹草動直算到底寫盡武二神威武二眼裏認得是嫂嫂拳頭却不認得是嫂嫂奇絕之文自有嫂嫂二字以來未經用作如此句法真乃嫂嫂掃地矣再來休要恁地數語極表武二神威那婦人通紅了臉便掇

武大歸來兩邊按留不住另作一篇小文讀

開了杌子絕倒口裏說道我自作樂耍子不直得便當真起來好不識人敬重搬了盞碟自向厨下去了武松自在房裏氣忿忿地天色却早未牌時分武大挑了擔兒歸來推門那婦人慌忙開門武大進來歇了擔兒隨到厨下見老婆雙眼哭得紅紅的武大道你和誰鬧來那婦人道都是你不爭氣教外人來欺負我既是外人如何又叫他三十九遍叔叔武大道誰人敢來欺負你婦人道情知是有誰爭奈武二那廝我見他大雪裏歸來連忙安排酒請他喫他見前後沒人便把言語來調戲我武大道我的兄弟不是這等人從來老實方纔說只問哥哥今果然也休要高做聲喫隣舍家笑話武大撇了老婆來到武松房裏叫道二哥你不曾喫點心我和你喫些箇武松只不做聲一歇尋思了半晌又一歇二句不得連氣讀下再脫了絲鞋依舊穿上油膀靴着了上蓋帶上氈笠兒前脫時從上而下今着時從下而上一頭繫纏袋一面出門活畫畫亦畫不出武

大叫道二哥那里去也不應一直地只顧去了（瞥然去了）武大回到廚下來問老婆道我叫他又不應只顧望縣前這條路走了去（十一字活畫出呆子來）正是不知怎地了那婦人罵道糊突桶有甚麽難見處那厮羞了没臉兒見你走了出去我也再不許你留這厮在家裏宿歇（那厮這厮即叔叔也）武大道他搬出去須喫别人笑話那婦人道混沌魍魎他來調戲我倒不喫别人笑你要便自和他道話我却做不得這樣的人你還了我一紙休書來你自留他便了武大那里敢再開口（活武大○與後句娼罐看）正在家中兩口兒絮聒只見武松引了一箇土兵拿着條匾擔逕來房裏（瞥然又來）收拾了行李便出門去（瞥然又去）武大趕出來叫道二哥做甚麽便搬了去武松道哥哥不要問說起來裝你的幌子你只䠱我自去便了武大那里敢再開口（活武大○兩句娼罐故妙）䠱武松搬了去那婦人在裏面喃喃吶吶的罵道却也好（三字起得聲態俱有活畫出淫婦情性來正不知耐菴如何算出）人只道一箇親兄弟做都頭怎地養活了哥嫂却不知反來嚼咬人正是花木瓜空好看你搬了去倒謝天地且得寃家離眼前（如聞其聲）武大見老婆這等罵正不知怎地心中只是咄咄不樂放他不下（活武大又好武大讀之不覺悲從中來○嗟乎世人讀詩而不廢棠棣之篇彼固無所感於中也豈不痛哉）自從武松搬了去縣衙裏宿歇武大自依然每日上街挑賣炊餅本待要去縣裏尋兄弟說話却被這婆娘千叮萬囑分付教不要去兜攬他因此武大不敢去尋武松（按下妙手）撚指間歲月如流不覺雪晴過了十數日却說本縣知縣自到任已來却得二年半多了賺得好些金銀（此句不算調侃正算作通病矣）欲待要使人送上東京去與親眷處收貯使用謀箇陞轉却怕路上被人刼了去須得一箇有本事的心腹人去便好猛可想起武松來須是此人可去有這等英雄了得當日便喚武松到衙内商議道我有一箇親戚在東京城裏

住欲要送一擔禮物去就捎封書問安則箇只恐途中不好行須是得你這等英雄好漢方去得你可休辭辛苦與我去走一遭囘來我自重重賞你武松應道小人得蒙恩相擡舉安敢推故既蒙差遣只得便去小人也自來不曾到東京就那里觀看光景一遭（竟似對友生語不似對上官語）相公明日打點端正了便行知縣大喜賞了三杯不在話下且說武松領下知縣言語出縣門來到得下處取了些銀兩叫了箇土兵却上街來買了一瓶酒并魚肉果品之類一逕投紫石街來直到武大家裏（暫然又來）武大恰好賣炊餅了回來見武松在門前坐地叫土兵去厨下安排（武大眼中如畫）那婦人餘情不斷見武松把將酒食來（隨手蹴出餘波真是文情如縠）心中自想道莫不這廝思量我了却又囘來那廝一定強不過我且慢慢地相問他那婦人便上樓去重勻粉面再整雲鬟換些豔色衣服穿了來到門前迎接武松那婦人

武二置酒又作一篇文字讀

拜道叔叔（又作數聲叔叔）不知怎地錯見了好幾日並不上門教奴心裏沒理會處每日叫你哥哥來縣裏尋叔叔陪話歸來只說道沒尋處今日且喜得叔叔家來沒事壞錢做甚麼（嫂嫂亦可謂搠突捅混沌魍魎矣○辭令妙品）武松答道武二有句話特來要和哥哥嫂嫂說知則箇那婦人道既是如此樓上去坐地三箇人來到樓上客位裏武松讓哥嫂上首坐了武松掇箇杌子橫頭坐了土兵搬將酒肉上樓來擺在桌子上武松勸哥哥嫂嫂喫酒那婦人只顧把眼來睃武松（搠突捅混沌魍魎）武松只顧喫酒酒至五巡武松討付勸杯叫土兵篩了一杯酒拿在手裏看着武大道大哥在上今日武二蒙知縣相公差往東京幹事明日便要起程多是兩箇月少是四五十日便回有句話特來和你說知你從來為人懦弱我不在家恐怕被外人來欺負（兄弟二人武大愛武二如子武二又愛武大如子武大自視如父武二又自視如父二人一片天性便生出此句話來妙絕）假如你每

日賣十扇籠炊餅你從明日為始只做五扇籠出去賣每日遲出早歸（只防早晨夜晚。又烏料裁衣之在濤畫耶。）不要和人喫酒（武大何處喫酒。乃武二已明知武大之必將有酒喫也。妙絕。）歸到家裏便下了簾子（簾子五。○亦帶簾子。妙絕。）早閉上門省了多少是非口舌（君子不出惡聲。只如此。妙絕。）如若有人欺負你不要和他爭執待我回來自和他理論（如子如父語。○數語婦後讀之凜然。）大哥依我時滿飲此杯（武二神威）武大接了酒道我兄弟見得是我都依你說喫過了一杯酒武松再篩第二杯酒對那婦人說道嫂嫂是箇精細的人不必用武松多說（妙人妙語。○可知武二不是不知人事者。）我哥哥為人質朴全靠嫂嫂做主看覷他（竟是托孤語。讀之慷慨淚下。○讀武二此語。忽歎昭烈如其不才君可自取之言。真猪狗之言也。）嘗言道表壯不如裏壯嫂嫂把得家定我哥哥煩惱做甚麼豈不聞古人言籬牢犬不入（語語寫出武二神威）那婦人被武松說了這一篇一點紅從耳朶邊起紫漲了面皮指着武大便罵道你這箇腌臢混沌有甚麼言語在外人處說來欺負老娘我是一箇不戴頭巾男子漢叮叮噹噹響的婆娘拳頭上立得人胳膊上走得馬人面上行得人不是那等搠不出的鼈老婆自從嫁了武大眞箇螻蟻也不敢入屋裏來有甚麼籬笆不牢犬兒鑽得入來你胡言亂語一句句都要下落丟下磚頭瓦兒一箇箇要着地（辭令妙品。○淫婦有相。只看會說話者。即其人也。）武松笑道若得嫂嫂這般做主最好只要心口相應却不要心頭不似口頭（恰與前言相照得好。）既然如此武二都記得嫂嫂說的話了請飲過此杯（武二神威。讀者皆欲起立。）那婦人推開酒盞一直跑下樓來走到半胡梯上發話道（活畫）你既是聰明伶俐却不道長嫂為母（絕倒）我當初嫁武大時曾不聽得說有甚麼阿叔（絕倒）那里走得來是親不是親便要做喬家公（絕倒）自是老娘晦氣了鳥撞着許多事（語語絕倒）喫下樓去了那婦人自粧許多奸偽張致那武大武松弟兄自再喫了幾杯（武二自不必說。眞乃難得武大。天下之人讀至此句。）

莫不淚下武松拜辭哥哥武大道兄弟去了莫不文於武大也今讀其兄弟去了四字何其爛熳淋漓天文斕至也我讀之而聲咽氣盡不復能讚之矣早早回來和你相見口裏說不覺眼中墮淚真好武大武松見武大眼中垂淚便說道哥哥便不做得買賣也罷只在家裏坐地又將前語一翻務要極文之致盤纏兄弟自送將來武大送武松下樓來臨出門武松又道大哥我的言語休要忘了極文之致武松帶了土兵自回縣前來收拾次日早起來拴束了包裹來見知縣那知縣已自先差下一輛車兒把箱籠都裝載車子上點兩箇精壯土兵縣衙裏撥兩箇心腹伴當都分付了那四箇跟了武松就廳前拜辭了知縣拽扎起提了朴刀監押車子一行五人離了陽穀縣取路望東京去了話分兩頭只說武大郎自從武松說了去整整的喫那婆娘罵了三四日武大忍氣吞聲繇他自罵心裏只依着兄弟的言語真箇每日只做一半炊餅出去賣未晚便歸一脚歇了擔兒便去除了簾子簾子六關上大門却來家裏坐地那婦人看了這般心內焦躁指着武大臉上罵道混沌濁物我倒不曾見日頭在半天裏便把着喪門關了也須喫別人道我家怎地禁鬼聽你那兄弟鳥嘴也不怕別人笑恥武大道繇他們笑說我家禁鬼我的兄弟說的是好話真好武大我欲哭之省了多少是非那婦人道呸濁物你是箇男子漢自不做主却聽別人調遣武大搖手道繇他我的兄弟是金子言語武大叫兄弟處定帶我的二字妙絕○金子言語奇文未有自武松去了十數日武大每日只是晏出早歸歸到家裏便關了門那婦人也和他鬧了幾場向後鬧慣了不以為事省自此這婦人約莫到武大歸時先自去收了簾兒關上大門行文曲折逶迤而下○簾子七武大見了自心裏也喜尋思道恁地時却好閒心閒筆又過了三二日冬已將殘天色回陽微煖固是春情應在春日當日武大將次歸來那婦人慣了自先向門前來叉那

又簾另作一篇文字讀

看他兩箇，一箇如迎，一箇似送，一箇輕憐，一箇痛惜，一箇低頭，一箇萬福，倒教我看書的羞得倒趨倒趨

簾子（簾子八。慣了。妙。寫得並無痕影。）也是合當有事，却好一箇人從簾子邊走過。（便走得蹺蹊。簾子九。）自古道：沒巧不成話。這婦人正手裏拿叉竿不牢，失手滑將倒去，不端不正，却好打在那人頭巾上。（此一滑，我極疑之。不然，豈前日雪天向火之日，亦失手佛將過去，不端不正，却好捏在叔叔肩胛上耶。）那人立住了腳，意思要發作，回過臉來看時，却是一箇妖嬈的婦人，（因緣生法，禍倚福伏，真有如此。）先自酥了半邊，那怒氣直鑽過爪洼國去了，變作笑吟吟的臉兒。（一箇如迎。）這婦人見不相怪，便叉手深深地道箇萬福，（一箇似送。）說道：「奴家一時失手，官人疼了。」（一箇輕憐。）那人一頭把手整頭巾，一面把腰曲着地還禮道：「不妨事，娘子閃了手。」（一箇痛惜。）却被這間壁的王婆正在茶局子裏水簾底下看見了。（王婆此方入，王乾娘正傳。）王婆笑道：（王婆笑起，第一笑。）「兀誰教大官人打這屋簷邊過？打得正好。」（積世虔婆語，使讀者肉飛眉舞。）那人笑道：（第二笑。）「這是小人不是，（一箇低頭。）衝撞娘子，休怪。」那婦人也笑道：（第三笑。）「官人恕奴些箇。」（一箇萬福。）那人又笑

西門慶轉踅又作一篇文字讀

着（第四笑。）大大地唱箇肥喏道：「小人不敢。」那一雙眼都只在這婦人身上，也回了七八遍頭，（畫。）自搖搖擺擺踏着八字腳去了。（不信去了。）這婦人自收了簾子叉竿入去，（簾子十。）掩上大門，等武大歸來。你道那人姓甚名誰？那里居住？原來只是陽穀縣一箇破落戶財主，就縣前開着箇生藥鋪。（伏砒霜。）從小也是一箇奸詐的人，使得些好拳棒。（伏踢武大，踢武二。）近來暴發跡，專在縣裏管些公事，與人放刁把濫，說事過錢，排陷官吏。（伏官吏通線。）因此滿縣人都饒讓他些箇。（伏何九忌怕。）那人覆姓西門，單諱一箇慶字，排行第一，人都喚他做西門大郎。近來發跡有錢，人都稱他做西門大官人。不多時，只見那西門慶一轉，（蚤來了，絕倒。）踅入王婆茶坊裏來，去裏邊水簾下坐了。王婆笑道：（第五笑。）「大官人却纔唱得好箇大肥喏。」西門慶也笑道：（第六笑。）「乾娘，你且來，我問你：間壁這箇雌兒是誰的老小？」王婆道：「他是閻羅大王的妹子，五道將

軍的女兒問他怎的西門慶道我和你說正話休要取笑王婆道大官人怎麼不認得他老公便是每日在縣前賣熟食的（半句歇住，聲口入妙。）西門慶道莫非是賣棗糕徐三的老婆（隨手拗成，如詞家之有紅襯襯也。○三。）王婆搖手道不是若是他的正是一對兒大官人再猜西門慶道可是銀擔子李二哥的老婆（二。）王婆搖頭道不是若是他的時也倒是一雙西門慶道倒敢是花胳膊陸小乙的妻子（一。）王婆大笑道（笑。第七）不是若他的時也又是好一對兒大官人再猜一猜西門慶道乾娘我其實猜不着王婆哈哈笑道（第八笑。）好教大官人得知了笑一聲他的蓋老便是街上賣炊餅的武大郎西門慶跌脚笑道（第九笑。）莫不是人叫他三寸丁穀樹皮的武大郎王婆道正是他西門慶聽了叫起苦來說道好塊羊肉怎地落在狗口裏王婆道便是這般苦事自古道駿馬却駄癡漢走巧妻常伴拙夫眠月下老偏生要是這般配合西門慶道王乾娘我少你多少茶錢（無可報話，無可那延，只得隨口扯淡。活畫出涎臉來，使讀者絕倒。）王婆道不多繇他歇些時却算西門慶又道你兒子跟誰出去（一發扯淡）（活畫涎臉。）王婆道說不得跟一箇客人淮上去至今不歸又不知死活西門慶道却不叫他跟我（一發涎臉死人）王婆笑道（第十笑。○笑得賊。明明笑其涎臉扯淡也。）若得大官人擡舉他十分之好西門慶道等他歸來却再計較（淡死人。涎臉死人。）再說了幾句閒話相謝起身去了（又去了。）約莫未及半箇時辰又踅將來王婆店門口簾邊坐地朝着武大門前（又來了。絕倒。）半歇王婆出來道大官人喫箇梅湯（一路隱語，點逗都妙。）西門慶道最好多加些酸（隱語）王婆做了一箇梅湯雙手遞與西門慶西門慶慢慢地喫了（只慢慢地三字，活畫涎臉。）盞托放在桌子上（活畫出淡來。）西門慶道王乾娘你這梅湯做得好有多少在屋裏王婆笑道（第十一笑。）老身做了一世媒那討一箇在屋裏（以風話入。）西門慶道我問你梅湯你却說做媒差了多少王婆道老身只聽的大官人問這媒做得好老身只道說做媒西門慶道乾娘你既是撮合山也與我做頭媒說頭好親事我自重重謝你王婆道大官人你宅上大娘子得知時婆子這臉怎喫得耳刮子西門慶道我家大娘子最好極是容得人見今也討幾箇身邊人在家裏只是沒一箇中得我意的你有這般好的與我主張一箇便來說不妨就是回頭人也好只要中得我意（賊人語已有所）道前日有一箇倒好只怕大官人不要（無端蹴出奇文却只指○此語漸近矣故下王婆忽然以風話漾開去才子爲文必欲盡情極致每每如此）王婆（要消繳此節）西門慶道若好時你與我說成了我自謝你王婆道生得十二分人物只是年紀大些（奇文）西門慶道便差一兩歲也不打緊真箇幾歲王婆道那娘子戊寅生屬虎的新年恰好九十三歲（絕倒）西門慶笑道（第十二笑）你看這風婆子只要扯着風臉取笑西門慶笑了（第十三笑）起身去了（又去）看看天色黑了

王婆却纔點上燈來正要關門只見西門慶又踅將來逕去簾底下那座頭上坐了朝着武大門前只顧望（如何却又來了絕倒）王婆道大官人喫箇和合湯如何（懸語換）西門慶道最好乾娘放甜些（懸語）王婆點一盞和合湯遞與西門慶喫坐箇一歇（活畫出淡來）起身道乾娘記了帳目（活畫出淡來）明日一發還錢王婆道不妨伏惟安置來日早請過訪（東方麥蕆未有此舌）西門慶又笑了去（又去了第十四笑）當晚無事次日清早王婆却纔開門把眼看門外時只見這西門慶又在門前兩頭來往踅（叉又來了絕倒○句法小變放活多少）王婆見了道這箇刷子踅得緊你看我着些甜糖抹在這厮鼻子上只叫他祗不着那厮會討縣裏人便宜且教他來老娘手裏納些敗鈌王婆開了門正在茶局子裏生炭整理茶鍋西門慶一逕逕入茶房裏來水簾底下望着武大門前簾子裏坐了看（簾子十一）王婆只做不看見只顧在茶局裏煽風爐子不出來問

茶（與上梅湯和合湯變化。文心詭譎。）西門慶叫道乾娘點兩盞茶來王婆笑道（第十五笑。）大官人來了連日少見（東方麥鐵之舌。真正妙絕。）且請坐便濃濃的點兩盞薑茶（此非隱語，乃是百忙中點出時節來。夫薑茶所以破曉寒也。）將來放在桌子上西門慶道乾娘相陪我喫箇茶（涎臉死人語。）王婆哈哈笑道（第十六笑。）我又不是影射的（賊妙。）西門慶也笑了一回（第十七笑。）問道乾娘間壁賣甚麼（活畫涎臉。愈畫愈妙。）王婆道他家賣拖蒸河漏子熱盪溫和大辣酥（只是風話。）西門慶笑道（第十八笑。）你看這婆子只是風王婆笑道（第十九笑。）我不風他家自有親老公西門慶道乾娘和你說正經話說他家如法做得好炊餅我要問他做三五十箇不知出去在家王婆道若要買炊餅少間等他街上回來買何消得上門上戶（賊妙。）西門慶道乾娘說的是（淡死人。涎臉死人。活畫出。）喫了茶坐了一回起身道乾娘記了帳目（淡死人。涎臉死人。）王婆道不妨事老娘牢牢寫在帳上西門慶笑了去（又去了。第二十笑。）王婆只在茶局子裏張時冷眼睃見西門慶又在門前踅過東去又看一看（又變化，又省。）走過西來又睃一睃（又變化，又省。）走了七八遍（又變化，又省。）逕踅入茶房裏來（又來。絕倒。）王婆道大官人稀行好幾時不見面（妙絕。）西門慶笑將起來（第二十一笑。）去身邊摸出一兩來銀子（一兩銀子。連日川心，固不如一兩之有驗也，看下文虔婆便出門路。可發一笑。）遞與王婆說道乾娘權收了做茶錢婆子笑道（第二十二笑。）何消得許多西門慶道只顧放着婆子暗暗地歡喜道來了這刷子當敗且把銀子來藏了便道老身看大官人（一兩入手。便生出六箇字來。然則貪士面望人垂青。豈不謬乎。）有些渴喫箇寬煎葉兒茶如何（仍作隱語）西門慶道乾娘如何便猜得着婆子道有甚麼難猜自古道入門休問榮枯事觀着容顏便得知老身異樣蹺蹊作怪的事都猜得着西門慶道我有一件心上的事乾娘猜得着時與你五兩銀子（五兩銀子。）王婆笑道（第二十三笑。）老娘也不消三智五猜只一智便猜箇十分大官人你把耳朵來（絕倒。活畫。）你這兩

說光獨作一篇文字讀○於說光前先有一番五事問答又可另作一篇讀

日脚步緊趕趂得頻一定是記掛着隔壁那箇人我這猜如何西門慶笑起來第二十四笑道乾娘你端的智賽隋何機強陸賈不瞞乾娘說我不知怎地喫他那日叉簾子時見了這一面却似收了我三魂七魄的一般只是沒做箇道理入脚處不知你會弄手段麼王婆哈哈的笑起來道第二十五笑老身不瞞大官人說我家賣茶叫做鬼打更三年前六月初三下雪的那一日賣了一箇泡茶直到如今不發市專一靠些雜趂養口奇文矢口而來西門慶問道怎地叫做雜趂王婆笑道第二十六笑老身爲頭是做媒又會做牙婆也會抱腰也會收小的也會說風情也會做馬泊六奇文矢口而來西門慶道乾娘端的與我說得成時十兩銀子便送十兩銀子與你做棺材本王婆道大官人你聽我說一兩銀子便看你五兩銀子便猜你十兩銀子便與你說出五件事十分光來一篇寫刷子撒奸花娘好色虔婆愛鈔色色入畫但凡捱光的兩箇字最難要五件事俱全方纔行得第一

件下文將欲排出十分光來却先於上文排出五件事使讀者如游深山不覺遞選而入潘安的貌第二件驢兒大的行貨第三件要似鄧通有錢第四件小就要綿裏針忍耐第五件要閒工夫此五件與作潘驢鄧小閒千古奇文五件俱全此事便獲着西門慶道實不瞞你說這五件事我都有些第一下文將排出十分光上文却先排出五件事所謂欲變大陣先設小陣也然小陣一變即成大陣猶未足爲奇觀此只以小陣一變仍作小陣讀者方謂極情盡致無可復加而下文不覺登巳排山倒海衝至面前真文字之極觀也我的面兒雖比不得潘安也克得過第二我小時也曾養得好大龜第三我家裏也頗有貫伯錢財雖不及鄧通也頗得過第四我最耐得他便打我四百頓休想我回他一下第五我最有閒工夫不然如何來的恁頻乾娘你只作成我完備了時我自重重的謝你王婆道大官人雖然你說五件事都全我知道還有一件事打攪五件事又變作一件事然後慢慢變出十件事來忽大忽小忽小忽大真有猶龍之譽也多是剳地不得西門慶說你且道甚麼一件事

打攪、王婆道、大官人休怪老身直言、但凡挨光最難、十分光時、使錢到九分九釐、也有難成就處、我知你從來慳吝、不肯胡亂便使錢、只這一件打攪、（活畫出積世虔婆。）西門慶道、這箇極容易醫治、我只聽你的言情便了、王婆道、若是大官人肯使錢時、老身有一條計、便教大官人和這雌兒會一面、只不知官人肯依我麼、西門慶道、不揀怎地、我都依你、乾娘有甚妙計、王婆笑道、（第二十七笑。）今日晚了、且回去、過半年三箇月、却來商量、（行文至此、豈惟西門難煞、讀者亦無不洗耳聽聞。笑。偏有此一問。妙。）西門慶便跪下道、乾娘休要撒科、你作成我則箇、王婆笑道、（第二十八笑。）大官人却又慌了、老身那條計、是箇上着、雖然入不得武成王廟、端的強似孫武子教女兵、十捉九着、大官人、我今日對你說、（不容易請教。）這箇人原是清河縣大戶人家討來的養女、却做得一手好針線、大官人、你便買一疋白綾、一疋藍紬、一疋白絹、再用十兩好綿、都把來

與老身、（積世虔婆、趁火打劫之計、令我絕倒。）我却走將過去問他討茶喫、却與這雌兒說道、有箇施主官人與我一套送終衣料、特來借曆頭、央及娘子與老身揀箇好日、去請箇裁縫來做、他若見我這般說、不睬我時、此事便休了、（先用一反。）他若說我替你做、不要我叫裁縫時、這便有一分光了、（第一段。○每一段用兩他若、一反一正、絕代奇文。）我便請他家來做、他若說將來我家裏做、不肯過來、此事便休了、（反。）他若歡天喜地說、我來做、就替你裁、這光便有二分了、（第二段。）若是肯來我這里做時、却要安排些酒食點心請他、第一日你也不要來、（妙。）第二日他若說不便當、定要將家去做、此事便休了、（反。）他若依前肯過我家做時、這光便有三分了、（第三段。）這一日你也不要來、（妙。）到第三日晌午前後、你整整齊齊打扮了來、咳嗽爲號、你便在門前說道、怎地連日不見王乾娘、我便出來請你入房裏來、若是他見你入來、便起身跑了歸去、難

道我拖住他（妙。）此事便休了（反。）他若見你入來不動身時這光便有四分了（第四段。）坐下時便對雌兒說道這箇便是與我衣料的施主官人虧殺他我誇大官人許多好處你便賣弄他的針線若是他不來兜攬應答此事便休了（反。）他若口裏應答說話時這光便有五分了（第五段。）我却說道難得這箇娘子與我作成出手做虧殺你兩箇施主（合稱妙。）一箇出錢的一箇出力的（分疏又妙。）不是老身路岐相央難得這箇娘子在這里官人好做箇主人替老身與娘子澆手你便取出銀子來央我買若是他抽身便走時不成扯住他此事便休了（反。）他若是不動身時這光便有六分了（第六段。）我却拿了銀子臨出門對他道有勞娘子相待大官人坐一坐他若也起身走了家去時我也難道阻當他此事便休了（反。）若是他不起身走動時此事又好了這光便有七分了（第七段。）等我買得東西來擺在桌子上我便道娘子且收拾生活喫一杯兒酒難得這位官人壞鈔他若不肯和你同桌喫時走了回去此事便休了（反。）若是他只口裏說要去（賊人語。絕倒。）却不動身時此事又好了這光便有八分了（第八段。）待他喫的酒濃時正說得入港我便推道沒了酒再叫你買你便又央我去買我只做去買酒把門拽上關你和他兩箇在裏面（絕倒。）他若焦躁跑了歸去此事便休了（反。）他若繇我拽上門不焦躁時這光便有九分了（第九段。）只欠一分光了便完就（忽然一頓。）這一分倒難（忽然一颺。一頓一颺。使讀者茫然。上來一反一正。共有十八段。已近急口令矣。得此一頓一颺。政使文情大變。譬如畫龍。鱗爪都具。而不點睛。直是令人癢殺。）大官人你在房裏着幾句甜淨的話兒說將入去你却不可躁暴便去動手動腳打攪了事那時我不管你（此處已是最後一光矣。又戒不可動手動腳打攪了事。然則如之何耶。奇絕之筆。）先假做把袖子在桌上拂落一雙筯去你只做去地下拾筯將手去他腳上捏一捏他若鬧將起來我自來搭救

請做衣另作一篇小文讀

絕倒。此事也便休了，再也難得成。反加一句。若是他不做聲時，此是十分光了。這時節，這時節，二句六字，聲情都絕。婆子至此亦絕倒矣，何況西門，何況讀者。十分事都成了，這條計策如何段？第十西門慶聽罷大笑道：第二十九笑。雖然上不得凌烟閣，端的好計。王婆道：不要忘了許我的十兩銀子。此是虔婆傳中正語。西門慶道：但得一片橘皮喫，莫便忘了洞庭湖。這條計幾時可行？王婆道：只在今晚便有回報。我如今趁武大未歸，走過去細細地說誘他，你却便使人將綾紬絹疋并綿子來。西門慶道：得乾娘完成得這件事，如何敢失信？作別了王婆，便去市上紬絹舖裏買了綾紬絹段并十兩清水好綿，家裏叫個伴當取包袱包了，帶了五兩碎銀，五兩。逕送入茶坊裏。王婆接了這物，分付伴當回去，自踅來開了後門。後門出現第一。走過武大家裏來。那婦人接着，請去樓上坐地。那王婆道：娘子，怎地不過貧家喫茶？那婦人道：便是這幾日身體不快，懶

攏光重作一篇文字讀

走去。王婆道：娘子家裏有曆日麼？借與老身看一看，要選個裁衣日。那婦人道：乾娘裁甚麼衣裳？王婆道：便是老身十病九痛，怕有些山高水低，預先要製辦些送終衣服。宛然有聲。難得近處一個財主見老身這般說，布施與我一套衣料，綾紬絹段，又與若干好綿，放在家裏一年有餘，不能彀做。今年覺道身體好生不濟，又撞着如今閏月，趁這兩日要做，看他寫出許多說話來。已上借曆日，已下竟是請裁縫矣。又被那裁縫勒揹，只推生活忙，不肯來做。老身說不得這等苦。辭令妙品。那婦人聽了笑道：第三十笑。只怕奴家做得不中乾娘意。若不嫌時，奴出手與乾娘做如何？那婆子聽了這話，堆下笑來，第三十一笑。說道：若得娘子貴手做時，老身便死來也得好處去。妙話，活畫婆子。久聞娘子好手針線，只是不敢相央。那婦人道：這個何妨？許了乾娘，務要與乾娘做了。將曆頭叫人揀個黃道好日，便與你動手。王婆道：若得娘子肯與老身

做時娘子是一點福星何用選日（忽然借曆日忽然不必曆日夾七夾八妙絕）老身也前日央人看來說道明日是箇黃道好日（忽然借曆日忽然又說巳央人看箇黃道好日一發夾七夾八妙絕妙絕）老身只道裁衣不用黃道日了不記他（上文活寫婆子隨口嘈出此句又活寫婆子機變自救妙絕）那婦人道歸壽衣正要黃道日好何用別選日（第一分光巳有）王婆道既是娘子肯作成老身時大膽只是明日起動娘子到寒家則箇那婦人道乾娘不必將過來做不得（好定少不得）王婆道便是老身也要看娘子做生活則箇又怕家裏沒人看門前（並不強拉只是敢商辭令妙品）那婦人道既是乾娘恁地說時我明日飯後便來那婆子千恩萬謝下樓去了（第二分光又有）當晚回復了西門慶的話約定後日准來當夜無話次日清早王婆收拾房裏乾淨了買了些線索安排了些茶水在家裏等候且說武大喫了早飯打當了擔兒自出去賣炊餅（畧帶武大不疏漏）那婦人把簾兒掛了（簾子十二）從後門走過王婆家裏來（後門二）那婆子歡喜無限接入房裏坐下便濃濃點道茶撒上些出白松子胡桃肉（細瑣處寫）遞與這婦人喫了抹得桌子乾淨（細瑣偏入妙）便將出那綾紬絹段來婦人將尺量了長短（量）裁得完備（裁）便縫起來（縫）婆子看了口裏不住聲價喝采道好手段老身也活了六七十歲眼裏真箇不曾見這般好針線（數語於本文無謂只是使一日不寂寞）那婦人縫到日中王婆便安排些酒食請他下了一筯麵與那婦人喫了再縫了一歇將次晚來便收拾起生活自歸去恰好武大歸來挑着空擔兒進門（不忘武大）那婦人拽開門下了簾子（簾子十三）武大入屋裏來看見老婆面色微紅便問道你那里喫酒來那婦人應道便是間壁王乾娘央我做送終的衣裳日中安排些點心請我武大道阿呀不要喫他的我們也有央及他處他便央你做得件把衣裳你便自歸來喫些點心不直得攪惱他你明日倘或再去做時帶了些

錢在身邊也買些酒食與他回禮常言道遠親不如近隣休要失了人情他若是不肯要你還禮時你便只是拿了家來做去還他那婦人聽了數語於本文無謂只是使武大不寂寞作文要照前照後如此當晚無話且說王婆子設計已定賺潘金蓮來家次日飯後武大自出去了王婆便踅過來相請去到他房裏取出生活一面縫將起來王婆自一邊點茶來喫了不在話下看看日中那婦人取出一貫錢付與王婆說道乾娘奴和你買杯酒喫王婆道阿呀那里有這箇道理老身央及娘子在這里做生活如何顛倒教娘子壞錢那婦人道却是拙夫分付奴來若還乾娘見外時只是將了家去做還乾娘那婆子聽了連聲道大郎直恁地曉事既然娘子這般說時老身權且收下這婆子生怕打脫了這事自又添錢去買些好酒好食希奇菓子來慇懃相待看官聽說但凡世上婦人繇你十八分精細被人小意兒過縱十箇九箇着了道兒所以六婆不許入門後世切戒之再說王婆安排了點心請那婦人喫了酒食再縫了一歇看看晚來千恩萬謝歸去了第三分光已有話休絮繁第三日早飯後王婆只張武大出去了便走過後門來叫道後門三娘子老身大膽只說得四字妙不容說那婦人從樓上下來道奴却待來也兩箇廝見了來到王婆房裏坐下取過生活來縫那婆子隨即點盞茶來兩箇喫了那婦人看看縫到晌午前後却說西門慶巴不到這一日陡然而出裹了頂新頭巾穿了一套整整齊齊的衣服帶了三五兩碎銀子又帶三五兩碎銀子逕投這紫石街來到得茶房門首便咳嗽道王乾娘連日如何不見那婆子瞧科便應道兀誰叫老娘西門慶道是我那婆子趕出來看了笑道第三十二笑我只道是誰却原來是施主大官人你來得正好且請你入去看一看把西門慶袖子一拖拖進房裏對着那婦人道此句推着西門對着婦人下句推着婦人對着西門

活畫出婆子無數身分這箇便是那施主與老身那衣料的
官人西門慶見了那婦人便唱箇喏那婦人慌忙
放下生活還了萬福第四分光又有王婆却指着這婦人
對西門慶道婆子身分難得官人與老身叚疋放了一
年不曾做得如今又虧殺這位娘子出手與老身
做成全了真箇是布機也似好針線又密又好其
實難得大官人你且看一看活畫西門慶把起來看
了喝采口裏說道這位娘子怎地傳得這手好生
活神仙一般的手段那婦人笑道第三十三笑官人休
笑話西門慶問王婆道乾娘不敢問這位是誰家
宅上娘子王婆道大官人你猜西門慶道小人如
何猜得着王婆吟吟的笑道第三十四笑便是間壁的
武大郎的娘子前日叉竿打得不疼大官人便忘
了忽挿入筆頭有舌那婦人臉便紅紅的道那日奴家偶
然失手官人休要記懷西門慶道說那里話王婆
便接口道這位大官人一生和氣從來不會記恨

此一段向女誇男

極是好人西門慶道前日小人不認得原來却是
武大郎的娘子小人只認的大郎一箇養家經紀
人且是在街上做買賣大大小小不曾惡了一箇
人又會賺錢又且好性格真箇難得這等人賊人惡口
明明讚之明明擯之明明擯之明明羞之王婆道可知哩娘子自從嫁
得這箇大郎但是有事百依百隨那婦人應道他
是無用之人他字妙無用字妙如出香口好婦嫁得呆郎第一怕人提起氣不得不
氣不得真有此六字之苦官人休要笑話西門慶道娘子差矣
古人道柔軟是立身之本剛強是惹禍之胎似娘
子的大郎所爲良善時萬丈水無涓滴漏王婆打
着攛鼓兒道說的是西門慶獎了一回便坐在婦
人對面第五分光已有寫得絕倒王婆又道娘子你認的這
箇官人麼那婦人道奴不認的婆子道這箇大官
人是這本縣一箇財主知縣相公也和他來往絕倒
語真羞死人叫做西門大官人萬萬貫錢財說出無箇數目絕倒
婆語開着箇生藥舖在縣前家裏錢過北斗米爛陳

倉赤的是金白的是銀圓的是珠光的是寶也有犀牛頭上角亦有大象口中牙那婆子只顧誇獎西門慶口裏假嘈畫。那婦人就低了頭縫針線畫西門慶得見潘金蓮十分情思恨不就做一處畫王婆便去點兩盞茶來遞一盞與西門慶一盞遞與這婦人說道娘子相待大官人則箇漸來。喫罷茶便覺有些眉目送情王婆看着西門慶把一隻手在臉上摸活畫。西門慶心裏瞧科已知有五分了王婆便道大官人不來時老身也不敢來宅上相請巧言如簧。一者緣法二者來得恰好緣法只是來得恰好。來得恰好只是緣法。二句只是一句耳。却自冒冒失失說出一者二者活寫出隨口假嘈來。思之失笑。嘗言道一客不煩二主大官人便是出錢的這位娘子便是出力的說來是好一對兒也。不是老身路岐相煩難得這位娘子在這里官人好做箇主人替老身與娘子澆手西門慶道小人也見不到這里有銀子在此便取出來和帕子遞與王婆那婦人便道不消

這寫許多不動身要着眼

生受得口裏說又不動身活畫。王婆將了銀子要去那婦人又不起身活畫。第六分光又有。光雖十分。其實只有此處最難必耳疊寫兩句又不動身。在作者亦提刀而立。躊躇四顧之時也。婆子便出門又道有勞娘子相陪大官人坐一坐那婦人道乾娘免了二字活畫淫婦却亦是不動身活畫。第七分光又有。也是因緣却都有意了西門慶這廝一雙眼只看着那婦人這婆娘一雙眼也偷睃西門慶寫出四隻眼來。妙絕。見了這表人物心中倒有五七分意了又低着頭自做生活畫。不多時王婆買了些見成的肥鵞熟肉細巧菓子歸來盡把盤子盛了菓子菜蔬盡都裝了搬來房裏桌子上看着那婦人道乾娘自便相待大官人奴却不當依舊原不動身活畫。那婆子道正是專與娘子澆手如何却說這話王婆將盤饌都擺在桌子上三人坐定把酒來斟這西門慶拿起酒盞來說道娘子滿飲此杯那婦人笑道第三十五笑。多感官人厚意王婆道老身知得娘子洪飲且請開

此節一遞一句另作一篇絕妙小文讀

懷喫兩盞兒西門慶拿起筯來道乾娘替我勸娘子請些箇那婆子揀好的遞將過來與那婦人喫一遞斟了三巡酒那婆子便去燙酒來（寫王婆忽離忽合忽隱忽躍真如驚龍跳虎。緊接西門慶道。又妙絕。）西門慶道不敢動問娘子青春多少（恰是嫂嫂問叔叔語。）那婦人應道奴家虛度二十三歲（恰是叔叔答嫂嫂語。）西門慶道小人癡長五歲（恰是嫂嫂勾叔叔語。此三句。無心中遞遞自引。）那婦人道官人將天比地王婆走進來道（插科。）好箇精細的娘子不惟做得好針線諸子百家皆通西門慶道却是那里去討（妙。）武大郎好生有福（妙。）王婆便道不是老身說是非大官人宅裏枉有許多那里討一箇趕得上這娘子的（妙。）西門慶道便是這等一言難盡（妙。）只是小人命薄不曾招得一箇好的王婆道大官人先頭娘子須好（懸空撰起。妙想奇文。）西門慶道休說若是我先妻在時却不恁地家無主屋倒豎如今枉自有三五七口人喫飯（妙。）都不管事（妙。）那婦人問道官人恁地時歿了大娘子得幾年了（關心弔膽。絕倒。）西門慶道說不得小人先妻是微末出身（妙。）却倒百伶百俐是件都替得小人如今不幸他歿了已得三年家裏的事都七顛八倒為何小人只是走了出來在家裏時便要嘔氣（妙。）那婆子道大官人休怪老身直言你先頭娘子也沒有武大娘子這手針線（妙妙。）西門慶道便是小人先妻也沒此娘子這表人物（妙妙。）那婆子笑道（第三十六笑。）官人你養的外宅在東街上（懸空又撰起。妙想奇文。咄咄怪事。）如何不請老身去喫茶西門慶道便是唱慢曲兒的張惜惜我見他是路岐人（妙妙。）不喜歡（妙。）婆子又道官人你和李嬌嬌却長久（妙。）西門慶道這箇人見今取在家裏若是他似娘子時自冊正了他多時（妙妙。）王婆道若有娘子般中得官人意的來宅上說沒妨事麼（妙妙。）西門慶道我的爹娘俱已沒了我自主張（妙。）誰敢道箇不字（妙。）王婆道我自說要急切那里有中得官人意的（忽然漾開。妙妙。）

西門慶道做甚麼了便沒（妙妙）只恨我夫妻緣分上薄自不撞着（妙妙）西門慶和這婆子一遞一句說了一回（第八分光已有）王婆便道正好喫酒却又沒了官人休怪老身差撥再買一瓶兒酒來喫如何西門慶道我手帕裏有五兩來碎銀子一發撒在你處要喫時只顧取來多的乾娘便就收了（哀哉世人男女之會亦必以錢物羅之）那婆子謝了官人起身睃這粉頭時（畫）一鍾酒落肚鬨動春心又自兩箇言來語去都有意了只低了頭却不起身（活畫）那婆子滿臉堆下笑來說道（第三十七笑）老身去取瓶兒酒來與娘子再喫一杯兒有勞娘子相待大官人坐一坐注子裏（句）有酒（句）沒（句）便再篩兩盞兒和大官人喫老身直去縣前那家有好酒買一瓶來有好歇兒擔閣（直去妙縣前那家妙好歇兒擔閣妙字字絕倒讀之齒寒）那婦人口裏說道不用了坐着却不動身（活畫第九分光已有）婆子出到房門前便把索兒縛了房門却來當路坐了（絕倒）且說西門慶

王婆衝奸又作一篇小文讀

自在房裏便斟酒來勸那婦人却把袖子在桌上一拂把那雙筯拂落地下也是緣法湊巧那雙筯正落在婦人脚邊西門慶連忙蹲身下去拾只見那婦人尖尖的一雙小脚兒正趫在筯邊西門慶且不拾筯便去那婦人繡花鞋兒上揑一把那婦人便笑將起來（第三十八笑已上通計三十八笑字至此笑字結穴老子云不笑不足以為道也）說道官人休要囉唣你真箇要勾搭我西門慶便跪下道只是娘子作成小人那婦人便把西門慶摟將起來（反書婦人摟起西門慶來春秋筆法第十分光完滿具足）當時兩箇就王婆房裏脫衣解帶無所不至（此時不知武二已到東京否武大炊餅已賣完否讀之一歎）雲雨纔罷正欲各整衣襟只見王婆推開房門入來怒道你兩箇做得好事（虔婆此怒却出料外文情真是波詭雲譎）西門慶和那婦人都喫了一驚那婆子便道好呀好呀我請你來做衣裳不曾叫你來偷漢子（絕倒）武大得知須連累我不若我先去出首回身便走（王文真奇）那婦人扯住裙兒道乾

娘饒恕則箇西門慶道乾娘低聲王婆笑道笑了餘波若要我饒恕你們都要依我一件那婦人道休說一件便是十件奴也依豈知十件都已依過王婆道你從今日爲始瞞着武大每日不要失約負了大官人我便罷休若是一日不來我便對你武大說絕倒正合下官之意那婦人道只依着乾娘便了王婆又道西門大官人你自不用老身多說前婦人勾搭武二一篇大文後便有武二起身分付哥嫂一篇小文此西門勾搭婦人一篇大文後亦有王婆入來分付奸夫淫婦一篇小文醞養胸中其間架經營如此胡能量其才之斗石也前武二分付武大云你從明日爲始每日云云今王婆分付婦人亦云你從今日爲始每日云云前武二分付婦人云你自不用武二多說今王婆分付西門亦云你自不用老身多說皆特特遙遙相引不必盡照不必盡不照彼圖不望後世有人能賞之也這十分好事已都完了所許之物不可失信你若負心我也要對武大說一發絕倒西門慶道乾娘放心並不失信三人又喫幾杯酒已是下午的時分那婦人便起身道武大那廝將歸了四字是何稱呼奴自回去便踅過後門歸家後門門先去下了簾子

簾子十四武大恰好進門不漏武大且說王婆看着西門慶道好手段麼西門慶道端的虧了乾娘我到家便取一錠銀送來與你所許之物豈敢昧心王婆道眼望旌節至專等好消息不要叫老身棺材出了討挽歌郎錢西門慶笑了去笑字尚未歇不在話下那婦人自當日爲始每日踅過王婆家裏來和西門慶做一處恩情似漆心意如膠自古道好事不出門惡事傳千里不到半月之間街坊隣舍都知道了只瞞着武大一箇不知斷章句話分兩頭且說本縣有箇小的年方十五六歲本身姓喬因爲做軍在鄆州生養的就取名叫做鄆哥家中止有一箇老爹那小廝生得乖覺此書每於絕大文字偏有本事一字不相犯如武松遇虎李逵又遇虎金蓮偷漢巧雲又偷漢是也乃偏於極小文字偏沒本事使他不相犯如林冲送配時極似盧俊義送配時鄆哥尋西門極似唐牛尋宋江是也此非文叔真有小敵怯大敵勇之異蓋僧繇畫龍若更安睛施爪便將破壁乘去天下十成之物造化皆忌之故固特特不欲十成非世人之所知也自來只靠縣前這許多酒店裏賣些時

新菓品時嘗得西門慶齎發他些盤纏其日正尋得一籃兒雪梨提着來遶街尋問西門慶又有一等的多口人說道鄆哥你若要尋他我教你一處去尋鄆哥道聒噪阿叔叫我去尋得他見賺得三五十錢養活老爹也好那多口的道西門慶他如今刮上了賣炊餅的武大老婆每日只在紫石街上王婆茶坊裏坐地這早晚多定正在那里你小孩子家只顧撞入去不妨那鄆哥得了這話謝了阿叔指教這小猴子提了籃兒一直望紫石街走來逕透入茶坊裏去却好正見王婆坐在小凳兒上績緒鄆哥把籃兒放下看着王婆道乾娘拜揖那婆子問道鄆哥你來這里做甚麼鄆哥道要尋大官人賺三五十錢養活老爹婆子道甚麼大官人鄆哥道乾娘情知是那箇便只是他那箇（妙舌）婆子道便是大官人也有箇姓名鄆哥道便是兩箇字的（妙舌）婆子道甚麼兩箇字的鄆哥道乾娘只是要作耍我要和西門大官人說句話望裏面便走那婆子一把揪住道小猴子那里去人家屋裏各有內外鄆哥道我去房裏便尋出來王婆道含鳥猢猻我屋裏那得甚麼西門大官人鄆哥道不要獨喫自阿也把些汁水與我呷一呷我有甚麼不理會得婆子便罵道你那小猢猻理會得甚麼鄆哥道你正是馬蹄刀木杓裏切菜水泄不漏半點兒也沒得落地直要我說出來只怕賣炊餅的哥哥發作那婆子喫他這兩句道着他真病心中大怒喝道含鳥猢猻也來老娘屋裏放屁辣臊鄆哥道我是小猢猻你是馬泊六（妙舌〇只如作五字對）那婆子揪住鄆哥鑿上兩箇栗暴鄆哥叫道做甚麼便打我婆子罵道賊猢猻高做聲大耳刮子打你出去鄆哥道老咬蟲沒事得便打我這婆子一頭叉一頭大栗暴鑿直打出街上去雪梨籃兒也丟出去那籃雪梨四分五落滾了開去（不因此句如何生出事來）這小

猴子打那虔婆不選一頭罵一頭哭一頭走一頭街上拾梨兒（前半篇就兩箇人寫出活畫來後半篇就三箇人寫出活畫來此至末後忽然又就一箇人寫出活畫來筆勢伸縮變化我不能量其端倪所至）指着那王婆茶坊裏罵道老咬蟲我教你不要慌我不去說與他不做出來不信提了籃兒逕逩去尋這箇人正是從前作過事沒興一齊來直敎撇翻狐兎窩中草驚起鴛鴦沙上睡畢竟這鄆哥尋甚麼人且聽下回分解

第五才子書施耐菴水滸傳卷之二十九

聖歎外書

第二十四回

王婆計啜西門慶　淫婦藥鴆武大郎

此回是結煞上文西門潘氏奸淫一篇生發下文武二殺人報讐一篇亦是過接文字只看他處處寫得精細不肯草草處

第一段寫鄆哥定計第二段寫武大捉奸第三段寫淫婦下毒第四段寫虔婆幇助第五段寫何九瞧科段段精神事事出色勿以小篇而忽之也

寫淫婦心毒幾欲掩卷不讀宜疾取第二十五卷快誦一過以爲羯鼓洗穢也

話說當下鄆哥被王婆打了這幾下心中沒出氣處提了雪梨籃兒一逕逩來街上直來尋武大郎

轉了兩條街只見武大挑着炊餅擔兒正從那條街上來鄆哥見了立住了脚看着武大道這幾時不見你怎麼喫得肥了（奇文）武大歇下擔兒道我只是這般模樣有甚麼喫得肥處鄆哥道我前日要糴些麥稃一地里没糴處人都道你屋裏有（奇文）武大道我屋裏又不養鵝鴨那里有這麥稃鄆哥道你說没麥稃怎地栈得肥䐛䐛地便顛倒提起你來也不妨煑你在鍋裏也没氣（奇文）武大道含鳥猢猻倒罵得我好我的老婆又不偷漢子我如何是鴨（鴨字奇文）鄆哥道你老婆不偷漢子只偷子漢武大扯住鄆哥道還我主來鄆哥道我笑你只會扯我却不咬下他左邊的來武大道好兄弟你對我說是兀誰我把十箇炊餅送你鄆哥道炊餅不濟事你只做箇小主人請我喫三杯我便說與你武大道你會喫酒跟我來武大挑了擔兒引着鄆哥到一箇小酒店裏歇了擔兒拿了幾箇炊餅（寫來好笑）買了些肉討了一鏇酒請鄆哥喫那小廝又道酒便不要添了肉再切幾塊來武大道好兄弟你且說與我則箇鄆哥道且不要慌等我一發喫了却說與你你却不要氣苦我自幫你打捉武大看那猴子喫了酒肉道你如今却說與我鄆哥道你要得知把手來摸我頭上肐膊（趣絶。○與王婆把耳朶來一樣筆法）武大道却怎地來有這肐膊鄆哥道我對你說我今日將這一籃雪梨去尋西門大郎掛一小鈎子一地里没尋處街上有人說道他在王婆茶房裏和武大娘子勾搭上了每日只在那里行走我指望去撰三五十錢使叵耐那王婆老猪狗不放我去房裏尋他大栗暴打我出來我特地來尋你我方纔把兩句話來激你我不激你時你須不來問我（小賊）武大道真箇有這等事鄆哥道又來了（三字活畫武大神理都具）我道你是這般的鳥人那厮兩箇落得快活只等你出來便在王婆房裏做一處你兀自問道真

你便我便猶如大珠小珠落盤亂走相似

箇也是假（小賊）武大聽罷道兄弟我實不瞞你說那婆娘每日去王婆家裏做衣裳歸來時便臉紅我自也有些疑忌這話正是了（此一語先有來歷在前）我如今寄了擔兒便去捉姦如何鄆哥道你老大一箇人原來沒些見識那王婆老狗恁麼利害怕人你如何出得他手他須三人也有箇暗號（此等事鄆哥固不得知第耐菴又何繇知之誠乃博物君子）見你入來拿他把你老婆藏過了那西門慶須了得打你這般二十來箇若捉他不着乾喫他一頓拳頭他又有錢有勢反告了一紙狀子你便用喫他一場官司又沒人做主乾結果了你武大道兄弟你都說得是却怎地出得這口氣鄆哥道我喫那老猪狗打了也沒出氣處我教你一着（寫來入情）你今日晚些歸去都不要發作也不可露一些嘴臉只做每日一般明朝你便少做些炊餅出來賣（寫來入情○你便我便二字下皆畧用一頓活是孩子遲聲慢口）我便在巷口等你若是見西門慶入去時我便來叫你你便挑着擔兒只在左近等我我便先去惹那老狗必然來打我我便將籃兒丟出街來你便搶來我便一頭頂住那婆子你便只顧造入房裏去叫起屈來此計如何武大道既是如此却是虧了兄弟我有數貫錢與你把去糴米明日早早來紫石街巷口等我鄆哥得了數貫錢幾箇炊餅（又帶炊餅）自去了武大還了酒錢挑了擔兒去賣了一遭歸去原來這婦人往當時只是罵武大百般的欺負他近日來也自知無禮只得窩伴他些箇（世人知之）當晚武大挑了擔兒歸家也只和每日一般並不說起那婦人道大哥買盞酒喫武大道却纔和一般經紀人買三碗喫了那婦人安排晚飯與武大喫了當夜無話次日飯後武大只做三兩扇炊餅安在擔兒上這婦人一心只想着西門慶那里來理會武大做多做少（好筆）當日武大挑了擔兒自出去做買賣這婦人巴不能穀他出去了便踅過王

提好一段真是如畫

婆房裏來等西門慶且說武大挑着擔兒出到紫石街巷口迎見鄆哥提着籃兒在那里張望武大道如何鄆哥道早些箇你且去賣一遭了來他七八分來了你只在左近處伺候武大飛雲也似去賣了一遭回來鄆哥道你只看我籃兒撇出來你便奔入去武大自把擔兒寄下不在話下却說鄆哥提着籃兒走入茶坊裏來罵道老猪狗你昨日做甚麼便打我那婆子舊性不改便跳起身來喝道你這小猢猻老娘與你無干你做甚麼又來罵我鄆哥道便罵你這馬泊六做牽頭的老狗直甚麼屁（四字奇文。才子罵世。只是胸中有此四字耳。）那婆子大怒揪住鄆哥便打鄆哥叫一聲你打我把籃兒丟出當街上來那婆子却待揪他被這小猴子叫聲你打時就把王婆腰裏帶箇住看着婆子小肚上只一頭撞將去爭些兒跌倒却得壁子礙住不倒那猴子死頂住在壁上（以五十四字成句。反就句中自成無數曲折。真是以手忙脚亂之事。寫得妙手空空。奇才妙筆。）只見武大裸起衣裳大踏步直搶入茶坊裏來那婆子見了是武大來急待要攔當時却被這小猴子死命頂住那里肯放婆子只叫得武大來也（畫虔婆。）那婆娘正在房裏做手脚不迭先奔來頂住了門（畫淫婦。）這西門慶便鑽入牀底下躲去（畫奸夫。）武大搶到房門邊用手推那房門時那里推得開口裏只叫得做得好事（畫烏龜。○此事本急。今寫來本殊急。讀之見紙上麻雜雜地。）那婦人頂住着門慌做一團口裏便說道閒常時只如烏嘴賣弄殺好拳棒急上場時便沒些用見箇紙虎也嚇一交那婦人這幾句話分明教西門慶來打武大奪路了走（好。）西門慶在牀底下聽了婦人這幾句言語提醒他這箇念頭（好。）便鑽出來拔開門（好。）叫聲不要打（好。）武大却待要揪他被西門慶早飛起右脚武大矮短正踢中心窩裏撲地望後便倒了（乘便就寫一句踢中心窩。便作武大了結之案。妙絕。）西門慶見踢倒了武大打鬧裏一直走了（妙。）鄆哥見不是話頭撇了王婆撒開好。街坊鄰舍都知道西門慶了得誰敢來多管好。又伏。王婆當時就地下扶起武大來好。見他口裏吐血面皮蠟查也似黃了便叫那婦人出來舀碗水來看他寫婦人出來法。救得甦醒兩箇上下肩攙着絕倒便從後門武大今日亦從後門歸去。絕倒後門五。扶歸樓上去安排他牀上睡了當夜無話次日西門慶打聽得沒事依前自來和這婦人做一處只指望武大自死反頓一句。武大一病五日不能彀起更兼要湯不見要水不見每日叫那婦人不應又見他濃粧豔抹了出去歸來時便面顏紅色武大幾遍氣得發昏又沒人來倸着武大叫老婆來分付道你做的勾當我親手來捉着你姦你倒挑撥姦夫踢我心頭至今求生不生求死不死你們却自去快活我死自不妨和你們爭不得了妙。我的兄弟武二你須得知他性格妙。倘或早晚歸來他肯干休妙。你若肯可憐我早早伏侍我好了他

歸來時我都不提妙。你著不看覷我時待他歸來却和你們說話妙。數語妙絕。然武大死於此數語矣。這婦人聽了這話也不回言四字如畫。却踅過來一五一十都對王婆和西門慶說了那西門慶聽了這話却似提在冰窖子裏說道苦也我須知景陽岡上打虎的武都頭他是清河縣第一箇好漢我如今却和你眷戀日久情孚意合却不恁地理會如今這等說時正是怎地好却是苦也王婆冷笑道我倒不曾見你是箇把舵的我是趁船的我倒不慌你倒慌了手脚西門慶道我枉自做了男子漢到這般去處却擺布不開你有甚麼主見遮藏我們則箇王婆道你們却要長做夫妻短做夫妻西門慶道乾娘你且說如何是長做夫妻短做夫妻王婆道若是短做夫妻你們只就今日便分散等武大將息好了起來與他陪了話武二歸來都沒言語待他再差使出去却再來相約這是短做夫妻你們若要

長做夫妻每日同一處不擔驚受怕我却有一條妙計只是難教你（非寫虔婆亦復軟只是行文忌直且圖一頓耳）西門慶道乾娘周全了我們則箇只要長做夫妻王婆道這條計用着件東西別人家裏都沒天生天化大官人家裏却有（奇語。再一頓。）西門慶道便是要我的眼睛也剜來與你却是甚麼東西王婆道如今這搗子病得重趁他狠狠裏便好下手大官人家裏取些砒霜來却教大娘子自去贖一帖心疼的藥來把這砒霜下在裏面把這矮子結果了（奇稱。只是親人如歟）一把火燒得乾乾淨淨的沒了踪跡（反照下何九。妙。）便是武二回來待敢怎地自古道嫂叔不通問初嫁從親再嫁繇身阿叔如何管得（反照下武二。妙。）暗地裏來往半年一載等待夫孝滿日大官人娶了家去這箇不是長遠夫妻諧老同歡此計如何西門慶道乾娘只怕罪過罷罷罷一不做二不休王婆道可知好哩這是斬草除根萌芽不發若是斬草不除根春來萌芽再發（反覆言之。皆反照下文。只斬得草。未除得根也。）官人便去取些砒霜來我自教娘子下手事了時却要重重謝我（王婆本題。）西門慶道這箇自然不消你說便去真箇包了一包砒霜來把與王婆收了這婆子却看着那婦人道大娘子我教你下藥的法度如今武大不對你說道教你看活他（不對。猶言豈不對也。）你便把些小意兒貼戀他（貼戀二字。思之可畏。大雄氏謂之詐現親附。哀哉。）他若問你討藥喫時便把這砒霜調在心疼藥裏待他一覺身動你便把藥灌將下去却便走了起身他若毒藥轉時必然腸胃迸斷大叫一聲（奇。）你却把被只一蓋都不要人聽得（奇。）預先燒下一鍋湯煑着一條抹布（奇。）他若毒藥發時必然七竅內流血（奇。）口唇上有牙齒咬的痕跡（奇。）他若放了命便揭起被來却將煑的抹布一揩都沒了血跡（奇。）便入在棺材裏扛出去燒了有甚麼鳥事（王婆何處得來。其實耐菴何處得來。可見才子之心。爐物如鑄。）那婦人道好却是好只是奴手軟了臨時安排不得屍首王婆道這箇容易你只敲壁子我自過來相拳你西門慶道你們用心整理明日五更來討囘報西門慶說罷自去了王婆把這砒霜用手捻爲細末活寫虔婆。○今世人家。多有容六婆嘗川入內者。我不知其有何相須也。不能家喻戶曉。聊識於此句之下。幸一念之。把與那婦人將去藏了那婦人却踅將歸來到樓上看武大時一絲沒兩氣看看待死那婦人坐在牀邊假哭甚多武大道你做甚麼來哭妙語令我絕倒。那婦人拭着眼淚說道我的一時間不是了喫那厮局騙了誰想却踢了你這脚我問得一處好藥我要去贖來醫你又怕你疑忌了不敢去取好。武大道你救得我活無事了一筆都勾並不記懷武二家來亦不提起快去贖藥來救我則箇那婦人拿了些銅錢逕來王婆家裏坐地好。却叫王婆去贖了藥來把到樓上教武大看了好說道這帖心疼藥太醫叫你半夜裏喫人靜時。喫了倒頭把一兩床被發些汗

叫喊不得。明日便起得來不在床上了也。武大道却是好也生受大嫂今夜醒睡些箇可憐語。半夜裏調來我喫那婦人道你自放心睡我自伏侍你看看天色黑了那婦人在房裏點上碗燈妙筆。○讀之覺紙上有陰風射人。下面先燒了一大鍋湯拿了一片抹布煑在湯裏聽那更鼓時却好正打三更妙筆。那婦人先把毒藥傾在盞子裏却舀一碗白湯把到樓上叫聲大哥藥在那里好。武大道在我蓆子底下枕頭邊可憐語。你快調來與我喫那婦人揭起蓆子將那藥抖在盞子裏把那藥貼安了好。精細。○佳。將白湯衝在盞內把頭上銀牌兒只一攪調得勻了左手扶起武大右手把藥便灌武大呷了一口說道大嫂這藥好難喫那婦人道只要他醫治得病管甚麼難喫武大再呷第二口時被這婆娘就勢只一灌特寫與天下有奢遮標致妻子人看。一盞藥都灌下喉嚨去了那婦人便放倒武大慌忙跳下牀來武大哎了一聲說道大嫂喫下

這藥去肚裏倒疼起來、苦呀苦呀、倒當不得了、這婦人便去脚後扯過兩牀被來、沒頭沒臉只顧盖、（特寫與天下有奢遮標致妻子的看。）武大叫道、我也氣悶、那婦人道、太醫分付教我與你發些汗、便好得快、武大再要說時遲、這婦人怕他掙扎、便跳上牀來騎在武大身上、把手緊緊地按住被角、那里肯放些鬆寬、（特寫與天下有奢遮標致妻子的看。）那武大哎了兩聲、喘息了一回、腸胃迸斷、嗚呼哀哉、身體動不得了、那婦人揭起被來見了武大咬牙切齒、七竅流血、怕將起來、（讀之怕人。）只得跳下牀來、敲那壁子、王婆聽得、走過後門頭咳嗽、（後門六。○咳嗽二字寫得入神。又是聲響。又無聲響。）那婦人便下樓來開了後門、（後門七。）王婆問道、了也未、那婦人道、了便了、只是我手脚軟了、安排不得、王婆道、有甚麼難處、（眞好虔婆。無怪後世人家內邊專好與之往來。）我幫你便了、那婆子便把衣袖捲起、（虔婆駭人。○一句。○已下看他兩箇婦女逐件安排。都是半夜燈下之事。之覺紙上陰風火。無怪不有。）舀了一桶湯、（二句。）把抹布撇在裏

面、撥上樓來、（三句。）捲過了被、（四句。）先把武大嘴邊唇上都抹了、（五句。）却把七竅淤血痕跡拭淨、（六句。）便把衣裳盖在屍上、（七句。）兩箇從樓上一步一攙扛將下來、（八句。）就樓下尋扇舊門停了、（九句。）與他梳了頭、（十句。）戴上巾幘、（十一句。）穿了衣裳、（十二句。）取雙鞋韈與他穿了、（十三句。）將片白絹盖了臉、（十四句。）揀床乾淨被盖在死屍身上、（十五句。）却上樓來收拾得乾淨了、（妙。○十六句。）王婆自轉將歸去了、（好。）那婆娘便號號地假哭起養家人來、（絕倒。○十七句。）看官聽說、原來但凡世上婦人哭有三樣、（絕倒之語。爾雅所無。）有淚有聲謂之哭、有淚無聲謂之泣、無淚有聲謂之號、當下那婦人乾號了一歇、却早五更、天色未曉、（好筆。）西門慶逩來討信、王婆說了備細、西門慶取銀子把與王婆、教買棺材津送、就叫那婦人商議、這婆娘過來和西門慶說道、我的武大今日已死、我只靠着你做主、西門慶道、這箇何須得你說、王婆道、只有一件事最要緊、地方上團

頭何九叔他是箇精細的人只怕他看出破綻不肯殮非寫虔婆識人只是先着何九一筆西門慶道這箇不妨我自分付他便了他不肯違我的言語王婆道大官人便用去分付他不可遲慢西門慶去了到天大明王婆買了棺材又買些香燭紙錢之類歸來與那婦人做羹飯點起一盞隨身燈此句接前文正是第十八句却另寫在此有似失落者妙絕鄰舍坊廂都來弔問伏鄰舍街方那婦人虛掩着粉臉假哭衆街坊問道大郎因甚病患便死了伏那婆娘荅道因害心疼病症一日日越重了看看不能殼好不幸昨夜三更死了又哽哽咽咽假哭起來衆鄰舍明知道此人死得不明伏不敢死問他只自人情勸道死自死了活的自要過娘子省煩惱那婦人只得假意兒謝了衆人各自散了王婆取了棺材去請團頭何九叔但是入殮用的都買了并家裏一應物件也都買了就叫了兩箇和尚晚些伴靈多樣時何九叔先撥幾箇火

家來整頓且說何九叔到巳牌時分慢慢地走出來到紫石街巷口迎見西門慶叫道九叔何往何九叔荅道小人只去前面殮這賣炊餅的武大郎屍首西門慶道借一步說話則箇何九叔跟着西門慶來到轉角頭一箇小酒店裏坐下在閣兒內西門慶道何九叔請上坐何九叔道小人是何等之人對官人一處坐地西門慶道九叔何故見外且請坐二人坐定叫取瓶好酒來小二一面鋪下菜蔬菓品按酒之類即便篩酒何九叔心中疑忌想道這人從來不曾和我喫酒閒中寫出西門官人今日這杯酒必有蹺蹊兩箇喫了半箇時辰只見西門慶去袖子裏摸出一錠十兩銀子放在卓上說道九叔休嫌輕微明日別有酧謝何九叔叉手道小人無半點効力之處如何敢受大官人見賜銀兩大官人便有使令小人處也不敢受西門慶道九叔休要見外請收過了却說何九叔道大官人但說

不妨、小人依聽西門慶道、別無甚事、少刻他家也有些辛苦錢、只是如今殮武大的屍首、凡百事週全、一牀錦被遮蓋則箇、別不多言、何九叔道、是這些小事、有甚利害、如何敢受銀兩、西門慶道、九叔不收時、便是推却、那何九叔自來懼怕西門慶是箇刁徒、把持官府的人、只得受了、兩箇又喫了幾杯、西門慶叫酒保來、記了帳、明日來舖裏支錢、兩箇下樓、一同出了店門、西門慶道、九叔記心、不可泄漏、改日別有報効、分付罷、一直去了、何九叔心中疑忌、肚裏尋思道、這件事却又作怪、我自去殮武大郎屍首、他却怎地與我許多銀子、這件事必定有蹺蹊、來到武大門前、只見那幾箇火家在門首伺候、何九叔問道、這武大是甚病死了、火家荅道、他家說害心疼病死了、何九叔揭起簾子入來、（簾子十五）王婆接着道、久等阿叔多時了、何九叔應道、便是有些小事絆住了脚、來遲了一步、只見武大老婆穿着些素淡衣裳、從裏面假哭出來、何九叔道、娘子省煩惱、可傷大郎歸天去了、那婦人虛掩着淚眼道、說不可盡、不想拙夫心疼症候、幾日兒便休了、撇得奴好苦、何九叔上上下下看了那婆娘的模樣、（好筆）口裏自暗暗地道、我從來只聽的說武大娘子、（妙）不曾認得他、（妙）原來武大却討着這箇老婆、（妙）西門慶這十兩銀子有些來歷、（妙。三四語只一語轉）何九叔看着武大屍首、揭起千秋旛、扯開白絹、用五輪八寶犯着兩點神水眼、定睛看時、何九叔大叫一聲、望後便倒、口裏噴出血來、（怪事）但見指甲青、唇口紫、面皮黃、眼無光、正是、身如五鼓銜山月、命似三更油盡燈、畢竟何九叔性命如何、且聽下回分解、

卷之二十九

第五才子書施耐菴水滸傳卷之三十

聖歎外書

第二十五回

偷骨殖何九送喪
供人頭武二設祭

吾嘗言不登泰山不知天下之高登泰山不登日觀不知泰山之高也不觀黃河不知天下之深觀黃河不觀龍門不知黃河之深也不見聖人不知天下之至見聖人不見仲尼不知聖人之至也乃今於此書也亦然不讀水滸不知天下之奇讀水滸不讀設祭不知水滸之奇也嗚呼耐菴之才其又豈可以斗石計之乎哉

前書寫魯達已極丈夫之致矣不意其又寫出林冲又極丈夫之致也寫魯達又寫出林冲斯已大奇矣不意其又寫出楊志又極丈夫之致也是三丈夫也者各自有其胸襟各自有其心地各自有其形狀各自有其裝束譬諸閻吳二子鬭畫殿壁星宮水府萬神咸在慈即眞慈怒即眞怒麗即眞麗醜即眞醜技至此技已止觀至此觀已止然而二子之胸中固各別藏分外之絕筆又有所謂雲質龍章日姿月彩杳非世工心之所構目之所遇手之所掄筆之所觸也者今耐菴水滸正猶是矣寫魯林楊三丈夫以來技至此技已止觀至此觀已止乃忽然磬控忽然縱送便又騰筆濺墨憑空撰出武都頭一箇人來我得而讀其文想見其爲人其胸襟則又非如魯如林如楊者之胸襟也其心事則又非如魯如林如楊者之心事也其形狀結束則又非如魯如林如楊者之形狀與如魯如林如楊者之結束也我旣得以想見其人因更迴

讀其文爲之徐讀之疾讀之翱翔讀之歌績讀之爲楚聲讀之爲豺聲讀之嗚呼是其一篇一節一句一字實杳非儒生心之所構目之所遇手之所掄筆之所觸矣是真所謂雲質龍章日姿月彩分外之絕筆矣如是而尚欲量才子之才爲斗爲石嗚呼多見其爲不知量者也

或問於聖歎曰魯達何如人也曰闊人也宋江何如人也曰狹人也曰林冲何如人也曰毒人也宋江何如人也曰甘人也曰楊志何如人也曰正人也宋江何如人也曰駁人也曰柴進何如人也曰良人也宋江何如人也曰歹人也曰阮七何如人也曰快人也宋江何如人也曰厭人也曰李達何如人也曰眞人也宋江何如人也曰假人也曰吳用何如人也曰捷人也宋江何如人也曰呆人也曰花榮何如人也曰雅人也宋江何如人也曰俗人也曰盧俊義何如人也曰大人也宋江何如人也曰小人也曰石秀何如人也曰警人也宋江何如人也曰鈍人也然則水滸之一百六人殆莫不勝於宋江然而此一百六人也者固獨人人未若武松之絕倫超羣然則武松何如人也曰武松天人也武松天人者固具有魯達之闊林冲之毒楊志之正柴進之良阮七之快李逵之眞吳用之捷花榮之雅盧俊義之大石秀之警者也斷曰第一人不亦宜乎

殺虎後忽然殺一婦人嗟乎莫咆哮於虎莫柔曼於婦人之二物者至不倫也殺虎後忽欲殺一婦人曾不舉手之勞焉耳今寫武松殺虎至盈一卷寫武松殺婦人亦至盈一卷咄咄乎異哉憶大雄氏有言獅子搏象用全

力搏兔亦用全力今豈武松殺虎用全力殺婦人亦用全力耶我讀其文至於氣咽目瞪面無人色殆尤駭於讀打虎一回之時嗚呼作者固眞以獅子喻武松觀其於街橋名字悉安獅子二字可知也

徒手而思殺虎則是無賴之至也然必終仗哨棒而後成於殺虎是猶夫人之能事也故必於四閃而後奮威盡力輪棒直劈而震天一響樹倒棒折已成徒手而虎且方怒以徒手當怒虎而終亦得以成殺之功夫然後武松之神威以見此前文所已詳今亦毋庸又述乃我獨怪其寫武松殺西門慶亦用此法也其心豈不曰殺虎猶不用棒殺一鼠子何足用刀於是握刀而往握刀而來而正值鼠子之際刀反踢落街心以表武松之神威然奈何竟進鼠子而與虎爲倫矣曰非然也虎固虎也鼠子固鼠子也殺虎不用棒殺鼠子不用刀者所謂象亦全力兔亦全力觀獅子橋下四字可知也

西門慶如何入姦王婆如何主謀潘氏如何下毒其曲折情事羅列前幅燦如星斗讀者既知之矣然讀者之知之也亦爲讀之而後得知之也乃方夫讀者讀之而得知之之時正武二於東京交割箱籠街上閒行之時即又奈何以已之所得知例人之所不知而欲武松聞何九之言即燎然知姦夫之爲西門聞鄆哥之言即燎然知半夜如何置毒耶篇中處處寫武松是東京回來茫無頭路雖極英靈了無入處眞有神化之能

一路勤敘鄰舍至後幅忽然排出四家鋪面來姚文卿開銀鋪趙仲銘開紙馬鋪胡正卿開冷酒鋪張公開餶飿鋪合之便成財色酒

氣四字眞是奇絕詳見細評中

每聞人言莫駭疾於霹靂而又莫奇幻於霹靂思之驟不敢信如所云有人掛兩握亂絲雷電過輒已絲絲相接交羅如網者一道士藏繭紙千張擬書全笈一夜遽爲雷火所焚天明視之紙故無恙而層層遍畫龍蛇之形其細如髮者以今觀於武二設祭一篇夫而後知眞有是事也

話說當時何九叔跌倒在地下衆火家扶住王婆便道這是中了惡快將水來噴了兩口何九叔漸漸地動轉有些甦醒王婆道且扶九叔回家去却理會兩箇火家又尋扇舊門一扇已停武大開中一映一逕擡何九叔到家裏大小接着就在床上睡了老婆哭道一家老婆哭不了偏要又尋一家老婆哭起來以作開中一映才子之心眞繡虎也笑欣欣出去却怎地這般歸來閒常曾不知中惡坐在床邊啼哭武大老婆坐在床邊假哭何九老婆坐在床邊眞哭開中一映靈心利筆何九叔覷得火家都不在面前踢那老婆道你不要煩惱我自沒事何也却纔去武大家入殮到得他巷口迎見縣前開藥舖的西門慶請我去喫了一席酒把十兩銀子與我說道所殮的屍首凡事遮蓋則箇我到武大家見他的老婆是箇不良的人我心裏有八九分疑忌到那里揭起千秋旛看時見武大面皮紫黑七竅內津津出血唇口上微露齒痕定是中毒身死我本待聲張起來却怕他沒人做主惡了西門慶却不是去撩蜂剔蠍四字新艷未經人道待要胡盧提入了棺殮了武大有箇兄弟便是前日景陽岡上打虎的武都頭他是箇殺人不眨眼的男子倘或早晚歸來此事必然要發不惟何九料得讀者亦料得然只謂要發耳何意後文如此〇此事必然要發六字不是張皇語正是輕率語須知之老婆便道我也聽得前日有人說道後巷住的喬老兒子鄆哥去紫石街幫武大捉姦鬧了茶坊正是這件事了你却慢慢的訪問他出得委婉有波致〇偷姦奇事

金蓮却會通姦難事王婆却會挺姦醜事何九老婆却又打聽得看他一輩婦人無不慣家可發一笑如今這事有甚難處只使火家自去殮了就問他幾時出喪若是停喪在家待武二歸來出殯這箇便沒甚麼皁絲麻線若他便出去埋葬了也不妨若是他便要出去燒化時必有蹺蹊你到臨時只做去送喪張人眼錯拿了兩塊骨頭和這十兩銀子收着便是箇老大證見寫得曲折明畫讀之字字有聲○何九豈見不及此而必出自其妻蓋作者之意正欲與王婆金蓮相映擊一邊以婦人敵婦人一邊又以婦人攻婦人不用男子一言半句惟恐不武也他若回來不問時便罷却不留了西門慶面皮做一碗飯却不好反說至此句佳最妙若定要替武家出力便犯朱雷戴蔡脚色也何九叔道家有賢妻四字通俗掉文語却只說半句有如歇後者便活畫小人口中極要文反弄出不文來也○又何九口中掉文四字恰好映到金蓮歇後半句恰好映到武大妙絕見得極明隨即叫火家分付我中了惡去不得你們便自去殮了就問他幾時出喪要緊句快來回報得的錢帛你們分了都要停當細若與我錢帛不可要表出西門從前表出武二已後火家聽了自來武大家入殮停喪安靈已罷回報何九叔道他家大娘子說道只三日便出殯一句去城外燒化二句○問一荅二妙筆火家各自分錢散了完火家何九叔對老婆道你說這話正是了我至期只去偷骨殖便了且說王婆一力攛掇那婆娘當夜伴靈第二日請四僧念些經文第三日早衆火家自來扛擡棺材也有幾家鄰舍街坊相送處處不脫鄰舍街坊妙筆那婦人帶上孝一路上假哭養家人前一回無數笑字此一回無數假哭字熠耀可笑來到城外化人場上便教舉火燒化只見何九叔手裏提着一陌紙錢來到場裏王婆和那婦人接見道九叔且喜得貴體沒事了化人場上見鬼何九叔道小人前日買了大郎一扇籠子母炊餅不曾還得錢自從讀至提姦一日意謂長與炊餅二字別矣不圖此處又提出來物是人非令人不得不哭武大也○真正才子之筆特地把這陌紙來燒與大郎說得此來無痕王婆道九叔如此志誠何九叔把紙錢燒了就攛掇燒化棺材王婆和那婦人謝道難

得何九叔攛掇回家一發相謝之禮人之臨其所親之葬也惟恐其速下也曰從此一別其終已矣故必求其又遲又遲焉夫其天性則有然也何九攛掇而曰難得難得攛掇而許謝之此其事何九得而知之矣嗚呼天聞若雷豈必真在蒼蒼耶目如電豈必真在冥冥可不畏哉可不畏哉何九叔道小人到處只是出熱娘子和乾娘自穩便齋堂裏去相待衆隣舍街坊使轉婦人亦卽用隣舍街坊妙筆小人自替你焰顧使轉了這婦人和那婆子把火夾去揀兩塊骨頭拿去撒骨池內只一浸看那骨頭酥黑寫得好何九叔收藏了也來齋堂裏和鬧了一回好筆不寂莫棺木過了殺火收拾骨殖撒在池子裏衆隣舍各自分散勘寫隣舍妙甚那何九叔將骨頭歸到家中把幅紙都寫了年月日期妙送喪的人名字妙和這銀子妙一處包了做一箇布袋兒盛着放在房裏妙自此爲始骨殖銀兩在何九處再說那婦人歸到家中去槅子前面設箇靈牌上寫亡夫武大郎之位靈床子前點一盞琉璃燈裏面貼些經旛錢垛金銀錠采繒之屬每日却自和西門慶在

樓上任意取樂却不比先前在王婆房裏只是偷雞盜狗之歡如今家中又沒人礙眼任意停眠整宿這條街上遠近人家無有一人不知此事却都懼怕西門慶那廝是箇刁徒潑皮誰肯來多管好只用兩句閒話便疾注而下如箭過相似嘗言道樂極生悲否極泰來光陰迅速前後又早四十餘日前云少則四十餘日却說武松自從領了知縣言語監送車仗到東京親戚處投下了來書交割了箱籠街上閒行了幾日絕妙閒筆補足那邊便襯起這邊有許多事也討了回書領一行人取路回陽穀縣來前後往回恰好過了兩箇月前云多亦不過兩箇月去時殘冬天氣回來三月初頭好筆明淨之極於路上只覺神思不安身心恍惚趕回要見哥哥寫武二路上便寫得陰風襲人並不用友于恭敬等字却寫得兄弟恩情筋纏血滲視今之採集經語塗澤成篇者眞有金屎之別且先去縣裏交納了回書知縣見了大喜看罷回書已知金銀寶物交得明白賞了武松一錠大銀酒食管待不必用說完知縣公事偏不疾來偏去先完縣事

（須知此兩行中有四遍亡夫武大郎之位字）

（心手都閒）武松回到下處房裏換了衣服鞋襪戴上箇新頭巾鎖上了房門（先寫此句與後孝服相映○縣完縣事後偏又不疾來偏又去下處脫換衣服逶逶迤迤如無事者妙絕○縣中下處二段使讀者眼前心上遂有微雲淡濃之意不復謂下文有此奔雷駭電也○此回讀之只謂其用筆極忙殊不知處處都着閒筆）一逕投紫石街來兩邊衆隣舍看見武松回了（一筆未落先緊接隣舍妙筆○一筆未落只寫一句隣舍看見却蚤已陰風四射颯颯怕人）都喫一驚大家捏兩把汗暗暗地說道這番蕭墻禍起了這箇太歲歸來怎肯干休必然弄出事來（亦只謂弄出事來耳何意後文如此）且說武松到門前揭起簾子（簾子十六○同是簾子字此處便寫得慘淡無光）探身入來（疾）見了靈牀子（句法咽住見靈牀已見亡夫武大郎之位七字矣却因驟然故又有下句）又寫亡夫武大郎之位（咽住）七箇字（又咽住○此三字不與上句連蓋上句亡夫武大郎之位只是突然見了一直念下不及數是幾箇字是第一遍矣却定睛再念第二遍便是逐箇字念如云亡一箇字夫二箇字武三箇字大四箇字郎五箇字之六箇字位阿呀是七箇字不差了下便緊接呆了真化工之筆雖才子二字何足以盡之）呆了（又咽住）睜開雙眼（又咽住○此四字中又念一遍）道莫不是我眼花了（又咽住○念遍三遍方說一句話）叫聲嫂

（問過一遍○此一遍婦人所對悉含糊未明活是只圖遮掩得過時情景也）

嫂（便咽住○此二字須一住索解人不得）武二歸了（便咽住○此四字連上讀者俗子也）那西門慶正和這婆娘在樓上取樂聽得武松叫一聲驚得屁滾尿流一直奔後門（後門八）從王婆家走了那婦人應道叔叔少坐奴便來也原來這婆娘自從藥死了武大那裏肯帶孝每日只是濃粧艷抹和西門慶做一處取樂聽得武松叫聲武二歸來了慌忙去面盆裏洗落了脂粉（忙）拔去了首飾釵環（忙）蓬鬆挽了箇髻兒（忙）脫去了紅裙繡襖（忙）旋穿上孝裙孝衫（忙○好一歇矣下方接哭下來絕倒）方從樓上哽哽咽咽假哭下來武松道嫂嫂且住休哭（夫死而哭乃曰休哭此豈英雄寡情耶夫哭亦有雄有雌情發乎中不能自裁放聲一號罄無不盡此雄哭也若夫展袂掩面聲如蚊蚋惜淚罵人哽咽不已此名雌哭徒聒人耳哭奚爲也）我哥哥幾時死了（一句）得甚麼症候（一句）喫誰的藥（一句○三句一氣問）（妙絕）那婦人一頭哭一頭說道（活畫婦人）你哥哥自從你轉背一二十日猛可的害急心疼起來病了八九日求神問卜甚麼藥不喫過（句法調侃砒霜）醫治不得死

重問一句

了撇得我好苦隔壁王婆聽得生怕決撒卽便走過來幫他支吾（是）武松又道我的哥哥從來不曾有這般病如何心疼便死了王婆道都頭卻怎地這般說天有不測風雲人有暫時禍福誰保得長沒事那婦人道虧殺了這箇乾娘（唯）我又是箇沒脚蟹不是這箇乾娘鄰舍家誰肯來幫我（反襯鄰舍趣甚）武松道如今埋在那里（補問一句上三句一氣注射而出此一句卻在最後獨出妙絕）婦人道我又獨自一箇那里去尋墳地沒奈何留了三日把出去燒化了武松道哥哥死得幾日了（上一氣問三句是死日病症喫藥補問一句是葬處已都曉得了忽然臨去又於四句中將死日再問一遍寫得驚疑恍惚悶悶燥燥妙絕）婦人道再兩日便是斷七武松沉吟了半晌便出門去（半晌是遲便去是疾今兩句合寫是遲是疾卻只是一霎時上事妙筆）逕投縣裏來開了鎖（細）去房裏換了一身素白衣服（與前換衣閒處相映）便叫土兵打了一條麻縧繫在腰裏（讀者自從柴家莊上得見武二便讀過他許多要尋哥哥句不意今日見此一語為之淚落）身邊藏了一把尖長柄短背厚

一番設祭末筭設祭

刀薄的解腕刀（寫刀亦特地出色增出八箇字非同等閒）取了些銀兩帶在身邊（細）叫一箇土兵鎖上了房門（細）去縣前買了些米麵椒料等物香燭冥紙就晚到家敲門那婦人開了門武松叫土兵去安排羹飯武松就靈床子前點起燈燭鋪設酒餚到兩箇更次安排得端正武松撲翻身便拜道哥哥陰魂不遠你在世時軟弱今日死後不見分明你若是負屈銜寃被人害了托夢與我兄弟替你做主報讐把酒澆奠了燒化冥用紙錢便放聲大哭（嫂嫂便叫休哭自家卻又大哭）（快哉英雄毒哉英雄）哭得那兩邊鄰舍無不悽惶（本是描寫武二大哭卻又緊緊不放兩邊鄰舍字妙甚）那婦人也在裏面假哭（嫂嫂休哭鄰舍真個悽惶嫂嫂只假哭為之一歎）武松哭罷將羹飯酒餚和土兵喫了（不管嫂嫂好漢好錢買來好酒好飯豈肯喂猪狗耶）討兩條席子叫土兵中門傍邊睡（妙絕不惟為下文睡着不着點染要看他中門傍邊四字深防譏避嫌直與雲長秉燭達旦一意）武松把條席子就靈床子前睡那婦人自上樓去下了樓門自睡（下了樓門四字與上中門傍邊

四字一意。三尺童子讀之，皆知非寫婦人，正寫武二也。約莫將近三更時候，武松翻來覆去睡不着。活畫。看那士兵時，齁齁的却似死人一般挺着。要寫武二睡不着，須寫不出，掉轉筆忽寫一句士兵睡着便已。活寫出武二睡不着也。只是心上有事、心上無事耳。一反襯便成活畫，其妙不可不知。武松爬將起來，看那靈床子前琉璃燈半明半滅；側耳聽那更鼓時，正打三更三點。先寫此兩句，使讀者黑黑魆魆，先自怕人。武松歎了一口氣，坐在席子上，自言自語，口裏說道：「我哥哥生時懦弱，死了却有甚分明！」此句一頓，下便疾出。有張有勢。說猶未了，只見靈床子下捲起一陣冷氣來，盤旋昏暗，燈都遮黑了，壁上紙錢亂飛。那陣冷氣逼得武松毛髮皆豎，定睛看時，只見個人從靈床底下鑽將出來，叫聲：「兄弟！一靈儈住兄弟二字，寫得真好武大。我死得好苦！」武松聽不仔細，只如此妙。若出俗筆，便從頭告訴一遍，非惟無理，兼令文章掃地矣。却待向前來再看時，並沒有冷氣，亦不見人。自家便一交顛翻在席子上坐地，好。尋思是夢非夢。回頭看那士兵時，正睡着。迴抱一句，文勢環滚。嫂嫂此時正

在夢與鬼交也。武松想道：「哥哥這一死，必然不明。却纔正要報我知道，又被我的神氣衝散了他的魂魄。」借武二口自討一句。放在心裏不題。等天明，却又理會。天色漸白了，士兵起來燒湯，武松洗漱了。那婦人也下樓來，看着武松道：「叔叔夜來煩惱？」好。武松道：「嫂嫂，我哥哥端的甚麼病死了？」重問起，妙絕。前是三句一氣注射問去，此却一句一遍問來，寫盡前日喫驚，今日精細。那婦人道：「叔叔却怎地忘了？夜來已對叔叔說了，害心疼病死了。」武松道：「却贖誰的藥喫？」妙。三句三誰字，纍纍如貫珠，寫武二意思定要問出一箇人來也。此一問，却問不出人來。那婦人道：「見有藥帖在這里。」妙應前文，可見精細。武松道：「却是誰買棺材？」妙。此一問，雖問出一箇人，却不濟事，與無人同。那婦人道：「央及隔壁王乾娘去買。」武松道：「誰來扛擡出去？」妙。此一問，却問出一箇人來了。那婦人道：「是本處團頭何九叔，盡是他維持出去。」武松道：「原來恁地。且去縣裏畫卯却來。」寫武二機密。便起身帶了士兵，細。走到紫石街巷口，問士兵道：「你認得團頭何九叔麼？」士兵道：

都頭恁地忘了前項他也曾來與都頭作慶(借影作色)他家只在獅子街巷內住(好街名。映襯出武二下文霍躍趕擲來。)武松道你引我去土兵引武松到何九叔門前武松道你自先去土兵去了(好。)武松却推開門來叫聲何九叔在家麼這何九叔却纔起來(是天初明特節。)聽得是武松歸了嚇得手忙脚亂頭巾也戴不迭(畫。)急急取了銀子和骨殖藏在身邊(好。)便出來迎接道都頭幾時回來武松道昨日方回到這里有句話開說則箇請那尊步同往何九叔道小人便去都頭且請拜茶武松道不必(句。)免賜(句。下二字即上二字疊寫兩句。活畫出心忙口禄。)兩箇一同出到巷口酒店裏坐下叫量酒人打兩角酒來何九叔起身道小人不曾與都頭接風何故反擾武松道且坐(寫武二說不出話來處入神入妙。)何九叔心裏已猜八九分量酒人一面篩酒武松更不開口且只顧喫酒(驚才怪筆。)何九叔見他不做聲倒捏兩把汗却把些話來撩他武松也不開言並

武二真正神威

不把話來提起(驚才怪筆。)酒已數杯只見武松揭起衣裳颼地掣出把尖刀來插在桌子上(驚才怪筆。讀之眼皆都裂。)量酒的驚得呆了那里肯近前看何九叔面色青黃不敢㪘氣(先寫量酒。次寫何九。筆法錯落顛倒。東坡所稱以手捫之謂有窪窿者也。)武松捋起雙袖(又加上四字。出色驚人。)握着尖刀指何九叔道小子麤疎還曉得冤各有頭債各有主你休驚怕只要實說(開剖明畫。)對我一一說知哥哥死的緣故便不干涉你(捉住何九。不知頭路。便把一緣故。都要他說出來。活寫出初一見何九。初開口問事時也。下文如飛換轉話頭。都是生龍活虎之筆。)我若傷了你不是好漢(百忙中出妙語。)倘若有半句兒差我這口刀(四字怕人。)立定教你身上添三四百箇透明的窟窿(百忙中間出妙語。)言不道(妙。四字寫出武二機變靈疾。)你只直說我哥哥死的屍首是怎地模樣(妙。上文一總籠統要問兄死緣故。說到此處。忽記起婦人說何九只是扛擡燒化。便疾換出此二句來。寫匆忙。便真匆忙殺人。寫機變。便真機變殺人。)武松道罷一雙手按住肐膝兩隻眼睜得圓彪彪地看着何九叔(又加出廿一字。出色驚人。)何九叔便去袖子裏取出一

上文入殮送喪一篇却於何九口中重述一遍一箇字亦不省

箇袋兒（好。○骨殖銀兩在酒樓上）放在卓子上道都頭息怒這箇袋兒便是一箇大證見武松用手打開看那袋見裏時兩塊酥黑骨頭一錠十兩銀子便問道怎地見得是老大證見何九叔道小人並然不知前後因地（好說。所謂閒言不道）忽於正月二十二日（此等事定應撰出一箇月日）在家只見開茶坊的王婆（好說）來呼喚小人殮武大郎屍首至日行到紫石街巷口迎見縣前開生藥鋪的西門慶大郎（好說）攔住邀小人同去酒店裏喫了一瓶酒西門慶取出這十兩銀子付與小人分付道所殮的屍首凡百事遮蓋小人從來得知道那人是箇刁徒不容小人不接（好說）喫了酒食收了這銀子小人去到大郎家裏揭起千秋旛只見七竅內有瘀血唇口上有齒痕係是生前中毒的屍首小人本待聲張起來只是又沒苦主他的娘子巳自道是害心疼病死了（好說）因此小人不敢聲言自咬破舌尖只做中了惡扶歸家來了只是火家自去殮了屍首不曾接受一文（好說）第三日聽得扛出去燒化小人買了一陌紙去山頭假做人情使轉了王婆幷令嫂暗拾了這兩塊骨頭包在家裏這骨殖酥黑係是毒藥身死的證見這張紙上寫着年月日時幷送喪人的姓名（好說）便是小人口詞了都頭詳察武松道姦夫還是何人（此六字俗筆所無。眞正是東京初回不知頭路人語）何九叔道却不知是誰小人閒聽得說來（好）有箇賣梨兒的鄆哥那小厮曾和大郎去茶坊裏捉姦這條街上誰人不知（好）都頭要知備細可問鄆哥（好）武松道是既然有這箇人時一同去走一遭武松收了刀藏了骨頭銀子筭還酒錢（骨殖銀兩在武二身邊）便同何九叔望鄆哥家裏來却好走到他門前只見那小猴子挽着箇柳籠栲栳在手裏糴米歸來（如畫）何九叔叫道鄆哥你認得這位都頭麼鄆哥道解大蟲來時我便認得了（亦借影作色）你兩箇尋我做甚麼鄆哥那小厮也瞧了八分

便說道只是一件我的老爹六十歲沒人養贍我
却難相伴你們喫官司耍武松道好兄弟（三字接下文。此只半句耳。因一頭說。一頭摸出銀子來。故如此寫。）便去身邊取五兩來銀
子你把去與老爹做盤纏跟我來說話鄆哥自心
裏想道這五兩銀子如何不盤纏得三五箇月便
陪侍他喫官司也不妨將銀子和米把與老兒便
跟了二人出巷口一箇飯店樓上來武松叫過賣
造三分飯來對鄆哥道兄弟你雖年紀幼小倒有
養家孝順之心却纔與你這些銀子且做盤纏我
有用着你處事務了畢時我再與你十四五兩銀
子做本錢（閒中側許。）你可備細說與我你恁地和我哥
哥去茶坊裏捉姦鄆哥道我說與你你却不要氣
苦我從今年正月十三日（與正月二十二日對。）提得一籃兒
雪梨要去尋西門慶大郎掛一鉤子一地裏沒尋
他處問人時說道他在紫石街王婆茶坊裏和賣
炊餅的武大老婆做一處如今刮上了他每日只

（[illegible]姦被踢一篇小於鄆哥口中重述一遍一箇字亦不省）

在那里我聽得了這話一逕地去尋他叵耐王婆
老猪狗攔住不放我入房裏去喫我把話來侵他
底子那猪狗便打我一頓栗暴直叉我出來將我
梨兒都傾在街上我氣苦了去尋你大郎說與他
備細他便要去捉姦我道你不濟事西門慶那廝
手脚了得你若捉他不着反喫他告了倒不好我
明日和你約在巷口取齊你便少做些炊餅出來
我若張見西門慶入茶坊裏去時我先入去你便
寄了擔兒等着只看我丟出籃兒來你便搶入來
捉姦我這日又提了一籃梨兒逕去茶坊裏被我
罵那老猪狗那婆子便來打我喫我先把籃兒撇
出街上一頭頂住那老狗在壁上武大郎却搶入
去時婆子要去攔截却被我頂住了只叫得武大
來也原來倒喫他兩箇頂住了門（實是一箇頂住。然說得太分明便似同在房中矣。兩箇二字。宛然房門外人語。無論他人。我謂雖王婆亦至今認謂兩人頂住也。）
大郎只在房門外聲張却不隄防西門慶那廝開

了房門奔出來把大郎一腳踢倒了我見那婦人隨後便出來扶大郎不動不曾見扶進去。妙絕。我慌忙也自走了過得五七日說大郎死了我却不知怎地死了妙絕。武松聽道你這話是實了你却不要說謊鄆哥道便到官府怪猴子。我也只是這般說武松道說得是兄弟倒兄弟二字在下。如聞其聲。便討飯來喫了還了飯錢三箇人下樓來何九叔道小人告退四字。反襯出武二面色不好。○鄆哥說便到官府。何九却說小人告退。活寫出不知利害。極知利害二色人來。武松道且隨我來正要你們與我證一證把兩箇一直帶到縣廳上知縣見了問道都頭告甚麽武松告說小人親兄武大被西門慶與嫂通姦下毒藥謀殺性命這兩箇便是證見要相公做主則箇知縣先問了何九叔并鄆哥口詞當日與縣吏商議原來縣吏都是與西門慶有首尾的官人自不必說此二語。亦倒轉寫。錯落之極。令人絕倒。因此官吏通同計較道這件事難以理問知縣道武松你也是箇本縣都頭不省得法度自古道捉姦見雙捉賊見贓殺人見傷你那哥哥的屍首又沒了你又不曾捉得他姦如今只憑這兩箇言語便問他殺人公事莫非忒偏向麽你不可造次須要自己尋思當行即行此一番。却勿怪知縣。實說得是。武松懷裏去取出兩塊酥黑骨頭十兩銀子一張紙前只指二人。此方取出三件。○骨殖銀兩在縣堂上。告道覆告相公這箇須不是小人捏合出來的知縣看了道你且起來待我從長商議可行時便與你拿問骨殖銀兩在知縣處。何九叔鄆哥都被武松留在房裏好。○看官須記此二人在房裏者。當日西門慶得知却使心腹人來縣裏許官吏銀兩次日早晨武松在廳上告稟催逼知縣拿人誰想這官人貪圖賄賂回出骨殖并銀子來骨殖銀兩又在縣堂上。說道武松你休聽外人挑撥你和西門慶做對頭這件事不明白難以對理聖人云三字騙得進上。騙不得武二。○下四句俚鄙可笑。上却裝此大冒子三字。可發一笑。經目之事猶恐未真背後之言豈能全信不可一時造次獄吏便道都頭但凡人命之事須要屍傷病物蹤（忽與潘驢鄧小閒作對。眞乃以文爲戲。）五件事全方可推問得武松道既然相公不准所告且卻又理會（迅疾豪決讀之滿引一斗。）收了銀子和骨殖再付與何九叔收了（骨殖銀兩仍在何九叔處。○行文精細之極。若不付何九收了。帶在身邊。殊不便作事也。）下廳來到自巳房內叫土兵安排飯食與何九叔同鄆哥喫畱在房裏相等一等我去便來也（二人乃在房裏。）又自帶了三兩箇土兵離了縣衙將了硯瓦筆墨就買了三五張紙藏在身邊就叫兩箇土兵買了箇猪首一隻鵝一隻雞一担酒和些果品之類安排在家裏約莫也是巳牌時候帶了箇土兵來到家中那婦人巳知告狀不准放下心不怕他大着膽看他怎的（活畫。）武松叫道嫂嫂下來有句話說那婆娘慢慢地行下樓來（也不怕笑了。）問道有甚麽話說（活畫。○如聞其聲。）武松道明日是亡兄斷七你前日惱了衆鄰舍街坊我今日特地來把杯酒替嫂嫂相謝衆鄰那婦人

（這一番設祭亦未算設祭）

大剌剌地說道謝他們怎地（活畫。）武松道禮不可缺喚土兵先去靈床子前明晃晃的點起兩枝蠟燭焚起一爐香列下一陌紙錢把祭物去靈前擺了堆盤滿宴（四字一哭。哭何人。哭天下之人也。天下之人。無不一生喫齏呷醋。食不敢飽。直至死後澆奠之日。方始堆盤滿宴一番。如武大者。蓋比比也。）鋪下酒食果品之類叫一箇土兵後面燙酒兩箇土兵門前安排桌凳又有兩箇前後把門（循帶後門。）武松自分付定了便叫嫂嫂來待客（正客。）我去請來先請隔壁王婆（○陪客。又是陪客。又是正客。）那婆子道不消生受教都頭作謝武松道多多相擾了乾娘自有箇道理先備一杯菜酒休得推故那婆子取了招兒（細書。）收拾了門戶從後門走過來（後門。）武松道嫂嫂坐主位乾娘對席婆子巳知道西門慶回話了放心着喫酒兩箇都心裏道看他怎地（活畫。）武松又請這邊下鄰開銀舖的（財。）姚二郎姚文卿二郎道小人忙些不勞都頭生受武松拖住便道一杯淡酒又不長久便請到家那

讀四家四樣請法語言都變換如活

姚二郎只得隨順到來便教去王婆肩下坐了（上同）（已覺寫淫婦好色虔婆愛鈔矣此忽乘便借鄰舍鋪面上憑空點染出來姚文卿坐王婆下者表虔婆以財得命也趙仲銘坐潘氏下者表花娘搽脂點粉也胡正卿坐趙仲銘下即在潘氏一行者言因花娘搽脂點粉致有今日酒席也又云吏員出身者不惟便於下文填寫口詞亦表一場官司皆從婦人描眉畫眼而起也餶飿者物之有氣者也夢書夜夢餶飿明日鬭氣矣先問王婆你隔壁是誰所以深明財與氣都蓋戒世人之心至深切也張老仍坐王婆肩下則知虔婆但知錢鈔而不知禍患乃今其驗之然而悔已晚矣看他先只因虔婆愛鈔便寫一銀鋪因花娘好色便寫一馬鋪後忽又思世人所爭只是酒色財氣四事乃今財色二者已極言之止少酒氣二字便隨手撥出冷酒餶飿兩鋪來真才子之文也）又去對門請兩家一家是開紙馬鋪的（色）趙四郎趙仲銘四郎道小人買賣撇不得不及陪奉武松道如何使得衆高鄰都在那里了不繇他不來被武松扯到家裏道老人家爺父一般便請在嫂嫂肩下坐了又請對門那賣冷酒店的（酒）胡正卿那人原是吏員出身便瞧道有些蹺蹊那里肯來被武松不管他拖了過來却請去趙四郎肩下坐了武松道王婆你隔壁是誰王婆道他家是賣餶飿兒的（氣）張公却好正在屋裏見武松入來喫了一驚道都頭沒甚話說武松道家間多擾了街坊相請喫杯淡酒那老兒道哎呀老子不曾有些禮數到都頭家却如何請老子喫酒武松道不成微敬便請到家老兒喫武松拖了過來請去姚二郎肩下坐地說話的爲何先坐的不走了（百忙中忽然自問愈顯筆勢陡突）原來都有土兵前後把着門都似監禁的一般（忽然自荅百忙中乃得讓此一筆）武松請到四家鄰舍并王婆和嫂嫂共是六人武松掇條凳子却坐在橫頭便叫土兵把前後門關了（好後門此日關了）那後面土兵自來篩酒（遂成收煞）武松唱箇大喏說道衆高鄰休怪小人麄鹵胡亂請些箇衆鄰舍道小人們都不曾與都頭洗泥接風如今倒來反擾武松笑道不成意思衆高鄰休得笑話則箇土兵只顧篩酒衆人懷着鬼胎正不知怎地看看酒至三杯那胡正卿便要起身（好活畫乖覺人）說道小人忙些箇

武松叫道去不得（三字可畏）既來到此便忙也坐一坐那胡正卿心頭十五箇弔桶打水七上八下暗暗地尋思道既是好意請我們喫酒如何却這般相待不許人動身只得坐下（活畫乖覺人）武松道再把酒來篩土兵斟到第四杯酒前後共喫了七杯酒過衆人却似喫了呂太后一千箇筵宴只見武松喝叫土兵且收拾過了杯盤（疾）少間再喫（四字硯出七杯之疾）武松抹卓子（疾）衆鄰舍却待起身（疾）武松把兩隻手只一攔（疾）道正要說話（寫得可畏）一干高鄰在這裏中間那位高鄰會寫字姚二郎便道此位胡正卿極寫得好（猜滯吏人不是銀子不動筆）武松便唱箇喏道相煩則箇便捲起雙袖（先襯四字在前）去衣裳底下颼地只一掣掣出那口尖刀來（可駭甚疾）又右手四指籠着刀靶大拇指按住掩心（又襯十五字在後）兩隻圓彪彪怪眼睜起（可駭）道諸位高鄰在此小人冤各有頭債各有主只要衆位做箇證見（開剖明畫）只見武松左手拿住嫂嫂右手指定王婆（看他旋寫武二旋寫衆人筆勢駭疾不定）四家鄰舍驚得目睜口呆罔知所措都面面廝覷不敢做聲武松道高鄰休怪不必喫驚武松雖是麤鹵漢子便死也不怕（五字只作麤鹵二字註腳）還省得有冤報冤有讐報讐並不傷犯衆位只煩高鄰做箇證見若有一位先走的武松翻過臉來休怪敎他先喫我五七刀了去武二便償他命也不妨（句句神威）衆鄰舍都目瞪口呆再不敢動武松看着王婆喝道（本是喝罵婦人事却不可竟置虔婆在後故先跨入一段便筆有餘勢）兀的老猪狗聽着我的哥哥這箇性命都在你的身上慢慢地却問你（安放）（卑下便動手擺布正犯）回過臉來看着婦人罵道（駭疾）你那淫婦聽着你把我的哥哥性命怎地謀害了從實招了我便饒你那婦人道叔叔你好沒道理（絕倒）你哥哥自害心疼病死了干我甚事（絕倒）說猶未了武松把刀肐察子插在卓子上（駭疾）用左手揪住那婦人頭髻右手劈胸提住（駭疾）把卓子一腳踢倒了（駭疾）隔

卓子把這婦人輕輕地提將過來一交放翻在靈床面前（駭疾）兩脚踏住（駭疾）右手拔起刀來（駭疾）指定王婆（駭疾）道老猪狗你從實說那婆子要脫身脫不得只得道不消都頭發怒老身自說便了（見勢頭凶了便許說次後心上一轉却又不說活畫虔婆）武松叫土兵取過紙墨筆硯排好了卓子（妙）把刀指着胡正卿道（妙）相煩你與我聽一句寫一句胡正卿肐膝膝抖着道小小人便寫寫（妙）討了些硯水（妙百忙中偏有此閒筆）磨起墨來（妙尚無可寫便且磨墨真是活畫）胡正卿拿着筆拂那紙道王婆你實說（妙妙活是等寫之語四家鄰舍中只胡正卿插口說一句妙）那婆子道又不干我事教說甚麼（妙妙先忽許說次忽又不說都是活畫）武松道老猪狗我都知了你賴那箇去（正破不干我事四字）你不說時我先剮了這箇淫婦後殺你這老狗提起刀來望那婦人臉上便擱兩擱（駭妙與西門熱臉冷煖自知）那婦人慌忙叫道叔叔（二字絕筆）且饒我你放我起來我說便了（武二自要虔婆說却忽自婦人說出來筆勢捉搦不定）武松一提提起那婆

二灑淚字俗本無

娘跪在靈床子前（駭疾）喝一聲淫婦快說（駭妙）那婦人驚得魂魄都沒了只得從實招說將那日放簾子因打着西門慶起（句）并做衣裳入馬通姦（句）一一地說（補上鄆哥九叔所不知）次後來怎生踢了武大（踢武大是鄆哥所知怎生踢是補鄆哥所不知）因何說討下藥王婆怎地教唆撥置（由毒擺置是九叔所知因何怎地是何九叔所不知）從頭至尾說了一遍（前二詳此一省法變）武松叫他說一句（駭疾）却叫胡正卿寫一句（駭疾要知此兩句中武二怪眼有數十番閃爍迴擊）王婆道咬蟲你先招了我如何賴得過只苦了老身（活畫虔婆）王婆也只得招認了把這婆子口詞也叫胡正卿寫了從頭至尾都說在上面（每喜其與上法變其實只是一例耳）叫他兩箇都點指畫了字（英靈）就叫四家鄰舍書了名也畫了字（英靈）叫土兵解搭膊來（絕倒）背接綁了這老狗（妙絕快絕）捲了口詞藏在懷裏（英靈）叫土兵取碗酒來供養在靈床子前（是妙絕）拖過這婦人來跪在靈前（是妙絕）喝那老狗也跪在靈前（是妙絕快絕）灑淚道哥哥（句）靈魂不

第三番設祭方是設祭然亦未畢

遠（句）今日（句）兄弟與你報讐雪恨（句○只十六字自成絕妙一篇）（前祭武大郎文）叫土兵把紙錢點着（駭疾○着此一句便知下殺淫婦一段文字只在火化紙錢一霎時中做完駭疾不可言）那婦人見頭勢不好却待要叫被武松腦揪倒來（駭疾）兩隻脚踏住他兩隻胳膊（駭疾）扯開胸脯衣裳（駭疾○雪天曾顯自解爲之絕倒○嫂嫂胸前衣裳却是叔叔扯開千載奇文奇事）說時遲那時快把尖刀去胸前只一剜（駭疾）口裏銜着刀（五字分外出色寫出來駭疾不可言）雙手去挖開胸脯（駭疾）摳出心肝五臟供養在靈前（駭疾）胳察一刀便割下那婦人頭來（駭疾）血流滿地四家鄰舍眼都定了只掩了臉看他忒兇又不敢勸只得隨順他（血流滿地四字連下節是隣舍分中語也）武松叫土兵去樓上取下一床被來（自寫出自在）把婦人頭包了（自在）揩了刀（自在）插在鞘裏（自在）洗了手（自在）唱箇喏（自在○寫駭疾處駭疾死人寫自在處自在死人）（寫武二神威）道有勞高鄰甚是休怪且請衆位樓上少坐待武二便來（又轉一奇峯○不知何九鄆哥此時在武二房中說甚）四家隣舍都面面相看不敢不依他只得都上樓去坐

了武松分付土兵也教押那婆子上樓去（妙）關了樓門（妙）着兩箇土兵在樓下看守（妙）武松包了婦人那顆頭一直奔西門慶生藥鋪前來（駭疾）看着主管唱箇喏（是日武二唱了多喏）問道大官人在麽主管道却纔出去武松道借一步閒說一句話那主管也有些認得武松不敢不出來武松一引引到側首僻淨巷內驀然翻過臉來道你要死却是要活（駭疾）主管慌道都頭在上小人又不曾傷犯了都（不待辭畢活畫）（駭疾○俗本都字下有頭字）武松道你要死休說西門慶去向（要死休說者口頭語耳却自是絕奇妙語反若戒之也者）你若要活實對我說西門慶在那裏主管道却纔和和一箇相識去去獅子橋下大酒樓上喫（又不待辭畢活畫駭疾○俗本喫字下有酒字）武松聽了轉身便走（活是一箇獅子）那主管驚得半晌移脚不動自去了（移脚不動下加自去了三字是寫跋驚驅神龍法惡之可知）且說武松逕奔到獅子橋下酒樓前便問酒保道西門慶大郎和甚人喫酒酒保道和一箇一般的財主

在樓上邊街閣兒裏喫酒武松一直撞到樓上去閣子前張時窗眼裏見西門慶坐着主位對面一箇坐着客席兩箇唱的粉頭坐在兩邊（閒中一襯。多恐是李嬌嬌、張惜惜耳。）武松把那被包打開一抖（駭疾。）那顆人頭血淥淥的滚出來（駭疾。）武松左手提了人頭右手拔出尖刀挑開簾子（駭疾。○挑開者，尖刀挑開也。）鑽將入來（急挑不開，故用鑽字。活畫。駭疾。）把那婦人頭望西門慶臉上攛將來（駭疾。○不必攛。所以攛者，爲此際須用雙手，乃急切又無放頭之處，且放便不駭疾矣。故忽然想出一攛字來。妙絶。）西門慶認得是武松喫了一驚叫聲哎呀（亦疾。）便跳起在凳子上去（疾。）一隻脚跨上窗檻要尋走路（疾。）見下面是街跳不下去（疾。）心裏正慌（疾。）說時遲那時快武松却用手略按一按（駭疾。）托地已跳在卓子上（駭疾。）把些盞兒碟兒都踢下來（百忙中又夾一閒筆。）兩箇唱的行院驚得走不動（百忙中又夾一句。）那箇財主官人慌了脚手也倒了（百忙中又夾一句。）西門慶見來得兇便把手虛指一指早飛起右脚來（兄終弟及，爲之絶倒。）武松

只顧逩入去（駭妙。）見他脚起略閃一閃（妙。）恰好那一脚正踢中武松右手（駭妙。）那口刀踢將起來直落下街心裏去了（駭妙。○此句與上打虎折棒一樣筆法。皆所以深明武二之神威也。○踢落刀也。却偏寫云踢將起來直落下去。一起一落雖一落刀，亦必寫成異樣色勢，真才子不虛也。）西門慶見踢去了刀心裏便不怕他右手虛熖一熖左手一拳熖着武松心窩裏打來（亦疾。）却被武松略躲箇過（駭疾。）就勢裏從脇下鑽入來（駭疾。）左手帶住頭連肩胛只一提（駭疾。）右手早捽住西門慶左脚叫聲下去（駭疾。）那西門慶一者冤魂纏定二乃天理難容三來怎當武松神力（又向百忙中忽插下三句來。）只見頭在下脚在上倒撞落在當街心裏去了跌得箇發昏章第十一（奇語。捎帶俗儒分章可笑。○獨恨大雄氏之言，亦被盲僧分章裂段，真發昏章第十一也。）街上兩邊人都喫了一驚（是閒筆，不是閒筆。）武松伸手下凳子邊提了淫婦的頭（駭疾。）也鑽出窗子外湧身望下只一跳（駭疾。○第一刀下去，第二捽姦夫下去，第三自跳下去，一箇酒樓窗裏，凡寫三番下去。妙絶。）跳在當街上先搶了那口刀在手裏

第四番設祭設祭已畢

駭疾看這西門慶已跌得半死直挺挺在地下只把
眼來動武松按住只一刀割下西門慶的頭來寫得
快絕把兩顆頭相結做一處眞虧王婆撮合提在手裏妙把
着那口刀妙一直逩回紫石街來叫土兵開了門
將兩顆人頭供養在靈前把那碗冷酒澆奠了又
灑淚道哥哥靈魂不遠早生天界兄弟與你報讐
殺了姦夫和淫婦今日就行燒化生哥哥不得孝順要甚靈床子
快人快事。絕妙一篇後祭武大郎文便叫土兵樓上請高鄰下來
妙把那婆子押在前面妙看官須記得老猪狗是背接綁着者武松
拿着刀提了兩顆人頭妙。早仍提在手再對四家鄰
舍道我又有一句話不顧死人對你們高鄰說須去
不得駭死那四家鄰舍叉手拱立盡道都頭但說
我衆人一聽尊命武松說出這幾句話來有分教
景陽岡好漢屈做囚徒陽穀縣都頭變作行者畢
竟武松說出甚話來且聽下回分解

第五才子書施耐菴水滸傳卷之三十

第五才子書施耐菴水滸傳卷之三十一

聖歎外書

第二十六回

母夜叉孟州道賣人肉　武都頭十字坡遇張青

前篇寫武松殺嫂可謂天崩地塌鳥駭獸竄之事矣入此回眞是强弩之末勢不可穿魯縞之時斯固百江郎莫不閣筆坐愁摩腹吟歎者也乃作者忽復自思文章之法不止一端右之左之無不咸有我獨柰何菁華既竭搴裳便去自同鼯鼠爲菰林笑哉於是便有手將十字坡遇張青一案翻騰踢倒先請出孫二娘來寫孫二娘便加出無數笑字寫武松便幻出無數風話於是讀者但覺峰迴谷轉又來到一處勝地而殊不知作者正故意要將頂天立地戴髮噙齒之武二忽變作迎

奸賣俏不識人倫之猪狗上文何等雷轟電激此處何等展眼招眉上文武二活是景陽岡上大蟲此處武二活是暮雪房中嫂嫂到得後幅便一發盡與寫出當胸摟住壓在身上八箇字來正是前後穿射斜飛反撲不圖無心又得此一番奇筆也

相見後武松叫無數嫂嫂二娘叫無數伯伯前後二篇殺一嫂嫂遇一嫂嫂先做叔叔後做伯伯亦悉是他用斜飛反撲穿射入妙之筆

張青述魯達被毒下忽然又撰出一箇頭陀來此文章家虛實相間之法也然却不可便謂魯達一段是實頭陀一段是虛何則蓋為魯達雖實有其人然傳中却不見其事頭陀雖實無其人然戒刀又實有其物也須知文到入妙處純是虛中有實實中有虛聯絡激射正復不定斷非一語所得盡讚耳

此書每到人才極盛處便忽然失落一人以明綱羅之外另有異樣奇人未可以耳目所及遂盡天下之士也即如開書將說一百八人為頭已先失落一王進張青光明寺出身便加意為魯達武松作合而中間已失落一頭陀宋江三打祝家之際聚會無數新來豪傑而末後已失落一欒廷玉嗟乎名垂簡冊亦復有幸有不幸乎彼成大名顯當世者胡可遂謂軼外無珠也

話說當下武松對四家鄰舍道、小人因與哥哥報讐雪恨犯罪正當其理雖死而不悲（天在上地在下日月在明鬼神在幽一齊灑淚聽公此言）却纔甚是驚嚇了高鄰、（又謝衆人一句）小人此一去存亡未保死活不知我哥哥靈牀子就今燒化了（讀之心痛、兄弟二人一死於讐一將死於報讐想其父母在地下不知相顧作何語）家中但有些一應物件望煩四位高鄰與小人變賣些錢來作隨衙用度之資聽候使用細心閒筆今去縣裏首告休要管小人罪犯輕重只替小人從實證一證是隨即取靈牌和紙錢燒化了樓上有兩箇箱籠取下來打開看了付與四鄰收貯變賣却押那婆子提了兩顆人頭逕投縣裏來真好看此時鬨動了一箇陽穀縣街上看的人不計其數第一番看迎虎第二番看人頭陽穀縣人何其樂也知縣聽得人來報了先自駭然隨即陞廳武松押那王婆在廳前跪下行兇刀子和兩顆人頭放在堦下武松跪在左邊婆子跪在中間四家隣舍跪在右邊武松懷中取出胡正卿寫的口詞從頭至尾告說一遍知縣叫那令史先問了王婆口詞一般供說四家隣舍指證明白又喚過何九叔鄆哥都取了明白供狀喚當該仵作行人委吏一員把這一干人押到紫石街簡驗了婦人身屍獅子橋下酒樓前簡驗了西門慶身屍明白塡寫屍單格目回到縣裏呈堂立案

知縣叫取長枷且把武松同這婆子枷了寫得絕倒今古同歎收在監內一干平人寄監在門房裏且說縣官念武松是箇義氣烈漢又想他上京去了這一遭一心要周全他又尋思他的好處用筆甚輕只須如此便喚該吏商議道念武松那廝是箇有義的漢子把這人們招狀從新做過改作武松因祭獻亡兄武大有嫂不容祭祀因而相爭婦人將靈牀推倒救護亡兄神主與嫂鬬毆一時殺死次後西門慶因與本婦通姦前來强護因而鬬毆互相不伏扭打至獅子橋邊以致鬬殺身死讀之絕倒○招中又無王婆何也讀款狀與武松聽了寫一道申解公文將這一干人犯解本管東平府申請發落這陽穀縣雖是箇小縣分倒有仗義的人有那上戶之家都資助武松銀兩也有送酒食錢米與武松的此處數段俱是冷題熱寫然却將打虎時牽映出來武松到下處將行李寄頓土兵收了將了十二三兩銀子與了鄆哥的老爹前文閒中一許只謂口頭活話

不意至此應出行文精細如此武松管下的土兵大半相送酒肉不迭又妙寫出義烈感人當下縣吏領了公文抱着文卷并何九叔的銀子骨殖招詞刀仗武大骨殖在縣吏處帶了一干人犯上路望東平府來衆人到得府前看的人閧動了衙門口且說府尹陳文昭聽得報來隨即陞廳那陳府尹是箇聰察的官已知這件事了便叫押過這一干人犯就當廳先把陽穀縣申文看了又把各人供狀招款看過將這一干人一一審錄一遍把贓物并行兇刀仗封了發與庫子收領上庫武大骨殖上庫將武松的長枷換了一面輕罪枷枷了下在牢裏把這婆子換一面重囚枷釘了禁在提事司監死囚牢裏收了縣何憒憒府何察察只是筆墨抑揚以成文勢耳喚過縣吏領了回文發落何九叔鄆哥四家隣舍這六人且帶回縣去寧家聽候好本主西門慶妻子留在本府羈管聽候等朝廷明降方始細斷那何九叔鄆哥四家隣舍縣吏領了自回本縣去

了武松下在牢裏自有幾箇土兵送飯間筆讀此句忽憶論語人皆有兄弟我獨無之語不覺淚落且說陳府尹哀憐武松是箇仗義的烈漢時常差人看覷他因此節級牢子都不要他一文錢倒把酒食與他喫讀至此處忽又憶四海之內皆兄弟一語歎其誠然也陳府尹把這招藁卷宗都改得輕了申去省院詳審議罪却使箇心腹人齎了一封緊要密書星夜投京師來替他幹辦此篇寫武松既寫得異常則寫四邊人定不得不都寫得異常譬如畫虎者四邊草木都須作勁勢不然便襯不起也不知文者竟漫謂難得陳文昭眞癡人說夢矣那刑部官有和陳文昭好的把這件事直稟過了省院官議下罪犯據王婆縣招漏去此獨首提妙絕生情造意哄誘通姦唆使本婦下藥毒死親夫又令本婦趕逐武松不容祭祀親兄仍入此何以明未嘗不揀縣招也以致殺傷人命唆令男女故失人倫擬合凌遲處死妙據武松雖係報兄之讐鬪殺西門慶姦夫人命亦則自首難以釋免脊杖四十刺配二千里外妙姦夫淫婦雖該重罪已死勿論妙其

餘一干人犯釋放寧家（妙）文書到日即便施行（尤妙）（似依決不待時律。然實爲讀者至此已不及俟秋後矣）東平府尹陳文昭看了來文隨即行移拘到何九叔鄆哥并四家鄰舍和西門慶妻小一干人等都到廳前聽斷牢中取出武松讀了朝廷明降開了長枷脊杖四十上下公人都看觑他止有五七下着肉（好。獨與前後諸人受杖不同）取一面七斤半鐵葉團頭護身枷釘了臉上免不得刺了兩行金印迭配孟州牢城其餘一干眾人省諭發落各放寧家大牢裏取出王婆當廳聽命讀了朝廷明降（這剮便有一分了）寫了犯繇牌（這剮便有二分了）畫了伏狀（這剮便有三分了）便把這婆子推上木驢（這剮便有四分了）四道長釘三條綁索（這剮便有五分了）東平府尹判了一箇字剮（一字句。這剮便有六分了）上坐下撦（二字句。這剮便有七分了）破鼓響碎鑼鳴（三字句。這剮便有八分了）犯繇前引混棍後催（四字句。這剮便有九分了）兩把尖刀舉一朵紙花搖（五字句。這剮便有十分了）帶去東平府市心裏喫了一剮（十分光都完了）話裏只說武松帶上行枷看剮了王婆（此句不是爲出暢快正顯上文數行都自武松眼中看出非作者自置一筆也）有那原舊的上鄰姚二郎將變賣家私什物的銀兩交付與武松收受（極細。獨借姚二郎者爲他開銀舖也）作別自回去了當廳押了文帖着兩箇防送公人領了解赴孟州交割府尹發落已了只說武松與兩箇防送公人上路有那原跟的土兵付與了行李（極細）亦回本縣去了武松自和兩箇公人離了東平府迤邐取路投孟州來那兩箇公人知道武松是箇好漢一路只是小心伏侍他不敢輕慢他些箇（亦獨與諸人防送不同）武松見他兩箇小心也不和他計較包裹內有的是金銀但過村坊鋪店便買酒買肉和他兩箇公人喫話休絮繁武松自從三月初頭殺了人（好筆）坐了兩箇月監房（好筆）如今來到孟州路上正是六月前後（好筆。去年此際楊志在二龍山下矣。流光迅速。又是一番公案）炎炎火日當天爍石流金之際只得趕早涼而行約莫也行了二十餘日來到一條大路三箇人已到嶺上却是巳牌時分武松道你們且休坐了趕下嶺去尋買些酒肉喫兩箇公人道也說得是三箇人趲過嶺來只一望時見遠遠地土坡下約有數間草屋傍着谿邊柳樹上挑出箇酒帘兒（如畫）武松見了指道那里不有箇酒店三箇人趲下嶺來山岡邊見箇樵夫挑一擔柴過去（並無姓名只作眼前一問奇筆）武松叫道漢子借問這里叫做甚麽去處樵夫道這嶺是孟州道嶺前面大樹林邊便是有名的十字坡（坡名絕妙自表其文心交又四出如十字也前寶珠篇中已詳論之）武松問了自和兩箇公人一直趲到十字坡邊看時爲頭一株大樹四五箇人抱不交上面都是枯藤纏着（如畫）看看抹過大樹邊早望見一箇酒店門前窗檻邊坐着一箇婦人（曹正店中一箇婦人此店中又一箇婦人不如誰賓誰主）露出綠紗衫兒來頭上黃烘烘的插着一頭釵鐶鬢邊插着些野花（如畫先遠望寫一番）見武松同兩箇公人來到門前那婦人便走起身來迎接下面繫一條鮮紅生絹裙搽一臉胭脂鉛粉敞開胸脯露出桃紅紗主腰上面一色金鈕（如畫又近看寫一番嘗言美人之美乃在或遠或近之間今寫此婦人旣遠近皆詳矣乃覺眼前心上如逢鬼母何也）說道客官歇脚了去本家有好酒（句）好肉（句）要點心時好大饅頭（句本色行貨）兩箇公人和武松入到裏面一副柏木卓凳座頭上兩箇公人倚了棍棒解下那纏袋上下肩坐了武松先把脊背上包裹解下來放在卓子上解了腰間搭膊脫下布衫兩箇公人道這里又沒人看見我們擔些利害且與你除了這枷快活喫兩碗酒便與武松揭了封皮除下枷來放在卓子底下都脫了上半截衣裳搭在一邊窗檻上（夏景）只見那婦人笑容可掬（前寫潘氏用許多笑字此寫二娘復用許多笑字閃耀爲奇）道客官打多少酒武松道不要問多少只顧燙來肉便切三五斤來一發算錢還你那婦人道也有好大饅頭（又說一句深表大樹坡本色道地行貨也）武松道也把三二十箇來做

點心那婦人嘻嘻地笑着入裏面托出一大桶酒來放下三隻大碗三雙筯切出兩盤肉來一連篩了四五巡酒去竈上取一籠饅頭來放在卓子上兩箇公人拏起來便喫武松取一箇拍開看了叫道酒家這饅頭是人肉的是狗肉的那婦人嘻嘻笑道客官休要取笑清平世界蕩蕩乾坤那里有人肉的饅頭狗肉的滋味我家饅頭積祖是黃牛的武松道我從來走江湖上多聽得人說道大樹十字坡客人誰敢那里過肥的切做饅頭餡瘦的却把去填河（只圖押韵遂與今日詩社無異不意武二天人亦復不免）那婦人道客官那得這話這是你自捏出來的武松道我見這饅頭餡內有幾根毛一像人小便處的毛一般（雖是說饅頭乃其語褻之極已入風話矣讀之絕倒）以此疑忌武松又問道娘子你家丈夫却怎地不見（絕妙風話）那婦人道我的丈夫出外做客未回武松道恁地時你獨自一箇須冷落（絕妙風話宛然令嫂聲口）那婦人笑着尋思道這

賊配軍却不是作死倒來戲弄老娘正是燈蛾撲火惹焰燒身不是我來尋你我且先對付那廝這婦人便道客官休要取笑再喫幾碗了去後面樹下乘凉要歇便在我家安歇不妨（也說一句風話絕妙）武松聽了這話自家肚裏尋思道這婦人不懷好意了你看我且先耍他武松又道大娘子你家這酒好生淡薄别有甚好酒請我們喫幾碗那婦人道有些十分香美的好酒只是渾些武松道最好越渾越好（只是風話）那婦人心裏暗笑便去裏面托出一鏇渾色酒來武松看了道這箇正是好生酒只宜熱喫最好那婦人道還是這位客官省得我燙來你嘗看婦人自笑道這箇賊配軍正是該死倒要熱喫這藥却是發作得快那廝當是我手裏行貨燙得熱了把將過來篩做三碗笑道客官試嘗這酒兩箇公人那里忍得饑渴只顧拿起來喫了武松便道娘子我從來喫不得寡酒你再切些肉來與

俗本無八箇聽字故知古本之妙

我過口張得那婦人轉身入去却把這酒潑在僻
暗處只虛把舌頭來咂道好酒還是這箇酒衝得
人動爲得武二眞是妙人立地生出機變那婦人那曾去切肉只虛
轉一遭便出來拍手叫道倒也倒也那兩箇公人
只見天旋地轉禁了口望後撲地便倒武松也雙
眼緊閉撲地仰倒在凳邊妙人只聽得笑道只聽得妙絕
着了孫你奸似鬼喫了老娘的洗脚水便叫小二
小三快出來只聽得飛奔出兩箇蠢漢來聽得妙絕聽
他把兩箇公人先扛了進去這婦人便來桌上提
那包裹并公人的纏袋想是捏一捏約莫裏面已
是金銀想是妙絕約莫妙絕已是妙絕只聽得他大笑道只聽得妙絕
今日得這三頭行貨倒有好兩日饅頭賣又得這
若干東西聽得把包裹纏袋提入去了聽得妙絕隨聽
他出來看這兩箇漢子扛擡武松聽他妙絕先取餘事收拾盡
却放出筆來單寫武松那里扛得動直挺挺在地下却似有
千百斤重的妙人只聽得婦人喝道只聽得妙絕你這鳥

男女只會喫飯喫酒全沒些用直要老娘親自動
手一段話這箇鳥大漢却也會戲弄老娘又一段話這等
肥胖好做黃牛肉賣積祖之言不謬那兩箇瘦蠻子只好
做水牛肉賣又一段話扛進去先開剝這廝用又一段話偏
說出許多使武松忍笑不住聽他一頭說一頭想是脫那綠紗
衫兒解了紅絹裙子聽他妙絕想是妙絕赤膊着必須赤膊方使下文
盡興便來把武松輕輕提將起來武松就勢抱住那
婦人妙人生平未經之事把兩隻手一拘拘將攏來當胸前
摟住十五字句思之絕倒武二眞正妙人無可不可前者嫂嫂日夜望之却把兩
隻腿望那婦人下半截只一挾壓在婦人身上寫出
妙人無可不可思之絕倒胸前摟住壓在身上皆故作醜語以成奇文也只見他殺
豬也似叫將起來上文許多事情偏在耳中聽出此處殺豬也似一聲却於眼中
看見奇文綉錯入妙那兩箇漢子急待向前被武松大喝一
聲驚得呆了那婦人被按壓在地上只叫道好漢
饒我那里敢掙扎只見門前一人挑一擔柴歇在
門首上文無端一閃令讀者幾成眼挫至此忽又閃來望見武松按倒那

婦人在地上那人大踏步跑將進來叫道好漢息怒且饒恕了小人自有話說武松跳將起來把左脚踏住婦人提着雙拳看那人時寫得如畫頭帶青紗凹面巾身穿白布衫下面腿絣護膝八搭麻鞋腰繫着纏袋生得三拳骨叉臉兒微有幾根髭髯年近三十五六看着武松叉手不離方寸說道願聞好漢大名武松道我行不更名坐不改姓都頭武松的便是那人道莫不是景陽岡打虎的武都頭武松回道然也須知此二字是得意語那人納頭便拜道聞名久矣今日幸得拜識武松道你莫非是這婦人的丈夫那人道是小人的渾家天下亦有所對非所問而恰成妙對乃至一字不復可換者如此語是也有眼不識泰山不知怎地觸犯了都頭可看小人薄面望乞恕罪武松慌忙放起婦人來便問我看你夫妻兩箇也不是等閑的人當知此句不是寫武松眼力正是表夫妻二人願求姓名那人便叫婦人穿了衣裳四字絕妙快近前來拜了都頭武松道却纔衝撞嫂嫂休怪忽然叫出嫂嫂二字令我一驚方殺一嫂嫂又認一嫂嫂眞是行文如戲那婦人便道有眼不識好人一時不是望伯伯恕罪且請伯伯裏面坐地前文潘氏叫得叔叔一片響此文二娘叫得伯伯一片響叔叔伯伯激應奇絕武松又問道你夫妻二位高姓大名如何知我姓名知己之感千古所同獨不謂武二天人亦有之耳那人道小人姓張名青原是此間光明寺種菜園子大相國寺菜園後又見此處為因一時間爭些小事性起把這光明寺僧行殺了放把火燒做白地遂與魯達同後來也沒對頭官司也不來問小人只在此大樹坡下剪徑忽一日有箇老兒挑擔子過來小人欺負他老搶出去和他厮併鬬了二十餘合被那老兒一匾擔打翻原來那老兒年紀小時專一剪徑因見小人手脚活便帶小人歸去到城裏敎了許多本事又把這箇女兒招贅小人做了女壻城裏怎地住得只得依舊來此間葢些草屋賣酒為生實是只等客商過往有那入眼的便把些蒙汗藥與他

第一回爲魯達武松提綱

喫了便死將大塊好肉切做黃牛肉賣零碎小肉
做餡子包饅頭小人每日也挑些去村裏賣如此
度日小人因好結識江湖上好漢人都叫小人做
菜園子張青俺這渾家姓孫全學得他父親本事
特表二娘人都喚他做毋藥叉孫二娘小人却纔回來
聽得渾家叫喚誰想得遇都頭小人多曾分付渾
家道三等人不可壞他第一是雲遊僧道奇文張青爲
頭是最惜和尚便前牽魯達後挽武松矣布格展筆如畫家所稱大落墨也他不曾受
用過分了又是出家的人則恁地也爭些兒壞了
一箇驚天動地的人原是延安府老种經畧相公
帳前提轄姓魯名達此事傳中未嘗正寫只是魯達口中述一遍此處張青口
中述一遍耳另是一樣奇格爲因三拳打死了一箇鎮關西逃
走上五臺山落髮爲僧因他脊梁上有花繡江湖
上都呼他做花和尚魯智深獨詳其做和尚之故爲後文武松作案
使一條渾鐵禪杖重六十來斤獨詳禪杖爲後文戒刀作案也
從這里經過渾家見他生得肥胖也是黃牛酒裏下了

些蒙汗藥扛入在作坊裏正要動手開剝小人恰
好歸來見他那條禪杖非俗却慌忙把解藥救起
來從禪杖上識出英雄出色奇語結拜爲兄此四字是一篇眼目與後結拜爲弟四字
對看是張青生平一片之心也打聽他近日占了二龍山寶珠寺
和一箇甚麼青面獸楊志張青一篇只重魯達不重楊志故特另加甚麼
二字以別之霸在那方落草小人幾番收得他相招的
書信只是不能彀去間中間放一線武松道這兩箇張青一篇
自重魯達武松分中却無輕重故平提之也我也在江湖上多聞他名
張青道只可惜了一箇頭陀長七八尺一條大漢
魯達事畢忽然又撰出一箇頭陀來黃昏風雨天黑如磬每憶此文心絕欲死也把來
麻壞了小人歸得遲了些箇已把他卸下四足如
今只留得一箇箍頭的鐵界尺一領皂直裰一張
度牒在此無端撰出一箇頭陀便生出數般器具眞不知文生於情情生於文蓋其筆墨
亦爲妖血所塗故有子母環帖之能也先出三件入下更出二件文筆旋舞而下別的都
不打緊有兩件物最難得一件是一百單八顆人
頂骨做成的數珠人但知上文先出三件陪下二件殊不知下文二件亦是以一

第二段只作閒話然亦反映武松殺潘氏作揹帶

第三段正合本文

（件陪一件。）一件是兩把雪花鑌鐵打成的戒刀（前魯達自述云）（見俺戒刀喫驚。此又將留下戒刀。三翻四覆描寫。不意戒刀上。又有此奇文也。）想這頭陀也自殺人不少直到如今那刀要便半夜裏嘯響（看他人骨數珠不更註一語。獨將戒刀出色描寫。便知意在戒刀。餘物只作相伴也。）小人只恨道不曾救得這箇人心裏嘗嘗憶念他（張青真好）第二是江湖上行院妓女之人（此段於文情前後無甚關生。只有意無意與武松殺潘氏反映耳。行院妓女則可饒。恕敗壞風俗如潘氏胡可得恕也。）他們是衝州撞府、逢場作戲、陪了多少小心、得來的錢物、若還結果了他、那廝們你我相傳、去戲臺上說得我等江湖上好漢不英雄、又分付渾家第三是各處犯罪流配的人中間多有好漢在裏頭、切不可壞他（然後正入本文。妙絕。）不想渾家不依小人的言語、今日又衝撞了都頭、幸喜小人歸得早些、却是如何了起這片心（上文一篇長話却對武松說。至尾後忽掣轉對渾家說一句。寫出活張青來。）母藥叉孫二娘道、本是不肯下手、一者見伯伯包裹沉重、二乃怪伯伯說起風話（又叫兩聲伯伯）因此一時起

意、武松道、我是斬頭瀝血的人、何肯戲弄良人（將前）（同兩大篇文字。直提出來。）我見嫂嫂瞧得我包裹緊、先疑忌了、因此特地說些風話、漏你下手、那碗酒我已潑了、假做中毒、你果然來提我、一時拏住、甚是衝撞了、嫂嫂休怪、（又叫兩聲嫂嫂。凡此等。皆作者特蹴奇波處。）張青大笑起來、便請武松直到後面客席裏坐定、武松道、兄長你且放出那兩箇公人則箇（寫武松天人處。）張青便引武松到人肉作坊裏看時、見壁上繃着幾張人皮（妙。）梁上弔着五七條人腿（妙。）見那兩箇公人一顛一倒、挺着在剝人凳上（妙。特詳之。以爲昔之魯達。今之武松。已開剝之頭陀。未開剝之公人一齊出色也。）武松道、大哥你且救起他兩箇來、張青道、請問都頭、今得何罪、配到何處去、武松把殺西門慶并嫂的緣繇、一一說了一遍、張青夫妻兩箇歡喜不盡（聞以叔弑嫂。却歡喜不盡。寫得麄豪可笑。）便對武松說道、小人有句話說、未知都頭如何、武松道、大哥但說不妨、張青不慌不忙、對武松說出那幾句話來、有分

敎武松大鬧了孟州城、鬨動了安平寨、直敎打翻拽象拖牛漢、攧倒擒龍捉虎人、畢竟張青對武松說出甚言語來、且聽下回分解

第五才子書施耐菴水滸傳卷之三十二

聖歎外書

第二十七回

武松威震安平寨
施恩義奪快活林

上文寫武松殺人如菅、真是血濺墨缸、腥風透筆矣、入此回、忽然就兩箇公人上三翻四落、寫出一片菩薩心胸、一若天下之大仁大慈、又未有仁慈過於武松也者、於是上文屍腥血跡、洗刷淨盡矣、蓋作者正當寫武二時、胸中真是出格擬就一位天人、憑空落筆、喜則風霏露灑、怒則鞭雷叱霆、無可無不可、不期然而然、固久非宋江之逢人便哭、阮七李逵之搭刀便搣者、所得同日而語也

讀此回至武松忽然感激張青夫妻兩箇之語、嗟呼、豈不痛哉、夫天下之夫妻兩箇、則盡

夫妻兩箇也如之何而至於松之兄嫂其夫妻兩箇獨遠至於如此之極也天乎人乎念松父松母之可以生松而不能免於生松之兄是誠天也非人也然而兄之可以不娶潘氏與松之可以不捨兄而遠行是皆人之所得爲也非天也乃松之兄可以不娶潘氏而財主又必白白與之松之志可以不捨兄而遠行而知縣又必重重托之然則天也非人誠斷斷然矣嗟呼今而後松已不信天下之大四海之內尚有夫良妻絜雙雙兩箇之奇事而今初出門庭初接人物便已有張青一對如此可愛松即金鐵爲中其又能不向壁彈淚乎耶作者忽於敘事縷縷中奮筆大書云武松忽然感激張青夫妻兩箇嗟呼眞妙筆矣忽然字俗本改作因此字又於兩箇下增厚意字全是學究注意盤飧之語可爲唾

抹今並依古本訂定

連敘管營逐日管待如云一箇軍人托着一箇盒子看時是一大鏇酒一盤肉一盤子麪又是一大碗汁晚來頭先那箇人又頂一箇盒子來是幾般菜蔬一大鏇酒一大盤煎肉一碗魚羹一大碗飯不多時那箇人又和一箇人來一箇提隻浴桶一箇提一桶湯送過浴裙手巾便把籐簟鋪了紗帳掛起放箇涼枕叫聲安置明日那箇人又提桶面湯取漱口水又帶箇待詔篦頭綰髻子裹巾幘又一箇人將箇盒子取出菜蔬下飯一大碗肉湯一大碗飯喫罷又是一盞茶搬房後那箇人又將一箇提盒看時却是四般菓子一隻熟鷄又有許多蒸捲兒一注子酒晚間洗浴乘涼如此等事無不細細開列色色描畫嘗言太史公酒帳肉簿爲絕世奇文斷惟此篇足

以當之若韓昌黎畫記一篇直是印板文字不足道也

將寫武松威震安平却於預先一日先去天王堂前閒走便先安放得箇青石墩在化紙爐邊奇矣又奇者到明日正寫武松演試神力之時却偏不一直寫偏先寫得一半如云輕輕抱一抱起隨手一撇打入地下一尺來深如是便止却自留下後半再作一番寫來如云一提一擲一接輕輕仍放舊處直至如此方是武松全副神力盡情托出之時却又還有一半在後如云面上不紅心頭不跳口裏不喘是也讀第一段𨚫不謂其又有第二段讀第二段更不謂其還有第三段文勢離奇屈曲非目之所嘗覩也

話說當下張青對武松說道不是小人心歹比及都頭去牢城營裏受苦不若就這里把兩箇公人

一路都寫武二神威不是人間蹊徑

做翻且只在小人家裏過幾時（此一句實）若是都頭肯去落草時小人親自送至二龍山寶珠寺與魯智深相聚入夥如何（張青生平一片之心此一句十看他上文還帶說楊志此處已只提魯達為一篇大文之綱領）武松道最是兄長好心顧盼小弟只是一件武松平生只要打天下硬漢（早伏蔣門神）這兩箇公人於我分上只是小心一路上伏侍我來我若害了他天理也不容我（妙語直醜出殺你嫂嫂合天理來）若敬愛我時（敬愛二字妙絕武松天人便說得出此二字來）便與我救起他兩箇來不可害他（特表武松仁慈之至）張青道都頭既然如此仗義小人便救醒了當下張青叫火家便從剝人凳上攙起兩箇公人來孫二娘便去調一碗解藥來張青扯住耳朵灌將下去沒半箇時辰兩箇公人如夢中睡覺的一般爬將起來看了武松說道我們却如何醉在這里這家恁麼好酒我們又喫不多便恁地醉了記着他家回來再問他買喫（隨筆撚成趣語）武松笑將起來張青孫二娘也笑兩箇

公人正不知怎地那兩箇火家自去宰殺雞鵞煮得熟了整頓杯盤端坐張青教擺在後面葡萄架下（夏景）放了桌凳坐頭張青便邀武松并兩箇公人到後園內武松便讓兩箇公人上面坐了張青武松在下面朝上坐了（張青待武松也武松却不上坐者蓋須以弟道自居令人又提着武大當年悲從中來也）孫二娘坐在橫頭（二娘固不必避生客也然因此一坐男女雜亂便忽提出武大夫妻初見武二之日不勝風景不殊之痛也作者挑逗之工於斯極矣）兩箇漢子輪番斟酒來往搬擺盤饌張青勸武松飲酒至晚取出那兩口戒刀來叫武松看了果是鑌鐵打的非一日之功（看他將戒刀讚誦一番摩娑一番加意極矣）兩箇又說些江湖上好漢的勾當却是殺人放火的事武松又說山東及時雨宋公明仗義疏財如此豪傑如今也爲事逃在柴大官人莊上（此却是武松生平一片之心不得不說又不使宋江一邊閒）兩箇公人聽得驚得呆了只是下拜武松道難得你兩箇送我到這里了終不成有害你之心（武松仁慈再表一遍）我等江湖上好漢們說話你休要喫驚我們並不肯害爲善的人你只顧喫酒明日到孟州時自有相謝（頻頻表出武松仁慈者所以盡情洗刷上文殺奸夫淫婦之汚穢以見武松真正天人雷霆風雨各極其用不比梁山李逵阮七之徒草菅人命以爲作戲也描寫至此真神筆哉）當晚就張青家裏歇了次日武松要行張青那里肯放一連留住管待了三日武松忽然感激張青夫妻兩箇（失一哥哥得一哥哥一箇兄弟方做完一箇兄弟重做起文心淋漓飛舞讀之有海霞赤城之觀○忽然感激四字寫武二真天人也）論年齒張青却長武松九年（是年武松二十六歲也○俗本九年作五年）因此張青便把武松結拜爲弟（與前結拜爲兄四字對看是張青一篇提綱）武松再辭了要行張青又置酒送路取出行李包裹纏袋來交還了（不見他進去却見他出來妙絕）又送十來兩銀子與武松把二三兩零碎銀子齎發兩箇公人武松就把這十兩銀子一發與了兩箇公人（打虎一千貫便分散張青送十兩又與公人遠遠表出武松身無長物便爲後面差撥一篇奇文作地不知文者便歎其揮金如土也）再帶上行枷依舊貼了封皮（細）張青和孫二娘送出門前武松忽然感激（上東京時

嫂嫂不送出門前還有哥哥送出門前也到得嘅孟州時已并無哥哥送出門前天下爲兄弟者不止一人亦有如是之怨毒者乎今忽然於路旁萍水之張青夫婦反生受其雙雙送出門前觀兄武大靈魂不遠今竟何在哉忽然感激灑出淚來武二天人故感激灑淚也○反映前文至於如此眞正才子萬世不能易也只得灑淚別了，取路投孟州來。未及晌午，早來到城裏，直至州衙當廳投下了東平府文牒。州尹看了，收了武松，自押了回文，與兩箇公人回去，不在話下。隨即却把武松帖發本處牢城營來。當日武松來到牢城營前，看見一座牌額，上書三箇大字，寫着道：「安平寨」。公人帶武松到單身房裏，公人自去下文書，討了收管，不必得說。武松自到單身房裏，早有十數箇一般的囚徒來看武松，說道：此書凡係一段小文便要故意相犯如此文亦與林冲初到牢城營不換一筆「好漢，你新到這里，包裹裏若有人情的書信并使用的銀兩，取在手頭，益無故妙少刻差撥到來，便可送與他。若喫殺威棒時，也打得輕；若沒人情送與他時，端的狠狽。我和你是一般犯罪的人，特地報你知

林冲差撥管營處都有書信銀兩武松兩處都無宋江牢手有節級無寫出他一箇自愛一箇神威一箇機械各各不同

道：豈不聞兎死狐悲，物傷其類？我們只怕你初來不省得，通你得知。」武松道：「感謝你們衆位指教我。小人身邊略有些東西，若是他好問我討時，便送些與他；若是硬問我要時，一文也沒！」不是寫武松不知世塗只是自矗奇峯爲下文生精作怪地耳衆囚徒道：「好漢，休說這話！古人道：『不怕官，只怕管。』在人矮簷下，怎敢不低頭？只是小心便好。」說猶未了，只見一箇道：「差撥官人來了！」衆人都自散了。武松解了包裹，坐在單身房裏。反坐下奇絕只見那箇人走將入來，問道：「那箇是新到囚徒？」武松道：「小人便是。」差撥道：「你也是安眉帶眼的人，新語直須要我開口說？你是景陽岡打虎的好漢，陽穀縣做都頭，只道你曉事，如何這等不達時務？你敢來我這里，猫兒也不喫你打了！」隨景成趣武松道：「你到來發話，指望老爺送人情與你，半文也沒！妙語然世人都恒道之而不能知其妙何者蓋沒錢至於沒一文止矣若夫半文者乞人亦不要也偏說半文也沒蓋云沒之至也我精拳頭有一雙相送！猫兒不喫打狗兒或者領

却拳頭去。碎銀有些畱了自買酒喫自在之極。看你怎地奈何我沒地裏到把我發回陽穀縣去不成絕倒語。非武松說不出。那差撥大怒去了又有衆囚徒走攏來妙波。此却與林冲文不同。說道好漢你和他強了少間苦也他如今去和管營相公說了必然害你性命武松道不怕隨他怎麽奈何我文來文對武來武對此八字寫武松不是蠻皮。蓋其胸中計畫已定。○然千載看書人到此。無不猜到下文定是武來武對也。正在那里說未了只見三四箇人來單身房裏叫喚新到囚人武松文情險絕。武松應道老爺在這里又不走了大呼小喝做甚麽那來的人把武松一帶帶到點視廳前那管營相公正在廳上坐五六箇軍漢押武松在當面管營喝叫除了行枷說道你那囚徒省得太祖武德皇帝舊制但凡初到配軍須打一百殺威棒那兜拕的背將起來武松道都不要你衆人鬧動要打便打也不要兜拕我若是躲閃一棒的不是打虎好漢寫出打虎是得意之事。從先打過的

都不算從新再打起絕倒一段。○我若叫一聲便不是陽穀縣爲事的好男子寫出發漫又是得意事。○其文本與下連。兩邊看的人都笑道這癡漢弄死且看他如何熬上下文皆是武松一連說話。中間忽夾寫兩邊人笑。妙筆。要打便打毒些不要人情棒兒打我不快活其文與上陽穀爲事句。一氣連下。○○二段。兩下衆人都笑起來那軍漢拏起棍來吆呼一聲文筆險仄。只見管營相公身邊立着一箇人六尺以上身材二十四五年紀白淨面皮三柳髭鬚額頭上縛着白手帕奇。身上穿着一領青紗上蓋把一條白絹搭膊絡着手奇。那人便去管營相公耳朶邊畧說了幾句話只見管營道新到囚徒武松你路上途中曾害甚病來妙。○一路看他寫管營手柔。武松亢燥。一遞一句。眞欲失笑。武松道我於路不曾害妙妙酒也喫得肉也喫得飯也喫得路也走得妙妙。反說出一串來。管營道這廝是途中得病到這里我看他面皮纔好且寄下他這頓殺威棒妙。兩邊行杖的軍漢低低對武松道你快說病這是

相公將就你你快只推曾害便了加贈一層再妙武松道不曾害不曾害出兩句妙妙反說打了倒乾淨我不要留這一頓寄庫棒新語寄下倒是鉤腸債新語幾時得了妙妙兩邊看的人都笑若無此句便是一管營一武松一行杖牢子四邊寂然更無人矣管營也笑道想是這漢子多管害熱病了不曾得汗故出狂言不要聽他且把去禁在單身房裏妙然而何也我又欲疾讀下去得知其故又欲且止試一思之願天下後世之讀是書者至此等處皆且止試思也三四箇軍人引武松依前送在單身房裏眾囚徒都來問道你莫不有甚好相識書信與管營麼妙波疊灑武松道並不曾有眾囚徒道若沒時寄下這頓棒不是好意晚間必然來結果你武松道還是怎地來結果我眾囚徒道他到晚把兩碗乾黃倉米飯來與你喫了趂飽帶你去土牢裏把索子綑翻着藁薦捲了你塞了你七竅顛倒豎在壁邊不消半箇更次便結果了你性命這箇喚做盆弔上文說過威棒讀者雖未審何故然已心魂安帖矣作者却偏不肯便令安帖偏又

看他一路歷落零亂寫下無數只見一箇人只見那箇人妙絕

翻出兩番刑法來使讀者重復憂起絕世奇格武松道再有怎地安排我眾人道再有一樣也是把你來綑了却把一箇布袋盛一袋黃沙將來壓在你身上也不消一箇更次便是死的這箇喚土布袋偏有兩樣寫得其禍不測武松又問道還有甚麼法度害我只管問絕倒眾人道只是這兩件怕人些其餘的也不打緊眾人說猶未了只見一箇軍人托着一箇盒子入來問道那箇是新配來的武都頭不叫作囚人武松矣何也武松答道我便是有甚麼話說妙那人答道管營叫送點心在這里武松看時一大鏇酒一盤肉一盤子麵又是一大碗汁寫得出奇竟不知其何也逐色開列以來不是草草供具妙絕武松尋思道敢是把這些點心與我喫了却來對付我妙我且落得喫了却又理會武松把那鏇酒來一飲而盡把肉和麵都喫盡了那人收拾家火回去了去了竝不見有事武松坐在房裏尋思自己冷笑道看他怎地來對付我妙看看天色晚來只見頭先那箇人竟成

奢隨寫得妙極又頂一箇盒子入來出奇武松問道你又來怎地妙那人道叫送晚飯在這里擺下幾般菜蔬又是一大鏇酒一大盤煎肉一碗魚羹一大碗飯又逐色開列武松見了暗暗自忖道喫了這頓飯食必然來結果我妙且落他便死也做箇飽鬼落得喫了却再計較那人等武松喫了收拾碗碟回去了又去了並無事不多時那箇人又和一箇漢子兩箇來越寫得出奇一箇提着浴桶亦逐件寫一箇提一大桶湯逐件寫來看着武松道請都頭洗浴真奇絕武松想道不要等我洗浴了來下手妙我也不怕他且落得洗一洗那兩箇漢子安排傾下湯不要武松動手武松跳在浴桶裏面洗了一回隨即送過浴裙手巾細細寫出小心服事來教武松拭了穿了衣裳一箇自把殘湯傾了細細服事提了浴桶去去了一箇便把藤簟句紗帳句逐件細細開列將來掛起細細服事鋪了藤簟細細服事放箇涼枕細細服事叫了安置何等細細小心服事也回去了也去了並無事武松把門

關上拴了着此句妙寫出高枕無事來自在裏面思想道這箇是甚麼意思隨他便了且看如何妙放倒頭便自睡了一夜無事此四字各處有此却入妙天明起來纔開得房門只見夜來那箇人出奇無窮提着桶洗面湯進來教武松洗了面一又取漱口水漱了口二又帶箇篦頭待詔來早飯前寫到面湯奇矣又寫出漱口又寫出篦頭奇不可言替武松篦了頭三綰箇髻子裹了巾幘加一倍寫挽髻子裹巾幘都不要武松動手又是一箇人將箇盒子入來取出菜蔬下飯一大碗肉湯一大碗飯又逐色開列日日逐色開列武松想道繇你走道兒妙我且落得喫了武松喫罷飯便是一盞茶加此一句與上綰髻裹巾同一出色之法却纔茶罷只見送飯的那箇人來請道這里不好安歇請都頭去那壁房裏安歇搬茶搬飯却便當此一嚇却不可當文情怪險至此武松道這番來了妙我亦驚謂這番來了我且跟他去看如何一箇便來收拾行李被臥一箇引着武松看他連用無數一箇那箇字有亂山蔥蘢之勢離了單身房裏來到前面一箇去

處推開房門來裏面乾乾淨淨的牀帳兩邊都是新安排的桌凳什物何也武松來到房裏看了存想道我只道送我入土牢裏去却如何來到這般去處便是何也比單身房好生齊整武松坐到日中那箇入又將一箇提盒子入來手裏提着一注子酒還未歸結還要寫出許多恭敬來文情奇肆至此將到房中打開看時排下四般菓子一隻熟雞又有許多蒸捲兒逐色開列又逐次變換那人便把熟雞來斯了詩云斧以斯之是此斯字出處也俗本作撕字將注子裏好酒篩下請都頭喫細細開列服事之法武松心裏忖道畢竟是何如妙到晚又是許多下飯忽省又請武松洗浴了省乘涼忽增二字歇息並無事武松自思道衆囚徒也是這般說我也是這般想却怎地這般請我妙到第三日依前又是如此送飯送酒省武松那日早飯罷行出寨裏來閒走管營看顧後讀者便急欲得知其故久矣忽然接入連日看待之厚一篇煩文瑣景雖一往如在山陰道中耳目應接不暇然心頭已極悶悶正圖尉過此番便當有箇歸結却突然又幻出天王堂前閒走一段來文情恣肆非世所有只見一般的囚徒都在那里擔水的劈柴的做雜工的却在晴日頭裏晒着正是六月炎天那里去躲這熱閒中一襯武松却背叉着手本借囚徒做工襯出武松却又反借武松叉手襯出囚徒用筆真如司馬入麗家不復辯其誰賓誰主問道你們却如何在這日頭裏做工此語與何不肉糜何異豈有武二爲此言只是作者極意挑剔耳衆囚徒都笑起來回說道好漢你自不知我們撥在這里做生活時便是人間天上了如何敢指望嫌熱坐地還別有那沒人情的將去鎖在大牢裏求生不得生求死不得死大鐵鏈鎖着也要過哩武松聽罷去天王堂前後轉了一遭見紙爐邊一箇青石墩倒插而入作讀之真不知其故有箇關眼是縛竿腳的連後文手提處都先倒插在此奇絕才子好塊大石又嚼一句預爲下文出色傳云白受采乃世又有未見白地而先繪采者此四字是也武松就石上坐了一會便回房裏來只閒閒放下坐地了自存想妙只見那箇人又搬酒和肉來脚上又找一句妙話休絮煩牢日亦細煩之極矣偏說休絮煩武松自到那房裏住了數日每

只好酒好食搬來請武松喫並不見害他的意武松心裏正委決不下當日晌午那人又搬將酒食來（又來）武松忍耐不住按定盒子問那人道（不惟武松忍不住了。連讀者亦忍不住了。不惟讀者忍不住了。雖作者亦不好又忍住了。）你是誰家伴當怎地只顧將酒食來請我那人答道小人前日已稟都頭說了（寫得半明半滅妙極。）小人是管營相公家裏梯己人武松道我且問你每日送的酒食正是誰教你將來請我（句。）喫了怎地（句。）那人道是管營相公家裏的小管營（奇文。蓋武松本與魯達一雙。故魯達有老种經略相公小种經略相公。武松有老施管營相公。小施管營相公也。）教送與都頭喫武松道我是箇囚徒犯罪的人又不曾有半點好處到管營相公處他如何送東西與我喫那人道小人如何省得小管營分付道教小人且送半年三箇月卻說話（忽又一頓頓住使人無出氣處。）武松道卻又作怪終不成將息得我肥胖了卻來結果我（妙。）這箇悶葫蘆教我如何猜得破這酒食不明我如何喫得安穩你

只說與我你那小管營是甚麼樣人在那里曾和我相會我便喫他的酒食（三十字句。）那箇人道便是前日都頭初來時廳上立的那箇白手帕包頭絡着右手那人便是小管營（三十一字句。並不說出。卻已說出。妙在只說包頭絡手也。）武松道莫不是穿青紗上蓋立在管營相公身邊的那箇人（二十字句。將裝束各說半句。對答如畫。）那人道正是武松道我待喫殺威棒時敢是他說救了我是麼那人道正是武松道卻又蹺（只一句。陡將前文兩節奇事。併作一事。）蹊我自是清河縣人氏他自是孟州人自來素不相識如何這般看覷我必有箇緣故（聲如洪鐘。）我且問你那小管營姓甚名誰那人道姓施名恩使得好拳棒人都叫他做金眼彪施恩武松聽了道想他必是箇好男子（武二天人語）你且去請他出來和我相見了這酒食便可喫你的你若不請他出來和我廝見時我半點兒也不喫那人道小管營分付小人道休要說知備細教小人待半年三箇月方纔

說知相見武松道休要胡說你只去請小管營出來和我相會了便罷那人害怕那里肯去至此又作一頓武松焦躁起來那人只得去裏面說知多時偏能又作一頓只見施恩從裏面跑將出來看着武松便拜跑出妙便拜妙實是奇極武松慌忙答禮說道小人是箇治下的囚徒自來未曾拜識尊顏前日又蒙救了一頓大棒今又蒙每日好酒好食相待甚是不當又沒半點兒差遣正是無功受祿寢食不安施恩答道小弟久聞兄長大名如雷灌耳只恨雲程阻隔不能彀相見今日幸得兄長到此正要拜識威顏只恨無物款待因此懷羞不敢相見武松問道卻纔聽得伴當所說且教武松過半年三箇月卻有話說正是小管營要與小人說甚話武二施恩道村僕不省得事脫口便對兄長說知道卻如何造次說得武松道管營恁地時卻是秀才耍倒教武松癟破肚皮悶了怎地過得你且說正是要我怎地武二施恩道既是村僕說出了小弟只得告訴因為兄長是箇大丈夫真男子有件事欲要相央除是兄長便行得特特說出如許一箇大冒頭卻只說得一句起句下又頓住了讀之喫力殺人只是兄長遠路到此氣力有虧未經完足且請將息半年三五箇月待兄長氣力完足那時卻對兄長說知備細武松聽了呵呵大笑道管營聽稟我去年害了三箇月瘧疾一句言是三月瘧疾後景陽岡上酒醉裏打翻了一隻大蟲一句言是酒醉裏也只三拳兩腳便自打死了一句言尚不用全力何況今日此句言今日既非病後又非醉後又有全力施恩道而今且未可說且等兄長再將養幾時待貴體完完備備那時方敢告訴索性再一頓武松道只是道我沒氣力了既是如此說時我昨日看見天王堂前那箇石墩約有多少斤重忽然踔躍而入施恩道敢怕有三五百斤重武松道我且和你去看看武松不知拔得動也不施恩道請喫罷酒了同去再加一頓武松道且去了回來喫未遲兩箇來到天

看他提字與提字項針擲字與擲字項針接字與接字項針又看他兩段一段用輕輕地三字起一段用輕輕抛三字止

王堂前眾囚徒見武松和小管營同來都躬身唱喏此句不是閒筆寫景蓋倒插眾人在此以為少間羅拜地也武松把石墩略搖一搖大笑道小人真箇嬌惰了那里拔得動奇妙無此文勢亦先略搖一搖矣施恩道三五百斤石頭如何輕覷得他武松笑道妙人小管營也信真箇拏不起你眾人且躲開看武松拏一拏武松便把上半截衣裳脫下來拴在腰裏把那箇石墩只一抱輕輕地抱將起來雙手把石墩只一撇撲地打下地裏一尺來深如此可謂奇絕矣卻只是一半看他再寫出一半眾囚徒見了盡皆駭然插入眾人一句也只是一半武松再把右手去地裏一提提將起來望空只一擲擲起去離地一丈來高武松雙手只一接接來輕輕地放在原舊安處此方是後一半然尚有一半在後奇絕之筆回過身來看着施恩并眾囚徒面上不紅心頭不跳口裏不喘此又是一半合一提一擲一接不紅不跳不喘始表全副武松也施恩近前抱住武松便拜便拜不奇奇於抱住也敬之至愛之至不覺抱住矣寫得奇妙無比道兄長非凡人也真天神二語寫得宛然是連驚帶嚇說出來聲口眾囚徒一齊都拜道真神人也此句即齊和管營下句也施恩便請武松到私宅堂上請坐了武松道小管營今番須用說知有甚事使令我去施恩道且請少坐待家尊出來相見了時卻得相煩告訴武松道你要教人幹事不要這等兒女相妙恁地不是幹事的人了妙便是一刀一割的勾當武松也替你去幹若是有些諂佞的非為人也妙不是此數語何以出一篇之氣故知下筆皆有分數那施恩叉手不離方寸纔說出這件事來有分教武松顯出那殺人的手段重施這打虎的威風正是雙拳起處雲雷吼飛腳來時風雨驚畢竟施恩對武松說出甚事來且聽下回分解

第五才子書施耐菴水滸傳卷之三十三

聖歎外書

第二十八回

施恩重霸孟州道
武松醉打蔣門神

嘗怪宋子京官給椽燭修新唐書嘆乎豈不究哉夫修史者國家之事也下筆者文人之事也國家之事止於敘事而止文非其所務也君文人之事固當不止敘事而已必且心以爲經手以爲緯躊躇變化務撰而成絕世奇文焉如司馬遷之書其選也馬遷之傳伯夷也其事伯夷也其志不必伯夷也其傳游俠貨殖其事游俠貨殖其志不必游俠貨殖也進而至於漢武本紀事誠漢武之事志不必漢武之志也惡乎志文是已馬遷之書是馬遷之文也馬遷書中所敘之事則馬遷之文之料也以一代之大事如朝會之嚴禮樂之重戰陳之危祭祀之慎會計之繁刑獄之恤供其爲絕世奇文之料而君相不得問者凡以當其有事則君相之權也非儒生之所得議也若當其操筆而將書之是文人之權矣君相雖至尊其又惡敢置一末喙乎哉此無他君相能爲其事而不能使其所爲之事必壽於世能使君相所爲之事必壽於世乃至百世千世以及萬世而猶歌詠不衰起敬起愛者是則絕世奇文之力而君相之事反若附驥尾而顯矣是故馬遷之爲文也吾見其有事之鉅者而隱括焉又見其有事之細者而張皇焉或見其有事之闕者而附會焉又見其有事之全者而軼去焉無非爲文計不爲事計也但使吾之文得成絕世奇文斯吾之文傳而事傳矣如必欲但傳其事又令

纖悉不失是吾之文先巳拳曲不通巳不得爲絕世奇文將吾之文旣巳不傳而事又烏乎傳耶盖孔子亦曰其事則齊桓晉文其文則史其事則齊桓晉文若是乎事無文也其文則史若是乎文無事也其文則史而其事亦終不出於齊桓晉文若是乎文料之說雖孔子亦蚤言之也嗚呼古之君子受命載筆爲一代紀事而猶能出其珠玉錦繡之心自成一篇絕世奇文豈有稗官之家無事可紀不過欲成絕世奇文以自娛樂而必張定是張李定是李毫無縱橫曲直經營慘淡之志者哉則讀稗官其又何不讀宋子京新唐書也

如此篇武松爲施恩打蔣門神其事也武松飲酒其文也打蔣門神其料也飲酒其珠玉錦繡之心也故酒有酒人景陽岡上打虎好漢其千載第一酒人也酒有酒場出孟州東門到快活林十四五里田地其千載第一酒場也酒有酒時炎暑乍消金風颯起解開衣襟微風相吹其千載第一酒時也酒有酒令無三不過望其千載第一酒令也酒有酒監連飲三碗便起身走其千載第一酒監也酒有酒籌十二三家賣酒望竿其千載第一酒籌也酒有行酒人未到望邊先巳篩滿三碗旣畢急急奔去其千載第一行酒人也酒有下酒物忽然想到亡兄而放聲一哭忽然恨到奸夫淫婦而拍案一叫其千載第一下酒物也酒有酒懷記得宋公明在柴王孫莊上其千載第一酒懷也酒有酒風少間蔣門神無復在孟州道上其千載第一酒風也酒有酒贊河陽風月四字醉裏乾坤大壺中日月長十字其千載第一酒贊也酒有酒題快活

林其千載第一酒題也凡若此者是皆此篇之文也並非此篇之事也如以事而已矣則施恩領却武松去打蔣門神一路喫了三十五六碗酒只依宋子京例大書一行足矣何爲乎又須耐菴撰此一篇也哉甚矣世無讀書之人吾末如之何也

話說當時施恩向前說道兄長請坐待小弟備細告訴衷曲之事武松道小管營不要文文謅謅只揀緊要的話直說來快人快語○每歎古今奏疏悉是文文謅謅不揀要緊說話直說出來殊不足當武松一抹也施恩道小弟自幼從江湖上師父學得些小鎗棒在身孟州一境起小弟一箇諢名叫做金眼彪小弟此間東門外有一座市井地名喚做快活林但是山東河北客商們都來那里做買賣有百十處大客店三二十處賭坊兌坊往常時小弟一者倚仗隨身本事二者捉着營裏有八九十箇棄命囚徒去那里開着一箇酒肉店都分與衆店家和賭錢兌坊裏但有過路妓女之人到那里來時先要來參見小弟然後許他去趁食那許多去處每朝每日都有閒錢月終也有三二百兩銀子尋覓如此賺錢一段寫得此林眞是快活近來被這本營內張團練新從東路州來帶一箇人到此那廝姓蔣名忠有九尺來長身材因此江湖上起他一箇諢名叫做蔣門神那廝不特長大原來有一身好本事使得好鎗棒拽拳飛脚相撲爲最自誇大言道三年上泰嶽爭交不曾有對自是奇語普天之下沒我一般的了因此來奪小弟的道路小弟不肯讓他喫那廝一頓拳脚打了兩箇月起不得床前日兄長來時兀自包着頭兜着手應一直到如今瘡痕未消本待要起人去和他廝打他却有張團練那一班兒正軍先伏一筆若是鬧將起來和營中先自折理有這一點無窮之恨不能報得久聞兄長是箇大丈夫得兒大棒與連日酒肉何足道哉正復此語難得耳怎地得兄

長與小弟出得這口無窮之怨氣死而瞑目只恐兄長遠路辛苦氣未完力未足因此且教將息半年三月等貴體氣完力足方請商議不期村僕脫口失言說了小弟當以實告武松聽罷呵呵大笑便問道那蔣門神還是幾顆頭幾條臂膊爲上文許多鄭重一笑施恩道也只是一顆頭兩條臂膊如何有多武松笑道我只道他三頭六臂有那吒的本事我便怕他原來只是一顆頭兩條臂膊既然沒那吒的模樣却如何怕他施恩道只是小弟力薄藝疎便敵他不過武松道我却不是說嘴憑着我胸中本事平生只是打天下硬漢不明道德的人快人快語然則公又是幾條臂膊若只是兩條又如何打得盡許多人也既是恁地說了如今却在這里做甚麼快人快語有酒時拿了去路上喫快人快語千古第一酒觴我如今便和你去看我把這廝和大蟲一般結果他打虎畢竟是武松平生得意之事看他處處穿插出來拳頭重時打死了我自償命只作出口成識却已先伏一筆施恩

道兄長少坐待家尊出來相見了當行即行未敢造次等明日先使人去那里探聽一遭若是本人在家時後日便去若是那廝不在家時却再理會空自去打草驚蛇倒喫他做了手脚却是不好武松焦躁道小管營你可知着他打了妙反若與於蔣門神之甚也原來不是男子漢做事男子漢做事者開門如守女開門如脫兎是也去便去等甚麼今日明日快人快語要去便走怕他準備再說一遍盡出要走正在那里勸不住只見屏風背後轉出老管營來叫道義士老漢聽你多時也今日幸得相見義士一面愚男如撥雲見日一般且請到後堂少叙片時武松跟了到裏面老管營道義士且請坐武松道小人是箇囚徒如何敢對相公坐地老管營道義士休如此說愚男萬幸得遇足下何故謙讓武松聽罷唱箇無禮喏相對便坐了施恩却立在面前武松道小管營如何却立地施恩道家尊在上相陪兄長請自尊便武松道恁地時

小人却不自在老管營道既是義士如此這里又
無外人便教施恩也坐了極閒處無端生出一片景致便陡然將天倫之樂直提出來所謂人皆有父子我獨亡兄弟也○看他於爲兄報讐後已隔去無數文字尚自隱隱弔動
僕從搬出酒殽果品盤饌之類老管營親自與
武松把盞說道義士如此英雄誰不欽敬愚男原
在快活林中做些買賣非爲貪財好利實是壯觀
孟州增添豪俠氣象先把題目較正明白然後令武松做出文字來不期
令被蔣門神倚勢豪強公然奪了這箇去處非義
士英雄不能報讐雪恨義士不棄愚男滿飲此杯
受愚男四拜拜爲長兄以表恭敬之心爲兄報讐以後忽然一人結拜爲弟忽然一人結拜爲兄都是飛空架出之事○前張青文中有結拜武松爲弟句此本與結拜魯達爲兄句作炤耀耳此處忽然借來又作武松文中一番炤耀筆勢何其翻舞不定武
松答道小人有何才學才學二字妙正與後真才實學句對如何敢
受小管營之禮枉自折了武松的草料當下飲過
酒施恩納頭便拜了四拜武松連忙答禮結爲弟
兄當日武松歡喜飲酒喫得大醉了此句明明寫是歡喜却明明寫出悲喜我讀之而知其然天下人讀之當悉知其然也便叫人扶去房中
安歇不在話下次日施恩父子商議道都頭昨夜
痛醉必然中酒今日如何敢叫他去且推道使人
探聽來其人不在家裏延挨一日却再理會寫豪傑是豪傑寫愛敬豪傑是愛敬豪傑○只因此一踢却翻踢出下文絕妙一箇酒情來奇想奇格當
日施恩來見武松說道今日且未可去小弟已使
人探知這廝不在家裏明日飯後却請兄長去武
松道明日去時不打緊今日又氣我一日以不快語寫出快語來其妙可想○此語却又似魯達聲口早飯罷喫了茶施恩與武
松去營前閒走了一遭回來到客房裏客房裏說些
鎗法較量些拳棒寫得不寂寞看看晌午邀武松到家
裏家裏只具着數杯酒相待妙○趁勢再一翻踢下務令下文極其突兀
飯按酒不記其數妙武松正要喫酒見他只把按
酒添來相勸翻踢盡致心中不在意又妙在急用五字兜住又再頓下一日明日便一發突兀矣喫了晌午飯起身別了回到客房裏
坐地只見那兩箇僕人又來伏侍武松洗浴武松

問道你家小管營今日如何只將肉食出來請我卻不多將些酒出來與我喫(此篇極寫酒情故於此等句皆應標出)是甚意故僕人答道不敢瞞都頭說今早老管營和小管營議論今日本是要央都頭去怕都頭夜來酒多恐今日中酒怕悮了正事因此不敢將酒出來明日正要央都頭去幹正事武松道恁地時道我醉了悮了你大事僕人道正是這般計較當夜武松巴不得天明(是寫武松起來喫酒并寫武松起來幹事也若說是幹事此人不知文并不知酒矣)早起來洗漱罷頭上裹了一頂萬字頭巾身上穿了一領土色布衫腰裏繫條紅絹搭膊下面腿絣護膝八搭麻鞋討了一箇小膏藥貼了臉上金印施恩早來請去家裏喫早飯武松喫了茶飯罷施恩便道後槽有馬備來騎去武松道我又不脚小騎那馬怎地(此文只寫酒字故於閒語都一踢踢開去)只要依我一件事(一篇題目)施恩道哥哥但說不妨小弟如何敢道不依武松道我和你出得城去只要還

我無三不過望(此等好句法恰好從三碗不過岡脫化出來前後掩映絕倒○與三碗不過岡只換二字已換成自已絕妙一句奇語更與舊文無涉漢武秋風辭起句亦只將高帝大風歌起句只換二字亦換成自已絕妙一句奇語更與舊文無涉笑今人心枯髯斷追琢出來自誇一字不盜舊人却不中與舊人作屁也)施恩道兄長如何無三不過望小弟不省其意武松笑道我說與你你要打蔣門神時出得城去但遇着一箇酒店便請我喫三碗酒若無三碗時便不過望子去這箇喚做無三不過望(奇奧之文須此快解)施恩聽了想道這快活林離東門去有十四五里田地(先算路)算來賣酒的人家也有十二三家(次算望子)若要每店喫三碗時恰好有三十五六碗酒(次算酒)纔到得那里恐哥哥醉了如何使得(次算量)武松大笑道你怕我醉了沒本事我卻是沒酒沒本事帶一分酒便有一分本事五分酒五分本事我若喫了十分酒這氣力不知從何而來(此段文字全學淳于髡一斗亦醉一石亦醉筆法卻更覺精神過之)若不是酒醉後了膽大景陽岡上如何打得這隻大蟲(忽然又舉此事)

是絕妙下酒物那時節三字聲情俱有我須爛醉了好下手又有力又有勢此又全學坡公酒氣沸沸從十指出句法却更覺精神過之施恩道却不知哥哥是恁地家下有的是好酒只恐哥哥醉了失事因此夜來不敢將酒出來請哥哥深飲既是哥哥酒後愈有本事時恁地先教兩箇僕人自將了家裏好酒妙果品殽饌亦少不得去前路等候却和哥哥慢慢地飲將去妙第一酒場千載未見武松道恁麼却纔中我意深許之去打蔣門神教我也有些膽量沒酒時如何使得手段出來還你今朝打倒那廝教衆人大笑一場施恩當時打點了叫兩箇僕人先挑食籮酒擔拿了些銅錢去了老管營又暗暗地選揀了一二十條壯健大漢慢慢的隨後來接應武松雖是天人然打蔣門神却實是一件事另寫老管營作下整備極不孟浪都分付下了且說施恩和武松兩箇離了安平寨出得孟州東門外來行過得三五百步只見官道傍邊早望見一座酒肆望子挑出在簷前筆筆欲舞字字能飛那

也算一望句俗本作哥哥喫麼

兩箇挑食擔的僕人已先在那里等候妙妙施恩邀武松到裏面坐下僕人已先安下殽饌將酒來篩武松道不要小盞兒喫大碗篩來只斟三碗立之監佐之史不許紊亂酒規千載未見如此僕人排下大碗將酒便斟武松也不謙讓連喫了三碗便起身飛舞而下僕人慌忙收拾了器皿奔前去了更好行酒人寫得盡情盡致武松笑道却纔去肚裏發一發妙語所謂開宗明義章第一我們去休兩箇便離了這座酒肆出得店來此時正是七月間天氣好筆炎暑未消金風乍起兩箇解開衣襟又好酒候寫來入妙又行不得一里多路來到一處不村不郭却早又望見一箇酒旗兒高挑出在樹林裏另寫出一箇望子筆尖大疲於變換矣來到林木叢中看時却是一座賣村醪小酒店施恩立住了腳問道此間是箇村醪酒店也算一望麼妙語絕倒意帶諷諫妙絕武松道是酒望須飲三碗若是無三不過去便了酒寫中忽作此太平等語兩箇入來坐下僕人排了酒碗果品武松連喫了三碗便起

身走僕人急急收了家火什物趕前去了（飛舞而下。筆尖不得少定。敘事入妙，固矣。試問其飛舞之故在何處。）兩箇出得店門來又行不到一二里路上又見箇酒店武松入來又喫了三碗便走（小省法。）話休絮繁武松施恩兩箇一處走着但遇酒店便入去喫三碗約莫也喫過十來處酒肆（大省法。）施恩看武松時不十分醉（此句非武松面上無酒。只是寫施恩心頭有事。）武松問施恩道此去快活林還有多少路施恩道沒多了只在前面遠遠地望見那箇林子便是武松道既是到了你且在別處等我我自去尋他施恩道這話最好（四字寫出怕來。）小弟自有安身去處望兄長在意切不可輕敵（喫打後人語。）武松道這箇却不妨你只要叫僕人送我前面再有酒店時我還要喫（真是筆墨淋漓。有恨不起劉伶讀之之歎。）施恩叫僕人仍舊送武松施恩自去了武松又行不到三四里路再喫過十來碗酒（筆暢墨遂。真無纖毫之憾。）此時已有午牌時分天色正熱却有些微風（此五字惟酒後耳熱時知之。寫酒至此五字。真高山流水之曲矣。）武松酒却湧上來把布衫攤開雖然帶着五七分酒却裝做十分醉的前顛後偃東倒西歪（快人妙人。奇絕之人。奇絕之事。奇絕之文。）來到林子前僕人用手指道只前頭丁字路口便是蔣門神酒店武松道既是到了你自去躲得遠着等我打倒了你們却來武松搶過林子背後見一箇金剛來大漢披着一領白布衫撒開一把交椅拿着蠅拂子坐在綠槐樹下乘凉（却先一晃。筆勢奇絕。遂有餓虎當路。奇鬼來瞰之意。）武松假醉佯顛斜着眼看了一看心中自忖道這箇大漢一定是蔣門神了直搶過去（此來正打蔣門神也。却反放他過去。筆勢奇兀不可言。）又行不到三五十步早見丁字路口一箇大酒店簷前立着望竿上面掛着一箇酒望子寫着四箇大字道河陽風月（寫過無數望子。最後又寫出一箇異樣望子來。○看他加出四箇字。）轉過來看時門前一帶綠油欄杆插着兩把銷金旗每把上五箇金字寫道醉裏乾坤大壺中日月長（又寫出兩把旗。陪上望子。又寫出十箇字。陪上四箇字。總是將酒場異樣排設）

一壁廂肉案砧頭操刀的家生一壁廂蒸作饅頭燒柴的廚竈去裏面一字兒擺着三隻大酒缸半截埋在地裏缸裏面各有大半缸酒（真正快活林。名不虛立。）正中間裝列着櫃身子裏面坐着一箇年紀小的婦人（妙人。孫二娘後。偏又生此一人。與上文潘氏激映。）正是蔣門神初來孟州新娶的妾原是西瓦子裏唱說諸般宮調的頂老武松看了瞅着醉眼逕奔入酒店裏來便去櫃身相對一付坐頭上坐了把雙手按着桌子上不轉眼看那婦人（殺嫂後。偏要寫出武二無數妙人妙事。一見之於十字坡。再見之於快活林矣。）那婦人瞧見回轉頭看了別處（寫婦人酒保筆筆是尋鬧不成。妙妙。）武松看那店裏時也有五七箇當撐的酒保武松却敲着桌子叫道賣酒的主人家在那里一箇當頭酒保過來看着武松道客人要打多少酒武松道打兩角酒先把些來嘗看（奇文。）那酒保去櫃上叫那婦人舀兩角酒下來傾放桶裏燙一碗過來道客人嘗酒（好酒保。好婦人。）武松拿起來聞一聞搖着

此段文情妙處不在寫武松用許多撩撥在寫酒保婦人許多撩撥只是不動也譬如張弓正以急張不得為樂矣

頭道不好不好換將來（奇文。聞一聞絕倒。）酒保見他醉了將來櫃上道娘子胡亂換些與他（好酒保。）那婦人接來傾了那酒又舀些上等酒下來（好婦人。）酒保將去又燙一碗過來（又好酒保。）武松提起來咂一咂叫道這酒也不好快換來便饒你（奇文。咂一咂絕倒。）酒保忍氣吞聲拿了酒去櫃邊道娘子胡亂再換些好的與他休和他一般見識這客人醉了只要尋鬧相似便換些上好的與他罷（真好酒保。）那婦人又舀了一等上色的好酒來與酒保（真好婦人。）酒保把桶兒放在面前又燙一碗過來（真好酒保。）武松喫了道這酒略有些意思（三番尋鬧不出。只得放下另起。）問道過賣你那主人家姓甚麼（另起一頭。奇文。）酒保答道姓蔣武松道却如何不姓李（奇文。我正怪今人紛紛有姓。却如何不姓李也。）那婦人聽了道這廝那里喫醉了來這里討野火麼酒保道眼見得是箇外鄉蠻子不省得了在那里放屁（看他已逗出許多。不堪了。下文却又收住。妙絕。）武松問道你說甚麼（急問一句。要尋出頭來。）酒保道

我們自說話客人你休管自喫酒（眞好酒保妙妙）武松道過賣叫你櫃上那婦人下來相伴我喫酒（眞好文情妙妙）（又換一頭。於殺嫂後偏極寫得武二風風失失。）酒保喝道休胡說（不得不喝）這是主人家娘子武松道便是主人家娘子待怎地相伴我喫酒也不打緊（到此處不惟酒保婦人不堪雖讀者亦不堪矣）那婦人大怒便罵道殺才該死的賊（不得不罵）推開櫃身子却待奔出來武松早把土色布衫脫下上半截揣在懷裏便把那桶酒只一潑潑在地上（妙。有時一點一滴惜之如性命。有時如泥如土棄之如糞土。寫豪士好酒。另是一樣性情。）搶入櫃身子裏却好接着那婦人武松手硬那里掙扎得被武松一手接住腰胯一手把冠兒揑做粉碎揪住雲髻隔櫃身子提將出來望渾酒缸裏只一丟聽得撲通的一聲響可憐這婦人正被直丟在大酒缸裏（奇絶妙絶之文。無一筆不在酒上出色。）武松托地從櫃身前踏將出來有幾箇當撑的酒保手脚活些箇的都搶來奔武松武松手到輕輕地只一提提一箇過來兩手揪住也望大酒缸裏只一丟椿在裏面（奇絶妙絶。句法變換。）又一箇酒保踅來提着頭只一掠也丟在酒缸裏（奇絶妙絶。句法又變換。）再有兩箇來的酒保一拳（句）一脚（句）都被武松打倒了先頭三箇人在三隻酒缸裏那里掙扎得起（眞正快活林。）後面兩箇人在酒地上爬不動（眞正快活林。讀此句始知前文潑酒之妙。眞是無處不是酒。魯達打鄭屠下了一陣肉雨。便無處不是肉。武松打蔣門神。潑了一箇酒地。便無處不是酒。一樣奇絶妙絶之文。）這幾箇火家搗子打得屁滾尿流乖的走了一箇武松道那厮必然去報蔣門神來我就接將去大路上打倒他好看教衆人笑一笑武松大踏步趕將出來那箇搗子逕奔去報了蔣門神蔣門神見說喫了一驚踢翻了交椅丟去蠅拂子便鑽將來武松却好迎着正在大闊路上撞見蔣門神雖然長大近因酒色所迷淘虛了身子（一）先自喫了那一驚（二）奔將來那步不曾停住（三）怎地及得武松虎一般似健的人又有心來算他蔣門神見了武松心裏先欺他醉〔四〕只顧趕將入來說時遲那時快武松先把兩箇拳頭去蔣門神臉上虛影一影忽地轉身便走（筆翻墨舞。其捷如風。）蔣門神大怒搶將來被武松一飛脚踢起踢中蔣門神小腹上（其捷如風）雙手按了便蹲下去武松一踅踅將過來那隻右脚早踢起直飛在蔣門神額角上踢着正中（其捷如風）望後便倒武松追入一步踏住胸脯（其捷如風。）（看他打虎有打虎法。殺嫂有殺嫂法。殺西門慶有殺西門慶法。打蔣門神有打蔣門神法。胸中有此許多解數）提起這醋鉢兒大小拳頭望蔣門神頭上便打原來說過的打蔣門神撲手先把拳頭虛影一影便轉身却先飛起左脚踢中了便轉過身來再飛起右脚這一撲有名喚做玉環步鴛鴦脚（此撲本是其捷如風。爲上文又夾敘蔣門神。恐遂見遲延。故又重宣一遍也。）這是武松平生的真才實學非同小可（前文自謙有何才學。此處便寫出真才實學來。武二真是出色。）打得蔣門神在地下叫饒武松喝道若要我饒你性命只要依我三件事蔣門神在地下叫道好漢饒我休說三件便是三百件我也依得武松指定蔣門神說出那三件事來有分敎改頭換面來尋主剪髮齊眉去殺人畢竟武松說出那三件事來且聽下回分解

第五才子書施耐菴水滸傳卷之三十四

聖歎外書

第二十九回

施恩三入死囚牢
武松大鬧飛雲浦

看他寫快活林朝蔣暮施朝施暮蔣遂令人不敢復作快意之事稗官有益於世乃復如此不小

張都監令武松在家出入所以死武松也而不知適所以自死禍福倚伏不測如此令讀者不寒而栗

看他寫武松殺嫂後偏寫出他無數風流輕薄如十字坡快活林皆是也今忽然又寫出張都監家鴛鴦樓下中秋一宴嬌婉旖施玉繞香圍乃至寫到許以玉蘭妻之遂令武大武二金蓮玉蘭宛然成對文心繡錯真稱絕世也

看他寫武松殺四人後忽用提刀躊躕四字真是善用莊子幾令後人讀之不知水滸用莊子莊子用水滸矣

後文血濺鴛鴦樓是天翻地覆之事却只先寫一句云忽然一箇念頭起神妙之筆非世所知

話說當時武松踏住蔣門神在地下道若要我饒你性命只依我三件事便罷蔣門神便道好漢但說蔣忠都依武松道第一件要你便離了快活林將一應家火什物隨即交還原主金眼彪施恩誰教你強奪他的蔣門神慌忙應道依得依得武松道第二件我如今饒了你起來你便去央請快活林爲頭爲腦的英雄豪傑都來與施恩陪話（此事快絕）（寫盡武二胸襟）蔣門神道小人也依得武松道第三件你從今日交割還了便要你離了這快活林連夜回

鄉去不許你在孟州住在這里不回去時我見一遍打你一遍我見十遍打十遍輕則打你半死重則結果了你命你依得麽蔣門神聽了要掙扎性命連聲應道依得依得蔣忠都依武松就地下提起蔣門神來看時早已臉青嘴腫額子歪在半邊額角頭流出鮮血來可笑武松指着蔣門神說道休言你這厮鳥蠢漢景陽岡上那隻大蟲也只三拳兩脚我兀自打死了打虎得意之筆便處處提唱出來量你這箇直得甚的快交割還他但遲了些箇再是一頓便一發結果了你這厮蔣門神此時方纔知是武松武松自說出來只得喏喏連聲告饒正說之間只見施恩早到帶領着三二十箇悍勇軍健都來相幫却見武松贏了蔣門神不勝之喜團團擁定武松寫得榮華武松指着蔣門神道本主已自在這里了你一面便搬一面快去請人來陪話蔣門神答道好漢且請去店裏坐地武松帶一行人都到店裏看時滿地都是酒漿入脚不得那兩箇鳥男女正在缸裏扶墻摸壁扎掙絕倒那婦人纔方從缸裏爬得出來頭臉都喫磕破了下半截淋淋漓漓都拖着酒漿絕倒那幾箇火家酒保走得不見影了絕倒武松與衆人入到店裏坐下喝道你等快收拾起身一面安排車子收拾行李先送那婦人去了了一面尋不着傷的酒保尋字妙不着傷的又妙去鎮上請十數箇爲頭的豪傑都來店裏替蔣門神與施恩陪話儘把好酒開了有的是按酒都擺列了桌面請衆人坐地武松叫施恩在蔣門神上首坐定爭此一口無窮之氣各人面前放隻大碗叫把酒只顧篩來酒至數碗武松開話道衆位高隣都在這里我武松看他一篇說話句句用我字起說得響自從陽穀縣殺了人配在這里便聽得人說道快活林這座酒店原是小施管營造的屋宇等項買賣被這蔣門神倚勢豪强公然奪了白白地占了他的衣飯你衆人休猜道是我的主人妙妙

我和他並無干涉（妙妙）我從來只要打天下這等不明道德的人（我字響）我若路見不，真乃拔刀相助（我字響）我便死也不怕（我字響）今日我本待把蔣家這厮一頓拳腳打死就除了一害（我字響）我看你衆高鄰面上權寄下這厮一條性命（我字響）我今晚便要他投外府去（我字響）若不離了此間我再撞見時（我字響）景陽岡上大蟲便是模樣（打虎得意之事處處提出來）衆人纔知道他是景陽岡上打虎的武都頭（亦是武松自說出來）都起身替蔣門神陪話道好漢息怒教他便搬了去奉還本主那蔣門神喫他一嚇那里敢再做聲施恩便點了家火什物交割了店肆蔣門神羞慚滿面（已出一口無窮之氣矣）相謝了衆人自喚了一輛車兒就裝了行李起身去了不在話下且說武松邀衆高鄰直喫得盡醉方休至晚衆人散了武松一覺直睡到次日辰牌方醒（收結前篇一番快事）却說施老管營聽得兒子施恩重霸得快活林酒店自騎了馬直來店裏相謝武松連日在店內飲酒作賀快活林一境之人都知武松了得那一箇不來拜見武松（寫得榮華）自此重整店面開張酒肆老管營自回平安寨理事施恩使人打聽蔣門神帶了老小不知去向這里只顧自做買賣且不去理他就留武松在店裏居住自此施恩的買賣比往常加增三五分利息各店裏并各賭坊兌坊加利倍送閑錢來與施恩（再寫快活林一句真快活林不虛也）施恩得武松爭了這口氣把武松似爺娘一般敬重施恩自此重霸得孟州道快活林不在話下荏苒光陰早過了一月之上炎威漸退玉露生凉金風去暑已及新秋有話即長無話即短當日施恩正和武松在店裏閑坐說話論些拳棒鎗法（點綴）只見店門前兩三箇軍漢牽著一匹馬來店裏尋問主人道那箇是打虎的武都頭施恩却認得是孟州守禦兵馬都監張蒙方衙內親隨人施恩便向前問道你們尋武都頭則甚那軍漢說道奉都監相公鈞旨聞知武都頭是箇好男子【武松平生一片心事。只是要人叫聲好男子。乃小人之圖害之者。早已一片聲叫他做好男子矣。千古多有此事。君子可不慎哉。】特地差我們將馬來取他相公有鈞帖在此施恩看了尋思道這張都監是我父親的上司官屬他調遣今者武松又是配來的囚徒亦屬他管下只得教他去施恩便對武松道兄長這幾位郎中是張都監相公處差來取你他既着人牽馬來哥哥心下如何武松是箇剛直的人不知委曲便道他既是取我只得走一遭看他有甚話說隨即換了衣裳巾幘帶了箇小伴當上了馬一同衆人投孟州城裏來到得張都監宅前下了馬跟着那軍漢直到廳前參見張都監那張蒙方在廳上見了武松來大喜道【大喜字與後大怒字前後相照。寫小人面不羇裏。真是活畫。】教進前來相見武松到廳下拜了張都監叉手立在側邊張都監便對武松道我聞知你是箇大丈夫【一樣好名字。】男子漢【又一樣好名字。】英雄無敵【一樣好說話。】敢與人同死同生【又一樣好說話。甚矣。小人之巧也。凡君子意之所在。彼色色能知之。又色色能言之。而其心殊不然也。獨世之君子。既已心知其人。而又不免心感其語。於是忽然中其所圖。遂至猝不可救。則獨何耶。】我帳前見缺恁地一箇人不知你肯與我做親隨梯巳人麽武松跪下稱謝道小人是箇牢城營內囚徒若蒙恩相擡舉小人當以執鞭隨鐙伏侍恩相張都監大喜便叫取果盒酒出來張都監親自賜了酒叫武松喫得大醉【投之以所好。小人之巧。真有如此。寫得活畫。】就前廳廊下收拾一間耳房與武松安歇次日又差人去施恩處取了行李來只在張都監家宿歇早晚都監相公不住地喚武松進後堂與酒與食放他穿房入戶把做親人一般看待【一段。便寫得與施恩一般。】又叫裁縫與武松徹裏徹外做秋衣【一段。便寫得與宋江一般。君子所以不敢輕受人之解衣推食者。其心誠疑之也。】武松見了也自歡喜心裏尋思道難得這箇都監相公一力要擡舉我自從到這裏住了寸步不離又沒工夫去快活林與施恩說話雖是他頻頻使人來相看我多管是不能彀入宅裏來（却在口中補出兩月事來。妙筆。）武松自從在張都監宅裏相公見愛但是人有些公事來央浼他的武松對都監相公說了無有不依外人俱送些金銀財帛段疋等件（惡。）武松買箇栁藤箱子把這送的東西都鎖在裏面（此一段亦竟與連日閒文一樣平平敘去。遂令讀者不覺。）不在話下時光迅速却早又是八月中秋張都監向後堂深處鴛鴦樓下（樓名妙絕。獅子街定是武松殺人處。鴛鴦樓不是武松飲酒處也。○特寫此段者。一則為武松殺嫂以後。又連連寫出許多婦人與他相纏。便成絕世奇文。一則為此處先寫預席一次。便見內邊門路都熟。以便後日血濺一回入來也。）安排筵宴慶賞中秋叫喚武松到裏面飲酒武松見夫人宅眷都在席上喫了一杯便待轉身出來（寫殺嫂人。偏寫出許多婦人與他纏擾。妙心妙筆。）張都監喚住武松問道你那里去武松答道恩相在上夫人宅眷在此飲宴小人理合迴避（是武二。）張都監大笑道（大笑與後大罵相對。）差了我敬你是箇義士（好說。）特地請將你來一處飲酒如自家一般（竟是武松語。）何故却要迴避便教坐了武松道小人是箇囚徒如何敢與恩相坐地張都監道義士（好說。）你如何見外此間又無外人（內人奈何。）便坐不妨武松三迴五次謙讓告辭張都監那裏肯放定要武松一處坐地武松只得唱箇無禮喏遠遠地斜着身坐下（畫。）張都監着丫嬛養娘相勸（寫殺嫂人。寫出如許多般婦女來。真正妙想妙筆。）一杯兩盞看看飲過五七杯酒張都監叫擡上果桌飲酒又進了一兩套食次說些閒話問了些鎗法張都監道大丈夫飲酒何用小杯（竟是武松語。）叫取大銀賞鍾斟酒與義士喫連珠箭勸了武松幾鍾看看月明光彩照入東窻（好景。）武松喫得半醉却都忘了禮數只顧痛飲張都監叫喚一箇心愛的養娘叫做玉蘭（玉蘭名字妙。與前金蓮二字。遙遙相望。為武松十來卷一篇大文。兩頭鎖鑰也。○武松一篇。始於殺金蓮。終於殺玉蘭。金玉蓮蘭。千古的對矣。）出來唱曲張都監指着玉蘭道這里別無外人只有我心腹之人武都頭在此你可唱箇中秋對月時景的曲兒教我們聽則箇玉蘭執着象板向前各道箇萬福頓開喉嚨唱一隻東坡學士中秋水調歌唱道是明月幾時有把酒問青天不知天上宮闕今夕是何年我欲乘風歸去（樽前月下忽聞此言令人陡然念陽穀縣紫石街不知在何處）只恐瓊樓玉宇高處不勝寒起舞弄清影何似在人間高捲珠簾低綺戶照無眠不應有恨何事常向別時圓人有悲歡離合月有陰晴圓缺此事古難全（絕妙好辭令人想到亡兄想到宋江想到張青夫妻想到管營父子灑淚不止）但願人長久萬里共嬋娟這玉蘭唱罷放下象板又各道了一箇萬福立在一邊張都監又道玉蘭你可把一巡酒（偏要寫得婦人在殺嫂人眼前嬝娜不已妙心妙筆）這玉蘭應了便拿了一副勸盤丫環斟酒先遞了相公次勸了夫人第三便勸武松飲酒張都監叫斟滿着（妙心妙筆不惟在眼前嬝娜直寫得殺嫂人身邊有許多婦人俄延不去矣）武松那里敢擡頭起身遠遠地接過酒來唱了相公夫人兩箇大喏拿起酒來一飲而盡便還了盞子（宛然寫出對嫂嫂飲酒時也）張都監指着玉蘭對武松道此女頗有些聰明不惟善知音律亦且極能鍼指（忽然合出金蓮本事來妙心妙筆）如你不嫌低微（忽然合出金蓮本事來妙心妙筆）數日之間擇了良時將來與你做箇妻室（寫殺嫂人至此妙心妙筆疑非人間所有）武松起身再拜道量小人何者之人怎敢望恩相宅眷為妻枉自折武松的草料張都監笑道我旣出了此言必要與你你休推故阻我必不負約當時一連又飲了十數杯酒約莫酒湧上來恐怕失了禮節便起身拜謝了相公夫人出到前廳廊下房門前開了門覺道酒食在腹未能便睡去房裏脫了衣裳除了巾幘拿條哨棒來庭心裏月明下使幾回棒打了幾箇輪頭（寫未睡有情有景）仰面看天時約有三更時分（好筆）武松進到房裏却待脫衣去睡只聽得後堂裏一片聲叫起有賊來（奇）武松聽得道都監相公如此愛我他後堂內裏有賊我如何不去救護武松獻勤提了一條哨棒逕搶入後

堂裏來只見那箇唱的玉蘭慌慌張張走出來指道（看他偏寫出玉蘭來。顯出金鎖玉鑰也。）一箇賊奔入後花園裏去了武松聽得這話提着哨棒大踏步直趕入花園裏去尋時一週遭不見復翻身却奔出來不提防黑影裏撇出一條板凳把武松一交絆翻走出七八箇軍漢叫一聲捉賊就地下把武松一條麻索綁了武松急叫道是我那衆軍漢那里容他分說只見堂裏燈燭熒煌張都監坐在廳上一片聲叫道拿將來衆軍漢把武松一步一棍打到廳前武松叫道我不是賊是武松張都監看了大怒（小人面皮風雲轉換。其疾如此。）變了面皮喝罵道你這箇賊配軍本是賊眉賊眼賊心賊肝的人（前文一連叫出許多義士。此處一連說出許多賊來。小人口何足爲據也。）我倒擡舉你一力成人不曾虧負了你半點兒却纔教你一處喫酒同席坐地我指望要擡舉與你箇官你如何却做這等的勾當武松大叫道相公非干我事我來捉賊如何倒把我捉了做賊武松是箇頂天立地的好漢不做這般的事張都監喝道你這廝休賴且把你押去他房裏打開他那柳藤箱子（絕倒）看時上面都是些衣服下面却是些銀酒器皿約有一二百兩贓物武松見了也自目睜口呆只叫得屈衆軍漢把箱子擡出廳前張都監看了大罵道賊配軍如此無禮贓物正在你箱子裏搜出來如何賴得過常言道衆生好度人難度（然則足下定好度耶）原來你這廝外貌像人倒有這等禽心獸肝既然贓証明白沒話說了連夜便把贓物封了且叫送去機密房裏監收天明却和這廝說話武松大叫冤屈那里肯容他分說衆軍漢扛了贓物將武松送到機密房裏收管了張都監連夜使人去對知府說了押司孔目上下都使用了錢次日天明知府方纔坐廳左右緝捕觀察把武松押至當廳贓物都扛在廳上張都監家心腹人齎着張都監被盜的文書呈上知府看了那知府喝令左右把武松一索捆翻牢子節級將一束問事獄具放在面前武松却待開口分說知府喝道這廝原是遠流配軍如何不做賊一定是一時見財起意既是贓證明白休聽這廝胡說只顧與我加力打那牢子獄卒拿起批頭竹片雨點的打下來武松情知不是話頭只得屈招做本月十五日一時見本官衙內許多銀酒器皿因而起意至夜乘勢竊取入己與了招狀知府道這廝正是見財起意不必說了且取枷來釘了監下牢子將過長枷把武松枷了押下死囚牢裏監禁了何至死囚牢裏。糊塗可笑。今古一轍。武松下到大牢裏尋思道叵耐張都監那廝安排這般圈套坑陷我我若能彀掙得性命出去時却又理會怨毒牢子獄卒把武松押在大牢裏將他一雙腳晝夜匣着又把木杻釘住雙手那里容他些鬆寬話裏却說施恩已有人報知

此只下寫施恩與武松文無涉分別讀之

此事慌忙入城來和父親商議老管營道眼見得是張團練替蔣門神報仇買囑張都監却設出這條計策陷害武松必然是他着人去上下都使了錢受了人情賄賂眾人以此不睬他分說必然要害他性命我如今尋思起來他須不該死罪只是買求兩院押牢節級便好可以存他性命在外却又別作商議施恩道見今當牢節級姓康的和孩兒最過得好只得去求浼他如何老管營道他是為你喫官司你不去救他更待何時好。施恩將了一二百兩銀子寫施恩為武松使用。都是大銀子。不得不點出。逕投康節級却在牢未回施恩教他家着人去牢裏說知不多時康節級歸來與施恩相見施恩把上件事一一告訴了一遍康節級答道不瞞兄長說此一件事皆是張都監和張團練兩箇同姓結義做兄弟也結義做兄弟。寫來一笑。與前施恩四拜相映襯。見今蔣門神躲在張團練家裏却央張團練買囑這張都監商量設出這

係許來一應上下之人都是蔣門神用賄賂我們都接了他錢廳上知府一力與他作主定要結果武松性命只有當案一箇葉孔目不肯因此不敢害他這人忠直仗義不肯要害平人以此武松還不喫虧（寫得好。○凡他處必要寫作牢中喫苦者，定爲文情前後有不得不喫苦之故耳。今寫武松既可不必喫苦，則又何必定寫喫苦也。）今聽施兄所說了牢中之事盡是我自維持如今便去寬他今後不教他喫半點兒苦（寫得好。）你却快央人去只囑葉孔目要求他早斷出去便可救得他性命施恩取一百兩銀子與康節級康節級那里肯受再三推辭方纔收了（活寫世人受銀子法。）施恩相別出門來逕回營裏又尋一箇和葉孔目知契的人送一百兩銀子與他只求早早緊急決斷那葉孔目已知武松是箇好漢亦自有心周全他已把那文案做得活着只被這知府受了張都監賄賂囑他不肯從輕勘來武松竊取人財又不得死罪因此互相延挨只要牢裏謀他性命今來又得了這一百兩銀子亦知是屈陷武松却把這文案都改得輕了盡出豁了武松只得限滿決斷次日施恩安排了許多酒饌甚是齊備來央康節級引領直進大牢裏看視武松見面送飯（一人死四牢。）此時武松已自得康節級看覷將這刑禁都放寬了施恩又取三二十兩銀子分俵與衆小牢子取酒食叫武松喫了施恩附耳低言道這場官司明明是都監替蔣門神報仇陷害哥哥（施恩得之於老康，武松得之於施恩，深虧此處有此一筆，便使飛雲浦回來，猶如秋鷹擊雀也。）你且寬心不要憂念我已央人和葉孔目說通了甚有周全你的好意且待限滿斷決你出去却再理會此時武松得鬆寬了已有越獄之心（突然分外添此一筆。）（便將施恩三人反襯出異樣恩義。○一句出獄，却令三句入獄，出色。）聽得施恩說罷却放了那片心施恩在牢裏安慰了武松歸到營中過了兩日施恩再備些酒食錢財又央康節級引領入牢裏與武松說話相見了將酒食管待又分俵了些零碎銀子與衆人做酒錢回歸家來又央浼人上下去使用催趲打點文書二入死四牢。過得數日施恩再備了酒肉做了幾件衣裳句。增一再央康節級維持相引將來牢裏請衆人喫酒買求看覷武松叫他更換了些衣服喫了酒食三入死四牢。出入情熟一連數日施恩來了大牢裏三次總結一句。好筆段。却不隄防被張團練家心腹人見了回去報知那張團練便去對張都監說了其事張都監却再使人送金帛來與知府就說與此事那知府是箇贓官接受了賄賂便差人常常下牢裏來閘看但見閒人便要拿問施恩得知了那里敢再去看覷施恩三入，不爲少矣。便忽然生箇事情，一筆截住。甚有剪裁之妙。不然，日日入死囚牢，寫得何日始了也。武松却自得康節級和衆牢子自照管他施恩自此早晚只去得康節級家裏討信得知長短又補得好。都不在話下看看前後將及兩月有這當案葉孔目一力主張知府處早晚說開就裏那知府方纔知道張都監接受了蔣門神若干銀子通同張團練設計排陷武松自心裏想道你倒賺了銀兩教我與你害人於今爲烈。因此心都懶了不來管看捱到六十日限滿牢中取出武松當廳開了枷當案葉孔目讀了招狀定擬下罪名脊杖二十刺配恩州牢城原盜贓物給還本主張都監只得着家人當官領了贓物當廳把武松斷了二十脊杖刺了金印取一面七斤半鐵葉盤頭枷釘了押一紙公文差兩箇壯健公人防送武松限了時日要起身那兩箇公人領了牒文押解了武松出孟州衙門便行原來武松喫斷棒之時却得老管營使錢通了葉孔目又看覷他知府亦知他被陷害不十分來打重因此斷得棒輕寫得好。武松忍着那口氣又是一點無窮之氣。帶上行枷出得城來兩箇公人監在後面約行得一里多路只見官道傍邊酒店裏鑽出施恩來看着武松道小弟在此專等武松看施恩時又包着頭絡着手（不是蔣門神偏打二處，只圖文情絕倒耳。）武松問道：「我好幾時不見你，如何又做恁地模樣？」施恩答道：「實不相瞞哥哥說，小弟自從牢裏三番相見之後，知府得知了，不時差人下來牢裏點閘，那張都監又差人在牢門口左近兩邊巡看着，（又在口中補出未知事來。）因此小弟不能彀再進大牢裏看望兄長，只到得康節級家裏討信。半月之前，小弟正在快活林中店裏，只見蔣門神那廝又領着一夥軍漢到來廝打，小弟被他又痛打一頓，也要小弟央浼人陪話，（絕倒。）却被他仍復奪了店面，依舊交還了許多家火什物。（絕倒。）小弟在家將息未起，今日聽得哥哥斷配恩州，特有兩件綿衣（寫施恩寫得好。）送與哥哥路上穿着，煮得兩隻熟鵞在此，（寫施恩寫得好。）請哥哥喫了兩塊去。」施恩便邀兩箇公人，請他入酒肆，那兩箇公人那里肯進酒店裏去，便發言發語道：「武松這廝，他是箇賊漢，不爭我們與你的酒食，明日官府上須惹口舌。你若怕打，快走開去！」（深明下文無寃。）施恩見不是話頭，便取十來兩銀子送與他兩箇公人。那廝兩箇那里肯接，惱忿忿地只要催促武松上路。（深明下文無寃。）施恩討兩碗酒叫武松喫了，把一箇包裹拴在武松腰裏，（好。）把這兩隻熟鵞掛在武松行枷上。（好。）施恩附耳低言（好。）道：「包裹裏有兩件綿衣，（好。）一帕子散碎銀子，路上好做盤纏，（好。）也有兩雙八搭麻鞋在裏面。（好。）只是要路上仔細提防，這兩箇賊男女不懷好意。」（好。○寫來竟是父子夫婦兄弟，不是朋友，故寫得好。○重讀之，覺實實寫得好。）（我却寫不出。）武松點頭道：「不須分付，我已省得了，再着兩箇來也不懼他。（每每後文事偏在前文閒中先逗一句，至於此句，尤逗得無痕有影，妙絕妙絕。不知文者，謂是武松自誇了得也。）你自回去將息，（竟是父子夫婦兄弟。）且請放心，我自有措置。」施恩拜辭了武松，哭着去了。（完施恩，完得好。）不在話下。武松和兩箇公人上路，行不到數里之上，（數里。○看他一路敘出許多里數，史公斂手。）兩箇公人悄悄地商議道：「不見那兩箇來。」（果然不出都頭所料。○文難人妙。）

武松聽了、自暗暗地尋思、冷笑道、没你娘鳥興、那厮到來撲復老爺、武松右手却喫釘住在行枷上、左手却散着、武松就枷上取下那熟鵞來、只顧自喫、也不採那兩箇公人、（妙心妙筆寫出妙人妙景）又行了四五里路、（四五里）再把這隻熟鵞除來、右手扯着、把左手斯來只顧自喫、（妙心妙筆寫出妙人妙景）行不過五里路、（五里）把這兩隻熟鵞都喫盡了、約算離城也有八九里多路、（一總八九里）只見前面路邊、先有兩箇人、（文筆妙絕）提着朴刀、（朴刀此處出現）各跨口腰刀、（腰刀此處出現）先在那里等候、（妙絕）見了公人監押武松到來、便幫着做一路走、（文筆妙絕）武松又見這兩箇公人與那兩箇提朴刀的擠眉弄眼、打些暗號、（文筆妙絕）武松早睃見、自瞧了八分尷尬、只安在肚裏、却且只做不見、（妙人）又走不數里多路、（數里）只見前面來到一處、濟濟蕩蕩魚浦、（作文須作如此語方是絕妙好辭）四面都是野港闊河、五箇人行至浦邊、一條闊板橋、一座牌樓、上有牌額、寫着道飛雲浦三字、武松見了、假意問道、這里地名喚做甚麼去處、兩箇公人應道、你又不眼瞎、須見橋邊牌額上寫道飛雲浦、武松站住道、我要淨手則箇、（妙）那兩箇提朴刀的走近一步、（妙）却被武松叫聲下去、一飛脚早踢中、翻筋斗踢下水去了、（妙）這一箇急待轉身、（妙）武松右脚早起、撲通地也踢下水裏去、（妙）那兩箇公人慌了、望橋下便走、（妙）武松喝一聲那里去、把枷只一扭、折做兩半箇、趕將下橋來、（妙）那兩箇先自驚倒了一箇、（妙）武松奔上前去、望那一箇走的後心上只一拳、打翻、（妙）就水邊撈起朴刀來、（讀此句為之一歎、本擬武松死於此刀、誰料自家之刀、仍殺自家之身耶、人生世上、此等事往往有之、願後世以此為鑒也）趕上去、搠上幾朴刀、死在地下、（妙）却轉身回來、把那箇驚倒的也搠幾刀、（妙）這兩箇踢下水去的、纔掙得起、正待要走、（妙）武松追着又砍倒一箇、（妙）趕入一步、劈頭揪住一箇、喝道、你這厮實說、我便饒你性命、（妙）那人道、小人兩箇是蔣門神徒弟今被師父和張團練定計使小人兩箇來相幇防送公人一處來害好漢武松道你師父蔣門神今在何處（妙。問得筋節。）那人道小人臨來時和張團練都在張都監家裏後堂鴛鴦樓上喫酒專等小人回報（妙。都在句，寫出不費手脚。鴛鴦樓句，寫出熟濫。專等句，寫出毒。）武松道原來恁地却饒你不得手起刀落也把這人殺了（妙。）解下他腰刀來揀好的帶了一把（看他撈朴刀。解腰刀。便有兩刀矣。）將兩箇屍首都攛在浦裏又怕那兩箇不死提起朴刀每人身上又搠了幾刀（妙。）立在橋上看了一回（活畫出來。寫武松眞是武松，與他人不同。）思量道雖然殺了這四箇賊男女不殺得張都監張團練蔣門神如何出得這口恨氣提着朴刀躊躇了半晌（妙絕。提刀躊躇四字，自莊子寫庖丁後，忽於此處再見。）一箇念頭竟逩回孟州城裏來（妙絕。轉筆如風。）不因這番有分教武松殺幾箇貪夫出一口怨氣定教畫堂深處屍橫地紅燭光中血滿樓畢竟武松再回孟州城來怎地結束

且聽下回分解

第五才子書施耐菴水滸傳卷之三十五

聖歎外書

第三十回

張都監血濺鴛鴦樓
武行者夜走蜈蚣嶺

我讀至血濺鴛鴦樓一篇而歎天下之人磨刀殺人豈不怪哉孟子曰殺人父人亦殺其父殺人兄人亦殺其兄我磨刀之時與人磨刀之時其間不能以寸然則非自殺之不過一間所謂易刀而殺之也嗚呼豈惟是乎夫易刀而殺之也是尚以我之刀殺人以人之刀殺我雖同歸於一殺然我猶見殺於人之刀而不至遂殺於我之刀也乃天下禍機之發曾無一格風霆駭變不須旋踵如張都監張團練蔣門神三人之遇害可不爲之痛悔哉方其授意公人而復遣兩徒弟往挐之也豈不嘗殷勤致問爾有刀否兩人應言有刀即又殷勤致問爾刀好否兩人應言好刀則又殷勤致問是新磨刀否兩人應言是新磨刀復又殷勤致問爾刀殺得武松一箇否兩人應言再加十四五箇亦殺得豈止武松一箇供得此刀當斯時莫不自謂此刀跨而往挈而出飛而起劈而落武松之頭斷武松之血灑武松之命絕武松之冤拔於是拭之視之插之懸之歸更傳觀之歎美之摩挲之瀝酒祭之薦天下之大萬家之衆其快心快事當更未有過於鴛鴦樓上張都監張團練蔣門神之三人者也而殊不知雲浦淨手馬院吹燈刀之去自前門而去者刀之歸已自後門而歸刀出前門之際刀尚姓張刀入後門之時刀已姓武於是向之霍霍自磨惟恐不銛快者此夜一十九人遂親以頭頸試之嗚呼

豈忍言哉夫自買刀自佩之佩之多年而未嘗殺一人則是不如勿買不如勿佩之爲愈也自買刀自佩之佩之多年而今夜始殺一人顧一人未殺而刀巳反爲所借而立殺我一十九人然則買爲自殺而買佩爲自殺而佩更無疑也嗚呼禍害之伏秘不得知及其猝發疾不得掩蓋自古至今往往皆有乃世之人猶甘蹈之不悟則何不讀水滸二刀之文哉

此文妙處不在寫武松心麄手辣逢人便斫須要細細看他筆致閒處筆尖細處筆法嚴處筆力大處筆路别處如馬槽聽得聲音方纔知是武松句丫鬟罵客人一段酒器皆不曾收句夫人兀自問誰句此其筆致之閒也殺後槽便把後槽屍首踢過句吹滅馬院燈火句開角門便掇過門扇句掩角門便把栓都提過句丫鬟屍首拖放竈前句滅了厨下燈火句走出中門拴前門句撇了刀鞘句此其筆尖之細也前書一更四點後書四更三點前插出施恩所送綿衣及碎銀後插出麻鞋此其筆法之嚴也搶入後門殺了後槽却又閃出後門拿了朴刀門扇上爬入角門却又開出角門掇過門扇搶入樓中殺了三人却又退出樓梯讓過兩人重復随入樓中殺了二人然後搶下樓來殺了夫人再到厨房揀了朴刀反出中堂拴了前門一連共有十數箇轉身此其筆力之大也一路凡有十一箇燈字四箇月字此其筆路之别也

鴛鴦樓之立名我知之矣殆言得意之事與失意之事相倚相伏未曾暫離喻如鴛鴦二鳥雙游也佛言功德天嘗與黑闇女姊妹相逐是其義也

一路[illegible]他寫刀寫角門寫燈寫月

武松蜈蚣嶺一段文字意思暗與魯達瓦官寺一段相對亦是初得戒刀另與喝采一番耳並不復關武松之事

話說張都監聽信這張團練說誘囑托替蔣門神報讐要害武松性命誰想四箇人倒都被武松搠殺在飛雲浦了當時武松立於橋上尋思了半晌躊躇起來怨恨冲天不殺得張都監如何出得這口恨氣便去死屍身邊解下腰刀選好的取把來跨了（一寫腰刀。）揀條好朴刀提着（一寫朴刀。○妙在卽以彼家之刀。殺彼家之人。）再遷回孟州城裏來進得城中早是黃昏時候武松逕踅去張都監後花園墻外却是一箇馬院武松就在馬院邊伏着聽得那後槽却在衙裏未曾出來正看之間只見呀地角門開（一寫角門開。）後槽提着箇燈籠出來（一寫燈。）裏面便關了角門（二寫角門關。）武松却躲在黑影裏聽那更鼓時早打一更四點（此句起。妙筆。）那後槽上了草料掛起燈籠（二寫燈。）鋪開被臥脫了衣裳上牀便睡武松却來門邊挨那門響後槽喝道老爺方纔睡你要偷我衣裳也早些哩（妙語。）武松把朴刀倚在門邊（二寫朴刀。）却掣出腰刀在手裏（二寫腰刀。）又呀呀地推門那後槽那里忍得住便從牀上赤條條地跳將出來拿了攪草棍拔了欂却待開門被武松就勢推開去搶入來（入一重門來。○看他入來出去。又入來。又出去。寫得跳脫不可言。）把這後槽擗頭揪住却待要叫燈影下（○三字妙筆。三寫燈。）見明晃晃地一把刀在手裏（三寫腰刀。○不見人。單見刀。一者燈下。二者嚇極。）先自驚得八分軟了口裏只叫得一聲饒命武松道你認得我麼後槽聽得聲音方纔知是武松（妙。○有此閒筆。）便叫道哥哥不干我事你饒了我罷武松道你只實說張都監如今在那里後槽道今日和張團練蔣門神他三箇喫了一日酒如今兀自在鴛鴦樓上喫哩武松道這話是實麼後槽道小人說謊就害疔瘡（絕倒。）武松道恁地却饒你不得手起一刀（四寫腰刀。）把這後槽殺了

（殺第一箇）一脚踢開屍首，（閒細）把刀插入鞘裏，（五寫腰刀）就燈影下，（妙。四寫燈）去腰裏解下施恩送來的綿衣，（前文施恩送綿衣碎銀麻鞋三件，今忽將兩件插在前邊，一件插在後邊，為百忙中極閒之筆，真乃非常之才）將出來，脫了身上舊衣裳，把那兩件新衣穿了，拴縛得緊輳，把腰刀和鞘跨在腰裏，（六寫腰刀）却把後槽一牀單被包了散碎銀兩，（百忙中插出施恩銀兩，非常之才）入在纏袋裏，却把來掛在門邊，（記着）却將一扇門立在牆邊，先去吹滅了燈火，（閒細。五寫燈）却閃將出來，（又出去）拿了朴刀，（妙。三寫朴刀）從門上一步步爬上牆來，（此句下又入來）此時却有些月光明亮，（一寫月。妙筆）武松從牆頭上一跳，却跳在牆裏，（又入一重門來）便先來開了角門，（三寫角門）閂，掇過了門扇，（閒細。此句又出去）復翻身入來，（又入來）虛掩上角門，（四寫角門閂）栓都提過了，（閒細）武松却望燈明處來，（五寫燈。又入一處來）看時正是廚房，裏只見兩箇丫鬟正在那湯罐邊埋冤說道：「伏侍了一日，兀自不肯去睡，只是要茶喫，那兩箇客人也不識羞恥，（絕倒）噇得這等醉了也，兀自不肯下樓去歇息，只說箇不了。」（表出等回話）那兩箇女使正口裏喃喃吶吶地怨悵，武松却倚了朴刀，（四寫朴刀在此）掣出腰裏那口帶血刀來，（七寫腰刀。帶血妙）把門一推，呀地推開門，搶入來，（又入一重門來）先把一箇女使髽角兒揪住，一刀（八寫腰刀）殺了。（殺第二箇）那一箇却待要走，兩隻脚一似釘住了的，再要叫時，口裏又似啞了的，端的是驚得呆了。休道是兩箇丫嬛，便是說話的見了，也驚得口裏半舌不展。（忽然跳出話外，真是以文為戲）武松手起一刀，（九寫腰刀）也殺了，（殺第三箇）却把這兩箇屍首拖放竈前，（閒細）滅了廚下燈火，（六寫燈。閒細）趁着那牕外月光，（三寫月。妙筆）一步步挨入堂裏來。（又入一重來）武松原在衙裏出入的人，已都認得路數，逕踅到鴛鴦樓胡梯邊來，揑脚揑手摸上樓來，（又入一重來）此時親隨的人都伏事得厭煩，遠遠地躲去了。（好）只聽得那張都監、張團練、蔣門神三箇說話，武松在胡梯口聽，只聽得蔣門神口裏稱讚不了只說虧了相公與小人報了冤讐再當二字妙將有字襯出無字處重重的報答恩相這張都監道不是看我兄弟張團練面上誰肯幹這等的事你雖費用了些錢財却也安排得那廝好這早晚多是在那里下手那廝敢是死了却不道這早晚已在這里下手爲之絕倒只教在飛雲浦結果他待那四人明早回來便見分曉張團練道這四箇對付他一箇有甚麼不了再有幾箇性命也沒了六字奇句絕倒遂成口讖蔣門神道小人也分付徒弟來只教就那里下手結果了快來回報武松聽了心頭那把無明業火高三千丈冲破了青天右手持刀十寫腰刀左手揸開五指陪一句襯成刀勢搶入樓中再入一步來一只見三五枝燈燭熒煌七寫燈一兩處月光射入三寫月絕妙好辭樓上甚是明朗面前酒器皆不曾收閒細蔣門神坐在交椅上見是武松喫了一驚把這心肝五臟都提在九霄雲外說時遲那時快蔣門神急要掙扎時武松早落一刀十一寫刀劈臉剁着和那交椅都砍翻了武松便轉身回過刀來不惟轉身回刀甚疾其轉筆回墨亦甚疾十二寫腰刀那張都監方纔伸得脚動被武松當時一刀十三寫腰刀齊耳根連頸子砍着撲地倒在樓板上兩箇都在掙命一頓句這張團練終是箇武官出身閒細雖然酒醉還有些氣力見剁翻了兩箇料道走不迭便提起一把交椅輪將來武松早接箇住就勢只一推疾休說張團練酒後便清醒白醒時也近不得武松神力真正妙筆撲地望後便倒了武松趕入去句一刀十四寫腰刀先割下頭來殺第四箇又割頭與殺別箇不同蔣門神有力掙得起來武松左脚早起翻筋斗踢一脚按住也割了頭殺第五箇亦割頭轉身來把張都監也割了頭殺第六箇也割頭見桌子上有酒有肉武松拿起酒鍾子一飲而盡連喫了三四鍾妙便去死屍身上割下一片衣襟來奇筆蘸着血奇墨去白粉壁上奇紙大寫下八字道殺人者打虎武松也奇文○奇筆奇墨奇紙定然做出奇文來○卿

試擲地當作金石聲○看他者字也字何等用得好只八箇字亦有打虎之力○文只八字却有兩番異樣奇彩在內真是天地間有數大文也○依謝疊山例是一篇放膽文字把桌子上器皿踏匾了揣幾件在懷裏却待下樓只聽得樓下夫人聲音叫道樓上官人們都醉了快着兩箇上去攙扶行到水窮又看雲起妙筆○寫武松殺張都監定必寫到殺得滅門絕戶方快人意然使夫人深坐房中武松亦不必搜捉出來也只借分付家人湊在手邊來一齊授首工良心苦人誰知之○下養娘引着兩箇小的亦只閒閒湊來說猶未了早有兩箇人上樓來武松却閃在胡梯邊又出來一步看時却是兩箇自家親隨人便是前日拿捉武松的妙筆妙不可言武松在黑處讓他過去却攔住去路兩箇入進樓中見三箇屍首橫在血泊裏驚得面面厮覷做聲不得正如分開八片頂陽骨傾下半桶氷雪水急待回身武松隨在背後手起刀落十五寫腰刀早剁翻了一箇殺第七箇那一箇便跪下討饒武松道却饒你不得揪住也是一刀十六寫腰刀○殺第八箇殺得血濺畫樓屍橫燈影絕妙好辭○八寫燈武松道一不做二不休殺了一百箇也只一死提了刀十七寫腰刀下樓來又出來一步夫人問道樓上怎地大驚小怪武松搶到房前又入一重來夫人見條大漢入來兀自問道是誰閒細○又表是暗中與後燈明相照武松的刀早飛起十八寫腰刀劈面門剁着倒在房前聲喚殺第九箇武松按住將去割頭時刀切不入十九寫腰刀○半日可謂忙殺腰刀閒殺朴刀矣得此一變令人叫絕真正才子武松心疑就月光下四寫月看那刀時已自都砍缺了二十寫腰刀武松道可知割不下頭來便抽身去廚房下忽然直出來真正才子拿取朴刀五寫朴刀丟了缺刀二十一寫腰刀翻身再入樓下來忽然又直入來寫得怕人只見燈明下九寫燈前番那箇唱曲兒的養娘玉蘭引着兩箇小的人口湊聚有法又有清把燈十寫燈照見夫人被殺死地下方纔叫得一聲苦也武松握着朴刀六寫朴刀向玉蘭心窩裏搠着殺第十箇○前殺金蓮是心窩裏今殺玉蘭亦是心窩裏藏此三字為暗記也兩箇小的亦被武松搠死一朴刀一箇七寫朴刀結果了殺十一箇殺第十一箇走出中堂把欄拴了前門忽然又出前門去

（拴得妙）又入來（忽然又入去）尋着兩三箇婦女也都搠死了在地下（殺十三箇殺十四箇殺十五箇）武松道我方纔心滿意足（六字絕妙好辭）走了罷休撇了刀鞘（閒細之極二十二寫腰刀）提了朴刀（八寫朴刀）出到角門外（又直出來五寫角門開）來馬院裏（再出來）除下纏袋來（忘之固是敗筆然不忘真是奇筆）把懷裏踏匾的銀酒器都裝在裏面拴在腰裏拽開脚步（再出來）倒提朴刀便走（九寫朴刀倒提妙絕是心滿意足後氣色只兩字便描寫出來）到城邊尋思道若等開門須喫拿了不如連夜越城走便從城邊踏上城來這孟州城是箇小去處那土城苦不甚高就女牆邊望下（句）先把朴刀虛按一按（句寫跳城便真寫出跳城來真是才子十寫朴刀）刀尖在上棒梢向下托地只一跳（妙寫十一寫朴刀）把棒一拄立在濠塹邊（妙筆十二寫朴刀）月明之下看水時（四寫月樓上月此月也濠邊月亦此月也然而樓上之月何其慘毒濠邊之月何其幽涼武松在樓上時月亦在樓上初不知濠邊月色何如武松來濠邊時月亦在濠邊竟不記樓上月明何似都監一家看月之時濠邊月裏並無一箇武松濠邊立月之際張家月下更無一人嗟乎一月普炤萬方萬方不齊苦樂月影只爭轉眼轉眼生死無常前路茫茫世間魆魆讀書至此不知後人又何以爲情也）只有一二尺深此時正是十月半天氣各處水泉皆涸武松就濠塹邊脫了鞋襪解下腿絣護膝抓扎起衣服從這城濠裏走過對岸却想起施恩送來的包裹裏有雙八搭麻鞋（如此穿插妙豈容說以前篇中間一句分插在後篇前後真正奇筆）取出來穿在脚上聽城裏更點時已打四更三點（此句收妙筆與前一更四點句作一開一闔）武松道這口鳥氣今日方纔出得鬆臊梁園雖好不是久戀之家只可撒開提了朴刀（十三寫朴刀）投東小路便走走了一五更（一更四點四更三點前提後繳合成奇格此更以五更帶作餘波）天色朦朦朧朧尚未明亮武松一夜辛苦身體困倦棒瘡發了又疼那里熬得過望見一座樹林裏一箇小小古廟武松遶入裏面把朴刀倚了（十四寫朴刀）解下包裹來做了枕頭（閒細）撲翻身便睡却待合眼只見廟外邊探入兩把撓鈎把武松搭住兩箇人便搶入來將武松按定一條繩索綁了（奇事）那四箇男女道這

鳥漢子却肥好送與大哥去武松那里掙扎得脫被這四箇人奪了包裹朴刀（十五寫朴刀。）却似牽羊的一般脚不點地（好笑。）拖到村裏來這四箇男女於路上自言自說道看這漢子一身血跡（不正寫却用他人看出。）却是那里來莫不做賊着了手來（捎帶兩月以前。）武松只不做聲繇他們自說行不到三五里路早到一所草屋內把武松推將進去側首一箇小門裏面還點着碗燈（十一寫燈。）四箇男女將武松剥了衣裳綁在亭柱上武松看時見竈邊梁上掛着兩條人腿武松自肚裏尋思道却撞在橫死神手裏死得沒了分曉早知如此時不若去孟州府裏首告了便喫一刀一剮却也留得一箇清名於世那四箇男女提着那包裹口裏叫道大哥大嫂快起來我們張得一頭好行貨在這里了只聽得前面應道我來也你們不要動手我自來開剥（好。）沒一盞茶時只見兩箇人入屋後來武松看時前面一箇婦人背

看他一路細細敘述不省一字顯出大筆力

後一箇大漢兩箇定睛看了武松那婦人便道這箇不是叔叔（妙絕。一篇十來卷文字。廻環踢跳。無句不鈎。無字不鎖。）那大漢道果然是我兄弟（妙絕。眞疑鬼疑神之文。）武松看時那大漢不是別人却正是菜園子張青這婦人便是母藥叉孫二娘這四箇男女喫了一驚便把索子解了將衣服與武松穿了頭巾已自扯碎且拏箇氈笠子與他戴上（兩句寫得好笑。遂似爲做頭陀之讖。然實是算到做頭陀時。無處安放頭巾。故先於此處銷繳之也。）原來這張青十字坡店面作坊却有幾處所以武松不認得（公自註。）張青即便請出前面客席裏敘禮罷張青大驚連忙問道賢弟如何恁地模樣武松答道一言難盡（我讀半日不得了。一言如何得盡。）自從與你相別之後到得牢城營裏得蒙施管營兒子喚做金眼彪施恩一見如故每日好酒好肉管顧我爲是他有一座酒肉店在城東快活林內甚是趁錢却被一箇張團練帶來的蔣門神那廝倚勢豪強公然白白地奪了施恩如此告訴我却路

見不平醉打了蔣門神復奪了快活林施恩以此敬重我後被張團練買囑張都監定了計謀取我做親隨設智陷害替蔣門神報讐八月十五日夜只推有賊賺我到裏面却把銀酒器皿預先放在我箱籠內拏我解送孟州府裏強扭做賊打招了監在牢裏却得施恩上下使錢透了不曾受害又得當案葉孔目仗義疎財不肯陷害平人又得當牢一箇康節級與施恩最好兩箇一力維持待限滿脊杖轉配恩州昨夜出得城來叵耐張都監設計教蔣門神使兩箇徒弟和防送公人相幫就路上要結果我到得飛雲浦僻靜去處正欲要動手先被我兩脚把兩箇徒弟踢下水裏去趕上這兩箇鳥公人也是一朴刀一箇搠死了都撇在水裏思量這口氣怎地出得因此再回孟州城裏去一更四點進去馬院裏先殺了一箇養馬的後槽爬入墻內去就厨房裏殺了兩箇丫嬛直上鴛鴦樓上把張都監張團練蔣門神三箇都殺了又砍了兩箇親隨下樓來又把他老婆兒女養娘都戳死了四更三點跳城出來走了一五更路（前正傳是第一遍此敘述是第二遍）一時困倦棒瘡發了又疼因行不得投一小廟裏權歇一歇却被這四箇綁縛將來那四箇搗子便拜在地下道我們四箇都是張大哥的火家因為連日賭錢輸了去林子裏尋些買賣却見哥哥從小路來身上淋淋漓漓都是血跡却在土地廟裏歇我四箇不知是甚人早是張大哥這幾時分付道只要捉活的因此我們只拿撓鉤套索出去不分付時也壞了大哥性命正是有眼不識泰山一時誤犯着哥哥恕罪則箇張青夫妻兩箇笑道我們因有掛心這幾時只要他們拿活的行貨他這四箇如何省的我心裏事（好張青夫妻）若是我這兄弟不困乏時不說你這四箇男女更有四十箇也近他不得那四箇搗子只顧磕頭武松喚起

他來道既然他們沒錢去賭我賞你些便把包裹打開取十兩碎銀把與四人將去分好人送好物應如此好好用。那四箇鵠子拜謝武松張青看了也取三二兩銀子賞與他們四箇自去分了張青道賢弟不知我心四箇鵠子不知我心。連武松亦復不知我心。寫張青夫妻其實好。從你去後我只怕你有些失支脫節或早或晚回來知巳。因此上分付這幾箇男女但凡拿得行貨只要活的那廝們慢仗些的趁活捉了敵他不過的必致殺害以此不教他們將刀仗出去只與他撓鉤套索方纔聽得說我便心疑連忙分付等我自來看好張青。誰想果是賢弟孫二娘道只聽得叔叔打了蔣門神又是醉了贏他那一箇來往人不喫驚只一句便將前一篇重復出色加染。有在快活林做買賣的客商嘗說到這里却不知向後的事叔叔困倦且請去客房裏將息却再理會張青引武松去客房裏睡了兩口兒自去廚下安排些佳肴美饌酒食管待武松不移時整治齊備專等武松起來相敘八箇字寫出好主人。正不以酒食爲感也。却說孟州城裏張都監衙內也有躲得過的直到五更纔敢出來上半夜怕人。下半夜怕鬼。寫得絕倒。衆人叫起裏面親隨外面當直的軍牢都來看視聲張起來街坊鄰舍誰敢出來捱到天明時分妙絕妙絕遂令讀者疑字縫裏或有武松劈面直跳出來。却來孟州府裏告狀知府聽說罷大驚火速差人下來簡點了殺死人數行兇人出沒去處填畫了圖像格目回府裏稟覆知府道先從馬院裏入來就殺了養馬的後槽一人有脫下舊衣二件前文所無。前文止半句。次到廚房裏竈下殺死兩箇丫嬛廚門邊遺下行兇缺刀一把前文所有。此句本在後倒插在前。樓上殺死張都監一員并親隨二人此句本在後倒插在前。外有請到客官張團練與蔣門神二人白粉壁上衣襟蘸血大寫八字道殺人者打虎武松也樓下擲死夫人一口在外擲死玉蘭一口妳娘二口此句本在後倒插在前。兒女三口此句前是二口。此多一口。前在前。此在後。共計殺死男女一十五名擄掠去金銀酒器六件（正傳是第一遍敘述是第二遍報官是第三遍看他第一遍之縱橫第二遍之次第第三遍之顛倒無不處處入妙看他敘來有與前文合處有與前文不必合處政以疎密互見錯落不定為奇耳必拘拘一字不失何不印板印作一樣三張也）知府看罷便差人把住孟州四門點起軍兵并緝捕人員城中坊廂里正逐一排門搜捉兇人武松次日飛雲浦地里保正人等告稱殺死四人在浦內見有殺人血痕在飛雲浦橋下屍首俱在水中（共計十五人後急接四人躊躇滿志之筆）知府接了狀子當差本縣縣尉下來一面着人打撈起四箇屍首都簡驗了兩箇是本府公人兩箇自有苦主各備棺木盛殮了屍首盡來告狀催促捉拿兇首償命城裏閉門三日（絕倒）家至戶到逐一挨察五家一連十家一保那里不去搜尋知府押了文書委官下該管地面各鄉各保各都各村盡要排家搜捉緝捕兇首寫了武松鄉貫年甲貌相模樣畫影圖形出三千貫信賞錢如有人知得武松下落赴州告報隨文給賞如有人藏匿犯人在家宿食者事發到官與犯人同罪遍行鄰近州府一同緝捕且說武松在張青家裏將息了三五日打聽得事務蔑刺一般緊急紛紛攘攘有做公人出城來各鄉村緝捕張青知得只得對武松說道二哥不是我怕事不留你久住如今官司搜捕得緊急排門挨戶只恐明日有些疎失必須怨恨我夫妻兩箇我卻尋箇好安身去處與你在先也曾對你說來（張青夫妻一片之心）只不知你中心肯去也不武松道我這幾日也曾尋思想這事必然要發如何在此安得身牢止有一箇哥哥又被嫂嫂不仁害了甫能來到這里又被人如此陷害祖家親戚都沒了（無家之痛此日最深不仁二字雅馴之極卻已斷盡淫婦奸夫矣妙絕）今日若得哥哥有這好去處叫武松去我如何不肯去只不知是那里地面張青道是青州管下一座二龍山寶珠寺我哥哥魯智深和甚麼青面獸好漢楊志在那

里打家劫舍霸着一方落草青州官軍捕盜不敢正眼覷他賢弟只除那里去安身方纔免得若投別處去終久要喫拏了他那里嘗嘗有書來取我入夥我只爲戀土難移不曾去得我寫一封書備細說二哥的本事於我面上如何不着你入夥武松道大哥也說的是我也有心恨時辰未到緣法不能輳巧今日既是殺了人事發了沒潛身處此爲最妙大哥你便寫書與我去只今日便行張青隨即取幅紙來備細寫了一封書把與武松安排酒食送路只見母夜叉孫二娘指着張青說道你如何便只這等叫叔叔去前面定喫人捉了（獨表孫二孃能）武松道嫂嫂你且說我怎地去不得如何便喫人捉了孫二娘道阿叔如今官司遍處都有了文書出三千貫信賞錢畫影圖形明寫鄉貫年甲到處張掛阿叔臉上見今明明地兩行金印走到前路須賴不過張青道臉上貼了兩箇膏藥便了孫二娘笑道天下只有你乖你說這痴話這箇如何瞞得過做公的我却有箇道理只怕叔叔依不得武松道我既要逃災避難如何依不得孫二娘大笑道我說出來叔叔却不要嗔怪武松道嫂嫂說的定依（妙筆令人忽然想到暮雪房中不覺失笑）孫二娘道二年前有箇頭陀打從這里過喫我放翻了把來做了幾日饅頭餡却留得他一箇鐵界箍一身衣服一領皁布直裰一條襍色短繫縧一本度牒一串一百單八顆人頂骨數珠一箇沙魚皮鞘子插着兩把雪花鑌鐵打成的戒刀這刀時嘗半夜裏鳴嘯得響叔叔前番也曾看見（妙筆）今既要逃難只除非把頭髮剪了做箇行者須遮得額上金印又且得這本度牒做護身符年甲貌相又和叔叔相等却不是前世前緣叔叔便應了他的名字前路去誰敢來盤問這件事好麼張青拍手道二娘說得是我到忘了這一着二哥你心裏如何武松道這箇也使

得只恐我不像出家人模樣張青道我且與你扮一扮看（以文爲戲）孫二娘去房中取出包裹來打開將出許多衣裳教武松裏外穿了武松自看道却一似我身上做的（妙）着了皁直裰繫了絛把氊笠兒除下來（妙）解開頭髮摺疊起來將界箍兒箍起掛着數珠張青孫二娘看了兩箇喝采道却不是前生注定武松討面鏡子照了自哈哈大笑起來張青道二哥爲何大笑武松道我照了自也好笑不知何故做了行者（寫武二無可不可真是天人處都在此等句見得不得於世人所讚亦讚也）大哥便與我剪了頭髮張青拿起剪刀（真是豪傑相聚便有此等妙事）替武松把前後頭髮都剪了武松見事務看看緊急便收拾包裹要行張青又道二哥你聽我說好像我要便宜（趣語）你把那張都監家裏的酒器留下在這里我換些零碎銀兩與你路上去做盤纏萬無一失（細）武松道大哥見得分明盡把出來與了張青換了一包散碎金銀都拴在纏袋內繫在腰裏武松飽喫了一頓酒飯拜辭了張青夫妻二人腰裏跨了這兩口戒刀當晚都收拾了孫二娘取出這本度牒就與他縫箇錦袋盛了教武松掛在貼肉胷前武松臨行張青又分付道二哥於路小心在意凡事不可托大酒要少喫（四字妙）休要與人爭鬧也做些出家人行逕諸事不可躁性省得被人看破了如到了二龍山便可寫封回信寄來我夫妻兩箇在這里也不是長久之計（只作商量却便檃括後事於此妙筆）敢怕隨後收拾家私也來山上入夥二哥保重保重千萬拜上魯楊二頭領武松辭了出門插起雙袖搖擺着便行張青夫妻看了喝采道果然好箇行者（諡曰伏虎尊者）當晚武行者離了大樹十字坡便落路走此時是十月間天氣（好筆）日正短轉眼便晚了約行不到五十里早望見一座高嶺武行者趁着月明一步步上嶺來料道只是初更天色武行者立在嶺頭上看時見月從東邊

上來炤得嶺上草木光輝正看之間只聽得前面林子裏有人笑聲武行者道又來作怪這般一條淨蕩蕩高嶺有甚麽人笑語走過林子那邊去打一看只見松樹林中傍山一座墳庵約有十數間草屋推開着兩扇小窻一箇先生摟着一箇婦人在那窻前看月戲笑（又是一箇婦人文情奇肆至此）武行者看了怒從心上起惡向膽邊生這是山間林下出家人（出家人上忽添山間林下四字便將三千威儀八百細行一齊提出武松做行者便真是行者歎今日法門之非也）却做這等勾當便去腰裏掣出那兩口爛銀也似戒刀來在月光下看了（爛銀也似刀却在爛銀也似月光下炤看便寫得紙上爛銀也似射人目睛正不辯其是刀是月是紙是墨也）道刀却是好到我手裏不曾發市且把這箇鳥先生試刀（先生字上加鳥字下加試刀字千載奇語）手腕上懸了一把再將這把插放鞘內把兩隻直裰袖結起在背上（畫出）竟來到庵前敲門那先生聽得便把後窻關上武行者拏起塊石頭便去打門只見呀地側首門開走出一箇道童來喝道你是甚人如何敢半夜三更大驚小怪敲門打戶做甚麽武行者睜圓怪眼大喝一聲先把這鳥道童祭刀說猶未了手起處錚地一聲響道童的頭落在一邊倒在地下只見庵裏那箇先生大叫道誰敢殺我道童托地跳將出來那先生手輪着兩口寶劍竟奔武行者武松大笑道我的本事不要箱兒裏去取（一生本事都放箱兒裏番鳥先生則然矣）正是撓着我的痒處便去鞘裏再拔出那口戒刀輪起雙戒刀來迎那先生兩箇就月明之下一來一往一去一回四道寒光旋成一圈冷氣（竟是劍術傳中選句俗本改去何也寫兩口劍兩口刀却偏增出月明之下四字便有異常氣色）兩箇鬭到十數合只聽得山嶺傍邊一聲響亮兩箇裏倒了一箇（妙此語前文未有）但見寒光影裏人頭落殺氣叢中血雨噴畢竟兩箇裏斷殺倒了一箇的是誰且聽下回分解

第五才子書施耐菴水滸傳卷之三十五

第五才子書施耐菴水滸傳卷之三十六

聖歎外書

第三十一回

武行者醉打孔亮
錦毛虎義釋宋江

此回完武松入宋江只是交代文字故無異樣出奇之處然我觀其寫武松酒醉一段又何其寓意深遠也蓋上文武松一傳共有十來卷文字始於打虎終於打蔣門神其打虎也因三碗不過岡五字遂至大醉大醉而後打虎甚矣醉之為用大也其打蔣門神也又因無三不過望五字至於大醉大醉而後打蔣門神又甚矣醉之為用大也雖然古之君子才不可以終恃力不可以終恃權勢不可終恃恩寵不可終恃蓋天下之大曾無一事可以終恃斷斷如也乃今武松一傳偏獨始於大醉終於大醉將毋教天下以大醉獨可終恃乎哉是故怪力可以徒搏大蟲而有時亦失手於黃狗神威可以單奪雄鎮而有時亦受縛於寒溪蓋借事以深戒後世之人言天人如武松猶尚無十分滿足之事柰何紘紘者曾不一慮之也

下文將入宋江傳矣夫江等之終皆不免於竄聚水泊者有追之必入水泊者也若江等生平一片之心則固皎然如氷在玉壺千世萬世莫不共見故作者特於武松落草處順手表暴一通凡以深明彼江等一百八人皆有大不得已之心而不必其後文之必應之也乃後之手閒面厚之徒無端便因此等文字遠續一部唐突才子人之無良於斯極矣

當時兩箇鬬了十數合那先生被武行者賣箇破綻讓那先生兩口劍砍將入來被武行者轉過身

來看得親切只一戒刀那先生的頭滾落在一邊屍首倒在石上武行者大叫菴裏婆娘出來我不殺你只問你箇緣故只見菴裏走出那箇婦人來倒地便拜武行者道你休拜我你且說這里叫甚麼去處那先生却是你的甚麼人那婦人哭着道奴是這嶺下張太公家女兒這菴是奴家祖上墳菴這先生不知是那里人來我家裏投宿言說善習陰陽能識風水我家爹娘不合留他在莊上因請他來這里墳上觀看地理被他說誘又留他住了幾日那廝一日見了奴家便不肯去了住了三兩箇月把奴家爹娘哥嫂都害了性命却把奴家強騙在此墳菴裏住這箇道童也是別處擄掠來的這嶺喚做蜈蚣嶺這先生見這條嶺好風水以此他便自號飛天蜈蚣王道人好風水今日驗矣絕倒○若眞有風水則又何以偏有此等事也若風水本有人自一時看不出則何日當遇看得出人也世之愚人必欲津津言之何哉武行者道你還有親眷麼那婦人道親

戚自有幾家都是莊農之人誰敢和他爭論武行者道這廝有些財帛麼婦人道他也積蓄得一二百兩金銀武行者道有時你快去收拾我便要放火燒菴了那婦人問道師父你要酒肉喫麼好武行者道有時將來請我好那婦人道請師父進菴裏去喫武行者道怕別有人暗算我麼那婦人道奴有幾顆頭敢賺得師父武行者隨那婦人入到菴裏見小牕邊卓子上擺着酒肉補前未寫武行者討大碗喫了一回那婦人收拾得金銀財帛已了武行者便就裏面放起火來那婦人捧着一包金銀獻與武行者武行者道我不要你的你自將去養身快走快走那婦人拜謝了自下嶺去武行者把那兩箇屍首都攛在火裏燒了插了戒刀四字妙○此一段豈以必殺飛天蜈蚣為武行者乎豈以必救婦人為仁乎於是二者皆無取焉然則為寫戒刀此言為獨斷也連夜自過嶺來迤邐取路望着青州地面來又行了十數日但遇村坊道店市鎮鄉城果然都

有榜文張掛在彼處捕獲武松到處雖有榜文武松已自做了行者於路却沒人盤詰他時遇十一月間天色好生嚴寒好筆當日武行者一路上買酒肉喫只是敵不過寒威上得一條土岡早望見前面有一座高山生得十分嶮峻先敘白虎山古云行人如在畫圖中今日筆墨都入畫圖中也武行者下土岡子來走得三五里路早見一箇酒店門前一道清溪門前一道清溪屋後都是顛石亂山屋後都是亂山此二句人只謂是寫景却不知都是章法看那酒店時却是箇村落小酒肆武行者過得那土岡子來逕奔入那村酒店裏坐下便叫道店主人家先打兩角酒來肉便買些來喫店主人應道實不瞞師父說酒却有些茅柴白酒肉却多賣沒了看他說沒了武行者道且把酒來擋寒店主人便去打兩角酒大碗價篩來教武行者喫將一碟熟菜與他過口看他沒了片時間喫盡了兩角酒又叫再打兩角酒來店主人又打了兩角酒大碗篩來武行者只顧

喫原來過岡子時先有三五分酒了好筆四角酒不足以醉武松也然要寫多又恐與三碗不過岡無三不過望相近因倒追到前文去插此一句特與俗筆不同一發喫過這四角酒又被朔風一吹酒却湧上武松却大呼小叫道主人家你真箇沒東西賣你便自家喫的肉食也回些與我喫了想到自喫的肉一發挑動下文一發還你銀子店主人笑道也不曾見這箇出家人酒和肉只顧要喫只是順口捎帶一句亦是情所必有却偏與榜文捕獲相挑鬪故妙却那里去取師父你也只好罷休看他只是說沒了武行者道我又不白喫你的如何不賣與我店主人道我和你說過只有這些白酒那得別的東西賣看他到底說沒了正在店裏論口只見外面走入一條大漢引着三四箇人入進店裏主人笑容可掬迎接道二郎請坐那漢道我分付你的安排也未店主人答道雞與肉都已煮熟了不但肉又有雞不但有又已熟忽然寫得馨香滿鼻絕妙文情只等二郎來那漢道我那青花甕酒在那里酒字上又加青花甕三字寫得分外入耳店主人道在這里

三字活跳與前許多郎當語相激射那漢引了衆人便向武行者對席上頭坐了又偏坐得相激射那同來的三四人却坐在肩下店主人却捧出一樽青花甕酒來寫得射眼之極開了泥頭傾在一箇大白盆裏青花甕外又加寫出一箇大白盆不惟其物惟其器便已令人眼涎喉癢之極況又實實清香滑辣耶武行者偷眼看時寫得絕倒四字中有又惱又羞在內饞自不必說却是一甕窨下的好酒風吹過一陣陣香味來武行者不住聞得香味寫得絕倒中間又惱羞饞自不必說又喉嚨癢將起來癢字絕倒又恨得爬撓不得不得鑽過來搶喫只見店主人又去廚下把盤子托出一對熟雞一大盤精肉來射眼之極放在那漢面前便擺了菜蔬用杓子舀酒去燙故意寫得射眼絕妙文情武行者看自已面前只是一碟兒熟菜不繇的不氣寫得饞自不必說其實又惱又羞正是眼飽肚中饑酒又發作恨不得一拳打碎了那卓子大叫道主人家你來你這廝好欺負客人店主人連忙來問道師父爲頭是此一聲當不起休要焦燥要酒便好說好活寫出半日不來顧管武

一箇立起

行者睜着雙眼喝道你這廝好不曉道理這青花甕酒和雞肉之類如何不賣與我我也一般還你銀子店主人道青花甕酒和雞肉都是那二郎家裏自將來的只借我店裏坐地喫酒武行者心中要喫那里聽他分說一片聲喝道放屁放屁店主人道也不曾見你這箇出家人恁地蠻法只管將出家人三字挑鬭榜文捕獲有銅山東崩洛鐘西應之巧武行者喝道怎地是老爺蠻法我白喫你的那店主人道我倒不曾見出家人自稱老爺絕倒語看他只管說曾不看見妙絕武行者聽了跳起身來叉開五指望店主人臉上只一掌把那店主人打箇踉蹌直撞過那邊去那對席的大漢見了大怒看那店主人時打得半邊臉都腫了半日掙扎不起寫那漢大怒却不便來發作却又去看店主人然後跳起身來如畫之筆那大漢跳起身來指定武松道你這箇鳥頭陀好不依本分却怎地便動手動脚却不道是出家人勿起嗔心只管將出家人三字挑鬭榜文捕獲使讀者心中疑忌武行者道

又一箇立起

一箇走出

又一箇走出

一箇出門

又一箇出門

一路看他寫兩箇硬漢各不相丁

我自打他干你甚事（一箇硬。○寫兩硬相磕。互不肯讓。句句出色。）那大漢怒道我好意勸你你這鳥頭陀敢把言語傷我（一箇又硬。）武行者聽得大怒便把卓子推開走出來喝道你那廝說誰（一箇又硬。○有聲有色。）那大漢笑道你這鳥頭陀要和我廝打正是來太歲頭上動土便點手叫道你這賊行者出來和你說話（一箇又硬。○有聲有色。）武行者喝道你道我怕你不敢打你一搶搶到門邊（一箇又硬。○須知是一頭喝。一頭搶出來。）那大漢便閃出門外去武行者趕到門外那大漢見武松長壯那里敢輕敵便做箇門戶等着他（如畫。）武行者搶入去接住那漢手（如畫。）那大漢卻待用力跌武松（如畫。）怎禁得他千百斤神力就手一扯扯入懷中只一撥撥將去恰似放翻小孩子的一般那里做得半分手腳（如畫。○自打虎至此曾無一次不變。）那三四箇村漢看了手顫腳麻那里敢上前來武行者踏住那大漢提起拳頭來只打實落處（如畫。）打了二三十拳就地下提起來望門外溪裏只一丢（如畫。○寫得只如將大漢作戲。又表神力。又表醉後。○溪裏二字。妙絕文情。）那三四箇村漢叫聲苦不知高低都下水去把那大漢救上溪來（救上溪來。捉上溪來。不意寒溪有此妙事。）自攙扶着投南去了（如畫。）這店主人喫了這一掌打得麻了動撣不得自入屋後躲避去了（去了。）武行者道好呀你們都去了老爺喫酒了（二語寫出快活。旁若無人之意。）把箇碗去白盆內舀那酒來只顧喫（可憐。好酒却是冷喫。○雖然冷喫。亦足强似頃間偷看時也。）卓子上那對雞一盤子肉都未曾喫動（寫得快活。）武行者且不用箸雙手扯來任意喫（快活亦有。醉亦有。）没半箇時辰把這酒（句。）肉（句。）和雞（句。）都喫箇八分武行者醉飽了把直裰袖結在背上便出店門沿溪而走（絕妙文情。）却被那北風捲將入來武行者捉腳不住一路上搶將來（畫出頭陀。畫出醉。畫出嚴寒。畫出溪邊。）離那酒店走不得四五里路傍邊土墻裏走出一隻黃狗看着武松叫（無端忽想出一隻黃狗。文心千奇百怪。真乃意想不到。）武行者看時一隻大黃狗趕着吠（叠寫一句者。上句從作者筆端寫出。此句從武松眼中寫出。從筆端寫出者。寫狗也。從眼中寫出者。寫醉也。武行者大醉，正要尋事。四字罵世。言世間無事可尋。一尋便尋了狗的事也。恨那隻狗趕着他只管吠，便將左手鞘裏掣一口戒刀來，大踏步趕。狗上加一恨字。趕狗上着一戒刀字。皆喻古今君子有時忽與小人相持。爲可深痛惜也。夫狗豈足恨之人。戒刀豈趕狗之具哉。那隻黃狗遶着溪岸叫。寫出寒溪。寫出村犬。寫出醉頭陀。眞是筆頭有畫。武行者一刀砍將去，却砍箇空，使得力猛，頭重腳輕，翻筋斗倒撞下溪裏去，却起不來。其力可以打倒大蟲。而不能不失手於黃狗。爲用世者讀之寒心。黃狗便立定了叫。活畫黃狗。活畫小人。〇黃狗得意。〇俗本落此句。冬月天道，雖只有一二尺深淺的水，却寒冷得當不得，爬起來淋淋的一身水。學道必須聞一知十。看書却須聞一知二。如此句寒冷得當不得。須知是兩箇人寒冷得當不得。淋淋漓漓一身水。須知是淋淋漓漓兩身水也。作傳妙處。全妙於寫一邊不寫一邊。却將不寫一邊。宛然在寫一邊時現出。其妙不可以一端盡也。却見那口戒刀浸在溪裏亮得耀人。爬起時不記戒刀。起來後忽然耀眼。寫醉人眞是醉人。寫戒刀眞好戒刀。俗本落此句。便再蹲下去撈那刀時，撲地又落下去，再起不來，只在那溪水裏滾。此段不止活畫醉人而已。喻言君子用世。每每一蹶之後。不能再振。所以深望其愼之也。

岸上側首牆邊轉出一夥人來，當先一箇大漢，頭戴氊笠子，身穿鵝黃紵絲衲襖，手裏拿着一條哨棒，却不接喫打大漢。妙畫。背後十數箇人跟着，都拿木鈀白棍。衆人看見狗吠，〇一狗吠而衆人隨之。類如此矣。指道：「這溪裏的賊行者便是打了小哥哥的，如今小哥哥尋不見大哥哥，却又引了二三十箇莊客自逩酒店裏捉他去了，他却來到這里。」又作補。又作引。說猶未了，只見遠遠地那箇喫打的漢子，換了一身衣服，細筆不漏。手裏扌着一條朴刀，背後引着三二十箇莊客，都拖鎗拽棒，跟着那箇大漢，吹風胡哨來尋武松。趕到牆邊，見了，指着武松，對那穿鵝黃襖子的大漢道：「這箇賊頭陀正是打兄弟的。」那箇大漢道：「且捉這廝去莊裏細細拷打。」那漢喝聲：「下手！」三四十人一發上。可憐武松醉了，掙扎不得，急要爬起來，被衆人一齊下手，橫拖倒拽，捉上溪來。不成捉矣。止可謂之撈上溪來耳。〇前文閒寫一句云。門前一道清溪。不意遂兩用之轉過側首牆邊一所大莊院兩下都是高牆粉壁垂柳喬松圍繞着牆院衆人把武松推搶入去剝了衣裳奪了戒刀包裹揪過來綁在大柳樹上叫取一束籐條來細細的打那厮却纔打得三五下只見莊裏走出一箇人來問道你兄弟兩箇又打甚麼人（又打。妙。）只見這兩箇大漢叉手道師父聽稟兄弟今日和隣莊三四箇相識去前面小路店裏喫三杯酒叵耐這箇賊行者到來尋鬧把兄弟痛打了一頓又將來攧在水裏頭臉都磕破了險些凍死却得相識救了回來歸家換了衣服帶了人再去尋他那厮把我酒肉都喫了却大醉倒在門前溪裏因此捉拿在這里細細的拷打看起這賊頭陀來也不是出家人臉上見刺着兩箇金印這賊却把頭髮披下來遮了必是箇避罪在逃的囚徒問出那厮根原解送官司理論（忽然一遍。）這箇喫打傷的大漢道問他做甚麼（忽然一鬆。一遍一鬆。總是搖漾讀者。）這禿賊打得我一身傷損不着一兩箇月將息不起不如把這禿賊一頓打死了一把火燒了他纔與我消得這口恨氣說罷拿起藤條恰待又打只見出來的那人說道賢弟且休打待我看他一看這人也像是一箇好漢（也像是三字。妙絕。可見連日說好漢也。可見連日說武松也。）此時武行者心中畧有些醒了理會得（此三字中又提動景陽打虎一事在心頭矣。）只把眼來閉了由他打只不做聲那箇人先去背上看了杖瘡（寫看一看。亦不一直寫出。且先寫箇看背上杖瘡以作一曲。便無儱筆淵墨之消。）便道作怪這模樣想是決斷不多時的疤痕轉過面前便將手把武松頭髮揪起來（方纔看正面。便有許筆飽墨之致也。）定睛看了叫道這箇不是我兄弟武二郎（疑鬼疑神之筆。）武行者方纔閃開雙眼看了那人道你不是我哥哥（疑鬼疑神之筆。）那人喝道快與我解下來這是我的兄弟（自武二郎兄死之後。如十字坡。孟州營。白虎莊。處處寫出許多哥哥弟弟字來。讀之真有昨夜雨滂烹。打砌蘭菊柳之妙也。然前兩處猶明明知是某人。却寫到結拜兄弟。便有通身擊應之能耳。此却更不知是何人。竟寫一箇認是哥哥。一箇

（看他寫四箇人都無名）

（認是兄弟叫得一片親然使讀者茫不知其為誰豈其夢中見武大耶蓋特特為是疑鬼疑神之筆以自娛樂亦以娛樂後世之人也）那穿鷺黃襖子的（妙）併喫打的（妙。一時寫出四箇人却一箇人認得三箇人一箇人認得一箇人兩箇人各認得兩箇人一箇人只認得一箇人一箇人認得三箇人者出來的人認得三箇人也一箇人認得一箇人者武松只認得出來的人也兩箇人各認得兩箇人者鷺黃襖子的認得出來的喫打的喫打的認得出來的鷺黃襖子的也一箇人只認得一箇人者讀者此時只認得武松並不認得出來的鷺黃襖子的喫打的也。妙批）盡皆喫驚連忙問道這箇行者如何却是師父的兄弟那人便道他便是我時常和你們說的那景陽岡上打虎的武松（景陽岡打虎不推自己時常說別人也時嘗說可如是一件非常事）我也不知他如今怎地做了行者（如畫如話）那弟兄兩箇聽了慌忙解下武松來便討幾件乾衣服與他穿了（細筆不漏）便扶入草堂裏來武松便要下拜那箇人驚喜相半扶住武松道兄弟酒還未醒且坐一坐說話（水滸寫拜已成套事此又寫得異樣出色真好哥哥）武松見了那人歡喜上來酒早醒了五分（真有是事）討些湯水洗漱了喫些醒酒之物便來拜了那人（只一拜作兩撅寫）相敘舊話那人不是別人（又略一頓）正是鄆城縣人氏（句）姓宋（句）名江（句）表字公明（句）武行者道只想哥哥在柴大官人莊上却如何來在這里兄弟莫不是和哥哥夢中相會麼宋江道我自從和你在柴大官人莊上分別之後我却在那里住得半年（是打虎殺嫂初遇張青時也）不知家中如何恐父親煩惱先發付兄弟宋清歸去（便帶出二十四回來）後却收拾得家中書信說道官司一事全得朱雷二都頭氣力已自家中無事（中補寫朱雷）只要緝捕正身因此已動了箇海捕文書各處追獲這事已自慢了却有這里孔太公屢次使人去莊上問信後見宋清回家說道宋江在柴大官人莊上因此特地使人直來柴大官人莊上取我在這里（中補寫來孔家前半節事）此間便是白虎山這莊便是孔太公莊上恰纔和兄弟相打的便是孔太公小兒子因他性急好與人廝鬧到處叫他做獨火星孔亮這箇穿鷺黃襖子的便是孔太公大兒子人都叫他做毛頭星孔明因他兩箇好習鎗棒却是我點撥他些箇以此叫我做師父（此句醜）我在此間住半年了（是打蔣門神殺張都監再遇張青時也）我如今正欲要上清風寨走一遭這兩日方欲起身（便入此句為下作引）我在柴大官人莊上時只聽得人傳說兄弟在景陽岡上打了大蟲又聽知你在陽穀縣做了都頭又聞鬬殺了西門慶（此是半年）向後不知你配到何處去兄弟如何做了行者（此是半年上文云柴家半年孔家半年此又敘出半年中事都知半年中事都不知不惟行文有虛實之妙又表出柴孔兩莊大小之不同也）武松答道小弟自從柴大官人莊上別了哥哥去到得景陽岡上打了大蟲送去陽穀縣知縣就擡舉我做了都頭後因嫂嫂不仁與西門慶通奸（通奸上坐以不仁二字妙絕遂令風情二字更立不起）藥死了我先兄武大（諸字哭殺何也昔佛入滅後阿難結集四經陞座初唱如是我聞四字一時大眾無不大哭也日昨猶見佛今日已稱我聞今武松訓宋江時猶口口哥哥見宋江時已口稱先兄嗟乎腸斷脉絕胡可以言也）被武松把兩箇都殺了自首告到

本縣轉申東平府後得陳府尹一力救濟斷配孟州至十字坡怎生遇見張青孫二娘到孟州怎地會施恩怎地打了蔣門神如何殺了張都監一十五口又逃在張青家母藥叉孫二娘教我做了頭陀行者的緣故過蜈蚣嶺試刀殺了王道人至村店喫酒醉打了孔兄把自家的事從頭備細告訴了宋江一遍孔明孔亮兩箇聽了大驚撲翻身便拜武松慌忙答禮道却纔甚是衝撞休怪休怪孔明孔亮道我弟兄兩箇有眼不識泰山萬望恕罪武行者道既然二位相覷武松時却是與我烘焙度牒書信并行李衣服不可失落了那兩口戒刀這串數珠孔明道這箇不須足下掛心小弟已自着人收拾去了整頓端正拜還武行者拜謝了宋江請出孔太公（竟是哥哥身分妙寫得宋江亦有誇耀武松之意妙妙）都相見了孔太公置酒設席管待不在話下當晚宋江邀武松同榻敘說一年有餘的事（我於世間無所愛正獨愛此一

句耳我二三同學人亦同此宋江心內喜悅武松次日天明起來都洗漱罷出到中堂相會喫早飯孔明自在那里相陪孔亮捱着疼痛也來管待妙寫得孔亮愛敬豪傑出寫得武松豪傑爲人愛敬出孔太公便叫殺羊宰豬安排筵宴是日村中有幾家街坊親戚都來謁拜又有幾箇門下人亦來拜見宋江見了大喜寫武松到處有人拜門生可謂榮華之極一百七人中無一箇得及也官司榜文有如無物寫得妙絕當日筵宴散了宋江問武松道二哥今欲往何處安身武松道昨夜已對哥哥說了一夜話中抽出一句妙筆菜園子張青寫書與我着兄弟投二龍山寶珠寺花和尚魯智深不說起楊志那里入夥他也隨後便上山來宋江道也好也好者僅好而有所未盡之辭只二字截住下却疾轉出清風寨同去一段來深表自家愛惜武松之至不願其遂去落草而自家之一片永心遂可借此得以自白此皆宋江生平權詐過人處而後人反因此等續出後數十回眞可笑也我不瞞你說我家近日有書來說道清風寨知寨小李廣花榮他知道我殺了閻婆惜每每寄書來與我千萬教我去寨裏住幾時此間又離清風寨不遠我這兩日正待要起身去因見天氣陰晴不定未曾起程早晚要去那里走一遭不若和你同往如何寫出恩愛如見武松道哥哥怕不是好情分帶携誠如此可謂愛人以德矣兄弟投那里去住幾時只是武松做下的罪犯至重遇赦不宥因此發心只是投二龍山落草避難亦且我又做了頭陀難以和哥哥同往路上被人設疑倘或有些决撒了須連累了哥哥便是哥哥與兄弟同死同生也須累及了花知寨不好說得妙曾不見花知寨因宋公明而愛及花知寨一妙也雖因宋公明而愛及花知寨然畢竟信公明深於信知寨二妙也只是縣兄弟投二龍山去了罷只是縣三字去了罷三字便活襯出宋江恩愛來天可憐見異日不死受了招安那時却來尋訪哥哥未遲武松不必有此心只因上文宋江數語感激至深便慨然將宋江口中不便說明之事一直都說出來讀其言眞令我欲痛哭也殊不知宋江却不然宋江道兄弟既有此心歸順朝廷皇天必祐看他便着實讚歎全是一片權詐若如此行不敢苦勸此八字重上四字你只

相陪我住幾日了去此句又落到兄弟恩情上來妙絕○只因宋江要表不反便有此一段文只因有此一段文便爲七十回後續貂者作地也自此兩箇在孔太公莊上一住過了十日之上宋江與武松要行孔太公父子那里肯放又留了三五日宋江堅執要行孔太公只得安排筵席送行管待一日了次日將出新做的一套行者衣服皂布直裰陪幷帶來的度牒書信界箍數珠戒刀金銀之類交還武松又各送銀五十兩權爲路費宋江推却不受武松偏不然孔太公父子只顧將來拴縛在包裹裏宋江整頓了衣服器械武松依前穿了行者的衣裳帶上鐵界箍掛了人頂骨數珠跨了兩口戒刀收拾了包裹拴在腰裏宋江提了朴刀懸口腰刀帶上氈笠子辭別了孔太公孔明孔亮叫莊客背了行李弟兄二人直送了二十餘里路拜辭了宋江武行者兩箇宋江自把包裹背了說道不須莊客遠送我自和武兄弟去孔明孔亮相別自和莊客歸家不在話下只說宋江和武松兩箇在路上行着於路說些閒話走到晚歇了一宵次日早起打夥又行兩箇喫罷飯又走了四五十里却來到一市鎮上地名喚做瑞龍鎮却是箇三岔路口宋江借問那里人道小人們欲投二龍山清風鎮上不知從那條路去那鎮上人答道這兩處不是一條路去了這里要投二龍山去只是投西落路若要投清風鎮去須用投東落路過了清風山便是宋江聽了備細便道兄弟我和你今日分手就這里喫三杯相別武行者道我送哥哥一程了却回來眞正哥哥旣死且把認義哥哥遠送所謂雖無老成人尚有典型也宋江道不須如此自古道送君千里終有一別兄弟你只顧自已前程萬里早早的到了彼處入夥之後少戒酒性與張青如出一口如得朝廷招安你便可攛掇魯智深投降了日後但是去邊上一鎗一刀博得箇封妻廕子久後青史上留得一箇好名也不枉了爲人一世

前宋江口中不好說明。卻向武松口中說明之。然武松口中。卻說不暢。便再向宋江口中暢說之。妙絕。然而其實都是宋江權術。七十回後。紛紛續貂。殊無謂也。我自百無一能。雖有忠心不能得進步。兄弟你如此英雄。決定做得大事業。可以記心。聽愚兄之言。圖箇日後相見。此非宋江自謙。實是武松殊王在前矣。武行者聽了。此五字。眞爲得好。有如魚似水之樂。酒店上飲了數杯。還了酒錢。二人出得店來。行到市鎮梢頭。三岔路口。武行者下了四拜。宋江灑淚不忍分別。又分付武松道。兄弟休忘了我的言語。筆墨淋漓之至。少戒酒性。再申四字者。所以消繳武松十來卷文字。直挽至最初柴進莊上使酒打人一句也。保重保重。武行者自投西去了。看官牢記話頭。武行者自來二龍山投魯智深楊志入夥了。不在話下。且說宋江自別了武松。轉身投東望清風山路上來。於路只憶武行者。七字妙絕。遙遙直與一年前柴進莊上。武松別宋江上路時相應。又自行了幾日。卻早遠遠的望見前面一座高山。生得古怪。樹木稠密。心中歡喜觀之不足。貪走了幾程。不曾問得宿頭。如此入。看看天色晚了。宋江心內驚慌。肚裏尋思道。若是夏月天道。胡亂在林子裡歇一夜。卻恨又是仲冬天氣。風霜正冽。夜間寒冷。難以打熬。倘或走出一箇毒蟲虎豹來時。如何抵當。卻不害了性命。只顧望東小路裏撞將去。約莫走了也是一更時分。心裏越慌。看不見地下。躧了一條絆腳索。樹林裏銅鈴響。走出十四五箇伏路小嘍囉來。發聲喊。把宋江捉翻。一條麻索縛了。奪了朴刀包裹。吹起火把。將宋江解上山來。即晚間心中歡喜。觀之不足之山也。宋江只得叫苦。卻早押到山寨裏。宋江在火光下看時。四下裏都是木柵。當中一座草廳。廳上放着三把虎皮交椅。後面有百十間草房。小嘍囉把宋江綑做粽子相似。將來綁在將軍柱上。有幾箇在廳上的小嘍囉說道。大王方纔睡。且不要去報。等大王酒醒時。卻請起來。剖這牛子心肝。做醒酒湯。我們大家喫塊新鮮肉。宋江被綁在將軍柱上。心裏尋思道。我的造化只如此偃蹇只為殺了一箇烟花婦人變出得如此之苦誰想這把骨頭却斷送在這里只見小嘍囉點起燈燭熒煌宋江已自凍得身體麻木了動撣不得只把眼來四下裏張望低了頭嘆氣約有二三更天氣只見廳背後走出三五箇小嘍囉來叫道大王起來了便去把廳上燈燭剔得明亮宋江偷眼看時只見那箇出來的大王頭上綰着鵞梨角兒一條紅絹帕裹着身上披着一領棗紅紵絲衲襖便來坐在當中虎皮交椅上那箇好漢祖貫山東萊州人氏姓燕名順綽號錦毛虎原是販羊馬客人出身因為消折了本錢流落在綠林叢內打刼那燕順酒醒起來坐在中間交椅上問道孩兒們那里拿得這箇牛子小嘍囉答道孩兒們正在後山伏路只聽得樹林裏銅鈴響原來這箇牛子獨自箇背些包裹撞了繩索一交絆翻因此拿得來獻與大王做醒酒湯燕順道正好快去

與我請得二位大王來同喫小嘍囉去不多時只見廳側兩邊走上兩箇好漢來左邊一箇五短身材一雙光眼祖貫兩淮人氏姓王名英江湖上叫他做矮脚虎原是車家出身為因半路裏見財起意就勢刼了客人事發到官越獄走了上清風山和燕順占住此山打家刼舍右邊這箇生的白淨面皮三牙掩口髭鬚瘦長膀濶清秀模樣也裹着頂絳紅頭巾他祖貫浙西蘇州人氏姓鄭雙名天壽為他生得白淨俊俏人都號他做白面郎君原是打銀為生因他自小好習鎗棒流落在江湖上因來清風山過撞着王矮虎和他鬭了五六十合不分勝敗因此燕順見他好手段留在山上坐了第三把交椅當下三箇頭領坐下王矮虎便道孩兒們快動手取下這牛子心肝來造三分醒酒酸辣湯來只見一箇小嘍囉掇一大銅盆水來放在宋江面前怕又一箇小嘍囉捲起袖子手中明晃

晃拿着一把剜心尖刀（怕）那箇掇水的小嘍囉便把雙手潑起水來澆那宋江心窩裏（怕。一部大書以宋江爲主，則如此等處定當不妨。然作者卻偏故意寫得怕人，讀之亦復喫驚不少。）原來但凡人心都是熱血裏着把這冷水潑散了熱血取出心肝來時便脆了好喫（再註一句者，爲欲少進下文也。然於何知之。）那小嘍囉把水直潑到宋江臉上宋江嘆口氣道可惜宋江死在這里燕順親耳聽得宋江兩字（三十七字只作一句讀，其事甚疾。○此三十七字中凡敘三箇人，三件事，然其實潑時即是嘆時，嘆時即是聽時，聽時即是潑時，雖是三箇人三件事，然只在一霎中一齊都有，故應作一句讀也。）便喝住小嘍囉道且不要潑水燕順問道他那廝（妙）說甚麼宋江（妙。看他兩半句不合處。）小嘍囉答道這廝口裏（妙）說道可惜宋江死在這里（妙）燕順便起身來（妙）問道兀那漢子你認得宋江（妙妙）宋江道只我便是宋江（妙妙）燕順走近跟前（妙妙）又問道你是那里的宋江（天下豈有兩宋江耶。妙妙。）宋江答道我是濟州鄆城縣做押司的宋江（妙妙）燕順嘆道（妙妙）你莫不是山東及時雨宋公明殺了閻婆惜逃出在江湖上的宋江（妙妙。詳其地不足信，又必詳其事焉，筆墨淋漓，乃至於此。）宋江道你怎得知我正是宋三郎宋江（妙妙。無所不詳矣，只餘三郎二字，亦詳出來，文心當面變化而出，非先有定式可據也。○看他連用無數宋江字押腳，有漁陽摻撾之聲，能令滿座動色。○俗本訛。）燕順喫了一驚便奪過小嘍囉手內尖刀把麻索都割斷了（便奪尖刀，妙絕妙絕。）便把自身上披的棗紅紵絲衲襖脫下來裹在宋江身上（便脫棗紅衲襖，妙絕妙絕。）便抱在中間虎皮交椅上（便抱上虎皮交椅，妙絕妙絕。）便叫王矮虎鄭天壽快下來三人納頭便拜（便叫來拜，妙絕妙絕。○寫得燕順屁滾尿流，如活。○上七宋江字押腳，此四便字提頭，文筆盤飛踢跳。俗本訛。）宋江滾下來答禮問道三位壯士何故不殺小人反行重禮此意如何亦拜在地那三箇好漢一齊跪下燕順道小弟只要把尖刀剜了自己的眼睛（未審亦作湯否）原來不識好人一時間見不到處少問箇緣繇爭些兒壞了義士若非天幸使令仁兄自說出大名來我等如何得知仔細小弟在江湖上綠林叢中走了十數年聞得賢兄仗義疏財濟困扶危的大名只恨緣分淺薄不能拜識尊顏今日天使相會眞乃稱心滿意宋江答道量宋江有何德能敎足下如此掛心錯愛燕順道仁兄禮賢下士結納豪傑名聞寰海誰不欽敬梁山泊近來如此興旺四海皆聞曾有人說道盡出仁兄之賜（全書大眼目）不知仁兄獨自何來今卻到此宋江把這救晁蓋一節殺閻婆惜一節卻投柴進幷孔太公許多時及今次要往清風寨尋小李廣花榮這幾件事一一備細說了三箇頭領大喜隨即取套衣服與宋江穿了一面叫殺羊宰馬連夜筵席當夜直喫到五更叫小嘍囉伏侍宋江歇了次日辰牌起來訴說路上許多事務又說武松如此英雄了得（妙○又妙於夜來不說留作今朝竟日之歡也）三箇頭領跌腳懊恨道我們無緣若得他來這里十分是好卻恨他投那里去了（妙）話休絮繁宋江自到清風寨住了五七日每日好酒好食管待不在話下時當臘月初旬山東人年例臘日上墳（筆法）只見小嘍囉山下報上來說道大路上有一乘轎子七八箇人跟着挑着兩箇盒子去墳頭化紙王矮虎是箇好色之徒見報了想此轎子必是箇婦人點起三五十小嘍囉便要下山宋江燕順那里攔當得住綽了鎗刀敲一棒銅鑼下山去了宋江燕順鄭天壽三人自在寨中飲酒那王矮虎去了約有三兩箇時辰遠探小嘍囉報將來說道王頭領直趕到半路裏七八箇軍漢都走了拿得轎子裏擡着的一箇婦人只有一箇銀香盒別無物件財物燕順問道那婦人如今擡到那里小嘍囉道王頭領已自擡在山後房中去了燕順大笑宋江道原來王英兄弟要貪女色不是好漢的勾當燕順道這箇兄弟諸般都肯向前只是有這些毛病宋江道二位和我同去勸他燕順鄭天壽便引了宋江直來到後山王矮虎房中推開房門只見王

王矮虎正摟住那婦人求歡見了三位入來慌忙推開那婦人請三位坐宋江看見那婦人便問道娘子你是誰家宅眷這般時節出來閒走有甚麼要緊那婦人含羞向前深深地道了三箇萬福便答道侍兒是清風寨知寨的渾家憑空設幻疑其筆尖有五鬼搬運之符也為因母親棄世今得小祥特來墳前化紙那里敢無事出來閒走告大王垂救性命宋江聽罷喫了一驚肚裏尋思道我正來投奔花知寨莫不是花榮之妻我如何不救文情奇妙讀之欲迷宋江問道你丈夫花知寨好如何不同你出來上墳那婦人道告大王侍兒不是花知寨的渾家好宋江道你恰纔說是清風寨知寨的恭人好那婦人道大王不知這清風寨如今有兩箇知寨好一文好一武妙武官便是知寨花榮好文官便是侍兒的丈夫知寨劉高好宋江尋思道他丈夫既是和花榮同僚我不救時明日到那里須不好看看他下文好看此等皆是無中生有文字宋江便對王矮虎說道小人有句話說不知你肯依麼王英道哥哥有話但說不妨宋江道但凡好漢犯了溜骨髓三箇字的好生惹人恥笑我看這娘子說來是箇朝廷命官的恭人怎生二字宋江聲口看在下薄面并江湖上大義兩字放他下山回去教他夫妻完聚如何王英道哥哥聽禀王英自來沒箇押寨夫人做伴況兼如今世上都是那大頭巾弄得歹了哥哥管他則甚罵世語竟似李贄惡習矣然偶然一見即不妨但不得通身學李贄便殊累盛德也胡亂容小弟這些箇宋江便跪一跪宋江身分道賢弟若要押寨夫人時日後宋江揀一箇停當好的在下納財進禮娶一箇伏侍賢弟只是這箇娘子是小人友人同僚正官之妻怎地做箇人情放了他則箇燕順鄭天壽一齊扶住宋江道哥哥且請起來這箇容易宋江又謝道恁的時重承不阻燕順見宋江堅意要救這婦人因此不顧王矮虎肯與不肯喝令轎夫擡了去

（此是寫燕順）那婦人聽了這話插燭也似拜謝宋江一口一聲叫道謝大王宋江道恭人你休謝我我不是山寨裏大王我自是鄆城縣客人（拼得遲矣亦可云拼得早）哩。那婦人拜謝了下山兩箇轎夫也得了性命擡着那婦人下山來飛也似走只恨爺娘少生了兩隻脚這王矮虎又羞又悶只不做聲被宋江拖出前廳勸道兄弟你不要焦躁宋江日後好歹要與兄弟完娶一箇敎你歡喜便了小人並不失信燕順鄭天壽都笑起來王矮虎一時被宋江以禮義縛了（禮義可以縛人乃至可以縛王矮虎而何世之不用之也）雖不滿意敢怒而不敢言只得陪笑自同宋江在山寨中喫筵席不在話下且說清風寨軍人一時間被擄了恭人去只得回來到寨裏報知劉知寨說道恭人被清風山强人擄去了劉高聽了大怒喝罵去的軍人不了事如何撇了恭人大棍打那去的軍漢衆人分說道我們只有五七箇他那里三四十人如何與他敵得劉高喝道胡說你們若不去奪得恭人回來時我都把你們下在牢裏問罪那幾箇軍人喫逼不過沒柰何只得央浼本寨內軍健七八十人各執鎗棒用意來奪不想來到半路正撞見兩箇轎夫擡得恭人飛也似來了衆軍漢接見恭人問道怎地能彀下山那婦人道那廝捉我到山寨裏見我說道是劉知寨的夫人諕得他慌忙拜我便叫轎夫送我下山來（活是文官妻子亦會說大話騙人）衆軍漢道恭人可憐見我們只對相公說我們打奪得恭人回來權救我衆人這頓打那婦人道我自有道理說便了衆軍漢拜謝了簇擁着轎子便行衆人見轎夫走得快（妙）便說道你兩箇閒常在鎮上擡轎時只是鵞行鴨步（妙）如今却怎地這等走的快（妙）那兩箇轎夫應道本是走不動却被背後老大栗暴打將來（妙）衆人笑道你莫不見鬼背後那得人轎夫方纔敢回頭看了道哎也是我走得慌了脚後跟直打着腦杓子妙此文只是花榮併下作者無可見長故借此作閙中一笑也衆人都笑簇着轎子囘到寨中劉知寨見了大喜便問恭人道你得誰人救了你囘來那婦人道便是那厮們擄我去不從奸騙正要殺我活是文官妻子會說自家好處見我說是知寨的恭人不敢下手慌忙拜我却得這許多人來搶奪得我囘來劉高聽了這話便叫取十瓶酒一口猪賞了七八十人十瓶酒一口猪賞七八十人文官破格事也不在話下且說宋江自救了那婦人下山又在山寨中住了五七日思量要來投逩花知寨當時作別要下山三箇頭領苦留不住做了送路筵席餞行各送些金寶與宋江打縛在包裹裏當日宋江早起來洗漱罷喫了早飯拴束了行李作別了三位頭領下山那三箇好漢將了酒菓肴饌直送到山下二十餘里官道傍邊把酒分別三人不捨叮囑道哥哥去清風寨囘來是必再到山寨相會幾時帶一句宋江背上包裹提了朴刀說道再得相見唱箇大喏分手去了若是說話的同時生並肩長攔腰抱住把臂拖囘便不使宋江要去投逩花知寨險些兒死無葬身之地又變出一樣住法

正是遭逢坎坷皆天數　際會風雲豈偶然

畢竟宋江來尋花知寨撞着甚人且聽下囘分解

第五才子書施耐菴水滸傳卷之三十七

聖歎外書

第三十二回

宋江夜看小鼇山
花榮大鬧清風寨

文章家有過枝接葉處每每不得與前後大篇一樣出色然其敘事潔淨用筆明雅亦殊未可忽也譬諸游山者游過一山又問一山當斯之時不無借徑於小橋曲岸淺水平沙然而前山未遠魂魄方收後山又來耳目又費則雖中間少有不稱然政不致遂敗人意又況其一橋一岓一水一沙乃殊非七十回後一望荒屯絕徼之比想復晚涼新浴荳花棚下搖蕉扇說曲折興復不淺也

看他寫花榮文秀之極傳武松後定少不得此人可謂矯矯虎臣翩翩儒將分之兩雋合之雙璧矣

話說這清風山離青州不遠只隔得百里來路這清風寨却在青州三岔路口地名清風鎮因為這三岔路上通三處惡山因此特設這清風寨在這清風鎮上落筆亦似一座惡山便伏下許多林莽那里也有三五千人家却離這清風山只有一站多路當日三位頭領自上山去了只說宋公明獨自一箇背着些包裹迤邐來到清風鎮上便借問花知寨住處那鎮上人答道這清風寨衙門在鎮市中間南邊有箇小寨是文官劉知寨住宅問花知寨偏先荅劉寨行文有犬牙交錯之法北邊那箇小寨正是武官花知寨住宅宋江聽罷謝了那人便投北寨來到得門首見有幾箇把門軍漢問了姓名入去通報只見寨裏走出那箇少年的軍官來拖住宋江喝叫軍漢接了包裹朴刀腰刀扶到正廳上便請宋江當中涼床上坐了納頭便拜四拜寫花榮又有花榮正廳上當中設放涼床寫得妙絕荅花榮望宋江來

文矣。特特借陳番故事，翻寫出異樣交情來。真正妙手。起身道：自從別了兄長之後，屈指又早五六年矣。嘗嘗念想。聽得兄長殺了一箇潑烟花，官司行文書各處追捕。小弟聞得，如坐針氈，連連寫了十數封書去貴莊問信，不知曾到也不。今日天賜幸得哥哥到此，相見一面，大慰平生。說罷，又拜。宋江扶住道：賢弟休只顧講禮，請坐了，聽在下告訴。花榮斜坐着。○○○三字，與上涼床句對看。要知他全不用賓主二字相得，便連下文妻妹一段，都有神理。作者之手法如此。宋江把殺閻婆惜一事，和投奔柴大官人，并孔太公莊上遇見武松，清風山上被捉，遇燕順等事，細細地都說了一遍。花榮聽罷答道：兄長如此多難，今日幸得仁兄到此，且住數年，人壽幾何，是何言與。却又理會。宋江道：若非兄弟宋清寄書來孔太公莊上時，在下也特地要來賢弟這里走一遭。花榮便請宋江去後堂裏坐，喚出渾家崔氏來拜伯伯。拜罷，花榮又叫妹子出來拜了哥哥。寫花榮。又有花榮。○花榮武官何其文也。○看他文心都幾後

映。何其妙哉。見劉知寨恭人，知謊認是花知寨恭人。既曉得不是花知寨恭人，却又仍得見花知寨恭人。一奇也。未見到秦家嫂嫂，却先見花家妹子。今日是花家妹子，後日又却是秦家嫂嫂。二奇也。世之淺夫讀此文，則止謂是花榮出妻見妹耳。豈復知其結構之妙哉。便請宋江更換衣裳鞋韈，香湯沐浴，真好花榮。在後堂安排筵席洗塵。當日筵宴上，宋江把救了劉知寨恭人的事備細對花榮說了一遍。花榮聽罷，皺了雙眉說道：兄長沒來繇救那婦人做甚麼。正好教滅這廝的口。宋江道：却又作怪。我聽得說是清風寨知寨的恭人，因此把做賢弟同僚面上，特地不顧王矮虎相怪，一力要救他下山。你却如何恁的說。花榮道：兄長不知，不是小弟說口，這清風寨是青州緊要去處，是。若還是小弟獨自在這里守把時，是。遠近強人怎敢把青州攪得粉碎。是。近日除將這箇窮酸餓醋來做箇正知寨，是。這廝又是文官，又不識字。是。自從到任，只把鄉間些少上戶詐騙，是。朝廷法度無所不壞。是。小弟是箇武官副知寨，每每被這

斷毆氣是恨不得殺了這濫汚禽獸兄長却如何救了這廝的婦人打緊這婆娘極不賢只是調撥他丈夫行不仁的事殘害良民貪圖賄賂貪圖賄賂。未有不殘害良民者殘害良民以圖賄賂。未有不奉其婆娘者婆娘既識賄賂滋味。未有不調撥丈夫。多行不仁者借花榮口中寫得如秦鏡相似。正好叫那賤人受些玷辱兄長錯救了這等不才的人宋江聽了便勸道賢弟差矣自古道冤讐可解不可結他和你是同僚官雖有些過失你可隱惡而揚善賢弟休如此淺見花榮道兄長見得極明來日公廨內見劉知寨時與他說過救了他老小之事宋江道賢弟若如此也顯你的好處花榮夫妻幾口兒朝暮臻臻至至獻酒供食伏侍宋江極寫花榮當晚安排牀帳在後堂軒下請宋江安歇次日又備酒食筵宴管待話休絮煩宋江自到花榮寨裏喫了四五日酒花榮手下有幾箇梯巳人一日換一箇撥些碎銀子在他身邊每日教相陪宋江去清風鎮街上觀看市井

諠譁村落宮觀寺院閑走樂情寫花榮都好爲下文作引好自那日爲始這梯巳人相陪着閑走邀宋江去市井上閑翫那清風鎮上也有這座小构欄并茶坊酒肆自不必說得當日宋江與這梯巳人在小构欄裏閒看了一回又去近村寺院道家宮觀遊賞一回請去市鎮上酒肆中飲酒臨起身時那梯巳人取銀兩還酒錢宋江那里肯要他還錢却自取碎銀還了宋江歸來又不對花榮說那箇同去的人歡喜又落得銀子又得身閒此等只是閒筆閒擲自此每日撥一箇相陪和宋江去閒走每日又只是宋江使錢自從到寨裏無一箇不敬愛他的宋江在花榮寨裏住了將及一月有餘看看臘盡春回又早元宵節近且說這清風寨鎮上居民商量放燈一事準備慶賞元宵科斂錢物去土地大王廟前扎縛起一座小鼇山上面結綵懸花張掛五七百碗花燈土地大王廟內逞賽諸般社火家家門前扎起

燈棚賽懸燈火市鎮上諸行百藝都有雖然比不得京師只此也是人間天上當下宋江在寨裏和花榮飲酒正值元宵是日晴明得好花榮到巳牌前後上馬去公廨內點起數百箇軍士教晚間去市鎮上彈壓又點差許多軍漢分頭去四下裏守把柵門（為官應如此矣）未牌時分回寨來邀宋江喫點心宋江對花榮說道聽聞此間市鎮上今晚點放花燈我欲去看看花榮答道小弟本欲陪侍兄長奈緣我職役在身不能彀閒步同往（先補一句）今夜兄長自與家間二三人去看燈早早的便回小弟在家專待家宴三杯以慶佳節宋江道最好却早天色向晚東邊推出那輪明月宋江和花榮家親隨梯巳人兩三箇跟隨着緩步徐行到這清風鎮上看燈時只見家家門前搭起燈棚懸掛花燈燈上畫着許多故事也有剪綵飛白牡丹花燈并芙蓉荷花異樣燈火四五箇人手廝挽着來到大王廟前

在鰲山前看了一回迤邐投南走不過五七百步只見前面燈燭熒煌一夥人圍住在一箇大牆院門首熱鬧鑼聲響處衆人喝采宋江看時却是一夥舞鮑老的宋江矮矬人背後看不見那相陪的梯巳人却認的社火隊裏便教分開衆人讓宋江看那跳鮑老的身軀紐得村村勢勢的宋江看了呵呵大笑只見這牆院裏面却是劉知寨夫妻兩口兒和幾箇婆娘在裏面看（武知寨便上馬去彈壓文知寨便和婆娘看燈往往如是矣）聽得宋江笑聲那劉知寨的老婆於燈下却認的宋江便指與丈夫道兀那箇黑矮漢子便是前日清風山搶擄下我的賊頭劉知寨聽了喫一驚便喚親隨六七人叫捉那箇笑的黑漢子宋江聽得回身便走走不過十餘家衆軍漢趕上把宋江捉住拿到寨裏用四條麻索綁了押至廳前那三箇梯巳人見捉了宋江去自跑回來報與花榮知道且說劉知寨坐在廳上叫解過那廝來

眾人把宋江簇擁在廳前跪下劉知寨喝道你這廝是清風山打劫強賊如何敢擅自來看燈今被擒獲有何理說宋江告道小人自是鄆城縣客人張三與花知寨是故友來此間多日了從不曾在清風山打劫劉知寨老婆却從屏風背後轉將出來喝道你這廝兀自賴哩你記得教我叫你做大王時宋江告道恭人差矣那時小人不對恭人說來小人自是鄆城縣客人亦被擄掠在此間不能彀下山去劉知寨道你既是客人被擄劫在那里今日如何能彀下山來却到我這里看燈那婦人便說道你這廝在山上時大剌剌的坐在中間交椅上繇我叫大王那里倸人宋江道恭人全不記我一力救你下山如何今日到把我強扭做賊那婦人聽了大怒指着宋江罵道這等賴皮賴骨不打如何肯招劉知寨道說得是喝叫取過批頭來打那廝一連打了兩料打得宋江皮開肉綻鮮血迸流叫把鐵鎖鎖了明日合個囚車把做鄆城虎張三解上州裏去却說相陪宋江的梯巳人慌忙奔回來報知花榮花榮聽罷大驚連忙寫一封書差兩個能幹親隨人去劉知寨處取親隨人齎了書急忙到劉知寨門前把門軍士入去報覆道花知寨差人在門前下書劉高叫喚至當廳那親隨人將書呈上劉高拆開封皮讀道花榮拜上僚兄相公座前所有薄親劉丈（花榮文甚）近日從濟州來（放開鄆城二字）因看燈火誤犯尊威萬乞情恕放免自當造謝草字不恭煩乞炤察不宜劉高看了大怒把書扯的粉碎大罵道花榮這廝無禮你是朝廷命官如何却與強賊通同也來瞞我這賊已招是鄆城縣張三你却如何寫濟州劉丈俺須不是你儕弄的你寫他姓劉是和我同姓恁的我便放了他（文官徒知此耳）喝令左右把下書人推將出去那親隨人被趕出寨門急急歸來稟覆花榮知道花榮聽了只

叫得苦了哥哥快備我的馬來花榮披掛拴束了弓箭（花榮一生）綽鎗上馬帶了三五十名軍漢都拖鎗拽棒直逩到劉高寨裏來把門軍人見了那里敢攔當見花榮頭勢不好盡皆吺驚都四散走了（寫得好看）花榮搶到廳前下了馬手中拿着鎗那三五十人都擺在廳前（寫得好看）花榮口裏叫道請劉知寨說話劉高聽得驚得魂飛魄散懼怕花榮是箇武官那里敢出來相見花榮見劉高不出來立了一回喝叫左右去兩邊耳房裏搜人那三五十軍漢一齊去搜時早從廊下耳房裏尋見宋江被麻索高弔起在梁上又使鐵索鎖着兩腿打得肉綻幾箇軍漢便把繩索割斷鐵鎖打開救出宋江花榮便叫軍士先送回家裏去花榮上了馬綽鎗在手口裏發話道劉知寨你便是箇正知寨待怎的奈何了花榮誰家沒箇親眷你却甚麼意思我的一箇表兄直拿在家裏強扭做賊好欺負人明日和你（寫得好看）

說話花榮帶了衆人自回到寨裏來看視宋江知說劉知寨見花榮救了人去急忙點起一二百人也叫來花榮寨奪人那二百人內新有兩箇教頭爲首的教頭雖然了得些鎗刀終不及花榮武藝不敢不從劉高只得引了衆人逩花榮寨裏來把門軍士入去報知花榮此時天色未甚明亮那二百來人擁在門首誰敢先入去（寫得好看）都懼怕花榮了得看看天大明了却見兩扇大門不關（寫得好看）只見花知寨在正廳上坐着（寫得好看）左手拿着弓右手挽着箭（寫得好看）衆人都擁在門前花榮豎起弓大喝道你這軍士們不知冤各有頭債各有主劉高差你來休要替他出色你那兩箇新參教頭還未見花知寨的武藝今日先敎你衆人看花知寨弓箭然後你那廝們要替劉高出色不怕的入來看我先射大門上左邊門神的骨朵頭（妙）搭上箭拽滿弓只一箭喝聲着正射中門神骨朵頭（妙）二百人

都喫一驚花榮又取第二枝箭大叫道你們衆人再看我這第二枝箭要射右邊門神的頭盔上朱纓(妙)颼的又一箭不偏不斜正中纓頭上(妙)那兩枝箭却射定在兩扇門上(總結一句有力)花榮再取第三枝箭喝道你衆人看我第三枝箭要射你那隊裏穿白的教頭心窩(妙妙)那人叫聲哎呀便轉身先走(寫得好看)衆人發聲喊一齊都走了(寫得好看)花榮且叫閉上寨門却來後堂看覷宋江花榮說道小弟悞了哥哥受此之苦宋江答道我却不妨只恐劉高那廝不肯和你干休我們也要計較箇長便花榮道小弟捹着棄了這道官誥(真好花榮)和那廝理會宋江道不想那婦人將恩作怨教丈夫打我這一頓我本待自說出真名姓來却又怕閻婆惜事發因此只說鄆城客人張三叵耐劉高無禮要把我做鄆城虎張三解上州去合箇囚車盛我要做清風山賊首時頃刻便是一刀一剮不得賢弟自來力救便有銅唇鐵舌也和他分辯不得花榮道小弟尋思只想他是讀書人須念同姓之親因此寫了劉丈(花知寨差矣越是讀書人越把同姓痛惡越是同姓越爲讀書人痛惡耳讀至此處我將聽普天下讀歎之聲)不想他直恁沒些人情如今既已救了來家且却又理會宋江道賢弟差矣既然仗你豪勢救了人來凡事要三思自古道喫飯防噎行路防跌他被你公然奪了人來急使人來搶又被你一嚇盡都散了我想他如何肯干罷必然要和你動文書今晚我先走上清風山去躲避你明日却好和他白賴終久只是文武不和相毆的官司我若再被他拿出去時你便和他分說不過(是)花榮道小弟只是一勇之夫却無兄長的高明遠見只恐兄長傷重了走不動(好花榮)宋江道不妨事急難以擔閣我自捱到山下便了當日敷貼了膏藥喫了些酒肉把包裹都寄在花榮處黃昏時分便使兩箇軍漢送出柵外去了宋江自連夜捱去不在話

下再說劉知寨見軍士一箇箇都散回寨裏來說道花知寨十分英勇了得誰敢去近前當他弓箭兩箇教頭道着他一箭時射箇透明窟竈却是都去不得劉高終是箇文官有些算計當下尋思起來想他這一奪去必然連夜放他上清風山去了明日却來和我白賴便爭競到上司也只是文武不和鬬毆之事我却如何奈何得他（劉高又賊）我今夜差二三十軍漢去五里路頭等候倘若天幸捉着時將來悄悄的關在家裏却暗地使人連夜去州裏報知軍官下來取就和花榮一發拿了都害了他性命那時我獨自霸着這清風寨（文武不和只爲此句寫出千古烱鑑非直押官而已）省得受那廝們的氣當晚點了二十餘人各執鎗棒就夜去了約莫有二更時候去的軍漢背剪綁得宋江到來（看他省法使避却前文清風山下被捉一段矣）劉知寨見了大喜道不出吾之所料且與我囚在後院裏休教一箇人得知連夜便寫了實封申狀差兩箇心腹之人星夜來青州府飛報次日花榮只道宋江上清風山去了坐視在家心裏只道我且看他怎的竟不來保着劉高也只做不知兩下都不說着（好）且說這青州府知府正値陞廳公座那知府覆姓慕容（慕容兩字可稱賜姓）雙名彥達是今上徽宗天子慕容貴妃之兄倚托妹子的勢要在青州橫行殘害良民欺罔僚友無所不爲（爲六十二回作案）正欲回衙早飯只見左右公人接上劉知寨申狀飛報賊情公事知府接來看了劉高的文書喫了一驚便道花榮是箇功臣之子如何結連清風山强賊這罪犯非小未委虛的便教喚那本州兵馬都監來到廳上分付他去原來那箇都監姓黃名信爲他本身武藝高强威鎭青州因此稱他爲鎭三山那青州地面所管下有三座惡山第一便是清風山第二便是二龍山第三便是桃花山（三山出名）這三處都是强人草寇出沒的去處黃信却自誇要

此下一段專寫黃信

捉盡三山人馬因此喚做鎮三山這兵馬都監黃信上廳來領了知府的言語出來點起五十箇壯健軍漢披掛了衣甲馬上拏着那口喪門劍連夜便下清風寨來逕到劉高寨前下馬劉知寨出來接着請到後堂敘禮罷一面安排酒食管待一面犒賞軍士後面取出宋江來教黃信看了黃信道這箇不必問了連夜合箇囚車把這廝盛在裏面頭上抹了紅絹插一箇紙旗上寫着清風山賊首鄆城虎張三宋江那里敢分辯只得繇他們安排黃信再問劉高道你拿得張三時花榮知也不知（黃信能）劉高道小官夜來二更拿了他悄悄的藏在家裏花榮只道去了安坐在家黃信道既是恁的却容易明早安排一副羊酒去大寨裏公廳上擺着却教四下裏埋伏下三五十人預備着我却自去花榮家請得他來只說道慕容知府聽得你文武不和因此特差我來置酒勸諭賺到公廳只看我擲盞為號就下手拿住了一同解上州裏去此計如何劉高喝采道還是相公高見此計却似瓮中捉鼈手到拿來當夜定了計策次日天曉先去大寨左右兩邊帳幙裏預先埋伏了軍士廳上虛設着酒食筵宴早飯前後黃信上了馬只帶三兩箇從人來到花榮寨前軍人入去傳報花榮問道來做甚麼軍漢答道只聽得教報道黃都監特來相探花榮聽罷便出來迎接黃信下馬花榮請至廳上敘禮罷便問道都監相公有何公幹到此黃信道下官蒙知府呼喚發落道為是你清風寨內文武官僚不和未知為甚緣由知府誠恐二位因私讐而悞公事（黃信會說）特差黃某齎到羊酒前來與你二位講和已安排在大寨公廳上便請足下上馬同往花榮笑道花榮如何敢欺罔劉高他又是箇正知寨只是他累累要尋花榮的過失不想驚動知府有勞都監下臨草寨花榮將何以報黃信

附耳低言道知府只爲足下一人倘有些刀兵動時他是文官做得何用你只依着我行（黄信能）花榮道深謝都監過愛黄信便邀花榮同出門首上馬花榮道且請都監少叙三杯了去黄信道待說開了暢飲何妨（黄信能）花榮只得叫備馬當時兩箇並馬而行直來到大寨下了馬黄信携着花榮的手同上公廳來（黄信能）只見劉高巳自先在公廳上三箇人都相見了黄信叫取酒來從人巳自先把花榮的馬牽將出去閉了寨門（黄信能）花榮不知是計只想黄信是一般武官必無歹意黄信擎一盞酒來先勸劉高道知府爲因聽得你文武二官同僚不和好生憂心今日特委黄信到來與你二公陪話煩望只以報答朝廷爲重再後有事和同商議（黄信會說）劉高答道量劉高不才頗識些理法直教知府恩相如此掛心我二人也無甚言語爭執此是外人妄傳黄信大笑道妙哉（黄信能）劉高飲過酒黄信又斟第二杯酒來勸花榮道雖然是劉知寨如此說了想必是閒人妄傳故是如此且請飲一杯花榮接過酒喫了劉高拿副臺盞斟一盞酒回勸黄信道動勞都監相公降臨敝地滿飲此杯黄信接過酒來拿在手裏把眼四下一看（黄信能）有十數箇軍漢簇上廳來黄信把酒盞望地下一擲只聽得後堂一聲喊起兩邊帳幙裏走出三五十箇壯徤軍漢一發上把花榮拿倒在廳前黄信喝道綁了花榮一片聲叫道我得何罪黄信大笑喝道你兀自敢叫哩你結連清風山强賊一同背反朝廷當得何罪我念你往日面皮不去驚動拿你家老小（此却不是黄信交情正是文章要着）花榮叫道也須有箇證見黄信道還你一箇證見教你看真贓真賊我不屈你左右與我推將來（黄信能）無移時一輛囚車一箇紙旗兒一條紅抹額從外面推將入來花榮看時却是宋江目睜口呆面面廝覷做聲不得黄信喝道

這須不干我事見有告人劉高在此花榮道不妨不妨這是我的親眷他自是鄆城縣人你要强紐他做賊到上司自有分辯處黄信道你既然如此說時我只解你上州裏你自去分辯便叫劉知寨點起一百寨兵防送花榮便對黃信說道都監賺我來雖然捉了我便到朝廷和他還有分辯可看我和都監一般武職官面休去我衣服（此亦不是花榮愛好）（正是文章要贅）容我坐在囚車裏黄信道這一件容易便依着你就叫劉知寨一同去州裏折辯明白休要枉害人性命（此却不是黄信公道正是文章要着人下回便知）當時黄信與劉高都上了馬監押着兩輛囚車并帶三五十軍士一百寨兵簇擁着車子取路望青州府來有分教火燄堆裏送數百間屋宇人家刀斧叢中殺一二千殘生性命正是生事事生君莫怨害人人害汝休嗔畢竟宋江怎地脫身且聽下回分解

第五才子書施耐菴水滸傳卷之三十七

第五才子書施耐菴水滸傳卷之三十八

聖歎外書

第三十三回

鎮三山大鬧青州道
霹靂火夜走瓦礫場

吾觀元人雜劇每一篇為四折每折止用一人獨唱而同場諸人僅以科白從旁挑動承接之此無他蓋昔者之人其胸中自有一篇一篇絕妙文字篇各成文文各有意有起有結有開有闔有呼有應有頓有跌特無所附麗則不能以空中抒寫故不得已旁托古人生死離合之事借題作文彼其意期於後世之人見吾之文而止初不取古人之事得吾之文而見也自雜劇之法壞而一篇之事乃有四十餘折一折之辭乃用數人同唱於是辭煩節促比於蛙鼓句斷字欹有如病夫又

一敘古人之事全賴後人傳之而文章在所不問也者而冬烘學究乳臭小兒咸搖筆灑墨來作傳奇矣稗官亦然稗官固效古史氏法也雖一部前後必有數篇一篇之中凡有數事然但有一人必爲一人立傳若有十人必爲十人立傳夫人必立傳者史氏一定之例也而事則通長者文人聯貫之才也故有其甲其乙共爲一事而實書在其甲傳中斯與其乙無與也又有其甲其乙不必共爲一事而於其甲傳中忽然及於其乙此固作者心愛其乙不能暫忘苟有便可以及之輒遂及之是又與其甲無與故曰文人操管之際其權爲至重也夫其甲傳中忽及其乙者如宋江傳中再述武松是其例也書在甲傳乙則無與者如花榮傳中不重宋江是其例也夫一人有一人之傳一傳有一篇之文有一端之指一指有一定之歸世人不察乃又搖筆灑墨紛紛來作稗官何其游手好閒一至於斯也

古本水滸寫花榮便寫到宋江悉爲花榮所用俗本只落一二字其醜遂不可當不知何人所改旣不可致詰故特取其例一述之

話說那黃信上馬手中橫着這口喪門劒劉知寨也騎着馬身上披掛些戎衣手中拿一把叉可謂善戲謔兮不爲虐兮者矣○又差同音手中拿一把差不止劉高天下之人皆然矣那一百四五十軍漢寨兵各執着纓鎗棍棒腰下都帶短刀利劍兩下鼓一聲鑼解宋江和花榮望青州來衆人都離了清風寨行不過三四十里路頭前面見一座大林子正來到那山嘴邊前頭寨兵指道林子裏有人窺望都立住了脚黃信在馬上問道爲甚不行軍漢答道前面林子裏有人窺看黃信喝道休保他只顧走看看漸近林子前只聽得噹噹

的二三十面大鑼一齊響起來那寨兵人等都慌了手脚只有要走黃信喝道且住都與我擺開叫道劉知寨你壓着囚車劉高在馬上死應不得只口裏念救苦救難天尊（句）哎呀呀（句）十萬卷經（句）三十壇醮（句）救一救（句○寫得口中亂擴之極或無上半句或無下半句真是絕倒）驚的臉如成精的東瓜青一回黃一回（絕倒亦是奇語）這黃信是箇武官終有些膽量便拍馬向前看時只見林子四邊齊齊的分過三五百箇小嘍囉來一箇箇身長力壯都是面惡眼兇頭裹紅巾身穿納襖腿懸利劍手執長鎗早把一行人圍住林子中跳出三箇好漢來一箇穿青一箇穿綠一箇穿紅都戴着一頂銷金萬字頭巾各跨一口腰刀又使一把朴刀當住去路中間是錦毛虎燕順上首是矮脚虎王英下首是白面郎君鄭天壽三箇好漢大喝道來往的到此當住脚留下三千兩買路黃金任從過去黃信在馬上大喝道你那廝們不得無禮鎮三山在此（好）三箇好漢睜着眼大喝道你便是鎮萬山也要三千兩買路黃金（好）沒時不放你過去黃信說道我是上司取公事的都監有甚麼買路錢與你那三箇好漢笑道莫說你是上司一箇都監便是趙官家駕過也要三千貫買路錢若是沒有且把公事人當在這里待你取錢來贖（奇譚解人頤）黃信大怒罵道強賊怎敢如此無禮喝叫左右擂鼓鳴鑼黃信拍馬舞劍直遶燕順三箇好漢一齊挺起朴刀來戰黃信黃信見三箇好漢都來併他奮力在馬上鬭了十合怎地當得他三箇在亦且劉高已自抖着向前不得見了這般頭勢只待要走黃信怕喫他三箇拿了壞了名聲只得一騎馬撲喇喇跑回舊路三箇頭領挺着朴刀趕將來黃信那里顧得衆人獨自飛馬奔回清風鎮去了衆軍見黃信回馬時已自發聲喊撇了囚車都四散走了只剩得劉高（寫得好○讀至此始知前文要劉高）

同來對理之妙。不然。則重要到鎭捉劉高也。見頭勢不好慌忙勒轉馬
頭連打三鞭那馬正待跑時被那小嘍囉拽起絆
馬索早把劉高的馬掀翻倒撞下來衆小嘍囉一
發向前拿了劉高搶了囚車打開車輛花榮巳把
自巳的囚車掀開了好。便跳出來將這縛索都掙
斷了却打碎那箇囚車救出宋江來好。自有那幾
箇小嘍囉巳自反剪了劉高好。又向前去搶得他
騎的馬好。亦有二匹駕車的馬好。却剝了劉高的
衣服與宋江穿了好。○讀至此。始知前文花榮乞留衣服之妙。不然。則一劉高之
衣。禁寨中不可分衣兩人。花榮又不可赤條條上山也。把馬先送上山去好。
這三箇好漢一同花榮并小嘍囉把劉高赤條條
的綁了押囘山寨來好。○一段叙得湊手。原來這三位好漢
爲因不知宋江消息差幾箇能幹的小嘍囉下山
直來清風鎭上探聽聞人說道都監黃信擲盞爲
號拿了花知寨并宋江陷車囚了解投青州來因
此報與三箇好漢得知帶了人馬大寬轉兜出大
路來預先截住去路小路裏亦差人伺候閒筆周匝。因
此救了兩箇拿得劉高都囘山寨裏來當晚上得
山時巳是二更時分都到聚義廳上相會請宋江
花榮當中坐定三箇好漢對席相陪一面且備酒
食管待燕順分付叫孩兒們各自都去喫酒花榮
在廳上稱謝三箇好漢說道花榮與哥哥皆得三
位壯士救了性命報了寃讐此恩難報只是花榮
還有妻小妹子在清風寨中必然被黃信擒捉却
是怎生救得燕順道知寨放心料應黃信不敢便
拿恭人若拿時也須從這條路裏經過好。○讀至此。始知前
文黃信許花榮不拿家小之妙。我明日弟兄三箇下山去取恭人
和令妹還知寨便差小嘍囉下山先去探聽花榮
謝道深感壯士大恩宋江便道且與我拿過劉高
那廝來燕順便道把他綁在將軍柱上割腹取心
與哥哥慶喜花榮道我親自下手割這廝花榮文甚。宋
江罵道你這廝我與你往日無寃近日無讐你如

何聽信那不賢的婦人害我今日擒來有何理說花榮道哥哥問他則甚把刀去劉高心窩裏只一剜那顆心獻在宋江面前（花榮文甚。不是花榮說便要寫劉高許多搖尾乞命之語污筆壞紙極矣）小嘍囉自把屍首拖在一邊宋江道今日雖殺了這廝濫污匹夫只有那箇淫婦不曾殺得未出那口怨氣王矮虎便道哥哥放心我明日自下山去拿那婦人今番還我受用（行文一時行到平淡處無可出色故借此作笑耳不必真有之）衆皆大笑當夜飲酒罷各自歇息次日起來商議打清風寨一事燕順道昨日孩兒們走得辛苦了今日歇他一日明日早下山去也未遲宋江道也見得是正要將息人强馬壯不在促忙不說山寨整點軍馬起程且說都監黃信一騎馬奔回清風鎮上大寨內便點寨兵人馬緊守四邊柵門黃信寫了申狀叫兩箇教軍頭目飛馬報與慕容知府知府聽得飛報軍情緊急公務連夜陞廳看了黃信申狀反了花榮結連清風山强盜時刻清風寨不保事在告急早遣良將保守地方（已上三十字是申狀）知府看了大驚便差人去請青州指揮司總管本州兵馬秦統制急來商議軍情重事那人原是山後開州人氏姓秦諱箇明字因他性格急躁聲若雷霆以此人都呼他做霹靂火秦明祖是軍官出身使一條狼牙棒有萬夫不當之勇那人聽得知府請喚逕到府裏來見知府各施禮罷那慕容知府將出那黃信的飛報申狀來教秦統制看了秦明大怒道紅頭子敢如此無禮不須公祖憂心不才便起軍馬不拿這賊誓不再見公祖慕容知府道將軍若是遲慢恐這廝們去打清風寨秦明答道此事如何敢遲悞只今連夜便去點起人馬來日早行知府大喜忙叫安排酒肉乾糧先去城外等候賞軍秦明見說反了花榮怒忿忿地上馬（大書秦明忠孝天性）奔到指揮司裏便點起一百馬軍四百步軍先叫出城去取齊擺布了起身却說慕容知府先在城外寺院裏蒸下饅頭罷了大碗盪下酒每一箇人三碗酒兩箇饅頭一斤熟肉（須知此非閒筆蓋因知府賞軍便得先見秦統制一番軍容先見一番軍容便令後文宋江定計不寫巳見）方纔備辦得了却望見軍馬出城引軍紅旗上大書兵馬總管秦統制慕容知府看見秦明全副披掛了出城來果是英雄無比（特詳此筆縱妙）（章法）秦明在馬上見慕容知府在城外賞軍慌忙叫軍漢接了軍器下馬來和知府相見施禮罷知府把了盞將些言語囑付總管道善覷方便早奏凱歌賞軍已罷放起信砲秦明辭了知府飛身上馬擺開隊伍催趲軍兵大刀濶斧逕奔清風寨來原來這清風鎮却在青州東南上從正南取清風山較近可早到山北小路（有此句便令在前不礙不妝花家老小在後不礙單騎來說黃信也）却說清風山寨裏這小嘍囉們探知備細報上山來山寨裏衆好漢正待要打清風寨去只聽的報道秦明引兵馬到來都面面厮覷俱各駭然花榮便道（獨寫花榮）你衆位俱不要慌自古兵臨告急必須死敵教小嘍囉飽喫了酒飯只依着我行先須力敵後用智取如此如此如此好麽（真好花榮）宋江道好計正是如此行當日宋江花榮先定了計策便叫小嘍囉各自去準備花榮自選了一騎好馬（定是劉高馬也）一副衣甲弓箭鐵鎗都收拾了等候再說秦明領兵來到清風山下離山十里下了寨柵次日五更造飯軍士喫罷放起一箇信砲直逩清風山來揀空濶去處擺開人馬發起擂鼓只聽得山上鑼聲震天響飛下一彪人馬出來秦明勒住馬橫着狼牙棒睜着眼看時却見衆小嘍囉簇擁着小李廣花榮下山來到得山坡前一聲鑼響列成陣勢花榮在馬上擎着鐵鎗朝秦明聲箇喏（花榮文甚）秦明大喝道花榮你祖代是將門之子朝廷命官教你做箇知寨掌握一境地方食祿於國有何虧你處却去結連賊寇反背朝廷我今特來捉你會事

的下馬受縛免得腥手汚脚花榮陪着笑道看他一箇只是笑一箇只是怒一箇儒雅一箇性急各各如畫總管聽稟量花榮如何肯反背朝廷實被劉高這厮無中生有官報私讐逼迫得花榮有家難奔有國難投權且躲避在此六字是一部大書供狀望總管詳察救解秦明道你兀自不下馬受縛更待何時劃地花言巧語煽惑軍心喝叫左右兩邊擂鼓秦明輪動狼牙棒直奔花榮花榮大笑道秦明你這厮原來不識好人饒讓我念你是箇上司官妙譚未經人說你道俺真箇怕你便縱馬挺鎗來戰秦明兩箇交手鬬到四五十合不分勝敗花榮連鬬了許多合賣箇破綻撥回馬望山下小路便走秦明大怒大怒趕將來花榮把鎗去了事環上帶住把馬勒箇定左手拈起弓右手拔箭拽滿弓紐過身軀望秦明盔頂上只一箭正中盔上射落斗來大那顆紅纓却似報箇信與他妙絕花榮秦明喫了一驚不敢向前追趕霍地撥回馬恰要趕

殺衆人却早一鬨地都上山去了花榮自從別路也轉上山寨去了秦明見他都走散了心中越怒道越怒㲉耐這草寇無禮喝叫鳴鑼擂鼓取路上山衆軍齊聲吶喊步軍先上山來轉過三兩箇山頭只見上面擂木砲石灰瓶金汁從險峻處打將下來向前的退步不迭早打倒三五十箇只得再退下山來秦明怒極怒極帶領軍馬繞山下來尋路上山尋到午牌時分只見西山邊鑼響樹林叢中閃出一對紅旗軍來妙絕花榮秦明引了人馬趕將去時趕到西來鑼也不響紅旗都不見了妙絕花榮秦明看那路時又沒正路都只是幾條砍柴的小路却把亂樹折木交叉當了路口又不能上去得正待差軍漢開路只見軍漢來報道東山邊鑼響一陣紅旗軍出來妙絕花榮秦明引了人馬飛也似奔過東山邊來趕到東來看時鑼也不鳴紅旗也不見了妙絕花榮秦明縱馬去四下裏尋路時都是亂樹折木塞斷了砍柴

看他用許多怒字寫秦明性急皆太史法

的路逕(句亦小變)只見探事的又來報道西邊山上鑼又響紅旗軍又出來了(妙絕花榮句法亦變)秦明拍馬再奔來西山邊(又趕到西來)看時又不見一箇人紅旗也沒了(妙絕花榮)秦明怒壞(怒壞)恨不得把牙齒都咬碎了正在西山邊氣忿忿的又聽得東山邊鑼聲震地價響(妙絕花榮句法又變)急帶了人馬又趕過來東山邊(又趕過東來)看時又不見有一箇賊漢紅旗都不見了(妙絕花榮)秦明怒挺胸脯(怒挺胸脯)又要趕軍漢上山尋路只聽得西山邊又發起喊來(妙絕花榮又變)秦明怒氣衝天(怒氣衝天)大驅兵馬投西山邊來(又趕過西來)山上山下看時並不見一箇人(妙絕花榮)秦明喝叫軍漢兩邊尋路上山數內有一箇軍人稟說道這里都不是正路只除非東南上有一條大路可以上去若是只在這里尋路上去時惟恐有失秦明聽了便道既有那條大路時連夜趕將去便驅一行軍馬投東南角上來(又趕到東南上來)看看天色晚了又走得人

困馬乏巴得到那山下時正欲下寨造飯只見山上火把亂起鑼鼓亂鳴(妙絕花榮又變)秦明轉怒(轉怒)引領四五十馬軍跑上山來(又跑上山來)只見山上樹林內亂箭射將下來又射傷了些軍士秦明只得回馬下山(又跑下山來)且教軍士只顧造飯恰纔舉得火着只見山上有八九十把火光呼風唿哨下來(妙絕花榮又變)秦明急待引軍趕時(又趕)火把一齊都滅了(妙絕花榮只是騙他趕來騙他趕去耳偏寫數遍不嫌重複故妙處急性人妙法想見花榮胸中有八門五花之妙)當夜雖有月光亦被陰雲籠罩不甚明朗(我上一句好便先為秦明留一地也)秦明怒不可當(怒不可當)便叫軍士點起火把燒那樹木只聽得山嘴上鼓笛之聲(妙絕花榮出奇無窮)秦明縱馬上來看時見山頂上點着十餘箇火把照見花榮陪侍着宋江在上面飲酒(妙絕花榮令人絕倒)秦明看了心中沒出氣處勸着馬在山下大罵(處處急性人妙絕)花榮笑答道(只是笑好花榮)秦統制你不必焦躁且回去將息着(妙絕)我明日和你併箇你

死我活的輸贏便罷秦明怒喊道怒喊反賊你便下來我如今和你併箇三百合却再作理會花榮笑道只是笑秦總管你今日勞困了妙絕我便贏得你也不爲強妙絕你且回去明日却來秦明越怒越怒只管在山下罵本待尋路上山却又怕花榮的弓箭因此只在山坡下罵百忙中忽註一句正叫罵之間只聽得本部下軍馬發起喊來妙絕花榮出奇無窮秦明急回到山下看時只見這邊山上火砲火箭一齊燒將下來妙絕背後二三十箇小嘍囉做一羣把弓弩在黑影裏射人妙絕寫得又絕倒衆軍馬發喊一齊都擁過那邊山側深坑裏去躲十九字句深坑字絕倒此時已有三更時分好筆衆軍馬正躲得弓箭時只叫得苦上溜頭滾下水來妙絕花榮出奇無窮一行人馬却都在溪裏各自掙扎性命妙絕爬得上岸的盡被小嘍囉撓鉤搭住活捉上山去了妙絕爬不上岸的盡渰死在溪裏妙絕且說秦明此時怒得腦門都粉碎了怒得腦門粉碎看他寫大怒越怒怒極怒壞怒撥胸脯怒氣衝天轉怒怒不可當怒喊越怒怒得腦門都粉碎了全用史公章法却見一條小路在側邊妙絕花榮秦明把馬一撥搶上山來走不到三五十步和人連馬攧下陷坑裏去妙絕花榮一路寫花榮不勞一蹄不折一矢功成名立真是妙絕兩邊埋伏下五十箇撓鉤手把秦明搭將起來剝了渾身衣甲句頭盔句軍器句。妙絕花榮令我讀之而笑拿條繩索綁了把馬也救起來妙絕花榮都解上清風山來原來這般圈套都是花榮的計策自註一遍令上文再一清出先使小嘍囉或在東或在西引誘得秦明人困馬乏策立不定預先又把這土布袋塡住兩溪的水等候夜深却把人馬逼趕溪裏去上面却放下水來那急流的水都結果了軍馬你道秦明帶出的五百人馬忽然提一句筆法奇矯一大半渰在水中都送了性命生擒活捉有一百五七十人奪了七八十匹好馬不曾逃得一箇回去次後陷馬坑裏活捉了秦明自註止此當下一行小嘍囉捉秦明到山寨裏早是天明時候五位好漢坐在聚義廳上小嘍囉縛綁秦明(妙絕花榮)解在廳前花榮見了連忙跳離交椅接下廳來親自解了繩索扶上廳來納頭拜在地下(妙絕花榮真正出奇無窮)秦明慌忙答禮便道我是被擒之人繇你們碎屍而死何故却來拜我花榮跪下道(妙)小嘍囉不識尊卑誤有冐瀆切乞恕罪隨取錦段衣服與秦明穿了(妙絕花榮今我讀之而笑)秦明問花榮道這位為頭的好漢却是甚人(偏動人問何也)花榮道這位是花榮的哥哥鄆城縣宋押司諱江的便是(又妙絕花榮)這三位是山寨之主燕順王英鄭天壽秦明道這三位我自曉得(句輕)這宋押司莫不是喚做山東及時雨宋公明麼(句輕)宋江答道小人便是秦明連忙下拜道聞名久矣不想今日得會義士宋江慌忙答禮不迭秦明見宋江腿脚不便(寫得好)問道兄長如何貴足不便宋江却把自離鄆城縣起頭直至劉知寨拷打的事故從頭對秦明說了一遍秦明只把頭來搖道若聽一面之詞悞了多少緣故容秦明回州去對慕容知府說知此事燕順相留且住數日隨即便叫殺羊宰馬安排筵席飲宴拿上山的軍漢都藏在山後房裏(妙絕花榮)也與他酒食管待秦明喫了數杯起身道眾位壯士既是你們的好情分不殺秦明還了我盔甲馬匹軍器(妙筆今我讀之而笑)回州去燕順道總管差矣你既是引了青州五百兵馬都沒了如何回得州去慕容知府如何不見你罪責不如權在荒山草寨住幾時本不堪歇馬權就此間落草論秤分金銀整套穿衣服不強似受那大頭巾的氣秦明聽罷便下廳道(便下廳寫秦明妙)秦明生是大宋人死為大宋鬼朝廷教我做到兵馬總管兼受統制使官職又不曾虧了秦明我如何肯做強人背反朝廷你們眾位要殺時便殺了我花榮趕下廳來拖住道(趕下廳寫花榮妙)兄長息怒聽小弟一言我也是朝廷命官之子無可奈何被逼迫得如此

總管既是不肯落草如何相逼得你隨順只請少坐席終了將小弟討衣甲頭盔鞍馬軍器（妙筆令我讀之而笑）還兄長去秦明那里肯坐花榮又勸道總管夜來勞神費力了一日一夜人也尚自當不得那匹馬如何不喂得他飽了去（妙絕花榮）秦明聽了肚內尋思也說得是再上廳來（再上廳寫秦明花榮都妙）坐了飲酒那五位好漢輪番把盞陪話勸酒秦明一則軟困（是）二為眾好漢勸不過（是）開懷喫得醉了扶入帳房睡了這里眾人自去行事（實事虛寫一句八字中有一夜男啼女哭殺人放火在內）不在話下且說秦明一覺直睡到次日辰牌方醒跳將起來（急性如畫）洗漱罷便要下山眾好漢都來相留道總管且喫早飯動身送下山去秦明性急的人便要下山眾人慌忙安排些酒食管待了取出頭盔衣甲（妙筆好笑）與秦明披掛了牽過那匹馬來并狼牙棒（妙筆好笑為是好笑便不忍一句寫盡却分作兩三句出之）先叫人在山下伺候五位好漢都送秦明下山來相別了交還馬匹軍器（妙筆好笑）秦明上了馬（好笑妙）拿着狼牙棒（好笑妙）趁天色大明離了清風山取路飛奔青州來到得十里路頭恰好巳牌前後遠遠地望見烟塵亂起並無一箇人來往（奇文）秦明見了心中自有八分疑忌到得城外看時原來舊有數百人家却都被火燒做白地（奇文）一片瓦礫場上橫七豎八殺死的男子婦人不記其數（奇文）秦明看了大驚打那匹馬在瓦礫場上跑到城邊大叫開門時只見門邊吊橋高拽起了（奇文）都擺列着軍士旌旗擂木砲石秦明勒着馬大叫城上放下吊橋度我入城城上早有人看見是秦明便擂起鼓來吶着喊（奇文）秦明叫道我是秦總管如何不放我入城只見慕容知府立在城上女牆邊大喝道反賊（奇文）你如何不識羞恥昨夜引人馬來打城子把許多好百姓殺了又把許多房屋燒了今日兀自又來賺哄城門朝廷須不曾虧負了你你這廝倒如何行此

不仁已自差人奏聞朝廷去了早晚拿住你時把你這廝碎屍萬段秦明大叫道公祖差矣秦明因折了人馬又被這廝們捉了上山去方纔得脫昨夜何曾來打城子知府喝道我如何不認得你這廝的馬匹句衣甲句軍器句頭盔句奇文妙文城上衆人明明地見你指撥紅頭子殺人放火奇文妙文你如何賴得過便做你輸了被擒如何五百軍人沒一箇逃得回來報信你如今指望賺開城門取老小你的妻子今早已都殺了你若不信與你頭看軍士把鎗將秦明妻子首級挑起在鎗上教秦明看秦明是箇性急的人看了渾家首級氣破胸脯分說不得只叫得苦屈城上弩箭如雨點般射將下來秦明只得回避上文已是只如此撒開看見遍野處火焰尚兀自未滅再畫一句秦明回馬在瓦礫場上恨不得尋箇死處一句一肚裏尋思了半晌一句縱馬再回舊路一句行不得十來里只見林子裏妙絕花榮轉出一夥人馬來當先五匹馬上五箇好漢不是別人宋江花榮燕順王英鄭天壽隨從一二百小嘍囉宋江在馬上欠身道總管何不回青州獨自一騎投何處去秦明見問怒氣道不知是那箇天不蓋地不載該剮的賊裝做我去打了城子壞了百姓人家房屋殺害良民到結果了我一家老小閃得我如今上天無路入地無門我若尋見那人時直打碎這條狼牙棒便罷宋江便道妙絕花榮此處便不出頭也○人但知宋江服秦明不知花榮用宋江也總管息怒小人有箇見識這里難說請到山寨裏告稟總管可以便往秦明只得隨順再回清風山來於路無話早到山亭前下馬衆人一齊都進山寨內小嘍囉已安排酒果肴饌在聚義廳上五箇好漢邀請秦明上廳都讓他中間坐定妙絕花榮○此句與後仍請句對看便知花榮之妙也五箇好漢齊齊跪下秦明連忙答禮也跪在地宋江開話道妙絕花榮能用宋江總管休怪昨日因留總管在山堅意不肯卻

是宋江定出這條計來 妙絕花榮。既能用宋江。又能深信宋江之必能服秦明。蓋不惟能將軍。又能將將者矣。 叫小卒似總管模樣的却穿了總管的衣甲頭盔騎着那馬橫着狼牙棒直遶青州城下點撥紅頭子殺人燕順王矮虎帶領五十餘人助戰只做總管去家中取老小因此殺人放火先絕了總管歸路的念頭今日衆人特地請罪秦明見說了怒氣攢心欲待要和宋江等厮併 一句 却又自肚裏尋思 一句 一則是上界星辰契合二乃被他們軟困以禮待之三則又怕鬬他們不過 三句 ○上二句不足以挨住秦明。故作者在旁挐入三句。筆力妙甚。 因此只得納了這口氣便說道你們弟兄雖是好意要畱秦明只是害得我忒毒些箇斷送了我妻小一家人口宋江答道 此亦是花榮意。却到底用宋江說。何用如其必出於花榮也。蓋一人有一人正傳。今此文。正屬花榮正傳也。 不恁地時兄長如何肯死心塌地若是沒了嫂嫂夫人花知寨自說有一令妹甚是賢慧他情願賠出立辦裝奩與總管爲室如何 妙絕花榮。不惟善用兵。又善用將。乃至又善用其妹也。○俗本訛。 秦明見衆人如此相敬相愛方纔放心歸順花榮仍請宋江在居中坐了秦明道好 妙絕花榮。不惟戡定禍亂。又能正名定位。眞是極寫之矣。○俗本皆訛。 秦明花榮及三位好漢依次都坐大吹大擂飲酒商議打清風寨一事秦明道這事容易不須衆弟兄費心黃信那人亦是治下二者是秦明敎他的武藝三乃和我過的最好明日我便先去叫開柵門一席話說他入夥投降就取了花知寨寶眷 倒此句在拿劉高老婆之前。特與王英映帶作趣。○前文宋江先許爲王英作媒。後文却忽與秦明作媒。皆是行文閃爍之法。 拿了劉高的潑婦與仁兄報讐雪恨 偏與上句連說。獨不爲王英地乎。 作進見之禮如何宋江大喜道若得總管如此慨然相許却是多幸多幸當日筵席散了各自歇息次日早起來喫了早飯都各各披掛了秦明上馬先下山來拿了狼牙棒飛遶清風鎮來却說黃信自到清風鎮上發放鎮上軍民點起寨兵曉夜隄防牢守柵門又不敢出戰 回護前文法。 累累使人探聽不見青州調兵策應當日只聽得報道柵外有秦統制獨自一騎馬到來叫開柵門黃信聽了便上馬飛奔門邊看時果是一人一騎又無伴當黃信便叫開柵門放下吊橋迎接秦總管入來直到大寨公廳前下馬請上廳來敘禮罷黃信便問道總管緣何單騎到此秦明當下先說了損折軍馬等情後說山東及時雨宋公明疎財仗義結識天下好漢誰不欽敬他如今見在清風山上我今次也在山寨入了夥你又無老小（花榮秦明都成累筆故此處特省一句）何不聽我言語也去山寨入夥免受那文官的氣黃信答道既然恩官在彼黃信安敢不從只是不曾聽得說有宋公明在山上今次却說及時雨宋公明自何而來（妙筆明畫）秦明笑道便是你前日解去的鄆城虎張三便是（妙筆明畫又復絕倒）他怕說出眞名姓惹起自巳的官司以此只認說是張三黃信聽了跌脚道若是小弟得知是宋公明時路上也自放了他（又表黃信）一時見不到處只聽了劉高一面之詞險不壞了他性命秦明黃信兩箇正在公廨內商量起身只見寨兵報道有兩路軍馬鳴鑼擂鼓殺奔鎮上來秦明黃信聽得都上了馬前來迎敵軍馬到得柵門邊望時只見塵土蔽日殺氣遮天兩路軍兵投鎮上四條好漢下山來畢竟秦明黃信怎地迎敵且聽下回分解

第五才子書施耐菴水滸傳卷之三十九

聖歎外書

第三十四回

石將軍村店寄書
小李廣梁山射鴈

此回篇節至多如清風寨起行是一節對影山遇呂方郭盛是一節酒店遇石勇是一節宋江得家書是一節宋江奔喪是一節山泊關防嚴密是一節宋江歸家是一節

讀清風寨起行一節要看他將車數馬數人數通計一遍分調一遍分明是一段史記

讀對影山鬭戟一節要看他忽然變作極耀艷之文蓋寫少年將軍定當如此

讀酒店遇石勇一節要看他寫得石將軍如猛虎當路直是捺撥不得只是認得兩位豪傑其顧盼雄毅便乃如此何況身為豪傑者其於天下人當如何也

讀宋江得家書一節要看他寫石勇不便將家書出來又不甚曉得家中事體偏用筆筆捺住法寫得宋江大喜便又敘話飲酒直待盡情盡致了然後開出書來却又不便說書中之事再寫一句封皮逆封又寫一句無平安字皆用極奇拗之筆

讀宋江奔喪一節要看他活畫出奔喪人來至如麻鞋句短棒句馬句則又分外妙筆也

讀水泊一節要看他設置雄麗要看他號令精嚴要看他謹守定規要看他深謀遠慮要看他盤詰詳審要看他開誠布忠要看他不昵所親之言要看他不敢慢於遠方之人皆作者極意之筆

讀歸家一節要看他忽然生一張社長作波却恐疑其單薄又反生一王社長陪之可見

此回篇節至多須一一分別觀之

行文要相形勢也○當下秦明和黃信兩箇到柵門外看時望見兩路來的軍馬却好都到一路是宋江花榮一路是燕順王矮虎各帶一百五十餘人黃信便叫寨兵放下弔橋大開寨門迎接兩路人馬都到鎮上宋江早傳下號令休要害一箇百姓休傷一箇寨兵叫先打入南寨把劉高一家老小盡都殺了王矮虎自先奪了那箇婦人（可謂老婆心切○極似寫王矮虎却不知借此一句收取潑婦上山報仇正法也）小嘍囉盡把應有家私金銀財物寶貨之資都裝上車子再有馬匹牛羊盡數牽了花榮自到家中將應有的財物等項裝載上車搬取妻小妹子內有清風鎮上人數都發還了（閒心細筆文所本無事所必有）衆多好漢收拾已了一行人馬離了清風鎮都回到山寨裏來車輛人馬都到山寨鄭天壽迎接向聚義廳上相會黃信與衆好漢講禮罷坐於花榮肩下宋江叫把花榮老小安頓一所歇處

（細）將劉高財物分賞與衆小嘍囉（細）王矮虎拿得那婦人將去藏在自已房內燕順便問道劉高的妻今在何處王矮虎答道今番須與小弟做箇押寨夫人燕順道與却與你且喚他出來我有一句話說（辭令能品）宋江便道我正要問他王矮虎便喚到廳前那婆娘哭着告饒宋江喝道你這潑婦我好意救你下山念你是箇命官的恭人你如何反將冤報今日擒來有何理說燕順跳起身來便道這等淫婦問他則甚拔出腰刀一刀揮爲兩段（賊官淫婦前後一樣殺法亦此篇之章段也○換燕順者祇恐仍出花榮便有礙矮虎不如用他自家人得省手耳）王矮虎見砍了這婦人心中大怒奪過一把朴刀便要和燕順交併宋江等起身來勸住宋江便道燕順殺了這婦人也是兄弟你看我這等一力救了他下山教他夫妻團圓完聚尚兀自轉過臉來叫丈夫害我賢弟你留在身邊久後有損無益宋江日後別娶一箇好的教賢弟滿意燕順道兄

弟便是這等尋思不殺他久後必被他害了王矮虎被衆人勸了默默無言燕順喝叫打掃過屍首血跡且排筵席慶賀次日花榮請宋江黃信主婚燕順王矮虎鄭天壽做媒說伐把妹子嫁與秦明一應禮物都是花榮出備（王英方娶夫人秦明便得夫人兩事偏要接連寫在一處以爲激射）喫了三五日筵席五七日後小嘍囉探得事情上山來報道青州慕容知府申將文書去中書省奏說反了花榮秦明黃信要起大軍來征勦衆人聽罷商量道此間小寨不是久戀之地倘或大軍到來四面圍住如何迎敵宋江道小可有一計不知中得諸位心否衆好漢都道願聞良策宋江道自這南方有箇去處地名喚做梁山泊方圓八百餘里中間宛子城蓼兒洼晁天王聚集着三五千軍馬把住着水泊官兵捕盜不敢正眼覷他我等何不收拾起人馬去那里入夥（一段大書宋江倡衆落草以正其罪也）秦明道既然有這箇去處却是十分好

只是沒人引進他如何肯便納我們宋江大笑却把這打劫生辰綱金銀一事直說到劉唐寄書將金子謝我因此上殺了閻婆惜逃去在江湖上秦明聽了大喜道恁地兄長正是他那里大恩人事不宜遲可以收拾起快去（今日衆人既屬宋江倡率前日晁蓋又爲宋江私放以深表宋江爲賊之首罪之魁也）只就當日商量定了便打併起十數輛車子（車通計）把老小并金銀財物衣服行李等件都裝載車子上共有三二百匹好馬（馬通計）小嘍囉們有不願去的齎發他些銀兩任從他下山去投別主（鬧筆却少不得）有願去的編入隊裏就和秦明帶來的軍漢通有三五百人（人通計）宋江教分作三起下山（妙）只做去收捕梁山泊的官軍（妙此一句便引出後文山泊一篇來）山上都收拾得停當裝上車子放起火來把山寨燒作光地分爲三隊下山宋江便與花榮引着四五十人（分人）三五十騎馬（分馬）簇擁着五七輛車子（分車）老小隊仗先行（第一隊）秦明黃信引領

八九十四匹馬分馬和這應用車子分車作第二起第二隊後面第三隊字倒在上便是燕順王矮虎鄭天壽三箇引着四五十匹馬分馬一二百人分人第一隊有人有馬有車第二隊有馬有車無人第三隊有馬有人無車通共只十輛車三二百匹馬三五百人看他寫得錯綜變化離了清風山取路投梁山泊來於路中見了這許多軍馬旗號上又明明寫着收捕草寇官軍因此無人敢來阻當在路行五七日離得青州遠了且說宋江花榮兩箇騎馬在前頭背後車輛載着老小與後面人馬只隔着二十來里遠近前面到一箇去處地名喚對影山兩邊兩座高山一般形勢中間却是一條大闊驛路兩箇在馬上正行之間只聽得前山裏鑼鳴鼓響爲是強賊爲是官軍讀至下却都不是始信山名對影都有爲也花榮便道前面必有強人把鎗帶住取弓箭來整頓得端正再插放飛魚袋內一面叫騎馬的軍士催趲後面兩起軍馬上來妙且把車輛人馬扎住了宋江和花榮兩箇引了二十餘騎軍

此一節是呂方郭盛鬭戟特表花榮神技

馬向前探路至前面半里多路早見一簇人馬約有一百餘人盡是紅衣紅甲擁着一箇穿紅少年壯士橫戟立馬奇文奇格在山坡前大叫道今日我和你比試分箇勝敗見箇輸贏只見對過山岡子背後早擁出一隊人馬來也有百十餘人都是白衣白甲也擁着一箇穿白少年壯士手中也使一枝方天畫戟奇文奇格處處皆用散叙此處忽然用兩扇一聯法奇絕這邊都是素白旗號那壁都是絳紅旗號又一聯只見兩邊紅白旗搖震地花腔鼓擂那兩箇壯士更不打話各人挺手中戟縱坐下馬兩箇就中間大闊路上鬬到三十餘合不分勝敗花榮和宋江兩箇在馬上看了喝采看他前後兩喝采寓意深隱爲之一歎花榮一步步趲馬向前看時只見那兩箇壯士鬬到深澗裏這兩枝戟上一枝是金錢豹子尾一枝是金錢五色旛又一聯却攪做一團上面絨縧結住了那里分拆得開奇文花榮在馬上看了便把馬帶住左手去飛魚

袋内取弓右手向走獸壺中拔箭亦是一聯。此一段文都作分外耀艷語搭上箭拽滿弓覷着豹尾絨絛較親處颼的一箭恰好正把絨絛射斷只見兩枝畫戟分開做兩下奇文那二百餘人一齊喝聲采前言兩番喝采寓意深隱者何也蓋兩戟相交不相上下則兩戟之妙可得而知也兩戟之妙可得而知然而宋江知花榮知者二百餘人不得知二百餘人不得知則止有宋江花榮馬上喝采而二百餘人瞠目不出一聲矣蓋天下曲高寡和才高無賞往往如是不足怪也迨夫花榮一箭分開兩戟而二百餘人齊聲喝采夫二百餘人即又豈知花榮之內正外直左托右抱乎哉眼見兩戟得箭而開則喝采耳嗚呼天下以成功論英雄又往往如是亦不足怪也那兩箇壯士便不鬬寫兩戟互不相服卻寫一箭能服兩戟可謂極表花榮矣都縱馬跑來直到宋江花榮馬前就馬上欠身聲喏都道願求神箭將軍大名花榮在馬上答道我這箇義兄乃是鄆城縣押司山東及時雨宋公明說得響我便是清風鎮知寨小李廣花榮說得響。願求神箭大名卻反先說鄆城押司豈以神箭重押司哉得押司而神箭越重耳那兩箇壯士聽罷扎住了戟便下馬推金山倒玉柱又一聯。此六字他書亦學用之矣卻不知在此處分外耀艷中則映襯成色耳他書前後不稱亦復硬用入來真是文章苦海也都拜道聞名久矣宋江花榮慌忙下馬扶起那兩位壯士道且請問二位壯士高姓大名那箇穿紅的說道小人姓呂名方祖貫潭州人氏平昔愛學呂布為人因此習學這枝方天畫戟人都喚小人做小溫侯呂方一箇古人因販生藥到山東消折了本錢不能彀還鄉權且占住這對影山打家劫舍近日走這箇壯士來要奪呂方的山寨和他各分一山他又不肯因此每日下山厮殺不想原來緣法注定今日得遇尊顏宋江又問這穿白的壯士高姓那人答道小人姓郭名盛祖貫西川嘉陵人氏差販水銀貨賣黃河裏遭風翻了船回鄉不得原在嘉陵學得本處兵馬張提轄的方天戟向後使得精熟人都稱小人做賽仁貴郭盛又一箇古人兩異名又是一聯。三箇古人一般絕技文心妙絕江湖上聽得說對影山有箇使戟的占住了山頭打家劫舍因此一逕來比並戟法連連戰了十數日不分勝敗不期今日得遇二公天與之幸宋江把上件事都告訴了便道既幸相遇就與二位勸和如何兩箇壯士大喜都依允了後隊人馬已都到齊一箇箇都引着相見了呂方先請上山殺牛宰馬筵會次日却是郭盛置酒設席筵宴宋江就說他兩箇撞籌入夥輳隊上梁山泊去投奔晁蓋聚義（大書宋江倡衆。）歡天喜地都依允了（此二少年上山。讀之眞有芝蘭玉樹生于庭堦之樂。）便將兩山人馬點起收拾了財物待要起身宋江便道且住非是如此去（一路文勢。如龍赴海。至此忽用中途一變。遂令讀者不復知其鱗甲在何處。）假如我這里有三五百人馬投梁山泊去他那里亦有探細的人在四下里探聽倘或只道我們眞是來收捕他不是要處等我和燕順先去報知了（後文手書。尚足相據。豈有今日宋江親在行間。而虛山泊之見怪者。只是要憑空生出枝節。令下文風雨忽變。不欲宋江引着一行人直至山寨如僧家所謂行道者然也。）你們隨後却來還作三起而行花榮秦明道兄長高見正是如此計較陸續進程兄長先行半

此一節是酒店遇石勇

日我等催督人馬隨後起身來且不說對影山人馬陸續登程只說宋江和燕順各騎了馬帶領隨行十數人先投梁山泊來在路上行了兩日當日行到晌午時分正走之間只見官道傍邊一箇大酒店宋江看了道孩兒們走得困乏都叫買些酒喫了過去當時宋江和燕順下了馬入酒店裏來叫孩兒們鬆了馬肚帶（看官記此一句。）都入酒店裏來宋江和燕順先入店裏來看時只有三副大座頭小座頭不多幾副只見一副大座頭上先有一箇在那里占了宋江看那人時裹一頂猪嘴頭巾腦後兩箇太原府金不換紐絲銅鐶上穿一領皂䌷衫腰繫一條白𦞂膊下面腿絣護膝八搭麻鞋（看官記此句。）一桌子邊倚着短棒（看官記此一句。）橫頭上放着箇衣包（看官記此一句。）生得八尺來長淡黃骨查臉一雙鮮眼沒根髭髯（怪醜如畫。）宋江便叫酒保過來說道我的伴當多我兩箇借你裏面坐一坐你叫那箇客人移換

那副大座頭與我伴當們坐地喫些酒酒保應道小人理會得宋江與燕順裏面坐了先叫酒保打酒來大碗先與伴當一人三碗有肉便買來先與他眾人喫借宋江愛念眾人爲酒保央求換座地借酒保換座爲那人廝鬧地借那人廝鬧爲得書地看他敘事何等曲折盡變定不肯直寫一筆也卻來我這里斟酒酒保又見伴當們都立滿在壚邊如畫又貼一句爲酒保必要換座地也酒保卻去看着那箇公人模樣的客人道有勞上下央求換座何至便到尋鬧卻先寫箇酒保誤認他是上下如此生情出筆真稱妙絕那借這副大座頭與裏面兩箇官人的伴當坐一坐那漢嗔怪呼他做上下便焦躁道也有箇先來後到甚麼官人的伴當要換座頭老爺不換燕順聽了對宋江道你看他無禮麼先放一句下便有節次宋江道繇他便了你也和他一般見識卻把燕順按住了只見那漢轉頭看了宋江燕順冷笑寫大漢寫得興樣方是時彼固以宋江燕順爲即所云脚底下泥者也其安得以僕從如雲遂儆豪傑之士耶是冷笑二字之意酒保又陪小心道上下只管叫他上下周全小人的

買賣換一換有何妨那漢大怒拍着桌子道你這鳥男女好不識人欺負老爺獨自一箇明明怪其僕從如雲要換座頭便是趙官家此亦脚底下泥老爺也鼈鳥不換高則聲大頷子拳不認得你你亦脚底下泥酒保道小人又不曾說甚麼那漢喝道量你這廝敢說甚麼妙燕順聽了那里忍耐得住便說道兀那漢子你也鳥強不換便罷沒可得鳥嚇他那漢便跳起來掉了短棒在手裏便應道我自罵他要你多管老爺天下只讓得兩箇人其餘的都把來做脚底下的泥奇峰忽然當面矗起燕順焦躁便提起板凳卻待要打將去宋江因見那人出語不俗妙橫身在裏面勸解且都不要鬧我且請問你你天下只讓得那兩箇人那漢道我說與你驚得你呆了猶言脚底下泥曾何足以知之妙絕宋江道願聞那兩箇好漢大名那漢道一箇是滄州橫海郡柴世宗的孫子喚做小旋風柴進柴大官人兩箇人中須有賓主今反先說賓在前者便於跌成妙勢也宋江暗暗

此一節是宋江得書

地點頭（妙如畫。脚底下泥，乃復解此語乎。）又問那一箇是誰那漢道這一箇又奢遮（偏又搖擺一句，不忍便說出來，使脚底下泥側耳。）是鄆城縣押司山東及時雨呼保義宋公明（此等名字與脚底下泥言之，尚可惜耳。）宋江看了燕順暗笑（妙如畫）燕順早把板凳放下了（妙如畫）老爺只除了這兩箇（此句接上文連說，宋江燕順二句，乃夾敘法耳。）便是大宋皇帝也不怕他（皆所謂其餘也）宋江道你且住我問你你既說起這兩箇人我却都認得（脚底下泥亦復難料）你在那里與他兩箇廝會那漢道你既認得我不說謊三年前在柴大官人莊上住了四箇月有餘只不曾見得宋公明（文情虛實都妙）宋江道你便要認黑三郎麼那漢道我如今正要去尋他（緊奏）宋江問道誰教你尋他那漢道他的親兄弟鐵扇子宋清教我寄家書去尋他（緊湊）宋江聽了大喜（四字妙絕。既已寄書，偏不明白便頓出許多節次來。○大喜字與一篇痛哭字擊射成文。）向前拖住道有緣千里來相會無緣對面不相逢只我便是黑三郎宋江那漢相了一面便拜道天幸使令小弟得遇哥哥爭些兒錯過空去孔太公那里走一遭宋江便把那漢拖入裏面問道家中近日沒甚事（看他問得對針，對得偏不對針，頓挫入妙。）那漢道哥哥聽稟小人姓石名勇原是大名府人氏日常只靠放賭爲生本鄉起小人一箇異名喚做石將軍爲因賭博上一拳打死了箇人逃走在柴大官人莊上多聽得往來江湖上人說哥哥大名因此特去鄆城縣投奔哥哥却又聽得說道爲事出外因見四郎聽得小人說起柴大官人來却說哥哥在白虎山孔太公莊上因小弟要拜識哥哥四郎特寫這封家書與小人寄來孔太公莊上如尋見哥哥時可叫兄長作急回來（只如此妙妙）宋江見說心中疑惑（漸從大喜字變過來）便問道你到我莊上住了幾日曾見我父親麼（問得對針妙妙）石勇道小人在彼只住得一夜便來了不曾得見太公（只是捺住並不對針妙妙）宋江把上梁山泊一節都對石勇說了（反寫宋江說閒話妙妙）石勇道小人自離了柴大官人莊上江湖上只聞得哥哥大名疎財仗義濟困扶危如今哥哥既去那里入夥是必携帶宋江道這不必你說何爭你一箇人反寫宋江只管說開話妙妙且來和燕順厮見反寫宋江做閒事妙妙叫酒保且來這里斟酒三杯酒罷反寫宋江把酒相勸只管縱將開去務令文情盡奇盡變然後寫出石勇書來妙妙石勇便去包裹內取出家書慌忙遞與宋江宋江接來看時封皮逆封着一句又没平安二字二句又添二句使不突然宋江心內越是疑惑從大喜漸變過來連忙扯開封皮從頭讀至一半省一半念一半只一家書寫得有許多方法後面寫道父親於今年正月初頭因病身故見今停喪在家專等哥哥來家遷葬千萬千萬切不可悞弟清泣血奉書宋江讀罷叫聲苦不知高低自把胸脯搥將起來自罵道不孝逆子做下非爲老父身亡不能盡人子之道畜生何異自把頭去壁上磕撞大哭起來與前大喜恰對燕順石勇抱住宋江哭得昏迷半晌方纔甦醒燕順石勇兩箇勸

此一節是宋江奔喪

道哥哥且省煩惱宋江便分付燕順道不是我寡情薄意其實只有這箇先父記掛只有這箇四字是純孝之言然只有二字又妙在只字這箇二字又妙在這字中間便有昊天罔極父一而已等意勿以宋江而忽之也先父二字遽然呼得妙爲後文一笑武松呼先兄便終作先兄宋江呼先父未必眞作先父文情各有其妙今已没了只是星夜趕歸去教兄弟們自上山則箇燕順勸道哥哥太公既已没了便到家時也不得見了天下無不死的父母只敗一字遂成奇語令人絶倒且請寛心引我們弟兄去了是寫各人胸中各有其心如畫那時小弟却陪侍哥哥歸去奔喪未爲晚了自古道蛇無頭而不行若無仁兄去時他那里如何肯收留我們寫燕順留宋江定少不得不然便上文都成淚筆矣宋江道若等我送你們上山去時悞了我多少日期却是使不得我只寫一封備細書札都說在內就帶了石勇一發入夥等他們一處上山我如今不知便罷既是天教我知了正是度日如年燒眉之急我馬也不要從人也不帶一二語插放此處作宋江自說最妙若俗筆便定寫在出門

時文其六者竟且忘之也一箇連夜自趕回家燕順石勇那里噇得住宋江問酒保借筆硯討了一幅紙一頭哭着一面寫書悉與前大喜炤耀再三叮嚀在上面寫了封皮不粘四字畫出匆匆真是妙筆交與燕順收了脫石勇的八搭麻鞋穿上妙絕真正才子有此曲心曲筆俗筆夢想不到取了些銀兩藏放在身邊跨了一口腰刀就拿了石勇的短棒妙絕酒食都不肯霑脣便出門要走燕順道哥哥也等秦總管花知寨都來相見一面了去也未遲定少不得宋江道我不等了我的書去並無阻滯石家賢弟自說備細可爲我上覆衆兄弟們可憐見宋江奔喪之急休怪則箇宋江恨不得一步跨到家中飛也似獨自一箇去了一路寫宋江部署衆人投入山泊讀者莫不拭目洗耳觀忠義堂上見宋二人如何相見也忽然此處如龍化去令人眼光忽遭一閃奇文奇格妙絕妙絕且說燕順同石勇只就那店裏喫了些酒食點心還了酒錢却教石勇騎了宋江的馬一雙八搭麻鞋一條短棒却換了一匹馬妙筆宋江奔喪回去須要隨身短棒及八搭麻鞋便記得石勇身邊有

此一節是山泊關防嚴密

宋江回去後便記得宋江馬空了只此記得豈他人所及哉帶了從人只離酒店三五里路尋箇大客店歇了等候次日辰牌時分全夥都到燕順石勇接着備細說宋江哥哥奔喪去了衆人都埋怨燕順是定少不得道你如何不畱他一畱石勇分說道他聞得父親沒了恨不得自也尋死如何肯停脚巴不得飛到家裏寫了一封備細書札在此教我們只顧去他那里看了書並無阻滯花榮與秦明看了書與衆人商議道事在途中進退兩難是回又不得是散了又不成是只顧且去是還把書來封了是方始封書都到山上看那里不容却別作道理是數語定少不得九箇好漢併作一夥帶了三五百人馬漸近梁山泊來尋大路上山一行人馬正在蘆葦中過只見水面上鑼鼓振響衆人看時漫山遍野都是雜彩旗旛寫得精嚴之極水泊中棹出兩隻快船來當先一隻船上擺着三五十箇小嘍囉船頭上中間坐着一箇頭領乃是豹子

頭林冲（精嚴之極）背後那隻哨船上也是三五十箇小嘍囉船頭上也坐着一箇頭領乃是赤髮鬼劉唐（精嚴之極）前面林冲在船上喝問道汝等是甚麽人那里的官軍敢來收捕我們教你人人皆死箇箇不留你也須知俺梁山泊的大名花榮秦明等都下馬立在岸邊答應道我等衆人非是官軍有山東及時雨宋公明哥哥書札在此特來相投大寨入夥林冲聽了道既有宋公明兄長的書札且請過前面到朱貴酒店裏（寫得水泊精嚴之極）先請書來看了却來相請厮會（精嚴之極）船上把青旗只一招（何等精嚴）蘆葦裏棹出一隻小船（妙）內有三箇漁人一箇看船（妙）兩箇上岸來（妙）說道你們衆位將軍都跟我來水面上那兩隻哨船一隻船上把白旗招動（何等精嚴）銅鑼響處兩隻哨船一齊去了（何等精嚴）一行衆人看了都驚呆了說道端的此處官軍誰敢侵傍我等山寨如何及得衆人跟着兩箇漁人從大寬轉（表出入百里）直到旱地忽律朱貴酒店裏朱貴見說了迎接衆人都相見了便叫放翻兩頭黃牛（富貴氣象）散了分例酒食討書札看了（精嚴）先向水亭上放一枝響箭射過對岸蘆葦中早搖過一隻快船來朱貴便喚小嘍囉分付罷叫把書先齎上山去報知（精嚴）一面店裏殺宰猪羊（富貴）管待九箇好漢把軍馬屯住在四散歇了（看他極寫精嚴深表泊中有人雖有宋江手書然或恐官府嚴刑逼寫假作投夥而圖我者有之把軍馬屯在四散真經濟之才也）第二日辰牌時分只見軍師吳學究自來朱貴酒店裏迎接衆人（又用軍師自來）一箇箇都相見了敘禮罷動問備細（何等精嚴）然後二三十隻大白棹船來接（何等精嚴何等富貴）吳用朱貴邀請九位好漢下船老小車輛人馬行李亦各自都搬在各船上前望金沙灘來上得岸松樹逕裏衆多好漢隨着晁頭領全副鼓樂來接（富貴）晁蓋爲頭與九箇好漢相見了迎上關來各自乘馬坐轎（富貴）直到聚義廳上一對對講禮罷左邊一帶交椅上

森然却是晁蓋吳用公孫勝林冲劉唐阮小二阮小五阮小七杜遷宋萬朱貴白勝恭喜白勝已早在此那時白日鼠白勝數月之前已從濟州大牢裏越獄只須二字逃走到山上入夥皆是吳學究使人去用度救他脫身右邊一帶交椅上森然却是花榮秦明黃信燕順王英鄭天壽呂方郭盛石勇列兩行坐下中間焚起一爐香來各設了誓當日大吹大擂殺牛宰馬筵宴一面叫新到火伴廳下參拜了自和小頭目管待筵席何等精嚴何等富貴收拾了後山房舍教搬老小家眷都安頓了秦明花榮在席上稱讚宋公明許多好處清風山報冤相殺一事衆頭領聽了大喜後說呂方郭盛兩箇比試戟法花榮一箭射斷絨縧分開畫戟晁蓋聽罷意思不信口裏含糊應道直如此射得親切改日却看比箭當日酒至半酣食供數品衆頭領都道且去山前閑翫一回再來赴席當下衆頭領相謙相讓下階閑步樂情觀

此一節是花榮試箭

看山景行至寨前第三關上只聽得空中數行賓鴻嘹嚦花榮尋思道晁蓋却纔意思不信我射斷絨縧何不今日就此施逞些手段教他們衆人看日後敬伏我把眼一觀隨行人伴數內却有帶弓箭的妙筆花榮便問他討過一張弓來在手看時却是一張泥金鵲畫細弓正中花榮意花榮妙箭安肯以尋常之弓詳箭畧弓試戟文人所以必用妙筆美人所以必須妙鏡也急取過一枝好箭便對晁蓋道恰纔兄長見說花榮射斷絨縧衆頭領似有不信之意遠遠的有一行鴈來花榮未敢誇口這枝箭要射鴈行內第三隻鴈的頭上此處一句後分作二句只是隨手成文射不中時衆頭領休笑花榮搭上箭拽滿弓覷得親切望空中只一箭射去果然正中鴈行內第三隻先寫前之半句直墜落山坡下急叫軍士取來看時那枝箭正穿在鴈頭上次找完前之半句看他隨手小文皆有次第晁蓋和衆頭領看了盡皆駭然都稱花榮做神臂將軍吳學究稱讚道休言將軍比小李

廣便是養由基也不及神手真乃是山寨有幸自此梁山泊無一箇不欽敬花榮（始結花榮傳。）衆頭領再回廳上筵會到晚各自歇息次日山寨中再備筵席議定坐次本是秦明纔及花榮因爲花榮是秦明大舅衆人推讓花榮在林冲肩下坐了第五位秦明坐第六位劉唐坐第七位黃信坐第八位三阮之下便是燕順王矮虎呂方郭盛鄭天壽石勇杜遷宋萬朱貴白勝一行共是二十一箇頭領坐定（第一結。）慶賀筵宴已畢山寨中添造大船屋宇車輛什物打造鎗刀軍器鎧甲頭盔整頓旌旗袍襖弓弩箭矢准備抵敵官軍（於總結後更添兩行極寫水泊精嚴富貴。已上一篇單表水泊雄麗精嚴是全部書作身分處。）不在話下却說宋江自離了村店連夜趕歸當日申牌時候奔到本鄉村口張社長酒店裏暫歇一歇（本至家矣却不便歸再生出一張社長家作波撰真是觸手生情落筆成景。）那張社長却和宋江家來往得好張社長見了宋江容顏不樂眼淚暗流張社長

此一節是宋江歸家

動問道押司有年半來不到家中今日且喜歸來如何尊顏有些煩惱心中爲甚不樂且喜官事已遇赦了必是減罪了（不惟無憂反報一喜。妙。）宋江答道老叔自說得是家中官事且靠後只如一箇生身老父殁了如何不煩惱張社長大笑道押司眞箇也是作耍令尊太公却纔在我這里喫酒了回去只有半箇時辰來去（奇文。）如何却說這話宋江道老叔休要取笑小姪便取出家書教張社長看了（此句是大叙法）（下語與上語連讀下。）兄弟宋清明明寫道父親於今年正月初頭殁了專等我歸來奔喪張社長看罷說道逕那得這般事只午時前後和東村王太公（隨手又添一人。妙。）在我這里喫酒了去我如何肯說謊宋江聽了心中疑影（前文疑惑是從大喜漸變到哭。此文疑影是從大哭漸變到喜。）沒做道理處尋思了半晌只等天晚別了社長便奔歸家入得莊門看時沒些動靜（奇。）莊客見了宋江都來參拜（奇）宋江便問道我父親和四郎有麽莊客道

太公每日望得押司眼穿今得歸來却是歡喜方纔和東村裏王社長在村口張社長店裏喫酒了回來睡在裏面房內（奇文）宋江聽了大驚撇了短棒（細）逕入草堂上來只見宋清迎着哥哥便拜宋江見他果然不戴孝（奇文）心中十分大怒便指着宋清罵道你這忤逆畜生是何道理父親見今在堂如何却寫書來戲弄我敎我兩三遍自尋死處一哭一箇昏迷你做這等不孝之子宋清却待分說只見屏風背後轉出宋太公來（明明假計乃我讀至此句始覺如夢忽醒蓋於前文一路所感者深矣）叫道我兒不要焦躁這箇不干你兄弟之事是我每日思量要見你一面因此敎四郎只寫道我歿了你便歸來得快我又聽得人說白虎山地面多有強人又怕你一時被人攛掇落草去了做箇不忠不孝的人爲此急急寄書去喚你歸家（作者特特書太公家敎正所以深明宋江不孝而自來讀者至此俱謬許其爲忠義之子斯真過矣）又得柴大官人那里來的石勇寄書去與你這件事盡都是我主意不干四郎之事你休埋怨他我恰纔在張社長店裏回來睡在房裏聽得是你歸來了宋江聽罷納頭便拜太公（句）憂喜相半（不便變出喜來且寫箇憂喜相半善體人情方有此筆）宋江又問父親道不知近日官司如何已經赦宥必然減罪適間張社長也這般說了宋太公道你兄弟宋清未回之時多得朱仝雷橫的氣力向後只動了一箇海捕文書再也不曾來勾擾我如今爲何呼你歸來近聞朝廷冊立皇太子已降下一道赦書應有民間犯了大罪盡減一等科斷俱已行開各處施行便是發露到官也只該箇徒流之罪不到得害了性命且繇他却又別作道理宋江又問道朱雷二都頭曾來莊上麼宋清說道我前日聽得說來這兩箇都差出去了朱仝差往東京去（一實）雷橫不知差到那里去了（一虛○遞開二人便使下文展筆乃其妙却在閒中問及全無痕影）如今縣裏却是新添兩箇姓趙的勾攝公事宋太公

道我兒遠路風塵且去房裏將息幾時止合家歡喜不在話下天色看看將晚玉兎東生約有一更時分莊上人都睡了只聽得前後門發喊起來看時四下裏都是火把團團圍住宋家莊一片聲叫道不要走了宋江太公聽了連聲叫苦不因此起有分教大江岸上聚集好漢英雄鬧市叢中來顯忠肝義膽畢竟宋公明在莊上怎地脫身且聽下回分解

第五才子書施耐菴水滸傳卷之四十

聖歎外書

第三十五回 梁山泊吳用舉戴宗 揭陽嶺宋江逢李俊

一部書中寫一百七人最易寫宋江最難故讀此一部書者亦讀一百七人傳最易讀宋江傳最難也蓋此書寫一百七人處皆直筆也好即真好劣即真劣若寫宋江則不然驟讀之而全好再讀之而好劣相半又再讀之而好不勝劣又卒讀之而全劣無好矣夫讀宋江一傳而至於再而至於又再而至於又卒而誠有以知其全劣無好可不謂之善讀書人哉然吾又謂繇全好之宋江而讀至於全劣也猶易繇全劣之宋江而寫至於全好也實難乃今讀其傳跡其言行抑何寸寸而

求之莫不宛然忠信篤敬君子也篇則無累於篇耳節則無累於節耳句則無累於句耳字則無累於字耳雖然誠如是者豈將以宋江眞遂爲仁人孝子之徒哉史不然乎記漢武初未嘗有一字累漢武也然而後之讀者莫不洞然明漢武之非是則是褒貶固在筆墨之外也嗚呼稗官亦與正史同法豈易作哉豈易作哉

話說當時宋太公掇箇梯子上牆來看時只見火把叢中約有一百餘人當頭兩箇便是鄆城縣新參的都頭却是弟兄兩箇一箇叫做趙能一箇叫做趙得兩箇便叫道宋太公你若是曉事的便把兒子宋江獻將出來我們自將就他若是不教他出官時和你這老子一發捉了去宋太公道宋江幾時囘來趙能道你便休胡說有人在村口見他從張社長家店裏喫了酒歸來亦有人跟到這里添一句好你如何賴得過宋江在梯子邊說道父親你和他論甚口孩兒便挺身出官也不妨縣裏府上都有相識況已經赦宥的事了必當減罪求告這廝們做甚麼趙家那廝是箇刁徒如今暴得做箇都頭知道甚麼義理暴字妙駡世不盡他又和孩兒沒人情空自求他宋太公哭道是我苦了孩兒宋江道父親休煩惱官司見了到是有幸明日孩兒躲在江湖上撞了一班兒殺人放火的弟兄們打在網裏如何能彀見父親面於清風山收羅花榮秦明黃信呂方郭盛及燕順等三人紛紛入水泊者復是何人方得死父賺轉便將生死熱瞞作者正深寫宋江權詐乃至忍于欺其至親而自來讀者皆數宋江忠孝眞不善讀書人也便斷配在他州外府也須有程限日後歸來也得早晚伏侍父親終身宋太公道既是孩兒恁的說時我自來上下使用買箇好去處宋江便上梯來叫道你們且不要鬧我的罪犯今已赦宥定是不死且請二位都頭進敝莊少敘三杯明日一同見官趙能道你休使見

識賺我入來。醜。宋江道我如何連累父親兄弟你們只顧進家裏來。宋江便下梯子來開了莊門請兩箇都頭到莊裏堂上坐下連夜殺雞宰鵝置酒相待那一百土兵人等都與酒食管待送些錢物之類取二十兩花銀把來送與兩位都頭做好看錢。○只三箇字。便勝過一篇錢神論。○人之所以必要錢者。以錢能使人好看也。人以錢爲命。而亦有時以錢與人者。既要好看。便不復顧錢也。乃世又有守錢成窖。而不要好看者。斯又一類也矣。當夜兩箇都頭就在莊上歇了次早五更同到縣前等待天明解到縣裏來時知縣纔出陞堂只見都頭趙能趙得押解宋江出官知縣時文彬見了大喜責令宋江供狀當下宋江一筆供招不合於前年秋間典贍到閻婆惜爲妾爲因不良一時恃酒爭論鬬毆致被悮殺身死一向避罪在逃今蒙緝捕到官取勘前情所供甘罪無詞知縣看罷且叫收禁牢裏監候滿縣人見說拿得宋江誰不愛惜他都替他去知縣處告說討饒備說宋江平日的好處知縣自心裏也有八分開豁他數語皆爲送配作地。不重在寫宋江生平。當時依准了供狀免上長枷手杻只散禁在牢裏宋太公自來買上告下使用錢帛那時閻婆已自身故了半年沒了苦主這張三又沒了粉頭不來做甚冤家無筆不到。○若非此二語。便將必入宋江死罪。瘐死鄆城獄耶。算來不如放他送配出去。再生出事來。使讀者歡喜。故當省卽省。乃文家妙訣也。縣裏疊成文案待六十日限滿結解上濟州聽斷本州府尹看了申解情繇赦前恩宥之事已成減罪把宋江脊杖二十刺配江州牢城本州官吏亦有認得宋江的一句。更兼他又有錢帛使用二句。名喚做斷杖刺配又無苦主執證三句。衆人維持下來都不甚深重當廳帶上行枷押了一道牒文差兩箇防送公人無非是張千李萬三字妙。可見一部書皆從才子文心揑造而出。愚夫則必謂眞有其事。當下兩箇公人領了公文監押宋江到州衙前宋江的父親宋太公同兄弟宋清都在那里等候置酒管待兩箇公人齎發了些銀兩教宋江換了衣服打拴了包裹穿上麻鞋宋太公喚宋江到僻靜處叮囑道我知江州是箇好地面魚米之鄉特地使錢買將那里去你可寬心守耐我自使四郎來望你（回少不得）盤纏有便人常常寄來你如今此去正從梁山泊過倘或他們下山來劫奪你入夥切不可依隨他教人罵做不忠不孝此一節牢記於心（屢申此言。深表宋江不孝之子。不肯終受厭考之教也。○觀其前聚清風山後吟潯陽樓。當信此言不謬。）孩兒路上慢慢地去天可憐見早得回來父子團圓兄弟完聚宋江灑淚拜辭了父親（灑淚。）兄弟宋清送一程路宋江臨別時囑付兄弟道我此去不要你們憂心只有父親年紀高大我又累被官司纏擾背井離鄉而去兄弟你早晚只在家侍奉休要為我到江州來棄撇父親無人看顧（太公許四郎來。此是人情文情。兩所必至。然於後文。來則費筆。不來又疑漏筆。不如便於此處。隨手放倒。省却無數心機也。）我自江湖上相識多見的那一箇不相助盤纏自有對付處天若見憐有一日歸來也

宋清灑淚拜辭了（父前子灑淚。兄前弟灑淚。寫得秩秩然。）自回家中去侍奉父親宋太公不在話下只說宋江和兩箇公人上路那張千李萬已得了宋江銀兩又因他是箇好漢因此於路上只是伏侍宋江三箇人上路行了一日到晚投客店安歇了打火做些飯喫又買些酒肉請兩箇公人宋江對他說道實不瞞你兩箇說我們今日此去正從梁山泊邊過山寨上有幾箇好漢聞我的名字怕他下山來奪我枉驚了你們我和你兩箇明日早起些只揀小路裏過去寧可多走幾里不妨兩箇公人道押司你不說俺們如何得知我等自認得小路過去定不得撞着他們當夜計議定了次日起箇五更來打火兩箇公人和宋江離了客店只從小路裏走約莫也走了三十里路只見前面山坡背後轉出一夥人來宋江看了只叫得苦（四字兩寫。擊應爲奇。）來的不是別人為頭的好漢正是赤髮鬼劉唐（全泊頭領分路等候。而撞着宋

（江。獨是劉唐者，言劉唐，則衆人見，言他人，則劉唐不見，此固史氏之法也。）將領着三五十人便來殺那兩箇公人。這張千、李萬諕做一堆兒跪在地下。宋江叫道：「兄弟，你要殺誰？」劉唐道：「哥哥不殺了這兩箇男女，等甚麼？」宋江道：「不要你汙了手，把刀來我殺便了。」（筆墨狡獪，令人莫測其故。）兩箇人只叫得苦。（與上擊應。）劉唐把刀遞與宋江。（妙。）宋江接過（妙。此等處，寫出宋江權術。）問劉唐道：「你殺公人何意？」劉唐答道：「奉山上哥哥將令，特使人打聽得哥哥喫官司，直要來鄆城縣劫牢，却知道哥哥不曾在牢裏，不曾受苦。今番打聽得斷配江州，只怕路上錯了路頭，教大小頭領分付去四路等候迎接哥哥，（補文中所無之。）便請上山。這兩箇公人不殺了如何？」宋江道：「這箇不是你們弟兄擡舉宋江，倒要陷我於不忠不孝之地。（其言甚正，然作者特書之於清風起行之後、吟反詩之前，殆所以深明宋江之權詐耶。）若是如此來挾我，只是逼宋江性命，我自不如死了。」把刀望喉下自刎。（看他假。此其所以為宋江也。立意原本忠孝，是宋江好處；處

處以權詐行其忠孝，是宋江不好處。）劉唐慌忙攀住胳膊道：「哥哥且慢慢地商量。」就手裏奪了刀。（自刎之假，不如奪刀之真。然真者終為小卒，假者終為大王，世事如此，何可勝歎。）宋江道：「你弟兄們若是可憐見宋江時，容我去江州牢城聽候，限滿回來，那時却待與你們相會。」劉唐道：「哥哥這話，小弟不敢主張。（是。）前面大路上有軍師吳學究同花知寨在那裏專等迎迓哥哥，（二人迎。）容小弟着小校請來商議。」宋江道：「我只是這句話，繇你們怎地商量。」小嘍囉去報，不多時，只見吳用、花榮兩騎馬在前，後面數十騎馬跟着，飛到面前。下馬敘禮罷，花榮便道：「如何不與兄長開了枷？」（花榮真。）宋江道：「賢弟，是甚麼話！此是國家法度，如何敢擅動？」（宋江假。於知己兄弟面前偏說此話，於李家店、穆家莊偏又不然，寫盡宋江醜態。）吳學究笑道：「我知兄長的意了。這箇容易，只不留兄長在山寨便了。（寫宋江假殺出不得。）（吳用圖繢，看他只一笑字，便已算定不是今日之事。）晁頭領多時不曾得與仁兄相會，今次也正要和兄長說幾句心腹的話，

畧請到山寨少敘片時便送登程（看他便龍罩宋江。）宋江聽了道只有先生便知道宋江的意（看他也龍罩吳用。寫兩人互用權術相加。真是出色妙筆。）扶起兩箇公人來宋江道要他兩箇放心寧可我死不可害他（看他寫宋江一片假。既許不害，則定不害二人矣。偏是宋江便要再說一句。寫得權詐人如鏡。）兩箇公人道全靠押司救命一行人都離了大路來到蘆葦岸邊已有船隻在彼當時載過山前大路却把山轎敎人擡了直到斷金亭上歇了叫小嘍囉四下里去請衆頭領都來聚會（妙筆。）迎接上山到聚義廳上相見晁蓋謝道自從鄆城救了性命兄弟們到此無日不想大恩前者又蒙引薦諸位豪傑上山光輝草寨恩報無門宋江答道小可自從別後殺死淫婦逃在江湖上去了年半本欲上山相探兄長一面偶然村店裏遇得石勇稍寄家書只說父親棄世不想却是父親恐怕宋江隨衆好漢入夥去了因此寫書來喚我回家雖然明喫官司多得上下之人看覷不曾重傷今配江州亦是好處適蒙呼喚不敢不至今來既見了尊顏奈我限期相逼不敢久住只此告辭（前聚清風，後吟反詩，抑又何也。）晁蓋道直如此忙（罵得假人妙。）且請少坐兩箇中間坐了宋江便叫兩箇公人只在交椅後坐與他寸步不離（看他寫宋江假。便不要害公人。亦何至于如此。偏是假人偏在人面前做張致。寫得真是如鏡。）晁蓋叫許多頭領都來參拜了宋江分兩行坐下小頭目一面斟酒先是晁蓋把盞了向後軍師吳學究公孫勝起至白勝把盞下來酒至數巡宋江起身相謝道足見弟兄們相愛之情宋江是箇得罪囚人不敢久停只此告辭（只要問前聚清風，後吟反詩，何也。）晁蓋道仁兄直如此見怪（罵得假人妙。）雖然仁兄不肯要壞兩箇公人多與他些金銀發付他回去只說我梁山泊搶擄了去不到得治罪於他宋江道兄這話休題這等不是擡舉宋江明明的是苦我家中上有老父在堂宋江不曾孝敬得一日如何敢違了他的教訓負累了他前者一時乘興與眾位來相投（寫他自解。○試問天下後世。此語還爲前回一篇解得過否。）天幸使令石勇在村店裏撞見在下指引回家父親說出這箇緣故情願教小可明喫了官司急斷配出來又頻頻囑付臨行之時又千叮萬囑教我休爲快樂苦害家中免累老父愴惶驚恐因此父親明明訓教宋江小可不爭隨順了便是上逆天理下違父教做了不忠不孝的人在世雖生何益如不肯放宋江下山情願只就眾位手裏乞死說罷淚如雨下便拜倒在地（極寫宋江權術。何也。忠孝之性。生于心。發於色。誠不可奪。雖用三軍奪一匹夫而不可得也。如之何其至于哭乎。哭者。人生暢遂之情。非此時之所得來也。）晁蓋吳用公孫勝一齊扶起眾人道既是哥哥堅意要往江州今日且請寬心住一日明日早送下山三回五次留得宋江就山寨裏喫了一日酒教去了枷也不肯除（再寫一句。與後對看。）只和兩箇公人同起同坐當晚住了一夜次日早起來堅心要行吳學究道兄長聽稟（看吳用更不留。可謂惟賊知賊。○寫吳宋兩人權詐相當處。幾有曹楊之忌。）吳用有箇至愛相識見在江州充做兩院押牢節級姓戴名宗本處人稱爲戴院長爲他有道術一日能行八百里人都喚他做神行太保此人十分仗義疎財夜來小生修下一封書在此與兄長去到彼時可和本人做箇相識但有甚事可教眾兄弟知道眾頭領掩留不住安排筵宴送行取出一盤金銀送與宋江（爲揭陽嶺作引。）又將二十兩銀子送與兩箇公人就與宋江挑了包裹都送下山來一箇箇都作別了吳學究和花榮直送過渡到大路二十里外（○二人送迎宋江用吳用花榮者。花榮與宋江最昵。蓋是以情招之。冀其必來也。然又算到宋江假人。未必爲情所動。則必須又用吳用以智勝之。此二人迎宋江之意也。送時又用二人者。迎既有之。送亦必然。此作者所以自成其章法也。乃俗子無賴。忽因此文。便向後日揑撮成吳用花榮與宋江同死之文。爲之欲嘔而死也。）眾頭領回上山去只說宋江自和兩箇防送公人取路投江州來那箇公人見了山寨裏許多人馬（一句。）眾頭領一箇箇都拜宋江（一句。）又得他那里若干銀兩（一句）一路上只是小心伏侍宋江三箇人在路約行了半月之上早來到一箇去處望見前面一座高嶺兩箇公人說道好了過得這條揭陽嶺便是潯陽江到江州却是水路相去不遠宋江道天色暄暖趁早走過嶺去尋箇宿頭公人道押司說得是三箇人厮趕着趁過嶺來行了半日巴過嶺頭早看見嶺脚邊一箇酒店背靠顛崖門臨怪樹前後都是草房去那樹陰之下挑出一箇酒斾兒來（畫出陰磣）宋江見了心中歡喜便與公人道我們肚裏正饑渴哩原來這嶺上有箇酒店我們且買碗酒喫再走三箇人入酒店來兩箇公人把行李歇了將水火棍靠在壁上宋江讓他兩箇公人上首坐定宋江下首坐了半箇時辰不見一箇人出來（置之死地而又生。是必天然有以生之。故妙也。宋江入酒店坐下半箇時辰不見人出來。早已先明大家不在矣。使無此句。而但於後云等男女不見歸。豈不同西遊捏撥耶。）宋江叫道怎地不見有主人家只聽得裏面應道來也來也側首屋下走出一箇大漢來赤色虬鬚紅絲虎眼頭上一頂破頭巾身穿一領布背心露着兩臂下面圍一條布手巾看着宋江三箇人唱箇喏（畫出陰磣）道客人打多少酒宋江道我們走得肚饑你這里有甚麽肉賣那人道只有熟牛肉和渾白酒宋江道最好你先切二斤熟牛肉來打一角酒來那人道客人休怪說我這里嶺上賣酒只是先交了錢（好）方纔喫酒宋江道倒是先還了錢喫酒我也喜歡等我先取銀子與你宋江便去打開包裹取出些碎銀子那人立在側邊偷眼瞧着（好）見他包裹沉重有些油水心內自有八分歡喜接了宋江的銀子便去裏面舀一桶酒切一盤牛肉出來放下三隻大碗三雙筯一面篩酒三箇人一頭喫一面口裏說道如今江湖上歹人多有萬千好漢着了道兒的酒肉裏下了蒙汗藥麻翻了刧了財物人肉把來做饅頭餡子我只是不信那里有這話好那賣酒的人笑道你三箇說了不要喫我這酒和肉裏面都有了麻藥好宋江笑道這箇大哥瞧見我們說着麻藥便來取笑好兩箇公人道大哥熱喫一碗也好那人道你們要熱喫我便將去燙來那人燙熱了將來篩做三碗正是饑渴之中酒肉到口如何不喫三人各喫了一碗下去只見兩箇公人瞪了雙眼口角邊流下涎水來你揪我扯望後便倒宋江跳起來道你兩箇怎地喫得一碗便恁醉了向前來扶他三箇人偏留一箇人再作一繳不覺自家也頭暈眼花撲地倒了光着眼都面面廝覷麻木了動撣不得酒店裏那人道慚愧好幾日沒買賣今日天送這三頭行貨來與我先把宋江倒拖了入去山巖邊人肉作房裏放在剝人凳上宋江奈何又來把這兩箇公人也拖了入去奈何那人再來却把包裹行李都提在後屋內解開看時都是金銀那人自道我開了許多年酒店不曾遇着這等一箇囚徒不知其人視其物亦可以動心矣偏不轉筆偏能再生出事來量這等一箇罪人怎地有許多財物却不是從天降下賜與我的那人看罷包裹却再包了且去門前望幾箇火家歸來開剝立在門前看了一回不見一箇男女歸來讀者無不知賴有此句宋江當得不死而殊不知宋江之不死非不死於此句早已不死於並無一人出來句也只見嶺下這邊三箇人奔上嶺來陡接奇文有怪峯飛來之勢那人却認得慌忙迎接道大哥那里去來那三箇內一箇大漢應道便分主使我們特地上嶺來接一箇人奇絕料道是來的程途一日期二了我每日出來只在嶺下等候不見到正不知在那里擔閣了遠不千里近只目前讀之絕倒那人道大哥却是等誰那大漢道等箇奢遮的好男子即所謂只等一箇囚徒也那人問道甚麼奢遮的好男子那大漢答道你敢也聞他的大名指帶妙絕豈惟聞名實乃見面便是濟州鄆城縣宋押司宋江那人道莫不是江湖上說的山東及時雨宋公明寫得遐邇傳遍無不貫耳那大漢道正是此人那

人又問道他却因甚打這里過那大漢道我本不知（妙○我本不知知之相識乃相識亦復不知活寫出傳聞異辭來）近日有箇相識從濟州來說道鄆城縣宋押司宋江不知為甚麼事發在濟州府斷配江州牢城我料想他必從這里過來別處又無路他在鄆城縣時我尚且要去和他廝會今次正從這里經過如何不結識他（寫得筆墨淋漓病夫聞之皆欲奮發）因此在嶺下連日等候接了他四五日（恰表出山泊一齊來）並不見有一箇囚徒過來我今日同這兩箇兄弟信步踱上山嶺來你這里買碗酒喫就望你一望近日你店裏買賣如何（忽然將說話閒閒說開去妙絕不然便像特特飛達上嶺來救宋江矣○雖是閒閒說開然末句仍帶定話腳緊急都有其妙）那人道不瞞大哥說這幾箇月裏好生沒買賣今日謝天地捉得三箇行貨又有些東西那大漢慌忙問道三箇甚樣人（慌忙妙○看他寫一箇慌忙張致一箇慢條斯里筆筆入妙）那人道兩箇公人和一箇罪人（非是那漢慢條斯里亦為不如此不足以襯起大漢之慌故也）那漢失驚道這囚徒莫非是黑矮肥胖的人（失驚妙○傳說宋江并傳說其黑矮名士真有如此）那人應道真箇不十分長大面貌紫棠色（絕倒）那大漢連忙問道不曾動手麼（連忙妙○看他用慌忙字失驚字連忙字聲情俱有）那人答道方纔拖進作房去等火家未回不曾開剝（至此還說出開剝二字絕倒）那大漢道等我認他一認（寫至此句有馬下坡之勢矣入下忽又用認不得句陡然一收筆法奇拗不可言）當下四箇人進山巖邊人肉作房裏只見剝人凳上挺着宋江和兩箇公人顛倒頭放在地下那大漢看見宋江却又不認得（拗文妙筆）相他臉上金印又不分曉（拗文妙筆）沒可尋思處猛想起道且取公人的包裹來我看他公文便知（絕處逢生靈變之極）那人道說得是便去房裏取過公人的包裹打開見了一錠大銀又有若干散碎銀兩（無端寫來便成絕倒○為是宋江不得不救耳不然滿眼如此物胡可以忍耶）解開文書袋來看了差批眾人只叫得慚愧那大漢便道天使令我今日上嶺來早是不曾動手爭些兒悞了我哥哥性命那大漢便叫那人快討解藥

來先救起我哥哥那人也慌了半日寫那人如醉夢相似者所以襯起大漢也此處寫那人也慌者所以開釋那人也連忙調了解藥便和那大漢去作房裏先開了枷前花榮要開宋江不肯此李立私開宋江不問皆作者筆法嚴冷處○或解云此處宋江未醒安得責其不問不知我不責其作房開時我正責其出門帶時也扶將起來把這解藥灌將下去四箇人將宋江扛出前面客位裏四箇人自扛宋江火家歸來扛公人有輕重貴賤之分那大漢扶住着漸漸醒來光着眼看了衆人立在面前又不認得畫出初醒時只見那大漢教兩箇兄弟扶住了宋江納頭便拜宋江問道是誰我不是夢中麼寫宋江既不荅又不扶妙絕畫出初醒時也只見賣酒的那人也拜妙宋江道這里正是那里不敢動問二位高姓寫宋江只是動不得妙絕那大漢道小弟姓李名俊祖貫廬州人氏專在楊子江中撐船艄公為生能識水性人都呼小弟做混江龍李俊便是這箇賣酒的是此間揭陽嶺人只靠做私商道路人盡呼他做催命判官李立這兩箇兄弟是此間潯陽江邊人專

販私鹽來這里貨賣却是投奔李俊家安身大江中伏得水駕得船是弟兄兩箇一箇喚做出洞蛟童威一箇叫做翻江蜃童猛兩箇也拜了宋江四拜只是荅不得扶不得妙絕○凡三段寫拜乃其妙處恰在無文字處蓋文字之難知如此宋江問道却纔麻翻了宋江如何却知我姓名真要問李俊道小弟有箇相識近日做買賣從濟州回來說起哥哥大名為事發在江州牢城李俊往常思念只要去貴縣拜識哥哥只為緣分淺薄不能彀去今聞仁兄來江州必從這里經過小弟連連在嶺下等接仁兄五七日了不見來今日無心天幸使令李俊同兩箇弟兄上嶺來就買杯酒喫遇見李立說將起來因此小弟大驚慌忙去作房裏看了却又不認得哥哥猛可思量起來取討公文看了纔知道是哥哥不敢拜問仁兄聞知在鄆城縣做押司不知為何事配來江州應前不知為甚事句宋江把這殺了閻婆惜直至石勇村店寄書回家事發今

次配來江州備細說了一遍四人稱歎不已李立道哥哥何不只在此間住了休上江州牢城去受苦宋江答道梁山泊苦死相留我尚兀自不肯住恐怕連累家中老父（看他處處自說孝義，真是醜極。○純孝不在口說，以口說求得孝子之名，甚矣宋江衣鉢之滿天下也。）此間如何住得李俊道哥哥義士必不肯胡行（特書此一句，與前吳用擊映，蓋李俊不留，乃真信宋江；吳用不留，只是猜破宋江也。）你快救起那兩箇公人來李立連忙叫了火家已都歸來了便把公人扛出前面客位裏來把解藥灌將下去救得兩箇公人起來面面厮覷道我們想是行路辛苦恁地容易得醉眾人聽了都笑當晚李立置酒管待眾人在家裏過了一夜次日又安排酒食管待送出包裹還了宋江幷兩箇公人當時相別了宋江自和李俊童威童猛兩箇公人下嶺來逕到李俊家歇下置備酒食慇懃相待結拜宋江為兄留住家裏過了數日宋江要行李俊留不住取些銀兩齎發兩箇公人宋江再帶上行枷（朝廷法度擅動，宋江不問何也。）收拾了包裹行李辭別李俊童威童猛離了揭陽嶺下取路望江州來三箇人行了半日早是未牌時分行到一箇去處只見人烟輳集市井諠譁正來到市鎮上只見那里一夥人圍住着看宋江分開人叢挨入去看時却原來是一箇使鎗棒賣膏藥的宋江和兩箇公人立住了脚看他使了一回鎗棒那教頭放下了手中鎗棒又使了一回拳宋江喝采道好鎗棒拳脚那人却拿起一箇盤子來口裏開科道（畫）小人遠方來的人投貴地特來就事雖無驚人的本事全靠恩官作成遠處誇稱近方賣弄如要筋骨膏藥當下取贖如不用膏藥可煩賜些銀兩銅錢齎發休教空過了那教頭把盤子掠了一遭沒一箇出錢與他（畫）那漢又道看官高擡貴手又掠了一遭眾人都白着眼看又沒一箇出錢賞他（畫）宋江見他惶恐掠了兩遭沒人出錢便叫公人取出五兩銀子來（一路寫宋江都從銀錢上出色深表宋江無他好處益作泥中有刺之筆也）宋江叫道教頭我是箇犯罪的人沒甚與你這五兩白銀權表薄意休嫌輕微那漢子得了這五兩白銀托在手裏便收科道恁地一箇有名的揭陽鎮上沒一箇曉事的好漢擡舉咱家（實是惡）難得這位恩官本身見自爲事在官又是過往此間（惡）顛倒齎發五兩白銀正是當年却笑鄭元和只向青樓買笑歌（惡）慣使不論家豪富風流不在着衣多（惡）這五兩銀子強似別的五十兩（惡）自家拜揖願求恩官高姓大名使小人天下傳揚（惡）宋江答道教師量這些東西直得幾多不須致謝正說之間只見人叢裏一條大漢分開人衆搶近前來大喝道（奇文突兀）兀那廝是甚麼鳥漢那里來的囚徒敢來滅俺揭陽鎮上威風搭着雙拳來打宋江不因此起相爭有分教潯陽江上聚數籌攪海蒼龍梁山泊中添一夥爬山猛虎畢竟那漢爲甚麼要打宋江且聽下回分解

第五才子書施耐菴水滸傳卷之四十一

聖歎外書

第三十六回

沒遮攔追趕及時雨　船火兒夜鬧潯陽江

此書寫一百七人都有一百七人行徑心地，然曾未有如宋江之權詐不定者也。其結識天下好漢也，初無青天之曠蕩、明月之皎潔、春雨之太和、夏霆之徑直，惟一銀子而已矣。以銀子爲之張本，而於是自言孝父母，斯不畏天下之人不信其孝父母也；自言敬天地，斯不畏天下之人不信其敬天地也；自言尊朝廷，斯不畏天下之人不信其尊朝廷也；自言惜朋友，斯不畏天下之人不信其惜朋友也。嗚呼！天下之人而至於惟銀子是愛，而不覺出其根底盡爲宋江所窺，因而并其性格亦遂盡爲宋江之所提起放倒、陰變陽易，是固天下之人之醜事。然宋江以區區猾吏，而徒以銀子一物買遍天下，而遂欲自稱於世爲孝義黑三，以陰圖他日晁蓋之一席，此其醜事又曷可耐乎？作者深惡世間每有如是之人，於是旁借宋江特爲立傳，而處處寫其單以銀子結人，蓋是誅心之筆也。

天下之人莫不自親於宋江，然而親之至者，花榮其尤著也。然則花榮迎之，宋江宜無不來；花榮畱之，宋江宜無不畱；花榮要開枷，宋江宜無不開耳。乃宋江者，方且上援朝廷，下申父訓，一時遂若百花榮曾不得勸宋江暫開一枷也者，而於是山泊諸人遂眞信爲宋江之枷必至江州牢城方始開放矣。作者惡之，故特於揭陽嶺上書曰「先開了枷」，於別李立時書曰「再帶上枷」，於穆家門房裏書曰「這里又無外人一發除了行枷又書曰宋江遺說得是當時去了行枷於逃走時書曰宋江自提了枷於張横口中書曰却又項上不帶行枷於穆弘叫船時書曰衆人都在江邊安排行枷於江州上岸時書曰宋江方纔帶上行枷於蔡九知府口中書曰你為何枷上没了封皮於黙視廳前書曰除了行枷凡九處特書行枷悉與前文花榮要開一段遥望擊應嗟乎以親如花榮而尚不得宋江之真心然則如宋江之人又可與之一朝居乎哉

此篇節節生奇層層追險節節生奇奇不盡不止層層追險險不絕必追真令讀者到此心路都休目光盡滅有死之心無生之望也如投宿店不得是第一追尋着村莊却正是冤家家裏是第二追撥壁逃走乃是大江截住是第三追沿江奔去又值横港是第四追甫下船追者亦已到是第五追岸上人又認得梢公是第六追艎板下摸出刀來是最後一追第七追也一篇真是脫一虎機踏一虎機令人一頭讀一頭嚇不惟讀亦讀不及雖嚇亦嚇不及也

此篇於宋江恪遵父訓不住山泊後忽然閒中寫出一句不滿其父語一句悔不住在山泊語皆作者用筆極冷寓意極嚴處處處不得漏過

話說當下宋江不合將五兩銀子齎發了那箇教師只見這揭陽鎮上衆人叢中鑽過這條大漢睜着眼喝道這厮那里學得這些鳥鎗棒來俺這揭陽鎮上逞強我已分付了衆人休保他你這厮如何賣弄有錢（四字罵宋江確）把銀子賞他滅俺揭陽鎮上的威風宋江應道我自賞他銀兩却干你甚事那大漢揪住宋江喝道你這賊配軍敢回我話宋江

道做甚麼不敢回你話那大漢提起雙拳劈臉打來宋江躲箇過那大漢又趕入一步來宋江却待要和他放對（寫宋江要放對下却不必宋江放對筆路活甚）只見那箇使鎗棒的教頭從人背後趕將來一隻手揪住那大漢頭巾一隻手提住腰胯望那大漢肋骨上只一兜踉蹌一交顛翻在地（偏寫顛得不甚費力與揭陽鎮上威風句擊應）那大漢却待掙扎起來又被這教頭只一脚踢翻了（偏翻兩次與揭陽鎮上威風句擊應）兩箇公人勸住教頭那大漢從〇地下爬將起來（七箇字寫得羞極為下文地）看了宋江和教頭說道使得使不得教你兩箇不要慌一直望南去了（一縱）宋江且請問教頭高姓何處人氏教頭答道小人祖貫河南洛陽人氏姓薛名永祖父是老种經略相公帳前軍官為因惡了同僚不得陞用子孫靠使鎗棒賣藥度日江湖上但呼小人病大蟲薛永不敢拜問恩官高姓大名宋江道小可姓宋名江祖貫鄆城縣人氏薛永道莫非山東及時雨

宋公明麽宋江道小可便是薛永聽罷便拜宋江連忙扶住道少敘三杯如何薛永道好正要拜識尊顏却為無門得遇兄長慌忙收拾起鎗棒和藥囊同宋江便往鄰近酒肆內去喫酒只見酒家說道酒肉自有只是不敢賣與你們喫（分付酒家不賣凡四敘却）（段段變換學國策城北徐公章法）宋江問道緣何不賣與我們喫酒家道却纔和你們厮打的大漢已使人分付了（第一段作兩節說）若是賣與你們喫時把我這店子都打得粉碎我這里却是不敢惡他這人是此間揭陽鎮上一霸誰敢不聽他說宋江道既然恁地我們去休那厮必然要來尋鬧薛永道小人也去店裏算了房錢還他一兩日間也來江州相會兄長先行宋江又取一二十兩銀子與了薛永（一路寫宋江好處只是使銀撒漫更無他長是作者筆法嚴冷處）辭別了自去宋江只得自和兩箇公人也離了酒店又自去一處喫酒那店家說道小郎已自都分付了我們如何敢賣與你

們喫（第二段作一節讀。却將下句倒作上句。）你枉走甘自費力不濟事宋江和兩箇公人都做聲不得連連走了幾家都是一般話說（第三段省。）三箇來到市稍盡頭見了幾家打火小客店正待要去投宿却被他那里不肯相容宋江問時都道他已着小郎連連分付去了不許安着你們三箇（第四段換一句。）當下宋江見不是話頭三箇便拽開脚步望大路上走看看見一輪紅日低墜天色昏暗宋江和兩箇公人心裏越慌三箇商量道沒來繇看使鎗棒惡了這厮如今閃得前不巴村後不着店却是投那里去宿是好只見遠遠地小路上望見隔林深處射出燈光來（此一折。謂是一救。反是一跌。眞乃匪夷所思。先說是小路上。便與江圻相引。）宋江見了道兀那里燈光明處必有人家遮莫怎地陪箇小心借宿一夜明日早行公人看了道這燈光處又不在正路上（再插一句不是正路。務與江圻相引。）宋江道沒奈何雖然不在正路上明日多行三二里却打甚麼不緊三箇人當時落路來行不到二里多路林子背後閃出一座大莊院來宋江和兩箇公人來到莊院前敲門莊客聽得出來開門道你是甚人黃昏夜半來敲門打戶宋江陪着小心荅道小人是箇犯罪配送江州的人今日錯過了宿頭無處安歇欲求貴莊借宿一宵來早依例拜納房金莊客道既是恁地你且在這里少待等我入去報知莊主太公可容卻歇莊客入去通報了復翻身出來說道太公相請宋江和兩箇公人到裏面草堂上參見了莊主太公太公分付教莊客領去門房裏安歇就與他們些晚飯喫（只一筆便打發到房門。極其徑淨者。所以便於那漢歸來也。）莊客聽了引去門首草房下點起一碗燈教三箇歇定了取三分飯食羹湯菜蔬教他三箇喫了莊客收了碗碟自入裏面去兩箇公人道押司這里又無外人一發除了行枷（這里又無外人六字。追入宋江心裏。眞是如鏡之筆。）快活睡一夜明日早行宋江道說得是當時去了行枷閒中無端出此一筆與前山泊對看所以深明宋江之權詐也〇寫宋江答公人偏不答別句偏答出此三箇字便顯出前文用家法變之語之詐〇此書寫宋江權詐俱於前後對照處露出若散讀之皆恒事耳和兩箇公人去房外淨手看見星光滿天妙筆〇此四字先從閒中一點〇既不甚亮又不甚暗在此夜事情恰好又見打麥場邊屋後是一條村僻小路聞中先看出妙不然後文如何忽然生得出來宋江看在眼裏三箇淨了手入進房裏關上門去睡宋江和兩箇公人說道也難得這箇莊主太公留俺們歇這一夜正說間聽得裏面有人九字與第二節九字作章法點火把來打麥場上一到處照看陡然矗出奇峰卻只先作一影妙筆妙筆宋江在門縫裏張時見是太公引着三箇莊客把火一到處照看宋江對公人道這太公和我父親一般件件定要自來照管這早晚也不肯去睡瑣瑣地親自點看閒中無端忽然補出宋江不滿父親語暗與人前好話相射熱攢冷刺妙不可言正說間只聽得外面有人九字與上文作章法中間只換一外字叫開莊門奇文莊客連忙來開了門放入五七箇人來爲頭的手裏拿着朴刀

單見刀背後的都拿着稻叉棍棒單見叉棒火把光下宋江張看時那箇提朴刀的正是在揭陽鎮上要打我們的那漢再看方看出來〇險絕之想奇絕之筆宋江又聽得那太公問道小郎你那里去來和甚人廝打日晚了搶鎗拽棒那大漢道阿爹不知哥哥在家裏麼忽然增出一箇哥哥太公道你哥哥喫得醉了去睡在後面亭子上那漢道我自去叫他起來我和他趕人太公道你又和誰合口叫起哥哥來時他卻不肯干休寫得增出之人倒又利害妙筆你且對我說這緣故那漢道阿爹你不知今日鎮上一箇使鎗棒賣藥的漢子叵耐那廝不先來見我弟兄兩箇便去鎮上撒科賣藥教使鎗棒被我都分付了鎮上的人分文不要與他賞錢補敘出前文所無不知那里走一箇囚徒來那廝做好漢出尖把五兩銀子賞他滅俺揭陽鎮上威風我正要打那廝卻恨那賣藥的腦揪翻我打了一頓又踢了我一腳至今腰裏還疼我已教人四

下裏分付了酒店客店不許着這廝們喫酒安歇補敘前文所無先敎那廝三箇今夜沒存身處隨後喫我叫了賭房裏一夥人趕將去客店裏拿得那賣藥的來儘氣力打了一頓如今把來弔在都頭家裏補敘前文所無明日送去江邊細倣一塊拋在江裏先是一箇餵餓出那口鳥氣却只趕這兩箇公人押的囚徒不着前面又沒客店竟不知投那里去宿了又是遠不干里近只目前絕倒之筆我如今叫起哥哥來分投趕去捉拿這廝太公道我兒休恁地短命相他自有銀子賞那賣藥的却干你甚事你去打他做甚麼可知道着他打了也不曾傷重快依我口便罷休敎哥哥得知你喫人打了他肯干罷又是去害人性命偏將未出現者倒說得利害令文情險絕你依我說且去房裏睡了半夜三更莫去敲門打戶激惱村坊你也積些陰德那漢不顧太公說拿着朴刀逕入莊內去了文情險怪之極讀之如逢奇鬼太公隨後也趕入去宋江聽罷對公人說道

第二嚇

第三嚇

這般不巧的事怎生是好却又撞在他家投宿我們只宜走了好倘或這廝得知必然喫他害了性命便是太公不說莊客如何敢瞞此處既有太公宋江便可不走然不走則安得下回奇文耶特寫出一箇必走之故妙絕兩箇公人都道說得是事不宜遲及早快走宋江道我們休從門前出去掇開屋後一堵壁子出去罷淨手時看得遂令此際得便歸筆既妙卽敘事省力不可不如此法也兩箇公人挑了包裹宋江自提了行枷國家法度奈何如此自花榮開枷宋江不肯後接手便將枷來寫出數番道融深兼宋江之詐也便從房裏穵開屋後一堵壁子三箇人便趁星光之下妙筆望林木深處小路上只顧走正是慌不擇路走了一箇更次一更作提五更作結妙筆望見前面滿目蘆花一派大江滔滔滾滾正來到潯陽江邊出一虎機踏一虎機令讀者喫嚇不暇第一遍只聽得背後喊叫火把亂明吹風胡哨趕將來第二遍宋江只叫得苦道上蒼救一救則箇三人躲在蘆葦叢中望後面時那火把漸近第三遍既作險筆便令險殺三人心裏越慌腳高步

第四嚇

低在蘆葦裏撞前面一看不到天盡頭早到地盡處一帶大江攔截（不重此半句只重下半句耳此半句已在上）側邊又是一條濶港（再加一句見更不可走第四遍真是險殺）宋江仰天歎道早知如此的苦從直住在梁山泊也罷（在宋江是急時真話在作者是閒中冷筆）誰想直斷送在這里宋江正在危急之際只見蘆葦叢中悄悄地忽然搖出一隻船來（謂是一救又是一跌匪夷所思奇至於此）宋江見了便叫梢公且把船來救我們三箇俺與你幾兩銀子（雖是急時相求亦寫賣弄銀子）那梢公在船上問道你三箇是甚麼人却走在這里來宋江道背後有強人打劫我們一昧地撞在這里你快把船來渡我們我多與你些銀兩（一路寫宋江只是以銀子出色是此回一篇之眼不得不與標出）那梢公早把船放得攏來三箇連忙跳上船去一箇公人便把包裹丟下艙裏（輕輕四字又引出下文來）一箇公人便將水火棍拱開了船（寫忙亂如畫）那梢公一頭搭上櫓一面聽着包裹落艙有些好響聲心中暗喜（前跌猶輕後跌至重奇文險筆使讀者嚇

第五嚇

嚇盡）不把櫓一搖那隻小船早蕩在江心裏去岸上那夥趕來的人早趕到灘頭（可駭）有十數箇火把為頭兩箇大漢各挺着一條朴刀隨從有二十餘人各執鎗棒口裏叫道你那梢公快搖船攏來（可駭）宋江和兩箇公人做一塊兒伏在船艙裏說道梢公却是不要攏船我們自多謝你些銀子（只是賣弄銀子）那梢公點頭只不應岸上的人把船望上水咿咿啞啞的搖將去（試問看官將謂是救將謂是跌真是推測不出）那岸上這夥人大喝道你那梢公不搖攏船來教你都死（可駭）那梢公冷笑幾聲也不應（此是第一段下又忽然變出問姓來一發可駭之極）岸上那夥人又叫道你是那箇梢公（問那箇梢公）直恁大膽不搖攏來那梢公冷笑應道老爺叫做張梢公（是張梢公）你不要咬我鳥岸上火把叢中那箇長漢（再畫一筆）說道元來是張大哥你見我弟兄兩箇麼（乃是）（一路一發可駭）那梢公應道我又不瞎做甚麼不見你（果是）（一路一發可駭）那長漢道你既見我時且搖攏來和你說

話嚇殺嚇殺那梢公道有話明朝來說趁船的要去得緊極慌忙中忽作趣語令人又嚇又笑此是第二段入下又換出梢公本意使讀者一發嚇殺那長漢道我弟兄兩箇正要捉這趁船的三箇人駭筆那梢公道趁船的三箇都是我家親眷衣食父母奇談駭筆請他歸去喫碗板刀麪了來奇談駭筆那長漢道你且搖攏來和你商量駭筆那梢公道我的衣飯倒搖攏來把與你倒樂意第三段寫梢公央不肯攏來其文愈駭也那長漢道張大哥再叫一句寫出相來之極不是這般說我弟兄只要捉這囚徒此句分明說不要你衣飯單要你囚徒你且攏來那梢公一頭搖櫓再畫一筆一面說道我自好幾日接得這箇主顧却是不搖攏來倒喫你接了去央不搖攏來也雖然讀者真駭絕也你兩箇只得休怪改日相見宋江呆了不聽得話裏藏鬮妙在船艙裏悄悄的和兩箇公人說也難得這箇梢公救了我們三箇性命妙又與他分說妙不要忘了他恩德却不是幸得這隻船來渡了我們却說那梢公搖開船去離得江岸遠了三箇人在船艙裏望岸上時火把也自去蘆葦中明亮如畫之筆不便說去了爲下文留步也將謂又離一虎機不知正踏一虎機奇文怪筆疊而起眉宋江道慚愧正是好人相逢惡人遠離梢公聞之能無失笑且得脫了這場災難如那場何只見那梢公搖着櫓口裏唱起湖州歌來唱道老爺生長在江邊不愛交遊只愛錢七字妙絕太上不愛錢只愛交遊其次愛錢以爲交遊之地又次愛交遊以爲錢之地也夫不愛錢只愛交遊是非宋江之所及也若云愛交遊以爲錢地則亦非宋江之所出也今日宋江則正所謂以錢爲交遊地者耳乃梢公忽云只愛錢不愛交遊然則宋江一路撒漫使銀悉作虛捐矣乎只此一句便令宋江神絕心死殆不須又用板刀麪也俗本說非夜華光來趁我臨行奪下一金磚駭人語宋江和兩箇公人聽了這首歌都酥軟了宋江又想道他是唱要且作一縱三箇正在艙裏議論未了只見那梢公放下櫓駭絕說道你這箇撮鳥兩箇公人平日最會詐害做私商的人今日却撞在老爺手裏你三箇却是要喫板刀麪奇語却是要喫餛飩奇語宋江道家長休要取笑怎地喚做板刀麪怎地是餛飩

那梢公睜着眼（駭絕。）道老爺和你耍甚鳥若還要喫板刀麪時（奇語。○若要喫三字。奇絕可笑。）俺有一把潑風也似快刀在這艎板底下我不消三刀五刀我只一刀一箇都剁你三箇人下水去你若要喫餛飩時（奇語。）你三箇快脫了衣裳都赤條條地跳下江裏自死宋江聽罷扯定兩箇公人說道却是苦也正是福無雙至禍不單行那梢公喝道（駭絕。）你三箇好好商量快回我話宋江答道梢公不知我們也是沒奈何犯下了罪迭配江州的人你如何可憐見饒了我三箇那梢公喝道你說甚麼閒話（臨死討饒。謂之閒話。可發一笑。）饒你二箇我半箇也不饒你（饒半箇又作何用。）老爺喚作有名的狗臉張爺爺來也不認得爹去也不認得娘（出色駭語。出色奇語。）你便都閉了鳥嘴快下水裏去宋江又求告道我們都把包裹內金銀財帛衣服等項盡數與你只饒了我三人性命那梢公便去艎板底下摸出那把明晃晃板刀來大喝（駭絕。○險筆至此。眞令讀者有死之心。無生之氣。）道你三箇要怎地宋江仰天嘆道為因我不敬天地不孝父母犯下罪責連累了你兩箇（臨死猶爲此言。即孟子所謂久假而不歸。惡知其非有也。）那兩箇公人也扯着宋江道押司罷罷我們三箇一處死休那梢公又喝道你三箇好好快脫了衣裳（此又一喝。似催速跳。然其實反借脫衣裳三字。騰那出下文救兵來。須知良工心苦處。）跳下江去跳便跳不跳時老爺便剁下水裏去宋江和那兩箇公人抱做一塊望着江裏（四字住得妙。只是上半句。但未及有下半句耳。寫出一時迅速之極。）只見江面上咿咿啞啞櫓聲響（奇文層疊而出。）梢公回頭看時（俗本作宋江回頭看。）一隻快船飛也似從上水頭急溜下來（古本急溜二字。便寫出船到之速。俗本改作搖將二字。謬以千里。）船上有三箇人一條大漢（誰。）手裏橫着托叉立在船頭上梢頭兩箇後生（誰。誰。）搖着兩把快櫓星光之下（妙筆。四字之妙。正是苦不甚明。又不極暗。）早到面前那船頭上橫叉的大漢便喝道前面是甚麼梢公敢在當港行事船裏貨物見者有分（仍作駭人語。不便露出救兵行徑來。妙絕。）這船梢公回頭看了慌忙應道原來卻是李大哥李什麼急急我只道是誰來大哥又去做買賣只是不曾帶挈兄弟此句正緊對其兒者有分一句也活畫出狗臉張爺爺來活畫出不愛交游只愛錢面目來大漢道張家兄弟你在這里又弄這一手船裏甚麼行貨有些油水麼梢公答道教你得知好笑我這幾日沒道路又賭輸了沒一文正在沙灘上悶坐岸上一夥人趕着三頭行貨來我船裏卻是兩箇鳥公人解一箇黑矮囚徒揭陽嶺上問而後說潯陽江中不問自說只黑矮二字用筆不同如此正不知是那里人他說道送配江州來的卻又項上不帶行枷處處寫出宋江不帶行枷與山泊欺花榮一段擊應趕來的岸上一夥人卻是鎮上穆家哥兒兩箇梢公姓張來船姓李岸上兩箇姓穆姓則都知之矣名則都不知也定要討他我見有些油水喫我不還他船上那大漢道咄一字如聞其聲莫不是我哥哥宋公明半日如逢無數奇鬼讀至此句忽然眼前一亮宋江聽得聲音厮熟便艙裏叫道船上好漢是誰救宋江則箇那大漢失驚道真箇是我哥哥上文險極此句

快極不險則不快險極則快極也早不做出來宋江鑽出船上來看時星光明亮此十一字妙不可說非云星光明亮恰見來船那漢乃是極寫宋江半日心驚膽碎不復知天地何色直至此忽然得救矣而後依然又見星光也蓋喫嚇一回始知之矣那船頭上立的大漢正是混江龍李俊背後船梢上兩箇搖櫓的一箇是出洞蛟童威一箇是翻江蜃童猛這李俊聽得是宋公明便跳過船來口裏叫苦道哥哥驚恐若是小弟來得遲了些箇懊了仁兄性命今日天使李俊在家坐立不安棹船出來江裏趕些私鹽不想又遇着哥哥在此受難那梢公呆了半晌做聲不得與上狗臉三句映襯方纔問道李大哥這黑漢便是山東及時雨宋公明麼李俊道可知是哩那梢公便拜道我那爺你何不早通箇大名省得着我做出歹事來爭些兒傷了仁兄卻又只愛交游不要錢也宋江問李俊道這箇好漢是誰請問高姓半日有叫張大哥有叫張兄弟他又自叫張爺爺張字之多非一遍矣此處宋江忽然又問高姓活畫出前文嚇極李俊道哥哥不知這箇好漢卻是小

弟結義的兄弟姓張將姓張名橫四字分作兩段所以深寫宋江嚇極不聞張大哥張爺爺張兄弟多過張字也俗本訛是小孤山下人氏單名橫字綽號船火兒專在此潯陽江做這件穩善的道路言之可傷○以極險惡事而謂之穩善豈非以世間道路更險惡於板刀麪耶宋江和兩箇公人都笑起來當時兩隻船並着搖進灘邊來纜了船艙裏扶宋江并兩箇公人上岸李俊又與張橫說道兄弟我嘗和你說可見李俊天下義士只除非山東及時雨鄆城宋押司今日你可仔細認着張橫敲開火石點起燈來炤着宋江撲翻身又在沙灘上拜星光中來不好又是星光中去則必敲火點燈炤着同行矣乃作者文心只一點燈亦不肯輕率便寫又必隨手生出李俊使張橫仔細認宋江來寫得一箇點燈何等筆墨淋漓真正才子之筆道望哥哥恕兄弟罪過張橫拜罷問道義士哥哥爲何事配來此間李俊把宋江犯罪的事說了今來迭配江州張橫聽了說道好教哥哥得知小弟一母所生的親弟兄兩箇長的便是小弟我有箇兄弟却又了得渾身雪練也似一身白肉沒得四五十里水面水底下伏得七日七夜水裏行一似一根白條更兼一身好武藝因此人起他一箇異名喚做浪裏白條張順當初我弟兄兩箇只在揚子江邊做一件依本分的道路宋江道願聞則箇張橫道我弟兄兩箇但賭輸了時我便先駕一隻船渡在江邊淨處做私渡有那一等客人貪省貫百錢的又要快便來下我船等船裏都坐滿了却教兄弟張順也扮做單身客人背着一箇大包也來趁船我把船搖到半江裏歇了櫓拋了釘插一把板刀却討船錢本合五百足錢一箇人我便定要他三貫却先問兄弟討起教他假意不肯還我我便把他來起手一手揪住他頭一手提定腰胯撲通地攛下江裏排頭兒定要三貫一箇箇都驚得呆了把出來不迭都斂得足了却送他到僻淨處上岸我那兄弟自從水底下走過對岸等沒了人却與兄弟分錢去賭一篇大文中忽然插入一篇小文奇

筆那時我兩箇只靠這道路過日宋江道可知江邊多有主顧來尋你私渡李俊等都笑起來張橫又道如今我弟兄兩箇都改了業（妙語。○匿官亦然。出了一箇衙門。進了一箇衙門。旁人只謂其改了業。殊不知只賣舊時行貨也。）我便只在這潯陽江裏做些私商兄弟張順他却如今自在江州做賣魚牙子如今哥哥去時小弟寄一封書去只是不識字寫不得（書。）李俊道我們去村裏央箇門館先生來寫留下童威童猛看船三箇人跟了李俊張橫提了燈（千妖百怪之後。見此三字。如與國怨歸。）投村裏來走不過半里路看見火把還在岸上明亮（可見江心一事其間甚疾。）張橫說道他弟兄兩箇還未歸去李俊道你說兀誰弟兄兩箇張橫道便是鎮上那穆家哥兒兩箇李俊道一發叫他兩箇來拜了哥哥（更為奇筆。）宋江連忙說道使不得他兩箇趕着要捉我李俊道仁兄放心他弟兄不知是哥哥他亦是我們一路人李俊用手一招胡哨了一聲只見火把人伴都飛逩將來（於前火把飛逩。是一是二。皆空中結撰。成此奇筆。）看見李俊張橫都恭奉着宋江做一處說話那弟兄二人大驚道二位大哥如何與這三人廝熟李俊大笑道你道他是兀誰（李俊妙人。）那二人道便是不認得只見他在鎮上出銀兩賞那使鎗棒的滅俺鎮上威風正待要捉他李俊道他便是我日常和你們說的山東及時雨鄆城宋押司公明哥哥你兩箇還不快拜（可見李俊。）那弟兄兩箇撇了朴刀撲翻身便拜（又可見穆家兄弟。）道聞名久矣不期今日方得相會却纔甚是冒瀆犯傷了哥哥望乞憐憫恕罪宋江扶起二位道壯士願求大名李俊便道這弟兄兩箇富戶是此間人姓穆名弘綽號沒遮攔兄弟穆春喚做小遮攔是揭陽鎮上一霸我這里有三霸哥哥不知一發說與哥哥知道（忽然結束。其筆如椽。）揭陽嶺上嶺下便是小弟和李立一霸（此一句結束揭陽嶺一篇絕奇文字。）揭陽鎮上是他弟兄兩箇一霸（此一句結束揭陽鎮一篇絕奇文字。）潯陽江邊做私商的却是張橫張順兩箇一霸此一句結束潯陽江一篇絕奇文字以此謂之三霸又總結一句宋江答道我們如何省得既然都是自家弟兄情分望乞放還了薛永此是宋江好處穆弘笑道便是使鎗棒的那廝哥哥放心隨即便教兄弟穆春去取來還哥哥我們且請仁兄到敝莊伏禮請罪李俊說道最好最好便到你莊上去穆弘叫莊客着兩箇去看了船隻就請童威童猛一同都到莊上去相會是一面又着人去莊上報知置辦酒食殺羊宰猪整理筵宴一行衆人等了童威童猛一同取路投莊上來却好五更天氣五更作結妙筆可知嚇了一夜都到莊裏請出穆太公來相見了就草堂上分賓主坐下宋江與穆太公對坐說話未久天色明朗穆春已取到病大蟲薛永進來一處相會了穆弘安排筵席管待宋江等衆位飲宴至晚都留在莊上歇宿次日宋江要行穆弘那里肯放把衆人都留莊上陪侍宋江去鎮上閒

翫觀看揭陽市村景致又住了三日宋江怕違了限次寫宋江偏在人前便要着假堅意要行穆弘并衆人苦留不住當日做箇送路筵席次日早起來宋江作別穆太公并衆位好漢臨行分付薛永且在穆弘處住幾時却來江州再得相會寫宋江權術穆弘道哥哥但請放心我這里自看顧他取出一盤金銀送與宋江又齎發兩箇公人些銀兩臨動身張橫在穆弘莊上央人修了一封家書央宋江付與張順當時宋江收放包裹內了又成後文一引一行人都送到潯陽江邊與蘆葦中映穆弘叫隻船來與梢公映取過先頭行李下船衆人都在江邊安排行枷處處寫宋江行枷不在頸上筆法嚴冷取酒食上船餞行當下衆人灑淚而別李俊張橫穆弘穆春薛永童威童猛一行人各自回家不在話下只說宋江自和兩箇公人下船投江州來這梢公非比前番忽插一語作趣扯起一帆風篷早送到江州上岸宋江方纔帶上行枷寫宋江行枷筆筆嚴冷兩

箇公人取出文書挑了行李直至江州府前來正值府尹陞廳原來那江州知府姓蔡雙名得章是當朝蔡太師蔡京的第九箇兒子因此江州人叫他做蔡九知府那人為官貪濫作事驕奢（為後作案）為這江州是箇錢糧浩大的去處抑且人廣物盈因此太師特地教他來做箇知府當時兩箇公人當廳下了公文押宋江投廳下蔡九知府看見宋江一表非俗便問道你為何枷上沒了本州的封皮（加意寫出宋江視行枷如兒戲與前數花榮對看筆法嚴冷之極）兩箇公人告道於路上春雨淋漓却被水濕壞了知府道快寫箇帖來便送下城外牢城營裏去本府自差公人押解下去這兩箇公人就送宋江到牢城營內交割當時江州府公人齎了文帖監押宋江并同公人出州衙前來酒店裏買酒喫宋江取三兩來銀子（寫宋江單是銀子出色）與了江州府公人當討了收管將宋江押送單身房裏聽候那公人先去對管營差撥處替宋江說了方便交割討了收管自回江州府去了這兩箇公人也交還了宋江包裹行李千酬萬謝相辭了入城來兩箇自說道我們雖是喫了驚恐却賺得許多銀兩（又用兩箇公人開口閒點一句槩括上文三覇一句）（點綴宋江本色）自到州衙府裏伺候討了回文兩箇取路往濟州去了話裏只說宋江又自央浼人情差撥到單身房裏送了十兩銀子與他（銀子出色）管營處又自加倍送十兩并人事（銀子出色）營裏管事的人并使喚的軍健人等都送些銀兩與他們買茶喫（銀子出色）因此無一箇不歡喜宋江（寫宋江只如此嚴冷之筆）少刻引到點視廳前除了行枷（寫宋江行枷至此始畢）參見管營為得了賄賂在廳上說道這箇新配到犯人宋江聽着先朝太祖武德皇帝聖旨事例但凡新入流配的人須先打一百殺威棒左右與我捉去背起來宋江告道小人於路感冒風寒時症至今未曾痊可管營道這漢端的像有病的不見他面黃肌瘦有

些病症且與他權寄下這頓棒此人既是縣吏出身着他本管抄事房做箇抄事就時立了文案便教發去抄事宋江謝了去單身房取了行李到抄事房安頓了衆囚徒見宋江有面目都買酒來慶賀次日宋江置備酒食與衆人回禮（一句）不時間又請差撥牌頭遞杯（二句）管營處常常送禮物與他（三句）宋江身邊有的是金銀財帛單把來結識他們（寫宋江出色只是金銀財帛更不見有他長處處處皆下特筆）住了半月之間滿營裏沒一箇不歡喜他自古道世情看冷煖人面逐高低（賛歎宋江能得人心乃只用此二語其意可知）宋江一日與差撥在抄事房喫酒那差撥說與宋江道賢兄我前日和你說的那箇節級常例人情如何多日不使人送去與他今已一旬之上了他明日下來時須不好看宋江道這箇不妨那人要錢不與他若是差撥哥哥但要時只顧問宋江取不妨那節級要時一文也沒等他下來宋江自有話說（看他全是權詐）差撥道押司那人好生利害更兼手脚了得倘或有些言語高低喫了他些羞辱却道我不與你通知宋江道兄長繇他但請放心小可自有措置敢是送些與他也不見得他有箇不敢要我的也不見得（語語）（寫出宋江權詐）正恁的說未了只見牌頭來報道節級下在這里了正在廳上大發作罵道新到配軍如何不送常例錢來與我差撥道我說是麼那人自來連我們都怪宋江笑道差撥哥哥休罪不及陪侍改日再得作杯小可且去和他說話差撥也起身道我們不要見他（省）宋江別了差撥離了抄事房自來點視廳上見這節級不是宋江來和這人廝見有分教江州城裏翻爲虎窟狼窩十字街頭變作屍山血海直教撞破天羅歸水滸掀開地網上梁山畢竟宋江來與這箇節級怎麼相見且聽下回分解

第五才子書施耐菴水滸傳卷之四十一

第五才子書施耐菴水滸傳卷之四十二

聖歎外書

第三十七回

及時雨會神行太保
黑旋風鬬浪裏白條

寫宋江以銀子爲交游後忽然接寫一鐵牛李大哥妙哉用筆真令宋江有珠玉在前之愧勝似罵勝似打勝似殺也看他要銀子賭便向店家借要魚請人便向漁戶討一若天地間之物任憑天地間之人公同用之不惟不信世有慳吝之人亦并不信世有慷慨之人不惟與之銀子不以爲恩又并不與銀子不以爲怨夫如是而宋江之權術獨遇斯人而窮矣宋江與之銀子彼亦不過謂是店家漁戶之流適値其有之時也店家不與銀子魚戶不與鮮魚彼亦不過謂卽宋江之流適値其無之時也夫宋江之以銀子與人也夫固欲人之感之也宋江之不敢不以銀子與人也夫固畏人之怨之也今彼亦何感彼亦何怨無宋江可騙則自有店家可借無店家可借則自有賭房可搶無賭房可搶則自有江州城裏城外執塗之人無不可討使必恃有結識好漢之宋江而後李逵方得銀子使用然則宋江未配江州之前彼將不喫酒不喫肉小張乙賭房中亦復不去賭錢耶通篇寫李逵浩浩落落處全是激射宋江絕世妙筆、

處處將戴宗反襯宋江遂令宋江愈慷慨愈出醜皆屬作者匠心之筆

寫李逵麤直不難莫難於寫麤直人處處使乖說謊也彼天下使乖說謊之徒卻處處假作麤直如宋江其人者能不對此而羞死乎

哉○

話說當時宋江別了差撥出抄事房來到點視廳上看時見那節級掇條凳子坐在廳前（如畫○掇條凳子便算官長可發一笑）高聲喝道那箇是新配到囚徒牌頭指着宋江道這箇便是那節級便罵道你這黑矮殺才倚仗誰的勢要不送嘗例錢來與我宋江道人情人情在人情願（妙解解願）你如何逼取人財好小哉相兩邊看的人聽了倒揑兩把汗那人大怒喝罵賊配軍安敢如此無禮顛倒說我小哉那兜馱的與我背起來且打這廝一百訊棍兩邊營裏衆人都是和宋江好的見說要打他一鬨都走了只剩得那節級和宋江（上文已成必打之勢却只寫作衆人走了便騰那出下文來筆墨曲折之甚）那人見衆人都散了肚裏越怒拿起訊棒便奔來打宋江宋江說道節級你要打我我得何罪（好）那人大喝道你這賊配軍是我手裏行貨輕咳嗽便是罪過（奇語可駭）宋江道你便尋我過失也不到得該死（好）那人怒道你說不該死我要結果你也不難只似打殺一箇蒼蠅宋江冷笑道我因不送得嘗例錢便該死時結識梁山泊吳學究的却該怎地（好）那人聽了這話慌忙丟了手中訊棍便問道你說甚麼（好）宋江道我自說那結識軍師吳學究的（好）你問我怎地（好）那人慌了手脚拖住宋江問道你正是誰（好）那里得這話來（好）宋江笑道小可便是山東鄆城縣宋江那人聽了大驚連忙作揖（寫戴宗拜獨與他人異有情有文之筆）說道原來兄長正是及時雨宋公明宋江道何足掛齒那人便道兄長此間不是說話處未敢下拜（戴宗口中自註一句好）同往城裏敘懷請兄長便行宋江道好節級少待容宋江鎖了房門便來宋江慌忙到房裏取了吳用的書（細）自帶了銀兩（又帶銀子）出來鎖上房門分付牌頭看管便和那人離了牢城營裏奔入江州城裏來去一箇臨街酒肆中樓上坐下那人問道兄長何處見

吳學究來宋江懷中取出書來遞與那人那人拆開封皮從頭讀了藏在袖內起身望着宋江便拜（只一拜寫得節奏如畫。）宋江慌忙答禮道適間言語衝撞休怪休怪那人道小弟只聽得說有箇姓宋的（五字為上文補漏，便令後人更無嘗議處。）發下牢城營裏來往嘗時但是發來的配軍嘗例送銀五兩今番已經十數日不見送來今日是箇閒暇日頭因此下來取討不想却是仁兄（與上姓宋句合作一語。）恰纔在營內甚是言語冒瀆了哥哥萬望恕罪宋江道差撥亦曾常對小可說起大名宋江有心要拜識尊顏却不知足下住處又無因入城特地只等尊兄下來要與足下相會一面以此耽悞日久不是為這五兩銀子不捨得送來（寫宋江自表，亦不出銀子，真是醜殺。）只想尊兄必是自來故意延挨今日幸得相見以慰平生之願說話的那人是誰便是吳學究所薦的江州兩院押牢節級戴院長戴宗（筆法。）那時故宋時金陵一路節級都稱呼

（自此去入李逵傳）

家長湖南一路節級都稱呼做院長（正敘事中，偏有此閒筆。）原來這戴院長有一等驚人的道術但出路時齎書飛報緊急軍情事把兩箇甲馬拴在兩隻腿上作起神行法來一日能行五百里把四箇甲馬拴在腿上便一日能行八百里因此人都稱做神行太保戴宗當下戴院長與宋公明說罷了來情去意戴宗宋江俱各大喜兩箇坐在閣子裏叫那賣酒的過來安排酒菓肴饌菜蔬來就酒樓上兩箇飲酒宋江訴說一路上遇見許多好漢衆人相會的事務戴宗也傾心吐膽把和這吳學究相交來往的事告訴了一遍兩箇正說到心腹相愛之處纔飲得兩三杯酒只聽樓下喧鬧起來過賣連忙走入閣子來對戴宗說道這箇人只除非是院長說得他下（未來先畫，另是一樣妙筆。）沒奈何煩院長去解拆則箇戴宗問道在樓下作鬧的是誰過賣道便是時嘗同院長走的那箇喚做鐵牛李大哥（李大哥來何遲也真

今讀者盼殺也。想殺也。在底下尋主人家借錢二字妙絕。宋江處處以銀子爲要務。李逵却初入書便是借錢。作者特特將兩人寫在一處。中間形擊真假。筆筆妙絕。戴宗笑道又是這廝在下面無禮我只道是甚麼人兄長少坐我去叫了這廝上來戴宗便起身下去不多時引着一箇黑凜凜大漢畫李逵只五字。已畫得出相。上樓來宋江看見喫了一驚黑凜凜三字。不惟畫出李逵形狀。兼畫出李逵顧盼。李逵性格。李逵心地。來下便緊接宋江喫驚句。蓋深表李逵旁若無人。不曉阿諛。不可以威劫。不可以名服。不可以利動。不可以智取。宋江喫一驚。眞喫一驚也。便問道院長這大哥是誰戴宗道這箇是小弟身邊牢裏一箇小牢子姓李名逵祖貫是沂州沂水縣百丈村人氏本身一箇異名喚做黑旋風李逵他鄉中都叫他做李鐵牛因爲打死了人逃走出來雖遇赦宥流落在此江州不曾還鄉爲他酒性不好多人懼他能使兩把板斧及會拳棍見今在此牢裏勾當李逵看着宋江問戴宗道哥哥這黑漢子是誰漢子黑。則呼之爲黑漢子耳。豈以其衣冠濟楚也。而阿諛之。寫李逵如畫。戴宗對宋江笑道押司你看這廝恁麼粗鹵全不識些體面李逵道我問大哥怎地是粗鹵連粗鹵不知是何語。妙絕。讀至此。始知魯達自說粗鹵。尚是後天之民。未及李大哥也。戴宗道兄弟你便請問這位官人是誰便好暗用蘇東坡敎壞司馬君實僕事。你倒却說這黑漢子是誰這不是粗鹵却是甚麼我且與你說知這位仁兄便是閒常你要去投奔他的義士哥哥從戴宗口中表出李逵生平。李逵道莫不是山東及時雨黑宋江看戴宗只提出義士二字。李逵便說出其地來。說出其號來。說出其狀來。說出其名來。極寫李逵念誦宋江。如人持呪也。戴宗喝道咄你這廝敢如此犯上直言叫喚全不識些高低兀自不快下拜等幾時李逵道若真箇是宋公明我便下拜妙語。若是閒人我却拜甚鳥妙語。○看他下語真有鐵牛之意。拜鳥二字。未經人說。爲之絕倒。節級哥哥不要賺我拜了你却笑我偏寫李逵作乖覺語。而其呆愈顯。眞正妙筆。宋江便道我正是山東黑宋江便寫出宋江喜之至。敬之至。李逵拍手叫道我那爺稱呼不類。表表獨奇。你何不早說些箇却反責之。妙絕妙絕。也教鐵牛歡喜寫得逵若不是世間性格。讀之淚落。○鐵

（牛歡喜四字。又是奇文。）撲翻身軀便拜（寫拜亦復不同。撲翻身軀字。寫他拜得死心搭地。便字。寫他拜的更無商量。）宋江連忙答禮說道壯士大哥請坐戴宗道兄弟你便來我身邊坐了喫酒李逵道不耐煩小盞喫換箇大碗來篩（若在他面前說不得此語。即拜之何爲。若既已拜之。即何妨開口便說此語。寫李逵妙絕。更無第一句。只此是第一句。）宋江便問道卻纔大哥爲何在樓下發怒李逵道我有一錠大銀解了十兩小銀使用了（第一句討大碗。第二句便說謊。寫得奇絕妙絕。）卻問這主人家那借十兩銀子（寫宋江。則以銀子爲其生平。寫李逵。則以銀子視同兒戲。筆墨激射。令人不堪。）去贖那大銀出來便還他自要些使用（李逵亦復有使用銀子處。爲之絕倒。）叵耐這鳥主人不肯借與我（上文宋江猜戴宗必爲五兩銀故自家下來。此文李逵猜主人不借十兩銀故徑來告借。寫兩箇人。一箇純以小人待君子。一箇純以君子待小人。其厚其薄。天地懸隔。筆墨激射。令人不堪。）卻待要和那廝放對打得他家粉碎卻被大哥叫了我上來宋江道只用十兩銀子去取再要利錢麼李逵道利錢已有在這里了（寫他說謊。偶樸嫵媚。）只要十兩本錢去討宋江聽罷便去身邊取出一箇十兩銀子把與李逵（以十兩銀買一鐵牛。宋江一生得意之筆。）說道大哥你將去贖來用度戴宗要阻當時宋江已把出來了（寫戴宗又另是一色人）李逵接得銀子便道卻是好也兩位哥哥只在這里等我一等贖了銀子便來送還就和宋哥哥去城外喫碗酒宋江道且坐一坐喫幾碗了去李逵道我去了便來推開簾子下樓去了（我讀至此處。不覺掩卷而歎。嗟乎。世安得有此人哉。下之。則驟然與我十兩銀子。上之。則斯人固我閒嘗無日不讀。無日不願見之人也。乃今實然而來。實然而去。不惟今日之恩惠。不能酬之少半。即平日之愛慕。亦不必贊以盤桓。要拜便拜。要去便去。要喫酒便喫酒。要說謊便說謊。嗟乎。世豈真有此人哉。）戴宗道兄長休借這銀與他便好卻纔小弟正欲要阻兄長已把在他手裏了宋江道卻是爲何戴宗道這廝雖是耿直只是貪酒好賭他卻幾時有一錠大銀解了兄長喫他賺漏了這箇銀去他慌忙出門必是去賭若還贏得時便有得送來還哥哥（醜語。）若是輸了時那討這十兩銀來還兄長（醜語。）（寫戴宗只與宋江一樣。）戴宗面上須不好看宋江笑道尊兄何必見外些須銀子何足掛齒豁他去賭輸了罷寫宋江好處只如此我看這人倒是箇忠直漢子戴宗道這厮本事自有只是心麄膽大不好在江州牢裏但喫醉了時却不奈何罪人只要打一般強的牢子駮李逵所以自駮也我也被他連累得苦專一路見不平好打強漢以此江州滿城人都怕他又在戴宗口中補寫生平宋江道俺們再飲兩杯却去城外忽生一箇閑翫一遭戴宗道小弟也正忘了和兄長去看江景則箇宋江道小可也要看江州的景致如此最好且不說兩箇再飲酒只說李逵得了這箇銀子尋思道難得宋江哥哥又不曾和我深交便借我十兩銀子果然仗義踈財名不虛傳如今來到這里却恨我這幾日賭輸了沒一文做好漢請他沒一文便做不得好漢此宋江一路來所以獨做成好漢也語語皆與宋江激射如今得他這十兩銀子且將去賭一賭儻或贏得幾貫錢來請他一請也好看要好看是李逵白璧一瑕分別觀之當時李逵慌忙跑出城

外一箇小張乙賭房裏來便去場上將這十兩銀子撇在地下畫叫道把頭錢過來我博那小張乙得知李逵從來賭直便道大哥且歇這一博下來便是你博畫下語皆與李逵不稱故妙○客人已坐店中只要贏得便去做好漢請他矣却偏說出歇一博來妙絕李逵道我要先賭這一博小張乙道你便傍猜也好畫○語語與李逵不稱妙絕李逵道我不傍猜只要博這一博五兩銀子做一注又欲贏得快又欲贏得多絕倒有那一般賭的却待要博被李逵搿手奪過頭錢來便叫道我博兀誰小張乙道便博我五兩銀子李逵叫聲快肐膪地博一箇叉絕倒小張乙便拿了銀子過來李逵叫道我的銀子是十兩小張乙道你再博我五兩快便還了你這錠銀子李逵又拿起頭錢叫聲快肐膪的又博箇叉絕倒○不如此不成奇文小張乙笑道我教你休搶頭錢且歇一博不聽我口如今一連博上兩箇叉畫○賭場信口寫來活現李逵道我這銀子是別人的鐵牛作此軟語越可憐越無理越好笑越嫵媚小張乙道遮

莫是誰的也不濟事了、你既輸了、卻說甚麼、李逵、道沒奈何（三字越可憐、越無理、越好笑、越嫵媚。）且借我一借（妙絕語。宋江處處以銀爲正經、李逵處處以銀爲戲事、筆墨激射、極其不堪。）明日便送來還你、（看他又說謊。正妙極也。）小張乙道、說甚麼閒話、自古賭錢場上無父子、你明明地輸了、如何倒來革爭、李逵把布衫拽起在前面（先作盛放銀子之地。絕倒。）口裏喝道、你們還我也不還、小張乙道、李大哥、你閒常最賭得直（口碑鑿鑿。）今日如何恁麼沒出豁、李逵也不答應他（不答應。又寫得妙、直寫出他外雖發極、內實心服來。）便就地下擄了銀子、又搶了別人賭的十來兩銀子（索性。）都摟在布衫兜裏（妙絕之事。奇絕之文。）睜起雙眼、就道老爺閒常賭直、今日權且不直一遍（二語遂若出自聖人口中、蓋上句守經、下句達權也。）小張乙急待向前奪時、被李逵一指一交、十二三箇賭博的、一齊上（銀子是命、真有此事。）要奪那銀子、被李逵指東打西、指南打北、李逵把這夥人打得沒地躲處、便出到門前、把門的問道、大郎那里去、被李逵提在一邊（提字妙。一

手兜銀可知。）一腳踢開了門（一手兜銀。一手提人。便一腳踢門矣。活畫出此時李大哥來。）便走（何等爽利。看他到底不答應一句。）那夥人隨後趕將出來、都只在門前叫道（畫。）李大哥、你恁地沒道理、都搶了我們眾人的銀子去、只在門前叫喊、沒一箇敢近前來討（此二句、便又寫出平日來也。）李逵正走之時、聽得背後一人趕上來、扳住肩臂（奇文。）喝道、你這廝如何卻搶擄別人財物、李逵口裏應道、干你鳥事（罵盡天下。嘗想世人評論古今、真是干你鳥事。）回過臉來看時、卻是戴宗、背後立着宋江（先罵後回、筆筆入妙。）李逵見了、惶恐滿面（天真爛熳、不是世人害羞身分。）便道、哥哥休怪、鐵牛閒常只是賭直（又不說謊。）今日不想輸了哥哥銀子、又沒得些錢來相請哥哥、喉急了、時下做出這些不直來（寫他自辯處、恰與上文解銀取贖語相違、得卻一邊。夫卻一邊、天真爛熳、妙不可說。）宋江聽了大笑道、賢弟但要銀子使用、只顧來問我討（寫宋江只如此。）今日既是明明地輸與他了、快把來還他、李逵只得從布衫兜裏取出來、都遞在宋江手裏（又寫他使乖。絕倒。）宋江

便叫過小張乙前來都付與他（宋江只如此）小張乙接過來說道二位官人在上小人只拿了自已的這十兩原銀雖是李大哥兩博輸與小人如今小人情願不要他的省得記了冤讐（書）宋江道你只顧將去不要記懷小張乙那里肯宋江便道他不曾打傷了你們麼小張乙道討頭的拾錢的和那把門的都被他打倒在裏面宋江道既是恁的就與他衆人做將息錢（宋江只如此）兄弟自不敢來了我自着他去小張乙收了銀子拜謝了回去宋江道我們和李大哥喫三杯去戴宗道前面靠江有那琵琶亭酒館是唐朝白樂天古跡我們去亭上酌三杯就觀江景則箇宋江道可於城中買些肴饌之物將去（插一句早爲魚湯作引）戴宗道不用如今那亭上有人在裏面賣酒宋江道恁地時却好當時三人便望琵琶亭上來到得亭子上看時一邊靠着潯陽江一邊是店主人家房屋琵琶亭上有十數副座頭戴宗便揀一副乾淨座頭讓宋江坐了頭位戴宗坐在對席肩下便是李逵三箇坐定便叫酒保鋪下菜蔬菓品海鮮按酒之類（李逵不愛○偏寫得與李逵不稱）酒保取過兩樽玉壺春酒此是江州有名的上色好酒（寫酒皆用出色名目非爲與宋戴映襯全爲與李逵不稱也）開了泥頭李逵便道（三箇人中第一開口）酒把大碗來篩不耐煩小盞價喫（賭房搶銀一事竟若太虛雲點更不一字周旋妙絕之筆○不得做主又來做客在世人便有無數殷勤周致之語今偏寫得樸至慷慨政不辯其誰主誰客妙哉至於此乎○李逵傳妙處都在無字句處要細玩）戴宗喝道兄弟好村你不要做聲只顧喫酒便了宋江分付酒保道我兩箇面前放兩隻盞子這位大哥面前放箇大碗酒保應了下去取隻碗來放在李逵面前一面篩酒一面鋪下肴饌李逵笑道（一笑字有小兒得餅之樂）真箇好箇宋哥哥人說不差了（看他極麤人胸中又要三迴四轉將友生來玩味真是奇筆）便知做兄弟的性格（李逵只說出八箇字而千載已無合式中選之人矣何可勝歎）結拜得這位哥哥也不枉了（竟罵戴宗矣絕倒）酒保斟酒連篩了五

七遍宋江因見了這兩人心中歡喜結上文。下另出第三箇人也。喫了幾杯忽然心裏想要魚辣湯喫憑空落下魚字。無影無蹤。便問戴宗道這里有好鮮魚麼戴宗笑道兄長你不見滿江都是漁船便捵入漁船。明快之筆。此間正是魚米之鄉如何沒有鮮魚宋江道得些辣魚湯醒酒最好戴宗便喚酒保敎造三分加辣點紅白魚湯來偏寫得與李逵不稱。頃刻造了湯來宋江看見道美食不如美器雖是箇酒肆之中端的好整齊器皿偏寫得與李逵不稱。拿起筯來相勸戴宗李逵喫自也喫了些魚呷幾口湯汁李逵並不使筯便把手去碗裏撈起魚來和骨頭都嚼喫了何等嫵媚。其疾如風。宋江一頭忍笑不住呷了兩口汁此呷汁。與上呷汁遙。中間捵出李逵撈魚嚼喫。如風捲雲。故宋江呷汁皆未畢也。便放下筯不喫了文情漸引而出戴宗道兄長一定這魚醃了不中仁兄喫宋江道便是不才酒後只愛口鮮魚湯喫漸引下。這箇魚真是不甚好戴宗應道便是小弟也喫不得是醃的不中喫李逵嚼了自碗裏魚便道兩位哥哥都不喫我替你們喫了忽用替你們三字。寫他何等出力。非寫今日喫魚出力。正寫他日出力。只如喫魚也。便伸手去宋江碗裏撈將過來喫了又去戴宗碗裏也撈過來喫了無黨無偏。平平蕩蕩。使宰天下。如此魚矣。滴滴點點淋一桌子汁水觀此。便深厭曲禮爲煩。宋江見李逵把三碗魚湯和骨頭都嚼喫了便叫酒保來分付道我這大哥想是肚饑你可去大塊肉切二斤來與他喫好宋江。人說不差了。真是知他肚裏。少刻一發算錢還你酒保道小人這里只賣羊肉却沒牛肉四字絕倒。忽從酒保口中。畫出李逵不似喫羊肉人。妙筆。憑空生出。要肥羊儘有李逵聽了便把魚汁擗臉潑將去淋那酒保一身潑酒保有何妙處。妙在因此一潑。便寫出李逵不喫汁來。偏與宋江思湯想水。不是一樣。絕倒絕倒。戴宗喝道你又做甚麼四字問得妙。真是令人應接不暇。李逵應道尀耐這廝無禮欺負我只喫牛肉喫牛肉何足賴。不賴搶銀。却賴喫牛肉。妙絕。不賣羊肉與我喫酒保道小人問一聲也不多話宋江道你去只顧切來我自還錢宋江只如此。酒保忍氣吞聲去切了二斤羊肉做一盤將來放卓子上李逵見了也不更問(買與我喫。則我喫矣。問固不差。不問更不差也。)大把價揸來只顧喫撚指間把這二斤羊肉都喫了(何其嫵媚)宋江看了道壯哉真好漢也(宋江掉文)李逵道這宋大哥便知我的鳥意喫肉不強似喫魚(無端撑出宋江掉文一句。却緊接出李逵架認來。奇筆妙筆。鬼神於文矣。○宋江自贊李逵壯哉。李逵却認是說羊肉壯哉。宋江自贊李逵真好漢。李逵却認是說羊肉真好喫。寫通文人與不通文人相對。如畫。)戴宗叫酒保來問道却纔魚湯家生甚是整齊魚却醃了不中喫別有甚好鮮魚時另造些辣湯來與我這位官人醒酒酒保答道不敢瞞院長說這魚端的是昨夜的今日的活魚還在船內等魚牙主人不來(漸引而下。)未曾敢賣動因此未有好鮮魚李逵跳起來道我自去討兩尾活魚來與哥哥喫(此句須分上下兩半句讀。正是各有其妙。蓋我自去討四字。只是向店主借銀手段。而與哥哥喫四字。已是做好漢請宋江胸襟也。)戴宗道你休去只央酒保去回幾尾來便了李逵道船上打魚的不敢不與我直得甚麼戴宗攔當不住

李逵一直去了(又去了。並不只溫存軟款。自表平日相慕。而殺猶如宋江。已為之一傾。然則為人在世。其應學李大哥也。)戴宗對宋江說道兄長休怪小弟引這等人來相會全沒些箇體面羞辱殺人(寫戴宗醒。)宋江道他生性是恁的如何教他改得我倒敬他真實不假(寫宋江見李逵。便令權詐都盡。是作者特特介傳之旨。)兩箇自在琵琶亭上笑語說話取樂却說李逵走到江邊看時見那漁船一字排着約有八九十隻都纜繫在綠楊樹下(看他一路寫綠楊樹。)船上漁人有斜枕着船梢睡的(畫。○不止一人。)有在船頭上結網的(畫。○又不止一人。)也有在水裏洗浴的(畫。○又不止一人。)此時正是五月半天氣(好筆。)一輪紅日將及沉西不見主人來開艙賣魚李逵走到船邊喝一聲道你們船上活魚把兩尾來與我(只如取諸宮中者然。)那漁人應道我們等不見漁牙主人來不敢開艙你看那行販都在岸上坐地(妙。○却從漁人口中。又補畫中一樣。○又不止一人。○先寫下無數人。便令下文看厮打熱鬧如畫。)李逵道等甚麼鳥主人先把兩尾魚來與我(真是天不能蓋。地不

（能載王化不能服語可駭可笑）那漁人又答道紙也未曾燒如何敢開艙那里先拿魚與你李逵見他衆人不肯拿魚便跳上一隻船去漁人那里攔當得住李逵不省得船上的事只顧便把竹笆篾來拔（奇文）漁人在岸上只叫得罷了（奇文）李逵伸手去艎板底下一絞摸時那里有一箇魚在裏面（奇文）原來那大江裏漁船船尾開半截大孔放江水出入養着活魚却把竹笆篾攔住以此船艙裏活水往來養放活魚因此江州有好鮮魚這李逵不省得倒先把竹笆篾提起了將那一艙活魚都走了（自註一遍）李逵又跳過那邊船上去拔那竹篾（奇文）那七八十漁人都蜂上船把竹篙來打李逵（奇文七八十竹篙打李逵奇文絕倒）李逵大怒焦躁起來便脫下布衫（看他一路寫布衫）裏面單繫着一條棊子布手巾兒（好看）見那亂竹篙打來兩隻手一架早搶了五六條在手裏一似扭葱般都扭斷了（奇文）漁人看見盡喫一驚却都去解了纜把船撑

（此一段李逵主那人賓）

開去了（奇文好看）李逵忿怒赤條條地拿了截折竹篙上岸來趕打行販（無理之極奇文）都亂紛紛地挑了擔走（奇文好看）正熱鬧裏只見一箇人從小路裏走出來衆人看見叫道主人來了這黑大漢在此搶魚都趕散了漁船那人道甚麽黑大漢敢如此無禮衆人把手指道那廝兀自在岸邊尋人厮打那人搶將過去喝道你這廝喫了豹子心大蟲膽也不敢來攪亂老爺的道路李逵看那人時六尺五六身材三十二三年紀三柳掩口黑髯頭上裹頂青紗萬字巾掩映着穿心紅一點鬍兒上穿一領白布衫腰繫一條絹搭膊下面青白裊脚多耳麻鞋手裏提條行秤（李逵眼中看出）那人正來賣魚見了李逵在那里橫七竪八打人（好看）便把秤遞與行販接了（細）趕上前來大喝道你這廝要打誰李逵不回話輪過竹篙却望那人便打（無理之極奇文）那人搶入去早奪了竹篙李逵便一把揪住那人頭髮（奇文）那人便

逵他下三面要跌李逵怎敵得李逵水牛般氣力直推將開去不能彀攏身（奇文）那人便望肋下擢得幾拳李逵那里着在意裏（奇文）那人又飛起脚來踢被李逵直把頭按將下去提起鐵鎚般大小拳頭去那人脊梁上擂鼓也似打（奇文。無理之極。）一總 那人怎生掙扎李逵正打哩一箇人在背後劈腰抱住一箇人便來挐住手喝道使不得使不得李逵回頭看時却是宋江戴宗李逵便放了手那人畧得脫身一道烟走了（忽然半路頓）戴宗埋冤李逵道我教你休來討魚又在這里和人厮打儻或一拳打死了人你不去償命坐牢李逵應道你怕我連累你我自打死了一箇我自去承當宋江便道兄弟休要論口拿了布衫（布衫）且去喫酒李逵向那柳樹根頭（緑楊樹）拾起布衫搭在胳膊上（布衫）跟了宋江戴宗便走行不得十數步只聽得（前忽然用半路一頓，至此重復涌全而起，文格奇絶。）背後有人叫罵道黑殺才今番要和你見箇輸

（此一段那人主李逵賓）

贏李逵回轉頭來看時便是那人脫得赤條條地匾扎起一條水裩兒露出一身雪練也似白肉頭上除了巾幘顯出那箇穿心一點紅俏鬏兒來（奇文）在江邊獨自一箇（妙）把竹篙（妙）撑着一隻漁船（妙）趕將來口裏大罵道千刀萬剮的黑殺才老爺怕你的不算好漢（賓句）走的不是好男子（主句。妙絶語，讀之欲笑。）李逵聽了大怒吼了一聲（如畫）撇了布衫（布衫）搶轉身來那人便把船略攏來輳在岸邊（妙）一手把竹篙點定了船（妙）口裏大罵着（妙）李逵也罵道好漢便上岸來（不便合。妙筆）那人把竹篙去李逵腿上便擲（妙妙，讀之欲笑。）撩撥得李逵火起托地跳在船上（妙）說時遲那時快那人只要誘得李逵上船便把竹篙望岸邊一點（妙）雙脚一蹬（妙）那隻漁船箭也似投江心裏去了（妙）李逵雖然也識得水（反襯一句李逵識水，爲後文不死地）苦不甚高當時慌了手脚那人更不叫罵撇了竹篙叫聲你來今番和你定要見箇輸贏便把李逵

肐膊拿住口裏說道且不和你厮打先教你喫些水兩隻脚把船只一捝船底朝天英雄落水（絕妙好辭）兩箇好漢撲通地都翻筋斗撞下江裏去宋江戴宗急趕至岸邊那隻船已翻在江裏兩箇只在岸上叫苦（畫二人）江岸邊早擁上三五百人在柳陰底下看（畫三五百人）都道這黑大漢今番却着道兒便掙扎得性命也喫了一肚皮水宋江戴宗在岸邊看時只見江面開處那人把李逵提將起來又渰將下去（奇文）兩箇正在江心裏面清波碧浪中間一箇顯渾身黑肉一箇露遍體霜膚（絕妙好辭。青波碧浪黑肉白膚斐然成章。招挐耀紙）兩箇打做一團絞做一塊江岸上那三五百人沒一箇不喝采（每見人看火發喝采看秋責喝采看厮打喝采嗟乎）（人之無良一至於此。觸後之讀至此者其一念之也）當時宋江戴宗看見李逵被那人在水裏揪扯浸得眼白又提起來又納下去老大喫虧（鐵牛遂作水牛。奇文絕倒）便叫戴宗央人去救戴宗問衆人道這白大漢是誰（漸引而下）有認得的說道這箇好漢便是本處賣魚主人喚做張順宋江聽得猛省道（漸引而下）莫不是綽號浪裏白條的張順衆人道正是正是宋江對戴宗說道我有他哥哥張橫的家書在營裏戴宗聽了便向岸邊高聲叫道張二哥（叫得妙）不要動手有你令兄張横家書在此這黑大漢是俺們兄弟你且饒了他上岸來說話張順在江心裏見是戴宗叫他却也時常認得便放了李逵（不便肯攏。筆有餘勁）赶到岸邊爬上岸來看着戴宗唱箇喏道院長休怪小人無禮戴宗道足下可看我面且去救了我這兄弟上來却教你相會一箇人（便假相讀者。然真是妙語）張順再跳下水裏赶將開去李逵正在江裏探頭探腦假掙扎赴水（偏寫他假處。偏是天真爛熳。令人絕倒）張順早赴到分際帶住了李逵一隻手自把兩條腿踏着水浪如行平地那水浸不過他肚皮渰着臍下擺了一隻手直托李逵上岸來江邊的人箇箇喝采（再畫三五百人一句。表牙市未散）宋江看得呆了半晌張順李逵都到岸上李逵喘做一團口裏只吐白水三碗辣魚二斤羊肉一齊都出爲之絕倒戴宗道且都請你們到琵琶亭上說話張順討了布衫穿着李逵也穿了布衫前只一領布衫此忽變出兩領布衫妙四箇人再到琵琶亭上來戴宗便對張順道二哥你認得我麼先問自家起做箇波磔張順道小人自識得院長只是無緣不曾拜會戴宗指着李逵問張順道足下日常曾認得他麼次問李逵再做一波磔今日倒衝撞了你張順道小人如何不認得李大哥只是不曾交手李逵道你也渰得我彀了妙張順道你也打得我好了妙戴宗道你兩箇今番却做箇至交的弟兄常言道不打不成相識李逵道你路上休撞着我妙張順道我只在水裏等你便了妙四人都笑起來大家唱箇無禮喏戴宗指着宋江對張順道二哥你曾認得這位兄長麼用兩波磔後忽然放去作李張鬬口語然後再提出第三問來筆法奇妙張順看了道小人却不認得這里亦不曾見李逵跳起身來道這哥哥便是黑宋江司馬君實僕蘇東坡教得壞李逵戴宗教不壞看他依舊直言叫嗔也活寫出他得意來張順道莫非是山東及時雨鄆城宋押司戴宗道正是公明哥哥張順納頭便拜道久聞大名不想今日得會多聽的江湖上來往的人說兄長清德扶危濟困仗義疎財宋江答道量小可何足道哉前日來時揭陽嶺下混江龍李俊家裏住了幾日後在潯陽江因穆弘相會得遇令兄張橫修了一封家書寄來與足下放在營內不曾帶得來今日便和戴院長并李大哥來這里琵琶亭喫三杯就觀江景宋江偶然酒後思量些鮮魚湯醒酒怎當得他定要來討魚一句畫出李逵我兩箇阻他不住只聽得江岸上發喊熱鬧叫酒保看時說道是黑大漢和人廝打我兩箇急急走來勸解不想却與壯士相會今日宋江一朝得遇三位豪傑又結束一句前結兩人此結三人豈非天幸且請同坐再酌三杯再喚酒保重整杯盤再備肴饌

張順道既然哥哥要好鮮魚喫兄弟去取幾尾來宋江道最好李逵道我和你去討（宋江與銀不以爲恩張順水浸不以爲怨天眞爛熳蕩蕩乎乎）戴宗喝道又來了你還喫得水不快活張順笑將起來綰了李逵手說道我今番和你去討魚看別人怎地（情分諦言都臻絕妙又眞好張順也）兩箇下琵琶亭來到得江邊張順畧哨一聲只見江上魚船都撐攏來到岸邊（畫）張順問道那箇船裏有金色鯉魚只見這箇應道我船上來那箇應道我船裏有一隻時却輳攏十數尾金色鯉魚來張順選了四尾大的折柳條穿了（綠楊樹）先教李逵將來亭上整理（竟是一家）張順自點了行販分付了小牙子去把秤賣魚（細收拾三五百人奸筆）張順却自來琵琶亭上陪侍宋江宋江謝道何須許多但賜一尾便彀了張順答道些小微物何足掛齒兄長食不了時將回行館做下飯兩箇序齒坐了李逵道自家年長坐了第三位（妙絕禮豈爲我輩設耶然而先王之禮莫大於此矣）張順坐第四位再叫酒保討兩樽玉壺春上色酒來并些海鮮按酒菓品之類張順分付酒保把一尾魚做辣湯用酒蒸一尾叫酒保切鱠四人飲酒中間各敘胸中之事正說得入耳只見一箇女娘年方二八穿一身紗衣（五月）來到跟前深深的道了四箇萬福頓開喉音便唱李逵正待要賣弄胸中許多豪傑的事務却被他唱起來一攪三箇且都聽唱打斷了他的話頭（不表李逵不近女色正識三人不覺露其本色也）李逵怒從心起跳起身來把兩箇指頭去那女娘額上一點（饒他三箇指頭已算惜玉憐香矣）那女娘大叫一聲驀然倒地衆人近前看時只見那女娘桃腮似土檀口無言那酒店主人一發向前攔住四人要去經官告理正是憐香惜玉無情緒煑鶴焚琴惹是非畢竟宋江等四人在酒店裏怎地脫身且聽下回分解

第五才　施耐庵水滸傳卷之四十二

第五才子書施耐菴水滸傳卷之四十三

聖歎外書

第三十八回

潯陽樓宋江吟反詩
梁山泊戴宗傳假信

此回止黃通判讀反詩一段錯落扶疎之極其餘止看其敘事明淨徑捷耳

潯陽樓飲酒後忽寫宋江臏瀉是作者慘淡經營之筆蓋不因此事便要仍復入城尋彼三人則筆墨殊費不復入城尋彼三人即又嫌蔪交冷落也此正與林冲氣悶連日不上街來同法

寫宋江問三箇人住處凡三樣答法可謂極盡筆墨之巧至行入正庫飲酒吟詩便純用月明星稀烏鵲南飛筆氣讀之令人慷慨

篇首女娘暈倒一段只是喫魚後借作收科更無別樣炤應

話說當下李逵把指頭捺倒了那女娘酒店主人攔住說道四位官人如何是好主人心慌便叫酒保過賣都向前來救他就地下把水噴噀看看甦醒扶將起來看時額角上抹脫了一片油皮因此那女子暈昏倒了救得醒來千好萬好他的爹娘聽得說是黑旋風（一句便省無數）先自驚得呆了半晌那里敢說一言看那女子已自說得話了娘母取箇手帕自與他包了頭收拾了釵鐶宋江問道你姓甚麼那里人家那老婦人道不瞞官人說老身夫妻兩口兒姓宋原是京師人只有這箇女兒小字玉蓮他爹自教得他幾箇曲兒胡亂叫他來這琵琶亭上賣唱養口爲他性急（反映李逵性急）不看頭勢不管官人說話只顧便唱今日這哥哥失手傷了女兒些箇終不成經官動詞連累官人宋江見他說得本分便道你着甚人跟我到營裏我與你二十

兩銀子（宋江只如此。）將息女兒，日後嫁箇良人，免在這里賣唱。那夫妻兩口兒便拜謝道：「怎敢指望許多！」宋江道：「我說一句是一句，並不會說謊。（反映李逵說謊。）你便叫你老兒自跟我去討與他。」那夫妻二人拜謝道：「深感官人救濟！」戴宗埋冤李逵道：「你這廝要便與人合口，又教哥哥壞了許多銀子！」（非寫戴宗小哉相，正借以反襯宋江耳。）李逵道：「只指頭畧擦得一擦，他自倒了，不曾見這般鳥女子，恁地嬌嫩！你便在我臉上打一百拳也不妨。」（絕倒之語，可謂刻畫鐵牛，唐突王蓮矣。）宋江等眾人都笑起來。張順便叫酒保去說：「這席酒錢，我自還他。」（寫李逵無錢作主，反來大膽作客；後忽生出宋張爭還酒錢一段，前後照射，令人不堪。）酒保聽得道：「不妨，不妨，只顧去。」宋江那里肯，便道：「兄弟，我勸二位來喫酒，倒要你還錢！」張順苦死要還，說道：「難得哥哥會面。仁兄在山東時，小弟哥兒兩箇也兀自要來投奔哥哥，今日天幸得識尊顏，權表薄意，非足為禮。」戴宗勸道：「宋兄長既然是張二哥相敬之心，只得曲允。」宋江道：「既然兄弟還了，改日却另置杯復禮。」張順大喜，就將了兩尾鯉魚，和戴宗、李逵帶了這箇宋老兒，都送宋江離了琵琶亭，來到營裏五箇人都進抄事房裏坐下。宋江先取兩錠小銀二十兩與了宋老兒。（寫宋江只如此。）那老兒拜謝了去，不在話下。天色已晚，張順送了魚，宋江取出張橫書付與張順，相別去了。宋江又取出五十兩一錠大銀與李逵，（宋江只如此。）道：「兄弟，你將去使用。」戴宗也自作別，和李逵趕入城去了。（神妙之筆。更不寫李逵謝，亦不寫李逵別。）只說宋江把一尾魚送與管營，（寫宋江只如此。）留一尾自喫。宋江因見魚鮮，貪愛爽口，多喫了些，至夜四更，肚裏絞腸刮肚價疼，天明時，一連瀉了二十來遭，昏暈倒了，睡在房中。（昨日之叙，為見三人也。既見三人了，明日若又叙，便覺行文擱疊；不叙，又殊覺冷淡也。只改作腹瀉睡倒，其法與林冲連日氣悶不上街來正同。）宋江為人最好，營裏眾人都來煮粥燒湯，看覷伏侍他。次日張順因見宋江愛魚喫，又將得好金色大鯉魚兩尾送來（餘波）就謝宋江寄書之義却見宋江破腹瀉倒在牀衆囚徒都在房裏看視張順見了要請醫人調治宋江道自貪口腹喫了些鮮魚壞了肚腹你只與我贖一貼止瀉六和湯來喫便好了叫張順把這兩尾魚一尾送與王管營一尾送與趙差撥（寫宋江只如此）張順送了魚就贖了一貼六和湯藥來與宋江了自回去不在話下營內自有衆人煎藥伏侍次日戴宗備了酒肉李逵也跟了逕來抄事房看望宋江只見宋江暴病纔可喫不得酒肉兩箇自在房面前喫了直至日晚相別去了（寫三人不復敘只各自來各自去妙絕）亦不在話下只說宋江自在營中將息了五七日覺得身體沒事病症已痊思量要入城中去尋戴宗又過了一日不見他一箇來（先寫一句作引）次日早飯罷辰牌前後揣了些銀子（又帶銀子）鎖上房門離了營裏信步出街來逕走入城去州衙前左邊尋問戴院長家有人說道（妙筆）他又無老小只在城隍廟間壁觀音菴裏歇（是箇太保）宋江聽了直尋訪到那里已自鎖了門出去了（妙想妙筆若尋着便又續前日之游矣有何妙哉）却又來尋問黑旋風李逵時多人說道（妙筆他多人說）偏是他是箇沒頭神（妙）又無家室（妙）只在牢裏安身（妙）沒地里的巡箇東邊歇兩日西邊歪幾時（妙）正不知他那里是住處（妙）宋江又尋問賣魚牙子張順時亦有人說道（妙筆）他自在城外村裏住便自賣魚時也只在城外江邊只除非討賒錢入城來（三段其文各變）宋江聽罷只得出城來（五字一頓妙絕遂若此日已畢不復有事者）直要問到那里獨自一箇悶悶不已信步再出城外來看見那一派江景非常觀之不足（以非常之人負非常之才抱非常之志對非常之景每每露出圭角來寫得雄渾之極）正行到一座酒樓前過仰面看時傍邊豎着一根望竿懸掛着一箇青布酒旆子上寫道潯陽江正庫（奇語）雕簷外一面牌額上有蘇東坡大書潯陽樓三字宋江看了便道我在鄆

城縣時只聽得說江州好座潯陽樓原來却在這里我雖獨自一箇在此不可錯過何不且上樓去自巳看翫一遭宋江來到樓前看時只見門邊朱紅華表柱上兩面白粉牌各有五箇大字寫道世間無比酒天下有名樓（將寫宋江吟反詩却先寫出此十箇字來替他挑動詩興却又賠將世間無比天下有名八箇字挑動宋江雄才異志真是絕妙之筆）宋江便上樓來去靠江占一座閣子裏坐了凭闌舉目喝采不巳酒保上樓來問道官人還是要待客只是自消遣宋江道要待兩位客人未見來你且先取一樽好酒菓品肉食只顧賣來魚便不要（餘波）酒保聽了便下樓去少時一托盤把上樓來一樽藍橋風月美酒擺下菜蔬時新菓品按酒列幾般肥羊嫩雞釀鵞精肉盡使朱紅盤楪宋江看了心中暗喜自誇道這般整齊肴饌濟楚器皿端的是好箇江州我雖是犯罪遠流到此却也看了些真山真水我那里雖有幾座名山古跡却無此等景致獨自一箇一杯兩盞倚闌暢飲不覺沉醉猛然驀上心來思想道（奇文突兀○寫宋江平生狡獪却於醉後露出真心極嚴極冷之筆）我生在山東長在鄆城學吏出身結識了多少江湖好漢雖留得一箇虛名目今三旬之上名又不成利又不就倒被文了雙頰配來在這里我家鄉中老父和兄弟如何得相見不覺酒湧上來潸然淚下臨風觸目感恨傷懷忽然做了一首西江月詞（寫出宋江言發於衷奇文突兀）便喚酒保索借筆硯來起身觀翫見白粉壁上多有先人題詠（書）宋江尋思道何不就書於此倘若他日身榮（公欲以何科目出身寫宋江內蓄異心筆墨如鏡）再來經過重覩一番以記歲月想今日之苦（寒士真有此興寫來欲哭）乘著酒興磨得墨濃蘸得筆飽去那白粉壁上便寫道自幼曾攻經史長成亦有權謀（表出權術寫宋江全傳提綱）恰如猛虎臥荒邱潛伏爪牙忍受不幸刺文雙頰那堪配在江州他年若得報冤讐血染潯陽江口（寫宋江心事令人不可解既不知其冤讐為誰又不知其何故乃在潯陽）

江上。宋江寫罷，自看了，大喜大笑，一面又飲了數杯酒，（實兀淋漓之極。）不覺歡喜，自狂蕩起來，手舞足蹈，又拿起筆來，去那西江月後，再寫下四句詩，（實兀淋漓之極。）道是：

心在山東身在吳，飄蓬江海謾嗟吁。他時若遂淩雲志，敢笑黃巢不丈夫。（其言咄咄，使人欲驚。）

宋江寫罷詩，又去後面大書五字道：「鄆城宋江作。」（實兀淋漓之極。）寫罷，擲筆在桌上，又自歌了一回，再飲滿數杯酒，（實兀淋漓之極。）不覺沉醉，力不勝酒，便喚酒保計算了，取些銀子算還，多的都賞了酒保。（寫宋江醉中亦如此，真是久假成性。）拂袖下樓來，踉踉蹌蹌，取路回營裏來。開了房門，便倒在牀上，一覺直睡到五更。酒醒時，全然不記得昨日在潯陽江樓上題詩一節。（宋江權術人，何至有漏，特補一筆，甚妙。）當日害酒，自在房裏睡臥，不在話下。且說這江州對岸另有個城子，喚做無為軍，卻是個野去處。城中有個在閑通判，姓黃，雙名文炳。這人雖讀經書，卻是阿諛諂佞之徒，心地匾窄，只要嫉賢妬能，勝如己者害之，不如己者弄之，專在鄉里害人。（為後伏案。）聞知這蔡九知府是當朝蔡太師兒子，每每來浸潤他，時常過江來請訪知府，指望他引薦出職，再欲做官。也是宋江命運合當受苦，撞了這個對頭。當日這黃文炳在私家閒坐，無可消遣，帶了兩個僕人，買了些時新禮物，自家一隻快船，渡過江來，逕去府裏探望蔡九知府。恰恨撞著府裏公宴，不敢進去，卻再回船，正好那隻船僕人已纜在潯陽樓下。（來得便捷。）黃文炳因見天氣暄熱，且去樓上閒翫一回。信步入酒庫裏來，看了一遭，轉到酒樓上，凭欄消遣，觀見壁上題詠甚多，也有做得好的，（一陪句。）亦有歪談亂道的。（再陪一句。）黃文炳看了冷笑。（大驚句，亦先作一倍。）正看到宋江題西江月詞，并所吟四句詩，大驚道：「這個不是反詩？誰寫在此？」後面卻書道：「鄆城宋江作」五個大字。黃文炳再讀道：「自幼曾攻經史，長成亦有權謀。」冷笑道：（冷笑妙。）「這人自負不淺。」（雖又讀道二恰如猛虎卧荒丘潛伏爪牙忍受側着頭道側着頭妙那廝也是箇不依本分的人確又讀三不幸刺文雙頰那堪配在江州又笑道又笑也妙不是箇高尚其志的人看來只是箇配軍確又讀道四他年若得報冤讐血染潯陽江口搖頭道搖頭妙這廝報讐兀誰我亦疑之却要在此間生事我亦疑之量你是箇配軍做得甚用是又不然又讀詩道五心在山東身在吳飄蓬江海謾嗟吁點頭道點頭妙這兩句兀自可恕是又讀道六他時若遂凌雲志敢笑黃巢不丈夫伸着舌搖着頭道伸着舌搖着頭妙這廝無禮他却要賽過黃巢不謀反待怎地確再讀了詩鄆城宋江作七想道想妙我也多曾聞這箇名字那人多管是箇小吏確○一段逐句讀逐句評有便嗅峽雲亂捲江樹對生之勢酒保來問道作這兩篇詩詞端的是何人題下在此酒保道夜來一箇人獨自喫了一瓶酒寫在這里黃文炳道約莫甚麽樣人酒保道面頰上有兩行金印多管是牢城營裏人妍○有此句後便有腳生得黑矮肥胖黃文炳道是了就借筆硯取幅紙來抄了藏在身邊分付酒保休要刮去了細黃文炳下樓自去船中歇了一夜次日飯後僕人挑了盒仗一逕又到府前正值知府退堂在衙內使人入去報復多樣時蔡九知府遣人出來邀請在後堂蔡九知府却出來與黃文炳敘罷寒溫已畢送了禮物分賓坐下黃文炳稟說道文炳夜來渡江到府拜望聞知公宴不敢擅入今日重復拜見恩相蔡九知府道通判乃是心腹之交逕入來同坐何妨下官有失迎迓左右執事人獻茶茶罷黃文炳道相公在上不敢拜問不知近日尊府太師恩相曾使人來否心上正經語却又突然接入新聞妙甚知府道前日纔有書來黃文炳道不敢動問京師近日有何新聞報新聞反先問新聞口角如畫知府道家尊寫來書上分付道近日太史院司天監奏道夜觀天象罡星照臨吳楚敢有

作耗之人隨即體察勦除更兼街市小兒謠言四句道耗國因家木刀兵點水工縱橫三十六播亂在山東因此囑付下官緊守地方黃文炳尋思了半晌笑道恩相事非偶然也黃文炳袖中取出所抄之詩呈與知府道不想却在此處蔡九知府看了道這是個反詩通判那里得來黃文炳道小生夜來不敢進府回至江邊無可消遣却去潯陽樓上避熱閒翫觀看閒人吟咏只見白粉壁上新題下這篇知府道却是何等樣人寫下（寫。公子官如書。）黃文炳回道相公上面明題着姓名道是鄆城宋江作知府道這宋江却是甚麼人（數日前曾問伽上無封皮。數日後已夢夢）（不知。公子官活畫。）黃文炳道他分明寫着不幸刺文雙頰那堪配在江州眼見得只是個配軍牢城營犯罪的囚徒知府道量這個配軍做得甚麼黃文炳道公相不可小覷了他恰纔相公所言尊府恩相家書說小兒謠言正應在本人身上知府道何以見得黃文炳道耗國因家木耗散國家錢糧的人必是家頭着個木字明明是個宋字第二句刀兵點水工興起刀兵之人水邊着個工字明是個江字這個人姓宋名江又作下反詩明是天數萬民有福知府又問道何爲縱橫三十六播亂在山東黃文炳答道或是六六之年或是六六之數（不明白正妙。）播亂在山東今鄆城縣正是山東地方這四句謠言巳都應了知府又道不知此間有這個人麼（公子官活畫。）黃文炳回道小生夜來問那酒保時說道這人只是前日寫下了去這個不難只取牢城營文冊一查便見有無知府道通判高見極明（公子官活畫。）便喚從人叫庫子取過牢城營裏文冊簿來看當時從人於庫內取至文冊蔡九知府親自簡看見後面果有五月間新配到囚徒一名鄆城縣宋江黃文炳看了道止是應謠言的人非同小可如是遲緩誠恐走透了消息可急差人捕獲下在牢裏

卻再商議知府道言之極當（公子官話書）隨即陞廳叫
喚兩院押牢節級過來廳下戴宗聲喏知府道你
與我帶了做公的人快下牢城營裏捉拿潯陽樓
吟反詩的犯人鄆城縣宋江來不可時刻違慢戴
宗聽罷喫了一驚心裏只叫得苦隨即出府來
點了眾節級牢子都叫各去家裏取了各人器械
來我下處間壁城隍廟裏取齊戴宗分付了眾人
各自歸家去戴宗卻自作起神行法先來到牢城
營裏逕入抄事房推開門看時宋江正在房裏見
是戴宗入來慌忙迎接便道我前日入城來那裏
不尋遍因賢弟不在獨自無聊自去潯陽樓上飲
了一瓶酒這兩日迷迷不好正在這里害酒（補兩日又不見三人也）戴宗道哥哥你前日卻寫下甚言語在樓
上宋江道醉後狂言誰箇記得戴宗道卻纔知府
喚我當廳發落叫多帶從人拿捉潯陽樓上題反
詩的犯人鄆城縣宋江正身赴官兄弟喫了一驚

先去穩住眾做公的在城隍廟等候如今我特來
報你知哥哥卻是怎地好如何解救宋江聽罷
搔頭不知癢處（偏寫宋江用不着權詐妙絕）只叫得苦我今番
必是死也戴宗道我教仁兄一着解手未知如何
如今小弟不敢擔閣回去便和人來捉你你可披
亂了頭髮把尿屎潑在地上就倒在裏面詐作風
魔我和眾人來時你便口裏胡言亂語只做失心
風我便好自去替你回覆知府（絕倒○宋江權詐偏至於此令人絕倒）宋江道感謝賢弟指教萬望維持則箇戴宗慌
忙別了宋江回到城裏逕來城隍廟喚了眾做公
的一直逕入牢城營裏來假意喝問那箇是新
配來的宋江牌頭引眾人到抄事房裏只見宋江
披散頭髮倒在尿屎坑裏滾見了戴宗和做公的
人來便說道你們是甚麼鳥人戴宗假意大驚一
聲捉拿這廝宋江白着眼卻亂打將來口裏亂道
我是玉皇大帝的女婿丈人教我領十萬天兵來

我你江州人閻羅大王做先鋒五道將軍做合後與我一顆金印重八百餘斤殺你這般鳥人衆做公的道原來是箇失心風的漢子我們拿他去何用戴宗道說得是（好）我們且去回話要拿時再來衆人跟了戴宗回到州衙裏蔡九知府在廳上專等回話戴宗和衆做公的在廳下回復知府道原來這宋江是箇失心風的人屎尿穢污全不顧口裏胡言亂語渾身臭糞不可當因此不敢拿來蔡九知府正待要問緣故時黃文炳早在屏風背後轉將出來對知府道休信這話本人作的詩詞寫的筆跡不是有風症的人其中有詐（黃文炳能）好歹只顧拿來便走不動扛也扛將來（黃文炳能）蔡九知府道通判說得是（公子官活畫）便發落戴宗你們不揀怎地只與我拿得來戴宗領了鈞旨只叫得苦（二）再將帶了衆人下牢城營裏來對宋江道仁兄事不諧矣兄長只得去走一遭便把一箇大竹籮扛了宋江直擡到江州府裏當廳歇下知府道拿過這廝來衆做公的把宋江押於階下宋江那里肯跪睜着眼見了蔡九知府道你是甚麼鳥人敢來問我我是玉皇大帝的女婿丈人教我引十萬天兵來殺你江州人閻羅大王做先鋒五道將軍做合後有一顆金印重八百餘斤你也快躲了不時我教你們都死蔡九知府看了沒做理會處（公子官活畫）黃文炳又對知府道且喚本營差撥并牌頭來問這人來時有風近日却纔風（黃文炳能）若是來時風便是真症候若是近日纔風必是詐風知府道言之極當（公子官活畫）便差人喚到管營差撥問他兩箇時那里敢隱瞞只得直說道這人來時不見有風病敢只是近日舉發此症知府聽了大怒喚過牢子獄卒把宋江捆翻一連打上五十下打得宋江一佛出世二佛涅槃皮開肉綻鮮血淋漓戴宗看了只叫得苦（三）又沒做道理救他處宋江初時也胡言

亂語次後喫拷打不過只得招道自不合一時酒後誤寫反詩別無主意蔡九知府明取了招狀將一面二十五斤死囚枷枷了推放大牢裏收禁宋江喫打得兩腿走不動當廳釘了直押赴死囚牢裏來却得戴宗一力維持分付了衆小牢子都教好覷此人戴宗自安排飯食供給宋江不在話下

再說蔡九知府退廳邀請黃文炳到後堂稱謝道若非通判高明遠見下官險些兒被這廝瞞過了黃文炳又道相公在上此事也不宜遲只好急急修一封書便差人星夜上京師報與尊府恩相知道顯得相公幹了這件國家大事（只說顯得相公便已顯得自家）（小人機智明捷如此）就一發稟道若要活的便着一輛陷車解上京如不要活的恐防路途走失就於本處斬首號令以除大害（爲下作引）便是今上得知必喜（只說相公便顯自己）蔡九知府道通判所言有理（公予官活畫）下官即日也要使人回家書上就薦通判之功使家尊面奏天子早早陞授富貴城池去享榮華（通篇歸結）黃文炳拜謝道小生終身皆依托門下（是文中旁語却是文炳正題）自當銜環背鞍之報黃文炳就攛掇蔡九知府寫了家書印上圖書（八字詳細爲下作引）黃文炳問道公相差那箇心腹人去知府道本州自有箇兩院節級喚做戴宗會使神行法一日能行八百里路程只來早便差此人逕往京師只消旬日可以往回黃文炳道若得如此之快最好最好蔡九知府就後堂置酒管待了黃文炳次日相辭知府自回無爲軍去了

且說蔡九知府安排兩箇信籠打點了金珠寶貝翫好之物上面都貼了封皮次日早辰喚過戴宗到後堂囑付道我有這般禮物一封家書要送上東京太師府裏去慶賀我父親六月十五日生辰（奇文大筆忽若怪石飛落○宋江爲事之根今日忽又撞着）日期將近只有你能幹去得你休辭辛苦可與我星夜去走一遭討了回書便轉來我自重重地賞你你的程途

都在我心上我已料着你神行的日期專等你回報切不可沿途耽閣有悞事情戴宗聽了不敢不依只得領了家書信籠便拜辭了知府挑回下處安頓了却來牢裏對宋江說道哥哥放心知府差我上京師去只旬日之間便回就太師府裏使些見識解救哥哥的事（寫戴宗不知書裏事妙）每日飯食我自分付在李逵身上委着他安排送來不教有缺仁兄且寬心守奈幾日宋江道望煩賢弟救宋江一命則箇戴宗叫過李逵當面分付道你哥哥（是對李逵語只此三字已足）誤題了反詩在這里喫官司未知如何我如今又喫差往東京去早晚便回哥哥飯食朝暮全靠着你看覷他則箇李逵應道吟了反詩打甚麼鳥緊萬千謀反的倒做了大官（駭人語快絕妙絕）你自放心東京去牢裏誰敢奈何他好便好不好我使老大斧頭砍他娘（亦為下作引）戴宗臨行又囑付道兄弟小心不要貪酒失悞了哥哥飯食休得出去噇醉了餓着哥哥李逵道哥哥你自放心去若是這等疑忌時兄弟從今日就斷了酒（看他斷頭瀝血可敬可畏）待你回來却開（未曾斷先算開寫來絕倒看他未曾斷先算開却又肯斷一發難得也）早晚只在牢裏服侍宋江哥哥有何不可戴宗聽了大喜道兄弟若得如此發心堅意守看哥哥更好當日作別自去了李逵真箇不喫酒早晚只在牢裏服侍宋江寸步不離（寫得至性人可敬可愛寫李逵口中並不說忠說孝而忽然發心服侍宋江便如此寸步不離激射宋江日日談忠說孝不曾伏侍太公一刻也）不說李逵自看覷宋江且說戴宗回到下處換了腿絣護膝八答麻鞋穿上杏黃衫整了搭膊腰裏插了宣牌換了巾幘便袋裏藏了書信盤纏挑上兩箇信籠出到城外身邊取出四箇甲馬去兩隻腿上每隻各拴兩箇口裏念起神行法咒語來頃刻離了江州（戴宗打扮至此方出）一日行到晚投客店安歇解下甲馬取數陌金紙燒送了（奇語）過了一宿次日早起來喫了酒食離了客店又拴上四箇甲馬

挑起信籠放開脚步便行端的是耳邊風雨之聲脚不點地路上畧喫些素飯素酒點心又走看看日暮戴宗早歇了又投客店宿歇一夜次日起箇五更趕早凉行拴上甲馬挑上信籠又走約行過了三二百里巳是巳牌時分不見一箇乾淨酒店此時正是六月初旬天氣蒸得汗雨淋漓滿身蒸濕又怕中了暑氣正饑渴之際早望見前面樹林側首一座傍水臨湖酒肆可知戴宗撚指間走到跟前看時乾乾淨淨有二十副座頭盡是紅油桌凳一帶都是檻牕戴宗挑着信籠入到裏面揀一副穩便座頭歇下信籠解下腰裏搭膊脫下杏黃衫噴口水晾在牕欄上夏景戴宗坐下只見箇酒保來問道上下打幾角酒要甚麽肉食下酒或猪羊牛肉戴宗道酒便不要多與我做口飯來喫酒保又道我這裏賣酒賣飯又有饅頭粉湯戴宗道我却不喫葷腥有甚素湯下飯酒保道加料麻辣𤍠豆腐如何戴宗道最好最好酒保去不多時𤍠一碗豆腐放兩碟菜蔬連篩三大碗酒來戴宗正饑又渴一上把酒和豆腐都喫了却待討飯喫只見天旋地轉頭暈眼花就凳邊便倒酒保叫道倒了只見店裏走出一箇人來便是梁山泊旱地忽律朱貴說道且把信籠將入去先搜那廝身邊有甚東西便有兩箇火家去他身上搜看只見便袋裏搜出一箇紙包包着一封書取過來遞與朱頭領朱貴拆開却是一封家書見封皮上面寫道平安家信百拜奉上父親大人膝下男蔡德章謹封朱貴便拆開從頭看去見上面寫道見今拿得應謠言題反詩山東宋江監收在牢一節聽候施行朱貴看罷驚得呆了半晌做聲不得火家正把戴宗扛起來背入殺人作房裏去開剝只見凳頭邊溜下搭膊上掛着硃紅緑漆宣牌朱貴拿起來看時上面雕着銀字道是江州兩院押牢節級戴宗看出戴宗

又是一樣寫法。朱貴看了道且不要動手我嘗聽得軍師說道江州有箇神行太保戴宗是他至愛相識莫非正是此人如何倒送書去害宋江好。這一段書却又天幸撞在我手裏叫火家且與我把解藥救醒他來問箇虛實緣繇當時火家把水調了解藥扶起來灌將下去須臾之間只見戴宗舒眉展眼便爬起來却見朱貴拆開家書在手裏看好。戴宗便喝道你是甚人好大膽却把蒙汗藥麻翻了我如今又把太師府書信擅開拆毀了封皮却該甚罪朱貴笑道這封鳥書打甚麽不緊休說拆開了太師府書札俺這里兀自要和大宋皇帝做箇對頭的戴宗聽了大驚便問道好漢你却是誰願求大名朱貴答道俺是梁山泊好漢旱地忽律朱貴戴宗道既是梁山泊頭領時定然認得吳學究先生朱貴道吳學究是俺大寨裏軍師執掌兵權足下如何認得他戴宗道他和小可至愛相識朱貴道兄長莫非是軍師嘗說的江州神行太保戴院長麽戴宗道小可便是朱貴又問道前者宋公明斷配江州經過山寨吳軍師曾寄一封書與足下如今却緣何倒去害宋三郎性命戴宗道宋公明和我又是至愛兄弟他如今爲吟了反詩救他不得我如今正要往京師尋門路救他如何肯害他性命朱貴道你不信請看蔡九知府的來書戴宗看了自喫一驚却把吳學究初寄的書與宋公明相會的話并宋江在潯陽樓醉後誤題反詩一事備細說了一遍朱貴道既然如此請院長親到山寨裏與衆頭領商議良策可救宋公明性命朱貴慌忙叫備分例酒食管待了戴宗便向水亭上覷着對港放了一枝號箭響箭到處早有小嘍囉搖過船來朱貴便同戴宗帶了信籠細。下船到金沙灘上岸引至大寨吳用見報連忙下關迎接見了戴宗敘禮道間別久矣今日甚風吹得到此且請到大寨裏來與衆頭領相見了朱貴說起戴宗來的緣故如今宋公明見監在彼晁蓋聽得慌忙請戴院長坐地備問宋三郎喫官司爲甚麽事起戴宗却把宋江吟反詩的事一一說了晁蓋聽罷大驚便要起請衆頭領點了人馬下山去打江州救取宋三郎上山吳用諫道哥哥不可造次江州離此間路遠軍馬去時誠恐因而惹禍打草驚蛇倒送宋公明性命此一件事不可力敵只可智取吳用不才畧施小計只在戴院長身上定要救宋三郎性命（奇事）晁蓋道願聞軍師妙計吳學究道如今蔡九知府却差院長送書上東京去討太師回報只這封書上將計就計寫一封假回書（可稱吳學究二教生長編也）教院長回去書上只說教把犯人宋江切不可施行便須密切差的當人員解赴東京問了詳細定行處決示衆斷絕童謠（眞好計策眞好回書）等他解來此間經過我這里自差人下山奪了（讀者只謂下文又若清風山前故事矣）此計如何晁蓋道倘若不從這里過時却不誤了大事（詳得好）公孫勝便道這箇何難我們自着人去遠近探聽遮莫從那里過務要等着好歹奪了（是）只怕不能㲄他解來（此句又爲下作一引）晁蓋道好却是好只是沒人會寫蔡京筆跡（奇文）吳學究道吳用已思量心裏了如今天下盛行四家字體是蘇東坡黃魯直米元章（不意三公落名水滸傳中亦是奇事）蔡京四家字體蘇黃米蔡宋朝四絕（四絕）小生曾和濟州城裏一箇秀才做相識那人姓蕭名讓因他會寫諸家字體人都喚他做聖手書生又會使鎗弄棒舞劍掄刀吳用知他寫得蔡京筆跡不若央及戴院長就到他家賺道泰安州嶽廟裏要寫道碑文先送五十兩銀子在此作安家之資便要他來隨後却使人賺了他老小上山就教本人入夥如何晁蓋道書有他寫便好了也須要使箇圖書印記（奇文）吳學究又道小生再有箇相識亦思量在肚裏了這

人也是中原一絕（一絕）見在濟州城裏居住本身姓金雙名大堅開得好石碑文剔得好圖書玉石印記亦會鎗棒廝打因為他雕得好玉石人都稱他做玉臂匠也把五十兩銀去就賺他來鐫碑文到半路上卻也如此行便了這兩箇人山寨裏亦有用他處（補一句妙）晁蓋道妙哉當日且安排筵席管待戴宗就晚歇了次日早飯罷煩請戴院長打扮做太保模樣將了一二百兩銀子（不限兩箇五十兩好）拴上甲馬便下山把船渡過金沙灘上岸拽開腳步趲到濟州來沒兩箇時辰早到城裏尋問聖手書生蕭讓住處有人指道只在州衙東首文廟前居住（住得是）戴宗逕到門首咳嗽一聲問道蕭先生有麼只見一箇秀才從裏面出來見了戴宗卻不認得便問道太保何處有甚見教戴宗施禮罷說道小可是泰安州嶽廟裏打供太保今為本廟重修五嶽樓本州上戶要刻道碑文特地教小可齎白銀五

十兩作安家之資請秀才便那尊步同到廟裏作文則箇選定了日期不可遲滯蕭讓道小生只會作文及書丹別無甚用如要立碑還用刻字匠作（順手串下好）戴宗道小可再有五十兩白銀就要請玉臂匠金大堅刻石揀定了好日萬望指引（串下好）尋了同行蕭讓得了五十兩銀子便和戴宗同來尋請金大堅正行過文廟只見蕭讓把手指道前面那箇來的便是玉臂匠金大堅（順手串出不相犯好）便當下蕭讓喚住金大堅教與戴宗相見具說（前用戴宗說此換蕭讓說都好）泰安州嶽廟裏重修五嶽樓眾上戶要立道碑文碣石之事這太保特地各齎五十兩銀子來請我和你兩箇去金大堅見了銀子心中歡喜兩箇邀請戴宗就酒肆中市沽三杯置些蔬食管待了戴宗就付與金大堅五十兩銀子作安家之資又說道陰陽人已揀定了日期請二位今日便煩動身蕭讓道天氣暄熱今日便動身也行不多路

前面趕不上宿頭只是來日趕箇五更挨門出去金大堅道正是如此說兩箇都約定了來早起身各自歸家收拾動用蕭讓留戴宗在家宿歇次日五更金大堅持了包裹行頭來和蕭讓戴宗三人同行離了濟州城裏行不過十里多路戴宗道二位先生慢來不敢催逼小可先去報知衆上戶來接二位拽開步數爭先去了這兩箇背着些包裹自慢慢而行看看走到未牌時候約莫也走過了七八十里路只見前面一聲胡哨響山城坡下跳出一夥好漢約有四五十人當頭一箇好漢正是那清風山王矮虎（看他用相迎之人只是肩上肩下一輩都好）大喝一聲道你兩箇是甚麼人那里去孩兒們拿這廝取心來喫酒蕭讓告道小人兩箇是上泰安州刻石鐫文的又沒一分財賦止有幾件衣服王矮虎喝道俺不要你財賦衣服只要你兩箇聰明人的心肝做下酒蕭讓和金大堅焦躁倚仗各人胸中本事便挺桿棒迎逆王矮虎王矮虎也挺朴刀來鬬三人各使手中器械約戰了五七合王矮虎轉身便走兩箇却待去趕聽得山上鑼聲又響左邊走出雲裏金剛宋萬右邊走出摸着天杜遷背後却是白面郎君鄭天壽（自是一輩）各帶三十餘人一發上把蕭讓金大堅橫拖倒拽捉投林子裏來四籌好漢道你兩箇放心我們奉着晁天王的將令特來請你二位上山入夥蕭讓道山寨裏要我們何用我兩箇手無縛雞之力只好喫飯杜遷道吳軍師一來與你相識二乃知你兩箇武藝本事特使戴宗來宅上相請蕭讓金大堅都面面廝覷做聲不得當時都到旱地忽律朱貴酒店裏相待了分例酒食（不漏）連夜喚船便送上山來到得大寨晁蓋吳用并頭領衆人都相見了一面安排筵席相待且說修蔡京回書一事因請二位上山入夥共聚大義兩箇聽了都扯住吳學究道我們在此趨侍不

妨只恨各家都有老小在彼[自是閒文然亦政須了却]明日官司知道必然壞了吳用道二位賢弟不必憂心天明時便有分曉[奇]當夜只顧喫酒歇了次日天明只見小嘍囉報道都到了吳學究道請二位賢弟親自去接寶眷[奇]蕭讓金大堅聽得半信半不信兩箇下至半山只見數乘轎子擡着兩家老小上山來兩箇驚得呆了問其備細老小說道你昨日出門之後只見這一行人將着轎子來說家長只在城外客店裏中了暑風快叫取老小來看救出得城時不容我們下轎直擡到這里兩家都一般說蕭讓聽了與金大堅兩箇閉口無言只得死心塌地再回山寨入夥安頓了兩家老小[了]吳學究却請出來與蕭讓商議寫蔡京字體回書去救宋公明金大堅便道從來雕得蔡京的諸樣圖書名諱字號當時兩箇動手完成[疾]忙排了回書[疾]備箇筵席快送戴宗起程[疾]分付了備細書意[疾]戴宗辭了衆頭領下山來時小嘍囉忙把船隻渡過金沙灘[疾]送至朱貴酒店裏連忙取四箇甲馬拴在腿上作別朱貴拽開脚步登程去了[疾][數語寫得手忙脚亂爲失事作地妙絕]且說吳用送了戴宗過渡自同衆頭領再回大寨筵席正飲酒間只見吳學究叫聲苦不知高低[奇妙不可言]衆頭領問道軍師何故叫苦吳用便道你衆人不知是我這封書倒送了戴宗和宋公明性命也[奇妙不可言]衆頭領大驚連忙問道軍師書上却是怎地差錯吳學究道是我一時只顧其前不顧其後書中有箇老大脫卯蕭讓便道小生寫得字體和蔡太師字體一般語句又不曾差了[一襯妙絕]請問軍師不知那一處脫卯金大堅又道小生雕的圖書亦無纖毫差錯[又一襯妙絕]怎地見得有脫卯處吳學究疊兩箇指頭說出這箇差錯脫卯處有分教衆好漢大鬧江州城鼎沸白龍廟直教弓弩叢中逃性命刀鎗林裏救英雄畢竟軍師

吳學究說出怎生脫卯來且聽下回分解

第五才子書施耐庵水滸傳卷之四十四

聖歎外書

第三十九回

梁山泊好漢劫法場

白龍廟英雄小聚義

寫急事不得多用筆蓋多用筆則其事緩矣獨此書不然寫急事不肯少用筆蓋少用筆則其急亦遂解矣如宋江戴宗謀逆之人決不待時雖得黃孔目捱延五日然至第六日巳成木窮雲盡之際此時只須云只等午時三刻便要開刀一句便過耳乃此偏寫出早辰先着地方打埽法場飯後點土兵刀仗劊子巳牌時分獄官稟請監斬孔目呈犯繇牌判斬字又細細將貼犯繇牌之蘆席亦都描畫出來此一段是牢外衆人打扮諸事作第一段次又寫摳扎宋江戴宗各將膠水刷頭

髮各綰作鵞梨角兒又各插朶紅綾紙花青面大聖案前各有長休飯永別酒然後六七十箇獄卒一齊推擁出來此一段是牢裏打扮宋戴兩人作第二段次又寫押到十字路口用鎗棒圍圍圍住又細說一箇面南背北一箇面北背南納坐在地只等監斬官來此一段是宋戴已到法場只等監斬作第三段次又寫衆人看出人爲未見監斬官來便去細看兩箇犯繇牌先看宋江云犯人一名某人如何如何律斬次看戴宗云犯人某人如何如何律斬逡巡間不覺知府已到勒住馬只等午時三刻此一段是監斬已到只等時辰作第四段使讀者乃自陡然見有第六日三字便喫驚起此後讀一句嚇一句讀一字嚇一字直至兩三葉後只是一箇驚嚇吾嘗言讀書之樂第一莫樂於替人擔憂然若此篇者亦殊恐得樂太過也

此篇妙處在來日便要處決迅雷不及掩耳此時即有人報知山泊亦已縮地無法又況更無有人得知他二人與山泊有情分也今却在前回中寫吳用預先算出漏誤連忙授計衆人下山至於於路數日則恰好是事發遲二日黃孔目捱五日三處各不相照而時至事起適然湊合真是脫盡印板小說套子也

寫戴宗事發後李逵張順二人杳然更不一見不惟不見而已又反寫兩番衆人叫苦以倒踢之真令讀者一路不勝悶悶及讀至虎形黑大漢一句不覺毛骨都抖至於張順之來則又做夢亦夢不到之奇文也

話說當時晁蓋并衆人聽了、請問軍師道、這封書如何有脫卯處、吳用說道早間戴院長將去的回書是我一時不仔細見不到處纔使的那箇圖書不是玉筯篆文翰林蔡京四字（篆體字文前畧此詳正妙）只是這箇圖書便是教戴宗喫官司（奇談）金大堅便道小弟每每見蔡太師書緘并他的文章都是這樣圖書今次雕得無纖毫差錯如何有破綻吳學究道你衆位不知如今江州蔡九知府是蔡太師兒子如何父寫書與兒子却使個諱字圖書（說得明因快之極）此差了是我見不到處此人到江州必被盤詰問出實情却是利害晁蓋道快使人去趕喚他回來別寫如何吳學究道如何趕得上他作起神行法來這早晚已走過五百里了（好）只是事不宜遲我們只得恁地可救他兩箇晁蓋道怎生去救用何良策吳學究便向前與晁蓋耳邊說道這般這般如此如此主將便可暗傳下號令與衆人知道只是如此動身休要悞了日期衆多好漢得了將令各各拴束行頭連夜下山望江州來不在話下且說戴宗扣着日期（好）回到江州當廳下了回書蔡九知府見了戴宗如期回來好生歡喜先取酒來賞了三鍾親自接了回書便道你曾見我太師麼戴宗禀道小人只住得一夜便回了不曾得見恩相知府拆開封皮看見前面說（正經）信籠內許多物件都收了中間說（次之）妖人宋江今上自要他看可令牢固陷車盛載密切差的當人員連夜解上京師沿途休教走失書尾說（帶）黃文炳早晚奏過天子必然自有除授蔡九知府看了喜不自勝叫取一錠二十五兩花銀賞了戴宗一面分付教造陷車商量差人解發起身戴宗謝了自回下處買了些酒肉來牢裏看覷宋江不在話下且說蔡九知府催併合成陷車過得一二日正要起程只見門子來報道無為軍黃通判特來相探（緊接）蔡九知府叫請至後堂相見又送些禮物時新酒果知府謝道累承厚意何以克當黃文炳道村野微物何足

掛齒知府道恭喜早晚必有榮除之慶黃文炳道公相何以知之知府道昨日下書人已回妖人宋江教解京師通判只在早晚奏過今上陞擢高任家尊回書備說此事黃文炳道既是恁地深感恩相主薦那箇人下書真乃神行人也知府道通判如不信時就教觀看家書顯得下官不謬黃文炳道小生只恐家書不敢擅看如若相托求借一觀知府便道通判乃心腹之交看有何妨便令從人取過家書遞與黃文炳看黃文炳接書在手從頭至尾讀了一遍捲過來看了封皮只見圖書新鮮黃文炳搖着頭道這封書不是真的（賊）知府道通判錯矣此是家尊親手筆跡真正字體如何不是真的黃文炳道公相容覆往嘗家書來時曾有這箇圖書麼（賊）知府道往嘗來的家書却不曾有這箇圖書只是隨手寫的今番一定是圖書匣在手邊就便印了這箇圖書在封皮上（反用一解妙）黃文炳道相公休怪小生多言這封書被人瞞過了相公方今天下盛行蘇黃米蔡四家字體誰不習學得（書輕點過）只是這箇圖書是令尊恩相做翰林學士時便出來（賊）法帖文字上多有人曾見（賊）如今陞轉太師丞相如何肯把翰林圖書使出來（賊此一段此前吳用所說又另增出）又更兼亦是父寄書與子須不當用諱字圖書令尊太師恩相是箇識窮天下高明遠見的人安肯造次錯用（賊此一段與吳用所說同）相公不信小生之言可細細盤問下書人曾見府裏誰來若說不對便是假書休怪小生多說因蒙錯愛至厚方敢僭言蔡九知府聽了說道這事不難此人自來不曾到東京（補一句）一盤問便顯虛實知府留住黃文炳在屏風背後坐地隨即陞廳叫喚戴宗有委用的事當下做公的領了鈞旨四散去尋且說戴宗自回到江州先去牢裏見了宋江附耳低言將前事說了宋江心中暗喜次日又有人請去酌杯戴

宗正在酒肆中喫酒只見做公的四下來尋當時把戴宗喚到廳上蔡九知府問道前日有勞你走了一遭真箇辦事未曾重重賞你戴宗答道小人是承奉恩相差使的人如何敢怠慢知府道我正連日事忙未曾問得你箇仔細你前日與我去京師那座門入去戴宗道小人到東京時那日天色晚了不知喚做甚麽門東京帝都人山人海如何日晚門都不知寫得好笑知府又道我家府裏門前誰接着你留你在那里歇戴宗道小人到府前尋見一箇門子尋見二字好笑寫得如市之門可張雀網接了書入去少刻少刻又好笑寫得潭潭之府跬步即盡門子出來又好笑寫得相府中門亦更無別箇交收了信籠着小人自去尋客店裏歇了寫得相府中門房亦無一間好笑次日早五更去寫得太師府前如雞聲茅店人跡板橋相似好笑府門前伺候時只見那門子只是這箇門子如貧士舊頭相似好笑回書出來小人怕悞了日期那里敢再問備細戴宗固不問門子如何也不問好笑慌忙一逕來了知府再問道你見我府裏那箇門子

却是多少年紀或是黑瘦也白淨肥胖長大也是矮小有鬚的也是無鬚的戴宗道小人到府裏時天色黑了好笑次早回時又是五更時候天色昏暗好笑趂黑交進去趂黑交出來寫得太師府前如做鬼市好笑不十分看得仔細只覺不恁麽長中等身材中等二字好笑長亦有之短亦不遠敢是有些髭鬚反與知府商量髭鬚好笑之極知府大怒喝一聲拿下廳去傍邊走過十數箇獄卒牢子將戴宗拖翻在當面戴宗告道小人無罪知府喝道你這廝該死我府裏老門子王公已死了數年如今只是箇小王看門如何却道他年紀大有髭鬚況兼門子小王不能彀入府堂裏去但有各處來的書信緘帖必須經縣府堂裏張幹辦方纔去見李都管然後遞知裏面纔收禮物便要回書也須得伺候三日我這兩籠東西如何沒箇心腹的人出來問你箇當便備細就胡亂收了我昨日一時間倉卒被你這廝瞞過了你如今只好好招說這封書那里

得來戴宗道小人一時心慌要趕程途因此不曾看得分曉蔡九知府喝道胡說這賊骨頭不打如何肯招左右與我加力打這廝獄卒牢子情知不好覷不得面皮把戴宗綑翻打得皮開肉綻鮮血迸流戴宗捱不過拷打只得招道端的這封書是假的知府道你這廝怎地得這封假書來戴宗告道小人路經梁山泊過走出那一夥強人來把小人刼了綁縛上山要割腹剖心（辯）去小人身上搜出書信看了把信籠都奪了却饒了小人情知回鄉不得只要山中乞死他那里却寫這封書與小人回來脫身（辯）一時怕見罪責小人瞞了恩相知府道是便是了中間還有些胡說眼見得你和梁山泊賊人通同造意謀了我信籠物件却如何說這話再打那廝戴宗繇他拷訊只不肯招和梁山泊通情蔡九知府再把戴宗拷訊了一回語言前後相同說道不必問了取具大枷枷了下在牢裏

却退廳來稱謝黃文炳道若非通判高見下官險些兒誤了大事黃文炳又道眼見得這人也結連梁山泊通同造意謀叛爲黨若不祓除必爲後患知府道便把這兩箇問成了招狀立了文案押去市曹斬首然後寫表申朝黃文炳道相公高見極明似此一者朝廷見喜知道相公幹這件大功二者免得梁山泊草寇來刼牢知府道通判高見甚遠下官自當動文書親自保舉通判當日管待了黃文炳送出府門自回無爲軍去了次日蔡九知府陞廳便喚當案孔目來分付道快教疊了文案把這宋江戴宗的供狀招款粘連了一面寫下犯繇牌教來日押赴市曹斬首施行自古謀逆之人決不待時斬了宋江戴宗免致後患（作此疾語令人喫驚）當案却是黃孔目本人與戴宗頗好却無緣便救他只替他叫得苦（先寫一句孔目無便救他只叫得苦反呼山泊諸公妙甚）當日禀道明日是箇國家忌日（妙空中結撰有此奇文此止爲梁山泊來）

（不及作地耳然在俗筆定向知府邊延挨下去更不能先作駭疾語文又另生出奇情救之也）後日又是七月十五日中元之節（妙生出許多枝節）皆不可行刑大後日亦是國家景命（妙看他亦是二字勉強之極）直至五日後方可施行（一日是國忌一日是中元一日是景命然則止是三日後耳卻云五日後妙）原來黃孔目也別無良策只圖與戴宗小延殘喘亦是平日之心（又反呼山泊諸公妙）蔡九知府聽罷依准黃孔目之言直待第六日（此五字中暗伏無數事在內）早辰（早辰）先差人去十字路口打掃了法場（偏是急殺人事偏要故意細細寫出以驚嚇讀者蓋讀者驚嚇斯作者快活也讀者曰不然我亦以驚嚇為快活不驚嚇處亦便不快活也）飯後（飯後）點起土兵和刀仗劊子（急殺人事）約有五百餘人都在大牢門前伺候（閒中先敘土兵之多為後出色）巳牌時候（巳牌時候）獄官稟了知府親自來做監斬官（急殺人事）黃孔目只得把犯繇牌呈堂當廳判了兩箇斬字便將片蘆席貼起來（急殺人事急殺人事偏又寫得細）江州府眾多節級牢子雖然和戴宗宋江過得好卻沒做道理救得他眾人只替他兩箇叫苦（再插一句眾人無力相救）

相救（只叫得苦反呼山泊諸公妙甚李逵兩日不知在何處張順兩日一發不知在何處急切中令人悶悶）當時打扮已了就大牢裏把宋江戴宗兩箇㩳扎起（一發急殺人）又將膠水刷了頭髮綰箇鵞梨角兒（偏要細寫惡極）各插上一朵紅綾子紙花（偏要細寫惡極）驅至青面聖者神案前（偏要細寫）各與了一碗長休飯永別酒（偏要細寫）喫罷辭了神案漏轉身來搭上利子（越急殺人）六七十箇獄卒（五百土兵又加六七十獄卒寫得鬧亂之極為後作地）早把宋江在前戴宗在後推擁出牢門前來（越急殺人）宋江和戴宗兩箇面面廝覷各做聲不得宋江只把腳來跌戴宗低了頭只歎氣江州府看的人真乃壓肩疊背何止一二千人（五百餘土兵六七十獄卒又加二千看的人寫得鬧動之極為後作地李逵何在張順何在急切中都不見了令人悶絕）押到市曹十字路口團團鎗棒圍住（越急殺人）把宋江面南背北將戴宗面北背南（偏細）兩箇納坐下只等午時三刻監斬官到來開刀（十八字句真正急殺人）那眾人仰面看那犯繇牌上寫道江州府犯人一名宋江故吟反詩

妄造妖言結連梁山泊強寇通同造反律斬犯人一名戴宗與宋江暗遞私書勾結梁山泊強寇連同謀叛律斬監斬官江州府知府蔡某已到法場上。只等午時到矣。却不便接午時三刻四字。却反生出衆人看犯繇牌一段。如得惡夢。偏不便醒。多捱一刻。卽多嚇一刻。吾嘗言寫急事。須用緩筆。正此法也。那知府勒住馬只等報來上言只等午時三刻。監斬官到。卽便開刀。此又云監斬官已到。只等午時三刻。文情愈迫愈急。眞是地脈盡絕。天路不通。令人更無生情入想之處。只見法場東邊一夥弄蛇的丐者奇文。○法場必在十字路口。故有東邊西邊南邊北邊之文也。強要挨入法場裏看衆土兵趕打不退正相鬧間只見法場西邊一夥使鎗棒賣藥的奇文。也強挨將入來土兵喝道你那夥人好不曉事這是那里強挨入來要看那夥使鎗棒的說道你倒鳥村我們衝州撞府那里不曾去到處看出人便是京師天子殺人也放人看你這小去處砍得兩箇人鬧動了世界我們便挨入來看一看打甚麼鳥緊東邊畧。西邊詳。各異。正和土兵閙將起來監斬官喝道且趕退去休放過來

閙猶未了只見法場南邊一夥挑擔的脚夫奇文。又要挨將入來土兵喝道這里出人你挑那里去那夥人說道我們挑東西送與知府相公去的你們如何敢阻當我土兵道便是相公衙裏人也只得去別處過一過那夥人就歇了擔子都掣了匾擔立在人叢裏看第二段閙。第三段不閙。文各異。只見法場北邊一夥客商推兩輛車子過來定要挨入法場上來土兵喝道你那夥人那里去客人應道我們要趕路程可放我等過去土兵道這里出人如何肯放你你要趕路程從別路過去那夥客人笑道你倒說的好俺們便是京師來的人不認得你這里鳥路只是從這大路走土兵那里肯放那夥客人齊齊地挨定了不動亦與上異。四下裏吵閙不住再總東一句。極其精神。這蔡九知府也禁治不得又見這夥客人都盤在車子上立定了看沒多時法場中間人分開處一箇報報道一聲午時三刻寫得急殺不可當。監斬官便

道斬訖報來急殺不可當兩勢下刀棒劊子便去開枷急殺不可當行刑之人執定法刀在手急殺不可當說時遲說時遲那時快六字同此書中奇語也乃此處又作兩半用更奇絕那夥客人在車子上聽得斬字數內一箇客人便向懷中取出一面小鑼兒立在車子上噹噹地敲得兩三聲四下裏一齊動手那時快却見十字路口茶坊樓上一箇虎形黑大漢脫得赤條條的兩隻手握兩把板斧大吼一聲却似半天起箇霹靂從半空中跳將下來五十一字成一句不得讀斷自拿翻戴宗後便不復更見大哥何意此時從天而降讀之今人身毛都豎要想他更無商量處直是一副血性自做出來可笑可愛手起斧落早砍翻了兩箇行刑的劊子要着每言大哥麁鹵大哥鄭不肯服只如此處兩斧大哥真是不麁鹵也便望監斬官馬前砍將來更要着妙絕眾土兵急待把鎗去搠時那里攔當得住眾人且簇擁蔡九知府逃命去了只見東邊那夥弄蛇的丐者寫如此匆忙事偏板板下東西南北四字却又偏板板用兩遍而又能不見其板板偏見其匆忙見其筆力過人處身邊都掣出尖刀看着土兵便殺

西邊那夥使鎗棒的妙大發喊聲只顧亂殺將來一派殺倒土兵獄卒此前增獄卒字便有變換南邊那夥挑擔的脚夫妙輪起匾擔橫七豎八都打翻了土兵和那看的人此前又增看的人北邊那夥客人妙都跳下車來推過車子攔住了人寫得妙兩箇客商鑽將入來一箇背了宋江要着一箇背了戴宗要着其餘的人也有取出弓箭來射的也有取出石子來打的也有取出標鎗來標的寫出紛紛雜雜真使其事如畫原來扮客商的這夥便是晁蓋花榮黃信呂方郭盛此五箇人真像客商那夥扮使鎗棒的便是燕順劉唐杜遷宋萬此四箇人真像使鎗棒的扮挑擔的便是朱貴王矮虎鄭天壽石勇此四箇人真像脚夫那夥扮丐者的便是阮小二阮小五阮小七白勝此四箇人真像丐者這一行梁山泊共是十七箇頭領到來帶領小嘍囉一百餘人四下裏殺將起來只見那人叢裏那箇黑大漢輪兩把板斧一昧地砍將來晁蓋等却不認得寫黑大漢忽然欲明忽然欲滅筆勢奇絕此

處忽滅只見他第一箇出力殺人最多敘功疏中奇語晁蓋猛省起來戴宗曾說一箇黑旋風李逵和宋三郎最好是箇莽撞之人此處忽明閒中補出戴宗在山泊說琵琶亭飲酒事如畫晁蓋便叫道前面那好漢莫不是黑旋風那漢那里肯應火雜雜地掄着大斧只顧砍人此處又忽滅妙絕晁蓋便叫背宋江戴宗的兩箇小嘍囉只顧跟着那黑大漢走晁蓋極是只因極是變出極不是來奇想奇筆出人意外當下去十字街口不問軍官百姓殺得屍橫遍地血流成渠推倒攧翻的不計其數衆頭領撇了車輛擔仗細一行人盡跟了黑大漢妙絕直殺出城來背後花榮黃信呂方郭盛四張弓箭飛蝗般望後射來那江州軍民百姓誰敢近前這黑大漢直殺到江邊來身上血濺滿身兀自在江邊殺人晁蓋便挺朴刀四字寫得義形於色叫道不干百姓事休只管傷人好晁蓋那漢那里來聽叫喚一斧一箇排頭兒砍將去又好黑大漢真乃各成其事約莫離城沿江上也走了五七里路前面望見盡是淘淘一派大江却無了旱路偏要逼到險絕處使讀者受嚇不少晁蓋看見只叫得苦那黑大漢方纔叫道方纔二字有僧繇點睛之妙忽然將他跳樓以後氣忿不開口直寫出來并將他跳樓以前氣忿不開口亦直寫出來不要慌且把哥哥背來廟裏衆人都到來看時合上語活寫出黑大漢在前衆人在後好笑靠江一所大廟兩扇門緊緊地閉着黑大漢兩斧砍開快事便搶入來晁蓋衆人看時兩邊都是老檜蒼松林木遮映前面牌額上四箇金書大字寫道白龍神廟小嘍囉把宋江戴宗背到廟裏歇下宋江方纔敢開眼宋江戴宗開眼不作一齊好筆法見了晁蓋等衆人哭道哥哥莫不是夢中相會晁蓋便勸道恩兄不肯在山致有今日之苦這箇出力殺人的黑大漢是誰黑大漢上加出力殺人四字可作李大哥生時官名死後謚號妙絕妙絕寫晁蓋勸問李逵非表晁蓋關心正表李逵駭目也宋江道這箇便是叫做黑旋風李逵此處忽明他幾番就要大牢裏放了我補得妙絕却是我怕走不脫不肯依他晁蓋道却是難得這箇人出力

最多（四字評盡一生。）又不怕刀斧箭矢（六字畫盡平生。）花榮便叫且將衣服與俺二位兄長穿了（問李逵是晁蓋定是大將。討衣服是花榮。定是儒將。）正相聚間只見李逵提着雙斧從廊下走出來（奇。）宋江便叫住道兄弟那里去李逵應道尋那廟祝一發殺了鬭耐那廝見神見鬼日日把鳥廟門關上我指望拿他來祭門却尋那廝不見（餘波一笑。）宋江道你且來先和我哥哥頭領相見李逵聽了丟了雙斧望着晁蓋跪了一跪（要如此跪非跪晁蓋。正為宋江嚴命不敢不跪耳。○跪了一跪四字。不是寫他肯跪。正是寫他不肯拜也。與前文撲翻身軀便拜六字反對。妙絕。）說道大哥休怪鐵牛麄鹵（殺得快活便認麄鹵。絕倒。）與衆人都相見了却認得朱貴是同鄉人兩個大家歡喜（遥作沂水殺虎之引。）花榮便道哥哥你教衆人只顧跟着李大哥走如今來到這里前面又是大江攔截住斷頭路了却又沒一隻船接應倘或城中官軍趕殺出來却怎生迎敵將何接濟李逵便道不要慌（上云不要慌。是背入廟裏。此又云不要慌。不審有何良策。陡然看到下句。不覺絕倒。）我與你們再殺入城去（奇語。）和那個鳥蔡九知府一發都砍了快活戴宗此時方纔甦醒（然後戴宗甦醒。）便叫道兄弟使不得莽性城裏有五七千軍馬（下文城中追兵。遥望如何能定其數。先向無意中。就戴宗口中點出一句。其法非人所知。）若殺入去必然有失阮小七便道遠望隔江那里有數隻船在岸邊我兄弟三個赴水過去奪那幾隻船過來載衆人如何（若無下文張李穆童船來。則并不寫隔江有船矣。為有下文張李穆童船來。故先以隔江有船作引也。）晁蓋道此計是最上着當時阮家三弟兄都脫剝了衣服各人插把尖刀便鑽入水裏去約莫赶開得半里之際（妙筆。○不是等船。又不是奪船。）只見江面上溜頭流下三隻棹船吹風胡哨飛也似搖將來（偏寫得兩耀。妙。）衆人看時見那船上各有十數個人都手裏拿着軍器（兩耀得妙。）衆人却慌將起來（妙。）宋江聽得說了便道我命裏這般合苦也奔出廟前看時（張順不認衆人。宋江又在廟內。叙事至此。幾成兩錯看他如此卸出箇口來。真有撚筆如花之樂。）只見當頭那隻船上坐着一條大漢倒提一把明晃晃五股叉（只倒擐二字明明寫出不是追兵妙極）頭上挽箇穿心紅一點髯兒下面襯起條白絹水裩口裏吹着胡哨（可知）宋江看時不是別人正是張順宋江連忙便招手叫道兄弟救我張順等見是宋江大叫道好了（寫出心中無數又苦又急）飛也似搖到岸邊三阮看見退赴過來（奪船一段乃引文蓋惟恐張順來得突然故先作一波折今既迎入便隨筆放下）一行衆人都上岸來得廟前宋江看見（宋江看出餘人不認都好）張順自引十數箇壯漢（此一段乃獨寫張順故在當先船上又獨坐一隻也）在那隻船頭上（張順獨作第一隊）張橫引着穆弘穆春薛永帶十數箇莊客在一隻船上（揭陽鎮一霸潯陽江一霸作第二隊）第三隻船上（倒一句便覺文字變換）李俊引着李立童威童猛也帶十數箇賣鹽火家（揭陽嶺一霸作第三隊忽然將上文無數長書收在一處布想立格無不大奇）都各挑鎗棒上岸來張順見了宋江喜從天降哭拜道（喜從天降四字下却接哭拜二字直寫出豪傑朋友神理來俗筆如何能有一字○真正大喜未有不哭者俗子安得知之才子則知之耳）自從哥哥喫官司兄弟坐立不安又無路可救（補出數日中又苦又急）近日又聽得拿了戴院長李大哥又不見面（補出尋李逵不着又苦又急○不惟補出張順尋李逵兼補出李逵自去行事無一人與他商量妙絕）我只得去尋了我哥哥（補出潯陽江心兄弟二人又苦又急）引到穆太公莊上（補出揭陽鎮上穆薛三人又苦又急）叫了許多相識（補出揭陽嶺上四人又苦又急）今日我們正要殺入江州要劫牢救哥哥（正文是劫法場旁文又說劫牢寫一時人事咄咄之極）不想仁兄已有好漢們救出來到這里不敢拜問這夥豪傑莫非是梁山泊義士晁天王麼（是不曾相認語）宋江指着上首立的（四字寫出山泊體統）道這箇便是晁蓋哥哥你等衆位都來廟裏敘禮則箇張順等九人見晁蓋等十七人宋江戴宗李逵共是二十九人都入白龍廟聚會這箇喚做白龍廟小聚會（忽然一束其筆如椽○此一段爲一部書之腰）當下二十九籌好漢各各講禮已罷只見小嘍囉慌慌忙忙入廟來報道江州城裏鳴鑼擂鼓整頓軍馬出城來追趕遠遠望見旗旛蔽日刀劍如麻前面都是帶甲馬軍後面盡是擎鎗兵將大刀闊斧殺逩

白龍廟路上來李逵聽了大叫一聲殺將去只三字壯多少軍威。笑銚歌之繫弱也。提了雙斧便出廟門晁蓋叫道一不做二不休眾好漢相助着晁某直殺盡江州軍馬方纔回梁山泊去眾英雄齊聲應道願依尊命宋江一百四五十人一齊納喊殺奔江州岸上來有分教血染波紅屍如山積直教跳浪蒼龍噴毒火巴山猛虎吼天風畢竟晁蓋等眾好漢怎地脫身且聽下回分解

第五才子書施耐菴水滸傳卷之四十五

聖歎外書

第四十回　宋江智取無為軍　張順活捉黃文炳

前回寫吳用劫江州皆呼眾人默然授計直至法場上方突然走出四色人來此回寫宋江打無為軍卻將秘計一一說出更不隱伏一句半句先以特特與之相異也然文章家又有省則加倍省增則加倍增之法既已寫宋江明明定計便又寫眾人箇箇起行不寫則只須一句寫則必須兩番此又特特與俗筆相異不可不知也

打無為軍一一事宜已都在定計時明白開列人後正敘處只將許多只見字點逗人數而已譬諸善奕者滿盤大勢都已打就入後

只將一子兩子處處切殺便令全局隨手變動文章至此真妙手也

寫宋江口口恪遵父訓寧死不肯落草却前乎此則收拾花榮秦明黃信呂方郭盛燕順王矮虎鄭天壽石勇等八箇人拉而歸之山泊後乎此則又收拾戴宗李逵張橫張順李俊李立穆弘穆春童威童猛薛永侯健歐鵬蔣敬馬麟陶宗旺等十六箇人拉而歸之山泊兩邊皆用大書便顯出中間奸詐此史家案而不斷之式也

一路寫宋江使權詐處必緊接李逵麄言直叫此又是畫家所謂反襯法讀者但見李逵麄直便知宋江權詐則庶幾得之矣

寫宋江上梁山後毅然更張舊法別出自己新裁暗壓衆人明欺晁蓋甚是咄咄逼人不意筆墨之事其力可以至此

話說江州城外白龍廟中嘗論一篇大文全要尾上結束得好固也獨今此文忽然反在頭上結束一遍看他將白龍廟中四字兜頭提出下却分出梁山泊好漢某人某人等潯陽江好漢某人某人等城裏好漢某人一人通共計有若干好漢讀之政不知其爲是結前文爲是起後文但見其有切玉如泥之力可見文無定格隨手可造也梁山泊好漢先敘山泊劫了法場救得宋江戴宗正是晁蓋花榮黃信呂方郭盛劉唐燕順杜遷宋萬朱貴王矮虎鄭天壽石勇阮小二阮小五阮小七白勝共是一十七人看他許多大將領帶着八九十箇悍勇壯健小嘍囉看他許多手下人一結潯陽江上來接應的好漢次敘江上張順張橫李俊李立穆弘穆春童威童猛薛永九籌好漢看他又是許多大將也帶四十餘人看他亦有許多手下人都是江面上做私商的火家撑駕三隻大船前來接應一結城裏末敘城裏黑旋風李逵看他單是一箇人上來結敘山泊江上兩枝人馬可稱雄師此單是李逵一箇亦不可不稱雄師筆墨之妙史遷未及引衆人山泊江上如許人馬城裏李逵只是一箇可云多寡不敵之至矣却忽然寫出引衆人三字便令山泊一十七人及江上九人無不悉爲李逵所統是至少者反至多爲奇變之極也殺至潯陽江邊兩

路救應。通共有一百四五十人都在白龍廟裏聚義。（如此結束，豈是俱人之筆。）只聽得小嘍囉報道江州城裏軍兵擂鼓搖旗鳴鑼發喊追趕到來那黑旋風李逵聽得大吼了一聲提兩把板斧先出廟門（妙。先出。）衆好漢吶聲喊都挺手中軍器齊出廟來迎敵（妙。齊出。）劉唐朱貴先把宋江戴宗護送上船（調劉朱好。）李俊同張順三阮整頓船隻（調李張三阮好。）就江邊看時見城裏出來的官軍約有五七千馬軍（須知五七千不是從衆人眼中約出，是從戴宗口中約出。）當先都是頂盔衣甲全副弓箭手裏都使長鎗（彼軍當先。）背後步軍簇擁（彼軍背後。○寫得彼軍精神之極。）搖旗吶喊殺奔前來這里李逵當先輪着板斧赤條條地飛奔砍將入去（此軍當先。）背後便是花榮黃信呂方郭盛四將擁護（此軍背後。○寫得此軍亦出色之極。）花榮見前面的軍馬都扎住了鎗只怕李逵着傷偷手取弓箭出來搭上箭拽滿弓望着爲頭領的一箇馬軍颼地一箭只見番筋斗射下馬去那一夥馬軍喫了一驚各自奔命（活畫。）撥轉馬頭便走倒把步軍先衝倒了一半（活畫。○是以師中重紀律也。）這里衆多好漢們一齊衝突將去殺得那官軍屍橫野爛血染江紅直殺到江州城下城上策應官軍早把擂木砲石打將下來官軍慌忙入城關上城門好幾日不敢出來（爲打無爲州地。）衆多好漢拖轉黑旋風（拖字妙。非旗可令，非金可收，畫出鐵牛情性。）回到白龍廟前下船晁蓋整點衆人完備都叫分頭下船開江便走（四字如脫兎。）却值順風拽起風帆三隻大船載了許多人馬頭領却投穆太公莊上來一帆順風早到岸邊埠頭一行衆人都上岸來穆弘邀請衆好漢到莊內堂上穆太公出來迎接宋江等衆人都相見了太公道衆頭領連夜勞神且請客房中安歇將息貴體各人且去房裏暫歇將養整理衣服器械當日穆弘叫莊客宰了一頭黃牛殺了十數箇猪羊雞鵝魚鴨珍肴異饌排下筵席管待衆頭領飲酒中間說起許多情節晁葢道若非是二哥衆位把船相救我等皆被陷于縲絏穆太公道你等如何却打從那條路上來是近江州人語李逵道我自只揀人多處殺將去他們自要跟我來我又不曾叫他大哥口中純是天籟衆人聽了都大笑宋江起身與衆人道小人宋江若無衆好漢相救時和戴院長皆死于非命今日之恩深于滄海如何報荅得衆位只恨黃文炳那厮搜根剔齒聰明人爲人幹事往往不遭人怨定被天怒只爲犯此四字耳幾番唆毒要害我們這冤讐如何不報怎地啓請衆位好漢再做個天大人情去打了無爲軍殺得黃文炳那厮也與宋江消了這口無窮之根那時回去如何晁葢道我們衆人偷營刼寨只可使一遍如何再行得非寫晁葢心懶亦非寫其老成葢止爲纔鬧江州便打無爲筆墨無節便同戲事故特向主軍口中商量一句以作文章一頓也似此奸賊已有隄備不若且回山寨去聚起大隊人馬一發和學究公孫二先生并林冲秦明都來報讐也未爲晚宋江道若是回山去了再不能彀得來一者山遥路遠二乃江州必然申開明文各處謹守不要癡想只是趂這箇機會便好下手不要等他做了准備花榮道哥哥見得是毎寫花榮靈警雖然如此只是無人識得路徑不知他地理如何先得箇人去那里城中探聽虛實也要看無爲軍出沒的路徑去處就要認黃文炳那賊的住處了然後方好下手薛永便起身說薛永上山無功故特用之道小弟多在江湖上行此處無爲軍最熟我去探聽一遭如何宋江道若得賢弟去走一遭最好薛永當日別了衆人自去了只說宋江自和衆頭領在穆弘莊上商議要打無爲軍一事整頓軍器鎗刀安排弓弩箭矢打點大小船隻等項隄備已了只見薛永去了兩日帶將一箇人回到莊上來拜見宋江宋江便問道兄弟這位壯士是誰薛永答道這人姓侯名健祖居洪都人氏做得第一手裁縫端的是飛針走線更兼慣習鎗棒曾拜薛永

爲師人見他黑瘦輕捷因此喚他做通臂猿見在這無爲軍城裏黃文炳家做生活小弟因見了就請在此宋江大喜便敎同坐商議那人也是一座地煞星之數自然義氣相投宋江便問江州消息一無爲軍路徑如何二薛永說道〔薛永說江州消息侯健說無爲州路徑行文清整之甚〕如今蔡九知府計點官軍百姓被殺死有五百餘人帶傷中箭者不計其數見今差人星夜申奏朝廷去了城門日中後便關出入的好生盤問得緊原來哥哥被害一事倒不干蔡九知府事都是黃文炳那廝〔前回事情并於此處薛永口中醒出妙甚〕三回五次點撥知府教害二位如今見劫了法場城中甚慌曉夜隄備小弟又去無爲軍打聽正撞見這箇兄弟出來喫飯因是得知備細〔薛永只說江州無爲州便交卸下去〕宋江道侯兄何以知之侯健道〔侯健說無爲州路徑〕小人自幼只愛習學鎗棒多得薛師父指教因此不敢忘恩近日黃通判特取小人來他家做衣服因出來遇見師父提起仁兄大名說起此一節事來小人要結識仁兄特來報知備細這黃文炳有箇嫡親哥哥喚做黃文燁〔止爲後要賺他開門便預先添出一箇大官人來然又不必殺大官人故反加倍寫他好善以形容文炳之惡其實乃是閒文無別意也〕與這文炳是一母所生二子這黃文燁平生只是行善事修橋補路塑佛齋僧扶危濟困救拔貧苦那無爲軍城中都叫他黃面佛〔好○俗本作黃佛子〕這黃文炳雖是罷閒通判心裏只要害人慣行歹事無爲軍都叫他做黃蜂刺〔好〕他兄弟兩箇分開做兩院住只在一條巷內出入靠北門裏便是他家黃文炳貼着城住黃文燁近着大街〔此數語是特特生出黃文燁來本意〕小人在他那里做生活却聽得黃通判回家來說這件事蔡九知府已被瞞過了却是我點撥他教知府先斬了然後奏去黃文燁聽得說時只在背後罵說道又做這等短命促掐的事於你無干何故定要害他倘或有天理之時報應只在目前却不是反招

其禍這兩日聽得劫了法塲好生喫驚昨夜去江州探望蔡九知府與他計較尚兀自未回來（反先爲不見黃文炳作註妙筆註在前而不知讀至而猶然疑之甚矣人之不會讀書也）宋江道黃文炳隔着他哥哥家多少路侯健道原是一家分開如今只隔着中間一箇菜園（是生出黃文燁本意）宋江道黃文炳家多少人口有幾房頭侯健道男子婦人通有四五十口（報讐至殺其四五十口可稱大快然殺之而後數之不若數之而後殺之之尤快也筆法之妙如此）宋江道天教我報讐特地送這箇人來雖是如此全靠衆弟兄維持衆人齊聲應道當以死向前正要驅除這等贓濫奸惡之人（宋江以私慾殺黃文炳家四五十口不可訓矣特標此句以蓋之也）與哥哥報讐雪恨宋江又道只恨黃文炳那賊一箇却與無爲軍百姓無干（是）他兄既然仁德亦不可害他休教天下人駡我不仁衆弟兄去時不可分毫侵害百姓今去那里我有一計只望衆人扶助扶助衆頭領齊聲道專聽哥哥指教宋江道有煩穆太公（調遣諸將第一先是太公趣甚徃嘗諸將聽計皆用秘密此獨彰明昭著一一都寫出來者爲避劫江州時吳用調遣一篇也）對付八九十箇乂袋又要百十束蘆柴用着五隻大船兩隻小船央及張順李俊駕兩隻小船（一一寫出）五隻大船上用着張橫三阮童威和識水的人護船（一一寫出）此計方可穆弘道此間蘆葦油柴布袋都有我莊上的人都會使水駕船便請哥哥行事宋江道却用侯家兄弟引着薛永并白勝先去無爲軍城中藏了來日三更二點爲期只聽門外放起帶鈴鵓鴿便教白勝上城策應先插一條白絹號帶近黃文炳家便是上城去處（一一寫出）再又教石勇杜遷扮做丐者去城門邊左近埋伏只看火爲號便要下手殺把門軍士（一一寫出）李俊張順只在江面上往來巡綽等候策應（完李俊張順句一一寫出）宋江分撥已定薛永白勝侯健先自去了（先一隊作埋伏上一番明寫調遣此一番又明寫發軍務要與劫江州時不同也）隨後再是石勇杜遷扮做丐者身邊各藏了短刀暗器也去了（一隊作策

應這里自一面扛擡沙土布袋和蘆葦油柴上船裝載衆好漢至期各各拴束了身上都准備了器械船艙裏埋伏軍漢衆頭領分撥下船晁蓋宋江花榮在童威船上（此是中軍第一隊）燕順王矮虎鄭天壽在張橫船上（第二隊）戴宗劉唐黃信在阮小二船上（第三隊）呂方郭盛李立在阮小五船上（第四隊）穆弘穆春李逵在阮小七船上（第五隊）只留下朱貴宋萬在穆太公莊看理江州城裏消息（另一隊作防守）先使童猛棹一隻打漁快船前去探路（另一隊作探聽○不過二三十人寫得如許有進有退有攻有守有伏有應有伸有縮妙甚）小嘍囉并軍健都伏在艙裏大家莊客水手撐駕船隻當夜密地望無爲軍來此時正是七月盡天氣夜涼風靜月白江清水影山光上下一碧（如許殺人放火事偏用絕妙好辭寫得景物清夷行文亦當有諸葛君真名士之譽也）約莫初更前後大小船隻都到無爲江岸邊揀那有蘆葦深處（好○何物文人其一胸中無所不妙）字兒纔定了船隻只見那童猛（看他歷歷落落寫出無數只見字如鬧棋子落枰之聲）回船來報道城裏並無些動靜（好）宋江便叫手下衆人把這沙土布袋和蘆葦乾柴都搬上岸望城邊來聽那更鼓時正打二更宋江叫小嘍囉各各拖了沙土布袋并蘆柴就城邊堆垜了衆好漢各挺手中軍器只留張橫三阮兩童守船接應（不惟精於行文亦復精於行兵若在俗筆竟一鬨都上岸矣）其餘頭領都趲城邊來望城上時約離北門有半里之路宋江便叫放起帶鈴鵓鴿只見城上（只見二）一條竹竿縛着白號帶風飄起來宋江見了便叫軍士就這城邊堆起沙土布袋分付軍漢一面挑擔蘆葦油柴上城只見白勝（只見三）已在那里接應等候把手指與衆軍漢道只那條巷便是黃文炳住處（好）宋江問白勝道薛永侯健在那里（妙○調遣曲折前文已詳此處連用數箇只見不過更將前計再一點醒之耳若又逐一板板應出便覺了無靈變之氣只就一問一答顯得衆人無不效命筆法妙絕）白勝道他兩箇潛入黃文炳家裏去了只等哥哥到來宋江又問道你曾見石勇杜遷

麼（妙。）白勝道他兩箇在城門邊左近伺候宋江聽罷引了衆好漢下城來逕到黃文炳門前只見侯健（只見四。）閃在房簷下宋江與來附耳低言道你去將菜園門開了放他軍士把蘆葦油柴堆放裏面可教薛永尋把火來點着却去敲黃文炳門道間壁大官人家失火有箱籠什物搬來寄頓（大官人失火曾與二官人何涉。然大官人失火而搬運箱籠前來寄頓。此言直鑽入二官人耳朶心坎也。上文增出大官人只爲此一句耳。）敲得門開我自有擺布宋江教衆好漢分幾箇把住兩頭（精於用兵。）侯健先去開了菜園門軍漢把蘆柴搬來堆在裏面侯健就討了火種遞與薛永將來點着侯健便閃出來却去敲門叫道間壁大官人家失火有箱籠搬來寄頓快開門則箇裏面聽得便起來看時望見隔壁火起連忙開門出來晁蓋宋江等吶聲喊殺將入去衆好漢亦各動手見一箇殺一箇見兩箇殺一雙把黃文炳一門內外大小四五十口盡皆殺了不留一人（獻勤

人看樣。）只不見了文炳一箇（文情奇絕。偏要作此一閃。前已註明人自不覺也。）衆好漢把他從前酷害良民積儹下許多家私金銀（家私金銀上加出酷害良民積儹下七字。與天下看樣。）收拾俱盡大哨一聲衆多好漢都扛了箱籠家財却奔城上來且說石勇杜遷見火起各掣出尖刀便殺把門的軍人却見前街鄰舍拿了水桶梯子都奔來救火（好。）石勇杜遷大喝道你那百姓休得向前我們是梁山泊好漢數千在此來殺黃文炳一門良賤與宋江戴宗報讐不干你百姓事你們快回家躲避了休得出來閒管事衆鄰舍有不信的立住了脚看（寫得好。真有是事。）只見黑旋風李逵（只見五。）輪起兩把板斧着地捲將來衆鄰舍方纔吶聲喊擡了梯子水桶一鬨都走了（寫得好。）這邊後巷也有幾箇守門軍漢帶了些人拕了麻搭火鈎都奔來救火（寫得好。○多寫救火者。正是張皇火勢也。）早被花榮張起弓當頭一箭射翻了一箇（好。足矣。）大喝道要死的便來救火那夥軍漢一齊

都退去了（寫得好。）只見薛永（只見六。）拿着火把便就黃文炳家裏前後點着亂亂雜雜火起當時李逵砍斷鐵鎖大開城門一半人從城上出去一半人從城門下出去（必盡從門下出去，便是死筆。此獨寫出紛紛雜雜得勝便走之狀，就畫也畫不來。前宋江用石杜奪門，正是要衆人都從門下出去也。到此忽然寫出一半人，不依宋江將令，一時忙亂如畫。）只見三阮張童（只見七。）都來接應合做一處扛擡財物上船無爲軍已知江州被梁山泊好漢刼了法場殺死無數的人如何敢出來追趕只得迴避了（寫得好。）這宋江一行衆好漢只恨拿不着黃文炳（結上引下。）都上了船搖開了自投穆弘莊上來不在話下却說江州城裏望見無爲軍火起蒸天價紅（此一句上邊都紅。上文止寫衆人各逞功勞，不曾寫到火勢，此處方顯出大火來。）滿城中都講動只得報知本府這黃文炳正在府裏議事（直接侯健語。）聽得報說了慌忙來稟知府道敝鄉失火（敝鄉二字妙，寫得從寬漸緊。）急欲回家看覷蔡九知府聽得忙叫開城門差一隻官船相送（文炳之被捉，知府害之矣。）黃文炳謝了知府隨即出來帶了從人慌速下船搖開江面望無爲軍來看見火勢猛烈映得江面上都紅（此一句下邊多紅。）船公說道這火只是北門裏火（此敝鄉漸緊。）黃文炳見說了心裏越慌看看搖到江心裏只見一隻小船從江面上搖過去了（妙。寫得神出鬼沒。只見八。）少時又是一隻小船搖將過來（搖過去，搖過來，妙不可言。）却不徑過望着官船直撞將來（此句上暗藏兩隻小船商量可知。）從人喝道甚麼船敢如此直撞來只見那小船上一條大漢跳起來（只見九。）手裏拿着撓鈎（妙。又可救火，又可搭人。）口裏應道去江州報失火的船（只道手裏拿一鈎，不道口裏又舒一鈎也。）黃文炳便鑽出來問道那裏失火那大漢道北門黃通判家（第一句是敝鄉，第二句是北門，第三句便直逼出黃通判家四字來，妙妙。）被梁山泊好漢殺了一家人口刼了家私如今正燒着哩黃文炳失口叫聲苦不知高低（寫得疾。）那漢聽了一撓鈎搭住了船便跳過來（寫得疾。）黃文炳是箇乖覺的人早瞧了一分便奔船梢後走望江邊踴身便跳（寫得疾。）只見當面前又一隻船（只見十。寫得疾。）水底下早鑽過一箇人把黃文炳劈腰抱住攔頭揪起扯上船來（寫得疾。）船上那箇大漢早來接應（寫得疾。）便把麻索綁了水底下活捉了黃文炳的便是浪裏白條張順船上把撓鈎的便是混江龍李俊兩箇好漢立在船上那搖官船的梢公只顧下拜（餘波。）李俊說道我不殺你們只顧捉黃文炳這廝你們自回去說與蔡九知府那賊驢知道俺梁山泊好漢們權寄下他那顆驢頭早晚便要來取（斬首犯赦從犯。）（都好。）艄公戰抖抖的道小人去說李俊張順拿了黃文炳過自己的小船上放那官船去了兩箇好漢棹了兩隻快船逕奔穆弘莊上早搖到岸邊望見一行頭領都在岸上等候搬運箱籠上岸見說拿得黃文炳宋江不勝之喜眾好漢一齊心中大喜說正要此人見面（可謂久慕通判高才。）李俊張順早把黃文炳帶上岸眾人看了監押着離了江岸到穆太公莊上來朱貴宋萬接着眾人（看他一筆不亂。）入到莊裏草廳上坐下宋江把黃文炳剝了濕衣服綁在柳樹上請眾頭領團團坐定宋江叫取一壺酒來與眾人把盞上自晁蓋下至白勝共是三十位好漢都把遍了宋江大罵黃文炳你這廝我與你往日無冤近日無讐你如何只要害我三回五次教唆蔡九知府殺我兩箇你既讀聖賢之書如何要做這等毒害的事我又不與你有殺父之讐你如何定要謀我你哥哥黃文燁與你這廝一母所生他怎恁般修善久聞你那城中都稱他做黃面佛我昨夜分毫不曾侵犯他你這廝在鄉中只是害人交結權勢浸潤官長欺壓良善我知道無為軍人民都叫你做黃蜂刺我今日且替你拔了這箇刺（妙說。）（解願。）黃文炳告道小人已知過失只求早死晁蓋喝道你那賊驢怕你不死你這廝早知今日悔不當初宋江便問道那箇兄弟替我下手只見黑旋風李逵只見十一須得此動手跳起身來說道我與哥哥動手割這廝我看他肥胖了倒好燒喫晁蓋道說得是教取把尖刀來就討盆炭火來細細地割這廝燒來下酒與我賢弟消這怨氣李逵拿起尖刀看着黃文炳笑道該笑你這廝在蔡九知府後堂且會說黃道黑撥置害人無中生有攛掇他字字令文炳心服覺上文宋江之言須面無當今日你要快死快死二字奇絕老爺卻要你慢死慢死二字又奇絕便把尖刀先從腿上割起揀好的人肉又有好歹揀擇奇絕之語就當面炭火上炙來下酒割一塊炙一塊無片時割了黃文炳李逵方纔把刀割開胸膛取出心肝把來與衆頭領做醒酒湯衆多好漢看割了黃文炳都來草堂上與宋江賀喜只見宋江先跪在地下看他寫宋江甫得性命便用權術真是筆情如鏡衆頭領慌忙都跪下齊道哥哥有甚事但說不妨兄弟們敢不聽宋江便道小可不才自小學吏初世爲人便要結識天下好漢謙得奇絕奈緣力薄才疎不能

接待以遂平生之願自從刺配江州多感晁頭領幷衆豪傑苦苦相留宋江因守父親嚴訓不曾肯住正是天賜機會於路直至潯陽江上又遭際許多豪傑不想小可不才一時間酒後狂言險累了戴院長性命感謝衆位豪傑不避凶險來虎穴龍潭力救殘生又蒙協助報了冤讐如此犯下大罪鬧了兩座州城必然申奏去了今日不繇宋江不上梁山泊投托哥哥去未知衆位意下若何如是相從者只今收拾便行只此語亦不必跪說偏寫宋江跪皆表其權術也如不願去的一聽尊命假作一頓下便疾收妙甚只恐事發反遭去宋江口口不肯上山卻前在清風收拾許多人去今在江州又要收拾許多人去兩番都用大書蓋深表其以權術寫生平也反遭下辭尚未畢說言未絕李逵先跳起來便叫道都去都去但有不去的喫我一鳥斧砍做兩截便罷寫宋江權術處偏寫李逵爽直相形之一篇跪說一箇斧砍誰是誰非人必能辨先跳起來四字妙便見衆人尚跪也宋江道你這般麤鹵說話全在各弟兄們心肯意肯方可同去事發一句已說在前

便仍以必肯意肯聽之衆人極似不相强者然寫宋江權術不可當衆人議論道如他些銀兩自投別主去傭工有願去的一同便往今殺死了許多官軍人馬鬧了兩處州郡他如何前四起陸續去了已自行動穆弘收拾莊內已了不申奏朝廷必然起軍馬來擒獲今若不隨哥哥放起十數箇火把燒了莊院了撇下了田地了自去同死同生却投那里去宋江大喜謝了衆人當投梁山泊來且不說五起人馬登程節次進發只日先叫朱貴和宋萬前回山寨裏去報知次後分隔二十里而行先說第一起晁蓋宋江華榮戴宗作五起進程頭一起便是晁蓋舊宋江新花榮舊李逵五騎馬帶着車仗人伴在路行了三日前面戴宗新李逵舊新○第一起舊新相間第二起便是劉唐舊杜來到一箇去處地名喚做黃山門宋江在馬上與遷舊石勇舊薛永新侯健新○第二起舊在前新在後第三起晁蓋說道這座山生得形勢怪惡莫不有大夥在便是李俊新李立新呂方舊郭勝舊童威新童猛內可着人催攢後面人馬上來一同過去說猶未新○第三起兩頭新中間舊第四起便是黃信舊張順新張橫了只見前面山嘴上鑼鳴鼓響漸與對影山相犯矣看他極力擺脫新阮家三弟兄舊○第四起兩頭舊中間新第五起便是穆弘宋江道我說麼且不要走動等後面人馬到來好新穆春新燕順舊王矮虎舊鄭天壽舊白勝舊○第五和他厮殺花榮便拈弓搭箭在手晁蓋戴宗各執起新在前舊在後五起二十八箇頭領總結一句有氣力有神釆帶了朴刀李逵拿着雙斧擁護着宋江鬧中又寫四人擁護獨表宋江一干人等將這所得黃文炳家財各各分開裝載無能只是一生權術便得爲頭爲腦妙筆人看不出一齊趲馬向前只見山上車子穆弘帶了穆太公并家小人等將應有家坡邊閃出三五百箇小嘍囉當先簇擁出四籌好財金寶裝載車上莊客數內有不願去的都齎發漢各挺軍器在手高聲喝道你等大鬧了江州刼

掠了無爲軍殺害了許多官軍百姓待回梁山泊
去我四箇等你多時會事的只留下宋江都饒了
你們性命何縣知之寫得可駭宋江聽得便挺身出去跪在
地下說道小可宋江處處寫宋江權術過人。好在挺身出跪。又妙在竟實說
出小可宋江四字。被人陷害寃屈無伸今得四方豪傑救
了性命小可不知在何處觸犯了四位英雄萬望
高擡貴手饒恕殘生不剛不柔。又悲又響。辭令至此。無人不哭。那四籌
好漢見了宋江跪在前面都慌忙滾鞍下馬撇了
軍器飛逩前來拜倒在地下又奇說道俺弟兄四箇
只聞山東及時雨宋公明大名想殺也不能箇見
面俺聽知哥哥在江州爲事喫官司我弟兄商議
定了正要來刧牢有晁蓋等十五籌好漢刧法場。便有李逵獨自一箇刧法場以
陪之。有張順等六籌相識好漢要刧牢。便有歐鵬等四籌不相識好漢要刧牢。文心文格無不詭變
之極。只是不得箇實信刧法場若单靠李逵幾誤大事。刧牢若单靠歐鵬等亦幾
誤大事。今人事過思之。尚有餘畏未定。前日使小嘍囉直到江州來
打聽回來說道已有多少好漢鬧了江州刧了法
場救出往揭陽鎮去了後又燒了無爲軍刧掠黃
通判家料想哥哥必從這里來節次使人路中來
探望猶恐未眞故反作此一番詰問得此一段遂令前話有疑
衝撞哥哥萬勿見罪今日幸見仁兄小寨裏畧備
薄酒麄食權當接風請衆好漢同到敝寨盤桓片
時宋江大喜扶起四位好漢逐一請問大名爲頭
的那人姓歐名鵬祖貫是黃州人氏守把大江軍
戶因惡了本官逃走在江湖上綠林中熬出奇語又痛
諢這箇名字喚做摩雲金翅第二箇好漢姓蔣名
敬祖貫是湖南潭州人氏原是落科舉子出身科
舉不第棄文就武頗有謀畧精通書筭積萬累千
纖毫不差亦能刺鎗使棒布陣排兵因此人都喚
他做神筭子第三箇好漢姓馬名麟祖貫是南京
建康人氏原是小番子閑漢出身吹得雙鐵笛使
得好大滚刀百十人近他不得因此人都喚他做
鐵笛仙第四箇好漢姓陶名宗旺祖貫是光州人

氏莊家田戶出身能使一把鐵鍬有的是氣力亦能使鎗輪刀因此人都喚做九尾龜怎見得四箇好漢英雄這四籌好漢接住宋江小嘍囉早捧過菓盒一大壺酒兩大盤肉托來把盞先遞晁蓋宋江次遞花榮戴宗李逵與衆人都相見了一面遞酒沒兩箇時辰第二起頭領又到了（看他寫後四起不一齊來）一箇箇盡都相見把盞巳遍邀請衆位上山兩起十位頭領先來到黃門山寨內那四籌好漢便叫椎牛宰馬管待卻敎小嘍囉陸續下山接請後面那三起十八位頭領上山來筵宴未及半日三起好漢巳都來到了（敘得省手）盡在聚義廳上筵席相會宋江飲酒中間在席上閒話道今次宋江投遊了哥哥晁天王（看他緊頂晁天王則晁天王一席他日便更無餘人能奪之者寫宋江權術如鏡）上梁山泊去一同聚義未知四位好漢肯棄了此處同往梁山泊大寨相聚否（處處寫他收羅人馬上山可知）（前番大笑之詐）四箇好漢齊答道若蒙二位義士不棄貧

賤情願執鞭墜鐙宋江晁蓋大喜便說道既是四位肯從大義便請收拾起程衆多頭領俱各歡喜在山寨住了一日過了一夜次日宋江晁蓋仍舊做頭一起（真是用筆詳到）下山進發先去次後依例而行只隔着二十里遠近四籌好漢收拾起財帛金銀等項帶領了小嘍囉三五百人便燒毀了寨柵隨作第六起登程（第六純是新更無舊忽然增出一起意外奇筆）宋江又合得這四箇好漢心中甚喜於路在馬上對晁蓋說道（晁蓋直性人任憑宋江調撥看他第一起只是自巳與晁蓋兩箇其餘三人悉是梯巳心腹更不着一餘人在旁於路便好多將言語先綰他寫宋江權術真有出神入化之筆）小弟來江湖上走了這幾遭雖是受了些驚恐却也結識得這許多好漢（看他自家先敘功一句可謂咄咄逼人筆墨之事募畫至此奇哉）今日同哥哥上山去這回只得死心塌地與哥哥同死同生（看他一段說話先敘功高次表心赤功高則衆人不得而爭之心赤則晁蓋不得而疑之矣）一路上說着閒話（此是宋江喫緊權詐語却說是閒話妙絕）（愚嘗思世人一生鹿鹿皆閒話也宋江謀晁蓋交椅今復安在哉後人笑前人後人又笑後人笑

自笑閒話自閒話。世間之事。胡可勝嘆。不覺早來到朱貴酒店裏了。且說四箇守山寨的頭領吳用公孫勝林冲秦明、和兩箇新來的蕭讓金大堅已得朱貴宋萬先回報知每日差小頭目棹船出來酒店裏迎接一起起都到金沙灘上岸擂鼓吹笛衆好漢們都乘馬轎迎上寨來到得關下軍師吳學究等六人把了接風酒都到聚義廳上焚起一爐好香晁蓋便請宋江爲山寨之主坐第一把交椅晁蓋已入玄中。一路閒說之力如此。宋江那里肯又妙。便道哥哥差矣感蒙衆位不避刀斧救拔宋江性命哥哥原是山寨之主如何却讓不才若要堅執如此相讓宋江情願就死晁蓋道賢弟如何這般說當初若不是賢弟擔那血海般干係救得我等七人性命上山如何有今日之衆你正該山寨之恩主你不坐誰坐宋江道仁兄論年齒兄長也大十歲看他句句權詐之極。讓晁蓋還只是論齒。然則餘人可知矣。儼然以功自居。眞乃咄咄相逼。宋江若坐了豈不自羞再三

推晁蓋坐了第一位宋江坐了第二位吳學究坐了第三位公孫勝坐了第四位宋江道看他毅然開口。目無晁蓋。咄咄逼人。休分功勞高下只一句。便將晁蓋從前號令一齊推倒。別出自己新裁。使山泊無舊無新。無不仰其鼻息。梟雄之才如此。耐菴不過舐筆蘸墨耳。何其梟雄遂至如此。才子胸中。洵不可測也。梁山泊一行舊頭領去左邊主位上坐欲形其少也。賊賊。新到頭領去右邊客位上坐欲誇其多也。賊賊。待日後出力多寡那時另行定奪盡入宋江手矣。大才調人做大事業。只是一着兩着。譬如高手奕棋。只在一着兩着也。但得之筆墨之間。更爲奇事耳。衆人齊道此言極當左邊一帶林冲劉唐阮小二阮小五阮小七杜遷宋萬朱貴白勝只九人。右邊一帶論年甲次序互相推讓增此八字。便顯得右邊濟濟。花榮秦明黃信戴宗李逵李俊穆弘張橫張順燕順呂方郭盛蕭讓王矮虎薛永金大堅穆春李立歐鵬蔣敬童威童猛馬麟石勇侯健鄭天壽陶宗旺共二十七人。中間止蕭讓金大堅非宋江相識。然要拖過花榮秦明黃信燕順呂方郭盛王矮虎鄭天壽八人列在右邊。定不得不并及之矣。宋江此時。眞顧盼自豪矣哉。共是四十位頭領坐

下 一結 大吹大擂且喫慶喜筵席宋江說起江州蔡九知府揑造謠言一事說與衆頭領尀耐黃文炳那廝事又不干他巳却在知府面前將那京師童謠解說道耗國因家木耗散國家錢糧的人必是家頭着箇木字不是箇宋字刀兵點水工興動刀兵之人必是三點水着箇工字不是箇江字這箇正應宋江身上那後兩句道縱横三十六播亂在山東合主宋江造反在山東 妙絕之筆。○要知此一番不是酒席上閑遶集情而巳。須知宋江只把現成公案向衆重宣一遍。便抵無數篝火狐鳴魚腹書帛之事。無處不爲宋江權術過人。 以此拿了小可不期戴院長又傳了假書以此黃文炳那廝撺掇知府只要先斬後奏若非衆好漢救了焉得到此李逵跳將起來道好哥哥正應着天上的言語 每每寫宋江用詐處。便被李逵跳破。如上文自述童謠一遍。本是以符讖牢籠衆人。然却口中不要說出。自得衆人心中踏動。偏忽然用李逵一句。直叫出來。兩兩相形。文情奇絕。○天上言語四字。從何而來。奇絕妙絕。 雖然喫了他些苦黃文炳那賊也喫我割得快活 正應天上言語下。忽然說入自巳快活事。夾七夾八。活畫鐵牛。 放着我們許多軍馬便造反怕怎地晁蓋哥哥便做大宋皇帝宋江哥哥便做小宋皇帝 見當時國號大宋。便謬認宋皇帝三字。再折不開。一妙也。宋江姓宋。忽說是宋皇帝。晁蓋不姓宋。亦說是宋皇帝。二妙也。皇帝又有大小兩箇。三妙也。○要知晁蓋大皇帝。全是宋江面上增出來者。 吳先生做箇丞相 何處學來。 公孫道士便做箇國師 何處學來。 我們都做箇將軍 鐵牛思做將軍。真乃未能免俗。然吾不知其藏之胸中。巳復幾時。直至今日。始得快吐之也。○除兩哥哥做皇帝外。其餘本做將軍。亦止爲吳用公孫二人。看來不似做將軍者。故遂生出丞相國師來也。○鐵牛居然欲爲周公。真是夢想不到。 殺去東京奪了鳥位在那里快活却不好不強似這箇鳥水泊裏 位是鳥位。水泊是鳥水泊。說得與畫。 戴宗慌忙喝道鐵牛你這廝胡說你今日既到這里不可使你那在江州性兒須要聽兩位頭領哥哥的言語號令亦不許你胡言亂語多嘴多舌再如此多言插口先割了你這顆頭來爲令以警後人李逵道阿呀若割了我這顆頭幾時再長得一箇出來我只喫酒便了 此不是呆語。又寫李大哥鑿貌辨色。明哲保身也。 衆多好漢都笑宋江又題起拒敵官軍一事說道那時小可初聞這箇消息好不驚恐不期今日輪到宋江身上將前文直縮結到今日吳用道兄長當初若依了弟兄之言只住山上快活不到江州不省了多少事這都是天數註定如此宋江道黃安那廝如今在那里已隱數卷至此忽問可見此書一筆不漏晁蓋道那廝住不發兩三箇月便病死了將今日直縮到前文宋江嗟歎不已當日飲酒各各盡歡晁蓋先叫安頓穆太公一家老小完叫取過黃文炳的家財賞勞了衆多出力的小嘍囉完取出原將來的信籠交還戴院長收用完戴宗那里肯要定教收放在庫內公支使用又表戴宗○此等是戴宗與宋江做人一樣處晁蓋叫衆多小嘍囉參拜了新頭領李俊等完都參見了連日山寨裏殺牛宰馬作慶賀筵席不在話下再說晁蓋教山前山後各撥定房屋居住山寨裏再起造房舍修理城垣至第三月酒席上宋江起身對衆頭領說道宋江還有一件大事正要稟衆弟兄小可今欲下山走一遭乞假數日何也未知衆位肯否晁蓋便問道賢弟今欲要往何處幹甚麼大事宋江不慌不忙說出這箇去處有分教鎗刀林裏再逃一遍殘生山嶺邊傍傳授千年動業正是只因玄女書三卷留得清風史數篇畢竟宋公明要往何處去走一遭且聽下回分解

第五才子書施耐菴水滸　卷之四十六

聖歎外書

第四十一回

還道村受三卷天書
宋公明遇九天玄女

嘗觀古學劍之家其師必取弟子先置之斷崖絕壁之上迫之疾馳經月而後授以竹枝追刺猿猱無不中者夫而後歸之室中教以劍術三月技成稱天下妙也聖歎歎曰嗟乎行文亦猶是矣夫天下險能生妙非天下妙能生險也險故妙險絕故妙絕不險不能妙不險絕不能妙絕也游山亦猶是矣不梯而上不縋而下未見其能窮山川之窈窕洞壑之隱秘也梯而上縋而下而吾之所至乃在飛鳥徘徊蛇虎躑躅之處而吾之力絕而吾之氣盡而吾之神色索然猶如死人而吾之耳目乃一變換而吾之胸襟乃一蕩滌而吾之識畧乃得高者愈高深者愈深奮而為文筆亦得愈極高深之變也行文亦猶是矣不閣筆不捲紙不停墨未見其有窮奇盡變出妙入神之文也筆欲下而仍閣紙欲舒而仍捲墨欲磨而仍停而吾之才盡而吾之髯斷而吾之目矐而吾之腹痛而鬼神來助而風雲忽通而後奇則真奇變則真變妙則真妙神則真神也吾以此法遍閱世間之文未見其有合者今讀還道村一篇而獨賞其險妙絕倫嗟乎支公畜馬愛其神駿其言似謂自馬以外都更無有神駿也者今吾亦雖謂自水滸以外都更無有文章亦豈誣哉

前半篇兩趙來捉宋江躲過俗筆只一句可了今看他寫得一起一落又一起又一落再一起再一落遂令宋江自在廚中讀者本在

書外却不知何故一時便若打併一片心魂共受若干驚嚇者燈昏窗響壁動鬼出筆墨之事能令依正一齊震動眞奇絕也

上文神廚來捉一段可謂風雨如磐蟲鬼駭逼矣忽然一轉却作花明草媚團香削玉之文如此筆墨眞乃有妙必臻無奇不出矣

第一段神廚搜捉文妙於駭緊第二段夢受天書文妙於整麗第三段群雄策應便更變駭緊爲疎奇化整麗爲錯落三段文字凡作三樣筆法不似他人小兒舞鮑老只有一副面具也

此書每寫宋江一片奸詐後便緊接李逵一片眞誠以激射之前已處處論之詳矣最奇妙者又莫奇妙於寫宋江取爺後便寫李逵取娘也夫爺與娘所謂一本之親者也譬之天矣無日不戴之無日不忘之無日不忘之無日不戴之非有義可盡亦并非有恩可感非有理可講亦并非有情可說也執塗之人而告之曰我孝孝口說而已乎執塗之人而告之曰我念我父然則爾之念爾父也殆亦暫矣我聞諸我先師曰夫孝推而放之四海而準推而放之四海而準者以孝我父者孝我君謂之忠以孝我父者孝我兄謂之悌以孝我父者孝我友謂之敬以孝我父者孝我妻謂之良以孝我父者孝我子謂之慈以孝我父者孝我百姓謂之有道仁人也推而至於伐一樹殺一獸不以其順謂之不孝故知孝者百順之德也萬福之原也故知孝之爲言順也順之爲言時也時春則生時秋則殺時喜則笑時怒則罵生殺笑罵皆謂之孝故知行孝非可以口說爲也我父我母非供我口說之人也自世之大逆極惡之人多欲自

言其孝於是出其狡猾陰陽之才先施之於其父其母而後亦遂推而加之四海馴至殃流天下禍害相攻大道既失不可復治嗚呼此口說之孝所以為強盜之孝而作者特借宋江以活畫之蓋言強盜之為強盜徒以惡心向於他人若夫口口說孝之人乃以惡心向其父母是加於強盜一等者也我觀逵行者必爇香而祝曰好人相逢惡人遠避蓋畏強盜之至也今父母孕子亦當爇香祝曰心孝相逢口孝遠避蓋為父母者之畏口口說孝之子真有過於強盜也者彼說孝之人聞吾之言今定不信迨於他日不免有子夫然後知曩者其父其母之遭我之毒乃至若斯之極也嗚呼作者之傳宋江其識惡垂戒之心豈不痛哉故於篇終繫接李逵取娘之文以見麄鹵兇惡如李鐵牛其人亦復不忘源本然則孝之為德下及禽蟲無不具足宋江可以不必屢自矜許且見麄鹵兇惡如李鐵牛其人乃其取娘陡然一念實反過於宋江取爺百千萬倍然則孝之為德惟不說者其內獨至宋江不為人罵死不為雷震死亦當自己羞死也矣

李逵取娘文前又先借公孫勝取娘作一引者一是寫李逵見人取爺不便想到娘直至見人取娘方解想到娘是寫李逵天真爛熳也一是寫宋江作意取爺不足以感動李逵公孫勝偶然看娘却蚤已感動李逵是寫宋江權詐無用也易象辭曰中孚信及豚魚言豚魚無知最為易信中孚無為而天下化之解者乃作豚魚難信蓋久矣權術之行於天下而大道之不復講也

自家取爺偏要說死而無怨偏一日亦不可

待他人取娘便怕他有疎失便要他再過幾時傳曰夫子之道忠恕而已矣觀其不恕知其不忠何意稗官有此論道之樂

話說當下宋江在筵上對衆好漢道小可宋江自蒙救護上山到此連日飲宴甚是快樂不知老父在家正是何如即日江州申奏京師必然行移濟州着落鄆城縣追捉家屬比捕正犯恐老父存亡不保宋江想念欲往家中搬取老父上山以絕掛念不知衆弟兄還肯容否晁蓋道賢弟這件是人倫中大事不成我和你受用快樂倒教家中老父喫苦如何不依賢弟只是衆兄弟們連日辛苦寨中人馬未定再停兩日點起山寨人馬一逕去取了來（下文宋江本欲一人自去却先於晁蓋口中作一寬筆然後轉出獨自去來行文何等委婉○又此處先表過衆兄弟不去便令玄女廟側大樹背後出其不意所謂欲起後文先於前文作地矣）宋江道仁兄再過幾日不妨只恐江州行文到濟州追捉家屬以此事不宜遲今也不須點多人去只宋江潛地自去和兄弟宋清搬取老父連夜上山來那時鄉中神不知鬼不覺若還多帶了人伴去必然驚嚇鄉里反招不便晁蓋道賢弟路中倘有疎失無人可救宋江道若爲父親死而無怨（看他方得性命又早說死而無怨讀之失笑）當日苦留不住宋江堅執要行便取箇氊笠帶了提條短棒腰帶利刃便下山去衆頭領送過金沙灘自回且說宋江過了渡到朱貴酒店裏上岸出大路投鄆城縣來路上少不得饑餐渴飲夜住曉行（無事即省）一日逩宋家村晚了到不得且投客店歇了次日趲行到宋家村時却早且在林子裏伏了等待到晚却投莊上來敲後門（看他歸家踪跡寫得招搖之甚）莊裏聽得只見宋清出來開門見了哥哥喫那一驚慌忙道哥哥你回家來怎地盡宋江道我特來家取父親和你宋清道哥哥你在江州做了的事如今這里都知道了本縣差下這兩箇趙都頭每日來勾取管定了我們不得

轉動只等江州文書到來便要捉我們父子二人下在牢裏監禁聽候拿你日裏夜間一二百土兵巡綽你不宜遲快去梁山泊請下衆頭領來救父親并兄弟宋江聽了驚得一身冷汗不敢進門轉身便走迸梁山泊路上來是夜月色朦朧路不分明宋江只顧揀僻淨小路去處走約莫也走了一箇更次寫得妙只聽得背後有人發喊起來宋江回頭聽時只隔一二里路看見一簇火把焰亮只聽得叫道宋江休走宋江一頭走一面肚裏尋思不聽晁蓋之言果有今日之禍皇天可憐垂救宋江則箇遠遠望見一箇去處只顧走少間風掃薄雲現出那輪明月宋江方纔認得仔細叫聲苦不知高低看了那箇去處有名喚做還道村寫得妙○月暗月明翻人奇境原來團團都是高山峻嶺山下一遭澗水中間單單只一條路入來這村左來右去走只是這條路更沒第二條路宋江認得這箇村口欲待回

第一段

身却被背後趕來的人已把住了路口火把焰耀如同白日宋江只得迸入村裏來尋路躲避抹過一座林子早看見一所古廟雙手只得推開廟門閒處先留一筆乘着月光入進廟裏來尋箇躲避處前殿後殿相了一回安不得身心裏越慌一進來便入神廚此小兒捉迷藏耳先頓一句安不得身直等趙能到了方來急鑽入神廚寫一時匆匆情景可謂活畫只聽得外面有人道都管只走在這廟裏真是急殺宋江聽時是趙能聲音趙能聲音前未識江州時識之急沒躲處見這殿上一所神廚神廚如何躲得過故必寫到趙能到了急沒躲處然後看到神廚寫慌迫中情事分寸都出宋江揭起帳幔望裏面探身便鑽入神廚裏安了短棒做一堆兒伏在廚內身體把不住簌簌地抖一○看他數抖字只聽得外面拿着火把焰將入來急殺宋江在神廚裏一頭抖二一頭偷眼看時趙能趙得引着四五十人拿着火把各到處焰看看焰上殿來急殺不可言宋江抖道三我今番走了死路望神明庇佑則箇神明庇佑神明庇佑活寫出情

急人口中念誦無倫無火來。一箇箇都走過了沒人看着神廚裏如此奇峰忽然一跌看他一路忽然跌起忽然跌落凡有數番。宋江抖定道圈可憐天只見趙得將火把來神廚裏一炤方得上句一跌下句忽然轟起令人劈面一嚇趙得一炤陡然接入令宋江一句話只說得三箇字真是奇筆。宋江抖得幾乎死去五趙得一隻手將朴刀桿挑起神帳上下把火只一炤偏是急殺句偏要仔細寫妙絕火烟冲將起來冲下一片黑塵來正落在趙得眼裏眯了眼便將火把丟在地下一腳踏滅了走出殿門外來忽然又跌落。對土兵們道這廝不在廟裏別又無路却走向那里去了衆土兵道多應這廝走入村中樹林裏去了這里不怕他走脫這箇村喚做還道村只有這條路出入裏面雖有高山林木却無路上得去都頭只把住村口頻提把住村口四字使讀者心頭有兩層着急他便會插翅飛上天去也走不脫了待天明村裏去細細搜捉趙能趙得道也是引了土兵下殿去了趁跌落時再與着實一跌奇筆妙筆。宋江抖定道六却不是神明庇佑若還得了性命必當重修廟宇再塑意是再塑金身四字却不及說完只聽得有幾箇土兵在廟門前叫道都頭在這里了陡然又轟起奇筆妙筆。趙能趙得和衆人又搶人來宋江簌簌地又把不住抖七趙能到廟前問道在那里土兵道都頭你來看廟門上兩箇塵手跡何等奇妙真乃天外飛來却是當面拾得。一定是却纔推開廟門閃在裏面去了趙能道說得是再仔細搜一搜看這夥人再入廟裏來搜時急殺。宋江這一番抖真是幾乎休了八那夥人去殿前殿後搜遍只不曾翻過磚來寫得好笑。衆人又搜了一回火把看看炤上殿來急殺。上殿來下殿去又上殿來文筆奇恣至於如此。趙能道多是只在神廚裏却纔兄弟看不仔細我自炤一炤看急殺前趙得炤乃突然一炤此趙能炤却先說了要炤然後來炤爲神廚中人急殺也。一箇土兵拿着火把趙能便揭起帳幔五七箇人伸頭來看前趙得只是一箇人匆匆一看而已此却五七箇人仔細來看便一發急殺不可當。不看萬事俱休纔看一看故作驚人語。只見神廚裏捲起一陣惡風將那火把都吹滅了，黑騰騰罩了廟宇，對面不見。趙能道：「卻又作怪，平地裏捲起這陣惡風來，想是神明在裏面定嗔怪我們只管來炤，因此起這陣惡風顯應。我們且去罷，又跌只守住村口，待天明再來尋。」趙得道：「只是神廚裏不曾看得仔細，再把鎗去搠一搠。」趙能道：「也是。」欲落未落，忽然又起，奇恣至此，真是驚才絕筆。兩箇卻待向前，只聽得殿後又捲起一陣怪風，吹得飛砂走石，滚將下來，搖得那殿宇岌岌地動，罩下一陣黑雲，布合了上下，冷氣侵人，毛髮豎起。趙能情知不好，叫了趙得道：「兄弟快走，神明不樂。」眾人一鬨都滚下殿來，望廟門外跑走。方跌有落。幾箇攧翻了的，也有閃朒腿的，爬得起來，逩命走出廟門，只聽得廟裏有人叫：「饒恕我們！」餘波奇絕，出於意外。趙能再入來看時，兩三箇土兵跌倒在龍墀裏，被樹根鈎住了衣服，死也掙不脫，手裏丟了朴刀，扯着衣裳叫饒。絕倒。如此死急事，偏有本事寫得一起一落，突兀盡致，臨了猶作峰巒拳曲之形，真是才子。宋江在神廚裏聽了，又抖又笑。九。趙能把土兵衣服解脫了，領出廟門去。有幾箇在前面的土兵，在前面的四字令人絕倒，即瞎翻孟子五十步笑百步法。說道：「我說這神道最靈也，我說二字絕倒，不知在何處說，活寫出小人說風涼話來。你們只管在裏面纏障，引得小鬼發作起來。小鬼發作，奇語。我們只去守住了村口等他，多不喫他飛了去。」趙能、趙得道：「說得是。只消村口四下裏守定。」眾人都望村口去了。無數奇峰，一齊盡跌。只說宋江在神廚裏，口稱慚愧道：「雖不被這廝們拿了，卻怎能彀出村口去？」正在廚內尋思，百般無計，只聽得後面廊下有人出來。上文無數奇峰，一齊盡跌，忽然此處又另轉出一峰，令人猜測不出。宋江又抖道：十「又是苦也，早是不鑽出去。」只見兩箇青衣童子逕到廚邊，舉口道：「小童奉娘娘法旨，請星主說話。」宋江那里敢做聲答應。一請。外面童子又道：「娘娘有請，星主可行。」宋江也不敢答應。二請。外面童子又道：「宋星主休得遲疑，娘娘久等。」三請。宋江聽得鶯聲燕語

第二段上文如怒龍入雲鱗爪忽没忽現又如怪鬼奪路形狀忽近忽遠一轉却別作天清地朗柳霏花拂之文令讀者驚喜搖惑不定

不是男子之音便從神椅底下鑽將出來看時却是兩箇青衣女童侍立在牀邊宋江喫了一驚却是兩箇泥神（分明聽得三番相請却借兩箇泥神忽作一跌寫鬼神便有鬼神氣眞是奇絕之筆）只聽得外面又說道宋星主娘娘有請（寫得便活）宋江分開帳幔鑽將出來只見是兩（是鬼神閃閃屁屁之概）箇青衣螺髻女童（有上一番閃爍便令此處亦不敢信其眞假）齊齊躬身各打箇稽首宋江問道二位仙童自何而來青衣道奉娘娘法旨有請星主赴宮宋江道仙童差矣我自姓宋名江不是甚麼星主青衣道如何差了請星主便行娘娘久等宋江道甚麼娘娘亦不曾拜識如何敢去青衣道星主到彼便知不必詢問宋江道娘娘在何處青衣道只在後面宮中青衣前引便行宋江隨後跟下殿來轉過後殿側首一座子牆角門青衣道宋星主從此間進來宋江跟入角門來看時星月滿天香風拂拂四下裏都是茂林脩竹宋江尋思道原來這廟後又有這箇去處早知如此却不來這里躲避不受那許多驚恐（一路都作疑鬼疑神似信不信之筆）宋江行時覺道香塢兩行夾種着大松樹都是合抱不交的中間平坦一條龜背大街宋江看了暗暗尋思道我到不想古廟後有這般好路徑（都不實寫）跟着青衣行不過一里來路聽得潺潺的澗水響看前面時一座青石橋兩邊都是朱欄杆（要識夢回時記取來時路）岸上栽種奇花異草蒼松茂竹翠柳夭桃橋下翻銀滾雪般的水流從石洞裏去過得橋基看時兩行奇樹中間一座大朱紅欞星門宋江入得欞星門看時擡頭見一所宮殿宋江尋思道我生居鄆城縣不曾聽得說有這箇去處心中驚恐不敢動脚（都不實寫）青衣催促請星主行一引引入門內有箇龍墀兩廊下盡是朱紅亭柱都掛着繡簾正中一所大殿殿上燈燭熒煌青衣從龍墀內一步步引到月臺上聽得殿上堦前又有幾箇青衣道娘娘有請星主進來宋江到

大殿上不覺肌膚戰慄毛髮倒豎下面都是龍鳳磚階青衣入簾內奏道請至宋星主在階前宋江到簾前御階之下躬身再拜俯伏在地口稱臣乃下濁庶民不識聖上伏望天慈俯賜憐憫御簾內傳旨教請星主坐宋江那里敢擡頭委蜿教四箇青衣扶上錦墩坐宋江只得勉强坐下殿上喝聲捲簾數箇青衣早把珠簾捲起搭在金鈎上娘娘問道星主別來無恙宋江起身再拜道臣乃庶民不敢面覷聖容娘娘道星主既然至此不必多禮宋江恰纔敢擡頭舒眼委蜿看見殿上金碧交輝點着龍燈鳳燭兩邊都是青衣女童持笏捧圭執旌擎扇侍從正中七寶九龍床上坐着那箇娘娘身穿金縷絳綃之衣手秉白玉圭璋之器天然妙目正大仙容嘗歎神女感甄等賦筆墨淫褻殊愧大雅似此絕妙好辭令人敬愛交至。天然句妙在妙目字。仙容句。妙在正大字。豈惟稗史未有亦是諸書所無口中說道請星主到此命童子獻酒兩下青衣女童執着蓮花寶

瓶捧酒過來斟在杯內一箇爲首的女童執杯遞酒來勸宋江宋江起身不敢推辭接過杯朝娘娘跪飲了一杯宋江覺道這酒馨香馥郁如醍醐灌頂甘露灑心又是一箇青衣捧過一盤仙棗上勸宋江宋江戰戰兢兢怕失了體面伸着指頭取了一枚就而食之懷核在手青衣又斟過一杯酒來勸宋江宋江又一飲而盡娘娘法旨教再勸一杯青衣再斟一杯酒過來勸宋江宋江又飲了仙女托過仙棗又食了兩枚共飲過三杯仙酒三枚仙棗宋江便覺有些微醺又怕酒後醉失體面再拜道臣不勝酒量望乞娘娘免賜殿上法旨道既是星主不能飲酒可止教取那三卷天書賜與星主青衣去屏風背後青盤中托出黃羅袱子包着三卷天書度與宋江宋江看時可長五寸闊三寸不敢開看再拜祗受藏於袖中娘娘法旨道宋星主傳汝三卷天書汝可替天行道爲主全忠仗義爲

臣輔國安民去邪歸正勿忘勿泄只因此等語遂為後人續貂之地殊不知此等悉是宋江權術不是一部提綱也宋江再拜謹受娘娘法旨道玉帝因爲星主魔心未斷道行未完暫罰下方不久重登紫府切不可分毫懈怠若是他日罪下酆都吾亦不能救汝此三卷之書可以善觀熟視只可與天機星同觀其他皆不可見寫宋江用權詐獨不敢竊與用其筆如鏡功成之後便可焚之勿留在世從來相傳異書悉以此語為出身之略思之每欲失笑所囑之言汝當記取目今天凡相隔難以久留汝當速回便令童子急送星主回去他日瓊樓金闕再當重會宋江便謝了娘娘跟隨青衣女童下得殿庭來出得櫺星門送至石橋邊依稀記得來時路寫得妙絕青衣道恰纔星主受驚不是娘娘護祐已被擒拿天明時自然脫離了此難星主看石橋下水裏二龍相戲宋江凭欄看時果見二龍戲水二青衣望下一推宋江大叫一聲却撞在神廚內覺來乃是南柯一夢入夢時不說是夢至出後始說此法

諸書遍用而不知出於此宋江爬將起來看時月影正午料是三更時分好宋江把袖子裏摸時手內棗核三箇袖裏帕子包着天書將出來看時果是三卷天書又只覺口裏酒香宋江想道這一夢真乃奇異似夢非夢若把做夢來妙前文何等匆遽此文何等舒緩疾雷激電之後偏接一番烟霏雲捲之態極盡筆墨之致如何有這天書在袖子裏口中又酒香棗核在手裏說與我的言語都記得不曾忘了一句不把做夢來妙兩番活是初醒未醒意思我自分明在神廚裏一交顛將入來有甚難見處想是此間神聖最靈顯化如此只是不知是何神明又作一頓筆筆飛舞揭起帳幔看時九龍椅上坐着一位妙面娘娘正和方纔一般妙筆入化令人不能尋其筆跡入夢時青衣女童是真是假出夢時妙面娘娘是假是真只古廟中三箇泥神分作頭尾兩波寫得活靈生現令俗子何處着筆也宋江尋思道這娘娘呼我做星主想我前生非等閒人也這三卷天書必然有用分付我的天言天何言哉況於書也不曾忘了青衣女童道天明時自然脫離

第三段

此村之厄如今天色漸明我却出去借勢便出便探手去廚裏摸了短棒細把衣服拂拭了細一步步走下殿來從左廊下轉出廟前仰面看時舊牌額上刻着四箇金字道玄女之廟牌額金字有來時看者有去時看者皆寫畫一時情事下是渡禍一筆宋江以手加額稱謝道慚愧原來是九天玄女娘娘傳受與我三卷天書又救了我的性命如若能彀再見天日之面必當來此重修廟宇再建殿庭伏望聖慈俯垂護祐稱謝已畢只得望着村口悄悄出來離廟未遠只聽得前面遠遠地喊聲連天又閃一影二趙去後侍女一閃此處又一閃筆情飄忽至此讀之猜測不出宋江尋思道又不濟了住了脚且未可出去上忽自云我却出去此忽又自云未可出去筆筆作鬼神恍惚之勢一句未可出去我若到他面前定喫他拿了不如且在這里路傍樹背後躲一躲却纔閃得入樹背後去只見數箇土兵只見先是土兵急急走得喘做一堆奇絕之筆把刀鎗拄着一步步攛將入來拄着妙活畫出來口裏聲聲都只叫道神聖救命則箇神聖救命四字忽然隱括前來兩段大文倒跋反剔之法於斯極矣宋江在樹背後看了尋思道却又作怪他們把着村口緊提此句真令讀者揑顱不定等我出來拿我却又怎地搶入來再看時趙能也搶入來只見次是趙能口裏叫道神聖神聖救命土兵叫神聖救命趙能又叫神聖救命令讀者疑是玄女顯化定有鬼兵在後也此皆作者特特為此鬼怪之筆俗本乃作我們都是死也一何可笑宋江道那厮如何恁地慌却見背後一條大漢追將入來那箇大漢上半截不着一絲露出鬼怪般肉手裏拿着兩把夾鋼板斧奇絕此來定不一人然衝鋒陷敵當先敢死必是大哥寫得情性俱有口裏喝道舍鳥休走遠覷不覷近看分明正是黑旋風李逵看他句句作鬼神恍惚之筆是泥塑侍女又是夢中娘娘又是泥塑娘娘上文無數鬼神恍惚之事忽然就黑旋風上反襯一筆真乃出神入化之文也宋江想道莫非是夢裏麼句句與上文搖曳出鬼神恍惚之色來不敢走出去又一句不敢出去那趙能正走到廟前被松樹根只一絆一交攧在地下只松根絆跌亦復寫得前後掩映李逵趕上就勢一脚踏住脊背手起大斧却待要砍背後又是

兩籌好漢趕上來把氊笠兒掀在脊梁上各挺一條朴刀（看他寫得如連珠砲相似。令人目光搖動。）上首的是歐鵬下首的是陶宗旺李逵見他兩箇趕來恐怕爭功壞了義氣就手把趙能一斧砍做兩半連胸脯都砍開了跳將起來把士兵趕殺四散走了宋江兀自不敢便走出來（又一句不敢出來。）背後只見又趕上三籌好漢也殺將來（寫衆人來。眞寫得好。活畫出四星五落趕殺之狀來。）前面赤髮鬼劉唐第二石將軍石勇第三催命判官李立這六籌好漢說道這廝們都殺散了只尋不見哥哥却怎生是好石勇叫道兀那松樹背後一箇人立在那里宋江方纔敢挺身出來（方寫宋江出來。前凡用三跌也。）說道感謝衆兄弟們又來救我性命將何以報大恩六籌好漢見了宋江大喜道哥哥有了（四字妙。可見意不在殺人。又可見巳尋了一早辰也。）快去報與晁頭領得知石勇李立分頭去了（只四字。便檃括各處趕殺。而晁蓋等七人。李俊等入人之許多辛苦。趙得之被殺。悉在其中矣。）宋江問劉唐道你們如何得知來這里救我劉唐答道哥哥前脚下得山來晁頭領與吳軍師放心不下（此句單寫晁蓋。不寫吳用。須知。）便叫戴院長隨即下來探聽哥哥下落（補。）晁頭領又自已放心不下（寫晁蓋好。放心不下四字。作兩番寫來。使人感泣。）再着我等衆人前來接應（補。）只恐哥哥有些疎失半路裏撞見戴宗道兩箇賊驢追趕捕捉哥哥（補。）晁頭領大怒分付戴宗去山寨只教留下吳軍師公孫勝阮家三兄弟呂方郭盛朱貴白勝看守寨柵其餘兄弟都教來此間尋覓哥哥（補。）聽得人說道趕宋江入還道村去了（補。）村口守把的這廝們盡數殺了不留一箇（補。）只有這幾箇逩進村裏來隨即李大哥追來我等都趕入來不想哥哥在這里說猶未了石勇引將（淋漓錯落之至。）晁蓋花榮秦明黃信薛永蔣敬馬麟到來李立引將李俊穆弘張橫張順穆春侯健蕭讓金大堅一行衆多好漢都相見了宋江作謝衆位頭領晁蓋道我叫賢弟不須親自下山不聽愚兄之言險些兒又做出來宋江道小可兄弟只爲父親這一事懸腸掛肚坐卧不安不繇宋江不來取晁蓋道好教賢弟歡喜令尊幷令弟家眷我先叫戴宗引杜遷宋萬王矮虎鄭天壽童威童猛送去已到山寨中了（省多少筆墨）宋江聽得大喜拜謝晁蓋道得仁兄如此施恩宋江死亦無怨（方得性命又說死亦無怨將誰欺欺天乎）一時衆頭領各各上馬離了還道村口宋江在馬上以手加額望空頂禮稱謝神明庇祐之力容日專當拜還心願一行人馬逕回梁山泊來吳學究領了守山頭領直到金沙灘都來迎接前到得大寨聚義廳上衆好漢都相見了宋江急問道老父何在（一片權詐○孝順不在口說孝順亦不在人前凡屬口說及在人前者皆强盜非孝順也）晁蓋便叫請宋太公出來不多時鐵扇子宋清策着一乘山轎擡着宋太公到來衆人扶策下轎上廳來宋江見了喜從天降笑逐顏開再拜道老父驚恐宋江做了不孝之子負累了父親喫驚受

怕宋太公道𠠇耐趙能那廝弟兄兩箇每日撥人來守定了我們只待江州公文到來便要捉取我父子二人解送官司聽得你在莊後敲門此時已有八九箇土兵在前面草廳上續後不見了不知怎地趕出去了（補○宛然口吻遂宛然事情）到三更時候又有二百餘人把莊門開了將我搭扶上轎擡了教你兄弟四郎收拾了箱籠放火燒了莊院那時不繇我問箇緣繇逕來到這里（補）宋江道今日父子團圓相見皆賴衆兄弟之力也叫兄弟宋清拜謝了衆頭領晁蓋衆人都來參拜宋太公已畢一面殺牛宰馬且做慶喜筵席作賀宋公明父子團圓當日盡醉方散次日又排筵席賀喜大小頭領盡皆歡喜第三日晁蓋又梯巳備箇筵席（寫得有情有致）慶賀宋江父子完聚忽然感動公孫勝一箇念頭思憶老母在薊州（寫宋江取父一片假後便欲寫李逵取母一片真以形激之却恐文情太覺唐突故又先借公孫勝作一過接看他下文只用數語畧遮便緊入李逵別構奇觀意可見也○）

（今日借作李逵過接。後日又借作楊林等衆人枝節。可謂一用兩便矣。）離家日久了未知如何衆人飲酒之時只見公孫勝起身對衆頭領說道感蒙衆位豪傑相待貧道許多時恩同骨肉只是小道自從跟着晁頭領到山逐日宴樂一向不曾還鄉看視老母亦恐我真人本師懸望欲待回鄉省視一遭暫別衆頭領三五箇月再回來相見以滿小道之願免致老母掛念懸望晁蓋道向日已聞先生所言令堂在北方無人侍奉（如說書。妙。）今既如此說時難以阻當只是不忍分別雖然要行且待來日相送公孫勝謝了當日盡醉方散各自歸房安歇次日早就關下排了筵席與公孫勝餞行且說公孫勝依舊做雲遊道人打扮了腰裹腰包肚包背上雌雄寶劒肩胛上掛着棕笠手中拿把鼈殼扇便下山來衆頭領接住就關下筵席各各把盞送別餞行已遍晁蓋道一清先生此去難留却不可失信本是不容先生去只是老尊堂在上不敢阻當百日之外專望鶴駕降臨切不可爽約公孫勝道重蒙列位頭領看待許久小道豈敢失信回家參過本師真人安頓了老母便回山寨宋江道先生何不將帶幾箇人去一發就搬取老尊堂上山早晚也得侍奉（全爲引出李逵。並非爲一清作計。當想其用筆之妙。）公孫勝道老母平生只愛清幽喫不得驚諕因此不敢取來家中自有田產山莊老母自能料理（上宋江語。本爲李逵作引。故一清只如此撇開。○一清之母。只愛清幽。一清能養其志。如何公孫之父。惟恐其子落草。而終亦至於受盡驚嚇。乃爲宋江許多孝行後。偏寫出許多反襯之筆。以深志宋江之惡逆也。）小道只去省視一遭便來再得聚義宋江道既然如此專聽尊命只望早早降臨爲幸晁蓋取出一盤黃白之貲相送公孫勝道不消許多但只㪍盤纏足矣晁蓋定教收了一半打拴在腰包裹打箇稽首別了衆人過金沙灘便行望薊州去了衆頭領席散却待上山只見黑旋風李逵就關下放聲大哭起來（奇人奇事奇文。亦是妙人妙事妙文。）宋江連忙問道兄弟你如何煩惱李逵哭道干鳥氣麼這箇也去取爺那箇也去望娘偏鐵牛是土掘坑裏鑽出來的何等天真爛熳。活寫出純孝之人來。偏作諸語。便顯宋江說忠說孝之假晁蓋便問道你如今待要怎地李逵道我只有一箇老娘在家裏我的哥哥又在別人家做長工如何養得我娘快樂我要去取他來這里快樂幾時也好晁蓋道兄弟說得是寫晁蓋以襯出宋江。我差幾箇人同你去取了上來也是十分好事宋江便道使不得詩云。孝子不匱。永錫爾類也。今宋江於己則一日不可更遲。於他人則毅然說使不得。天下有如是之仁人孝子者乎。寫得可恨可畏。李家兄弟生性不好回鄉去必然有失若是教人和他去亦是不好況且他性如烈火到路上必有衝撞他又在江州殺了許多人那箇不認得他是黑旋風這幾時官司如何不行移文書到那里了必然原籍追捕你又形貌兇惡倘有疎失路程遙遠如何得知你且過幾時打聽得平靜了去取未遲看他與前自己取爺時更不相同。皆特特寫權詐人照顧不及處。以表宋江之假也。李逵焦躁叫道哥哥你也是箇不平心的人確確。忠恕之道。強盜惡乎知之哉。你的爺便要取上山來快活我的娘繇他在村裏受苦兀的不是氣破了鐵牛的肚子你的爺。我的娘。說得鑿鑿有理。使宋江無辯。宋江道兄弟你不要焦躁既是要去取娘只依我三件事便放你去李逵道你且說那三件事宋江點兩箇指頭說出這三件事來有分教李逵施爲撼地搖天手來鬬巴山跳澗蟲畢竟宋江對李逵說出那三件事來且聽下回分解

第五才子書施耐菴水滸傳　之四十七

聖歎外書

第四十二回

假李逵翦徑劫單人
黑旋風沂嶺殺四虎

粵自仲尼歿而微言絕而忠恕一貫之義其不講於天下也既已久矣夫中心之謂忠也如心之謂恕也見其父而知愛之謂孝見其君而知愛之謂敬夫孝敬繇於中心油油然不自知其達於外也如惡惡臭如好好色不思而得不勉而中此之謂自慊聖人自慊愚人亦自慊君子為善自慊小人為不善亦自慊為不善亦自慊者厭然揜之而終亦肺肝如見然則天下之意未有不誠者也善亦誠於中形於外不善亦誠於中形於外不思善不思惡若惡惡臭好好色之微亦無不誠於中形於外益天下無有一人無有一事無有一刻不誠於中形於外也者故曰自誠明謂之性性之為言故也故之為言自然也自然之為言天命也天命聖人則無一人而非聖人也天命至誠則無善無不善而非至誠也性相近也習相遠也善不善其習也善不善無不誠於中形於外其性也惟上智與下愚不移者雖聖人亦有下愚之德雖愚人亦有上智之德若惡惡臭好好色不惟愚人不及覺雖聖人亦不及覺是下愚之德也若惡惡臭好好色乃至為善為不善無不誠於中形於外聖人無所增愚人無所減是上智之德也何必不喜何必不怒何必不哀何必不樂喜怒哀樂不必聖人能有之也匹婦能之赤子能之乃至禽蟲能之是則所謂道也道也者不可須臾離也道即所謂獨也不可須臾

離即所謂愼也何謂獨誠於中形於外喜卽盈天地之間止一喜怒卽盈天地之間止一怒哀樂卽盈天地之間止一哀止一樂更無旁念得而副貳之也何謂愼修道之教是也教之爲言自明而誠者也有不善未嘗不知知之未嘗復行則庶幾矣不敢揜其不善而著其善也何也惡其無益也知不善未嘗復行然則其擇乎中庸得一善而拳拳服膺必弗失之矣是非君子惡於不善之如彼也又非君子好善之如此也夫好善惡不善則是君子遵道而行半塗而必廢者耳非所以學而至於聖人之法也若夫君子欲誠其意之終必繇於擇善而固執之者亦以爲善之後也若失爲不善之後也若得若得則不免於厭然之揜矣若失則庶幾其無祗於悔矣聖人知當其欲揜而制之使不揜也難不若引而置之無悔之地而使之馴至乎心廣體胖也易故必津津以擇善教後世者所謂愼獨之始事而非大學止至善之善也擇乎中庸得一善固執之而弗失能如是矣然後謂之愼獨愼獨而知從本是獨不惟有小人之揜即非獨苟有君子之愼亦卽非獨於是始而擇旣而愼終而并愼亦不復愼當是時喜怒哀樂不思而得不勉而中如惡惡臭如好好色從容中道聖人也如是謂之止於至善不日至於至善而曰止於至善者至善在近不在遠若欲至於至善則是人之爲道而遠人不可以爲道也故曰賢智過之爲其欲至至善故過之也若愚不肖之不及則爲其不知擇善愼獨故不及耳然其同歸不能明行大道豈有異哉若夫止於至善也者維皇降衷於民無不至善無不至善則應止矣不惟小

人爲不善之非止也彼君子之爲善亦非止也不惟爲善爲不善之非止也彼君子之猶未免於慎獨之慎猶未止也人誠明乎此則能知止矣知止也者不惟能知至善之當止也又能知不止之從無不止也夫誠知不止之從無不止而明於明德更無惑矣而后有定知致則意誠也而后能靜意誠則心正也而後能安心正則身修也而后能慮身修則家齊國治天下平也而后能得家齊國治天下平則盡明德之量所謂德之爲言得也夫始乎明終乎明德而正心修身齊家治國平天下無不全舉如此故曰明則誠矣惟天下至誠爲能贊天地之化育也嗚呼是則孔子昔者之所謂忠之義也蓋忠之爲言中心之謂也喜怒哀樂之未發謂之中發而爲喜怒哀樂之中節謂之心率我之喜怒哀樂自然誠於中形於外謂之忠知家國天下之人率其喜怒哀樂無不自然誠於中形於外謂之恕知喜怒哀樂無我無人無不自然誠於中形於外謂之格物能無我無人無不任其自然喜怒哀樂而天地以位萬物以育謂之天下平曾子得之忠謂之一恕謂之貫子思得之忠謂之中恕謂之庸故曰無黨無偏王道平平無偏無黨王道蕩蕩嗚呼此固昔者孔子志在春秋行在孝經之精義後之學者誠得聞此內以之治其性情即可以爲聖人外以之治其民物即可以輔王者然惜乎三千年來不復更講愚又欲講之而懼或乖於遯世不悔之教故反因讀稗史之次而偶及之當世不乏大賢亞聖之材想能垂許於斯言也

能忠未有不恕者不恕未有能忠者看宋江

不許李逵取娘便斷其必不孝順太公此不恕未有能忠之驗看李逵一心念母便斷其不殺養娘之人此能忠未有不恕之驗也

此書處處以宋江李逵相形對寫意在顯暴宋江之惡固無論㚒獨柰何輕以忠恕二字下許李逵殊不知忠恕天性八十翁翁道不得遇歲生生却行得以忠恕二字下許李逵正深表忠恕之易能非歎李逵之難能也

宋江取爺村中遇神李逵取娘村中遇鬼此一聯絕倒

宋江黑心人取爺便遇玄女李逵赤心人取娘便遇白兎此一聯又絕倒

宋江遇玄女是奸雄搗鬼李逵遇白兎是純孝格天此一聯又絕倒

宋江遇神受三卷天書李逵遇鬼見兩把板斧此一聯又絕倒

宋江天書定是自家帶去李逵板斧不是自家帶來此一聯又絕倒

宋江到底無眞李逵忽然有假此一聯又絕倒

宋江取爺喫仙棗李逵取娘喫鬼肉此一聯又絕倒

宋江爺不忍見活强盜李逵娘不及見死大蟲此一聯又絕倒

宋江爺不願見子爲盜李逵娘不得見子爲官此一聯又絕倒

宋江取爺還時帶三卷假書李逵取娘還時帶兩箇眞虎此一聯又絕倒

宋江爺生不如死李逵娘死賢於生此一聯又絕倒

宋江兄弟也做强盜李逵阿哥亦是孝子此一聯又絕倒

一十二回寫武松打虎一篇眞所謂極盛難繼之事也忽然於李逵取娘文中又寫出一夜連殺四虎一篇何何出奇字字換色若要李逵學武松一毫李逵不能若要武松學李逵一毫武松亦不敢各自與奇作怪出妙入神筆墨之能於斯竭矣

話說李逵道哥哥你且說那三件事宋江道你要去沂州沂水縣搬取母親第一件徑回不可喫酒為曹太公家醉翻作先反襯第二件因你性急誰肯和你同去為朱貴弟兄先作反襯你只自悄悄地取了娘便來第三件你使的那兩把板斧休要帶去為假李逵先作反襯路上小心在意早去早回李逵道這三件事有甚麼依不得哥哥放心我只今日便行我也不住了宋江之取爺也衆人餞之公孫之取娘也衆人又餞之奈何乎取爺取娘而受人餞別乎哉不提起則連日飲酒提起則立刻便行情之至義之盡也當下李逵拽扎得爽俐只跨一口腰刀提條朴刀帶了一錠大銀為李逵一段地三五箇

小銀子為李鬼一段地喫了幾杯酒俗謂之封酒唱箇大喏別了衆人八字妙絕摹神之筆蓋其待衆人如此則其待娘可知我亦不知宋江之事父何如但觀其生平全以權詐待人而斷其必忤逆太公之甚者也便下山來過金沙灘去了晁蓋宋江與衆頭領送行已罷回到大寨裏聚義廳上坐定宋江放心不下對衆人說道李逵這箇兄弟此去必然有失不知衆兄弟們誰是他鄉中人可與他那里探聽箇消息杜遷便道只有朱貴原是沂州沂水縣人與他是鄉里宋江聽罷說道我却忘了前日在白龍廟聚會時李逵巳自認得朱貴是同鄉人好穿插宋江便着人去請朱貴小嘍囉飛奔下山來直至店裏請得朱貴到來宋江道今有李逵兄弟前往家鄉搬取老母因他酒性不好為此不肯差人與他同去誠恐路上有失今知賢弟是他鄉中人你可去他那里探聽走一遭朱貴答道小弟是沂州沂水縣人見在一箇兄弟喚做朱富順便帶出兄弟在本縣西門外開着箇酒

店這李逵他是本縣百丈村董店東住有箇哥哥喚做李逵朱貴有弟李逵有兄隨筆攛簇而成○未有孝子而非悌弟者也寫李逵歸家卩卩哥哥因還憶宋江怒罵宋清葢真假之不能終掩有如此也專與人家做長工這李逵自小兇頑因打死了人逃走在江湖上一向不曾回歸如今着小弟去那里探聽也不妨只怕店裏無人看管小弟也多時不曾還鄉亦就要同家探望兄弟一遭宋江道這箇看店不必你憂心我自教侯健石勇替你暫管幾時朱貴領了這言語相辭了衆頭領下山來便走到店裏收拾包裹交割鋪面與石勇侯健自逩沂州去了這里宋江與晁葢在寨中每日筵席飲酒快樂與吳學究看習天書宋江與吳用看天書誰則知之然則宋江自言與吳用看天書耳可發一笑也○因是而思昔者巢父掛瓢許繇洗耳千口相傳已成美譚然亦惟知之而誰言之若言有人見之則有人見之之處巢許不應為此若言無人見之然則巢許自掛之自洗之又自言之矣世間此類至多胡可勝笑不在話下且說李逵獨自一箇離了梁山泊取路來到沂水縣界於路李逵端的不喫酒徒以有老母在因此不惹事無有話說行至沂水縣西門外見一簇人圍着榜看李逵也立在人叢中聽得讀榜上道第一名正賊宋江係鄆城縣人只得上半句第二名從賊戴宗係江州兩院押獄亦只得上半句第三名從賊李逵係沂州沂水縣人也只得上半句○只一榜又分上下兩半截寫出妙筆李逵在背後聽了正待指手畫腳沒做奈何處只見一箇人搶向前來攔腰抱住叫道張大哥此段極似魯達至鴈門縣時然而各不相妨者為魯達只是無心忽遇金老而已今此文卻有二意一是寫朱貴之來必在李逵未有事前便攛脫去從來敎應套子一是李逵天性爽直不解假名假姓須得此處朱貴敎他一遍後文便生出張大膽三字來也你在這里做甚麼李逵扭過身看時認得是旱地忽律朱貴李逵問道你如何也來在這里朱貴道你且跟我來說話兩箇一同來西門外近村一箇酒店內直入到後面一間靜房中坐了是朱貴指着李逵道你好大膽前張大哥句便敎李逵假姓此好大膽句便作李逵假名絕倒那榜上明明寫着賞一萬貫錢捉宋江補前下半句五千貫捉戴

宗（補前下半句）三千貫捉李逵（補前下半句）你却如何立在
那里看榜倘或被眼疾手快的拿了送官如之奈
何宋公明哥哥只怕你惹事不肯教人和你同來
又怕你到這里做出怪來續後特使我趕來探聽
你的消息我遲下山來一日又先到你一日（恰好李逵
看榜恰好朱貴撿來一何巧合至此幾於印板筆
法矣反說一句遲來先到不覺隨手成趣真妙筆
也）你如何今日纔到這里李逵道便是哥哥分付
教我不要喫酒以此路上走得慢了（此等都是隨手成趣）你
如何認得這箇酒店裏你是這里人家在那里住
朱貴道這箇酒店便是我兄弟朱富家裏我原是
此間人因在江湖上做客消折了本錢就於梁山
泊落草今次方回便叫兄弟朱富來與李逵相見
了朱富置酒管待李逵李逵道哥哥分付教我不
要喫酒今日我已到鄉里了便喫兩椀兒打甚麼
鳥緊（愛哥哥與愛愛酒則愛筆筆真李逵筆筆不是假宋江也）朱貴不敢阻當
他繇他喫當夜直喫到四更時分安排些飯食李

天色微明第一段

逵喫了趁五更曉星殘月霞光明朗便投村裏去
朱貴分付道休從小路去只從大朴樹轉灣投東
大路一直往百丈村去便是董店東（寫得宛然是同鄉人聲音）
快取了母親和你早回山寨去李逵道我自從小
路去却不從大路走誰耐煩（宛然同鄉人聲音）朱貴道小
路走多大蟲（輕輕一案）又有乘勢奪包裹的剪逕賊人（又輕輕一案○輕輕下此二筆下忽轉
出兩段奇文正不知文生情情生文矣）李逵應道
我知怕甚鳥戴上氈笠兒提了朴刀跨了腰刀別
了朱貴朱富便出門投百丈村來約行了十數里
天色漸漸微明去那露草之中趕出一隻白兎兒
來望前路去了（傳言大孝合天則甘露降至孝合地則芝草生明孝合日則鳳凰集
純孝合月則白兎馴閒中忽生出一白兎明是純
孝所感蓋深許李逵之至也○宋江取爺時無此
可見）李逵趕了一直笑道那畜生倒引了我一程路
（活寫孝感）正走之間只見前面有五十來株大樹叢雜
時值新秋葉兒正紅（凡寫景處須合下事觀之便成一幅圖畫）李逵來
到樹林邊廂只見轉過一條大漢喝道是會的留

下買路錢免得奪了包裹李逵看那人時戴一頂紅絹抓髻兒頭巾穿一領麤布衲襖手裏拿着兩把板斧令人忽思江州時打扮把黑墨搽在臉上夫妻二人一箇搽墨一箇搽粉寫得好笑李逵見了大喝一聲先喝是李逵你這廝是甚麼鳥人此句處處有然都問着別人獨此處忽然問着自己幾於以李逵問李逵以鳥人問鳥人也極奇極幻之文有癡猴覷鏡之妙敢在這里剪徑那漢道若問我名字嚇碎你心膽老爺叫做黑旋風絕倒若問黑旋風名字嚇碎黑旋風心膽一好笑也別人說別人是自己自己聞自己是別人二好笑也你留下買路錢并包裹便饒了你性命容你過去李逵大笑道不得不大笑沒你娘鳥興寫宋江處處將父親二字高擡至頂寫李逵只把娘字當做罵人妙絕你這廝是甚麼人再問一句真是如夢如幻如鏡如影○吾友斵山先生嘗言人影是無日光處而人謨謂有影法帖是無墨搨處而人謨謂有字四大中虛空是無四大處而人謨謂有人如此妙語真是未經人道附識如此○假李逵是無李逵處而人必呼之為假李逵雖李逵當時亦不能無我又是誰之疑也那里來的也學老爺名目在這里胡行李逵挺起手中朴刀來逩那漢那漢那里抵當得住却待要走早被李逵

腿股上一朴刀搠翻在地一脚踏住胸脯喝道認得老爺麼妙絕○若不認得只問自己○幾於不識廬山真面目只緣身在此山中矣那漢在地下叫道爺爺饒你孩兒性命爺爺孩兒等字都與本文賜跳成趣李逵道我正是江湖上的好漢黑旋風李逵便是你這廝辱沒老爺名字那漢道孩兒雖然姓李孩兒姓李不知爺又姓張絕倒不是真的黑旋風分疏絕倒向真黑旋風說我不是真黑旋風一何可笑為是爺爺江湖上有名目提起爺爺大名鬼也害怕鬼也害怕惟鬼能知鬼也因此孩兒盜學爺爺名目胡亂在此剪徑但有孤單客人經過聽得說了黑旋風三箇字便撇了行李逃逩了去以此得這些利息實不敢害人小人自己的賤名叫做李鬼只在這前村住宋江取爺村中遇神李逵取娘村中遇鬼遙對奇絕李逵道叵耐這廝無禮却在這里奪人的包裹行李壞我的名目學我使兩把板斧李逵愛名目兼愛其板斧是以君子愛品節兼愛其羔鴈也○每見無知小兒動筆便擬高岑王孟諸家詩體可謂學使板斧矣且教他先喫我一斧劈手奪過一把斧來便砍李

鬼慌忙叫道爺爺殺我一箇便是殺我兩箇（奇絕之文）（李逵一箇。忽然走出兩箇。殺李鬼一箇。忽然又殺兩箇。筆筆不從人間來。）李逵聽得住了手問道怎的殺你一箇便是殺你兩箇李鬼道孩兒本不敢剪徑家中因有箇九十歲的老母無人養贍因此孩兒單題爺爺大名唬嚇人奪些單身的包裹養贍老母（絕妙奇文。强盜之假者偏會假造出許多孝順來）（此篇全是描寫李逵之真。以反襯宋江之假。此又順借李鬼之假。以正襯宋江之假也。）其實並不曾敢害了一箇人如今爺爺殺了孩兒家中老母必是餓殺（我觀此言。疑非假李逵。竟是真宋江矣。）李逵雖是箇殺人不斬眼的魔君聽得說了這話自肚裏尋思道我特地歸家來取娘却倒殺了一箇養娘的人天地也不容我（看他一片孝子不匱。永錫爾類心腸。正與宋江不許取娘一段對看。）罷罷我饒了你這厮性命放將起來李鬼手提着斧納頭便拜（好笑）李逵道只我便是真黑旋風你從今已後休要壞了俺的名目李鬼道孩兒今番得了性命自回家改業再不敢倚着爺爺名目在這里剪徑李逵道你有孝順之心我與你十兩銀子做本錢便去改業（從來真正孝子。定能愛重孝子宋江不許李逵取娘便是宋江一生供狀。寫得真假畫然。）李逵便取出一錠銀子把與李鬼拜謝去了李逵自笑道這厮却撞在我手裏既然他是箇孝順的人必去改業我若殺了他天地必不容我（再說一遍。與上文宋江對看。孝子之心。只是一片忠恕。寫得妙絕。兩句天地不容。罵殺宋江矣。）我也自去休拿了朴刀一步步投山僻小路而來走到巳牌時分看看肚裏又饑又渴四下里都是山徑小路不見有一箇酒店飯店正走之間只見遠遠地山凹裏露出兩間草屋李逵見了逕到那人家裏來只見後面走出一箇婦人來髽髻鬢邊揷一簇野花搽一臉胭脂鉛粉（夫婦二人黑白之極。讀之一笑。）李逵放下朴刀道嫂子我是過路客人肚中饑餓尋不着酒食店我與你幾錢銀子央你回些酒飯喫那婦人見了李逵這般模樣（妙絕趣絕。真是看不慣。却不知即是日日看慣之人也。做了他半世老婆。却從不曾認得。絕倒。）不敢說沒只得答道酒便沒買處飯便做些與客人喫了去李逵道也罷只多做些箇正肚中饑出鳥來那婦人道做一升米不少麽李逵道做三升米飯來喫那婦人向廚中燒起火來便去溪邊淘了米將來做飯李逵却轉過屋後山邊來淨手只見一箇漢子攧手攧脚從山後歸來奇文。○上文若便了結，亦何以知李鬼之必非養娘之人哉。定然曲折到此矣。李逵轉過屋後聽時那婦人正要上山討菜開後門見了便問道大哥那里閃肭了腿那漢子應道大嫂我險些兒和你不廝見了你道我晦鳥氣麽指望出去等箇單身的過整整的等了半箇月不曾發市甫能今日抹着一箇你道是誰絕倒。○原來他正是我，原來我不是他，我亦不道是他，你可知道是我。○遠便千里，近只目前，妙絕。○猜不着時，便猜盡天下人亦猜不着；猜得着時，便只消猜一箇，恰蚤猜着也。原來正是那真黑旋風却恨撞着那驢鳥我如何敵得他過倒喫他一朴刀倒字妙絕。人之驕妻也，毋用此言矣。搠翻在地定要殺我喫我假意叫道捎帶宋江。你殺我一箇却害了我兩箇他便問我緣故我便假道家中有箇九十歲的老娘無人養贍定是餓死那驢鳥真箇信我饒了我性命又與我一箇銀子做本錢教我改了業養娘我恐怕他省悟了趕將來且離了那林子裏僻淨處睡了一回從山後走回家來文筆周緻。那婦人道休要高聲却纔一箇黑大漢來家中教我做飯莫不正是他如今在門前坐地你去張一張看若是他時你去尋些麻藥來放在菜內教那廝喫了麻翻在地我和你却對付了他謀得他些金銀搬往縣裏住去做些買賣却不強似在這裏翦徑李逵已聽得了便道耐這廝我倒與了他一箇銀子又饒了性命他倒又要害我這箇正是天地不容妙絕。○凡三言之。○孝順之道，必須則天明，事地察，可見天地只容孝子也。一轉趕到後門邊這李鬼恰待出門被李逵劈髯揪住那婦人慌忙自望前門走了放走婦人，文格奇變。李逵提住李鬼按翻在地身邊掣出腰刀早割下頭來拿着

日巳酉第三段

刀卻逵前門尋那婦人時正不知走那里去了便不
了再入屋内來去房中搜看只見有兩箇竹籠盛
些舊衣裳底下搜得些碎銀兩并幾件釵環李逵
都拿了又去李鬼身邊搜了那錠小銀子細都打
縛在包裹裏卻去鍋裏看時三升米飯早熟了好
只沒菜蔬下飯李逵盛飯來喫了一回看着自笑
道好痴漢放着好肉在面前卻不會喫可云喫鬼肉亦可云
自喫自筆筆絕倒人拔出腰刀便去李鬼腿上割下兩塊肉
來把些水洗淨了竈裏抓些炭火來便燒一面燒
一面喫喫得飽了把李鬼的屍首拖放屋下放了
把火提了朴刀自投山路裏去了比及趕到董店
東時日巳平西逕奔到家中推開門入進裏面只
聽得娘在牀上問道是誰入來李逵看時見娘雙
眼都盲了坐在牀上念佛眼盲便令下文深山尋水情景都有且被虎喫
後更不疑到偶然走開也念佛娘養出喫人兒子可笑一半世念佛臨終卻被虎喫可笑二只二
字活畫出村裏老嫗來李逵道娘鐵牛來家了娘道我兒你

去了許多時這幾年正在那里安身你的大哥只
是在人家做長工止博得些飯食喫養娘全不濟
事我時常思量你眼淚流乾因此瞎了雙目又與眼瞎
作一注妙甚你一向正是如何李逵尋思道我若說在
梁山泊落草娘定不肯去我只假說便了宋江對人假說
李逵對娘假說對人假說是真強盜對娘假說是真孝子蓋對人假說是做人方法對娘假說是爲
子方法也李逵應道鐵牛如今做了官文官乎武官乎前云做箇將軍
然則是武官矣古之君子有捧檄色喜者蓋養志之法當如是也上路特來取娘
娘道恁地卻好也只是你怎生和我去得李逵道
鐵牛背娘到前路又失官體絕妙之文卻覓一輛車兒載去
娘道你等大哥來卻商議李逵道等做甚麼我自
和你去便了恰待要行只見李逵提了一罐子飯
來又一孝子吾聞以子養不聞以盜養此宋江公孫之別也又聞以飯養不聞以官養此李家
弟兄之別也入得門李逵見了便拜道哥哥多年不見
真正孝子定是悌弟寫得藹然一片李逵罵道你這廝歸來做甚又
來負累人娘便道鐵牛如今做了官只知其一特地家

來取我李逵道娘呀休信他放屁當初他打殺了人教我披枷帶鎖受了萬千的苦如今又聽得他和梁山泊賊人通同刼了法塲鬧了江州見在梁山泊做了强盜（然則做了官無疑矣。笑林有其父名良臣者，其子不敢斥言之也，讀孟子曰，今之所謂爺爺，古之所謂民賊也。卽是此等駡法。）前日江州行移公文到來着落原籍追捕正身却要捉我到官比捕又得財主替我官司分理（補得周緻。）說他兄弟巳自十來年不知去向亦不曾回家莫不是同名同姓的人冒供鄉貫（閑筆也。偏有本事與本文激射。遂令人忽思李鬼不殺。亦幾乎被人捉去賺三千貫也。）又替我上下使錢因此不喫官司杖限追要見今出榜賞三千錢捉他你這廝不死却走家來胡說亂道李逵道哥哥不要焦躁一發和你同上山去快活多少是好李逵大怒本待要打李逵却又敵他不過把飯罐撇在地下一直去了李逵道他這一去必報人來捉我却是脫不得身不如及早走罷我大哥從來不曾見這大銀我且留下一錠五十兩的大銀子放在牀上（管子之感鮑子也，曰，鮑叔不以我爲貪，知我貧也。千古真知巳，便似兄弟。今李逵之贈其兄也，曰，我大哥從來不曾見這大銀，我且留下一錠在此。千古真兄弟，便似知巳。寫得恩深義重之極。）大哥歸來見了必然不趕來李逵便解下腰包取一錠大銀放在牀上叫道娘我自背你去休娘道你背我那里去李逵道你休問我只顧去快活便了（其言真是鐵牛。真是孝子。宋江說不出。）我自背你去不妨李逵當下背了娘提了朴刀出門望小路裏便走（爲下作引）却說李逵來財主家報了領着十來箇莊客飛也似趕到家裏看時不見了老娘只見牀上留下一錠大銀子（不見母。乃見家兄。一笑。）李逵見了這錠大銀心中忖道鐵牛留下銀子背娘去那里藏了必是梁山泊有人和他來我若趕去倒喫他壞了性命想他背娘必去山寨裏快活（一是見了銀子，便有解說。一是隨筆收捲上文，便更入下文也。）衆人不見了李逵都沒做理會處李逵却對衆莊客說道這鐵牛背娘去不知往那條路去了這里小路甚雜怎

天曉第四段

地去趕他衆莊客見李逵沒理會處俄延了半晌也各自回去了省妙。不在話下這里只說李逵怕李逵領人趕來背着娘只揀亂山深處僻靜小路而走便借上文穿入下文。好手。看看天色晚了李逵背到嶺下娘雙眼不明不知早晚李逵却自認得這條嶺喚做沂嶺過那邊去方纔有人家娘兒兩箇趁着星明月朗一步步捱上嶺來娘在背上說道我兒那里討口水來我喫也好李逵道老娘且待過嶺去借了人家安歇了做些飯喫娘道我日中喫了些乾飯口渴得當不得李逵道我喉嚨裏也烟發火出此句不是不肯尋水。正是肯尋水之根也。你且等我背你到嶺上尋水與你喫娘道我兒端的渴殺我也救我一救李逵道我也困倦得要不得此句是把娘歇放之根。李逵看看捱得到嶺上松樹邊一塊大青石上把娘放下插了朴刀在側邊寫得有色認好。分付娘道耐心坐一坐我去尋水來你喫李逵聽得溪澗裏水響聞聲尋將去盤過了兩三處山脚聞聲可知其遠。尋去可知其久。寫來妙絕。來到溪邊捧起水來自喫了幾口了前烟發火出句。尋思道又是好一回。怎生能彀得這水去把與娘喫立起身來東觀西望又是好一回。遠遠地山頂上見一座廟李逵道好了攀藤攬葛又是好一回。上到庵前推開門看時却是箇泗州大聖祠堂面前只有箇石香爐李逵用手去掇原來却是和座子鑿成的絕倒李逵拔了一回那里拔得動又是好一回。一時性起來連那座子掇出前面石堦上一磕把那香爐磕將下來又是好一回。絕倒。拿了再到溪邊又是好一回。將這香爐水裏浸了拔起亂草洗得乾淨又是好一回。挽了半香爐水雙手擎來可知重哩。再尋舊路夾七夾八走上嶺來又是好一回。到得松樹邊石頭上松樹石頭在不見娘上。不見了娘只見朴刀插在那里朴刀在不見娘下。李逵叫娘喫水三字宛然純孝之聲。無賢無愚。聞之下淚。杳無踪跡叫了幾聲不應李逵心慌四字奇文李逵一生只此一次。於此不用其慌。惡乎用其慌。宋江之慌爲己。李逵之慌爲娘。慌亦有不同也丟了香爐定住眼四下里看時並不見娘走不到三十餘步只見草地上一團血跡李逵見了一身肉發抖看宋江許多抖字看李逵許多抖字妙絕俗本失趁着那血跡尋將去尋到一處大洞口血跡引到洞口只見兩箇小虎兒在那里舐一條人腿鐵牛喫鬼腿小虎喫娘腿亦復映射成趣李逵把不住抖抖妙道我從梁山泊歸來特為老娘來取他千辛萬苦背到這里倒把來與你喫了把來與你四字絕倒分明把娘與虎喫了而不能不服李逵之孝分明擭太公在山寨快樂而不能不罵宋江之陷父於不義也那鳥大蟲拖着這條人腿不是我娘的是誰的心頭火起便不抖赤黃鬚豎起來不抖又妙將手中朴刀挺起來搠那兩箇小虎這小大蟲被搠得慌也張牙舞爪鑽向前來被李逵手起先搠死了一箇好那一箇望洞裏便鑽了入去李逵趕到洞裏也搠死了小虎引入洞裏李逵卻鑽入那大蟲洞內入虎穴意在得虎子也既殺虎子又入虎穴豈不怪哉○前有武松打虎此又有李逵殺虎看他一樣題目寫出兩樣文字曾無一筆相近豈非異才○寫武松打虎純是精細寫李逵殺虎純是大膽

如虎未歸洞鑽入洞內虎在洞外趕出洞來都是武松不肯做之事伏在裏面張外面時絕倒只見那母大蟲張牙舞爪望窩裏來李逵道正是你這業畜喫了我娘放下朴刀跨邊掣出腰刀那母大蟲到洞口先把尾去窩裏一剪不知耐菴從何知之奇絕妙絕○武松文中一撲一掀一剪此亦一剪卻偏不同便把後半截身軀坐將入去耐菴從何知之誠乃格物君子奇絕妙絕李逵在窩裏看得仔細把刀朝母大蟲尾底下盡平生氣力捨命一戳武松有許多方法李逵只是蠻戳絕倒正中那母大蟲糞門李逵使得力重和那刀靶也直送入肚裏去了一加句寫得異樣出色真正才子之筆那母大蟲吼了一聲就洞口帶着刀跳過澗邊去了李逵卻拿了朴刀就洞裏趕將出來鑽入洞是何等大膽趕出洞又是何等大膽直是更無一毫算計純乎不是武松也那老虎負疼直搶下山石岩下去了不知何處去了後卻明白李逵恰待要趕只見就樹邊捲起一陣狂風吹得敗葉樹木如雨一般打將下來寫得出色自古道雲生從龍風生從虎那一陣風起處星月光輝之下大

吼了一聲忽地跳出一隻弔睛白額虎來（妙絕之文）那大蟲望李逵勢猛一撲（亦寫一撲。武松文中一撲一掀一剪都躲過是寫大智量人讓一步法今寫李逵不然虎更耐不得李逵也更耐不得劈面相遭大家便出全力死搏更無一毫算計純乎不是武松妙絕）那李逵不慌不忙趁着那大蟲的勢力手起一刀正中那大蟲頷下（武松有許多方法李逵又只如此）那大蟲不曾再掀再剪（特寫一句表與武松文異）一者護那疼痛二者傷着他那氣管那大蟲退不敢五七步只聽得響一聲如倒半壁山登時間死在岩下

那李逵一時間殺了子母四虎還又到虎窩邊將着刀復看了一遍只恐還有大蟲（是何等大膽武松不肯）已[illegible]有蹤跡李逵也困乏了（只此句與寫武松時同俗筆偏不肯有此句則何也）走向泗州大聖廟裏睡到天明（是何等大膽武松不肯）

次日早晨第五段

次日早晨李逵却來收拾親娘的兩腿及剩的骨殖把布衫包裹了（斂之以禮眞正孝子）直到泗州大聖廟後掘土坑葬了（葬之以禮眞正孝子）李逵大哭了一場（寫得生盡其愛養盡其勞葬盡其誠哭盡其哀眞正仁人孝子不與宋江權詐一樣）肚裏又饑又渴不免收拾包裹拿了朴刀尋路慢慢的走過嶺來只見五七箇獵戶（纔見獵戶亦與武松兩樣）都在那里收窩弓弩箭見了李逵一身血污行將下嶺來衆獵戶喫了一驚問道你這客人莫非是山神土地如何敢獨自過嶺來李逵見問自肚裏尋思道如今沂水縣出榜賞三千貫錢捉我我如何敢說實話只謊說罷（偏寫李逵謊說偏愈見其眞誠偏寫宋江信義偏愈見其權詐）答道我是客人昨夜和娘過嶺來因我娘要水喫我去嶺下取水被那大蟲把我娘拖去喫了我直尋到虎窩裏先殺了兩箇小虎後殺了兩箇大虎泗州大聖廟裏睡到天明方纔下來衆獵戶齊叫道不信你一箇人如何殺得四箇虎便是李存孝和子路也只打得一箇這兩箇小虎且不打緊那兩箇大虎非同小可我們為這兩箇畜生不知都喫了幾頓棍棒這條沂嶺自從有了這窩虎在上面整三五箇月沒人敢行我們不信敢是你哄我李逵道我又不

天大明朗第六段

是此間人（看他會謊說。妙絕。）沒來縣哄你做甚麼你們不信我和你上嶺去尋着與你就帶些人去扛了下來衆獵戶道若端的有時我們自重重的謝你却是好也衆獵戶打起胡哨來一霎時聚起三五十人都拿了撓鉤鎗棒跟着李逵（必聚起衆人。必拿着家生。必跟在後頭。皆寫獵戶怕極。以反襯李逵大膽。）再上嶺來此時天大明朗都到那山頂上遠遠望見窩邊果然殺死兩箇小虎一箇在窩內一箇在外面一隻母大蟲死在山巖邊一隻雄虎死在泗州大聖廟前衆獵戶見了殺死四箇大蟲盡皆歡喜便把索子抓縛起來衆人扛擡下嶺就邀李逵同去請賞一面先使人報知里正上戶都來迎接着擡到一箇大戶人家喚做曹太公莊上那人曾充縣吏家中暴有幾貫浮財專一在鄉放刁把攬初世爲人便要結幾箇不三不四的人恐唬鄰里極要談忠說孝只是口是心非（句句打着宋江。）當時曹太公親自接來相見了邀請李逵到草堂上坐定動問那殺虎的緣繇李逵却把夜來同娘到嶺上要水喫因此殺死大蟲的話說了一遍衆人都呆了曹太公動問壯士高姓名諱李逵答道我姓張無名只喚做張大膽（非朱貴教之。不能。看他異日吹殺只是姓李。便知今日張大膽三字。先有藁本也。）曹太公道真乃是大膽壯士不恁地膽大如何殺得四箇大蟲一壁廂叫安排酒食管待不在話下且說當村裏得知沂嶺殺了四箇大蟲擡在曹太公家講動了村坊道店閧得前村後村山僻人家大男幼女成羣拽隊都來看虎（引出）入見曹太公相待着打虎的壯士在廳上喫酒數中却有李鬼的老婆（文情如環無端。隨筆盤舞而出。）（無昨日其夫被殺。次日其妻看虎之禮。只圖文字迴環耳。）逃在前村爹娘家裏隨着衆人也來看虎却認得李逵的模樣（思李鬼不得見。見李逵如見李鬼焉。）慌忙來家對爹娘說道這箇殺虎的黑大漢便是殺我老公燒了我屋的他叫做梁山泊黑旋風（李鬼平日只提黑旋風三字。故其妻亦熟聞之。至於李逵二字。必留下里正口中出。俗本請託之極。○寫李鬼妻。只重在殺李鬼燒房屋。黑旋風。乃指其名耳。實不知有出榜賞錢之事。爹娘聽得連忙來報知里正里正聽了道他既是黑旋風時正是嶺後百丈村打死了人的李逵始出李逵。○鬼妻只重昨日事。里正只重舊時事。都像。逃走在江州又做出事來行移到本縣原籍追捉如今官司出三千貫賞錢拿他他却走在這里暗地使人去請得曹太公到來商議曹太公推道更衣急急的到里正家裏正說這箇殺虎的壯士便是嶺後百丈村裏的黑旋風李逵見今官司着落拿他曹太公道你們要打聽得仔細倘不是時倒惹得不好若真箇是時却不妨要拿他時也容易只怕不是他時却難里正道見有李鬼的老婆認得他曾來李鬼家做飯喫殺了李鬼曹太公道既是如此我們且只顧置酒請他却問他今番殺了大蟲還是要去縣裏請功還是要村裏討賞若還他不肯去縣裏請功時便是黑旋風了着人輪換把盞灌得醉了縛在

這里却去報知本縣差都頭來取去萬無一失衆人道說得是里正與衆人商量定了曹太公回家來欵住李逵一面且置酒來相待便道適間拋撇請勿見怪且請壯士解下腰間腰刀放過朴刀寬鬆坐一坐寫老奸巨猾活現。李逵道好好我的腰刀已撇在雌虎肚裏了只有刀鞘在這里斸手成趣。閒心妙筆。若開剝時可討來還我曹太公道壯士放心我這里有的是好刀相送一把與壯士懸帶李逵解了腰間刀鞘并纏袋包裹都遞與莊客收貯便把朴刀倚過一邊曹太公叫取大盤肉大壺酒來衆多大戶并里正獵戶人等輪番把盞大碗大鍾只顧勸李逵曹太公又請問道不知壯士要將這虎解官請功只是在這里討些齎發李逵道我是過往客人忙些箇偶然殺了這窩猛虎不須去縣裏請功只此有些齎發便罷若無我也去了曹太公道如何敢輕慢了壯士少刻村中斂取盤纏相送我這里

自解虎到縣裏去李逵道布衫先借一領與我換了上蓋曹太公道有有當時便取一領細青布衲襖（黑人漢穿青布衲襖好看好笑）就與李逵換了身上的血污衣裳只見門前鼓響笛鳴都將酒來與李逵把盞作慶一杯冷一杯熱李逵不知是計只顧開懷暢飲全不計宋江分付的言語不兩箇時辰把李逵灌得酩酊大醉立脚不住衆人扶到後堂空屋下放翻在一條板凳上就取兩條繩子連板凳綁住了便叫里正帶人飛也似去縣裏報知就引李鬼老婆去做原告補了一紙狀子（好）此時鬨動了沂水縣裏知縣聽得大驚連忙陞廳問道黑旋風拿住在那里這是謀叛的人不可走了原告人并獵戶答應道見縛在本鄉曹大戶家爲是無人近得他誠恐有失路上走了不敢解來知縣隨卽叫喚本縣都頭李雲上廳來分付道沂嶺下曹大戶莊上拿住黑旋風李逵你可多帶人去寄地解來休要鬨動村坊被他走了（反引二朱）李都頭領了台旨下廳來點起三十箇老郞土兵各帶了器械便奔沂嶺村中來這沂水縣是箇小去處如何掩飾得過此時街市上講動了（正引二朱）說道拿着了鬧江州的黑旋風如今差李都頭去拿來朱貴在東莊門外朱富家聽得了這箇消息慌忙來後面對兄弟朱富說道這黑廝又做出來了如何解救宋公明特爲他誠恐有失差我來打聽消息如今他喫拿了我若不救得他時怎的回寨去見哥哥似此怎生是好朱富道大哥且不要慌這李都頭一身好本事有三五十人近他不得我和你只兩箇同心合意如何敢近傍他只可智取不可力敵李雲日常時最是愛我常常教我使些器械我卻有箇道理對他只是在這里安不得身了今晚煑三二十斤肉將十數瓶酒把肉大塊切了卻將些蒙汗藥拌在裏面我兩箇五更帶數箇火家挑着去半路裏僻

靜處等候他解來時只做與他把酒賀喜將衆人都麻翻了却放李逵如何朱貴道此計大妙事不宜遲可以整頓及早便去朱富道只是李雲不會喫酒便麻翻了終久醒得快（非寫難於用計相救正爲留得李雲更有後文耳）還有件事倘或日後得知須在此安身不得朱貴道兄弟你在這里賣酒也不濟事不如帶領老小跟我上山一發入了夥論秤分金銀換套穿衣服却不快活今夜便叫兩箇火家覔了一輛車兒先送妻子和細軟行李起身約在十里牌等候都去上山我如今包裹內帶得一包蒙汗藥在這里（好不然何處急辦）李雲不會喫酒時肉裏多糝些遍着他多喫些也麻倒了救得李逵同上山去有何不可朱富道哥哥說得是便叫人去覔下了一輛車兒打拴了三五箇包箱捎在車兒上家中麄物都棄了叫渾家和兒女上了車子分付兩箇火家跟着車子只顧先去且說朱貴朱富當夜煑熟了肉

切做大塊將藥來拌了連酒裝做兩擔帶了二三十箇空碗又有若干菜蔬也把藥來拌了恐有不喫肉的也教他着手（因上文有李雲不喫酒便糝放肉內一句便又生出或有不喫肉再拌菜蔬內一句以陪之總之不肯以金針示人也）兩擔酒肉兩箇火家各挑一擔弟兄兩箇自提了些菓盒之類四更前後直接將來僻靜山路口坐等到天明遠遠地只聽得敲着鑼響朱貴接到路口且說那三十來箇土兵自村裏喫了半夜酒四更前後把李逵背剪綁了解將來後面李都頭坐在馬上看看來到面前朱富便向前攔住叫道師父且喜小弟將來接力桶內舀一壺酒來斟一大鍾上勸李雲朱貴托着肉來火家捧過菓盒李雲見了慌忙下馬跳向前來說道賢弟何勞如此遠接朱富道聊表徒弟孝順之心李雲接過酒來到口不喫（不喫）朱富跪下道小弟已知師父不飲酒今日這箇喜酒也飲半盞兒李雲推却不過畧呷了兩口（畧呷）朱富便道

師父不飲酒須請些肉李雲道夜間已飽喫不得了（不惟不喫酒并不喫肉文情入妙）朱富道師父行了許多路肚裏也饑了雖不中喫胡亂請些也免小弟之羞棟兩塊好的遞將過來李雲見他如此慇懃只得勉意喫了兩塊（只喫兩塊○一總為留得李雲之地不為難救李逵搖擺也）朱富把酒來勸上戶里正并獵戶人等都勸了三鍾朱貴便叫土兵莊客眾人都來喫酒這廝男女那里顧箇冷（句）熱（句）好喫（句）不好喫（句）酒肉到口只顧喫正如這風捲殘雲落花流水一齊上來搶着喫了李逵先着眼看了朱貴兄弟兩箇已知用計故意道你們也請我喫些朱貴喝道你是歹人有酒肉與你喫這般殺才快閉了口李雲看着士兵喝教快走只見一箇箇都面面廝覷走動不得口顫腳麻都跌倒了李雲急叫中了計了恰待向前不覺自家也頭重腳輕暈倒了軟做一堆睡在地下當時朱貴朱富各奪了一條朴刀（奪刀好）喝聲孩兒

（已下獨寫朱富）

們休走兩箇挺起朴刀來趕這廝不曾喫酒肉的莊客并那看的人走得快的走了走得遲的就搠死在地李逵大叫一聲把那綁縛的麻繩都掙斷了便奪過一條朴刀來殺李雲朱富慌忙攔住叫道不要無禮他是我的師父為人最好你只顧先走（朱富好）李逵應道不殺得曹太公老驢如何出得這口氣李逵趕上手起一朴刀先搠死曹太公（殺得好）并李鬼的老婆（殺得好）續後里正也殺了（殺得好）性起來把獵戶排頭兒一抹價搠將去（殺得好）那三十來箇土兵都被搠死了（殺得好）這看的人和眾莊客只恨爹娘少生兩隻腳都往深野路逃命去了（不殺好）李逵還只顧尋人要殺朱貴喝道不干看的人事休只管傷人慌忙攔住李逵方纔住了手就土兵身上剝了兩件衣服穿上（好）三箇人提着朴刀便要從小路裏走朱富道不好却是我送了師父性命（朱富好）他醒時如何見得知縣必然趕來你兩

箇先行我等他一等（好朱富）我想他日前敎我的恩義（好朱富）且是爲人忠直（好朱富）等他趕來就請他一發上山入夥也是我的恩義（好朱富）免得敎回縣去喫苦（好朱富）朱貴道兄弟你也見得是我便先去跟了車子行（調遣得好）留李逵在路傍幫你等他（調遣得好看他三箇人也調遣定了行事笑今日行兵之無紀也）若是他不趕來時你們兩箇休執迯等他（反補一句文心周緻）朱富道這是自然了當下朱貴前行去了只說朱富和李逵坐在路傍邊等候果然不到一箇時辰只見李雲挺着一條朴刀飛也似趕來大叫道强賊休走李逵見他來得兇跳起身挺着朴刀來鬬李雲恐傷朱富（四字寫出李逵生平一片之心）正是有分敎梁山泊内添雙虎聚義廳前慶四人畢竟黑旋風鬬青眼虎二人勝敗如何且聽下回分解

第五才子書施耐菴水滸傳之四十回

第五才子書施耐菴水滸傳卷之四十八

聖歎外書

第四十三回

錦豹子小徑逢戴宗
病關索長街遇石秀

以上宋江旣入山寨一切線頭都結矣不得已生出戴宗尋取公孫别開機扣便轉出楊雄石秀一篇錦繡文章乃至直帶出三打祝家無數奇觀而此一回則正其過接長養之際也貪游名山者須耐仄路貪食熊蹯者須耐慢火貪看月華者須耐深夜貪見美人者須耐梳頭如此一回固願讀者之耐之也

看他一路無數小文字都復有一丘一壑之妙不似他書一望平原而已

一部收尾此篇獨居第一

話說當時李逵挺着朴刀來鬬李雲兩箇就官路

旁邊鬬了五七合不分勝敗朱富便把朴刀去中間隔開叫道且不要鬬都聽我說二人都住了手朱富道師父聽說小弟多蒙錯愛指教鎗棒非不感恩只是我哥哥朱貴見在梁山泊做了頭領今奉及時雨宋公明將令着他來照管李大哥不爭被你拿了解官教我哥哥如何回去見得宋公明因此做下這場手段却纔李大哥乘勢要壞師父却是小弟不肯容他下手只殺了這些土兵我們本待去得遠了猜道師父回去不得必來趕我小弟又想師父日常恩念特地在此相等師父你是箇精細的人有甚不省得如今殺害了許多人性命又走了黑旋風你怎生回去見得知縣你若回去時定喫官司又無人來相救不如今日和我們一同上山投奔宋公明入了夥未知尊意若何李雲尋思了半晌便道賢弟只怕他那里不肯收畱我朱富笑道師父你如何不知山東及時雨大名專一招賢納士結識天下好漢李雲聽了歎口氣道閃得我有家難奔有國難投只喜得我並無妻小〔省〕不怕喫官司拿了只得隨你們去休李逵便笑道我的哥你何不早說〔麄直是其天性〕便和李雲剪拂了這李雲既無老小亦無家當〔省〕當下三人合作一處來趕車子半路上朱貴接見了大喜四籌好漢跟了車仗便行於路無話看看相近梁山泊路上又迎着馬麟鄭天壽〔好。昭烈教後主曰勿以善小而不爲勿以惡小而爲之吾謂行文亦然如李朱四人看看到山又增出馬麟鄭天壽來探聽此所謂小善必爲李雲老小家當定要寫還二句必不肯漏此所謂小惡必避也〕都相見了說道晁宋二頭領又差我兩箇下山來探聽你消息〔好〕今既見了我兩箇先去回報當下二人先上山來報知次日四籌好漢帶了朱富家眷都至梁山泊大寨聚義廳來朱貴向前先引李雲拜見晁宋二頭領相見衆好漢說道此人是沂水縣都頭姓李名雲綽號青眼虎〔上文虎字猶畱餘影妙〕次後朱貴引朱富參拜衆位說道這是舍弟朱富綽號笑面虎妙都相見了李逵拜了宋江獨拜宋江給還了兩把板斧細訴說假李逵剪徑一事衆人大笑這箇該笑先寫衆人都笑襯下宋江獨笑妙筆又訴說殺虎一事爲取娘至沂嶺被虎喫了說罷流下淚來寫出至人至性宋江大笑大書宋江大笑者可知衆人不笑也夫娘何人也虎喫何事也娘被虎喫其子流淚何情也聞斯言也不必賢者而後哀之行道之人莫不哀之矣江獨何心不惟不能哀之且復笑之不惟笑之而已且大笑之耶天下之人莫非子也天下莫非人子則莫不各有其娘也江而獨非人子則已江而猶爲人子則豈有聞人之娘已被虎喫而爲人之子乃復大笑江誰欺欺太公乎作者特於前幅大書宋江不許取娘於後幅大書宋江聞虎喫娘大笑所以深明譏忠談孝之人其胸中全無心肝爲稗史之檮杌也道被你殺了四箇猛虎今日山寨裏卻添得兩箇活虎不惡別人無娘但誇自家添虎正宜作慶不弔孝子但慶盜皆深惡宋江筆法衆多好漢大喜便教殺羊宰馬做筵席慶賀兩箇新到頭領晁蓋便叫去左邊白勝上首坐定吳用道此三字是上來一篇大結束處非結束李雲朱富而已直結束刼法場以來也近來山寨十分興旺感得四方豪傑望風而來皆是晁宋二兄之德亦衆弟兄之福也然雖如此還令朱貴仍復掌管山東酒店替回石勇侯健朱貴在東朱富老小另撥一所房舍住居目今山寨事業大了非同舊日可再設三處酒館專一探聽吉凶事情往來義士上山如若朝廷調遣官兵捕盜可以報知如何進兵好做準備西山地面廣闊可令童威童猛弟兄帶領十數箇火伴那里開店二童在西令李立帶十數箇火家去山南邊那里開店李立在南令石勇也帶十來箇伴當去北山那里開店石勇在北仍復都要設立水亭號箭接應船隻但有緩急軍情飛捷報來已上第一令山前設置三座大關專令杜遷總行守把但有一應委差不許調遣十字妙絕讀之一歎早晚不得擅離六字妙絕讀之一歎第二令又令陶宗旺把總監工掘港汊修水路開河道整理宛子城垣修築山前大路妙絕讀之一歎第三令他原是莊戶出身修理久慣令蔣敬掌管庫藏倉廒支出納入積萬累千書算帳目第四令令

蕭讓設置寨中寨外山上山下三關把隘許多行移關防文約大小頭領號數（妙第五令）煩令金大堅刊造雕刻一應兵符印信牌面等項（第六令）令侯健管造衣袍鎧甲五方旗號等件（第七令）令李雲監造梁山泊一應房舍廳堂（第八令）令馬麟監管修造大小戰船（第九令）令宋萬白勝去金沙灘下寨令王矮虎鄭天壽去鴨嘴灘下寨（兩段第十令）令穆春朱富管收山寨錢糧（第十一令）呂方郭盛於聚義廳兩邊耳房安（絕妙親兵）（十二令）令宋清專管筵宴（寫得宋清惟酒食是議請之絕倒○無數經濟發出一段極大文字却以一戲語終之妙絕○此篇調遣眾人所以結束宋江上山許大文字也以無數說話描寫大宋機械變詐幾於食少事煩却只以一句話描寫小宋百無一能只圖口腹如此結構真是錦心繡手）都分撥已定筵席了三日不在話下梁山泊自此無事每日只是操練人馬教演武藝水寨裏頭領都教習駕船赴水船上廝殺亦不在話下（一大結後再作一小結）忽一日宋江與晁蓋吳學究并眾人閒話道我等弟兄眾位今日共聚大義只有公孫一清不見回還我想他回薊州探母參師期約百日便回今經日久不知信息莫非昧信不來可煩戴宗兄弟與我去走一遭探聽他虛實下落如何不來戴宗願往宋江大喜說道只有賢弟去得快旬日便知信息當日戴宗別了眾人次早打扮做承局離了梁山泊取路望薊州來把四箇甲馬拴在腿上作起神行法來於路只喫些素茶素食在路行了三日來到沂水縣界只聞人說道（隨手點綴）前日走了黑旋風傷了好些人連累了都頭李雲不知去向（不甚分明正妙究然是閒人說閒話）至今無獲處戴宗聽了冷笑當日正行之次只見遠遠地轉過一箇人來手裏提着一根渾鐵筆管鎗（匆匆行次只見人鎗而已下文同看始詳其狀）那人看見戴宗走得快便立住了腳叫一聲神行太保（穿梭得奇）戴宗聽得回過臉來定睛看時見山坡下小徑邊立着一箇大漢生得頭圓耳大鼻直口方眉秀目疎腰細膀闊（像條好漢）戴宗

連忙回轉身來問道壯士素不曾拜識如何呼喚賤名那漢慌忙答道足下果是神行太保撇了鎗便拜倒在地穿插甚好戴宗連忙扶住答禮問道足下高姓大名那漢道小弟姓楊名林祖貫彰德府人氏多在綠林叢中安身江湖上都叫小弟做錦豹子楊林數月之前路上酒肆裏遇見公孫勝先生同在店中喫酒相會便寫得不冷落備說梁山泊晁宋二公招賢納士如此義氣寫下一封書教小弟自來投大寨入夥只是不敢輕易擅進公孫先生又說李家道口舊有朱貴開酒店在彼招引上山入夥的人山寨中亦有一箇招賢飛報頭領好官名喚做神行太保戴院長日行八百里路今見兄長行步非常因此喚一聲看固知穿插之奇也不想果是仁兄正是天幸無心得遇戴宗道小可特爲公孫勝先生回薊州去杳無音信今奉晁宋二公將令差遣來薊州探聽消息尋取公孫勝還寨不期却遇足下

楊林道小弟雖是彰德府人這薊州管下地方州郡都走過了倘若不棄就隨侍兄長同去走一遭戴宗道若得足下作伴實是萬幸尋得公孫先生見了一同回梁山泊未遲楊林見說了大喜就邀住戴宗結拜爲兄戴宗收了甲馬兩箇緩緩而行到晚就投村店歇了楊林置酒請戴宗戴宗道我使神行法不敢食葷兩箇只買些素饌相待過了一夜次日早起打火喫了早飯收拾動身楊林便問道兄長使神行法走路小弟如何走得上只怕同行不得戴宗笑道我的神行法也帶得人同走我把兩箇甲馬拴在你腿上作起法來也和我一般走得快奇事要行便行要住便住不然你如何趕得我走楊林道只恐小弟是凡胎濁骨比不得兄長神體戴宗道不妨我這法諸人都帶得耐菴寫至此句登已想到李逵矣作用了時和我一般行只是我自喫素並無妨礙後日獨難李逵故妙當時取兩箇甲馬替楊林縛

在腿上戴宗也只縛了兩箇作用了神行法吹口氣在上面兩箇輕地走了去要緊要慢都隨着戴宗行後日獨難李逵故妙兩箇於路間說些江湖上的事雖只見緩緩而行正不知走了多少路神行二字已是奇想更有此奇筆摹寫之兩箇行到巳牌時分前面來到一箇去處四圍都是高山中間一條驛路楊林却自認得引便對戴宗說道哥哥此間地名喚做飲馬川前面兀那高山裏嘗嘗有大夥在內近日不知如何因爲山勢秀麗水遶峯環以此喚做飲馬川兩箇正來到山邊過只聽得忽地一聲鑼響戰鼓亂鳴走出一二百小嘍囉攔住去路當先捧着兩籌好漢各挺一條朴刀大喝道行人須住脚五字恰好喝神行人故妙你兩箇是甚麼鳥人那里去的會事的快把買路錢來饒你兩箇性命楊林笑道哥哥你看我結果那呆鳥二字爲盡千載見好人而不識聞好語而不信讀好文字而不解皆呆鳥也撚着筆管鎗搶將入去那兩箇好漢見他來得兇走

近前來看了上首的那箇便叫道且不要動手兀的不是楊林哥哥麼楊林住了却纔認得上首那箇大漢一箇大提着軍器向前剪拂了便喚下首這箇長漢一箇長都來施禮罷楊林請過戴宗說道兄長且來和這兩箇弟兄相見戴宗問道這兩箇壯士是誰如何認得賢弟楊林便道這箇認得小弟的好漢他原是蓋天軍襄陽府人氏姓鄧名飛爲他雙睛紅赤江湖上人都喚他做火眼狻猊能使一條鐵鏈人皆近他不得多曾合夥一別五年不曾見面誰想今日却在這里相遇着鄧飛便問道楊林哥哥這位兄長是誰必不是等閒人也楊林道我這仁兄各說其所知與下文相對是梁山泊好漢中神行太保戴宗的便是鄧飛聽了道莫不是江州的戴院長能行八百里路程的戴宗答道小可便是那兩箇頭領慌忙剪拂道平日只聽得說大名不想今日在此拜識尊顏戴宗忙問道這位好漢高姓

大名鄧飛道我這兄弟（我這仁兄。我這兄弟。以閒筆作對。令文字不懈散。）姓孟名康祖貫是真定州人氏善造大小船隻原因押送花石綱要造大船嗔怪這提調官催併責罰他把本官一時殺了棄家逃走在江湖上綠林中安身已得年久因他長大白淨人都見他一身好肉體起他一箇綽號叫他做玉幡竿孟康戴宗見說大喜四籌好漢說話間楊林問道二位兄弟在此聚義幾時了鄧飛道不瞞兄長說也有一年多了只半載前在這直西地面上遇着一箇哥哥姓裴名宣（先生一人。又生出二人。却因二人。又生出一人。真是行文省力法。○不是耐菴要圖省力。其實收羅一百八人亦大難事。）祖貫是京兆府人氏原是本府六案孔目出身極好刀筆爲人忠直聰明分毫不肯苟且本處人都稱他鐵面孔目亦會拈鎗（一）使棒（二）舞劍（三）輪刀（四）智勇足備爲因朝廷除將一員貪濫知府到來把他尋事刺配沙門島從我這里經過被我們殺了防送公人救了他在此安身聚集得三二百人這裴宣極使得好雙劍（上鎗棒劍刀四事。此又抽出一件獨贊之。有神色。）讓他年長見在山寨中爲主頻請二位義士同往小寨相會片時便叫小嘍囉牽過馬來戴宗楊林卸下甲馬（細）騎上馬望山寨來行不多時早到寨前下了馬裴宣已有人報知連忙出寨降階而接戴宗楊林看裴宣時果然好表人物生得面白肥胖四平八穩心中暗喜當下裴宣邀請二位義士到聚義廳上俱各講禮罷相請戴宗正面坐了次是楊林裴宣鄧飛孟通五籌好漢賓主相待坐定筵宴當日大吹大擂飲酒戴宗在筵上說起晁宋二人如何招賢納士仗義疏財（一如何）衆好漢如何同心協力（二如何）八百里梁山泊如何廣濶（三如何）中間宛子城如何雄壯（四如何）四下里如何都是茫茫烟水（五如何）如何許多軍馬不愁官兵來捉（六如何）只管把言語說他三箇（寫得錯錯落落）裴宣回道小弟也有這箇山寨（有一也）也有三百來疋馬二也有財賦也有十餘輛車子糧食草料不算三也有也有三五百孩兒們四也有儻若仁兄不棄微賤時引薦於大寨入夥也有微力可效五也有未知尊意若何寫得錯錯落落戴宗大喜道晁宋二公待人接物並無異心更得諸公相助如錦上添花若果有此心可便收拾下行李待小可和楊林去薊州見了公孫勝先生同來那時一同扮做官軍星夜前往衆人大喜酒至半酣移至後山斷金亭上看那飲馬川景致喫酒一百八人實難收羅故借戴宗尋公孫作線便順手串出四五人也然又恐寫得冷落便露出湊泊之跡故特特寫作加意之筆唱采道山沓水匝真乃隱秀八字畫盡飲馬川抵無數名人游記你等二位如何來得到此鄧飛道原是幾箇不成材小廝們罵世在這里屯扎後被我兩箇來奪了這箇去處衆皆大笑五籌好漢喫得大醉裴宣起身舞劍助酒看他特寫後廳特寫評贊山水特寫罵世語特寫舞劍皆極力要寫作加意之筆戴宗稱讚不已至晚便留到寨內安歇次日戴宗定要和楊林下山三位好漢苦留不住相送到山下作別自回寨裏收拾行裝整理動身不在話下且說戴宗和楊林離了飲馬川山寨在路曉行夜住早來到薊州城外投箇客店安歇了楊林便道哥哥我想公孫勝先生是箇學道人必在山間林下不住城裏妙論使吾浩歎今之學道之人皆不在山間林下今之山間林下却葬無數死人哀哉戴宗道說得是當時二人先去城外一到處詢問公孫勝先生下落消息並無一箇人曉得他先生好住了一日次早起來又去遠遠村坊街市訪問人時亦無一箇認得先生好兩箇又回店中歇了第三日戴宗道敢怕城中有人認得他不然若使有人認得斯不足以稱先生矣當日和楊林却入薊州城裏來尋他兩箇尋問老成人時都道不認得敢不是城中人只怕是外縣名山大剎居住先生好楊林正行到一箇大街只見遠遠地一派鼓樂迎將一箇人來過接戴宗楊林立在街上看時前面兩箇小牢子一箇馱着許多禮物

花紅一箇捧着若干段子采繒之物後面青羅傘下罩着一箇押獄劊子那人生得好表人物露出藍靛般一身花繡兩眉入鬢鳳眼朝天淡黃面皮細細有幾根髭髯那人祖貫是河南人氏姓楊名雄因跟一箇叔伯哥哥來薊州做知府一向流落在此續後一箇新任知府却認得他因此就參他做兩院押獄兼充市曹行刑劊子因爲他一身好武藝面貌微黃以此人都稱他做病關索楊雄當時楊雄在中間走着背後一箇小牢子擎着鬼頭靶法刀原來纔去市心裏決刑了回來衆相識與他掛紅賀喜送回家去正從戴宗楊林面前迎將過來一簇人在路口攔住了把盞只見側首小路裏又撞出七八箇軍漢來爲頭的一箇叫做踢殺羊張保（楊志被牛所苦楊雄爲羊所困皆非必然之事只是借勺水與洪波耳）這漢是薊州守禦城池的軍帶着這幾箇都是城裏城外時嘗討閒錢使的破落戶漢子官司累次奈何他不改爲見楊雄原是外鄉人來薊州却有人懼怕他因此不怯氣當日正見他賞賜得許多段疋帶了這幾箇沒頭神喫得半醉却好趕來要惹他又見衆人攔住他在路口把盞那張保撥開衆人鑽過面前叫道節級拜揖楊雄道大哥來喫酒張保道我不要喫酒我特來問你借百十貫錢使用楊雄道雖是我認得大哥不曾錢財相交如何問我借錢張保道你今日詐得百姓許多財物如何不借我些楊雄應道這都是別人與我做好看的怎麼是詐得百姓的你來放刁我與你軍衛有司各無統屬張保不應便叫衆人向前一鬨先把花紅段子都搶了去楊雄叫道這厮們無禮却待向前打那搶物事的人被張保劈胸帶住背後又是兩箇來拖住了手那幾箇都動起手來小牢子們各自迴避了楊雄被張保并兩箇軍漢逼住了施展不得只得忍氣解拆不開正鬧中間只見一條

大漢挑着一擔柴來（一路行文如龍初成鱗甲隱隱而起）看見衆人逼住楊雄動撣不得那大漢看了路見不平便放下柴擔分開衆人前來勸道你們因甚打這節級那張保睜起眼來喝道你這打脊餓不死凍不殺的乞丐敢來多管那大漢大怒性發起來將張保劈頭只一提一交攧翻在地那幾箇破落戶見了卻待要來動手早被那大漢一拳一箇都打的東倒西歪楊雄方纔脫得身把出本事來施展一對拳頭攛梭相似那幾箇破落戶都打翻在地（數語救正楊雄○非一張保便困楊雄亦只是借以引出石秀耳須知行文之苦）張保見不是頭爬將起來一直走了（了○沒毛牛之必至於死者不死不弄出楊志也踢殺羊之一直逃去者只此已足顯楊雄也行文都無浪筆須知）楊雄忿怒大踏步趕將去張保跟着搶包袱的走（活畫小人）楊雄在後面追着趕轉一條巷內去了（將楊雄遞開去便令戴宗先結石秀有地筆法甚好○一箇巷內）那大漢兀自不歇手在路口尋人廝打戴宗楊林看了暗暗地喝采道端的是好漢真正路見不平拔刀相助便向前邀住勸道好漢看我二人薄面且罷休了兩箇把他扶勸到一箇巷內（又一箇巷內）楊林替他挑了柴擔（好）戴宗挽住那漢子（好○寫得親熱）邀入酒店裏來楊林放下柴擔（好）同到閣兒裏面那大漢叉手道感蒙二位大哥解救了小人之禍戴宗道我弟兄兩箇也是外鄉人因見壯士俠義之心只恐一時拳手太重悞傷人命特地做這箇出場請壯士酌三杯到此相會結義則箇那大漢道多得二位仁兄解拆小人這場卻又蒙賜酒相待實是不當楊林便道四海之內皆是兄弟怎如此說且請坐戴宗相讓那漢那里肯僭上戴宗楊林一帶坐了那漢坐在對席叫過酒保楊林身邊取出一兩銀子來把與酒保道不必來問但有下飯只顧買來與我們喫了一發總算酒保接了銀子去一面鋪下菜蔬菓品按酒之類三人飲過數杯戴宗問道壯士高姓大名貴鄉何處那

漢答道小人姓石名秀祖貫是金陵建康府人氏
自小學得些鎗棒在身一生執意是石秀是另又一樣人物路
見不平便要去相助人都呼小弟作拚命三郎因
隨叔父來外鄉販羊馬賣不想叔父半途亡故消
折了本錢還鄉不得流落在此薊州賣柴度日既
蒙拜識當以實告戴宗道小可兩箇因來此間幹
事得遇壯士如此豪傑流落在此賣柴怎能彀發
跡不若挺身挺身二字妙絕做事業要挺身出去了生死亦要挺身出去挺身真出世
世間之要訣也江湖上去做箇下半世快樂也好石秀道
小人只會使些鎗棒別無甚本事如何能彀發達
快活戴宗道這般時節認不得真一者朝廷閉塞
一乃奸臣不明朝廷用閉塞字妙言非朝廷不曉人材只是奸臣閉塞之也奸臣用
不明字更妙言奸臣閉塞朝廷亦非有大過惡只緣不明故也不明二字何等輕細却斷得奸臣盡
情斷得奸臣心服真是絕妙之筆俗本乃誤作朝廷不明奸臣閉塞復成何語耶只二字轉換其優
劣相去如此古本俗本之相去胡可盡識亦在小天下善讀書人取兩本細細對讀便知其異耳
可一箇薄識因一口氣去投奔了梁山泊宋公明
入夥如今論秤分金銀換套穿衣服只等朝廷招
安了早晚都做箇官人只是好看語蓋有權術人關口便防人一着如宋江
之於武松皆此類也學究不知世事便因此語續出半部真要笑殺石秀歎口氣道
小人便要去也無門路可進戴宗道壯士若肯去
時小可當以相薦石秀道小人不敢拜問二位官
人貴姓戴宗道小可姓戴名宗兄弟姓楊名林石
秀道江湖上聽得說箇江州神行太保莫非正是
足下戴宗道小可便是叫楊林身邊包袱內取一
錠十兩銀子送與石秀做本錢看他寫戴宗全學宋江絕倒○又學
宋江說好話又學宋江使銀子寫得戴宗便活是第二宋江石秀不敢受再三
謙讓方纔收了纔知道他是梁山泊神行太保正
欲要訴說些心腹之話投托入夥移雲接月之筆人但知接下
之疾豈復料此文乃直兜至翠屏山後耶只聽得外面有人尋問入來
三箇看時却是楊雄帶領着二十餘人都是做公
的趕入酒店裏來戴宗楊林見人多喫了一驚乘
鬧閧裏兩箇慌忙走了卸去戴楊交入楊石移雲接月出筆最巧○子弟少

時讀書最要知古人出筆有無數方法有正筆有
反筆有過筆有沓筆有轉筆有偷筆一一五法易解
所謂偷筆則如此文是也蓋一路都是戴宗作正
文至此忽趁勢偷去戴宗竟入楊雄石秀正傳所
謂移雲接月用力不多而得便
至大如此則作史記非難事也石秀起身迎住道
節級那里去來楊雄便道大哥何處不尋你却在
這里飲酒便放出戴宗一會那延好筆我一時被那廝封住了
手施展不得多蒙足下氣力救了我這場便宜一
時間只顧趕了那廝去奪他包袱却撇了足下這
夥兄弟聽得我廝打都來相助依還奪得搶去的
花紅段疋回來補末只尋足下不見却纔有人說道
兩箇客人勸他去酒店裏喫酒因此纔知得特地
尋將來石秀道却纔是兩箇外鄉客人寫出石秀有心人
邀在這里酌三杯說些閒話只二語寫出石秀有心人不知節
級呼喚楊雄大喜便問道足下高姓大名貴鄉何
處因何在此石秀答道小人姓石名秀祖貫是金
陵建康府人氏平生執性路見不平便要去捨命
相護以此都喚小人做拚命三郎因隨叔父來此
地販賣羊馬不期叔父半途亡故消折了本錢流
落在此薊州賣柴度日再述一遍不換一字楊雄又問却纔
和足下一處飲酒的客人何處去了周緻石秀道他
兩箇見節級帶人進來只道相鬧以此去了楊雄
道恁地便喚酒保取兩甕酒來大碗叫眾人一家
三碗喫了先去明日却得來相會楊雄領眾人來只爲卸去戴宗
之地耳戴宗既已卸去便并卸去眾人行文亦有狡兎死走狗烹之法也眾人都喫了
酒自各散了楊雄便道石家三郎你休見外想你
此間必無親眷恩深義重反在此句我今日就結義你做箇
弟兄如何石秀見說大喜便說道不敢動問節級
貴庚楊雄道我今年二十九歲石秀道小弟今年
二十八歲就請節級坐受小弟拜爲哥哥石秀拜
了四拜楊雄大喜便叫酒保安排飲饌酒菓來我
和兄弟今日喫箇盡醉方休正飲酒之間只見楊
雄的丈人潘公先露出一潘字來先露出一丈人來帶領了五七箇
人前借二十餘人所以走戴宗也却恐痕跡太露又生此五七箇人帶之此書每每如此直

尋到酒店裏來楊雄見了起身道泰山來做甚麼潘公道我聽得你和人廝打特地尋將來楊雄道多謝這箇兄弟救護了我打得張保那廝見影也害怕我如今就認義了石家兄弟做我兄弟潘公叫好好且叫道幾箇弟兄喫碗酒了去楊雄便叫酒保討酒來衆人三碗喫了去（明明陪前一段可知）便叫潘公中間坐了楊雄對席上首石秀下首三人坐下酒保自來斟酒潘公見了石秀這等英雄長大心中甚喜便說道我女壻得你做箇兄弟相幫也不枉了公門中出入誰敢欺負他叔叔原曾做甚買賣道路石秀道先父原是操刀屠戶潘公道叔叔曾省得殺牲口的勾當麼石秀笑道自小喫屠家飯如何不省得宰殺牲口潘公道老漢原是屠戶出身只因年老做不得了止有這箇女壻他又自一身入官府差遣因此撇下這行衣飯三人酒至半酣計算酒錢石秀將這擔柴也都准折了（柴下落好）

務要寫得與武松初見金蓮一般

三人取路回來楊雄入得門便叫大嫂快來與這叔叔相見（這字妙是箇認義叔叔與武大引武二回時對看便知其妙）只見布簾裏面應道大哥你有甚叔叔（是箇認義叔叔寫得妙）楊雄道你且休問先出來相見（所謂一言難盡）布簾起處走出那箇婦人來原來那婦人是七月七日生的因此小字喚做巧雲先嫁了一箇吏員是薊州人喚做王押司兩年前身故了（不妨便嫁楊雄却爲過年作地耳）方纔晚嫁得楊雄未及一年夫妻石秀見那婦人出來慌忙向前施禮道嫂嫂請坐石秀便拜那婦人道奴家年輕（字法新妙）如何敢受禮楊雄道這箇是我今日新認義的兄弟你是嫂嫂可受半禮當下石秀推金山倒玉柱拜了四拜（與武松一樣人與武松一樣事與武松一樣文章不換一字妙絕）那婦人還了兩禮請入來裏面坐地收拾一間空房教叔叔安歇（活是潘金蓮讀之失笑）話休絮煩次日楊雄自出去應當官府分付家中道安排石秀衣服巾幘客店內有些行李包裹都教去取來楊

雄家裏安放了。却說戴宗楊林自酒店裏看見那夥做公的人來尋訪石秀，鬧閧裏兩箇自走了，回到城外客店中歇了。次日又去尋問公孫勝，兩日絕無人認得先生到底好又不知他下落住處。兩箇商量了且回去，當日收拾了行李，便起身離了薊州，自投飲馬川來，和裴宣鄧飛孟康一行人馬扮作官軍，星夜望梁山泊來。戴宗要見他功勞，糾合得許多人馬上山，山上自做慶賀筵席，不在話下。卸去戴宗亦是狗烹弓藏之法再說有楊雄的丈人潘公自和石秀商量要開屠宰作坊，潘公道：「我家後門頭是一條斷路小巷先伏斷頭小巷上文楊雄提張保入一條巷內戴宗邀石秀入一條巷內便引出後門一條斷頭小巷來有一間空房在後而那里井水又便，可做作坊點染成一座作坊就教叔叔做房在裏面，又好炤管。」幾乎不得炤管絕倒石秀見了也喜端的便益。潘公再尋了箇舊時識熟副手，只央叔叔掌管帳目。石秀應承了，叫了副手，便把大青大綠粧點起肉案

子、水盆、砧頭，打磨了許多刀杖，整頓了肉案，打併了作坊猪圈，趕上十數箇肥猪，選箇吉日開張肉鋪。衆隣舍親戚都來掛紅賀喜又費掛紅賀喜喫了一兩日酒。楊雄一家得石秀開了店，都歡喜。自此無話。一向潘公石秀自做買賣，不覺光陰迅速，又早過了兩箇月有餘。時值秋殘冬到，石秀裏裏外外身上都換了新衣穿着。先下一句新衣穿着然後下文翻出波瀾來疑其腕中有鬼也石秀一日早起五更出外縣買猪，三日了方回家來，只見鋪店不開；却到家裏看時，肉店砧頭也都收過了，刀仗家火亦藏過了。絕世奇文令人再猜不着石秀是箇精細的人，看在肚裏便省得了。石秀錯用心也却偏說他精細便令讀者走入八陣圖中更尋不出自心中忖道：「常言人無千日好，花無百日紅。好哥哥自出外去當官，不管家事，必然嫂嫂見我做了這些衣裳，一定背後有說話；又見我兩日不回，必有人搬口弄舌，想是疑心不做買賣。我休等他言語出來，我自先辭了回鄉去

休自古道那得長遠心的人（此回本石秀鋪用心也乃轉入後文却又真應此言則又文章家之隨手風雲既中神鬼也）石秀已把豬趕在圈裏（一句一事）却去房中換了脚手（一事）收拾了包裹行李（一事）細細寫了一本清帳（一事）從後面入來（此句亦寫後日作伏不止叙今日）潘公已安排下些素酒食（素酒食妙石秀心中又疑慢之也鄉子竊歎自古而然）請石秀坐定喫酒潘公道叔叔遠出勞心自趕豬來辛苦石秀道丈人禮當且收過了這本明白帳目若上面有半點私心天地誅滅（收過店面）（石秀喫一驚交清帳目潘公喫一驚收過店面石秀再猜不出交清帳目潘公再猜不出全是鬼神搬運之文）潘公道叔叔何故出此言並不曾有箇甚事石秀道小人離鄉五七年了今欲要回家去走一遭特地交還帳目今晚辭了哥哥明早便行潘公聽了大笑起來道叔叔差矣你且住聽老漢說（七十回住法各妙而以此卷爲第一）那老子言無數句話不一時有分教報冤壯士提三尺破戒沙門喪九泉畢竟潘公說出甚言語來且聽下回分解

卷之四十八

第五才子書施耐菴水滸傳卷之四十九

聖歎外書

第四十四回

楊雄醉罵潘巧雲

石秀智殺裴如海

佛滅度後諸惡比丘於佛事中廣行非法破壞象教起大疑謗殄滅佛法不盡不止我欲說之久不得便今因讀此而寄辯之惡世比丘行非法時每欲假托如來象教或云講經或云造像或云懺摩或云受戒外作種種無量莊嚴其中包藏無量淫惡是初不知如是佛事如來在時悉有儀則如講經者如來大師於人天中作師子吼三轉法輪得道爲證非第二人力之所及如來既滅有諸大士承佛遺囑流通尊經則必審擇希世法器住於深山閉門講說講已思惟思已坐禪坐已行

道行已獲說於二六時不暇剪爪初不聽許
在於闍闍稚鐘布告招集男女拍肩聯背作
諸戲笑令菩提場雜穢充滿造像法者如來
非欲以已形像流布人間是皆廣用異妙方
便表宣法相令衆歡喜四王天者表於四諦
右伽藍神左應眞者表於俗諦及以眞諦十
六尊者表十六句迦葉阿難表行與說三世
佛者表世間尊如是等像莫不有表初不聽
許廣造一切淫祀鬼神羅列堂殿引諸女人
燒香求福惑亂僧徒汚染梵行懺摩法者超
出世間有力大人了知本性純白無垢非以
後心懺於前心從本寂靜不造罪故譬如以
水而洗於水當知畢竟無有是處然爲微細
餘習未除是用翹勤質對尊像求哀自責誓
願淸淨剋期報禾盡無遺初不聽許廣開
壇場巧音歌唱族姓子女履舄交錯僧尼無
分笑語不擇於慚愧法無慚無愧受戒法者
如來制戒分性與遮性戒廣淵是爲一切法
身大士所游戲處遮戒謹嚴則爲七衆同所
受持若或有人持於遮戒通達性戒是名合
道芬陀利華若不通於性戒妙義但著袈裟
細視徐行直不得名持遮戒也授戒之法釋
迦世尊爲大和尚彌勒菩薩作教授師文殊
尸利作羯磨師初不聽許盲師瞎衆自相欺
罔網羅士女作巳眷屬交通閨房僧俗相接
密坐低語招世毀謗至如近世佛教濫觴更
有一切慶佛誕生開佛光明燒船化庫求乞
法名如是種種怪異之事競共與作惑亂世
間妖比丘尼穿門入室邀諸淫女寡女處女
連袂接屨招搖梵刹廣起無量不淨諸行尤
爲非法惱亂如來夫釋迦者二月八日沸星
出時降生皇宮二月八日沸星出時成菩提

道二月八日沸星出時轉大法輪二月八日沸星出時人於涅槃其餘一切諸大菩薩無不各各先一日生後一日滅何嘗某甲於某日生某甲某日如世俗事若爲如來開光明者如來已於無量刼來開大光明五眼四智種種具足何曾有人反以光明施與如來若謂如來教人營福燒化船庫寄來生者如來法中訶責三業貪爲第一是故現世國城妻子猶教之言汝應棄捨何得反與妖妄之論謂來世福今世可求若謂如來聽諸女人求法名者如來在時尚禁女人不得來於僧伽藍中何嘗廣求在家女人圍繞於己至如經中末利夫人韋提夫人舍脂夫人德鬘夫人秉大誓願來從佛學亦皆仍其舊時名字何曾爲其別立異名世間當知如是種種怪異之事皆是惡僧爲錢財故巧立名色既得錢財必營房室營房室已次營衣服廣於一身作諸莊嚴作莊嚴已恣求淫慾求淫慾時何所不至破壞佛法破壞世法破壞常住破壞檀越如是惡僧出現世時如來衆教應時必滅是以世尊於垂涅槃勅諸國王大臣長者一切世間菩薩大人欲護我法必先驅逐如是惡僧可以刀劒而斫刺之彼若避走疾以弓箭而射殺之在在處處搜捕掃除毋令惡種尚有遺留是則名爲眞正護法是則名爲愛戀如來是則名爲最勝供養是則名爲衆生眼目若復有人顧瞻禍福猶豫不忍是人即爲世間大愚可憐憫者一切如來爲之悲哭譬如壯士展臂之間已墮地獄不可救拔嗚呼傷哉安得先佛重出於世一爲廓清令我衆生知是福田爲非福田不以此言爲河漢也

西門慶一篇已極盡淫穢之致矣不謂忽然又有裴如海一篇其淫其穢又復極盡其致讀之眞似初春食河鮑不復信有深秋蟹螯之樂及至持螯引白然後又疑梅聖俞不數魚蝦之語徒虛語也

王婆十分研光以整見奇石秀十分瞧科以散入妙悉是絕世文字

話說石秀回來見收過店面便要辭別出門潘公說道叔叔且住老漢已知叔叔的意了叔叔兩夜不會回家今日回來見收拾過了家火什物叔叔一定心裏只道是不開店了因此要去休說恁地好買賣便不開店時也養叔叔在家不瞞叔叔說我這小女先嫁得本府一箇王押司不幸沒了今得二週年做些功果與他因此歇了這兩日買賣明日請下報恩寺僧人來做功德就要央叔叔管待則箇老漢年紀高大熬不得夜因此一發和叔叔說知石秀道既然丈丈恁地說時小人再納定性過幾時潘公道叔叔今後並不要疑心只顧隨分且過（老龜聲口）當時喫了幾杯酒并些素食夜過不提明早果見道人挑將經擔到來鋪設壇場擺放佛像供器皷鈸鐘磬香花燈燭廚下一面安排齋食楊雄倒在外邊回家來分付石秀道賢弟我今夜却限當牢不得前來凡事（楊節級家裏却與王押司做週年眞是老大不堪之事只用二字隱括過去讀之一笑）央你支持則箇石秀道哥哥放心自去自然兄弟替你料理楊雄去了石秀自在門前照管此時甫得清清天亮只見一箇年紀小的和尚揭起簾子入來深深地與石秀打箇問訊石秀答禮道師父少坐隨背後一箇道人挑兩箇盒子入來石秀便叫丈丈有箇師父在這里潘公聽得從裏面出來那和尚便道乾爺如何一向不到敝寺老子道便是開了這些店面却沒工夫出來那和尚便道押司週年無甚罕物相送些

少掛麵幾包京棗老子道阿也甚麼道理教師父壞鈔教叔叔收過了石秀自搬入去叫點茶出來門前請和尚喫只見那婦人從樓上下來不敢十分穿重孝只是淡粧輕抹（寫出回頭人一笑）便問叔叔誰送物事來石秀道一箇和尚叫丈丈做乾爺的送來（不快之極）那婦人便笑道是師兄海闍黎裴如海（寫出熟極）一箇老實的和尚（又熟他性格○誰疑其不老實耶○絕倒）他是裴家絨線鋪裏小官人（又熟他族姓）出家在報恩寺中（又熟他掛搭）因他師父是家裏門徒結拜我父做乾爺（又熟他門徒）長奴兩歲因此上叫他做師兄（又熟他年紀）他法名叫做海公（又熟他法名）叔叔晚間你只聽他請佛念經有這般好聲音（又熟他聲音○與卿何涉）石秀道原來恁地（不快之極）自肚裏已瞧科一分了（一分了○潘金蓮之於西門慶也王婆以十分研光成就之潘巧雲之於裴如海也石秀以十分瞧科看破之真乃各極其妙）那婦人便下樓來見和尚石秀却背叉着手（活畫出不快之極）隨後跟出來布簾裏張看（隨後跟出來妙一寫石秀精細一寫淫婦不防）只

見那婦人出到外面那和尚便起身向前來（三字畫賊禿）合掌深深的打箇問訊那婦人便道甚麼道理教師兄壞鈔和尚道賢妹些少微物不足掛齒那婦人道師兄何故這般說出家人的物事怎的消受得和尚道敝寺新造水陸堂了要來請賢妹隨喜（一箇要他去）只恐節級見怪那婦人道看來拙夫（四字活畫○一是活畫回頭新來人也一是活畫偷養漢子婦人也）也不恁地計較我娘死時亦曾許下血盆願心早晚也要來寺裏（一箇也要來）相煩還了和尚道這是自家的事如何恁地說但是分付如海的事小僧便去辦來那婦人道師兄多與我娘念幾卷經便好只見裏面婭嬛捧茶出來那婦人拿起一盞茶來把袖子去茶鍾口邊抹一抹雙手遞與和尚（極寫親熱不堪）那和尚連手接茶（連手妙輕重可知）兩隻眼涎瞪瞪的只顧睃那婦人的眼這婦人一雙眼也笑迷迷的只管睃這和尚的眼（寫得四眼極其不堪）自古色膽如天却不防石秀在布簾

裏一眼張見（一雙眼。張見四雙眼。文情妙絕。俗本盡失。）早瞧科了二分（二分了。）道莫信直中直須防仁不仁我幾番見那婆娘嘗嘗的只顧對我說些風話（又於極忙中。補文中之所無。）我只以親嫂嫂一般相待原來這婆娘倒不是箇良人莫教撞在石秀手裏敢替楊雄做箇出場也不見得石秀一想一發有三分瞧科了（三分了。）便揭起布簾撞將出來（疾甚妙絕。）那賊禿連忙放茶（疾甚妙絕。一連忙。）便道太郎請坐這淫婦便插口道這箇叔叔便是拙夫新認義的兄弟那賊禿虛心冷氣連忙問道（二連忙）大郎貴鄉何處高姓大名石秀道我麼（句）姓石（句）名秀（句）金陵人氏（句。十箇字作四句。咄咄駭人。）爲要閒管替人出力又叫做拚命三郎（咄咄駭人。）我是箇麤鹵漢子倘有冲撞和尚休怪（咄咄駭人。要好故問。却似惹着爆炭。妙絕。）賊禿連忙道（三連忙。）不敢不敢小僧去接衆僧來赴道場連忙出門去了（疾甚妙絕。四連忙。）那淫婦道師兄早來些箇那賊禿連忙走更不荅應（五連忙。寫賊禿正要迎奸賣俏陡然看見石秀氣色。便連忙放茶。連忙動問。連忙不敢。連忙出門。連忙走更不應。眞活現一箇賊禿也。）淫婦送了賊禿出門自入裏面去了石秀却在門前低了頭只顧尋思其實心中已瞧科四分了（四分了。）多時（又着此二字。顯出賊禿先來之早。）方見行者走來點燭燒香少刻這賊禿引領衆僧都來赴道場潘公央石秀接着相待茶湯已罷打動鼓鈸歌詠讚揚（一篇淫蕩之文。）（中間偏夾寫許多佛事。正復妙絕。）只見這賊禿同一箇一般年紀小的和尚做闍黎搖動鈴杵發牒請佛獻齋讚供諸天護法監壇主盟追薦亡夫王押司早生天界（夾寫許多佛事。）只見那淫婦（只見二字。總是那淫婦。那賊禿。那一堂和尚三段之頭。皆石秀眼中事。）喬素梳粧來到法壇上手捉香爐拈香禮佛（極寫石秀眼裏不堪。）那賊禿越逞精神搖着鈴杵唱動眞言（極寫石秀眼裏不堪。）那一堂和尚見他兩箇並肩摩倚這等模樣也都七顛八倒（極寫石秀眼裏不堪。）證盟已畢請衆和尚裏面喫齋（夾寫佛事。）那賊禿讓在衆僧背後（賊禿賊甚。）轉過頭來看着這淫婦笑（笑。）那淫婦也掩着口笑笑。前以四眼字寫出不堪。此以二笑字寫出不堪。兩箇處處眉來眼去以目送情石秀都瞧科了足有五分來不快意五分了。衆僧都坐了喫齋先飲了幾杯素酒搬出齋來都下了䞋錢夾寫佛事。潘公致了不安先入去睡了一箇癡眼人去了。少刻衆僧齋罷都起身行食去了轉過一遭再入道場夾寫佛事。石秀不快此時眞到六分六分了。只推肚疼自去睡在板壁後了妙。又一箇癡眼人去了。那淫婦一點情動那里顧得防備人看見便自去支持衆僧又打了一回皷鈸動事把些茶食菓品煎點那賊禿着衆僧用心看經請天王拜懺設浴召亡參禮三寶處處夾寫許多佛事。追薦到三更時分衆僧困倦許多癡眼人都倦了。那賊禿越逞精神高聲念誦那淫婦在布簾下久立慾火熾盛不覺情動便教婭嬛請海師兄說話那賊禿一頭念誦一頭趨到淫婦面前賊禿賊甚。這淫婦摘住賊禿袖子淫婦淫極。說道師兄明日來取功德錢時就對爹爹說血盆願心一事不要忘

了反。囑之。賊禿道做哥哥的記得只說二字妙。兩人一時商量出來。使板壁後人聽倒要還願也還了好賊禿又道你家這箇叔叔好生利害賊禿賊甚。淫婦把頭一搖道這箇保他則甚並不是親骨肉淫婦淫極。乾兒妹是親骨肉也。賊禿道恁地小僧却纔放心一頭說一頭就袖子裏捏那淫婦的手淫婦假意把布簾來隔那賊禿笑了一聲石秀眼中。極其不堪。自出去判斛送亡到底夾寫佛事。不想石秀却在板壁後假睡正瞧得着已看到七分了七分了。當夜五更道場滿散送佛化紙已了夾寫佛事到底。衆僧作謝回去那淫婦自上樓去睡了石秀却自尋思了氣道哥哥恁的豪傑却恨撞了這箇淫婦忍了一肚皮鳥氣自去作坊裏睡了次日楊雄回家俱各不提飯後楊雄又出去了只見那賊禿又換了一套整整齊齊的僧衣逕到潘公家來那淫婦聽得是和尚來了慌忙下樓出來接着邀入裏面坐地便叫點茶來淫婦謝道夜來多教師兄勞神功德錢

未曾拜納賊禿道不足挂齒小僧夜來所說血盆懺願心這一事特稟知賢妹要還時小僧寺裏見在念經只要寫疏一通就是淫婦便道好好忙叫嬭嬭請父親出來商量潘公便出來謝道老漢打熬不得夜來甚是有失陪侍不想石叔叔又肚疼倒了無人管待却是休怪休怪賊禿道乾爺正當自在淫婦便道我要替娘還了血盆懺舊願師兄說道明日寺中做好事就附答還了先教師兄去寺裏念經我和你明日飯罷去寺裏只要證明懺疏也是了當一頭事潘公道也好明日只怕買賣緊櫃上無人淫婦道放着石叔叔在家照管却怕怎的潘公道我兒出口爲願明日只得要去淫婦就取些銀子做功果錢與賊禿去有勞師兄莫責輕微明日准來上剎討素麪喫賊禿道謹候拈香收了銀子便起身謝道多承布施小僧將去分俵衆僧來日專等賢妹來證盟那婦人直送和尚到門外去了石秀自在作坊裏安歇起來宰猪趕趁

是日楊雄至晚方回婦人待他喫了晚飯洗了脚手却教潘公對楊雄說道（虛心）我的阿婆臨死時孩兒許下血盆經懺願心在這報恩寺中我明日和孩兒去那里證盟了便回說與你知道楊雄道大嫂你便自說與我何妨（一路都寫楊雄直性只是有麄無細全是襯出石秀）那婦人道我對你說又怕你嗔怪因此不敢與你說當晚無話各自歇了次日五更楊雄起來（後連寫五箇起來如溪雲亂起讀之應接不暇）自去畫卯承應官府石秀起來自理會做買賣只見淫婦起來梳頭句裹脚句洗頸項句薰衣裳句迎兒起來尋香盒句催早飯句潘公起來買紙燭句討轎子句（古本有如此妙文俗本都失）石秀自一早晨顧買賣也不來管他（極其不快）飯罷把迎兒也打扮了（好笑）巳牌時候潘公換了一身衣裳（好笑）來對石秀道相煩叔叔照管門前老漢和拙女同去還些願心便回石秀笑道小人自當照管丈丈

但炤管嫂嫂多燒些好香（絕倒）早早來石秀自瞧科八分了（入分了）且說潘公和迎兒跟着轎子（送親）一逕到報恩寺裏來這賊禿已先在山門下伺候看見轎子到來喜不自勝向前迎接潘公道甚是有勞和尚那淫婦下轎來謝道多多有勞師兄賊禿道不敢不敢小僧已和衆僧都在水陸堂上從五更起來誦經到如今未曾住歇只等賢妹來證盟却是多有功德把這婦人和老子引到水陸堂上（引一）已自先安排下香花燈燭之類有十數箇僧人在彼看經那淫婦都道了萬福參禮了三寶賊禿引到地藏菩薩面前（引二）證盟懺悔通罷疏頭便化了紙請衆僧自去喫齋着徒弟陪侍那賊禿却請乾爺和賢妹去小僧房裏拜茶一引把這淫婦引到僧房裏深處（引三）預先都準備下了叫聲師哥拏茶來只見兩箇侍者捧出茶來白雪錠器盞內硃紅托子（雪白錠器盞內絕細好茶也却於半句中間夾出硃紅托子四字筆法之妙俗子何知）

絕細好茶喫罷放下盞子請賢妹裏面坐一坐又引到一箇小小閣兒裏（引四）琴光黑漆春臺挂幾幅名人書畫小桌兒上焚一爐妙香（佛滅度後末惡世中有惡比丘破壞佛法皆復私營房室造作種種非律器皿彈琴燒香藏蓄翰墨如是惡人出現之時能令佛法應時速滅何以故非律儀故消信施故不坐禪故不觀心故多淫慾故背和合故起疑謗故增生死故若復是時有大菩薩誓願護法出與於世身爲國王及作大臣長者居士善男信女見此惡人行非法時即當白佛鳴鼓椎鐘罷令其人還俗策使其諸非法房室器皿即當毀壞毋令遺留能如是者則爲佛法之所永賴則爲如來之所付託則爲一切諸佛歡喜則爲後世衆生增長信心若復有人或於禍福聽信妖言爲彼惡人更生庇護是人即當墮大地獄妻不貞良出大藏附識於此）潘公和女兒一臺坐了賊禿對席迎兒立在側邊那淫婦道師兄端的是好箇出家人去處清幽靜樂賊禿道妹子休笑話怎生比得貴宅上潘公道生受了師兄一日我們回去那賊禿那里肯便道難得乾爺在此又不是外人今日齋食已是賢妹做施主如何不喫筋麵了去師哥快搬來說言未了却早托兩盤進來都是日常裏藏下的希奇果子

異樣菜蔬并諸般素饌之物排一春臺淫婦便道
師兄何必治酒反來打攪賊秃笑道不成禮數微
表薄情而已師哥將酒來斟在杯中賊秃道乾爺
多時不來試嘗這酒老兒飲罷道好酒端的味重
(好)賊秃道前日一箇施主家傳得此法做了三五
石米明日送幾瓶來與令婿喫老兒道甚麽道理
賊秃又勸道無物相酬賢妹娘子(賢妹下忽添娘子字好)胡
亂告飲一杯兩箇小師哥兒輪番篩酒迎兒也喫
難得娘子(竟稱娘子矣好)到此再告飲一杯潘公叫轎夫
勸了幾杯(好)那淫婦道酒住(有心)喫不去了賊秃道
入來各人與他一杯酒喫賊秃道乾爺不必記挂
小僧都分付了已着道人邀在外面自有坐處喫
酒麵(好)乾爺放心且請開懐多飲幾杯(好)原來這
賊秃爲這箇婦人特地對付下這等有力氣的好
酒潘公喫央不過多喫了兩杯當不住醉了和尚
道且扶乾爺去牀上睡一睡和尚叫兩箇師哥只

一扶把這老兒攙在一箇冷淨房裏去睡了這里
和尚自勸道娘子開懷再飲一杯那淫婦一者有
心二乃酒入情懷便覺有些朦朦朧朧上來口裏
嘈道師兄你只顧央我喫酒做甚麽(活畫)賊秃低低
告道只是敬愛娘子(活畫)淫婦便道我酒是罷了(活畫)
(其言未畢願更詳之)賊秃道請娘子去小僧房裏看佛牙
(活畫罪過)淫婦便道我正要看佛牙了來(活畫却又說還願)
(盡頭心)這賊秃把那淫婦一引引到一處樓上(五却引)
是那賊秃的臥房鋪設得十分整齊淫婦看了先
自五分歡喜(今之妖僧所以必營臥房也)便道你端的好箇臥
房乾乾淨淨賊秃笑道只是少一箇娘子(賊秃賊甚看)
(他逐漸入港)那淫婦也笑道你便討一箇不得(淫婦淫極看)
(他針針相接梭梭相逐)賊秃道那里得這般施主淫婦道你
且教我看佛牙則箇賊秃道你叫迎兒下去才我
便取出來(賊秃賊甚)淫婦便道迎兒你且下去看老爺
醒也未(淫婦淫甚)迎兒自下得樓來去看潘公賊秃把

樓門關上淫婦笑道師兄你關我在這里怎的（便是不知怎的卿試猜之）這賊禿淫心蕩漾向前摟住那淫婦說道我把娘子十分愛慕我為你下了兩年心路今日難得娘子到此這箇機會作成小僧則箇淫婦道我的老公不是好惹的你却要騙我倘若他得知却不饒你賊禿跪下道只是娘子可憐見小僧則箇那淫婦張着手說道賊禿家倒會纏人我老大耳刮子打你（淫甚）賊禿嘻嘻的笑着說道任從娘子打只怕娘子閃了手（賊甚）那淫婦淫心飛動便摟起賊禿道我終不成當真打你（淫甚）賊禿便抱住這淫婦向牀前卸衣解帶了其心願（佛牙遂入血盆一時心願都畢）好半日（只三字寫得極其不堪今之人家必欲縱其妻女登山入廟者亦未思其好半日之不堪也）兩箇雲雨方罷那賊禿摟住這淫婦說道你既有心於我我身死而無怨只是今日雖然虧你作成了我只得一霎時的恩愛快活不能彀終夜歡娛久後必然害殺小僧那淫婦便道你且不要慌我已尋思一條計了我家的人一箇月倒有二十來日當牢上宿我自買了迎兒教他每日在後門裏伺候若是夜晚他一不在家時便掇一箇香桌兒出來燒夜香為號你便入來不妨只怕五更睡着了不知省覺却那里尋得一箇報曉的頭陀買他來後門頭大敲木魚高聲叫佛便好出去若買得這等一箇時一者得他外面策望二乃不叫你失了曉賊禿聽了這話大喜道妙哉你只顧如此行我這里自有箇頭陀胡道人我自分付他來策望便了淫婦道我不敢留戀長久恐這厮們疑忌我快回去是得你只不要悞約那淫婦連忙再整雲鬟重勻粉面開了樓門便下樓來教迎兒叫起潘公慌忙便出僧房來轎夫喫了酒麪已在寺門前伺候那賊禿直送那淫婦到山門外那淫婦作別了上轎自和潘公迎兒歸家不在話下却說這賊禿自來尋報曉頭陀本房原有箇胡道今在

寺後退居裏小菴中過活諸人都叫他做胡頭陀每日只是起五更來敲木魚報曉勸人念佛天明時收掠齋飯賊禿喚他來房中安排三杯好酒相待了他又取些銀子送與胡道胡道起身說道弟子無功怎敢受祿日常又承師父的恩惠賊禿道我自看你是箇志誠的人我早晚出些錢貼買道度牒剃你爲僧這些銀子權且將去買些衣服穿着原來這賊禿日嘗時只是教師哥不時送些午齋與胡道待節下又帶挈他去誦經得些齋襯錢補一層便襯起心感胡道感恩不淺尋思道他今日又與我銀兩必有用我處何必等他開口胡道便道師父但有使令小道處即當向前賊禿道胡道你旣如此好心說時我不瞞你所有潘公的女兒要和我來往不說我要和却說要和我口角如活約定後門首但有香桌兒在外時便是教我來我却難去那里踅若得你先去看探有無我纔可去又要煩你五更起來叫人

念佛時可就來那里後門頭看沒人便把木魚大敲報曉高聲叫佛我便好出來胡道便道這箇句畧頓一頓口角如活有何難哉當時應允了其日先來潘公後門首討齋飯先來一次針線之極只見迎兒出來說道你這道人如何不來前門討齋飯却在後門裏來那胡道便念起佛來裏面這淫婦聽得了便出來後門問道你這道人莫不是五更報曉的頭陀胡道應道小道便是五更報曉的頭陀教人省睡妙晚間宜燒些香妙佛天歡喜妙那淫婦聽了大喜便叫迎兒去樓上取一串銅錢來布施他名日布施這頭陀張得迎兒轉背便對淫婦說道小道便是海師父心腹之人特地使我先來探路淫婦道我已知道了今夜晚間你可來看如有香桌兒在外你可便報與他則箇胡道把頭來點着迎兒取將銅錢來與胡道去了那淫婦來到樓上却把心腹之事對迎兒說奴才但得些小便宜如何不隨順了省筆

却說楊雄此日正該當牢，未到晚，先來取了鋪蓋去監裏上宿。這一日，倒是迎兒巴不到晚，早去安排了香桌兒，黃昏時掇在後門外。（寫小兒女不知人事，情性如活。寫奴才獻勤如活。俗本誤。）那婦人却閃在傍邊伺候。初更左側，一箇人戴頂頭巾閃將入來。迎兒喫一嚇，（奇絕妙絕之文。迎兒喫一嚇妙絕，俗本皆失，可笑。）道：「誰？」（只一箇字，寫出喫嚇來，令小兒女情性如活。）那人也不答應。（如活。）這淫婦在側邊伸手便扯去他頭巾，露出光頂來，輕輕地罵一聲：「賊禿倒好見識！」（奇絕妙絕之文，俗本皆誤。○淫婦倒好見識。）兩箇厮摟厮抱着上樓去了。迎兒自來掇過了香桌兒，關上了後門，也自去睡了。他兩箇當夜如膠似漆，如糖似蜜，如酥似髓，如魚似水，（極寫不堪，却極其雅馴也。）快活淫戲了五七遍。（只三字，寫得極其不堪。）正好睡哩，只聽得咯咯地木魚響，（奇絕妙絕。）高聲念佛。賊禿和淫婦一齊驚覺。（一齊二字奇妙如活，俗本盡誤。）那賊禿披衣起來，道：「我去也，今晚再相會。」淫婦道：「今後但有香桌兒在後門外，你便不可負約；如無香桌兒在後門，你便切不可來。」賊禿下牀，淫婦替他戴上頭巾，（淫極妙絕之文，俗本誤。）迎兒開了後門放（只一字，妙絕如活。）去了。自此爲始，但是楊雄出去當牢上宿，那賊禿便來家中。只有這箇老兒未晚先自要睡，迎兒這箇丫頭已自做一牀了，（極寫不堪。）只要瞞着石秀一箇。那淫婦淫發起來，那里管顧。這賊禿又知了婦人的滋味，便似攝了魂魄的一般。這賊禿只待頭陀報了，便離寺來。那淫婦專得迎兒做脚，放他出入。因此快活往來戲耍，將近一月有餘。（又省，又錯落。）

且說石秀每日收拾了店時，自在坊裏歇宿，常有這件事挂心，每日委決不下，却又不曾見這賊禿往來。（先反跌一句，妙。）每日五更睡覺，不時跳將起來料度這件事。（鬪筍合縫，又緊又衞。）只聽得報曉頭陀直來巷裏敲木魚，高聲叫佛。石秀是箇乖覺的人，早瞧了九分，（九分了。）冷地裏思量道：「這條巷是條死巷，如何有這頭陀連日來這里敲木魚叫佛？事有可疑。」（寫石秀又作三番，第一番聽得。第二番張見。第三番方是殺。今第一番。當是十一月中旬之日五更時分石秀正睡不着只聽得木魚敲響頭陀直敲入巷裏來到後門口高聲叫道普度衆生救苦救難諸佛菩薩奇妙無比。石秀聽得叫的蹺蹊便跳將起來去門縫裏張時第二番張見。只見一箇人戴頂頭巾從黑影裏閃將出來和頭陀去了隨後便是迎兒關門妙筆石秀聽到十分十分了。此十分聽料之文作者乃特特與十分斫光相對俗本悉行改去何也。設不遇古本豈不惜哉。恨道哥哥如此豪傑却討了這箇淫婦倒被這婆娘瞞過了做成這等勾當巴得天明把豬出去門前挂了賣箇早市偏有此閒細之筆。飯罷討了一遭賒錢偏有此閒細之筆。日中前後看他寫出天明。飯罷。日中。前後。次序。閒婉之甚逕到州衙前來尋楊雄却好行至州橋邊正迎見楊雄楊雄便問道兄弟那里去來石秀道因討賒錢就來尋哥哥楊雄道我嘗爲官事忙併不曾和兄弟快活喫三杯且來這里坐一坐楊雄把這石秀引到州橋下一箇

酒樓上揀一處僻淨閣兒裏兩箇坐下叫酒保取瓶好酒來安排盤饌海鮮案酒二人飲過三杯楊雄見石秀只低了頭尋思是石秀。楊雄是箇性急的人便問道是楊雄。兄弟你心中有些不樂莫不家裏有甚言語傷觸你處石秀道家中也無有甚話兄弟感承哥哥把做親骨肉一般看待有句話敢說麼是石秀。楊雄道兄弟何故今日見外有的話但說不妨是楊雄。石秀道哥哥每日出來只顧承當官府却不知背後之事這箇嫂嫂不是良人兄弟已看在眼裏多遍了且未敢說今日見得仔細忍不住來尋哥哥直言休怪楊雄道我自無背後眼你且說是誰石秀道前者家裏做道場請那箇賊禿海闍黎來嫂嫂便和他眉來眼去兄弟都看見第三日又去寺裏還血盆懺願心兩箇都帶酒歸來我近日只聽得一箇頭陀直來巷內敲木魚叫佛那廝敲得作怪今日五更被我起來張時看見果然

是這賊禿戴頂頭巾從家裏出去似這等淫婦要他何用（四字問得妙。）楊雄聽了大怒道這賤人怎敢如此石秀道哥哥且息怒今晚都不要提（是石秀。）只和每日一般明日只推做上宿三更後却再來敲門那厮必然從後門先走兄弟一把拏來從哥哥發落楊雄道兄弟見得是石秀又分付道哥哥今晚且不可胡發說話（是石秀。）楊雄道我明日約你便是兩箇再飲了幾杯算還了酒錢一同下樓來出得酒肆各散了只見四五箇虞候叫楊雄道（偏生出別樣事頭故妙）那里不尋節級知府相公在花園裏坐地教尋節級來和我們使棒快走快走楊雄便分付石秀道本官喚我只得去應答兄弟你先回家去石秀當下自歸家裏來收拾了店面自去作坊裏歇息且說楊雄被知府喚去到後花園中使了幾回棒知府看了大喜叫取酒來一連賞了十大賞鍾楊雄喫了都各散了衆人又請楊雄去喫酒至晚喫得大醉扶將歸來那淫婦見丈夫醉了謝了衆人却自和迎兒攙上樓梯去明晃晃地點着燈盞楊雄坐在牀上迎兒去脫鞾鞋（先作一陪。）淫婦與他除頭巾解巾幘（奇絕妙絕之文。）楊雄見他來除巾幘一時驀上心來（奇絕妙絕之文。因除巾幘忽然提着賊禿戴巾也。俗本悉改失。）自古道醉是醒時言指着那淫婦罵道你這賤人（句）這賊妮子（句）好歹我要結果了你（句。驀頭無腦。寫得活是醉人。）那淫婦喫了一驚不敢回話且伏侍楊雄睡了楊雄一頭上牀睡一頭口裏恨恨的罵道你這賤人（一你這。）你這淫婦（二你這。）你這你這大蟲口裏倒涎（三你這。四你這。）你這你這我手裏不到得輕輕地放了你（五你這。六你這。支離佶屈寫得活是醉人。）那淫婦那裏敢喘氣直待楊雄睡着看看到五更楊雄酒醒了討水喫那淫婦起來舀碗水遞與楊雄喫了桌上殘燈尚明（是酒醒時景物。）楊雄喫了水便問道大嫂你夜來不曾脫衣裳睡（活是酒醒人。）那淫婦道你喫得爛醉了只怕你要吐那里敢脫衣裳只在脚後倒了一夜楊雄道我不曾說甚麼言語（活是酒醒人。）淫婦道你往嘗酒性好但喫醉了便睡我夜來只有些兒放不下楊雄又問道石秀兄弟這幾日不曾和他快活喫得三杯（絕妙酒醒遮頭）你家里也自安排些請他（叠脚語。）那淫婦便不應自坐在踏牀上眼淚汪汪口裏歎氣（寫淫婦機變又可畏。）楊雄又說道大嫂我夜來醉了又不曾惱你做甚麼了煩惱那淫婦掩着淚眼只不應（如活）楊雄連問了幾聲那淫婦掩着臉假哭（如活。）楊雄就踏牀上扯起他在牀上務要問道為何煩惱那淫婦一頭哭一面口裏說道（如活。）我爹娘當初把我嫁王押司只指望一竹竿打到底（聲口如活。看他說出自家貞節。）誰想半路相拋今日只為你十分豪傑却嫁得箇好漢誰想你不與我做主（聲口如活。看他如此說入去便令楊雄不覺入其玄中婦人可畏都如此。）楊雄道又作怪誰敢欺負你我不做主那淫婦道我本待不說（如活。又恩愛軟順之極。）却又怕你着他道兒欲待說來（如活。）又怕你忍氣楊雄聽了便道你且說怎麽地來那淫婦道我說與你你不要氣苦（看他恩愛之至）（安得不入玄中）自從你認義了這箇石秀家來初時也好（頓一句。）向後看看放出刺來（奇語）見你不歸時時嘗看了我說道哥哥今日又不來嫂嫂自睡也好冷落（却便宛然）我只不倸他（貞節）不是一日了（妙妙）這箇且休說（又頓一句。聲聲如活。）昨日早晨我在廚房洗脖項這廝從後走出來看見沒人從背後伸隻手來摸我胷前道嫂嫂你有孕也無（却又宛然）被我打脫了手（貞節。）本待要聲張起來（何等貞節。）又怕隣舍得知笑話裝你的幌子（何等恩愛。）巴得你歸來却又濫泥也似醉了又不敢說（寫得恩愛軟順之極。安得不入玄中。）我恨不得喫了他你兀自來問石秀兄弟怎的（聲聲如活。）楊雄聽了心中火起便罵道（是楊雄。）畫虎畫皮難畫骨知人知面不知心這廝倒來我面前又說海闍黎許多事說得箇沒巴鼻眼見得那廝慌了便先來說破使箇見識（和盤托出是箇楊雄。）

口裏恨恨地道他又不是我親兄弟趕了出去便罷（是楊雄。）楊雄到天明下樓來對潘公說道宰了的牲口醃了罷（絕倒。活寫出性急人。）從今日便休要做買賣一霎時把櫃子和肉案都拆了石秀天明正將了肉出來門前開店只見肉案并櫃子都拆翻了（又要假週年耶。）石秀是箇乖覺的人如何不省得笑道是了（四字寫出精細乖覺。）因楊雄醉後出言走透了消息倒喫這婆娘使箇見識攛掇定反說我無禮他教丈夫收了肉店我若便和他分辯教楊雄出醜我且退一步了却別作計較（石秀可畏，我惡其人。）石秀便去作坊裏收拾了包裹（第二番也。）楊雄怕他羞恥也自去了（決撒得好笑。）石秀提了包裹跨了解腕尖刀（妙筆。便不單是去。）來辭潘公道小人在宅上打攪了許多時今日哥哥既是收了鋪面小人告回帳目已自明明白白並無分文來去如有毫釐昧心天誅地滅（石秀可畏，我惡其人。）潘公被女婿分付了也不敢留他繇他自去了這石秀

却只在近巷內（又一條巷。）尋箇客店安歇賃了一間房住下石秀却自尋思道楊雄與我結義我若不明白得此事枉送了他的性命他雖一時聽信了這婦人說心中怪我我也分別不得務要與他明白了此一事我如今且去探聽他幾時當牢上宿起箇四更便見分曉在店裏住了兩日却去楊雄門前探聽當晚只見小牢子取了鋪蓋出去石秀道今晚必然當牢我且做些工夫看便了當晚回店裏睡到四更起來跨了這口防身解腕尖刀悄悄地開了店門徑踅到楊雄後門頭巷內伏在黑影裏張時却好交五更時候只見那箇頭陀挾着木魚來巷口探頭探腦石秀一閃閃在頭陀背後（駭疾。）一隻手扯住頭陀一隻手把刀去頸上閣着（駭疾。）低聲喝道（低聲喝妙。）你不要掙扎若高做聲便殺了你（妙妙。）你只好好實說海和尚叫你來怎地那頭陀道好漢你饒我便說石秀道你快說我不殺你頭陀

道海闍黎和潘公女兒有染每夜來往教我只看後門頭有香桌兒爲號喚他入鈸（奇文）五更裏却教我來敲木魚叫佛喚他出鈸（奇文）石秀道他如今在那里（精細之至）頭陀道他還在他家裏睡着我如今敲得木魚響他便出來石秀道你且借你衣服木魚與我（奇極）頭陀手裏先奪了木魚頭陀把衣服正脫下來被石秀將刀就頸上一勒（駭疾○一勒妙○真已有成竹於胸中）殺倒在地頭陀已死了石秀却穿上直裰護膝（妙）一邊插了尖刀（妙）把木魚直敲入巷裏來（奇極之文）那賊禿在牀上却好聽得木魚咯咯地響連忙起來披衣下樓迎兒先來開門賊禿隨從後門裏閃將出來石秀兀自把木魚敲響那和尚悄悄喝道只顧敲做甚麼（絕倒）石秀也不應他讓他走到巷口一交放翻（駭疾）按住喝道不要高做聲高做聲便殺了你（妙妙）只等我剝了衣服便罷（奇極）那賊禿知道石秀那里敢掙扎做聲被石秀都剝了衣裳赤條條不着一絲（絕妙奇極之文）悄悄去屈膝邊拔出刀來三四刀搠死了（三四刀又妙○石秀可畏之極）却把刀來放在頭陀身邊（殺人是極忙事看他何等閒逸嚴密）將了兩箇衣服捲做一捆包了（精細之極○石秀可畏）再回客店裏輕輕地（妙）開了門進去悄悄地（妙）關上了自去睡不在話下却說本處城中一箇賣糕粥的王公其日五更挑着擔糕粥點着箇燈籠一箇小猴子跟着出來趕早市正來到死屍邊過却被絆一交把那老子一擔糕粥傾潑在地下只見小猴子叫道苦也一箇和尚醉倒在這里（絕倒）老子摸得起來摸了兩手腥血叫聲苦不知高低幾家鄰舍聽得都開了門出來把火炤時只見遍地都是血粥（奇文）兩箇屍首擔在地上衆鄰舍一把拖住老子要去官司陳告正是禍從天降災向地生畢竟王公怎地脫身且聽下回分解

第五才子書施耐菴水滸傳卷之四十九

第五才子書施耐菴水滸傳卷之五十

聖歎外書

第四十五回

病關索大鬧翠屏山　拚命三火燒祝家店

前有武松殺奸夫淫婦一篇此又有石秀殺奸夫淫婦一篇若是者班乎曰不同也夫金蓮之淫乃敢至於殺武大此其惡貫盈矣不破胸取心實不足以蔽厥辜也若巧雲淫誠有之未必至於殺楊雄也坐巧雲以他日必殺楊雄之罪此自石秀之言而未必遂服巧雲之心也且武松之於金蓮也武大已死則武松不得不問此實武松萬不得已而出於此若武大固在武松不得而殺金蓮者法也今石秀之於巧雲既去則亦已矣以姓石之人而殺姓楊之人之妻此何法也總之武松之殺二人全是為兄報仇而已曾不與焉若石秀之殺四人不過為已明寃而已並與楊雄無與也觀巧雲所以汚石秀者亦即前日金蓮所以汚武松者乃武松以親嫂之嫌疑而落落然受之曾不置辯而天下後世亦無不共明其如氷如玉也者若石秀則務必辯之背後辯之又必當面辯之迎兒辯之又必巧雲辯之務令楊雄深有以信其如氷如玉而後已嗚呼豈真天下之大另又有此一種殘刻狠毒之惡物歟吾獨怪耐菴以一手搦一筆而既寫一武松又寫一石秀嗚呼又何奇也

話說當下衆鄰舍結住王公直到薊州府裏首告知府却纔陞廳一行人跪下告道這老子挑着一擔糕粥潑翻在地下看時却有兩箇死屍在粥裏（先說潑粥、又說死屍、妙絕。在粥裏妙。）一箇是和尚一箇是頭陀俱各身上無一絲頭陀身邊有刀一把老子告道老漢每日曾賣糕糜營生只是五更出來趕趁今朝起得早了些箇和這鐵頭猴子只顧走不看下面一交絆翻碗碟都打碎了相公可憐（重訴跌碎碗碟輕帶兩箇死屍妙得雜亂老子情性知此則聽訟直易易也）只見血淥淥的兩箇死屍又喫一驚（只許自己喫驚不管兩人被殺妙妙）叫起鄰舍來倒被扯住到官（倒被妙話是不知何低老子）望相公明鏡辯察知府隨即取了供詞行下公文委當方里甲帶了仵作公人押了鄰舍王公一干人等下來簡驗屍首明白回報衆人登場看簡已了回州稟復知府被殺死僧人係是報恩寺闍黎裴如海傍邊頭陀係是寺後胡道和尚不穿一絲身上三四道搠傷致命方死胡道身邊見有兇刀一把只見項上有勒死傷痕一道係是胡道掣刀搠死和尚懼罪自行勒死（益歎石秀胸中精細做事出人）知府叫拘本寺僧鞫問緣故俱各不知情縣知府也沒箇決斷當案孔目稟道眼見得這和尚裸形赤體必是和那頭陀幹甚不公不法的事互相殺死不干王公之事鄰舍都教召保聽候屍首着仰本寺住持即備棺木盛殮放在別處立箇互相殺死的文書便了知府道也說得是隨即發落了一干人等不在話下前頭巷裏（又是一條巷）那些好事的子弟做成一隻曲兒唱道堪笑報恩和尚撞着前生寃障將善男瞞了（妙）信女勾來（妙）要他喜捨肉身（妙妙）慈悲歡暢（妙）怎極樂觀音方纔接引（妙）蚤血盆地獄塑來出相（妙絕妙貞是好辭）想色空空色空色色空他全不記多心經上（妙）到如今徒弟度生回（妙絕倒）連長老涅槃街巷（妙絕倒）若容得頭陀頭陀容得和合多僧（妙多僧者上下各二也）同房共住（妙妙）未到得無常勾帳（妙）只道目連救母上西天從不見這賊禿爲娘身喪（妙絕）後頭巷裏（又是一條巷）也有幾箇好事的子弟聽得前頭巷裏唱着却不伏氣便也做隻臨江仙唱出來賽他道淫戒破時招

殺報（妙）因緣不爽分毫（妙）本來面目忒蹊蹺（妙）一絲真不掛（妙）立地放屠刀（真正絕妙好辭）大和尚今朝圓寂了（絕倒）小和尚昨夜狂騷（絕倒）頭陀刎頸見相交（妙）爲爭同穴死（妙同穴絕倒）誓願不相饒（妙）兩隻曲條條巷（又是條條巷）都唱動了那婦人聽得目瞪口呆却不敢說只是肚裏暗暗地叫苦楊雄在薊州府裏有人告道殺死和尚頭陀心裏早知了些箇尋思此一事準是石秀做出來的我前日一時間錯怪了他我今日閑些且去尋他問他箇真實正走過州橋前來只聽得背後有人叫道哥哥那里去楊雄回過頭來見是石秀（撞着畧換）便道兄弟我正沒尋你處石秀道哥哥且來我下處和你說話把楊雄引到客店裏小房內說道哥哥兄弟不說謊麼（石秀可畏）（筆筆寫出嗌嗌相逼之勢）楊雄道兄弟你休怪我是我一時愚蠢酒後失言反被那婆娘猜破了說兄弟許多不是我今特來尋賢弟負荊請罪石秀道哥哥兄弟雖是箇不才小人却是頂天立地的好漢如何肯做別樣之事（此語前武松亦曾說却覺其潤大今在石秀文中便見其尖刻真乃各極其妙）怕哥哥日後中了奸計因此來尋哥哥有表記教哥哥看（此句直貫下盡剝在此皆石秀語中間却夾寫一句將出衣裳越顯石秀嗌嗌可畏）將出和尚頭陀的衣裳盡剝在此（將出衣裳了又說此四字）（寫得如活）楊雄看了心頭火起便道兄弟休怪我今夜碎割了這賤人出這口惡氣（是楊雄）石秀笑道你又來了（石秀又狠毒又精細筆筆寫出）你既是公門中勾當的人如何不知法度你又不曾拿得他真姦如何殺得人倘或是小弟胡說時却不錯殺了人（石秀轉說轉復可畏）楊雄道似此怎生罷休得（罷休二字絕倒忽然說到碎割忽然說到罷休是楊雄也）石秀道哥哥只依着兄弟的言語教你做箇好男子楊雄道賢弟你怎地教我做箇好男子石秀道此間東門外有一座翠屏山好生僻靜哥哥到明日只說道我多時不曾燒香我今來和大嫂同去把那婦人賺將出來就帶了迎兒同到山上（精細）

小弟先在那里等候着當頭對面把這是非都對得明白了哥哥那時寫與一紙休書棄了這婦人（多恐楊雄不肯。且先說定休棄。到得是非對畢。遽地遞過刀來。石秀節節精細。節節狠毒。我畏其人。）却不是上着楊雄道兄弟何必說得你身上清潔我已知了都是那婦人謊說（楊雄似不肯。）石秀道不然我也要哥哥知道他往來真實的事（咄咄可畏。）（寫石秀可畏之極。）楊雄道既然兄弟如此高見必然不差（是楊雄。）我明日准定和那賤人來你却休要悞了石秀道小弟不來時所言俱是虛謬（句句生發。字字出角。轉說轉復可畏。）楊雄當下別了石秀離了客店且去府裏辦事至晚回家並不提起亦不說甚只和每日一般（前夜何不便爾。文情逗合成趣。）次日天明起來對那婦人說道我昨夜夢見神人怪我說有舊願不曾還得（也是還願。絕倒。）向日許下東門外嶽廟裏那炷香願未曾還得今日我閒些要去還了須和你同去那婦人道你便自去還了罷要我去何用（同是還願。一肯去。一不肯去。寫來絕倒。）楊雄道這願心却是當初說親時許下的必須要和你同去那婦人道既是恁地我們早喫些素飯燒湯洗浴了去楊雄道我去買香紙顧轎子你便洗浴了梳頭插帶了等我就叫迎兒也去走一遭楊雄又來客店裏相約石秀飯罷便來兄弟休悞石秀道哥哥你若擡得來時只教在半山裏下了轎你三個步行上來我自在上面一個僻處等你不要帶閒人上來（石秀色色精細。可畏之甚。）楊雄約了石秀買了紙燭歸來喫了早飯那婦人不知有此事只顧打扮的齊齊整整迎兒也插帶了轎夫扛轎子早在門前伺候楊雄道泰山看家我和大嫂燒香了便回潘公道多燒香早去早回（宛然前日石秀告潘公語。逗合成趣。）那婦人上了轎子迎兒跟着楊雄也隨在後面出得東門來楊雄低低分付轎夫道與我擡上翠屏山去我自多還你些轎錢不到兩個時辰早來到翠屏山上原來這座翠屏山在薊州東門外二十里都是人家的亂墳上面一望盡是青草白楊並無菴舍寺院當下楊雄把那婦人撞到半山叫轎夫歇下轎子拔去葱管搭起轎簾（微細必悉）叫那婦人出轎來婦人問道却怎地來這山裏楊雄道你只顧且上去轎夫只在這里等候不要來少刻一發打發你酒錢轎夫道這箇不妨小人自只在此間伺候便了楊雄引着那婦人并迎兒三箇人上了四五層山坡只見石秀坐在上面那婦人道香紙如何不將來（婦人未上轎楊雄以買香紙誑之及其既上轎楊雄便只空身跟來以免後文收拾也）楊雄道我自先使人將上去了把婦人一引引到一處古墓裏（前日一引二引三引四引五引今日只一引迴合成趣）石秀便把包裹腰刀桿棒都放在樹根前來（精細之極）道嫂嫂拜揖（只四字亦復咄咄可畏）那婦人連忙應道叔叔怎地也在這里一頭說一面肚裏喫了一驚（活畫）石秀道在此專等多時（咄咄可畏）楊雄道你前日對我說道叔叔多遍把言語調戲你又將手摸着你胸前問你有孕也未今日這里無人你兩箇對得明白那婦人道哎呀過了的事只顧說甚麼（妙絕絕倒）石秀睜着眼道嫂嫂你怎麼說（活畫石秀只四字妙絕）那婦人道叔叔你沒事自把髯兒提做甚麼（妙絕絕倒合前後二語想婦人此時千難萬難妙筆能體出也）石秀道嫂嫂嘻（只一字妙絕上只四字此只一字而石秀一片精細滿面很毒都活畫出來俗本妄改許多閒話失之萬里）便打開包裹取出海闍黎並頭陀的衣服來撒放地下道你認得不（咄咄畏人）那婦人看了飛紅了臉無言可對石秀颼地掣出腰刀（石秀很毒之極筆筆寫出）便與楊雄說道此事只問銀兒（看他寫翠屏山全是石秀調遣楊雄）楊雄便揪過那了頭（是楊雄）跪在面前喝道你這小賤人快好好實說如何在和尚房裏入姦（一如何）如何約會把香桌兒爲號（二如何）如何教頭陀來敲木魚（三如何問中三用如何）實對我說饒你這條性命但瞞了一句先把你剁做肉泥迎兒叫道官人不干我事不要殺我我說與你如何僧房中喫酒（一如何）如何上樓看佛牙（二如何）如何趕他下

樓下看潘公酒醒三如何第三日如何頭陀來後門化齋飯四如何如何教我取銅錢布施與他五如何如何娘子和他約定但是官人當牢上宿要我擬香桌兒放出後門外便是暗號頭陀來看了却去報知和尚六如何如何海闍黎扮做俗人帶頂頭巾入來娘子扯去了露出光頭來七如何如何五更聽敲木魚響要我開後門放他出去八如何如何娘子許我一副釧鐲一套衣裳所許前畧此補我只得隨順了九如何如何往來已不止數十遭後來便喫殺了十如何如何又與我幾件首飾教我對官人說石叔叔把言語調戲一節這箇我眼裏不曾見因此不敢說十一如何○補前所無又說得好只此是實並無虛謬迎兒說罷石秀便道哥哥得知麼石秀可畏語語咄咄來逼這般言語須不是兄弟教他如此說語語咄咄來逼請哥哥却問嫂嫂備細緣繇看他又調遣楊雄揪過那婦人來是楊雄喝道賊賤人了頭已都招了你便一些兒休賴再把實情對我說了饒你這賤人一條性命那婦人說道我的不是了你看我舊日夫妻之面饒恕了我這一遍石秀道哥哥含糊不得石秀很毒之極我惡其人○曷得石秀爛樓之間駭疾不可當須要問嫂嫂一箇從頭備細原繇楊雄喝道賤人你快說那婦人只得把和尚二年前如何起意一如何如何來結拜我父做乾爺二如何做好事日如何先來下禮三如何我遞茶與他如何只管看我笑四如何如何石叔叔出來連忙去了五如何如何我出去拈香只管捱近身來六如何半夜如何到布簾前捏我的手便教我還了願好七如何如何叫我是娘子騙我看佛牙八如何如何求我圖箇長便九如何如何教我反間你便撚得石叔叔出去十如何如何定要我把迎兒也與他說不時我便不來了十一如何○迎兒說一遍巧雲又說一遍却句句不同迎兒所說皆是事巧雲所說皆是情也一一都說了石秀道你却怎地對哥哥倒說我來調戲你上第十句已明明招出石秀務要特地再提出來洗刷清白咄咄相逼可畏可恨那

婦人道前日他醉了罵我我見他罵得蹺蹊我只猜是叔叔看見破綻說與他也是前兩三夜他先敎道我如此說（補文中之所無）這早晨便把來支吾實是叔叔並不曾恁地石秀道今日三面說得明白了任從哥哥心下如何措置（石秀轉說轉更可畏○通篇結束到此一句寫石秀只寫明白自己並非若武松之於金蓮令人可恨）楊雄道兄弟你與我拔了這賤人的頭面剝了衣裳然後我自伏侍他（楊雄好笑）石秀便把那婦人頭面首飾衣服都剝了（便把二字寫石秀可畏可恨）楊雄割兩條裙帶把婦人綁在樹上石秀徑把迎兒的首飾也去了（便把妙徑把又妙都寫石秀可畏可恨）遞過刀來（寫石秀却在人情之外天地間閒另有此一等很毒人）說道哥哥這箇小賤人留他做甚麼一發斬草除根（何至於此可畏可恨）楊雄應道果然（好笑）兄弟把刀來我自動手迎兒見頭勢不好却待要叫楊雄手起一刀揮作兩段那婦人在樹上叫道叔叔勸一勸（活畫絕倒）石秀道嫂嫂不是我（石秀很毒句句都畫出來○不是你勸的事又是你幇的事耶）楊雄向前把刀先穵出舌頭一刀便割了且教那婦人叫不得楊雄却指着罵道你這賊賤人我一時誤聽不明險些被你瞞過了一者壞了我兄弟情分二乃久後必然被你害了性命我想你這婆娘心肝五臟怎地生着我且看一看一刀從心窩裏直割到小肚子下（不堪）取出心肝五臟掛在松樹上（閒）楊雄又將這婦人七事件分開了却將釵釧首飾都拴在包裹裏了（好）楊雄道兄弟你且來和你商量一箇長便如今一箇姦夫（少說了一箇）一箇淫婦（亦少說一箇）都已殺了只是我和你投那里去安身石秀道兄弟自有箇所在請哥哥便行（寫石秀精細出人）楊雄道却是那里去石秀道哥哥殺了人兄弟又殺人不去投梁山泊入夥却投那里去楊雄道且住我和你又不曾認得他那里一箇人如何便肯收錄我們石秀道哥哥差矣如今天下江湖上皆聞山東及時雨宋公明招賢納士結識天下好漢誰不

知道放着我和你一身好武藝愁甚不收留楊雄道凡事先難後易免得後患我却不合是公人只恐他疑心不肯安着我們石秀笑道他不是押司出身（石秀寫得色色出人）我敬哥哥一發放心前者哥哥認義兄弟那一日先在酒店裏和我喫酒的那兩箇人一箇是梁山泊神行太保戴宗一箇是錦豹子楊林他與兄弟十兩一錠銀子尚兀自在包裹（忽然迴合）因此可去投托他楊雄道既有這條門路我去收拾了些盤纏便走石秀道哥哥你也這般搭纏倘或入城事發拏住如何脫身放着包裹裏見有若干釵釧首飾兄弟又有些銀兩再有人同去也殼用了（逗一句引下文妙筆）何須又去取討惹起是非來如何解救這事少時便發不可遲滯我們只好望山後走石秀便背上包裹拏了桿棒楊雄插了腰刀在身邊提了朴刀却待要離古墓只見松樹後走出一箇人來叫道清平世界蕩蕩乾坤把人割了却去投奔梁山泊入夥我聽得多時了（奇文）楊雄石秀看時那人納頭便拜（又奇）楊雄却認得這人姓時名遷祖貫是高唐州人氏流落在此只一地里做些飛簷走壁跳籬騙馬的勾當曾在薊州府裏喫官司却是楊雄救了人都叫他做鼓上蚤當時楊雄便問時遷你如何在這里時遷道節級哥哥聽稟小人近日沒甚道路在這山裏掘些古墳覓兩分東西因見哥哥在此行事不敢出來衝撞却聽說去投梁山泊入夥小人如今在此只做得些偷雞盜狗的勾當幾時是了跟隨得二位哥哥上山去却不好未知尊意肯帶挈小人麽石秀道既是好漢中人物他那里如今招納壯士那爭你一箇若如此說時我們一同去時遷道小人却認得小路去（好）當下引了楊雄石秀三箇人自取小路下後山投梁山泊去了却說這兩箇轎夫在半山裏等到紅日平西不見三箇下來分付了又不敢上

去換不過了（如法）不免信步尋上山來只見一羣老鴉成團打塊在古墓上（奇文）兩箇轎夫上去看時原來却是老鴉奪那肚腸喫以此聒噪（奇文）轎夫看了喫着一驚慌忙回家報與潘公一同去薊州府裏首告知府隨即差委一員縣尉帶了仵作行人來翠屏山簡驗屍首已了回覆知府禀道簡得一口婦人潘巧雲割在松樹邊使女迎兒殺死在古墓下墳邊遺下一堆婦人與和尚頭陀衣服（寫石秀胸中經濟如許）知府聽了想起前日海和尚頭陀的事備細詢問潘公那老子把這僧房酒醉一節和這石秀出去的緣繇細說了一遍知府道眼見得這婦人與和尚通姦那女使頭陀做脚想石秀那廝路見不平殺死頭陀和尚楊雄這廝今日殺了婦人女使無疑定是如此只拏得楊雄石秀便知端的當即行移文書捕獲楊雄石秀其餘轎夫人等各放回聽候潘公自去買棺木將屍首殯葬不在話下

再說楊雄石秀時遷離了薊州地面在路夜宿曉行不則一日行到鄆州地面過得香林洼早望見一座高山不覺天色漸漸晚了看見前面一所靠溪客店三箇人行到門首店小二却待關門只見這三箇人撞將入來小二問道客人來路遠以此晚了時遷道我們今日走了一百里以上路程因此到得晚了小二哥放他三箇入來安歇問道客人不曾打火麼時遷道我們自理會小二道今日沒客歇竈上有兩隻鍋乾淨客人自用不妨時遷問道店裏有酒肉賣麼小二道今日早起有些肉都被近村人家買了去只剩得一甕酒在這里並無下飯時遷道也罷先借五升米來做飯却理會小二哥取出米來與時遷就淘了做起一鍋飯來石秀自在房中安頓行李（叙得清出）楊雄取出一隻釵兒把與店小二（叙得清出）先回他這甕酒來喫明日一發算帳小二哥收了釵兒便去裏面掇出那甕酒

來開了將一碟兒熟菜放在桌子上時遷先提一桶湯來叫楊雄石秀洗了腳手寫時遷漸引人事來・一面篩酒來就來請小二哥一處坐地喫酒非必要小二同飲・只爲要問起祝家備細也・放下四隻大碗斟下酒來喫石秀看見店中簷下插着十數把好朴刀奇・問小二哥道你家店裏怎的有這軍器小二哥應道都是主人家留在這里石秀道你家主人是甚麼樣人小二道客人你是江湖上走的人如何不知我這里的名字前面那座高山便喚做獨龍山山前有一座凜巍巍岡子便喚做獨龍岡上面便是主人家住宅這里方圓三十里却喚做祝家莊莊主太公祝朝奉有三個兒子稱爲祝氏三傑莊前莊後有五七百人家都是佃戶各家分下兩把朴刀與他這里喚作祝家店嘗有數十個家人來店裏上宿以此分下朴刀在這里石秀道他分軍器在店裏何用小二道此間離梁山泊不遠只恐他那里賊人來借糧因此准備下石秀道與你些銀兩回與我一把朴刀用如何生波・小二哥道這個却使不得器械上都編着字號我小人喫不得主人家的棍棒我這主人法度不輕石秀笑道我自取笑你你却便慌且只顧喫酒小二道小人喫不得了先去歇了客人自便寬飲幾杯小二哥去了楊雄石秀又自喫了一回酒只見時遷道哥哥要肉喫麼楊雄道店小二說沒了肉賣你又那里得來時遷嘻嘻的笑着去竈上提出一隻老大公雞來都是生發後文・無甚出色楊雄問道那里得這雞來時遷道小弟却纔去後面淨手見這隻雞在籠裏尋思沒甚喫酒被我悄悄把去溪邊殺了提桶湯去後面就那里撏得乾淨煮得熟了把來與二位哥哥喫楊雄道你這廝還是這等賊手賊腳石秀笑道還未改本行三個笑了一回把這雞來手斯開喫了一面盛飯來喫只見那店小二畧睡一睡放心不下爬將起來前

後去熇管只見厨桌上有些雞毛和雞骨頭却去竈上看時半鍋肥汁小二慌忙去後面籠裏看時不見了雞連忙出來問道客人你們好不達道理如何偷了我店裏報曉的雞喫時遷道見鬼了耶耶（如聞其聲）我自路上買得這隻雞來喫何曾見你的雞小二道我店裏的雞却那里去了時遷道敢被野猫拖了黃猩子喫了鷂鷹撲去了我却怎地得知（好如聞其聲）小二道我的雞纔在籠裏不是你偷了是誰石秀道不要爭直幾錢陪了你便罷店小二道我的是報曉雞店內少他不得你便陪我十兩銀子也不濟只要還我雞石秀大怒道你詐哄誰老爺不陪你便怎地店小二笑道客人你們休要在這里討野火喫只我店裏不比別處客店拏你到莊上便做梁山泊賊寇解了去（看他要生出事頭無可生處如此曲折寫來）石秀聽了大罵道便是梁山泊好漢你怎麽拿了我去請賞楊雄也怒道（此處忽然寫楊雄）好意還你些錢不陪你怎地拿我去小二叫一聲有賊只見店裏赤條條地走出三五箇大漢來逕奔楊雄石秀來被石秀手起一拳一箇都打翻了小二哥正待要叫被時遷一拳打腫了臉做聲不得這幾箇大漢都從後門走了楊雄道兄弟這廝們一定去報人來我們快喫了飯走了罷三箇當下喫飽了把包裹分開腰了穿上麻鞋跨了腰刀各人去鎗架子上揀了一條好朴刀（好）石秀道左右只是左右不可放過了他便去竈前尋了把草竈裏點箇火望裏面四下焠着（畢竟寫出是石秀）看那草房被風一煽刮刮雜雜火起來那火頃刻間天也似般大三箇拽開脚步望大路便走三箇人行了兩箇更次只見前面後面火把不計其數約有一二百人發着喊趕將來石秀道且不要慌我們且揀小路走（石秀只是乖）楊雄道且住一箇來殺一箇兩箇來殺一雙待天色明朗却走（此處却寫出楊雄）說猶未了四下裏合攏來

楊雄當先石秀在後時遷在中寫個楊雄三箇挺着朴刀來戰莊客那夥人初時不知輪着鎗棒趕來楊雄手起朴刀早戳翻了五七箇前面的便走後面的急待要退石秀趕入去又戳翻了六七人四下里莊客見說殺傷了十數人都是要性命的思量不是頭都退了去三箇得一步趕一步正走之間喊聲又起枯草裏舒出兩把撓鉤正把時遷一撓鉤搭住拖入草窩去了若一時遷拖去便令下文住手不得生出三打祝家莊也石秀急轉身來救時遷背後又舒出兩把撓鉤來却得楊雄眼快便把朴刀一撥撥開望草裏便戳發聲喊都走了不可不救不可定救只如此好兩箇見捉了時遷怕深入重地亦無心戀戰顧不得時遷了且四下里尋路走罷見遠遠地火把亂明小路上又無叢林樹木熠得有路便走畫出一直望東邊去了衆莊客四下里趕不着自救了帶傷的人去將時遷背剪綁了押送祝家莊來且說楊雄石秀走到天明望見一座村落酒店石秀道哥哥前頭酒肆裏買碗酒飯喫了去就問路程兩箇便入村店裏來倚了朴刀坐下叫酒保取些酒來就做些飯喫酒保一面鋪下菜蔬燙將酒來方欲待喫只見外面一箇大漢走入來生得濶臉方腮眼鮮耳大貌醜形麄穿一領茶褐紬衫戴一頂萬字頭巾繫一條白絹搭膊下面穿一雙油膀靴叫道大官人教你們挑擔來莊上納店主人連忙應道裝了擔少刻便送到莊上那人分付了便轉身又說道快挑來却待出門正從楊雄石秀面前過楊雄却認得他便叫一聲小郎你如何在這里不看我一看那人回轉頭來看了一看却也認得便叫道恩人如何來到這里望着楊雄便拜不是楊雄撞見了這箇人有分教三莊盟誓成虛謬衆虎咆哮起禍殃畢竟楊雄石秀遇見的那人是誰且聽下回分解

第五才子書施耐菴水滸傳卷之五十

第五才子書施耐菴水滸傳卷之五十一

聖歎外書

第四十六回

撲天鵰兩修生死書
宋公明一打祝家莊

人亦有言不遇盤根錯節不足以見利器夫不遇難題亦不足以見奇筆也此回要寫宋江打祝家莊夫打祝家莊亦尋常戰鬬之事耳烏足以展耐菴之經緯故未製文先製題於祝家莊之東先立一李家莊於祝家莊之西又立一扈家莊三莊相連勢如翼虎打東則中帥西救打西則中帥東救打中則東西合救夫如是而題之難御遂如六馬亂馳非一轡所鞚伏箭亂發非一牌所隔野火亂起非一手所撲矣耐菴而後廼錦心舒繡手弄柔翰點妙墨蚤於楊雄石秀未至山泊之日先按下東李此之謂縶其右臂入下回十六虎將浴血苦戰生擒西扈此之謂截其左腋東西定而蹙厥三祝曾不如縛一雞之易者是皆耐菴相題有眼捽題有法搗題有力故得至是人徒就篇尾論長數短謂亦猶夫能事殊未向篇首一籌量其落筆之甚難也

看他寫李祝之戰只是相當非不欲作快筆徒恐因而兩家不得住手便礙宋江一打筆勢故行文有時占得一筆是多一筆亦有時罣得一筆是多一筆也

石秀探路一段描出全副一箇精細人讀之益想耐菴七竅中真乃無奇不備

話說當時楊雄扶起那人來叫與石秀相見石秀便問道這位兄長是誰楊雄道這箇兄弟姓杜名興祖貫是中山府人氏因為面顏生得麄莽以此人都叫他做鬼臉兒上年間做買賣來到薊州因

一口氣上打死了同夥的客人與官司監在薊州府裏楊雄見他說起拳棒都省得一力維持救了他不想今日在此相會杜興便問道恩人爲何公事來到這里楊雄附耳低言道我在薊州殺了人命欲要投梁山泊去入夥昨晚在祝家店投宿因同一箇來的火伴時遷偷了他店裏報曉雞與一時與店小二鬧將起來性起把他店屋都燒了我三箇連夜逃走不提防背後趕來我弟兄兩箇搠翻了他幾箇不想亂草中間舒出兩把撓鈎把時遷搭了去我兩箇亂撞到此正要問路不想遇見賢弟杜興道恩人不要慌我教放時遷還你楊雄道賢弟少坐同飲一杯三人坐下當下飲酒杜興便道小弟自從離了薊州多得恩人的恩惠來到這里感承此間一箇大官人見愛收錄小弟在家中做箇主管每日撥萬論千盡托付與杜興身上甚是信任以此不想回鄉去楊雄道此間大官人是誰杜興道此間獨龍岡前面有三座山岡列着三箇村坊中間是祝家莊西邊是扈家莊東邊是李家莊這三處莊上三村裏算來總有一二萬軍馬人家惟有祝家莊最豪傑爲頭家長喚做祝朝奉有三箇兒子名爲祝氏三傑長子祝龍次子祝虎三子祝彪又有一箇教師喚做鐵棒欒廷玉此人有萬夫不當之勇（可惜此人）莊上自有一二千了得的莊客西邊那箇扈家莊莊主扈太公有箇兒子喚做飛天虎扈成也十分了得惟有一箇女兒最英雄名喚一丈青扈三娘使兩口日月雙刀馬上如法了得這里東村莊上却是杜興的主人姓李名應（不說出綽號謂與下楊雄作問甚好）能使一條渾鐵點鋼鎗背藏飛刀五口百步取人神出鬼沒這三村結下生死誓願同心共意但有吉凶遞相救應惟恐梁山泊好漢過來借糧因此三村準備下抵敵他如今小弟引二位到莊上見了李大官人求書去搭救

時遷楊雄又問道你那李大官人莫不是江湖上喚撲天鵰的李應杜興道正是他石秀道江湖上只聽得說獨龍岡有箇撲天鵰李應是好漢却原來在這里好多聞他真箇了得是好男子我們去走一遭楊雄便喚酒保計算酒錢杜興那里肯要他還便自招了酒錢三箇離了村店便引楊雄石秀來到李家莊上楊雄看時真箇好大莊院外面週廻一遭濶港粉墻傍岸有數百株合抱不交的大柳樹門外一座弔橋接着莊門入得門來到廳前兩邊有二十餘座鎗架明晃晃的都插滿軍器杜興道兩位哥哥在此少等待小弟入去報知請大官人出來相見杜興入去不多時只見李應從裏面出來杜興引楊雄石秀上廳拜見李應連忙答禮便教上廳請坐楊雄石秀再三謙讓方纔坐了李應便叫取酒來且相待楊雄石秀兩箇再拜道望乞大官人致書與祝家莊來救時遷性命生

死不敢有忘李應教請門館先生來商議修了一封書緘看他先用代筆書便入無層折處生出層折填寫名諱使箇圖書印記又細便差一箇副主管齎了先差副主管亦於無層折處生層折也備一匹快馬星火去祝家莊取這箇人來那副主管領了東人書札上馬去了楊雄石秀拜謝罷一謝。寫出許多謝。今下文便於變羞成怒李應道二位壯士放心小人書去便當放來寫他兩番托意亦令下文便於變羞成怒也楊雄石秀又謝了又謝李應道且請去後堂少敘三杯等待看他說得便極兩箇隨進裏面就具早饍相待飯罷喫了茶二李應問些鎗法見楊雄石秀說得有理心中甚喜三巳牌時分四疊寫四句見去得甚久那箇副主管回來李應喚到後堂問道去取的這人在那里看他說得如此便極主管答道小人親見朝奉下了書倒有放還之心後來走出祝氏三傑反焦躁起來書也不回人也不放定要解上州去李應失驚道他和我三家村裏結生死之交書到便當依允如何恁趕起來必是你說得不好以致如此總寫李應非意所料以便下文變蓋成熟也杜主管你須自去走一遭副主管換正主管上先寫書次寫主管此却先寫主管次寫書筆法變換親見祝朝奉說箇仔細緣故杜興道小人願去只求東人親筆書緘代筆書柬無親筆書柬到那里方纔肯放李應道說得是急取一幅花箋紙來李應親自寫了書札封皮面上使一箇諱字圖書又細把與杜興接了後槽牽過一匹快馬備上鞍轡拿了鞭子便出莊門上馬加鞭奔祝家莊去了李應道二位放心我這封親筆書去小刻定當放還又寫托意楊雄石秀深謝了深謝心令下文李應不堪當在後堂飲酒等待只是便極看看天色待晚前寫去久用四句此寫去久只用一句法都變換不見杜興回來李應心中疑惑再教人去接只見莊客報道杜主管回來了李應問道幾箇人回來看他只是非意所料妙極莊客道只是主管獨自一箇跑將回來李應搖着頭道却又作怪往常這廝不是這等兜搭今日緣何恁地走出前廳

楊雄石秀都跟出來只見杜興下了馬入得莊門見他模樣氣得紫漲了面皮呲牙露嘴半晌說不得話前店中初遇時却不寫忽於此處畫出一箇鬼臉來妙筆李應道你且言備細緣故怎麼地來杜興氣定了方纔道畫出小人齎了東人書札到他那里第三重門下却好遇見祝龍祝虎祝彪弟兄三箇坐在那里小人聲了三箇喏杜興盡禮祝彪喝道一路雖兼寫三祝而偏顯祝彪兩聲喏未開口兜頭便喝極寫祝彪無禮你又來則甚小人躬身稟道盡禮東人有書在此拜上祝彪那廝變了臉罵道極寫祝彪無禮你那主人恁地不曉人事早晌使箇潑男女來這里下書要討那箇梁山泊賊人時遷如今我正要解上州裏去又來怎地小人說道這箇時遷不是梁山泊數內人數他自是薊州來的客人要投見敝莊東人不想誤燒了官人店屋明日東人自當依舊蓋還極善辭令不是說得不好萬望俯看薄面高擡貴手寬恕寬恕祝家三箇都叫道雖獨寫祝彪亦有時兼寫三祝便錯落之極不

還不還小人又道官人請看東人親筆書札在此祝彪那廝接過書去也不拆開來看就手扯得粉碎（極其無禮）喝叫把小人直叉出莊門（極其無禮）祝彪祝虎發話道（又畫祝龍單兼祝虎錯落之極）休要惹老爺們性發把你那（言把你那李應捉來也解去也却不好唐突主人名字忽然就把你那三箇字下收住下又另自盡一句禮然後重說出來妙筆出神入化）小人本不敢盡言實被那三箇畜生無禮（盡一句禮然後重說）說把你那李（重說却因氣極又說不出只說得一李字筆筆出神入妙）李應捉來也做梁山泊強寇解了去（疊一李字便活畫出氣極後說不出話來時）又喝叫莊客原拿了小人（先說直叉出又說原拿了無禮之極真不可耐矣）被小人飛馬走了於路上氣死小人因耐那廝枉與他許多年結生死之交今日全無些仁義（又拔兩句激出李應）李應聽罷心頭那把無明業火高舉三千丈按捺不下大呼莊客快備我那馬來楊雄石秀諫道大官人息怒休為小人們壞了貴處義氣李應那里肯聽便去房中披上一副黃金鎖子甲前後獸面掩心穿一領大紅袍背胯邊插着飛刀五把拿了點鋼鎗戴上鳳翅盔出到莊前點起三百悍勇莊客（畫出李應）杜興也披一副甲持把鎗上馬（畫出杜興）帶領二十餘騎馬軍楊雄石秀也抓扎起挺着朴刀跟着李應的馬（畫出楊雄石秀○畫李應是箇大官人畫杜興是箇主管畫楊雄石秀是箇客人各各不同）逕逩祝家莊來日漸銜山時分早到獨龍岡前便將人馬排開原來祝家莊又蓋得好占着這座獨龍山岡四下一遭闊港那莊正造在岡上有三層城墻都是頑石壘砌的約高二丈前後兩座莊門兩條吊橋墻裏四邊都蓋窩鋪四下里遍插着鎗刀軍器門樓上排着戰鼓銅鑼李應勒馬在莊前大叫祝家三子怎敢毀謗老爺只見莊門開處擁出五六十騎馬來當先一騎似火炭赤的馬上坐着祝朝奉第三子祝彪李應指着大罵道你這廝口邊奶腥未退頭上胎髮猶存你爺與我結生死之交誓願同心共意保護村坊你家但有事情要取

人時早來早放要取物件無有不奉我今一箇平人二次修書來討你如何扯了我的書札恥辱我名是何道理祝彪道俺家雖和你結生死之交誓願同心協意共捉梁山泊反賊掃清山寨你如何却結連反賊意在謀叛李應喝道你說他是梁山泊甚人你這廝却寃平人做賊當得何罪祝彪道賊人時還已自招了你休要在這里胡說亂道遮掩不過你去便去不去時連你捉了也做賊人解送（寫祝彪無禮之極）李應大怒拍坐下馬挺手中鎗便奔祝彪祝彪縱馬去戰李應兩箇就獨龍岡前一來一往一上一下鬬了十七八合祝彪戰李應不過撥回馬便走（極寫祝彪能）李應縱馬趕將去祝彪把鎗擔在馬上左手拈弓右手取箭搭上箭拽滿弓覷得較親背翻身一箭（極寫祝彪能）李應急躱時臂上早着李應翻筋斗墜下馬來祝彪便勒轉馬來搶人（極寫祝彪能）楊雄石秀見了大喝一聲撚兩把朴刀直奔祝彪馬前殺將來祝彪抵當不住急勒回馬便走（極寫祝彪能○寫祝彪不止是梟勇直是靈利之極）早被楊雄一朴刀戳在馬後股上（此是特寫楊雄）那馬負疼壁直立起來險些兒把祝彪掀在馬下（寫祝李皆輸贏相當正好）却得隨從馬上的人都搭上箭射將來（只須如此收煞得正好）楊雄石秀見了自思又無衣甲遮身只得退回不趕（只須如此收煞得正好）杜興早自把李應救起上馬先去了（等楊雄石秀退回然後救李應殺不成語矣楊雄石秀自殺奔祝彪杜興自救李應極忙亂事寫得極清出極兜搭事寫得極輕捷妙筆）楊雄石秀跟了衆莊客也走了（也走了上加跟了衆莊客五字便藏下後文無數奇情）祝家莊人馬趕了二三里路見天色晚來也自回去了（只須如此）杜興扶着李應回到莊前下了馬同入後堂坐定宅眷都出來看視（是箇大官人）拔了箭矢伏侍卸了衣甲（是箇大官人）便把金瘡藥敷了瘡口連夜在後堂商議楊雄石秀與杜興說道既是大官人被那廝無禮又中了箭時還亦不能彀出來都是我等連累大官人了我弟兄

兩箇只得上梁山泊去懇告晁宋二公并衆頭領來與大官人報讐就救時遷因辭謝了李應李應道非是我不用心實出無奈兩位壯士只得休怪叫杜興取些金銀相贈楊雄石秀那里肯受李應道江湖之上二位不必推却兩箇方纔收受拜辭了李應杜興送出村口指與大路極似閒筆却都爲後文藏下奇情杜興作別了自回李家莊不在話下且說楊雄石秀取路投梁山泊來早望見遠遠一處新造的酒店映出一是新設三座而一座亦不出現是猶無設也一是姓石人來而不用姓石人接是爲無文也那酒旗兒直挑出來兩箇入到店裏買些酒喫就問路程這酒店却是梁山泊新添設做眼的酒店正是石勇掌管兩石相接文隨手起兩箇一面喫酒一頭動問酒保上梁山泊路程石勇見他兩箇非嘗便來答應道你兩位客人從那里來要問上山去怎地楊雄道我們從薊州來石勇猛可想起道莫非足下是石秀麼楊雄道我乃是楊雄問得精錯若定

向石秀問石秀即是呆筆死墨更有何妙這箇兄弟是石秀大哥如何得知石秀名石勇慌忙道小子不認得前者戴宗哥哥到薊州回來多曾稱說兄長徹道戴宗聞名久矣今得上山且喜且喜三箇敘禮罷楊雄石秀把上件事都對石勇說了石勇隨即叫酒保置辦分例酒來相待須知此是第一番分例酒推開後面水亭上窻子拽起弓放了一枝響箭只見對港蘆葦叢中早有小嘍囉搖過船來須知此又另一水亭另一對港另一張弓另一枝箭另一嘍囉另一撑船也石勇便邀二位上船直送到鴨嘴灘上岸石勇已自先使人上山去報知早見戴宗楊林下山來迎接是翔盤舞俱各敘禮罷一同上至大寨裏衆頭領知道有好漢上山都來聚會大寨坐下戴宗楊林引楊雄石秀上廳參見晁蓋宋江并衆頭領相見巳罷晁蓋細問兩箇踪跡楊雄石秀把本身武藝投托入夥先說了衆人大喜讓位而坐楊雄漸漸說到有箇來投托大寨同入夥的時遷不合偷

了祝家店裏報曉雞，一時爭鬧起來。石秀放火燒了他店屋，時遷被捉。李應二次修書去討，怎當祝家三子堅執不放，誓要捉山寨裏好漢，且又千般辱罵。叵耐那廝十分無禮！不說萬事皆休，纔然說罷，晁蓋大怒，喝叫孩兒們將這兩箇與我斬訖報來。○此等波瀾，非爲鋪張山寨忠義，乃所以翻跌出宋江問罪之師也。既無此一番，而便輕舉妄動，三打祝家，恐類兒戲，故不得已而生此也。宋江慌忙道：「哥哥息怒。兩箇壯士不遠千里來此協助，如何却要斬他？」晁蓋道：「俺梁山泊好漢，自從火併王倫之後，便以忠義爲主，全施恩德於民。一箇箇兄弟下山去，不曾折了銳氣。新舊上山的弟兄們，各各都有豪傑的光彩。晁蓋語，讀之想出其生平。這廝兩箇把梁山泊好漢的名目去偷雞喫，其類至多。因此連累我等受辱。今日先斬了這兩箇，將這廝首級去那里號令，我親領軍馬去洗蕩了那箇村坊，不要輸了銳氣。孩兒們快斬了報來！」○又饒一句，風後四起。宋江勸住道：「不然。哥哥不聽這兩位賢弟却纔所說，那箇鼓上蚤時遷，他原是此等人，以致惹起祝家那廝來，豈是這二位賢弟要玷辱山寨？我也每每聽得有人說祝家莊那廝要和俺山寨敵對，自補一句，妙筆。哥哥權且息怒。即目山寨人馬數多，錢糧缺少，非是我等要去尋他，那廝倒來吹毛求疵，因而正好乘勢去拿那廝。若打得此莊，倒有三五年糧食。非是我們生事害他，其實那廝無禮。再三申說此句，妙。只是哥哥山寨之主，豈可輕動？此自以下，凡寫梁山興師建功，宋江悉不許晁蓋下山。小可不才，親領一支軍馬，啓請幾位賢弟們下山去打祝家莊。若不洗蕩得那箇村坊，誓不還山。一是山寨不折了銳氣，好。二乃免此小輩被他恥辱，好。三則得許多糧食以供山寨之用，好。四者就請李應上山入夥。好。」吳學究道：「公明哥哥之言最好，豈可山寨自斬手足之人？」戴宗便道：「寧乃斬了小弟，不可絕了賢路。」趣翔盤舞。衆頭領力勸，晁蓋方纔免了二人。楊雄、石秀也自謝罪宋江撫諭道晁蓋宋江各寫得好真乃恩威並著矣賢弟休生異心此是山寨號令不得不如此便是宋江儻有過失妙論也須斬首不敢容情如今新近又立了鐵面孔目裴宣做軍政司賞功罰罪已有定例就上文新立規制中忽抽出一石勇忽抽出一裴宣便表得衆多豪傑各各用命非尸位素餐而已此等插帶真是才子賢弟只得恕罪恕罪楊雄石秀拜罷謝罪已了晁蓋叫去坐在楊林之下山寨裏都喚小嘍囉來參賀新頭領已畢一面殺牛宰馬且做慶喜筵席撥定兩所房屋教楊雄石秀安歇每人撥十箇小嘍囉伏侍當晚席散次日再備筵席會家商量議事宋江教喚鐵面孔目裴宣計較下山人數好啓請諸位頭領同宋江去打祝家莊定要洗蕩了那箇村坊商量已定除晁蓋頭領鎮守山寨不動外一寨之尊寫得好留下吳學究劉唐并阮家三弟兄呂方郭盛護持大寨根本重地寫得好原撥定守灘守關守店有職事人員俱各不動各有專司舊令不許調遣寫得好又

撥新到頭領孟康管造船隻頂替馬麟監督戰船補寫新到頭領寫得好○將打祝家莊卻先寫許多不打祝家莊者如此文字譬在史記不可多得寫下告示將下山打祝家莊頭領分作兩起頭一撥宋江花榮李俊穆弘李逵楊雄石秀黃信歐鵬楊林帶領三千小嘍囉三百馬軍披掛已了下山前進前軍寫得好第二撥便是林冲秦明戴宗張橫張順馬麟鄧飛王矮虎白勝也帶領三千小嘍囉三百馬軍隨後接應後軍寫得好再着金沙灘鴨嘴灘二處小寨只教宋萬鄭天壽守把就行接應糧草軍行糧接寫得好○已上數段豈真寫山泊號令哉亦所謂寓言十九意在諷諫也晁蓋送路已了自回山寨且說宋江并衆頭領逕奔祝家莊來於路無話早來到獨龍山前尚有一里多路前軍下了寨柵宋江在中軍帳裏坐下此一句止為前軍射定寨脚後軍猶未到便和花榮商議道我聽得說祝家莊裏路徑甚雜未可進兵且先使兩箇入去探聽路途曲折知得順逆路程卻纔進去與他敵對李逵便道

看他並不審巳量力便揷一句絕倒哥哥兄弟閒了多時不曾殺得一人我便先去走一遭宋江道兄弟你去不得若是破陣衝敵用着你先去這是做細作的勾當用你不着李逵笑道量這箇鳥莊何須哥哥費力只兄弟自帶了三二百箇孩兒們殺將去把這箇鳥莊上人都砍了何須要人先去打聽宋江喝道你這廝休胡說且一壁廂去叫你便來李逵走開去了自說道打死幾箇蒼蠅也何須大驚小怪宋江便喚石秀來說道兄弟曾到彼處可和楊林走一遭舊頭領都巳出色故令新到者立功此行文生熟停勻之法○要知宋江點將都是耐菴點將則爲善讀書人矣石秀便道如今哥哥許多人馬到這里他莊上如何不隄備我們扮作甚麼人入去好楊林便道我自打扮了解魘的法師去身邊藏了短刀手裏擎着法環於路搖將入去你只聽我法環響不要離了我前後石秀道我在薊州原曾賣柴我只是挑一擔柴進去賣便了身邊藏了暗器有些緩急匾擔也用得着楊林道好好我和你計較了今夜打點五更起來便行到得明日石秀挑着柴擔先入去行不到二十來里只見路徑曲折多雜四下里灣環相似樹木叢密難認路頭石秀便歇下柴擔不走是石秀此等處山泊人都不及也一聽得背後法環響得漸近石秀看時却見楊林頭帶一箇破笠子身穿一領舊法衣手裏擎着法環於路搖將進來楊林却從石秀眼中看出實叙石秀處帶楊林妙筆石秀見沒人叫住楊林說道此處路徑灣雜不知那里是我前日跟隨李應來時的路文情翔舞天色巳晚他們衆人爛熟奔走正看不仔細又自破解一句楊林道不要管他路徑曲直只顧揀大路走便了錯也石秀又挑了柴只顧望大路先走見前面一村人家數處酒店肉店石秀挑着柴便望酒店門前歇了只見各店內都把刀鎗揷在門前每人身上穿一領黃背心寫箇大祝字往來的人亦各如此祝家號令亦從石秀眼中看出石秀見了

便看着一箇年老的人唱箇喏是石秀拜揖道丈人請問此間是何風俗為甚都把刀鎗插在當門問得好。又精細。那老人道你是那里來的客人原來不知只可快走石秀道小人是山東販棗子的客人消折了本錢回鄉不得因此擔柴來這里賣不知此間鄉俗地里老人道只可快走別處躲避這里早晚要大厮殺也石秀道此間這等好村坊去處怎地了大厮殺問得好。老人道客人你敢真箇不知我說與你俺這里喚做祝家村岡上便是祝朝奉衙裏如今惡了梁山泊好漢見今引領軍馬在村口要來厮殺却怕我這村裏路雜未敢入來見今駐劄在外面如今祝家莊上行號令下來每戶人家要我們精壯後生准備着但有令傳來便要去策應石秀道丈人村中總有多少人家問得精細老人道只我這祝家村也有一二萬人家東西還有兩村人接應東村喚做撲天鵰李應李大官人西村喚扈

太公莊有箇女兒喚做扈三娘綽號一丈青十分了得石秀道似此如何却怕梁山泊做甚麼那老人道便是我們初來時不知路的也要喫捉了石秀道丈人怎地初來要喫捉了問得緊。老人道我這村裏的路有舊人說道好箇祝家莊盡是盤陀路容易入得來只是出不去石秀聽罷便哭起來撲翻身便拜是石秀機警之極。向那老人道小人是箇江湖上折了本錢歸鄉不得的人妙絕。是石秀方說得出。能令老人下淚也。倘或賣了柴出去撞見厮殺走不脫却不是苦爺爺怎地可憐見小人情願把這擔柴相送爺爺只指與小人出去的路罷妙絕。是石秀方說得出。那老人道我如何白要你的柴我就買你的是老人情性。你且入來請你喫些酒飯是老人情性。○寫老人情性。固也。然亦是行文精細入妙處。蓋宋江大軍。既已歷境。則祝家巡綽之人。定應絡繹於路。豈可一老翁。一賣柴者。叨叨說路耶。故此兩句。正妙在你且入來四字也。石秀拜謝了挑着柴跟那老人入到屋裏那老人篩下兩碗白酒盛一碗糕糜叫石秀

喫了石秀再拜謝道爺爺指教出去的路徑（是石秀。只記本題。寫得機警。）那老人道你便從村裏走去只看有白楊樹便可轉灣（只須一語。令讀者亦復一快。）不問路道濶狹但有白楊樹的轉灣便是活路（上一句已明。此又再申不問濶狹四字。活是老人聲口。）没那樹時都是死路（但有便是活路。則如無定是死路矣。却偏要再申一句。）如有別的樹木轉灣也不是活路（既說白楊。則別樹定非矣。却偏要再申一句。○看他寫老人說話。只須一句處。便要說十數句。眞活畫老人。）若還走差了左來右去只走不出去更兼死路裏地下埋藏着竹簽鐵蒺藜若是走差了踏着飛簽准定喫捉了待走那里去（活是老人。說得恁細。）石秀拜謝了便問爺爺高姓（是石秀。）那老人道這村裏姓祝的最多惟有我覆姓鍾離土居在此石秀道酒飯小人都喫彀了改日當厚報正說之間只聽得外面鬧炒石秀聽得道拿了一箇細作（寫得一波初平。一波疾起。眞是妙筆。）石秀喫了一驚跟那老人（是石秀。不看不得。自看又不得。跟那老人。眞寫得妙。）出來看時只見七八十箇軍人背綁着一箇人過

來石秀看時却是楊林剝得赤條條的索子綁着石秀看了只暗暗地叫苦悄悄假問老人道這箇拿了的是甚麼人爲甚事綁了他（此本不必打聽。只爲要寫石秀遮掩自己。又順便帶出楊林被捉事耳。）那老人道你不見說他是宋江那里來的細作石秀又問道怎地喫他拿了那老人道說這厮也好大膽獨自一箇來做細作打扮做箇解魘法師閃入村裏來却又不認這路只揀大路走了左來右去只走了死路又不曉的白楊樹轉灣抹角的消息人見他走得差了來路蹺蹊報與莊上官人們來捉他這厮方纔又掣出刀來手起傷了四五箇人（補出楊林被捉時事。）當不住這里人多一發上因此喫拿了有人認得他從來是賊叫做錦豹子楊林（楊林不必被捉也。必寫楊林被捉者。一以顯石秀之獨能。一以激宋江之進兵也。）說言未了只聽得前面喝道說是莊上三官人廵綽過來（寫得一波又平。一波又起。眞是妙筆。）石秀在壁縫裏張時看見前面擺着二十對纓鎗後面四五箇人

騎着馬都彎弓插箭又有三五對青白哨馬中間擁着一箇年少壯士坐在一匹雪白馬上全副披掛跨了弓箭手執一條銀鎗石秀自認得他特地問老人道過去相公是誰（又從石秀眼中極寫祝彪得此一段遂令石秀入村神采煥發之極呼將軍是相公活是賣柴人口氣）那老人道這箇人正是祝朝奉第三子喚做祝彪定着西村扈家莊一丈青爲妻弟兄三箇只有他第一了得石秀拜謝道老爺爺指點尋路出去（忽然截住急提本題石秀機警寫來如活）那老人道今日晚了前面儻或廝殺枉送了你性命石秀道爺爺可救一命則箇那老人道你且在我家歇一夜（事莫急於進兵尤莫急於進兵之有探路也豈有機警如石秀而肯於得路之後再住一夜者只因作者一心要鋪張祝家莊令嚴整一心又要寫得宋江輕入重地作一險勢便暫留石秀一筆若惟恐爲楊林之續者此皆文人慘淡經營之處不可不知也）明日打聽得沒事便可出去石秀拜謝了坐在他家只聽得門前四五替報馬報將來排門分付道你那百姓今夜只看紅燈爲號（即花榮所射者也）齊心併力捉拿

梁山泊賊人解官請賞叫過去了（本是後文秘訣却先明放此處眞正才子之筆設使不留石秀如何得聽出來）石秀問道這箇人是誰那老人道這箇官人是本處捕盜巡簡今夜約會要捉宋江石秀見說心中自忖了一回討箇火把叫了安置自去屋後草窩裏睡了（便不更說閒話寫石秀機警出人處筆筆妙絕）却說宋江軍馬在村口屯駐不見楊林石秀出來回報隨後又使歐鵬去到村口出來回報道聽得那里講動說道捉了一箇細作小弟見路徑又雜難認不敢深入重地宋江聽罷忿怒道如何等得回報了進兵又喫拿了一箇細作必然陷了兩箇兄弟我們今夜只顧進兵殺將入去也要救他兩箇兄弟（宋江不肯輕入重地則安得文章出奇然宋江不爲救兩兄弟即又安肯輕入重地也筆墨相引而出每每如此）未知你衆頭領意下如何只見李逵便道我先殺入去看是如何（看他先因要去被喝至此忽又要去一似並不記得曾被喝者眞寫得好）宋江聽得隨即便傳將令教軍士都披掛了李逵楊雄前一隊做先鋒使

李俊等引軍做合後。穆弘居左。黃信居右。宋江花榮歐鵬等中軍頭領。搖旗吶喊。擂鼓鳴鑼。大刀濶斧。殺奔祝家莊來。比及殺到獨龍岡上。是黃昏時分。宋江催趲前軍打莊。先鋒李逵脫得赤條條的。奇人奇情奇景。亦復奇文。揮兩把夾鋼板斧。火拉拉地殺向前來。到得莊前看時。已把弔橋高高地拽起了。莊門裏不見一點火。極寫祝彪能。李逵便要下水過去。奇人奇情。亦復奇文。不許他探路。眞乃彆破肚皮。何意得做先鋒。又被濶港截住。忽然想出下水過去。眞是一片天眞爛熳。令我讀之。又嚇又笑也。楊雄扯住道。使不得。關閉莊門。必有計策。待哥哥來。別有商議。李逵那里忍得住。拍着雙斧。隔岸大罵。戰陣之事。偏寫出天真爛熳來。妙絕。道。那鳥祝太公老賊。你出來。黑旋風爺爺在這里。莊上只是不應。極寫祝彪能。宋江中軍人馬到來。楊雄接着。報說莊上並不見人馬。亦無動靜。宋江勒馬看時。莊上不見刀鎗軍馬。心中疑忌。猛省道。我的不是了。大書上明明戒說。臨敵休急暴。此五字。何必天書始能言之。有意無意。逗此一句。正表宋江天書之詐也。是我一時見不到。只要救兩箇兄弟。以此連夜進兵。不期深入重地。直到了他莊前。不見敵軍。他必有計策。快教三軍且退。李逵叫道。哥哥。軍馬到這里了。休要退兵。我與你先殺過去。你們都跟我來。說猶未了。莊上早知。只聽得祝家莊裏一箇號砲。直飛起半天裏去。極寫祝彪能。那獨龍岡上千百把火把一齊點着。那門樓上弩箭如雨點般射將來。宋江急取舊路回軍。只見後軍頭領李俊人馬先發起喊來。說道。來的舊路都阻塞了。必有埋伏。寫得紙上岌岌震動。宋江教軍兵四下里尋路走。李逵揮起雙斧。往來尋人廝殺。不見一箇敵軍。極忙中寫李逵三番氣鬬事。第一番要做探路。宋江不許。第二番得做先鋒。濶港截住。第二番尋人廝殺。不見一箇。思之絕倒。只見獨龍岡上山頂又放一箇砲來。極寫祝彪能。響聲未絕。四下里喊聲震地。驚得宋公明目睜口呆。罔知所措。你便有文韜武畧。怎逃出地網天羅。正是安排縛虎擒龍計。要捉驚天動地人。

畢竟宋公明并衆將軍怎地脫身且聽下回分解

第五才子書施耐菴水滸傳卷之五十二

聖歎外書

第四十七回

一丈青單捉王矮虎
宋公明兩打祝家莊

吾幼見陳思鏡背八字順逆伸縮皆成二句歎以爲妙稍長讀蘇氏織錦迴文而後知天下又有如是化工肖物之才也幼見希夷方圓二圖參伍錯綜悉有定象以爲大奇稍長聞諸葛八陣圖法而後知天下又有如是縱橫神變之道也今觀耐菴二打祝家一篇亦猶是矣以墨爲兵以筆爲馬以紙爲疆場以心爲將令我試讀其文眞乃墨無停兵筆無住馬紙幾穿於蹂躪心已絕於磨旗者也歐鵬救矮虎三娘便戰歐鵬鄧飛助歐鵬奔三娘祝龍便助三娘取宋江馬麟爲宋江迎祝

龍鄧飛便棄歐鵬保宋江宋江呼秦明替馬麟秦明便舞狼牙取祝龍馬麟得秦明便奔矮虎三娘卻撇歐鵬戰馬麟廷玉助祝龍取秦明歐鵬便撇三娘接廷玉鄧飛捨宋江救歐鵬廷玉卻撇鄧飛誘秦明鄧飛救秦明趕廷玉馬麟便撇三娘保宋江此是第一陣此軍落荒正走忽然添出穆弘楊雄石秀花榮三路人馬彼軍亦添出小郎君祝彪雖李俊張橫張順下水不得而戴宗白勝亦在對岸助喊此是第二陣第一陣妙於我以四將戰彼三將而我四將中前後轉換必用一將保護宋江則亦以三將戰三將而迭躍揮霍爲來便有千萬軍馬之勢第二陣妙於借秦明過第一撥中卻借第三撥花榮穆弘作第二撥前來策救真寫出一時臨敵應變不必死守宋江成令而末又補出戴宗白勝隔港吶喊以見不漏一人也然又有奇之尤奇者於鳴金收軍之後忽然變出三娘獨趕宋江而手足無措之際卻跳出一李逵吾不怪其至此又作奇峰正怪其前文如何藏過乃一之爲甚而豈意跳出李逵之後尚藏過一林冲益此第三陣尤爲絕筆矣

如此一篇血戰文字卻以王矮虎做光起頭遂使讀者胸中只謂兒戲之事而一變便作轟雷激電之狀直是驚嚇絕人

矮虎三娘本夫妻二人而未入此回則夫在此妻在彼既過此回即妻在此夫在彼一篇以捉其夫去始以捉其妻來終皆屬耐菴才子戲筆

話說當下宋江在馬上看時四下里都有埋伏軍馬且教小嘍囉只往大路殺將去只聽得三軍屯塞住了衆人都叫起苦來宋江問道怎麼叫苦衆

軍都道前面都是盤陀路走了一遭又轉到這里宋江道教軍馬望火把亮處有房屋人家取路出去又走不多時只見前軍又發起喊來叫道甫能望火把亮處取路又有苦竹簽鐵蒺藜遍地撒滿鹿角都塞了路口宋江道莫非天喪我也正在慌急之際只聽得左軍中間穆弘隊裏鬧動寫來令人又喫一嚇。筆法淋漓突兀之極報來說道石秀來了只一石秀來。寫得淋漓突兀至此宋江看時見石秀撚着口刀奔到馬前道哥哥休慌兄弟已知路了暗傳下將令教三軍只看有白楊樹便轉灣走去不要管他路闊路狹宋江催趲人馬只看有白楊樹便轉約走過五六里路只見前面人馬越添得多了筆筆寫來淋漓駭絕宋江疑忌便喚石秀問道兄弟怎麽前面賊兵衆廣石秀道他有燭燈爲號花榮在馬上看見忽然記得將軍神箭筆筆生龍活虎把手指與宋江道哥哥你看見那樹影裏這碗燭燈麽只看我等投東他便把那燭燈望東扯若是我們投西他便把那燭燈望西扯只那些兒想來便是號令如此寫出祝彪英靈。真有不煩一刀不費一矢之略宋江道怎地奈何得他那碗燈花榮道有何難哉便拈弓搭箭縱馬向前望着影中只一箭不端不正恰好把那碗紅燈射將下來若寫祝家趕殺。便是俗筆。若寫山寨血戰。亦是俗筆。看他寫祝家只是一碗燈。寫宋江只是一枝箭。寫來全是仙筆。亦大奇也四下里埋伏軍兵不見了那碗紅燈便都自亂竄起來妙宋江叫石秀引路且殺出村口去只聽得前山喊聲連天一帶火把縱橫撩亂宋江教前軍扎住寫來令人又喫一嚇。筆筆淋漓突兀之極且使石秀領路去探不多時回來報道是山寨中第二撥軍馬到了石秀來作一嚇。第二撥到又作一嚇其用筆之奇至此接應殺散伏兵宋江聽罷進兵夾攻奪路奔出村口祝家莊人馬四散去了會合着林冲秦明等衆人軍馬同在村口駐劄却好天明去高阜處下了寨柵整點人馬數內不見了鎭三山黃信宋江大驚詢問緣故有昨夜跟去的軍人見的

來說道黃頭領聽着哥哥將令前去探路不隄防
蘆葦叢中舒出兩把撓鈎拖翻馬脚被五七箇人
活捉去了救護不得宋江聽罷大怒要殺隨行軍
漢如何不早報來林冲花榮勸住宋江衆人納悶
道莊又不曾打得倒折了兩箇兄弟似此怎生奈
何楊雄道（石秀既有探路之功。便讓楊雄說出李應。）此間有三箇村坊
結併所有東村李大官人前日已被祝彪那廝射
了一箭見今在莊上養病哥哥何不去與他計議
宋江道我正忘了也他便知本處地理虛實分付
教取一對段匹羊酒選一騎好馬并鞍轡親自上
門去求見林冲秦明權守柵寨宋江帶同花榮楊
雄石秀（一箇護身。一箇介紹。）上了馬隨行三百馬軍取路投
李家莊來到得莊前早見門樓緊閉弔橋高拽起
了墻裏擺着許多莊兵人馬門樓上早擂起鼓來
宋江在馬上叫道俺是梁山泊義士宋江特來謁
見大官人別無他意休要隄備莊門上杜興看見
有楊雄石秀在彼（好。）慌忙開了莊門放隻小船過
來與宋江聲喏宋江慌忙下馬來答禮楊雄石秀
近前稟道（好。）這位兄弟便是引小弟兩箇接李大
官人的喚做鬼臉兒杜興宋江道原來是杜主管
相煩足下對李大官人說俺梁山泊宋江久聞大
官人大名無緣不曾拜會今因祝家莊要和俺們
做對頭經過此間特獻綵段名馬羊酒薄禮只求
一見別無他意杜興領了言語再渡過莊來直到
廳前李應帶傷披被坐在牀上杜興把宋江要求
見的言話說了李應道他是梁山泊造反的人我
如何與他厮見無私有意你可回他話道只說我
臥病在牀動止不得難以相見改日卻得拜會所
賜禮物不敢祗受杜興再渡過來見宋江稟道俺
東人再三拜上頭領本欲親身迎迓奈緣中傷患
軀在牀不能相見容日專當拜會適蒙所賜厚禮
並不敢受宋江道我知你東人的意了我因打祝

家莊失利欲求相見則箇他恐祝家莊見怪不肯出來相見杜興道非是如此委實患病（只一句小截住）人雖是中山人氏到此多年了頗知此間虛實事情（何必見李應見杜興猶見李應矣用筆何等渾便之極）中間是祝家莊東是俺李家莊西是扈家莊這三村莊上誓願結生死之交有事互相救應今番惡了俺東人自不去救應（只一句便放倒一邊皆耐菴匠心所運也）只恐西村扈家莊上要來相助他莊上別的不打緊只有一箇女將喚做一丈青扈三娘使兩口日月刀好生了得（詳又即引動下文）却是祝家莊第三子祝彪定為妻室早晚要娶若是將軍要打祝家莊時不須隄備東邊只要緊防西路（特特折筆寫到李家只為要提出此句也得此一筆下文便好注意只寫西邊此所謂耐菴匠心之筆也）祝家莊上前後有兩座莊門（詳）一座在獨龍岡前一座在獨龍岡後若打前門却不濟事須是兩面夾攻方可得破（詳）前門打緊路雜難認一遭都是盤陀路徑闊狹不等但有白楊樹便可轉灣方是活路如無此樹便是死路（詳此雖石秀已知然在杜興口中不得不寫一遍）石秀道他如今都把白楊樹木斫伐去了將何為記（前並不見此事忽然口中問出虛實互用筆法妙絕）杜興道雖然斫伐了樹如何起得根盡也須有樹根在彼（作書不過弄筆之事也乃寫來便若真有其事而親臨其地者真正才子誰其匹之）只宜白日進兵去攻打黑夜不可進去（詳）宋江聽罷謝了杜興一行人馬却回寨裏來（足矣此行可謂不虛）林冲等接着都到大寨裏坐下宋江把李應不肯相見并杜興說的話對衆頭領說了李逵便揷口道好意送禮與他那厮不肯出來迎接哥哥我自引三百人去打闘鳥莊腦揪這厮出來拜見哥哥宋江道兄弟你不省的他是富貴良民懼怕官府如何造次肯與我們相見李逵笑道那厮想是箇小孩子怕見衆人一齊都笑起來宋江道雖然如此說了兩箇兄弟陷了不知性命存亡你衆兄弟可竭力向前跟我再去攻打祝家莊衆人都起身說道哥哥

將令誰敢不聽不知教誰前去黑旋風李逵說道（定是大哥謎中亦猜得着）你們怕小孩子我便前去宋江道你做先鋒不利今番用你不着（此篇每以閒筆寫李逵氣悶令讀者絕倒）李逵低了頭忍氣宋江便點馬麟鄧飛歐鵬王矮虎四箇跟我親自做先鋒去第二點戴宗秦明楊雄石秀李俊張橫張順白勝准備下水路用人第三點林冲花榮穆弘李逵分作兩路策應衆軍標撥已定都飽食了披挂上馬且說宋江親自要去做先鋒攻打頭陣前面打着一面大紅帥字旗（一面紅旗引出兩面白旗）引着四箇頭領一百五十騎馬軍一千步軍殺奔祝家莊來直到獨龍岡前宋江勒馬看那祝家莊上颺起兩面白旗旗上明明繡着十四箇字道塡平水泊擒晁蓋踏破梁山捉宋江（極寫祝虎可人）當下宋江在馬上心中大怒設誓道我若打不得祝家莊永不回梁山泊衆頭領看了一齊都怒起來宋江聽得後面人馬都到了留下第二撥頭領攻打前門（寫得明畫）宋江自引了前部人馬轉過獨龍岡後面來看祝家莊時後面都是銅墻鐵壁把得嚴整正看之時只見直西一彪軍馬納着喊從後殺來（三莊相聯殊難布筆先以一段撥下李應次作一番先寫扈家是皆耐菴匠心運成非易構之筆也）宋江留下馬麟鄧飛把住祝家莊後門（寫得明畫）自帶了歐鵬王矮虎分一半人馬前來迎接山坡下來軍約有二三十騎馬軍當中簇擁着一員女將正是扈家莊女將一丈青扈三娘一騎青驄馬上（加一青字便覺青極）輪兩口日月雙刀引着三五百莊客前來祝家莊策應宋江道剛說扈家莊有這箇女將好生了得想來正是此人誰敢與他迎敵說猶未了只見這王矮虎是箇好色之徒（親迎則得妻不親迎則不得妻必親迎乎）聽得說是箇女將指望一合便捉得過來當時喊了一聲驟馬向前挺手中鎗便出迎敵兩軍納喊那扈三娘拍馬舞刀來戰王矮虎一箇雙刀的熟閑一箇單鎗的出衆（忽作戲論）兩箇鬬敵十

歐鵬

數合之上，宋江在馬上看時，見王矮虎鎗法架隔不住。原來王矮虎初見一丈青，恨不得便捉過來；誰想鬬過十合之上，看看的手顫脚麻，鎗法便都亂了。不是兩箇性命相撲時，王矮虎却要做光起來。（絕倒。）那一丈青是箇乖覺的人，心中道：「這廝無理！」便將兩把雙刀直上直下砍將入來。這王矮虎如何敵得過，撥回馬却待要走，被一丈青縱馬趕上，把右手刀挂了，輕舒粉臂，將王矮虎提脫雕鞍。衆莊客齊上，横拖倒拽，活捉去了。歐鵬見捉了王英，（疾接出歐鵬。）便挺鎗來救。一丈青縱馬跨刀，接着歐鵬。兩箇便鬬。原來歐鵬祖是軍班子弟出身，使得好一條鐵鎗。（如此忙，又有閒筆寫歐鵬武藝。）宋江看了，暗暗的喝采。怎的歐鵬鎗法精熟，也敵不得那女將半點便宜。鄧飛在遠遠處（忽插出鄧飛。）看見捉了王矮虎，歐鵬又戰那女將不下，跑着馬，舞起一條鐵鏈，大發喊趕將來。（鄧飛本欲助歐鵬戰三娘，却因祝龍來取宋江，便疾退轉保護。此發喊何來，乃在半道寫

馬麟　秦明

得迅疾駭人。）祝家莊上已看多時，誠恐一丈青有失，慌忙放下吊橋，開了莊門，祝龍（彼軍添出祝龍。）親自引了三百餘人，驟馬提鎗來捉宋江。（不說助三娘，却說捉宋江，迅疾駭人。）馬麟看見，（疾接出馬麟。）一騎馬使起雙刀，來迎住祝龍廝殺。（亦不說救宋江，却說戰祝龍。馬麟迎住祝龍，而鄧飛疾回保護，筆筆迅疾駭人。）鄧飛恐宋江有失，（疾掣轉鄧飛。）不離左右。看他兩邊廝殺，喊聲迭起。宋江見馬麟鬬祝龍不過，（馬麟一對祝龍一對。）歐鵬鬬一丈青不下，（歐鵬一對三娘一對。）正慌哩，只見一彪軍馬從刺斜裏殺將來。宋江看時，大喜，却是霹靂火秦明。（忽轉出秦明。）聽得莊後廝殺，前來救應。宋江大叫：「秦統制，你可替馬麟！」秦明是箇急性的人，更兼祝家莊捉了他徒弟黃信，正沒好氣，（如此忙，又有閒筆寫秦明心事。）拍馬飛起狼牙棍，便來直取祝龍。祝龍也挺鎗來敵秦明。馬麟引了人，却奪王矮虎。那一丈青看見了馬麟來奪人，便撇了歐鵬，却來接住馬麟廝殺。兩箇都會使雙刀，馬上相迎着，正如風飄玉屑，雪撒瓊花。宋

江看得眼也花了秦明直取祝龍便已替下馬麟乃馬麟偏不歸陣却去救奪矮虎三娘見來奪人便反撒了歐鵬來戰馬麟一番接換忽變出四口刀來迅疾駭人不獨宋江眼花也這邊秦明和祝龍鬭到十合之上祝龍如何敵得秦明過莊門裏面那教師欒廷玉彼軍添出欒廷玉帶了鐵鏈上馬挺鎗殺將出來歐鵬便來迎住欒廷玉廝殺三娘方撇歐鵬歐鵬恰迎廷玉迅疾駭人欒廷玉也不來交馬帶住鎗時剌斜里便走歐鵬趕將去被欒廷玉一飛鎚正打着寫廷玉亦極迅疾翻筋一㩻下馬去鄧飛大叫孩兒們救人疾接入鄧飛舞着鐵鏈逕迸欒廷玉宋江急喚小嘍囉救得歐鵬上馬鄧飛捨宋江奔廷玉宋江使得救歐鵬迅疾駭人之極那祝龍當敵秦明不住拍馬便走欒廷玉也撒了鄧飛却來戰秦明鄧飛捨宋江奔廷玉廷玉却撇鄧飛戰秦明筆筆迅疾駭人不曾有點墨少停兩箇鬭了一二十合不分勝敗欒廷玉賣箇破綻落荒便走秦明舞棍逕趕將去欒廷玉便望荒草之中跑馬入去秦明不知是計也追入去原來祝家莊那等去處都有人埋伏見

穆弘　楊雄石秀　花榮

秦明馬到拽起絆馬索來連人和馬都絆翻了發聲喊捉住了秦明寫秦明被捉亦極迅疾鄧飛見秦明墜馬疾趕上鄧飛慌忙來救時見絆馬索起却待回身兩下裏叫聲着撓鉤似亂麻一般搭來就馬上活捉了去寫鄧飛被捉又極迅疾看廷玉撇了鄧飛却戰秦明及捉得秦明便并捉得鄧飛筆筆跳擲而去非五指之所得搦定也宋江看見只叫得苦止救得歐鵬上馬馬麟撇了一丈青急遽來保護宋江疾掣回馬麟已上一番血戰驟讀之疑謂此以四人戰彼三人及細讀之而始知此四人者殷殷除出一人保護宋江實止三人出戰也真正才子真正奇文望南而走背後欒廷玉祝龍一丈青分投趕將來看看沒路正待受縛只見正南上一箇好漢飛馬而來疾背後隨從約有五百人馬宋江看時乃是沒遮攔穆弘忽飛出穆弘東南上也有三百餘人兩箇好漢飛遽前來疾一箇是病關索楊雄一箇是拚命三郎石秀又飛出楊雄石秀東北上又一箇好漢高聲大叫留下人着疾宋江看時乃是小李廣花榮又飛出花榮行文固有水窮雲起之法不圖此處水到

李俊張橫張順戴宗白勝

極窮雲起極變也使我讀之頭目岑岑矣三路人馬一齊都到宋江心下大喜一發併力來戰欒廷玉祝龍莊上望見恐怕兩箇喫虧且教祝虎守把住莊門如此忙又有閒筆頓此一句小郎君祝彪騎一匹劣馬使一條長鎗自引五百餘人馬從莊後殺將出來被軍又添出祝彪一齊混戰莊前李俊張橫張順又回顧到李俊張橫張順下水過來被莊上亂箭射來不能下手戴宗白勝又補出戴宗白勝只在對岸納喊只補寫二段亦復天搖地震宋江見天色晚了急叫馬麟先保護歐鵬出村口去如此忙用筆偏如此周折宋江又教小嘍囉篩鑼聚攏衆好漢且戰且走宋江自拍馬到處尋了看只恐弟兄們迷了路上來如此一篇奇文真是天崩地塌山搖海嘯非復目光所及心魂所知矣讀至此句方圖少得休息不意下文一轉忽然興精作怪重出奇情才子之筆千載無兩正行之間只見一丈青飛馬趕來迅疾駭人宋江措手不及便拍馬望東而走迅疾駭人背後一丈青緊追着八箇馬蹄翻盞撒鈸相似迅疾駭人趕投深村處來一丈青正趕上宋江待要下手

李逵

林冲

迅疾駭人只聽得山坡上有人大叫道那鳥婆娘趕我哥哥那里去宋江看時却是黑旋風李逵無數好漢莫不各出死力血戰至深乃至戴宗白勝亦復收拾已畢却於不意中獨漏一李逵至此忽然跳出奇情奇文不知其先構局後下筆先下筆後變局也輪兩把板斧引着七八十箇小嘍囉大踏步趕將來逵日悶悶此得一吐一丈青便勒轉馬望這樹林邊去宋江也勒住馬看時只見樹林邊轉出十數騎馬軍來當先簇擁着一箇壯士正是豹子頭林冲收拾衆人已畢忽然漏一李逵已屬意外之事不謂還有一林冲也才子奇情我直無以測之矣在馬上大喝道兀那婆娘走那里去一丈青飛刀縱馬直奔林冲林冲挺丈八蛇矛迎敵兩箇鬬不到十合林冲賣箇破綻放一丈青兩口刀砍入來林冲把蛇矛逼箇住兩口刀逼斜了趕攏去輕舒猿臂款扭狼腰把一丈青只一拽活挾過馬來頭上活捉矮虎過去尾上活捉三娘過來是役也只是夫妻二人交易而退爲之失笑宋江看見喝聲采不知高低林冲叫軍士綁了驟馬向前道不曾傷犯哥哥麼宋江道不

曾傷着便叫李逵快走村中接應衆好漢且教來村口商議天色已晚不可戀戰黑旋風領本部人馬去了林冲保護宋江押着一丈青在馬上取路出村口來當晚衆頭領不得便宜急急都趕出村口來祝家莊人馬也收回莊上去了滿村中殺死的人不計其數祝龍教把捉到的人都將來陷車囚了一發拿了宋江却解上東京去請功扈家莊已把王矮虎解送到祝家莊去了且說宋江收回大隊人馬到村口下了寨柵先教將一丈青過來先教妙喚二十箇老成的小嘍囉老成妙着四箇頭目騎四匹快馬快馬妙把一丈青拴了雙手也騎一匹馬連夜與我送上梁山泊去連夜妙交與我父親宋太公收管交太公妙便來回話便回話妙待我回山寨自有發落待我妙字字都成妙語衆頭領都只道宋江自要這箇女子盡皆小心送去妙絕倒一篇天搖地震文字之後忽作此風致煞尾奇筆妙筆總出嘗人意外先把一輛車兒教歐鵬上山去將息細匝一行人都領了將令連夜去了宋江其夜在帳中納悶一夜不睡坐而待旦次日只見探事人報來說軍師吳學究引將三阮頭領并呂方郭盛帶五百人馬到來宋江聽了出寨迎接了軍師吳用到中軍帳裏坐下吳學究帶將酒食來與宋江把盞賀喜何喜可賀下文又未及詳遂令讀者無不疑爲一丈青也一面犒賞三軍衆將吳用道山寨裏晁頭領多聽得哥哥先次進兵不利特地使將吳用并五箇頭領來助戰不知近日勝敗如何宋江道一言難盡㕽耐祝家那廝他莊門上立兩面白旗寫道填平水泊擒晁蓋踏破梁山捉宋江這廝無禮先一遭進兵攻打因為失其地利折了楊林黃信夜來進兵又被一丈青捉了王矮虎欒廷玉鎚打傷了歐鵬絆馬索拖翻捉了秦明鄧飛如此失利若不得林教頭恰活捉得一丈青時折盡銳氣今來似此如之奈何若是宋江打不得祝家莊破救不出這幾箇兄弟來

情願自死於此地也無面目回去見得晁蓋哥哥吳學究笑道這箇祝家莊也是合當天敗恰好有這箇機會吳用想來事在旦夕可破宋江聽罷十分驚喜連忙問道這祝家莊如何旦夕可破機會自何而來吳學究笑着不慌不忙疊兩箇指頭說出這箇機會來正是空中伸出拿雲手救出天羅地網人畢竟軍師吳用說出甚麼機會來且聽下回分解

第五才子書施耐菴水滸傳卷之五十三

聖歎外書

第四十八回

解珍解寶雙越獄　孫立孫新大刼牢

千軍萬馬後忽然颺去別作端悍娟致之文令讀者目不暇易

樂和說你有箇哥哥解珍却說我有箇姐姐樂和所說哥哥乃是娘面上來解珍所說姐姐却自爺面上起樂和說起哥哥樂和却自他的妻舅解珍說起姐姐解珍又是他兄弟的妻舅無端撮弄出一派親戚却又甜筆淨墨絕無困蠢彭亨之狀昨讀史記霍光與去病兄弟一段歎其妙筆今日又讀此文也

賴字出左傳賴人姓毛出大藏然此族今已蔓延天下矣如之何

話說當時吳學究對宋公明說道今日有箇機會却是石勇面上來投入夥的人又與欒廷玉那厮最好亦是楊林鄧飛的至愛相識他知道哥哥打祝家莊不利特獻這條計策來入夥以為進身之禮隨後便至五日之內可行此計却是好麼宋江聽了大喜道妙哉方纔笑逐顏開原來這段話正和宋公明初打祝家莊時一同事發 如此風急火急之文忽然一閣閣起却去另敘一事見其才大如海也○欲賦天台山却指東海霞眞是奇情恣筆 乃是山東海邊有箇州郡喚做登州登州城外有一座山山上多有豺狼虎豹出來傷人因此登州知府拘集獵戶當廳委了杖限文書捉捕登州山上大蟲又仰山前山後里正之家也要捕虎文狀限外不行解官痛責枷號不恕且說登州山下有一家獵戶弟兄兩箇哥哥喚做解珍兄弟喚做解寶弟兄兩箇都使渾鐵點鋼叉有一身驚人的武藝當州裏的獵戶們都讓他第一那解珍一箇綽號喚做兩頭蛇這解寶綽號叫做雙尾蝎二人父母俱亡不曾婚娶 只八箇字寫得二解單兒雙弟更無許多纏索來又是一樣方法 那哥哥七尺以上身材紫棠色面皮腰細膀闊 寫出好漢 這兄弟更是利害也有七尺以上身材面圓身黑兩隻腿上刺着兩箇飛天夜叉有時性起恨不得拔樹搖山騰天倒地 寫出好漢 那弟兄兩箇當官受了甘限文書回到家中整頓窩弓藥箭弩子鐺叉穿了豹皮褲虎皮套體拏了鐵叉 詳悉寫之以見二解得虎之難而毛之賴之爲不仁也○今世之前人心竭力盡而後人就口便吞者亦豈少哉 兩箇逕奔登州山上下了窩弓去樹上等了一日不濟事了 得虎之難如此 收拾窩弓下去次日又帶了乾糧再上山伺候看看天晚弟兄兩箇再把窩弓下了爬上樹去直等到五更又沒動靜 得虎之難如此 兩箇移了窩弓却來西山邊下了坐到天明又等不着 得虎之難如此 兩箇心焦說道限三日內要納大蟲遲時須用受責却是怎地好兩箇到第三日夜

伏至四更時分不覺身體困倦兩箇背厮靠着且睡一路皆極寫得虎之苦未曾合眼忽聽得窩弓發響兩箇跳將起來拿了鋼叉四下里看時只見一箇大蟲中了藥箭在那地上滚寫大蟲入圍亦不是一筆妙兩箇撚着鋼叉向前來那大蟲見了人來帶着箭便走第一句是滚第二句是走第三句方是入圍裏去妙兩箇追將向前去不到半山里時藥力透來那大蟲當不住吼了一聲骨渌渌滚將下山去了上得虎不作一筆此失虎亦不作一筆可見文無大小皆無浪筆解寶道好了我認得這山是毛太公姓便不佳今日此族最盛莊後園裏我和你下去他家取討大蟲當時弟兄兩箇提了鋼叉細逕下山來投毛太公莊上敲門此時方纔天明兩箇敲開莊門入去莊客報與太公知道多時事不佳矣毛太公出來解珍解寶放下鋼叉細聲了喏說道伯伯多時不見今日特來拜擾毛太公道賢姪如何來得這等早有甚話說解珍道無事不敢驚動伯伯睡寢如今小姪因為官司委了甘限文書要捕獲大蟲一連等了三日今早五更射得一箇不想從後山滚下在伯伯園裏望煩借一路取大蟲則箇毛太公道不妨二字是口頭便語而小人之奸猾者尤說之最熟既是落在我園里二位且少坐敢是肚饑了喫些早飯去取可見早飯不可亂喫叫莊客且去安排早膳來相待當時勸二位喫了酒飯又多時解珍解寶起身謝道感承伯伯厚意望煩引去取大蟲還小姪毛太公道既是在我莊後却怎地且坐喫茶喫飯後又喫茶皆極其那延却去取未遲解珍解寶不敢相違只得又坐下莊客拿茶來教二位喫了又多時毛太公道如今和賢姪去取大蟲解珍解寶道深謝伯伯毛太公引了二人入到莊後方叫莊客把鑰匙來開門入到莊後方叫妙便活寫出老奸矣百般開不開又多時毛太公道這園多時不曾有人來開敢是鎖鏽鈞了活寫老奸只合應云不是因此開不得去取鐵鎚來打開了罷莊客身邊取出鐵鎚鑰匙便到了方討鐵鎚便身邊取出

毛解乎虎一聲一口是一篇絕妙小文字

皆極力寫出老奸敗筆。打開了鎖，衆人都入園裏去看時，遍山邊去看，尋不見。毛太公道：賢姪，你兩箇莫不錯看了，認不仔細，敢不曾落在我園裏。看他一路漸漸賴來。解珍道：怎地得我兩箇錯看了？是這里生長的人，如何不認得？毛太公道：你自尋便了，有時自擡去。上猶作過長商量語。此漸作白眼冷看語矣。毛口毛舌，真是寫來如畫。解寶道：哥哥你且來看，如畫。這里一帶草滾得平平地都倒了，一證。又有血路在上頭，二證。看此二句，便知二解不是無端來賴毛家。且令下文苦要還虎，便更無商量也。如何說不在這里？必是伯伯家莊客擡過了。先指莊客，後斥太公。討虎亦不作一筆。毛太公道：你休這等說，我家莊上的人如何得知有大蟲在園裏，便又擡得過？你也須看見，方纔當面敲開鎖來，看他說得極乾淨，便如活畫。和你兩箇一同入園裏來尋，你如何這般說話？解珍道：伯伯，你須還我這箇大蟲去解官。上猶云莊客擡過，此竟云你須還我，其辭漸迫。毛太公道：你這兩箇好無道理！我好意請你喫酒飯，酒飯便作話本。老奸可畏可醜，每每如此。你顛倒

賴我大蟲！解寶道：有甚麼賴處？你家也見當里正官府中也委了甘限文書，却沒本事去捉，倒來就我見成，真是毒極。你倒將去請功，教我兄弟兩箇喫限棒。真是毒極。毛太公道：你喫限棒，干我甚事？老奸可畏。上猶賴，至此竟不復賴矣。解珍解寶睜起眼來便道：你敢教我搜一搜麼？毛太公道：我家比你家，寫老奸相凌之語，如畫。各有內外，你看這兩箇叫化頭，不知教誰看。活畫老奸聲口。句句明欺之。倒來無禮！解寶搶近廳前，尋不見，心中火起，便在廳前打將起來。解珍也就廳前攀折欄杆，打將入去。毛太公叫道：解珍解寶白晝搶劫！看他只叫出八箇字，而喝其名字，喝其罪狀，字無虛發，活畫老奸。那兩箇打碎了廳前椅桌，見莊上都有準備，兩箇便拔步出門，指着莊上罵道：你賴我大蟲，和你官司裏去理會！那兩箇正罵之間，只見兩三匹馬投莊上來，引着一夥伴當。解珍認得是毛太公兒子毛仲義。雖姓毛，幸名義，疑尚可訴也。其又孰知雖錫嘉名，實承惡教，父子不義，同惡相濟也哉。甚矣名之不足以定人，而仁義忠信徒欺我也。○名之佳者

莫如霍去病、辛棄疾、晁无咎、張無垢，皆以改過自勉。其他以好字立名者，我見其人矣。接着說道：「你家莊上莊客，仍舊托辭莊客，寫二解未嘗無禮。捉過了我大蟲，你爹不討還，我顛倒要打我弟兄兩箇！」毛仲義道：「這廝村人不省事，我父親必是被他們瞞過了。你兩箇不要發怒，隨我到家裏，宛然留與早飯，鐵鏈打鎖教法。討還你便了。」解珍、解寶謝了。毛仲義叫開莊門，教他兩箇進去。待得解珍、解寶入得門來，疾。便叫關上莊門，疾。喝一聲：「下手！」疾。兩廊下走出二三十箇莊客，并恰纔馬後帶來的都是做公的。疾。那兄弟兩箇措手不及，衆人一發上，把解珍、解寶綁了。疾。毛仲義道：「有是父，有是子。我家昨夜自射得一箇大蟲，看他說。如何來白賴我的？乘勢搶擄我家財，打碎家中什物，當得何罪？解上本州，也與本州除了一害！」原來毛仲義五更時先把大蟲解上州里去了，却帶了若干做公的來捉解珍、解寶。不想他這兩箇不識局面，正中了他的計策。註一通，此又一文法也。分說不得。

毛太公教把他兩箇使的鋼叉，一做；一包贓物，二。贓物上寫一做字，令人失笑。扛擡了許多打碎的家火什物，三。將解珍、解寶剝得赤條條地，背剪綁了，解上州里來。本州有箇六案孔目，姓王名正，又是一箇好名字人。却是毛太公的女壻，村中既有毛男，州裏又有毛女。毛頭毛腦既多，而毛手毛腳遂不可當矣。此篇寫得因親及親，如此句亦是先襯一筆也。已自先去知府面前稟說了。纔把解珍、解寶押到廳前，不繇分說，捆翻便打，定要他兩箇招做「混賴大蟲，各執鋼叉，因而搶擄財物」。解珍、解寶喫拷不過，只得依他招了。知府教取兩面二十五斤的重枷來枷了，釘下大牢裏去。毛太公、毛仲義自回莊上商議道：「這兩箇男女却放他不得，不若一發結果了他，免致後患。」當時子父二人自來州里分付孔目王正：「與我一發斬草除根，了此一案。我這里自行與知府透打關節。」却說解珍、解寶押到死囚牢裏，引至亭心上來，亭心一見。見這箇節級爲頭的那人，姓包名吉，又是一箇好名

解樂認親一盤一口是一篇絕妙小文字

字人○極貪鄙人却名義極奸邪人却名正極兇惡人却名吉可嘆可笑已自得了毛太公銀兩并聽信王孔目之言教對付他兩箇性命便來亭心裏坐下亭心小牢子對他兩箇說道快過來跪在亭子前看他特地將亭子寫一番包節級喝道你兩箇便是甚麽兩頭蛇雙尾蝎是你麽解珍道雖然別人叫小人們這等混名實不曾陷害良善其語隱然相剌亦真有兩頭蛇雙尾蝎之能包節級喝道你這兩箇畜生今番我手里教你兩頭蛇做一頭蛇雙尾蝎做單尾蝎且與我押入大牢裏去那一箇小牢子把他兩箇帶在牢裏來見沒人那小節級便道你兩箇認得我麽我是你哥哥的妻舅遥遥賢親憑空而墜解珍道我只親弟兄兩箇別無那箇哥哥故作一折文瀾橫溢一哥哥不肯認下却彎環枝蔓牽出無數親戚又是一樣文情那小牢子道你兩箇須是孫提轄的兄弟且置妻舅而辨哥哥聲聲如話解珍道孫提轄是我姑舅哥哥第一句認哥哥我却不曾與你相會第二句不認哥哥表舅足下莫非是樂和舅第三句又忽然想出聲聲如話那小節級道正是我姓樂名和祖貫茅州人氏先祖挈家到此將姐姐嫁與孫提轄爲妻我自在此州里勾當做小牢子人見我唱得好都叫我做鐵叫子樂和姐夫見我好武藝也教我學了幾路鎗法在身原來這樂和是一箇聰明伶俐的人諸般樂品學着便會作事道頭知尾說起鎗棒武藝如糖似蜜價愛好樂和爲見解珍解寶是箇好漢有心要救他只是單絲不綫孤掌難鳴只報得他一箇信只報一箇信句與下只央寄箇信句間中穿應甚好樂和說道好教你兩箇得知如今包節級得受了毛太公錢財必然要害你兩箇性命你兩箇却是怎生好解珍道你不說起孫提轄則休你既說起他來只央你寄一箇信眞是行到水窮坐看雲起而所起之雲又止膚寸不圖後文冉冉而興騰龍降雨作此奇觀也樂和道你却教我寄信與誰解珍道我有箇姐姐樂和說你有箇哥哥解珍却云我有箇姐姐東穿西透絕世文情是我爺面上的樂和所說哥哥娘面上來解珍所說姐姐爺面上出東穿西透絕世文情却與孫提轄兄弟

親上叙親極繁曲處偏淸出如畫史公列傳多有之須留眼細讀始盡其妙無以小文而忽之也

爲妻（樂和算來是孫提轄妻舅二解算來又是孫提轄兄弟妻舅東穿西透絕世文情○上文先云父母雙亡不謂父母面上却尋出如此一派親眷眞正絕世奇文）見在東門外十里牌住他是我姑娘的女兒叫做母大蟲顧大嫂開張酒店家裏又殺牛開賭我那姐姐有三二十人近他不得姐夫孫新這等本事也輸與他（此本）（賛姐姐語却連姐夫都賛出來妙筆○又似戲語樂和妙人定曾失笑○）只有那箇姐姐和我弟兄兩箇最好孫新孫立的姑娘却是我母親以此他兩箇又是我姑舅哥哥（上云孫提轄是我姑舅哥哥此又云顧大嫂是我爺面上姐姐誠恐讀者疑姑舅亦是爺面上親便令妙文寨斷故特特又自註一句）央煩得你暗暗地寄箇信與他把我的事說知姐姐必然自來救我樂和聽罷分付說賢親你兩箇且寬心着先去藏些燒餅肉食來牢裏開了門把與解珍解寶喫了推了事故鎖了牢門教別箇小節級看守了門一逕奔到東門外望十里牌來早望見一箇酒店門前懸掛着牛羊等肉後面屋下一簇人在那里賭博（如畫）樂和見酒店裏一箇婦人坐在櫃上心知便是顧大嫂走向前唱箇喏道此間姓孫麽顧大嫂慌忙答道便是足下却要沽酒却要買肉如要賭錢後面請坐（接連三句遂令樂和之來）（眞乃甚風吹到）樂和道小人便是孫提轄妻弟樂和的便是顧大嫂笑道原來却是樂和舅可知尊顏和姆姆一般模樣（此句妙不惟爲樂大娘子作引亦寫出樂和人物標致也）且請裏面拜茶樂和跟進裏面客位裏坐下顧大嫂便動問道聞知得舅舅在州裏勾當家下窮忙少閒不曾相會（是親戚中語）今日甚風吹得到此樂和答道小人無事也不敢來相惱今日廳上偶然發下兩箇罪人進來雖不曾相會（是親戚中語）多聞他的大名一箇是兩頭蛇解珍一箇是雙尾蝎解寶顧大嫂道這兩箇是我的兄弟不知因甚罪犯下在牢裏樂和道他兩箇因射得一箇大蟲被本鄉一箇財主毛太公賴了又把他兩箇强紐做賊搶擄家財解入州裏來他又上上下下都使了錢物早晚間要

教包節級牢裏做翻他兩箇結果了性命小人路見不平獨力難救只想一者占親二乃義氣爲重特地與他通箇消息他說道只除是姐姐便救得他若不早早用心着力難以救拔顧大嫂聽罷一片聲叫起苦來（一篇寫顧大嫂全用不着窈窕淑女四字）便叫火家快去尋得二哥家來說話這幾箇火家去不多時尋得孫新歸來與樂和相見原來這孫新祖是瓊州人氏軍官子孫因調來登州駐扎弟兄就此爲家孫新生得身長力壯全學得他哥哥的本事使得幾路好鞭鎗因此多人把他弟兄兩箇比尉遲恭叫他做小尉遲（連哥說教）顧大嫂把上件事對孫新說了孫新道既然如此教舅舅先回去他兩箇已下在牢裏全望舅舅看覷則箇我夫妻商量箇長便道理却逕來相投樂和道但有用着小人處儘可出力向前顧大嫂置酒相待已了將出一包碎銀付與樂和道煩舅舅將去牢裏散與衆人并小牢子們好生週全他兩箇弟兄樂和謝了收了銀兩自回牢裏來替他使用不在話下且說顧大嫂和孫新商議道你有甚麽道理救我兩箇兄弟孫新道毛太公那廝有錢有勢他防你兩箇兄弟出來須不肯干休定要做番了他兩箇似此必然死在他手若不去刦牢別樣也救他不得顧大嫂道我和你今夜便去（我和你妙今夜便去妙眞乃目無難事亦可謂之爲毋旋風意思）（實與李逵無二）孫新笑道你好麤鹵我和你也要算箇長便刦了牢也要箇去向若不得我那哥哥（樂和本說哥哥）（解珍忽說姐姐樂和尋着姐姐孫新仍挽到哥哥筆筆盤旋處處跳打妙絕妙絕）和這兩箇人時（又於許多說威外添出兩箇人）行不得這件事顧大嫂道這兩箇是誰孫新道便是那叔姪兩箇最好賭的鄒淵鄒閏（十五字一句便如兩人在紙背踴跳而出）如今見在登雲山臺峪裏聚衆打刼他和我最好若得他兩箇相挈此事便成顧大嫂道登雲山離這里不遠你可連夜去請他叔姪兩箇來商議孫新道我如今便去

你可收拾了酒食餚饌我去定請得來顧大嫂分付火家宰了一口猪鋪下數盤菓品按酒排下卓子天色黃昏時候只見孫新引了兩籌好漢歸來那箇爲頭的姓鄒名淵原是萊州人氏自小最好賭錢閒漢出身爲人忠良慷慨更兼一身好武藝性氣高强不肯容人江湖上喚他綽號出林龍（寫出好漢）第二箇好漢名喚鄒閏是他姪兒年紀與叔叔彷彿二人爭差不多身材長大天生一等異相腦後一箇肉瘤往常但和人爭鬧性起來一頭撞去忽然一日一頭撞折了澗邊一株松樹看的人都驚呆了因此都喚他做獨角龍（寫出好漢）當時顧大嫂見了請入後面屋下坐地卻把上件事告訴與他次後商量劫牢一節鄒淵道我那里雖有八九十人只有二十來箇心腹的明日幹了這件事便是這里安身不得了我卻有箇去處我也有心要去多時只不知你夫婦二人肯去麽顧大嫂道遮莫甚麼去處都隨你去只要救了我兩箇兄弟（寫顧大嫂何等肝腸）鄒淵道如今梁山泊十分興旺宋公明大肯招賢納士他手下見有我的三箇相識在彼一箇是錦豹子楊林（已被祝家捉去）一箇是火眼狻猊鄧飛（亦已被祝家捉去）一箇是石將軍石勇（此在山泊邊開店先一映出）都在那里入夥了多時我們救了你兩箇兄弟都一發上梁山泊投奔入夥去如何顧大嫂道最好有一箇不去的我便亂鎗戳死他（寫顧大嫂活是黑旋風）鄒閏道還有一件我們倘或得了人誠恐登州有些軍馬追來如之柰何孫新道我的親哥哥見做本州兵馬提轄如今登州只有他一箇了得（此一語後便省手）幾番草冦臨城都是他殺散了到處聞名（不惟表出孫立本事亦遂爲對調張本也）我明日自去請他來要他依允便了鄒淵道只怕他不肯落草孫新說道我自有良法當夜喫了半夜酒歇到天明留下兩箇好漢在家裏卻使一箇火家帶領了一兩箇人推一輛車子快

去城中營裏請我哥哥孫提轄并嫂嫂樂大娘子說道家中大嫂害病沉重便煩來家看覷顧大嫂又分付火家道只說我病重臨危有幾句緊要的話須是便來只有一番相見囑付（大蟲口中。又能作此情語。奇妙無此。○我年雖幼。而眷屬凋傷。衛爲至多。粟讀此言。不覺淚下。）火家推車兒去了孫新專在門前伺候等接哥哥飯罷時分遠遠望見車兒來了（遠望如畫。）載着樂大娘子（近覷如畫。）背後孫提轄騎着馬十數箇軍漢跟着（遠望是車。車上是樂大娘子。樂大娘子背後是孫提轄。孫提轄背後是軍漢。寫得一行如畫。○非畫來人。畫望來人者也。）望十里牌來孫新入去報與顧大嫂得知說哥嫂來了顧大嫂分付道只依我如此行孫新出來接見哥嫂且請嫂嫂下了車兒同到房裏看覷弟媳婦病症孫提轄下了馬入門來端的好條大漢淡黃面皮（是病）落腮鬍鬚（是尉遲。）八尺以上身材（是尉遲。）姓孫名立綽號病尉遲射得硬弓騎得劣馬使一管長鎗腕上懸一條虎眼竹節鋼鞭（是尉遲。）海邊人見了望風便跌（寫出好漢）當下病尉遲孫立下馬來進得門便問道兄弟嬸子害甚麼病孫新答道他害的症候甚是蹺蹊請哥哥到裏面說話孫立便入來孫新分付火家着這夥跟馬的軍士去對門店裏喫酒（精細）便教火家牽過馬請孫立入到裏面來坐下良久孫新道請哥哥嫂嫂去房裏看病孫立同樂大娘子入進房裏見沒有病人孫立問道嬸子病在那里房內只見外面走入顧大嫂來鄒淵鄒閏跟在背後（寫得奇絕。）孫立道嬸子你正是害甚麼病顧大嫂道伯伯拜了（萬福一句。亦與尋常婦人不同。）我害些救兄弟的病（四百四病中。未聞有此症。筆勢蹺蹊之極。）孫立道却又作怪救甚麼兄弟顧大嫂道伯伯你不要推聾粧啞（口未開。便責之。活是黑旋風意思。）你在城中豈不知道他兩箇（不出姓名。妙絕。）是我兄弟偏不是你的兄弟（上文兩番叙親。至此一句忽合。絕世文情。）孫立道我並不知因緣是那兩箇兄弟（招上不出姓名句。）顧大嫂道伯伯在上今日事急（絕妙。大嫂字字讀之快。）只得直言拜禀這解珍解寶被登雲山下毛太公與同王孔目設計陷害早晚要謀他兩箇性命我如今和這兩箇好漢商量已定要去城中刧牢救出他兩箇兄弟都投梁山泊入夥去恐怕明日事發先負累伯伯因此我只推患病請伯伯㜷㜷到此說箇長便若是伯伯不肯去時我們自去上梁山泊去了如今天下有甚分曉走了的到沒事見在的便喫官司常言道近火先燋伯伯便替我們喫官司坐牢那時又沒人送飯來救你伯伯尊意若何孫立道我却是登州的軍官怎地敢做這等事顧大嫂道既是伯伯不肯我今日便和伯伯併箇你死我活（絕妙大嫂。似服其言。可以愈風。）顧大嫂身邊便掣出兩把刀來（如火）鄒淵鄒閏各拔出短刀在手（如火）孫立叫道嬸子且住（寫伯伯叫襯出嬸嬸亮來。）休要急速待我從長計較慢慢地商量樂大娘子驚得半晌做聲不得（間筆能到）顧大嫂又道既是伯伯不肯去時卽便先送㜷㜷前行我們自去下手孫立道雖要如此行時也待我歸家去收拾包裹行李看箇虛實方可行事顧大嫂道伯伯你的樂阿舅透風與我們了（又牽出他內親一時妙手）一就去刧牢一就去取行李不遲孫立歎了一口氣說道你衆人旣是如此行了我怎地推却得終不成日後倒要替你們喫官司罷罷罷都做一處商議了行先叫鄒淵去登雲山寨裏收拾起財物馬匹（馬匹重。）帶了那二十箇心腹的人來店裏取齊鄒淵去了又使孫新入城裏來問樂和討信就約會了暗通消息解珍解寶得知次日登雲山寨裏鄒淵收拾金銀已了自和那起人到來相助孫新家裏也有七八箇知心腹的火家幷孫立帶來的十數箇軍漢共有四十餘人孫新宰了兩箇豬一腔羊衆人盡喫了一飽顧大嫂貼肉藏了尖刀扮做箇送飯的婦人先去（絕妙大嫂。只先去二字。活是黑旋風意思。）孫新跟着孫立（弟跟兄。）鄒淵領了鄒閏（叔領侄。○兩句只十二字。又用一顛一倒。）

（筆端乃妙之極）各帶了火家分作兩路入去（線索清出）却說登州府牢裏包節級得了毛太公錢物只要陷害解珍解寶的性命當日樂和拿着水火棍正立在牢門裏獅子口邊只聽得搖鈴子響樂和道甚麼人顧大嫂應道送飯的婦人樂和已自瞧科了便來開門放顧大嫂入來再關了門將過廊下去包節級正在亭心裏（亭心再見）看見便喝道這婦人是甚麼人敢進牢裏來送飯自古獄不通風樂和道這是解珍解寶的姐姐自來送飯包節級喝道休要教他入去你們自與他送進去便了（又作一勒）樂和討了飯却來開了牢門（開了牢門）把與他兩箇解珍解寶問道舅舅夜來所言的事如何（補出夜來暗約）樂和道你姐姐入來了只等前後相應樂和便把匣牀與他兩箇開了（開了匣床）只聽的小牢子入來報道孫提轄敲門要走入來包節級道他自是營官來我牢裏有何事幹休要開門（又作一勒）顧大嫂一踅踅下亭心邊去（疾甚亭心）外面又叫道孫提轄焦躁了打門包節級忿怒便下亭心來（亭心）顧大嫂大叫一聲我的兄弟在那里（其勢極兇其聲極痛令我嚇又令我酸）身邊便掣出兩把明晃晃尖刀來包節級見不是頭望亭心外便走（亭心）解珍解寶提起枷從牢眼裏鑽將出來（疾甚）正迎着包節級包節級措手不及被解寶一枷梢打去把腦蓋擗得粉碎（包吉完）當時顧大嫂手起早戳翻了三五箇小牢子一齊發喊從牢裏打將出來孫立孫新兩箇把住牢門見四箇從牢裏出來一發望州衙前便走（想見其夜來定計寫得疾甚）鄒淵鄒閏早從州衙裏提出王孔目頭來（王正完又疾甚只勤叙一邊一邊只一句便足）一行人大喊步行者在前孫提轄騎着馬彎着弓搭着箭壓在後面（寫得如火如錦）街上人家都關上門不敢出來（又襯一句）州裏做公的人認得是孫提轄誰敢向前攔當（又襯一句）眾人簇擁着孫立逩出城門去一直望十里牌來扶攙樂大娘子上了車兒（扶攙二字人知）

(寫出閨房之秀不知正反襯女中大蟲也)顧大嫂上了馬幫着便行(妯娌絕倒)解珍解寶對眾人道叵耐毛太公老賊冤家如何不報了去(是論事不報不快論文不報不完)孫立道說得是便令兄弟孫新與舅舅樂和先護持車兒前行着(是)我們隨後趕來孫新樂和簇擁着車兒先行去了孫立引着解珍解寶鄒淵鄒閏并火家伴當一逕奔毛太公莊上來正值毛仲義與太公在莊上慶壽飲酒(慶壽妙絕隨手成趣)却不提備一夥好漢吶聲喊殺將入去就把毛太公毛仲義并一門老小盡皆殺了不留一箇(毛太公毛仲義完可謂殺得精光)去臥房裏搜簡得十數包金銀財寶後院裏牽得七八匹好馬(馬匹重)把四匹捎帶馱載解珍解寶揀幾件好的衣服穿了(換去囚服甚細)將莊院一把火齊放起燒了各人上馬帶了一行人趕不到三十里路早趕上車仗人馬一處上路行程於路莊戶人家又奪得三五匹好馬(馬匹重)一行星夜奔上梁山泊去不一二日來到石勇酒店裏那鄒淵與他相見了問起楊林鄧飛二人石勇說起宋公明去打祝家莊二人都跟去兩次失利聽得報來說楊林鄧飛俱被陷在那里不知如何備聞祝家莊三子豪傑又有教師鐵棒欒廷玉相助(千丈游絲忽然飄到)因此二次打不破那莊孫立聽罷大笑道我等眾人來投大寨入夥正沒半分功勞獻此一條計去打破祝家莊為進身之報如何石勇大喜道願聞良策孫立道欒廷玉和我是一箇師父教的武藝我學的鎗刀他也知道他學的武藝我也盡知我們今日只做登州對調來鄆州守把經過來此相望他必然出來迎接我們進身入去裏應外合必成大事此計如何正與石勇說計未了只見小校報道吳學究下山來前往祝家莊救應去(關節都緊簇)石勇聽得便叫小校快去報知軍師請來這里相見說猶未了已有軍馬來到店前乃是呂方郭盛并阮氏三雄隨後軍師吳

用帶領五百人馬到來石勇接入店內引着這一行人都相見了備說投託入夥獻計一節吳用聽了大喜說道既然衆位好漢肯作成山寨且休上山便煩疾往祝家莊行此一事成全這段功勞如何孫立等衆人皆喜一齊都依允了吳用道小生如今人馬先去衆位好漢隨後一發便來吳學究商議已了先來宋江寨中見宋公明眉頭不展面帶憂容吳用置酒與宋江解悶備說起石勇楊林鄧飛三箇的一起相識是登州兵馬提轄病尉遲孫立和這祝家莊教師欒廷玉是一箇師父教的今來共有八人投托大寨入夥特獻這條計策以爲進身之報今已計較定了裏應外合如此行事隨後便來參見兄長宋江聽說罷大喜把愁悶都撇在九霄雲外忙叫寨內置酒安排筵席等來相待却說孫立教自巳的伴當人等跟着車仗人馬投一處歇下只帶了解珍解寶鄒淵鄒閏孫新顧大嫂樂和共是八人來參宋江都講禮已畢宋江置酒設席管待不在話下吳學究暗傳號令與衆人教第三日如此行第五日如此行分付已了孫立等衆人領了計策一行人自來和車仗人馬投祝家莊進身行事再說吳學究道啟動戴院長到山寨裏走一遭快與我取將這四箇頭領來（又奇跨節生枝又一佳法）我自有用他處不是教戴宗連夜來取這四箇人來有分教水泊重添新羽翼山莊無復舊衣冠畢竟吳學究取那四箇人來且聽下回分解

聖歎外書

第四十九回

吳學究雙掌連環計
宋公明三打祝家莊

三打祝家變出三樣奇格知其才大如海而我之所尤爲歎賞者如寫欒廷玉竟無下落嗚呼豈不怪哉夫開莊門放弔橋三祝一欒一齊出馬明明在紙我得而讀之也如之何三祝有殺之人廷玉無死之地從此一別杳然無迹而僅據宋江一聲歎惜遂必斷之爲死也吾聞昔者英雄知可爲則爲之知不可爲則瞥然飈去譬如鷹隼擊物不中而高飛遠引深自滅跡者如是等輩往往而有卽又惡知廷玉之不出此如是則廷玉當亦未死然吾觀扈成得脫終成大將名在中興不可滅沒彼豈眞出廷玉上哉而顯著若此彼廷玉非終貧賤者而獨不爲更出一筆然則其死是役信無疑也所可異者獨爲當日宋江之軍林冲李俊阮二在東花榮張橫張順在西穆弘楊雄李逵在南而廷玉當先出馬乃獨衝走正北夫不取有將之三面而獨取無將之一面存此一句之疑誠不能無未死之議然吾獨謂三鼓一砲之際四馬勢如嘯虎使此時廷玉早有所見力猶可以疾按三祝全軍不動其如之何而僅以身遁計出至下乎此又其必死之明驗也曰然則獨走正北無將之一面者何也曰正北非無將之面也宋江軍馬四面齊起而不書正北當是爲廷玉諱也益爲書之則必詳之詳之而廷玉刀不缺鎗不折鼓不衰箭不竭卽廷玉不至於死廷玉而終亦至於必死則其刀缺鎗折鼓

衰箭鍋之狀有不可言者矣春秋爲賢者諱故缺之而不書也曰其并不書正北領軍頭領之名何也曰爲殺廷玉則惡之也嗚呼一欒廷玉死而用筆之難至於如此誰謂稗史易作稗史易讀乎耶

史進尋王教頭到底尋不見吾讀之胸前彌月不快又見張青店中麻殺一頭陀竟不知何人吾又胸前彌月不快至此忽然又失一欒廷玉下落吾胸前又將不快彌月也豈不知耐菴専故作此鶻突之筆以使人氣悶然我今日若使看破寓言更不氣悶便是辜負耐菴故不忍出此也

第二連環計何其輕便簡淨之極三打祝家一篇累墜文字後不可無此捷如風明如玉之筆以揮灑之

話說當時軍師吳用啓煩戴宗道賢弟可與我回山寨去取鐵面孔目裴宣聖手書生蕭讓通臂猿侯健玉臂匠金大堅（玄之又玄幾乎玄殺）可敎此四人帶了如此行頭連夜下山來我自有用他處戴宗去了只見寨外軍士來報西村扈家莊上扈成牽牛擔酒特來求見宋江叫請入來扈成來到中軍帳前再拜懇告道小妹一時麤鹵年幼不省人事悞犯威顏今者被擒望乞將軍寬恕奈緣小妹原許祝家莊上前者不合奮一時之勇陷於縲絏如蒙將軍饒放但用之物當依命拜奉宋江道且請坐說話祝家莊那廝好生無禮平白欺負俺山寨因此行兵報讐須與你扈家無冤只是令妹引人捉了我王矮虎因此還禮拿了令妹你把王矮虎放回還我我便把令妹還你扈成答道不期已被祝家莊拿了這箇好漢去吳學究便道我這王矮虎今在何處扈成道如今拘鎖在祝家莊上小人怎敢去取宋江道你不去取得王矮虎來還我如何能

殺得你令妹回去吳學究道兄長休如此說（忽然接來）家（一接一按住送令祝家西臂亦斷妙絕）只依小生一言今後早晚祝家莊上但有些響亮你的莊上切不可令人來救護倘或祝家莊上有人投奔你處你可就縛在彼若是捉下得人時那時送還令妹到貴莊只是如今不在本寨前日已使人送在山寨奉養在宋太公處你且放心回去我這里自有箇道理扈成道今番斷然不敢去救應他若是他莊上果有人來投我時定縛來奉獻將軍麾下（西臂已斷寫得決絕）宋江道你若是如此便強似送我金帛扈成拜謝了去孫立便把旗號上改換作登州兵馬提轄孫立領了一行人馬都來到祝家莊後門前（好）莊上墻裏望見是登州旗號報入莊裏去欒廷玉聽得是登州孫提轄到來相望說與祝氏三傑道這孫提轄是我弟兄自幼與他同師學藝今日不知如何到此帶了二十餘人馬開了莊門放下吊橋（開莊門放吊橋○此回勤寫莊門吊橋以為一篇節目）出來迎接孫立一行人都下了馬衆人講禮已罷欒廷玉問道賢弟在登州守把如何到此孫立答道總兵府行下文書對調我來此間鄆州守把城池隄防梁山泊強寇便道經過聞知仁兄在此祝家莊特來相探本待從前門來因見村口莊前俱屯下許多軍馬（是遠來不知頭路語）不好衝突特地尋覓村里從小路問到莊後入來拜望仁兄欒廷玉道便是這幾時連日與梁山泊強寇廝殺已拿得他幾箇頭領在莊裏了只要捉了宋江賊首一併解官天幸今得賢弟來此間鎮守正如錦上添花旱苗得雨孫立笑道小弟不才且看相助捉拿這廝們成全兄長之功欒廷玉大喜當下都引一行人進莊裏來再拽起了吊橋關上了莊門（拽吊橋關莊門）孫立一行人安頓車仗人馬更換衣裳都在前廳來相見祝朝奉與祝龍祝虎祝彪三傑都相見了一家兒都在廳前相接欒廷玉引孫立

等上到廳上相見講禮已罷便對祝朝奉說道我這箇賢弟孫立綽號病尉遲任登州兵馬提轄今奉總兵府對調他來鎮守此間鄆州祝朝奉道老夫亦是治下孫立道卑小之職何足道哉早晚也要望朝奉提携指教祝氏三傑相請衆位尊坐孫立動問道連日相殺征陣勞神祝龍答道也未見勝敗衆位尊兄鞍馬勞神不易孫立便叫顧大嫂引了樂大娘子叔伯姆兩箇去後堂拜見宅眷（好）喚過孫新解珍解寶參見了說道這三箇是我兄弟（好）指着樂和便道這位是此間鄆州差來取的公吏（好）指着鄒淵鄒閏道這兩箇是登州送來的軍官（好）祝朝奉併三子雖是聰明却見他又有老小一弁許多行李車仗人馬二又是欒廷玉教師的兄弟三那里有疑心只顧殺牛宰馬做筵席管待衆人飲酒過了一兩日到第三日（提動）莊兵報道宋江又調軍馬殺奔莊上來了祝彪道（第一日只寫祝彪出）莊我自去上馬拿此賊便出莊門放下弔橋（出莊門放弔橋）引一百餘騎馬軍殺將出來早迎見一彪軍馬約有五百來人當先擁出那箇頭領彎弓挿箭拍馬輪鎗乃是小李廣花榮祝彪見了躍馬挺鎗向前來鬬花榮也縱馬來戰祝彪兩箇在獨龍岡前約鬬了十數合不分勝敗花榮賣箇破綻撥回馬便走（賣箇破綻撥馬便走當知此日將令原只要如此俗本自增引他趕來四字失之千里）祝彪正待要縱馬追去背後有認得的說道將軍休要去趕恐防暗器此人深好弓箭祝彪聽罷便勒轉馬來不趕領回人馬投莊上來拽起弔橋（投莊上拽弔橋）看花榮時已引軍馬回去了（可知將令）祝彪直到廳前下馬進後堂來飲酒孫立動問道小將軍今日拿得甚賊祝彪道這厮們夥裏有箇甚麼小李廣花榮鎗法好生了得鬬了五十餘合那厮走了我却待要趕去追他軍人們道那厮好弓箭因此各自收兵回來孫立道來日看小弟不才拿他幾

箇當日筵席上叫樂和唱曲（閒中點筆）衆人皆喜至晚席散又歇了一夜到第四日午牌（提動）忽有莊兵報道宋江軍馬又來在莊前了堂下祝龍祝虎祝彪三子都披掛了出到莊前門外（第二日寫三祝出莊○出莊門）遠遠地聽得鳴鑼擂鼓吶喊搖旗對面早擺下陣勢這里祝朝奉坐在莊門上左邊欒廷玉右邊孫提轄祝家三傑并孫立帶來的許多人伴都擺在門邊早見宋江陣上豹子頭林冲高聲叫罵祝龍焦躁（先祝龍）喝叫放下弔橋（放弔橋）綽鎗上馬引一二百人馬大喊一聲直逩林冲陣上莊門下擂起鼓來兩邊各把弓弩射住陣脚林冲挺起丈八蛇矛和祝龍交戰連鬬到三十餘合不分勝敗兩邊鳴鑼各回了馬（可知將令）祝虎大怒（次祝虎）提刀上馬跑到陣前高聲大叫宋江決戰說言未了宋江陣上早有一將出馬乃是沒遮攔穆弘來戰祝虎兩箇鬬了三十餘合又沒勝敗（可知將令）祝彪見了大怒（三祝彪）便綽鎗飛身上馬引二百餘騎逩到陣前宋江隊裏病關索楊雄一騎馬一條鎗飛搶出來戰祝彪孫立看見兩隊兒在陣前廝殺心中忍耐不住（故意作此）（寫提轄筆）便喚孫新取我的鞭鎗來就將我的衣甲頭盔袍襖把來披掛了牽過自己馬來這騎馬號烏騅馬（是尉遲○此句乃補寫第十八回淡黃面皮一段文）備上鞍子扣了三條肚帶腕上懸了虎眼鋼鞭綽鎗上馬祝家莊上一聲鑼響孫立出馬在陣前（可知將令）宋江陣上林冲穆弘楊雄都勒住馬立於陣前（可知將令）孫立早跑馬出來說道看小可捉這廝們孫立把馬兜住喝問道你那賊兵陣上有好廝殺的出來與我決戰宋江陣內鸞鈴響處一騎馬跑將出來衆人看時乃是拚命三郎石秀來戰孫立兩馬相交雙鎗並舉兩箇鬬到五十合孫立賣箇破綻讓石秀一鎗搠入來虛閃一箇過把石秀輕輕的從馬上捉過來直挾到莊前撇下喝道把來縛了（只如戲事）祝家三子

把宋江軍馬一攪都趕散了一趕便散可知將令三子收軍回到門樓下見了孫立衆皆拱手欽伏孫立便問道共是捉得幾箇賊人祝朝奉道起初先捉得一箇時遷次後拿得一箇細作楊林又捉得一箇黃信扈家莊一丈青捉得一箇王矮虎陣上拿得兩箇秦明鄧飛今番將軍又捉得這箇石秀這廝正是燒了我店屋的共是七箇了孫立道一箇也不要壞他妙只如戲事快做七輛囚車裝了與些酒飯將養身體休教餓損了他不好看只如戲事讀之失笑他日拿了宋江一併解上東京去教天下傳名說這箇祝家莊三傑真會說只如戲事祝朝奉謝道多幸得提轄相助想是這梁山泊當滅了邀請孫立到後堂筵宴石秀自把囚車裝了看官聽說石秀的武藝不低似孫立要賺祝家莊人故意教孫立捉了使他莊上人一發信他自註一遍孫立又暗暗地使鄒淵鄒閏樂和去後房裏把門戶都看了出入的路數楊林鄧飛見了鄒淵鄒閏心中暗喜樂和張看得沒人便透箇消息與衆人知了顧大嫂與樂大娘子在裏面又看了房戶出入的門徑將寫第五日却先詳此數筆甚妙至第五日提動孫立等衆人都在莊上閒行當日辰牌時候早飯已後只見莊兵報道今日宋江分兵做四路此處說分兵四路下却只寫三路奇矣又正少欒廷玉一路更奇之奇也蓋其用筆之妙都非世人所知矣來打本莊孫立道分十路待怎地你手下人且不要慌早作准備便了先安排些撓鈎套索須要活捉拿死的也不算妙只如戲筆已捉者惟恐餓壞未捉者又恐失手處處丁寧詳至莊上人都披掛了祝朝奉親自率引着一班兒上門樓來看時見正東上一彪人馬當先一箇頭領乃是豹子頭林冲背後便是李俊阮小二正東上先敘頭領約有五百以上人馬次敘人馬正西上又有五百來人馬正西上先敘人馬當先一箇頭領乃是小李廣花榮隨背後是張橫張順次敘頭領正南門樓上望時也有五百來人馬當先三箇頭領乃是

沒遮攔穆弘病關索楊雄黑旋風李逵(正南上頭領總叙三
段三換)四面都是兵馬戰鼓齊鳴喊聲大舉欒廷玉
聽了道今日這廝們廝殺不可輕敵我引了一隊
人馬出後門去了(一箇出)殺這正西北上的人馬(此一何便
結果欒廷玉矣不惟不知其如何殺死亦并不知人馬爲誰也)祝龍道我出前門
(兩箇出去了)殺這正東上的人馬祝虎道我也出後門
(三箇出去了)殺那西南上的人馬祝彪道我自出前門
(四箇都出去了)捉宋江是要緊的賊首祝朝奉大喜都賞
了酒(偏寫細事)各人上馬盡帶了三百餘騎逩出莊門
其餘的都守莊院門樓前吶喊此時(二字妙又用一法提動)
鄒淵鄒閏已藏了大斧只守在監門左側(鄒淵鄒閏在監
側)解珍解寶藏了暗器不離後門(解珍解寶在後門)孫新
樂和已守定前門左右(孫新樂和在前門)顧大嫂先撥軍
兵保護樂大娘子(妙)却自拿了兩把雙刀在堂前
踅只聽風聲便乃下手(顧大嫂在堂前已上一段寫人人磨搽事事齊備)
且說祝家莊上擂了三通戰鼓放了一箇砲把前

後門都開(前後莊門都開了)放下弔橋(放下弔橋了)一齊殺將
出來(都殺出去了)四路軍兵出了門四下里分投去廝
殺臨後(二字妙又用一法提動)孫立帶了十數箇軍兵立在
弔橋上(妙絕如火如錦)門裏孫新便把原帶來的旗號插
起在門樓上(妙絕如火如錦暗用拔幟立幟事)樂和便提着鎗直
唱將入來(妙絕如火如錦)鄒淵鄒閏聽得樂和唱便忽哨
了幾聲輪動大斧早把守監門的莊兵砍翻了數
十箇便開了陷車放出七隻大蟲來各各架上拔
了鎗(妙絕如火如錦)一聲喊起顧大嫂掣出兩把刀(妙絕如火
如錦)直逩入房裏把應有婦人一刀一箇盡都殺了
(祝家一門畢)祝朝奉見頭勢不好了却待要投井時早
被石秀一刀剁翻割了首級(祝朝奉畢)那十數箇好漢
分投來殺莊兵後門頭解珍解寶便去馬草堆裏
放起把火黑燄冲天而起(妙絕如火如錦已上一段寫莊內代兵拉雜)
(四起)四路人馬見莊上火起併力向前祝虎見莊裏
火起先逩回來(祝虎從前門回來)孫立守在弔橋上(妙絕)大

喝一聲你那廝那里去攔住弔橋是以通篇勤寫弔橋也祝虎省口便撥轉馬頭再奔宋江陣上來這里呂方郭盛兩戟齊舉早把祝虎和人連馬搠翻在地衆軍亂上剁做肉泥祝虎畢前軍四散奔走孫立孫新迎接宋公明入莊百忙中先定主將眞正奇筆眞正大筆東路祝龍鬬林冲不住飛馬望莊後而來祝龍望後門回來到得弔橋邊是以勤寫弔橋也見後門頭解珍解寶妙絕把莊客的屍首一箇箇攛將下來火燄裏祝龍急回馬望北而走猛然撞着黑旋風踴身便到輪動雙斧早砍翻馬腳祝龍措手不及倒撞下來被李逵只一斧把頭劈翻在地祝龍畢祝彪見莊兵走來報知不敢回直望扈家莊投奔祝彪又變一法寫得情勢都活却被扈成叫莊客捉了綁縛下正解將來見宋江恰好遇着李逵只一斧砍翻祝彪頭來祝彪畢○已上一段寫祝家兄弟一齊殄滅莊客都四散走了李逵再輪起雙斧便看着扈成砍來扈成見局面不好投馬落荒而走棄家逃命投延安府去了後來中興內也做了箇軍官武將百忙中有此閒筆且說李逵正殺得手順直搶入扈家莊快人快事裏把扈太公一門老幼盡數殺了不留一箇快筆叫小嘍囉牽了有的馬匹把莊裏一應有的財賦捎搭有四五十馱將莊院門一把火燒了快人快事快筆却回來獻納再說宋江已在祝家莊上正廳坐下衆頭領都來獻功生擒得四五百人奪得好馬五百餘匹活捉牛羊不計其數紀功也宋江見了大喜道只可惜殺了欒廷玉那箇好漢正嗟歎間前並不見有一筆寫到欒廷玉相持以及被殺之事至此忽然嗟歎其殺了可惜文法蹺奇之甚皆學史公筆也○讀此回至不曾見欒廷玉如何死與前文史進尋王進不見張青店中頭陀不知何人三事俱極悶悶乃作者固欲人悶悶以爲娛樂也聞人報道黑旋風燒了扈家莊砍得頭來獻納宋江便道前日扈成巳來投降誰教他殺了此人如何燒了他莊院只見黑旋風一身血汚腰裏揷着兩把板斧直到宋江面前唱箇大喏極畫黑旋風說道祝龍是兄弟殺了祝彪也

是兄弟砍了扈成那厮走了扈太公一家都殺得乾乾淨淨兄弟特來請功宋江喝道祝龍曾有人見你殺了別的怎地是你殺了黑旋風道我砍得手順望扈家莊趕去正撞見一丈青的哥哥解那祝彪出來被我一斧砍了只可惜走了扈成那厮宋江說只可惜殺了欒廷玉那漢李逵偏道只可惜走了扈成那厮二語天然成對妙絕他家莊上被我殺得一箇也沒了宋江喝道你這厮誰叫你去來你也須知扈成前日牽牛擔酒前來投降了如何不聽得我的言語擅自去殺他一家故違了我的將令李逵道你便忘記了我須不忘記那厮前日教那箇鳥婆娘趕着哥哥要殺你今却又做人情你又不曾和他妹子成親便又思量阿舅丈人忽然將上文一丈青公案再一勾染便令下文異樣出色妙心妙筆宋江喝道你這鐵牛休得胡說我如何肯要這婦人我自有箇處置你這黑厮拿得活的有幾箇李逵答道誰鳥耐煩見着活的便砍了非為黑旋風快心滿意正為一丈青死心

已上吳學究一掌連環計

塌地也用筆之巧如此宋江道你這厮違了我的軍令本合斬首且把殺祝龍祝彪的功勞折過了下次違令定行不饒黑旋風笑道雖然沒了功勞也喫我殺得快活所謂人生行樂耳須富貴何時三打祝家通篇以寄見奇中間又夾敘李逵正復以疎入妙一文之中疎密並行眞是奇事只見軍師吳學究引着一行人馬都到莊上來與宋江把盞賀喜宋江與吳用商議要把這祝家莊村坊洗蕩了石秀稟說起這鍾離老人指路之力也有此等善心良民在內亦不可屈壞了好人前文極寫石秀狠毒至此忽然作石秀勸宋江語作者正深表宋江之狠毒更過於石秀也宋江聽罷叫石秀去尋那老人來石秀去不多時引着那箇鍾離老人來到莊上拜見宋江吳學究宋江取一包金帛賞與老人永為鄉民不是你這箇老人面上有恩把你這箇村坊盡數洗蕩了不留一家因為你一家為善以此饒了你這一境村坊人民那鍾離老人只是下拜宋江又道極寫宋江好得轉變我連日在此攪擾你們百姓今

篇初先接下李應而篇後先收完扈成李應不受宋江羊酒而終歸山泊扈成獻宋江以羊酒而反作中興皆作者立篇命格之大略

日打破了祝家莊與你村中除害所有各家賜糧米一石以表人心（忽然相忘便放出狠毒直要洗蕩村坊忽然提着便叢出仁心又賜糧米一石接連二事絕不相蒙頃刻之間做人兩截寫宋江內小人而外君子真是筆筆如鏡）就着鍾離老人爲頭給散（老人畢）一面把祝家莊多餘糧米盡數裝載上車金銀財賦犒賞三軍眾將其餘牛羊騾馬等物將去山中支用打破祝家莊得糧五十萬石（救足出軍本題）宋江大喜大小頭領將軍馬收拾起身又得若干新到頭領孫立孫新解珍解寶鄒淵鄒閏樂和顧大嫂并救出七箇好漢孫立等將自己馬也梢帶了自己的財賦同老小樂大娘子跟隨了大隊軍馬上山當有村坊鄉民扶老挈幼香花燈燭於路拜謝宋江等眾將一齊上馬將軍兵分作三隊擺開連夜便回山寨話分兩頭且說撲天鵰李應恰纔將息得箭瘡平復閉門在莊上不出暗地使人常常去探聽祝家莊消息已知被宋江打破了驚喜相半只見莊客入來報說有本州知府帶領三五十部漢到莊（突如其來）便問祝家莊事情李應慌忙叫杜興開了莊門放下吊橋迎接入莊李應把條白絹搭膊絡着手（爲避罪計）出來迎迓邀請進莊裏前廳知府下了馬來到廳上居中坐了側首坐着孔目（奇）下面一箇押番（奇）幾箇虞候（奇）堦下盡是許多節級牢子（奇）李應拜罷立在廳前知府問道祝家莊被殺一事如何李應答道小人因被祝彪射了一箭有傷左臂一向閉門不敢出去不知其實知府道胡說祝家莊見有狀子告你結連梁山泊強寇引誘他軍馬打破了莊前日又受他鞍馬羊酒綵段金銀你如何賴得過李應告道小人是知法度的人如何敢受他的東西知府道難信你說且提去府裏你自與他對理明白（妙）喝教獄卒牢子捉了帶他州裏去與祝家分辯兩下押番虞候把李應縛了眾人簇擁知府上了馬知府又問道那箇是杜主管杜興（又突如其

來。杜興道小人便是知府道狀上也有你名一同帶去妙也與他鎖了一行人都出莊門當時拿了李應杜興離了李家莊脚不停地解來奇絕妙絕行不過三十餘里只見林子邊撞出宋江林冲花榮楊雄石秀一班人馬攔住去路奇絕妙絕林冲大喝道梁山泊好漢合夥在此奇絕妙絕那知府人等不敢抵敵撇了李應杜興逃命去了奇絕妙絕宋江喝叫趕上奇絕妙絕衆人趕了一程回來說道我們若趕上時也把這箇鳥知府殺了但已不知去向奇絕妙絕便與李應杜興解了縛索開了鎖便牽兩匹馬過來與他兩箇騎了奇絕妙絕宋江便道且請大官人上梁山泊躲幾時如何奇絕妙絕。○眞是不勞行定。却又毫無痕跡。李應道却是使不得知府是你們殺了不干我事宋江笑道官司裏怎肯與你如此分辯我們去了必然要負累了你既然大官人不肯落草且在山寨消停幾日打聽得沒事了時再下山來不遲當下不繇李應杜

興不行大隊軍馬中間如何回得來筆下戞戞有聲。一行三軍人馬迤邐回到梁山泊了寨裏頭領晁蓋等衆人擂鼓吹笛下山來迎接把了接風酒都上到大寨裏聚義廳上扇圈也似坐下請上李應與衆頭領都相見了兩箇講禮已罷李應稟宋江道小可兩箇已送將軍到大寨了既與衆頭領亦都相見了在此趨侍不妨只不知家中老小如何可教小人下山則箇吳學究笑道大官人差矣寶眷已都取到山寨了貴莊一把火已都燒做白地大官人却回那里去李應不信早見車仗人馬隊隊上山來奇絕妙絕李應看時却見是自家的莊客并老小人等李應連忙來問時妻子說道你被知府捉了來隨後又有兩箇巡簡引着四箇都頭帶領三百來土兵到來抄扎家私又補出一番奇事奇絕妙絕。把我們好好地教上車子將家裏一應箱籠牛羊馬匹驢騾等項都拿了去又把莊院放起火來都燒了又向妻子

已上吳學究二掌連環計

口中決絕一句。李應聽罷只叫得苦晁蓋宋江都下廳伏罪道我等兄弟們端的久聞大官人好處因此行出這條計來萬望大官人情恕李應見了如此言語只得隨順了宋江道且請宅眷後廳耳房中安歇李應又見廳前廳後這許多頭領亦有家眷老小在彼便與妻子道只得依允他過宋江等當時請至廳前敘說閒話衆皆大喜宋江便取笑道大官人你看我叫過兩箇巡簡并那知府過來相見奇妙那扮知府的是蕭讓奇妙扮巡簡的兩箇是戴宗楊林奇妙扮孔目的是裴宣奇妙扮虞候的是金大堅侯健奇妙又叫喚那四箇都頭却是李俊張順馬麟白勝奇妙李應都看了目瞪口呆言語不得宋江喝叫小頭目快殺牛宰馬與大官人陪話慶賀新上山的十二位頭領乃是李應孫立孫新解珍解寶鄒淵鄒閏杜興樂和時遷女頭領扈三娘顧大嫂同樂大娘子李應宅眷另做一席在後堂飲酒大小三軍自有犒賞正廳上大吹大擂衆多好漢飲酒至晚方散新到頭領俱各撥房安頓次日又作席面會請衆頭領作主張宋江喚王矮虎來說道我當初在清風山時許下你一頭親事文情如瀑布千尺當頭挂落懸懸挂在心中不曾完得此願今日我父親有箇女兒招你為壻明是一丈青矣却又作此一閃真是靈心利筆處處引人入勝宋江自去請出宋太公來引着一丈青扈三娘到筵前宋江親自與他陪話說道我這兄弟王英雖有武藝不及賢妹是我當初曾許下他一頭親事一向未曾成得今日賢妹你認義我父親了衆頭領都是媒人今朝是箇良辰吉日賢妹與王英結為夫婦一丈青見宋江義氣深重推却不得兩口兒三字驟合為之一笑只得拜謝了晁蓋等衆人皆喜都稱頌宋公明真乃有德有義之士當日盡皆筵宴飲酒慶賀正飲宴間只見山下有人來報道朱貴頭領酒店裏有箇鄆城縣人在那里誰耶要來見頭須晁蓋宋江聽得報了大喜道既是道恩人上山來入夥足遂平生之願正是恩讎不辯非豪傑黑白分明是丈夫畢竟來的是鄆城縣甚麽人且聽下回分解

第五才子書施耐菴水滸傳卷之五十五

聖歎外書

第五十回

插翅虎枷打白秀英
美髯公誤失小衙內

此篇爲朱雷二人合傳前半忽作香致之調後半別成跳脫之筆眞是才子腕下無所不有

寫雷橫孝母不須繁辭只落落數筆便活畫出一箇孝子寫朱仝不肯做强盜亦不須繁辭只落落數筆便直提出一副淸白肚腸笑宋江傳中越說得眞切越哭得悲痛越顯其忤逆不肖越要尊朝廷守父教矜名節愛身體越見其以做强盜爲性命也人云寧犯武人刀莫犯文人筆信哉

景之奇幻者鏡中看鏡情之奇幻者夢中圓

夢文之奇幻者評話中說評話如豫章城雙漸趕蘇卿眞對妙景焚妙香運妙心伸妙腕蘸妙墨落妙紙成此妙裁也雖然不可無一不可有二江瑤柱連食當復口臭何今之弄筆小兒學之至十百卒未休也

豫章城雙漸趕蘇卿妙絕處正在只標題目便使後人讀之如水中花影簾裏美人意中蚤已分明眼底正自分明不出若使當時眞盡說出亦復何味耶

雷橫母曰老身年紀六旬之上眼睜睜地只看着這箇孩兒此一語字字自說母之愛兒却字字說出兒之事母何也夫人老至六十之際大都百無一能惟知仰食其子子與之食則得食子不與之食則不得食者也子與之衣服錢物則可以至人之前子不與之衣服錢物則不敢以至人之前者也其眼睜睜地只看孩兒政如初生小兒眼睜睜地只看母乳豈曰求報亦其勢則然矣乃天下之老人吾每見其垂首向壁不來眼睜睜地看其孩兒者無他眼睜睜看一日而不應是其心悲可知也明日又眼睜睜看一日而又不應是其心疑可知也又明日又眼睜睜看一日而終又不應是其心夫而後永自決絕誓於此生不復來看何者爲其無益也今雷橫獨令其母眼睜睜地無日不看然則其日日之承伺顏色奉接意思爲何如哉陳情表曰臣無祖母無以至今日祖母無臣無以終餘年雷橫之母亦曰若是這箇孩兒有些好歹老身性命也便休了悲哉仁孝之聲讀之如聞夜猿矣

話說宋江主張一丈青與王英配爲夫婦衆人都稱讚宋公明仁德當日又設席慶賀正飲宴間只

前不接，後不續，忽然一現，如院本之楔子。

見朱貴酒店裏使人上山來報道：「林子前大路上一夥客人經過，小嘍囉出去攔截，數內一箇稱是鄆城縣都頭雷橫。朱頭領邀請住了，見在店裏飲分例酒食，先使小校報知。」晁蓋、宋江聽了大喜，隨即同軍師吳用三箇下山迎接。（異數）朱貴早把船送至金沙灘上岸。宋江見了，慌忙下拜（寫宋江獨拜，何以處晁蓋哉。咄咄之色，我不欲讀。）道：「久別尊顏，常切思想。今日緣何經過賤處？」雷橫連忙答禮道：「小弟蒙本縣差遣往東昌府公幹，回來經過路口，小嘍囉攔討買路錢，小弟提起賤名，因此朱兄堅意留住。」宋江道：「天與之幸！」請到大寨，教眾頭領都相見了，置酒管待。一連住了五日，每日與宋江閒話。晁蓋動問朱仝消息，（晁蓋直性人，至今未見雷橫好處，故又獨問朱仝，寫得性情都有。然其實是借此一筆為下作引也。）雷橫答道：「朱仝見今參做本縣當牢節級，（此先放在此，筆法。）新任知縣好生歡喜。」（最好）宋江宛曲把話來說雷橫上山入夥，雷橫推辭：「老母年高，不能相從。待小弟送母終年之後，却來相投。」（徒以有老母在，正寫雷橫大孝，反顯宋江不孝。妙筆。）雷橫當下拜辭了下山。宋江等再三苦留不住。眾頭領各以金帛相贈，宋江、晁蓋自不必說。雷橫得了一大包金銀下山。（亦先放此一筆，以見下文枸闌中不是無錢使。俗子不知，遂為雷橫食指跳動也。）眾頭領都送至路口辭別，把船渡過大路，自回鄆城縣去了。（山泊每添一番人馬，必換一番調遣。此忽將雷橫上山插放未及調遣之前，有雲斷月出之妙。）不在話下。

此一段又是一篇大排調文字。

且說晁蓋、宋江回至大寨聚義廳上，起請軍師吳學究定議山寨職事。吳用已與宋公明商議已定，（何至晁蓋不及與聞。筆筆寫宋江咄咄之色，令我更不欲讀。）次日會合眾頭領聽號令。先撥外面守店頭領。宋江道：（上無晁蓋，下無吳用，公然竟是宋江獨說，只三字寫盡咄咄之色。）「孫新、顧大嫂原是開酒店之家，着令夫婦二人替回童威、童猛別用。（西山新店，新人舊職。）再令時遷去幫助石勇，（北山新店，新人添。）樂和去幫助朱貴，（東山舊店，新人添。）鄭天壽（舊於鴨嘴灘下寨）去幫助李立。（南山新店，舊人舊職。）東南西北四座店內賣酒賣肉，每店內設兩箇頭領，招接四方入夥好漢（酒店為一山眼目，故番番調遣，必先申之。）一丈青王矮虎後山下寨監督馬匹（王矮虎舊於鴨嘴灘下寨。○新職。）金沙灘小寨童威童猛弟兄兩箇守把（二童舊於西山新店。○舊人舊職。）鴨嘴灘小寨鄒淵鄒閏叔侄兩箇守把（新人舊職。）山前大路黃信燕順部領馬軍下寨守護（舊人新職。）解珍解寶守把山前第一關（山前三座大關，舊令杜遷總行守把，今分。○新人新職。）杜遷宋萬守把宛子城第二關（宋萬舊於金沙灘下寨。○舊人舊職。）劉唐穆弘守把大寨口第三關（舊人新職。）阮家三雄守把山南水寨（舊人舊職。）孟康仍前監造戰船（新人舊職。未打祝家時替管。）李應杜興蔣敬總管山寨錢糧金帛（蔣敬舊人舊職。李應杜興新添。）陶宗旺薛永監築梁山泊內城垣鴈臺（陶宗旺舊人舊職。薛永舊人新添。）侯健專管監造衣袍鎧甲旌旗戰襖（舊人舊職。）朱富宋清提調筵宴（朱富舊收錢糧。舊人舊職。）穆春李雲監造屋宇寨柵（李雲舊人舊職。穆春舊管錢糧。）蕭讓金大堅掌管一應賓客書信公文（舊分今合。）裴宣專管軍政司賞功罰罪（新人新職。）其餘呂方郭盛孫立歐鵬馬

前來無數雄奇震駭之篇，忽於此卷別作點染。

麟鄧飛楊林白勝分調大寨八面安歇（呂方郭盛舊任忠義耳房。馬麟舊管戰船。白勝金沙灘下寨。）鼂蓋宋江吳用居于山頂寨內（中軍。）花榮秦明居于山左寨內（左軍。○舊人新職。）林冲戴宗居于山右寨內（右軍。○舊人新職。）李俊李逵居于山前（前軍。○舊人新職。）張橫張順居于山後（後軍。○舊人新職。）楊雄石秀守護聚義廳兩側（新人舊職。替呂方郭盛。）一班頭領分撥已定每日輪流一位頭領做筵席慶賀山寨體統甚是齊整（每每一番大發放後，便有一篇大結束。巨筆如椽，肉眼不識。）再說雷橫離了梁山泊背了包裹提了朴刀取路回到鄆城縣到家參見老母（一篇提綱。）更換些衣服賫了回文逕投縣裏來拜見了知縣回了話銷繳公文批帖且自歸家暫歇依舊每日縣中書畫卯酉聽候差使因一日行到縣衙東首只聽得背後有人叫道都頭幾時回來雷橫回過臉來看時却是本縣一箇挈閒的李小二（引子。）雷橫答道我却纔前日來家李小二道都頭出去了許多時不知此處近日有

掩抑之調如游太華般忽登虎丘也

箇東京新來打踅的行院（字法）色藝雙絕叫做白秀英那妮子來參都頭（及借此句顯出雷橫已是縣裏出色人物）却值公差出外不在如今見在构欄裏說唱諸般品調每日有那一般打散（字法）或是戲舞（一般技藝）或是吹彈（又一般技藝）或是歌唱（又一般技藝真說得耳熱腳癢）賺得那人山人海價看（稱羨一句）都頭如何不去睃一睃（從滿一句）端的是好箇粉頭（又自家贊賞一句贊嘆口口真令雷橫耳熱腳癢）雷橫聽了又遇心閒（四字不但寫雷橫肯去之故亦已先伏後文無錢之故矣）便和那李小二逕到构欄裏來看只見門首挂着許多金字帳額旗桿吊着等身靠背入到裏面便去青龍頭上（字法）第一位坐了（坐得不尷尬便生出事來）看戲臺上却做笑樂院本（字法）那李小二人叢裏撇了雷橫自出外面趕碗頭腦去了（李小二既已引入便隨手放去妙字法）院本下來只見一箇老兒（章法）裹着磕腦兒頭巾穿着一領茶褐羅衫繫一條皂絲拿把扇子上來開科（字法龜形如畫）道老漢是東京人氏白玉喬的便是如今年邁只憑女兒秀英歌舞吹彈普天下伏侍看官（句法七字其實妙語）鑼聲響處那白秀英早上戲臺（章法）參拜四方（一好看）拈起鑼棒如撒豆般點動（二好看）拍下一聲界方（三好看）念出四句七言詩道新鳥啾啾舊鳥歸老羊羸瘦小羊肥（定場詩只是尋常歎世語耳却偏直戳入雷橫雙耳真是絕妙之筆第一句言子望母第二句言母念子天下豈有無母之人讀之能不淚下也）人生衣食真難事（四句並不聯貫而實聯貫入妙者彼因以四句聯貫一篇不在求四句之聯貫也第三句七字說盡世界又一樣淚下）不及鴛鴦處處飛（一二句刺入雷橫耳第三句刺入合棚衆人耳到第四句忽然轉到自家身上寫出與知縣相好只四句詩便將一回情事羅撮盡來才子妙筆有一無兩俗本失此一段可謂食蛑蝤乃棄其螯矣此書每每橫挿詩歌如五臺亭裏瓦官寺前黃泥岡上鴛鴦樓下皆妙不可言）雷橫聽了喝聲采（要知雷橫喝采是動心前二句不是感傷後二句也三字中並無一孝子字而已活寫出孝子來）那白秀英道今日秀英招牌上明寫着這場話本是一段風流蘊籍的格範喚做豫章城雙漸趕蘇卿（我未見其書只是題目已文妙無雙矣）說了開話又唱唱了又說（詳處極詳省處極省）合棚價衆人喝采不絕那白秀英唱到務頭

章法。字法。這白玉喬按喝字法道雖無買馬博金藝要動聰明鑑事人看官喝采是過去了我兒且下來聲聲如畫。這一回便是襯交鼓兒的院本字法。○笑樂院本既畢。又先詩是交鼓院本。便令合棚衆人。不得不爲纏頭。如耐菴自己每回住處。必用驚疑之筆。卽其法也。白秀英拿起盤子指着道財門上起利地上住吉地上過旺地上行全副构欄語。句法。字法都妙。手到面前休教空過四字不過口頭便語。乃入下却偏是空過。故妙不可言。白玉喬道我兒且走一遭看官都待賞你聲聲如畫。白秀英托着盤子先到雷橫面前青龍頭上第一座。絕倒。雷橫便去身邊袋裏摸時不想並無一文絕倒。○只並無一文四字。費耐菴無數心血。蓄直於山泊下來時。便寫一句得了一大包金銀。以表雷橫不同貪乞人之並無一文。又於遇李小二時。再寫一句。又値心閒。以表雷橫亦不謂自已身邊並無一文。如此便令上文青龍一座。既不夢夢。下文又羞又惱都有因緣也。若俗手亦復解寫並無一文四字。何曾少缺一點一畫。而彼此相較。遂如金泥才與不才。豈計道里。雷橫道今日忘了不曾帶得些出來明日一發賞你白秀英笑道一笑不堪。頭醋不釅二醋薄乃至以合棚之罪歸之。不堪之甚。頭醋二醋字法。官人坐當其位四字尤其不堪。可出箇標首字法雷橫通紅了面皮道我一時不曾帶得出來非是我捨不得白秀英道官人既是來聽唱如何不記得帶錢出來攤折得不堪之甚。雷橫道我賞你三五兩銀子也不打緊却恨今日忘記帶來白秀英道官人今日眼見一文也無提甚三五兩銀子不堪之甚。惡毒之甚。正是教俺望梅止渴畫餅充饑恰好妙對。聲聲院本。句法。白玉喬叫道章法我兒你自沒眼不看城裏人村裏人罵女兒。却是罵雷橫。妙妙。只顧問他討甚麼且過去自問曉事的恩官贊別人。却又是罵雷橫。妙妙。告箇標首雷橫道我怎地不是曉事的白玉喬道你若省得這子弟門庭時字法狗頭上生角不堪之甚。惡毒之甚。句法。衆人齊和起來旁襯一句。尤極不堪。○章法。雷橫大怒便罵道這忤奴字法怎敢辱我白玉喬道便罵你這三家村使牛的字法打甚麼緊有認得的喝道使不得這箇是本縣雷都頭此一襯。却定不可少。白玉喬道只怕是驢筋頭雷驢都筋頭字。隨口相混成句。惡毒不可言。雷橫那里忍耐得住從坐椅上直跳下戲臺來揪住白玉喬一拳一腳便打得唇綻齒落衆人見打得兇都來解拆又勸雷橫自回去了构欄裏人一鬨盡散原來這白秀英却和那新任知縣舊在東京兩箇來往今日特地在鄆城縣開构欄（鴛鴦處處飛。斯言驗矣。）那花娘（有花面了頭四字法。○李賀詩）（字姝。妙。）見父親被雷橫打了又帶重傷叫一乘轎子逕到知縣衙內訴告雷橫毆打父親攪散构欄意在欺騙奴家（好貨。）知縣聽了大怒道（好貨。）快寫狀來這箇喚做枕邊靈（句法。）便教白玉喬寫了狀子驗了傷痕指定證見本處縣裏有人都和雷橫好的替他去知縣處打關節怎當那婆娘守定在衙內撒嬌撒癡不繇知縣不行（一路都寫花娘有死之道。）立等知縣差人把雷橫捉拿到官當廳責打取了招狀將具枷來枷了押出去號令示衆（第一段責枷。○逐段詳寫。以表雷橫一枷橫非陡然性起其辭來者漸也。）那婆娘要逞好手（寫花娘有死之道。）又去知縣行說了定要把雷橫號令在构欄門首第二日那

此篇將雷橫朱仝分作兩段文字第一段寫雷橫孝母是眞孝不比宋江孝父是假孝

婆娘再去做場知縣却教把雷橫號令在构欄門首（第二段號令。）這一班禁子人等都是和雷橫一般的公人如何肯綁扒他這婆娘尋思一會既是出名奈何了他只是一怪（寫花娘有死之道。）走出构欄門去茶坊裏坐下叫禁子過去發話道你們都和他有首尾却放他自在知縣相公教你們綁扒他你到做人情少刻我對知縣說了看道奈何得你們也不禁子道娘子不必發怒我們自去綁扒他便了白秀英道恁地時我自將錢賞你禁子們只得來對雷橫說道兄長沒奈何且胡亂綁一綁把雷橫綁扒在街上（第三段綁扒。）人鬧裏却好雷橫的母親正來送飯（新鳥啾啾。老羊羸瘦之言。又驗矣。）看見兒子喫他綁扒在那里便哭起來罵那禁子們道你衆人也和我兒一般在衙門裏出入的人（襯出美髯來。）錢財直這般好使誰保得常沒事禁子答道我那老娘聽我說我們却也要容情怎禁被原告人監定在這里要綁我

們也沒做道理處不時便要去和知縣說苦害我們因此上做不得面皮那婆婆道幾曾見原告人自監着被告號令的道理禁子們又低低道老娘他和知縣來往得好一句話便送了我們因此兩難那婆婆一面自去解索（一頭罵。一頭先解縛扶。妙筆。便放活雷橫手脚生出下文情事來也。）一頭口裏罵道這箇賊賤人直恁的倚勢我且解了這索子看他如今怎的白秀英却在茶房裏聽得走將過來便道你那老婢子却纔道甚麼那婆婆那里有好氣便指着罵道你這千人騎萬人壓亂人入的賤母狗做甚麼倒罵我白秀英聽得柳眉倒竪星眼圓睜大罵道老咬蟲乞貧婆賤人怎敢罵我（第四段大罵。）婆婆道我罵你待怎的你須不是鄆城縣知縣白秀英大怒搶向前只一掌把那婆婆打箇踉蹌那婆婆却待掙扎白秀英再趕入去老大耳光子只顧打（第五段毒打。凡用五段文字跌出一枷梢來。）這雷橫已是鄆憤在心又見母親喫打一時怒從心發（與前喝采句應。俗本此處增雷橫大孝的人句。）扯起枷來望着白秀英腦蓋上只一枷梢打箇正着劈開了腦蓋撲地倒了衆人看時腦漿迸流眼珠突出動撣不得情知死了衆人見打死了白秀英就押帶了雷橫一發來縣裏首告見知縣備訴前事知縣隨即差人押雷橫下來會集相官拘喚里正鄰佑人等對屍簡驗已了都押回縣來雷橫一面都招承了並無難意（徒以有老母在。）他娘自保領回家聽候把雷橫枷了下在牢裏當牢節級却是美髯公朱仝（忽然轉出髯公。）見發下雷橫來也沒做奈何處只得安排些酒食管待教小牢子打掃一間淨房安頓了雷橫少間他娘來牢裏送飯哭着哀告朱仝道老身年紀六旬之上眼睜睜地只看着這箇孩兒（絕世妙文。絕世奇文。讀之乃覺陳情表不及其沉痛。天下豈有無母之人哉。讀之其能不淚下也。）望煩節級哥哥看日常間弟兄面上可憐見我這箇孩兒看覷看覷朱仝道老娘自請放心歸去今後飯食不必來送（不是朱仝包辦，亦圖收住老娘也。設無此句，送飯何日是了。）小人自管待他。倘有方便處，可以救之。雷橫娘道：哥哥救得孩兒，却是重生父母。若孩兒有些好歹，老身性命也便休了。（絕世妙文，絕世奇文。陳情表不及沉痛。）朱仝道：小人專記在心。（美髯生平一片之心。）老娘不必掛念。那婆婆拜謝去了。朱仝尋思了一日，沒做道理救他處。（極寫其難，以表朱仝。）又自央人去知縣處打關節，上下替他使用人情。那知縣雖然愛朱仝，只是恨這雷橫打死了他表子白秀英，也容不得他。說了又怎奈白玉喬那廝催併疊成文案，要知縣斷教雷橫償命。因在牢裏六十日限滿，斷結解上濟州。主案押司抱了文卷先行，却教朱仝解送雷橫。（曲曲折折，生出事情來。）朱仝引了十數箇小牢子，監押雷橫，離了鄆城縣，約行了十數里地，見箇酒店。朱仝道：（合三句，是箇專記在心者。）我等眾人就此喫兩碗酒去。眾人都到店裏喫酒。朱仝獨自帶過雷橫，只做水火，來後面僻淨處，開了枷，放了

雷橫傳畢

雷橫（叙得直截爽快。）分付道：賢弟自回，快去家裏取了老母（可謂子與子言孝矣。寫得妙絕。）星夜去別處逃難，這里我自替你喫官司。（髯真絕倫超羣，寫來令人感激。）雷橫道：小弟走了自不妨，必須要連累了哥哥。朱仝道：兄弟，你不知，知縣怪你打死了他表子，把這文案都做死了，解到州裏必是要你償命。我放了你，我須不該死罪。況兼我又無父母掛念，（惟孝子能知孝子。筆筆妙絕。此語雷橫能得之於朱仝，而宋江不能得之於一時萬世者，則真假之別也。）家私儘可賠償。你顧前程萬里快去。雷橫拜謝了，便從後門小路奔回家裏，收拾了細軟包裹，引了老母，（雷橫傳畢。）星夜自投梁山泊入夥去了。（徒以有老母在。）不在話下。却說朱仝拿這空枷攛在草裏，（細。）却出來對眾小牢子說道：喫雷橫走了，却是怎地好？眾人道：我們快趕去他家裏捉。朱仝故意延遲了半晌，料着雷橫去得遠了，却引眾人來縣裏出首。朱仝告道：小人自不小心，路上被雷橫走了，在逃無獲，情願甘罪無辭。（雷橫為母，朱仝為友。）

（寫得一樣慷慨。○雷横招承，並無難色，徒以有老母在。朱仝情願甘罪無辭，徒以吾友有老母在也。兩句合來，不過十數字，而其勢遂欲與史公遊俠諸傳分席爭雄，洵奇事也。）知縣本愛朱仝有心將就出脫他被白玉喬要赴上司陳告朱仝故意脫放雷横知縣只得把朱仝所犯情辭申將濟州去朱仝家中自着人去上州裏使錢透了却解朱仝到濟州來當廳審錄明白斷了二十脊杖刺配滄州牢城朱仝只得帶上行枷兩箇防送公人領了文案押送朱仝上路家間自有人送衣服盤纏先齎發了兩箇公人當下離了鄆城縣迤邐望滄州橫海郡來於路無話到得滄州入進城中投州衙裏來正值知府陞廳兩箇公人押朱仝在廳堦下呈上公文知府看了見朱仝一表非俗貌如重棗美髯過腹知府先有八分歡喜便教這箇犯人休發下牢城營裏只留在本府聽候使喚當下除了行枷便與了回文兩箇公人相辭了自回只說朱仝自在府中每日只在廳前伺候呼喚那滄州府裏押番虞候門子承局節級牢子都送了些人情又見朱仝和氣因此上都歡喜他忽一日本官知府正在廳上坐堂朱仝在堦侍立知府喚朱仝上廳問道你緣何放了雷横自遭配在這里（句句寫出愛惜。）朱仝稟道小人怎敢故放了雷横只是一時間不小心被他走了知府道你也不必得此重罪（句句寫出愛惜。）朱仝道被原告人執定要小人如此招做故放以此問得重了知府道雷横為何打死了那娼妓朱仝却把雷横上項的事備細說了一遍知府道你敢見他孝道為義氣上放了他（句句寫出愛惜之至。）朱仝道小人怎敢欺公罔上正問之間只見屏風背後轉出一箇小衙內來方年四歲生得端嚴美貌乃是知府親子知府愛惜如金似玉（甫寫完母子恩愛，又拔出父子恩愛來，奇文妙筆。是聯是斷。○母無不愛之子，而老婦愛子尤劇；父亦無不愛之子，而幼子可愛尤甚。雷横老娘、知府衙內，似斷却連，似連仍斷，作者命意之妙，當於筆墨之外尋之。）那小衙內見了朱仝逕走過來便要他抱（要抱）

是第一段看他文情漸漸生出來朱仝只得抱起小衙內在懷裏那小衙內雙手扯住朱仝長髯說道我只要這髯子抱不要別人抱只要朱仝抱是第二段知府道孩兒快放了手寫知府愛惜朱仝圖也此却寫到知府愛惜朱仝美髯夫雲長髯褒珍護茂先不復御被靈運臨刑猶施維摩此皆自有髯自惜之而此知府乃獨至於惜人之髯真寫出名士風流也休要囉唣小衙內又道我只要這髯子抱和我去耍抱了耍耍是第三段朱仝稟道小人抱衙內去府前閑走耍一回了來知府道孩兒既是要你抱你和他去耍一回了來知府教抱去耍是第四段看他文情漸漸生來朱仝抱了小衙內出府衙前來買些細糖菓子與他喫轉了一遭再抱入府裏來知府看見問衙內道孩兒那里去來小衙內道這髯子和我街上看耍又買糖和菓子請我喫知府說道你那里得錢買物事與孩兒喫句句寫出愛惜朱仝稟道微表小人孝順之心何足挂齒知府教取酒來與朱仝喫府裏侍婢捧着銀瓶菓盒篩酒連與朱仝喫了三大賞鍾此一句不重賞酒單重侍婢蓋此處還出侍婢便令後文傳送衙內早晚無禁皆細心安頓之筆也知府道早晚孩兒要你要時你可自行去抱他要去知府教可自抱是第五段看他文情漸漸生出來朱仝道恩相台旨怎敢有違自此爲始每日來和小衙內上街閑耍朱仝囊篋又有只要本官見喜小衙內面上儘自倍費用省筆敘抱耍已慣是第六段時遇半月之後便是七月十五日盂蘭盆大齋之日泰開筆點染處忽然又將雷橫大事一提蓋盂蘭盆爲報母佛事也年例各處點放河燈修設好事當日天晚堂裏侍婢妳子叫道前銀瓶菓盒一行專爲此句耳朱都頭小衙內今夜要去看河燈夫人分付你可抱他去看一看朱仝道小人抱去那小衙內穿一領綠紗衫兒頭上角兒拴兩條珠子頭鬚從裏面走出來寫來可愛便活有小兒在紙上也朱仝托在肩頭上轉出府衙門前來望地藏寺裏去看點放河燈那時纔交初更時分朱仝肩背着小衙內遶寺看了一遭却來水陸堂放生池邊看放河燈那小衙內爬在欄干上看了笑耍只見背後有人拽

此段另是一樣筆法

朱仝袖子道哥哥借一步說話朱仝回頭看時却是雷橫喫了一驚（筆勢亦跳脫而出讀之喫驚）便道小衙內且下來坐在這里我去買糖來與你喫切不要走動小衙內道你快來我要去橋上看河燈朱仝道我便來也轉身却與雷橫說話朱仝道賢弟因何到此雷橫扯朱仝到淨處拜道自從哥哥救了性命和老母無處歸着只得上梁山泊投逩了宋公明入夥小弟說哥哥恩德宋公明亦甚思想哥哥舊日放他的恩念晁天王和衆頭領皆感激不淺因此特地教吳軍師同兄弟前來相探朱仝道吳先生見在何處背後轉過吳學究道吳用在此言罷便拜（筆筆跳脫而出令人喫驚）朱仝慌忙答禮道多時不見先生一向安樂吳學究道山寨裏衆頭領多多致意今番教吳用和雷都頭特來相請足下上山同聚大義（不答寒暄直說來意筆勢跳脫令人喫驚）到此多日了不敢相見今夜伺候得着請仁兄便那尊步同赴山寨以滿

這一段言朱仝不肯落草是眞正不肯點汚身體不比宋江假道學

晁宋二公之意（更不商量筆勢跳脫之甚）朱仝聽罷半晌答應不得（看他半晌答應不得下却失口喝出先生差矣四字妙絕）便道先生差矣這話休題恐被外人聽了不好雷橫兄弟他自（他自我自明畫之極心直口快乃有此語宋江一生亦說不出）犯了該死的罪我因義氣放了他他出頭不得上山入夥（眞正說得做強盜是末等事口齒明畫之極不是宋江假惺惺語）我自爲他配在這里天可憐見一年半載掙扎還鄉復爲良民我却如何肯做這等的事（明畫之極不是宋江語）你二位便可請回休在此閙惹口面不好（他自我自兩段下便急接請回句寫出美髯一片氷心決決絕絕也）雷橫道哥哥在此無非只是在人之下伏侍他人非大丈夫男子漢的勾當不是小弟糾合上山端的晁宋二公仰望哥哥久矣休得遲延有悞朱仝道兄弟（上一段與吳用說此一段與雷橫說各妙）你是甚麼言語（寫得駭笑之極一似蜂蠆入懷者妙絕）你不想（句）我爲你母老家寒上（說出母老家寒四字眞正仁人孝子遂覺豪傑肝膽都是亂民）放了你去今日你到來陷我爲不義（斬釘截鐵天地鑒之不是宋江假惺惺語）吳學究道既

然都頭不肯去時我們自告退相辭了去休突然而來聳然便去筆筆跳脫朱仝道說我賊名上覆衆位頭領只如此更無半語周旋妙絕一同到橋邊朱仝回來不見了小衙內筆筆跳脫令人喫驚叫起苦來兩頭沒路去尋雷橫扯住朱仝道哥哥休尋筆筆跳脫多管是我帶來的兩箇伴當聽得哥哥不肯去因此倒抱了小衙內去了我們一同去尋朱仝道兄弟不是要處若這箇小衙內有些好歹知府相公的性命也便休了上文雷橫娘云若這箇孩兒有些好歹老身的性命也便休了此忽云若這箇小衙內有些好歹知府相公的性命也便休了閒中作一關鎖兩傳遂成一篇雷橫道哥哥且跟我來朱仝幫住雷橫吳用三箇離了地藏寺徑出城外筆筆跳脫朱仝心慌便問道你的伴當抱小衙內在那里雷橫道哥哥且走到我下處包還你小衙內朱仝道遲了時恐知府相公見怪吳用道我那帶來的兩箇伴當是箇沒分曉的一定直抱到我們的下處去了朱仝道你那伴當姓甚名誰雷橫答道我也不

認得只聽聞叫做黑旋風筆筆跳脫令人喫驚朱仝失驚道莫不是江州殺人的李逵麼吳用道便是此人朱仝跌腳叫苦慌忙便趕離城約走到二十里只見李逵在前面叫道我在這里筆筆作奇鬼攫人之勢跳脫之極朱仝搶近前來問道小衙內放在那里李逵唱箇喏道拜揖寫一箇慌忙一箇作耍令我失笑節級哥哥小衙內有在這里只論有無絕倒朱仝道你好好的抱出來還我李逵指着頭上道小衙內頭鬚兒却在我頭上筆筆不猶人跳脫之極○問衙內却答頭鬚忙者忙極頑者頑極令我失笑不已朱仝看了慌問小衙內正在何處李逵道被我拿些麻藥抹在口裏直拕出城來如今睡在林子裏你自請去看朱仝乘着月色明朗逕搶入林子裏尋時只見小衙內倒在地上朱仝便把手去扶時只見頭劈做兩半箇已死在那里讀至此句失聲一歎者癡也此自耐菴奇文耳豈真有此事哉當時朱仝心下大怒奔出林子來早不見了三箇人筆筆作奇鬼之狀四下里望時只見黑旋風遠遠地拍

着雙斧叫道來來來（筆筆作奇鬼之飛。○俗本此處多一句。）朱仝性起奮不顧身拽扎起布衫大踏步趕將來李逵回身便走（筆筆作奇鬼之狀）背後朱仝趕來這李逵却是穿山度嶺慣走的人朱仝如何趕得上先自喘做一塊李逵却在前面又叫來來來（筆筆作奇鬼弄人之狀跳脫不可言）（○俗本此處又增一句。）朱仝恨不得一口氣吞了他只是趕他不上趕來趕去天色漸明李逵在前面急趕急走慢趕慢行不趕不走（三句寫得墨氣淋漓，却是極省之筆。）看看趕入一箇大莊院裏去了（竟是奇鬼身分。○讀書須要留心，如此篇但能留心記得美髯所說，則此座大莊院便不與他一驚也。）朱仝看了道那廝既有下落我和他干休不得朱仝直趕入莊院內廳前去見裏面兩邊都插着許多軍器朱仝道想必也是箇官宦之家（不止）立住了腳高聲叫道莊裏有人麼只見屏風背後轉出一箇人來（鬼沒神出筆之又驚又喜筆墨之華遂乃至此。）那人是誰（頓一句。）正是小旋風柴進（跳脫而出。）（○此篇另用一樣筆法，讀之有野樹花爭發，春塘水亂流之勢，於全書中為變調也。）問道兀的是誰朱仝見那人趨走如龍神儀焰日（八字妙文，畫出王孫。別處移用不得。）慌忙施禮答道小人是鄆城縣當牢節級朱仝犯罪刺配到此昨晚因和知府的小衙內出來看放河燈被黑旋風（不說出李逵二字，對下讀之。）殺了小衙內見今走在貴莊望煩添力捉拿送官柴進道既是美髯公且請坐朱仝道小人不敢拜問官人高姓柴進答道小可小旋風便是（亦不說姓柴名進。○不見黑旋風，却見小旋風，無端自成關鎖。）朱仝道久聞柴大官人連忙下拜道（上下句迹，此五字乃夾敘也。）不期今日得識尊顏柴進說道美髯公亦久聞名且請後堂說話朱仝隨着柴進直到裏面朱仝道黑旋風那廝（妙。）如何却敢逕入貴莊躲避柴進道容覆小可小旋風（妙。○文情只如小鳥關關，一接一妙。）專愛結識江湖上好漢爲是家間祖上有陳橋讓位之功先朝曾勅賜丹書鐵券但有做下不是的人停藏在家無人敢搜近間有箇愛友和足下亦是舊交目今見在梁山泊做頭領名喚及時兩宋公明寫一封密書令吳學究雷橫黑旋風俱在滄州安歇禮請足下上山同聚大義因見足下推阻不從故意教李逵殺害了小衙內先絕了足下歸路(竟說明奇絕)此只得上山坐把交椅吳先生(句)雷兄(句)如何不出來陪話(此篇真是一樣機杼筆筆不看人)只見吳用雷橫從側首閣子裏出來(寫得真有鬼神出沒之狀)望着朱仝便拜(便拜妙)說道兄長望乞恕罪皆是宋公明哥哥將令分付如此若到山寨自有分曉朱仝道是則是你們弟兄好情意只是忒毒些個柴進一力相勸朱仝道我去則去只教我見黑旋風面罷柴進道李大哥你快出來陪話李逵也從側首出來(奇妙之極)唱個大喏(都不拜只唱喏又妙)朱仝見了心頭一把無明業火高三千丈按納不下起身搶近前來要和李逵性命相搏柴進雷橫吳用三個苦死勸住朱仝道若要我上山時依得我一件事我便去(奇)吳用道休說一件事遮莫幾十件也都依你願聞那一件事不爭朱仝說出這件事來有分教大鬧高唐州惹動梁山泊直教招賢國戚遭刑法好客皇親喪土坑畢竟朱仝說出甚麼事來且聽下回分解

第五才子書施耐菴水滸傳卷之五十六

聖歎外書

第五十一回

李逵打死殷天錫
柴進失陷高唐州

此是柴進失陷本傳也然篇首朱仝欲殺李逵一段讀者悉誤認為前回之尾而不知此已與前了不相涉只是偶借熱鐺趁作煎餅順風吹花用力至便者也吾嘗言讀書者切勿爲作書者所瞞如此一段文字瞞過世人不爲不久今日忍俊不禁就此一處道破當於處處思過半矣不得以其稗官也而忽之也

柴皇城妻寫作繼室者所以深明柴大官人之不得不親往也以借大家私之人而旣已無兒無女乃其妻又是繼室以此而遺人亡家破之日其分崩決裂可勝道哉繼室則年尚少年尚少而智略不足以禦強侮一也繼室則來未久來未久而恩威不足以壓衆心二也繼室則其志未定志未定而外有繼嗣未立內有帷箔可憂三也四也然則柴大官人卽使蚤知禍患而欲斂足不往亦不可得也

嗟乎吾觀高廉倚仗哥哥高俅勢要在地方無所不爲殷直閣又倚仗姐夫高廉勢要在地方無所不爲而不禁慨然出涕也曰豈不甚哉夫高俅勢要則豈獨一高廉倚仗之而已乎如高廉者僅其一也若高俅之勢要其倚仗之以無所不爲者方且百高廉正未已也乃是百高廉又當莫不各有殷直閣其人而每一高廉豈僅僅於一殷直閣而已乎如殷直閣者又其一也若高廉之勢要其倚仗

之以無所不為者又將百殷直閣正未已也

夫一高俅乃有百高廉而一一高廉各有百殷直閣然則少亦不下千殷直閣矣是千殷直閣也者每一人又各自養其狐羣狗黨二三百人然則普天之下其又復有寧宇乎哉

嗚呼如是者其初高俅不知也既而高俅必當知之夫知之而能痛與戢之亦可以不至於高俅也知之而反若縱之甚者此高俅之所以為高俅也

此書極寫宋江權詐可謂處處敲骨而剔髓矣其尤妙絕者如此篇鐵牛不肯為髯陪話處寫宋江登時捏撮一片奸詁逐句斷續逐句轉變風雲在口鬼蜮生心不亦怪乎夫以才如耐菴卽何難為江擬作一段聯貫通暢之語而必故為如是云云者凡所以深著宋江之窮凶極惡乃至敢於欺純是赤子之李達為稗史之檮杌也

寫宋江入夥後每有大事下山宋江必勸晁蓋哥哥山寨之主不可輕動如祝家莊高唐州莫不皆然此作者特表宋江之凶惡能以權術軟禁晁蓋而後乃得惟其所欲為也何也蓋晁蓋去則功歸晁蓋晁蓋不去則功歸宋江一也晁蓋去則宋江為副衆人悉聽晁蓋之令晁蓋不去則宋江為帥衆人悉聽宋江之令二也夫出則其位至尊入則其功至高位尊而功高咄咄乎取第一座有餘矣此宋江之所以必軟禁晁蓋而作者深著其窮凶極惡為稗史之檮杌也

劫寨乃兵家一試之事也用兵而至於必劫寨甚至一劫不中而又再劫此皆小兒女投擲之戲耳而今耐菴偏若不得不出於此者蓋為欲破高廉斯不得不遠取公孫遠取公

孫斯不得不挾住高廉意在楊林之一箭斯不得不用學究之料捌也

此篇本叙柴進失陷然至柴進既陷而又必盛張高廉之神師若非爲難於搭救柴進正以便於收轉公孫所謂墨酣筆疾其文便連珠而下梯接而上正不知斷公孫救柴進斷柴進歸公孫也讀書者切勿爲作書者所瞞此又其一矣

玄女而真有天書者宜無不可破之神師也玄女之天書而不能破神師者耐菴亦可不及天書者也今偏要向此等處提出天書而天書又曾不足以柰何高廉然則宋江之所謂玄女可知而天書可知矣前曰終日看習天書此又曰用心記了呪語豈有終日看習而今始記呪語者明乎前之看習是詐而今之記呪又詐也前曰可與天機星同觀此忽曰軍師放心我自有法豈有終日兩人看習而今吳用盡忘者明乎前之未嘗同觀而今之并非獨記也著宋江之惡至於如此真出篝火狐鳴下倍蓰矣

看他過接法

話說當下朱仝對衆人說道若要我上山時你只殺了黑旋風與我出了這口氣我便罷奇談駭事文章妙處全在脫卸脫卸之法千變萬化而總以使人讀之如神鬼搬運全無踪迹爲絕技也只如上回已賺得朱仝則其文已畢入此回正是失陷柴進之正傳今看他不更別起事端而便留李逵做一關棙卻又更借朱仝怨氣順手帶下遂令讀者深歎美髯之忠而竟不知耐菴之巧眞乃文壇中拔趙幟立赤幟之材也○每見讀此文者誤認尚是前回餘文小說之不能讀而欲讀天下奇書其誰欺欺小衙內乎李逵聽了大怒道教你咬我鳥晃宋二位哥哥將令干我屁事將令與屁合作一句李大哥妙人有此妙語朱仝怒發又要和李逵廝併三箇又勸住了朱仝道若有黑旋風時我死也不上山去奇談駭事總之是耐菴立意要脫卸到下文非美髯立意要死併李逵也柴進道恁地也卻容易我自有箇道理只留下李大哥在我這里便了看他文章過接

奇絕處如星移電掣倏然便去不令他人留目你們三箇自上山去以滿晁宋二公之意朱仝道如今做下這件事了知府必然行移文書去鄆城縣追捉拿我家小如之柰何吳學究道足下放心此時多敢宋公明已都取寶眷在山上了朱仝方纔有些放心柴進置酒相待就當日送行三箇臨曉辭了柴大官人便行柴進叫莊客備三騎馬送出關外臨別時吳用又分付李逵道你且小心只在大官人莊上住幾時切不可胡亂惹事累人每於事前先逗一線如游絲惹花將迎復脫妙不可言待半年三箇月等他性定却來取你還山此一句極似承上文喫緊語然却是假筆多管也來請柴大官人入夥此一句極似無來歷突然語然却是正筆只此二筆要分正反洵知文之難作與文之難讀也三箇自上馬去了不說柴進和李逵回莊且只說朱仝隨吳用雷橫來梁山泊入夥行了一程出離滄州地界莊客自騎了馬回去細三箇取路投梁山泊來於路無話早到朱貴酒店裏先使人上山寨報知

不但結朱仝并結雷橫謂之兩頭一結法

晁蓋宋江引了大小頭目打鼓吹笛直到金沙灘迎接一行人都相見了各人乘馬回到山上大寨前下了馬都到聚義廳上敘說舊話朱仝道小弟今蒙呼喚到山滄州知府必然行移文書去鄆城縣捉我老小如之柰何宋江大笑道我教長兄放心尊嫂并令郎已取到這里多日了朱仝便問道見在何處宋江道奉養在家父太公歇處兄長請自己去問慰便了朱仝大喜宋江着人引朱仝直到宋太公歇所見了一家老小并一應細軟行李妻子說道近日有人齎書來說你已在山寨入夥了因此收拾星夜到此朱仝出來拜謝了衆人宋江便請朱仝雷橫山頂下寨陡然將朱雷一結令兩龍齊來入穴看他何等筆力閒中忽大書宋江便請四字見宋江之無晁蓋也又大書山頂下寨四字見宋江之多樹援也一筆一削遂擬春秋豈意稗官有此奇事一面且做筵席連日慶賀新頭領不在話下畢却說滄州知府至晚不見朱仝抱小衙內回來差人四散去尋了半夜次日

有人見殺死在林子裏報與知府知道府尹聽了大驚親自到林子裏看了痛哭不已備辦棺木燒化次日陞廳便行開公文諸處緝捕捉拿朱仝正身鄆城縣已自申報朱仝妻子挈家在逃不知去向行開各州縣出給賞錢捕獲（筆墨周緻又補鄆城縣事）不在話下（畢）只說李逵在柴進莊上住了一箇來月（閒殺鐵牛）忽一日（輕輕三字生出後回無數大文字）見一箇人齎一封書火急奔莊上來柴大官人却好迎着接書看了大驚道既是如此我只得去走一遭李逵便問道（須知急挿入真是妙筆不得但讚描畫李逵如活而已）大官人有甚緊事柴進道我有箇叔叔柴皇城見在高唐州居住今被本州知府高廉的老婆兄弟殷天錫那廝來要占花園嘔了一口氣臥病在床早晚性命不保必有遺囑的言語分付特來與我想叔叔無兒無女（註出必須親往之故）必須親身去走一遭李逵道既是大官人去時我也跟大官人去走一遭如何（以事論之謂是旁文以文論之却是正事須看耐菴妙筆莫只看李逵妙人也）柴進道大哥肯去時就同走一遭柴進卽便收拾行李選了十數匹好馬帶了幾箇莊客次日五更起來柴進李逵并從人都上了馬離了莊院望高唐州來不一日來到高唐州入城直至柴皇城宅前下馬留李逵和從人在外面廳房內柴進自逕入臥房裏來看視叔叔坐在榻前放聲慟哭皇城的繼室（既已無兒無女矣乃其妻又是繼室皆所以深明柴進之必親往也）出來勸柴進道大官人鞍馬風塵不易初到此間且休煩惱（家破人亡之時只有婦人哭男子勸之理豈有男子哭婦人反勸之理哉分明寫出皇城家中又無痛癢又無緩急此繼室之所以為繼室而柴進之不得不親往也只繼室二字直從意匠慘淡處經營出來作文豈是易事而讀文又烏得不難也）柴進施禮罷便問事情繼室答道此間新任知府高廉兼管本州兵馬（便伏交戰諸文設無此一語下直取而殺之可也）是東京高太尉的叔伯兄弟倚仗他哥哥勢要在這里無所不為（一部書並不正寫高俅一筆而高俅之惡貫於斯盈矣無所不為者一辭不足以盡之之謂也）帶將一箇妻舅殷天錫來人盡稱他

做殷直閣那廝年紀却小又倚仗他姐夫的勢要又在這里無所不爲高俅無所不爲猶可限也高俅之伯叔兄弟無所不爲胡可限也高俅之伯叔兄弟無所不爲不可限也高俅之伯叔兄弟又有親戚又復無所不爲胡可限也高俅之伯叔兄弟又有親戚又復無所不爲不可限也高俅伯叔兄弟之親戚又當各有其狐狗奔走之徒又當各各無所不爲胡可限也嗟乎天下者朝廷之天下也百姓者朝廷之赤子也今也縱不可限之虎狼張不可限之饞吻奪不可限之凡肉塡不可限之谿壑而欲民之不畔國之不亡胡可得也有那等獻勤的賣科對他說我家宅後有箇花園水亭蓋造得好前書高俅之伯叔兄弟奪人妻女此書高俅伯叔兄弟之妻舅奪人田宅蓋高俅之黨愈多而高俅之勢愈赫矣前書高俅因伯叔兄弟奪人妻女而欲誣誅林冲此書高俅因伯叔兄弟之妻舅奪人田宅而至禍連甲兵蓋高俅之勢愈赫而高俅之惡愈盈矣那廝帶將許多奸詐不及的三二十人逕入家裏來宅子後看了寫得赫赫便要發遣我們出去他要來住寫得赫赫皇城對他說道我家是金枝玉葉有先朝丹書鐵券在門諸人不許欺侮你如何敢奪占我的住宅趕我老小那里去那廝不容所言定要我們出屋皇城去扯他反被這廝推搶毆打因此

受這口氣一卧不起飲食不喫服藥無効眼見得上天遠入地近今日得大官人來家做箇主張便有些山高水低也更不憂柴進答道尊𡚒放心只顧請好醫士調治叔叔但有門戶小侄自使人回滄州家裏去取丹書鐵券來和他理會先頓一句在此者非表丹書鐵券之即來正表丹書鐵券之未來也便告到官府今上御前此四字是疊一句法本言便告到官府也不怕他却於官府二字下疊出今上御前四字以表丹書鐵券之老大足恃而不謂後文之殊不然也也不怕他繼室道皇城幹事全不濟事還是大官人理論是得柴進看視了叔叔一回却出來和李逵并帶來人從說知備細李逵聽了跳將起來說道這廝好無道理忽然提出道理二字今奸臣一嚇我有大斧在這里教他喫我幾斧却再商量柴進道李大哥你且息怒沒來繇和他麄鹵做甚麼他雖是倚勢欺人我家放着有護持聖旨這里指高廉也和他理論不得須是京師也有大似他的指道君也必道君皇帝方大似他然則他之爲他其大何如哉○只知道里之有高廉而不知大似

（他的身邊之有高俅何哉）放着明明的條例和他打官司李逵道條例條例若還依得天下不亂了（快論確論）我只是前打後商量（五字是李大哥生平亦是一大篇題目不得作一句閒話讀也）那廝若還去告狀和那鳥官一發都砍了（亦是下文一大篇題目不是口頭順便快語而已）柴進笑道可知朱仝要和你廝併見面不得（本為要留李逵生出事來故上文寫作朱仝怒發耳今偏倒攔此筆以自掩其筆墨之跡耐菴每每如此）這里是禁城之內如何比得你山寨裏橫行李逵道禁城便怎地江州無為軍偏我不曾殺人（妙人妙語全是嫵媚毫無麄鹵令我讀之解頤）柴進道等我看了頭勢用着大哥時那時相央無事只在房裏請坐（又於柴進口中偏作按歷之語以見下文突如其來非柴進之所料也）正說之間裏面侍妾慌忙來請大官人看視皇城柴進入到裏面臥榻前只見皇城閣着兩眼淚對柴進說道賢姪志氣軒昂不辱祖宗我今日被殷天錫毆死你可看骨肉之面親齎書往京師攔駕告狀與我報讎九泉之下也感賢姪親意保重保重再不多囑言罷便放了命柴進痛哭了一場繼室恐怕昏暈（不催不哭反勸人勿哭極寫繼室二字）勸住柴進道大官人煩惱有日（只四字寫盡新死人家相勸人語）且請商量後事柴進道誓書在我家裏不曾帶得來星夜教人去取須用將往東京告狀叔叔尊靈且安排棺槨盛殮成了孝服却再商量柴進教依官制備辦內棺外槨依禮鋪設靈位一門穿了重孝大小舉哀李逵在外面聽得堂裏哭泣自已磨拳擦掌價氣（妙人寫得如畫）問從人都不肯說（一發可惱）宅裏請僧修設好事功果至第三日只見這殷天錫騎着一匹攛行的馬（妙攛行）將引閒漢三二十人手執彈弓川弩吹筒氣毬拈竿樂器城外遊翫了一遭帶五七分酒佯醉假顛逕來到柴皇城宅前勒住馬叫裏面管家的人出來說話（描寫如畫正與高衙內一樣脚色）柴進聽得說掛着一身孝服慌忙出來答應那殷天錫在馬上問道你是他家甚麼人柴進答道小可是柴皇城親侄柴進殷天錫

道我前日分付道教他家搬出屋去如何不依我言語柴進道便是叔叔臥病不敢移動夜來巳自身故待斷七了搬出去殷天錫道放屁我只限你三日便要出屋三日外不搬先把你這廝枷號起先喫我一百訊棍柴進道直閣休恁相欺我家也是龍子龍孫放着先朝丹書鐵券誰敢不敬殷天錫喝道你將出來我看（好）柴進道見在滄州家裏巳使人去取來殷天錫大怒道這廝正是胡說便有誓書鐵券我也不怕（又好）左右與我打這廝衆人却待動手原來黑旋風李逵在門縫裏張看（全是娬媚）（毫無麄鹵妙人）聽得喝打柴進便拽開房門大吼一聲直搶到馬邊早把殷天錫揪下馬來一拳打翻（何等快便）（何等條直攔駕告柴何為也哉）那二三十人却待搶他（寫得好）被李逵手起早打倒五六箇一鬨都走了却再拿殷天錫提起來拳頭脚尖一發上柴進那里勸得住看那殷天錫時早巳打死在地（只是一頓打却作兩截寫○快活）柴

進只叫得苦便教李逵且去後堂商議柴進道眼見得便有人到這里你安身不得了官司我自支吾你快走回梁山泊去李逵道我便走了須連累你（至性人語○純是一團道理在胸中方說得出此人箇字來怪不得他罵人無道理也○必如此人方能與人同生同死他人只是鬧時好聽語耳）柴進道我自有誓書鐵券護身你便去是事不宜遲李逵取了雙斧帶了盤纏出後門自投梁山泊去了不多時只見二百餘人各執刀杖鎗棒圍住柴皇城家柴進見來捉人便出來說道我同你們廳裏分訴去衆人先綁了柴進便入家裏搜捉行兇黑大漢不見只把柴進綁到州衙內當廳跪下知府高廉聽得打死了他的舅子殷天錫正在廳上咬牙切齒忿恨只待拿人來早把柴進驅翻在廳前堦下高廉喝道你怎敢打死了我殷天錫柴進告道小人是柴世宗嫡派子孫家門有先朝太祖誓書鐵券見在滄州居住為是叔叔柴皇城病重特來看視不幸身故

見今停喪在家殷直閣將帶三二十人到家定要趕逐出屋不容柴進分說喝令衆人毆打被莊客李大救護一時行兇打死高廉喝道李大見在那里柴進道心慌逃走了高廉道他是箇莊客不得你的言語如何敢打死人你又故縱他逃走了却來瞞昧官府你這厮不打如何肯招牢子下手加力與我打這厮柴進叫道莊客李大救主誤打死人非干我事放着先朝太祖誓書如何便下刑法打我高廉道誓書有在那里（好）柴進道已使人回滄州去取來了高廉大怒喝道這厮正是抗拒官府左右腕頭加力好生痛打衆人下手把柴進打得皮開肉綻鮮血迸流只得招做使令莊客李大打死殷天錫取那二十五斤死囚枷釘了發下牢裏監收殷天錫屍首簡驗了自把棺木殯殮不在話下這殷夫人要與兄弟報讐教丈夫高廉抄扎了柴皇城家私監禁下人口封占了房屋園院柴

（此是餘文不入朱仝傳亦不作李逵傳）

進自在牢中受苦却說李逵連夜回梁山泊到得寨裏來見衆頭領朱仝一見李逵怒從心起掣條朴刀逕奔李逵（須知此只是周旋前文蓋既已一時借作波折便不得不與之收拾完繳所謂情生文文又生情予不得已也）黑旋風拔出雙斧便鬬朱仝（胸中自有一塲大鬧且未及說而見人要斷殺便且與之斷殺妙人之妙如此）晁蓋宋江并衆頭領一齊向前勸住宋江與朱仝陪話道前者殺了小衙內不干李逵之事却是軍師吳學究因請兄長不肯上山一時定的計策今日既到山寨便休記心只顧同心恊助共興大義休教外人恥笑便叫李逵兄弟與美髯陪話李逵睜着怪眼叫將起來（有時要他死亦肯有時要他陪話亦不肯真是第一妙人）說道他直恁般做得起我也多曾在山寨出氣力（自是李逵心口如一語）他又不曾有半點之功却怎地倒教我陪話宋江道兄弟却是你殺了小衙內（此語與下語不連）雖是軍師嚴令（此語與下語又不連）論齒序他也是你哥哥（此語與下語又不連）且看我面與他伏箇禮（看他句句不連）我却自拜你便

了〔○彎彎曲曲，一句一換，直換到此句，不得不令李逵心肯。寫盡宋江權術，當面轉變而出。○耐菴何難爲宋江作一片理直氣暢語，旣使李逵心服，而必故爲如此屈曲斷續之辭，此蓋所以深明宋江之權術，乃至忍於欺天性一直之李逵，而又敢於李逵面前明明變換以欺之，所謂深惡痛絕之筆也。〕李逵喫宋江央及不過，便道：「我不是怕你，爲是哥哥逼我，沒奈何了，與你陪話。」〔一逼字，沒奈何了四字，寫李逵服宋江，畢竟不是心服。妙筆。〕李逵喫宋江逼住了，只得撇了雙斧，拜了朱仝兩拜。朱仝方纔消了這口氣。〔畢。〕山寨裏晁頭領且教安排筵席，與他兩箇和解。〔補寫晁蓋，正是反剔宋江。〕李逵說起〔方纔說起，雖文勢不得不然，亦活寫李逵天趣。〕柴大官人因去高唐州看親叔叔柴皇城病症，卻被本州高知府妻舅殷天錫要奪屋宇花園，毆罵柴進，喫我打死了殷天錫那廝。宋江聽罷，失驚道：「你自走了，須連累柴大官人喫官司。」吳學究道：「兄長休驚，等戴宗回山便有分曉。」〔未審虛實，輕動大軍，旣不可；差人往探，稽延時日，又不可。忽然斜插一句，有意無意，便似恰好湊着者，巧心妙筆，獨我能知之耳。〕李逵問道：「戴宗哥哥那里去了？」吳用道：「我怕你在柴大官人莊上惹事不好，特地教他來喚你回山。他到那里不見你時，必去高唐州尋你。」〔反作一註，註開去，以自掩其筆墨之跡，妙絕。○每每有一段事，前文不能及，因向後文補敘出者，此自是補敘之一例。今此文乃是前文實實本無，而一時不得不生出此一法，以自敘其兩難之筆，謂之隨手撮出例，並非補敘之一例也。〕說言未絕，只見小校來報：「戴院長回來了。」〔○看他何等迅疾。○看此句妙悟上文之能。〕宋江便去迎接，到了堂上坐下，便問柴大官人一事。戴宗答道：「去到柴大官人莊上，已知同李逵投高唐州去了，逕奔那里去打聽。只見滿城人傳說殷天錫因爭柴皇城莊屋，被一箇黑大漢打死了。見今負累了柴大官人，陷於縲紲，下在牢裏。柴皇城一家人口家私，盡都抄扎了。柴大官人性命早晚不保。」晁蓋道：「這箇黑廝又做出來了，但到處便惹口面。」李逵道：「柴皇城被他打傷嘔氣死了，又來占他房屋，又喝教打柴大官人，便是活佛也忍不得。」〔妙人妙語，正以不可解爲奇。並不知活佛又是甚東西也。〕晁蓋道：「柴大官人自來與山寨有恩，今日他有危難，如何不下山去救他我親自去走一遭宋江道哥哥是山寨之主如何可便輕動寫宋江自到山寨便欲禁晁蓋不許轉動而又每以好語進衛之權詐可畏如畫小可和柴大官人舊來有恩情愿替哥哥下山吳學究道高唐州城池雖小人物稠穰軍廣糧多不可輕敵煩請林冲第一員便點林冲陡然提出五嶽樓下故事花榮秦明李俊呂方郭盛孫立歐鵬楊林鄧飛馬麟白勝十二箇頭領部引馬步軍兵五千作前隊先鋒中軍主帥宋公明吳用并朱仝雷橫戴宗李逵張橫張順楊雄石秀十箇頭領部引馬步軍兵三千策應共該二十二位頭領辭了晁蓋等眾人離了山寨望高唐州進發梁山泊前軍到得高唐州地界早有軍卒報知高廉高廉聽了冷笑道你這夥草賊在梁山泊窩藏我兀自要來勦捕你今日你倒來就縛此是天教我成功左右快傳下號令整點軍馬出城迎敵着那眾百姓上城守護這高知府上馬管軍下馬管民一聲號令下去

看他趁勢過接

那帳前都統監軍統領統制提轄軍職一應官員各各部領軍馬就教場裏點視已罷諸將便擺布出城迎敵高廉手下有三百梯巳軍士號為飛天神兵輕輕添出四字便就柴進傳中收出公孫勝來可謂文心梯接而上不得認真謂當時真有其人也一箇箇都是山東河北江西湖南兩淮兩浙選來的精壯好漢知府高廉親自引了披甲背劍便奇上馬出到城外把部下軍官週迴排成陣勢却將三百神兵列在中軍搖旗吶喊擂鼓鳴金只等敵軍來到却說林冲花榮秦明總出三人引領五千人馬到來兩軍相迎旗鼓相望各把強弓硬弩射住陣脚兩軍中吹動畫角發起擂鼓花榮秦明別出二人上總出三人此又別出二人便單單讓出林冲一箇頭來為五嶽樓下白虎堂前山神廟裏無數大書一齊吐氣也作書須學此等筆法帶同十箇頭領都到陣前把馬勒住頭領林冲橫丈八蛇矛躍馬出陣自嶽樓下忍此一口氣節堂前再忍一口氣草場外再忍一口氣乃至水泊裏再忍一口氣直到此一處方乃一齊發作快文亦快事也厲聲高叫姓高的賊快快出來姓高的賊所包

甚廣。俗本訛。高廉把馬一縱，引着三十餘箇軍官都出到門旗下，勒住馬，指着林冲罵道：「你這夥不知死的叛賊，怎敢直犯俺的城池！」林冲喝道：「你這箇害民強盜！罵高廉只此一句，下自痛罵高俅，妙絕。我早晚殺到京師，把你那廝欺君賊臣高俅碎屍萬段，方是願足！」對高廉罵高俅，各人心中自有怨毒，妙絕。○柴進傳中，忽爲林冲傳作結，真所謂借他人酒杯，澆自己壘塊矣。○此等意思，又確是林武師，宋江不爾，武松不爾，魯達不爾，李逵不爾，石秀近之矣，而猶不爾。高廉大怒，回頭問道：「誰人出馬先捉此賊去？」軍官隊裏轉出一箇統制官，姓于名直，拍馬掄刀，竟出陣前。林冲見了，逕奔于直。兩箇戰不到五合，于直被林冲心窩裏一蛇矛刺着，翻筋斗顛下馬去。小喜作折。高廉見了大驚：「再有誰人出馬報讐？」軍官隊裏又轉出一箇統制官，姓温雙名文寶，使一條長鎗，騎一匹黃驃馬，鑾鈴響，珂珮鳴，早出到陣前。四隻馬蹄蕩起征塵，直奔林冲。秦明見了，大叫：「哥哥稍歇，看我立斬此賊！」林冲勒住馬，收了點鋼矛，讓秦明戰温文寶。兩箇約鬭十合之上，秦明放箇門戶，讓他鎗搠進來，手起棍落，把温文寶削去半箇天靈蓋，死於馬下。那馬跑回本陣去了。小喜作折。兩陣軍相對齊吶聲喊。高廉見連折二將，便去背上掣出那口太阿寶劍來，口中念念有詞，喝聲道：「疾！」念念有詞喝聲道疾八字，耐菴撰之於前，諸小說家用之於後，至今日已成爛熟舊語，乃讀之便似活畫出一位法官。字字有身分，有威勢，有聲響，有發角，始信前人描畫之工也。只見高廉隊中捲起一道黑氣，那道氣散至半空裏，飛沙走石，撼地搖天，刮起怪風，逕掃過對陣來。林冲、秦明、花榮等衆將對面不能相顧，驚得那坐下馬亂撺咆哮，衆人回身便走。高廉把劍一揮，指點那三百神兵從陣裏殺將出來，背後官軍協助，一掩過來，趕得林冲等軍馬星落雲散，七斷八續，呼兄喚弟，覓子尋爺。五千軍兵，折了一千餘人，直退回五十里下寨。先將兩番小喜作一波折，然後轉出一番大敗來，看他處處不作直筆。高廉見人馬退去，也收了本部軍兵，入高唐州城裏安下。却說宋江中軍人馬到來林冲等接着具說前事宋江吳用聽了大驚與軍師道是何神術如此利害吳學究道想是妖法若能回風返火便可破敵宋江聽罷打開天書看時第三卷上有回風返火破陣之法（忽然又作一折）宋江大喜用心記了呪語并秘訣整點人馬五更造飯喫了摇旗擂鼓殺進城下來有人報入城中高廉再點了得勝人馬并三百神兵開放城門布下弔橋出來擺成陣勢宋江帶劍縱馬出陣前望見高廉軍中一簇皁旗（如畫）吳學究道那陣內皁旗便是使神師計的軍兵但恐又使此法如何迎敵宋江道軍師放心我自有破陣之法諸軍衆將勿得驚疑只顧向前殺去高廉分付大小將校不要與他強敵挑鬬但見牌響一齊併力擒獲宋江我自有重賞兩軍喊聲起處高廉馬鞍鞽上掛着那面聚獸銅牌上有龍章鳳篆（先挿在前）手裏拿着寶劍出到陣前宋江指着高廉罵道昨夜我不曾到兄弟們誤折一陣今日我必要把你誅盡殺絕高廉喝道你這夥反賊快早早下馬受縛省得我腥手汚脚言罷把劍一揮口中念念有詞喝聲道疾黑氣起處早捲起怪風來宋江不等那風到口中也念念有詞左手揑訣右手把劍一指喝聲道疾那陣風不望宋江陣裏來倒望高廉神兵隊裏去了（小喜作折）宋江却待招呼人馬殺將過去高廉見回了風急取銅牌把劍敲動向那神兵隊裏捲一陣黃沙就中軍走出一羣怪獸毒蟲直衝過來（又是一番大敗卻於其前亦先作一波折）宋江陣裏衆多人馬驚呆了宋江撇了劍撥回馬先走（可知天書非玄女所授）衆頭領簇捧着盡都逃命大小軍校你我不能相顧奪路而走高廉在後面把劍一揮神兵在前官軍在後一齊掩殺將來宋江人馬大敗虧輸高廉趕殺二十餘里鳴金收軍城中去了宋江來到土坡下收住人馬扎下寨柵雖是損折了些軍卒却喜衆

此一段是為後回作地法

頭領都有特特註明屯住軍馬便與軍師吳用商議道今番打高唐州連折了兩陣無計可破神兵如之奈何吳學究道若是這廝會使神師計他必然今夜要來劫寨須知此非學究妙算正是耐菴妙筆詳見下批可先用計隄備此處只可屯扎些少軍馬我等去舊寨內駐扎宋江傳令只留下楊林白勝看寨楊林白勝於衆中為下材然却不可使之無所樹立故每於此等事便調遣之耐菴真有宰相之才其餘人馬退去舊寨內將息且說楊林白勝引人離寨半里草坡內埋伏等到一更時分只見風雷大作楊林白勝同三百餘人在草裏看時只見高廉步走引領三百神兵吹風唿哨殺入寨裏來見是空寨回身便走楊林白勝吶聲喊高廉只怕中了計四散便走三百神兵各自奔逃楊林白勝亂放弩箭只顧射去一箭正中高廉左肩妙絕上文吳用只合云那廝會使神師計必須請將公孫勝來方可却忽然又算滿寨併殺方急若必須請將公孫勝來則又將如何按住高廉一面耶左思右想陡然算到不如射他一箭然日裏方奪路逃命之際情勢必所不及故又左思右想算出預備劫寨一番此皆良工心苦獨我能知之也後文又劫寨者蓋言高廉慣要劫寨以遮掩此文筆墨之跡切勿為古人所瞞則稱善讀書人矣衆軍四散冒雨趕殺高廉引領了神兵去得遠了楊林白勝人少不敢深入只要一箭足矣不用深入也少刻雨過雲收復見一天星斗月光之下草坡前搠翻射倒拿得神兵二十餘人如畫解赴宋公明寨內具說雷雨風雲之事宋江吳用見說大驚道此間只隔得五里遠近却又無雨無風衆人議道正是妖法只在本處離地只有三四十丈雲雨氣味是左近水泊中攝將來的便寫得一似真有此事楊林說高廉也自披髮仗劍殺入寨中身上中了我一弩箭回城中去了為是人少不敢去追宋江分賞楊林白勝把拿來的中傷神兵斬了分撥衆頭領下了七八箇小寨圍繞大寨隄備再來劫寨豈有再來劫寨之理正是耐菴自掩之筆也後文偏又當真再來劫寨則耐菴弄奇犯險每以此等筆法為能事也一面使人回山寨取軍馬協助於高廉中箭後傳出二令一備再劫一取救兵皆故意避開取公孫勝一句以自掩其筆墨之

跡妙絕

且說高廉自中了箭回到城中養病令軍士守護城池曉夜隄備且休與他廝殺待我箭養平復起來捉宋江未遲劫寨一回文字乃正為此句耳須知之却說宋江見折了人馬心中憂悶和軍師吳用商量道只這箇高廉尚且破不得儻或別添他處軍馬併力來助如之奈何吳學究道我想要破高廉妖法只除非依我如此如此若不去請這箇人來柴大官人性命也是難救高唐州城子永不能得正是要除起霧與雲法須請通天徹地人畢竟吳學究說這箇人是誰且聽下回分解

第五才子書施耐菴水滸傳卷之五十七

聖歎外書

第五十二回　戴宗二取公孫勝　李逵獨劈羅真人

此篇純以科諢成文是傳中另又一樣筆墨然在讀者則必須畧其科諢而觀其意思何則蓋科諢文章之惡道也此傳之間一為之者非其未能免俗而聊復爾爾亦其意思有甚異於人者也何也蓋傳中既有公孫自不得不又有高廉夫特生高廉以襯出公孫也乃今不向此時盛顯其法術不且虛此一番周折乎哉然而盛顯法術固甚難矣不張皇高廉斯無以張皇公孫也顧張皇高廉以張皇公孫而斯兩人者爭奇鬭異至於牛蛇神鬼且將無所不有斯則與彼西遊諸書又

何以異此耐菴先生所義不爲也吾聞文章之家固有所謂避實取虛之法矣今茲畧於破高廉而詳於取公孫意者其用此法與然業已略於高廉而詳於公孫則何不併畧公孫而特詳於公孫之師蓋所謂避實取虛之法至是乃爲極盡其變而李大哥特以妙人見借助成局段者也是故凡李大哥插科打諢皆所以襯出真人襯出真人正所以襯出公孫也若不知作者意思如此而徒李大哥科諢之是求此真東坡所謂士俗不可醫吾末如之何也

此篇又處處用對鎖作章法乃至一字不換皆惟恐讀者墮落科諢一道去故也

此篇如拍卓濺麵一段不省說甚一段皆作者嘔心失血而得不得草草讀過

話說當下吳學究對宋公明說道要破此法只除非快教人去薊州尋取公孫勝來便可破得高廉宋江道前番戴宗去了幾時全然打聽不着却那里去尋吳用道只說薊州（句）有管下多少縣治（句）鎮市（句）鄉村（句）他須不曾尋得到我想公孫勝他是箇學道的人必然在箇名山大川洞天真境居住（爲學道人一錐。吾聞其語矣。未見其人也。）今番教戴宗可去遶薊州管下山川去處尋覓一遭不愁不見他宋江聽罷隨即叫請戴院長商議可往薊州尋取公孫勝戴宗道小可願往只是得一箇做伴的去方好（非院長怕途中寂寞。正耐菴怕文章寂寞也。）吳用道你作起神行法來誰人趕得你上戴宗道若是同伴的人我也把甲馬拴在他腿上教他也便走得快了李逵便道（院長真說得快。大哥又接得快。肉飛眉動之文。）我與戴院長做伴走一遭戴宗道你若要跟我去須要一路上喫素（惡。前此不以此難楊林。今忽偏以此難鐵牛。故惡。虧得題目惡。方生出妙文來。）都聽我的言語李逵道這個有甚難處（今日不曾難。真是不難。後日難起來。真是不易。鐵牛真是

（心直口直。）我都依你便了。宋江吳用分付道、路上小心在意、休要惹事。若得見了、早早回來。李逵道、我打死了殷天錫、却教柴大官人喫官司、我如何不要救他。（情理俱到、刻心刻腸之言、聖賢菩薩只存得此一片心耳。）今番並不許惹事了。（不曰並不敢、而曰並不許、自家分付自家。鐵牛可愛如此。）二人各藏了暗器、拴縛了包裹、拜辭宋江并衆人、離了高唐州、取路投薊州來。走得二三十里、李逵立住腳道、大哥、買碗酒喫了走也好。（却早來了、妙人。）戴宗道、你要跟我作神行法、須要只喫素酒。李逵笑道、（看他賠一笑字、妙人。）便喫些肉也打甚麼緊。（只作先探一句。）戴宗道、你又來了。今日已晚、且向前尋個客店宿了、明日早行。兩個又走了三十餘里、天色昏黑、尋着一個客店歇了。燒起火來做飯、沽一角酒來喫。李逵搬一碗素飯（一碗）、并一碗菜湯（一碗）、來房裏與戴宗喫。（妙絕之筆。並不曾寫李逵如何、而讀者早已為之失笑矣。）戴宗道、你如何不喫飯。李逵應道、我且未要喫飯哩。（看他說謊、鐵牛苦心。）戴宗尋思、這廝必然瞞着我背地裏喫葷。戴宗自把菜飯喫了、悄悄地來後面張時、見李逵討兩角酒、一盤牛肉、立着在那里亂喫。（兩角酒、一盤牛肉、自不必說。妙處乃在亂喫字與立着字、活寫出鐵牛饞腸饞吻、又心慌智亂也。）戴宗道、我說甚麼。且不要道破他、明日小地要他耍便了。（惡。）戴宗先去房裏睡了。李逵喫了一回酒肉、恐怕戴宗問他、也輕輕的來房裏睡了。（輕輕妙。李逵亦有輕輕之日、眞是奇事。俗本作暗暗、可笑。）到五更時分、戴宗起來、叫李逵打火、做些素飯喫了、各分行李在背上、算還了房宿錢、離了客店。行不到二里多路、戴宗說道、我們昨日不曾使神行法、今日須要趕程途。你先把包裹拴得牢了、我與你作法、行八百里便住。戴宗取四個甲馬、去李逵兩隻腿上縛了、分付道、你前面酒食店裏等我。（惡。）戴宗念念有詞、吹口氣在李逵腿上。李逵拽開腳步、渾如駕雲的一般、飛也似去了。戴宗笑道、且着他忍一日餓。戴宗也自拴上甲馬、隨後趕來。李逵不省得道法、只道和他走路一般好耍（是以來也。）那當得耳朶邊有如風雨之聲，兩邊房屋樹木一似連排價倒了的，腳底下如雲催霧趲（神行法奇事。偏有此奇筆描寫之。）李逵怕將起來（李逵亦有怕將起來之日。奇事。）幾遍待要住腳，兩條腿那里收拾得住，卻似有人在下面推的相似，腳不點地，只管走去了。看見酒肉飯店，連排飛也似過去，又不能彀入去買喫（惡極。）李逵只得叫爺爺（看他口中叫喚，無倫無次。）且住一住，看看走到紅日平西（好筆力。）肚裏又饑又渴，越不能彀住腳，驚得一身臭汗，氣喘做一團。戴宗從背後趕來，叫道：李大怎的不買些點心喫了去（惡極。）李逵應道：哥哥（再叫哥哥，哀切之至，如聞其聲。）救我一救，餓殺鐵牛了。戴宗懷裏摸出幾箇炊餅來自喫（惡極。）李逵叫道：我不能彀住腳買喫，你與我箇充饑。戴宗道：兄弟，你立住了與你喫（惡極。）李逵伸着手只隔一丈來遠近，只接不着（惡極。）李逵叫道：好哥哥（哥哥上又加好字，哀切之至，如聞其聲。）且住一住。戴宗道：便是今日有些蹊蹺，我的兩條腿也不能彀住。李逵道：阿也（雅子聲口。）我這鳥腳不繇我半分，只管自家在下邊奔了去（腳則我之腳也，今日不繇我，又曰只管自家，便若我自我，腳自腳，各不相及也者。如此妙語，自非李大哥誰能道之。）不要討我性發，把大斧砍了下來（以大斧嚇自家之腳，妙語，非李大哥不能道。）戴宗道：只除是恁的般方好（惡極。）不然直走到明年正月初一日也不能住（惡極。）李逵道：好哥哥（又叫好哥哥，哀切之至。）休使道兒耍我，砍了腿下來，把甚麼走回去（寫李大哥偏用又憨又猾之筆，令人絕倒。）戴宗道：你敢是昨夜不依我，今日連我也奔不得住，你自奔去。李逵叫道：好爺爺（哥哥二字忽換作爺爺，越哀越切，情事如畫。）你饒我住一住。戴宗道：我的這法，不許喫葷，第一戒的是牛肉，若還喫了一塊牛肉，直要奔一世方纔得住（惡極。）（一世方纔得住，亦是妙語，賓言之，正是走殺二字耳。○脫猶未死，則何以爲一世哉。）李逵道：卻是苦也，我昨夜不合瞞着哥哥，其實偷買五七斤牛肉喫了，正是怎麼好（的的妙人。○就此處寫出夜來牛肉多少，妙筆。）戴宗道：怪得今日連我的這腿也收不住，你這鐵牛害殺我也（惡極。）李逵聽罷叫起撞天屈來（妙人。）戴宗笑道你從今已後只依得我一件事我便罷得這法李逵道老爹（看他口中無倫無次。哀切如畫。）你快說來看我依你（看我依你。妙語非李大哥不能道。）戴宗道你如今敢再瞞我喫葷麽李逵道今後但喫時舌頭上生碗來大疔瘡（奇語。○此語至今日已成爛熟惡爛之句。然在此處讀之。宛然新出於口。何也。）我見哥哥會喫素（喫素又有會不會。妙語非李大哥不能道。）鐵牛却其實煩難（煩難妙。却不道有甚難處。）因此上瞞着哥哥試一試今後並不敢了（喫葷又有試一試。又有並不敢。何句句妙絶。）戴宗道既是恁地饒你這一遍趕上一步把衣袖去李逵腿上只一拂喝聲住李逵應聲立定戴宗道我先去你且慢慢的來（不便收繳。再作一波。）李逵正待擡脚那里移得動拽也拽不起一似生鐵鑄就了的（惡極。）李逵大叫道又是苦也哥哥便再救我一救（其辭宛轉哀切。的的畫出妙人。）戴宗轉回頭來笑道你方纔罰呪真麽（惡極。）李逵道你是我親爺（其辭愈哀其聲愈切。○孫哥哥改作好哥哥。孫好哥哥改作好爺爺。孫好爺爺改作老爹。孫老爹改作親爺。可謂無倫無次。無所不叫矣。）却如何敢違了你的言語戴宗道你今番真箇依我便把手縮了李逵喝聲起兩箇輕輕地走了去李逵道哥哥可憐見鐵牛早歇了罷（宛轉哀切。的的妙人。○九字中全不訴適來之苦。而苦情一時訴盡。妙筆。）見箇客店兩箇入來投宿戴宗李逵入到房裏去腿上卸下甲馬取出幾陌紙錢燒送了問李逵道今番却如何李逵捫着脚歎氣道這兩條腿方纔是我的了（的的畫出妙人。○有不信此脚之意。）戴宗便叫李逵安排些素酒素飯喫了燒湯洗了脚上床歇息睡到五更起來洗漱罷喫了飯還了房錢兩箇又上路行不到三里多路戴宗取出甲馬道兄弟今日與你只縛兩箇教你慢行些李逵道親爺（昨入店時已叫哥哥。此處忽然重叫親爺。活畫出談虎色變來。）我不要縛了（不要縛誠是。然何計與神行者相追逐哉。）戴宗道你既依我言語我和你幹大事如何肯弄你你若不依我教你一似夜來只釘住在這里直等我去薊州尋見了公孫勝回來放你李逵慌忙叫道你縛你縛（誠乃早知如此。悔不當初矣。）戴宗與李逵當日各只縛兩箇甲馬、作起神行法、扶着李逵同走、原來戴宗的法、要行便行、要住便住、李逵從此那里敢違他言語、於路上只是買些素酒素飯喫了便行、話休絮繁、兩箇用神行法不旬日迤邐來薊州城外客店裏歇了、次日（一日。）兩箇入城來、戴宗扮做主人、李逵扮做僕者、遶城中尋了一日、並無一箇認得公孫勝的兩箇自回店裏歇了、次日（又一日。）又去城中小街狹巷尋了一日、絕無消耗、李逵心焦、罵道、這箇乞丐道人卻鳥躲在那里（無親無疎、無上無下、但不合意便大罵之。三代直道而行、我權見李大哥耳。）我若見時、腦揪將去見哥哥、戴宗聽道、你又來了、便不記得喫苦（妙語。）李逵陪笑道不敢不敢、我自這般說一聲兒耍（的的寫出妙人、與後對錯作章法。）戴宗又埋怨了一回、李逵不敢回話（妙人。）兩箇又來店裏歇了、次日早起（又一日。）卻去城外近村鎮市尋覓戴宗但見老人（先逗出老人二字、然後轉過麪店老人來、行文亦有步步

蓮花之法。）便施禮拜問公孫勝先生家在那里居住、並無一人認得、戴宗也問過數十處（前已空過兩日、到第三日讀者已料更空不過、卻偏要再分上半日作一空也。）當日晌午時分（當日晌午。）兩箇走得肚饑、路傍邊見一箇素麪店、兩箇直入來買些點心喫、只見裏面都坐滿沒一箇空處、戴宗李逵立在當路（看他如此做出機會來。此筆妙筆、非人所能也。）過賣問道、客官要喫麪時、和這老人合坐一坐（只是輕輕地落出一箇、絕不見斧劈之迹。）戴宗見箇老丈獨自一箇占着一副大座頭、便與他施禮、唱箇喏、兩箇對面坐了、李逵坐在戴宗肩下、分付過賣造四箇壯麪來、戴宗道、我喫一箇、你喫三箇不少麼、李逵道、不濟事、一發做六箇來、我都包辦（本欲便寫拍卓濺汁、鬬出機會、然又恐突然便拍、不惟無此麤糙李逵、亦無此麤糙文章也。今先寫肚饑、作第一段。）過賣見了也笑、等了半日不見把麪來（寫等久、作第二段。）李逵卻見都搬入裏面去了（寫都搬進去、作第三段。其實不堪、不得不拍。）心中已有五分焦躁、只見過賣卻搬一箇熱麪放在合坐老人面前（寫單搬一箇、作

第四段。一發不堪不得不拍。那老人也不謙讓拿起麪來便喫寫老人便喫。作第五段。一發不堪不得不拍。只李逵一拍。看他曲曲寫來。耆不肯作直筆。那分麪却熱老兒低着頭伏桌兒喫上五段。爲拍桌作引。此一段。爲潑汁作註。看他筆法安頓之妙。李逵性急叫一聲過賣罵道却教老爺等了這半日把那桌子只一拍先有上五段便令此句不突潑那老人一臉熱汁先有前一註。便令此句不突。看他如此闘出機會來。曲筆妙筆。非人所能也。那分麪都潑翻了老兒焦躁便來揪住李逵喝道你是何道理打翻我麪李逵捻起拳頭要打老兒戴宗慌忙喝住與他陪話道丈丈休和他一般見識小可陪丈丈一分麪那老人道客官不知老漢路遠早要喫了麪回去聽講反從老人口中陡然出筍。不用戴宗開言訪問。妙絕。遲將悞了程途戴宗問道丈丈何處人氏却聽誰人講甚麼老兒答道老漢是本處薊州管下九宮縣好縣名。二仙山下人氏好山名。如七寶村。桃花莊。獅子橋。對影山等。皆與本文關合作致。不是無端指斥。因來這城中買些好香回去聽山上羅真人講說長生不死之法

戴宗尋思莫不公孫勝也在那里便問老人道丈丈貴莊曾有箇公孫勝麼老人道客官問別人定不知多有人不認得他老漢和他是鄰舍他只有箇老母在堂着。道箇先生一向雲遊在外着。此時喚做公孫一清着。如今出姓都只叫他清道人不叫做公孫勝此是俗名無人認得爲前一遭反昨二日尋不着註破。戴宗道正是踏破鐵鞋無覓處得來全不費工夫又拜問丈丈九宮縣二仙山離此間多少路清道人在家麼老人道二仙山只離本縣四十五里便是清道人他是羅真人上首徒弟他本師如何放他離左右戴宗聽了大喜連忙催趲麪來喫和那老人一同喫了若此處又必分張戴宗喫一箇李逵喫五箇。豈不是呆鳥。算還麪錢同出店肆問了路途戴宗道丈丈先行不令先行。少圖如何鋪織。凡作文須切記此法。小可買些香紙也便來也老人作別去了戴宗李逵回到客店裏取了行李包裹再拴上甲馬離了客店兩箇取路投九宮縣二

仙山來戴宗使起神行法四十五里片時到了二人來到縣前問二仙山時有人指道離縣投東只有五里便是兩箇又離了縣治投東而行果然行不到五里早來到二仙山下見箇樵夫戴宗與他施禮說道借問此間清道人家在何處居住樵夫指道只過這箇山嘴門外有條小石橋的便是山居如畫○先問居次問人文章極小處都有節次兩箇抹過山嘴來見有十數間草房一週圍矮墻墻外一座小小石橋山居如畫兩箇來到橋邊見一箇村姑提一籃新果子出來山居如畫○詩云野鳧眠岸有閒意老樹着花無醜枝○一樵夫○一村姑○一石橋○一果籃寫來真令人想殺山居也戴宗施禮問道娘子從清道人家出來清道人在家麼村姑答道在屋後煉丹山居如畫○高唐州厮殺忙殺人二仙山煉丹閒殺人乃忙者不知忙到何時方了閒者又不知閒到何時方了令我一嘆也戴宗心中暗喜分付李逵道你且去樹多處躲一躲待我自入去見了他却來叫你戴宗自入到裏面看時一帶三間草房門上懸掛一箇蘆簾山居如畫

戴宗咳嗽了一聲只見一箇白髮婆婆從裏面出來戴宗當下施禮道告禀老娘小可欲求清道人相見一面婆婆問道官人高姓戴宗道小可姓戴名宗從山東到此婆婆道孩兒出外雲遊不曾還家戴宗道小可是舊時相識要說一句緊要的話無緊要尚回不在家安有緊要反望其出來耶戴宗徒知緊要之緊要而不知世上之所謂緊要乃山中之所謂扯淡真可笑亦可哀也求見一面婆婆道不在家裏有甚話說留下在此不妨待回家自來相見戴宗道小可再來說罷了婆婆却來門外對李逵道今番須用着你是以院長必須得一箇做作同來也方纔他娘說道不在家裏如今你可去請他他若說不在時你便打將起來好却不得傷犯他老母又好我來喝住你便罷又好○未放火先算救火者待李逵不得不爾也李逵先去包裹裏取出雙斧插在兩胯下數日閒人一時鬆颯寫得活畫入得門裏大叫一聲着箇出來四字絕倒深山學道人家曾未嘗聞此聲真非李大哥道不出也○明知學道之家定無餘人而云着箇出來者蓋言自出來也得娘出來也得也四字中已畫出

（大雜雜拔斧之勢矣。讀之覺紙上有聲甚厲。）婆婆慌忙迎着問道是誰。見了李逵睜着雙眼，先有八分怕他，問道：「哥哥有甚話說？」李逵道：「我乃梁山泊黑旋風，（我嘗笑世間出將入相之人，其名震天震地，而以告於住山學道之士，方且瞠目不省何物。如黑旋風到處驚人，今日便欲以之驚此老母，可罷也。）奉着哥哥將令，教我來請公孫勝。你叫他出來，佛眼相看；若還不肯出來，放一把鳥火，把你家當都燒做白地。」又大叫一聲：「早早出來！」（妙人妙絕。）婆婆道：「好漢莫要恁地。我這里不是公孫勝家，自喚做清道人。」李逵道：「你只叫他出來，我自認得他鳥臉。」（妙人妙絕。）婆婆道：「出外雲遊未歸。」李逵拔出大斧，先砍翻一堵壁。（妙人妙絕。）婆婆向前攔住，李逵道：「你不叫你兒子出來，我只殺了你！」拿起斧來便砍，（妙人妙絕。）把那婆婆驚倒在地。只見公孫勝從裏面奔將出來，叫道：「不得無禮！」（一箇只見。）只見戴宗便來喝道：「鐵牛，如何嚇倒老母！」（又一箇只見。看他用兩只見，便知都從李逵眼中寫出，筆法之妙如此。）戴宗連忙扶起，李逵撇了大斧，便喝道：「阿哥休怪，不恁地，你不肯出來。」（妙人妙絕。）公孫勝先扶娘入去了，（寫公孫勝好。著寫宋江，便要跪問其母不已，埋怨李逵不已矣。）却出來拜請戴宗、李逵，邀進一間淨室坐下，（寫公孫勝好。）問道：「虧二位尋得到此。」戴宗道：「自從哥哥下山之後，小可先來薊州尋了一遍，並無打聽處，只料合得一夥弟兄上山。今次宋公明哥哥因去高唐州救柴大官人，致被知府高廉兩三陣用妖法贏了，無計奈何，只得教小可和李逵逕來尋請足下。遶遍薊州，並無尋處，偶因素麪店中得箇此間老丈指引到此，却見村姑說足下在家燒煉丹藥，老母只是推却，因此使李逵激出哥哥來。這箇太莽了些，望乞恕罪。宋公明哥哥在高唐州界上度日如年，請哥哥便可行程，以見始終成全大義之美。」公孫勝道：「貧道（只開口二字，已不肯去矣。）幼年飄蕩江湖，多與好漢們相聚。自從梁山泊分別回鄉，非是昧心，一者母親年老，無人奉侍；（真孝。）二乃本師羅真人留在座前，（真悌。）恐怕山寨有人尋來故意改名清道人隱居在此戴宗道今者宋公明正在危急之際哥哥慈悲只得去走一遭公孫勝道干礙老母無人養贍本師羅真人如何肯放其實去不得了戴宗再拜懇告公孫勝扶起戴宗說道再容商議公孫勝留戴宗李逵在淨室裏坐定安排些素酒素食相待三箇喫了一回戴宗又苦苦哀告道若是哥哥不肯去時宋公明必被高廉捉了山寨大義從此休矣公孫勝道且容我去禀問本師真人若肯容許便一同去戴宗道只今便去啓問本師公孫勝道且寬心住一宵明日早去（亦先逗出一宵二字）戴宗道公明在彼一日如度一年煩請哥哥便問一遭公孫勝便起身引了戴宗李逵離了家裏取路上二仙山來此時已是秋殘冬初時分日短夜長容易得晚來到半山裏却早紅輪西墜（不惟寫景亦已覷定夜半矣）松陰裏面一條小路（山居如畫）直到羅真人觀前見有硃紅牌額上寫着紫虛觀三箇金字（真乃如畫）三人來到觀前着衣亭上整頓衣服從廊下入來逕投殿後松鶴軒裏去兩箇童子（童子）看見公孫勝領人入來報知羅真人傳法旨教請三人入來當下公孫勝引着戴宗李逵到松鶴軒內正值真人朝真纔罷坐在雲床上公孫勝向前行禮起居躬身侍立戴宗當下見了慌忙下拜（自見宋公明後以爲天下之人物至此而止矣又豈知深山窮谷之處又有如是之人物乎寫戴宗慌忙下拜蓋戴宗於是乎恍然自失矣）李逵只管光着眼看（有戴宗不可無李逵寫得各極其妙）羅真人問公孫勝道此二位何來公孫勝道便是昔日弟子曾告我師山東義友是也今爲高唐州知府高廉顯逞異術有兄宋江特令二弟來此呼喚弟子未敢擅便故來禀問我師羅真人道一清既脫火坑學煉長生何得再慕此境戴宗再拜道容乞暫請公孫先生下山破了高廉便送還山羅真人道二位不知此非出家人閒管之事汝等自下山去商議（不因此一跌安得生出下

文絕奇文字來。看官須感激眞人。莫便錯怪眞人也。公孫勝只得引了二人、離了松鶴軒連晚下山來連晚妙。爲下文蛛絲馬跡。李逵問道、那老仙先生說甚麼妙筆妙筆。設無此一曲。則竟當時發作耳。又安肯待到半夜耶。才子作文。眞乃心到手到。非他人之所知也。○老仙先生四字。是鐵牛胸中忽然杜撰出來之文。字字出人意外。又字字在人眼前。衬絕妙絕。令我絕倒。戴宗道你偏不聽得、李逵道便是不省得這般鳥做聲妙人妙絕。令我絕倒。戴宗道便是他的師父說道教他休去、李逵聽了叫起來道、教我兩箇走了許多路程我又喫了若干苦知其受創之深。尋見了却放出這箇屁來莫要引老爺性發一隻手捻碎你這道冠兒一隻提住腰胯把那老賊道倒直撞下山去於事。則先有此語。而後有半夜之事。於文。則先有半夜之事。而後有此語。蓋是先襯之法也。○又與前腦揪相對作章法。戴宗聽着道、你又要釘住了脚李逵陪笑道不敢不敢我自這般說一聲兒耍與前對鎖作章法。三箇再到公孫勝家裏、當夜安排些晚飯、戴宗和公孫勝喫了、李逵却只呆想不喫偷喫牛肉。便喫五七斤。同喫壯麪。便喫五六箇。幹事不成。便只呆想不喫。李大哥誠乃無處不是俗本訛。公孫勝道、且權宿一宵、明日再去懇告本師涉筆成趣。若肯時便去、戴宗只得叫了安置、收拾行李、和李逵來淨室裏睡、這李逵那里睡得着胸中既有連累柴大官人一事。耳中又有必投公明哥哥一句。眞是如何睡得着。寫李逵忠孝過人。捱到五更左側、輕輕地爬將起來李逵又有輕輕之日。令人感泣。聽那戴宗時、正齁齁的睡熟妙。自己尋思道妙人妙絕。却不是干鳥一尋思。○李逵又有尋思之日。李逵又有尋思兩遍之日。都是妙人奇事。氣麼、你原是山寨裏人、却來問甚麼鳥師父快論確論我本待一斧砍了出口鳥氣不爭殺了他却又請那箇去救俺哥哥妙。○是李逵尋思語。又尋思道設使明朝那廝又不肯却不悞了哥哥的大事極快極確。我只是忍不得了妙妙。○只是忍不得。一似李逵又有忍得之日。妙人奇事。莫若殺了那箇老賊道教他沒問處只得和我去快論確論。李逵當時摸了兩把板斧、輕輕地開了房門、爲了弟兄便有無數輕輕。吾聞其語。未見其人也。乘着星月明朗、一步步摸上山來、到得紫虛觀前、却見兩扇大門關了、傍邊籬墻苦不甚高李逵騰地跳將過去開了大門一步步摸入裏面來直至松鶴軒前只聽隔窗有人念誦什麼經號之聲不省得這般鳥做聲妙絕○俗本作王樞寶經誰知之誰記之乎甚矣古本之不可不讀也李逵爬上來搠破紙窓張時李逵又有搠破窓張別人之目妙人奇事見羅真人獨自一箇坐在日間這件東西上雲床也乃自戴宗眼中寫之則曰雲床自李逵眼中寫之則曰東西妙絕○俗本訛面前桌兒上烟煨煨地香也却從李逵眼中寫成四字用筆之妙幾於出入神化矣○俗本又訛真乃可恨兩枝爛燭點得通亮李逵道這賊道却不是當死一趕趕過門邊來把手只一推撲的兩扇亮槅齊開李逵搶將入去提起斧頭便望羅真人腦門上只一劈早斫倒在雲床上奇文李逵看時流出白血來奇文○一箇看時一笑道眼見得這賊道是童男子身顧養得元陽真氣不曾走泄正沒半點的紅奇文○因此文忽然想到李大哥亦定是童男子身不爾教他何處破身也一笑李逵再仔細看時連那道冠兒劈做兩半一顆頭直砍到項下兩箇看時○再看一遍以見不曾眼錯皆特特與明早作照耀也李逵道這箇人只可驅除了他與後真人語對鎖作章法先不煩惱公孫勝不去便轉身出了松鶴軒從側首廊下逩將出來只見一箇青衣童子攔住李逵奇文不欲便住故再蹴起一波喝道你殺了我本師待走那里去李逵道你這箇小賊道也喫我一斧手起斧落把頭早砍下臺基邊去偏不殺一箇妙筆李逵笑道如今只好撒開逕取路出了觀門飛也似奔下山來到得公孫勝家裏閃入來閉上了門淨室裏聽戴宗時妙兀自未覺李逵依前輕輕地睡了李逵要他只管輕輕真是奇事直到天明公孫勝起來安排早飯相待兩箇喫了戴宗道再請先生同引我二人上山懇告真人李逵聽了咬着唇冷笑冷笑如畫○又好笑又怕神行法咬唇二字活畫出妙人三箇依原舊路再上山來入到紫虛觀裏松鶴軒中見兩箇童子依然妙公孫勝問道真人何在童子答道真人坐在雲床上養性李逵聽說喫了一驚把舌頭伸將出來半日縮不入去妙人妙絕○此句至今日亦成爛熟套語乃今

（在此處讀之。妙不可言何也。）依舊三箇揭起簾子入來看時（三箇看時）見羅真人坐在雲床上中間（奇文）李逵暗暗想道昨夜我敢是錯殺了（妙人妙想。我敢是錯殺。你敢是錯認。對鎖作章法。）羅真人便道汝等三人又來何幹戴宗道特來哀告我師慈悲救取衆人免難羅真人道這黑大漢是誰（此一問。真乃陡然相逼。下文却變出趣事。文情轉變。令人不測。）戴宗答道是小可義弟姓李名逵真人笑道本待不教公孫勝去看他的面上教他去走一遭（真人無假。只是頑耳。）戴宗拜謝對李逵說了（五字妙。緊蹙上文不省鳥做聲句也。係本失之。其過不小。）李逵尋思那廝知道我要殺他却又鳥說（偏奸猾。妙人。）只見羅真人道我教你三人片時便到高唐州如何三箇謝了戴宗尋思（李逵尋思。戴宗尋思。總寫真人小小伎倆。便令二人無不顛倒。）這羅真人又強似我的神行法（涉筆成趣。）真人與道童取三箇手帕來戴宗道上告我師却是怎生教我們便能彀到高唐州羅真人便起身道都跟我來三箇人隨出觀門外石巖上來先取一箇紅手帕鋪在

石上道一清可登公孫勝雙脚踏在上面羅真人把袖一拂喝聲道起那手帕化作一片紅雲載了公孫勝冉冉騰空便起離山約有二十餘丈（便爲擒高）（廉時作影。）羅真人喝聲住那片紅雲不動却鋪下一箇青手帕教戴宗踏上喝聲起那手帕却化作一片青雲載了戴宗起在半空裏去了那兩片青紅二雲如蘆蓆大起在天上轉李逵看得呆了（寫得如畫。可愛。）（神行則愛。愛騰雲則愛。妙人妙絕。）羅真人却把一箇白手帕鋪在石上喚李逵踏上李逵笑道你不是耍若跌下來好箇大疙瘩（偏奸猾。妙人。只一跌字。亦必先逗。）羅真人道你見二人麼李逵立在手帕上羅真人喝一聲起那手帕化作一片白雲飛將起去李逵叫道阿也（稚子之聲。）我的不穩放我下來（偏奸猾。妙人。）羅真人把右手一招那青紅二雲平平墜將下來戴宗拜謝侍立在右手公孫勝侍直在左手李逵在上面叫道我也要撒尿撒尿你不着我下來我劈頭便撒下來也（妙人妙語。）

（○反以劈頭唬嚇人。絕倒。）羅真人問道我等自是出家人不曾惱犯了你你因何夜來越牆而過入來把斧劈我若是我無道德已被殺了又殺了我一箇道童李逵道不是我你敢錯認了（與上文對鎖作章法。）羅真人笑道雖然只是砍了我兩箇葫蘆（直到此處方註出。）其心不善且教你喫些磨難把手一招喝聲去一陣惡風把李逵吹入雲端裏只見兩箇黃巾力士押着李逵耳朶邊有如風雨之聲下頭房屋樹木一似連排曳去的腳底下如雲催霧趲正不知去了多少遠諕得魂不着體手腳搖戰（與前神行法對鎖作章法。）忽聽得刮剌剌地響一聲卻從薊州府廳屋上骨碌碌滾將下來（奇文。）當日正值府尹馬士弘坐衙（偏撰一名。如真有之者。）廳前立着許多公吏人等看見半天裏落下一箇黑大漢來（奇文。○半天二字。是誰量定。亦是千古奇文。而人人不覺者。附記於此。）衆皆喫驚馬知府見了叫道且拿這廝過來當下十來箇牢子獄卒把李逵驅至當面馬府尹喝道你這廝是那里妖人（特來請法師破妖人。卻反被法師弄做妖人。筆顛墨倒。妙不可言。）如何從半天裏弔將下來李逵喫跌得頭破額裂半晌說不出話來（絕倒。）馬知府道必然是箇妖人教去取些法物來（奇文。）牢子節級將李逵綑翻驅下廳前草地里一箇虞候掇一盆狗血沒頭一淋又一箇提一桶尿糞來望李逵頭上直澆到腳底下李逵口裏耳朶裏都是狗血尿屎（親做一遍妖人。便學得許多破妖人之法。明日回去。即以此知府之法。還破彼知府之妖。可也。○未見公孫勝作法破高廉。先見馬知府作法破李逵。筆顛墨倒。妙不可言。）李逵叫道我不是妖人我是跟羅真人的伴當（偏奸猾。妙人。）原來薊州人都知道羅真人是箇現世的活神仙從此便不肯下手傷他再驅李逵到廳前早有吏人稟道這薊州羅真人是天下有名的得道活神仙若是他的從者不可加刑馬府尹笑道我讀千卷之書每聞古今之事未見神仙有如此徒弟（醜語。○汝讀千卷之書。每聞古今之事。曾見神仙如何徒弟。）即係妖人牢子與我加力打那廝衆人只得拿翻李逵打得一佛出世二佛涅槃奇語馬知府喝道你那廝快招了妖人便不打你李逵只得招做妖人李二換來換去只是李大李二絕倒取一面大枷釘了押下大牢裏去李逵來到死囚獄裏說道我是直日神將如何枷了我好歹教你這薊州一城人都死偏奸猾妙人那押牢節級禁子都知羅真人道德清高誰不欽服都來問李逵你端的是甚麼人李逵道我是羅真人親隨直日神將因一時有失惡了真人把我撇在此間教我受些苦難三兩日必來取我你們若不把些酒肉來將息我時我教你們衆人全家都死偏奸猾妙人那節級牢子見了他說倒都怕他只得買酒買肉請他喫戴宗不得而禁之也絕倒之文李逵見他們害怕越說起風話來牢裏衆人越怕了又將熱水來與他洗浴了換些乾淨衣裳細李逵道若還缺了我酒肉我便飛了去教你們受苦連日作神行法真令鐵牛瘦了一半深感真人送我樂土牢裏禁子只得倒陪告他李逵陷在薊州牢裏不題且說羅真人把上項的事一一說與戴宗戴宗只是苦苦哀告求救李逵羅真人留住戴宗在觀裏宿歇動問山寨裏事務戴宗訴說晁天王宋公明仗義疎財專只替天行道誓不損害忠臣烈士孝子賢孫義夫節婦許多好處羅真人聽罷默然四字寫出真人俗本作聽罷甚喜真俗本耳一住五日戴宗每日磕頭禮拜求告真人乞救李逵羅真人道這等人只可驅除了罷與前對鎖作章法俗本悉無真是可恨休帶回去戴宗告道真人不知這李逵雖是愚蠢不省禮法也有些小好處第一鯁直分毫不肯苟取於人第二不會阿諂於人雖死其忠不改第三並無淫慾邪心貪財背義敢勇當先明明分出第一第二第三而其文拉雜無緒一見戴宗心忙口亂一見李逵讚歎不盡也因此宋公明甚是愛他不爭沒了這箇人回去教小可難見兄長宋公明之面羅真人笑道貧道已知這人是上界天殺星之數於真人口中輕輕先逗出兩座星辰名字為第七十回通氣爲是

下土衆生作業太重故罰他下來殺戮吾亦安肯逆天壞了此人（甚矣定業可畏而押官之勸戒不小也）只是磨他一會我叫取來還你戴宗拜謝羅真人叫一聲力士安在就鶴軒前起一陣風風過處一尊黃巾力士出現躬身稟覆我師有何法旨（此回純是此等文字蓋筆墨亦有氣類也）羅真人道先差你押去薊州的那人罪業已滿你還去薊州牢裏取他回來速去速回力士聲喏去了約有半箇時辰從虛空裏把李逵撇將下來戴宗連忙扶住李逵問道兄弟這兩日在那里李逵看了羅真人只管磕頭拜說親爺爺鐵牛不敢了也（忽然移過親爺爺三字來妙人妙不可言）羅真人道你從今已後可以戒性竭力扶持宋公明休生歹心李逵再拜道你是我的親爺却如何敢違了你的言語（與前對鎖作章法）戴宗道你正去那里走了這幾日（戴宗只道是走妙絕）（〇半日只寫李逵可謂冷殺戴宗矣故妙又強似我神行法你去那里走幾日之句皆是筆相顧之法也）李逵道自那日一陣風直刮我去薊州府裏從

廳屋脊上直滾下來被他府裏衆人拿住那箇鳥知府道我是妖人捉翻我綑了却教牢子獄卒把狗血和尿屎淋我一頭一身打得我兩腿肉爛把我枷了下在大牢裏去衆人問我是何神將從天上落下來只喫我說道羅真人的親隨直日神將因有些過失罰受此苦過三二日必來取我雖是喫了一頓棍棒却也詐得些酒肉喫那厮們懼怕真人却與我洗浴換了一身衣裳方纔正在亭心裏詐酒肉喫（真有此圖樂不思蜀之意）只見半空裏跳下這箇黃巾力士把枷鎖開了喝我閉眼一似睡夢中直扶到這里公孫勝道師父似這般的黃巾力士有一千餘員都是本師真人的伴當李逵聽了叫道活佛（自好哥老爺親爺以至活佛不倫不文信口而出妙人妙絕〇稱道士是佛絕倒）你何不早說免教我做了這般不是只顧下拜（反責他人妙人妙絕）戴宗也再拜懇告道小可端的來得多日了高唐州軍馬甚急望乞師父慈悲放公孫先生同

弟子去救哥哥宋公明破了高廉便送還山羅真人道我本不教他去今爲汝大義爲重權教他去走一遭我有片言汝當記取公孫勝向前跪聽真人指教正是滿還濟世安邦願來作乘鸞跨鳳人畢竟羅真人對公孫勝說出甚話來且聽下回分解

第五才子書施耐菴水滸傳卷之五十八

聖歎外書

第五十三回　入雲龍鬪法破高廉　黑旋風下井救柴進

請得公孫勝後三人一同趕回可也乃戴宗忽然先去者所以爲李逵買棗糕地也李逵特買棗糕者所以爲結識湯隆地也李逵結識湯隆者所以爲打造鉤鐮鎗地也夫打造鉤鐮鎗以破連環馬也連環馬之來固爲高廉報仇也高廉之死則死於公孫勝也今公孫勝則猶未去也公孫勝未去是高廉未死也高廉未死則高俅亦不必遣呼延也高俅不遣呼延則亦無有所謂連環馬也無有所謂連環馬則亦不須所謂鉤鐮鎗也無有連環馬不須鉤鐮鎗則亦不必湯隆也乃今李

逵已預結識也爲結識故已預買糕也爲買糕故戴宗亦已預去也夫文心之曲至於如此洵鬼神之所不得測也

寫公孫神功道法只是一筆兩筆不肯出力鋪張是此書特特過人一籌處

寫公孫破高廉若使一陣便了則不顯公孫然欲再持一日又太張高廉趁前篇劫寨一勢寫作又來劫寨因而便埽蕩之不輕不重深得其宜矣

前劫寨是乘勝而來後劫寨是因敗而至前後兩番劫寨以此爲其分別然作者其實以後劫寨自擒前劫寨之筆痕墨迹如上卷論之詳矣

此回獨大書林冲戰功者正是高家淸水公案非浪筆漫書也太史公曰怨毒之於人甚矣哉不其然乎

李逵朴至人雖極力寫之亦須寫不出乃此書但要寫李逵朴至便倒寫其奸猾寫得李逵愈奸猾便愈朴至眞奇事也

古詩云井水知天風蓋言水在井中未必知天風也今兩旋風都入高唐枯井之底殆寓言當時宋江擾亂之惡至於無處不至也

卷末描畫御賜踢雪烏騅只三四句却用兩那馬句讀之遂抵一篇妙絕馬賦

話說當下羅眞人道弟子你往日學的法術却與高廉一般吾今特授與汝五雷天心正法依此而行可救宋江保國安民替天行道你的老母我自使人早晚看視勿得憂念（獨此母不入山泊爲一部書之所無）汝本上應天間星數（畧逗）以此暫容汝去一遭切須專持從前學道之心休被人欲搖動悞了自已脚跟下大事（其言使人讀之生懼。不枉是一代眞人。只此數句。便是五雷天心正法。何處更有別法）公孫勝跪授了訣法便和戴宗李逵拜辭了羅眞人別了衆道伴下山歸到家中收拾了寶劍二口并鐵冠道衣等物了當拜辭老母離山上路行過了三四十里路程戴宗道小可先去報知哥哥好又顯事急又顯神足先生和李逵大路上來却得再來相接公孫勝道正好賢弟先往報知吾亦趲行來也戴宗分付李逵道於路小心伏侍先生但有些差池教你受苦李逵答道他和羅真人一般的法術我如何敢輕慢了他餘波作笑戴宗拴上甲馬作起神行法來預先去了却說公孫勝和李逵兩箇離了二仙山九宮縣取大路而行到晚尋店安歇李逵懼怕羅真人法術十分小心伏侍公孫勝那里敢使性兩箇行了三日來到一箇去處地名喚做武岡鎮只見街市人煙輳集公孫勝道這兩日於路走得困倦買碗素酒素麵喫了行李逵道也好也好者便好而有所未盡之辭也却見驛道傍邊一箇小酒店兩箇入來店裏坐下公孫勝坐了上首李逵解了腰包单寫

買棗糕忽然生出一段奇文來

李逵解包便顯待先生如此其敬也下首坐了叫過賣一面打酒就安排些素饌來喫公孫勝道你這里有甚素點心賣過賣道我店裏只賣酒肉沒有素點心市口人家有棗糕賣李逵道我去買些來遙遲生出事來便去包內取了銅錢逕投市鎮上來買了一包棗糕欲待回來只聽得路傍側首有人喝采道好氣力奇文駭筆○李大哥耳邊忽然有此三字雖欲不生出事來不可得也李逵看時一夥人圍定一箇大漢把鐵瓜鎚在那里使衆人看了喝采他李逵看那大漢時先看大漢看得出色七尺以上身材面皮有麻鼻子上一條大路就李逵眼中寫出大漢形狀來李逵看那鐵鎚時次看鐵鎚看得出色約有三十來斤就李逵眼中寫中鐵鎚斤兩來那漢使得發了一瓜鎚正打在壓街石上把那石頭打做粉碎衆人喝采此一行正寫上文好氣力三字作註非李逵眼見此事也李逵忍不住便把棗糕揣在懷裏便來拿那鐵鎚來妙人此一拿全從好氣力三字中生出須知此一拿全是心服大漢氣力真好非是要顯自巳氣力又好來比落大漢也下文只因那漢喝道甚麼鳥人便不免翻出惱來亦喝

道甚麼鳥好其實此時一片都是心服看他看一看大漢又看一看鐵鎚一時眼前心上眞有十二分愛惜也○此一拿正是端詳鐵鎚不是輕覷大漢寫李大哥不肯一筆輕薄是此書手法那漢喝道你是甚麼鳥人敢來拿我的鎚眼光聲口只恰是李逵一流人物李逵道你使得甚麼鳥好教衆人喝采看了到污眼你看老爺使一回教衆人看妙人○胸中實實愛惜只因他出口輕薄便亦接口輕薄之眞乃一片天趣那漢道我借與你你若使不動時且喫我一頓額子拳了去眼光聲口恰是李逵一流人物李逵接過瓜鎚如弄彈丸一般使了一回輕輕放下面又不紅心頭不跳口內不喘那漢看了倒身便拜說道願求哥哥大名寫大漢意思恰是李逵一流人物李逵道你家在那里住一邊問名一邊却問住處非表李逵精細不肯人前漏泄蓋圖便於收捲不肯延捱筆墨也那漢道只在前面便是引了李逵到一箇所在見一把鎖鎖着門便早寫出無妻小無家當來皆圖便於收捲不肯延捱筆墨耳那漢把鑰匙開了門請李逵到裏面坐地李逵看他屋裏都是鐵砧鐵鎚火爐鉗鑿家伙尋思道這人必是箇打鐵匠人山寨裏正用得着何不叫他也去入夥公孫到方纔破高廉高廉死方纔驚太尉太尉怒方纔遣呼延呼延至方纔賺徐寧徐寧來方纔用湯隆一路文情本乃如此生去今却忽然先將湯隆倒插前面不惟教鈎鐮之文未起并用鈎鐮之故亦未起乃至并公孫先生亦尚坐在酒店中間而鐵匠却已預先整備其穿插之妙眞不望世人知之矣李逵又道漢子你通箇姓名教我知道那漢道小人姓湯名隆父親原是延安府知寨官因爲打鐵上遭際老种經畧相公帳前敘用近年父親在任亡過小人貪賭所好畧同閒中點染流落在江湖上因此權在此間打鐵度日入骨好使鎗棒字性奇爲是自家渾身有麻點人都叫小人做金錢豹子前請公孫遇一豹子此請公孫又遇一豹子何豹子之多也敢問哥哥高姓大名李逵道我便是梁山泊好漢黑旋風李逵湯隆聽了再拜道多聞哥哥威名誰想今日偶然得遇李逵道你在這里幾時得發跡不如跟我上梁山泊入夥教你也做箇頭領湯隆道若得哥哥不棄肯帶攜兄弟時願隨鞭鐙就拜李逵爲兄李逵認湯隆爲弟一片恩愛與他人結拜不同湯

隆道我又無家人伴當同哥哥去市鎮上喫三杯淡酒表結拜之意今晚歇一夜明日早行（故作一折）李逵道我有箇師父在前面酒店裏等我買棗糕去喫了便行擔閣不得只可如今便行湯隆道如何這般要緊（故作一折○上午街頭弄鎚下午隨人落草實是出奇之事不得不作一折）李逵道你不知宋公明哥哥見今在高唐州界首厮殺只等我這師父到來救應湯隆道這箇師父是誰李逵道你且休問快收拾了去（來得迅疾結得迅疾真正絕奇文字）湯隆急急拴了包裹盤纏銀兩戴上氊笠兒跨了戶腰刀提條朴刀棄了家中破房舊屋麁重家火跟了李逵直到酒店裏來見公孫勝公孫勝埋怨道你如何去了許多時再來遲些我依前回去了（呼延未到先備湯隆可謂亦太早計矣忽然反襯出一句公孫回去來夫得一未便用之湯隆却失一急欲用之公孫奇情幻筆非人所知也）李逵不敢做聲回話引過湯隆拜了公孫勝備說結義一事（活寫出新得兄弟分外快活來）公孫勝見說他是打鐵出身心中也喜李逵取出棗糕叫過賣將去整理三箇一同飲了幾杯酒喫了棗糕筭還了酒錢李逵湯隆各背上包裹（单寫李逵湯隆背包便顯待先生如此其敬也）與公孫勝離了武岡鎮迤邐望高唐州來三箇於路三停中走了兩停多路那日早却好迎着戴宗來接（是待公孫先生禮）公孫勝見了大喜連忙問道近日相戰如何戴宗道高廉那厮近日箭瘡平復（陡然接出擒縱在手）每日引兵來搦戰哥哥堅守不敢出敵只等先生到來公孫勝道這箇容易李逵引着湯隆拜見戴宗說了備細（活寫出新得兄弟快活來）四人一處遶高唐州來離寨五里遠早有呂方郭盛引一百餘騎軍馬迎接着（是待公孫先生禮）四人都上了馬一同到寨宋江吳用等出寨迎接（是待公孫先生禮）各施禮罷擺了接風酒敘問闊之情請入中軍帳內衆頭領亦來作慶李逵引過湯隆來參見宋江吳用并衆頭領等（活寫出新得兄弟分外快活來○看他如此倥偬之際只知得意自家新有兄弟全是一派天趣○然其實猶寫李逵得意處却都是遮掩其倒捧之法）

雁翅般是一樣軍容紡車般是一樣軍容十隊破連環是一樣

耳。讀者毋爲作者所瞞也。講禮已罷寨中且做慶賀筵席上文與公孫作慶已過。此正是慶李逵之得湯隆也。次日中軍帳上宋江吳用公孫勝商議破高廉一事公孫勝道主將傳令且着拔寨都起看敵軍如何小弟自有區處當日宋江傳令各寨一齊引軍起身直抵高唐州城壕下寨已定次早五更造飯軍人都披掛衣甲宋公明吳學究公孫勝三騎馬直到軍前搖旗擂鼓吶喊篩鑼殺到城下來再說知府高廉在城中箭瘡已痊隔夜小軍來報知宋江軍馬又到早辰都披掛了衣甲便開了城門放下弔橋將引三百神兵并大小將較出城迎敵兩軍漸近旗鼓相望各擺開陣勢兩陣裏花腔鼉鼓擂雜彩繡旗搖宋江陣門開處分出十騎馬來雁翅般擺開在兩邊絕妙軍容。左手下五將花榮秦明朱仝歐鵬呂方右手下五將是林冲孫立鄧飛馬麟郭盛中間三箇總軍主將三騎馬出到陣前絕妙軍容。看對陣金鼓齊鳴門旗開處

軍容看他只是亂筆布置便有無數陣圖擺出不似三國志處處戰到若干合一刀斬於馬下而已

也有二三十箇軍官簇擁着高唐州知府高廉出在陣前立馬門旗之下厲聲喝罵道你那水洼草賊既有心要來厮殺定要見箇輸贏走的不是好漢宋江問一聲誰人出馬立斬此賊小李廣花榮挺鎗躍馬直至垓心高廉見了喝問道誰與我直取此賊去那統制官隊裏轉出一員上將喚做薛元輝使兩口雙刀騎一匹劣馬飛出垓心來戰花榮兩箇在陣前鬬了數合花榮撥回馬望本陣便走薛元輝縱馬舞刀儘力來趕花榮畧帶住了馬拈弓取箭紐轉身軀只一箭把薛元輝頭重腳輕射下馬去兩軍齊吶聲喊高廉在馬上見了大怒急去馬鞍鞽前取下那面聚獸銅牌把劒去擊那裏敲得三下只見神兵隊裏捲起一陣黃砂來罩得天昏地暗日色無光喊聲起處豺狼虎豹怪獸毒蟲就這黃沙內捲將出來衆軍恰待都起公孫勝在馬上早掣出那一把松文古定劒來松文好色澤。古

定好名目指着敵軍口中念念有詞喝聲道疾只見一道金光射去那夥怪獸毒蟲都就黃沙中亂紛紛墜於陣前衆軍人看時却都是白紙剪的虎豹走獸黃沙盡皆蕩散不起此等處看他只畧敘不肯極力鋪張皆特避俗筆也宋江看了鞭梢一指大小三軍一齊掩殺過去但見人亡馬倒旗鼓交橫高廉急把神兵退走入城宋江軍馬趕到城下城上急拽起弔橋閉上城門擂木砲石如雨般打將下來宋江叫且鳴金收聚軍馬下寨整點人數各獲大勝回帳稱謝公孫先生神功道德隨即賞勞三軍次日分兵四面圍城儘力攻打公孫勝對宋江吳用道昨夜雖是殺敗敵軍大半眼見得那三百神兵退入城中去了今日攻擊得緊那廝夜間必來偷營劫寨前劫寨所以爲一箭地也此又劫寨所以免明日之再戰也然兩文對照亦便借作章法矣今晚可收軍一處至夜深分去四面埋伏這里虛扎寨柵教衆將只聽霹靂響看寨中火起一齊進兵傳令已了

當日攻城至未牌時分都收四面軍兵還寨却在營中大吹大擂飲酒謀定之軍每每如此看看天色漸晚衆頭領暗暗分撥開去四面埋伏已定却說宋江吳用公孫勝花榮秦明呂方郭盛上土坡等候是夜高廉果然點起三百神兵背上各帶鐵葫蘆於內藏着硫黃焰硝烟火藥料各人俱執鉤刃鐵掃箒口內都銜蘆哨劫寨神兵結束前畧此詳二更前後大開城門放下弔橋高廉當先驅領神兵前進背後却帶三十餘騎奔殺前來離寨漸近高廉在馬上作起妖法却早黑氣冲天狂風大作飛砂走石播土揚塵三百神兵各取火種去那葫蘆口上點着一聲蘆哨齊響黑氣中間火光罩身大刀闊斧滾入寨裏來高埠處公孫勝仗劍作法就空寨中平地上刮剌剌起箇霹靂三百神兵急待退步只見那空寨中火起光焰亂飛上下通紅無路可出四面伏兵齊趕圍定寨柵黑處偏見只是畧敘不肯極力鋪張三百神兵

不曾走得一箇都被殺在陣裏（神兵先了）高廉急引了三十餘騎奔走回城背後一枝軍馬追趕將來乃是豹子頭林冲看看趕上急叫得放下弔橋高廉只帶得八九騎入城其餘盡被林冲和人連馬生擒活捉了去（獨寫林冲者直爲五嶽樓下白虎堂前山神廟裏吐氣也）高廉進到城中盡點百姓上城守護（吾聞設兵將以保障城池以奠安百姓也未聞兵亡將折而反驅百姓以守其城池也千古通弊爲之浩嘆）高廉軍馬神兵被宋江林冲殺箇盡絕（大書宋江以明主軍大書林冲以志快活筆法如繪）次日宋江又引軍馬四面圍城甚急高廉尋思我數年學得術法不想今日被他破了似此如之柰何只得使人去隣近州府求救急急修書二封教去東昌寇州二處離此不遠這兩箇知府都是我哥哥擡舉的人（醜）教星夜起兵來接應差了兩箇帳前統制官齎擎書信放開西門殺將出來投西奪路去了衆將却待去追趕吳用傳令且放他出去可以將計就計宋江問道軍師如何作用吳學究道城中兵微將寡所以他去求救我這里可使兩枝人馬詐作救應軍兵於路混戰高廉必然開門助戰乘勢一面取城把高廉引入小路必然擒獲宋江聽了大喜令戴宗回梁山泊另取兩枝軍馬分作兩路而來且說高廉每夜在城中空闊處堆積柴草竟天價放火爲號城上只望救兵到來過了數日守城軍兵望見宋江陣中不戰自亂（奸）急忙報知高廉聽了連忙披掛上城瞻望只見兩路人馬戰塵蔽日喊殺連天衝奔前來四面圍城軍馬四散奔走（奸）高廉知是兩路救軍到了盡點在城軍馬大開城門分頭掩殺出去且說高廉撞到宋江陣前看見宋江引着花榮秦明三騎馬望小路而走（妙寫得如錦如火）高廉引了人馬急去追趕忽聽得山坡後連珠砲響心中疑惑便收轉人馬回來兩邊鑼響左手下小温侯（古人一箇）右手下賽仁貴（古人又一箇）各引五百人馬衝將出來高廉急奪路走

時部下軍馬折其大半逩走脫得孩心時望見城上巳都是梁山泊旗號妙。寫得如錦如火。舉眼再看無一處是救應軍馬只得引着些敗卒殘兵投山僻小路而走行不到十里之外山背後撞出一彪人馬當先擁出病尉遲又一古人。一箇攔住去路厲聲高叫我等你多時好好下馬受縛高廉引軍便回背後早有一彪人馬截住去路當先馬上却是美髯公又一箇古人。○看他四面截住。便撮出四箇古人。眞乃以文爲戲。讀之令人歎絶。○極小一篇文字。亦必作一章法。眞是不得不歎絶也。兩頭夾攻將來四面截了去路高廉只得棄了馬棄了馬。却走上山那四下里部軍一齊趕上山去高廉慌忙口中念念有詞喝聲道起駕一片黑雲冉冉騰空直上山頂高廉妖術不便住。至此又生出一段。

不見柴進第一跌

只見山坡邊轉出公孫勝來見了便把劍在馬上望空作用口中也念念有詞喝聲道疾將劍望上一指只見高廉從雲中倒撞下來只是畧敘。不肯極力鋪張。側首搶過插翅虎雷横一朴刀把高廉揮做兩段

雷横提了首級都下山來前獨詳寫林冲者。所以使沉冤一快也。此必大書雷横者。所以使新來立功也。耐菴筆下調遣衆人。不肯草草如此。先使人去飛報主帥宋江巳知殺了高廉收軍進高唐州城內先傳下將令休得傷害百姓一面出榜安民秋毫無犯如此言。所謂仁義之師也。今强盜而忽用仁義之師。是强盜之權術也。强盜之權術。而又書之者。所以深歎當時之官軍。反不能然也。彼三家村學究。不知作史筆法。而遂因此等語。過許强盜眞有仁義。不亦怪哉。○看他寫宋江此來。本是救柴進。却反將救柴進作第二句。將假仁義陡然翻作第一句。以表江之權術眞有大過人者。爲諸盜之魁也。且去大牢中救出柴大官人來那時當牢節級押獄禁子巳都走了止有三五十箇罪囚盡數開了枷鎖釋放數中只不見柴大官人一箇于曲百折。得破高唐。無不以爲救出柴進。易如探囊也。忽然又作一跌。眞正出自意外。宋江心中憂悶尋到一處監房內却監着柴皇城一家老小又一座牢內監着滄州提捉到柴進一家老小同監在彼補前所無。爲是連日廝殺未曾取問發落自註一句。只是沒尋柴大官人處再一跌。○前一跌。是初入之時。此一跌。是搜遍之後。寫得妙絶。吳學究教喚集高唐

州押獄禁子跟問時數內有一箇稟道小人是當牢節級藺仁前日蒙知府高廉所委專一牢固監守柴進不得有失（補一。）又分付道但有凶吉你可便下手（補二。）三日之前知府高廉要取柴進出來施刑小人爲見本人是箇好男子不忍下手只推道本人病至八分不必下手（補三。）後又催併得緊小人回稱柴進已死（補四。）因是連日厮殺知府不問小人却恐他差人下來看視必見罪責昨日引柴進去後面枯井邊開了枷鎖推放裏面躲避如今不知存亡（眞正奇文。出自意外。）宋江聽了慌忙着藺仁引入直到後牢枯井邊望時見裏面黑洞洞地不知多少深淺（寫枯井。）上面叫時那得人應（寫枯井。）把索子放下去探時約有八九丈深（寫枯井。○先寫枯井。便襯出李逵捹身下探之忠勇。妙筆。）宋江道柴大官人眼見得都是没了宋江垂淚吳學究道主帥且休煩惱誰人敢下去探看一遭便見有無說猶未了轉過黑旋風李逵來大叫道等我

撮着骸骨第二跌

那里見動第三跌

下去（妙人。一半忠勇。一半好奇。一半忠勇。爲連累你喫官司句作結。一半好奇。爲神行法青紅雲作結。）宋江道正好當初也是你送了他今日正宜報本（掂斤播兩。是宋江語。令人聞之。可惱可畏。我若作李逵。便不復下去。）李逵笑道我下去不怕你們莫要割斷了繩索（自神行法喫虧後。處處小心可囑。又處處好奇欲試。寫出妙人。妙絕。與上大兇痵句。一樣句法。）吳學究道你却也忒奸猾（罵得妙。妙於極不確。却妙於極確。令人忽然失笑。）且取一箇大篾籮把索子絡了接長索頭扎起一箇架子把索掛在上面李逵脫得赤條條的手拿兩把板斧坐在籮裏却放下井裏去索上縛兩箇銅鈴漸漸放到底下李逵却從籮裏爬將出來去井底下摸時摸着一堆却是骸骨（故作嚇人語。妙筆妙筆。）李逵道爺娘甚鳥東西在這里（此句寫出井底之黑。畫井底眞是井底。）又去這邊摸時底下濕漉漉的没下脚處（此句寫井底濕。畫井底眞是井底。）李逵把雙斧拔放籮裏兩手去摸底下四邊却寬（此句寫井底空洞。畫井底眞是井底。）一摸摸着一箇人做一堆兒墩在水坑裏李逵叫一聲柴大官人那里見動（又故作嚇）

只一李逵第四跌

人語。妙筆妙筆。〇入監不見柴進是第一跌。下井摸着骸骨是第二跌。摸着叫喚不應是第三跌。此書之妙。莫妙於逐步作跌。而俗子偏學其科諢以為奇也。把手去摸時只覺口內微微聲喚李逵道謝天地三箇字。直與柴皇城家出後門時兩句說話。正是一副道理。恁地時還有救性隨即爬在籮裏搖動銅鈴眾人扯將上來却只李逵一箇妙人妙絕。絕倒我也。備細說了下面的事宋江道你可再下去先把柴大官人放在籮裏先發上來却再放籮下來取你李逵道哥哥不知我去薊州着了兩道兒今番休撞第三遍真是奸猾。〇兩番寫李逵奸猾。忽翻出下文發喊大叫來。妙文隨手而成。正不知有意得之。無意得之也。宋江笑道我如何肯弄你你快下去李逵只得再坐籮裏又下井去偏是他下井。偏是他下去。兩遍字字可為失笑。〇寫李逵奸奇。故肯下去。又奸猾。故不肯下去。妙人妙絕處。全在只得二字。到得底下李逵爬將出籮去却把柴大官人抱在籮裏搖動索上銅鈴上面聽得早扯起來到上面眾人大喜先喜尋着。及見柴進頭被額裂兩腿皮肉打爛眼目畧開又閉眾人甚是悽慘又悲受苦。寫得有節次。叫請醫士調治李逵却在井底下發喊大叫不惟自己要緊亦急要看柴大官人也。宋江聽得急叫把籮放將下去取他上來李逵到得上面發作道你們也不是好人妙人妙絕。便不把籮放下來救我宋江道我們只顧看顧柴大官人因此忘了你休怪宋江就令眾人把柴進扛扶上車睡了先把兩家老小并奪轉許多家財共有二十餘輛車子叫李逵雷橫先護送上梁山泊去護送用雷橫李逵。一是新到效勞。一是完連累一案。却把高廉一家老小良賤三四十口處斬於市快活。賞謝了藺仁再把府庫財帛倉廒糧米并高廉所有家私盡數裝載上山大小將校離了高唐州得勝回梁山泊所過州縣秋毫無犯特筆之。以愧當時官軍也。在路已經數日回到大寨柴進扶病起來稱謝晁宋二公并眾頭領晁蓋教請柴大官人就山頂宋公明歇處另建一所房子與柴進并家眷安歇每一人上山。必特書宋江牢籠作自己心腹。今此獨書出自晁蓋。豈晁蓋至此已悟耶。晁蓋宋江等眾皆大喜自高唐州回來又添得柴進湯隆兩箇頭領且作慶賀筵席不在話下再說東昌寇州兩處（順風斜渡又一過接之法）已知高唐州殺了高廉失陷了城池只得寫表差人申奏朝廷又有高唐州逃難官員都到京師說知眞實高太尉聽了知道殺死他兄弟高廉（特書高俅驕皇師報秋怨以深惡之也）次日五更在待漏院中專等景陽鐘響百官各具公服直臨丹墀伺候朝見當日五更三點道君皇帝陞殿淨鞭三下響文武兩班齊天子駕坐殿頭官喝道有事出班啓奏無事捲簾退朝高太尉出班奏道今有濟州梁山泊賊首晁蓋宋江累造大惡打劫城池搶擄倉廒聚集兇徒惡黨見在濟州殺害官軍鬧了江州無爲軍今又將高唐州官民殺戮一空倉廒庫藏盡被擄去此是心腹大患若不早行誅勦他日養成賊勢難以制伏伏乞聖斷天子聞奏大驚隨卽降下聖旨就委高太尉選將調兵前去勦捕務要掃淸水泊殺絕種

奉旨調將

類高太尉又奏道量此草寇不必興舉大兵臣保一人可去收復天子道卿若舉用必無差錯卽令起行飛捷報功加官賜賞高遷任用高太尉奏道此人乃開國之初河東名將呼延贊嫡派子孫單名喚箇灼字使兩條銅鞭有萬夫不當之勇見受汝寧郡都統制手下多有精兵勇將臣舉保此人可以征勦梁山泊可授兵馬指揮使領馬步精銳軍士剋日掃淸山寨班師還朝天子准奏降下聖旨着樞密院卽便差人齎勅前往汝寧州星夜宣取（奉旨調將是第一段○一路特詳呼延出軍重大以明是役之驚天動地非復前文小小捕盜之比）當日朝罷高太尉就於帥府着樞密院撥一員軍官齎擎聖旨前去宣取當日起行限時定日要呼延灼赴京聽命卻說呼延灼在汝寧州統軍司坐衙聽得門人報道有聖旨特來宣取將軍赴京有委用的事呼延灼與本州官員出郭迎接到統軍司開讀已罷設筵管待使臣火急收拾了頭盔

衣甲鞍馬器械帶引三四十從人一同使命離了汝寧州星夜赴京於路無話早到京師城內殿司府前下馬來見高太尉（未見天子先見太尉可歎可笑）當日高俅正在殿帥府坐衙門吏報道汝寧州宣到呼延灼見在門外高太尉大喜叫喚進來叅見高太尉問慰已畢與了賞賜次日早朝引見道君皇帝天子看見呼延灼一表非俗喜動天顏就賜踢雪烏騅一匹（下文將有連環馬一篇奇文便先向此處生出踢雪烏騅一匹裝作頭彩絕妙章法也）那馬（句）渾身墨錠似黑四蹄雪練價白因此名爲踢雪烏騅（先畫其毛片一段）那馬（句二那馬句神彩奕奕）日行千里（次歎其德性一段）

天子賜馬

奉聖旨賜與呼延灼騎坐（兩那馬下又饒一道聖旨文勢淋漓突兀）呼延灼謝恩已罷（天子賜馬是第二段）隨高太尉再到殿帥府（既見天子又到太尉可歎可笑）商議起軍勦捕梁山泊一事呼延灼道稟明恩相小人覷探梁山泊兵將廣馬劣鎗長（絕妙好辭遂爲山泊作贊）不可輕敵小覷乞保二將爲先鋒同提軍馬到彼必獲大功高太尉聽罷大喜問道將軍所保誰人可爲前部先鋒不爭呼延灼舉保此二將有分教宛子城重添良將梁山泊大破官軍且教功名未上凌煙閣姓字先標聚義廳畢竟呼延灼對高太尉保出誰來且聽下回分解

第五才子書施耐菴水滸傳卷之五十九

聖歎外書

第五十四回

高太尉大興三路兵　呼延灼擺布連環馬

此回凡三段文字第一段寫宋江紡車軍第二段寫呼延連環軍皆極精神極變動之文至第三段寫計擒凌振却只如兒戲也所以然者葢作者當提筆未下之時其胸中原只有連環馬軍一段奇思却因不肯突然便推出來故特就連環二字上顛倒生出紡車二字先於文前別作一文使讀者眼光盤旋跳脫卓策不定了然後忽然一變變出排山倒海異樣陣勢來今試看其紡車輕連環重以輕引重一也紡車逐隊連環一排以逐隊引一排二也紡車人各自戰連環一齊跑發以各自引一齊三也紡車忽離忽合連環鐵環連鎖以離合引連鎖四也紡車前軍戰罷轉作後軍連環無前無後直衝過來以前轉作後引無前無後五也紡車有進有退連環只進無退以有進有退引只進無退六也紡車寫人連環寫馬以人引馬七也葢如此一段花團錦簇文字却只爲連環一陣做得引子然後入第二段正寫本題畢却又不肯霎然一收便住又特就馬上生出砲來做一拖尾然又惟恐兩大番後又極力寫砲便令文字累墜不舉所以只將閒筆餘墨寫得有如兒戲相似也嗚呼只爲中間一段變成前後三段可謂極盡中間一段之致乃前後二段只爲中間一段而每段又各各極盡其致世人即欲起而爭彼才子之名吾知有所斷斷不能也

前後二段又各各極盡其致者如前一段寫紡車軍每一隊欲去時必先有後隊接住一接一卸譬如鷲翎也耐菴却又忽然算到第五隊欲去時必須接出押後十將此處一露痕跡便令紡車二字老大敗闕故特特於第五隊方接戰時便寫宋江十將預先已到以免斷續之咎固矣然却又算到何故一篇章法獨於第五隊中忽然變換此處仍露痕跡畢竟鼯鼠技窮於是特特又於第四隊方接戰時便寫第五隊預先早到以爲之襯眞苦心哉良工也

又如前一段寫紡車軍五隊一隊勝如一隊固矣又須看他寫到第四隊忽然陣上飛出三口刀旣而一變變作兩口刀兩條鞭旣而又一變變作三條鞭越變越奇越奇越駭越駭越樂洵文章之盛觀矣

後一段則如晁蓋傳令且請宋江上山宋江堅意不肯讀之只謂意在滅此朝食耳却不知正爲凌振放砲作襯此眞絕奇筆法非俗士之所能也

又如要寫砲須另有寫砲法蓋寫砲之法在遠不在近今看他於凌振來時只是稱數名色設立砲架而砲之威勢則必於宋江棄寨上關後砰然聞之眞絕奇筆法非俗士之所能也

寫接連三箇砲後又特自註云兩箇打在水裏一箇打在小寨上者寫兩箇以表水泊之闊寫一箇以表砲勢之猛也

至於此篇之前之後別有奇情妙筆則如將寫連環馬便先寫一匹御賜烏騅以弔動之將寫徐寧甲因先寫若干副領甲仗以弔動之若干馬則以一匹馬弔動一副甲則以若

保舉將材　太尉看操　樞院議兵

干甲弔動洵非尋常之機杼也○

話說高太尉問呼延灼道將軍所保何人可爲先鋒呼延灼稟道小人舉保陳州團練使姓韓名滔原是東京人氏曾應過武舉出身使一條棗木槊人呼爲百勝將軍此人可爲正先鋒又有一人乃是潁州團練使姓彭名玘亦是東京人氏乃累代將門之子使一口三尖兩刃刀武藝出衆人呼爲天目將軍此人可爲副先鋒高太尉聽了大喜道若是韓彭二將爲先鋒何愁狂寇不滅當日高太尉就殿帥府押了兩道牒文着樞密院差人星夜往陳潁二州調取韓滔彭玘火速赴京（保舉將材。是第三段）不旬日間二將已到京師逕來殿帥府參見了太尉并呼延灼次日高太尉帶領衆人都往御教場中操演武藝看軍了當（太尉看操。是第四段。）却來殿帥府會同樞密院官計議軍機重事高太尉問道你等三路總有多少人馬在此呼延灼答道三路軍馬計

關領甲仗

有五千連步軍數及一萬高太尉道你三人親自回州揀選精銳馬軍三千步軍五千約會起程收勦梁山泊呼延灼稟道此三路馬步軍兵都是訓練精熟之士人強馬壯不必殿帥憂慮（樞院議兵是第五段）○○○○○○但恐衣甲未全（以賜雪烏騅弔動連環馬。以關領衣甲弔動徐寧甲。眞妙絕之文。○以一匹馬弔動許多馬。以許多甲弔動一副甲。眞奇絕之文也。○或有俗士不信此許者。聖歎因薦關特寫呼延之軍衣甲未全之故。何故也。）只怕悞了日期取罪不便乞恩相寬限高太尉道既是如此說時你三人可就京師甲仗庫內不拘數目任意選揀衣甲盔刀關領前去務要軍馬整齊好與對敵出師之日我自差官來點視呼延灼領了鈞旨帶人往甲仗庫關支呼延灼選訖鐵甲三千副熟皮馬甲五千副銅鐵頭盔三千頂長鎗二千根滾刀一千把弓箭不計其數火砲鐵砲五百餘架都裝載上車臨辭之日高太尉又撥與戰馬三千匹三個將軍各賞了金銀段匹三軍盡關了糧賞（關領甲仗。是第六段。）呼延灼和

三路合軍　太尉犒軍

韓滔彭玘都與了必勝軍狀辭別了高太尉并樞密院等官三人上馬都投汝寧州來於路無話到得本州呼延灼便遣韓滔彭玘各往陳潁二州起軍前來汝寧會合不㲹半月之上三路兵馬都已完足呼延灼便把京師關到衣甲盔刀旗鎗鞍馬并打造連環鐵鎧軍器等物分俵三軍已了伺候出軍。（三路合軍。是第七段。）高太尉差到殿帥府兩員軍官前來點視犒賞三軍已罷呼延灼擺布三路兵馬出城。（太尉犒軍。是第八段。）前軍開路韓滔中軍主將呼延灼後軍催督彭玘馬步三軍人等浩浩蕩蕩殺奔梁山泊來。（浩浩蕩蕩四字。寫軍容絕妙好辭。抵過無數車如流水馬如龍。落日炤大旗馬鳴風蕭蕭語。）却說梁山泊遠探報馬逕到大寨報知此事聚義廳上當中晁蓋宋江上首軍師吳用下首法師公孫勝并衆頭領各與柴進賀喜終日筵宴聽知報道汝寧州雙鞭呼延灼引着軍馬到來征進衆皆商議迎敵之策吳用便道我聞此人乃開國功

此下凡兩段文字此一段詳梁山略呼延後一段詳呼延略梁山

第一番詳山泊略呼延作引文

臣河東名將呼延贊之後武藝精熟使兩條銅鞭人不可近必用能征敢戰之將先以力敵後用智擒說言未了黑旋風李逵便道我與你去捉這廝（不是撇寫鐵牛。正是提清題目。言此番大文。尚從打死殷天錫根上起。）宋江道你怎去得我自有調度可請霹靂火秦明打頭陣豹子頭林冲打第二陣小李廣花榮打第三陣一丈青扈三娘打第四陣病尉遲孫立打第五陣將前面五陣一隊隊戰罷如紡車般轉作後軍（調撥出奇。真是以兵為戲。亦是以文為戲。）我親自帶引十箇弟兄引大隊人馬押後左軍五將朱仝雷橫穆弘黃信呂方右軍五將楊雄石秀歐鵬馬麟郭盛（好。）水路中可請李俊張橫張順阮家三弟兄駕船接應（好。）却教李逵與楊林引步軍分作兩路埋伏救應（好。）宋江調撥已定前軍秦明（第一撥。）早引人馬下山向平山曠野之處列成陣勢此時雖是冬天却喜和暖（偏是百忙時偏有本事作此閒筆。）等候了一日早望見官軍到來先鋒隊裏百

勝將韓滔領兵扎下寨柵當晚不戰次日天曉兩軍對陣三通畫鼓出到陣前馬上橫着狼牙棍望對陣門旗開處先鋒將韓滔橫搠勒馬大罵秦明道天兵到此不思早早投降還敢抗拒不是討死我直把你水泊填平梁山踏碎生擒活捉你這夥反賊解京碎屍萬段秦明本是性急的人聽了也不打話（就性格上作省筆）便拍馬舞起狼牙棍直取韓滔韓滔挺槊躍馬來戰秦明兩箇鬬到二十餘合韓滔力怯只待要走背後中軍主將呼延灼已到見韓滔戰秦明不下便從中軍舞起雙鞭縱坐下那匹御賜踢雪烏騅咆哮嘶喊來到陣前（此一合中呼延忽來）

○此段文字本以山泊為主以呼延為賓今看他詳寫山泊諸將紡車般肶換又插寫呼延將軍擲擲來去以一筆兼寫兩家健將遂令兩篇章法一齊俱成妙絕

秦明見了欲待來戰呼延灼第二撥豹子頭林冲已到（接第二撥）便叫秦統制少歇看我戰三百合卻理會林冲挺起蛇矛奔呼延灼秦明自把軍馬從左邊踅向山坡後去（第一撥紡車般轉去矣）這里呼延灼自戰林冲兩箇正是對手鎗來鞭去花一團鞭去鎗來錦一簇（絕妙好辭不過兩句九箇字而便令人眼光霍霍不定）兩箇鬬到五十合之上不分勝敗第三撥小李廣花榮軍到（接第三撥）陣門下大叫道林將軍少歇看我擒捉這廝林冲撥轉馬便走呼延灼因見林冲武藝高強也回本陣（此一合後呼延忽去）林冲自把本部軍馬一轉轉過山坡後去（第二撥紡車般轉去矣）讓花榮挺鎗出馬呼延灼後軍也到天目將彭玘橫着那三尖兩刃四竅八環刀騎着五明千里黃花馬（絕妙好辭三兩四八五千六箇字用在一處遂成異樣花色）出陣大罵花榮道反國逆賊何足為道與吾併箇輸贏花榮大怒也不答話便與彭玘交馬兩箇戰二十餘合呼延灼看見彭玘力怯縱馬舞鞭直奔花榮（此一合中呼延忽又來）鬬不到三合第四撥一丈青扈三娘人馬已到（接第四撥）大叫花將軍少歇看我捉這廝花榮也引軍望右邊踅轉出坡下去了（第三撥紡車般轉去矣）彭玘

來戰一丈青未定第五撥病尉遲孫立軍馬早到便入第五撥法變。勒馬於陣前擺着看這扈三娘去戰彭玘此處忽然滑出第五撥人馬看戰便令精彩加倍耀艷真文章之盛觀也。兩箇正在征塵影裏殺氣陰中一箇使大桿刀是一樣刀。一箇使雙刀又是一樣刀。雖兩將一樣使刀。然實是兩樣刀也。忽然兩樣刀引出一樣鞭來真文章之盛觀也。兩箇鬭到二十餘合一丈青把雙刀分開回馬便走彭玘要逞功勞縱馬趕來一丈青便把雙刀掛在馬鞍鞽上袍底下取出紅綿套索上有二十四箇金鈎等彭玘馬來得近紐過身軀把套索望空一撒看得親切彭玘措手不及早拖下馬來孫立喝教眾軍一發向前把彭玘捉了呼延灼看見大怒忿力向前來救看他忽又來。一丈青便拍馬來迎敵呼延灼恨不得一口水吞了那一丈青兩箇鬭到十合之上急切贏不得一丈青呼延灼心中想道這箇潑婦人在我手裏鬭了許多合倒恁地了得心忙意急賣箇破綻放他入來却把雙鞭只一蓋蓋將下來好呼延灼真驚死人那雙刀却在懷裏又好一丈青真驚死人。提起右手銅鞭望一丈青頂門上打下來好呼延灼真驚死人。却被一丈青眼明手快早起刀只一隔右手那口刀望上直飛起來又好一丈青真驚死人。却好那一鞭打將下來正在刀口上錚地一聲響火光迸散好呼延灼又好一丈青真驚死人。一丈青回馬望本陣便走呼延灼縱馬趕來病尉遲孫立見了接第五撥。便挺鎗縱馬向前迎住廝殺背後宋江却好引十對良將都到列成陣勢五撥人馬既畢。紡車幾乎停住矣。陡然接出押後大隊來。真文章之盛觀也。一丈青自引了人馬也投山坡下去了第四撥紡車般轉去矣。宋江見活捉得天目將彭玘心中甚喜且來陣前看孫立與呼延灼交戰又是一番看戰。真乃十倍精彩。文章聲勢。一段勝似一段。使人數絕。孫立也把鎗帶住手腕上綽起那條竹節鋼鞭來迎呼延灼兩箇都使鋼鞭却更一般打扮上文三口刀。中間忽然變出兩口刀。兩條鞭。至此又忽然變出三條鞭。真文章之盛觀也。病尉遲孫立是交角鐵幞頭交角。大紅羅抹額大紅雜百花點翠皂羅袍（百花點翠。）烏油戧金甲（烏油戧金。）騎一匹烏騅馬（烏騅。）使一條竹節虎眼鞭（竹節虎眼。）賽過尉遲恭（借一古人畫出孫立。）這呼延灼却是沖天角鐵幞頭（沖天角。）銷金黃羅抹額（銷金黃羅。）七星打釘皂羅袍（七星打釘。）烏油對嵌鎧甲（烏油對嵌。）騎一匹御賜踢雪烏騅（踢雪烏騅。）使兩條水磨八稜鋼鞭（水磨八稜。）左手的重十二斤右手的重十三斤（加倍添寫兩句，異樣精彩。）真似呼延贊（亦借一古人畫出呼延。）兩箇在陣前左盤右旋鬭到三十餘合不分勝敗。官軍陣裏韓滔見說折了彭玘便去後軍隊裏盡起軍馬一發向前厮殺。宋江只怕衝將過來便把鞭稍一指十箇頭領引了大小軍士掩殺過去。背後四路軍兵分作兩路夾攻攏來（所謂轉作後軍也。）呼延灼見了急收轉本部軍馬各敵箇住。為何不能全勝（忽問一句，筆力奇絕。）却被呼延灼陣裏都是連環馬軍（至此方表出連環馬。）馬帶馬甲人披鐵鎧馬帶甲只露得四蹄懸地人披鎧只露着一對眼睛（此回都作絕妙好辭。）宋江陣上雖有甲馬只是紅纓面具銅鈴雉尾而已（好。）這里射將箭去那里甲都護住了（好。）那三千馬軍各有弓箭對面射來（好。）因此不敢近前（借答作敘，筆力奇絕。）宋江急叫鳴金收軍呼延灼也退二十餘里下寨（此第一陣，洋山泊略官軍。）宋江收軍退到山西下寨屯住軍馬。且叫左右羣刀手簇擁彭玘過來。宋江望見便起身喝退軍士親解其縛扶入帳中分賓而坐。宋江便拜。彭玘連忙答拜道小子被擒之人理合就死。何故將軍賓禮相待。宋江道某等衆人無處容身暫占水泊權時避難。今者朝廷差遣將軍前來收捕本合延頸就縛。但恐不能存命因此負罪交鋒慨犯虎威。敢乞恕罪（此等悉是宋江權詐之辭，而學究借作績貂之本。）彭玘答道素知將軍仗義行仁扶危濟困。不想果然如此義氣。倘蒙存留微命當以捐軀報効。宋江當日就將天目將彭玘使人送上大寨教與晁天王相見留在寨裏。這里自一面犒賞三軍并衆頭領

第二番評呼延略山泊為正文

計議軍情再說呼延灼收軍下寨自和韓滔商議如何取勝梁山水泊韓滔道今日這廝們見俺催軍近前他便慌忙掩擊過來明日盡數驅馬軍向前必獲大勝呼延灼道我已如此安排下了只要和你商量相通（要知此一語非計議明日正註今日也不然何不便驅過來）隨即傳下將令教三千匹馬軍做一排擺着（好）每三十匹一連却把鐵環連鎖（好）但遇敵軍遠用箭射近則使鎗直衝入去（好）三千連環馬軍分作一百隊鎖定（好）五千步軍在後策應（好）明日休得挑戰（好）我和你押後掠陣（好）但若交鋒分作三面衝將過去（好）計策商量已定次日天曉出戰却說宋江次日把軍馬分作五隊在前後軍十將簇擁兩路伏兵分於左右秦明當先搦呼延灼出馬交戰只見對陣但只吶喊並不交鋒（此昨日忽然換出一樣陣勢便令筆墨都變真文章之盛觀也）為頭五軍都一字兒擺在陣前中是秦明左是林冲一丈青右是花榮孫立在後隨即宋江引十將也到重重疊疊擺着人馬（仍依昨日所擺而紡車換作一字便令筆墨盡變）看對陣時約有一千步軍只是擂鼓發喊並無一人出馬交鋒（寫並無一人却寫得異樣精彩）宋江看了心中疑惑暗傳號令教後軍且退（賴此句便令宋江一軍不至覆沒用筆之妙如此）却縱馬直到花榮隊裏窺望猛聽對陣裏連珠砲響（異樣精彩）一千步軍忽然分作兩下（異樣精彩）放出三面連環馬軍直衝將來（異樣精彩）兩邊把弓箭亂射（異樣精彩）中間盡是長鎗（異樣精彩）宋江看了大驚急令眾軍把弓箭施放那里抵敵得住每一隊三十匹馬一齊跑發不容你不向前走（討疏明快直畫出連環馬聲勢來也）那連環馬軍漫山遍野橫衝直撞將來前面五隊軍馬望見便亂攛了策立不定後面大隊人馬攔當不住各自逃生宋江慌忙飛馬便走十將擁護而行背後早有一隊連環馬軍追將來却得伏兵李逵楊林引人從蘆葦中殺出來救得宋江（始知前文撥伏兵不虛）逃至水邊却有李俊張橫張順三阮

六箇水軍頭領擺下戰船接應〔始知前文撥水軍不虛〕宋江急急上船便傳將令教分頭去救應衆頭領下船〔周匝〕那連環馬直趕到水邊亂箭射來〔異樣聲勢異樣精彩〕船上却有傍牌遮護不能損傷慌忙把船掉到鴨嘴灘頭盡行上岸就水寨裏整點人馬折其大半却喜衆頭領都全雖然折了些馬匹都救得性命少刻只見石勇時遷孫新顧大嫂都逃命上山却說步軍衝殺將來把店屋平拆了去我等若無號船接應盡被擒捉〔陡然補出奇文令人出於意外猶如怪峯飛來然又却是眼前景色〕〔才子之文誠絕世無雙矣○並不寫連環馬却寫得連環馬異樣聲勢文亦異樣精彩〕宋江一一親自撫慰計點衆頭領時中箭者六人林冲雷横李逵石秀孫新黄信小嘍囉中傷帶箭者不計其數晁蓋聞知同吳用公孫勝下山來動問宋江眉頭不展面帶憂容吳用勸道哥哥休憂勝敗乃兵家常事何必掛心別生良策可破連環軍馬晁蓋便傳號令分付水軍牢固寨柵船隻保守灘

御賜袍酒

頭曉夜隄備請宋公明上山安歇宋江不肯上山只就鴨嘴灘寨内駐扎〔閒處忽然布此一筆不知乃爲後文留手作地用筆之妙不堅人賞〕只教帶傷頭領上山養病却說呼延灼大獲全勝回到本寨開放連環馬〔知此等句必不肯漏下爲此書長處只因必漏此句乃能言短處遂令此書獨步也〕都次第前來請功殺死者不計其數生擒得五百餘人奪得戰馬三百餘匹隨即差人前去京師報捷一面犒賞三軍却說高太尉正在殿帥府坐衙門上報道呼延灼收捕梁山泊得勝差人報捷心中大喜次日早朝越班奏聞天子天子甚喜勅賞黄封御酒十瓶錦袍一領差官一員齎錢十萬貫前去行營賞軍〔御賜袍酒是第九段〕高太尉領了聖旨回到殿帥府隨即差官齎捧前去却說呼延灼已知有天使到與韓滔出二十里外迎接接到寨中謝恩受賞已畢置酒管待天使一面令韓先鋒俵錢賞軍且將捉到五百餘人囚在寨中待拏得賊首一併解赴京師示衆施行天

申請砲手

使問彭圍練如何不見（高太尉不曾奏聞天子。此報捷之通訣也。）呼延灼道爲因貪捉宋江深入重地致被擒捉今次羣賊必不敢再來小可分兵攻打務要肅清山寨掃盡水洼擒獲衆賊拆毀巢穴但恨四面是水無路可進遙觀寨柵只除非得火砲飛打以碎賊巢久聞東京有箇砲手凌振名號轟天雷此人善造火砲能去十四五里遠近石砲落處天崩地陷山倒石裂若得此人可以攻打賊巢更兼他深通武藝弓馬熟閒若得天使回京於太尉前言知此事可以急急差遣到來克日可取賊巢天使應允次日起程於路無話回到京師來見高太尉備說呼延灼求索砲手凌振要建大功高太尉聽罷傳下鈞旨教喚甲仗庫副使砲手凌振那人來原來凌振祖貫燕陵人是宋朝天下第一箇砲手所以人都號他是轟天雷更兼武藝精熟當下凌振來叅見了高太尉就受了行軍統領官文憑便教收拾鞍馬軍器起身（申請砲手。是第十段。）且說凌振把應用的煙火藥料就將做下的諸色火砲幷一應的砲石砲架裝載上車帶了隨身衣甲盔刀行李等件幷三四十箇軍漢離了東京取路投梁山泊來到得行營先來叅見主將呼延灼次見先鋒韓滔備問水寨遠近路程（製砲要領。）山寨嶮峻去處安排三等砲石攻打第一是風火砲（名色奇妙）第二是金輪砲（名色奇妙）第三是子母砲（名色奇妙。便寫出三等名色。異樣精彩。）先令軍健整頓砲架直去水邊豎起準備放砲（未見放砲。先豎砲架。寫得異樣精彩。）却說宋江正在鴨嘴灘上小寨內和軍師吳學究商議破陣之法無計可施有探細人來報道東京新差一箇砲手喚做轟天雷凌振即日在於水邊豎起架子安排施放火砲攻打寨柵吳學究道這箇不妨我山寨四面都是水泊港汊甚多宛子城離水又遠總有飛天火砲如何能彀打得到城邊（數語先爲讀者作一安慰。）且棄了鴨嘴灘小寨看他怎地設法施放却做商議當了宋江棄了小寨便都起身且上關來（上文特寫不肯上關只謂宋江誓欲滅此朝食耳不意正爲凌振作縮染也妙筆）晁蓋公孫勝接到聚義廳上問道似此如何破敵動問未絕早聽得山下砲響（寫砲又是一樣聲勢一文亦又是一樣精彩）連放了三箇火砲兩箇打在水裏（又是一樣精彩又此句特表水泊之闊不是閒筆）一箇直打到鴨嘴灘邊小寨上（此句正表砲勢之大又是一樣精彩寫得駭人寫戰必須寫近寫砲必須寫遠此故誰當知之）宋江見說心中展轉憂悶衆頭領盡皆失色吳學究道若得一人誘引凌振到水邊先捉了此人方可商議破敵之法晁蓋道可着李俊張橫張順三阮六人掉船如此行事岸上朱仝雷橫如此接應且說六箇水軍頭領得了將令分作兩隊李俊和張橫先帶了四五十箇會水的用兩隻快船從蘆葦深處悄悄過去背後張順三阮掉四十餘隻小船接應再說李俊張橫上到對岸便去砲架子邊吶聲喊把砲架推翻（只如兒戲奇妙之極）軍士慌忙報與凌振知道凌振便帶了風火二砲拏鎗上馬引了一千餘人趕將來李俊張橫領人便走（只如兒戲）凌振追至蘆葦灘邊看見一字兒擺開四十餘隻小船船上共有百十餘箇水軍李俊張橫早跳在船上故意不把船開看看人馬到來吶聲喊都跳下水裏去了（只如兒戲）凌振人馬已到便來搶船朱仝雷橫却在對岸吶喊擂鼓（只如兒戲奇妙之極）凌振奪得許多船隻叫軍健盡數上船便殺過去船纔行到波心之中只見岸上朱仝雷橫鳴起鑼來（只如兒戲奇妙之絕）水底下早鑽起四五十水軍盡把船尾楔子拔了（只如兒戲）水都滾入船裏來外邊就勢扳翻船軍健都撞在水裏凌振急待回船船尾艣巳自被拽下水底去了（奇妙之極）兩邊却鑽上兩箇頭領來把船只一扳（只如兒戲奇妙之極）仰合轉來凌振却被合下水裏去水底下却是阮小二一把抱住直拖到對岸來（只如兒戲）（連環馬已大難事忽然又增出一轟天雷來滅所謂心搖膽落手足無措之事也一段只輕輕用五七箇人百十隻船彼以火

攻此以水勝用力不多而大難立解令人讀之只如兒戲真文章之盛觀也岸上早有頭領接着便把索子綁了先解上山來水中生擒二百餘人一半水中渰死些少逃得性命回去呼延灼得知急領馬軍趕將來時船都已過鴨嘴灘去了絕倒箭又射不着絕倒人都不見了絕倒只忍得氣絕倒此一段純用戲筆呼延灼恨了半晌只得引了人馬回去且說衆頭領捉得轟天雷凌振解上山寨先使人報知宋江便同滿寨頭領下第二關迎接見了凌振連忙親解其縛便埋怨衆人道我教你們禮請統領上山如何恁地無禮凌振拜謝不殺之恩宋江便與他把盞已了自執其手宋江執凌振手相請上山到大寨見了彭玘已做了頭領凌振閉口無言彭玘勸道晁宋二頭領替天行道招納豪傑專等招安與國家出力既然我等到此只得從命宋江却又陪話凌振答道小的在此趨侍不妨爭奈老母妻子都在京師倘或有人知覺必遭誅戮如之奈何宋江道但請放心限月取還統領凌振謝道若得頭領如此週全死亦瞑目晁蓋道且教做筵席慶賀次日廳上大聚會衆頭領飲酒之間宋江與衆又商議破連環馬之策正無良法只見金錢豹子湯隆起身道讀至此句始信聖歎前批不謬為造鎗故先備湯隆今反借湯隆生出徐寧筆法屈曲其妙無比小人不材願獻一計除是得這般軍器和我一箇哥哥可以破得連環甲馬吳學究便問道賢弟你且說用何等軍器你這箇令親哥哥是誰湯隆不慌不忙叉手向前說出這般軍器和那箇人來正是

計就玉京擒獬豸　謀成金闕捉狻猊

畢竟湯隆對衆說出那般軍器甚麼人來且聽下回分解

第五才子書施耐菴水滸傳卷之五十九

第五才子書施耐菴水滸傳卷之六十

聖歎外書

第五十五回

吳用使時遷偷甲

湯隆賺徐寧上山

蓋耐菴當時之才吾直無以知其際也其忽然寫一豪傑即居然豪傑也其忽然寫一奸雄即又居然奸雄也甚至忽然寫一淫婦即居然淫婦今此篇寫一偷兒即又居然偷兒也人亦有言非聖人不知聖人然則非豪傑不知豪傑非奸雄不知奸雄也耐菴寫豪傑居然豪傑然則耐菴之為豪傑可無疑也獨怪菴寫奸雄又居然奸雄則是耐菴之為奸雄又無疑也雖然吾疑之矣夫豪傑必有奸雄之才奸雄必有豪傑之氣以豪傑兼奸雄以奸雄兼豪傑以擬耐菴容當有之若夫耐菴之非淫婦偷兒斷斷然也今觀其寫淫婦居然淫婦寫偷兒居然偷兒則又何也噫嘻吾知之矣非淫婦定不知淫婦非偷兒定不知偷兒也謂耐菴非淫婦非偷兒者此自是未臨文之耐菴耳夫當其未也則豈惟耐菴非淫婦即彼淫婦亦實非淫婦豈惟耐菴非偷兒即彼偷兒亦實非偷兒經曰不見可欲其心不亂羣天下之族莫非王者之民也若夫既動心而為淫婦既動心而為偷兒則豈惟淫婦偷兒而已惟耐菴於三寸之筆一幅之紙之間實親動心而為淫婦親動心而為偷兒既已動心則均矣又安辨泚筆點墨之非入馬通姦泚筆點墨之非飛簷走壁耶經曰因緣和合無法不有自古淫婦無印板偷漢法偷兒無印板做賊法才子亦無印板做文字法也因緣生法一切具足是故龍樹著

書以破因緣品而升其篇葢深惡因緣而耐菴作水滸一傳直以因緣生法爲其文字總持是深達因緣也夫深達因緣之人則豈惟非淫婦也非偷兒也亦復非奸雄也非豪傑也何也寫豪傑奸雄之時其文亦隨因緣而起則是耐菴固無與也或問曰然則耐菴何如人也曰才子也何以謂之才子也曰彼固宿講於龍樹之學者也講於龍樹之學則菩薩也菩薩也者眞能格物致知者也

讀此批也其於自治也必能畏因緣畏因緣者是學爲聖人之法也傳稱戒愼不睹恐懼不聞是也其於治人也必能不念惡不念惡者是聖人忠恕之道也傳稱王道平平王道蕩蕩是也天下而不乏聖人之徒其必有以教我也

此篇文字變動又是一樣筆法如欲破馬忽賺鎗欲賺鎗忽偷甲繇馬生鎗繇鎗生甲一也呼延旣有馬又有砲徐寧亦便旣有鎗又有甲呼延馬雖未被砲先爲山泊所得徐寧亦便鎗雖未敎甲先爲山泊所得二也讚呼延踢雪騅時凡用兩那馬句讚徐寧賽唐猊時亦便用兩那副甲句三也徐家祖傳鎗法湯家却祖傳鎗樣二祖傳字對起便忽然從意外另生出一祖傳甲來四也於三回之前遙遙先插鐵匠已稱奇絕却不知已又於數十回之前遙遙先插鐵匠五也

寫時遷入徐寧家已是更餘而徐寧夫妻偏不便睡寫徐寧夫妻睡後已入二更餘而時遷偏不便偷所以者何葢製題以構文也不構文而僅求了題然則何如并不製題之爲愈也

前文寫朱仝家眷忽然添出令郞二字者所

以反襯知府舐犢之情也此篇寫徐寧夫妻忽然又添出一六七歲孩子者所以表徐氏之有後而先世留下鎮家之甲定不肯漫然輕棄於人也作文向閒處設色惟毛詩及史遷有之耐菴眞正才子故能竊用其法也

寫時遷一夜所聽說話是家常語是恩愛語是主人語是使女語是樓上語是寒夜語是當家語是貪睡語句句中間有眼兩頭有棱不只死寫幾句而已

寫徐家樓上夫妻兩個說話却接連寫兩夜妙絕奇絕

湯隆徐寧互說紅羊皮匣子徐寧忽向內裏增一句云裏面又用香綿裹住湯隆便忽向外面增一句云不是上面有白線刺着綠雲頭如意中間有獅子滾繡毬的只紅羊皮匣子五字何意其中又有此兩番色澤知此法

者賦海欲得萬言固不難也

縣東京至山泊其爲道里不少便分出三段賺法來妙不可言

正賺徐寧時只用空紅羊皮匣子及賺過徐寧後却反兩用鴈翎砌就圈金賽唐猊甲實者虛之虛者實之眞神掀鬼踢之文也

話說當時湯隆對衆頭領說道小可是祖代打造軍器爲生先父因此藝上遭際老种經畧相公得做延安知寨先朝曾用這連環甲馬取勝欲破陣時須用鈎鐮鎗可破湯隆祖傳已有畫樣在此若要打造便可下手（未有鎗法已有鎗樣未有敎鎗人先有打鎗手又是一樣出題法。鎗法祖傳鎗樣亦祖傳下因別生出一樣祖傳寶貝來妙絕）湯隆雖是會打却不會使（忽然一擒忽然一縱筆勢變動）若要會使的人只除非是我那箇姑舅哥哥（不必姑舅哥哥也先寫是姑舅哥哥者爲便於得知鐵甲之處也）會使這鉤鐮鎗法只有他一箇敎頭他家祖傳習學不敎外人（此三句見非徐寧不可）或是馬上或是步行都有法則此三句見非致使不可端的使動神出鬼沒一箇人讚說言未了林冲問道莫不是見做金鎗班教師徐寧湯隆將數半日却忽然換林冲口出其名字雖為東京二字關鎖然文勢亦極變動也湯隆應道正是此人林冲道你不說起我也忘了這徐寧的金鎗法先襯一句作賓鈎鐮鎗法次出主。湯隆獨讚鈎鐮者。為賺呼延計也。林冲并讚金鎗者。為識徐寧註也。端的是天下獨步在京師時多與我相會較量武藝彼此相敬相愛又一箇人讚。不惟讚徐寧。兼復自讚矣。妙筆。只是如何能彀得他上山來湯隆道徐寧祖傳一件寶貝徐既祖傳鎗法。湯又祖傳鎗樣。則破呼延固必用鈎鐮。而欲鈎鐮固必賺徐寧矣。今便就兩箇祖傳上。再生出一箇祖傳來。成此一篇絕妙奇文。則真正憑空結撰之才也。世上無對乃是鎮家之寶湯隆比時曾隨先父知寨往東京視探姑姑時多曾見來是一副鴈翎砌就圈金甲寫得活現。上是眼見。下是耳聞。妙絕。這副甲一句這副甲。讚踢雪烏騅時用兩那馬句。讚鴈翎金甲時用兩這甲句。各成異樣花色。披在身上又輕又穩四字寫出一副妙甲來。輕是甲之材。穩是甲之德。刀劍箭矢急不能透此句補讚入上四字內。人都喚做賽唐猊名色

奇妙。多有貴公子要求一見造次不肯與人看此句既顯徐寧極愛。又顯湯隆獨知。這副甲又一句這副甲。是他的性命五字寫愛甲入神。然正為追賊作地也。用一箇皮匣子盛着直掛在卧房中梁上非姑舅兄弟。何從得知。若是先對付得他這副甲來時不繇他不到這里吳用道若是如此何難之有放着有高手弟兄在此耐菴用人之法如此。今次却用着鼓上蚤時遷去走一遭時遷隨即應道只怕無此一物在彼若端的有時好歹定要取了來湯隆道你若盜得甲來我便包辦賺他上山宋江問道你如何去賺他上山湯隆去宋江耳邊低低說了數句宋江笑道此計大妙吳學究道再用得三箇人同上東京走一遭一箇到京收買煙火藥料并砲內用的藥材百忙中忽然插出別事。妙筆。兩箇去取凌統領家老小妙筆。彭玘見了便起身稟道若得一人到潁州取得小弟家眷上山實拜成全之德上文百忙中。忽然插出二事。雖與偷甲無涉。然猶是東京順帶之事。若此句則并不關東京矣。亦就百忙中一齊插出。不惟妙筆。真奇筆

也宋江便道團練放心便請二位修書小可自教人去便與楊林可將金銀書信帶領伴當前往潁州取彭玘將軍老小薛永扮作使鎗棒賣藥的往東京取凌統領老小李雲扮作客商同往東京收買煙火藥料等物樂和隨湯隆同行又挈薛永往來作伴一面先送時遷下山去了（看他寫衆人起身又分作三次不肯作一筆寫）次後且叫湯隆打起一把鈎鐮鎗做樣（入下偷甲文既畢即徐寧已到山寨矣打鎗安頓此處妙絕）却叫雷橫提調監督（新鐵匠下又陪出一舊鐵匠奇不可言倒插鐵匠於三回之前已謂奇不可言又豈知先已倒插一位於數十回之前耶）再說湯隆打起鈎鐮鎗樣子教山寨裏打軍器的照着樣子打造自有雷橫提督不在話下大寨做箇送路筵席當下楊林薛永李雲樂和湯隆辭別下山去了（第二番起身）次日又送戴宗下山往來探聽事情（第三番起身）這段話一時難盡這里且說時遷（忽然安放看官一句只謂心間定將逐段說來却不知其騙我也）離了梁山泊身邊藏了暗器諸般行頭在路迤邐來到

第一節　時遷捵入班門

東京投箇客店安下了次日踅進城來尋問金鎗班教師徐寧家有人指點道入得班門裏靠東第五家黑角子門便是（如畫）時遷轉入班門裏（班門）先看了前門（前門）次後踅來相了後門（後門）見是一帶高墻（墻）墻裏望見兩間小巧樓屋（樓）側首却是一根鐵杻（鐵杻每欲畫出一篇絕妙文字必先向前文一一將應用字眼逐件排出如棋家先列後着也）時遷看了一回又去街坊問道徐教師在家裏麼人應道直到晚方歸來五更便去內裏隨班（明日五更事鄰舍腑臟先說便見不是捏湊之文）時遷叫了相擾且回客店裏來取了行頭藏在身邊分付店小二道我今夜多敢是不歸照管房中則箇小二道但放心自去這里禁城地面並無小人（劈面注射語讀之絕倒與瓦官寺和尚對魯智深說那里似箇出家人只像綠林中強盜一般是一樣文法）時遷再入到城裏買了些晚飯喫了却踅到金鎗班徐寧家左右看時沒一箇好安身去處（入手忽作一跌令人喫驚）看看天色黑了時遷捵入班門裏面（一層）是夜寒冬天色却無月

第二節　時遷上樹

第三節　時遷下樹爬過墻伏廚外

第四節　時遷從戧柱上樓看

光不惟點出時景。亦復安放時遷一夜。時遷看見土地廟後一株大栢樹。便把兩隻腿夾定。一節節爬將樹頂上去。騎馬兒坐在枝柯上。又一層。悄悄望時。只見徐寧歸來。壟家裏去了。只見如畫。只見班裏兩箇人提出燈籠出來。關門。把一把鎖鎖了。各自歸家去了。只見如畫。〇第一只見是主。第二只見是賓。第三只見賓主雙亡。只此小小一段。便是妙絕之文。早聽得譙樓禁鼓。却轉初更。初更雲寒星斗無光。露散霜花漸白。只見班裏靜悄悄地。只見如畫。只見徐寧歸家。只見兩人關門。只見靜悄悄地。前兩只見是有所見。後一只見。是無所見。活畫出做賊人眼中節次。却從樹上溜將下來。踅到徐寧後門邊。從墻上下來。不費半點氣力。爬將過去。又一層。看裏面時。却是箇小小院子。時遷伏在廚房外。張時。見廚房下燈明。兩箇㛐嬛兀自收拾未了。是收拾將了之辭。便省却徐寧夫妻喫晚飯一段也。時遷却從戧柱上盤到膊風板邊。伏做一塊兒。張那樓上時。見那金鎗手徐寧和娘子對坐爐邊向火。寫出寒景。懷裏抱着一箇六七歲孩兒。偏寫出不是便睡光景。妙絕。〇徐寧有見妙。前未全有見。所以能推知府愛子之心。此徐寧有兒。所以寶惜襲世留傳之甲也。〇時遷看那臥房裏時。見梁上果然有箇大皮匣拴在上面。指出正經題目。〇張見皮匣是主。并張見弓箭腰刀衣服是賓。張見皮匣後。又必張見弓箭腰刀衣服者。多恐單寫皮匣。便令房中寒儉也。〇賊眼中無所不見。寫來如畫。房門口掛着一副弓箭。一口腰刀。衣架上掛着各色衣服。上張見皮匣是主。此又張見弓箭腰刀衣服乃賓也。然亦活襯出內裏隨直裝束來。徐寧口裏叫道。梅香。你來與我摺了衣服。上寫弓箭腰刀衣服。只是陪件皮匣使不寂寞耳。此忽然便就三句內抽出衣服一句來。另自細細描寫一通。以見本日真從內裏隨直出來。却又句句恰與匣中金甲先作映襯。別成異樣色澤也。下面一箇㛐嬛上來就側首春臺上先摺了一領紫綉圓領。一。又摺一領官綠襯裏襖子。二。并下面五色花綉踢串。三。一箇護項彩色錦帕。四。一條紅綠結子。并手帕一包。五。另用一箇小黃帕兒包着一條雙獺尾荔枝金帶。六。此六句與金甲映襯。共放在包袱內。此一句與皮匣映襯。把來安在烘籠上。此一句與梁上映襯。時遷都看在眼裏。本為梁上匣中金甲而來。却反看了烘籠上包袱內許多衣服。做賊真有如此苦事。約至二更以後

第五節　時遷溜至樓窗外

（二更交三更。）徐寧收拾上牀，娘子問道：「明日隨直也不？」徐寧道：「明日正是天子駕幸龍符宮，須用早起五更去伺候。」（不惟說明日出去必早之故，亦并說明日歸來獨遲之故矣。）娘子聽了，便分付梅香道：「官人明日要起五更出去隨班，你們四更起來燒湯，安排點心。」（只一五更隨直，街上辭舍先說，腡夜娘子又先說，妙絕。向火丫兒指衣服後，偏問此一段話，便令匆匆早睡，有故。）時遷自村道：「眼見得梁上那個皮匣子便是盛甲在裏面，若趁半夜下手便好，倘若鬧將起來，明日出不得城，却不悞了大事，且捱到五更裏下手不遲。」（偏寫作不便偷。此篇是全副賊文章，故上寫賊眼腦，此寫賊心肝，後寫賊手脚也。）聽得徐寧夫妻兩口兒上牀睡了。（一聽得字。）兩個婭嬛在房門外打鋪，（若作一癡，令人喫驚。）房裏桌上却點着碗燈。那五個人都睡着了。兩個梅香一日伏侍到晚，精神困倦，齁齁打呵。（活畫小兒女。）時遷溜下來，去身邊取個蘆管兒，就牕櫺眼裏只一吹，把那碗燈早吹滅了。（又一層。）看看伏到四更左側，（四更。）徐寧起來，便喚婭嬛起來燒湯。那兩個使女從睡夢裏起來，（活畫小兒女。）看房裏沒了燈，叫道：「阿呀！今夜却沒了燈。」徐寧道：「你不去後面討燈，等幾時？」（極似下半句催促梅香，却不知上半句引遷時遷也，妙絕。）那個梅香開樓門下胡梯響，時遷聽得，（二聽得字。）却從柱上只一溜，來到後門邊黑影裏伏了。（又一層。）

第六節　時遷仍從簇杜溜下伏後門外

聽得婭嬛正開後門出來，便去開墻門。（三聽得字。只見他去開墻門，不知他去討火，寫得妙絕。）時遷却潛入廚房裏，貼身在廚桌下。（又一層。）

第七節　時遷潛入廚房伏廚桌

梅香討了燈火入來，又去關門。（閒細之筆。）却來竈前燒火。這個女使也起來，生炭火上樓去。（一上去。又寫出寒景。）多時湯滾，捧面湯上去。（二上去。）徐寧洗漱了，叫燙些熱酒上來。（寫出寒景。）婭嬛安排肉食炊餅上去。（三上去。）（炭火上去，面湯上去，肉食上去，三上去字，都是廚桌下人分中語。）徐寧喫罷，叫把飯與外面當直的喫。（又有此閒細之筆。）時遷聽得徐寧下來，（四聽得字。）叫伴當喫了飯，背着包袱，拿了金鎗出門。兩個梅香點着燈送徐寧出去。（不惟時事如畫，亦爲二十四字句。）時遷却從廚桌下出來，便上樓去。（遶開梅香，便於時遷入來耳。）

第八節　時遷上偃伏梁上

從槅子邊直趲到梁上却把身軀伏了（又一層）兩箇婭嬛又關閉了門戶吹滅了燈火（此是提燈細極）上樓來脫了衣裳倒頭便睡（活畫小兒女）時遷聽得兩箇梅香睡着了（五聲得字）在梁上把那蘆管兒指燈一吹那燈又早滅了時遷却從梁上輕輕解了皮匣（又一層）正要下來徐寧的娘子覺來聽得響（忽作險筆令人喫驚）叫梅香道梁上甚麼響時遷做老鼠叫（妙）婭嬛道娘子不聽得是老鼠叫因廝打這般響（小兒女貪睡怕冷不肯起來便隨口附會一句真乃如畫）

第九節　時遷溜下梁來

時遷就便學老鼠廝打溜將下來（反借此語而下奇妙之極）悄悄地開了樓門款款地背着皮匣下得胡梯從裏面直開到外門（偷甲畢）來到班門口已自有那隨班的人出門四更便開了鎖（如此一段奇文却將兩頭隨班人下鎖開鎖作章法奇絕）

第十節　時遷去了

時遷得了皮匣從人隊裏趲鬧出去了一口氣迸出城外到客店門前此時天色未曉敲開店門去房裏取出行李拴束做一担兒挑了計算還了房錢出離店肆投東便走行到

四十里外方纔去食店裏打火做些飯喫只見一箇人也撞將入來（寫得突兀）時遷看時不是別人却是神行太保戴宗見時遷已得了物兩箇暗暗說了幾句話戴宗道我先將甲投山寨去（妙妙）你與湯隆慢慢地來時遷打開皮匣取出那副鴈翎鎖子甲來做一包袱包了戴宗拴在身上出了店門作起神行法自投梁山泊去了時遷却把空皮匣子明明的拴在担子上（奇奇妙妙）喫了飯食還了打火錢挑上担兒出店門便走到二十里路上撞見湯隆兩箇便入酒店裏商量湯隆道你只依我從這條路去（妙妙）但過路上酒店飯店客店門上若見有白粉圈兒（奇奇妙妙）你便可就在那店裏買酒買肉喫客店之中就便安歇特地把這皮匣子放在他眼睛頭（奇奇妙妙）離此間一程外等我（奇奇妙妙）時遷依計去了湯隆慢慢地喫了一回酒却投東京城裏來且說徐寧家裏天明兩箇婭嬛起來只見樓門也開了下

面中門大門都不關慌忙家裏看時一應物件都有(寫得變動。)兩箇婭嬛上樓來對娘子說道不知怎的門戶都開了卻不曾失了物件娘子便道(便道者不起身兩道也。一寫不曾失物。一寫寒天懶起的的如畫。)五更裏聽得梁上響你說是老鼠廝打你且看那皮匣子沒甚事麼(何遽便及皮匣。故從五更鼠打而入。妙妙。不更作儀延。竟瞥然而入。妙妙。)兩箇婭嬛看了只叫得苦皮匣子不知那里去了那娘子聽了慌忙起來(聽得不曾失物。且臥而不起。聽得不見皮匣。便慌忙起來。只一娘子起身亦必挑剔盡妙如此。)道快央人去龍符宮裏報與官人知道教他早來跟尋婭嬛急急尋人去龍符宮報徐寧連央了三四替人(寫忙處忙極。)都回來說道金鎗班直隨駕內苑去了(寫緩處緩極。)外面都是親軍護禦守把誰人能彀入去(緩處緩極。)直須等他自歸(緩處緩極。)徐寧娘子并兩箇婭嬛如熱鏊子上螞蟻走頭無路不茶不飯慌做一團(寫忙處忙極。)徐寧直到黃昏時候(寫緩處緩極。)方纔卸了衣袍服色着當直的背了(緩處緩極。)將着金鎗慢慢家來(緩處緩極。)到得班門口隣舍說道(偏寫隣舍說表出家中亂做一片。)娘子在家失盜等候得觀察不見回來徐寧喫了一驚(先知失賊。次知失甲。寫喫驚都有輕重。)慌忙走到家裏兩箇婭嬛迎門道(先是隣舍。次是婭嬛。次是娘子。如畫。)官人五更出去卻被賊人閃將入來單單只把梁上那箇皮匣子盜將去了徐寧聽罷只叫那連聲的苦從丹田底下直滾出口角來(奇語)娘子道這賊正不知幾時閃在屋裏(寫娘子活是娘子。○鄰舍說。婭嬛又說。娘子只應如此矣。)徐寧道(不答娘子。妙絕。)別的都不打緊這副鴈翎甲乃是祖宗留傳四代之寶不曾有失花兒王太尉曾還我三萬貫錢我不曾捨得賣與他(忽然擺出一段事。妙絕。)恐怕久後軍前陣後要用生怕有些差池因此拴在梁上多少人要看我的只推沒了今次聲張起來枉惹他人恥笑(或問失此寶貝。何得不去緝捕。故作此語解之。不去緝捕。便單等湯隆矣。)今卻失去如之奈何徐寧一夜睡不着思量道不知是甚麼人盜了去(自問。)也是曾知我這副甲的人(自答。○活畫出

（失物人家•恍恍惚惚•心口問答來•）娘子想道敢是夜來滅了燈時那賊已躲在家裏了（亦自答還自問•前娘子問徐寧不答•此徐寧自問自答）（娘子不接話頭•亦只是自答•話畫出失物人家•恍恍惚惚•東猜西測來•）必然是有人愛你的將錢問你買不得因此使這箇高手賊來盜了去（此一段•與花兒太尉一段對•）你可央人慢慢緝訪出來別作商議且不要打草驚蛇（此一段•與枉惹恥笑一段對•）徐寧聽了到天明起來坐在家中納悶早飯時分只聽得有人扣門當直的出去問了名姓入來報道（是失物納悶人家氣色•）有箇延安府湯知寨兒子湯隆特來拜望徐寧聽罷教請進客位裏相見湯隆見了徐寧納頭拜下說道哥哥一向安樂徐寧答道聞知舅舅歸天去了一者官身羈絆二乃路途遙遠不能前來弔問並不知兄弟信息一向正在何處今次自何而來湯隆道言之不盡自從父親亡故之後時乖運蹇一向流落江湖今從山東逕來京師探望兄長徐寧道兄弟少坐便叫安排酒食相待湯隆去包袱內取出兩錠蒜條金重二十兩送與徐寧（是鈎鎌教師聘禮爲之一笑•有此•便見不是爲甲報信而來•）說道先父臨終之日留下這些東西教寄與哥哥做遺念爲因無心腹之人不曾捎來今次兄弟特地到京師納還哥哥徐寧道感承舅舅如此掛念我又不曾有半分孝順處怎地報答湯隆道哥哥休恁地說先父在日之時常是想念哥哥這一身武藝只恨山遙水遠不能彀相見一面因此留這些物與哥哥做遺念徐寧謝了湯隆交收過了且安排酒來管待湯隆和徐寧飲酒中間徐寧只是眉頭不展面帶憂容湯隆起身道哥哥如何尊顏有些不喜心中必有憂疑不決之事徐寧歎口氣道兄弟不知一言難盡夜來家間被盜湯隆道不知失去了多少物事（妙絕•便剔出單單二字來•）徐寧道單單只盜去了先祖留下那副鴈翎鎖子甲又喚做賽唐猊昨夜失了這件東西以此心下不樂湯隆道哥哥那副甲兄弟

也曾見來端的無比先父當當稱讚不盡（說我先人•便彆起彼先人•說我先人猶稱讚不盡•便彆起彼先人着實寶惜•蓋分明勸之必追矣•）却是放在何處被盜了去（若在山泊中並不曾說梁上也者•）徐寧道我把一箇皮匣子盛着拴縛在臥房中梁上正不知賊人甚麼時候入來盜了去湯隆問道却是甚等樣皮匣子盛着（若在酒店中並不曾見紅羊皮也者•）徐寧道是箇紅羊皮匣子盛着裏面又用香綿裹住（忽然在紅羊皮裡•另又添出一樣鋪設•妙不可言•）湯隆失驚道紅羊皮匣子（接口說五箇一頓頓住•妙絕•）問道（俗本失問道二字•便令上文紅羊皮匣子五字•不得一頓•神色便減多少•）不是上面有白綫刺着綠雲頭如意中間有獅子滾繡毬的（徐寧在紅羊皮匣裡添出色澤•湯隆在紅羊皮匣外添出色澤•妙文對剔而起•妙不可言•）徐寧道兄弟你那里見來湯隆道小弟夜來離城四十里在一箇村店裏沽酒喫見箇鮮眼睛黑瘦漢子（一百八人•有正出身便畫•若有未出身先畫者•有已出身•却不畫•少間㓨借一人眼中畫出者•奇莫奇於時遷•在四十五回出身•直至此篇方與一畫也•）但見上挑着我見了心中也自暗忖道這箇皮匣子却是盛甚麼東

此第一段葉空起

西的（只此三行文字•亦分作三段讀•第一段是紅羊皮匣•）臨出門時我問道你這皮匣子作何用那漢子應道原是盛甲的（第二段是盛甲紅羊皮匣•）如今胡亂放些衣服（第三段是空紅羊皮匣•妙絕•）必是這箇人了我見那廝却似閃朒了腿的一步步挑着了走（奇奇妙妙•見必可追着•）何不我們追趕他去徐寧道若是趕得着時却不是天賜其便湯隆道既是如此不要擔閣便趕去罷（不令再計•行兵如脫兔•此之謂也•）徐寧聽了急急換上麻鞋帶了腰刀提條朴刀便和湯隆兩箇出了東郭門拽開脚步迤邐趕來前面見有白圈壁上酒店裏湯隆道我們且喫碗酒了趕就這里問一聲（奇奇妙妙•）湯隆入得門坐下便問道主人家借問一聲曾有箇鮮眼黑瘦漢子挑箇紅羊皮匣子過去麼店主人道昨夜晚是有這般一箇人挑着箇紅羊皮匣子過去了一似腿上喫跌了的一步一攧走（此句不曾問•却答出來•文字變動之極•）湯隆道哥哥你聽却如何（一路湯隆語•段段作踢跳之調•）徐寧聽了做聲不得

是氣昏人。兩箇連忙還了酒錢出門便去前面又見一箇客店壁上有那白圈湯隆立住了脚奇奇妙妙。說道哥哥兄弟走不動了和哥哥且就這客店裏歇了明日早去趕徐寧道我却是官身倘或點名不到官司必然見責如之奈何湯隆道這箇不用兄長憂心嫂嫂必自推箇事故當晚又在客裏問時店小二答道昨夜有一箇鮮眼黑瘦漢子此何前在湯隆口中此在小二口中文字變動之極。在我店裏歇了一夜直睡到今日日中方纔去了前店顯說跌肭此店虛寫跌肭文字變動之極。口裏只問山東路程忽然捎出路引妙絕。湯隆道恁地可以趕了段段作踢跳之調。當夜兩箇歇了次日起箇四更離了客店又進趕來湯隆但見壁上有白粉圈兒便做買酒買食喫了問路處處皆說得一般皆文。徐寧心中急切要那副甲只顧跟隨着湯隆趕了去是氣昏人。又好筆力。看看天色又晚了望見前面一所古廟廟前樹下時遷放着擔兒在那里坐地奇奇妙妙。湯隆看見

此第二段押賊趕

叫道好了段段作踢跳之調。前面樹下那箇不是哥哥盛甲的紅羊皮匣子徐寧見了搶向前來一把揪住了時遷喝道你這厮好大膽如何盜了我這副甲來時遷道住住不要叫如此接口匪夷所思。是我盜了你這副甲來偏不賴。匪夷所思。你如今却要怎地反問怎地。匪夷所思。奇妙。徐寧喝道畜生無禮倒問我要怎的時遷道你且看匣子裏有甲也無湯隆便把匣子打開看時裏面却是空的奇奇妙妙。看他行文何等撇撓。何等潔淨。我一生學不到者。徐寧道你這厮把我這副甲那里去了時遷道你聽我說小人姓張排行第一泰安州人氏本州有箇財主要結識老种經畧相公知道你家有這副鴈翎鎖子甲不肯貨賣特地使我同一箇李三兩人來你家偷盜許俺們一萬貫不想我在你家柱子上跌下來閃肭了腿因此走不動先敎李三拿了甲去只留得空匣在此你若要奈何我時便到官司就拚死我也不招一段作對。若還肯饒我時我和

你去討來還你（一段作正）徐寧躊躇了半晌决斷不下
（是氣昏人）湯隆便道哥哥不怕他飛了去只和他去討
甲（承他第二段）若無甲時須有本處官司告理（翻他第一段）
徐寧道兄弟也說得是三箇廝趕着又投客店裏
來歇了徐寧湯隆監住時遷一處宿歇（見鼂絕倒）原來
時遷故把些絹帛紮縛了腿只做閃朒了的徐寧
見他又走不動因此十分中只有五分防他三箇
又歇了一夜次日早起來再行時遷一路買酒買
肉陪告（一路無事惟恐寂寞故特寫此一句便有多少景色可想若寫作徐寧湯隆買酒肉
喫便無多少景色可想也）又行了一日次日徐寧在路上心焦
起來不知畢竟有甲也無正走之間只見路傍邊
三四箇頭口拽出一輛空車子背後一箇人駕車
傍邊一箇客人看着湯隆納頭便拜（忽然變幻出來奇奇妙妙）
湯隆問道兄弟因何到此那人答道鄭州做了買
賣要回泰安州去湯隆道最好（更不說第二句陡然便合何等撇捷）
（何等潔淨我一生學不到）我三箇要搭車子也要到泰安州去

（此第三段上直趕）

走一遭那人道莫說三箇上車再多些也不計較
湯隆大喜叫與徐寧相見徐寧問道此人是誰湯
隆答道我去年在泰安州燒香結識得這箇兄弟
姓李（林連切洛）名榮（云元切學）是箇有義氣的人徐寧道既
然如此這張一又走不動（閃腿爲可趕地今又爲搭車地妙絕）都上
車子坐地只叫車客駕車子行四箇人坐在車子
上（一箇賊一箇失主一箇報信人一箇閒人坐得好笑）徐寧問道（趕甲極急搭車又極
閒東究西審便如活畫）張一你且說與我那箇財主姓名時
遷推托再三說道他是有名的郭大官人徐寧卻
問李榮道（問一箇又問一箇又畫出急又畫出閒）你那泰安州曾有
箇郭大官人麼李榮答道我那本州郭大官人是
箇上戶財主（是出得一萬貫人）專好結識官宦來往（是要扳老
种經畧相公人）門下養着多少閒人（是張一李三主人只三句而句句恰恰）
（奇奇妙妙）徐寧聽罷心下想道既有主坐必不礙事又
見李榮一路上說些鎗棒唱幾箇曲兒（不惟引路亦已明明
寫出此客人）不覺又過了一日看看到梁山泊只有兩

程多路只見李榮叫車客把葫蘆去沽些酒來（是）買些肉來就車子上喫二杯李榮把出一箇瓢來先傾一瓢來勸徐寧徐寧一飲而盡李榮再叫傾酒車客假做手脫把這一葫蘆酒都翻在地下李榮喝叫車客再去沽些只見徐寧口角流涎撲地倒在車子上了李榮是誰便是鐵叫子樂和（好筆力。如脱面具。）三箇從車上跳將下來趕着車子直送到旱地忽律朱貴酒店裏衆人就把徐寧扛扶下船都到金沙灘上岸宋江已有人報知和衆頭領下山接着徐寧此時麻藥已醒衆人又用解藥解了徐寧開眼見了衆人喫了一驚便問湯隆道兄弟你如何賺我來到這裏湯隆道哥哥聽我說小弟今次聞知宋公明招接四方豪傑因此上在武岡鎮拜黑旋風李逵做哥哥投托大寨入夥今被呼延灼用連環甲馬衝陣無計可破是小弟獻此鈎鐮鎗法只除是哥哥會使縣此定這條計使時遷先來偷了你的甲却教小弟賺哥哥上路後使樂和假做李榮過山時下了蒙汗藥請哥哥上山來坐把交椅徐寧道都是兄弟送了我也宋江執杯向前陪告道見今宋江暫居水泊專待朝廷招安盡忠竭力報國非敢貪財好殺行不仁不義之事萬望觀察憐此真情一同替天行道（此數語是宋江所以賺人做強盜者乃村學究還許其忠義何哉只看他處處用便可知。）林冲也來把盞陪話道小弟亦在此間兄長休要推却（襯選林冲章法。）徐寧道湯隆兄弟你却賺我到此家中妻子必被官司擒捉如之奈何宋江道這箇不妨觀察放心只在小可身上早晚便取寶眷到此完聚晁蓋吳用公孫勝都來與徐寧陪話安排筵席作慶一面選揀精壯小嘍囉學使鈎鐮鎗法一面使戴宗和湯隆星夜往東京搬取徐寧老小旬日之間楊林自潁州取到彭玘老小薛永自東京取到凌振老小李雲收買到五車煙火藥料回寨（先結徐文○中間一篇徐家金甲文字兩）

（頭却捕出別家別事許多餘文章法奇絕）更過數日戴宗湯隆取到徐寧老小上山（又結正文）徐寧見了妻子到來喫了一驚問是如何便得到這里妻子答道自你轉背官司點名不到我使了些金銀首飾只推道患病在床因此不來叫喚忽見湯叔叔齎着鴈翎甲來（仍用甲奇）（奇妙妙）說道甲便奪得來了哥哥只是於路染病將次死在客店裏叫嫂嫂和孩兒便來看視把我賺上車子我又不知路逕遞迤來到這里徐寧道兄弟好却好了只可惜將我這副甲陷在家裏了湯隆笑道好教哥哥歡喜（餘波更作一曲）打發嫂嫂上車之後我便復翻身去賺了這甲（甲賺人人賺甲一時爽轉變動之極）了這兩箇婭嬛收拾了家中應有細軟做一担兒挑在這里徐寧道恁地時我們不能殼回東京去了湯隆道我又教哥哥再知一件事來（餘波之餘再作一曲）在半路上撞見一夥客人我把哥哥鴈翎甲穿了（仍用甲奇）（奇妙妙）搽畫了臉說哥哥名姓劫了那夥客人

的財物這早晚東京已自遍行文書捉拿哥哥徐寧道兄弟你也害得我不淺晁蓋宋江都來陪話道若不是如此觀察如何肯在這里住隨即撥定房屋與徐寧安頓老小衆頭領且商議破連環馬軍之法此時雷横監造鈎鐮鎗已都完備（與前呼應得）（此一呼一應便如從前偷甲賺人之時皆打造鈎鐮之時也）宋江吳用等啓請徐寧教衆軍從學使鈎鐮鎗法徐寧道小弟今當盡情剖露訓練衆軍頭目揀選身材長壯之士衆頭領都在聚義廳上看徐寧選軍說那箇鈎鐮鎗法有分教三千甲馬登時破一箇英雄指日降畢竟金鎗徐寧怎的敎演鈎鐮鎗法且聽下回分解

第五才子書施耐菴水滸傳卷之六十一

聖歎外書

第五十六回

徐寧教使鈎鐮鎗
宋江大破連環馬

看他當日寫十隊誘軍不分方面只是一齊下去至明日寫三面誘軍亦不分隊號只是一齊擁起雖一時紙上文勢有如山雨欲來野火亂發之妙然畢竟使讀者胸中茫不知其首尾乃在何處亦殊悶悶也乃悶悶未幾忽然西北閃出穆弘穆春正北閃出解珍解寶東北閃出王矮虎一丈青七隊雖戰苦雲漾三隊已龍沒爪現有七隊之不測正顯三隊之出奇有三隊之分明轉顯七隊之神變不寧惟是而已又於鳴金收軍各請功賞之後陡然又閃出劉唐杜遷一隊來鳴呼前乎此者有戰矣後乎此者有戰矣其書法也或先整後變或先減後明奇固莫奇於今日之通篇不得分明至篇尾忽然一閃一閃一閃三閃之後已作隔尾又忽然兩人一閃也

當日寫某某是十隊某某是放砲某某是號帶調撥已定至明日忽然寫十隊忽然寫放砲忽然寫號帶於是讀者正讀十隊忽然是放砲正讀放砲忽然又是十隊正讀十隊忽然是號帶正讀號帶忽然又是放砲遂令紙上一時亦復岌岌搖動不能不令讀者目眩耳聾而殊不知作者正自心閒手緩也異哉技至此乎

吾讀呼延愛馬之文而不覺垂淚浩歎何也夫呼延愛馬則非爲其出自殊恩也亦非爲其神駿可惜也又非爲其藉此恢復也夫天下之感莫深於同患難而人生之情莫重於

周旋久益同患難則曾有生死一處之許而周旋久則眞有性情如一之誼也是何論親之與疏是何論人之與畜是何論有情之與無情吾有一蒼頭自幼在鄉塾便相隨不捨雖天下之駿無有更甚於此蒼頭也者然天下之愛吾則無有更過於此蒼頭者也而不虞其死也吾友有一蒼頭自與吾友往還便與之風晨雨夜同行共住雖天下之駿又無有更甚於此蒼頭也者然天下之知吾則又無有更過於此蒼頭者也而不虞其去也吾有一玉鈎其質青黑製作朴略天下之弄物無有更賤於此鈎者自周歲時吾先王母繫吾帶上無日不在帶上猶五官之第六十指之一枝也無端渡河墜於中流至今如鈌一官如隳一指也然是三者猶有其物也吾數歲時在鄉塾中臨窓誦書每至薄暮書完日落窓光蒼然如是者幾年如一日也吾至今暮窓欲暗猶疑身在舊塾也夫學道之人則又何感何情之與有然而天下之人之言感言情者則吾得而知之矣吾益深惡天下之人之言感言情無不有爲爲之故特於呼延愛馬表而出之也

話說晁蓋宋江吳用公孫勝與衆頭領就聚義廳上啓請徐寧教使鈎鎌鎗法衆人看徐寧時果是一表好人物六尺五六長身體團團的一箇白臉三牙細黑髭髯十分腰圍膀闊（就衆人眼中看出）選軍已罷便下聚義廳來拿起一把鈎鎌鎗自使一回衆人見了喝采徐寧便教衆軍道但凡馬上使這般軍器就腰胯裏做步上來上中七路三鈎四撥一搠一分共使九箇變法（此一段是鈎鎌變法是賓）若是步行使這鈎鎌鎗亦最得用先使入步四撥蕩開門戶十二步一變十六步大轉身分鈎鎌搠繳二十四步

那上攢下鈎東撥西三十六步渾身蓋護奪硬鬭強此是鈎鐮鎗正法（此一段是鈎鐮正法之主）有詩訣爲證四撥三鈎通七路共分九變合神機二十四步那前後一十六翻大轉圍（以詩訣總結上二段竟似考工記文字）徐寧將正法一路路敷演教衆頭領看衆軍漢見了徐寧使鈎鐮鎗都喜歡就當日爲始將選揀精銳壯健之人曉夜習學又教步軍藏林伏艸鈎蹄拽腿下面三路暗法（又補一句）不到半月之間教成山寨五七百人宋江并衆頭領看了大喜准備破敵却說呼延灼自從折了彭玘凌振每日只把馬軍來水邊搦戰山寨中只教水軍頭領牢守各處灘頭水底釘了暗樁呼延灼雖是在山西山北兩路出哨决不能彀到山寨邊梁山泊却叫凌振製造了諸般火砲尅日定時下山對敵學使鈎鐮鎗軍士已都成熟宋江道（本是徐寧訓練吳用調撥乃反大書宋江者此篇抗拒王師罪在不赦特書盡出宋江之謀所以深著其惡也）不才淺見未知合衆位心意否

吳用道願聞其畧宋江道明日竝不用一騎馬軍衆頭領都是步戰（是）孫吳兵法却利於山林沮澤今將步軍下山分作十隊誘敵（是）但見軍馬衝掩將來都望蘆葦荊棘林中亂走却先把鈎鐮鎗軍士埋伏在彼（是）每十個會使鈎鐮鎗的間着十個撓鈎手（是）但見馬到一攪鈎翻便把撓鈎搭將入去捉了平川窄路也如此埋伏此法如何吳學究道（本是吳用調撥此反書作吳用答是春秋筆法）正應如此藏兵捉將徐寧道（本是徐寧訓練此反書作徐寧答是春秋筆法）鈎鐮鎗并撓鈎正是此法宋江當日分撥十隊步軍人馬劉唐杜遷引一隊（一）穆弘穆春引一隊（二）楊雄陶宗旺引一隊（三）朱仝鄧飛引一隊（四）解珍解寶引一隊（五）鄒淵鄒閏引一隊（六）一丈青王矮虎引一隊（七）薛永馬麟引一隊（八）燕順鄭天壽引一隊（九）楊林李雲引一隊（十）這十隊步軍先行下山誘引敵軍再差李俊張橫張順三阮童威童猛孟康九箇水軍頭領

乘駕戰船接應（十一）再叫花榮秦明李應柴進孫立歐鵬六箇頭領乘馬引軍只在山邊搦戰（十二）凌振杜興專放號砲（十三）却叫徐寧湯隆總行招引使鈎鎌鎗軍士（十四）中軍宋江吳用公孫勝戴宗呂方郭盛總制軍馬指揮號令（十五）其餘頭領俱各守寨（十六）宋江分撥已定是夜三更先載使鈎鎌鎗軍士過渡四面去分頭埋伏已定（寫得明畫之極）四更却渡十隊步軍過去（明畫之極）凌振杜興載過風火砲架上高埠去處豎起砲架閣上火砲（明畫之極）徐寧湯隆各執號帶渡水（明畫之極此處寫得明畫已後便縱橫滅沒不復知其首尾何處又是一樣章法）平明時分宋江守中軍人馬隔水擂鼓吶喊搖旗（論調撥則中軍乃居最後論挑戰則中軍獨居最先又是一樣章法極似先用中軍却獨不用中軍奇絕）呼延灼正在中軍帳內聽得探子報知傳令便差先鋒韓滔先來出哨隨即鎖上連環甲馬呼延灼全身披掛騎了踢雪烏騅馬仗着雙鞭大驅軍馬殺奔梁山泊來隔水望見宋江引着許多人馬（奇景如畫）呼延灼教擺開馬軍先鋒韓滔來與呼延灼商議道正南上一隊步軍不知多少的呼延灼道休問他多少只顧把連環馬衝將去韓滔引着五百馬軍飛哨出去又見東南上一隊軍兵起來却欲分兵去哨只見西南上又有起一隊旗號招颭吶喊韓滔再引軍回來對呼延灼道南邊三隊賊兵都是梁山泊旗號呼延灼道這廝許多時不出來廝殺必有計策（第一段南方三隊逐隊寫出）說猶未了只聽得北邊一聲砲響（敘十隊誘軍就便間入砲聲離奇錯落筆力奇絕十隊攛起之時即施放號砲之時既不可單敘十隊又敘放砲又不可敘畢十隊方敘放砲得此奇橫之筆一齊火爆寫出令人耳目震動）呼延灼罵道這砲必是凌振從賊教他施放（寫出懊惱令人失笑）衆人平南一望只見北邊又擁起三隊旗號（第二段北方三隊一句寫出）呼延灼對韓滔道此必是賊人奸計我和你把人馬分爲兩路我去殺北邊人馬你去殺南邊人馬正欲分兵之際只見西邊又是四隊人馬起來（第三段西方四隊亦一句寫出）呼

延灼心慌又聽得正北上連珠砲響一帶直接到土坡上那一個母砲週迴接着四十九箇子砲名為子母砲響處風威大作又極寫砲聲紙上皆岌岌震動離奇錯落筆力奇絕呼延灼軍兵不戰自亂急和韓滔各引馬步軍兵四下衝突十隊既是誘軍便寫不出聲勢却借放砲寫出十隊聲勢來妙筆這十隊步軍東趕東走西趕西走此十三字是敘徐寧湯隆帶之功非敘十隊也看他寫得誘敵者放砲者招引者人人用命色色精神妙絕呼延灼看了大怒引兵望北衝將來望北第一段宋江軍兵盡投蘆葦中亂走呼延灼大驅連環馬捲地而來那甲馬一齊跑發收勒不住盡望敗葦折蘆之中枯艸荒林之內跑了去又算註又算畫註得明畫得活只聽裏面胡哨響處鉤鐮鎗一齊舉手先鉤倒兩邊馬脚中間的甲馬便自咆哮起來又算註又算畫註得明畫得活那撓鉤手軍士一齊搭住蘆葦中只顧縛人呼延灼見中了鉤鐮鎗計便勒馬回南邊去趕韓滔望南第二段背後風火砲當頭打將下來又忽寫砲離奇錯落筆力奇絕這邊那邊

十隊伏軍忽然閃出三段絕妙章法

漫山遍野都是步軍追趕着韓滔呼延灼部領的連環甲馬亂滾滾都攧入荒艸蘆葦之中盡被拏了二人情知中了計策縱馬去四面跟尋馬軍奪路奔走時更兼那幾條路上麻林般攏着梁山泊旗號不敢投那幾條路走一直便望西北上來望西第三段行不到五六里路早擁出一隊強人當先兩箇好漢攔路一箇是沒遮攔穆弘一箇是小遮攔穆春前敘十隊不分方面只是一齊下去至此忽然在三面閃出六箇人來不必盡見不必盡不見政如怒龍行雨見其一爪兩爪也撚兩條朴刀大喝道敗將休走呼延灼忿怒舞起雙鞭縱馬直取穆弘穆春略鬭四五合穆春便走畫出誘敵呼延灼只怕中了計不來追趕不趕妙望正北大路而走仍望正北第四段山坡下又轉出一隊強人當先兩箇好漢攔路一箇是兩頭蛇解珍一箇是雙尾蠍解寶又閃出兩箇各挺鋼叉直逩前來呼延灼舞起雙鞭來戰兩箇鬭不到五七合解珍解寶拔步便走畫出誘敵兩隊如此餘隊可知呼延

灼趕不過半里多路試趕又妙。兩段一段寫不趕。一段寫趕。法變。兩邊鑽出二十四把鉤鐮鎗着地捲將來畫出無處不是鉤鐮鎗。離奇錯落。筆力奇絕。呼延灼無心戀戰撥轉馬頭望東北上大路便走望東北第五段。又撞着王矮虎一丈青夫妻二人又閃出兩箇。截住去路呼延灼見路徑不平四下兼有荊棘遮攔拍馬舞鞭殺開條路直衝過去變一句。又變一句。便徑變一句。是耐菴筋節處。王矮虎一丈青趕了一直趕不上趕字亦翻用轉來。奇筆妙筆。呼延灼自投東北上去了水窮雲盡處。忽畱此一線。妙筆。殺得大敗虧輸雨零星亂宋江鳴金收軍回山各請功賞三千連環甲馬有停半被鉤鐮鎗撥倒傷損了馬蹄剝去皮甲把來做菜馬字法奇絕。二停多好馬牽上山去喂養作坐馬閒註連環甲馬下落。寫前篇結案。帶甲軍士都被生擒上山又閒註甲軍下落。五十步軍被三面圍得緊急有望中軍躲的都被鉤鐮鎗拖翻捉了望水邊逃命的盡被水軍頭領圍裹上船去拽過灘頭拘捉上山又閒註步軍下落。先前被拿

去的馬匹并捉去軍士盡行復奪回寨要足。把呼延灼寨柵盡數拆來水邊泊內搭蓋小寨再造兩處做眼酒店房屋等項仍前着孫新顧大嫂石勇時遷兩處開店閒椑閒事。以文為戲。劉唐杜遷拿得韓滔挽轉第一隊。上文閃出六個人。此處又閃出六箇人。滅沒撐斫。極筆墨之變事。把來綁縛解到山寨宋江見了親解其縛請上廳來以禮陪話相待筵宴令彭玘凌振說他入夥說之之辭。則又是只待招安。安民報國等句也。而總謂之說。蓋不聽其久假不歸也。韓滔也是七十二煞之數自然意氣相投就梁山泊做了頭領宋江便教修書使人往陳州搬取韓滔老小來山寨中完聚暫然與前卷凌振彭玘徐寧等句作一合相。如孤飛之鳥。遂逐前行。妙筆妙筆。宋江喜得破了連環馬又得了許多軍馬衣甲盔刀每日做筵席慶喜仍舊調撥各路守把隄防官兵不在話下却說呼延灼折了許多官軍人馬不敢回京獨自一箇騎着那匹踢雪烏騅馬自此以下。以踢雪烏騅生波作折。另是一樣章法。把衣甲拴在馬上活畫出逃敗將官來。於路逃難却

無盤纏解下束腰金帶賣來盤纏（活畫出逃敗將官來）在路尋思道不想今日閃得我如此却是去投誰好猛然想起青州慕容知府（我亦猛然想起）舊與我有一面相識何不去那里投奔他却打慕容貴妃的關節（中間一筆早爲慕容正罪非寫呼延將軍要關節正表慕容知府有關節也）那時再引軍來報讎未遲在路行了二日當晚又饑又渴見路傍一箇村酒店呼延灼下馬把馬拴在門前樹上（呼延將軍有敗逃饑渴之時御賜名馬有拴在野樹之時人生失意眞嗇事耳）入來店內把鞭子放在卓上（都從馬上寫出細妙之極）坐下了叫酒保取酒肉來喫酒保道小人這里只賣酒要肉時村里却纔殺羊若要小人去回買呼延灼把腰裏料袋解下來取出些金帶倒換的碎銀兩把與酒保道你可回一脚羊肉與我煮了就對付艸料喂養我這匹馬（一路都從馬上着筆細妙之極）今夜只就你這里宿一宵明日自投青州府裏去酒保道官人此間宿不妨只是沒好牀帳呼延灼道我是出軍的人但有歇處便罷（出色寫村店亦出色寫失意人）酒保拿了銀子自去買羊肉呼延灼把馬背上捎的衣甲取將下來鬆了肚帶（我嘗言美人愛青鏡名士愛古硯大將愛良馬此處又一寫出）坐在門前等了半晌只見酒保提一脚羊肉歸來呼延灼便叫煮了回三斤麵來打餅打兩角酒來酒保一面煮肉打餅一面燒脚湯與呼延灼洗了脚（逃敗人無可形容忽然寫出洗脚二字情事如畫）便把馬牽放屋後小屋下（一路都從馬上着意）酒保一面切艸煮料呼延灼先討熱酒喫了一回少刻肉熟呼延灼叫酒保也與他些酒肉喫了分付道我是朝廷軍官爲因收捕梁山泊失利待往青州投慕容知府你好生與我喂養這匹馬是今上御賜的名爲踢雪烏騅馬（上文寫大軍覆沒之後更無一物可惜只愛念得此一匹馬此文寫大軍覆沒之後更無一長可說只誇示得此一匹馬人至失意時眞是活活如此名士下第歸來向所親吟其射策亦猶是也）明日我重重賞你酒保道感承相公却有一件事教相公得知離此間不遠有座山喚做桃花山（陡然遇合）山上有一夥強人爲

頭的是打虎將李忠第二箇是小霸王周通聚集着五七百小嘍囉打家刧舍時常來攪惱村坊官司累次着仰捕盜官軍來收捕他不得相公夜間須用小心醒睡呼延灼說道我有萬夫不當之勇便道那廝們全夥都來也待怎生只與我好生喂養這匹馬別事都不經心勤勤只囑此馬不惟章法應爾亦寫將軍之與戰馬真有死生知己之感也喫了一回酒肉餅子酒保就店裏打了一鋪畫出村店安排呼延灼睡了一者呼延灼連日心悶二乃又多了幾杯酒就和衣而臥便於下文一覺直睡到三更方醒只聽得屋後酒保在那里叫屈起來呼延灼聽得連忙跳將起來提了雙鞭只四字寫出英雄無用武之地來可發一笑走去屋後問道你如何叫屈酒保道小人起來上艸只見籬笆推翻被人將相公的馬偷將去了前篇寫偷甲此篇寫偷馬章法對而不對不對而對奇妙之極遠遠地望見三四里火把尚明一定是那里去了呼延灼道那里正是何處酒保道眼見得那條路上正是

桃花山小嘍囉偷得去了呼延灼喫了一驚便叫酒保引路就田塍上趕了二三里火把看看不見正不知投那里去了呼延灼說道若無了御賜的馬却怎的是好不惜連環三千却痛御賜一匹者衆材易集名士難求也荀粲佳人難再得之歎亦此意也酒保道相公明日須去州裏告了差官軍來勦捕方纔能彀這匹馬呼延灼悶悶不已坐到天明叫酒保挑了衣甲逕投青州第一節先賜一匹馬第二節布出無數馬第三節葬送無數馬第四節并失一匹馬章法妙絕奇絕○昨日畫出一幅逃敗將官畫得好笑今日又畫出一幅逃敗將官一發畫得好笑來到城裏時天色巳晚了且在客店裏歇了一夜次日天曉逕到府堂堦下叅拜了慕容知府知府大驚問道聞知將軍收捕梁山泊艸寇如何却到此間呼延灼只得把上項訴說了一遍慕容知府聽了道雖是將軍折了許多人馬此非慢功之罪中了賊人奸計亦無奈何下官所轄地面多被艸寇侵害將軍到此可先掃清桃花山奪取那匹御賜的馬緊抱題目妙筆却

連那二龍山白虎山（又陡然趣合出二處來·）兩處強人、一發勦捕了時、下官自當一力保奏、再教將軍引兵復讐、如何、呼延灼再拜道、深謝恩相主監、若蒙如此、誓當效死報德、慕容知府教請呼延灼去客房裏暫歇、一面更衣宿食、那挑甲酒保自叫他回去了、（前篇有偷甲好漢·此篇又有挑甲酒保·妙妙·）一住三日、呼延灼急欲要這匹御賜馬（緊提題目·妙筆·）又來稟覆知府、便教點軍、慕容知府便點馬步軍二千借與呼延灼、又與了一匹青騌馬（又引出一匹馬來·）呼延灼謝了恩相、披掛上馬、帶領軍兵前來奪馬、逕往桃花山進發、且說桃花山上打虎將李忠與小霸王周通自得了這匹踢雪烏騅馬、每日在山上慶喜飲酒（可見名士所至·望風而靡·）當日有伏路小嘍囉報道、青州軍馬來也、小霸王周通起身道、哥哥守寨、兄弟去退官軍、便點起一百小嘍囉、綽鎗上馬、下山來迎敵官軍、却說呼延灼引起二千兵馬、來到山前、擺開陣勢、呼延灼出馬、厲聲高叫、強賊、蚤來受縛、小霸王周通將小嘍囉一字擺開、便挺鎗出馬、呼延灼見了、便縱馬向前來戰、周通也躍馬來迎、二馬相交、鬬不到六七合、周通氣力不加、撥轉馬頭、往山上便走、呼延灼趕了一直、怕有計策、急下山來、札住寨柵、等候再戰、却說周通回寨、見了李忠、訴說呼延灼武藝高強、遮攔不住、只得且退上山、倘或他趕到寨前來、如之奈何、李忠道、我聞二龍山寶珠寺花和尚魯智深在彼、多有人伴、更兼有箇甚麼青面獸楊志、又新有箇行者武松、都有萬夫不當之勇、不如寫一封書、使小嘍囉去那里求救（如此撮合·如板榡聲·）若解得危難、拚得投托他大寨、月終納他些進奉也好（特避便歸水泊一句也·）周通道、小弟也多知他那里豪傑、只恐那和尚記當初之事（輕輕四字·提動無數·）不肯來救、李忠笑道、不然、他是箇直性的好人、使人到彼、必然親引軍來救我（能知魯達·此其所以為李忠也·俗本略增數字·便不復成語·）周通道、哥哥也說得是就寫了一封書差兩箇了事的小嘍囉從後山滾將下去 妙絕妙絕。數十卷前絕倒之事。此處忽然以閒筆又書出來。○俗本作趕將下去。驟讀之亦殊不覺其失。及見古本乃是滾字。方歎一言之訛。相去無算也。 取路投二龍山來行了兩日蚤到山下那里小嘍囉問了備細來情且說寶珠寺裏大殿上坐着三箇頭領為首是花和尚魯智深第二是青面獸楊志第三是行者二郎武松前面山門下坐着四箇小頭領一箇是金眼彪施恩 一齊出現。真挽強弩。 原是孟州牢城施管營的兒子為因武松殺了張都監一家人口官司着落他家追捉兇身以此連夜挈家逃走在江湖上後來父母俱亡打聽得武松在二龍山連夜投奔入夥 補血濺鴛鴦一篇尾。 一箇是操刀鬼曹正 一齊出現。 原是同魯智深楊志收奪寶珠寺殺了鄧龍後來入夥 補雙奪寶珠寺一篇尾。 一箇是菜園子張青一箇是母夜叉孫二娘夫妻兩箇 一齊出現。 原是孟州道十字坡賣人肉饅頭的因魯智深武松連連寄書招他亦來投奔入夥 補人肉饅頭一篇尾。 曹正聽得說桃花山有書先來問了詳細直上殿去稟復三箇大頭領知道智深便道洒家當初離五臺山時到一箇桃花村投宿好生打了那撮鳥一頓那廝却認得洒家倒請上山去喫了一日酒 凡敘舊事正以約略為妙耳。俗本止增一二字。便令太詳不復可讀。○略於敘舊。詳於敘偷。寫出妙人。 結識洒家為兄却便留俺做個寨主俺見這廝們慳吝被俺偷了若干金銀酒器撒開他 真是青天白日心事。烈風雷雨弗迷者也。 如今却來求救且放那小嘍囉上關來看他說甚麼曹正去不多時把那小嘍囉引到殿下唱了喏說道青州慕容知府近日取得箇征進梁山泊失利的雙鞭呼延灼如今慕容知府先教掃蕩俺這里桃花山二龍山白虎山幾座山寨却借軍與他收捕梁山泊復讎俺的頭領今欲啓請大頭領將軍下山相救明朝無事了時情願來納進奉楊志道俺們各守山寨保護山頭本不去救應的是洒家一者怕壞了江湖上豪傑二者恐那廝得了桃花山便小覷了洒家這里可留下張青孫二娘施恩曹正看守寨柵俺三箇親自走一遭隨即點起五百小嘍囉六十餘騎軍馬各帶了衣甲軍器徑往桃花山來却說李忠知二龍山消息自引了三百小嘍囉下山策應呼延灼聞知急領所部軍馬攔路列陣舞鞭出馬來與李忠相持原來李忠祖貫濠州定遠人氏家中祖傳靠使鎗棒爲生人見他身材壯健因此呼他做打虎將（前文所略至此始出）當時下山來與呼延灼交戰却如何敵得呼延灼過鬭了十合之上見不是頭撥開軍器便走呼延灼見他本事低微縱馬趕上山來小霸王周通正在半山裏看見便飛下鵞卵石來呼延灼慌忙回馬下山來只見官軍迭頭吶喊呼延灼便問道爲何吶喊後軍答道遠望見一彪軍馬飛遶而來呼延灼聽了便來後軍隊裏看時見塵頭起處當頭一箇胖大和尚騎一匹白馬正是花和尚魯智深在馬上大喝道那箇是梁山泊殺敗的撮鳥敢來俺這里唬嚇人（取捕盜賊名之爲唬嚇人絕倒）呼延灼道先殺你這箇禿驢豁我心中怒氣魯智深輪動鐵禪杖呼延灼舞起雙鞭二馬相交兩邊吶喊鬭至四五十合不分勝敗呼延灼暗暗喝采道（章法）這箇和尚倒恁地了得（又惡知其初之非和尚耶）兩邊鳴金各自收軍暫歇呼延灼少停却耐不得再縱馬出陣（又活畫出呼延又急轉出楊志妙筆）大叫賊和尚再出來與你定箇輸贏見箇勝敗魯智深却待正要出馬楊志叫道大哥少歇看洒家去捉這廝舞刀出馬來與呼延灼交鋒兩箇鬭到四五十合不分勝敗呼延灼又暗暗喝采道（章法）怎的那里走出這兩箇來恁地了得不是綠林中手段（又惡知其無可奈何始入綠林耶借呼延口中一哭）楊志也見呼延灼武藝高强賣箇破綻撥回馬跑回本陣呼延灼也勒轉馬頭不來追趕城邊各自收軍魯智深便和楊志商議

道俺們初到此處不宜逼近下寨且退二十里明日却再來廝殺（輕輕一折，折出奇景，讀下，啞然一笑。）帶領小嘍囉自過附近山岡下寨去了却說呼延灼在帳中納悶心內想道指望到此勢如破竹便拿了這夥草寇怎知却又逢着這般對手我直如此命薄正沒擺布處只見慕容知府使人來與道叫將軍且領兵回來保守城中今有白虎山強人孔明孔亮（白虎山換一法出。）引人馬來青州刼牢怕府庫有失特令來請將軍回城守備呼延灼聽了就這機會帶領軍馬連夜回青州去了（作一不了局，妙。）次日魯智深與楊志武松又引了小嘍囉搖旗吶喊直到山下來看時一箇軍馬也無了到喫了一驚（閒處覽出奇景，令文字不寂寞。）山上李忠周通引人下來拜請三位頭領上到山寨裏殺牛宰馬筵席相待一面使人下山探聽前路消息且說呼延灼引軍回到城下却見了一彪軍馬正來到城邊為頭的乃是白虎山下孔太公兒子

毛頭星孔明獨火星孔亮（如挽強弩。）兩箇因和本鄉一箇財主爭競把他一門良賤盡都殺了聚集起五七百人占住白虎山打家刼舍（亦補醉打孔亮一篇尾。）因為青州城裏有他的叔叔孔賓被慕容知府捉下監在牢裏孔明孔亮特地點起山寨小嘍囉來打青州要救叔叔出去（撮起一事，令文字成貫。）正迎着呼延灼軍馬兩邊擁着敵住廝殺呼延灼便出馬到陣前慕容知府在城樓上觀看見孔明當先挺鎗出馬直取呼延灼兩馬相交鬪到二十餘合呼延灼要在知府跟前顯本事又值孔明武藝低微（是宋江高弟也，閒中忽置一貶，以表宋江之百無一長，只是一片權詐也。如此寫宋江，真是皮裏秋陽矣。）只辦得架隔遮攔鬪到澗深裏被呼延灼就馬上把孔明活捉了去孔亮只得引了小嘍囉便走慕容知府在敵樓上指着叫呼延灼引兵去趕官兵一掩活捉得百十餘人孔亮大敗四散逃走至晚尋箇古廟安歇却說呼延灼活捉得孔明解入城中來

見慕容知府，知府大喜，叫把孔明大枷釘下牢裏，和孔賓一處監收。一面賞勞三軍，一面管待呼延灼，備問桃花山消息。呼延灼道：「本待是甕中捉鱉，手到拿來，無端又被一夥强人前來救應，數內一箇和尚，一箇青臉大漢，二次交鋒，各無勝敗。這兩箇武藝不比尋常，不是綠林中手段，因此未曾拿得。」慕容知府道：「這箇和尚便是延安府老种經略帳前軍官提轄魯達，（如此人物，止令做提轄，已不可，況并不容做提轄。）今次落髮為僧，喚做花和尚魯智深。這一箇青臉大漢，亦是東京殿帥府制使官，喚做青面獸楊志。（如此人物，止令做制使，已不可，況并不令做制使。）再有一箇行者，喚做武松，原是景陽岡打虎的武都頭。（如此人物，止令做都頭，已不可，況并不容做都頭。○三句不是重出之文，正與呼延喝采相對，所謂借太守口中一哭也。）這三箇占住了二龍山，打家劫舍，累次拒敵官軍，殺了三五箇捕盜官，直至如今，未曾捉得。」呼延灼道：「我見這廝們武藝精熟，原來卻是楊制使、魯提轄，真名不虛傳。（○上呼延只讚魯楊，知府卻并及武二。此知府自說三箇，呼延卻只嘆二人，筆下分寸都出。○既已這廝，則應削其官矣，仍稱之為制使提轄者，所以深許楊志魯達之為邊庭有用之才，不得已而至于綠林，而非其自為綠林也。借呼延口中一哭，令千載讀之，人人彈淚。）恩相放心，呼延灼今日在此，少不得一箇箇活捉了，解官。」知府大喜，設筵管待已了，且請客房內歇。不在話下。

却說孔亮引了敗殘人馬，正行之間，猛可裏樹林中撞出一彪人馬，當先一籌好漢，便是行者武松。（如此牽合，力挽蒙弩。○前用魯楊鬬呼延，此用武松遇孔亮，只三箇人，筆下調遣之妙如此。若在俗筆，何難昨日再寫一陣，今日總寫撞出耶。）孔亮慌忙滾鞍下馬，便拜道：「壯士無恙？」武松連忙答應，扶起，問道：「聞知足下弟兄們占住白虎山聚義，幾次要來拜望，一者不得下山，二乃路途不順，以此難得相見。今日何事到此？」孔亮把救叔叔孔賓陷兄之事，告訴了一遍。武松道：「足下休慌，我有六七箇弟兄，見在二龍山聚義。今為桃花山李忠周通被青州官軍攻擊得緊，來我山寨求救，魯楊二頭領引了孩兒們先來與呼延灼交戰兩箇廝併了一日不知何故呼延灼忽然夜間去了桃花山留我弟兄三人筵宴把這踢雪馬送與我們連貫三山以馬爲線妙筆今我部領頭隊人馬回山他二位隨後便到我叫他去打青州救你叔兄如何孔亮拜謝武松等了半晌只見魯智深楊志兩箇並馬都到只三箇人何故兩箇却是並馬一箇偏作前軍明明露出調遣勻停之跡與讀書之人欣賞也武松引孔亮拜見二位備說那時我與宋江在他莊上相會多有相擾今日俺們可以義氣爲重聚集三山人馬攻打青州殺了慕容知府擒獲呼延灼各取府庫錢糧以供山寨之用如何魯智深道洒家也是這般思想便使人去桃花山報知叫李忠周通引孩兒們來俺三處一同去打青州楊志便道青州城池堅固人馬強壯又有呼延灼那廝英勇不是俺自滅威風若要攻打青州時只除非依我一言指日可得武松道哥哥願聞其略那楊志言無數句話不一席有分教青州百姓家家瓦裂煙飛水滸英雄箇箇磨拳擦掌畢竟楊志對武松說出怎地打青州且聽下回分解

第五才子書施耐菴水滸傳卷之六十二

聖歎外書

第五十七回

三山聚義打青州
衆虎同心歸水泊

打青州用秦明花榮爲第一撥眞乃處處不作浪筆

村學先生團泥作寶鏤炭爲眼讀水滸傳見宋江口中有許多好語便遽然以忠義兩字過許老賊甚或弁其書端定爲題目此决不得不與之辯辯曰宋江有過人之才是即誠然若言其有忠義之心心心圖報朝廷此實萬萬不然之事也何也夫宋江淮南之強盜也人欲圖報朝廷而無進身之策至不得已而姑出於強盜此一大不可也曰有逼之者也夫有逼之則私放晁蓋亦誰逼之身爲押司骫法縱賊此二大不可也爲農則農爲吏則吏農言不出於畔吏言不出於庭分也身在鄆城而名滿天下遠近相煽包納荒穢此三大不可也私連大賊以受金明殺平人以滅口幸從小懲便當大戒乃潯陽題詩反思報仇不知誰是其仇至欲血染江水此四大不可也語云求忠臣必於孝子之門江以一朝小忿貽大僇於老父夫不有於父何有於他誠所謂是可忍孰不可忍此五大不可也燕順鄭天壽王英則羅而致之梁山呂方郭盛則羅而致之梁山此猶可恕也甚乃至於花榮亦羅而致之梁山黃信秦明亦羅而致之梁山是胡可恕也落草之事雖未遂營窟之心實巳久此六大不可也白龍之刧猶出羣力無爲之燒豈非獨斷白龍之刧猶曰救死無爲之燒豈非肆毒此七大不可也打州

掠縣只加戲事刼獄開庫乃爲固然殺官長則無不坐以汚濫之名買百姓則便借其府藏之物此八大不可也官兵則拒殺官兵王師則拒殺王師橫行河朔其鋒莫犯遂使上無寧食天子下無生還將軍此九大不可也初以水泊避罪後忽忠義名堂設印信賞罰之專司製龍虎熊羆之旗號甚乃至於黃鉞白旄朱旛皁蓋違禁之物無一不有此十大不可也夫宋江之罪擢髮無窮論其大者則有十條而村學先生猶鰓鰓以忠義目之一若惟恐不得當者斯其心何心也

原村學先生之心則豈非以宋江每得名將必親爲之釋縛擎盞流淚縱橫痛陳忠君報國之志極訴寢食招安之誠言言剌胸臆聲聲瀝熱血哉乃吾所以斷宋江之爲強盜而萬萬必無忠義之心者亦正於此何也夫招安則強盜之變計也其初父兄失教喜學拳勇其既恃其拳勇不事生產其既生產乏絕不免困劇其既困劇不甘試爲刼奪其既刼奪既便遂成嘯聚其既嘯聚漸夥必受討捕其既至於必受討捕而強盜因而自思進有自贖之榮退有免死之樂則誠莫如招安之策爲至便也若夫保障方面爲王干城如秦明呼延等世受國恩寵綏未絕如花榮徐寧等奇材異能莫不畢效如凌振索超董平張淸等雖在偏裨大用有日如彭玘韓滔宣贊郝思文龔旺丁得孫等是皆食宋之祿爲宋之官感宋之德分宋之憂已無不展之才已無不吐之氣已無不竭之忠已無不報之恩者也乃吾不知宋江何心必欲悉擒而致之於山泊悉擒而致之而或不可致則必曲爲之說曰其暫避此以需招安嗟乎強盜則須

招安將軍胡爲亦須招安身在水泊則須招安而歸順朝廷身在朝廷胡爲亦須招安而反入水泊以此語問宋江而宋江無以應也故知一心報國日望招安之言皆宋江所以誘人入水泊諺云餌芳可釣言美可招也宋江以是言誘人入水泊而人無不信之而甘心入於水泊傳曰久假而不歸惡知其非有也彼村學先生不知烏之黑白猶鰓鰓以忠義目之惟恐不得其當斯其心何心也

自第七回寫魯達後遥遥直隔四十九回而復寫魯達乃吾讀其文不惟聲情魯達也蓋其神理悉魯達也尤可怪者四十九回之前寫魯達以酒爲命乃四十九回之後寫魯達涓滴不飲然而聲情神理無有非魯達者夫而後知今日之魯達涓滴不飲與昔日之魯達以酒爲命正是一副事也

話說武松引孔亮拜告魯智深楊志求救哥哥孔明并叔叔孔賓魯智深便要聚集三山人馬前去攻打楊志道（請宋公明·偏出自楊志魯達二人·庣去武松·此行文避熟之法也·）若要打青州須用大隊軍馬方可得濟俺知梁山泊宋公明大名江湖上都喚他做及時雨宋江更兼呼延灼是他那里讐人俺們弟兄和孔家弟兄的人馬都併做一處（孔家人馬·楊志說併做一處·下又交付魯達·都卸出武松·以避俗筆之熟·）洒家這里再等桃花山人馬齊備一面且去攻打青州孔亮兄弟你却親身星夜去梁山泊請下宋公明來併力攻城此爲上計亦且宋三郎與你至厚你們弟兄心下如何魯智深道（請宋江·若單出自楊志口·便是漏失武松·今出楊志口·又出魯達口·便知不是漏失武松也·行文之妙如此·）正是如此我只見今日也有人說宋三郎好明日也有人說宋三郎好可惜洒家不曾相會衆人說他的名字聒得洒家耳朶也聾了想必其人是箇真男子以致天下聞名（一段寫得筆墨淋漓·是蘇舜欽下酒物也·）前番和花

知寨在清風山時酒家有心要去和他廝會及至酒家去時又聽得說道去了以此無緣不得相見（補敘出一段，便令奪珠寺後救桃花前作二者自無兩番筆墨，魯達並非老大隔斷。）罷了（字是計決抖擻之辭，俗本連上作一句讀，可笑。）孔亮兄弟你要救你哥哥時快親自去那里告請他來酒家等先在這里和那撮鳥們廝殺（謂之預補法。）孔亮交付小嘍囉與了魯智深（本是楊志說，併作一處，此却交付魯達，筆筆周匝。）只帶一箇伴當扮做客商星夜投梁山泊來且說魯智深楊志武松三人去山寨裏喚將施恩曹正再帶一二百人下山來相助桃花山李忠周通得了消息便帶本山人馬盡數起點只留三五十箇小嘍囉看守寨柵其餘都帶下山來青州城下聚集一同攻打城池不在話下却說孔亮自離了青州迤邐來到梁山泊邊催命判官李立酒店裏買酒喫問路李立見他兩箇來得面生便請坐地問道客人從那里來孔亮道從青州來李立問道客人要去梁山泊尋誰孔亮答道有箇相識在山上特來尋他李立道山上寨中都是大王住處你如何去得孔亮道便是要尋宋大王李立道既是來尋宋頭領我這里有分例便叫火家快去安排分例酒來相待孔亮道素不相識如何見款李立道客官不知但是來尋山寨頭領必然是社火中人故舊交友豈敢有失祗應便當去報孔亮道小人便是白虎山前莊戶孔亮的便是李立道曾聽得宋公明哥哥說大名來今日且喜上山二人飲罷分例酒隨即開窗就水亭上放了一枝響箭見對港蘆葦深處早有小嘍囉棹過船來到水亭下李立便請孔亮下了船一同搖到金沙灘上岸却上關來孔亮看見三關雄壯鎗刀劍戟如林心下想道聽得說梁山泊興旺不想做下這等大事業（將白虎之隘陋，只一筆反熠出來。）有小嘍囉先去報知宋江慌忙下來迎接孔亮見了連忙下拜宋江問道賢弟緣何到此（武藝低微，所以到此。）

孔亮拜罷放聲大哭宋江道賢弟心中有何危厄不決之難但請盡說不妨便當不避水火一力與汝相助賢弟且請起來孔亮道自從師父離別之後老父亡化哥哥孔明與本鄉上戶爭些閒氣起來殺了他一家老小官司來捕捉得緊因此反上白虎山聚得五七百人打家刼舍青州城裏却有叔父孔賓被慕容知府捉了重枷釘在獄中因此我弟兄兩箇去打城子指望救取叔叔孔賓誰想去到城下正撞了那箇使雙鞭的呼延灼哥哥與他交鋒致被他捉了解送青州下在牢裏存亡未保小弟又被他追殺一陣次日正撞着武松他便引我去拜見同伴的一箇是花和尚魯智深一箇是青面獸楊志他二人一見如故便商議救兄一事他道（他道者武松道也上文本是楊志魯達道也此却正云武松道者渦知上文脫去武松只是行文避熟其實楊志魯達即武松也）我請魯楊二頭領并桃花山李忠周通聚集三山人馬攻打青州你可連夜快去梁山泊內告你師父宋公明來救你叔兄兩箇以此今日一逕到此宋江道此是易爲之事你且放心宋江便引孔亮參見晁蓋吳用公孫勝并衆頭領備說呼延灼走在青州投奔慕容知府今來捉了孔明以此孔亮來到懇告求救晁蓋道既然他兩處好漢尚兀自仗義行仁今者三郎和他至愛交友如何不去三郎賢弟你連次下山多遍今番權且守寨愚兄替你走一遭宋江道哥哥是山寨之主不可輕動這箇是兄弟的事既是他遠來相投小可若自不去恐他弟兄們心下不安小可情願請幾位弟兄同走一遭（又書晁蓋要去宋江不肯與後對看）說言未了廳上廳下一齊都道願效犬馬之勞跟隨同去（須知此句正爲三山歸泊作大呼大應蓋今日若干人一齊都下去便引後日若干人一齊都上來也不善讀書人只謂是宋江面上耳眼光之大小豈可以彼此計）宋江大喜當日設筵管待孔亮飲筵中間宋江喚鐵面孔目裴宣定撥下山人數分作五軍起行前軍便差

花榮秦明燕順王矮虎第一撥便是花榮秦明而以燕順王矮虎副之為青州故也開路作先鋒第二隊便差穆弘楊雄解珍解寶第二撥中軍便是主將宋江吳用呂方郭盛中軍居中又是一樣章法第四隊便是朱仝柴進李俊張橫第三撥後軍便差孫立楊林歐鵬凌振催軍作合後第四撥以前軍中軍後軍字與第二隊第四隊字間襍成文甚好梁山泊點起五軍共計二十箇頭領馬步軍兵二千人馬其餘頭領自與晁蓋守把寨柵當下宋江別了晁蓋自同孔亮下山前進所過州縣秋毫無犯見此書每書所過州縣四字者皆特著宋江之惡見其漫都歷國公然橫行而又以秋毫無犯四字為之省文也俗本不知乃又於二句上另加於路無事四字彼又豈知所過州縣之即於路秋毫無犯之即無事哉世人不識字至於如此已到青州孔亮先到魯智深等軍中報知眾好漢安排迎接宋江中軍到了武松引魯智深楊志李忠周通施恩曹正都來相見了上文獨脫去武松此文獨提出武松筆筆妙筆宋江讓魯智深坐地魯智深道二句連讀始知其妙活寫出宋江謙恭魯達卻什之不如也權詐人到大人面前一寸一尺都行不去可笑可醜久聞

阿哥大名無緣不曾拜會今日且喜認得阿哥活是魯達語入字哭笑都有宋江答道不才何足道哉江湖上義士甚稱吾師清德宋江醜語今日得識慈顏醜語平生甚幸楊志起身再拜道寫楊志便有舊家子弟體便有官體一發襯出魯達直遂圖大來楊志舊日經過梁山泊多蒙山寨重義相留為是酒家愚迷不曾肯住今日幸得義士壯觀山寨此是天下第一好事楊志語又是一樣入字中讀馬都有宋江答道制使威名播於江湖只恨宋江相見太晚魯智深便令左右置酒管待一一都相見了次日宋江問青州一節近日勝敗如何楊志道自從孔亮去了前後也交鋒三五次各無輸贏只罷是稍不如是省如今青州只憑呼延灼一箇若是拿得此人覷此城子如湯潑雪吳學究笑道此人不可力敵可用智擒入字極寫呼延下文以兩扇文字應之章法嚴整宋江道用何智可獲此人吳學究道只除如此如此宋江大喜道此計大妙當日分撥了人馬次早起軍前到青州城下四

面盡着軍馬圍住擂鼓搖旗吶喊搦戰城裏慕容知府見報慌忙教請呼延灼商議今次羣賊又去報知梁山泊宋江到來似此如之奈何呼延灼道恩相放心羣賊到來先失地利這廝們只好在水泊裏張狂今却擅離巢穴（說得好。便與前文不犯。）一箇來捉一箇那廝們如何施展得請恩相上城看呼延灼廝殺呼延灼連忙披掛衣甲上馬叫開城門放下弔橋領了一千人馬近城擺開宋江陣中一將出馬那人手搭狼牙棍厲聲高罵知府濫官害民賊徒把我全家誅戮今日正好報讐雪恨慕容知府認得秦明（冤有頭。債有主。筆有蹤。墨有線。不是孟浪置筆。高唐林冲奮威。青州秦明怒發。是一樣文字。）便罵道你這廝是朝廷命官國家不曾負你緣何便敢造反若拿住你時碎屍萬段呼將軍可先下手拏這賊呼延灼聽了舞起雙鞭縱馬直取秦明秦明也出馬舞動狼牙大棍來迎呼延灼二將交馬正是對手直鬭到四五十合不分勝敗慕容知府見鬭得多時恐怕呼延灼有失慌忙鳴金收軍入城（如此救出秦明。深文曲筆。人所不曉。）秦明也不追趕退回本陣宋江教衆頭領軍轎且退十五里下寨却說呼延灼回到城中下馬來見慕容知府說道小將正要拏那秦明恩相如何收軍知府道我見你鬭了許多合但恐勞困因此收軍暫歇秦明那廝原是我這里統制與花榮一同背反這廝亦不可輕敵呼延灼道恩相放心小將必要擒此背義之賊適間和他鬭時棍法已自亂了來日教恩相看我立斬此賊（此一段應前不可力敵一句。下一段應前只可智擒一句。）知府道既是將軍如此英雄來日若臨敵之時可殺開條路送三箇人出去一箇教他去東京求救兩箇教他去隣近府州會合起兵相助勦捕（詳於三山之請宋江。而不詳於青州之請救援。此所謂徐六擔板。只見一邊也。既寫三山之請宋江。又另自寫青州之請救援。此所謂一箇李白。兩箇李黑也。又不擔板。又不李黑。橫穿斜插。情勢俱備。如此段。真耐菴貫花之才也。）呼延灼道恩相高見極明當日知府寫了求救

此一段應只可智擒

文書選了三箇軍官都發放了當 不必明日真有是事乃隔夜却詳寫如此譬如花影橫窗有時真有無時並無妙絕 只說呼延灼回到歇處卸了衣甲暫歇天色未明 文書未及發官軍未及送寫得好笑 只聽得軍較來報道城北門外土坡上有三騎私自在那里看城中間一箇穿紅袍騎白馬的兩邊兩箇只認得右邊的是小李廣花榮左邊那箇道粧打扮 寫三騎或明或暗如畫如話 呼延灼道那箇穿紅的眼見是宋江了道粧的必是軍師吳用你們且休驚動了他便點一百馬軍跟我捉這三箇呼延灼連忙披掛上馬提了雙鞭帶領一百餘騎馬軍悄悄地開了北門放下弔橋引軍趕上坡來只見三箇正自呆了臉看城 奇事 呼延灼拍馬上坡三箇勒轉馬頭慢慢走去 奇事 呼延灼奮力趕到前面幾株枯樹邊廂只見三箇齊齊的勒住馬 奇事 呼延灼方纔趕到枯樹邊只聽得吶聲喊 奇事 呼延灼正踏着陷坑人馬都跌將下坑去了 寫得妙絕輕輕而來真出意外令讀者亦復一驚也 兩邊走出五六十箇撓鉤手先把呼延灼鉤將起來綁縛了去後面牽着那匹馬 帶馬 其餘馬軍趕來花榮射倒當頭五七箇後面的勒轉馬一鬨都走了宋江回到寨裏那左右羣刀手却把呼延灼推將過來宋江見了連忙起身喝叫快解了繩索親自扶呼延灼上帳坐定宋江拜見呼延灼道何故如此宋江道小可宋江怎敢背負朝廷葢為官吏汚濫威逼得緊悞犯大罪因此權借水泊裏隨時避難只待朝廷赦罪招安不想起動將軍致勞神力實慕將軍虎威今者悞有冒犯切乞恕罪 處處以此數語說人入夥正是宋江權詐鐵案而村塾反因此文續出半部又裒然加以忠義之名何也 呼延灼道被擒之人萬死尚輕義士何故重禮陪話宋江道量宋江怎敢壞得將軍性命皇天可表寸心只是懇告哀求呼延灼道兄長尊意莫非教呼延灼往東京告請招安到山赦罪 忽然借呼延口為秦宮銅鏡卒地將宋江一炤妙筆宋江處處以招安說人入夥人無有答之者於是天下後世遂真以宋江為日望招

（安也。此處忽然用呼延反問一句，直令宋江更進不得，皮裏陽秋，其妙如此。）宋江道：將軍如何去得？（寫宋江只用一句截住，權詐如見，然亦心事如見矣。妙筆。）高太尉那廝是箇心地匾窄之徒，忘人大恩，記人小過。將軍折了許多軍馬錢糧，他如何不見你罪責？（寫宋江巧言如簧，必主於說入夥而後止，皆是皮裏陽秋之筆，不重於罵高俅也。）如今韓滔、彭玘、凌振已多在敝山入夥，倘蒙將軍不棄山寨微賤，宋江情願讓位與將軍。（數語是宋江正經題目，情願讓位，醜語難堪。）等朝廷見用，受了招安，那時盡忠報國，未爲晚矣。（仍作奸言，寫宋江權詐可笑。）呼延灼沉吟了半晌，一者是宋江禮數甚恭，（罵殺宋江。）二者見宋江語言有理，（罵殺宋江。）歎了一口氣，跪下在地道：非是呼延灼不忠於國，實感兄長義氣過人，不容呼延灼不依，願隨鞭鐙，決無還理。宋江大喜，請呼延灼和衆頭領相見了，叫問李忠、周通討這匹踢雪烏騅馬還將軍騎坐。（馬字至此始結。）衆人再商議救孔明之計，吳用道：只除非敎呼延將軍賺開城門，垂手可得，更兼絕了這呼延將軍念頭。（好。）宋江聽了，來與呼延灼陪話道：非是宋江貪刼城池，實因孔明叔姪陷在縲絏之中，非將軍賺開城門，必不可得。呼延灼答道：小弟旣蒙兄長收錄，理當效力。當晚點起秦明、花榮、（仍點秦明、花榮爲首，好。）孫立、燕順、呂方、郭盛、解珍、解寶、歐鵬、王英十箇頭領，都扮作軍士衣服模樣，跟了呼延灼，共是十一騎軍馬，來到城邊，直至濠塹上，大呼：城上開門，我逃得性命囘來。城上人聽得是呼延灼聲音，慌忙報與慕容知府。此時知府爲折了呼延灼，正納悶間，聽得報說呼延灼逃得囘來，心中歡喜，連忙上馬奔到城上，望見呼延灼有十數騎馬跟着，又不見面顏，只認得呼延灼聲音。知府問道：將軍如何走得囘來？呼延灼道：我被那廝的陷坑捉了我到寨裏，却有原跟我的頭目暗地盜這匹馬與我騎，就跟我來了。（馬尚有餘音。）知府只聽得呼延灼說了，便叫軍士開了城門，放下弔橋。十箇頭領跟到城門裏迎着知府，早被秦明一棍把慕容知府打下馬來（結尾礫場一案，若寫孔亮打殺，便如嚼蠟。）解珍解寶便放起火來，歐鵬王矮虎奔上城，把軍士殺散，宋江大隊人馬見城上火起，一齊擁將入來。宋江急急傳令，休教殘害百姓，且收倉庫錢糧（宋江權術如此。）就大牢裏救出孔明并他叔叔孔賓一家老小，便教救滅了火（細筆。）把慕容知府一家老幼盡皆斬首，抄扎家私，分俵衆軍（一知府而家私乃至可俵衆軍，則亦不可不抄扎也。）天明，計點在城百姓被火燒之家，給散糧米救濟，把府庫金帛倉廒米糧，裝載五六百車，又得了二百餘匹好馬，就青州府裏做筒慶喜筵席，請三山頭領同歸大寨（如椽之筆，讀之令人壯胆。）李忠周通使人回桃花山，盡數收拾人馬錢糧，下山放火燒毀寨柵（畢。）魯智深也使施恩曹正回二龍山，與張青孫二娘（補出二人。）收拾人馬錢糧，也燒了寶珠寺寨柵（畢。）數日之間，三山人馬都皆完備。宋江領了大隊人馬，班師回山，先叫花榮秦明呼延灼朱仝四將開路，所過州縣，分毫不擾，鄉村百姓，扶老挈幼，燒香羅拜迎接。數日之間，已到梁山泊邊，衆多水軍頭領具舟迎接，晁蓋引領山寨馬步頭領，都在金沙灘迎接，直至大寨，向聚義廳上列位坐定，大排筵席，慶賀新到山寨頭領呼延灼魯智深楊志武松施恩曹正張青孫二娘李忠周通孔明孔亮共十二位新上山頭領。坐間林冲說起相謝魯智深相救一事（一段如觀羣龍戲海，彼穿此插，東牽西掣，極文章之致也。○無數大段落，不得不作此大結，妙極。）魯智深動問道：「洒家自與教頭別後，無日不念阿嫂，近來有信息否？」（奇語絕倒，令人聞之又感又笑。○俗本改。）林冲自火併王倫之後，使人回家搬取老小，已知拙婦被高太尉逆子所逼，隨即自縊而死，妻父亦為憂疑染病而亡。楊志舉起舊日王倫手內山前相會之事（亦是絕倒事。）衆人皆道：「此皆註定，非偶然也。」晁蓋說起黃泥岡劫取生辰綱一事（又是絕倒事。○凡舉三段事，却事事絕倒，不止泛泛敘舊而已。）衆皆大笑次日輪流做筵席不在話下且說宋江見山寨又添了許多人馬如何不喜便叫湯隆做鐵匠總管提督打造諸般軍器并鐵葉連環等甲侯健管做旌旗袍服總管添造三才九曜四斗五方二十八宿等旗飛龍飛虎飛熊飛豹旗黃鉞白旄朱纓皁蓋山邊四面築起墩臺重造西路南路二處酒店招接往來上山好漢一就探聽飛報軍情山西路酒店今令張青孫二娘夫婦二人原是酒家前去看守山南路酒店仍令孫新顧大嫂夫婦看守山東路酒店依舊朱貴樂和山北路酒店還是李立時遷三關上添造寨柵分調頭領看守部領已定各各遵依（又是一番大發放。中間只作閒敘寫出黃鉞白旄朱纓皁蓋等字探聽飛報軍情等句皆深著宋江無君之罪也）不在話下忽一日花和尚魯智深來對宋公明說道智深有箇相識是李忠兄弟徒弟喚做九紋龍史進（又陡然翻合出一人與上文連類而動）見在華州華陰縣少華山上和那一箇神機軍師朱武又有一箇跳澗虎陳達一箇白花蛇楊春（又翻合出三人）四箇在那里聚義洒家嘗嘗思念他自從瓦官寺與他別了無一日不在心上（念阿嫂則念念少年則念寫魯達筆筆淋漓聲聲慷慨）今洒家要去那里探望他一遭就取他四箇同來入夥未知尊意如何宋江道我也曾聞得史進大名若得吾師去請他來最好然雖如此不可獨自行可煩武松兄弟相伴走一遭他是行者一般出家人正好同行（寫景）武松應道我和師兄去當日便收拾腰包行李魯智深只做禪和子打扮武松粧做隨侍行者兩箇相辭了衆頭領下山過了金沙灘曉行夜住不止一日來到華州華陰縣界逕投少華山來且說宋江自魯智深武松去後一時容他下山嘗自放心不下便喚神行太保戴宗隨後跟來探聽消息（市筆都好）再說魯智深兩箇來到少華山下伏路小嘍囉出來攔住問道你兩箇出家人那里來武松便答道這山上有史大官人麽。亦倒脫去魯達。即上文避熟之法。小嘍囉說道既是要尋史大王的且在這里少等我上山報知頭領便下來迎接武松道你只說魯智深到來相探既避俗筆之熟。又免俗筆之淡。小嘍囉去不多時只見神機軍師朱武并跳澗虎陳達白花蛇楊春三箇下山來接魯智深武松却不見有史進出奇。若非此句。便一捲而去。有何生發。魯智深便問道史大官人在那里却如何不見他朱武近前上覆道吾師不是延安府魯提轄麽魯智深道洒家便是這行者便是景陽岡打虎都頭武松三箇慌忙剪拂道聞名久矣聽知二位在二龍山扎寨今日緣何到此魯智深道俺們如今不在二龍山了投托梁山泊宋公明大寨入夥今者特來尋史大官人朱武道既是二位到此且請到山寨中容小可備細告訴魯智深道有話便說史家兄弟又不見誰鳥耐煩到你山上去不惟爽直。兼寫貞烈。○貞烈是讚奇女子字。今讚魯達。却用此二字。眞奇事也。○忠臣不事二君。烈女不更二夫。好友不交二人。觀於魯達可

以典矣。武松道師兄是箇急性的人有話便說甚好朱武道小人等三箇在此山寨自從史大官人上山之後好生興旺近日史大官人下山因撞見一箇畫匠原是北京大名府人氏姓王名義因許下西嶽華山金天聖帝廟內粧畫影壁一篇以西嶽聖帝。爲文字收放。前去還願因爲帶將一箇女兒名喚玉嬌枝同行却被本州賀太守原是蔡太師門人那厮爲官貪濫非理害民先出其罪。一日因來廟裏行香不想正見了玉嬌枝有些顏色累次着人來說要娶他爲妾王義不從太守將他女兒強奪了去却把王義刺配遠惡軍州路經這里過正撞見史大官人告說這件事史大官人把王義救在山上將兩箇防送公人殺了直去府裏要刺賀太守被人知覺倒喫拿了見監在牢裏又要聚起軍馬掃蕩山寨我等正在這里無計可施魯智深聽了道這撮鳥敢如此無禮倒恁麽利害洒家便去結果了那厮爽直

（是大師天性）朱武道：「且請二位到寨裏商議。」魯智深立意不肯。武松一手挽住禪杖，一手指着道：「哥哥不見日色已到樹梢盡頭？」（畫出活武松。畫也畫不出。）魯智深看一看，吼了一聲，憤着氣，只得都到山寨裏坐下。（畫出活魯達。畫也畫不出。）朱武便叫王義出來拜見，再訴太守貪酷害民，強占良家女子。三人一面殺牛宰馬，管待魯智深、武松。魯智深道：「史家兄弟不在這里，酒是一滴不喫！要便睡一夜，明日却去州裏打死那廝罷！」（句句使人灑出熱淚。字字使人增長義氣。非魯達定說不出此語。非此語定寫不出魯達。妙絕妙絕。）武松道：「哥哥不得造次。我和你星夜回梁山泊去報知宋公明，領大隊人馬來打華州，方可救得史大官人。」（寫粗直便真正粗直。寫精細又真正精細。一副筆墨敘出兩副豪傑。又能各極其致。）魯智深叫道：「等俺們去山寨裏叫得人來，史家兄弟性命不知那里去了！」（妙絕。）（句句字字和血和淚寫出來。）武松道：「便打殺了太守，也怎地救得史大官人？」武松却決不肯放哥哥去。（寫魯達不顧事之不濟，寫武松必求事之必濟。帶提出兩箇人。）朱武又勸道：「師兄且息怒，武都頭實論得是。」魯智深焦躁起來，便道：「都是你這般性慢，直娘賊，（罵得奇絕。罵人而人不怨。友道不匱。永錫爾類。做也。）送了俺史家兄弟！（二語罵盡千古。）只今性命在他人手裏，還要飲酒細商！」（和血和淚之墨。帶哭帶罵之筆。）（讀之紙上岌岌震動。妙絕之文。俗本皆改去。何也。）衆人那里勸得他呷一杯半盞。（鸞項燒身鐵匠間壁。正與此處對看。）當晚和衣歇宿，明早起箇四更，提了禪杖，帶了戒刀，不知那里去了。（使我敬。使長歎。使長哭。使我思。得便與劍俠諸傳相似。）（寫）武松道：「不聽人說，此去必然有失。」朱武隨即差兩箇精細小嘍囉前去打聽消息。

却說魯智深奔到華州城裏，路傍借問州衙在那里。人指道：「只過州橋，投東便是。」魯智深却好來到浮橋上，只見人都道：「和尚且躲一躲，太守相公過來！」（反作一趣。妙筆。）魯智深道：「俺正要尋他，却正好撞在洒家手裏！那廝多敢是當死！」賀太守頭踏一對對擺將過來，看見太守那乘轎子却是煖轎，轎總兩邊各有十個虞候簇擁着，人人手執鞭鎗鐵鍊守護兩下忽作一逆忽又作一閃妙筆○只一煖轎來了便活襯出史進前日行刺來魯智深看了尋思道不好打那撮鳥若打不着倒吃他笑賀太守却在轎窗眼裏看見了魯智深欲進不進過了渭橋到府中下了轎便叫兩箇虞候分付道你與我去請橋上那箇胖大和尚到府裏赴齋虞候領了言語來到橋上對魯智深說道太守相公請你赴齋魯智深想道這廝合當死在洒家手裏俺却纔正要打他只怕打不着讓他過去了俺要尋他他却來請洒家魯智深便隨了虞候逕到府裏太守已自分付下了一見魯智深進到廳前太守叫放了禪杖去了戒刀請後堂赴齋魯智深初時不肯衆人說道你是出家人好不曉事府堂深處如何許你帶刀杖入去魯智深想道只俺兩箇拳頭也打碎了那廝腦袋妙解廊下放了禪杖戒刀跟虞候入來賀太守正在後堂坐定把手一招喝聲捉下這禿賊兩邊壁衣內走出三四十箇做公的來橫拖倒拽捉了魯智深你便是那吒太子怎逃地網天羅火首金剛難脫龍潭虎窟正是

飛蛾投火身傾喪　怒鼈吞鈎命必傷

畢竟魯智深被賀太守拏下性命如何且聽下回分解

第五才子書施耐菴水滸傳卷之六十三

聖歎外書

第五十八回

吳用賺金鈴弔掛

宋江鬧西嶽華山

俗本寫魯智深救史進一段鄙惡至不可讀每私怪耐菴胡爲亦有如是敗筆及得古本始服原文之妙如此吾因歎文章生於吾一日之心而求傳於世人百年之手夫一日之心世人未必知而百年之手吾又不得奪當斯之際文章又不能言收竄一惟所命如俗本水滸者眞可爲之流涕嗚咽者也

渭河攔截一段先寫朱仝李應執鎗立宋江後宋江立吳用後吳用立船頭作一總提然後分開兩幅一幅寫吳用與客帳司問答一轉轉出宋江宋江一轉轉出朱仝朱仝一轉轉出岸上花榮秦明徐寧呼延灼是一樣聲勢一幅寫宋江與太尉問答一轉轉出吳用吳用一轉轉出李應李應一轉轉出河裏李俊張順楊春是一樣聲勢然後又以第三幅宋江吳用一齊發作以總結之章法又齊整又變化眞非草草之筆

極寫華州太守狡獪者所以補寫史進魯達兩番行刺不成之故也然讀之殊無補寫之跡而自令人想見其時其事蓋以不補爲補又補寫之一法也

史進芒碭一嘆亦暗用阮籍時無英雄故事可謂深表大郎之至矣若夫蠻牌之敗只是文章変卸之法不得以此爲大郎惜也

話說賀太守把魯智深賺到後堂內喝聲拏下衆多做公的把魯智深簇擁到廳堦下賀太守正要開言勘問只見魯智深大怒道太守不及勘問。魯達反先怒發。又字水滸第五十八回如此，不知俗本何故另改作一段奄奄欲死文字，烏焉成馬，令人可恨。

都有身分，俗本悉改，令人氣盡。你這害民貪色的直娘賊（八箇字罵盡千古）。你敢便拏倒洒家，俺死亦與史進兄弟一處死，倒不煩惱（一直奔來，只要定史進兄弟四字。讀之令人心痛，又令人快活）。只是洒家死了，宋公明阿哥須不與你干休。俺如今說與你，天下無解不得的冤仇（此語反出其口，思之失笑）。你只把史進兄弟還了洒家（亦大難事。奇絕妙絕），玉嬌枝也還了洒家，等洒家自帶去交還王義（還史進已大難事，又要還嬌枝，又是還與和尚去還王義，奇絕妙絕）。你却連夜也把華州太守交還朝廷（還嬌枝已奇絕妙絕，又要還太守，一發奇絕妙絕。說到還嬌枝還太守句，回思還史進真易事耳）。量你這等賊頭鼠眼，專一歡喜婦人，也做不得民之父母（千載讀之，無不汗顏。此句為還太守作註也）。若依得此三事，便是佛眼相看；若道半箇不的，不要懊悔不迭！如今你且先交俺去看看史家兄弟，却回俺話（不知是墨，不知是淚，不知是血。寫得使人心痛，使人快活）。賀太守聽了，氣得做聲不得（與上正要開言作一句讀），只道得箇我心疑是箇行刺的賊，原來果然是史進一路（古本如此，情文曲折。俗本真是無理可笑）。那廝你看

那廝（寫太守氣咽不成語，真是活畫出來）。且監下這廝，慢慢處置。這秃驢原來果然是史進一路（活畫出氣急敗壞語言重沓，又活畫出自神其智，心口相語，妙絕）。也不拷打，取面大枷來釘了，押下死囚牢裏去。一面申聞都省，乞請明降。禪杖戒刀封入府堂裏去了。此時鬧動了華州一府。小嘍囉得了這箇消息，飛報上山來。武松大驚道：「我兩箇來華州幹事，折了一箇，怎地回去見衆頭領？」正沒理會處，只見山下小嘍囉報道：「有箇梁山泊差來的頭領，喚做神行太保戴宗，見在山下。」（便快）武松慌忙下來迎接上山，和朱武等三人都相見了，訴說魯智深不聽勸諫失陷一事。戴宗聽了，大驚道：「我不可久停了，就便回梁山泊報與哥哥知道，早遣兵將前來救取。」武松道：「小弟在這里專等，萬望兄長早去急來。」戴宗喫了些素食，作起神行法，再回梁山泊來，三日之間已到山寨，見了晁宋二頭領，便說魯智深因救史進，要剌賀太守，被陷一事。晁蓋

聽罷夫驚道旣然兩箇兄弟有難如何不救我今不可擔閣便親去走一遭宋江道哥哥山寨之主未可輕動原只兄弟代哥哥去（又借宋江不肯）當日點起人馬作三隊而行前軍點五員先鋒林冲楊志（先發）（林冲楊志妙）花榮秦明呼延灼（呼延新到倒應立功故亦在第一撥）引領一千甲馬二千步軍先行逢山開路遇水疊橋中軍領兵主將宋公明軍師吳用朱仝徐寧解珍解寶共是六箇頭領馬步軍兵二千後軍主掌糧草李應楊雄石秀李俊張順共是五箇頭領押後馬步軍兵二千共計七千人馬離了梁山泊直取華州來在路趲行不止一日早過了半路先使戴宗去報少華山上朱武等三人安排下猪羊牛馬醞造下好酒等候再說宋江軍馬三隊都到少華山下武松引了朱武陳達楊春三人（亦用武松引見筆法）下山拜請宋江吳用并衆頭領都到山寨裏坐下宋江備問城中之事朱武道兩箇頭領已被賀太守監在牢裏只等朝廷明降發落宋江與吳用說道怎地定計去救取便好朱武道華州城郭廣闊濠溝深遠急切難打只除非得裏應外合方可取得吳學究道明日且去城邊看那城池如何却再商量宋江飲酒到晚巴不得天明要去看城吳用諫道城中監着兩隻大蟲在牢裏如何不做隄備白日不可去看今夜月色必然明朗申牌前後下山一更時分可到那裏窺望當日捱到午後宋江吳用花榮秦明朱仝共是五騎馬下山迤邐前行初更時分已到華州城外在山坡高處立馬望華州城裏時正是二月中旬天氣月華如晝天上無一片雲彩（偏向刀鎗劍戟林中寫得花明月媚妙筆妙筆）看見華州週圍有數座城門城高地壯塹濠深濶看了半晌遠遠地也便望見那西嶽華山（是王義畫壁太尉降香之處不得不映帶出來）宋江等看見城池厚壯形勢堅牢無計可施吳用道且回寨裏去再作商議五騎馬連夜回到少華山上

宋江眉頭不展面帶憂容吳學究道且差十數箇精細小嘍囉下山去遠近探聽消息兩日內忽有一人上山來報道如今朝廷差箇殿司太尉將領御賜金鈴弔掛來西嶽降香從黃河入渭河而來（其事風馬牛不及。今人不知所謂。）吳用聽了便道哥哥休憂討在這里了便叫李俊張順你兩箇與我如此如此而行李俊道只是無人識得地境得一箇引領路道最好白花蛇楊春便道小弟相幫同去如何宋江大喜三箇下山去了次日吳學究請宋江李應朱仝呼延灼花榮秦明徐寧共七箇人悄悄止帶五百餘人下山到渭河渡口李俊張順楊春已奪下十餘隻大船在彼吳用便叫花榮秦明徐寧呼延灼四箇伏在岸上（第一撥。）宋江吳用朱仝李應下在船裏（中軍。）李俊張順楊春分船都去灘頭藏了（第二撥。）衆人等候了一夜次日天明聽得遠遠地鑼鳴鼓響三隻官船下來船上插着一面黃旗上寫欽奉

（第一段吳用說）

聖旨西嶽降香太尉宿朱仝李應各執長鎗立在宋江背後吳用立在船頭（從船尾順寫至船頭之如畫。○正寫之則應作吳用立宋江前朱仝李應立宋江後也。○要知只四箇人便鎖定一篇章法。蓋吳用領第一段宋江領第二段朱仝領岸上諸人李應領水軍諸人也。細讀之便知其間開闔之妙耳。○俗本畧缺。）太尉船到當港截住（四字筆力。）船裏走出紫衫銀帶虞候二十餘人喝道你等甚麼船隻敢當港攔截住大臣宋江執着骨朶躬身聲喏（此第一段宋江不開言悉是吳用說妙筆。）吳學究立在船頭上說道梁山泊義士宋江謹參祗候（分明以吳用抵對客帳司以宋江抵對太尉賓主正副筆筆畫然。）船上客帳司出來答道此是朝廷太尉奉聖旨去西嶽降香汝等是梁山泊亂寇何故攔截宋江躬身不起船頭上吳用道俺們義士只要求見太尉尊顏有告覆的事（宋江只不開言段段用吳用說妙筆。）客帳司道你等是何等人敢造次要見太尉兩邊虞候喝道低聲宋江却躬身不起船頭上吳用道暫請太尉到岸上自有商量的事（段段用吳用說宋江只不開口妙筆。）客帳司道休胡說太

尉是朝廷命臣如何與你商量宋江立起身來(筆勢悚駭)道太尉不肯相見只怕孩兒們驚了太尉(吳用一路到此忽換宋江妙筆)朱仝把鎗上小號旗只一招動(宋江背後一箇傳令寫得又嚴整又錯綜真正妙筆)岸上花榮秦明徐寧呼延灼引出馬軍一齊搭上弓箭都到河口擺列在岸上(奇文駭事得未曾有)那船上艄公都驚得鑽入梢裏去了(如畫)(此一段用吳用與客帳司問答忽換宋江傳令作尾真正一篇奇絕章法)客帳司人慌了只得入去稟覆宿太尉太尉只得出到船頭上坐

第二段宋江說

定宋江又躬身唱喏道宋江等不敢造次(已下第二段吳用不關言悉是宋江說妙筆)宿太尉道義士何故如此邀截船隻宋江道某等怎敢邀截太尉只欲求請太尉上岸別有稟覆(盡是宋江自說妙筆)宿太尉道我今持奉聖旨自去西嶽降香與義士有何商議朝廷大臣如何輕易登岸船頭上吳用道太尉不肯時只怕下面伴當亦不相容(一路宋江到此忽換吳用妙筆)李應把號帶鎗一招(宋江背後又一箇傳令)李俊張順楊春一齊撐出船來(奇文駭事得未曾有)宿太尉看見大驚(此一段寫宋江與太尉問答忽換吳用傳令作尾又一篇真正奇絕章法)李俊張順明晃晃掣出尖刀在手早跳過船來(奇文駭事)手起先把兩箇虞候攧下水裏去(奇文駭事)宋江連忙喝道休得胡做驚了貴人李俊張順撲通也跳下水去(奇文駭事)早把兩箇虞候又送上船來(奇文駭事)自己兩箇也便托地又跳上船來(奇文駭事)(一段寫李俊張順跳躑忽霍讀之目眩)唬得宿太尉魂不着體宋江吳用一齊喝道孩兒們且退去休得驚着貴人俺

第三段宋江吳用齊說

自慢慢地請太尉登岸(已下第三段宋江吳用一齊說妙筆)宿太尉道義士有甚事就此說不妨宋江吳用道這里不是說話處謹請太尉到山寨告稟並無損害之心若懷此念西嶽神靈誅滅(宋江吳用一齊說妙筆)到此時候不容太尉不上岸宿太尉只得離船上了岸衆人在樹裏牽出一匹馬來扶策太尉上了馬不得已隨衆同行宋江吳用先叫花榮秦明陪奉太尉上山宋江吳用也上了馬(看他於宋江吳用各寫二幅後又將宋江吳用各寫

一幅真正畫絕奇章法一分付教把船上一應人等并御香祭於小嘍囉數內選揀一箇俊俏的剃了髭鬚穿了
物金鈴弔掛齊齊收拾上山只留下李俊張順帶太尉的衣服扮做宿元景妙宋江吳用扮做客帳
領一百餘人看船此處只說看船後又忽借作伏兵截殺真乃筆無定墨然非一司妙解珍解寶楊雄石秀扮做虞候妙小嘍囉都
文一行衆頭領都到山上宋江吳用下馬入寨把是紫衫銀帶執着旌節旗旛儀仗法物擎擡了御
宿太尉扶在聚義廳上當中坐定兩邊衆頭領拔香祭禮金鈴弔掛花榮徐寧朱仝李應扮做四箇
刀侍立奇文駭事真寫得好宋江獨自下了四拜跪在面前衛兵妙朱武陳達楊春欵住太尉并跟隨一應人
告覆道宋江原是鄆城縣小吏爲彼官司所逼不等置酒管待是主人事却教秦明呼延灼引一隊人馬
得已哨聚山林權借梁山水泊避難專等朝廷招林冲楊志引一隊人馬分作兩路取城妙教武松
安與國家出力今有兩箇兄弟無事被賀太守生預先去西嶽門下伺候只聽號起行事嶽門此處只寫一箇
事陷害下在牢裏欲借太尉御香儀從并金鈴弔後忽添換一箇皆所謂筆無定墨然非一文也話休絮繁且說一行人等
掛去賺華州事畢并還於太尉身上並無侵犯乞離了山寨逕到河口下船而行不去報與華州太
太尉鈞鑒宿太尉道不爭你將了御香等物去明守一逕逩西嶽廟來戴宗先去報知雲臺觀觀主
日事露須連累下官宋江道太尉回京都推在宋并廟裏職事人等直至船邊迎接上岸香花燈燭
江身上便了宋江之惡如此閒處寫出宿太尉看了那一班人幢旛寶蓋擺列在前先請御香上了香亭廟裏人
模樣怎生推托得只得應允了宋江執盞槃杯設夫扛擡了導引金鈴弔掛前行觀主拜見了太尉
筵拜謝就把太尉帶來的人穿的衣服都借穿了吳學究道太尉一路染病不快且把煖轎來只煖轎二

（宇。亦復影襯作趣。）左右人等扶策太尉上轎，逕到嶽廟裏官廳內歇下。客帳司吳學究對觀主道：「這是特奉聖旨，齎捧御香、金鈴弔掛來與聖帝供養，緣何本州官員輕慢，不來迎接？」觀主答道：「已使人去報了，敢是便到。」說猶未了，本州先使一員推官，帶領做公的五七十人，（極寫太守伎倆。）將着酒菓來見太尉。原來那小嘍囉雖然模樣相似，却語言發放不得。（絕倒。難復發放不得。然亦曲蓋鼓吹。身爲王公矣。）因此只教粧做染病，把靠褥圍定在牀上坐。推官一眼看那來的旌節、門旗、牙仗等物，（極寫太守伎倆。）都是內府製造出的，如何不信。客帳司匆匆入去稟覆了兩遭，（寫得好。）却引推官入去，遠遠地堦下參拜了。見那太尉只把手指，並不聽得說甚麼。（絕倒。）客帳司直走下來，埋怨推官道：「太尉是天子前近幸大臣，不辭千里之遙，特奉聖旨到此降香，不想於路染病未痊，本州衆官如何不來遠接？」推官答道：「前路官司雖有文書到州，不見近報，因此有失迎迓。不期太尉先到廟裏。本是太守便來，奈緣少華山賊人糾合梁山泊強盜，要打城池，（客帳司應喝低聲。）每日在彼隄防，以此不敢擅離，特差小官先來貢獻酒禮，太守隨後便來參見。」客帳司道：「太尉涓滴不飲，只叫太守快來商議行禮。」（是要緊題目。）推官隨即教取酒來，與客帳司親隨人把盞了。客帳司又入去稟一遭，請了鑰匙出來，引着推官去開了鎖，就香帛袋中取出那御賜金鈴弔掛來，把條竹竿叉起，叫推官仔細自看。（寫得好。）果然好一對金鈴弔掛！乃是東京內府高手匠人做成的，渾是七寶珍珠嵌造，中間點着碗紅紗燈籠，乃是聖帝殿上正中掛的，不是內府降來，民間如何做得？（讚語入拍。）客帳司叫推官看了，再收入櫃匣內鎖了；又將出中書省許多公文，付與推官，（寫得好。）便叫太守快來商議揀日祭祀。（是要緊題目。）推官和衆多做公的都見了許多物件文憑，便辭了客帳司，逕回到華州府裏來報賀太守却說宋江暗暗地喝采道這廝雖然奸猾也騙得他眼花心亂了此時武松已在廟門下了（筆力矯健寶傳武二）吳學究又使石秀藏了尖刀也來廟門下相揖武松行事却又換戴宗扮做虞候（此等事又復當面轉換寫當時衆人覰華州如無物也）雲臺觀主進獻素齋一面教執事人等安排鋪陳嶽廟宋江閒步看那西嶽廟時果然是葢造得好殿宇非凡真乃人間天上（百忙中又補畫出嶽廟來真是筆有餘武）宋江看了一回回至官廳前門上報道賀太守來也宋江便叫花榮徐寧朱仝李應四箇衙兵各執着器械分列在兩邊解珍解寶楊雄戴宗各戴暗器侍立在左右却說賀太守將領三百餘人（極寫太守猖獗）來到廟前下馬簇擁入來（極寫太守猖獗）客帳司吳學究宋江見賀太守帶着三百餘人都是帶刀公吏人等入來客帳司喝道朝廷貴人在此閒雜人不許近前衆人立住了脚（寫得好）賀太守獨自進前來拜見太尉客帳司道太尉教請太守入來廝見賀太守入到官廳前望着小嘍囉便拜（絕倒）客帳司道太守你知罪麼太守道賀某不知太尉到來伏乞恕罪客帳司道太尉奉勅到此西嶽降香如何不來遠接太守答道不曾有近報到州有失迎迓吳學究喝聲拏下（疾）解珍解寶弟兄兩箇颼地掣出短刀一脚把賀太守踢翻便割了頭（疾快絕）宋江喝道兄弟們動手早把那跟來的人三百餘箇驚得呆了正走不動花榮等一齊向前把那一干人算子般都倒在地下（可謂大算盤無帳不結矣）有一半搶出廟門下武松石秀舞刀殺將入來小嘍囉四下趕殺三百餘人不剩一箇回去（疾快活）續後到廟來的都被張順李俊殺了（須知此句是文外之文筆勢飄忽如此）宋江急叫收了御香弔掛下船都趕到華州時早見城中兩路火起一齊殺將入來先去牢中救了史進魯智深就打開庫藏取了財帛裝載上車魯智深逕奔後堂取了戒刀禪杖

玉嬌枝早已投井而死、此二句俗本失。古本有。衆人離了華洲上船、回到少華山上、都來拜見宿太尉、納還了御香、金鈴弔掛、旌節、門旗、儀仗等物、拜謝了太尉恩相。宋江教取一盤金銀相送太尉、隨從人等不分高低、都與了金銀、大書金銀。可謂許伯哭世矣。就山寨裏做了箇送路筵席、謝承太尉、衆頭領直送下山到河口、交割了一應什物船隻、一些不少、還了原來的人等、宋江謝別了宿太尉、回到少華山上、便與四籌好漢商議、收拾山寨錢糧、放火燒了寨柵、再結一處。一行人等、軍馬糧草都望梁山泊來、王義自賫發盤纏、投奔別處不題。且說宿太尉下船來到華州城中、已知被梁山泊賊人殺死軍兵人馬、刼了府庫錢糧、城中殺死軍校一百餘人、馬匹盡皆擄去、西嶽廟中又殺了許多人性命、便叫本州推官推官便。動文書申達中書省起奏、都做宋江先在途中刼了御香弔掛、因此賺知府到廟殺害性命、宿太尉到廟裏、焚了御香、把這金鈴弔掛分付與了雲臺觀主、星夜急急自回京師、奏知此事、不在話下。

再說宋江救了史進、魯智深、帶了少華山四箇好漢、仍舊作三隊分俵人馬、回梁山泊來、所過州縣、秋毫無犯、八字只算於路無話四字。作省文耳。先使戴宗前來上山報知、晁蓋并衆頭領下山迎接宋江等一同到山寨裏聚義廳上、都相見已罷、一面做慶喜筵席、次日、史進、朱武、陳達、楊春各以己財做筵宴、拜謝晁宋二公、酒席間、晁蓋說道、我有一事、爲是公明賢弟連日不在山寨、只得權時擱起、昨日又是四位兄弟新到、不好便說出來、三日前有朱貴上山報說、徐州沛縣芒碭山中新有一夥強人、聚集着三千人馬、爲頭一箇先生、姓樊、名瑞、綽號混世魔王、能呼風喚雨、用兵如神、手下兩箇副將、一箇姓項、名充、綽號八臂那吒、能使一面團牌、牌上挿飛刀二十四把、百步取人、無有不中、手中仗一條鐵標鎗又有一箇姓李名袞綽號飛天大聖也使一面團牌牌上插標鎗二十四根亦能百步取人無有不中手中使一口寶劍這三箇結爲兄弟占住芒碭山打家刼舍三箇商量了要來吞併俺梁山泊大寨我聽得說不繇不怒宋江聽了大怒道這賊怎敢如此無禮小弟便再下山走一遭只見九紋龍史進便起身道小弟等四箇初到大寨無半米之功情願引本部人馬前去收捕這夥強人（久冷應熱圖行文之法也）宋江大喜當下史進點起本部人馬與同朱武陳達楊春都披掛了來辭宋江下山把船渡過金沙灘上路迤邐芒碭山來三日之內早望見那座山史進嘆口氣問朱武道這里正不知何處是昔日漢高祖斬蛇起義之處（寫史進絕妙之文）朱武等三人也大家嘆口氣（寫朱武三人）不一時來到山下早有伏路小嘍囉上山報知且說史進把少華山帶來的人馬一字擺開自己全身披掛騎一匹火炭

赤馬當先出陣手中橫着三尖兩刃刀背後三箇頭領便是朱武陳達楊春四箇好漢勒馬陣前（好看）望不多時只見芒碭山上飛下一彪人馬來當先兩箇好漢爲頭那箇便是徐州沛縣人姓項名充果然使一面團牌背插飛刀二十四把右手仗條標鎗後面打着一面認軍旗上書八臂那吒四箇大字（另是一樣氣色讀之正復可畏）次後那箇便是邳縣人姓李名袞果然也使一面團牌背插二十四把標鎗左手把牌右手仗劍後面打着一面認軍旗上書飛天大聖四箇大字（另是一樣氣色讀之真復可畏）當下兩箇步行下山見了對陣史進朱武陳達楊春四騎馬在陣前並不打話小嘍囉篩起鑼來兩箇好漢舞動團牌一齊上直滚入陣來（人固另是一樣氣色文亦另是一樣聲勢）史進等攔當不住後軍先走（寫得好笑）史進前軍抵敵（寫得好笑）朱武等中軍吶喊（寫得好笑要知此三句正望下篇公孫入陣先作反襯也）退三四十里史進險些兒中了飛刀（寫飛刀又寫史進）楊

春轉身得遲被一飛刀戰馬着傷棄了馬逃命而走寫飛刀史進點軍折了一半和朱武等商議欲要差人回梁山泊求救正憂疑之間只見軍士來報北邊大路上塵頭起處約有二千軍馬到來史進等上馬望時却是梁山泊旗號當先馬上兩員上將一箇是小李廣花榮一箇是金鎗手徐寧第一撥先寫兵次寫將史進接着備說項充李袞蠻牌滾動軍馬遮攔不住花榮道宋公明哥哥見兄長來了放心不下好生懊悔特差我兩箇到來幫助史進等大喜合兵一處下寨次日天曉正欲起兵對敵軍士又報北邊大路上又有軍馬到來花榮徐寧史進一齊上馬望時却是宋公明親自和軍師吳學究公孫勝柴進朱仝呼延灼穆弘孫立黃信呂方郭盛帶領三千人馬來到第二撥先寫將次寫兵只小小兩節亦必變換作章法。每次撥兵皆從山上明寫調撥此處忽變史寫突如其來之文不先提出亦是行文避熟也史進備說項充李袞飛刀標鎗滾牌難近折了人馬

一事宋江大驚吳用道且把軍馬扎下寨柵別作商議宋江性急便要起兵勦捕直到山下此時天色已晚望見芒碭山上都是青色燈籠實寫項充李袞虛寫樊瑞妙筆非人所及公孫勝看了便道此寨中青色燈籠便是會行妖法之人在內我等且把軍馬退去來日貧道獻一箇陣法要捉此二人宋江大喜傳令教軍馬且退二十里扎住營寨次日清晨公孫勝獻出這箇陣法有分教魔王拱手上梁山神將傾心歸水泊畢竟公孫勝獻出甚麼陣法來且聽下回分解

第五才子書施耐菴水滸傳卷之六十四

聖歎外書

第五十九回

公孫勝芒碭山降魔
晁天王曾頭市中箭

讀水滸俗本至此處爲之索然意盡及見古本始嘒然而嘆嗚呼妙哉文至此乎夫晁蓋欲打祝家莊則宋江勸哥哥山寨之主不可輕動也晁蓋欲打高唐州則宋江又勸哥哥山寨之主不可輕動也晁蓋欲打青州則又勸哥哥山寨之主不可輕動欲打華州則又勸哥哥山寨之主不可輕動也何獨至於打曾頭市而宋江默未嘗發一言宋江默未嘗發一言而晁蓋亦遂死於是役今我即不能知其事之如何然而君子觀其書法推其情狀引許世子不嘗藥之經以斷斯獄蓋宋江弒晁蓋之一筆爲决不可宥也此非謂史文恭之箭乃真出於宋江之手也亦非謂宋江明知曾頭市之五虎能死晁蓋而坐不救援也夫今日之晁蓋之死即誠非宋江所料然而宋江之以晁蓋之死爲利則固非一日之心矣吾於何知之於晁蓋之每欲下山宋江必勸卸之夫宋江之必不許晁蓋下山者不欲令晁蓋能有山寨也又不欲令衆人尚有晁蓋也夫不欲令晁蓋能有山寨則是山寨誠得一旦而無晁蓋是宋江之所大快也又不欲令衆人尚有晁蓋則夫晁蓋雖未死於史文恭之箭而已死於廳上廳下衆人之心非一日也如是而晁蓋今日之死於史文恭是特晁蓋之餘矣若夫晁蓋之死固已甚久甚久也如是而晁蓋至而若驚晁蓋死而若驚其惟史文恭之與曾氏五虎有之若夫宋

江之心固晁蓋去而夷然晁蓋死而夷然也故於打祝家則勸打高唐則勸打青州則勸打華州則勸則可知其打曾頭市之必勸也然而作者於前之勸則如不勝書於後之勸則直削之者書之以著其惡削之以定其罪也嗚呼以稗官而幾欲上與陽秋分席詎不奇絕然不得古本吾亦何繇得知作者之筆法如是哉

通篇皆用深文曲筆以深明宋江之弒晁蓋如風吹旗折吳用獨諫一也戴宗私探匿其回報二也五將死救餘各自顧三也主軍星殞衆人不還四也守定啼哭不商療治五也晁蓋遺誓先云莫怪六也驟攝大位布令詳明七也拘牽喪制不即報仇八也大怨未修逢僧閒話九也置死天王急生麒麟十也

第二回寫少華山第四回寫桃花山第十六回寫二龍山第三十一回寫白虎山至上篇而一齊挽結真可謂奇絕之筆然而吾嫌其同何謂同同於前若布棋後若棋刼也及讀此篇而忽然添出混世魔王一段曾未嘗有突如其來得此一虛四實皆活夫而後知文章真有相救之法也

話說公孫勝對宋江吳用獻出那箇陣圖（問曰何不出自吳用答曰上金鈴弔掛既已全出吳用此處倒應獨出公孫不得吳用太熱公孫太冷也）道是漢末三分諸葛孔明擺石爲陣之法四面八方分八八六十四隊中間大將居之其像四頭八尾左旋右轉按天地風雲之機龍虎鳥蛇之狀待他下山衝入陣來兩軍齊開有如伺候等他一入陣只看七星號帶起處把陣變爲長蛇之勢貧道作起道法教這三人在陣中前後無路左右無門却於坎地上掘一陷坑直逼此三人到於那里兩邊埋伏下撓鈎手准備捉將宋江聽了大喜便傳將令

叫入小將較依令而行再用八員猛將守陣那八員呼延灼朱仝花榮徐寧穆弘孫立史進黃信却叫柴進呂方郭盛權攝中軍宋江吳用公孫勝帶領陳達磨旗叫朱武指引五個軍士在近山高坡上看對陣報事是日巳牌時分衆軍近山擺開陣勢搖旗擂鼓搦戰只見芒碭山上有三二十面鑼聲震地價響三個頭領一齊來到山下便將三千餘人擺開左右兩邊項充李衮中間擁出那個混世魔王樊瑞騎一匹黑馬立於陣前那樊瑞雖會使些妖法却不識陣勢（須知此語正是反顯公孫非幾樊瑞也）看了宋江軍馬四面八方團團密密心中暗喜道你若擺陣中我計了分付項充李衮若見風起你兩個便引五百滾刀手殺入陣去項充李衮得令各執定蠻牌挺着標鎗飛劍只等樊瑞作用只見樊瑞立在馬上左手挽定流星銅鎚右手仗着混世魔王寶劍口中念念有詞喝聲道疾却早狂風四起飛沙走石天昏地暗日色無光項充李衮吶聲喊帶了五百滾刀手殺將過去宋江軍馬見殺將過來便分開做兩下（寫得八陣圖出真是妙筆）項充李衮一攪入陣兩下里強弓硬弩射住來人只帶得四五十人入來其餘的都回本陣去了（寫得八陣圖出）宋江望見項充李衮已入陣裏便叫陳達把七星號旗只一招那座陣勢紛紛滾滾變作長蛇之陣（寫得八陣圖出）項充李衮正在陣裏東趕西走左盤右轉尋路不見高坡上朱武把小旗在那里指引他兩個投東朱武便望東指（寫得好）若是投西便望西指（寫得好）原來公孫勝在高處看了已先拔出那松文古定劍來口中念動咒語喝聲道疾便借着那風盡隨着項充李衮脚跟邊亂捲（便借那風四字讀之絕倒○古有諸葛借風不如公孫借風之更奇也○如此寫公孫道法真乃脫盡牛鬼蛇神別成幽谿小洞矣）兩個在陣中只見天昏地暗日色無光（即前八字絕倒）四邊並不見一個軍馬一望都是黑氣（此句寫此軍）後面跟的都不見了

此句寫彼軍項充李袞心慌起來只要奪路出陣百般地沒尋歸路處寫出八陣圖來正走之間忽然雷震一聲兩箇在陣叫苦不迭一齊蹉了雙脚翻筋斗攧下陷馬坑裏去妙絕凡前文寫得極難皆倒襯後文甚易也莊子曰每至於族見其難爲然後奏刀砉然如土委地蓋行文之樂正莫樂於此也豈其揚公孫抑史進哉兩邊撓鉤手早把兩箇搭將起來便把麻繩綁縛了解上山坡請功宋江把鞭梢一指三軍一齊掩殺過去樊瑞引人馬奔走上山三千人馬折其大半宋江收軍眾頭領都在帳前坐下軍健早解項充李袞到於麾下宋江見了忙叫解了繩索親自把盞說道二位壯士其實休怪臨敵之際不如此不得小可宋江久聞三位壯士大名欲來禮請上山同聚大義蓋因不得其便因此錯過倘若不棄同歸山寨不勝萬幸兩箇聽了拜伏在地道久聞及時雨大名只是小弟等無緣不曾拜識原來兄長果有大義我等兩箇不識好人要與天地相抝奇崛之句寫來活是使蠻牌人聲口今日既被擒獲萬死尚輕反以禮待若蒙不殺誓當効死報答大恩樊瑞那人無我兩箇如何行得義士頭領若肯放我們一箇回去好就說樊瑞來投拜不知頭領尊意如何宋江便道壯士不必留一人在此爲當便請二位同回貴寨宋江來日專候佳音寫宋江權術過人處真是非嘗之才兩箇拜謝道真乃大丈夫若是樊瑞不從投降我等擒來奉獻頭領麾下便活是使蠻牌人聲口宋江聽說大喜請入中軍待了酒食看他盡放回去又有盡放回去之法寫得權術非嘗一也換了兩套新衣二也取兩匹好馬三也呼小嘍囉拿了鎗牌四也親送二人下坡回寨五也便過諸葛七縱一等也因明用入陣便又暗用借風七縱一事以陪之耐菴文心之巧如此兩箇於路在馬上感恩不盡來到芒碭山下小嘍囉見了大驚接上山寨樊瑞問兩箇來意如何項充李袞道我等逆天之人合該萬死句句活是使蠻牌人聲口樊瑞道兄弟如何說這話兩箇便把宋江如此義氣說了一遍樊瑞道既然

宋公明如此大義我等不可逆天（是一家之言）來早都下山投拜兩箇道我們也爲如此而來（不用項充李袞相説見出樊瑞自家主意好）當夜把寨內收拾已了次日天曉三箇一齊下山直到宋江寨前拜伏在地宋江扶起三人請入帳中坐定三箇見了宋江沒半點相疑之意彼此傾心吐膽訴說平生之事（極表三人）三人拜請衆頭領都到芒碭山寨中殺牛宰馬管待宋公明等衆多頭領一面賞勞三軍飲宴已罷樊瑞就拜公孫勝爲師宋江立主教公孫勝傳授五雷天心正法與樊瑞樊瑞大喜（結結妙絕只在篇中又出篇外才子之才如此）數日之間牽牛拽馬捲了山寨錢糧馱了行李收聚人馬燒毀了寨柵（又結一處前三處實此一處虛有三處實正不可無一處虛也）跟宋江等班師回梁山泊於路無話宋江同衆好漢軍馬已到梁山泊邊却欲過渡只見蘆葦岸邊大路上一箇大漢望着宋江便拜（奇文妙接）宋江慌忙下馬扶住問道足下姓甚名誰何處人氏那漢答道小人姓段雙名景住人見小弟赤髮黃鬚都呼小人爲金毛犬祖貫是涿州人氏平生只靠去北邊地面盜馬今春去到鎗竿嶺北邊盜得一匹好馬雪練也似價白渾身並無一根雜毛頭至尾長一丈蹄至脊高八尺那馬一日能行千里北方有名喚做炤夜玉獅子馬乃是大金王子騎坐的（文情蘇前踢雪騅生來馬名炤後玉麒麟立出前映後帶絕世奇文）放在鎗竿嶺下被小人盜得來江湖上只聞及時雨大名無路可見欲將此馬前來進獻與頭領權表我進身之意不期來到凌州西南上曾頭市過被那曾家五虎奪了去小人稱說是梁山泊宋公明的不想那厮多有汚穢的言語小人不敢盡說（且復收口作一頓跌文有步驟）逃走得脫特來告知宋江看這人時雖是黃髮卷鬚却也一表非俗心中暗喜便道既然如此且同到山寨裏商議帶了段景住一同都下船到金沙灘上岸晁天王并衆頭領接到聚義廳上宋江

教樊瑞項充李袞和衆頭領相見段景住一同都叅拜了打起聒廳鼓來且做慶賀筵席宋江見山寨連添了許多人馬四方豪傑望風而來因此叫李雲陶宗旺監工添造房屋并四邊寨柵（又作一小發放。）段景住又說起那匹馬的好處宋江叫神行太保戴宗去曾頭市探聽那馬的下落戴宗去了四五日回來對衆頭領說道這箇曾頭市上共有三千餘家內有一家喚做曾家府這老子原是大金國人名爲曾長者生下五箇孩兒號爲曾家五虎大的兒子喚做曾塗第二箇喚做曾密第三箇喚做曾索第四箇喚做曾魁第五箇喚做曾昇又有一箇教師史文恭一箇副教師蘇定去那曾頭市上聚集着五七千人馬札下寨柵造下五十餘輛陷車發願要與我們勢不兩立定要捉盡俺山寨中頭領做箇對頭那匹千里玉獅子馬見今與教師史文恭騎坐更有一般堪恨那廝之處杜撰幾句言語教市上小兒們都唱道搖動鐵鐶鈴神鬼盡皆驚鐵車并鐵鎖上下有尖釘掃蕩梁山清水泊勦除晁蓋上東京生擒及時雨活捉智多星曾家生五虎天下盡聞名沒一箇不暋真是令人忍耐不得（曾頭市寫得又有一樣出色處真乃風雲海嶽之才。○要知因偷馬引出曾家五虎亦與上文因偷雞引出祝氏三雄。特特相犯以顯筆力。）晁蓋聽罷心中大怒道這畜生怎敢如此無禮我須親自走一遭不捉得這畜生誓不回山我只點五千人馬請啓二十箇頭領相助下山其餘都和宋公明保守山寨當日晁蓋便點林冲（特點林冲第一。章法奇絕人。）呼延灼徐寧穆弘張横楊雄石秀孫立黃信燕順鄧飛歐鵬楊林劉唐阮小二阮小五阮小七白勝杜遷宋萬（點至後半。忽然是最初小奪泊人。章法奇絕。）共是二十箇頭領部領三軍人馬下山宋江與吳用公孫勝衆頭領就山下金沙灘餞行（上文若干篇每動大軍便書晁蓋要行宋江力勸獨此行宋江不勸而晁蓋亦遂以死澤文曲筆讀之不寒而栗。○俗本妄添處古本悉無故知古本之可寶也。）飲酒之間忽起一陣狂風正把晁蓋新製的認軍旗半腰吹折衆人見了盡皆失色大書衆人失色以見宋江不失色也不然者何不書宋江等衆人五字耶吳學究諫道又大書吳用諫以見宋江不諫深文曲筆遂與陽秋無異哥哥方纔出軍風吹折認旗於軍不利不若停待幾時却去和那廝理會晁蓋道天地風雲何足爲怪趁此春暖之時不去拿他直待養成那廝氣勢却去進兵那時遲了你且休阻我遮莫怎地要去走一遭吳用一箇那里撆拗得住句句深著宋江之罪深文曲筆晁蓋引兵渡水去了宋江回到山寨密叫戴宗下山去探聽消息此語後無下落非耐菴漏失正故爲此深文曲筆以明曾市之敗非宋江所不料而絕不聞有救援之意以深著其罪也○驟讀之極似爲宋江好細讀之始知正是寫宋江罪文章之妙都在無字句處安望世人讀而知之且說晁蓋領着五千人馬二十箇頭領來到曾頭市相近對面下了寨柵次日先引衆頭領上馬去看曾頭市衆多好漢立馬正看之間只見柳林中飛出一彪人馬來約有七八百人當先一箇好漢便是曾家第四子曾魁高聲喝道你等是梁山泊反國草寇我正要來拿你解官請賞原來天賜其便還不下馬受縛更待何時晁蓋大怒回頭一看早有一將出馬去戰曾魁那人是梁山初結義的好漢豹子頭林冲特於此處大書林冲本色以爲一篇眼目兩箇交馬鬬了二十餘合曾魁料道鬬林冲不過掣鎗回馬便往柳林中走林冲勒住馬不趕此篇於戰處只畧寫意只重在晁宋之間耳晁蓋領轉軍馬回寨商議打曾頭市之策林冲道來日直去市口搦戰就看虛實如何再作商議次日平明引領五千人馬向曾頭市口平川曠野之地列成陣勢擂鼓吶喊曾頭市上砲聲響處大隊人馬出來一字兒擺着七箇好漢中間便是都教師史文恭上首副教師蘇定下首便是曾家長子曾塗左邊曾密曾魁右邊曾昇曾索都是全身披掛教師史文恭彎弓插箭帒後箭坐下那匹便是千里玉獅子馬帒前馬手裏使一枝方天畫戟三通鼓罷只見曾家

陣裏推出數輛陷車放在陣前（曾頭市寫得又有一樣出色）曾塗指着對陣罵道反國草賊見俺陷車麼我曾家府裏殺你死的不算好漢我一箇箇直要捉你活的裝載陷車裏解上東京方顯是五虎手段你們趁早納降還有商議晁蓋聽了大怒挺鎗出馬直奔曾塗衆將一發掩殺過去兩軍混戰曾家軍馬一步步退入村裏林沖呼延灼東西趕殺却見路途不好急退回來收兵（本日戰處只略寫却取大日失事先一勾染出來用筆妙甚）當日兩邊各折了些人馬晁蓋回到寨中心中甚憂（引一句）衆將勸道哥哥且寬心休得愁悶有傷貴體往常宋公明哥哥出軍亦曾失利好歹得勝回寨今日混戰各折了些軍馬又不曾輸了與他何須憂悶晁蓋只是鬱鬱不樂（又引一句）一連三日搦戰曾頭市上並不曾見一箇第四日忽有兩箇僧人直到晁蓋寨裏投拜（寫得突兀）軍人引到中軍帳前兩箇僧人跪下告道小僧是曾頭市上東邊法華寺裏監寺僧人今被曾家五虎不時常來本寺作踐囉唕索要金銀財帛無所不至小僧盡知他的備細出沒去處只今特來拜請頭領入去刼寨勦除了他時當坊有幸晁蓋見說大喜便請兩箇僧人坐了置酒相待獨有林沖諫道（一路詳寫林沖獨諫以惡宋江之居然不來深文曲筆都要細看）哥哥休得聽信其中莫非有詐晁蓋道他兩箇出家人怎肯妄語（輕輕便說出三箇原故明足拒諫之人每每如此）（一）我梁山泊久行仁義之道所過之處並不擾民他兩箇與我何仇却來掇賺（二）況兼曾家未必贏得我們大軍何故相疑（三）兄弟休生疑心悞了大事今晚我自去走一遭林沖苦諫道哥哥必要去時林沖分一半人馬去刼寨哥哥只在外面接應（極寫林沖總是反刺宋江妙極）晁蓋道我不自去誰肯向前（前寫宋江下山一將廳上廳下一齊願去何至令晁蓋作如許語深文曲筆處處有刺）你却留一半軍馬在外接應林沖道哥哥帶誰人去晁蓋道點十箇頭領分二千五百人馬入去

十箇頭領是劉唐呼延灼阮小二歐鵬阮小五燕順阮小七杜遷白勝宋萬（寫十將亦復閒列成文章法奇絕人）當晚造飯喫了馬摘鈴軍銜枚夜色將黑便悄悄地跟了兩箇僧人直奔法華寺來晁蓋看時却是一座古寺晁蓋下馬入到寺內見沒僧衆問那兩箇僧人道怎地這箇大寺院沒一箇和尚僧人道便是曾家畜生薅惱不得已各自歸俗去了只有長老并幾箇侍者自在塔院裏居住頭領暫且屯住了人馬等更深些小僧直引到那廝寨裏晁蓋道他的寨在那里和尚道他有四箇寨柵只是北寨裏便是曾家弟兄屯軍之處若只打得那箇寨子時這三箇寨便罷了晁蓋道那箇時分可去和尚道如今只是二更天氣且待三更時分便無准備晁蓋聽曾頭市上時整整齊齊打更鼓響又聽了半箇更次絕不聞更點之聲（只畧寫）僧人道這廝想是都睡了如今可去僧人當先引路晁蓋帶同諸將上馬領兵離了法華寺跟着便走行不到五里多路黑影處不見了兩箇僧人（來得突兀去得突兀）前軍不敢行動看四邊時又且路逕甚雜都不見有人家軍士却慌起來報與晁蓋知道呼延灼便叫急回舊路走不到百十步只見四下里金鼓齊鳴喊聲震地一望都是火把晁蓋衆將引軍奪路而走纔轉得兩箇灣撞見一彪軍馬當頭亂箭射將來撲的一箭正中晁蓋臉上（亦只畧寫）倒撞下馬來却得三阮劉唐白勝五箇頭領死併將去救得晁蓋上馬殺出村中來（十箇人入去却偏是五箇初聚義人死救出來生死患難之際令人酸淚迸下○單寫初聚義五人死救晁蓋便顯出滿山人無不心在宋江而視晁蓋如無也深叉曲筆妙不可言）村口林冲等引軍接應剛纔敵得箇住兩軍混戰直殺到天明各自歸寨林冲回來點軍時燕順歐鵬宋萬杜遷只逃得自家性命（只逃自家性命者盡言不及顧晁蓋也妙絕）帶去二千五百人馬止剩得一千二三百人廝得跟着呼延灼都回到帳中（一千二三百人廝呼延者蓋言

（晁蓋不虧呼延也。妙筆。）衆頭領且來看晁蓋時，那枝箭正射在面頰上。急拔得箭出，血暈倒了。看那箭時，上有史文恭字。（寫得精神。）林冲叫取金鎗藥敷貼上。原來却是一枝藥箭。晁蓋中了箭毒，已自言語不得。林冲叫扶上車子，（極寫林冲生死交情，以深惡宋江。又令火併一篇有起有結，章法奇絕人。）便差劉唐、三阮、杜遷、宋萬先送回山寨。（差六人，章法奇絕。人讀之，令人忽然想到初火併時，不勝風景不殊之痛。古本之妙如此，而俗本盡誤，故知古本可寶也。）其餘十四箇頭領在寨中商議：「今番晁天王哥哥下山來，不想遭這一場，正應了風折認旗之兆。我等極該收兵，一齊回去。但是必須等公明哥哥將令下來，方可回軍。」（但知生宋江，不顧死晁蓋。深文曲筆，直寫出宋江平日便衆人視晁蓋如無物。）豈可半塗撇了曾頭市自去？（書不撇曾市，以晁撇晁蓋也。妙絕。）當晚二更時分，天色微明，十四箇頭領都在寨中嗟咨不安，進退無措。（得此語，便令其罪悉歸宋江。妙絕。）忽聽得伏路小校慌急來報：「前面四五路軍馬殺來，火把不計其數。」林冲聽了，一齊上馬。三面山守火把齊明，炤見如同白日，四下里吶喊到寨前。林冲領了衆頭領，不去抵敵，拔寨都起，回馬便走。（上文等宋江將令，只是借此一筆，以著宋江之惡耳。其文旣見，便可脫換而去。若必眞等將令，又是死板文字也。）曾家軍馬背後捲殺將來。兩軍且戰且走，走過了五六十里，方纔得脫。計點人兵，又折了五七百人。大敗虧輸，急取舊路，望梁山泊回來。衆頭領回到水滸寨上山，都來看視晁頭領時，已自水米不能入口，飲食不進，渾身虛腫。宋江守定在床前啼哭。（俗士讀之，便謂宋江好，不知正極寫宋江之詐也。哭亦何罪，但通長讀之，殊復不堪耳。我生生世世不願見此等人。）衆頭領都守在帳前看視。（宋江獨哭，難乎其爲下也；衆人不哭，難乎其爲上也。獨哭，宋江今日之惡也；不哭，宋江平日之惡也。）當日夜至三更，晁蓋身體沉重，轉頭看着宋江，囑付道：「賢弟莫怪我說，若那箇捉得射死我的，便教他做梁山泊主。」（一路寫宋江之於晁蓋一位，可謂虎視眈眈。至是晁蓋將死，却忽然生出一難，筆力險怪不可言。莫怪我說，妙絕。）言罷，便瞑目而死。衆頭領都聽了晁蓋遺囑。（筆法。）宋江見晁蓋已死，（字法。已死者，惟口望之之辭。）放聲大哭如喪考妣（獨寫宋江哭俗士以為好〇特寫宋江如喪考妣四字以表其哭之不倫妙絕）衆頭領扶策宋江出去主事吳用公孫勝勸道哥哥且省煩惱生死人之分定何故痛傷且請理會大事宋江哭罷便教把香湯沐浴了屍首裝殮衣服巾幘停在聚義廳上衆頭領都來舉哀祭祀一面合造內棺外槨選了吉時盛放在正廳上建起靈幃中間設箇神主上寫道梁山泊主天王晁公神主山寨中頭領自宋公明以下都帶重孝小頭目并衆小嘍囉亦帶孝頭巾林冲却把那枝誓箭就供養在靈前（筆法〇山寨定鼎之功實惟武師始終以之章法奇絕人〇衆人聽遺囑林冲供誓箭皆特寫晁蓋死後宋江又不如意便生出許多文情來）寨內揚起長旛請附近寺院僧衆上山做功德追薦晁天王（雖必有之事然亦前映法華僧人後引大圓和尚）宋江每日領衆舉哀無心管理山寨事務林冲與吳用公孫勝并衆頭領商議立宋公明為梁山泊主諸人拱聽號令（首書林冲筆法）次日清晨香花燈燭林冲為首（筆法）與衆等請出宋公明在聚義廳上坐定林冲開話道（林冲一段是義）哥哥聽稟國一日不可無君家一日不可無主晁頭領是歸天去了山寨中事業豈可無主四海之內皆聞哥哥大名來日吉日良辰請哥哥為山寨之主諸人拱聽號令（特提此句以顯下文宋江之有號令也）宋江道晁天王臨死時囑付如有人捉得史文恭者便立為梁山泊主此話衆頭領皆知（一疑）誓箭在彼（一疑〇妙絕之文讀之令人不願為惡受如此苦〇權詐人一生受苦如宋江其驗也真率人世界甚濶如李逵其驗也）豈可忘了又不曾報得讐雪得恨如何便居得此位吳學究道（吳用一段是智）晁天王雖是如此說今日又未曾捉得那人山寨中豈可一日無主若哥哥不坐時其餘便都是哥哥手下之人誰人敢當此位（雖心之言）況兼衆人多是哥哥心腹亦無人敢有他言（又一句雖心之言）哥哥便可權臨此位坐一坐（善處之言）待日後別有計較（又一句善處之言）宋江道軍師言之極當今日小可權當此位（心事畢見）待日後報讐雪恨已

了拿住史文恭的不拘何人須當此位黑旋風李逵在側邊叫道哥哥休說做梁山泊主便做箇大宋皇帝你也肯每每宋江一番權詐後。便緊接李大哥一番直遂以形擊之。妙不可言。○有眼如電。有舌如刀。逵之所以如虎也。包藏禍心。外施仁義。江之所以如鬼也。宋江大怒道不得不怒。這黑廝又來胡說再若如此亂言先割了你這廝舌頭李逵道我又不教哥哥不做說請哥哥做皇帝倒要割了我舌頭越彈壓越說出來。妙人妙文。○不做字妙。俗本訛。吳學究道這廝不識時務的人語語妙絕。識時務務者為俊傑。又豈知不識時務者為聖賢耶。衆人不到得和他一般見識語語妙絕。且請息怒主張大事宋江焚香已罷林沖吳用攙到主位居中正面坐了第一把椅子又書林沖吳用攙。畫盡宋江權詐。○越權詐越見醜不可當。○居中正面四字。醜不可當。○論來尊宋江正與尊晁蓋一樣耳。何至又有不同。嗟乎。人自不讀其文耳。無如此許多字句。便可以知晁蓋。有如此許多字句。便可以知宋江。夫文字。人之圖像也。觀其圖像。知其姸惡。豈有疑哉。上首軍師吳用下首公孫勝左一帶林沖為頭右一帶呼延灼居長衆人參拜了兩邊坐下宋江便說道便字字法。言不須擬議也。小可今日權居此位全賴衆兄弟扶助同心合意共為股肱一同替天行道看他開口第一句。便買住衆心。妙絕。如今山寨人馬數多非比往日可請衆兄弟分做六寨駐扎此豈臨時猝辦之言。聚義廳今改為忠義堂此豈臨時猝辦之言。前後左右立四箇旱寨後山兩箇小寨前山三座關隘山下一箇水寨兩灘兩箇小寨今日各請弟兄分投去管先作一總。文復分說。有章法。忠義堂上是我權居尊位第二位軍師吳學究第三位法師公孫勝第四位花榮第五位秦明第六位呂方第七位郭盛第一章。左軍寨內第一位林沖第二位劉唐第三位史進第四位楊雄第五位石秀第六位杜遷第七位宋萬第二章。右軍寨內第一位呼延灼第二位朱仝第三位戴宗第四位穆弘第五位李逵第六位歐鵬第七位穆春第三章。前軍寨內第一位李應第二位徐寧第三位魯智深第四位武松第五位楊志第六位馬麟第七位施恩第四章。後軍寨內第一位朱進，第二位孫立，第三位黃信，第四位韓滔，第五位彭玘，第六位鄧飛，第七位薛永。（第五章。）水軍寨內第一位李俊，第二位阮小二，第三位阮小五，第四位阮小七，第五位張橫，第六位張順，第七位童威，第八位童猛。（第六章。）六寨計四十二員頭領。（忽作一結，有章法。）山前第一關令雷橫、樊瑞守把，第二關令解珍、解寶守把，第三關令項充、李袞守把。（第七章。）金沙灘小寨令燕順、鄭天壽、孔明、孔亮四箇守把。鴨嘴灘小寨令李忠、周通、鄒淵、鄒潤四箇守把。山後兩箇小寨，左一箇旱寨令王矮虎、一丈青、曹正，右一箇旱寨令朱武、陳達、楊春，六人守把。（第八章。）忠義堂內左一帶房中，掌文卷蕭讓，掌賞罰裴宣，掌印信金大堅，掌算錢糧蔣敬。（第九章。）右一帶房中，管砲凌振，管造船孟康，管造衣甲侯健，管築城垣陶宗旺。（第十章。）忠義堂後兩廂房中管事人員：監造房屋李雲，鐵匠總管湯隆，監造酒醋朱富，監備筵宴宋清，掌管什物杜興、白勝。（第十一章。）山下四路作眼酒店，原撥定朱貴、樂和、時遷、李立、孫新、顧大嫂、張青、孫二娘。（第十二章。）管北地收買馬匹楊林、石勇、段景住。（第十三章。○如此十三章，豈是臨時斧辦之言。前書謙讓，後書分撥，以深表宋江之權詐也。）分撥已定，各自遵守，毋得違犯。梁山泊水滸寨內大小頭領，自從宋公明為寨主，盡皆一心拱聽約束。（此亦反表前此之有二心也。二心也者，一心晁蓋，一心宋江也。作者惡宋江之至矣。）

明日，宋江聚眾商議，本要與晁天王報讐，興兵去打曾頭市，却思庶民居喪，尚且不可輕動，我們豈可不待百日之後，然後舉兵。眾頭領依宋江之言，守在山寨。（俗士必將以此為孝，不知此正大書宋江之緩於報仇也。○俗本亦小訛，今依古本訂正。）每日修設好事，只做功果，追薦晁蓋。一日，請到一箇僧，法名大圓，乃是北京大名府在城龍華寺法主，只為遊方來到濟寧，經過梁山泊，就請在寨內做道場。因喫齋閒話間，宋江問起北京風土人物。（極寫宋江緩於報仇。）那大圓和尚說道：「頭領如何不聞河北玉麒麟之名宋江聽了猛然省起說道你看我們未老却恁地忘事筆墨飛舞北京城裏是有箇盧大員外雙名俊義綽號玉麒麟是河北三絕祖居北京人氏一身好武藝棍棒天下無對梁山泊寨中若得此人時小可心上還有甚麽煩惱不釋不悲失晁蓋但願得麒麟雖復文字轉接亦是潔文曲筆吳用笑道哥哥何故自喪志氣若要此人上山有何難哉宋江答道他是北京大名府第一等長者如何能彀得他來落草吳學究道吳用也在心多時了不想一向忘却小生略施小計便教本人上山宋江便道人稱足下為智多星端的名不虛傳敢問軍師用甚計策賺得本人上山吳用不慌不忙說出這段計來有分教盧俊義撇却錦簇珠圍來試龍潭虎穴正是只為一人歸水滸致令百姓受兵戈畢竟吳學究怎地賺盧俊義上山且聽下回分解

第五才子書施耐菴水滸傳卷之六十四

第五才子書施耐菴水滸傳卷之六十五

聖歎外書

第六十回

吳用智賺玉麒麟　張順夜鬧金沙渡

吳用賣卦用李逵同去是偶借李逵之醜而不必盡李逵之材也偶借其醜則不得不為之描畫一二不必盡其材則得省即省蓋不過以旁筆相及而未嘗以正筆專寫也是故入城以後是正筆也正筆則方寫盧員外不暇矣奚暇再寫李逵若未入城以前是旁筆也旁筆即不惜為之描畫一二者一則以存鐵牛本色一又以作明日喧動之地也

中間寫小兒自鬧李逵員外自驚天口世人小大相去之際令我浩然發嘆嗚呼同讀聖人之書而或以之弋富貴或以之崇德業同

游聖人之門而或以之矜名譽或以之致精微者比比矣於小兒何怪之有

盧員外本傳中忽然揷出李固燕青兩篇小傳李傳極叙恩數燕傳極叙風流乃卒之受恩者不惟不報又反噬焉風流者篤其忠貞之死靡忒而後知古人所歎狼子野心養之成害實惟恩不易施而以貌取人失之子羽實惟人不可忽也稗官有戒有勸於斯篇爲極矣

夫李固之所以爲李固燕青之所以爲燕青娘子之所以爲娘子悉在後篇此殊未及也乃讀者之心頭眼底已畨有以揣測之三人之性情行徑者盖其叙事雖甚微而其用筆乃甚著叙事微故其首尾未可得而指也用筆著故其好惡畨可得而辨也春秋於定哀之間盖屢用此法也

寫盧員外別吳用後作書空咄咄之狀此正白絹旗熟麻索之一片雄心渾身絕藝無可出脫而忽然受算命先生之所感觸因擬一試之於梁山而又自以鴻鵠之志未可謀之燕雀不得已望空咄咄以自決其心也寫英雄員外正應作如此筆墨方有氣勢俗本乃改作誤聽吳用寸心如割等語一何醜惡至此

前寫吳用既有卦歌四句後寫員外便有絹旗四句以配之巳是奇絕之事不謂讀至最後却另自有配此卦歌四句者又且不止於一首而巳也論章法則如演連珠論一一四句各各入妙則眞不減於旗亭畫壁賭記絕何矣俗本處處改作唐突之語一何醜惡至此

寫許多誘兵忽然而出忽然而入畨畨不同

人人善詭奇矣然尤奇者如李逵魯智深武松劉唐穆弘李應入去後忽然一斷便接入車仗人夫讀者至此孰不以爲已作收煞而殊不知乃正在半幅也徐徐又是朱仝雷橫引出宋江吳用公孫勝一行六七十人眞所謂愈出愈奇越轉越妙此時忽然接入花榮神箭又作一斷讀者於是始自驚歎以爲夫而後方作收煞耳而殊不知猶在半幅徐徐又是秦明林冲呼延灼徐寧四將夾攻夫而後引入卦歌影中嗚呼章法之奇乃令讀者欲迷安得陣法之奇不令員外中計也

話說這龍華寺和尚說出三絕玉麒麟盧俊義名字與宋江吳用道小生憑三寸不爛之舌直往北京說盧俊義上山如探囊取物手到拈來只是少一箇奇形怪狀的伴當和我同去（奇語猜不出。）說猶未了只見黑旋風李逵高聲叫道軍師哥哥小弟與你走一遭（看他出席自薦。使知李逵之奇形怪狀不惟他人所驚。亦其自家所驚也。○我嘗思天下美人。無有不自以爲美者。天下醜人亦無有不自以爲醜者。如之何又有不自以爲醜之人也。）宋江喝道兄弟你且住着若是上風放火下風殺人打家劫舍衝州撞府合用着你這是做細作的勾當你這性子怎去得李逵道別遭（二字句。）你道我生得醜（絕倒語。如有隱恨者。）嫌我（二字句。）不要我去（絕倒語。如有隱恨者。○不說下半截。妙不可言。既以醜自薦。又以醜自諱也。）宋江道不是嫌你如今大名府做公的極多倘或被人看破枉送了你的性命李逵叫道不妨我不去也料無別人中得軍師的意（只用不妨二字荅宋江。下却另爲自負之言以鳴得意。妙不可言。○以奇形怪狀獨步一時。奇絕妙絕。）吳用道你若依得我三件事便帶你去若依不得只在寨中坐地（既欲用之。又故難之。便令吳用權術。李逵性情。一齊出見。）李逵道莫說三件便是三十件也依你吳用道第一件你的酒性如烈火自今日去便斷了酒回來你却開第二件於路上做道童打扮隨着我我但叫你不要違拗第三件最難你從明日為始如不要說話只做啞子一般依得這三件便帶你去李逵道不喫酒做道童都依得閉着這箇嘴不說話却是瘷殺我吳用道你若開口便惹出事來李逵道也容易我只口裏啣着一文銅錢便了○閒中忽作調侃世人語令我一歎衆頭領都笑那里勸得住當日忠義堂上做筵席送路至晚各自去歇息次日清早吳用收拾了一包行李教李逵打扮做道童挑擔下山宋江與衆頭領都在金沙灘送行再三分付吳用小心在意休教李逵有失吳用李逵別了衆人下山宋江等回寨且說吳用李逵二人往北京去行了四五日路程每日天晚投店安歇平明打火上路於路上吳用被李逵毆得苦省○此行本欲以李逵之醜噎動員外若必詳寫一路惹事本末豈惟顧奴失郎亦當累紙不盡耳只用一二段約畧點綴一意遥趨正傳手法高妙非稗史所能行了幾日趕到北京城外店肆裏歇下當晚李逵去厨下做飯一拳打得店小二吐血小二哥來房裏告訴吳用道你家啞道童忒狠小人燒火遲了些就打得小人吐血吳用慌忙與他陪話把十數貫錢與他將息自埋怨李逵不在話下豈有李逵而不惹事者然一惹事而枝節煩蔓文幾不可了矣只如此預先安放有意無意正自工良心苦過了一夜次日天明起來安排些飯食喫了吳用喚李逵入房中分付道你這廝苦死要來一路上毆死我也今日入城不是耍處你休送了我的性命李逵道我難道不省得的的妙人的的妙語的的妙筆吳用道我再和你打箇暗號若是我把頭來搖時你便不可動撣李逵應承了只一李逵惹事既已穿插於前又復安放於後工良心苦始有兩此文○如此方得一片筆墨入盧員外正傳去箇就店裏打扮入城吳用戴一頂烏縐紗抹眉頭巾穿一領皁沿邊白絹道服繫一條雜綵呂公絛着一雙方頭青布履手裏拿一副滲金熟銅鈴杵李逵戧幾根蓬鬆黃髮綰兩枚渾骨丫髻穿一領麤布短褐袍勒一條雜色短鬚絛穿一雙蹬山透土靴擔一條過頭木拐棒挑着箇紙招兒上寫着

講命談天卦金一兩兩人如畫。兩箇打扮了鎖上房門離了店肆望北京城南門來此時天下各處盜賊生發各州府縣俱有軍馬守把此處北京是河北第一箇去處更兼又是梁中書統領大軍鎮守如何不擺得整齊且說吳用李逵兩箇搖搖擺擺却好來到城門下守門的約有四五十軍士簇捧着一箇把門的官人在那里坐定吳用向前施禮軍士問道秀才那里來吳用答道小生姓張名用這箇道童姓李江湖上賣卦營生今來大郡與人講命身邊取出假文引教軍士看了衆人道這箇道童的鳥眼恰像賊一般看人寫初到城門。人便驚怪。便襯出一到街市。無不喧閙。所以得動盧員外也。吳用要奇形怪狀伴當同去。本旨如此。不是閒畫李逵。讀之須知。李逵聽得正待要發作吳用慌忙把頭來搖李逵便低了頭絕倒。李逵發作。是此傳閙文。只平平放倒。不用十分描寫。妙。吳用向前與把門軍士陪話道小生一言難盡這箇道童又聾又啞只有一分蠻氣力却是家生的孩兒沒奈何帶他出來這廝不省人事望乞恕罪辭了便行李逵跟在背後腳高步低又添出四字。不止兩眼像賊而已。凡此皆爲得動盧員外作地。不是閒畫李逵也。望市心裏來吳用手中搖着鈴杵口裏念着口號道甘羅發早子牙遲彭祖顏回壽不齊范丹貧窮石崇富八字生來各有時此乃時也運也命也檃括子平全書。知生知死知貴知賤若要問前程先賜銀一兩既以騙僕動其耳。又以高價動其心。說罷又搖鈴杵北京城內小兒約有五六十箇跟着看了笑却好轉到盧員外解庫門首星卜賤伎。何至得動盧員外。故知奇形怪狀伴當氣力不少。一頭搖頭一頭唱着去了復又回來小兒們閧動越多了寫得便若紙上活有吳用。活有李逵。活有羣小兒。妙筆。不惟活有而已。直寫得紙上吳用是一樣氣色。李逵是一樣氣色。羣小兒是一樣氣色。妙在何處。妙在一頭搖頭四字。盧員外正在解庫廳前坐地看着那一班主管收解只聽得街上喧閧喚當直的問道如何街上熱閙當直的報覆員外端的好笑街上一箇別處來的算命先生在街上賣卦要銀一兩算一命誰人捨得四字正挑著員外妙筆一段先敘先生後頭一箇跟的道童且是生得滲賴走又走得沒樣範小的們跟定了矣滲賴句應前賊眼樣範句應前腳高步低一段次敘伴當盧俊義道既出大言必有廣學小兒自笑道童醜貌員外自賞先生大言人之相去誠有如此當直的與我請他來當直的慌忙去叫道先生員外有請吳用道是那箇員外請我請則請耳問甚員外只圖不像山泊好漢豈知反不像算命先生世間固有着意而反失之者如此正自不少也當直的道盧員外相請吳用便與道童跟着轉來揭起簾子入到廳前教李逵只在鵞項椅上坐定等候用李逵畢吳用轉過前來向盧員外施禮盧俊義欠身答着問道先生貴鄉何處尊姓高名吳用答道小生姓張名用別號天口既說假姓矣却又將真姓拆作隱語而能恰與算命先生究合真正妙才妙筆祖貫山東人氏能算皇極先天神數知人生死貴賤卦金白銀一兩方纔排算盧俊義請入後堂小閣兒裏分賓坐定茶湯已罷叫當直的取過白銀一兩奉作命金煩先生看賤造則箇

吳用道請貴庚月日下算盧俊義道先生君子問災不問福不必道在下豪富七字閉殺天下算命人諂口只求推算目下行藏在下今年三十二歲甲子年乙丑月丙寅日丁卯時此年無此月此日無此時必得八字會合方有此人是必無此人也吳用取出一把鐵算子來搭了一回拿起算子一拍大叫一聲怪哉動女子小人則用軟語動豪傑丈夫必用險語夫性各有所近或不嫌於突如其來也盧俊義失驚問道賤造主何吉凶吳用道員外必當見怪豈可直言再用一激妙絕動豪傑員外須作此語若對紈袴員外則止應云若不見怪當以直言矣盧俊義道正要先生與迷人指路但說不妨吳用道員外這命目下不出百日之內必有血光之災家私不能保守死於刀劍之下盧俊義笑道先生差矣盧某生於北京長在豪富祖宗無犯法之男親族無再婚之女更兼俊義作事謹慎非理不為非財不取如何能有血光之災吳用改容變色急取原銀付還起身便走又用一激妙絕待豪傑員外必須如此若待紈袴員外則止應轉口云幸喜某星相救

矣。嗟歎而言天下原來都要阿諛諂佞罷罷分明指與平川路却把忠言當惡言小生告退語語激動豪傑員外却語語活似算命聲口。妙筆。盧俊義道先生息怒盧某偶然戲言願得終聽指教吳用道從來直言原不易信盧俊義道盧某專聽願勿隱匿吳用道員外貴造一切都行好運獨今年時犯歲君正交惡限恰在百日之內要見身首異處此乃生來分定不可逃也一先關臍句。妙。盧俊義道可以迴避否吳用再把鐵算子搭了一回沉吟自語道只除非去東南方巽地上一千里之外可以免此大難東南避難一句。若今日越說得確。便後日越未必來。若今日越說得不甚確。便後日越來得無疑惑。此皆行兵知彼說法鑒機之秘訣也。然亦還有驚恐却不得傷大體東南避難一句亦不甚勸。妙絕。蓋不甚勸。斯深於勸矣。盧俊義道若是免得此難當以厚報吳用道貴造有四句卦歌小生說與員外員外寫於壁上要他親筆。惡極妙極。日後應驗方知小生妙處黃昏渡河。始信其妙。盧俊義叫取筆硯來便去白粉壁上平頭自寫

吳用口歌四句道蘆花灘上有扁舟俊傑黃昏獨自遊義到盡頭原是命反躬逃難必無憂俗本訛四句忽然在前。忽然在後。忽然在壁上。忽然在河裏。又是一樣章法。當時盧俊義寫罷吳用收拾起算子作揖便行寫得提如脫兔。妙筆。盧俊義留道先生少坐過午了去吳用答道多蒙員外厚意小生恐誤賣卦改日有處拜會不必先說。不必不說。妙筆。抽身便起盧俊義送到門首李逵拿了拐棒走出門外吳學究別了盧俊義引了李逵逕出城來回到店中算還房宿飯錢收拾行李包裹李逵挑出卦牌出離店肆對李逵說道大事了也我們星夜趕回山寨安排迎接盧員外去他早晚便來也數語寫吳用真有名士風流。且不說吳用李逵還寨却說盧俊義自送吳用出門之後每日傍晚便立在廳前獨自個看着天忽忽不樂亦有時自言自語正不知甚麼意思寫盧員外。暗用書空咄咄事。妙絕。不然而真為吳用所賺。亦何以為盧員外也。這一日却耐不得便叫當直的去喚衆主管商議事務筆勢

（實兀。便活佛出盧員外來。俗本皆訛。）少刻都到那一箇爲頭管家私的主管姓李名固這李固原是東京人因來北京投逩相識不着凍倒在盧員外門前盧員外救了他性命（其恩如此。）養在家中（其恩如此。）因見他勤謹寫得算得教他管顧家間事務（其恩如此。）五年之內直擡舉他做了都管（其恩如此。）一應裏外家私都在他身上手下管着四五十箇行財管幹（其恩如此。）一家內外都稱他做李都管（其恩如此。○盧員外傳中。忽然又入一篇小傳筆力奇絕。）當日大小管事之人都隨李固來堂前聲喏盧員外看了一遍便道怎生不見我那一箇人說猶未了階前走過一人六尺以上身材二十四五年紀三牙掩口髭鬚十分腰細膀闊帶一頂木瓜心攢頂頭巾穿一領銀絲紗團領白衫繫一條蜘蛛斑紅線壓腰着一雙上黃皮油膀夾靴腦後一對挨獸金環鬢畔斜簪四季花朶這人是北京土居人氏自小父母雙亡盧員外家中養得他大爲見他一身雪練

也似白肉盧員外叫一箇高手匠人與他刺了這一身遍體花繡却似玉亭柱上鋪着軟翠若賽錦體孫你是誰都輸與他（妙人。）不止一身好花繡更兼吹得彈得唱得舞得拆白道字頂真續麻無有不能無有不會（妙人。）亦是說得諸路鄉談省得諸行百藝的市語（妙人。）更且一身本事無人比得拿着一張川弩只用三枝短箭郊外落生並不放空箭到物落（○四字作一篇絕妙射賦讀政使他人千追萬琢不能到。）晚間入城少殺也有百十箇蟲蟻若賽錦標社那里利物管取都是他的（妙人。）亦且此人百伶百俐道頭知尾（妙人。）本身姓燕排行第一官名單諱箇青字北京城裏人口順都叫他做浪子燕青原來他却是盧員外一箇心腹之人（盧員外傳中。忽然又入一段小傳筆力奇絕。）也上廳聲喏了做兩行立住李固立在左邊燕青立在右邊盧俊義開言道我夜來算了一命道我有百日血光之災只除非出去東南上一千里之外躲避因想東南

方有箇去處是泰安州那里有東嶽泰山天齊仁聖帝金殿管天下人民生死災厄連日書空咄咄實不曾作此想而忽自云然者鴻鵠之志固不可與燕雀道也我一者去那里燒炷香消災滅罪不是盧員外語二者躲過這場災悔亦不是盧員外語三者做些買賣一發不是盧員外語觀看外方景致亦不是盧員外語連舉數言悉非心語寫得盧員外智深勇沉真好人物李固你與我覓十輛太平車子裝十輛山東貨物你就收拾行李跟我去走一遭燕青小乙看管家裏庫房鑰匙只今日便與李固交割我三日之內便要起身李固道主人誤矣嘗言道賣卜賣卦轉回說話奇語如古謠諺休聽那算命的胡言亂語只在家中怕做甚麼盧俊義道我命中註定了你休逆我若有災來悔却晚矣燕青道主人在上須聽小乙愚言這一條路去山東泰安州正打從梁山泊邊過一語便已道着非道着吳用奇計正道着員外雄心也不枉員外呼之爲我那人近年泊內是宋江一夥強人在那里打家劫舍官兵捕盜近他不得主人要去燒香等太平了去休信夜來那箇算命的胡講倒敢是梁山泊歹人假裝做陰陽人來煽惑主人只是有意無意之語却宛然千伶百俐聲口又令行文波致橫生妙筆小乙可惜夜來不在家裏若在家時三言兩語盤倒那先生倒敢有場好笑絕世妙人絕世妙語若真有之真乃絕世妙筆今即無之亦是絕世妙文盧俊義道你們不要胡說誰人敢來賺我梁山泊那夥賊男女打甚麼緊我看他如同草芥兀自要去特地捉他把日前學成武藝顯揚於天下也算箇男子大丈夫說猶未了不得不說却又不欲盡說忽作一頓妙筆屏風背後走出娘子賈氏來也勸道丈夫我聽你說多時了自古道出外一里不如屋裏休聽那算命的胡說撇下海闊一箇家業耽驚受怕去虎穴龍潭裏做買賣你且只在家裏收拾別室清心寡慾高居靜坐自然無事觀其所以留丈夫者而知意不在于留丈夫也讀之令人掩口却又大雅不露妙筆盧俊義道你婦人家省得甚麼却不知省得一件我既主意定了你都不得多言多語燕青又

道小人靠主人福蔭學得些箇棒法在身不是小乙說嘴幫着主人去走一遭路上便有些箇草寇出來小人也敢發落得三五十箇開去留下李都管看家小人伏侍主人走一遭寫一箇願去空中映發盧俊義道便是我買賣上不省得要帶李固去他須省得便替我大半氣力因此留你在家看守自有別人管帳只教你做箇奢主李固便道小人近日有些脚氣的症候十分走不得多路寫一箇不願去空中映發○讀者初至此處竟不知其妙在何處故妙絕也盧俊義聽了大怒道養兵千日用在一朝我要你跟去走一遭你便有許多推故若是那一箇再阻我的教他知我拳頭的滋味李固嚇得只看娘子如畫娘子便漾漾地走進去如畫燕青亦更不再說如畫○三句寫三箇人便活畫出三箇人神理來妙筆妙筆衆人散了李固只得忍氣吞聲自去安排行李討了十輛太平車子喚了十箇脚夫四五十拽車頭口把行李裝上車子行貨拴縛完備盧俊義自

去結束第三日燒了神福給散了家中大男小女一箇箇都分付了當晚先叫李固引兩箇當直的盡收拾了出城李固去了娘子看了車仗流淚而入看他寫娘子流淚乃在今日不在明日妙筆○極猥褻事寫得極大雅真正妙筆也次日五更盧俊義起來沐浴罷更換一身新衣服喫了早膳取出器械到後堂裏辭別了祖先香火出門景色一部所無臨時出門上路分付娘子好生看家多便三箇月少只四五十日便回賈氏道丈夫路上小心頻寄書信回來說罷燕青流淚拜別寫娘子昨日流淚今日不流淚也却恐不甚明顯又特地緊接燕青流淚以形擊之妙筆妙筆盧俊義分付道小乙在家凡事向前不可出去三瓦兩舍打鬨燕青道主人如此出行小乙怎敢怠慢只二語精義交至今我讀之淚下盧俊義提了棍棒出到城外李固接着盧俊義道你可引兩箇伴當先去但有乾淨客店先做下飯等候車仗脚夫到來便喫省得躭閣了路程李固也提條捍棒先和兩箇伴當去了盧俊義和

數箇當直的隨後押着車仗行但見途中山明水秀路闊坡平心中歡喜道我若是在家那里見這般景致（此第三句之半也點逗輕妙之甚）行了四十餘里李固接着主人喫點心中飯罷李固又先去了再行四五十里到客店裏李固接着車仗人馬宿食盧俊義來到店房內倚了棍棒掛了氈笠兒解下腰刀換了鞋襪宿食皆不必說（第一日雖無事亦必詳寫此水滸傳例也）次日清早起來打火做飯眾人喫了收拾車輛頭口上路又行（第二日獨寫出店上路之時以引起下文小二報信也）自此在路夜宿曉行已經數日（省○先詳後省故不見其空缺今之稗官真老大空缺耳）來到一箇客店裏宿食天明要行只見店小二哥對盧俊義說道好教官人得知離小人店不得二十里路正打梁山泊邊口子前過去山上宋公明大王雖然不害來往客人官人須是悄悄過去休得大驚小怪（瞥然而出○每每驚天驚地之事其來必輕輕冉冉）盧俊義聽了道原來如此便叫當直的（奇絕）取下衣箱打開鎖去裏面提出一箇包（奇絕）包內取出四面白絹旗（奇絕）問小二哥討了四根竹竿（奇絕）每一根縛起一面旗來每面栲栳大小七箇字（奇絕）寫道慷慨北京盧俊義金裝玉匣來深地太平車子不空回收取此山奇貨去（此回前用卦歌此用白絹旗後用三阮唱歌作章法○絕妙好詩俗本之訛真乃可恨）（奇貨字又用得妙）李固當直的腳夫店小二看了一齊叫起苦來（不日李固等而必備寫眾人活畫出一齊叫苦情狀來）店小二問道官人莫不和山上宋大王是親麼（嚇極說出趣話來）盧俊義道我自是北京財主卻和這賊們有甚麼親我特地要來捉宋江這廝小二哥道官人低聲些不要連累小人不是耍處你便有一萬人馬也近他不得盧俊義道放屁你這廝們都合那賊人做一路店小二掩耳不迭（四字卻寫出梁山聲勢）眾車腳夫都癡呆了李固和當直的跪在地下告道主人可憐見眾人留了這條性命回鄉去強似做羅天大醮盧俊義喝道你省得甚麼這等燕雀安敢和鴻鵠廝

併用古不合。是精于併用古之法者也。我思量平生學得一身本事不曾逢着買主今日幸然逢此機會不就這里發賣更待何時我那車子上叉袋裏不是貨物却是準備下一袋熟麻索可知連日咄咄不是爲趨吉避凶之計。寫盧員外精神過人。倘或這賊們當死合亡撞在我手裏一朴刀一箇砍翻你們衆人與我便縛把車子裏貨物撇了不打緊且收拾車子裝賊可知此行不爲買賣而來。眞乃寫得精神過人。把這賊首解上京師請功受賞方表我平生之志若你們一箇不肯去的只就這里把你們先殺了只此一句。寫盧員外與山泊衆人。一鼻孔出氣。前面擺四輛車子上插了四把絹旗後面六輛車子隨後了行那李固和衆人哭哭啼啼只得依他盧俊義取出朴刀裝在桿棒上三箇丫兒扣牢了要出色寫其人。因出色寫其刀。妙筆。趕着車子逵梁山泊路上來衆人見了崎嶇山路行一步怕一步盧俊義只顧趕着要行從清早起來行到巳牌時分遠遠地望見一座大林有千百株合抱

自李逵已下逐箇有逐箇出來法逐箇有逐箇去法寫得縱橫變亂之極○一路俱作趣語又是一番妙筆也

不交的大樹却好行到林子邊只聽得一聲胡哨響嚇得李固和兩箇當直的沒躲處盧俊義教把車仗押在一邊車夫衆人都躲在車子底下叫苦勤勤描寫衆人。皆染葉襯花之法。盧俊義喝道我若搠翻你們與我便縛說猶未了只見林子邊走出四五百小嘍囉來來得閃閃忽忽聽得後面鑼聲響處又有四五百小嘍囉截住後路一發閃閃忽忽林子裏一聲砲響托地跳出一籌好漢手搦雙斧讀之。覺紙上亂如麻。簇如火。閃閃忽忽忽忽。眞正妙絕。厲聲高叫盧員外認得啞道童麼趣極。○偏是啞道童。偏厲聲高叫。妙絕。盧俊義猛省喝道我時嘗有心要來拿你這夥強盜今日特地到此快教那宋江下山投拜倘或執迷我片時間教你人人皆死箇箇不留李逵大笑道員外你今日被俺軍師算定了命趣極。快來坐把交椅盧俊義大怒搦着手中朴刀來鬭李逵李逵輪起雙斧來迎兩箇鬭不到三合李逵托地跳出圈子外來轉過身望林子裏便走妙。○一路都以三合

便走爲章法。盧俊義挺着朴刀隨後趕去，李逵在林木叢中東閃西躲。妙。引得盧俊義性發，破一步搶入林來。李逵飛奔亂松林中去了。一箇。盧俊義趕過林子這邊，一箇人也不見了。閃閃忽忽之極。却待回身，只聽得松林傍邊轉出一夥人來，一箇人高聲大叫：員外不要走，難得到此，認認洒家去。趣極。盧俊義看時，却是一箇胖大和尚。又一樣出來法。身穿皂直裰，倒提鐵禪杖。盧俊義喝道：你是那里來的和尚？魯智深大笑道：洒家便是花和尚魯智深，今奉軍師將令，着俺來迎接員外避難。趣極。盧俊義焦躁，大罵：禿驢敢如此無禮！挺着朴刀直取魯智深。魯智深輪起鐵禪杖來迎。兩箇鬬不到三合，魯智深撥開朴刀，回身便走去了。又一箇。盧俊義趕將去，正趕之間，嘍囉裏走出行者武松。又一樣出來法。輪兩口戒刀，直奔將來，叫道：員外只隨我去，不到得有血光之分。句句趣極。盧俊義不趕智深，逕取武松。又不到三合，武松拔步便走去了。又一箇。盧俊義哈哈大笑道：我不趕你，你這厮們何足道哉！說猶未了，只見山坡下一箇人在那里叫道：盧員外，你不要誇口，豈不聞人怕落蕩，鐵怕落爐，軍師定下計策，猶如落地定了八字，你待走那里去？句句趣極。盧俊義喝道：你這厮是誰？那人笑道：小可只是赤髮鬼劉唐。又一樣出來法。盧俊義罵道：草賊休走！挺手中朴刀直取劉唐。方纔鬬得三合，此處不說便走，文法一變也。刺斜里一箇人大叫道：員外沒遮攔穆弘在此！又一樣出來法。當時劉唐、穆弘兩箇兩條朴刀雙鬬盧俊義。正鬬之間，不到三合，亦不說便走，文法一變。只聽得背後脚步響。又一樣出來法。盧俊義喝聲着，劉唐、穆弘跳退數步。盧俊義急轉身看背後那人時，却是撲天鵰李應。一箇人，有一樣出法，而李應此處尤爲奇筆。三箇頭領丁字脚圍定。盧俊義全然不慌，越鬬越健。正好步鬬，只聽得山頂上一聲鑼響，三箇頭領各自賣箇破綻，一齊拔步去了。又三箇去了。此又是一樣去法，文亦一變。盧俊義此時也自一身臭汗不去趕他却出林子外來尋車仗人伴時十輛車子人伴頭口都不見了盧俊義便向高阜處四下里打一望只見遠遠地山坡下一夥小嘍囉把車仗頭口趕在前面將李固一干人連連串串縛在後面鳴鑼擂鼓解投松樹那邊去上文無數誘兵逐遞而出至此處忽然收到人夫車仗讀者只謂已作結煞矣却不知還有一半在後一遞一遞正要出來章法變動之極非小筆所得侔也盧俊義望見心頭火熾鼻裏煙生提着朴刀直趕將去約莫離山坡不遠只見兩籌好漢喝一聲道那里去一箇是美髯公朱仝一箇是插翅虎雷橫先是一箇一箇次是接連三箇此是一齊兩箇後是六七十箇後又是並肩四箇末是散散四五箇章法變動之極又一樣出來法盧俊義見了高聲罵道你這夥草賊好好把車仗人馬還我朱仝手撚長髯大笑道妙盧員外你還恁地不曉事我甞聽得俺軍師說一盤星辰只有飛來沒有飛去句句趣極事已如此不如坐把交椅盧俊義聽了大怒挺起朴刀直迸二人朱仝雷

橫各將兵器相迎鬭不到三合兩箇回身便走又兩箇去了盧俊義尋思道須是趕翻一箇却纔討得車仗捨着性命趕轉山坡兩箇好漢都不見了只聽得山頂上擊鼓吹笛妙絕之筆仰面看時風刮起那面杏黃旗來上面繡着替天行道四字妙絕之筆轉過來打一望望見紅羅銷金傘下蓋着宋江妙絕之筆左有吳用右有公孫勝一行部從六七十人又一樣出來法此一段另增出無數色澤真正妙絕之筆一齊聲喏道員外且喜無恙句句趣極盧俊義見了越怒指名叫罵山上吳用勸道員外且請息怒宋公明久慕威名特令吳某親詣門墻迎員外上山一同替天行道請休見外盧俊義大罵無端草賊怎敢賺我宋江背後轉過小李廣花榮拈弓取箭看着盧俊義喝道盧員外休要逞能先教你看花榮神箭說猶未了颼地一箭正射落盧俊義頭上氈笠兒的紅纓喫了一驚回身便走便走字上都在此此忽在後筆端變動真乃才子讀至此處又只謂結煞矣却不知還

有一半在後章法奇絕妙絕山上鼓聲震地只見霹靂火秦明豹子頭林冲引一彪軍馬搖旗吶喊從東山邊殺出來又見雙鞭將呼延灼金鎗手徐寧四將又一樣出來法也領一彪軍馬搖旗吶喊從山西邊殺出來嚇得盧俊義走頭沒路看看天又晚脚又疼肚又饑正是慌不擇路望山僻小逕只顧走上文數段悉是誘兵走此二段悉是員外走筆力轉變非人所知約莫黃昏時分平烟如水蠻霧沉山月少星多不分叢莽四句絕妙好辭看看走到一處不是天盡頭須是地盡處擡頭一望但見滿目蘆花浩浩大水妙絕盧俊義立住脚仰天長嘆道是我不聽人言今日果有此禍正煩惱間只見蘆葦裏面一箇漁人搖着一隻小船出來那漁人倚定小船叫道客官好大膽這是梁山泊出沒的去處半夜三更怎地來到這里又一樣出來法又寫得吉凶不定妙甚盧俊義道便是我迷踪失路尋不着宿頭你救我則箇漁人道此間大寬轉有一箇市井却用走三十餘里向開路程更兼路雜最是難認若是水路去時只有三五里遠近使其必從你捨得十貫錢與我我便把船載你過去盧俊義道你若渡得我過去尋得市井客店我多與你些銀兩那漁人搖船傍岸扶盧俊義下船把鐵篙撐開約行三五里水面只聽得前面蘆葦叢中櫓聲響一隻小船飛也似來船上有兩箇人又一樣出來法前面一箇赤條條地拏着一條木篙後面那箇搖着櫓此段先寫篙次寫櫓前面的人橫定篙口裏唱着山歌道英雄不會讀詩書英雄不讀書千古快論秦劉項原來之詩眞是儒生酸餡耳不曰不曾讀而曰不會讀便有睥睨不屑之意項羽本紀起首數行此只以七字畫之異哉只合梁山泊裏居只合二字妙絕一若安分守己之甚者而讀之乃覺嘻笑怒罵色色俱有才子之筆眞奇事也既以讀書人居廊廟則不讀書人定合居山泊矣千古通病可勝歎息準備窩弓收猛虎安排香餌釣鰲魚盧俊義聽得喫了一驚不敢做聲又聽得左邊蘆葦叢中也是兩箇人搖一隻小船出來又一箇出來後面的搖着櫓有咿啞之聲前面橫定篙

此段先寫櫓。次寫篙。口裏也唱山歌道雖然我是潑皮身殺賊原來不殺人分疏奇快。讀之一則以喜。一則以懼。喜者喜其實未嘗殺一人。懼者懼其直將殺盡世間也。亦暗用藥師療鶴事。手拍胸前青豹子眼睃船裏玉麒麟如此妙絕之語。俗本悉行改竄。眞乃可恨。○極險之情。極趣之筆。讀之便欲滿引一斗。盧俊義聽了只叫得苦只見當中一隻小船飛也似搖將來又一箇出來。船頭上立着一箇人倒提鐵鑽木篙此段單寫篙者却櫓。○三段凡三樣。口裏亦唱着山歌道蘆花灘上有扁舟俊傑黃昏獨自遊義到盡頭原是命反躬逃難必無憂日後驗矣。先生妙哉。○卦歌恰是太歲唱出。奇絕之事。奇絕之文。○三面皆唱卦歌。是何卦歌之多也。歌罷三隻船一齊唱喏中間是阮小二左邊是阮小五右邊是阮小七水軍通姓名。或不自通。或自通。或通而長。或通而短。亦段段各變。那三隻小船一齊撞將來盧俊義心內自想又不識水性連聲便叫漁人快與我攏船近岸那漁人哈哈大笑對盧俊義說道上是青天下是綠水我生在潯陽江來上梁山泊三更不改名四更不改姓綽號混江龍李俊的便是通姓名却作誓辭。奇妙不可言。○讀至此段。又欲滿引一斗。員外若還不肯降枉送了你性命盧俊義大驚喝一聲不是你便是我拏着朴刀望李俊心窩裏搠將來李俊見朴刀搠將來拏定棹牌一箇背拋筋斗撲通的翻下水去了又是一樣去法。愈變而愈妙也。那隻船滴溜溜在水面上轉朴刀又搠將下水去了寫得妙絕。○先是刀下去。次是人下去。只落水一句。不肯草草着筆。只見船尾一箇人從水底下鑽出來叫一聲我是浪裏白條張順又一箇出來。李俊通姓名。有許多語。張順通姓名。只一語。可謂長短各極其致。○讀至此。又欲滿引一斗。把手挾住船梢腳踏水浪把船只一側船底朝天英雄落水八字奇文正是鋪排打鳳撈龍計坑陷驚天動地人畢竟盧俊義性命如何且聽下回分解

第五才子書施耐菴水滸傳卷之六十六

聖歎外書

第六十一回

放冷箭燕青救主
刦法場石秀跳樓

寫盧員外寧死不從數語語語英雄員外梁山泊有如此人庶幾差強人意耳俗本悉遭改竄對之使人氣盡

寫宋江以忠義二字網羅員外却被兜頭一喝既又以金銀一盤誘之却又被兜頭一喝遂令老奴一生權術此書全部關節至此一齊都盡也嗚呼其才能以權術網羅衆人者固衆人之魁也其才能不爲權術之所網羅如彼衆人者固亦衆人之魁也盧員外之坐第二把交椅誠宜也乃其才能不爲權術之所網羅而終亦不如能以權術網羅衆人者之更爲奸雄嗚呼不雄不奸不奸不雄然則盧員外即欲得坐第一交椅又豈可得哉

讀俗本至小乙求乞不勝筆墨疏略之疑竊謂以彼其人即何至無術自資乃萬不得巳而且出於求乞旣讀古本而始流淚歎息也嗟乎員外不知小乙小乙自知員外夫員外不知小乙員外不知小乙故不知小乙也若小乙而旣巳知員外矣旣巳知員外則更不能不知員外更不能不知員外即又以何辭棄員外而之他乎或曰人之感恩爲相知也相知之爲言我知彼彼亦知我也今者小乙自知員外員外初不能知小乙然則小乙又何感於員外而必戀戀不棄此而之他曰是何言哉是何言哉夫我之知人是我之生平一片之心也非將以爲好也其人而爲我所知是必其人自有其人之異嘗耳而非有所

賴於我也若我知人而望人亦知我我將以知爲之鈞乎必人知我而後我乃知人我將以知爲之報與夫鈞之與報是皆市井之道以市井之道施於相知之間此鄉黨自好者之所不爲也況於小乙知員外者身爲小乙則其知員外也易員外不知小乙者身爲員外則其知小乙也難然則小乙今日之不忍去員外者無他亦以求爲可知而已矣夫而後小乙知員外員外亦知小乙前乎此者爲主僕後乎此者爲兄弟誠有以也夫而後天下後世無不知員外者即無不知小乙員外立天罡之首小乙即居天罡之尾洵非誣也不然而自恃其一身枝巧不難舍此遠去嗟乎自員外而外茫茫天下小乙不復知之矣夫舍我心所最知之員外而别事一不復可知之人小乙而豬狗也者則出於此小乙而非豬狗也如之何其不至於求乞也

自有水滸傳至於今日彼天下之人又孰不以燕小乙哥爲花拳繡腿逢場笑樂之人乎哉自我觀之僕本恨人蓋自有水滸傳至於今日殆曾未有人得知燕小乙哥者也李後主云此中日夕只以眼淚洗面是燕小乙哥之爲人也

蔡福出得牢來接連遇見三人文勢層見疊出使人應接不暇固矣乃吾讀第一段燕青不覺爲之一哭失聲哀哉奴而受恩於主所謂主猶父也奴而深知其主則是奴猶友也天下豈有子之於父而忍不然友之於友而得不然也與哭竟不免滿引一大白又讀第二段李固不覺爲之怒髮上指有是哉昔者主之生之可謂至矣盡矣今之奴之殺之亦復至矣盡矣古稱惡人名曰窮奇言窮極變

態非心所料豈非此奴之謂與我欲唾之而恐汚我頰我欲殺之而恐汚我刀怒甚又不免滿引一大白再讀第三段柴進不覺爲之慷慨悲歌增長義氣悲哉壯哉盧員外死三十五八何必獨生盧員外生三十五人何妨盡死蓋不惟黃金千兩同於草莽實惟柴進一命等於鴻毛所謂不諾我則請殺我不能殺我則請諾我兩言決也感激之至又不免滿引一大白或曰然則當子之讀是篇也亦旣大醉矣乎笑曰不然是夜大寒童子先睡竟無處索酒余未嘗引一白也

最先上梁山者林武師也最後上梁山者盧員外也林武師是董超薛霸之所押解也盧員外又是董超薛霸之所押解也其押解之文乃至於不換一字者非耐菴有江郎才盡之日蓋特特爲此以鎖一書之兩頭也

董超薛霸押解之文林盧兩傳可謂一字不換獨至於寫燕青之箭則與昔日寫魯達之之杖遂無纖毫絲粟相似而又一樣爭奇各自入妙也才子之爲才子信矣

薛霸手起棍落之時險絕矣却得燕青一箭相救乃相救不及一紙而滿村發喊鎗刀圍匝一二百人又復擒盧員外而去當是時又將如之何爲小乙者勢不得不報梁山乃無端行劫反幾至於不免於一幅之中而一險初平驟起一險一險未定又加一險眞絕世之奇筆也

必燕青至梁山而後梁山之救至不惟慮燕青之遲亦殊怪梁山之疎也燕青一路自上梁山梁山一路自來打聽則行路之人又多多矣梁山之人如之何而知此人之爲燕青燕青如之何而知此人之爲梁山之人也工

良心苦而算至行刼工良心苦而算至行刼之前倒揷射鵰才子之爲才子信也六日之内而殺宋江不已險乎六日之内殺宋江而終亦得刼法塲者全賴吳用之見之早也乃今獨於一日之内而殺盧俊義此其勢於宋江爲急而又初無一人預爲之地也嗚呼生平好奇奇不望至此生平好險險不望至此奇險至於如此之極而終又得刼法塲才子之爲才子信也

話說這盧俊義雖是了得却不會水被浪裏白條張順扳翻小船倒撞下水去張順却在水底下攔腰抱住鑽過對岸來只見岸上早點起火把有五六十人在那里等（一箇只見。從水底下鑽上岸來。接連寫此無數只見文勢如滿盤珠迸也。）接上岸來團團圍住解了腰刀盡脫下濕衣服便要將索綁縛只見神行太保戴宗傳令高叫將來不得傷犯了盧員外貴體（兩箇只見。）只見一人捧出一包袱錦衣繡襖與盧俊義穿了（三箇只見。）只見八箇小嘍囉擡過一乘轎來推盧員外上轎便行（四箇只見。）只見遠遠地早有二三十對紅紗燈籠炤着一簇人馬動着鼓樂前來迎接爲頭宋江吳用公孫勝後面都是衆頭領（五箇只見。）只見一齊下馬（六箇只見）（此六字只是半句未畢。）盧俊義慌忙下轎宋江先跪後面衆頭領排排地都跪下（寫得使人心動淚落雖有金鐵之人至此不能自持矣。）盧俊義亦跪在地下道旣被擒捉只求早死宋江笑道且請員外上轎衆人一齊上馬動着鼓樂迎上三關直到忠義堂前下馬請盧俊義到廳上明晃晃地點着燈燭宋江向前陪話道小可久聞員外大名如雷貫耳今日幸得拜識大慰平生却纔衆兄弟甚是冒瀆萬乞恕罪吳用向前道昨奉兄長之命特令吳某親詣門墻以賣卦爲繇賺員外上山共聚大義一同替天行道宋江便請盧員外坐第一把交椅（晁蓋之誓何在處處故出宋江之惡不爲少諱也。）盧俊義大笑道盧某昔日在家實無死法（此句招破前日吳用）盧某今日到此並無生望（此句喝破今日宋江）要殺便殺何得相戲（數語畫出一位英雄員外讀之令人起敬起愛歟名下眞無虛士也俗本草草一何可笑亦暗用嚴將軍語）宋江陪笑道豈敢相戲實慕員外威德如饑如渴已非一日所以定下計策屈員外作山寨之主早晚共聽嚴命盧俊義道住口盧某要死極易要從實難（眞正英雄員外語讀之使人壯氣）吳用道來日卻又商議（吳用於此不措一辭但生延挨時日而已蓋其計已久定也）當時置備酒食管待盧俊義無計奈何只得默飲數杯小嘍囉請去後堂歇了次日（次日）宋江殺牛宰馬大排筵宴請出盧員外來赴席再三再四偎留在中間坐了酒至數巡宋江起身把盞陪話道夜來甚是衝撞幸望寬恕雖然山寨窄小不堪歇馬員外可看忠義二字之面（宋江忠義二字處處網羅豪傑獨不能網羅盧員外妙筆）宋江情願讓位休得推卻盧俊義道咄（只一字便令談忠說義人驚心奪魄）頭領差矣（宋江開口說忠義員外卻接口說差矣妙絕）盧某一身無罪

薄有家私生爲大宋人死爲大宋鬼若不提起忠義兩字今日還胡亂飲此一杯（快絕之談足令老奸心死）若是說起忠義來時盧某頭頸熱血可以便濺此處（快絕之談語語令老奸心死）吳用道員外既然不肯難道逼勒只留得員外身留不得員外心只是衆弟兄難得員外到此既然不肯入夥且請小寨略住數日卻送還宅（吳用只是一意妙筆）盧俊義道頭領既留盧某不住何不便放下山（英雄員外語語健旺俗本盡訛）實恐家中老小不知這般消息吳用道這事容易先教李固送了車仗回去員外遲去幾日卻何妨（寫吳用實是妙人）吳用便問李都管你的車仗貨物都有麼李固應道一些兒不少宋江叫取兩箇大銀把與李固兩箇小銀打發當直的那十箇車脚共與他白銀十兩衆人拜謝盧俊義分付李固道我的苦你都知了你回家中說與娘子不要憂心我若不死可以回來（到底是英雄員外語）李固道頭領如此錯愛主人多住兩月但不

妨事李固又有李固心事辭了便下忠義堂去吳用隨即起身說道員外寬心少坐小生發送李都管下山便來吳用一騎馬却先到金沙灘等候少刻李固和兩箇擡直的并車仗頭口人伴都下山來吳用將引五百小嘍囉圍在兩邊坐在柳陰樹下寫吳用實是妙人便喚李固近前說道你的主人已和我們商議定了今坐第二把交椅此句非早定員外之座正陰破宋江之心蓋知宋江之深者莫如吳用吳用口中並不以第一把予員外則知宋江心中久不以第一把予晁蓋也此書處處故出宋江之惡不爲少諱如此此乃未曾上山時預先寫下四句反詩在家裏壁上四句卦歌一用之以賺員外出門再用之以排員外下水三又用之使員外還家不得奇絕我教你們知道壁上二十八箇字每一句頭上出一箇字自註一遍奇絕蘆花灘上有扁舟頭上盧字奇絕俊傑黃昏獨自遊頭上俊字奇絕義士手提三尺劍頭上義字奇絕反時須斬逆臣頭頭上反字奇絕四句後二句忽變正妙不必印板寫出三遍也這四句詩包藏盧俊義反四字奇絕宋江反詩黃文炳逐句開詳盧俊義反詩吳用親口註釋可謂各極其妙今日上山你們怎知本待把你衆人殺了顯得我梁山泊行短今日姑放你們回去便可布告京城主人決不回來不惟李固反噬惟吳用亦實教之李固等只顧下拜吳用教把船送過渡口一行人上路奔回北京話分兩頭不說李固等歸家且說吳用回到忠義堂上再入筵席各自默默飲酒至夜而散次日次日山寨裏再排筵會慶賀盧俊義說道感承衆頭領不殺但盧某殺了倒好罷休不殺便是度日如年今日告辭英雄員外到底不作軟語宋江道小可不才幸識員外來日宋江梯己備一小酌對面論心一會望勿推却又過了一日又過一日次日宋江請次日次日吳用請次日又次日公孫勝請又次日話休絮繁三十餘箇上廳頭領每日輪一箇做筵席三十餘日可知光陰荏苒日月如流早過一月有餘過一月有餘盧俊義性發又要告別宋江道非是不留員外爭奈急急要回來日忠義堂上安排薄酒送行又一日次日

宋江又梯巳送路（又次日）只見衆頭領都道俺哥哥敬員外十分俺等衆人當敬員外十二分（好話）偏我哥哥餞行便喫磚兒何厚瓦兒何薄（妙妙）李逵在内大叫道我受了多少氣悶直往北京請得你來却不容我餞行了去我和你眉尾相結性命相撲（更妙）（更妙）吳學究大笑道不曾見這般請客的我勸員外鑒你衆人薄意再住幾時（吳用只是一意妙筆）便不覺又過四五日（又過四五日）盧俊義堅意要行只見神機軍師朱武將引一班頭領直到忠義堂上開話道我等雖是以次弟兄也曾與哥哥出氣力偏我們酒中藏着毒藥盧員外若是見怪不肯喫我們的我自不妨只怕小兄弟們做出事來老大不便（又妙又妙聽上聽下寫得參差蓬勃聲音情狀都有）吳用起身便道你們都不要煩惱我與你央及員外再住幾時有何不可嘗言道將酒勸人本無惡意（吳用只是一意妙筆）盧俊義抑衆人不過只得又住了幾日（又幾日）前後却好三五十日

（總結一句筆法老到）自離北京是五月的話不覺在梁山泊早過了兩箇多月但見金風淅淅玉露冷冷早是深秋時分盧俊義一心要歸對宋江訴說宋江笑道這箇容易來日金沙灘送行（又來日）盧俊義大喜次日還把舊時衣裳刀棒送還員外一行衆頭領都送下山宋江把一盤金銀相送（又寫宋江銀子處處網羅豪傑獨不能網羅盧員外妙絕）盧俊義笑道山寨之物從何而來盧某好受（罵得痛快）若無盤纏如何回去盧某好却（又算得濶綽）但得度到北京其餘也是無用（數語寫得進以禮退以義綽綽有餘眞乃英雄員外）宋江等衆頭領直送過金沙灘作別自回不在話下不說宋江回寨只說盧俊義拽開脚步星夜奔波行了旬日方到北京日巳薄暮趕不入城就在店中歇了一夜次日早晨盧俊義離了村店飛奔入城尚有一里多路只見一人頭巾破碎衣裳襤褸看着盧俊義伏地便哭盧俊義擡眼看時却是浪子燕青（先出小乙布筆甚好亦恐員外歸家後更插不下也）便

問小乙你怎地這般模樣燕青道這里不是說話處盧俊義轉過土墻側首細問緣故燕青說道自從主人去後不過半月李固回來對娘子說主人歸順了梁山泊宋江坐了第二把交椅當時便去官司首告了他已和娘子做了一路嗔怪燕青違拗將一房家私盡行封了趕出城外更兼分付一應親戚相識但有人安着燕青在家歇的他便捨半箇家私和他打官司因此小乙城中安不得身只得來城外求乞度日小乙非是飛不得別處去得此一語便令千伶百俐人乃僕來乞更不遺漏只為深知主人必不落草故此忍這殘喘在這里候見主人一面只二十餘字已極一篇豫讓列傳矣讀此語時正値寒冬深更燈昏酒盡無可如何因拍卓起立浩歎一聲開門視天雲黑如磐也若主人果自山泊裏來可聽小乙言語再回梁山泊去別做箇商議若入城中必中圈套盧俊義喝道我的娘子不是這般人你這厮休來放屁燕青又道主人腦後無眼怎知就裏主人平昔只顧打熬氣力不親女色倒補員外娘子舊日和李固原有私情倒補娘子今日推門相就做了夫妻主人回去必遭毒手盧俊義大怒喝罵燕青道我家五代在北京住誰不識得量李固有幾顆頭敢做恁般勾當莫不是你做出歹事來今日到來反說前囑付云休去三尾兩舍此喝罵云莫不倒來反說皆寫員外失之燕青而欲得之李固皆文家反襯之法也我到家中問出虛實必不和你干休燕青痛哭爬倒地下拖住員外衣服不惟小乙哭我亦要哭非哭員外哭小乙也盧俊義一脚踢倒燕青大踏步便入城來奔到城內逕入家中只見大小主管都喫一驚李固慌忙前來迎接請到堂上納頭便拜盧俊義便問燕青安在李固答道主人且休問端的一言難盡辛苦風霜待歇息定了却說李固語與娘子語不差一字寫兩人一路絕倒賈氏從屏風後哭將出來盧俊義說道娘子見了且說燕小乙怎地來賈氏道丈夫且休問端的一言難盡辛苦風霜待歇息定了却說娘子語與李固語不差一字絕倒

盧俊義心中疑慮，定死要問燕青來歷。李固便道：「主人且請換了衣服，拜了祠堂，喫了早飯，那時訴說不遲。」（寫李固安排手脚，乃恰與出門時事逐句相應，妙絶之筆。）一邊安排飯食與盧員外喫。方纔舉筯，只聽得前門後門喊聲齊起，二三百箇做公的搶將入來。盧俊義驚得呆了，就被做公的綁了，一步一棍，直打到留守司來。其時梁中書正坐公廳，左右兩行排列狠虎一般公人七八十箇，把盧俊義拏到當面。李固和賈氏也跪在側邊。（俗本作賈氏和李固，古本作李固和賈氏。夫賈氏和李固者，猶似以尊及卑，是二人之罪不見也。李固和賈氏者，彼固儼然如夫婦焉，然則李固之叛與賈氏之淫，不言而自見也。先賈氏則李固之罪不見，先李固則賈氏之罪見，此書法也。）廳上梁中書大喝道：「你這廝是北京本處良民，如何却去投降梁山泊落草，坐了第二把交椅，如今倒來裏勾外連，要打北京！」（別又增出八字，使正李固之罪明，更非吳用之教之也。○吳用之教李固也，其計可謂毒甚矣，乃李固只增八字，而其毒遂更甚於吳用百倍。天下負恩之奴，真有如此之奇兇者。）今被擒來，有何理說？」盧俊義道：「小人一時愚蠢，被梁山泊吳用假做賣卜先生，來家口出訛言，煽惑良心，撥賺到梁山泊，軟監了兩箇多月。今日幸得脫身歸家，並無歹意，望恩相明鏡。」梁中書喝道：「如何說得過！你在梁山泊中，若不通情，如何住了許多時？見放着你的妻子并李固告狀出首，怎地是虛？」李固道：（看他寫李固道賈氏道，一遞一口，儼然唱隨，讀之醜不可堪。）「主人既到這里，招伏了罷。家中壁上見寫下藏頭反詩，便是老大的證見，不必多說。」賈氏道：「不是我們要害你，只怕你連累我。常言道：『一人造反，九族全誅。』」盧俊義跪在廳下，叫起屈來。李固道：「主人不必叫屈。是真難滅，是假易除。早早招了，免致喫苦。」賈氏道：「丈夫，虛事難入公門，實事難以抵對。你若做出事來，送了我的性命。不奈有情皮肉，無情杖子。你便招了，也只喫得有數的官司。」李固上下都使了錢。張孔目上廳稟道：「這箇頑皮賴骨，不打如何肯招！」梁中書道：「說得是。」喝叫一聲：「打！」左右公人把盧俊義綳翻在地不繇分說打得皮開肉綻鮮血迸流昏暈去了三四次盧俊義打熬不過伏地歎道果然命中合當橫死（忽然補帶算命可謂隨筆成趣）我今屈招了罷張孔目當下取了招狀討一面一百斤死囚枷釘了押去大牢裏監禁府前府後看的人都不忍見（特下此語以反襯受恩之奴結髮之妻不是浪々）當日推入牢門押到庭心內跪在面前獄子炕上坐着那箇兩院押牢節級兼充行刑劊子姓蔡名福北京土居人氏因為他手段高強人呼他為鐵臂膊傍邊立着這箇嫡親兄弟小押獄生來愛帶一枝花河北人順口都叫他做一枝花蔡慶那人拄着一條水火棍立在哥哥側邊（寫二蔡便若一幅絕妙白描地獄變相）蔡福道你且把這箇死囚帶在那一間牢裏我家去走一遭便來蔡慶把盧俊義且帶去了蔡福起身出離牢門來只見司前墻下轉過一箇人來（此下寫只見一人又只見一人令人眼光閃動應接不及）手裏提着飯罐滿面掛淚（只四字活畫出屈原申生孫讓）

等一輩人蔡福認得是浪子燕青（李固之急於殺員外也應書先遇李固可也李固急於殺員外而書先遇燕青夫然後知燕青之忠事員外加於當情萬萬也）蔡福問道燕小乙哥你做甚麼燕青跪在地下眼淚如拋珠撒豆告道節級哥哥可憐見小人的主人盧員外喫屈官司又無送飯的錢財小人城外叫化得這半罐子飯權與主人充饑節級哥哥怎地做箇方便（縮一字妙絕不惟小乙說不完雖讀者亦不忍讀完也）說不了氣早咽住爬倒在地（眞是活畫畫亦畫不出讀之眞乃猪狗有心皆當下淚）蔡福道我知此事你自去送飯把與他喫（寫二蔡）燕青拜謝了自進牢裏去送飯蔡福行過州橋來只見一箇茶博士（又只見一人）叫住唱喏道節級有箇客人在小人茶房內樓上專等節級說話蔡福來到樓上看時正是主管李固（俗本作却是古本作正是却是者出自意外之辭也正是者不出所料之辭也只一字便寫盡叛奴之毒公人之慣古本之妙如此）各施禮罷蔡福道主管有何見教李固道奸不厮瞞俏不厮欺小人的事都在節級肚裏今夜晚間只要光前絕後（只將

絕字撲過耀字而光字亦都撲卻矣撲古之妙至此方是出神入化笑村學先生取古人語拗曲改直自稱絕調也○吾生平所見筆舌之妙無踰臨川清遠先生者其牡丹亭傳奇杜麗娘入塾詩曰酒是先生饌女為君子儒上句以是字撲過食字而恰恰字異音同已為奇絕至下句并不撲一字而化板重為風流變聖經為香口真乃千秋絕唱一座盡傾也○然猶未若吾友斲山先生之妙舌也其他多不可舉姑舉其一一日會食蛤蜊有較書在席問客曰不審何故雀入大水化為蛤先生應口答曰卿且莫理會此我正未解卿家何故雀入大蛤便化為水耳一座閧然大笑乃至有翻酒失筯者其靈脣妙舌日有千言言言傚此蓋其無心清如水故物來畢烙并他人之所得及也甚孝順五十兩蒜條金在此送與節級廳上官吏小人自去打點蔡福笑道你不見正廳戒石上刻着下民易虐上蒼難欺你那瞞心昧己勾當怕我不知你又占了他家私謀了他老婆如今把五十兩金子與我結果了他性命日後提刑官下馬我喫不得這等官司李固道只是節級嫌少小人再添五十兩蔡福道李主管你割猫兒尾拌猫兒飯北京有名恁地一箇盧員外只值得這一百兩金子你若要我倒地他不是我詐你只把五百兩金

子與我并不為二蔡地盡行文欲險不得不爾李固便道金子有在這里便都送與節級只要今夜完成此事蔡福收了金子藏在身邊起身道明日早來扛屍李固拜謝歡喜去了蔡福回到家裏却纔進門只見一人揭起蘆簾跟將入來叫一聲蔡節級相見又只見一人○接筆而來疊墨而起妙不可言蔡福看時但見那一箇人生得十分標緻且是打扮整齊身穿鴉翅青團領腰繫羊脂玉鬧粧頭帶鵕鸃冠足躡珍珠履那人進得門看着蔡福便拜前二人讀之易知此一人思之難解奇絕妙絕蔡福慌忙答禮便問道官人高姓有何見教那人道可借裏面說話蔡福便請入來一箇商議閤裏問名絕倒不知商議何事不出與官過賊替人謀命耳分賓坐下那人開話道節級休要喫驚開語令人喫驚在下便是滄州橫海郡人氏姓柴名進大周皇帝嫡派子孫綽號小旋風的便是此來用柴進者何也富莫富於盧員外貴莫貴於柴王孫富貴相襯一也高唐救出之後至今未嘗立功借此立功二也只因好義疎財結識天下好漢不幸犯罪

流落梁山泊今奉宋公明哥哥將令差遣前來打聽盧員外消息誰知被贓官梁中書污吏張孔目淫婦賈氏奸夫李固四物以類相從寫得好笑通情陷害監在死囚牢裏一命懸絲盡在足下之手妙妙不避生死特來到宅告知若是留得盧員外性命在世佛眼相看不忘大德但有半米兒差錯兵臨城下將至濠邊無賢無愚無老無幼打破城池盡皆斬首妙妙久聞足下是箇仗義全忠的好漢無物相送今將一千兩黃金薄禮在此倘若要捉柴進就此便請繩索誓不皺眉妙妙蔡福聽罷嚇得一身冷汗半晌答應不得柴進起身道好漢做事休要躊躇便請一決又妙又妙蔡福道且請壯士回步小人自有措置柴進便拜道既蒙語諾當報大恩又妙又妙出門喚過從人取出黃金遞與蔡福唱箇喏便走又妙又妙以上三段寫燕青是一樣寫李固是一樣寫柴進是一樣外面從人乃是神行太保戴宗又是一箇不會走的百忙中忽作趣語然非此傳正例也蔡福得了這箇消息攛掇不下思量半晌回到牢中把上項的事却對兄弟說了一遍蔡慶道哥哥生平最會斷決量這些小事有何難哉嘗言道殺人須見血救人須救徹既然有一千兩金子在此我和你替他上下使用寫二蔡梁中書張孔目都是好利之徒接了賄賂必然周全盧俊義性命葫蘆提配將出去救得救不得自有他梁山泊好漢此等語魯達不肯說此七十二人之所以遜於三十六人也與俺們幹的事便完了蔡福道兄弟這一論正合我意你且把盧員外安頓好處早晚把些好酒食將息他傳箇消息與他蔡福蔡慶兩箇商議定了暗地裏把金子買上告下關節已定次日李固不見動靜前來蔡福家催併蔡慶回說我們正要下手結果他中書相公不肯已叫人分付要留他性命你自去上面使用囑付下來我這里何難妙妙如聞李固隨即又央人去上面使用中間過錢人去囑托梁中書道這是押牢節級的勾

當難道教我下手過一兩日教他自死妙妙如聞兩下里廝推張孔目已得了金子只管把文案拖延了日期蔡福就裏又打關節教極早發落張孔目將了文案來禀梁中書道這事如何決斷張孔目道小吏看來盧俊義雖有原告却無實跡雖是在梁山泊住了許多時這箇是扶同詿誤難問眞犯只宜脊杖四十刺配三千里不知相公心下如何梁中書道孔目見得極明正與下官相合笑殺隨喚蔡福牢中取出盧俊義來就當廳除了長枷讀了招狀文案決了四十脊杖換一具二十斤鐵葉盤頭枷就廳前釘了便差董超薛霸管押前去直配沙門島原來這董超薛霸自從開封府做公人押解林冲去滄州路上害不得林冲回來被高太尉尋事刺配北京梁中書因見他兩箇能幹就留在留守司勾當閒中忽補閒事筆墨奇逸之甚今日又差他兩箇監押盧俊義林冲者山泊之始盧俊義者山泊之終一始一終都用董超薛霸作關鎖筆墨奇逸之甚當下董超薛霸領了公文帶了盧員外離了州衙把盧俊義監在使臣房裏以下皆特地與林冲文相也各自歸家收拾行李包裹即便起程李固得知只叫得苦便叫人來請兩箇防送公人說話董超薛霸到得那里酒店內李固接着請至閣兒裏坐下一面鋪排酒食管待三杯酒罷李固開言說道實不相瞞盧員外是我讐家千載受恩深處必至於此讀之使人寒心今配去沙門島路途遙遠他又沒一文絕倒之語爲守財虜寒心教你兩箇空費了盤纏急待回來也得三四箇月我沒甚的相送兩錠大銀權爲壓手多只兩程少無數里就便的去處結果了他性命揭取臉上金印回來表證教我知道每人再送五十兩蒜條金與你你們只動得一張文書留守司房裏我自理會董超薛霸兩兩相覷董超道只怕行不得薛霸便道哥哥這李官人有名一箇好男子絕倒世間月旦大率如此矣我們也把這件事結識了他若有急難之處要他

一路特地與林冲文一般耐看每每偏要如此

焙管李固道、我不是忘恩失義的人、〔足見高誼絶倒殺人〕慢慢地報答你兩箇、董超薛霸收了銀子、相別歸家、收拾包裹、連夜起身、盧俊義道、小人今日受刑杖瘡作痛、容在明日上路罷、薛霸罵道、你便閉了鳥嘴、老爺自悔氣、撞着你這窮神、沙門島往回六千里有餘、費多少盤纏、你又沒一文、教我們如何布擺、盧俊義訴道、念小人負屈含寃、上下看覷則箇、董超罵道、你這財主們、閒常一毛不拔、今日天開眼、報應得快、你不要怨悵、我們相帮你走、盧俊義忍氣吞聲、只得走動、行出東門、董超薛霸把衣包雨傘、都掛在盧員外枷頭上、兩箇一路上做好做惡、管押了行、看看天色傍晚、約行了十四五里、前面一箇村鎮、尋覓客店安歇、當時小二哥引到後面房裏、安放了包裹、薛霸說道、老爺們苦殺是箇公人、那里倒來伏侍罪人、你若要飯喫、快去燒火、盧俊義只得帶着枷來到厨下、問小二哥討了箇草柴、縛做一塊、來竈前燒火、小二哥替他淘米做飯、洗刷碗盞、盧俊義是財主出身、這般事却不會做、草柴火把又濕、又燒不着、一齊滅了、甫能盡力一吹、被灰眯了眼睛、〔寫得好極〕董超又喃喃吶吶地罵、做得飯熟、兩箇都盛去了、盧俊義並不敢討喫、兩箇自喫了一回、剩下些殘湯冷飯、與盧俊義喫了、薛霸又不住聲罵了一回、喫了晚飯、又叫盧俊義去燒脚湯、等得湯滾、盧俊義方敢去房裏坐地、兩箇自洗了脚、掇一盆百煎滾湯、賺盧俊義洗脚、〔與林冲文般耐〕方纔脫得草鞋、被薛霸扯兩條腿、納在滾湯裏、大痛難禁、薛霸道、老爺伏侍你、顛倒做嘴臉、兩箇公人自去炕上睡了、把一條鐵索將盧員外鎖在房門背後、聲喚到四更、兩箇公人起來、叫小二哥做飯、自喫飽了、收拾包裹要行、盧俊義看脚時、都是潦漿泡、點地不得、當日秋雨紛紛、路上又滑、〔寫得好極。〇自是斷腸聽不得。非干吹出斷腸聲。為此秋雨作一註脚。〕盧俊義一步一攔薛霸拏起水火棍攔腰便打董超假意去勸一路上埋冤叫苦離了村店約行了十餘里到一座大林盧俊義道小人其實走不動了可憐見權歇一歇兩箇公人帶入林子來正是東方漸明未有人行薛霸道我兩箇起得早了好生困倦欲要就林子裏睡一睡只怕你走了盧俊義道小人插翅也飛不去薛霸道莫要着你道兒且等老爺縛一縛（可謂與林冲傳一字不換矣。筆力之大如此。）腰間解下麻索兜住盧俊義肚皮去那松樹上只一勒反拽過腳來綁在樹上（縛法於林冲文為加詳。）薛霸對董超道大哥你去林子外立着若有人來撞着咳嗽為號董超道兄弟放手快些箇薛霸道你放心去看着外面說罷拏起水火棍看着盧員外道你休怪我兩箇你家主管李固教我們路上結果你便到沙門島也是死不如及早打發了你陰司地府不要怨我們明年今日是你週年盧俊義聽了淚如雨下低頭受死薛霸兩隻手拏起水火棍望着盧員外腦門上劈將下來（故作險筆。驚死讀者。）董超在外面只聽得一聲撲地響只道完事了慌忙走入來看時盧員外依舊縛在樹上（奇之甚。妙之甚。）薛霸倒仰臥在樹下水火棍撇在一邊（奇之甚。妙之甚。）董超道却又作怪莫不你使得力猛倒喫一交（又趣。）用手去扶時那里扶得動只見薛霸口裏出血心窩裏露出三四寸長一枝小小箭桿（奇之甚。妙之甚。）却待要叫只見東北角樹上坐着一箇人（奇之甚。妙之甚。）聽得叫聲着撒手響處董超頸項上早中了一箭兩腳蹬空撲地也倒了（奇之甚。妙之甚。）那人托地從樹上跳將下來拔出解腕尖刀割斷繩索劈碎盤頭枷就樹邊抱住盧員外放聲大哭盧俊義閃眼看時認得是浪子燕青（奇之甚。妙之甚。一路偏要寫得與林冲傳一樣。乃至不差一字。然後轉出燕青救主來。却與魯達救林冲。並無毫釐相似。所謂不離道。務臻妙境也。）叫道小乙莫不是魂魄和你相見麼燕青道小乙直從留守司前跟定這廝兩箇到此不想這廝果然來這林子裏下手如今被小乙兩弩箭結果了主人見麼盧俊義道雖是你強救了我性命卻射死了這兩箇公人這罪越添得重了待走那里去的是燕青道當初都是宋公明苦了主人今日不上梁山泊時別無去處盧俊義道只是我杖瘡發作腳皮破損點地不得燕青道事不宜遲我背着主人去莫伶俐於小乙也而此時此際遂宛然李鐵牛身分者至性所發固當不謀而合也只六字遂抵一篇陸秀夫張世傑列傳心慌手亂便踢開兩箇死屍帶着弩弓插了腰刀拏了水火棍背着盧俊義一直望東便走不到十數里早馱不動見一箇小小村店入到裏面尋房安下叫做飯來權且充饑兩箇暫時安歇這里卻說過往人看見林子裏射死兩箇公人在彼近處社長報與里正得知卻來大名府裏首告隨即差官下來簡驗卻是留守司公人董超薛霸回復梁中書着落大名府緝捕觀察限了日期要捉兇身做公的人都來看了論這弩箭眼見得是浪子燕青的事不宜遲一二百做公的分頭去一到處貼了告示說那兩箇模樣曉諭遠近村坊道店市鎮人家挨捕捉拏卻說盧俊義正在店房將息杖瘡正走不動只得在那里且住店小二聽得有殺人公事無有一箇不說又見畫他兩箇模樣小二心疑卻走去告本處社長我店裏有兩箇人好生腳叉不知是也不是社長轉報做公的去了卻說燕青為無下飯拏了弩子去近邊處尋幾箇蟲蟻喫脫得妙絕又無痕影卻待回來只聽得滿村裏發喊燕青躲在樹林裏張時看見一二百做公的鎗刀圍匝把盧俊義縛在車子上推將過去燕青要搶出去救時又無軍器只叫得苦方脫一險又成一險奇峯怪壑層見疊出真欲驚死天下人尋思道若不去梁山泊報與宋公明得知叫他來救卻不是我誤了主人性命當時取路行了半夜肚裏又饑身邊又沒一文走到一箇土岡子上蘩蘩雜雜有些樹

木就林子裏睡到天明心中憂悶只聽得樹枝上喜鵲咶咶噪噪（寫至此處可謂筆慌墨促急不得了矣偏有餘力作此奇波才子洵非恒情可量耳）尋思道若是射得下來村坊人家討些水煮瀑得熟也得充饑（只一喜鵲作波却又寫出燕青絶技又寫出燕青窮途妙筆妙筆）走出林子外擡頭看時那喜鵲朝着燕青噪（百忙中作閒筆却畫出許多身分上是聽得鵲噪此方是走出來看也）燕青輕輕取出弩弓暗暗問天買卦望空祈禱說道燕青只有這一枝箭了（特寫燕青神技）若是救得主人性命箭到（句）靈鵲墜空若是主人命運合休箭到（句）靈鵲飛去（祝辭都妙）搭上箭叫聲如意子不要悞我（聞此妙語如見妙人）弩子響處正中喜鵲後尾帶了那枝箭直飛下岡子去（中鵲而鵲飛去後知作者之意固不在於得鵲也）燕青大踏步趕下岡子去不見喜鵲却見兩箇人從前面走來（如此交卸過來文字便無牽合之迹不然燕青恰下岡而兩人恰上岡天下容或有如是之巧事而文家固必無如是之幸筆也）前頭的帶頂猪嘴頭巾腦後兩箇金裏銀環上穿香皂羅衫腰繫銷金膊穿半膝軟襪麻

鞋提一條齊眉棍棒（奇哉此何人斯）後面的白范陽遮塵笠子茶褐攢線袖衫腰繫緋紅纏袋脚穿踢土皮鞋背了衣包提條短棒跨口腰刀（奇哉又何人斯）這兩箇來的人正和燕青打箇肩廝拍燕青轉回身看一看尋思我正沒盤纏何不兩拳打倒他兩箇奪了包裹却好上梁山泊揣了弩弓抽身回來這兩箇低着頭只顧走（如畫）燕青趕上把後面帶氊笠兒的後心一拳撲地打倒却待拽拳再打那前面的却被那漢手起棒落正中燕青左腿打翻在地後面那漢子爬將起來踏住燕青掣出腰刀劈面門便剁（又跳出一險事令人一驚未了一驚又起妙絶）燕青大叫道好漢我死不妨可憐無人報信那漢便不下刀收住了手提起燕青問道你這厮報甚麽信燕青道你問我待怎地前面那漢把燕青手一拖却露出手腕上花繡慌忙問道你不是盧員外家甚麽浪子燕青（燕青自通姓名既不可那漢自曉姓名又不可良工苦心忽算到花繡上來奇妙不可言一路寫燕青

忠勇處處寫出妙人可謂雖青别緣之文矣燕青想道左右是死索性說了教他挺去和主人陰魂做一處便道我正是盧員外家浪子燕青讀之甚似極曲折昔却不知其極逕直也○此處固不逕直不得若其逕直而又似曲折則非他筆之所能耳二人見說一齊看一看道早是不殺了你原來正是燕小乙哥你認得我兩箇麼我是梁山泊頭領病關索楊雄他便是拚命三郎石秀用楊雄石秀亦從奸夫淫婦上帶來楊雄道我兩箇今奉哥哥將令差往北京打聽盧員外消息軍師與戴院長亦隨後下山專候通報先伏一句燕青聽得是楊雄石秀把上件事都對兩箇說了楊雄道既是如此說時我和小乙哥上山寨報知哥哥別做箇道理你可自去北京打聽消息便來回報只輕輕颺下一筆其弱如絲又豈料其後文變作驚天動地耶石秀道最好便取身邊燒餅乾肉與燕青喫結射鵰一案把包裹與燕青背了跟着楊雄連夜上梁山泊來見了宋江燕青把上項事備細說了一遍宋江大驚便會衆頭領商議良策且說石秀只帶自己隨身衣服來到北京城外天色已晚入不得城就城外歇了一宿次日早飯罷入得城來但見人人嗟嘆箇箇傷情奇文駭筆石秀心疑來到市心裏問市戶人家時只見一箇老丈回言道客人你不知我這北京有箇盧員外等地財主因被梁山泊賊人擄掠前去逃得回來倒喫了一場屈官司迭配去沙門島又不知怎地路上壞了兩箇公人昨夜拏來今日午時三刻解來這里市曹上斬他客人可看一看石秀聽罷兜頭一杓氷水六日後斬宋江已成險絕之筆此更寫出當日斬盧俊義今我讀至此處亦不敢更望有轉筆處○真是嚇死人才子之才如此急走到市曹却見一箇酒樓石秀便來酒樓上臨街占箇閣兒坐下酒保前來問道客官還是請人還是獨自酌杯急殺人時偏有此消停之語寫得如畫石秀睜着怪眼道大碗酒大塊肉只顧賣來問甚麼鳥酒保倒喫了一驚打兩角酒切一大盤牛肉將來石秀大碗大塊喫了一回坐不多

時只聽得樓下街上熱鬧（嚇殺嚇殺如之何如之何）石秀便去樓牕外看時（先將樓牕挑逗一筆）只見家家閉戶舖舖關門酒保上樓來道客官醉也樓下出人公事快算了酒錢別處去廻避石秀道我怕甚麼鳥你快走下去莫要討老爺打酒保不敢做聲下樓去了不多時只聽得街上鑼鼓喧天價來（嚇嚇殺如之何如之何）石秀在樓牕外看時（再將樓牕挑逗一句）十字路口週廻圍住法場十數對刀棒劊子前排後擁把盧俊義綁押到樓前跪下鐵臂膊蔡福拏着法刀一枝花蔡慶扶着枷梢（寫二蔡）說道盧員外你自精細着不是我弟兄兩箇救你不得事做拙了前面五聖堂裏我已安排下你的坐位了你可一魂去那里領受說罷人叢裏一聲叫道午時三刻到了（嚇嚇殺如之何如之何）一邊開枷（嚇殺）蔡慶早拏住了頭（嚇殺）蔡福早掣出法刀在手（嚇殺）當案孔目高聲讀罷犯繇牌（嚇殺）衆人齊和一聲（嚇殺如之何如之何）樓上石秀只就那一聲和裏掣着腰刀在手應聲大叫梁山泊好漢全夥在此（嚇殺人樂殺人奇殺人妙殺人）蔡福蔡慶撇了盧員外扯了繩索先走（兼寫二蔡）石秀從樓上跳將下來手舉鋼刀殺人似砍瓜切菜走不迭的殺翻十數箇（嚇殺樂殺奇殺妙殺）一隻手拖住盧俊義投南便走原來這石秀不認得北京的路（只謂救出一箇却是陷入兩箇筆力之奇如龍攪海的的才子）更兼盧員外驚得呆了越走不動梁中書聽得報來大驚便點帳前頭目引了人馬分頭去把城門關上差前後做公的合將攏來隨你好漢英雄怎出高城峻壘

正是分開陸地無牙爪飛上青天欠羽毛

畢竟盧員外同石秀當下怎地脫身且聽下回分解

第五才子書施耐菴水滸傳卷之六十六

第五才子書施耐菴水滸傳卷之六十七

聖歎外書

第六十二回

宋江兵打大名城
關勝議取梁山泊

奴才古作奴財始於郭令公之駡其兒言爲羣奴之所用也乃自今日觀之而羣天之下又何此類之多乎哉一鬨之市抱布握粟棼如也彼棼如者何爲也爲奴財而已也山川險阻舟車翻覆棼如也彼棼如者何爲也爲奴財而已也甚而至於窮夜呻唔廿年入棘棼如也彼棼如者何爲爲奴財而已也又甚至於握符綰綬呵殿出入棼如也彼棼如者何爲爲奴財而已也馳戈驟馬解脰陷胸棼如也幸而功成即無不爲奴財者也千里行脚頻年講肆棼如也既而來歸亦無不爲奴財者也嗚呼羣天下之人而無不爲奴財然則君何賴以治民何賴以安親何賴以養子何賴以教己德何賴以立後學何賴以做哉

石秀之駡梁中書曰你這與奴才做奴才的奴才誠乃耐菴托筆駡世爲快絕哭絕之文也

索超先是已從楊志文中出見至是隔五十餘卷而乃忽然欲合恐人謂其無因而至前也於是先從此處斜見橫出却又借韓滔一箭再作一頓然後轉出雪天之擒其不肯率然置筆如此

射索超用韓滔者何也意在再頓索超非意在必射索超也故有時射用花榮是成乎其爲射也有時射用韓滔是不成乎其爲射也不成乎其爲射而必用韓滔者何也韓滔爲秦明副將便即借之也

以堂堂宰相之尊衮衮樞密院官三衙太尉之衆而面面厮覷則面面厮覷已耳亦有何策上紓國憂下弭賊勢乎哉忽然背後轉出一人忽然背後轉出之人又從背後引出一人忽然背後人所引之背後人又從背後引出一人嗚呼才難未必然乎是何背後之多人也然則之三人亦幸而得遇朝廷多事尚得有以自見不然者幾何其不爲堂堂宰相衮衮樞密院官三衙太尉之脚底下泥終亦不見天日之面也之三人亦不幸而得遇朝廷多事終亦不免自見不然者吾知其閉戶高臥亦是自老跡不願從堂堂宰相衮衮樞密院官三衙太尉之鼻下喉間仰取氣息也讀竟爲之三嘆

話說當時石秀和盧俊義兩箇在城內走投没路四下里人馬合來衆做公的把撓鈎套索一齊上可憐寡不敵衆兩箇當下盡被捉了解到梁中書面前叫押過刼法塲的賊來石秀押在廳下睜圓怪眼高聲大罵你這與奴才做奴才的奴才（奴才二字始於郭令公之罵其兒也曰是殆爲奴輩之所用耳今亦暗用其意搆成奇句凡十一字而有三奴才字妙絶快絶）我聽着哥哥將令早晚便引軍來打你城子踏爲平地把你砍做三截先教老爺來和你們說知石秀在廳前千奴才萬奴才價罵廳上衆人都諕呆了（俗本誤作千賊萬賊無謂之甚）梁中書聽了沉吟半晌叫取大枷來且把二人枷了監放死囚牢裏分付蔡福在意看管休教有失蔡福要結識梁山泊好漢把他兩箇做一處牢裏關着忙將好酒好肉與他兩箇喫因此不曾喫苦（安放此句於没頭帖子之前者表二蔡也）却說梁中書與本州新任王太守當廳發落就城中計點被傷人數殺死的有七八十箇跌傷頭面磕折腿脚者不計其數（此非表梁中書愛民盖補寫上文勢頭之猛惡也）報名在官梁中書支給官錢醫治燒化了當次日城

裏城外報說將來收得梁山泊沒頭帖子數十張不敢隱瞞只得呈上（不會讀書人只謂從天而降會讀書人卻謂前文已有線）了梁中書接着念道梁山泊義士宋江仰示大名府官吏員外盧俊義者天下豪傑之士（好文章擲地當作金石聲）吾今啓請上山一同替天行道如何妄狥奸賄屈害善良吾令石秀先來報知不期反被擒捉如是存得二人性命獻出淫婦奸夫吾無多求（好文章）倘若故傷羽翼屈壞股肱便當拔寨興師同心雪恨大兵到處玉石俱焚勦除奸詐殄滅愚頑天地咸扶鬼神共祐談笑而來鼓舞而去（好文章從來露布之所未有）義夫節婦孝子順孫安分良民清慎官吏切勿驚惶各安職業諭衆知悉（真正絕妙一篇好文章）當時梁中書看畢便喚王太守到來商議此事如何剖決王太守是箇善懦之人聽得說了這話便稟梁中書道梁山泊這一夥朝廷幾次尚且收捕他不得何況我這里一郡之力倘若這亡命之徒引兵到來

朝廷救兵不迭那時悔之晚矣若論小官愚意且姑存此二人性命（沒頭帖子正復何用只求得此一句耳）一面寫表申奏朝廷二則奉書呈上蔡太師恩相知道三着可教本處軍馬出城下寨隄備不虞如此可保大名無事軍民不傷若將這兩箇一時殺壞誠恐寇兵臨城一者無兵解救二者朝廷見怪三乃百姓驚慌城中擾亂深為未便（看他做出一正一反兩股文章知其進士出身也）梁中書聽了道知府言之極當先喚押牢節級蔡福來便道這兩箇賊徒非同小可你若是拘束得緊誠恐喪命若教你寬鬆又怕走了你弟兄兩箇早早晚晚可緊可慢在意堅固管係發落休得時刻怠慢（沒頭帖子之用如此）蔡福聽了心中暗喜如此發放正中下懷領了鈞旨自去牢中安慰兩箇不在話下只說梁中書便喚兵馬都監大刀聞達天王李成兩箇都到廳前商議梁中書備說梁山泊沒頭告示王太守所言之事兩箇都監聽罷李成便

道量這夥草寇如何敢擅離巢穴相公何必有勞神思李某不才食祿多矣無功報德願施犬馬之勞統領軍卒離城下寨草寇不來別作商議如若那夥強寇年衰命盡擅離巢穴領衆前來不是小將誇口定令此賊片甲不回梁中書聽了大喜隨即取金花繡段賞勞二將兩箇辭謝別了梁中書各回營寨安歇次日李成陞帳喚大小官軍上帳商議傍邊走過一人威風凜凜相貌堂堂便是急先鋒索超又出頭相見（可謂又別）李成傳令道宋江草寇早晚臨城要來打倦大名你可點本部軍兵離城三十五里下寨我隨後却領軍來索超得了將令次日點起本部軍兵至三十五里地名飛虎峪靠山下了寨柵（飛虎峪是一段）次日李成引領正偏將離城二十五里地名槐樹坡下了寨柵（槐樹坡是一段）週圍密布鎗刀四下深藏鹿角三面掘下陷坑衆軍摩拳擦掌諸將協力同心只等梁山泊軍馬到來便要建功（寫得聲勢）有話分兩頭原來這沒頭帖子却是吳學究聞得燕青楊雄報信又叫戴宗打聽得盧員外石秀都被擒捉因此虛寫告示向沒人處撇下及橋梁道路上貼放只要保全盧俊義石秀二人性命（註明）戴宗回到梁山泊把上項事備細與衆頭領說知宋江聽罷大驚就忠義堂上打鼓集衆大小頭領各依次序而坐宋江開話對吳學究道當初軍師好計啓請盧員外上山今日不想却教他受苦又陷了石秀兄弟再用何話可救吳用道兄長放心小生不才乘此機會要取大名錢糧以供山寨之用明日是箇吉辰請兄長分一半頭領把守山寨其餘盡隨出去攻打城池宋江當下便喚鐵面孔目裴宣派撥大小軍兵來日起程黑旋風李逵便道我這兩把大斧多時不曾發市聽得打州刼縣他也在廳邊歡喜（真正妙人有此靈心妙舌○試得板斧便似兩箇快友奇妙非他人可及）哥哥撥與我五百小嘍囉搶到大

名把那鳥城池砍做肉地救出盧員外石三郎也使我啞道童吐口宿氣又教我做事做徹却不快活（說得情理都盡。真正妙人。一部中有三故焉。高興是一。出氣是一。義憤是一也。）宋江道兄弟雖然勇猛這所在非比別處州府那梁中書又是蔡太師女壻更兼手下有李成聞達都是萬夫不當之勇不可輕敵李逵大叫道哥哥前日曉得我一生口快便要我去粧做啞子今日曉得我歡喜殺人便不教我去做個先鋒伕你這樣用人之時却不是屈殺了鐵牛（心直口快。罵得宋江更無可辨。○語語帶定啞道童。便令章法不斷。讀者應知。○俗本訛。）吳用道既然你要去便教做先鋒點與五百好漢相隨就充頭陣來日下山當晚宋江和吳用商議撥定了人數裴宣寫了告示送到各寨各依撥次施行不得時刻有悞此時秋末冬初天氣征夫容易披掛戰馬久已肥滿軍卒久不臨陣皆生戰鬪之心正是有事為榮無不歡天喜地收拾鎗刀拴束鞍馬吹風唿哨時刻下山（句句有鼓鼙之聲。絕妙軍中鐃吹曲辭若杜工部前後出塞。徒亂軍心耳。）第一撥當先哨路黑旋風李逵部領小嘍羅五百（好。）第二撥兩頭蛇解珍雙尾蝎解寶毛頭星孔明獨火星孔亮部領小嘍囉一千（好。）第三撥女頭領一丈青扈三娘副將母夜叉孫二娘母大蟲顧大嫂部領小嘍囉一千（好）第四撥撲天鵰李應副將九紋龍史進小尉遲孫新部領小嘍囉一千（好。○已上是一段。）中軍主將都頭領宋江軍師吳用（好。）簇帳頭領四員小溫侯呂方賽仁貴郭盛病尉遲孫立鎮三山黃信（好。○此一段虛。）前軍頭領霹靂火秦明副將百勝將韓滔天目將彭玘（好。）後軍頭領豹子頭林冲副將鐵笛仙馬麟火眼狻猊鄧飛（好。）左軍頭領雙鞭呼延灼副將摩雲金翅歐鵬錦毛虎燕順（好。）右軍頭領小李廣花榮副將跳澗虎陳達白花蛇楊春（好。）并帶砲手轟天雷凌振（好。○前後左右四軍并砲手是一段。○實）接應糧草探聽軍情頭領一員神行太保戴宗（好。○只一調撥文字亦殊易相犯耳偏能逐番變換逐番出色豈非才子之筆軍兵分撥已定平明各頭領依次而行當日進發只留下副軍師公孫勝并劉唐朱仝穆弘四箇頭領統領馬步軍兵守把山寨三關水寨中自有李俊等守把獨詳此段爲下關勝用圖魏救趙計作案不在話下却說索超正在飛虎峪寨中坐地只見流星報馬前來報說宋江軍馬大小人兵不計其數離寨約有二三十里將近到來索超聽得飛報李成槐樹坡寨內李成聽了一面報馬入城一面自備了戰馬直到前寨索超接着說了備細次日五更造飯平明拔寨都起前到庾家疃列成陣勢擺開一萬五千人馬李成索超全副披掛門旗下勒住戰馬平東一望遠遠地塵土起處約有五百餘人飛遶前來當前一員好漢乃是黑旋風李逵調撥時第一段之一手搭雙斧高聲大叫認得梁山泊好漢黑爺爺麼奇稱李成在馬上看了與索超大笑道每日只說梁山泊好漢原來只是這等腌臢草寇何足爲道眞堪一笑先鋒你看麼何不先捉此賊索超笑道不須小將有人建功李成委索超索超委偏裨寫得風流談笑之極言未絕索超馬後一員首將姓王名定手撚長鎗引領部下一百馬軍飛遶衝將過來李逵被馬軍一衝當下四散奔走索超引軍直趕過庾家疃時只見山坡背後鑼鼓喧天早撞出兩彪軍馬左有解珍孔亮右有孔明解寶第一段之二各領五百小嘍羅衝殺將來索超見他有接應軍馬方纔喫驚不來追趕勒馬便回李成問道如何不拿賊來索超道趕過山去正要拿他原來這廝們倒有接應人馬伏兵齊起難以下手李成道這等草寇何足懼哉將引前部軍兵盡數殺過庾家疃來只見前面擺旗吶喊擂鼓鳴鑼另是一彪軍馬當先一騎馬上却是一員女將引軍紅旗上金書大字美人一丈青奇稱黑爺爺奇美人一丈青又奇俗本都失之遂令文章削色不少左手顧大嫂右手孫二娘第一段之三引一千餘軍馬盡

是七長八短漢四山五嶽人李成看了道這等軍人作何用處先鋒與我向前迎敵我却分兵勦捕四下草寇索超領了將令手拈金蘸斧拍坐下馬殺逩前來一丈青勒馬回頭望山凹裏便走李成分開人馬四下赶殺忽然當頭一彪人馬（寫得奇變）喊聲動地却是撲天鵰李應左有史進右有孫新着解珍孔亮右衝出孔明解寶部領人馬重復殺轉地捲來（第一段之四）李成急忙退入庾家疃時左衝出三員女將撥轉馬頭隨後殺來趕得李成等四分五落將及近寨黑旋風李逵當先攔住（上只四分五落至此）（忽然而合兵勢奇變筆勢亦奇變也）李成索超衝開人馬奪路而去比及至寨大折無數宋江軍馬也不追趕一面收兵暫歇扎下營寨却說李成索超慌忙差人入城報知梁中書梁中書連夜再差聞達速領本部軍馬前來助戰李成接着就槐樹坡寨內商議退兵之策聞達笑道疥癩之疾何足掛意當夜商議定了明日四更造飯五更披掛平明進兵戰鼓三通拔寨都起前到庾家疃只見宋江軍馬潑風也似價來（潑風奇文）聞達便教將軍馬擺開強弓硬弩射住陣脚宋江陣中早已捧出一員大將紅旗銀字大書霹靂火秦明（早已二字為秦明摹神）勒馬陣前厲聲大叫大名濫官汚吏聽着多時要打你這城子誠恐害了百姓良民好好將盧俊義石秀送將出來淫婦奸夫一同解出我便退兵罷戰誓不相侵若是執迷不悟亦須有話早說聞達聽了大怒便問誰去力擒此賊說猶未了索超早已出馬（早已二字為索超摹神）立在陣前高聲喝道你這厮是朝廷命官國家有何負你你好人不做却落草為賊我今拏住你時碎屍萬段秦明聽了這話一發爐中添炭火上澆油（寫得如畫）拍馬向前輪狼牙棍直奔將來索超縱馬直挺秦明二匹劣馬相交兩箇急人（發憤秦明索超真是一雙妙筆寫出只須一語）眾軍吶喊鬬過二十餘合不分勝敗

前軍隊裏轉過韓滔就馬上拈弓搭箭覷得索超較親𩕳地只一箭正中索超左臂（此非爲韓滔立功正是與索超作地）撇了大斧回馬望本陣便走宋江鞭梢一指大小三軍一齊捲殺過去正是屍橫遍野流血成河大敗虧輸直追過庾家疃隨即奪了槐樹坡小寨（完槐樹坡一寨）當晚聞達直奔飛虎峪計點軍兵三停去一宋江就槐樹坡寨內屯劄吳用道軍兵敗走心中必怯若不乘勢追趕誠恐養成勇氣急忙難得宋江道軍師之言極當隨即傳令當晚就將精銳得勝軍將分作四路連夜進發殺奔將來再說聞達奔到飛虎峪方在寨中坐了喘息（如畫）小校來報東邊山上一帶火起（寫得有聲有勢）聞達帶領軍兵上馬投東看時只見遍山遍野通紅西邊山上又是一帶火起（不出來將姓名先寫兩帶火起筆下聲勢之甚）聞達便引軍兵急投西時聽得馬後喊聲震地當先首將小李廣花榮引副將楊春陳達從東邊火裏直衝出來（聲勢之甚）聞達一時心慌領兵便回飛虎峪西邊火裏（東邊火裏西邊火裏聲勢之甚）當先首將雙鞭呼延灼引副將歐鵬燕順直衝出來（聲勢之甚）兩路併力追來後面喊聲越大火光越明（聲勢之甚）又是首將霹靂火秦明引副將韓滔彭玘人喊馬嘶不計其數聞達軍馬大亂拔寨都起只見前面喊聲又發火光晃耀（聲勢之甚）聞達引軍奪路只聽得震天震地一聲砲響（又添出凌振聲勢不可當）却是轟天雷凌振將帶副手從小路直轉飛虎峪那邊放起這砲砲響裏一片火把（妙妙）火光裏一彪軍馬攔路（妙妙著勢百倍）乃是首將豹子頭林冲引副將馬麟鄧飛截住歸路四下里戰鼓齊鳴烈火競舉（此是第二段所謂撥也）衆軍亂攛各自逃生聞達手舞大刀苦戰奪路恰好撞着李成合兵一處且戰且走直到天明方至城下梁中書聽得這箇消息驚得三魂失二七魄剩一（奇語）連忙點軍出城接應敗殘人馬緊閉城門堅守不出次日宋江軍馬追來直抵

東門下寨准備攻城且說梁中書在留守司聚衆商議如何解救李成道賊兵臨城事在告急若是遲延必至失陷相公可修告急家書差心腹之人星夜趕上京師報與蔡太師知道早奏朝廷調遣精兵前來救應此是上策第二作緊行文關報隣近府縣亦教早早調兵接應第三北京城內着仰大名府起差民夫上城同心協助守護城池准備擂木砲石踏弩硬弓灰瓶金汁曉夜隄備如此可保無虞梁中書道家書隨便修下誰人去走一遭當日差下首將王定全副披掛又差數箇馬軍領了密書放開城門弔橋望東京飛報聲息及關報鄰近府分發兵救應先仰王太守起集民夫上城守護不在話下且說宋江分調衆將引軍圍城東西北三面下寨只空南門不圍每日引軍攻打一面向山寨中催取糧草為久屯之計務要打破大名救取盧員外石秀二人（爲關勝圍魏救趙之計反襯一筆）李成聞達連日提兵出城交戰不能取勝（略點以避其冷）索超箭瘡將息未得痊可（再頓以留其地）不說宋江軍兵打城且說首將王定齎領密書三騎馬直到東京太師府前下馬門吏轉報入去太師教喚王定進來直到後堂拜罷呈上密書蔡太師拆開封皮看了大驚問其備細王定把盧俊義的事一一說了如今宋江領兵圍城聲勢浩大不可抵敵庾家疃槐樹坡飛虎峪三處厮殺盡皆說罷蔡京道鞍馬勞困你且去館驛內安下待我會官商議王定又稟道太師恩相大名危如纍卵破在旦夕倘或失陷河北縣郡如之奈何望太師恩相早早遣兵勦除蔡京道不必多說你且退去王定去了太師隨即差當日府幹請樞密院官急來商議軍情重事不移時東廳樞密使童貫引三衙太尉都到節堂叅見太師蔡京把大名危急之事備細說了一遍如今將何計策用何良將可退賊兵以保城郭說罷衆

官互相厮覷各有懼色只見那步軍太尉背後轉出一人每每非常之人多在人背後轉出。乃是衙門防禦保義使姓宣名贊掌管兵馬此人生得面如鍋底鼻孔朝天卷髮赤鬚彪形八尺使口鋼刀武藝出衆書出名士。夫名士豈必鮮衣白面哉先前在王府會做郡馬人呼為醜郡馬因對連珠箭贏了番將郡王愛他武藝招做女壻誰想郡主嫌他醜陋懷恨而亡因此不得重用只做得箇兵馬保義使敘述履歷令人悲感。○連珠箭不能償其醜陋郡王愛不能行於郡主功名得失之際使人意氣都盡當時却忍不住出班來稟太師道小將當初在鄉中有箇相識此人乃是漢末三分義勇武安王嫡派子孫姓關名勝生得規模與祖上雲長相似使一口青龍偃月刀人稱為大刀關勝見做蒲東巡簡屈在下僚又一人背後人妙妙○亦與敘述履歷一篇令人愈增悲感○醜陋者不得重用奇偉者又在下僚然則當時用人真惟晦賂一途矣今日求之不既晚乎此人幼讀兵書深通武藝有萬夫不當之勇若以禮幣請他拜為上將可以掃清水寨殄滅狂徒保國安民乞取鈞旨蔡京聽罷大喜就差宣贊為使齎了文書鞍馬連夜星火前往蒲東禮請關勝赴京計議衆官皆退話休絮繁宣贊領了文書上馬進發帶將三五箇從人不則一日來到蒲東巡簡司前下馬當日關勝正和郝思文在衙内論說古今興廢之事又一人背後人妙妙聞說東京有使命至關勝忙與郝思文出來迎接各施禮罷請到廳上坐地關勝問道故人久不相見今日何事遠勞親自到此宣贊回言為因梁山泊草寇攻打大名宣其在太師面前一力保舉兄長有安邦定國之策降兵斬將之才特奉朝廷敕旨太師鈞命綵幣鞍馬禮請起行兄長勿得推却便請收拾赴京關勝聽罷大喜何遽大喜只四字寫盡英雄可憐與宣贊說道這箇兄弟姓郝雙名思文是我拜義弟兄看他初被人薦便轉薦人寫豪傑胸襟真與奸臣天壤○看他一箇背後人引出一箇背後人一箇背後人又引出一箇背後人章法便與揚羨鵰羅無二當初他母親夢井木犴投胎因而有孕後生此人因此人喚他做井木犴這兄弟十八般武藝無有不能可惜至今屈沉在此只今同去協力報國有何不可（亦與敘述履歷一篇令人悲慨不已）宣贊喜諾就行催請登程當下關勝分付老小一同郝思文將引關西漢十數箇人收拾刀馬盔甲行李跟隨宣贊連夜起程來到東京逕投太師府前下馬門吏轉報蔡太師得知教喚進宣贊引關勝郝思文直到節堂拜見已罷立在階下蔡京看了關勝端的好表人材堂堂八尺五六身軀細細三柳髭髯兩眉入鬢鳳眼朝天面如重棗脣若塗硃（又書出一名士）太師大喜便問將軍青春多少關勝答道小將三十有二（隨手補出年紀）蔡太師道梁山泊草寇圍困大名請問將軍施何妙策以解其圍關勝稟道久聞草寇占住水洼驚羣動衆今擅離巢穴自取其禍若救大名虛勞人力乞假精兵數萬先取梁山後拏賊寇教他首尾不能相顧太師見說大喜與宣贊道此乃圍魏救趙之計（讀至此計令人喫驚且歎名下無虛也）正合吾心隨即喚樞密院官調撥山東河北精鋭軍兵一萬五千教郝思文為先鋒宣贊為合後關勝為領兵指揮使步軍太尉段常接應糧草犒賞三軍限日下起行大刀闊斧殺奔梁山泊來直教龍離大海不能駕霧騰雲虎到平川怎辦張牙舞爪正是貪觀天上中秋月失却盤中炤殿珠畢竟宋江軍馬怎地結果且聽下回分解

第五才子書施耐菴水滸傳卷之六十八

聖歎外書

第六十三回

呼延灼月夜賺關勝

宋公明雪天擒索超

此回寫水軍劫寨何至草草如此蓋意在襯出大刀則餘人總非所惜所謂琬琰之藉無過白茅者也

寫大刀處處摹出雲長變相可謂儒雅之甚豁達之甚忠誠之甚英靈之甚一百八人中別有絕群超倫之格又不得以讀他傳之眼讀之

寫雪天擒索超略寫索超而勤寫雪天者寫得雪天精神便令索超精神此畫家所謂襯染之法不可不一用也

話說蒲東關勝當日辭了太師統領一萬五千人馬分為三隊離了東京望梁山泊來話分兩頭且說宋江與同眾將每日攻打城池李成聞達那里敢出對陣索超箭瘡深重又未平復更無人出戰宋江見攻打城子不破心中納悶離山已久不見輸贏是夜在中軍帳裏悶坐點上燈燭取出玄女天書正看之間忽小校報說軍師來見吳用到得中軍帳內與宋江道我等眾軍圍許多時如何杳無救軍來到城中又不出戰向有三騎馬逃出城去必是梁中書使人去京師告急他丈人蔡太師必然上緊遣兵中間必有良將倘用圍魏救趙之計且不來解此處之危反去取我梁山大寨如之奈何兄長不可不慮（論事可謂英雄所見略同論文可謂忽伸忽縮極奇極變）矣我等先着軍士收拾未可都退（又妙）正說之間只見神行太保戴宗到來報說東京蔡太師拜請關菩薩玄孫蒲東郡大刀關勝引一彪軍馬飛遊梁山泊來寨中頭領主張不定請兄長軍師早早收

兵回來且解梁山之難吳用道雖然如此不可急還今夜晚間先教步軍前行留下兩支軍馬就飛虎峪兩邊埋伏城中知道我等退軍必然追趕若不如此我兵先亂（眞好）宋江道軍師言之極當傳令便差小李廣花榮引五百軍兵去飛虎峪左邊埋伏（是）豹子頭林冲引五百軍兵去飛虎峪右邊埋伏（是）再叫雙鞭呼延灼引二十五騎馬軍帶着凌振將了風火等砲離城十數里遠近但見追兵過來隨即施放號砲令其兩下伏兵齊去併殺追兵（是）一面傳令前隊退兵要如雨散雲行遇兵勿戰慢慢退回（是）步軍隊裏半夜起來次第而行直至次日巳牌前後方纔盡退（看他寫退兵亦必詳盡如此）城上望見宋江軍馬手拖旗旛肩擔刀斧紛紛滾滾拔寨都起有還山之狀城上看了仔細報與梁中書知道梁山泊軍馬今日盡數收兵都回去了梁中書聽得隨即喚李成聞達商議聞達道想是京師救軍去取他梁山泊這厮們恐失巢穴慌忙歸去可以乘勢追殺必擒宋江說猶未了城外報馬到來齎東京文字約會引兵去取賊巢他若退兵可以速追（緊緊）梁中書便叫李成聞達各帶一支軍馬從東西兩路追趕宋江軍馬且說宋江引兵正回見城中調兵追趕捨命便走一邊李成聞達直趕到飛虎峪那邊只聽得背後火砲齊響李成聞達喫了一驚勒住戰馬看時後面旗旛對刺戰鼓亂鳴李成聞達措手不及左手下撞出小李廣花榮右手下撞出豹子頭林冲各引五百軍馬兩邊殺來李成聞達知道中計火速回軍前面又撞出呼延灼引着一支馬軍死併一陣殺得李成聞達頭盔不見衣甲飄零退入城中閉門不出宋江軍馬次第方回漸近梁山泊邊却好迎着醜郡馬宣贊攔路宋江約住軍兵權且下寨（若出俗筆便寫竟回山寨然則一萬五千人馬何在耶故知此句必不可少）暗地使人從偏僻小路赴水上

山報知約會水陸軍兵兩下救應且說水寨內船火兒張橫與兄弟浪裏白條張順商議道我和你弟兄兩箇自來寨中不曾建功現今蒲東大刀關勝三路調軍打我寨柵不若我和你兩箇先去劫了他寨捉得關勝立這件大功衆兄弟面上也好爭口氣張順道哥哥我和你只管得些小水軍倘或不相救應枉惹人恥笑張橫道你若這般把細何年月日能彀建功你不去便罷我今夜自去張順苦諫不聽當夜張橫點了小船五十餘隻每船上只有三五人渾身都是軟戰手執苦竹鎗各帶蓼葉刀趁着月光微明寒露寂靜把小船直抵旱路此時約有二更時分却說關勝正在中軍帳裏點燈看書有伏路小校悄悄來報蘆花蕩裏約有小船四五十隻人人各執長鎗盡去蘆葦裏面兩邊埋伏不知何意特來報知關勝聽了微微冷笑回顧貼旁首將低低說了一句已下皆極書關勝正不及為水軍諸人惜也○絕妙一幅雲長變相且說張橫將引三二百人從蘆葦中間藏蹤躡跡直到寨邊拔開鹿角逕奔中軍望見帳中燈燭熒煌關勝手撚髭髯坐着看書又一幅絕妙雲長變相○張橫望見燈燭熒煌關勝看書○三阮望見燈燭熒煌並無一人兩燈燭熒煌句相照作章法○俗本訛張橫暗喜手搭長鎗搶入帳房裏來傍邊一聲鑼響衆軍喊動如天崩地塌山倒江翻嚇得張橫倒拖長鎗轉身便走四下裏伏兵亂起張順同二三百人不曾走得一箇盡數被縛推到帳前關勝看了笑罵無端草賊安敢張我草賊罵曰無端劫寨名為張我真正英雄真正濶大真正儒雅真正風流○皆極畫關勝喝把張橫陷車盛了其餘的盡數監着直等捉了宋江一併解上京師每讀此句便得不殺不說關勝捉了張橫却說水寨內三阮頭領正在寨中商議使人去宋江哥哥處聽令只見張順到來報說我哥哥因不聽小弟苦諫去劫關勝營寨不料被捉囚車監了阮小七聽了叫將起來說道我兄弟們同死同生吉凶相救你是他

嫡親兄弟却怎地教他獨自去被人捉了你不去救我弟兄三箇自去救他張順道爲不曾得哥哥將令却不敢輕動阮小七道若等將令來時你哥哥喫他剁做泥了阮小二阮小五都道說得是張順迭他三箇不過只得依他當夜四更點起大小水寨頭領各駕船一百餘隻一齊殺奔關勝寨來岸上小軍望見水面上戰船如螞蟻相似都傍岸邊慌忙報知主帥關勝笑道無見識奴罵得妙。儒雅人。罵人亦罵得儒雅。真乃妙筆傳出。○俗本於此四字下。添入許多字。反減許多色澤。古本於此四字下。更無許多字。却有許多色澤。不可不知。回顧首將又低低說了一句極寫關勝。○此與前同作章法。却說三阮在前張順在後吶聲喊搶入寨來只見寨內燈燭熒煌並無一人此與前變作章法。三阮大驚轉身便走帳前一聲鑼響左右兩邊馬軍步軍分作八路簸箕掌栲栳圈重重疊疊圍裹將來張順見不是頭撲通的先跳下水去三阮奪路到得水邊後軍却早趕上撓鉤齊下套索飛來早把活閻羅阮小七橫拖倒拽捉去了阮小二阮小五張順却得混江龍李俊帶領童威童猛死救回去不說阮小七被捉囚在陷車之中且說水軍報上梁山泊來報上去。劉唐便使張順從水路裏直到宋江寨中報說這箇消息報下來。一絲不錯。宋江便與吳用商議怎生退得關勝吳用道來日決戰且看勝敗如何正定計間猛聽得戰鼓亂起藏過所定之計。下便若出意外。此又一樣筆法。非前文之所有。却是醜郡馬宣贊部領三軍直到大寨宋江舉衆出迎看了宣贊在門旗下勒戰便問兄弟那箇出馬只見小李廣花榮妍醜一雙。拍馬持鎗直取宣贊宣贊舞刀來迎一來一往一上一下鬬到十合花榮賣箇破綻回馬便走宣贊趕來花榮就了事環帶住鋼鎗拈弓取箭側坐雕鞍輕舒猿臂翻身一箭宣贊聽得弓弦響却好箭來把刀只一隔錚地一聲響射在刀面上不是寫花榮。乃是寫宣贊。○寫宣贊者。非止寫宣贊也。寫宣贊。所以寫關勝也。古有之云。欲知其人。先看所使。但極寫宣

（贊便已襯出關勝來也）花榮見一箭不中，再取第二枝箭，看得較近，望宣贊胸膛上射來。宣贊鐙裏藏身，又射箇空。（極寫宣贊）宣贊見他弓箭高強，不敢追趕，霍地勒回馬，跑回本陣。花榮見他不趕，連忙便勒轉馬頭，望宣贊趕來，又取第三枝箭，望得宣贊後心較近，再射一箭，只聽得鐺地一聲響，正射在背後護心鏡上。（雖意在極寫宣贊，然終亦襯出花榮。蓋天罡之與地煞，固當有其辨耳。）宣贊慌忙馳馬入陣，使人報與關勝。關勝得知，便喚小較快牽我那馬來，霍地立起身，綽青龍刀，騎火炭馬，門旗開處，直臨陣前。（又一幅絕妙雲長變相）宋江看見關勝天表亭亭，（四字絕妙雲長變相）與吳用指指點點喝采。（指指點點妙，活畫出所定計來。上文定計藏過，其文却隱隱約約於一路逗出之，妙妙。）回頭又高聲對衆將道：「將軍英雄，名不虛傳。」（回頭妙，高聲妙）只這一句，林冲大怒，叫道：「我等弟兄自上梁山，大小五七十陣，未嘗挫了銳氣，今日何故滅自己威風！」說罷，挺鎗出馬，直取關勝。（怒叫妙）關勝見了，大喝道：「水泊草寇，我不直得便凌逼你，單喚宋江出來，吾要問他何意背反朝廷！」（英雄儒雅，儼似其祖，極寫關勝也）宋江在門旗下聽了，喝住林冲，縱馬親自出陣，欠身與關勝施禮，說道：「鄆城小吏宋江謹叅，惟將軍問罪。」（定計如此）關勝喝道：「汝爲小吏，安敢背叛朝廷！」（真是妙絕）宋江答道：「蓋爲朝廷不明，縱容奸臣當道，不許忠良進身，布滿濫官汚吏，陷害天下百姓。（是一段說話罵關勝、宣贊、郝思文，說妙妙）宋江等替天行道，並無異心。」（是一段說話罵梁山泊衆人，說妙妙）關勝大喝道：「分明草賊，替何天行何道！（罵得暢，罵得倒，極畫關勝）天兵在此，還敢巧言令色！（四字罵盡宋江生，真乃絕妙關勝）若不下馬受縛，着你粉骨碎身！」猛可里霹靂火秦明聽得大叫一聲，舞狼牙棍，縱馬直搶過來。（是一箇虎將）林冲也大叫一聲，挺鎗出馬，飛搶過來。（又一箇虎將）兩將雙取關勝，關勝一齊迎住。三騎馬向征塵影裏，轉燈般厮殺。宋江忽然指指點點，便教鳴金收軍。（忽然指指點點，妙絕妙絕。忽然放出二將，忽然收轉二將，定計如此，真是妙絕。）林冲、秦明回馬一齊叫道正待擒捉這廝兄長何故收軍罷戰（一齊叫妙）宋江高聲道賢弟我等忠義自守以兩取一非所願也（語語鑿入其耳定計妙絕）縱使一時捉他亦令其心不服（語語鑿耳）吾看大刀義勇之將世本忠臣乃祖爲神家家廟（語語鑿耳安能不入玄中三家字成句句法奇絕）若得此人上山宋江情願讓位（雖是計賺之言然此位則豈宋江之所得讓乎又於閒處逗露宋江心事以惡之也）林冲秦明變色各退（變色妙已上皆所定之計也俗本盡訛遂不可讀）當日兩邊各自收兵且說關勝回到寨中下馬卸甲心中暗忖（已入玄中寫來如畫）道我力鬭二將不過看看輸與他了宋江倒收了軍馬不知是何意思（已入玄中寫來如畫）便叫小軍推出陷車中張橫阮小七過來問道宋江是箇鄆城縣小吏你這廝們如何伏他（忽轉到陷車筆墨起忽之甚）阮小七應道俺哥哥山東河北馳名叫做及時雨呼保義宋公明你這廝不知忠義之人（以此六字罵關勝可謂更罵不着乃恰與關勝合拍何也）如何省得關勝低頭不語（深入玄中寫來如畫）且教推過陷車當晚坐臥不安走出中軍看月寒色滿天霜華遍地關勝嗟歎不已（又一幅絕妙雲長變相精神意思都畫出來）有伏路小校前來報說有箇鬍鬚將軍匹馬單鞭要見元帥（突如其來又不是突如其來筆法可想）關勝道你不問他是誰小校道他又沒衣甲軍器並不肯說姓名只言要見元帥（不便出名好）關勝道既是如此與我喚來沒多時來到帳中拜見關勝關勝回顧首將剔燈再看（又一幅絕妙雲長變相）形貌也畧認得便問那人是誰那人道乞退左右關勝大笑道大將身居百萬軍中若還不是一德一心安能用兵如指吾帳上帳下無大無小盡是機密之人你有話但說不妨（極寫關勝絕倫超羣真是妙絕之論此語庶幾惟郭子儀岳武穆有之讀之令人起敬起畏）那人道小將呼延灼的便是前日曾與朝廷統領連環馬軍征進梁山泊誰想中賊奸計失陷了軍機不得還京見罵昨者聽得將軍到來真乃不勝之喜早間陣上林冲秦明待捉將軍宋江火急收軍誠恐傷犯

足下此人素有歸順之意獨奈衆賊不從方纔暗與呼延灼商議正要驅使衆人歸順將軍若是聽從明日夜間輕弓短箭騎着快馬從小路直入賊寨生擒林冲等寇解赴京師不惟將軍建立大功亦令宋江與小將得贖重罪關勝聽了大喜請入帳中置酒相待呼延灼備說宋江專以忠義爲主不幸陷落賊巢關勝掀髯飲酒拍膝嗟歎（又一幅絶妙雲長變相。）不題却說次日宋江舉兵搦戰關勝與呼延灼商議晚間賺有此計今日不可不先嬴此將呼延灼借副衣甲穿了（奸。）上馬都到陣前宋江獨自大罵呼延灼道山寨不曾虧負你半分因何黃夜私去（宋江獨罵妙。）呼延灼回道無知小吏成何大事（獨罵宋江妙。如此虛虛實實安得不入玄中。）宋江便令鎮三山黃信出馬直逩呼延灼兩馬相交鬬不到十合呼延灼手起一鞭把黃信打死馬下（不說真假竟敘打死。則非黃信可知也。俗本誤。）關勝大喜令大小三軍一齊掩殺呼延灼道不可追掩吳用那廝廣有神機若還趕殺恐賊有計（從來書內計。不令創筆。讀之絶倒。）關勝聽了火急收軍都回本寨到中軍帳裏置酒相待動問鎮三山黃信如何（極寫關勝忠信過人。不愧乃祖。日在天上心在人內二語。）呼延灼道此人原是朝廷命官青州都監與秦明花榮一時落草平日多與宋江意思不合今日要他出馬正要打殺此賊（又說得妙。安得不入玄中。）關勝大喜傳下將令教宣贊郝思文兩路接應自引五百馬軍輕弓短箭叫呼延灼引路至夜二更起身三更前後直逩宋江寨中砲響爲號裏應外合一齊進兵是夜月光如晝黃昏時候披掛已了馬摘鸞鈴人披軟戰軍卒銜枚疾走一齊乘馬呼延灼當先引路衆人跟着轉過山逕約行了半箇更次前面撞見三五十箇小軍低聲問道來的不是呼將軍麼（如此定計。真正妙絶。）呼延灼喝道休言語隨在我馬後走（真正妙絶。）呼延灼縱馬先行關勝乘馬在後又轉過一層山嘴只見呼延灼把鎗尖一指遠遠地一碗紅燈（遠遠紅燈。只一紅燈，作三番寫來。便令一行人馬如畫。）關勝勒住馬問道：「有紅燈處是那里？」呼延灼道：「那里便是宋公明中軍。」急催動人馬，將近紅燈（將近紅燈），忽聽得一聲砲響，衆軍跟定關勝，殺進前來，到紅燈之下（紅燈之下。）看時，不見一箇。（妙。）便喚呼延灼時，亦不見了。（妙。）關勝大驚，知道中計，慌忙回馬。聽得四邊山上一齊鼓響鑼鳴，正是慌不擇路，衆軍各自逃生。關勝連忙回馬時，只剩得數騎馬軍跟着。（先下此句，便令撓鈎所出，更無人救，筆法之妙如此。）轉出山嘴，又聽得腦後樹林邊一聲砲響，四下里撓鈎齊出，把關勝拖下雕鞍，奪了刀馬，卸去衣甲，前推後擁，拿投大寨裏來。

却說林冲、花榮自引一支軍馬，截住宣贊。月明之下，三馬相交，（一幅好畫。）鬪無二三十合，宣贊勢力不加，回馬便走。肋後撞出箇女將一丈青扈三娘，撒起紅綿套索，把宣贊拖下馬來。（獨添女將爲醜郡馬三字渲染。）步軍向前，一齊捉住，解投大寨。（一段。）

話分兩處。這邊秦明、孫立自引一支軍馬去捉郝思文，當路劈面撞住。郝思文拍馬大罵：「草賊匹夫，當吾者死，避我者生！」秦明大怒，躍馬揮狼牙棍，直取郝思文。二馬相交，約鬪數合，孫立側首過來。郝思文慌張，刀法不依古格，被秦明一棍搠下馬來。三軍齊喊一聲，向前捉住。（二段。）再有撲天鵰李應引領大小軍兵，搶進關勝寨內來，先救了張橫、阮小七并被擒水軍人等，奪去一應糧草馬匹，却去招安四下敗殘人馬。（三段。）

宋江會衆上山，此時東方漸明。（妙。因此一句，令人想見一夜月下。）忠義堂上分開坐次，早把關勝、宣贊、郝思文分投解來。宋江見了，慌忙下堂，喝退軍卒，親解其縛，把關勝扶在正中交椅上，納頭便拜，叩首伏罪，說道：「亡命狂徒，冒犯虎威，望乞恕罪。」（好。）呼延灼亦向前來伏罪道：「小可既蒙將令，不敢不依，萬望將軍免恕虛誑之罪。」（又好。）關勝看了一班頭領義氣深重，回顧宣贊、郝思文道：「我們被擒在此，所事若何？」（極畫關勝。）

道至此語皆吳用所定計

（精神意思都有。）二人答道並聽將令（極畫關勝。寫得被擒之後。其感今猶行於下如此。又只是四箇字。妙妙。）關勝道無面還京願賜早死宋江道何故發此言將軍倘蒙不棄微賤可以一同替天行道若是不肯不敢苦留只今便送回京（語語投其性之所近。定計如此。眞是妙絕。吳用所定計。直至此處方畢。）關勝道人稱忠義宋公明果然有之人生世上君知我報君友知我報友（鑿鑿名論。可爲厭祖義釋曹公註腳。）今日既已心動願住部下爲一小卒（今日既已心動。卓然純臣之言。誠哉日在天上。心在人內。家法也。○說心動。便知其心之難動。彼自言心不動者。正轉轉心動之人耳。）宋江大喜當日一面設筵慶賀一邊使人招安逃竄敗軍又得了五七千人馬軍內有老幼者隨即給散銀兩便放回家一邊差薛永齎書往蒲東搬取關勝老小都不在話下宋江正飲宴間默然想起盧員外石秀陷在北京潛然淚下（獨不想起晁蓋。何也。）吳用道兄長不必憂心吳用自有措置只過今晚來日再起軍兵去打大名必然成事關勝便起身說道關某無可報答愛我之恩（人生除君親而外。惟愛我之恩不可忘也。只一句。直提出乃祖雲長全副心事來。○愛我二字。便隱括上文吳用一篇定計。妙絕。）願爲前部宋江大喜次日早晨傳令就教宣贊郝思文爲副撥回舊有軍馬便爲前部先鋒其餘原打大名頭領不缺一箇添差李俊張順將帶水戰盔甲隨去（爲安道全也。非爲索超也。若誘索超之用。則所以自掩其筆跡也。）以次再望大名進發這里卻說梁中書在城中正與索超起病飲酒是日日無晶光朔風亂吼（三句寫得索超跌頓有法。雪天穿插無痕。）只見探馬報道關勝宣贊郝思文并眾軍馬俱被宋江捉去已入夥了梁山泊軍馬見今又到梁中書聽得諕得目瞪口呆杯翻箸落只見索超稟道前者中賊冷箭今番定復此讐梁中書便斟熱酒立賞索超（便撓之甚。）教快引本部人馬出城迎敵李成聞達隨後調軍接應其時正是仲冬天氣連日大風天地變色馬蹄氷合鐵甲如水索超出席提斧直至飛虎峪下寨（寫得竟是一首絕妙飲馬長城窟行。眞正絕妙好辭。）次日宋江引前部呂方郭盛上高阜處看關勝厮殺三通戰鼓罷這里關勝出陣對面索超出馬當時索超見了關勝却不認得（是新起病人。妙。）隨征軍卒說道這箇來的便是新背反的大刀關勝索超聽了並不打話直搶過來逕奔關勝關勝也拍馬舞刀來迎兩箇鬬無十合李成却在中軍看見索超斧法戰關勝不下自舞雙刀出陣夾攻關勝（寫關勝。）這邊宣贊郝思文見了各持兵器前來助戰五騎馬攪做一塊（寫宣贊郝思文。）宋江在高阜看見鞭梢一指大軍捲殺過去李成軍馬大敗虧輸連夜退入城去宋江催兵直抵城下扎住營寨次日彤雲壓城天慘地裂索超獨引一支軍馬出城衝突（只雪天二字。一路漸次寫來。真若北風圖對之欲寒也。○寫索超極其精神。）吳用見了便教軍校迎敵戲戰他若追來乘勢便退因此索超得了一陣歡喜入城（好。）當晚雲勢越重風色越緊吳用出帳看時却早成團打滚降下一天大雪（凡三寫欲雪之勢至此方寫出雪來。妙筆。○俗本都訛。）吳用便差步軍去大名城外靠山邊河路狹處掘成陷坑上用土蓋那雪降了一夜平明看時約已沒過馬膝（寫索超極其精神。寫雪亦極其精神。）却說索超策馬上城望見宋江軍馬各有懼色東西策立不定當下便點三百軍馬驀地衝出城來宋江軍馬四散奔波而走却教水軍頭領李俊張順身披軟戰勒馬橫鎗前來迎敵却纔與索超交馬棄鎗便走特引索超奔陷坑邊來索超是箇性急的那里炤顧那里一邊是路一邊是澗李俊棄馬跳入澗中向着前面口裏叫道宋公明哥哥快走（妙絕。真乃索超戲戰也。）索超聽了不顧身體飛馬搶過陣來山背後一聲砲響索超連人和馬攧將下去後面伏兵齊起這索超便有三頭六臂也須七損八傷正是爛銀深蓋藏圈套碎玉平鋪作陷坑畢竟急先鋒索超性命如何且聽下回分解

第五才子書施耐菴水滸傳卷之六十八

第五才子書施耐菴水滸傳卷之六十九

聖歎外書

第六十四回

托塔天王夢中顯聖
浪裏白條水上報寃

蓋至是而宋江成於反矣大書背瘡以著其罪蓋亦用韓信相君之背字法也獨怪耐菴之惡宋江如是而後世之人猶務欲以忠義予之則豈非耐菴作書爲君子春秋之志而後人之顛倒肆言爲小人無忌憚之心哉有世道人心之責者於其是非可不察乎

宋江之反始於私放晁蓋也晁蓋走而宋江之毒生晁蓋死而宋江之毒成至是而大書宋江疽發於背者殆言宋江反狀至是乃見而實宋江必反之志不始於今日也觀晁蓋夢告之言與宋江私放之言乃至不差一字是作者不費一辭而筆法已極嚴矣

打大名一來一去又一來又一去極文家伸縮變化之妙

前文一打祝家莊二打祝家莊正到苦戰之後忽然一變變出解珍解寶一段文字可謂奇幻之極此又一打大名府二打大名府正到苦戰之後忽然一變變出張旺孫五一段文字又復奇幻之極也世之讀者殊不覺其爲一副鑪錘而不知此實一樣章法也

寫張順請安道全忽然橫斜生出截江鬼張旺一段情事奇矣却又於其中間再生出瘦後生孫五一段情事文心如江流漩澓真是通身不定

梁山泊之金擬聘安太醫却送截江鬼一可駭也半夜刼金半夜宿娼而送金之人與應受金之人同在一室二可駭也欲聘太醫而

已無金太醫既來而金如故截江小船却作奇金之處三可駭也江心結寃江心報復雖一遇於巧奴房裏再遇於定六門前而必不得及四可駭也板刀尚在血跡未乾而寃頭債脚疾如反掌前日一條纜索今日一條纜索遂至絲毫不爽五可駭也孫五發料孫五解纜孫五放船及至事成孫五喫刀孫五下水不知爲誰忙此半日六可駭也孫五先起惡心孫五便先喪命張旺雖若稍遲畢竟不能獨免不知江底相逢兩人是笑是哭七可駭也不過一葉之舟而忽然張旺孫五二人忽然王[illegible]張旺孫五三人忽然張旺一人忽然張順安道全王定六張旺四人忽然張順安道全王定六三人忽然王定六一人忽然無人章應物詩云野渡無人舟自横偏於此舟禍福倏忽如此八可駭也

却說宋江因這一場大雪定出計策擒了索超其餘軍馬都逃入城去報說索超被擒梁中書聽得這箇消息不繇他不慌傳令教衆將只是堅守不許出戰意欲便殺盧俊義石秀又恐激惱了宋江朝廷急無兵馬救應其禍愈速只得教監守着二人再行申報京師聽憑太師處分（先安頓一筆便令下文寬然有餘手法老到之極）且說宋江到寨中上帳坐下早有伏兵解索超到麾下宋江見了大喜喝退軍健親解其縛請入帳中置酒相待用好言撫慰道你看我衆兄弟們一大半都是朝廷軍官（此語不可說闘勝而可說索超蓋闘勝忠義之子索超但不出李成聞達上也）若是將軍不棄願求協助宋江一同替天行道楊志向前另自敘禮訴說別後相念兩人執手灑淚事已到此不得不服（寫索超服亦與闘勝不同○生出楊志來作一收縮妙甚）宋江大喜再教置酒帳中作賀次日商議打城一連數日急不得破宋江悶悶不樂是夜獨坐帳中忽然一陣冷風刮得燈光

如豆風過處燈影下閃閃走出一人宋江擡頭看時却是天王晁蓋寫得怕人欲進不進叫聲兄弟你在這里做甚麼妙絕妙絕只一句便將宋江不爲報仇之罪直提出來宋江喫了一驚急起身問道哥哥從何而來寃讐不曾報得中心日夜不安宋江不爲晁蓋報仇偏不用他人聲罪偏是宋江自責可謂業鏡臺前神識自首矣又因連日有事一向不曾致祭不報仇已不可說乃至不致祭彼宋江之於晁蓋殆何如也寫得深文曲筆妙不可言○不報仇無明文自晁蓋死至此凡四卷皆其文也恐人讀而不能明正其罪故特於此寫其自責而又別添不致祭三字以重之筆法真此妙絕今日顯靈必有見責晁蓋道兄弟不知我與你心腹弟兄我今特來救你如今背上之事發了只除江南地靈星可免無事兄弟曾說三十六計走爲上計今不快走時更待甚麼倘有疎失如之奈何休怨我不來救你句句用宋江私放晁蓋語乃至不換一句者所以深明宋江背反之志實自私放晁蓋之日始也宋江意欲再問明白趕向前去說道哥哥陰魂到此望說眞實晁蓋道兄弟你休要多說只顧安排回去不要纏障我便去也句句用私放晁蓋語不少一句宋江撒然覺來却是南柯一夢便請吳用來到中軍帳中宋江備述前夢吳用道既是天王顯聖不可不信其有目今天寒地凍軍馬亦難久住正宜權且回山守待冬盡春初雪消氷解那時再來打城亦未爲晚亦不全信天王妙甚一見宋江吳用平日初未嘗以天王爲意一則大軍進退庶不同於兒戲也宋江道軍師之言雖是只是盧員外和石秀兄弟陷在縲紲度日如年只望我等弟兄來救不爭我們回去誠恐這廝們害他性命此事進退兩難如之奈何當夜計議不定次日只見宋江神思疲倦身體發熱頭如斧劈一臥不起衆頭領都到帳中看視宋江道我只覺背上好生熱疼衆人看時只見鏊子一般紅腫起來大書背瘡以明宋江反狀巳見蓋深惡之之筆也吳用道此疾非癰卽疽吾看方書菉豆粉可以護心毒氣不能侵犯快覓此物安排與哥哥喫得此一句安放便令建康往還有餘只是大軍所壓之地急切無有醫人用一跌法跌出張順只見

浪裏白條張順說道小弟舊在潯陽江時因母得患背疾百藥不能得治後請得建康府安道全手到病除自此小弟感他恩德但得些銀兩便着人送去謝他（書此，一以表張順生平，一以見道全必來，且令敎人不愁出首也。）今見兄長如此病症只除非是此人醫得只是此去東途路遠急速不能便到爲哥哥的事只得星夜前去吳用道兄長夢晁天王所言百日之災則除江南地靈星可治莫非正應此人宋江道兄弟你若有這箇人快與我去休辭生受只以義氣爲重星夜去請此人救我一命（極醜之語，可謂平生奸僞病見真性矣。晁蓋之仇獨不以義氣爲重何也。作者下此等句，皆是反襯法，襯出宋江之惡來。）吳用教取蒜條金一百兩與醫人（便生出截江鬼一段文字來。）再將三二十兩碎銀作盤纏分付張順只今便行好歹定要和他同來（便生出李巧奴一段文字來。）切勿有悞我今拔寨回山和他山寨裏相會（分付細到。）兄弟是必作急快來張順別了衆人背上包裹望前便去且說軍師吳用傳令諸將火速收軍罷戰回山車子上載了宋江只今連夜起發大名府內曾經我伏兵之計只猜我又誘他定是不敢來追（兩番退兵，前以遲，此以速，皆極兵家之用。寫吳用眞才。）（正妙。）一邊吳用退兵不題却說梁中書見報宋江兵又去了正是不知何意李成聞達道吳用那廝詭計極多只可堅守不宜追趕（不出所料。）話分兩頭且說張順要救宋江連夜趲行時値冬盡無雨卽雪路上好生艱難（寫景妙，自此一路，都是風雪中事。）張順冒着風雪捨命而行獨自一箇迸至揚子江邊看那渡船時並無一隻張順只叫得苦（先作一頓。）沒奈何遶着江邊又走只見敗葦折蘆裏面有些烟起（是寫大江，是寫風雪，是寫渡船，是寫薄暮，是寫趕路人，妙妙。）張順叫道艄公快把渡船來載我只見蘆葦裏簌簌地響走出一箇人來（先響，大人，忽然生出一箇人，文情奇變之極。）頭戴箬笠身披簑衣問道客人要那里去張順道我要渡江去建康府幹事至緊多與你些船錢渡我則箇那梢公道載你不妨只是今日晚了便過江去也沒歇處你只在我船裏歇了到四更風靜雪止我却渡你過去只要多出些船錢與我張順道也說得是便與艄公鑽入蘆葦裏來見灘邊纜着一隻小船蓬底下一箇瘦後生在那里向火（忽然又生出一箇人文情奇變之極）艄公扶張順下船走入艙裏把身上濕衣裳脫下來叫那小後生就火上烘焙（看他兩箇便似世間好兄弟好朋友相似何等情義真切○嘆今世間之好兄弟好朋友真情義真切亦只是此兩箇）張順自打開衣包取出綿被和身一捲倒在艙裏叫艄公道這里有酒賣麼買些來喫也好（下船便開包開包便取被取被便卧倒卧倒方問酒活畫風雪活畫薄暮活畫辛苦活畫船裏歇了）艄公道酒却沒買處要飯便喫一碗張順再坐起來喫了一碗飯放倒頭便睡（未喫飯先已睡倒再坐起來喫了喫飯便又睡倒寫張順連日辛苦如畫便令下文便於綑縛）一來連日辛苦二來十分托大初更左側不覺睡着那瘦後生一頭雙手向着火盆（畫也畫不出）一頭把嘴努着張順一頭口裏輕輕叫那艄公（畫也畫不出妙絕）道大哥

你見麼（偏先是瘦後生發科令我悲歎）艄公盤將來去頭邊只一捏覺道是金帛之物把手搖道你去把船放開去江心裏下手不遲（又叫他把船放開不知下手那箇令我悲歎）那後生推開蓬（一句一畫）跳上岸（一句一畫）解了纜（一句一畫）跳上船（一句一畫）把竹篙點開（一句一畫）搭上櫓（一句一畫妙絕）咿咿啞啞地搖出江心裏來（不知為誰出力不知誰下手可歎可歎）艄公在船艙裏取纜船索（纜船索妙○此回皆極寫眼前果報也）輕輕地把張順綑縛做一塊便去船稍艎板底下取出板刀來（讀至此句令我忽然想着夜鬧潯陽不覺失笑○讀至夜鬧潯陽則替宋江擔憂讀至此回又替張順擔憂人生百年安得不老哉）張順却好覺來雙手被縛掙挫不得艄公手拿板刀按在他身上張順告道（只四字直襯出夜鬧潯陽一篇文字來○至人有言己所不欲勿施於人此四字遂可為其註脚也）好漢你饒我性命都把金子與你艄公道金子也要你的性命也要（筆勢奇險）張順連聲叫道你只教我囫圇死寃魂便不來纏你（此上艄公語險極張順語捷極）艄公道這箇却使得（又惡知其使不得哉）放下板刀把張順撲通的丟下

水去那艄公便去打開包來看時見了許多金銀倒喫一嚇（妙絕）把眉頭只一皺（妙絕）便叫那瘦後生道五哥進來和你說話（妙絕妙絕。陡然又蹴起一番波瀾。大奇大奇）（寫人險惡真有如此。可畏可恨。）那人鑽入艙裏來被艄公一手揪住一刀落時砍得伶仃推下水去（大奇大奇。是他發科是他放船是他喫刀下水然則人又何樂而為惡哉。）艄公打併了船中血迹自搖船去了却說張順是箇水底下伏得三五夜的人一時被推下去就江底咬斷索子赴水過南岸時見樹林中隱隱有些燈光張順爬上岸水淥淥地轉入林子裏看時却是一箇村酒店半夜裏起來醡酒破壁縫透出火來（如畫。）張順叫開門時見箇老丈納頭便拜老丈道你莫不是江中被人刧了跳水逃命的麼張順道實不相瞞老丈小人從山東下來要去建康府幹事晚了隔江覓船不想撞着兩箇歹人把小子應有衣服金銀盡都刧了攛入江中小人却會赴水逃得性命公公救度則

箇老丈見說領張順入後屋中把箇衲頭與他替下濕衣服來烘（是一番脫換。）燙些熟酒與他喫（是一番相待。）（寫王家子父有次第有輕重。）老丈道漢子你姓甚麼山東人來這里幹何事（口口只問山東。有路數人。）張順道小人姓張建康府安太醫是我弟兄特來探望他老丈道你從山東來曾經梁山泊過（繇山東問至梁山泊。）張順道正從那里經過老丈道他山上宋頭領不刧來往客人又不殺害人性命只是替天行道（繇梁山泊問至宋頭領。）張順道宋頭領專以忠義為主不害良民只恠濫官汙吏老丈道老漢聽得說宋江這夥端的仁義只是救貧濟老那里似我這里草賊若待他來這里百姓都快活不喫這夥濫污官吏薅惱（一段真乃妙筆妙舌。使有過望草賊之意。非怪草賊之不能救貧濟老。怪草賊之不能治彼濫官污吏也。）張順聽罷道公公不要喫驚小人便是浪裏白條張順因為俺哥哥宋公明害發背瘡教我將一百兩黃金來請安道全誰想托大在船中睡着被這兩箇賊男

女綁了雙手攛下江裏被我咬斷繩索到得這里老丈道你既是那里好漢我教兒子出來和你相見（猜公後忽然添出一人。老丈後亦忽然添出一人。都是出奇之筆。）不多時後面走出一箇瘦後生來（又一瘦後生。奇極妙極。）看着張順便拜道小人久聞哥哥大名只是無緣不曾拜識小人姓王排行第六因為走跳得快人都喚小人做活閃婆王定六平生只好赴水使棒多曾投師不得傳受（一柏便合。不費多墨。）權在江邊賣酒度日却纔哥哥被兩箇刼了的小人都認得一箇是截江鬼張旺那一箇瘦後生却是華亭縣人喚做油裏鰍孫五（亦還他名色。）這兩箇男女時常在這江裏刼人哥哥放心在此住幾日等這廝來喫酒我與哥哥報讐張順道感承哥哥好意我為兄長宋公明恨不得一日透回寨裏只等天明便入城去請了安太醫回來却相會當下王定六將出自己一包新衣裳都與張順換了（又一番脫換）殺雞置酒相待（又一番相待。）不在話下次日天晴雪消王定六再把十數兩銀子與張順且教入建康府來張順進得城中逕到槐橋下看見安道全正在門前貨藥張順進得門看着安道全納頭便拜安道全看見張順便問道兄弟多年不見甚風吹得到此張順隨至裏面把這鬧江州跟宋江上山的事一一告訴了後說宋江見患背瘡特地來請神醫揚子江中險些兒送了性命因此空手而來都實訴了安道全道若論宋公明天下義士去醫好他最是要緊（只一句。表出安道全。）只是拙婦亡過（四字妙。便已伏巧奴之親熱。出門之便捷也。）家中別無親人離遠不得以此難出張順苦苦求告若是兄長推却不去張順也不回山安道全道再作商議張順百般哀告安道全方纔應允原來安道全新和建康府一箇煙花娼妓喚做李巧奴時常往來正是打得火熱（無端又生出一段事來。可謂文隨手變。）當晚就帶張順同去他家安排酒喫李巧奴拜張順為叔叔（此句不寫巧奴之親張順如覩正寫道全之覩巧奴如室也三杯五盞酒至半酣安道全對巧奴說道我今晚就你這里宿歇明日早和這兄弟去山東地面走一遭多只是一箇月少是二十餘日便回來看你醜語那李巧奴道我却不要你去醜語你若不依我口再也休上我門醜語悉與下有人敲門後一段對讀安道全道我藥囊都已收拾了只要動身明日便去你且寬心我便去也不到得擔閣李巧奴撒嬌撒癡倒在安道全懷裏說道你若還不念我句去了句我只咒得你肉片片兒飛寫得無醜不備張順聽了這話恨不得一口水吞了這婆娘先伏一句看看天色晚了安道全大醉倒了攙去巧奴房裏睡在牀上巧奴却來發付張順道你自歸去我家又沒睡處先來發遣以爲門首小房之地小房裏歇以爲張見張旺之地不然太醫高覩豈可撇之門首不在門首如何却得報仇哉布筆都是一副心血算出張順道我待哥哥酒醒同去巧奴發遣他不動只得安他在門首小房裏歇筆墨曲折情事團湊張順心中憂煎那里睡得着

睡得着便生出事來睡不着又生出事來妙絕初更時分有人敲門奇你若不依我口再也休上我門此人却來敲門定是依得他口者也可歎可笑張順在壁縫裏張時只見一箇人閃將入來便與虔婆說話如畫絕倒那婆子問道你許多時不來却在那里今晚太醫醉倒在房裏却怎生奈何那人道我有十兩金子卽以太醫金子來與太醫爭眞絕倒送與姐姐打些釵鐶老娘怎地做箇方便教他和我廝會則箇虔婆道你只在我房裏我叫女兒來張順在燈影下張時却正是截江鬼張旺寫得寃家路窄蓋眞有之近來這廝但是江中尋得些財便來他家使張順見了按不住火起再細聽時只見虔婆安排酒食在房裏叫巧奴相伴張旺眞乃無醜不備寫之汚紙言之汚頰張順本待要搶入去却又怕弄壞了事走了這賊約莫三更時候厨下兩箇使喚的也醉了如畫偏是此等人無夜不醉是以君子義不欲醉也虔婆東倒西歪却在燈前打醉眼子如畫張順悄悄開了房門踅到厨下見一把厨刀油晃晃放在竈上油晃晃只

(三字便活寫出娼妓人家廚下。俗本誤作明晃晃。便少却多少色澤。且與下文口捲不合也。)看這婆婆倒在側首板凳上張順走將入來拿起廚刀先殺了虔婆要殺使喚的時原來廚刀不甚快砍了一箇人刀口早捲了(是廚刀。亦作一頓。)那兩箇正待要叫却好一把劈柴斧正在手邊(便提。一頓便起。筆力跳動。)綽起來一斧一箇砍殺了房中婆娘聽得慌忙開門正迎着張順(張順進去。不如婆娘出來。其法可想。)手起斧落劈胸膛砍翻在地張旺燈影下見砍翻婆娘推開後窗跳牆走了(又作一縱。大奇大奇。虔後生偏隨手了事。江鬼偏到此又慢。一快一遲都妙。)張順懊惱無及忽然想着武松自述之事隨即割下衣襟蘸血去粉墻上寫道殺人者我安道全也(忽然想着武松舊事。忽然偷用武松文法。而其實與武松一字不同。何則。武松是自認。張順是推人。只是題目不同。便令一篇都變也。)一連寫了數十餘處(亦與武松變。)(自認只一而已。只陷人多多爲益善也。)捱到五更將明只聽得安道全在房中酒醒便叫我那人(醒。只如此稱喚。豈復肯去山東者哉。)張順道哥哥不要做聲我教你看你那人(我那人。你那人。)

(接口成趣。)安道全起來看見四箇死屍嚇得渾身麻木顫做一團張順道哥哥你再看你寫的麼(你寫的三字妙。幻之極。)安道全道你苦了我也張順道只有兩條路從你行若是聲張起來我自走了哥哥却用去償命若還你要沒事家中取了藥囊(拙妻早已亡過。)連夜逕上梁山泊救我哥哥這兩件隨你行安道全道兄弟你忒這般短命見識趁天未明張順捲了盤纏同安道全回家開鎖推門(是無家之人。)取了藥囊出城來逕到王定六酒店裏王定六接着說道昨日張旺從這里走過可惜不遇見哥哥(文字忽然穿到有人敲門之前。)(奇妙不可言。)張順道我也曾遇見那廝可惜措手不及正是要幹大事那里且報小讐(寫張順不必殺張旺。所以深表張順也。)說言未了王定六報道張旺那厮來也(惜其去。報其來。)(闘文緊簇。亦寫冤家路窄。)張順道且不要驚他看他投那里去(妙妙。偏不在巧見易事。偏不在定六門前。)只見張旺去灘頭看船王定六叫道張大哥你留船來載我兩箇親眷過去張旺道要趂船快來王定六報與張順張順道安兄你可借衣服與小弟穿小弟衣裳却換與兄長穿了纔去趂船（寫張順分外細愼不似張橫）安道全道此是何意張順道自有主張兄長莫問安道全脫下衣服與張順換穿了張順戴上頭巾遮塵煖笠影身（妙）王定六背了藥囊走到船邊張旺攏船傍岸三箇人上船張順爬入後梢揭起艎板板刀尚在悄然拿了再入船艙裏（只板刀尚在四字寫得果報森然令人不寒而慄不必用板刀也而亦必拿過見其細愼之至也）張旺把船搖開咿啞之聲又到江心裏面（妙果報可畏如此）張順脫去上蓋（不欲汙道全之服也寫得色色細愼過人）叫一聲艄公快來你看船艙裏有些血跡（妙妙即用前血跡突然在張順口中只是無意而合）張旺道客人休要取笑一頭說一頭鑽入艙裏來被張順肐膊地揪住喝一聲強賊認得前日雪天趂船的客人麼（讀之快活之甚懸絕之甚千古惡人看樣）張旺看了做聲不得張順喝道你這廝謀了我一百兩黃金又要害我性命你那箇瘦後

生那里去了（要問）張旺道好漢小人金子多了怕他要分我便少了（妙語絕倒此即臧文仲竊位註腳自古至今無不爾爾莫嘲笑截江鬼也）因此殺死擄入江裏去了（本領既大心計轉毒不至於是不止也）張順道你這強賊老爺生在潯陽江邊長在小孤山下做賣魚牙子天下傳名只因鬧了江州占住梁山泊裏隨從宋公明縱橫天下誰不懼我（雄文駭俗讀之起舞）你這廝漏我下船縛住雙手攛下江心不是我會識水時却不送了性命今日冤讐相見饒你不得就勢只一拖提在船艙中取纜船索把手腳四馬攢蹄綑縛做一塊（亦是纜船索寫得果報可畏）看着那揚子大江直攛下去（寫得果報可畏）喝一聲道也免了你一刀（寫得果報可畏）王定六看了十分歎息（四字妙絕善惡之報如影隨形不多一分不少一寸十分歎息良有以也）張順就船內搜出前日金子并零碎銀兩（銀則猶是也金少十兩矣）都收拾包裹裏三人棹船到岸對王定六道賢弟恩義生死難忘你若不棄便可同父親收拾起酒店趕上梁山泊來一同

歸順大義未知你心下如何王定六道哥哥所言正合小弟之心說罷分別張順和安道全換轉衣服就北岸上路（色色細備一筆不漏）王定六作辭二人復上小船自搖回家（本是山泊金子欲送安太醫卻送截江鬼乃未幾而仍歸山泊者安太醫不得有截江鬼又不得有也本是截江鬼小撥忽截江鬼與瘦後生搖卻半世截江鬼又獨搖數日至是卻屬王定六搖歸者瘦後生不復在截江鬼亦不復在也豈乎觀於此而人猶不義命自安紛紛妄求不亦大哀也哉）收拾行李趕來且說張順與同安道全上得北岸背了藥囊移身便走那安道全是箇文墨的人不會走路行不得三十餘里早走不動（行文至此已屬餘尾卻忽作一頓）張順請入村店買酒相待正喫之間只見外面一箇客人走到面前叫聲兄弟如何這般遲慢張順看時卻是神行太保戴宗（妙絕妙絕又妙於道全之速去又妙於定六之遲來）扮做客人趕來張順慌忙教與安道全相見了便問宋公明哥哥消息戴宗道目今宋哥哥神思昏迷水米不進看看待死張順聞言淚如雨下（寫張順）安道全問道皮肉血色如

何（便似醫人聲口）戴宗答道肌膚憔悴終夜叫喚疼痛不止性命早晚難保安道全道若是皮肉身體得知疼痛便可醫治只怕悞了日期（一句趕人）戴宗道這箇容易取兩箇甲馬拴在安道全腿上戴宗自背了藥囊（妙前若便用此法何以有楊子江心一案今若不用此法何以使背瘡不悞日期故知一筆一畫皆有其故也）分付張順你自慢來我同太醫前去兩箇離了村店作起神行法先去了（只用一字忽結太醫卻麗下張順作餘波）且說道張順在本處村店裏一連安歇了兩三日只見王定六背了包裹同父親果然過來（不更生頭順筆帶下妙甚）張順接見心中大喜說道我專在此等你王定六大驚道哥哥何緣得還在這里那安太醫何在（寫王定六）張順道神行太保戴宗接來迎着已和他先行去了王定六卻和張順并父親一同起身投梁山泊來且說戴宗引着安道全作起神行法連夜趕到梁山泊寨中大小頭領接着擁到宋江臥榻內（只一擁字直畫出衆人情義來）就牀上看時口內一

絲兩氣安道全先診了脉息說道眾頭領休慌脉體無事身軀雖是沉重大體不妨不是安某說口只十日之間便要復舊眾人見說一齊便拜安道全先把艾焙引出毒氣然後用藥外使敷貼之餌內用長托之劑并治法皆詳寫五日之間漸漸皮膚紅白肉體滋潤不過十日雖然瘡口未完却得飲食如舊只見張順引着王定六父子二人拜見宋江并眾頭領訴說江中被劫水上報冤之事眾皆稱歎險不悞了兄長之患宋江纔得病好便又對眾灑淚商量要打大名救取盧員外石秀看他灑淚二字可謂醜極仍不爲晁天王報仇灑淚故惡之也安道全諫道將軍瘡口未完不可輕動動則急難痊可吳用道不勞兄長掛心只顧自已將息調理體中元氣吳用雖然不才只就目今春初時候定要打破大名城池救取盧員外石秀二人性命擒拿淫婦奸夫以滿兄長報仇之意宋江道若得軍師真報此仇宋江雖死瞑目大書宋江甘心爲盧員外報仇以正其弒晁蓋之罪也吳用便就忠義堂上傳令有分教大名城內變成火窟鎗林留守司前翻作屍山血海正是談笑鬼神皆喪膽指揮豪傑盡傾心畢竟軍師吳用怎地去打大名且聽下回分解

第五才子書施耐菴水滸傳卷之七十

聖歎外書

第六十五回

時遷火燒翠雲樓
吳用智取大名府

吾友斵山先生嘗向吾誇京中口技言是日賓客大會於廳事之東北角施八尺屏障口技人坐屏障中一桌一椅一扇一撫尺而已衆賓旣團揖坐定少頃但聞屏障中撫尺二下滿堂寂然無敢譁者遙遙聞深巷犬吠聲甚久忽耳畔嗚金一聲便有婦人驚覺欠申搖其夫語猥褻事夫囈語初不甚應婦搖之不止則二人語漸間雜床又從中戛戛響既而兒醒大啼夫令婦與兒乳兒含乳啼婦拍而嗚之夫起溺婦亦抱兒起溺床上又一大兒醒狺狺不止當是時婦手拍兒聲口中嗚聲兒含乳啼聲大兒初醒聲床聲夫叱大兒聲溺瓶中聲溺桶中聲一齊湊發衆妙畢備滿座賓客無不伸頸側目微笑默歎以為妙絶也旣而夫上床寢婦又呼大兒溺畢都上床寢小兒亦漸欲睡夫齁聲起婦拍兒亦漸拍漸止微聞有鼠作作索索盆器傾側婦夢中咳嗽之聲賓客意少舒稍稍正坐忽一人大呼火起夫起大呼婦亦起大呼兩兒齊哭俄而百千人大呼百千兒哭百千狗吠中間力拉崩倒之聲火爆聲呼呼風聲百千齊作又夾百千求救聲曳屋許許聲搶奪聲潑水聲凡所應有無所不有雖人有百手手有百指不能指其一端人有百口口有百舌不能名其一處也於是賓客無不變色離席奮袖出臂兩股戰戰幾欲先走而忽然撫尺一下羣響畢絶撤屏視之一人一桌一椅一扇一

無尺如故叄久之久之猶滿堂寂然賓客無敢先譁者也吾當時聞其言意頗不信笑謂先生此自是卿粲花之論耳世豈眞有是技維時先生亦笑謂吾豈惟卿不得信實惟吾猶至今不信耳今日讀火燒翠雲樓一篇而深歎先生未嘗吾欺世固眞有是絕異非常之技也

調撥時一人一令及乎動手却各各變換不必盡不同不必盡同無他世固無印板厮殺不但無印板文字也

調撥作兩半寫點逗亦作兩半寫城裏衆人發作亦作兩半寫城中大軍策應亦作兩半寫又是一樣絕奇之格

寫梁山泊調撥刼城一大篇後却寫梁中書調撥放燈一小篇寫梁中書兩頭奔走一大篇後却寫李固賈氏兩頭奔走一小篇使人讀之眞欲絕倒

話說吳用對宋江道今日幸喜得兄[illegible]無事又得安太醫在寨中看視貴疾此是梁山泊萬千之幸比及兄長卧病之時小生累累使人去大名探聽消息（補文中之所無好筆）梁中書晝夜憂驚只恐俺軍馬臨城又使人直往大名城裏城外市井去處遍貼無頭告示曉諭居民勿得疑慮冤各有頭債各有主大軍到郡自有對頭因此梁中書越懷鬼胎（又補一事）（併告示都補出來）又聞蔡太師見說降了關勝天子之前更不敢提只是主張招安大家無事因累累寄書與梁中書教且留盧俊義石秀二人性命好做手脚（再補一事其文愈足）宋江見說便要催趲軍馬下山去打大名吳用道即今冬盡春初早晚元宵節近大名年例大張燈火我欲乘此機會先令城中埋伏外面驅兵大進裏應外合可以破之宋江道此計大妙便請軍師發落吳用道爲頭最要緊的是城中

調撥之術半截

放火為號，你衆弟兄中誰敢與我先去城中放火？只見階下走過一人，道：「小弟願往。」衆人看時，却是鼓上皁時遷。時遷道：「小弟幼年間曾到大名城內，有座樓喚做翠雲樓，樓上樓下大小有百十箇閣子。眼見得元宵之夜，必然喧鬨。小弟潛地入城，到得元宵節夜，只盤去翠雲樓上放起火來為號，軍師可自調遣人馬入來。」吳用道：「我心正待如此。你明日天曉，先下山去，只在元宵夜一更時候，樓上放起火來（若依將令，放火當在一更。及後敘事，乃入二更有餘，皆極情事之妙。），便是你的功勞。」時遷應允，得令去了。（第一日只撥一人。）吳用次日却調解珍、解寶（次日第一調。），扮做獵戶，去大名城內官員府裏獻納野味，正月十五日夜間，只看火起為號，便去留守司前截住報事官兵。（若依將令，應截報事官兵。及後敘事，乃截中書回馬，都妙。）兩箇得令去了。（兩箇二。）再調杜遷、宋萬（第二調。），扮做糶米客人，推輛車子，去城中宿歇，元宵夜只看號火起時，却來先奪東門。（只一東門，凡用兩隊人內外雙奪，妙絕妙絕，真可謂萬全之策矣。此一隊，內奪東門。）兩箇得令去了。（四箇五箇去了。）再調孔明、孔亮（第三調。），扮做僕者，去大名城內鬧市裏房簷下宿歇，只看樓前火起，便要往來接應。（定不可少。妙妙。依將令，本是僕者，後敘事却扮乞丐，都妙。）兩箇得令去了。（六箇七箇去了。）再調李應、史進（第四調。），扮做客人，去大名東門外安歇，只看城中號火起時，先斬把門軍士，奪下東門，好做出路。（此一隊外奪東門。）兩箇得令去了。（八箇九箇去了。）再調魯智深、武松（第五調。），扮做行腳僧，前去大名城外菴院掛搭，只看城中號火起時，便去南門外截住大軍（句。），衝擊去路。（便料定他去路，妙。）兩箇得令去了。（十箇十一箇去了。）再調鄒淵、鄒閏（第六調。），扮做賣燈客人，直往大名城中尋客店安歇，只看樓中火起，便去司獄司前策應。（第一緊着，妙妙。司獄司是一篇大書正經題目，却怪其只撥二人。及讀至敘事文中，始知孔明、孔亮、柴進、樂和悉入獄來，方歎行文變化之妙也。若前幅如此調遣，後幅如此遵依，此所謂畫樣葫蘆，何以謂之兵猶鬼神哉。）兩箇得令去了。（十二箇十三箇去了。）再調劉唐、楊雄（第七調。），扮作公人，直去大名州衙前宿歇只看號火起時便去截住一應報事人員令他首尾不能救應（二解截司前兵此截州前報兵妙）兩箇得令去了（十四箇十五箇去了）再請公孫勝先生（第八調）扮做雲遊道人却教凌振扮做道童跟着將帶風火轟天等砲數百箇直去大名城內淨處守待只看號火起時施放（定不可少有此一燃又添無數聲勢）兩箇得令去了（十六箇十七箇去了）再調張順跟隨燕青（第九調）從水門裏入城逕奔盧員外家單捉淫婦奸夫（上調劫城大軍已畢此二隊獨爲盧家調出此隊在盧家後門）再調王矮虎孫新張青扈三娘顧大嫂孫二娘（第十調）扮作三對村裏夫妻入城看燈尋至盧俊義家中放火（此隊來盧家門前）再調柴進帶同樂和（第十一調）扮做軍官直去蔡節級家中要保救二人性命（此一隊又獨爲蔡家調出拉雜之中極其詳盡妙絕妙絕）衆頭領俱各得令去了（十八箇十九箇二十箇二十一箇二十二箇二十三箇二十四箇二十五箇二十六箇二十七箇去了一路逐隊結此三隊總結章法不板○第二日撥二十六人）此是正月初頭不說梁山泊好漢依次各各下山進發

且說大名梁中書喚過李成聞達王太守等一干官員商議放燈一事（商議則非欲歡者矣寇至而憂寇退而樂食肉之人從來如此可歎可笑）梁中書道年例城中大張燈火慶賞元宵與民同樂全似東京體例（須知非學聖人也學丈人也）如今被梁山泊賊人兩次侵境只恐放燈因而惹禍下官意欲住歇放燈你衆官心下如何計議聞達便道想此賊人潛地退去沒頭告示亂貼此計是窮必無主意相公何必多慮若還今年不放燈時這廝們細作探知必然被他恥笑（惜小聰成大辱從來有此等計算）可以傳下鈞旨曉示居民比上年多設花燈添扮社火市心中添搭兩座鰲山烙依東京體例通宵不禁十三至十七放燈五夜教府尹點視居民勿令缺少（府尹第一節）相公親自行春務要與民同樂（相公第二節）聞其親領一彪軍馬出城去飛虎峪駐劄以防賊人奸計（大刀第三節）再着李都監親引鐵騎馬軍遶城巡邏勿令居民驚憂（天王第四節○議劫城者一隊一隊調遣出來議放

燈者亦一隊一隊分撥開去寫得眞是絕倒梁中書見說大喜衆官商議已定隨即出榜曉諭居民這北京大名府是河北頭一箇大郡衝要去處却有諸路買賣雲屯霧集只聽放燈都來趕趂只此一句便知二十七人已一齊入得城來妙筆高筆在城坊隅巷陌該管廂官每日點視只得裝扮社火豪富之家催促懸掛花燈第一段催放燈火只得字催促字寫盡放燈弊政可笑遠者三二百里買近者也過百十里之外便有客商年年將燈到城貨賣第二段收買花燈家家門前扎起燈棚都要賽掛好燈巧樣煙火戶內縛起山棚擺放五色屏風炮燈四邊都掛名人書畫并奇異骨董玩器之物在城大街小巷家家都要點燈第三段扎縛燈棚大名府留守司州橋邊搭起一座鼇山上面盤紅黃大龍兩條每片鱗甲上點燈一盞口噴淨水去州橋河內週圍上下點燈不計其數銅佛寺前扎起一座鼇山上面盤青龍一條週迴也有千百盞花燈翠雲樓前也扎起一座鼇山上面盤着一條白龍四面點火不計其數第四段總敘三處鼇山原來這座酒樓名貫河北號爲第一上有三簷滴水雕梁繡柱極是造得好樓上樓下有百十處閣子終朝鼓樂喧天每日笙歌聒耳第五段獨詳翠雲樓一處城中各處宮觀寺院佛殿法堂中各設燈火慶賞豐年三瓦兩舍更不必說第六段補敘城中無處無燈那梁山泊探細人得了這箇消息報上山來吳用得知大喜去對宋江說知備細宋江便要親自領兵去打大名安道全諫道將軍瘡口未完切不可輕動稍若怒氣相侵實難痊可吳用道小生替哥哥走一遭隨即與鐵面孔目裴宣點撥八路軍馬第一隊上文一番分撥只謂大軍已行不意隔二紙有餘重復有此調遣令人出自意外也分作二段却二段各成大篇奇絕之格大刀關勝引領宣贊郝思文爲前部鎮三山黃信在後策應前云黃信打死此云黃信策應更不言是假撥眞正高手妙筆都是馬軍又是一樣調撥之法眞出奇無窮二十八箇二十九箇三十箇三十一箇第二隊豹子頭林冲引領馬麟鄧飛爲前

部小李廣花榮在後策應都是馬軍（三十二箇三十三箇三十四箇三十五箇）第三隊雙鞭呼延灼引領韓滔彭玘爲前部病尉遲孫立在後策應都是馬軍（三十六箇三十七箇三十八箇三十九箇）第四隊霹靂火秦明引領歐鵬燕順爲前部跳澗虎陳達在後策應都是馬軍（四十箇四十一箇四十二箇四十三箇○已上四隊馬軍）第五隊調步軍頭領没遮攔穆弘將引杜興鄭天壽（又變一樣調撥之法○四十四箇四十五箇四十六箇）第六隊步軍頭領黑旋風李逵將引李立曹正（四十七箇四十八箇四十九箇）第七隊步軍頭領插翅虎雷橫將引施恩穆春（五十箇五十一箇五十二箇）第八隊步軍頭領混世魔王樊瑞將引項充李袞（五十三箇五十四箇五十五箇○已上四隊步軍）這八路馬步軍兵各自取路即令便要起行毋得時刻有悞正月十五日二更爲期都要到大名城下馬軍步軍一齊進發那八路人馬依令下山（第一日撥一人第二日撥二十六人第三日撥二十八人前後共撥五十五人而爲章法忽散忽整忽聯忽斷殊不見其累墜也）其餘頭領盡跟宋江保守山寨（如此一番大戰而楊志索超二人獨不見調者爲梁中書受恩深處不欲以負心教天下也亦暗用雲長義放曹公事）

（點逗之前半截）

且說時遷越墻入城城中客店內却不着單身客人（斜插出地方緊急）他自白日在街上閒走到晚來東嶽廟神座底下安身正月十三日（十三日看他偏能逐日寫）却在城中往來觀看那搭縛燈棚懸掛燈火正看之間只見解珍解寶挑着野味在城中往來觀看（看他如此五十餘人前既調遣一番後又正敍一番中間又能點逗一番○點逗出解珍解寶）又撞見杜遷宋萬兩箇從瓦子裏走將出來（點逗出杜遷宋萬○點逗四人作一節）時遷當日先去翠雲樓上打一箇踅只見孔明披着頭髮身穿羊皮破衣右手拄一條杖子左手拏箇碗腌腌臢臢在那里求乞（點逗出孔明）見了時遷打抹他去背後說話時遷道哥哥你這般一箇漢子紅紅白白面皮不像叫化的城中做公的多偹或被他看破須悞了大事哥哥可以躲閃廻避說不了又見箇丐者從墻邊來看時却是孔亮（點逗出孔亮）時遷道哥哥你又露出雪也似白面

來亦不像忍饑受餓的人這般模樣必然決撒却纔道罷背後兩箇人劈角兒揪住喝道你們做得好事回頭看時却是楊雄劉唐（點逗出楊雄劉唐）時遷道你驚殺我也楊雄道都跟我來帶去僻靜處埋怨道你三箇好沒分曉却怎地在那里說話倒是我兩箇看見倘若被他眼明手快的公人看破却不悞了大事我兩箇都已見了弟兄們不必再上街去（又從口中虛點餘人）孔明道鄒淵鄒閏昨日街上賣燈魯智深武松已在城外菴裏再不必多說（又虛點出鄒淵鄒閏魯智深武松）只顧臨期各自行事（點逗四人又作一節）五箇說了都出到一箇寺前正撞見一箇先生從寺裏出來衆人擡頭看時却是入雲龍公孫勝背後凌振扮做道童跟着七箇人都點頭會意各自去了（點逗出公孫勝凌振○點逗二人又作一節）看看相近上元梁中書先令大刀聞達將引軍馬出城去飛虎峪駐劄以防賊冦○○○（十四日）十四日却令李天王李成親引鐵騎馬軍五百全副披掛遶城巡視次日正是正月十五日是日好生晴明梁中書滿心歡喜（自十三十四寫至十五又自是日是晚初更寫至二更妙極妙極）未到黃昏一輪明月却湧上來焰得六街三市鎔作金銀一片（燈光月光只用六字寫盡）士女挨肩疊背烟火花砲比前越添得盛了（是放燈第三日語）是晚（晚）節級蔡福分付教兄弟蔡慶看守着大牢我自回家看看便來方纔進得家門只見兩箇人閃將入來前面那箇軍官打扮後面僕者模樣燈光之下（妙）看時蔡福認得是小旋風柴進後面的却不曉得是鐵叫子樂和（若干人有從十三日點逗者有從十五日點逗者有十三十五兩日都點逗者筆法參差墨氣騰鬱總非恒手之所得有也○將令在十五日則十三十四日猶閒甚也將令在十五日之二更則十五日之黃昏猶閒甚也因其閒甚而取若干人點逗一番又因其閒甚而取若干人再點逗一番則其筆力橫絕誠有大過人者故也○點逗出柴進樂和○不曉得是樂和便已點出樂和矣奇絕妙絕）蔡節級便請入裏面去見成杯盤（妙）隨即管待柴進道不必賜酒在下到此有件緊事相央盧員外石秀全得足下相覷稱謝

(點逗之後半截)

難盡今晚小子欲就大牢裏趁此元宵熱鬧看望一遭望你相煩引進休得推却蔡福是箇公人早猜了八分(好)欲待不依誠恐打破城池都不見了好處又陷了老小一家性命只得擔着血海的干係便取些舊衣裳教他兩箇換了也扮做公人換了巾幘(細○却少不得)帶柴進樂和逕奔牢中去了○○初更左右(初更)王矮虎一丈青孫新顧大嫂張青孫二娘三對兒村裏夫妻喬喬畫畫裝扮做鄉村人挨在人叢裏便入東門去了(點逗出王矮虎一丈青孫新顧大嫂張青孫二娘)公孫勝帶同淩振挑着荊簍去城隍廟裏廊下坐地(公孫勝淩振再見)這城隍廟只在州衙側邊鄒淵鄒閏挑着燈在城中閒走(鄒淵鄒閏再見)杜遷宋萬各推一輛車子逕到梁中書衙前閃在人鬧處(杜遷宋萬再見)原來梁中書衙只在東門裏大街住劉唐楊雄各提着水火棍身邊都自有暗器來州橋上兩邊坐定(劉唐揚雄再見)燕青領了張順自從水門裏入城靜處埋伏(點逗出燕青張順)都不在話下不移時樓上鼓打二更(一更)(○看他已寫至二更矣偏能徐徐而引不作急腔促板真乃筆力過人)却說時遷挾着一箇籃兒裏面都是硫黃焰硝放火的藥頭籃兒上插幾朶鬧蛾兒趲入翠雲樓後走上樓去(時遷再見○又寫得如畫)只見閣子內吹笙簫動鼓板掀雲鬧社子弟們鬧鬧嚷嚷都在樓上打鬧賞燈時遷上到樓上只做賣鬧蛾兒的各處閣子裏去看撞見解珍解寶拖着鋼叉叉上掛着兔兒在閣子前趲(已寫至二更後尚能以閒筆令解珍解寶再見真正筆力過人)時遷便道更次到了怎生不見外面動撣(一偏作一頓)解珍道我兩箇方纔在樓前見探馬過去多管兵馬到了(並不實寫只從口中漸漸傳出妙不可言)你只顧去行事言猶未了只見樓前都發起喊來說到梁山泊軍馬到西門外了(此已算實寫然亦只是衆人口中傳出妙不可言)解珍分付時遷你自快去我自去留守司前接應奔到留守司前(忽接此句便卸却時遷轉去衆人也不然者將令老鼠入牛角更無轉動處矣行文不可不知此法)只見敗殘軍馬一齊

城中發作之前半截

奔入城來，說道：「聞大刀喫劫了寨也。」（省卻一段大文字。）梁山泊賊寇引軍都到城下也。（此一發是實寫，然亦只就口中傳來。妙不可言也。○看他純用虛筆，真是絕世奇文。）李成正在城上巡邏，聽見說了，飛馬來到留守司前，教點軍兵，分付閉上城門，守護本州。卻說王太守親引隨從百餘人，長枷鐵鎖，在街鎮壓，（畫出行春太守。筆法閒婉。）聽得報說這話，慌忙回留守司前。卻說梁中書正在衙前醉了悶坐，（如畫。醉了悶坐，是二更已後梁中書；冠簪在郊而醉了悶坐，是蔡太師女婿梁中書也。）初聽報說，尚自不甚慌；（活畫文官行徑。）次後沒半箇更次，流星探馬接連報來，嚇得一言不吐，單叫：「備馬！備馬！」（活畫文官行徑。）說言未了，只見翠雲樓上烈焰沖天，火光奪月，十分浩大。（此是時遷功勞。時遷虛寫。）梁中書見了，急上得馬，卻待要去看時，（第一段。要去看火。）只見兩條大漢推兩輛車子，放在當路，便去取碗掛的燈來，（妙。）望車子點着，隨即火起。（此是杜遷宋萬功勞。）梁中書要出東門時，（第二段。要出東門。）兩條大漢口稱：「李應、史進在此！」手撚朴刀，大踏步殺來。把門官軍嚇得走了，手邊的傷了十數箇。（李應史進自外而入。）杜遷、宋萬卻好接着出來，（杜遷宋萬自內而出。）四箇合做一處，把住東門。（調時分。此時合。文字變動。妙絕妙絕。）梁中書見不是頭勢，帶領隨行伴當，飛奔南門。（第三段。要出南門。）南門傳說道：（妙妙。從東門走南門，而必至南門方知有寇。其於情事，豈有當乎。只須傳說便復回馬，不必定至南門。妙絕妙絕。○下文梁中書實奪南門而去，此卻先寫傳說有賊，中路回馬，不惟使倉卒奔波如畫，兼令行文跌頓有法也。）「一箇胖大和尚輪動鐵禪杖，一箇虎面行者掣出雙戒刀，發喊殺入城來。」（魯智深武松虛寫。）梁中書回馬，再到留守司前，（第四段。再回司前。）只見解珍、解寶手撚鋼叉，在那里東衙西撞。（本令截住報事人員，卻反截住中書回府。文字變化得妙。）急待回州衙，不敢近前。（第五段。要至州衙。）王太守卻好過來，劉唐、楊雄兩條水火棍齊下，打得腦漿迸流，眼珠突出，死於街前。虞候押番，各逃殘生去了。（本令截住報兵，卻反打死太守。○文字變化得妙。○若不變化，豈有印板廝殺哉。）梁中書急急回馬，奔西門，（第六段。急奔西門。）只聽得城隍廟裏火砲齊響，轟天震地。（此是公孫勝凌振功勞。○公孫

城外策應之前半截

勝凌振亦虛寫。鄒淵鄒閏手拏竹竿只顧就房簷下放起火來鄒淵鄒閏本令獄中策應。却先各處放火。文字既段段變化。妙妙。南瓦子前王矮虎一丈青殺將來孫新顧大嫂身邊掣出暗器就那里協助銅佛寺前張青孫二娘入去爬上鰲山放起火來已上寫得拉雜之極。滴出之極。迅疾之極。閒旋之極。絕世奇文。非眼所見此時大名城內百姓黎民一箇箇鼠攛狼奔一家家神號鬼哭四下里十數處火光亘天四方不辨

却說梁中書奔到西門接着李成軍馬急到南門城上第七段。再到南門。○看他三寫南門。第一。聞人傳說。半路退轉。第二。奔到樓上。不敢出去。直至後第三。方奪路迸命而走。極文章跌頓之妙也。勒住馬在鼓樓上看時只見城下兵馬擺滿旗號寫大刀關勝火焰光中抖擻精神施逞驍勇左有宣贊右有郝思文黃信在後催動人馬雁翅般橫殺將來已到門下已下數隊。寫得如火如潮如霆如龍。○馬軍。梁中書出不得城去和李成躲至北門城下第八段。躲至北門。望見火光明亮軍馬不知其數却是豹子頭林冲躍馬橫鎗左有馬麟右有

鄧飛花榮在後催動人馬飛奔將來馬軍。再轉東門第九段。再轉東門。一連火把叢中只見沒遮攔穆弘左有杜興右有鄭天壽三籌好漢當先手撚朴刀引領一千餘人殺入城來步軍。梁中書逕奔南門捨命奪路而走第十段。逕奔南門而去。弔橋邊火把齊明只見黑旋風李逵左有李立右有曹正李逵渾身脫剝手搦雙斧從城濠裏飛殺過來李立曹正一齊俱到步軍李成當先殺開條血路奔出城來護着梁中書便走只見左手下殺聲震響火把叢中軍馬無數却是雙鞭呼延灼拍動坐下馬舞動手中鞭逕搶梁中書馬軍。李成手舉雙刀前來迎敵那時李成無心戀戰撥馬便走左有韓滔右有彭玘兩肋裏撞來孫立在後催動人馬併力殺來正鬭間背後趕上小李廣花榮拈弓搭箭射中李成副將翻身落馬李成見了飛馬奔走未及半箭之地只見右手下鑼鼓亂鳴火光奪目却是霹靂火秦明躍馬舞棍

城中發作之後牢截

引着燕順歐鵬背後陳達又殺將來李成渾身是血且走且戰護着梁中書衝路而去（不曾寫了。忽然一住。章法奇絕。）話分兩頭却說城中之事（忽然順筆帶出城忽然逆筆攪入城）杜遷宋萬去殺梁中書一門良賤（是一件事。）劉唐楊雄去殺王太守一家老小（是一件事。）孔明孔亮已從司獄司後牆爬將入去（二人在牢後。寫得明畫之極。）鄒淵鄒閏却在司獄司前接住往來之人（二人在牢前。寫得明畫之極。）大牢裏柴進樂和看見號火起了便對蔡福蔡慶道你弟兄兩箇見也不見更待幾時（二人在牢中。寫得明畫之極。）蔡慶在門邊守時鄒淵鄒閏早撞開牢門大叫道梁山泊好漢全夥在此好好送出盧員外石秀哥哥來（寫牢前二人入來。迅疾之極。）蔡慶慌忙報蔡福時孔明孔亮早從牢屋上跳將下來（寫牢後二人入來。迅疾之極。）不繇他弟兄兩箇肯與不肯柴進身邊取出器械便去開枷放了盧俊義石秀（寫牢中二人發作。迅疾之極。○牢前人入來時。牢後人已跳下。牢後人跳下時。牢中人已動手。寫得七手八脚。迅疾駭人。而又能清泚如畫也。）柴進說與蔡福你快跟我去家中保護老小一齊都出牢門來鄒淵鄒閏接着合做一處（二鄒入來。牢裏早已出來。只用接着二字。寫盡一時駭疾。○已上是一件事。）蔡福蔡慶跟隨柴進來家中保全老小（是一件事。）盧俊義將引石秀孔明孔亮鄒淵鄒閏五箇弟兄逕奔家中來捉李固賈氏却說李固聽得梁山泊好漢引軍馬入城又見四下里火起正在家中有些眼跳（絕倒。）便和賈氏商量收拾了一包金珠細軟背了便出門奔走（先出前門。次出後門。文字處處翻跌。）只聽得排門一帶都倒正不知多少人搶將入來（此是王矮虎一丈青孫新顧大嫂張青孫二娘功勞。）李固和賈氏慌忙回身便望裏面開了後門踅過墻邊逕投河下來尋躲避處（寫梁中書兩頭奔走後。忽寫李固賈氏兩頭奔走。讀之歎其妙絕也。）只見岸上張順大叫那婆娘走那里去李固心慌便跳下船中去躲却待攢入艙裏又見一箇人伸出手來劈髯兒揪住喝道李固你認得我麼（百忙中寫來。畢竟是燕小乙哥。妙人趣事。）李固聽得是燕青聲音慌忙叫道小乙哥我不曾和你有甚冤讐你休得揪我上岸（你須與一箇人有些冤讐耳。）燕青更不荅話。（可見駭疾之極。）岸上張順早把那婆娘挾在肋下拖到船邊（張順功勞。）燕青拏了李固（燕青功勞。）都望東門來了（已上是一件事。）再說盧俊義奔到家中不見了李固和那婆娘（明作一跌。妙妙。）且叫衆人把應有家私金銀財寶都搬來裝在車子上往梁山泊給散（亦是一件事。）却說柴進和蔡福到家中收拾家資老小同上山寨蔡福道大官人可救一城百姓休教殘害（表二蔡。）柴進見說便去尋軍師吳用比及尋着吳用急傳下號令去特城中將及損傷一半（此等處却令人想宋江。）當時天色大明吳用柴進在城內鳴金收軍衆頭領却接着盧員外併石秀都到畱守司相見備說牢中多虧了蔡福蔡慶弟兄兩箇看覷已逃得殘生燕青張順早把這李固賈氏解來盧俊義見了且教燕青監下自行看管聽候發落（好。）不在話下再說李成保護梁中書出城逃難正撞着聞達領着敗殘

城外衆應之後半截

軍馬回來合兵一處（聞達頭尾一見。妙筆。高筆。非人所能也。）投南便走正走之間前軍發起喊來却是混世魔王樊瑞左有項充右有李衮三籌步軍好漢舞動飛刀飛鎗直殺將來背後又是插翅虎雷橫將引施恩穆春各引一千步軍前來截住退路（前文不曾寫了，忽然一隻至此。）（重接頭緒。再作混戰。章法奇絕。）正是獄囚遇赦重回禁病客逢醫又上床畢竟梁中書一行人馬怎地結煞且聽下回分解

第五才子書施耐菴水滸傳卷之七十一

聖歎外書

第六十六回

宋江賞馬步三軍　關勝降水火二將

夫忠義堂第一座固非宋江之所得據亦非宋江之所得遜也非所據而據之名曰無恥非所遜而遜之亦名曰無恥無恥之人不惟不自惜亦不爲人惜不自惜者如前日宋江之欲據斯座爲李逵所不許是也不惜人者如今日宋江之欲遜斯座爲盧員外所不許是也何也葢無恥之人其機械變詐大要歸歸於必得斯座而後已不惟其前日之據之爲必欲得之惟今日之遜之亦正其巧於必欲得之夫其意而既已必欲得之則是堂堂盧員外乃反爲其所影借以作自身飛騰之尺木也此時爲盧員外者豈能甘之乎哉或曰宋江之據之也意在於得斯座誠有之矣獨何意知其遜之之亦欲得斯座乎曰忠義堂第一座固非宋江之所得據亦非宋江之所得遜也使宋江而誠無意於得之則夫天王有靈誓箭在彼亦聽其人報仇立功自取之而已耳自宋江有此一遜而此座遂若已爲宋江所有此座已爲宋江所有然則後卽有人報仇立功其不敢與之爭之斷斷然也此所謂機械變詐無所用恥之尤甚者故李逵畨畨大罵之也

人卽多疑何至於疑關勝吳用疑及關勝則其無所不疑可知也人卽多疑何至於疑李逵宋江疑及李逵則其無所不疑可知也連書二人各有其疑以著宋江吳用之同惡共濟也

寫李逵遇焦挺令人讀之油油然有好善之心有謙抑之心有不欺人之心有不自滿之心真好鐵牛有此風流真好耐菴有此筆墨矣

打大名後復不見有爲天王報仇之心便接水火二將一篇然則宋江之弒晁蓋不其信乎

水火二將文中亦殊不肯草草寫來都能變換不至令人意惡

寫關勝全是雲長意思不嫌於刻畫優孟者泱泱大書期於無美不備固不得以舉芳艷吐而獨廢牡丹水陸畢陳而反缺江瑤也

話說當下梁中書李成聞達慌速合得敗殘軍馬投南便走正行之間又撞着兩隊伏兵前後掩殺李成聞達護着梁中書併力死戰撞透重圍逃得性命投西一直去了樊瑞引項充李袞追趕不上自與雷橫施恩穆春等同回大名府裏聽令再說軍師吳用在城中傳下將令一面出榜安民一面救滅了火梁中書李成聞達王太守各家老小殺的殺了走的走了也不來追究（只須如此。）便把大名府庫藏打開應有金銀寶物都裝載上車子又開倉廒將糧米俵濟滿城百姓了餘者亦裝載上車將回梁山泊貯用號令衆頭領人馬都皆完備把李固賈氏釘在陷車內將軍馬標撥作三隊回梁山泊來却叫戴宗先去報宋公明宋江會集諸將下山迎接都到忠義堂上宋江見了盧俊義納頭便拜盧俊義慌忙答禮宋江道宋江不揣欲請員外上山同聚大義不想却陷此難幾致傾送寸心如割皇天垂祐今日再得相見盧俊義拜謝道上托兄長虎威下感衆頭領義氣齊心併力救拔賤體肝腦塗地難以報答便請蔡福蔡慶拜見宋江言說在下若非此二人安得殘生到此（再補寫二蔡。）當下宋江要盧員外坐第一把交椅（第一把交椅，既以之自據，又以之媚人，彼晁天王誓箭竟安在哉。）盧俊義大驚道：盧某是何等人，敢為山寨之主，但得與兄長執鞭墜鐙，做一小卒，報答救命之恩，實為萬幸。宋江再三拜請，盧俊義那里肯坐。只見李逵叫道：哥哥偏不直性，（快人快語，如鏡如刀。）前日肯坐坐了，今日又讓別人。（快人快語。）這把鳥交椅便真箇是金子做的，只管讓來讓去，（快人快語。）不要討我殺將起來。（一發快人快語。）宋江大喝道：你這廝！（只三字，妙絕。對此快人如鏡，快語如刀，不得不心驚語塞也。）盧俊義慌忙拜道：若是兄長苦苦相讓着，盧某安身不牢。李逵又叫道：若是哥哥做箇皇帝，盧員外做箇丞相，我們今日都住在金殿裏，也直得這般鳥亂。（咄咄快絕。又換出一副議論來，真乃令人聞所未聞。皇帝丞相等語，前已曾兩言之，至於今日，愈出愈奇。鐵牛真人中之寶也。）無過只是水泊子裏做箇強盜，不如仍舊了罷。（句句令宋江驚死羞死，妙絕妙絕。）宋江氣得說話不出。（寫盡宋江。）吳用勸道：且教盧員外東邊耳房安歇，賓客相待，等日後有功，卻再讓位。宋江方纔住了。（只將誓箭輕輕一提，妙妙。○此非吳用欲令宋江心死，正是吳用惟恐眾人心動耳，先辯之。）就叫燕青一處安歇。（好。）另撥房屋叫蔡福、蔡慶安頓老小。（好。）關勝家眷，薛永已取到山寨。（好。）宋江便叫大設筵宴，犒賞馬步水三軍，令大小頭目并眾嘍囉軍健，各自成團作隊去喫酒。忠義堂上設宴慶賀，大小頭領相謙相讓，飲酒作樂。盧俊義起身道：淫婦姦夫擒捉在此，聽候發落。宋江笑道：我正忘了，叫他兩箇過來。眾軍把陷車打開，拖出堂前，李固綁在左邊將軍柱上，賈氏綁在右邊將軍柱上。宋江道：休問這廝罪惡，請員外自行發落。盧俊義手拿短刀，自下堂來，大罵潑婦賊奴，就將二人割腹剜心，凌遲處死，拋棄屍首，上堂來拜謝眾人。眾頭領盡皆作賀，稱讚不已。（妙妙。）且不說梁山泊大設筵宴，犒賞馬步水三軍。卻說大名梁中書探聽得梁山泊軍馬退去，再和李成、聞達引領敗殘車馬入城來，看覷老小時，十損八九衆皆號哭不已（補梁中書下落）比及隣近起軍追趕梁山泊人馬時巳自去得遠了且教各自收軍（補救兵下落。）梁中書的夫人躱得在後花園中逃得性命（補蔡夫人下落。）便教文夫寫表申奏朝廷寫書教太師知道早早調兵遣將勦除賊寇報仇抄寫民間被殺死者五千餘人中傷者不計其數各部軍馬總折却三萬有餘（一夜死傷。又從中奏文中補出。）首將齎了奏文密書上路不則一日來到東京太師府前下馬門吏轉報太師教喚入來首將直至節堂下拜見了呈上密書申奏訴說打破大名賊寇浩大不能抵敵蔡京初意亦欲苟且招安功歸梁中書身上自巳亦有榮寵今見事體敗壞難奸遮掩便欲主戰因大怒道且教首將退去次日五更景陽鐘響待漏院中集文武羣臣蔡太師爲首直臨玉階面奏道君皇帝天子覽奏大驚有諫議大夫趙鼎出班奏道前者往往調兵征發皆折兵將葢因失其地利以致如此以臣愚意不若降勅赦罪招安詔取赴闕命作良臣以防邊境之害蔡京聽了大怒喝叱道汝爲諫議大夫反滅朝廷綱紀猖獗小人罪合賜死天子道如此目下便令出朝當下革了趙鼎官爵罷爲庶人當朝誰敢再奏天子又問蔡京道似此賊勢猖獗可遣誰人勦捕蔡太師奏道臣量這等草賊安用大軍臣舉凌州有二將一人姓單名廷珪一人姓魏名定國見任本州團練使伏乞陛下聖旨星夜差人調此一枝軍馬克日掃清山泊天子大喜隨即降寫勅符着樞密院調遣天子駕起百官退朝衆官暗笑次日蔡京會省院差官齎捧聖旨勅符投凌州來再說宋江水滸寨內將大名所得的府庫金寶錢物給賞與馬步水三軍連日殺牛宰馬大排筵宴慶賞盧員外雖無炮鳳烹龍端的肉山酒海衆頭領酒至半酣吳用對宋江等說道今爲盧員外打破大名殺損人民劫掠

此處又不聞將為晁天王報仇妙絕

府庫趕得梁中書等離城逃迤他豈不寫表申奏朝廷況他丈人是當朝太師怎肯干罷必然起軍發馬前來征討宋江道軍師所慮最爲得理何不使人連夜去大名探聽虛實我這里好做准備吳用笑道小弟已差人去了將次回也此非補法只是便筆耳須辨正在筵會之間商議未了只見原差探事人到來說大名府梁中書果然申奏朝廷要調兵征勦有諫議大夫趙鼎奏請招安致被蔡京喝罵削了趙鼎官職如今奏過天子差人往凌州調遣單廷珪魏定國兩箇團練使起本州軍馬前來征討宋江便道似此如何迎敵吳用道等他來時一發捉了關勝起身道關某自從上山從不曾出得半分氣力單廷珪魏定國蒲城多曾相會久知單廷珪那廝善用決水浸兵之法人皆稱爲聖水將軍魏定國這廝精熟火攻之法上陣專用火器取人因此呼爲神火將軍水火一雙奇文。偶一有之正復生色。若西遊純是此等則風斯下耳小弟不才願借五千軍兵不等他二將起行先在凌州路上接住他若肯降時帶上山來若不肯降必當擒來奉獻兄長亦不須用衆頭領張弓挾矢費力勞神不知尊意若何宋江大喜便叫宣贊郝思文二將就跟着一同前去關勝帶了五千軍馬來日下山次早宋江與衆頭領在金沙灘寨前餞行關勝三人引兵去了衆頭領回到忠義堂上吳用便對宋江說道關勝此去未保其心可以再差良將隨後監督就行接應大書吳用純以欺詐待人。全無忠義之心。與宋江正是一流人也。宋江道吾觀關勝義氣凜然始終如一軍師不必多疑吳用道只恐他心不似兄長之心可再叫林冲楊志領兵孫立黃信爲副將帶領五千人馬隨即下山寫關勝獨行。以表義勇。寫四將接應。以求濟事。却又順便表暴吳用之奸。筆下曲折老到之至。李逵便道我也去走一遭四將接應後。又有李逵之去。亦是從凌州倒算出來。然實寫得鐵牛可愛。宋江道此一去用你不着自有良將建功李逵道兄弟若閒便要生病偏能作絕世妙語。若不叫我去時獨自也要去走一遭妙妙。宋江喝道你若不聽我的軍令割了你頭李逵見說悶悶不已下堂去了不說林冲楊志領兵下山接應關勝次日只見小軍來報黑旋風李逵昨夜二更拿了兩把板斧不知那里去了妙人妙妙。宋江見報只叫得苦是我夜來衝撞了他這幾句言語多管是投別處去了大書宋江純以欺詐待人全無忠義之心。甚乃至於不信李鐵牛之生平。與吳用正是一流人也。○疑關勝猶可言也。疑李逵不可說也。作者書之。以深書宋江之惡。為更甚於吳用也。吳用道兄長非也他雖麁鹵義氣倒重不到得投別處去多管是過兩日便來兄長放心宋江心慌先使戴宗去趕後着時遷李雲樂和王定六四箇首將分四路去尋吳用疑關勝遣四將宋江疑李逵。亦遣四將。作章法。且說李逵是夜提着兩把板斧下山抄小路逕投凌州去可謂無難事一路上自尋思道這兩箇鳥將軍何消得許多軍馬去征他我且搶入城中一斧一箇都砍殺了也教哥哥喫一驚也和他們爭得一口氣走了半日走得未遠。故知韓伯龍店。真是朱貴所開也。走得肚饑把腰裏摸一摸原來貪慌下山不曾帶得盤纏任意游行。隨緣度日。邇來行腳者。政未必有此。尋思道多時不曾做這買賣只得尋箇鳥出氣的妙。政復無妨。正走之間看見路傍一箇村酒店李逵便入去裏面坐下連打了三角酒二斤肉喫了起身便走妙。酒保攔住討錢李逵道待我前頭去尋得些買賣却把來還你說罷便動身妙。只見外面走入箇彪形大漢來喝道你這黑廝好大膽誰開的酒店其語便有倚托。你來白喫不肯還錢李逵睜着眼道老爺不揀那里只是白喫世真有此人。調侃不少。○不揀那里四字。亦便挑撥下梁山泊字。那漢道我對你說時驚得你屎流屁滾老爺是梁山泊好漢韓伯龍的便是本錢都是宋江哥哥的不列門牆。先使勢要。其死於斧。不亦宜乎。世真有此人。調侃不少。李逵聽了暗笑我山寨裏那里認得這箇鳥人原來韓伯龍曾在江湖上打家劫舍要來上梁山泊入夥却投奔了旱地忽律朱貴要他引見宋江因是宋公明生發背瘡在寨中又調兵遣將多忙少閒不曾見得朱貴權且教他在村中賣酒補一事。○此所謂不得與於一百八人之數者也。當時李逵在腰間拔出一把板斧看着韓伯龍道把斧頭為當妙。韓伯龍不知是計舒手來接被李逵手起望面門上只一斧肐膊地砍着可憐韓伯龍不曾上得梁山死在李逵之手欲附大人成名而反遭擠逆者有如此龍矣。讀之一歎。兩三箇火家只恨爺娘少生了兩隻腳望深村裏走了李逵就地下擄掠了盤纏放火燒了草屋望凌州便走行不得一日正走之間官道傍邊只見走過一條大漢直上直下相李逵寫得有意思。有氣色。便知不是韓伯龍之類。李逵見那人看他便道你那廝看老爺怎地那漢便答道你是誰的老爺妙語解人頤。○看他開口都有意思。有氣色。李逵便搶將入來那漢子手起一拳打箇搭墩奇人奇事。李逵尋思這漢子倒使得好拳坐在地下仰着臉問道你這漢子姓甚名誰被他打便知他好拳。服他拳。便問他名姓。鐵牛眞有宰相胸襟。○服之至。愛之至。便急欲知其名姓。遽爾起來。亦有所不及矣。好賢如鐵牛。令人想殺鐵牛也。那漢道老爺沒姓要廝打便和你廝打你敢起來奇人奇事。○便活寫出沒面目人。李逵大怒正待跳將起來被那漢子肋羅裏只一腳又踢了一交奇人奇事。李逵叫道贏你不得爬將起來便走妙人妙至此。眞乃妙不可言。○看他如此服善。世豈眞有此人。○贏不得便告之言贏不得眞是之夷狄不棄忠信人。那漢叫住問道這黑漢子你姓甚名誰那里人氏李逵道今日輸與你不好說出來妙人妙至此。眞乃妙不可言。又可惜你是條好漢不忍瞞你妙人妙至此。眞乃妙不可言。梁山泊黑旋風李逵的便是我妙人妙至此。眞乃妙不可言。○看他又惜自己。又惜此人。滿心傾倒。一腔忠直。世豈眞有此人哉。那漢道你端的是不是不要說謊李逵道你不信只看我這兩把板斧人聞李逵。乃至聞其板斧。李逵自信。乃至自信板斧。寫得妙絕。那漢道你既是梁山泊好漢獨自一箇投那里去是未信語。未是請問語。李逵道我和哥哥鬭口氣要投凌州去殺那姓單姓魏的兩箇那漢道我聽得你梁山泊已有軍馬去了、你且說是誰（是未信詞、不是打聽詞。○看他問畢方始下拜、可知也。）李逵道、先是大刀關勝領兵、隨後便是豹子頭林冲、青面獸楊志領軍策應、那漢聽了、納頭便拜、李逵道、你便與我說罷、端的姓甚名誰（不惟不恨其打、亦復不喜其拜、一心只是服其好拳。問其名姓、識牛妙人、可愛如許。○看他便有求懇之意。）那漢道、小人原是中山府人氏、祖傳三代相撲爲生、却纔手脚、父子相傳、不教徒弟（只八字、表盡好拳脚。）平生最無面目、到處投人不着、山東河北都叫我做沒面目焦挺（奇人奇名、世亦復無此人矣。）近日打聽得寇州地面有座山、名爲枯樹山、山上有箇强人、平生只好殺人、世人把他比做喪門神、姓鮑名旭（遂還出來。）他在那山裏打家刼舍、我如今待要去那里入夥、李逵道、你有這等本事、如何不來投逵俺哥哥宋公明、焦挺道、我多時要投逵大寨入夥、却沒條門路、今日得遇兄長、願隨哥哥、李逵道、我和宋公明哥哥爭口氣了、下山來（要與宋公明爭口氣、獨有大哥一人耳。）不殺得一箇人、空着雙手、怎地回去、你和我去枯樹山、說了鮑旭、同去凌州、殺得單魏二將、便好回山（行文取徑奇絶。）焦挺道、凌州一府城池、許多軍馬在彼、我和你只兩箇、便有十分本事、也不濟事、枉送了性命、不如單去枯樹山、說了鮑旭、且去大寨入夥、此爲上計（各自說其意中之事。）兩箇正說之間（如畫如話。）背後時遷趕將來、叫道、哥哥、憂得你苦、便請回山、如今分四路去趕你也（便闘入手。）李逵引着焦挺、且教與時遷廝見了（法極好。）時遷勸李逵回山、宋公明哥哥等你、李逵道、你且住、我和焦挺商量了、先去枯樹山、說了鮑旭、方纔回來、時遷道、使不得、哥哥等你、即便回寨、李逵道、你若不跟我去、你自先回山寨、報與哥哥知道、我便回也、時遷懼怕李逵、自回山寨去了、焦挺却和李逵自投寇州來、望枯樹山去了、話分兩頭、却說關勝與同宣贊郝思文、引領五千軍馬接來、相近凌州、且說凌州太守接得東京調兵的勅旨、并蔡太師劄付便請兵馬團練單廷珪魏定國商議二將受了劄付隨即選點軍兵關領器械拴束鞍馬整頓糧草指日起行忽聞報說蒲東大刀關勝引軍到來侵犯本州單廷珪魏定國聽得大怒便收拾軍馬出城迎敵兩軍相近旗鼓相望門旗下關勝出馬那邊陣內鼓聲響處轉出一員將來戴一頂渾鐵打就四方鐵帽頂上撒一顆斗來大小黑纓披一付熊皮砌就嵌縫沿邊烏油鎧甲穿一領皂羅繡就點翠團花禿袖征袍着一雙斜皮踢鐙嵌線雲跟靴繫一條碧鞓釘就疊勝獅蠻帶一張弓一壺箭騎一匹深烏馬使一條黑桿鎗前面打一把引軍按北方皂纛旗上書七箇銀字聖水將軍單廷珪又見這邊鸞鈴響處又轉出一員將來戴一頂朱紅綴嵌點金束髮盔頂上撒一把掃箒長短赤纓披一副擺連環吞獸面狻猊鎧穿一領繡雲霞飛怪獸絳紅袍着一雙刺麒麟間翡翠雲縫錦跟靴帶一張描金雀畫寶雕弓懸一壺鳳翎鑿山狼牙箭騎坐一匹胭脂馬手使一口熟鋼刀前面打一把引軍按南方紅繡旗上書七箇銀字神火將軍魏定國兩員虎將一齊出到陣前關勝見了在馬上說道二位將軍別來久矣單廷珪魏定國大笑指着關勝罵道無才小輩背反狂夫上負朝廷之恩下辱祖宗名目不知廉恥引軍到來有何理說關勝答道你二將差矣目今主上昏昧奸臣弄權非親不用非讐不彈兄長宋公明仁義忠信替天行道特令關某招請二位將軍倘蒙不棄便請過來同歸山寨單魏二將聽得大怒驟馬齊出一箇是遥天一朵烏雲一箇如近處一團烈火畫。飛出陣前關勝却待去迎敵左手下飛出宣贊右手下遶出郝思文初寫水火二將文。例不得不作一縱。然關勝則非其所堪也。卻去大刀。替出宣郝。極爲得法。兩對兒在陣前厮殺刀對刀迸萬道寒光鎗搠鎗起一天殺氣關勝提刀立在陣前看了良久嘖嘖歎賞不絕正鬬之間只見水火二將一齊撥轉馬頭望本陣便走（寫得好）郝思文宣贊隨即追趕衝入陣中只見魏定國轉入左邊單廷珪轉過右邊（寫得好）一時宣贊趕着魏定國郝思文追住單廷珪說時遲那時快却說宣贊正趕之間只見四五百步軍都是紅旗紅甲一字兒圍裹將來撓鈎套索一齊舉發和人連馬活捉去了（寫得好）再說郝思文追到右邊却見五百來步軍盡是黑旗黑甲一字兒裹轉來腦後一發齊上把郝思文生擒活捉去了（寫得好）一面把人解入凌州一面仍率五百精兵捲殺過來關勝倒喫一驚舉手無措望後便退（便算關勝一跌也）隨即單廷珪魏定國拍馬在背後追來關勝正走之間只見前面衝出二將關勝看時左有林冲右有楊志從兩肋窩裏撞將出來（筆法搖動之極）殺散凌州軍馬關勝收住本部殘兵與林冲楊志相見合兵一處隨後孫立黃信一同見了權且下寨却說水火二將捉得宣贊郝思文得勝回到城中張太守接着置酒作賀一面教人做造陷車裝了二人差一員偏將帶領三百步軍連夜解上東京申達朝廷（作此怪峯鬬成奇筍）且說偏將帶領三百人馬監押宣贊郝思文上東京來迤邐前行來到一箇去處只見滿山枯樹遍地蘆芽一聲鑼響撞出一夥強人當先一箇手搭雙斧聲喝如雷正是梁山泊黑旋風李逵後面帶着這箇好漢正是沒面目焦挺（結構大奇）兩箇好漢引着小嘍囉攔住去路也不打話便搶陷車偏將急待要走背後又撞出一箇人來臉如鍋鐵雙睛暴露這箇好漢正是喪門神鮑旭（大奇）向前把偏將手起劍落砍下馬來其餘人等撇下陷車盡皆逃命去了李逵看時却是宣贊郝思文便問了備細來緣宣贊亦問李逵你却怎生在此李逵說道為是哥哥不肯教我來廝殺獨自箇私走下山來先殺了韓伯龍後撞見

焦挺引我到此多承鮑家兄弟一見如故便如我山上一般接待却纔商議正欲去打凌州却有小嘍囉山頭上望見這夥人馬監押陷車到來只道是官兵捕盜不想却是你二位鮑旭邀請到寨內殺牛置酒相待郝思文道兄弟既然有心上梁山泊入夥不若將引本部人馬就同去凌州併力攻打此爲上策鮑旭道小可與李兄正如此商議足下之言說得最是我山寨之中也有三二百匹好馬帶領五七百小嘍囉五籌好漢一齊來打凌州

却說逃難軍士逕回來報與張太守說道半路裏有強人奪了陷車殺了偏將單廷珪魏定國聽得大怒便道這番拿着便在這裏施刑（述前餘勢再翻起一怪峰）只聽得城外關勝引兵搦戰單廷珪爭先出馬開城門放下吊橋引五百黑甲軍飛奔出城迎敵門旗開處大罵關勝辱國敗將何不就死關勝聽了舞刀拍馬兩箇鬬不到五十餘合關勝勒轉馬頭慌忙便走（另是一樣意思）單廷珪隨即趕將來約趕十餘里關勝回頭喝道你這廝不下馬受降更待何時（另是一樣氣色）單廷珪挺鎗直取關勝後心關勝使出神威拖起刀背只一拍喝一聲下去（另是一樣意思）單廷珪下馬關勝下馬向前扶起叫道將軍恕罪（馬上喝之馬下扶之純是儒將意思寫得真如二下馬字接連事捷文捷）單廷珪惶恐伏地乞命受降關勝道某在宋公明哥哥面前多曾舉你特來相招二位將軍同聚大義單廷珪答道不才願施犬馬之力同共替天行道兩箇說罷並馬而行（與上二下馬字映襯有情結構得法）林冲接見二人並馬行來便問其故關勝不說輸贏答道山僻之內訴舊論新招請歸降（另易一樣意思真乃舊家子弟非餘人之所到也）林冲等衆皆大喜單廷珪回至陣前大叫一聲五百黑甲軍兵一鬨過來（寫得好）其餘人馬奔入城中去了連忙報知太守魏定國聽了大怒次日領起軍馬出城交戰單廷珪與同關勝林冲直臨陣前只見門旗

開處神火將軍出馬見單廷珪順了關勝大罵忘恩背主不才小人關勝微笑拍馬向前迎敵（另是一樣意思。）二馬相交軍器並舉兩將鬬不到十合魏定國望本陣便走關勝却欲要追單廷珪大叫道將軍不可去趕關勝連忙勒住戰馬說猶未了凌州陣內早飛出五百火兵身穿絳衣手執火器前後擁出有五十輛火車車上都滿裝蘆葦引火之物軍人背上各拴鐵葫蘆一個內藏硫黃焰硝五色煙藥一齊點着飛搶出來人近人倒馬過馬傷關勝軍兵四散逃走退四十餘里扎住（至此又作一跌方駭為之奈何。及讀至下一行。真不圖其迅疾至是也。）魏定國收轉軍馬回城看見本州烘烘火起烈烈煙生（看官讀至此二句。試掩下文思之當作如何解）原來却是黑旋風李逵與同焦挺鮑旭帶領枯樹山人馬都去凌州背後打破北門殺入城中劫擄倉廒錢糧放起火來（大奇大奇。真乃異樣筆墨。以火接火。使讀者出於意外）魏定國知了不敢入城慌速回軍被關勝隨後趕上追殺首尾不能相顧凌州已失魏定國只得退走逩中陵縣屯駐關勝引軍把縣四下圍住便令諸將調兵攻打魏定國閉門不出單廷珪便對關勝林冲等衆位說道此人是一勇之夫攻擊得緊他寧死必不辱（特表魏定國。）事寬即完急難成效小弟願往縣中不避刀斧用好言招撫此人束手來降免動干戈關勝見說大喜隨即叫單廷珪單人匹馬到縣小校報知魏定國出來相見了單廷珪用好言說道如今朝廷不明天下大亂天子昏昧奸臣弄權我等歸順宋公明且居水泊久後奸臣退位那時去邪歸正未為晚也魏定國聽罷沉吟半晌說道若是要我歸順須是關勝親自來請我便投降他若是不來我寧死不辱（寫關勝之見重如此。所以深表關勝。然魏定國之生平亦畧可見矣。）單廷珪即便上馬回來報與關勝關勝見說便道關某何足為重却承將軍謬愛匹馬單刀別了衆人及單廷珪便去（全是雲長意思。）林冲諫道兄長人心難忖三思而行關勝道舊時朋友何妨（極寫關勝忠信以反襯宋江吳用之欺詐也）直到縣衙魏定國接着大喜願拜投降同叙舊情設筵管待當日帶領五百火兵都來大寨（好）與林冲楊志幷衆頭領俱各相見已了卽便收軍回梁山泊來宋江早使戴宗接着對李逵說道只為你偷走下山教衆兄弟趕了許多路如今時遷樂和李雲王定六四箇先回山去了（輕輕完之）我如今先去報知哥哥免至懸望不說戴宗先去了且說關勝等軍馬回到金沙灘邊水軍頭領棹船接濟軍馬陸續過渡只見一箇人氣急敗壞跑將來（不是宋江想起偏是景住跑來深文曲筆）衆人看時却是金毛犬段景住林冲便問道你和楊林石勇去北地里買馬如何這等慌速跑來段景住言無數句話不一席有分教宋江調撥軍兵來打這箇去處重報舊讐再雪前恨正是情知語是鈎和線從頭釣出是非來畢竟段景住說出甚言語來且聽下回分解

第五才子書施耐菴水滸傳卷之七十二

聖歎外書

第六十七回

宋公明夜打曾頭市
盧俊義活捉史文恭

我前書宋江實弒晁蓋人或猶有疑之今讀此回觀彼作者之意何其反覆曲折以著宋江不爲晁蓋報仇之罪如是其深且明也其一段景住曰郁保四把馬劫奪解送曾頭市去夫曾頭市三字則豈非宋江所當刻肉刻骨書石書樹日夜號呼淚盡出血也者乃自停喪歸位以來杳然不聞提起夫宋江不聞提起則亦吳用之所不復提起林冲之所不好提起廳上廳下衆人之所不敢提起與不知提起者也乃今無端忽有段景住歸陡然提起則是宋江之所不及掩其口也其二段景住備說奪馬之事宋江聽了大怒夫蕞爾曾頭顧不自量一則奪其馬再則奪其馬一奪之不足而至於再奪人各有氣誰其甘乎然而擬諸射死天王之仇則其痛深痛淺必當有其分矣今也藥箭之怨累月不脩奪馬之辱時刻不待此其爲心果何如也其三晁蓋遺令但有活捉史文恭者便爲梁山泊主及宋江調撥諸將如徐寧呼延灼關勝索超單廷珪魏定國宣贊郝思文等悉不得與斯役夫不共之仇不及朝食空羣而來死之可也宋江而志在報仇也者尚當懸第一座作重賞以募勇夫宋江而志在第一座者則雖終亦不爲天王報仇亦誰得而責之乃今調撥諸將而獨置數人豈此數人獨不能捉史文恭乎抑獨不可坐此一座也其四新來人中獨盧俊義起身願往宋江便問吳用可否

吳用調之間處夫調將之法第一先鋒第二左軍第三右軍第四中軍第五合後第六伏軍伏軍者計算已定知其必敗敗則必繇此去故先設伏以俟之也今也諸軍未行計算未定何用知其必敗何用知其敗之必繇此去若未能知其必敗未能知其敗之必繇此去而又獨調員外先行埋伏則是非所以等候史文恭殆所以安置盧俊義也其五史文恭拔掛上馬那匹馬便是焰夜玉獅子馬宋江看見好馬心頭火起夫史文恭所坐則是先前所奪段景住之馬馬之所馱則是先前射死晁蓋之史文恭諺語有之好人相見分外眼明讐人相見分外眼睜此言眼之所至正是心之所至也宋江而爲馬來者則應先見馬宋江而爲晁蓋來者則應先見史文恭今史文恭出馬而大書那馬宋江心頭火起

而大書看見好馬然則宋江此來專爲馬也其六手書問罪輕責其殺晁蓋而重責其還馬及還二次所奪又問焰夜獅子夫還二次馬匹而宋江所失僅一焰夜獅子已乎若還二次馬匹又還焰夜獅子而宋江遂得班師還山一無所問已乎幸也保四內叛伏窩計成法華鐘響五曾盡滅也不幸而青凌兩州救兵齊至和解之約真成變卦然則宋江殆將日夜哭念此馬不能置也其七盧俊義既已建功宋江乃又椎鼓集衆商議立主夫商議之爲言未有成論則不得不集思廣謀以求其定如之何如之何不辭反覆進引其語也今在昔則晁蓋遺令有箭可憑在今則員外報仇有功可據然則盧俊義爲梁山泊主蓋一辭而定也舍此不講而又多自謙抑甚至拈鬮借糧何其巧而多變一至於如是之

極也嗚呼作者書宋江之惡其彰明昭著也如此而愚之夫猶不正其弒晁蓋之罪而猶必沾沾以忠義之人目之豈不大可怪歎也哉

話說當時段景住跑來對林冲等說道我與楊林石勇前往北地買馬到彼選得壯窟有筋力好毛片駿馬買了二百餘匹回至青州地面被一夥強人為頭一箇喚做險道神郁保四（橫添一人而不見其跡妙妙）聚集二百餘人盡數把馬劫奪解送曾頭市去了（曾頭市三字却從段景住口中提起皆深表宋江之不為晁蓋報仇也○仍從馬上提起以下彼此四口都只為馬則其不為晁蓋甚明也妙筆妙筆）石勇楊林不知去向小弟連夜逃來報知此事林冲見說叫且回山寨與哥哥相見了却商議此事衆人且過渡來都到忠義堂上見了宋江關勝引單廷珪魏定國與大小頭領俱各相見了李逵把下山殺了韓伯龍遇見焦挺鮑旭同去打破淩州之事說了一遍宋江聽罷又添四箇好漢正在歡喜段景住備說奪馬一事宋江聽了大怒道前者奪我馬匹至今不曾報仇晁天王又反遭他射死（看他報仇二字放在奪馬下天王射死放在報仇下妙筆）今又如此無禮若不去勦這廝惹人恥笑不小吳用道即日春暖無事正好廝殺取樂（天下豈有不共戴天之事而需春暖而需無事而言取樂者哉寫宋江吳用全無報仇之心妙筆）前者天王失其地利如今必用智取且教時遷他會飛簷走壁可去探聽消息一遭回來却作商量時遷聽命去了無三二日只見楊林石勇逃得回寨備說曾頭市史文恭口出大言要與梁山泊勢不兩立宋江見說便要起兵吳用道再得時遷回報却去未遲宋江怒氣塡胸要報此讐片時忍耐不住（妙妙○天王之仇一向不提奪馬之仇片時不忍挑剔妙絕）又使戴宗飛去打聽立等回報不過數日却是戴宗先回來（寫戴宗時遷參差疏密可喜○夫王死後久矣杳不聞有曾頭市也忽然再被奪馬便爾戴宗時遷奔走旁午筆筆皆極普宋江之惡也）說這曾頭市要與淩州報仇欲起軍馬見

今曾頭市口扎下大寨（略）又在法華寺內做中軍帳數百里遍插旌旗不知何路可進（略）次日時遷回寨報說小弟直到曾頭市裏面探知備細（與戴宗參差疏密互見）見今扎下五箇寨柵曾頭市前面二千餘人守住村口總寨內是教師史文恭執掌（詳）北寨是曾塗與副教師蘇定（詳）南寨是次子曾密（詳）西寨是三子曾索（詳）東寨是四子曾魁（詳）中寨是第五子曾昇與父親曾弄守把（詳）這箇青州郁保四身長一丈腰闊數圍綽號險道神（詳）將這奪的許多馬匹都喂養在法華寺內（詳○馬亦還他下落則後文易於收拾也）吳用聽罷便教會集諸將一同商議既然他設五箇寨柵我這里分調五支軍將可作五路去打盧俊義便起身道（宋江喫驚之事○員外若不自家起身則亦與徐寧關勝呼延灼索超單廷珪魏定國等同不見調矣）盧某得蒙救命上山未能報効今願盡命向前未知尊意若何宋江便問吳用道員外如肯下山可屈為前部否（調撥則調撥耳前部則前部耳目顧

吳用（而口咨嗟之其不欲員外之發弧先登蓋灼如也）吳用道員外初到山寨未經戰陣山嶺崎嶇乘馬不便不可為前部先鋒別引一支軍馬前去平川埋伏只聽中軍砲響便來接應（鑿調員外於無可用武之地可謂極盡心機又豈料冷處埋伏之適遇史文恭哉奇情曲筆寫得妙絕）宋江大喜叫盧員外帶同燕青引領五百步軍平川小路聽號（宋江大喜四字書法○於大軍未調之先先撥置盧員外者蓋舊日衆人久已肯服所慮獨盧員外一人故也○僅領步軍五百筆中有眼）再分調五路軍馬曾頭市正南大寨（看他調撥又變出一樣軍法奇才大筆）差馬軍頭領霹靂火秦明小李廣花榮副將馬麟鄧飛引軍三千攻打（三千）曾頭市正東大寨差步軍頭領花和尚魯智深行者武松副將孔明孔亮引軍三千攻打（三千）曾頭市正北大寨差馬軍頭領青面獸楊志九紋龍史進副將楊春陳達引軍三千攻打（三千）曾頭市正西大寨差步軍頭領美髯公朱仝插翅虎雷橫副將鄒淵鄒潤引軍三千攻打（三千）曾頭市正中總寨都頭領宋公明軍師吳用

公孫勝（前書調開盧員外又調開衆將此又大書宋公明自打總寨者見其志在親捉史文恭以必得第一座也妙筆）隨行副將呂方郭盛解珍解寶戴宗時遷領軍五千攻打（五千看他領軍獨多而盧俊義則極少皆是筆中有眼）合後步軍頭領黑旋風李逵混世魔王樊瑞副將項充李袞引馬步軍兵五千（分明宋江獨領一萬）其餘頭領各守山寨（處處有此一句獨此句中屈殺許多大將妙筆可想）不說宋江部領五軍兵將大進且說曾頭市探事人探知備細報入寨中曾長官聽了便請教師史文恭蘇定商議軍情重事史文恭道梁山泊軍馬來時只是多使陷坑方纔捉得他強兵猛將這夥草寇須是這條計以爲上策曾長官便差莊客人等將了鋤頭鐵鍬去村口掘下陷坑數十處上面虛浮土蓋四下里埋伏了軍兵只等敵軍到來又去曾頭市北路也掘下上數處陷坑比及宋江軍馬起行時吳用預先暗使時遷又去打聽（此等段落悉與第五十九回晁蓋輕入重地炤耀有吳用又必得時遷嘆前者之并無過吳用也謹賞爲之而謂宋江非弒晁蓋者乎）

數日之間時遷回來報說曾頭市寨南寨北盡都掘下陷坑不計其數只等俺軍馬到來吳用見說大笑道不足爲奇引軍前進來到曾頭市相近此時日午時分前隊望見一騎馬來項帶銅鈴尾拴雉尾馬上一人青巾白袍手執短鎗（寫曾頭市正意復勍敵思便與小郎君亂處一樣）前隊望見便要追趕吳用止住便教軍馬就此下寨（所以然者此青巾白袍馳馬之處即是掘下陷坑之處故也青巾白袍人竟不知其爲誰妙妙）四面掘了濠塹下了鐵蒺藜傳下令去教五軍各自分頭下寨一般掘下濠塹下了蒺藜一住三日曾頭市不出交戰（彼固以爲以逸待勞也）吳用再使時遷扮作伏路小軍去曾頭市寨中探聽他不知何意所有陷坑暗暗地記着離寨多少路遠總有幾處（好）時遷去了一日都知備細暗地使了記號回報軍師次日吳用傳令教前隊步軍各執鐵鋤分作兩隊（奇極）又把糧車一百有餘裝載蘆葦乾柴藏在中軍（奇極）當晚傳下與各寨諸

軍頭領來日巳牌只聽東西兩路步軍先去打寨（奇極）再教攻打曾頭市北寨的楊志史進把馬軍一字兒擺開只在那邊擂鼓搖旗虛張聲勢切不可進（奇極）吳用傳令已了再說曾頭市史文恭只要引宋江軍馬打寨便趕入陷坑寨前路狹待走那里去次日巳牌只聽得寨前砲響軍兵大隊都到南門（寫寨前一砲却是東西兵起寨前又一砲却是背後兵起吳用之稱智多星洵非誇也）次後只見東寨邊來報道（妙妙）一箇和尚輪着鐵禪杖一箇行者舞起雙戒刀攻打前後史文恭道這兩箇必是梁山泊魯智深武松（一隊口中倩出一隊旗上看出只二隊便有如許變換如此匆忙敘事中又須文字變換眞乃心閒手敏也）却恐有失便分人去幫助曾魁（分之使弱也）只見西寨邊又來報道（妙妙）一箇長鬚大漢一箇虎面大漢旗號上寫着美髯公朱仝插翅虎雷橫前來攻打甚急（一隊旗上看出）史文恭聽了又分撥人去幫助曾索（寫分兵明畫之極）又聽得寨前砲響（寨前砲響寨前又砲響絕妙兵法却成絕妙章法）史文恭按兵不動只要等他人來塌了陷坑山下伏兵齊起接應捉人這里吳用却調馬軍從山背後兩路抄到寨前（妙妙令寨前陷坑無用也妙妙正令寨前陷坑有用也）前面步軍只顧看寨又不敢去（可歎此吾所謂印板將令也）兩邊伏兵都擺在寨前（可歎）背後吳用軍馬趕來盡數逼下坑去（彼掘陷坑而我用之妙不可言）史文恭却待出來吳用鞭梢一指軍寨中鑼響一齊排出百餘輛車子來盡數把火點着（妙妙）上面蘆葦乾柴硫黃焰硝一齊着起煙火迷天比及史文恭軍馬出來盡被火車橫攔當住只得回避（又令之不得衝突所謂計必萬全者也如此一段便是絕妙陣法豈得以其稗官也而忽之）急待退軍公孫勝早在陣中揮劍作法刮起大風捲那火焰燒人南門早把敵樓排柵盡行燒毀（妙妙可謂一打曾頭市矣）已自得勝鳴金收軍四下里入寨當晚權歇史文恭連夜修整寨門兩下當住（寫曾頭市正復勍敵）次日曾塗對史文恭計議道若不先斬賊首難以追滅囑付教師史文恭牢守寨柵曾塗率領軍

已上一打曾頭市

兵披掛上馬出陣搦戰宋江在中軍聞知曾塗搦戰帶領呂方郭盛相隨出到前軍門旗影裏看見曾塗心頭怒起用鞭指道誰與我先捉這廝報往日之讐（誰與我雖復願口之辭然亦見宋江功歸一身之意）小溫侯呂方拍坐下馬挺手中方天畫戟直取曾塗兩馬交鋒二器並舉鬭到三十合以上郭盛在門旗下看見兩箇中間將及輸了一箇原來呂方本事敵不得曾塗三十合已前兀自抵敵不住三十合已後戟法亂了只辦得遮架躲閃郭盛只恐呂方有失便驟坐下馬撚手中方天畫戟飛出陣來夾攻曾塗三騎馬在陣前絞做一團原來兩枝戟上都拴着金錢豹尾呂方郭盛要捉曾塗兩枝戟齊舉（寫二戟）曾塗眼明便用鎗只一撥（寫一鎗）卻被兩條豹尾攪住朱纓奪扯不開三箇各要掣出軍器使用（此即對影山故事也乃對影山只是兩戟豹尾此又添出鎗上朱纓便有加倍好看也）小李廣花榮在陣中看見恐怕輸了兩箇便縱馬出來左手拈起雕弓右手急取鈚箭搭上箭拽滿弓望着曾塗射來（二十九字一句其事甚疾對影山射開豹尾此竟射殺曾塗妙妙）這曾塗却好掣出鎗來那兩枝戟兀自攪做一團說時遲那時疾曾塗掣鎗便望呂方項根搠來（三十七字一句其事甚疾令人吃嚇）花榮箭早先到正中曾塗左臂（其事甚疾）翻身落馬呂方郭盛雙戟並施（其事甚疾）曾塗死於非命（曾塗死）十數騎馬軍飛奔回來報知史文恭轉報中寨曾長官聽得大哭只見旁邊惱犯了一箇壯士曾昇武藝絕高使兩口飛刀人莫敢近當時聽了大怒咬牙切齒喝教備我馬來要與哥哥報讐曾長官攔當不住全身披掛綽刀上馬直奔前寨史文恭接着勸道小將軍不可輕敵宋江軍中智勇猛將極多若論史某愚意只宜堅守五寨暗地使人前往凌州便教飛奏朝廷調兵選將多撥官軍分作兩處征勦一打梁山泊一保曾頭市令賊無心戀戰必欲退兵急奔回山那時史某不才與汝兄弟

一同追殺必獲大功說言未了北寨副教師蘇定到來見說堅守一節也道梁山泊吳用那厮詭計多謀不可輕敵只宜退守待救兵到來從長商議曾昇叫道殺我哥哥此冤不報眞強盜也直等養成賊勢退敵則難史文恭蘇定阻當不住曾昇上馬帶領數十騎馬軍飛奔出寨搦戰宋江聞知傳令前軍迎敵當時秦明得令舞起狼牙棍正要出陣鬭這曾昇只見黑旋風李逵手搭板斧直奔軍前不問事繇搶出垓心（寫得妙。遂更急於霹靂火也。）對陣有人認得說道這箇是梁山泊黑旋風李逵曾昇見了便叫放箭原來李逵但是上陣便要脫膊（妙人。只用八箇字。活畫出來。）全得項充李衮蠻牌遮護（好）此時獨自搶來被曾昇一箭腿上正着身如泰山倒在地下曾昇背後馬軍齊搶過來宋江陣上秦明花榮飛馬向前死救背後馬麟鄧飛呂方郭盛一齊接應歸陣（亦作一跌者，不欲寫得曾家太易也。）曾昇見了宋江陣上人多不敢再戰以此領兵還寨宋江也自收軍駐扎（已十二打曾頭市。）次日史文恭蘇定只是主張不要對陣怎禁得曾昇催併道要報兄讐史文恭無奈只得披掛上馬那匹馬便是先前奪的段景住的千里龍駒烙夜玉獅子馬（此篇寫宋江獨爲馬來，非爲晁蓋來也。故處處將馬出色點染，見是一篇綱領。）宋江引諸將擺開陣勢迎敵對陣史文恭出馬宋江看見好馬心頭火起（寫宋江本意只爲馬，妙筆。）便令前軍迎敵秦明得令飛奔坐下馬來迎二騎相交軍器並舉約鬭二十餘合秦明力怯望本陣便走史文恭奮勇趕來神鎗到處秦明後腿股上早着倒攧下馬來呂方郭盛馬麟鄧飛四將齊出死命來救雖然救得秦明軍兵折了一陣（再作一跌者，不欲寫得曾家太易也。）收回敗軍離寨十里駐扎宋江叫把車子載了秦明一面使人送回山寨將息密與吳用商量教取大刀關勝金鎗手徐寧幷要單廷珪魏定國四位下山同來協助（密與吳用商量，書法妙絕。蓋來則定當成功，歸則難與爭座者。）

（如徐寧呼延灼關勝索超單廷珪魏定國諸人是也乃今敵勢浩大必須添人協助而此五六人者又未深知其心於是進退兩難回惑無措兩人密商而捨索超呼延取關徐單魏盡寫宋江心事歷歷如鑑也）宋江又自已焚香祈禱暗卜一課吳用看了卦象便道恭喜大事無損今夜倒主有賊兵入寨（取四人後又書宋江卜課寫心上有事人皇惑不定如鑑只用恭喜大事無損六字答宋江卜課下卻順便接入下文妙妙）宋江道可以早作準備吳用道請兄長放心只顧傳下號令先去報與三寨頭領今夜起東西二寨便教解珍在左解寶在右其餘軍馬各於四下里埋伏已定是夜天淸月白風靜雲閒（好景）史文恭在寨中對曾昇道賊兵今日輸了兩將必然懼怯乘虛正好劫寨曾昇見說便教請北寨蘇定南寨曾密西寨曾索引兵前來一同劫寨二更左側潛地出哨馬摘鸞鈴人披軟戰直到宋江中軍寨內見四下無人劫着空寨急叫中計轉身便走左手下撞出兩頭蛇解珍右手下撞出雙尾蝎解寶後面便是小李廣花榮一發趕上（只三句已足）

（已上三戰曾頭市）

曾索在黑地裏被解珍一鋼叉搠於馬下（曾索死）放起火來後寨發喊東西兩邊進兵攻打寨柵混戰了半夜史文恭奪路得回（可謂三戰曾頭市也）曾長官又見折了曾索煩惱倍增次日要史文恭寫書投降史文恭也有八分懼怯隨卽寫書速差一人齎擎直到宋江大寨小校報知曾頭市有人下書宋江傳令教喚入來小校將書呈上宋江拆開看時寫道

曾頭市主曾弄頓首再拜宋公明統軍頭領麾下前者小男無知倚仗小勇搶奪馬匹冒犯虎威（寫曾家亦只重在奪馬若射死天王只是輕輕言之妙筆）向日天王下山理合就當歸附無端部卒施放冷箭（只四字不更深言妙筆）罪累深重百口何辭然竊自原非本意也今頑犬已亡遣使請和如蒙罷戰休兵願將原奪馬匹盡數納還（首尾只重奪馬使人讀其書如其事以深著宋江之罪也）更齎金帛犒勞三軍免致兩傷謹此奉書伏乞炤察

宋江看罷來書目顧吳用滿面大怒扯書罵道（寫宋江吳用同惡共濟真乃如畫扯書）

（而必顧吳用大怒而只是滿面活畫出一時如鬼之使來）殺吾兄長焉肯干休只待洗蕩村坊是吾本願下書人俯伏在地凜顫不已吳用慌忙勸道（一箇罵一箇勸一箇目顧一箇慌忙可笑可恨）兄長差矣我等相爭皆爲氣耳（爲氣則不爲晁蓋也）既是曾家差人下書講和豈爲一時之忿以失大義隨即便寫回書取銀十兩賞了來使回還本寨將書呈上曾長官與史文恭拆開看時上面寫道梁山泊主將宋江手書回示曾頭市主曾弄自古無信之國終必亡無禮之人終必死無義之財終必奪無勇之將終必敗理之自然無足奇者（竟是絕妙好議論看他發出四句大議論却是句句爲奪馬不爲殺天王寫宋江之罪著矣）梁山泊與曾頭市自來無讐各守邊界總緣爾行一時之惡遂惹今日之冤（殺天王亦不深言只作輕輕二語妙筆）若要講和便須發還二次原奪馬匹并要奪馬兇徒郁保四（看他只爲馬曾家請罪）（只說奪馬猶曰避罪不得不爾也若宋江問罪亦只說奪馬然則宋江之不爲天王報仇又豈有辨哉）犒勞軍士金帛（討馬之後又及犒軍以見其無所不說而獨不說報讐也）忠誠既篤禮數休輕如或更變別有定奪曾長官與史文恭看了俱各驚憂次日曾長官又使人來說若要郁保四亦請一人質當宋江吳用隨即便差時遷李逵樊瑞項充李袞五人前去爲信臨行時吳用叫過時遷附耳低言倘或有變如此如此不說五人去了却說關勝徐寧單廷珪魏定國到了當時見了衆人就在中軍扎住且說時遷引四箇好漢來見曾長官時遷向前說道奉哥哥將令差時遷引李逵等四人前來講和史文恭道吳用差這五箇人來未必無謀李逵大怒揪住史文恭便打（奇人奇事）曾長官慌忙勸住時遷道李逵雖然鹵却是俺宋公明哥哥心腹之人特使他來休得疑惑曾長官中心只要講和不聽史文恭之言便教置酒相待請去法華寺寨中安歇撥五百軍人前後圍住却使曾昇帶同郁保四來宋江大寨講和二人到中軍相見了隨後將原奪二次馬匹并金

帛一車送到大寨宋江看罷道這馬都是後次奪的正有先前段景住送來那匹千里白龍駒焰夜玉獅子馬如何不見將來（寫宋江於馬極其加意以反映其視晁蓋之讐如棄也。○馬便如此記得晁蓋便如此不記得妙筆）曾昇道是師父史文恭乘坐着以此不曾將來宋江道你疾忙快寫書去教早早牽那匹馬來還我（寫宋江諄諄懇懇只爲馬）曾昇便寫書叫從人還寨討這匹馬來史文恭聽得回道別的馬將去不吝這匹馬却不與他從人往復去了幾遭宋江定死要這匹馬（妙筆）史文恭使人來說道若還定要我這匹馬時着他卽便退軍我便送來還他宋江聽得這話便與吳用商量尚然未決（妙筆）（妙妙。寫宋江便有卽便退軍之意以見此來單爲奪馬更無餘志）忽有人來報道青州凌州兩路有軍馬到來宋江道那廝們知得必然變卦（變卦者不宜還馬也若果志在報讐豈憂變卦哉妙筆）暗傳下號令就差關勝單廷珪魏定國去迎青州軍馬（好。○寫青州凌州兩路救兵只是借勢層跌以表宋江意只在馬未嘗肯爲晁蓋報讐耳不必又顯戰功故只如此略略點去）花榮馬麟鄧飛去迎凌州軍馬（好）暗地叫出郁保四來用好言撫恤他十分恩義相待說道你若肯建這場功勞山寨裏也教你做箇頭領奪馬之讐折箭爲誓一齊都罷（之讐折箭爲誓一齊都罷十箇字上明明只是奪馬二字妙筆）你若不從曾頭市破在旦夕任從你心郁保四聽言情願投拜從命帳下吳用授記與郁保四道你只做私逃還寨與史文恭說道我和曾昇去宋江寨中講和打聽得眞實了如今宋江大意只要賺這匹千里馬實無心講和若還與了他必然翻變如今聽得青州凌州兩路救兵到了十分心慌好乘勢用計不可有悞（卽以巳之暇處作誘敵妙妙）他若信從了我自有處置郁保四領了言語直到史文恭寨裏把前事具說了一遍史文恭領了郁保四來見曾長官備說宋江無心講和可以乘勢劫他寨柵曾長官道我那曾昇當在那里若還翻變必然被他殺害史文恭道打破他寨好反救了今晚傳令與各寨盡數都起先劫宋江大寨如斷去蛇首衆賊無用回來卻殺李逵等五人未遲曾長官道教師可以善用良計當下傳令與北寨蘇定東寨曾魁南寨曾密一同劫寨郁保四卻閃來法華寺大寨內看了李逵等五人暗與時遷走透這箇消息再說宋江同吳用說道未知此計若何吳用道如是郁保四不回便是中俺之計他若今晚來劫我寨我等退伏兩邊卻教魯智深武松引步軍殺入他東寨朱仝雷橫引步軍殺入他西寨卻令楊志史進引馬軍截殺北寨此名番犬伏窩之計百發百中劫寨之奇此爲第一名色亦奇絕當晚卻說史文恭帶了蘇定曾密曾魁盡數起發是夜月色朦朧星辰昏暗史文恭蘇定當先曾密曾魁押後馬摘鸞鈴人披軟戰盡都來到宋江總寨只見寨門不關寨內並無一人又不見些動靜情知中計卽便回身急望本寨去時只見曾頭市裏鑼鳴砲響卻是時遷爬去法華寺鐘樓上撞起鐘來偏不寫放起火來節起鐘來偏就法華寺三字見景生情撞起鐘來妙妙東西兩門火砲齊響喊聲大舉正不知多少軍馬殺將入來卻說法華寺中李逵樊瑞項充李袞一齊發作殺將出來史文恭等急回到寨時尋路不見曾長官見寨中大鬧又聽得梁山泊大軍兩路殺將入來就在寨里自縊而死曾弄死曾密逕奔西寨被朱仝一朴刀搠死曾密死曾魁要奔東寨時亂軍中馬踏爲泥曾魁死蘇定死命奔出北門卻有無數陷坑寫得便似出於意外故妙背後魯智深武松趕殺將來前逢楊志史進一時亂箭射死蘇定死寫數人草草而死者意只重史文恭一人也後頭撞來的人馬都攧入陷坑中去重重疊疊陷死不知其數寫吳用不惟不遭陷坑之失乃能反得陷坑之用眞不愧智多星矣且說史文恭得這千里馬行得快出色寫馬妙殺出西門落荒而走此時黑霧遮天不分南北爲晁蓋陰魂作引約行了二十餘里不知何處特書四字以見此處非史文恭必走之路而前文之冷調員外爲可醜可

恨也只聽得樹林背後一聲鑼響撞出四五百軍來當先一將手提桿棒望馬脚便打宋江令調員外而史文恭又偏過着妙筆妙筆寫史文恭過盧俊義先晴寫一番次明寫一番皆極其搖曳也那匹馬是千里龍駒見棒來時從頭上跳過去了出色寫馬妙妙令調員外者斷不欲其得遇史文恭也令調之而又偏遇之可謂奇絕乃令調之而又偏遇之而又偏失之而又重獲之一發奇絕也史文恭正走之間只見陰雲冉冉冷氣颼颼黑霧漫漫狂風颯颯虛空之中四邊都是晁蓋陰魂纏住見晁蓋之實式憑於盧俊義也史文恭再回舊路殺出西門作一縱頭上跳過再作一縱然後以一句擒之筆力奇矯之甚却撞着浪子燕青出盧俊義偏先出燕青皆極其搖曳又轉過玉麒麟盧俊義來妙筆妙筆如此千曲百折無非欲表宋江之奸惡也喝一聲強賊待走那里去腿股上只一朴刀搠下馬來便把繩索綁了解投曾頭市來燕青牽了那匹千里龍駒逕到大寨不惟寫料譽是他家報并寫得馬亦是他家得妙妙宋江看了心中一喜一惱一喜一惱只是四字更不分明妙不可言不善讀史者疏之曰喜者喜盧員外建功怒者怒史文恭讐人也善讀史者疏之先日喜者喜玉獅子歸來惱者惱玉麒麟有功也

把曾昇就本處斬首曾昇死曾家一門老少盡數不留抄擄到金銀財寶米麥糧食盡行裝載上車回梁山泊給散各都頭領犒賞三軍且說關勝領軍殺退青州軍馬花榮領軍殺散凌州軍馬都回來了省大小頭領不缺一箇已得了這匹千里龍駒照夜玉獅子馬看他一篇之中大書特書只是爲馬以定宋江之罪也其餘物件盡不必說陷車內囚了史文恭便收拾軍馬回梁山泊來所過州縣村坊並無侵擾回到山寨忠義堂上都來參見晁蓋之靈林冲請宋江傳令古本有此林冲請三字俗本無兩本相去如此教聖手書生蕭讓作了祭文令大小頭領人人掛孝箇箇舉哀將史文恭剖腹剜心享祭晁蓋已罷晁蓋一生武師實始終之寫得妙妙宋江就忠義堂上與衆弟兄商議立梁山泊之主晁蓋遺誓明如畫石今日之事有何商議商議者明明不用晁蓋遺誓也自此以下皆宋江商議之辭豈復以晁蓋爲念哉吳用便道兄長爲尊盧員外爲次其餘衆弟兄各依舊位吳用便道四字書法宋江道向者晁天王遺言

但有人捉得史文恭者，不揀是誰，便爲梁山泊之主。今日盧員外生擒此賊，赴山祭獻晁兄，報讐雪恨，正當爲尊，不必多說。」盧俊義道：「小弟德薄才疎，怎敢承當此位？若得居末，尚自過分。」宋江道：「非宋某多謙，有三件不如員外處。（何不一口到底，只奉天王遺令，而又別引他辭。）第一件，宋江身材黑矮，員外堂堂一表，凜凜一軀，衆人無能得及。（贊員外語，却是挑衆人語。）第二件，宋江出身小吏，犯罪在逃，感蒙衆弟兄不棄，暫居尊位；員外生於富貴之家，長有豪傑之譽，又非衆人所能得及。（挑衆人語。）第三件，宋江文不能安邦，武不能附衆，手無縛雞之力，身無寸箭之功；員外力敵萬人，通今博古，一發衆人無能得及。（挑衆人語。○看他說出三件，却偏不及爲天王報仇也。宋江之奸惡無恥，一至於是乎，寫得妙妙。）員外有如此才德，正當爲山寨之主。他時歸順朝廷，建功立業，官爵陞遷，能使弟兄們盡生光彩。（句句挑衆人語。）宋江主張已定，休得推托。」盧俊義拜於地下，說道：「兄長枉自多談，盧某寧死，實難從命。」吳用又道：（吳用又道。書法。）「兄長爲尊，盧員外爲次，皆人所伏。兄長若如是再三推讓，恐冷了衆人之心。」原來吳用已把眼視衆人，故出此語。（寫衆人同惡共濟如鏡。）只見黑旋風李逵大叫道：「我在江州捨身拚命，跟將你來，衆人都饒讓你一步。我自天也不怕，（妙妙。天生是李大哥語。）你只管讓來讓去，假甚鳥！（妙妙。快絕。）我便殺將起來，各自散火！」（妙妙。是是。）武松見吳用以目示人，也上前叫道：「哥哥手下許多軍官，都是受過朝廷誥命的，他只是讓哥哥，如何肯從別人？」（妙妙。天生是武二語。）劉唐便道：「我們起初七箇上山，那是便有讓哥哥爲尊之意，今日却讓後來人。」（妙妙。天生是劉唐語。）魯智深大叫道：「若還兄長要這許多禮數，洒家們各自撒開。」（妙妙。天生是魯提轄語。）宋江道：「你衆人不必多說，我別有箇道理，看天意是如何，方纔可定。」（天王之遺令不論，而別生出許多商議，許多道理，寫得可醜可恨之極。）吳用道：「有何高見，便請一言。」宋江道：「有兩件事，正是教梁山泊內重添

兩箇英雄東平府中又惹一場災禍直教天罡盡數投山寨地煞空羣聚水涯畢竟宋江說出那兩件事來且聽下回分解

第五才子書施耐菴水滸傳卷之七十三

聖歎外書

第六十八回

東平府誤陷九紋龍

宋公明義釋雙鎗將

打東平東昌二篇爲一書最後之筆其文愈深其事愈隱讀者不可不察何以言之葢梁山泊晁蓋之業也史文恭晁蓋之仇也活捉史文恭便主梁山泊則晁蓋之令也遵晁蓋之令而報晁蓋之仇承晁蓋之業誓箭在彼明明未忘宋江不得與盧俊義爭斷斷如也然而宋江且必有以爭之如之何宋江且必有以爭之棄晁蓋遺令而別鬭東平東昌二府借糧則盧俊義更不得與宋江爭也亦斷斷如矣或曰二城之孰堅孰瑕宋江未有擇也是役之勝與不勝宋江未有必也何用如

其必濟何用知盧之必不濟彼俱不濟無論若幸而俱濟則是梁山泊主又未定也今予之言盧俊義必不得與宋江爭也何故噫嘻聞絃者賞音讀書者論事豈其難哉豈其難哉觀其分調衆人之時而令吳用公孫勝二人悉居盧之部下也彼豈不曰惟二軍師實左右之則功必易成功必易成是位終及之庶幾有以不負天王之言誠爲甚盛心也乃我獨有以知吳與公孫之在盧之部下猶其不在盧之部下也吳與公孫雖不在宋之部下而實在宋之部下也蓋吳與公孫之在盧之部下其外也若其內固曾不爲盧設一計也若吳與公孫雖不在宋之部下然而尺書可來匹馬可去借箸畫計曾不遺力則猶在帳中無以異也且此岸上糧車水中米船而不出於吳用耶陰雲布滿黑霧遮天而不出於公孫勝耶夫誠不出於吳與公孫則巳耳終亦出於吳與公孫而宋江未來括囊以待宋江一至爭鞭而效此何意也跡其前後推其存心亦幸而沒羽箭難勝耳不幸而使沒羽箭者方且一鼓就擒則彼吳用公孫勝之二人者詎不能從中掣肘敗乃公事於以徐俟宋江之來至哉繇斯以言則是宋固必濟盧固必不濟盧俊義之終不得與宋江爭也斷斷如也我故曰打東平東昌二篇其文愈深其事愈隱讀者不可不察也

此書每欲作重疊相犯之題如二解越獄史進又要越獄是其類也忽然以月盡二字翻空造奇夫然後知極窘蹙題其中皆有無數異樣文字人自無才不能洗發出來也

刀鎗劍戟如林似火之中偏能夾出董將軍求親一事讀之使人又有一樣眼色

話說宋江要不負晁蓋遺言，把第一位讓與盧員外，眾人不服。宋江又道：「目今山寨錢糧缺少，梁山泊東有兩個州府，却有錢糧：一處是東平府，一處是東昌府。我們自來不曾攪擾他那里百姓，今去問他借糧。可寫下兩個鬮兒，我和盧員外各拈一處，如先打破城子的，便做梁山泊主，如何？」（天王之遺令曰：如有活捉史文恭者，便做梁山泊主。至此宋江忽別換一令曰：如有先打破城子者，便做梁山泊主。）吳用道：「也好。」盧俊義道：「休如此說，只是哥哥爲梁山泊主，某聽從差遣。」此時不繇盧俊義，當下便喚鐵面孔目裴宣寫下兩個鬮兒，焚香對天祈禱已罷，各拈一個。宋江拈着東平府，盧俊義拈着東昌府，眾皆無語。當日設筵飲酒，中間宋江傳令調撥人馬。（調撥又撰出一條。）宋江部下：林沖、花榮、劉唐、史進、徐寧、燕順、呂方、郭盛、韓滔、彭玘、孔明、孔亮、解珍、解寶、王矮虎、一丈青、張青、孫二娘、孫新、顧大嫂、石勇、郁保四、王定六、段景住，大小頭領二十五員，馬步軍兵一萬；水軍頭領三員：阮小二、阮小五、阮小七，領水軍駕船接應。盧俊義部下：吳用、公孫勝，（將吳用、公孫勝二人悉讓盧俊義，以愚眾人，奇妙之極。夫又安知其不用吳用之掣其肘乎。）關勝、呼延灼、朱仝、雷橫、索超、楊志、單廷珪、魏定國、宣贊、郝思文、燕青、楊林、歐鵬、凌振、馬麟、鄧飛、施恩、樊瑞、項充、李袞、時遷、白勝，大小頭領二十五員，馬步軍兵一萬；水軍頭領三員：李俊、童威、童猛，引水手駕船接應。其餘頭領并中傷者，看守寨柵。分俵已定，宋江與眾頭領去打東平府，盧俊義與眾頭領去打東昌府。眾多頭領各自下山。此是三月初一日的話，日暖風和，草青沙軟，正好廝殺。（寫得好。）

却說宋江領兵前到東平府，離城只有四十里路，地名安山鎮，扎駐軍馬。宋江道：「東平府太守程萬里和一個兵馬都監，乃是河東上黨郡人氏，此人姓董名平，善使雙鎗，人皆稱爲雙鎗將，有萬夫不當之勇。雖然去打他城子，也和他通些禮數，差兩個人齎一封戰書去那里下若肯歸降免致動兵若不聽從那時大行殺戮使人無慭誰敢與我先去下書只見部下走過郁保四道小人認得董平情願齎書去下（郁保四新到立功例也）又見部下轉過王定六道小弟新來也並不曾與山寨中出力今日情願幫他去走一遭（王定六亦須立功例也）宋江大喜隨即寫了戰書與郁保四王定六兩箇去下書上只說借糧一事且說東平府程太守聞知宋江起軍馬到了安山鎮駐扎便請本州兵馬都監雙鎗將董平商議軍情重事正坐間門人報道宋江差人下戰書程太守教喚至郁保四王定六當堂厮見了將書呈上程萬里看罷來書對董都監說道要借本府錢糧此事如何董平聽了大怒叫推出去即便斬首程太守說道不可自古兩國相戰不斬來使於禮不當只將二人各打二十訊棍發回原寨看他如何董平怒氣未息喝把郁保四王定六一索綑翻打得皮開肉綻推出城去兩箇回到大寨哭告宋江說董平那厮無禮好生眇視大寨宋江見打了兩箇怒氣塡胸便要平吞州郡先叫郁保四王定六上車回山將息只見九紋龍史進起身說道小弟舊在東平府時與院子裏一箇娼妓有交唤做李睡蘭往來情熟我如今多將些金銀潛地入城借他家裏安歇約時定日哥哥可打城池只待董平出來交戰我便爬去更鼓樓上放起火來裏應外合可成大事宋江道最好史進隨即收拾金銀安在包袱裏身邊藏了暗器拜辭起身宋江道兄弟善覷方便我且頓兵不動且說史進轉入城中逕到西瓦子李睡蘭家大伯見是史進喫了一驚接入裏面叫女兒出來厮見李睡蘭引去樓上坐了便問史進道一向如何不見你頭影聽得你在梁山泊做了大王官司出榜捉你這兩日街上亂鬨鬨地說宋江要來打城借糧你如何却到這里史進道

我實不瞞你說我如今在梁山泊做了頭領不曾有功如今哥哥要來打城借糧我把你家備細說了我如今特地來做細作有一包金銀相送與你切不可走漏了消息明日事完一發帶你一家上山快活(史進醜語)李睡蘭葫蘆提應承收了金銀且安排些酒肉相待却來和大娘商量道他往常做客時是箇好人在我家出入不妨如今他做了歹人倘或事發不是耍處大伯說道梁山泊宋江這夥好漢不是好惹的但打城池無有不破若還出了言語他們有日打破城子入來和我們不干罷虔婆便罵道老蠢物你省得甚麼人事自古道蜂刺入懷解衣去趕天下通例自首者即免本罪你快去東平府裏首告拿了他去省得日後負累不好大伯道他把許多金銀與我家不與他擔些干係買我們做甚麼虔婆罵道老畜生你這般說却似放屁我這行院人家坑陷了千千萬萬的人豈爭他一箇(衙院中大本領語讀之可畏)你若不去首告我親自去衙前叫屈和你也說在裏面大伯道你不要性發且叫女兒款住他休得打草驚蛇喫他走了待我去報與做公的先來拿了却去首官且說史進見這李睡蘭上樓來覺得面色紅白不定(如畫)史進便問道你家莫不有甚事這般失驚打怪李睡蘭道却纔上胡梯踏了箇空爭些兒跌了一交因此心慌撩亂(如畫)爭不過一盞茶時只聽得胡梯邊腳步響有人奔上來窗外吶聲喊數十箇做公的搶到樓上(先是大伯上來又是做公的上來寫得有光景有次序)把史進似抱頭獅子(畫出史進○從極狠狠時畫出極雄健來奇甚)綁將下樓來逕解到東平府裏廳上程太守看了大罵道你這廝膽包身體怎敢獨自箇來做細作若不是李睡蘭父親首告誤了我一府良民快招你的情繇宋江教你來怎地史進只不言語(妙不惟寫史進亦圖省筆也)董平便道這等賊骨頭不打如何肯招程太守喝道與我加

力打這厮兩邊走過獄卒牢子先將冷水來噴腿
上兩腿各打一百大棍史進由他拷打只不言語
妙寫出史進董平道且把這厮長枷木杻送在死囚牢
裏等拿了宋江一並解京施行却說宋江自從史
進去了備細寫書與吳用知道如此卽何異吳用在帳中吳用
看了宋公明來書說史進去娼妓李睡蘭家做細
作大驚急與盧俊義說知連夜來見宋江大書吳用之急
宋江如此以表其同惡共濟妙妙問道誰叫史進去來宋江道他
自願去說這李行首是他舊日的表子好生情重
因此前去吳用道兄長欠些主張若吳某在此決
不教去從來娼妓之家迎新送舊陷了多少好人
更兼水性無定總有恩情也難出虔婆之手此人
今去必然喫虧宋江便問吳用請計吳用便叫顧
大嫂勞煩你去走一遭可扮做貧婆潛入城中只
做求乞的若有些動靜火急便回若是史進陷在
牢中你可去告獄卒只說有舊情恩念我要與他

送一口飯攙入牢中暗與史進說知我們月盡夜
三字變出奇文黄昏前後必來打城你可就水火之處安
排脫身之計月盡夜你就城中放火爲號此間進
兵方好成事兄長可先打汶上縣百姓必然都逃
東平府却叫顧大嫂雜在數內乘勢入城便無人
知覺好甚不然者寇警戒嚴如何得入去吳用設計已罷上馬便回
東昌府去了寫吳用不在宋江部下而爲宋江定計反顯其在盧俊義部下而不爲俊
義定計也深文妙筆讀之可思宋江點起解珍解寶引五百餘人
攻打汶上縣果然百姓扶老攜幼鼠竄狼奔都逃
東平府來却說顧大嫂頭髻蓬鬆衣服藍縷雜在
衆人裏面攙入城來遶街求乞到州衙前打聽得
史進果然陷在牢中次日提著飯罐只在司獄司
前往來伺候見一箇年老公人老人好善麼幾放入也從牢
裏出來顧大嫂看着便拜淚如雨下那年老公人
問道你這貧婆哭做甚麼顧大嫂道牢中監的史
大郎是我舊的主人自從離了又早十年只說道

在江湖上做買賣不知爲甚事陷在牢裏眼見得無人送飯老身叫化得這一口兒飯特要與他充饑哥哥怎生可憐見引進則箇强如造七層寶塔那公人道他是梁山泊强人犯着該死的罪誰敢帶你入去顧大嫂道便是一刃一剮自教他瞑目而受只可憐見引老身入去送這口兒飯也顯得舊日之情會說說罷又哭那老公人尋思道若是箇男子漢難帶他入去一箇婦人家有甚利害註出特墻大嫂之故當時引顧大嫂直入牢中來看見史進項帶沉枷腰纏鐵索史進見了顧大嫂喫了一驚做聲不得顧大嫂一頭假啼哭一頭喂飯別的節級便來喝道這是該死的歹人獄不通風誰放你來送飯郎忙出去饒你兩棍鬬出奇文來顧大嫂更住不得只說得月盡夜叫你自挣扎鬬出奇文來史進再要問時顧大嫂被小節級打出牢門史進只聽得月盡夜三箇字鬬出奇文來原來那箇三月却是大盡鬬出奇文來到二十九史進在牢中見兩箇節級說話問道今朝是幾時那箇小節級却錯記了回說道今日是月盡夜晚些買帖孤魂紙來燒鬬出奇文來奇不可言駭不可言史進得了這話巴不得晚令我嚇絶將如之何一箇小節級喫得半醉帶史進到水火坑邊史進哄小節級道背後的是誰賺得他回頭挣脫了枷只一枷梢把那小節級面上正着一下打倒在地嚇絶就拾磚頭敲開了木杻嚇絶睜着鶻眼搶到亭心裏嚇絶幾箇公人都酒醉了被史進迎頭打着死的死了走的走了拔開牢門只等外面救應嚇絶如之何如之何又把牢中應有罪人盡數放了總有五六十人就在牢內發起喊來嚇絶有人報知太守程萬里驚得面如土色連忙便請兵馬都監商量董平道城中必有細作且差多人圍困了這賊我却乘此機會領軍出城去捉宋江相公便緊守城池差數十公人圍定牢門休教走了董平上馬點軍去了程太守便點

起一應節級虞候押番各執鎗棒去大牢前吶喊史進在牢裏不敢輕出外廂的人又不敢進去顧大嫂只叫得苦三句寫三面人都盡却說都監董平點起兵馬四更上馬殺奔宋江寨來伏路小軍報知宋江宋江道此必是顧大嫂在城中又喫虧了他既殺來准備迎敵號令一下諸軍都起當時天色方明却好接着董平軍馬兩下擺開陣勢董平出馬原來董平心靈機巧三教九流無所不通品竹調絃無有不會山東河北皆號他爲風流雙鎗將宋江在陣前看了董平這表人品一見便喜又見他箭壺中插一面小旗上寫一聯道英雄雙鎗將風流萬戶侯大處寫不盡却向細處描點出來所謂頰上三毫只是意思所在也宋江遣韓滔出馬迎敵韓滔手執鐵搠直取董平董平那對鐵鎗神出鬼沒人不可當宋江再叫金鎗手徐寧仗鈎鐮鎗前去替回韓滔徐寧飛馬便出接住董平厮殺兩箇在戰場上戰到五十餘合不分勝敗交戰良久宋江恐怕徐寧有失便教鳴金收軍徐寧勒馬回來董平手舉雙鎗直追殺入陣來宋江乘勢鞭梢一展四下軍兵一齊團住宋江勒馬上高阜處看望只見董平圍在陣內他若投東宋江便把號旗望東指軍馬向東來圍他他若投西號旗便往西指軍馬便向西來圍他董平在陣中橫衝直撞兩枝鎗直殺到申牌已後衝開條路殺出去了寫董平宋江不趕董平因見交戰不勝當晚收軍回城去了宋江連夜起兵直抵城下團團調兵圍住顧大嫂在城中未敢放火史進又不敢出來兩下拒住小盡却舉發大盡却不動奇情拗筆匪夷所及原來程太守有箇女兒十分顏色董平無妻累累使人去求爲親程萬里不允因此日當間有些言和意不和忽從風流二字轉出波瀾來董平當晚領軍入城其日使箇就裏的人乘勢來問這頭親事妙妙真英雄真風流溫太真不足齒也程太守回說我是文官他是武官相贅爲壻正當其

理只是如今賊寇臨城事在危急若還便許被人恥笑待得退了賊兵保護城池無事那時議親亦未爲晚那人把這話回復董平董平雖是口裏應道說得是只是心中躊躇不十分歡喜恐怕他日後不肯（軍馬倥傯羽書旁午之中偏有筆力夾寫許多蜂媒蝶使妙妙）這里宋江連夜攻打得緊太守催請出戰董平大怒（大怒接上文何句妙不可言只大怒二字便添寫出董平英雄風流四字都有）披掛上馬帶領三軍出城交戰宋江親在陣前門旗下喝道量你這箇寨將怎當我手下雄兵十萬猛將千員汝但蚤來就降可以免汝一死董平大怒回道文面小吏該死狂徒怎敢亂言說罷手舉雙鎗直迎宋江左有林冲右有花榮兩將齊出各使軍器來戰董平約鬬數合兩將便走（吳用計可知）宋江軍馬佯敗四散而迎董平要逞驍勇拍馬趕來宋江等却好退到壽春縣界宋江前面走董平後面追（吳用計可知）離城有十數里前至一箇村鎮兩邊都是草屋中間一條驛道（吳用計可知）董平不知是計只顧縱馬趕來宋江因見董平了得隔夜已使王矮虎一丈青張青孫二娘四箇帶一百餘人先在草屋兩邊埋伏却拴數條絆馬索在路上又用薄土遮蓋只等來時鳴鑼爲號絆馬索齊起準備捉這董平（吳用計可知）董平正趕之間來到那里只聽得背後孔明孔亮大叫勿傷吾主却好到草屋前一聲鑼響兩邊門扇齊開拽起繩索那馬却待回頭背後絆馬索齊起將馬絆倒董平落馬（吳用計可知）左邊撞出一丈青王矮虎右邊走出張青孫二娘一齊都上把董平捉了頭盔衣甲雙鎗隻馬盡數奪了兩箇女頭領將董平捉住（擒董平偏用兩女將爲風流二字縮染也）用麻繩背剪綁了兩箇女將各執鋼刀監押董平來見宋江却說宋江過了草屋勒住馬立在綠楊樹下迎見這兩箇女頭領解着董平宋江隨即喝退兩箇女將我教你去相請董將軍誰教你們綁縛他來（吳用計可知）

二女將諾諾而退（吳用計可知。）宋江慌忙下馬自來解其縄索便脫護甲錦袍與董平穿着納頭便拜（已上皆吳用所定計可知。○寫宋江擒董平，悉出吳用定計者，反顯其不爲盧員外定一計也。）董平慌忙答禮宋江道倘蒙將軍不棄微賤就爲山寨之主（欺董平乎，欺盡假義乎。）董平答道小將被擒之人萬死猶輕若得容恕安身已爲萬幸若言山寨爲主小將受驚不小（特將山寨之主四字作莊語相對，以形擊宋江也。）宋江道敝寨缺少糧食特來東平府借糧別無他意董平道程萬里那廝原是童貫門下門館先生得此美任安得不害百姓（此語爲是公論，爲是私怨，兩邊閃爍，便成佳致。）若是兄長肯容董平回去賺開城門殺入城中共取錢糧以爲報効宋江大喜便令一行人將過盔甲鎗馬還了董平（細。）披掛上馬董平在前宋江軍馬在後捲起旗旛都在東平城下董平軍馬在前大叫城上快開城門把門軍士將火把照時認得是董都監隨即大開城門放下弔橋董平拍馬先入砍斷鐵

鎖背後宋江等長驅人馬殺入城來都到東平府裏急傳將令不許殺害百姓放火燒人房屋董平逕奔私衙殺了程太守一家人口奪了這女兒宋江先叫開了大牢救出史進（寫兩人各急其急，妙甚。）便開府庫盡數取了金銀財帛大開倉廒裝載糧米上車先使人護送上梁山泊金沙灘交割與三阮頭領接遞上山（完史進題。）史進自引人去西瓦子裏李睡蘭家把虔婆老幼一門大小碎屍萬段（又與董平宋江反襯成色。）宋江將太守家私俵散居民（快事。）仍給沿街告示曉諭百姓害民州官已自殺戮汝等良民各安生理（快事。）告示已罷收拾回軍大小將校再到安山鎮只見白日鼠白勝飛奔前來報說東昌府交戰之事宋江聽罷神眉剔竪怪眼圓睜大叫衆多兄弟不要回山且跟我來（過接有氣勢。）正是重驅水泊英雄將再奪東昌錦繡城畢竟宋江復引軍馬怎地救應且聽下回分解

卷七十三

第五才子書施耐菴水滸傳卷之七十四

聖歎外書

第六十九回

沒羽箭飛石打英雄
宋公明棄糧擒壯士

批詳前一回中

古亦未聞有以石子臨敵者自耐菴翻空出奇忽然撰為此篇而遂令讀者之心頭眼底眞覺石子之來星流電掣水泊之人鳥駭獸竄也此豈耐菴亦以一部大書張皇一百餘人實惟太甚故於臨絕筆時恣意擊打以少殺其勢耶讀一部七十回篇必譜篇段必譜段之後忽然結以如捲如掃如馳如撒之文眞絕奇之章法也

敘一百八人而終之以皇甫相馬噫乎妙哉此水滸之所以作乎夫支離擁腫之材未必無舟車之用而蹄齧斷喊之疾未必非千里之力也泥其外者未必不金其裏竈下之廝養未必不能還王於異國也惟賢宰相有破格之識賞斯百年中有異嘗之報効然而世無伯樂賢愚同死其尤駿者乃遂走險至於勢潰事裂國家實受其禍夫而後歎吾眞失之於牝牡驪黃之外也嗟乎不巳晚哉

話說宋江打了東平府收軍回到安山鎮正待要回山寨只見白勝前來報說盧俊義去打東昌府連輸了兩陣城中有箇猛將姓張名清原是彰德府人虎騎出身善會飛石打人百發百中人呼為沒羽箭（寫出張清）手下兩員副將一箇喚做花項虎龔旺渾身上刺着虎斑頸項上吞着虎頭馬上會使飛鎗（寫出龔旺）一箇喚做中箭虎丁得孫面頰連項都有疤痕馬上會使飛叉（寫出丁得孫）盧員外提兵臨境一連十日不出厮殺前日張清出城交鋒郝思文

出馬迎敵戰無數合張清便走郝思文趕去被他額角上打中一石子跌下馬來（先就口中虛寫一石子作引）却得燕青一弩箭射中張清戰馬因此救得郝思文性命（燕青弩箭亦先虛寫作引）輸了一陣次日混世魔王樊瑞引項充李袞舞牌去迎不期被丁得孫從肋窩裏飛出標叉正中項充因此又輸了一陣（悉從口中虛寫二）人見在船中養病軍師特令小弟來請哥哥早去救應（不聞為設一計而竟請救應二人說謊如鏡炤面）宋江見說便對衆人歎道盧俊義直如此無緣特地教吳學究公孫勝都去幫他只想要他見陣成功坐這第一把交椅誰想又逢敵手（看他無數權詐無數醜態遂令人不願卒讀）既然如此我等衆兄弟引兵都去救應當時傳令便起三軍諸將上馬跟隨宋江直到東昌境界盧俊義等接着具說前事權且下寨正商議間小軍來報沒羽箭張清搦戰宋江領衆便起向平川曠野擺開陣勢大小頭領一齊上馬隨到門旗下三通鼓罷張清在馬上蕩起征塵往來馳走門旗影裏左邊閃出那箇花項虎龔旺右邊閃出這箇中箭虎丁得孫三騎馬來到陣前張清手指宋江罵道水洼草賊願決一陣宋江問道誰可去戰此人只是陣裏一箇英雄忿怒躍馬手舞鈎鐮鎗出到陣前宋江看時乃是金鎗手徐寧宋江暗喜便道此人正是對手（或予之好）徐寧飛馬直取張清兩馬相交雙鎗並舉鬬不到五合張清便走徐寧趕去張清把左手虛提長鎗右手便向錦囊中摸出石子紐回身覷得徐寧面門較近只一石子眉心早中翻身落馬（寫石子一法）龔旺丁得孫便來捉人宋江陣上人多早有呂方郭盛兩騎馬兩枝戟救回本陣宋江等大驚盡皆失色再問那箇頭領接着廝殺宋江言未盡馬後一將飛出看時却是錦毛虎燕順宋江却待阻當那騎馬已自去了（或奪之好）燕順接住張清鬬無數合遮攔不住撥回馬便走張清望後趕來

手取石子看熱順後心一擲打在鏜甲護鏡上錚然有聲伏鞍而走（寫石子又一法）宋江陣上一人大叫匹夫何足懼哉拍馬提鎗飛出陣去宋江看時乃是百勝將韓滔不打話便戰張清兩馬方交喊聲大舉韓滔要在宋江面前顯能抖擻精神大戰張清不到十合張清便走韓滔疑他飛石打來不去追趕（又好）張清回頭不見趕來翻身勒馬便轉韓滔却待挺鎗來迎被張清暗藏石子手起望韓滔鼻凹裏打中只見鮮血迸流逃回本陣（寫石子又一法）彭玘見了大怒不等宋公明將令手舞三尖兩刃刀飛馬直取張清兩箇未曾交馬（又好）被張清暗藏石子在手手起正中彭玘面頰丟了三尖兩刃刀奔馬回陣（寫石子又一法）宋江見輸了數將心內驚惶便要將軍馬收轉只見盧俊義背後一人大叫（好）今日將威風折了來日怎地厮殺且看石子打得我麼宋江看時乃是醜郡馬宣贊拍馬舞刀直奔張清張清便道一箇來一箇走兩箇來兩箇逃你知我飛石手段麼宣贊道你打得別人怎近得我說言未了張清手起一石子正中宣贊嘴邊翻身落馬（寫石子又一法）龔旺丁得孫却待來捉怎當宋江陣上人多衆將救了回陣宋江見了怒氣冲天掣劍在手割袍爲誓我若不拏得此人誓不回軍呼延灼見宋江設誓便道兄長此言要我們弟兄何用就拍踢雪烏騅直臨陣前大罵張清小兒得寵一力一勇（妙語）（如古諺）認得大將呼延灼麼（好）張清便道辱國敗將也遭吾毒手言未絕一石子飛來呼延灼見石子飛來急把鞭來隔時却中在手腕上早着一下便使不動鋼鞭回歸本陣（寫石子又一法）宋江道馬軍頭領都被損傷步軍頭領誰敢捉得這厮（喚一起筆）只見部下劉唐手撚朴刀挺身出陣張清見了大笑罵道你那敗將馬軍尚且輸了何況步卒劉唐大怒逕奔張清張清不戰跑馬歸陣劉唐趕去人馬相迎

劉唐手疾一朴刀砍去却砍着張清戰馬那馬後蹄直踢起來劉唐面門上掃着馬尾雙眼生花早被張清只一石子打倒在地寫石子又一法。○一路寫石子。忽插入馬尾奇筆。急待掙扎陣中走出軍來橫拖倒拽拏入陣中去了宋江大叫那箇去救劉唐接上卸下。又一起筆。只見青面獸楊志便拍馬舞刀直取張清張清虛把鎗來迎楊志一刀砍去張清鐙裏藏身楊志却砍了箇空張清手拏石子喝聲道着石子從肋窩裏飛將過去張清又一石子錚的打在盔上諕得楊志膽喪心寒伏鞍歸陣寫石子又一法。宋江看了轉轉尋思若是今番輸了銳氣怎生回梁山泊誰與我出得這口氣朱仝聽得目視雷橫說道一箇不濟事我兩箇同去夾攻亦換。朱仝居左雷橫居右兩條朴刀殺出陣前張清笑道一箇不濟又添一箇緣你十箇更待如何全無懼色在馬上藏兩箇石子在手雷橫先到張清手起勢如招寶七郎雷橫額上早中一石子撲然倒地朱仝急來快救頸項上又一石子打着寫石子又一法。○上兩石子打不着楊志。此兩石子連打朱仝雷橫。關勝在陣上看見中傷大挺神威輪起青龍刀縱開赤兔馬來救朱仝雷橫剛搶得兩箇奔走還陣張清又一石子打來關勝急把刀一隔正中着刀口迸出火光關勝無心戀戰勒馬便回寫石子又一法。○寫關勝短。雙鎗將董平見了心中暗忖吾今新降宋江若不顯我些武藝上山去必無光彩手提雙鎗飛馬出陣張清看見大罵董平我和你鄰近州府脣齒之邦共同滅賊正當其理你今緣何反背朝廷豈不自羞董平大怒直取張清兩馬相交軍器並舉兩條鎗陣上交加四雙臂環中撩亂約鬭五七合張清撥馬便走董平道別人中你石子怎近得我張清帶住鎗桿去錦袋中摸出一箇石子右手纔起石子早到董平眼明手快撥過了石子好。張清見打不着再取第二箇石子又打將去董平又閃過了（好）兩箇石子打不着張清却早心慌那馬尾相銜（好）張清走到陣門左側（好）董平望後心刺一鎗來（好）張清一閃鐙裏藏身董平却搠了空（好）那條鎗却搠將過來（好）董平的馬和張清的馬兩廝竝着（好好〇馬尾相啣妙，兩馬廝竝妙。兩人大戰精彩却從兩匹馬上活寫出來）張清便撇了鎗雙手把董平和鎗連臂膊只一拖（好好）却拖不動兩箇攪做一塊（好好）宋江陣上索超望見輪動大斧便來解救對陣龔旺丁得孫兩騎馬齊出截住索超廝殺（好好〇添出三人）忽張清董平又分拆不開索超龔旺丁得孫三匹馬攪做一團林冲花榮呂方郭盛四將一齊盡出兩條鎗兩枝戟來救董平索超（好好〇又添出四人）張清見不是勢頭棄了董平跑馬入陣（好）董平不捨直撞入去却忘了隄備石子張清見董平追來暗藏石子在手待他馬近喝聲道着董平急躲那石子抹耳根上擦過去了董平便回（寫石子又一法〇寫董平長）索超撇了龔旺丁得孫也趕

入陣來（好）張清停住鎗輕取石子望索超打來索超急躲不迭打在臉上鮮血迸流提斧回陣（寫石子又一法〇索超只就董平一段順手帶下）却說林冲花榮把龔旺截住在一邊（一邊）呂方郭盛把丁得孫也截住在一邊（一邊）（〇兩邊雙起下分敘之）龔旺心慌便把飛鎗標將來却標不着花榮林冲龔旺先沒了軍器被林冲花榮活捉歸陣（龔旺一邊畢）這邊丁得孫舞動飛叉死命抵敵呂方郭盛不隄防浪子燕青在陣門裏看見暗忖道我這里被他片時連打了一十五員大將若拏他一箇偏將不得有何面目放下桿棒身邊取出弩弓搭上弦放一箭去一聲響正中了丁得孫馬蹄那馬便倒却被呂方郭盛捉過陣來（丁得孫一邊畢）張清要來救時寡不敵衆只得拏了劉唐且回東昌府去太守在城上看見張清前後打了梁山泊一十五員大將雖然折了龔旺丁得孫也拏得這箇劉唐回到州衙把盞相賀先把劉唐長枷送獄却再

商議且說宋江收軍回來把龔旺丁得孫先送上梁山泊宋江再與盧俊義吳用道我聞五代時大梁王彥章日不移影連打唐將三十六員今日張清無一時連打我一十五員大將眞是不在此人之下定當是箇猛將衆人無語宋江又道我看此人全仗龔旺丁得孫爲羽翼如今羽翼被擒可用良策捉獲此人吳用道兄長放心小生見了此將出沒久已安排定了（何不早行我欲問之久已字法）雖然如此且把中傷頭領送回山寨却教魯智深武松孫立黃信李立盡數引領水軍安排車仗船隻水陸並進船隻相迎賺出張清便成大事吳用分撥已定再說張清在城內與太守商議道雖是贏了兩陣賊勢根本未除可使人去探聽虛實却作道理只見探事人來回報寨後西北上不知那里將許多糧米有百十輛車子河內又有糧草船大小有五百餘隻水陸並進船馬同來沿路有幾箇頭領監管太守道這廝們莫非有計恐遭他毒手再差人去打聽端的果是糧草也不是次日小軍回報說車上都是糧草尚且撒下米來水中船隻雖是遮蓋着盡有米布袋露將出來（說得如畫）張清道今晚出城先截岸上車子後去取他水中船隻太守助戰一鼓而得太守道此計甚妙只可善覷方便叫軍漢飽餐酒食盡行披掛捎馱錦袋張清手執長鎗引一千軍兵悄悄地出城是夜月色微明星光滿天行不到十里望見一簇車子旗上明寫水滸寨忠義糧（堂名忠義乃至糧亦名忠義世人可笑每每有此）張清看了見魯智深擔着禪杖皁直裰拽扎起當頭先走張清道這禿驢腦袋上着我一下石子魯智深擔着禪杖此時自望見了只做不知大踏步只顧走却忘了隄防他石子正走之間張清在馬上喝聲着一石子正飛在魯智深頭上打得鮮血迸流望後便倒（又一石子妙妙譬如大雨既歇猶聞餘滴也）張清軍馬一齊吶喊都搶

將來武松急挺兩口戒刀死去救回魯智深撇了糧車便走張清奪得糧車見果是糧米心中歡喜不來追趕魯智深且押送糧草推入城來太守見了大喜自行收管張清要再搶河中米船太守道將軍善覷方便張清上馬轉過南門此時望見河港內糧船不計其數張清便叫開城門一齊吶喊搶到河邊都是陰雲布滿黑霧遮天馬步軍兵回頭看時你我對面不見此是公孫勝行持道法(何不早行我欲問之)張清看見心慌眼暗却待要回進退無路四下里喊聲亂起正不知軍兵從那里來林冲引鐵騎軍兵將張清連人和馬都趕下水去了河內却是李俊張橫張順三阮兩童八箇水軍頭領一字兒擺在那里張清掙扎不脫被阮氏三雄捉住繩纏索綁送入寨中水軍頭領飛報宋江吳用便催大小頭領連夜打城太守獨自一箇怎生支吾得住聽得城外四面砲響城門開了嚇得太守無路可逃宋江軍馬殺入城中先救了劉唐次後便開倉庫就將錢糧一分發送梁山泊(結完本題)一分給散居民太守平日清廉饒了不殺(東平東昌兩大守兩樣結果妙)宋江等都在州衙裏聚集衆人會面只見水軍頭領早把張清解來衆多兄弟都被他打傷咬牙切齒盡要來殺張清宋江見解將來親自直下堂階迎接便陪話道悞犯虎威請勿掛意邀上廳來說言未了只見階下魯智深使手帕包着頭拿着鐵禪杖徑奔來要打張清宋江隔住連聲喝退張清見宋江如此義氣叩頭下拜受降宋江取酒奠地折箭爲誓衆弟兄若要如此報讐皇天不祐死於刀劍之下衆人聽了誰敢再言宋江設誓已罷衆人大笑盡皆歡喜收拾軍馬都要回山只見張清在宋公明面前舉薦東昌府一箇獸醫覆姓皇甫名端此人善能相馬知得頭口寒暑病症下藥用鍼無不痊可眞有伯樂之才原是幽州人氏爲他

碧眼黃鬚貌若番人以此人稱爲紫髯伯梁山泊亦有用他處可喚此人帶引妻小一同上山（一百八人而以相馬終之豈非欲令讀者得之於牝牡驪黃之外耶）宋江聞言大喜若是皇甫端肯去相聚大稱心懷張清見宋江相愛甚厚隨即便去喚到獸醫皇甫端來拜見宋江并衆頭領宋江看他一表非俗碧眼重瞳虬鬚過腹誇獎不已皇甫端見了宋江如此義氣心中甚喜願從大義宋江大喜撫慰已了傳下號令諸多頭領收拾車仗糧食金銀一齊進發把這兩府錢糧運回山寨前後諸軍都起於路無話早回到梁山泊忠義堂上宋江叫放出龔旺丁得孫來亦用好言撫慰二人叩頭拜降又添了皇甫端在山寨專工醫獸董平張清亦爲山寨頭領宋江歡喜忙叫排宴慶賀都在忠義堂上各依次席而坐宋江看了衆多頭領却好一百單八員（大結束語如椽之筆）宋江開言說道我等兄弟自從上山相聚但到處並無疎失皆是上天護佑非人之能今來扶我爲尊皆托衆弟兄英勇（至此竟一句攬歸自己更不再用推讓宋江權術過人如此）我今有句言語煩你衆兄弟共聽吳用便道願請兄長約束宋江對着衆頭領開口說這箇主意下來正是有分教三十六天罡符定數七十二地煞合玄機畢竟宋公明說出甚麼主意且聽下回分解

第五才子書施耐菴水滸傳卷之七十五

聖歎外書

第七十回

忠義堂石碣受天文　梁山泊英雄驚惡夢

一部書七十回可謂大鋪排此一回可謂大結束讀之正如千里羣龍一齊入海更無絲毫未了之憾笑殺羅貫中橫添狗尾徒見其醜也

或問石碣天文爲是眞有是事爲是宋江僞造此凝人說夢之智也作者亦只圖敘事既畢重將一百八人姓名一一排列出來爲一部七十回書點睛結穴耳葢始之以石碣終之以石碣者是此書大開闔爲事則有七十回爲人則有一百單八者是此書大眼節若夫其事其人之爲有爲無此固從來著書之家之所不計而奈之何今之讀書者之惟此是求也

聚一百八人於水泊而其書以終不可以訓矣忽然幻出盧俊義一夢意葢引張叔夜收討之一案以爲卒篇也嗚呼古之君子未有不小心恭愼而後其書得傳者也吾觀水滸洋洋數十萬言而必以天下太平四字終之其意可以見矣後世乃復削去此節盛誇招安務令罪歸朝廷而功歸强盜甚且至於裒然以忠義二字而冠其端抑何其好犯上作亂至於如是之甚也哉

天罡地煞等名悉與本人不合豈故爲此不甚了了之文耶吾安得更起耐菴而問之

話說宋公明一打東平兩打東昌回歸山寨計點大小頭領共有一百八員心中大喜遂對衆兄弟道宋江自從鬧了江州上山之後皆托賴衆弟兄

英雄扶助立我爲頭今者共聚得一百八員頭領心中甚喜自從晁蓋哥哥歸天之後但引兵馬下山公然保全此是上天護佑非人之能縱有被擄之人陷於縲絏或是中傷回來且都無事今者一百八人皆在面前聚會端的古往今來實爲罕有從前兵刃到處殺害生靈無可禳謝我心中欲建一羅天大醮報答天地神明眷佑之恩一則祈保衆弟兄身心安樂二則惟願朝廷早降恩光赦免逆天大罪衆當竭力捐軀盡忠報國死而後已假話三則上薦晁天王早生天界世世生生再得相見假話就行超度橫亡惡死火燒水溺一應無辜被害之人俱得善道我欲行此一事未知衆弟兄意下若何衆頭領都稱道此是善果好事哥哥主見不差吳用便道先請公孫勝一清主行醮事亦須軍師調撥然後令人下山四遠邀請得道高士就帶醮器赴寨仍使人收又一應香燭紙馬花果祭儀素饌淨食并合用一應物件商議選定四月十五日爲始七晝夜好事山寨廣施錢財督併幹辦日期已近向那忠義堂前挂起長旛四首堂上扎縛三層高臺堂內鋪設七寶三清聖像兩班設二十八宿十二宮辰一切主醮星官眞宰堂外仍設監壇崔盧鄧竇神將詳寫擺列已定設放醮器齊備請到道衆連公孫勝共是四十九員是日晴明得好天和氣朗月白風清宋江盧俊義爲首吳用與衆頭領爲次拈香公孫勝作高功主行齋事關發一應文書符命與那四十八員道衆每日三朝至第七日滿散宋江要求上天報應特教公孫勝專拜青詞奏聞天帝宋江乃至欲欺上帝眞乃罪通於天矣每日三朝卻好至第七日三更時分公孫勝在虛皇壇第一層衆道士在第二層宋江等衆頭領在第三層衆小頭目并將校都在壇下衆皆懇求上蒼務要拜求報應是夜三更時候只聽得天上一聲響如裂帛相似正

是西北乾方天門上衆人看時直竪金盤兩頭尖中間闊又喚做天門開又喚做天眼開裏面毫光射人眼目霞彩繚繞從中間捲出一塊火來如栲栳之形直滚下虛皇壇來那團火遶壇滚了一遭竟鑽入正南地下去了寫得出奇遂與誤走妖魔作一部大書一起一結也此時天眼已合衆道士下壇來宋江隨即叫人將鐵鍬鋤頭掘開泥土跟尋火塊那地下掘不到三尺深淺只見一箇石碣正面兩側各有天書文字一部大書以石碣始以石碣終章法奇絶當下宋江且教化紙滿散平明齋衆道士各贈與金帛之物以充襯貲方纔取過石碣看時上面乃是龍章鳳篆蝌蚪之書人皆不識衆道士內有一人姓何法諱玄通對宋江說道小道家間祖上留下一冊文書專能辯驗天書那上面都是自古蝌蚪文字以此貧道善能辯認譯將出來便知端的宋江聽了大喜連忙捧過石碣教何道士看了良久說道此石都是義士大名

第一重結束

鐫在上面側首一邊是替天行道四字一邊是忠義雙全四字頂上皆有星辰南北二斗下面却是尊號若不見責當以從頭一一敷宣宋江道幸得高士指迷緣分不淺倘蒙見敎實感大德唯恐上天見責之言請勿藏匿萬望盡情剖露休遺片言宋江喚過聖手書生蕭讓用黃紙謄寫不漏何道士乃言前面有天書三十六行皆是天罡星背後也有天書七十二行皆是地煞星下面註着衆義士的姓名石碣前面書梁山泊天罡星三十六員

天魁星呼保義宋江

天罡星玉麒麟盧俊義三十六天罡而天罡乃在第二七十二地煞而地煞亦在第二奇筆

天機星智多星吳用

天閒星入雲龍公孫勝

天勇星大刀關勝

天雄星豹子頭林冲

天猛星霹靂火秦明
天威星雙鞭呼延灼
天英星小李廣花榮
天貴星小旋風柴進
天富星撲天鵰李應
天滿星美髯公朱仝
天孤星花和尚魯智深
天傷星行者武松
天立星雙鎗將董平
天捷星沒羽箭張清
天暗星青面獸楊志
天佑星金鎗手徐寧
天空星急先鋒索超
天速星神行太保戴宗
天異星赤髮鬼劉唐
天殺星黑旋風李逵

天微星九紋龍史進
天究星沒遮攔穆弘
天退星插翅虎雷橫
天壽星混江龍李俊
天劍星立地太歲阮小二
天平星船火兒張橫
天罪星短命二郎阮小五
天損星浪裏白條張順
天敗星活閻羅阮小七
天牢星病關索楊雄
天慧星拚命三郎石秀
天暴星兩頭蛇解珍
天哭星雙尾蝎解寶
天巧星浪子燕青
〇〇〇〇〇〇〇〇〇〇〇
石碣背面書地煞星七十二員
地魁星神機軍師朱武

地煞星鎮三山黃信
地勇星病尉遲孫立
地傑星醜郡馬宣贊
地雄星井木犴郝思文
地威星百勝將韓滔
地英星天目將彭玘
地奇星聖水將單廷珪
地猛星神火將魏定國
地文星聖手書生蕭讓
地正星鐵面孔目裴宣
地闊星摩雲金翅歐鵬
地闔星火眼狻猊鄧飛
地強星錦毛虎燕順
地暗星錦豹子楊林
地軸星轟天雷凌振
地會星神算子蔣敬

地佐星小溫侯呂方
地佑星賽仁貴郭盛
地靈星神醫安道全
地獸星紫髯伯皇甫端
地微星矮脚虎王英
地彗星一丈青扈三娘（俗本作慧。）
地暴星喪門神鮑旭
地默星混世魔王樊瑞
地猖星毛頭星孔明
地狂星獨火星孔亮
地飛星八臂那吒項充
地走星飛天大聖李袞
地巧星玉臂匠金大堅
地明星鐵笛仙馬麟
地進星出洞蛟童威
地退星翻江蜃童猛

地滿星玉旛竿孟康、
地遂星通臂猿侯健、
地周星跳澗虎陳達、
地隱星白花蛇楊春、
地異星白面郎君鄭天壽、
地理星九尾龜陶宗旺、
地俊星鐵扇子宋清、
地樂星鐵叫子樂和、
地捷星花項虎龔旺、
地速星中箭虎丁得孫、
地鎮星小遮攔穆春、
地羈星操刀鬼曹正、
地魔星雲裏金剛宋萬、
地妖星摸着天杜遷、
地幽星病大蟲薛永、
地伏星金眼彪施恩、

地僻星打虎將李忠、
地空星小霸王周通、
地孤星金錢豹子湯隆、
地全星鬼臉兒杜興、
地短星出林龍鄒淵、
地角星獨角龍鄒閏、
地囚星旱地忽律朱貴、
地藏星笑面虎朱富、
地平星鐵臂膊蔡福、
地損星一枝花蔡慶、
地奴星催命判官李立、
地察星青眼虎李雲、
地惡星沒面目焦挺、
地醜星石將軍石勇、
地數星小尉遲孫新、
地陰星母大蟲顧大嫂、

地刑星菜園子張青
地壯星母藥叉孫二娘
地劣星活閃婆王定六
地健星險道神郁保四
地耗星白日鼠白勝
地賊星鼓上蚤時遷
地狗星金毛犬段景住（文字既畢。例有結束。此回因一部七十篇之結束也。一部七十篇則非一番結束之所得了。故特重重疊疊而結束之。今第一重結束。）

當時何道士辯驗天書教蕭讓寫錄出來讀罷眾人看了俱驚訝不已宋江與眾頭領道鄙猥小吏原來上應星魁眾多弟兄也原來都是一會之人上天顯應合當聚義今已數足分定次序眾頭領各守其位各休爭執不可逆了天言眾人皆道天地之意理數所定誰敢違拗宋江遂取黃金五十兩酬謝何道士其餘道眾收得經資收拾醮器四散下山去了且不說眾道士回家去了只說宋江與軍師

吳學究朱武等計議堂上要立一面牌額大書忠義堂三字斷金亭也換個大牌扁前面冊立三關忠義堂後建築鴈臺一座頂上正面大廳一所東西各設兩房正廳供養晁天王靈位東邊房內宋江吳用呂方郭盛西邊房內盧俊義公孫勝孔明孔亮第二坡左一帶房內朱武黃信孫立蕭讓裴宣右一帶房內戴宗燕青張清安道全皇甫端忠義堂左邊掌管錢糧倉廒收放柴進李應蔣敬凌振右邊花榮樊瑞項充李袞山前南路第一關解珍解寶守把第二關魯智深武松守把第三關朱仝雷橫守把東山一關史進劉唐守把西山一關楊雄石秀守把北山一關穆弘李逵守把六關之外置立八寨有四旱寨四水寨正南旱寨秦明索超歐鵬鄧飛正東旱寨關勝徐寧宣贊郝思文正西旱寨林冲董平單廷珪魏定國正北旱寨呼延灼楊志韓滔彭玘東南水寨李俊阮小二西南水

寨張橫張順東北水寨阮小五童威西北水寨阮小七童猛其餘各有執事（第二重結束）從新置立旌旗等項山頂上立一面杏黃旗上書替天行道四字忠義堂前繡字紅旗二面一書山東呼保義一書河北玉麒麟外設飛龍飛虎旗飛熊飛豹旗青龍白虎旗朱雀玄武旗黃鉞白旄青旛皁蓋緋纓黑纛中軍器械外又有四斗五方旗三才九曜旗二十八宿旗六十四卦旗週天九宮八卦旗一百二十四面鎮天旗盡是侯健製造金大堅鑄造兵符印信一切完備選定吉日良時殺牛宰馬祭獻天地神明掛上忠義堂斷金亭牌額立起替天行道杏黃旗宋江當日大設筵宴親捧兵符印信頒布號令諸多大小兄弟各各管領悉宜遵守毋得違誤有傷義氣如有故違不遵者定依軍法治之决不輕恕計開梁山泊總兵都頭領二員呼保義宋江玉麒麟盧俊義掌管機密軍師二員智多星吳用入雲龍公孫勝一同參贊軍務頭領一員神機軍師朱武掌管錢糧頭領二員小旋風柴進撲天鵰李應馬軍五虎將五員大刀關勝豹子頭林冲霹靂火秦明雙鞭呼延灼雙鎗將董平馬軍八驃騎兼先鋒使八員小李廣花榮金鎗手徐寧青面獸楊志急先鋒索超沒羽箭張清美髯公朱仝九紋龍史進沒遮攔穆弘馬軍小彪將兼遠探出哨頭領一十六員鎮三山黃信病尉遲孫立醜郡馬宣贊井木犴郝思文百勝將韓滔天目將彭玘聖水將單廷珪神火將魏定國摩雲金翅歐鵬火眼狻猊鄧飛錦毛虎燕順鐵笛仙馬麟跳澗虎陳達白花蛇楊春錦豹子楊林小霸王周通步軍頭領一十員花和尚魯智深行者武松赤髮鬼劉唐插翅虎雷橫黑旋風李逵浪子燕青病關索楊雄拚命三郎石秀兩頭蛇解珍雙尾蝎解寶步軍將校一十七員混世魔王樊瑞喪門神鮑旭八臂那吒

頭充飛天大聖李袞病大蟲薛永金眼彪施恩小遮攔穆春打虎將李忠白面郎君鄭天壽雲裏金剛宋萬摸着天杜遷出雲龍鄒淵獨角龍鄒潤花項虎龔旺中箭虎丁得孫沒面目焦挺石將軍石勇四寨水軍頭領八員混江龍李俊船虎兒張橫浪裏白條張順立地太歲阮小二短命二郎阮小五活閻羅阮小七出洞蛟童威翻江蜃童猛四店打聽聲息邀接來賓頭領八員東山酒店小尉遲孫新母大蟲顧大嫂西山酒店菜園子張青母夜又孫二娘南山酒店旱地忽律朱貴鬼臉兒杜興北山酒店催命判官李立活閃婆王定六總探聲息頭領一員神行太保戴宗軍中走報機密步軍頭領四員鐵叫子樂和鼓上蚤時遷金毛犬段景住白日鼠白勝守護中軍馬軍驍將二員小溫侯呂方賽仁貴郭盛守護中軍步軍驍將二員毛頭星孔明獨火星孔亮專管行刑劊子二員鐵臂膊

蔡福一枝花蔡慶專掌三軍內探事馬軍頭領二員矮脚虎王英一丈青扈三娘掌管監造諸事頭領一十六員行文走檄調兵遣將一員聖手書生蕭讓定功賞罰軍政司一員鐵面孔目裴宣考算錢糧支出納入一員神算子蔣敬監造大小戰船一員玉旛竿孟康專造一應兵符印信一員玉臂匠金大堅專造一應旌旗袍襖一員通臂猿侯健專攻醫獸一應馬匹一員紫髯伯皇甫端專治諸疾內外科醫士一員神醫安道全監督打造一應軍器鐵用一員金錢豹子湯隆專造一應大小號砲一員轟天雷凌振起造修緝房舍一員青眼虎李雲屠宰牛馬猪羊牲口一員操刀鬼曹正排設筵宴一員鐵扇子宋清監造供應一切酒醋一員笑面虎朱富監築梁山泊一應城垣一員九尾龜陶宗旺專一把捧帥字旗一員險道神郁保四宣和二年四月二十二日梁山泊大聚會分調人員

告示第二重結束。當日梁山泊宋公明傳令已了分調衆頭領已定各各領了兵符印信筵宴已畢人皆大醉衆頭領各歸所撥寨分中間有未定執事者都於鴈臺前後駐劄聽調號令已定各各遵守明日宋江鳴鼓集衆都到堂上焚一爐香又對衆人道今非昔比我有片言我等既是天星地曜相會必須對天盟誓各無異心生死相托患難相扶一同扶助宋江仰答上天之意衆皆大喜齊聲道是

各人拈香已罷一齊跪在堂上宋江爲首誓曰維宣和二年四月二十三日梁山泊義士宋江盧俊義吳用公孫勝關勝林冲秦明呼延灼花榮柴進李應朱仝魯智深武松董平張清楊志徐寧索超戴宗劉唐李逵史進穆弘雷橫李俊阮小二張橫阮小五張順阮小七楊雄石秀解珍解寶燕青朱武黃信孫立宣贊郝思文韓滔彭玘單廷珪魏定國蕭讓裴宣歐鵬鄧飛燕順楊林凌振蔣敬呂方郭盛安道全皇甫端王英扈三娘鮑旭樊瑞孔明孔亮項充李袞金大堅馬麟童威童猛孟康侯健陳達楊春鄭天壽陶宗旺宋清樂和龔旺丁得孫穆春曹正宋萬杜遷薛永施恩李忠周通湯隆杜興鄒淵鄒閏朱貴朱富蔡福蔡慶李立李雲焦挺石勇孫新顧大嫂張青孫二娘王定六郁保四白勝時遷段景住同秉至誠共立大誓竊念江等昔分異國今聚一堂準星辰爲弟兄指天地作父母一百八人人無同面面面崢嶸一百八人人合一心心心皎潔樂必同樂憂必同憂生不同生死必同死既列名於天上無貽笑於人間一日之聲氣旣孚終身之肝膽無二倘有存心不仁削絕大義外是內非有始無終者天炤其上鬼闞其旁刀劒斬其身雷霆滅其跡永遠沉於地獄萬世不得人身報應分明神天共察誓畢衆人同聲發願但願生生相會世世相逢永無間阻有如今日當日衆

人歃血飲酒大醉而散（第四重結束）看官聽說這里方是梁山泊大聚義處（一百八人姓名凡寫四番而後以一句總收之筆力奇絕）是夜盧俊義歸臥帳中便得一夢（晁蓋七人以夢始宋江盧俊義一百八人以夢終皆極大章法）夢見一人其身甚長手挽寶弓自稱我是嵇康（影張叔夜字妙）要與大宋皇帝收捕賊人故單身到此汝等及早各各自縛免得費我手脚盧俊義夢中聽了此言不覺怒從心發便提朴刀大踏步趕上直戳過去却戳不着原來刀頭先已折了（可謂吉祥文字）盧俊義心慌便棄手中折刀再去刀架上揀時只見許多刀鎗劒戟也有缺的也有折的齊齊都壞更無一件可以抵敵（真正吉祥文字）那人早已趕到背後盧俊義一時無措只得提起右手拳頭劈面打去却被那人只一弓稍盧俊義右臂早斷撲地跌倒那人便從腰裏解下繩索綑縛做一塊拖去一箇所在正中間排設公案那人南面正坐把盧俊義推在堂下草裏似欲勘問之狀只聽得門外却有無數人哭聲震地那人叫道有話便都進來只見無數人一齊哭着膝行進來盧俊義看時却都綁縛着便是宋江等一百七人（妙妙）盧俊義夢中大驚便問段景住道這是甚麼緣故誰人擒獲將來段景住却跪在後面與盧俊義正近低低告道哥哥得知員外被捉急切無計來救便與軍師商議只除非行此一條苦肉計策情願歸附朝廷庶幾保全員外性命說言未了只見那人拍案罵道萬死狂賊你等造下瀰天大罪朝廷屢次前來收捕你等公然拒殺無數官軍今日却來搖尾乞憐希圖逃脫刀斧我若今日赦免你們時後日再以何法去治天下（不朽之論可破續傳招安之謬）況且很子野心正自信你不得（不朽之論）我那劊子手何在說時遲那時快只見一聲令下壁衣裏蜂擁出行刑劊子二百一十六人兩箇伏侍一箇將宋江盧俊義等一百單八箇好漢在於堂下草裏一齊處斬（真正吉祥）

文字。盧俊義夢中嚇得魂不附體，微微閃開眼，看堂上時，却有一箇牌額，大書「天下太平」四箇青字。真正吉祥文字。古本水滸如此，俗本妄肆改竄，眞所謂愚而好自用也。詩曰：

太平天子當中坐，清慎官員四海分。但見肥羊寧父老，不聞嘶馬動將軍。叨承禮樂爲家世，欲以謳歌寄快文。不學東南無諱日，却吟西北有浮雲。好詩。大抵爲人土一丘，百年若箇得齊頭。完租安隱尊於帝，負曝奇溫勝若裘。子建高才空號虎，莊生放達以爲牛。夥寒薄醉摇柔翰，語不驚人也便休。好詩。○以詩起，以詩結，極大章法。

第五才子書施耐菴水　卷之七十五終

水滸傳

施耐庵／撰　羅貫中／纂修　金聖嘆／批　繆天華／校注

梁山泊一百零八條好漢嘯聚的故事，自南宋以來即流傳於世，後經文人綴集成長篇小說《水滸傳》。書中最大的特色，在描寫事件、人物深刻佳妙，栩栩如生，且情節鋪陳布局極為緊湊，引人入勝。小說中花和尚大鬧桃花村、林教頭風雪山神廟、景陽岡武松打虎等等精采故事，人們早已耳熟能詳。讀《水滸傳》，看草澤英雄行俠仗義，為世人發不平之鳴，是何等大快人心！本書採用通行最廣的七十回本，頁端及頁末分別附有金聖嘆批語和詞語方言注釋，陪您一路痛快地造訪水滸英雄！

國家圖書館出版品預行編目資料

水滸傳（木刻大字本）／施耐庵著;金聖嘆批.－－三版一刷.－－臺北市：三民，2022
面；　公分.－－(中國古典名著)

ISBN 978-957-14-7490-8（一套：平裝）

857.46　　　　111011106

中國古典名著

水滸傳（木刻大字本）

作　　者　施耐庵
批　　者　金聖嘆

發 行 人　劉振強
出 版 者　三民書局股份有限公司
地　　址　臺北市復興北路 386 號 (復北門市)
　　　　　臺北市重慶南路一段 61 號 (重南門市)
電　　話　(02)25006600
網　　址　三民網路書店 https://www.sanmin.com.tw

出版日期　初版一刷 1970 年 4 月
　　　　　二版一刷 1993 年 12 月
　　　　　三版一刷 2022 年 11 月
書籍編號　S851700
I S B N　978-957-14-7490-8

三民書局